Dan Simmons

Né en 1948 dans l'Illinois, diplômé de littérature, Dan Simmons a été enseignant pendant quinze ans. Auteur d'une trentaine de romans et recueils de nouvelles, traduit dans 27 pays, lauréat de plus de trente prix dont les prestigieux prix Hugo, Locus, Word Fantasy, Bram Stoker ou encore British Science-fiction, il est un maître incontesté de la science-fiction depuis *Les Cantos d'Hyperion* et le dytique *Illium* (2004) / *Olympos* (2006). Mais l'auteur explore d'autres veines comme l'horreur (*Nuit d'été*, 1993 ; *Les Chiens de l'hiver*, 2003) ou le policier (*L'Épée de Darwin*, 2002). Parmi ses ouvrages les plus notables, on peut citer *Terreur* (2008), *Drood* (2011), *Flashback* (2012) et *Collines noires* (2013), publiés aux éditions Robert Laffont. Son dernier roman, *L'Abominable*, a paru en 2019 chez le même éditeur.

Retrouvez toute l'actualité de l'auteur sur :
www.dansimmons.com

DROOD

DU MÊME AUTEUR
CHEZ POCKET

DANS LA COLLECTION « IMAGINAIRE »
LE CHANT DE KALI
ILIUM
OLYMPOS
NUIT D'ÉTÉ
LES FILS DES TÉNÈBRES
LES FEUX DE L'ÉDEN
LES CHIENS DE L'HIVER
L'AMOUR, LA MORT

LE CYCLE D'HYPÉRION
<u>Les Cantos d'Hypérion</u>
HYPÉRION
(2 tomes / existe aussi en un seul volume)
LA CHUTE D'HYPÉRION
(2 tomes / existe aussi en un seul volume)

<u>Les Voyages d'Endymion</u>
ENDYMION
(2 tomes / existe aussi en un seul volume)
L'ÉVEIL D'ENDYMION
(2 tomes / existe aussi en un seul volume)

DANS LA COLLECTION « THRILLER »
FLASHBACK
L'ÉPÉE DE DARWIN

DANS LA COLLECTION « ROMAN CONTEMPORAIN »
TERREUR
DROOD
COLLINES NOIRES
LES FORBANS DE CUBA
LES LARMES D'ICARE

DAN SIMMONS

DROOD

*Traduit de l'anglais
par Odile Demange*

ROBERT LAFFONT

Titre original :
DROOD

Pocket, une marque d'Univers Poche,
est un éditeur qui s'engage pour la préservation
de son environnement et qui utilise du papier fabriqué
à partir de bois provenant de forêts gérées
de manière responsable.

© Dan Simmons, 2009
Traduction française : Éditions Robert Laffont, S.A., Paris, 2011
ISBN : 978-2-266-22935-7

« Pourquoi le génie du bon
Wilkie a-t-il frôlé la perdition ?
Un démon lui a chuchoté :
"Wilkie ! Acquitte-toi d'une mission." »

A. C. SWINBURNE
Fortnightly Review, novembre 1889

1.

Je m'appelle Wilkie Collins et puisque j'ai l'intention de repousser la publication de ce document d'au moins un siècle et quart après le jour de mon trépas, je suppose que mon nom ne te dit rien. Certains me présentent comme un joueur et ils ont raison. Je te parie donc, Cher Lecteur, que tu n'as lu aucun de mes livres, aucune de mes pièces de théâtre et que tu n'en as même pas entendu parler. Après tout, peut-être ne parlez-vous plus anglais, Britanniques et Américains de quelque cent vingt-cinq ans dans le futur. Peut-être vous habillez-vous comme des Hottentots, vivez-vous dans des grottes éclairées au gaz, voyagez-vous en ballon et communiquez-vous par transmission de pensée, sans vous embarrasser du moindre langage parlé ou écrit.

Néanmoins, je suis prêt à parier ma fortune, pour ce qu'elle vaut, et tous les droits d'auteur à venir de mes pièces et de mes romans, pour ce qu'ils vaudront, que vous vous *souvenez* du nom, des livres, des pièces et des personnages imaginaires de mon ami et ancien collaborateur, un certain Charles Dickens.

Cette histoire vraie aura donc pour sujet mon ami

(ou du moins l'homme qui le fut un jour), Charles Dickens, et l'accident de Staplehurst qui le priva de son équanimité, de sa santé et, murmureront peut-être certains, de son équilibre mental. Cette histoire vraie aura pour sujet les cinq dernières années de la vie de Charles Dickens et l'obsession grandissante que lui inspirèrent durant cette période un homme – si on peut l'appeler ainsi – du nom de Drood, ainsi que l'assassinat, la mort, les cadavres, les cryptes, le mesmérisme, l'opium, les fantômes, sans oublier les rues et ruelles de ces entrailles atrabilaires de Londres que l'écrivain appelait toujours « ma Babylone » ou « le Grand Four ». Dans ce manuscrit (que je tiens, comme je l'ai expliqué – pour des motifs juridiques aussi bien que pour une question d'honneur – à dissimuler à tous les regards plus d'un siècle après sa mort et la mienne), je répondrai à la question qu'aucun de nos contemporains peut-être n'a su poser : « Le célèbre, le charmant, l'honorable Charles Dickens a-t-il comploté d'assassiner un innocent, d'en dissoudre la chair dans une fosse de chaux vive et d'enterrer secrètement ses restes, à savoir des os et un crâne, rien d'autre, dans la crypte d'une antique cathédrale qui a occupé une place non négligeable dans l'enfance de Dickens lui-même ? Prévoyait-il de jeter ensuite les lunettes, les bagues, les épingles de cravate, les boutons de manchettes et la montre de gousset de la malheureuse victime dans la Tamise ? Si tel est le cas, et même si Dickens n'a fait que *rêver* avoir commis de tels actes, quel rôle a joué un fantôme bien réel du nom de Drood dans le déclenchement de pareille folie ? »

Le 9 juin 1865 : telle est la date de la catastrophe qui s'abattit sur Dickens. La locomotive chargée de convoyer son succès, sa sérénité, sa santé mentale, son manuscrit et sa maîtresse fonçait – au sens propre – en direction d'une brèche de la voie ferrée, et vers une chute terrible.

Je ne sais, Cher Lecteur qui vis à de si longues années de distance, si vous continuez à consigner l'Histoire ou à en garder la mémoire (peut-être avez-vous jeté Hérodote et Thucydide aux orties et vivez-vous en permanence en l'An Zéro), mais si vous avez conservé, en votre temps lointain, le moindre sens de l'Histoire, tu n'ignores certainement rien des principaux événements de l'année que nous appelions Anno Domini 1865. Bien des gens en Angleterre tenaient certains événements, comme la fin de la conflagration fratricide aux États-Unis, pour des faits marquants dignes de la plus grande attention, mais Charles Dickens n'était pas du nombre. Malgré le vif intérêt qu'il éprouvait pour l'Amérique – il s'y était déjà rendu, lui avait consacré des livres, assez peu flatteurs, avouons-le, et s'était battu bec et ongles pour obtenir un dédommagement du piratage de ses œuvres dans ce chaos d'anciennes colonies qui n'ont que mépris pour la propriété littéraire –, Dickens ne se souciait guère d'un conflit entre un Nord lointain et un Sud plus lointain encore. Mais en 1865, l'année de son accident de Staplehurst, Charles Dickens avait d'excellentes raisons d'être fort satisfait de son histoire personnelle.

Il était le romancier le plus populaire d'Angleterre, du monde peut-être. De nombreuses personnes en Grande-Bretagne et en Amérique considéraient mon ami comme le plus grand écrivain qui ait jamais vécu

– à l'exception de Shakespeare et, peut-être, de Chaucer et de Keats.

Je savais évidemment que c'était ridicule, mais la popularité, comme on le dit (ou comme je l'ai dit), engendre plus de popularité encore. J'avais vu Charles Dickens trônant sur le siège d'un cabinet d'aisances rustique, le pantalon aux chevilles, réclamant en bêlant comme un mouton égaré du papier pour se torcher, et tu me pardonneras si cette image demeure plus vraie à mes yeux que celle « du plus grand écrivain qui ait jamais vécu ».

Toujours est-il qu'en ce jour de juin 1865 Dickens avait maintes raisons d'être content de lui.

Cela faisait sept ans que l'écrivain s'était séparé de sa femme, Catherine, qui lui avait manifestement fait offense, au cours de leurs vingt-deux ans de vie conjugale, en lui donnant dix enfants sans se plaindre et en subissant plusieurs fausses couches, tout en s'accommodant le plus souvent de ses griefs et en satisfaisant le moindre de ses caprices. Ce comportement lui avait rendu son épouse si chère qu'en 1857, lors d'une promenade à travers la campagne au cours de laquelle nous avions dégusté plusieurs bouteilles de vin local, Dickens s'était plu à me décrire en ces termes sa Catherine bien-aimée : « Très chère à mon cœur, Wilkie, très chère. Mais dans l'ensemble, plus bovine que séduisante, plus pesante que féminine… un insipide brouet d'alchimiste où se mêlent un esprit vague, une incompétence immuable, une indolence languissante et une nonchalance douillette, un épais gruau que ne vient agiter que la pale de sa propension à s'apitoyer sur son sort. »

Je doute que mon ami se soit rappelé cet aveu, mais moi, je ne l'ai pas oublié.

Pourtant, ce fut une récrimination qui scella le sort de Catherine, maritalement parlant. Dickens avait, semble-t-il (en fait, il ne « semble » pas du tout – j'étais là quand il a fait l'acquisition de cette fichue babiole), acheté à l'actrice Ellen Ternan un bracelet coûteux à la suite de nos représentations de *Profondeurs glacées*. Or cet imbécile de bijoutier n'avait pas livré le bijou chez Miss Ternan mais à l'adresse londonienne des Dickens, Tavistock House. À la suite de quoi, Catherine avait émis d'un coup l'équivalent de plusieurs semaines de meuglements bovins, se refusant à croire qu'il ne s'agissait que d'un présent symbolique de son mari, innocent témoignage d'estime pour l'actrice qui avait si merveilleusement (j'aurais tendance à dire à peine passablement) interprété le rôle de Clara Burnham, la bien-aimée du héros, dans notre… non, dans *ma*… pièce sur un amour malheureux au fin fond de l'Arctique.

Il est exact, comme Dickens s'était acharné à l'expliquer à son épouse profondément meurtrie en 1858, que l'auteur avait l'habitude prodigue de combler de présents les acteurs et autres participants de ses multiples spectacles de théâtre amateur. Après *Profondeurs glacées*, il avait déjà distribué des bracelets et des pendants d'oreilles, une montre et une parure de trois boutons de plastron en émail bleu à d'autres membres de la troupe.

Mais, évidemment, il n'était pas amoureux des autres bénéficiaires de ses largesses. Alors qu'il l'*était* de la jeune Ellen Ternan. Je le savais. Catherine Dickens le savait. Nul ne peut affirmer avec certitude que

Charles Dickens le savait. C'était un écrivain doué d'une imagination incroyablement persuasive, doublé d'un des types les plus imbus de lui-même qui aient jamais foulé la surface du globe. Aussi serais-je fort surpris qu'il lui soit jamais arrivé de s'interroger sur ses motivations profondes et de se les avouer, sinon quand elles étaient pures comme de l'eau de roche.

En l'occurrence, ce fut Dickens qui fut pris d'une colère noire et se mit à vociférer devant Catherine, laquelle en oublia de ruminer ses griefs – pardonne-moi toute métaphore bovine intempestive –, hurlant que les accusations de son épouse faisaient affront à la créature immaculée et d'une lumineuse perfection qu'était Ellen Ternan. Les fantasmes sentimentaux, romantiques et, si je puis me permettre, *érotiques* de Dickens avaient toujours relevé du culte chevaleresque et confit en dévotion d'une hypothétique jeune et innocente déesse, d'une candeur irréprochable. Mais sans doute Dickens avait-il oublié que l'infortunée Catherine, désormais conjugalement condamnée, avait vu *Oncle John*, la farce que nous avions donnée (il était de tradition dans notre siècle, vois-tu, de présenter systématiquement une farce en même temps qu'un ouvrage sérieux) après *Profondeurs glacées*. Dans *Oncle John*, Dickens (quarante-six ans) jouait le rôle du monsieur d'un certain âge et Ellen Ternan (dix-huit ans) celui de sa pupille. Oncle John tombe, on s'en doutera, éperdument amoureux de la jeune fille qui n'a même pas la moitié de son âge. Catherine n'ignorait certainement pas non plus que si j'étais personnellement l'auteur de la majeure partie de *Profondeurs glacées*, qui avait pour sujet les recherches effectuées pour retrouver les membres égarés de l'Expédition Franklin, c'était son mari qui avait rédigé la farce romantique et en avait choisi la distribution, *après avoir fait la connaissance d'Ellen Ternan.*

Non content de s'enticher de la jeune fille placée sous sa protection, Oncle John la comble – je cite les didascalies de la pièce – de « merveilleux présents – un collier de perles, des boucles d'oreilles en diamant ».

Dans ces conditions, faut-il s'étonner que, lorsque le précieux bracelet, destiné à Ellen, apparut à Tavistock House, Catherine, entre deux grossesses, se soit réveillée de son indolence languissante et douillette pour se mettre à mugir comme une vache qu'un laitier gallois pousse au garrot du bout de son aiguillon.

Dickens réagit comme n'importe quel mari coupable. Pourvu que le mari en question fût l'écrivain le plus populaire d'Angleterre et du monde anglophone, sinon le plus grand écrivain que la terre eût jamais porté.

Il insista d'abord pour que Catherine rende une visite de courtoisie à Ellen Ternan et à la mère de celle-ci, afin que tout le monde puisse se convaincre que son épouse n'éprouvait pas la plus infime trace de soupçon, pas la moindre jalousie. Autrement dit, Dickens exigeait que sa femme présente des excuses publiques à sa maîtresse – ou du moins à celle dont il déciderait de faire sa maîtresse dès qu'il aurait eu le courage de prendre les dispositions nécessaires. En larmes, désespérée, Catherine obtempéra. Elle s'humilia en allant très officiellement voir Ellen et Mrs Ternan.

La colère de Dickens n'en fut pas apaisée et il chassa de chez lui la mère de ses dix enfants.

Il envoya son fils aîné, Charley, vivre avec Catherine et garda les autres enfants avec lui, à Tavistock House, puis à Gad's Hill Place. (Je m'étais souvent fait la remarque que Dickens appréciait ses enfants jusqu'au moment où ils commençaient à penser et à agir plus ou moins par eux-mêmes... autrement dit, quand ils cessaient de se conduire comme la Petite Nell, Paul Dombey ou toute autre de ses créatures romanesques... dès cet instant, il se lassait rapidement d'eux.)

Le scandale ne s'arrêta pas là, on s'en doute – protestations des parents de Catherine, rétractations publiques desdites protestations arrachées par Dickens et ses avocats, déclarations publiques mensongères et intimidations de l'auteur, tripatouillages juridiques, publicité aussi abondante qu'abominable, et séparation légale définitive et irrévocable imposée à sa femme. Il finit par refuser toute communication avec elle, fût-ce à propos du bien-être de leurs enfants.

Et je te parle de l'homme qui personnifiait, aux yeux de l'Angleterre et du monde entier, l'image même de la « douceur du foyer ».

Évidemment, il fallait à Dickens une femme dans sa maison. Il avait une importante domesticité. Il abritait sous son toit neuf enfants dont il n'avait nulle envie de s'occuper, sauf lorsqu'il était d'humeur à jouer avec eux ou à les faire sauter sur ses genoux devant les photographes. Il avait des obligations mondaines. Il fallait dresser des menus, préparer des listes de commissions, passer des commandes de fleurs. Il y avait le ménage à tenir, l'organisation à régenter. Autant de tâches insignifiantes dont Charles Dickens devait être déchargé. Il était, il faut bien le comprendre, le plus grand écrivain du monde.

Dickens fit ce qu'il fallait, de toute évidence, bien que cette évidence ne t'apparaisse, j'en ai peur, pas plus clairement qu'à moi-même. (Mais peut-être qu'en ce vingtième ou vingt et unième siècle auquel je confie ce mémoire, sera-ce *de toute évidence* la chose à faire. Ou peut-être avez-vous, si vous êtes intelligents, renoncé purement et simplement à cette institution désuète et stupide du mariage. Comme tu le verras, j'ai personnellement évité de nouer des liens conjugaux, préférant vivre avec une femme et avoir des enfants d'une autre, de sorte que certains, de mon temps et pour mon plus grand plaisir, m'ont traité de fripouille et de mufle. Mais, pardon, je m'égare.)

Dickens fit donc ce qu'il fallait. Il transforma la sœur célibataire de Catherine, Georgina, en épouse, maîtresse de maison et éducatrice d'enfants de substitution, lui confia la responsabilité de ses nombreuses réceptions et de ses non moins nombreux dîners, sans compter le rôle de sergent-major chargé de donner des ordres à la cuisinière et aux domestiques.

Lorsque, chose inévitable, les premières rumeurs commencèrent à circuler – elles concernaient davantage Georgina qu'Ellen Ternan qui avait disparu des feux de la rampe, pourrait-on dire, pour se réfugier dans l'ombre –, Dickens fit venir un médecin à Tavistock House. L'homme de l'art fut invité à examiner Georgina et à prononcer ensuite une déclaration publique, ce qu'il fit, proclamant ainsi sur tous les toits que Miss Georgina Hogarth était *virgo intacta*.

Pour Dickens, l'affaire était close.

La plus jeune de ses filles me dirait plus tard ou,

plus exactement, dirait à quelqu'un d'autre alors que j'étais à portée de voix, « Mon père était comme fou. Cette histoire a fait ressortir ce qu'il y avait de pire – et de plus faible – en lui. Il se contrefichait de ce qui pouvait nous arriver. Rien n'aurait pu égaler la misère et le malheur qui régnaient chez nous ».

Si Dickens avait conscience du malheur de ses enfants, ou si cette conscience le taraudait, il n'en montra rien. Ni à moi ni à ses amis plus récents et, finalement, plus proches.

Il avait raison de penser que cette crise s'apaiserait sans que ses lecteurs l'abandonnent. Si tant est qu'ils aient été informés de ses écarts domestiques, ils les lui avaient manifestement pardonnés. N'était-il pas, après tout, le prophète anglais du bonheur domestique et le plus grand écrivain du monde ? Il méritait bien un peu d'indulgence.

Nos collègues et nos amis du sexe fort pardonnèrent et oublièrent, eux aussi – à l'exception de Thackeray, mais c'est une autre histoire –, et je dois admettre que certains d'entre eux, certains d'entre nous, tacitement ou en petit comité, applaudirent Charles de s'être affranchi de ses obligations matrimoniales à l'égard d'un boulet aussi peu séduisant et aussi mortellement ennuyeux. Cette rupture fit naître une lueur d'espoir dans l'esprit des plus désabusés des hommes mariés, tandis que les célibataires comme moi se prenaient à songer que, finalement, il n'était peut-être pas tout à fait impossible de revenir de ces terres conjugales inconnues que l'on disait sans retour.

Mais, je t'en prie, Cher Lecteur, n'oublie pas que nous parlons de l'homme qui, peu avant de faire la connaissance d'Ellen Ternan, à l'époque où nous traînions dans les théâtres, lui et moi, en quête de ce que nous appelions « les petites pervenches spéciales » – ces actrices très jeunes et très jolies qui comblaient notre sens de l'esthétique –, de l'homme donc qui m'avait dit : « Wilkie, si vous êtes capable d'imaginer une manière épatante de passer la nuit, allez-y, je vous écoute. Peu importe de quoi il s'agit. Pour cette nuit, et pour cette nuit seulement, je fais fi de toute retenue ! Si l'esprit peut inventer quelque occupation qui soit suffisamment dans le style de la Rome sybaritique à l'apogée de sa volupté, je suis votre homme ! »

Pour ce genre de distraction, j'étais le sien.

Je n'ai pas oublié le 9 juin 1865, le véritable coup d'envoi de cette cascade d'événements incroyables.

Expliquant à ses amis qu'il souffrait de surmenage et de ce qu'il appelait des « engelures au pied » depuis le milieu de l'hiver, Dickens avait pris une semaine de congé et interrompu la rédaction des derniers chapitres de *L'Ami commun* pour prendre des vacances à Paris. Je ne sais pas si Ellen Ternan et sa mère partirent avec lui. Ce que je sais, c'est qu'elles revinrent en sa compagnie.

Une dame que je n'ai jamais rencontrée et que je ne souhaite pas rencontrer, une certaine Mrs William Clara Pitt Byrne (une amie, m'a-t-on dit, de Charles Waterton – le naturaliste et explorateur qui a raconté ses intrépides aventures à travers le monde avant de mourir d'une chute idiote dans son domaine de Walter Hall onze jours exactement avant l'accident de Staplehurst et dont on a prétendu plus tard que le fantôme hantait les lieux sous l'aspect d'un grand héron gris), prenait plaisir à confier au *Times*, moyennant finances, de menues médisances. Cet entrefilet malveillant, relatant qu'on avait aperçu notre ami sur le ferry de Boulogne à Folkestone en ce fameux 9 juin, fut publié plusieurs mois après l'accident de Dickens :

Il voyageait en compagnie d'une dame qui n'était ni son épouse ni sa belle-sœur, ce qui ne l'empêchait pas de se pavaner sur le pont avec l'allure d'un homme bouffi de suffisance, chaque trait de sa physionomie et le moindre de ses mouvements semblant proclamer avec morgue : « Regardez-moi ; profitez de l'occasion. Je suis le grand, le seul Charles Dickens ; cela suffit à justifier tous mes faits et gestes. »

Il paraît que Mrs Byrne doit l'essentiel de sa célébrité à un ouvrage intitulé *Intérieurs flamands* qu'elle a publié il y a quelques années. À mon modeste avis, elle aurait dû réserver sa plume corrosive à des commentaires sur les divans et les papiers peints. Les êtres humains échappent de toute évidence à l'exiguïté de ses compétences.

Après avoir débarqué à Folkestone, Dickens, Ellen et Mrs Ternan prirent le train de marée de deux heures trente-huit en direction de Londres. À l'approche de Staplehurst, ils étaient les seuls passagers de leur compartiment, l'une des sept voitures de première classe de ce convoi.

Le mécanicien filait à toute allure – à presque quatre-vingts kilomètres à l'heure – lorsqu'ils traversèrent Headcorn, à trois heures onze de l'après-midi. Ils étaient sur le point d'aborder le viaduc de chemin de fer près de Staplehurst, bien que le terme de « viaduc »

– que le guide officiel des chemins de fer emploie pour désigner cet ouvrage – soit peut-être légèrement grandiloquent pour qualifier l'entrelacs de poutrelles soutenant les lourds madriers qui franchissait la Beult, un cours d'eau de faible profondeur.

Des ouvriers exécutaient sur ce tronçon de voie des travaux d'entretien de routine, le remplacement de poutres vétustes. L'enquête ultérieure – j'ai lu les rapports – a révélé que le chef d'équipe avait consulté un mauvais horaire de chemin de fer et n'attendait pas le train de marée avant deux heures. (Il semblerait que les voyageurs ne soient pas les seuls à être déconcertés par les horaires de trains britanniques, avec leurs astérisques à n'en plus finir et leurs parenthèses déroutantes indiquant les jours fériés, les dimanches et les heures de marée haute.)

Lors de travaux de ce genre, la police des chemins de fer et la loi britannique exigent qu'un employé brandissant un drapeau soit posté mille mètres en amont – deux des rails avaient déjà été retirés du pont et posés le long de la voie –, mais Dieu sait pourquoi, cet employé et son fanion rouge n'étaient qu'à cinq cent cinquante mètres de la brèche. Un train roulant à la vitesse de l'express de marée Folkestone-Londres n'avait aucune chance de s'arrêter à temps.

Apercevant le drapeau rouge tardivement agité et – vision bien plus propre encore à le clouer de terreur – les rails et les madriers manquants sur le pont, juste devant lui, le mécanicien fit de son mieux. Peut-être, Cher Lecteur, tous les trains de ton temps sont-ils équipés de freins que le mécanicien peut manœuvrer seul. Ce n'était pas le cas en 1865. Les freins de chaque wagon étaient actionnés manuellement et séparément, uniquement sur instruction du mécanicien. Celui-ci siffla désespérément pour donner ordre aux gardes-freins, sur toute la longueur du train, d'exécuter leur mission. Cela ne servit pas à grand-chose.

À en croire le rapport, le train roulait encore à près de cinquante kilomètres à l'heure en arrivant au niveau de la voie coupée. Chose incroyable, la locomotive *franchit* la brèche de treize mètres et dérailla de l'autre côté de l'abîme. Sur les sept wagons de première classe, tous sauf un quittèrent brusquement la voie et furent précipités vers le lit marécageux de la rivière, en contrebas.

La voiture rescapée était celle qui transportait Dickens, sa maîtresse et la mère de cette dernière.

Le fourgon des gardes-freins, situé juste derrière la locomotive, fut projeté sur la voie d'en face, entraînant avec lui la voiture suivante – un wagon de seconde classe. La voiture de Dickens se trouvait immédiatement après ce wagon, et s'immobilisa en partie au-dessus du pont, tandis que les six autres wagons de première classe passaient à toute vitesse et s'écrasaient au fond de la vallée. Le wagon de Dickens se trouva finalement suspendu d'un côté du pont, retenu par l'unique attelage qui le reliait à un autre wagon de deuxième classe. Seule la queue du train resta sur les rails. Les autres voitures de première classe avaient plongé à pic, basculé, fait des tonneaux, avaient été défoncées et, pour la plupart, pulvérisées et réduites en miettes sur le sol marécageux du vallon.

Dickens relata plus tard ces instants dans des lettres adressées à des amis, en s'entourant toujours de discrétion, il est vrai, et en s'abstenant de révéler, sinon à de rares intimes, le nom et l'identité de ses deux compagnes de voyage. Je suis certain d'être le seul à qui il ait fait un récit complet des événements.

« *Soudain*, écrit-il dans la version épistolaire la plus diffusée de son aventure, *nous avons déraillé et heurté le sol comme pourrait le faire la nacelle d'un ballon à moitié dégonflé. La vieille dame...* [autrement dit, "Mrs Ternan"]... *s'écria "Mon Dieu !" La jeune dame qui l'accompagnait* [il s'agit d'Ellen Ternan, bien entendu] *poussa un hurlement.*

« *Je les retins toutes les deux... et leur dis :* "Nous ne pouvons rien faire, sinon garder notre calme et notre sang-froid. Je vous en prie, ne criez pas !"

« *La vieille dame répondit sur-le-champ :* "Merci. Comptez sur moi. Sur mon âme, je resterai tranquille." *C'est alors que nous fûmes tous précipités dans un angle de la voiture, avant de nous immobiliser.* »

Le wagon penchait effectivement vers le bas et vers la gauche. Tous les bagages et les objets en liberté s'étaient regroupés dans le coin inférieur gauche. Jusqu'à la fin de ses jours, Charles Dickens serait sujet à des crises récurrentes au cours desquelles il aurait l'impression, écrit-il, que « tout, tout mon corps est incliné et culbute en bas à gauche ».

Dickens poursuit son récit.

« *Je dis aux deux femmes :* "Vous pouvez être assurées que rien de pire ne saurait arriver. Le danger *doit être passé. Acceptez-vous de rester ici, sans bouger, pendant que je sors par la fenêtre ?"* »

Encore assez agile pour ses cinquante-trois ans malgré ses « engelures au pied » (souffrant depuis longtemps de la goutte, ce qui m'a obligé à absorber du laudanum pendant de nombreuses années, je sais reconnaître les symptômes de cette affection et je puis dire que les « engelures au pied » de Dickens relevaient certainement de cette maladie), l'écrivain se hissa par la fenêtre, sauta au péril de sa vie du marchepied du wagon pour rejoindre la voie au-dessus du pont et vit, raconte-t-il, deux gardes-freins aller et venir en courant, l'esprit manifestement troublé.

Dickens affirme avoir empoigné un des hommes et lui avoir demandé d'un ton impérieux : *« Regardez-moi ! Arrêtez-vous un instant et regardez-moi. Dites-moi si vous me connaissez.*

— *Nous vous connaissons fort bien, Monsieur Dickens »*, aurait répondu le garde immédiatement.

« Dans ce cas, mon brave, s'écria l'écrivain, presque joyeusement (d'avoir été reconnu en pareil moment, aurait pu ajouter un être mesquin comme Clara Pitt Byrne), *pour l'amour du Ciel, donnez-moi votre clé, et envoyez-moi un de ces manœuvres pour que je puisse faire évacuer cette voiture. »*

Après quoi, selon les lettres que Dickens envoya à ses amis, les gardes-freins obtempérèrent, des manœuvres posèrent des planches jusqu'au wagon et l'écrivain regagna la voiture renversée et la parcourut à quatre pattes sur toute sa longueur pour aller rechercher son haut-de-forme et sa flasque de brandy.

Je me permets d'interrompre ici brièvement la description de notre ami commun, le temps de préciser qu'en consultant la liste de noms figurant sur le rapport officiel des chemins de fer, j'ai pu retrouver la trace du garde-frein que Dickens raconte avoir arrêté et persuadé de s'engager dans cette opération éminemment importante. Cet homme – un certain Lester Smyth – conservait un souvenir quelque peu différent de ces instants.

« On s'apprêtait à descendre secourir les blessés et les mourants quand cet aristo qui était sorti de la voiture de première classe branlante s'est précipité sur nous, Paddy Beale et moi, les yeux écarquillés, tout pâle, sans cesser de crier : "Vous me connaissez, mes braves !? Vous me connaissez !? Savez-vous *qui* je suis ??"

« J'avoue que j'ai répondu : "Je me fiche pas mal que vous soyez le prince Albert, mon vieux. Écartez-vous de là, que diable." C'est pas ma façon habituelle de parler à un gentleman, mais c'était pas non plus un jour habituel. »

Quoi qu'il en soit, Dickens réquisitionna quelques manœuvres pour l'aider à évacuer Ellen et Mrs Ternan, il remonta dans le wagon chercher sa flasque et son haut-de-forme, remplit ce dernier d'eau avant de descendre le versant escarpé. Tous les témoins reconnaissent que Dickens se mit immédiatement à l'œuvre au fond du vallon, parmi les mourants et les morts.

Au cours des cinq années qui lui restaient à vivre après l'accident de Staplehurst, Dickens n'emploierait qu'un mot pour décrire ce qu'il avait vu dans ce lit de rivière – « inimaginable » – et un autre pour rendre compte de ce qu'il avait entendu – « inintelligible ». Et ce de la part d'un homme auquel on s'accorde généralement à attribuer l'imagination la plus fertile, après sir Walter Scott, de tous les écrivains anglais. D'un homme dont les récits étaient, entre autres qualités éventuelles, toujours parfaitement intelligibles.

L'inimaginable s'amorça peut-être comme il descendait du remblai extrêmement raide. Il vit soudain surgir à ses côtés un homme mince et de haute taille, vêtu d'une épaisse cape noire qui aurait mieux convenu à une soirée à l'opéra qu'à un voyage à Londres par le train de marée de l'après-midi. Ils avaient tous les deux leurs hauts-de-forme à la main, se retenant au talus pour éviter de tomber. Ce personnage, que Dickens me décrivit plus tard dans un chuchotement guttural au cours des journées qui suivirent l'accident et durant lesquelles sa voix n'était, disait-il, « plus la mienne », était d'une maigreur cadavérique, d'une pâleur affreuse et regardait fixement l'écrivain de ses yeux cernés de noir, enfoncés sous un front haut et blême qui s'élevait vers un crâne chauve et blafard. Quelques mèches de cheveux grisonnants jaillissaient de part et d'autre de cette espèce de tête de mort. Cette impression était encore renforcée, déclara Dickens plus tard, par le nez tronqué de l'homme – « de simples fentes noires, bien plus qu'un véritable appendice nasal, qui s'ouvraient dans cette face blanche comme un ver », toujours d'après Dickens – et par ses petites dents pointues, irrégulières, exagérément espacées, enfoncées dans des gencives si livides qu'elles étaient plus pâles que les dents elles-mêmes.

L'écrivain remarqua également qu'il lui manquait deux doigts à la main droite, l'auriculaire et l'annulaire, ainsi que le médius gauche. Les doigts n'étaient cependant pas complètement absents. En effet, et c'est ce qui frappa le plus Dickens, ils n'avaient pas été sectionnés à l'articulation, comme cela arrive fréquemment à la suite d'un accident ou d'une opération subséquente, mais semblaient avoir été coupés net au milieu de l'os, entre les jointures. « Comme des cierges de cire blanche qui auraient partiellement fondu », m'a-t-il dit plus tard.

Dickens ne savait que penser tandis qu'il dévalait péniblement la pente aux côtés de cette étrange figure en cape noire tout en se retenant aux buissons et aux rochers.

« Je suis Charles Dickens, haleta mon ami.

— Je sssais », dit le visage blême, les sifflantes s'insinuant entre ses dents minuscules.

Dickens n'en fut que plus déconcerté. « À qui ai-je l'honneur, Monsieur ? » demanda-t-il tandis qu'ils continuaient à descendre le talus de pierres branlantes.

« Drood », répondit l'autre. Du moins est-ce ce que Dickens crut comprendre. La voix de cette figure blafarde était indistincte, et teintée d'un semblant d'accent étranger. Le mot sonnait presque comme « Druide ».

« Vous étiez dans le train de Londres ? s'enquit Dickens alors qu'ils approchaient du bas du versant.

— De Limehoussse, siffla la forme disgracieuse en cape sombre. Whitechapel. Ratcliff Crossss. Gin Alley. Three Foxesss Court. Butcher Row et Commercial Road. The Mint et autres bas quartiers. »

Dickens leva un regard intrigué devant cette étrange énumération, car leur train avait pour destination la gare centrale de Londres, et non ces sombres ruelles des quartiers est de Londres, où se regroupaient les plus misérables taudis de la ville. Ils étaient arrivés au pied du versant et, sans ajouter un mot, « Drood » se détourna et parut s'enfoncer dans les ténèbres, sous le pont de chemin de fer. En l'espace de quelques secondes, sa cape noire se fondit dans l'obscurité.

« Vous devez comprendre, me chuchota Dickens plus tard, que, pas une seconde, je n'ai cru que cette étrange apparition était la Mort qui venait réclamer son dû. Pas plus que toute autre personnification de la tragédie qui se déroulait en cet instant précis. L'image eût été trop rebattue, même pour une œuvre littéraire largement inférieure à celles que j'écris. Mais je dois admettre, Wilkie, poursuivit-il, que je me suis demandé sur le moment si Drood n'était pas un entrepreneur des pompes funèbres venu de Staplehurst ou d'un autre hameau voisin. »

Demeuré seul, Dickens consacra toute son attention au carnage.

Les wagons tombés dans le lit de la rivière et sur les berges marécageuses qui l'avoisinaient ne ressemblaient plus à des voitures de chemin de fer. Sans les essieux métalliques et les roues qui émergeaient de l'eau, çà et là, en formant des angles biscornus, on aurait dit que des bungalows de bois avaient été jetés du ciel, lâchés peut-être par quelque cyclone américain, et réduits en pièces. Et l'on aurait dit que, ensuite, ces fragments eux-mêmes avaient été encore projetés et pulvérisés.

Dickens avait l'impression que nul n'aurait pu survivre à un choc pareil, à une telle destruction, mais les cris de douleur des survivants – car, en vérité, le nombre de blessés dépassait de loin celui des morts – commencèrent à emplir le vallon. Ce n'étaient pas, se dit-il sur le coup, des bruits humains. Ils étaient infiniment plus atroces que les gémissements et les lamentations qu'il avait entendus en visitant des hôpitaux surpeuplés, comme l'hôpital pour enfants de Ratcliff Cross, à l'est de Londres – un quartier que Drood avait mentionné à l'instant – où venaient mourir les indigents et les êtres abandonnés de tous. Non, ces cris évoquaient plutôt un cratère ouvrant sur l'abîme même de l'Enfer, permettant aux damnés de pousser une dernière clameur en direction du monde des mortels.

Dickens vit un homme s'avancer vers lui en titubant, les bras écartés comme pour lui souhaiter la bienvenue. Le sommet de son crâne avait été arraché un peu comme une coquille d'œuf à la coque qu'on aurait entamée à la cuiller pour le petit déjeuner. Dickens voyait distinctement la pulpe gris et rose qui luisait à l'intérieur de la boîte crânienne défoncée. Le visage du malheureux était couvert de sang, les globes blancs de ses yeux le regardant à travers des ruisselets cramoisis.

La seule idée qui vint à l'esprit de Dickens fut de tendre sa flasque au blessé et de lui offrir un peu de brandy. Le goulot que l'homme retira de ses lèvres était rouge vif. Dickens l'aida à s'allonger dans l'herbe, avant de lui nettoyer le visage avec l'eau que contenait son haut-de-forme. « Comment vous appelez-vous, Monsieur ? » demanda Dickens.

L'homme répondit : « C'est fini », et il expira, ses yeux blancs toujours rivés sur le ciel du fond de leurs flaques sanglantes.

Une ombre glissa au-dessus d'eux. Dickens se retourna promptement, persuadé – me dit-il plus tard – que c'était Drood, la cape noire du spectre se déployant comme les ailes d'un corbeau. Mais ce n'était qu'un nuage qui passait entre le soleil et le vallon.

Dickens emplit son haut-de-forme à la rivière et croisa une dame dont le visage gris de plomb ruisselait, lui aussi, de sang. Elle était presque nue, ses vêtements ayant été réduits à quelques rubans symboliques de tissu sanguinolent accrochés à sa chair déchirée comme de vieux bandages. Elle n'avait plus de sein gauche. Elle refusa de s'arrêter pour recevoir les soins de l'écrivain et resta sourde à ses exhortations à s'asseoir pour attendre de l'aide. Elle passa devant Dickens sans ralentir le pas et disparut au milieu des rares arbres qui poussaient le long de la rive.

Il aida deux gardes-freins hébétés à extraire le corps broyé d'une autre femme d'une voiture fracassée et à le déposer précautionneusement sur la berge. Un homme pataugeait en aval du cours d'eau, hurlant : « Ma femme ! Ma femme ! » Dickens le conduisit jusqu'au cadavre. L'autre poussa un cri, leva les bras au ciel et s'éloigna comme un dératé en direction des champs marécageux qui longeaient la rivière, gesticulant et écrasant tout sur son passage sans cesser d'émettre des sons qui, déclara plus tard Dickens, « ressemblaient aux sifflements et aux grognements d'agonie d'un sanglier dont les poumons auraient été transpercés par plusieurs balles de gros calibre ». Puis l'homme perdit connaissance et s'abattit dans le marais comme un homme percé au cœur, plutôt qu'aux poumons.

Dickens revint vers les wagons et aperçut une femme adossée à un arbre. À part un peu de sang sur le visage, provenant peut-être d'une petite plaie au cuir chevelu, elle paraissait indemne.

« Je vais vous apporter un peu d'eau, proposa-t-il.

— Ce serait très aimable à vous, Monsieur », répondit-elle.

Elle sourit et Dickens tressaillit. Elle avait perdu toutes ses dents.

Il se dirigea vers le cours d'eau et regarda derrière lui, distinguant une silhouette qu'il prit pour celle de Drood – personne d'autre, indéniablement, ne pouvait porter une tenue aussi ridicule qu'une épaisse cape d'opéra par cette chaude journée de juin – penchée sur la femme avec sollicitude. Quelques secondes plus tard, quand Dickens revint avec son chapeau rempli d'eau, l'homme en noir avait disparu et la femme était morte, exhibant toujours ses gencives déchiquetées, ensanglantées, dans une parodie ultime de sourire.

Il retourna aux voitures écrasées. Au milieu des décombres d'un wagon, un jeune homme gémissait faiblement. D'autres sauveteurs dévalaient le versant. Dickens courut chercher plusieurs gardes-freins solidement bâtis pour l'aider à extraire le malheureux de l'amoncellement de verre cassé, de velours rouge déchiré, de fer pesant et de bois brisé provenant du plancher du compartiment. Tandis que les gardes-freins grommelaient et soulevaient les lourds encadrements de fenêtres et le plancher fracassé qui s'était transformé en toit effondré, Dickens serra la main du jeune homme et le rassura : « Je veillerai à ce qu'on vous conduise en lieu sûr, mon garçon.

— Je vous remercie, haleta le jeune monsieur blessé, un occupant d'une des voitures de première classe, de toute évidence. Vous êtes vraiment très obligeant.

— Comment vous appelez-vous ? demanda notre romancier tandis qu'ils transportaient le jeune homme vers le talus.

— Dickenson. »

Charles Dickens s'assura que l'on remontait bien le jeune Dickenson jusqu'à la voie de chemin de fer où de nouveaux sauveteurs étaient arrivés, puis il revint sur les lieux du carnage. Il courut de blessé en blessé, soulevant, réconfortant, abreuvant, rassurant, couvrant parfois quelque nudité du premier chiffon qui lui tombait sous la main, tout en examinant attentivement

31

d'autres formes disséminées pour s'assurer qu'elles n'appartenaient plus au monde des vivants.

Quelques sauveteurs et plusieurs autres passagers s'activaient aussi énergiquement que notre écrivain, mais un grand nombre – me dit Dickens par la suite – étaient trop choqués et ne pouvaient que rester campés là, les yeux écarquillés. Les deux personnages les plus affairés au milieu des décombres et des gémissements en ce funeste après-midi étaient Dickens et l'être étrange qui se donnait le nom de Drood. Encore que l'homme à la cape noire semblât toujours hors de portée de voix, toujours sur le point de s'évanouir comme une ombre, donnant constamment l'impression de glisser plus que de marcher entre les wagons accidentés.

Dickens découvrit une femme corpulente qui, comme le révélaient sa tenue paysanne et le motif de sa robe, avait voyagé dans un des wagons de dernière classe. Elle était tombée face contre terre dans le marécage, les bras sous le corps. Il la retourna pour s'assurer qu'elle avait déjà poussé son dernier soupir quand, soudain, ses yeux s'ouvrirent dans son visage maculé de boue.

« Je l'ai sauvée ! dit-elle d'une voix hachée. Je l'ai sauvée de *lui* ! »

Il fallut un moment à Dickens pour remarquer le tout petit enfant que les gros bras de la femme étreignaient farouchement, le minuscule visage blanc enfoncé contre les seins pendants. Le bébé était mort – noyé dans le marais ou asphyxié par le poids de sa mère.

Dickens entendit un sifflement et aperçut la forme pâle de Drood qui lui faisait signe depuis l'enchevêtrement d'ombres, sous le pont brisé. Il se dirigea vers lui, mais fut arrêté par une voiture renversée, cul par-dessus tête, où le bras nu mais bien galbé d'une jeune femme surgissait des débris d'une vitre. Ses doigts remuèrent, semblant inviter Dickens à s'approcher.

Dickens s'accroupit et prit les doigts effilés entre ses deux mains. « Je suis là, ma chère », dit-il aux ténèbres qui s'étendaient derrière la mince brèche qui était encore une fenêtre un quart d'heure plus tôt seulement. Il serra la main et elle lui rendit son étreinte, comme pour le remercier d'avance de lui apporter le salut.

Dickens se mit à quatre pattes, mais ne distingua qu'un capitonnage déchiré, des formes sombres et des ombres indistinctes à l'intérieur de la minuscule grotte triangulaire de décombres. Le lieu était trop exigu pour qu'il y introduise ne fût-ce que les épaules. Le cadre supérieur de la fenêtre s'enfonçait presque jusqu'au sol fangeux. Il n'entendait que la respiration rapide, terrifiante de la femme blessée au-dessus du murmure de la rivière. Sans songer à l'indécence éventuelle de son geste, il caressa le bras nu aussi haut qu'il pouvait l'atteindre au milieu des décombres. L'avant-bras pâle était couvert de fins poils roux qui luisaient comme du cuivre dans la lumière de l'après-midi.

« Je vois les gardes-freins qui approchent. Il me semble qu'un médecin les accompagne », chuchota Dickens dans le minuscule orifice, sans cesser d'étreindre le bras et la main. Il n'était pas certain que l'homme en costume brun qui se dirigeait vers eux, muni d'une sacoche de cuir, fût effectivement un médecin, mais il l'espérait de tout cœur. Les quatre gardes-freins, munis de haches et de barres de fer, arrivaient au pas de course, suivis du gentleman en costume élégant qui haletait, faisant tout son possible pour ne pas se laisser distancer.

« Par ici ! » leur cria Dickens. Il serra la main de la femme. Les doigts pâles frémirent en réponse, le pouce se refermant, s'ouvrant, puis se refermant encore autour de ses doigts un peu comme un nouveau-né qui s'agripperait instinctivement mais maladroitement à la main de son père. Elle ne dit rien ; Dickens l'entendit pourtant soupirer dans les ténèbres. Presque avec contentement. Tenant toujours la main de la femme dans les siennes, il pria pour qu'elle ne fût pas gravement blessée.

« Ici ! Pour l'amour du Ciel, hâtez-vous ! » cria Dickens. Les hommes se massèrent autour de lui. Le gros homme en costume se présenta – un certain docteur Morris –, et Dickens refusa de quitter sa place près de la fenêtre brisée et de lâcher la main de la jeune femme tandis que les quatre gardes-freins manœuvraient leurs barres de fer pour soulever le cadre de la fenêtre ainsi que le bois et le fer fracassés, les repoussant vers le haut et sur le côté pour élargir la fente qui avait en quelque sorte servi d'abri à l'infortunée voyageuse, lui sauvant la vie.

« Attention ! cria Dickens aux gardes. Prenez garde, je vous en conjure ! Ne laissez rien tomber. Prudence avec vos barres, voyons ! » Se tassant encore pour pouvoir parler dans l'espace obscur, Dickens se cramponna à la main de la femme et chuchota : « Nous y sommes presque, ma chère. Encore une minute. Courage ! »

Il sentit une dernière crispation de la main et perçut toute la reconnaissance qu'elle exprimait.

« Il faut reculer un instant, Monsieur, lui dit le docteur Morris. Une toute petite minute, le temps que ces gaillards-là soulèvent ces débris et les déblayent afin que je puisse me pencher à l'intérieur et vérifier si elle n'est pas trop gravement blessée pour être déplacée dès à présent. Un instant, Monsieur. Voilà qui est raisonnable. »

Dickens tapota la paume de la jeune femme, réticent à la lâcher, ayant conscience de l'ultime pression de ses doigts minces, pâles, impeccablement manucurés qui échappaient à son étreinte. Son esprit repoussa la sensation parfaitement réelle mais tout à fait inconvenante du caractère troublant de ce contact intime avec une inconnue, dont il n'avait même pas encore vu le visage. « Ils vont vous sortir de là et vous serez en sécurité avec nous dans un instant, ma chère », lui assura-t-il et il lâcha sa main. Puis il recula, toujours à quatre pattes, laissant passer les ouvriers et sentant l'humidité du marais suinter à travers les genoux de son pantalon.

« Allez-y ! cria le médecin, qui s'agenouilla à l'endroit même où Dickens se tenait un instant plus tôt. Allons, un peu de nerf, les gars ! »

Les quatre gardes-freins, de rudes gaillards, y mirent effectivement du nerf, se servant d'abord de leurs barres de fer comme leviers, puis poussant du dos la paroi déchiquetée du plancher effondré qui se transforma en une lourde pyramide de bois. Le cône d'obscurité s'élargit légèrement sous leur pression. Les rayons du soleil illuminèrent les décombres. Ils haletèrent, cherchant à retenir les débris qui menaçaient de tomber, puis un des hommes poussa un cri étouffé.

« Oh ! mon Dieu ! » murmura quelqu'un.

Le médecin recula d'un bond, comme s'il avait

touché un fil électrique. Dickens s'avança en rampant pour proposer son aide et son regard plongea enfin dans l'espace dégagé.

Il n'y avait ni femme ni jeune fille. Un bras nu tranché juste sous l'épaule gisait dans le minuscule cercle ouvert parmi les débris. La protubérance osseuse était remarquablement blanche dans la lumière filtrée de l'après-midi.

De nouveaux cris retentirent. D'autres hommes arrivèrent. Des instructions furent répétées. Les gardes-freins utilisèrent leurs haches et leurs barres de fer pour éventrer la carcasse, précautionneusement d'abord, puis avec une rage destructrice terrible, presque opiniâtre. Le reste du corps de la jeune femme demeurait introuvable. L'amas de décombres ne recelait aucune dépouille intacte, ce n'étaient que lambeaux disparates de vêtements déchirés, fragments de chair méconnaissables et os arrachés. Pas même le moindre fragment identifiable de robe. Il n'y avait que ce bras pâle avec, tout au bout, les doigts exsangues et recourbés, immobiles désormais.

Sans un mot, le docteur Morris fit demi-tour et s'éloigna, rejoignant les sauveteurs qui s'affairaient autour d'autres victimes.

Dickens se releva, cligna des yeux, s'humecta les lèvres et attrapa sa flasque de cognac. Il se rendit compte qu'elle était vide. Elle sentait le cuivre ; c'était l'odeur du sang laissé sur le goulot par certaines victimes à qui il l'avait offerte. Il regarda autour de lui, cherchant son haut-de-forme, avant de s'apercevoir qu'il l'avait sur la tête. L'eau de la rivière dont il l'avait rempli lui avait trempé les cheveux et dégoulinait dans son cou.

D'autres sauveteurs arrivaient, accompagnés de badauds. Dickens estima qu'il ne pouvait plus être d'un grand secours. Lentement, maladroitement, il gravit le talus escarpé jusqu'à la voie de chemin de fer où les wagons intacts avaient été vidés de tous leurs voyageurs.

Ellen et Mrs Ternan étaient assises à l'ombre d'une pile de traverses, buvant paisiblement de l'eau dans des tasses à thé qu'on leur avait apportées.

Dickens tendit le bras vers la main gantée d'Ellen, mais il interrompit son geste. « Comment allez-vous, ma chère ? » demanda-t-il.

Elle sourit, les larmes aux yeux. Elle posa la main sur son bras droit, puis juste au-dessous de l'épaule et enfin au-dessus de son sein droit. « Quelques contusions, me semble-t-il, mais rien de plus. Merci, monsieur Dickens. »

Le romancier hocha la tête d'un air presque absent, le regard dans le vide. Puis il se détourna, s'avança jusqu'au bord de la brèche du pont, bondit avec l'agilité alerte du distrait sur le marchepied de la voiture de première classe suspendue dans le vide, se glissa par une fenêtre brisée aussi aisément que par une porte et progressa vers le fond du wagon en s'aidant d'une rangée de sièges transformés en échelons sur le mur désormais vertical que formait le plancher. Toujours en équilibre précaire au-dessus du vallon et relié par un unique attelage à la voiture de deuxième classe encore accrochée aux rails, au-dessus de lui, le wagon oscillait doucement comme le pendule d'une horloge de parquet détériorée.

Un peu plus tôt, avant même de procéder au sauvetage d'Ellen et de Mrs Ternan, il avait sorti du wagon son sac de cuir contenant l'essentiel du manuscrit du seizième épisode de *L'Ami commun* auquel il avait travaillé en France ; mais il venait de se rappeler que les deux derniers chapitres étaient restés dans son pardessus, lequel était toujours plié dans le filet à bagages, au-dessus des sièges qu'ils avaient occupés. Debout sur les dossiers de la dernière rangée de sièges du wagon suspendu et grinçant, tandis que les reflets de la rivière située dix mètres plus bas dessinaient des traits de lumière dansants à travers les fenêtres fracassées, il retrouva son pardessus, en sortit le manuscrit, s'assura que toutes les pages y étaient – il avait été légèrement souillé, mais était intact pour le reste –, puis, toujours en équilibre sur les sièges, il remit les papiers dans son pardessus.

Baissant les yeux, Dickens regarda alors à travers la vitre brisée de la portière à l'extrémité de la voiture. Tout en bas, directement au-dessous du wagon, un jeu de lumière donnant l'impression qu'il se tenait *sur* la rivière et non *dans* l'eau, parfaitement indifférent en apparence aux tonnes de bois et de fer qui se balançaient au-dessus de lui, l'individu qui s'était présenté sous le nom de Drood avait renversé la tête, et son regard était fixé sur celui de Dickens. Les yeux pâles dans leurs orbites profondes semblaient dépourvus de paupières.

Ses lèvres s'écartèrent, sa bouche s'ouvrit et remua, la langue charnue darda entre les dents minuscules, laissant échapper des sons sibilants. Mais Dickens ne put discerner un seul mot au-dessus du grondement métallique de la voiture en suspension et des cris incessants des blessés dans la vallée, au-dessous.

« Inintelligible, murmura Dickens. Inintelligible. »

La voiture de première classe commença soudain à osciller et à ployer comme si elle était près de tomber. Dickens s'agrippa avec désinvolture au filet à bagages pour garder l'équilibre. Quand le roulis cessa, il baissa les yeux vers le fond du vallon. Drood avait disparu. L'écrivain jeta le manteau contenant son manuscrit sur son épaule et s'extirpa du wagon, regagnant la lumière.

2.

Je n'étais pas en ville le jour où mon ami fut victime de cet accident à Staplehurst, et ce ne fut donc que soixante-douze heures plus tard que je reçus un message de mon frère cadet, Charles, qui avait épousé la fille aînée de Dickens, Kate. Il m'annonçait que le romancier avait frôlé la mort. Je me précipitai à Gad's Hill Place.

J'ai tendance à penser, Cher Lecteur qui résides dans un avenir ridiculement lointain et posthume, que tu connais Gad's Hill grâce à *Henry IV*. À n'en pas douter, tu te souviens de Shakespeare, même si tous les autres plumitifs de mon espèce ont disparu dans les brumes de l'Histoire. C'est à Gad's Hill que Falstaff prépare une opération de brigandage mais voit son complot déjoué par le prince Hal et un ami qui, déguisés en forbans, entreprennent de détrousser le voleur ; terrifié, le corpulent sir John prend la fuite avant de prétendre avoir été attaqué par quatre bandits, puis huit, puis seize, et ainsi de suite. Il y a une Auberge de Falstaff juste à côté de chez Dickens, et je crois que l'écrivain appréciait le lien entre son domicile et Shakespeare, autant que la bière qu'il dégustait dans cette taverne au retour de ses longues courses à travers la campagne.

Alors que ma voiture de louage approchait de chez lui, je me rappelai que Gad's Hill Place avait une autre raison d'éveiller quelque émotion chez Dickens, une raison largement antérieure à l'acquisition de cette demeure dix ans plus tôt, en 1855. Gad's Hill se trouvait à Chatham, un village qui jouxtait la ville épiscopale de Rochester située à une quarantaine de kilomètres de Londres, une région où l'écrivain avait passé les années les plus heureuses de son enfance et où il retourna régulièrement à l'âge adulte, y déambulant tel un spectre inquiet à la recherche d'un lieu à hanter pour l'éternité. Quant à la maison elle-même – Gad's Hill Place –, le père de Charles Dickens l'avait montrée à son fils alors âgé de sept ou huit ans au cours de l'une de leurs innombrables promenades ; John Dickens lui avait tenu à peu près ce langage : « Si tu travailles assez dur, mon garçon, et si tu t'appliques bien, un jour, pareil manoir pourrait être à toi. » Et en février 1855, lorsque ce jeune garçon fêta ses quarante-trois ans, il avait emmené quelques amis à Chatham pour l'une de ses habituelles expéditions sentimentales et découvert, bouleversé, que l'inaccessible demeure de son enfance était en vente.

Dickens était le premier à admettre que Gad's Hill Place était moins un manoir qu'une maison de campagne moyennement confortable – en vérité, sa précédente demeure, Tavistock House, était bien plus prestigieuse –, malgré tous les travaux de rénovation, de modernisation, de décoration, d'aménagement et d'extension qui avaient coûté une petite fortune à l'écrivain après l'acquisition de cette propriété. Il avait d'abord envisagé de donner en location ce rêve d'opulence de son défunt père, avant de songer à en faire, un jour ou l'autre, sa résidence secondaire. Mais, après les amers désagréments de la séparation avec Catherine, il loua Tavistock House, puis mit en vente sa maison de ville, faisant de Gad's Hill Place son domicile principal. (Il disposait cependant de plusieurs points de chute à Londres, où il résidait occasionnellement – et parfois en secret –, dont un logement au-dessus de son bureau dans les locaux de notre revue, *All the Year Round*.)

Au moment d'acheter cette maison, Dickens avait dit à son ami Wills : « Je la voyais comme un merveilleux manoir (ce qu'elle n'est pas, Dieu m'en est témoin), quand j'étais un petit enfant très étrange qui avait déjà en tête les premières ombres de tous mes livres. »

Lorsque ma voiture quitta Gravesend Road pour s'engager dans l'allée incurvée menant à la maison à deux étages en brique rouge, je songeai que ces ombres avaient désormais pris corps pour des centaines de milliers de lecteurs et que Dickens vivait lui-même à l'intérieur de ces murs solides, que son incorrigible père, aussi peu doué pour les affaires familiales que financières, avait présenté un jour à son fils comme la récompense suprême de l'ambition domestique et professionnelle.

Une servante m'ouvrit et Georgina Hogarth, belle-sœur de Dickens et maîtresse de maison, m'accueillit.

« Comment se porte l'Inimitable ? demandai-je en usant du sobriquet dont l'auteur aimait à se parer.

— Il est très ébranlé, Monsieur Collins, très

ébranlé », chuchota Georgina en posant l'index sur ses lèvres. Le bureau de Dickens était immédiatement à droite de l'entrée. Les portes étaient fermées, mais mes nombreuses visites et mes non moins nombreux séjours à Gad's Hill m'avaient appris que les portes du bureau du maître étaient *toujours* fermées, qu'il travaillât ou non. « Cet accident l'a tellement bouleversé qu'il lui a fallu passer la première nuit dans son appartement londonien. Mr Wills a dormi devant sa porte, poursuivit-elle dans un chuchotement théâtral. Au cas où il aurait eu besoin de Mr Wills, voyez-vous. »

J'acquiesçai. Engagé initialement comme assistant à la revue de Dickens *Household Words*, William Henry Wills, un homme éminemment pragmatique et dénué d'imagination – l'opposé même à maints égards de Dickens, à l'esprit si vif –, était devenu un des amis les plus intimes du célèbre auteur et son confident, évinçant des proches de plus longue date comme John Forster.

« Il ne travaille pas aujourd'hui, souffla Georgina. Je vais voir s'il souhaite être dérangé. » Elle se dirigea vers les portes du bureau avec un émoi manifeste. Elle frappa d'une main légère.

« Qui est-ce ? » demanda une voix à l'intérieur du bureau.

Je dis « une voix », car ce n'était pas celle de Charles Dickens. La voix du romancier, telle que tous ceux qui le connaissaient de longue date se la rappelaient, était grave, rapide et très légèrement pâteuse, un défaut d'élocution que certains prenaient pour un zézaiement et qui avait incité l'écrivain, par compensation, à articuler exagérément, de sorte que son élo-

43

cution précipitée, mais très précise et sonore, paraissait pompeuse aux étrangers.

La voix en question était tout à fait différente. C'était le chevrotement aigrelet d'un vieillard.

« C'est Mr Collins, répondit Georgina au chêne de la porte.

— Dites-lui de regagner son lit de malade », grinça la voix sénile à l'intérieur du bureau.

La réflexion me fit ciller. Depuis que mon jeune frère Charles avait épousé Kate Dickens cinq ans auparavant, il lui était arrivé de souffrir de graves indigestions et d'indispositions occasionnelles, mais – j'en étais persuadé à l'époque – ces malaises étaient sans gravité. Dickens n'était pas de cet avis. L'écrivain avait été hostile à cette union, car il avait l'impression que sa fille préférée n'épousait Charles – qui avait été un moment l'illustrateur de Dickens – que pour le contrarier. Il s'était manifestement persuadé que mon frère était mourant. J'avais récemment appris de source bien informée que Dickens avait confié à Wills que l'état de santé de mon cher frère le rendait « totalement inapte à toute fonction de la vie ». Même si ce jugement avait été exact – ce qu'il n'était pas –, c'étaient des propos affreusement cruels.

« Non, il s'agit de Mr *Wilkie* », rectifia Georgina à travers la porte, jetant un regard anxieux par-dessus son épaule. Sans doute espérait-elle que je n'avais pas entendu.

« Ah ! » C'était la syllabe tremblotante d'un homme chenu. « Pourquoi diantre ne l'avez-vous pas précisé ? »

Nous entendîmes de vagues grattements, des tâtonnements, puis le bruit d'une clé qui tournait dans la

44

serrure – ce qui était extraordinaire en soi, car Dickens avait l'étrange habitude de fermer son bureau à clé quand il n'y était *pas*, mais jamais quand il y *était*. Puis la porte s'ouvrit toute grande.

« Mon cher Wilkie, mon cher Wilkie », s'écria Dickens de cette étrange voix râpeuse, écartant les bras, puis saisissant brièvement mon épaule droite de sa main gauche avant de la retirer pour lui faire rejoindre sa main droite qui serrait la mienne avec enthousiasme. Je remarquai qu'il regardait sa montre, au bout de sa chaîne. « Merci Georgina », dit-il d'un air absent en refermant la porte derrière nous, sans tourner la clé cette fois. Il me conduisit dans son bureau plongé dans l'obscurité.

Ce qui était une autre bizarrerie. Au fil des ans, chaque fois que j'étais allé voir Dickens dans son saint des saints – et mes visites étaient fréquentes –, jamais je n'avais vu les rideaux tirés sur les bow-windows dans la journée. Ils l'étaient ce jour-là. La seule lumière était celle que dispensait la lampe posée sur la table, au milieu de la pièce ; il n'y avait pas d'éclairage sur le secrétaire situé en face de ces trois fenêtres, dans la petite baie que celles-ci ménageaient. Nous étions peu nombreux à avoir eu le privilège de voir Dickens plongé dans l'acte même de la création, mais tous ceux qui avaient eu cette chance auront certainement relevé la légère ironie qui voulait que Dickens fût invariablement assis face aux fenêtres qui donnaient sur son jardin et sur Gravesend Road, mais ne *vît* strictement rien de la scène qui s'offrait à son regard quand il levait les yeux de sa plume et de son papier. Quand il travaillait, l'écrivain se perdait en effet dans les univers créés par sa propre imagination, et était aveugle à tout, sauf lorsqu'il se tournait vers son miroir pour vérifier ses propres expressions, mimant les grimaces, les sourires, les froncements de sourcils, les expressions d'effroi et autres réactions caricaturales de ses personnages.

Dickens m'entraîna plus avant dans la pièce ténébreuse, me désigna une chaise proche de son secrétaire et s'assit dans son fauteuil rembourré. Exception faite des rideaux tirés, la pièce était telle qu'à l'ordinaire – tout était ordonné et rangé avec une méticulosité presque obsessionnelle (et il n'y avait pas trace de poussière, bien que Dickens n'autorisât jamais les domestiques à épousseter ou à faire le ménage dans son bureau). Je reconnus le secrétaire avec son plan de travail incliné, la panoplie d'objets soigneusement disposés, que je n'avais jamais vus en désordre, rangés comme des talismans sur la partie plate de ce bureau – un calendrier, une bouteille d'encre, des tuyaux de plume, un crayon à côté d'une gomme indienne qui donnait l'impression de n'avoir jamais servi, un coussinet à épingles, une petite statuette de bronze représentant le combat de deux crapauds, un coupe-papier parfaitement aligné, une feuille dorée sur laquelle était posé un lapin stylisé. C'étaient ses porte-bonheur – son « attirail », disait Dickens, quelque chose, m'expliquat-il un jour, « sur quoi poser mes yeux lors des interruptions d'écriture » – et il ne pouvait pas s'en passer davantage à Gad's Hill que de ses plumes d'oie.

Les murs étaient couverts de rayonnages, dont certains abritaient des ouvrages factices – la plupart portant des titres ironiques de l'invention de Dickens. Il avait fait faire ces étagères pour Tavistock House et elles étaient désormais scellées au dos de la porte, tandis que les vraies bibliothèques encastrées qui entouraient toute la pièce n'étaient interrompues que par les fenêtres et par une jolie cheminée bleu et blanc décorée de vingt carreaux de Delft.

En cet après-midi de juin, je trouvai Dickens terriblement vieilli, sa calvitie de plus en plus prononcée, ses yeux enfoncés, les rides et les plis de son visage accentués par la lumière crue de la lampe à gaz posée sur la table, derrière nous. Il ne cessait de regarder le boîtier fermé de sa montre.

« C'est si aimable à vous d'être venu, Wilkie, coassa-t-il.

— Mais non, voyons, protestai-je. Je serais volontiers passé vous voir plus tôt, mais je n'étais pas en ville, comme mon frère vous en a certainement informé. Vous avez la voix fort éraillée, Charles.

— Déraillée ? fit Dickens avec un bref sourire.

— Éraillée. »

Il émit un rire rauque. Rares étaient les conversations au cours desquelles Charles Dickens ne riait pas. Je n'avais jamais rencontré d'homme aussi enclin au rire. Aucun instant, aucun contexte ou presque n'était assez grave pour que cet écrivain n'y décèle une certaine légèreté, comme nous étions quelques-uns à l'avoir constaté, à notre grand embarras, à l'occasion d'obsèques.

« *Déraillée* serait plus exact, aurais-je tendance à penser, ajouta Dickens de ce curieux chevrotement de vieillard. Fort inexplicablement, j'ai rapporté de cette terrible catastrophe de Staplehurst la voix d'un autre. Je serais heureux que cette personne me rende mon organe et reprenne le sien… Ce timbre à la Micawber vieillissant n'est pas du tout de mon goût. On dirait que quelqu'un s'amuse à passer du papier de verre à la fois sur mes cordes vocales et sur mes voyelles.

— Pour le reste, êtes-vous parfaitement indemne, mon ami ? » lui demandai-je en m'inclinant dans le cercle de lumière.

Dickens éluda la question d'un geste et reporta son attention sur la montre en or qu'il tenait entre ses mains. « Mon cher Wilkie, j'ai fait la nuit dernière un rêve des plus étonnants.

— Ah ? » m'enquis-je avec compassion. Je m'attendais à entendre le récit des cauchemars que lui inspirait l'accident de Staplehurst.

« J'ai eu l'impression de lire un livre que j'aurais écrit dans le futur », poursuivit-il doucement, tournant et retournant toujours sa montre entre ses mains. La lumière de l'unique lampe se reflétait dans l'or. « C'était une histoire terrible... celle d'un homme qui se magnétisait lui-même, si bien qu'il lui était possible, à moins qu'il ne s'agît de cette autre personnalité créée par ces suggestions mesmériennes, d'accomplir des méfaits abominables, des crimes indicibles. Des actes égoïstes, lubriques, destructeurs que cet individu – je ne sais pour quelle raison, dans ce rêve, je tenais à l'appeler Jasper – n'aurait jamais commis en toute lucidité. Et il y avait une autre... créature... qui participait à tout cela.

— Se magnétiser soi-même, murmurai-je. Ce n'est pas envisageable, si ? Je m'en remets à votre intérêt pour l'influence magnétique et à votre compétence de plus longue date que la mienne dans cet art, mon cher Charles.

— Je n'en sais rien. Je n'en ai jamais *entendu* parler, ce qui ne signifie pas obligatoirement que cela est impossible. » Il leva les yeux. « Vous a-t-on déjà magnétisé, Wilkie ?

— Non, répondis-je avec un petit rire. Certains ont pourtant essayé. » Il ne me parut pas nécessaire d'ajouter que le professeur John Elliotson, qui avait travaillé à l'University College Hospital et avait été le mentor et l'instructeur de Dickens lui-même dans l'art du mesmérisme, avait découvert qu'il était impossible de me soumettre à l'influence magnétique. Ma volonté était trop forte, tout simplement.

« Faisons l'expérience, dit alors Dickens, en laissant pendre sa montre au bout de sa chaîne et commençant à lui imprimer un mouvement de pendule.

— Charles, protestai-je en pouffant, alors que je ne trouvais pas cela drôle le moins du monde. À quoi bon ? Je suis venu m'enquérir des détails de votre terrible accident, et non jouer à des jeux de société avec une montre et...

— Mon cher Wilkie, faites-moi plaisir, insista Dickens tout bas. Vous savez que j'ai connu quelques succès en magnétisant certains sujets. Je vous ai parlé, me semble-t-il, de la thérapie mesmérienne longue et plutôt fructueuse que j'ai réalisée sur cette pauvre Mme de La Rue, sur le continent. »

Je ne pus qu'émettre un grognement évasif. Dickens avait parlé à *tous* ses amis et connaissances de son interminable et obsessionnelle série de séances avec cette « pauvre » Mme de La Rue. En revanche, il s'était bien gardé de nous confier – une information qui était de notoriété publique parmi ses intimes – que ses séances avec cette dame mariée et manifestement démente, qui avaient lieu à des heures pour le moins curieuses, de nuit comme de jour, avaient inspiré à l'épouse de Dickens, Catherine, une telle jalousie que – pour la première fois peut-être de sa vie conjugale – elle avait exigé que son mari y mette fin.

« Gardez, je vous prie, vos yeux fixés sur la montre, murmura Dickens en balançant le disque doré d'avant en arrière dans la lumière tamisée.

— Cela ne marchera pas, mon cher Charles.

— Vous avez sommeil, Wilkie... *très* sommeil... Vous avez peine à garder les yeux ouverts. Vous êtes aussi somnolent que si vous veniez d'absorber plusieurs gouttes de laudanum. »

Je faillis m'esclaffer. J'avais bu plusieurs *dizaines* de gouttes de laudanum avant de venir à Gad's Hill, comme tous les matins. Et il était grand temps que je prenne une gorgée de ma flasque d'argent.

« Vous avez... très... très... sommeil... » bourdonnait Dickens.

Pendant quelques secondes, j'essayai de répondre à son désir, uniquement pour faire plaisir à l'Inimitable. Sans doute cherchait-il à se distraire des terreurs de son récent accident. Je me concentrai sur l'oscillation de la montre. J'écoutai le ronronnement de la voix de Dickens. En vérité, la chaleur pesante de cette pièce close, la pénombre, l'unique lueur de l'or qui se balançait d'avant en arrière, mais surtout la forte quantité de laudanum que j'avais absorbée ce matin, me plongèrent – l'espace infime d'un instant – dans un état fort bref d'étourdissement.

Si je m'étais laissé aller, j'aurais effectivement pu m'endormir, sans céder pour autant à la transe mesmérienne dans laquelle Dickens aurait tant aimé me plonger.

Mais je me secouai pour dissiper ce vertige avant

qu'il n'ait véritablement pris possession de moi et dis brusquement : « Je regrette, Charles. Cela ne prend pas chez moi, un point c'est tout. Ma volonté est trop forte. »

Dickens soupira et rangea sa montre. Puis il se dirigea vers les fenêtres et entrouvrit les rideaux. Les rayons du soleil nous éblouirent. « C'est exact, reconnut-il. La volonté des véritables écrivains est trop puissante pour se laisser subjuguer par les arts magnétiques. »

J'éclatai de rire. « Dans ce cas, vous devrez éviter de faire de ce personnage que vous appelez Jasper – si vous écrivez un jour ce roman inspiré par votre rêve – un écrivain. »

Dickens sourit faiblement : « Vous avez raison, mon cher Wilkie. » Il regagna son fauteuil.

« Comment se portent Miss Ternan et sa mère ? » demandai-je alors.

Le froncement de sourcils de Dickens ne m'échappa pas. Toute évocation, fût-ce entre lui et moi, de cet aspect éminemment personnel et secret de sa vie, aussi décemment limitée qu'elle fût dans la conversation et malgré le *besoin* qu'il éprouvait de parler de sa maîtresse à quelqu'un, le mettait mal à l'aise. « La mère de Miss Ternan n'a subi d'autre désagrément que le choc organique auquel on pouvait s'attendre chez une personne de son âge, grinça Dickens, mais Miss Ternan elle-même souffre de quelques contusions assez sérieuses et, selon son médecin, d'une légère fracture cervicale ou d'un déplacement à la base de la nuque. Tourner la tête lui inflige une vive douleur.

— Je suis navré de l'apprendre. »

Dickens n'en dit pas davantage. Il demanda tout

bas : « Souhaitez-vous que je vous relate les détails de mon accident et de ses répercussions, mon cher Wilkie ?

— Mais certainement, mon cher Charles. Certainement.

— Savez-vous que vous serez la *seule* personne à qui je révélerai tous les détails de cet événement ?

— Croyez que j'en serai fort honoré, dis-je. Vous pouvez être assuré de ma discrétion jusqu'au tombeau et au-delà. »

Cette fois, Dickens sourit *pour de bon* – cet éclair soudain, assuré, malicieux et légèrement enfantin de dents jaunies surgissant du nuage de barbe qu'il avait laissé pousser pour jouer dans ma pièce *Profondeurs glacées* huit années auparavant et n'avait jamais rasé depuis. « Votre tombeau, ou le mien, Wilkie ? »

Je clignai des yeux, en proie à une seconde de confusion ou d'embarras. « Les deux, je vous assure », répondis-je enfin.

Dickens hocha la tête et entreprit de me faire d'une voix râpeuse le récit de l'accident de Staplehurst.

« Bonté divine, chuchotai-je quand il eut terminé, une quarantaine de minutes plus tard. Bonté divine.

— Exactement, approuva le romancier.

— Ces pauvres gens, repris-je d'une voix presque aussi éraillée que celle de Dickens. Ces pauvres gens.

— Inimaginable », répéta Dickens. C'est un mot que je n'avais encore jamais entendu dans sa bouche, mais il avait dû le prononcer plus de dix fois au cours de ce récit. « Vous ai-je dit que le pauvre homme que nous avons arraché à cet amoncellement proprement extraordinaire de décombres noircis – il était coincé à l'intérieur, la tête en bas, voyez-vous – saignait des yeux, des oreilles, du nez et de la bouche tandis que nous cherchions fébrilement son épouse ? Il semblerait que, quelques minutes à peine avant l'accident, cet individu ait échangé sa place contre celle d'un Français qui ne supportait pas que la vitre fût ouverte. Nous avons trouvé le Français mort. L'épouse de l'homme ensanglanté était morte, elle aussi.

— Bonté divine », répétai-je encore.

Dickens posa la main sur ses yeux comme pour les abriter de la lumière. Quand il releva la tête, son regard était d'une intensité que j'avoue n'avoir jamais vue chez un autre être humain. Comme nous le constaterons à plusieurs reprises au fil de cette histoire véridique que je partage avec toi, Cher Lecteur, la volonté de Charles Dickens était inflexible.

« Que pensez-vous de ma description du personnage qui s'est présenté sous le nom de Drood ? » Dickens avait posé cette question d'une voix qui, pour être rauque et basse, ne manquait pas de vivacité.

« Tout à fait incroyable, répondis-je.

— Voulez-vous dire par là que vous n'ajoutez pas foi à son existence ni au portrait que j'en ai tracé, mon cher Wilkie ?

— Point du tout, point du tout, protestai-je immédiatement. Je suis certain que son allure et son comportement étaient exactement tels que vous les avez décrits, Charles... Il n'est pas d'observateur des particularités et des petites manies des êtres humains, vivant ou inhumé avec tous les honneurs littéraires dans l'abbaye de Westminster, qui soit plus talentueux que vous, mon ami... mais Mr Drood est... incroyable.

— Je ne vous le fais pas dire, acquiesça Dickens.

Et il est à présent, de notre devoir, mon cher Wilkie – du vôtre comme du mien –, de le retrouver.

— Le retrouver ? répétai-je stupidement. Et pourquoi, sacrebleu, devrions-nous faire une chose pareille ?

— Il y a en Mr Drood une histoire qu'il importe d'exhumer, chuchota Dickens. Si vous me pardonnez les connotations sépulcrales de l'expression. Que faisait cet homme – s'il s'agit bien d'un homme – dans le train de marée à cette heure-là ? Pourquoi, lorsque je lui ai posé la question, a-t-il prétendu se rendre à Whitechapel et dans les taudis des quartiers est ? Que faisait-il au juste parmi les morts et les mourants ? »

Je ne comprenais pas. « Que pouvait-il faire, Charles, sinon la même chose que vous : aider et réconforter les vivants, et repérer les morts ? »

Dickens sourit à nouveau, mais ce sourire-là ne contenait pas plus de chaleur que d'espièglerie. « Il se tramait quelque chose de sinistre, mon cher Wilkie. J'en mettrais ma main à couper. À plusieurs reprises, comme je vous l'ai raconté, j'ai vu ce Drood... si tel est bien le nom de cette créature... s'attarder à proximité de blessés, que j'ai retrouvés morts quand je suis allé leur porter secours

— Mais vous m'avez dit vous-même, Charles, que plusieurs des personnes dont *vous* vous étiez occupé avaient, elles aussi, déjà rendu l'âme lorsque vous êtes revenu les aider.

— C'est exact, coassa Dickens avec sa voix d'étranger, en enfonçant le menton dans son col. Mais je ne les ai pas *aidées* à trépasser. »

Je me renversai contre mon dossier, horrifié. « Bonté divine ! Suggérez-vous que cette créature en cape d'opéra et au visage lépreux aurait en réalité...

assassiné… certaines des malheureuses victimes de Staplehurst ?

— Ce que je suggère, mon cher Wilkie, c'est que j'ai été le témoin d'une forme de cannibalisme.

— Du *cannibalisme* ! » Pour la première fois, je me demandai si l'accident n'avait pas provoqué un certain dérangement cérébral chez mon célèbre ami. Il est vrai que, au cours même de son récit, j'avais sérieusement douté de la véracité de sa description, et même de l'existence véritable de ce « Drood » – l'homme ressemblait davantage au personnage d'un roman à sensation qu'à un être de chair et de sang susceptible de prendre le train de marée de Folkestone –, mais j'avais attribué cette hallucination éventuelle au bouleversement et au désarroi qui avaient également privé Dickens de sa voix. Toutefois, si celui-ci se mettait à imaginer des actes de *cannibalisme*, il était à parier que ce terrible accident l'avait privé de sa raison, en même temps que de son organe.

Il me souriait encore et l'intensité de son regard était précisément celle qui faisait croire à tant de ceux qui lui parlaient pour la première fois que Charles Dickens était capable de lire dans leurs pensées. « Non, mon cher Wilkie, je ne suis *pas* dérangé, dit-il tout bas. La réalité corporelle de Mr Drood n'était pas moindre que la vôtre ou la mienne, et il était plus étrange encore – d'une façon que je ne saurais définir – que je ne vous l'ai décrit. Si je l'avais conçu comme le personnage d'un de mes romans à venir, je ne l'aurais pas dépeint sous ces traits – trop étranges, trop menaçants, trop grotesques d'aspect pour une œuvre littéraire, mon cher Wilkie. En fait, et vous le savez parfaitement, ce genre de figures spectrales existent pour de bon. On les croise dans la rue. On les rencontre lorsqu'on se promène, la nuit, dans Whitechapel ou d'autres quartiers londoniens. Et, souvent, leurs histoires sont plus singulières que ce qu'un simple romancier pourrait inventer. »

Ce fut à moi de sourire. Peu de gens avaient jamais entendu l'Inimitable se présenter comme un « simple romancier » et j'étais certain que ce n'était pas ce qu'il venait de faire. Il faisait allusion à d'*autres* « simples romanciers ». À moi-même, peut-être. « Comment vous proposez-vous de retrouver ce Mr Drood, Charles ? demandai-je. Et que ferons-nous de ce monsieur, une fois que nous l'aurons déniché ?

— Vous souvenez-vous de la maison hantée sur laquelle nous avons enquêté ? » demanda l'écrivain.

Je m'en souvenais. Quelques années auparavant, Dickens – en tant que responsable de sa nouvelle revue, *All the Year Round*, qui avait remplacé son ancien *Household Words* après une prise de bec avec ses éditeurs – s'était trouvé mêlé à des débats avec un certain nombre de spirites. Dans les années 1850, les histoires d'esprits frappeurs, les séances de spiritisme ou de mesmérisme et l'intérêt en général pour toutes les formes d'énergies invisibles avaient fait rage. Dickens ne s'était pas contenté de croire à certains de ces phénomènes, il les avait pratiqués avec enthousiasme. Bien qu'il fût convaincu de la réalité du mesmérisme – que l'on appelait aussi magnétisme animal – et de ses effets, et malgré une superstition que je savais invétérée (il était fermement convaincu, par exemple, que le vendredi était son jour de chance), il avait jugé bon (en tant que rédacteur en chef de sa nouvelle publication) de chercher noise à plusieurs spirites. Quand, pour étayer ses arguments, l'un de ses contradicteurs, un certain William Howitt, avait révélé l'existence d'une maison hantée à Cheshunt, près de Londres, Dickens décida sur-le-champ que nous – c'est-à-dire les rédacteurs et gérants de *All the Year Round* – devions organiser une expédition afin d'enquêter sur ces apparitions.

W. H. Wills et moi étions partis en voiture, tandis que Dickens et un de nos collaborateurs, John Hollingsbread, parcouraient à pied les vingt-cinq kilomètres qui nous séparaient du village. Après avoir eu quelques difficultés à trouver la maison en question (par bonheur, Dickens nous avait fait emporter un repas de poisson frais, car il n'avait pas confiance dans la nourriture locale), nous avions fini par dénicher une villa située, nous dit-on, dans le domaine de la prétendue maison hantée, et avions passé le reste de l'après-midi et toute la soirée à interroger les voisins, les commerçants du coin et même quelques passants, avant de conclure que les « fantômes » de Howitt n'étaient que des rats et un serviteur du nom de Frank qui aimait braconner les lapins à des heures indues de la nuit.

Dickens n'avait pas manqué de vaillance lors de cette excursion en plein jour et avec trois compagnons, mais je m'étais laissé dire que lors d'une autre chasse aux fantômes, de nuit cette fois, et qui avait pour cadre un monument que l'on disait hanté près de Gad's Hill Place, l'écrivain était venu avec ses domestiques de sexe masculin et équipé d'un fusil de chasse chargé. Selon le plus jeune fils de l'écrivain, que toute la famille surnommait Plorn, son père avait été plutôt inquiet et avait annoncé : « ... Si c'est quelqu'un qui nous fait une farce et si ce quelqu'un a une tête, je la lui ferai sauter. » Ils entendirent effectivement un gémissement lugubre, « un bruit terrifiant – un bruit humain – et en même temps inhumain ».

C'était un mouton asthmatique. Dickens renonça à lui faire sauter la tête. Il offrit à tout le monde – domestiques et enfants au grand complet – un rhum à l'eau quand ils rentrèrent chez eux.

« Nous savions où se trouvait la maison hantée, fis-je remarquer à Dickens en ce jour de juin dans son bureau assombri. Comment trouver Mr Drood ? Où le chercher, Charles ? »

Dickens changea soudain d'expression et de posture. Son visage sembla s'allonger, se rider et pâlir davantage encore. Ses yeux s'écarquillèrent au point qu'il semblait ne plus avoir de paupières, et le blanc de ces yeux rayonnait à la lumière de la lampe. Il prit l'allure d'un vieillard voûté, d'un fossoyeur tapi ou encore d'une buse. Sa voix, toujours râpeuse, monta dans les aigus et devint sifflante, tandis que ses longs doigts blêmes s'agitaient dans l'air comme ceux d'un nécromancien.

« À Limehousse, siffla-t-il, imitant l'élocution de Drood dans le récit qu'il m'avait fait de ses aventures. Whitechapel. Ratcliff Crossss. Gin Alley. Three Foxesss Court. Butcher Row et Commercial Road. The Mint et autres bas quartiers. »

Je dois avouer que les poils de ma nuque se hérissèrent. Lorsqu'il était petit, avant même de prendre la plume, Charles Dickens avait été un imitateur si doué que son père l'emmenait au pub pour contrefaire les gens qu'ils avaient croisés au cours de leurs promenades. En cet instant, je me pris à croire en l'existence de cette créature, de ce Drood.

« Quand ? demandai-je.

— Ssssous peu, poursuivit Dickens, mais en souriant cette fois, redevenu lui-même. Nous avons déjà entrepris des excursions de ce genre dans Babylone, mon cher Wilkie. Nous avons vu le Grand Four de nuit. »

C'était un fait. Il avait toujours été fasciné par le bas-ventre de notre ville. « Babylone » ou le « Grand Four » étaient ses expressions de prédilection pour décrire les bouges les plus infects de Londres. Certaines de mes expéditions nocturnes en compagnie de Dickens dans ces venelles obscures et dans ces masures au cours des années passées hantaient encore mes rêves.

« Je suis votre homme, mon cher Dickens, m'écriai-je avec enthousiasme. Je prendrai mon service demain soir, si tel est votre bon plaisir. »

Il secoua la tête. « Il faut que je retrouve ma voix, mon cher Wilkie. Je suis en retard pour les dernières livraisons de *L'Ami commun*. D'autres tâches, parmi lesquelles la guérison du Patient, vont solliciter mon attention au cours des jours à venir. Passerez-vous la nuit ici, mon ami ? Votre chambre est prête, comme toujours.

— C'est malheureusement impossible. Je dois être en ville cet après-midi. J'ai des affaires urgentes à régler. » Je ne précisai pas à Dickens que ces « affaires » consistaient avant tout à acheter du laudanum, une substance dont je ne pouvais me passer, dès ces années 1865, plus d'une journée d'affilée.

« Fort bien, dit-il en se levant. Pourriez-vous me faire une grande faveur, mon cher Wilkie ?

— Tout ce que vous voudrez, mon cher Dickens. Je suis à vos ordres, mon ami. »

Dickens posa les yeux sur sa montre. « Il est trop tard pour que vous attrapiez le prochain train à Gravesend, mais si Charles attelle le panier, nous devrions arriver à temps à Higham pour que vous preniez l'express pour Charing Cross.

— Parce que je me rends à Charing Cross ?

— En effet, mon cher Wilkie, acquiesça-t-il en me serrant fermement l'épaule tandis que nous quittions les ténèbres de son bureau pour pénétrer dans la lumière plus vive du vestibule. Je vous expliquerai pourquoi sur le chemin de la gare. »

Georgina ne nous accompagna pas dehors, mais Charley, le fils aîné de l'Inimitable, était venu passer quelques jours chez son père et fut chargé d'atteler la voiture en osier. Le jardin qui se trouvait devant la maison de Gad's Hill était soigné comme tout ce qui relevait de l'autorité du maître de maison : les fleurs préférées de Dickens, des géraniums écarlates, plantés en rang d'oignons ; deux grands cèdres du Liban juste au-delà de la pelouse parfaitement tondue, qui projetaient leurs ombres vers l'est, le long de la rue.

Quelque chose dans les rangées de géraniums que nous longeâmes pour rejoindre Charley et la voiture en osier me troubla. Je sentis s'accélérer les battements de mon cœur, et un frisson me parcourut. Je me rendis compte que Dickens me parlait.

« … Je l'ai fait transporter par le train de secours directement au Charing Cross Hotel, juste après l'accident, me disait-il. J'ai engagé deux infirmières chargées de veiller sur lui jour et nuit, pour qu'il ne soit pas seul. Je vous serais très reconnaissant de bien vouloir passer le voir ce soir, mon cher Wilkie, de lui transmettre mes salutations et de lui faire savoir que, dès que je serai en mesure de venir en ville – demain, probablement –, je lui rendrai moi-même visite. Si les infirmières devaient vous annoncer que son état s'est aggravé, je considérerais comme une faveur personnelle que vous envoyiez un messager à Gad's Hill pour me transmettre cette information aussitôt que possible.

— C'est entendu, Charles », acquiesçai-je. Je songeai vaguement qu'il devait parler du jeune homme qu'il avait aidé à extraire du train accidenté de Staplehurst et qu'il avait personnellement installé à l'hôtel, à Charing Cross. Un certain Dickenson. Edmond ou Edward Dickenson, me semblait-il. Une coïncidence assez extraordinaire, à y bien penser.

Tandis que nous descendions l'allée et nous éloignions des géraniums écarlates, le sentiment de panique m'abandonna aussi soudainement et aussi étrangement qu'il s'était emparé de moi.

La voiture était exiguë, mais Dickens insista pour y prendre place avec Charley et moi, tandis que le jeune homme conduisait le poney vers Gravesend, avant d'emprunter la route de Rochester, en direction de la gare de Higham. Nous avions largement le temps.

Charles fut d'abord parfaitement détendu et nous causâmes de menus détails concernant l'édition d'*All Year Round*, mais lorsque le poney et la voiture prirent un peu de vitesse, rejoignant d'autres véhicules sur la route – la gare de Higham était presque en vue –, je vis le visage de l'écrivain, toujours hâlé par son séjour en France, pâlir puis prendre la couleur du plomb. Des perles de sueur jaillirent sur ses tempes et ses joues.

« Je t'en prie, Charley, ralentis un peu. Et cesse de faire tanguer la voiture de la sorte. C'est à vous rendre fou.

— Oui, père. » Charley tira sur les rênes jusqu'à ce que le poney cesse de trotter.

Je vis les lèvres de Dickens s'amincir, jusqu'à n'être plus qu'une fente exsangue. « Plus lentement, Charley. Pour l'amour du ciel, ralentis l'allure.

— Oui, père. » Charley, âgé d'une vingtaine d'années, avait l'air apeuré d'un petit garçon lorsqu'il se tourna vers son père, qui se cramponnait des deux mains au bord du panier et se penchait sans aucune nécessité vers la droite.

« Moins vite, je t'en prie ! » cria encore Dickens. La voiture avançait à peine au pas, plus lentement à n'en pas douter que les six kilomètres à l'heure que Dickens était capable de maintenir – et maintenait – sur vingt, vingt-cinq ou trente kilomètres lors de ses promenades quotidiennes.

« Nous allons manquer le train… » commença Charley, regardant les flèches et la tour du dépôt qui se dressaient au loin, puis consultant sa montre.

« Arrête-toi ! Laisse-moi descendre », ordonna Dickens. Son visage était gris comme la queue du poney. Il sortit de la voiture en titubant et me serra hâtivement la main. « Je rentrerai à pied. C'est une belle journée pour marcher. Je vous souhaite un bon voyage et je vous en prie, faites-moi savoir ce soir si le jeune Mr Dickenson a besoin de quoi que ce soit.

— Je n'y manquerai pas, Charles. Nous nous reverrons bientôt. »

La dernière vision que j'eus de Dickens de dos était celle d'un homme beaucoup plus âgé, qui ne marchait pas à son pas habituel, assuré et incroyablement alerte, mais donnait l'impression de chercher son chemin à tâtons sur le bas-côté, lourdement appuyé sur sa canne, tout en s'en retournant à Gad's Hill.

Cannibalisme.

Dans le train qui me conduisait à la gare de Charing Cross, je songeai à ce mot étrange et barbare, à cette réalité non moins étrange et non moins barbare – le cannibalisme – et à l'influence qu'ils avaient déjà exercée dans la vie de Charles Dickens. (J'étais loin d'imaginer en cet instant les effets terribles qu'ils produiraient – très bientôt – sur la mienne.)

Le tempérament de Charles Dickens avait toujours réagi avec une vivacité singulière à l'image du cannibalisme et à l'idée même de se faire dévorer. Au moment où il s'était séparé publiquement de Catherine et à propos du scandale qu'il avait tout fait pour provoquer et faire connaître de tous – ce qu'il n'admettrait jamais, bien entendu –, le romancier m'avait dit plus d'une fois : « Ils me mangent tout cru, Wilkie. Tous ces gens, mes ennemis, les Hogarth et le public mal informé qui ne demande qu'à croire le pire me dévorent, membre après membre. »

À maintes reprises, au cours de la dernière décennie, Dickens m'avait invité à l'accompagner au Jardin zoologique de Londres – un lieu qui l'enchantait toujours –, mais malgré l'intérêt que lui inspiraient la famille de l'hippopotame, la volière et l'antre du lion, il tenait surtout à être présent dans le pavillon des reptiles à l'heure du repas. Dickens n'aurait manqué ce moment pour rien au monde, et me pressait, de crainte que nous ne fussions en retard. On servait aux reptiles, et plus spécifiquement aux serpents, des souris et des rats de belle taille ; ce spectacle semblait magnétiser Dickens (qui, en bon magnétiseur, refusait obstinément que quiconque d'autre le magnétise). Il était cloué sur place. En plusieurs occasions – alors que nous sortions ensemble, que nous attendions le début d'une pièce de théâtre, ou lorsque nous étions assis dans son petit salon, chez lui –, Dickens m'avait fait remarquer que, bien souvent, deux serpents entreprenaient de dévorer le même rat exactement en même temps, jusqu'à ce que la tête, la queue et l'arrière-train du rongeur aient disparu dans leurs gosiers respectifs alors que le rat était toujours vivant, ses pattes antérieures et postérieures battant l'air, pendant que les puissantes mâchoires poursuivaient leur progression.

Quelques mois seulement avant l'accident de Staplehurst, Dickens m'avait confié qu'il voyait les pieds des meubles de sa maison – de sa baignoire, de sa table en S et des chaises disposées dans les différentes pièces –, et jusqu'aux lourds cordons des tentures sous l'aspect de serpents qui engloutissaient lentement les plateaux de table, les rideaux et la baignoire. « Quand je regarde ailleurs, la maison se dévore toute seule, mon cher Wilkie », m'avait-il dit devant un punch au rhum. Il m'avait également avoué qu'il lui arrivait fréquemment au cours d'un banquet – généralement donné en son honneur – de parcourir du regard la longue table et de voir ses pairs, ses amis et ses confrères se remplir les joues de veau, de mouton ou de poulet. Pendant un instant, l'espace d'une unique et terrible seconde, il imaginait que les couverts qui s'approchaient de ces bouches étaient des appendices frétillants. Non pas de souris ni de rats, avait-il précisé – d'hommes. Il trouvait, avait-il ajouté, cette illusion récurrente extrêmement… perturbante.

Mais c'était une authentique affaire de cannibalisme – une rumeur du moins – qui avait transformé le cours de l'existence de Charles Dickens, onze années auparavant.

En octobre 1854, toute l'Angleterre prit connaissance avec horreur du rapport du docteur John Rae sur les constatations qu'il avait faites en recherchant l'Expédition Franklin, portée disparue.

Si tu n'as jamais entendu parler de l'Expédition Franklin, Cher Lecteur d'un siècle à venir, je vais te résumer les faits en quelques mots. En 1845, sir John Franklin et cent vingt-neuf hommes partirent explorer le nord de l'Océan Arctique à bord de deux navires – l'*Erebus* et le *Terror* – fournis par le Discovery Service de la Royal Navy. Ils prirent la mer en mai 1845. Leur mission première était de franchir le passage du nord-ouest reliant l'Atlantique et le Pacifique au nord de notre colonie du Canada –, l'Angleterre rêvait toujours de découvrir de nouvelles routes commerciales, plus courtes, pour rejoindre l'Extrême-Orient. Franklin, qui n'était déjà plus tout jeune, était un explorateur expérimenté. On pouvait raisonnablement s'attendre au succès de cette entreprise. Les deux navires furent aperçus pour la dernière fois en mer de Baffin à la fin de l'été 1845. Au bout de trois ou quatre années sans nouvelles de l'expédition, la Royal Navy elle-même commença à s'inquiéter et plusieurs opérations de sauvetage furent organisées. À ce jour, les deux navires n'ont toujours pas été retrouvés.

Le Parlement et lady Franklin offrirent d'immenses récompenses. Des équipes de sauveteurs, britanniques mais aussi américaines et autres, sillonnèrent l'Arctique à la recherche de Franklin et de ses compagnons. Ou au moins de quelque indice de leur sort. Lady Franklin était absolument convaincue que son mari et ses hommes d'équipage étaient encore vivants, et peu de membres du gouvernement ou de la Navy eurent le cœur de la contredire, alors même qu'un grand nombre d'Anglais avaient perdu tout espoir.

Le docteur John Rae était un officier de la Hudson Bay Company qui s'était dirigé vers le nord par voie de terre et avait passé plusieurs saisons à explorer des îles septentrionales reculées (essentiellement formées, dit-on, de gravier gelé et de neige, laquelle tombait en rafales continues), ainsi que les vastes étendues de banquise dans lesquelles l'*Erebus* et le *Terror* avaient disparu. Contrairement aux membres de la Royal Navy et à la majorité des sauveteurs, Rae avait vécu avec des Esquimaux de la région, il avait appris leurs langues grossières et citait – dans son rapport – le témoignage d'un certain nombre d'entre eux. Il avait également rapporté en Angleterre différents objets – boutons de cuivre, casquettes, vaisselle provenant du bateau et portant les armoiries de sir John, matériel d'écriture – qui avaient appartenu à Franklin ou à ses hommes. Enfin, Rae avait découvert des restes humains, enfouis dans des fosses provisoires ou déposés à même le sol, parmi lesquels deux squelettes encore assis dans une des chaloupes de l'un des navires, attachée à un traîneau.

Au-delà de cette preuve affreuse du destin probable de Franklin, ce qui bouleversa l'Angleterre était que, selon les Esquimaux que Rae avait interrogés, avant de périr, Franklin et ses hommes s'étaient livrés dans les derniers jours de leur existence à des actes de cannibalisme. Les sauvages racontèrent à Rae qu'ils avaient trouvé, au hasard de leurs déplacements, des campements de Blancs jonchés d'os rongés, de tas de membres tranchés et même des grandes bottes contenant encore des pieds et des tibias.

Lady Franklin fut horrifiée, on le comprendra, et récusa purement et simplement ce rapport (allant jusqu'à affréter un autre navire, sur ses propres deniers déjà fort diminués, pour repartir à la recherche de son mari). Cette idée avait également épouvanté – et fasciné – Dickens.

Celui-ci entreprit alors de publier des articles sur cette tragédie dans sa revue, *Household Words*, ainsi que dans d'autres magazines. Dans un premier temps, il s'en tint à un sain scepticisme, expliquant que le rapport « *affirmait un peu hâtivement qu'ils avaient mangé les corps de leurs compagnons décédés* ». Dickens déclarait avoir consulté « une vraie forêt de livres » – sans citer pour autant de sources précises – afin de prouver que « *toutes les probabilités s'opposent à l'idée que les malheureux hommes de Franklin aient pu envisager de dévorer les corps de leurs compagnons* ».

Alors que le reste de la nation commençait à se convaincre de la véracité du récit de Rae (lequel réclama la récompense promise par le gouvernement à qui apporterait des informations probantes sur le sort de Franklin) ou à oublier toute l'affaire, le déni de Dickens se mua en franche colère. Dans *Household Words*, il s'en prit violemment aux « sauvages » – le terme dont il se servait pour désigner tous les non-Blancs, mais qui s'appliquait ici aux Esquimaux intrigants, menteurs et perfides avec lesquels John Rae avait vécu et qu'il avait interrogés. De notre temps, Dickens passait, c'est un fait, pour un libéral radical. Cette réputation ne fut pas remise en question lorsque, s'exprimant au nom de la majorité des Anglais, il écrivit : « ... *Nous estimons que tout sauvage est, au fond de son cœur, avide, fourbe et cruel.* » Il était tout simplement impossible, affirmait-il, qu'un des hommes de sir John Franklin ait pu « *prolonger son existence en recourant à l'effroyable expédient de consommer le corps de ses compagnons morts* ».

Notre ami prit alors une initiative pour le moins étrange. Dans la « forêt de livres » qu'il avait consultée afin d'étayer son point de vue, il choisit *Les Mille et Une Nuits* – un des ouvrages qui avaient le plus marqué son enfance, comme il me l'avait confié à maintes reprises – pour prouver qu'il avait raison. « *Dans l'intégralité du vaste cycle des* Mille et Une Nuits, *il est réservé aux goules, aux Noirs gigantesques qui n'ont qu'un œil, aux monstres qui ressemblent à des tours immenses et redoutables, et aux bêtes immondes tapies sur la grève...* » de se livrer à la consommation de chair humaine, c'est-à-dire au cannibalisme.

Et voilà. *Quod erat demonstrandum.*

C'est en 1856 que Dickens donna à sa campagne contre l'éventualité d'actes de cannibalisme commis par les nobles compagnons de sir John Franklin une nouvelle dimension... qui allait m'y mêler étroitement.

Nous nous trouvions ensemble en France – Dickens me surnommait son « ami dépravé » lors de ces voyages et parlait de nos séjours à Paris comme de « nos dangereuses expéditions » (j'ajouterai que, tout en appréciant la vie nocturne et les conversations occasionnelles avec de jeunes actrices, l'écrivain ne fit jamais des femmes de nuit de cette ville un usage aussi immodéré que moi-même) –, quand il me suggéra d'écrire une pièce, qui serait jouée chez lui, à Tavistock House. Il devait s'agir plus précisément d'un drame qui mettrait en scène une expédition perdue dans l'Arctique comme celle de Franklin, dans lequel les Anglais manifesteraient courage et bravoure. Il convenait aussi d'y intégrer, avait-il précisé, une histoire d'amour et de sacrifice.

« Pourquoi ne l'écrivez-vous pas vous-même, Charles ? » avais-je évidemment répondu.

Ma foi, cela lui était tout bonnement impossible. Il venait de commencer *La Petite Dorrit*, il donnait des lectures publiques, avait sa revue à éditer... Bref, il fallait que je m'en occupe. Il me proposa d'intituler cette pièce *Profondeurs glacées*, car elle ne parlerait pas seulement des vastes étendues septentrionales, mais aussi des abîmes secrets du cœur et de l'âme de l'homme. Dickens s'engagea à m'aider pour le scénario et à assumer les « corvées éditoriales ». Je compris immédiatement : il s'agirait de *sa* pièce et je ne serais que la machine chargée de coucher les mots sur le papier.

J'acceptai.

Nous nous mîmes au travail à Paris – ou plus exactement *je* me mis au travail pendant que Dickens allait et venait, de dîner d'amis en banquet et autres sorties mondaines – et, à la fin de cet été caniculaire de 1856, nous nous retrouvâmes tous les deux chez lui, à Londres. Nos habitudes, d'écriture et autres, ne coïncidaient pas toujours. En France, j'aimais rester au casino jusqu'à l'aube, alors que Dickens exigeait son petit déjeuner entre huit et neuf heures. En plusieurs occasions, je dus me rabattre, en guise de petit déjeuner, sur du pâté de foie gras sur le coup de midi. De même, tant à Tavistock House qu'à Gad's Hill, Dickens travaillait de neuf heures du matin à deux ou trois heures de l'après-midi et *tout le monde* dans la maison, famille ou invités, était censé être pareillement occupé pendant ce laps de temps. Il m'est arrivé de voir les filles de Dickens ou Georgina faire semblant de relire des épreuves pendant que Dickens était enfermé dans son bureau. En ce temps-là – c'était avant que l'autre Wilkie Collins ne commence à me disputer mon bureau et mon matériel d'écriture –, je préférais travailler tard la nuit, de sorte qu'il m'arrivait souvent de devoir me retirer dans la bibliothèque de Dickens où je pouvais fumer tranquillement un cigare et faire un petit somme pendant la journée. Et, plus d'une fois, Dickens surgit inopinément de son bureau pour me chasser de ma retraite et me commander de me remettre à l'ouvrage.

Mon travail – notre travail – sur la pièce se poursuivit durant tout l'automne de cette année-là. J'avais imaginé un personnage principal (qui serait interprété par Dickens, cela va de soi) du nom de Richard Wardour – une sorte de fusion entre ce qu'on savait de l'indomptable sir John Franklin et de son second, un

Irlandais assez ordinaire qui s'appelait Francis Crozier – et j'envisageais de faire de Wardour un homme plus âgé, peut-être pas très compétent (après tout, les membres de l'Expédition Franklin étaient, apparemment, tous morts) et un peu fou. Avec peut-être même un petit côté scélérat.

Dickens réécrivit entièrement mon canevas, transformant Richard Wardour en un être jeune, intelligent, complexe, coléreux mais – finalement – plein d'altruisme. « *Perpétuellement en quête d'une affection fidèle et ne la trouvant jamais* » – tels sont les termes qu'employa Dickens dans ses volumineuses notes sur la recréation de son personnage. Il rédigea lui-même plusieurs de ses monologues et les conserva par-devers lui jusqu'à nos dernières répétitions (j'étais en effet un des acteurs principaux de cette production d'amateurs). Lorsque je rendais visite à Dickens ou que je séjournais chez lui, je le voyais entamer ou terminer ses promenades de trente kilomètres à travers les champs de Finchley et de Neasden, déclamant les soliloques de Wardour d'une voix tonitruante – « *Jeune, un beau visage triste, des yeux tendres et bons, la voix douce et claire. Jeune, aimante et compatissante. Je garde son visage à l'esprit, bien que je ne puisse rien en garder d'autre. Il me faut errer, errer, errer – sans repos, sans sommeil et sans foyer – jusqu'à ce que je la trouve !* »

Rétrospectivement, il est facile de se rendre compte que ces sentiments résonnaient avec une sincérité et une profondeur extrêmes en Charles Dickens, en cette année qui vit la fin de sa vie conjugale (une fin qui relevait de sa propre volonté). L'écrivain avait passé toute sa vie à attendre et à rechercher ce beau visage triste aux yeux tendres et bons, et à la voix douce et claire. Pour lui, l'imagination avait toujours été plus réelle que la réalité même de la vie quotidienne, et il s'était représenté cette femme fidèle, virginale, attentive, jeune, belle (et compatissante) depuis son plus jeune âge.

La création de ma pièce eut lieu à Tavistock House, chez Dickens, le 6 janvier 1857 – jour de l'Épiphanie, que Dickens célébrait toujours par un programme exceptionnel, et des vingt ans de son fils Charley. L'écrivain n'avait pas ménagé sa peine pour donner un caractère aussi professionnel que possible à l'événement : des menuisiers avaient transformé la salle de classe de sa demeure en théâtre capable d'accueillir confortablement plus de cinquante personnes, il avait fait retirer la petite estrade qui s'y trouvait déjà et l'avait fait remplacer par une plus grande, installée dans la fenêtre en encorbellement ; il avait fait composer une partition musicale pour la pièce et engagé un orchestre pour la jouer ; il avait embauché des hommes de métier pour concevoir et peindre des fonds de scène élaborés ; il avait dépensé une petite fortune en costumes – il se vanta par la suite que « les explorateurs polaires » que nous jouions dans cette production auraient pu se rendre directement de Londres au pôle Nord dans les tenues authentiques que nous portions ; et, enfin, il avait contrôlé personnellement le dispositif d'éclairage au gaz, tout en inventant des effets lumineux complexes pour simuler toutes les heures de la singulière succession du jour, de la soirée et de la nuit claire de l'Arctique.

Dickens lui-même prêtait un réalisme étrange, intense, retenu et en même temps incroyablement puissant à son rôle essentiellement mélodramatique.

Dans une scène, où plusieurs d'entre nous étaient censés empêcher « Wardour », au supplice, de quitter le plateau, le romancier nous avait avertis qu'il avait l'intention de « se battre pour de bon » et que nous aurions à user de toutes nos ressources pour le maîtriser. C'était peu dire, comme nous l'apprîmes à nos dépens, puisque nous fûmes plusieurs à être couverts de bleus et de bosses avant même la fin des répétitions. Son fils Charley écrivit plus tard à mon frère – « *Au bout d'un moment, il y a mis une telle énergie que nous avons réellement dû en venir aux mains, comme des boxeurs. Quant à moi, étant le chef du groupe d'attaque et soutenant le plus fort de la bagarre, j'ai été ballotté en tous sens, et il m'est arrivé deux ou trois fois d'être bleu et noir avant le soir de la première représentation* ».

Le jour de la création, notre ami commun John Forster lut le prologue que Dickens avait rédigé à la dernière minute, cherchant, comme il le faisait fréquemment dans ses livres, à ce que tous comprennent la comparaison qu'il établissait entre les abîmes cachés du cœur humain et les terribles profondeurs glacées du Grand Nord :

Qu'une main attentive sonde les secrets
Des vastes Profondeurs en notre sein celées,
Qu'elle explore les régions de l'âme
dans les glaces enfermées,
Cherchant le passage à son pôle septentrional,
Adoucissant les horreurs
de ses profondeurs hivernales
Faisant fondre la surface
des « profondeurs glacées » boréales.

Le train était arrivé à Londres, mais je ne poursuivis pas ma route vers Charing Cross. Pas tout de suite.

Le tourment de mon existence était – est, sera à jamais – la goutte rhumatismale. Elle s'installe parfois dans ma jambe. Le plus souvent, elle s'établit dans ma tête, se logeant fréquemment comme une pointe de fer rougie juste derrière mon œil droit. Je supporte cette douleur constante (car elle *est* constante) grâce à la force de ma personnalité. Et à l'opium, absorbé sous forme de laudanum.

Ce jour-là, à la gare, avant d'accomplir la mission dont m'avait chargé Dickens, je pris un taxi – je souffrais trop pour continuer à pied – jusqu'à la petite pharmacie qui se trouve au coin de la rue, juste à côté de chez moi. Ce pharmacien (comme certains autres de la ville et d'ailleurs) n'ignorait rien de ma lutte contre la douleur et me vendait des substances propres à me soulager à des doses généralement réservées aux médecins, c'est-à-dire – pour appeler un chat un chat – de pleines bouteilles de laudanum.

Je suppose, Cher Lecteur, que le laudanum est toujours en usage de ton temps (à moins que la science médicale n'ait découvert un remède courant encore plus efficace), mais, en admettant que ce ne soit pas le cas, permets-moi de te décrire ce médicament.

Le laudanum est purement et simplement de la teinture d'opium distillée dans l'alcool. Avant de commencer à l'acheter en grandes quantités – et suivant les conseils de mon médecin et ami Frank Beard –, je me limitais à quatre gouttes d'opium versées dans un verre de vin plein ou à moitié plein. Ce furent ensuite huit gouttes. Puis huit ou dix gouttes deux fois par jour avec du vin. Finalement, je découvris que la liqueur de laudanum, un mélange d'opium et d'alcool à parts égales, me semble-t-il, est plus efficace pour lutter contre une douleur aussi tenace. Cela faisait à présent quelques mois que j'avais commencé à absorber du laudanum pur dans un verre, ou à même le flacon. J'avoue que le jour où j'en bus un plein verre chez moi en présence du célèbre chirurgien sir William Fergusson – un homme qui devait certainement, pensais-je, en comprendre la nécessité –, ce médecin s'écria que pareille quantité absorbée d'un trait aurait pu et dû tuer tous ceux qui étaient assis à notre table (j'avais ce soir-là neuf invités, huit hommes et une femme). À dater de cet incident, j'ai gardé le secret sur la quantité de drogue que je consomme, mais non sur le fait même que j'aie recours à cette merveilleuse panacée.

Comprends bien, Cher Lecteur de mon avenir posthume, que, de mon temps, tout le monde consomme du laudanum. Ou du moins presque tout le monde. Dans les derniers jours de son existence, mon père, qui se méfiait pourtant de tous les remèdes, avalait des quantités considérables de solution de Battley, une puissante préparation d'opium. (Et je suis certain que la douleur due à ma goutte rhumatismale est au moins aussi cruelle, sinon pire, que ses souffrances d'agonie.) Je me souviens que le poète Coleridge, un ami intime de mes parents, fondit en larmes sous notre toit, se lamentant sur sa dépendance à l'égard de l'opium et je me rappelle aussi les mises en garde que lui prodiguait ma mère. Mais, comme je l'ai fait remarquer à quelques-uns de mes amis qui ont eu la mauvaise grâce de critiquer ma propre accoutumance à ce précieux médicament, sir Walter Scott absorba de grandes quantités de laudanum pendant qu'il écrivait *La Fiancée de Lammermoor*, tandis que certains de nos contemporains, à Dickens et moi, tels que notre excellent ami Bulwer-Lytton ou De Quincey, en faisaient un usage bien plus immodéré que moi.

Cet après-midi-là, je regagnai mon domicile – un de mes deux domiciles – au 9 Melcombe Place, près de Dorset Square, sachant que Caroline et sa fille Harriet seraient sorties. Je cachai le nouveau flacon de laudanum, non sans en avoir bu au préalable deux pleins verres.

Quelques minutes plus tard, j'étais redevenu moi-même… ou aussi proche de moi-même que possible, alors que la douleur de la goutte rhumatismale continuait à frapper aux vitres et à gratter à la porte de mon moi corporel. Au moins le bruit de fond de la souffrance était-il suffisamment assourdi par l'opiacé pour me permettre de me concentrer.

Je pris un fiacre pour Charing Cross.

Profondeurs glacées avait remporté un grand succès.

Le premier acte se déroulait dans le Devon, où la belle Clara Burnham – interprétée par la plus jolie des filles de Dickens, Mary (surnommée Mamie) – est en proie à des terreurs obsédantes concernant son fringant fiancé, Frank Aldersley (le rôle que je tenais, alors que ma barbe actuelle commençait tout juste à pousser). Aldersley a en effet accompagné une expédition polaire, chargée, comme la véritable expédition de sir John Franklin, d'explorer le passage du nord-ouest. Cela fait plus de deux ans que l'on est sans nouvelles des deux navires, le *Wanderer* et le *Sea-mew*. Clara sait que le commandant de cette expédition, le supérieur de Frank donc, est le capitaine Richard Wardour, dont elle a repoussé la demande en mariage. Wardour ignore l'identité du rival qui lui a succédé dans le cœur de Clara, mais il a juré d'abattre cet homme dès qu'il le verrait. Mon personnage, Frank Aldersley, ne sait rien, quant à lui, de l'amour qu'éprouve Richard Wardour pour sa propre fiancée.

Se doutant que les deux navires sont prisonniers des glaces quelque part dans l'Arctique, Clara se tourmente à l'idée qu'un hasard quelconque ne révèle à ses deux prétendants leur identité respective. L'infortunée Clara ne redoute donc pas seulement le sort que pourraient réserver à son bien-aimé le climat, les bêtes fauves et les sauvages de l'Arctique ; elle craint bien davantage encore ce que Richard Wardour ferait certainement subir à son cher Frank s'il découvrait la vérité.

Les inquiétudes de Clara sont encore exacerbées quand sa nourrice, Esther, qui possède le don de Double Vue, lui fait part de ses visions sanglantes dans la lumière pourpre du coucher de soleil du Devon. (Comme je l'ai dit plus haut, Dickens n'avait pas ménagé sa peine pour créer dans le théâtre de sa petite salle de classe de Tavistock House des effets d'éclairage reproduisant avec réalisme la lumière ambiante à toutes les heures du jour.)

« Je vois l'agneau entre les griffes du Lion... halète la nourrice Esther dans les transes de sa Double Vue. Ton oisillon chéri seul avec le faucon – je te vois en pleurs, avec tous ceux qui t'entourent... Du sang ! La marque est sur toi – Oh, mon enfant, mon enfant – la marque de ce sang est sur toi ! »

Le nom du jeune homme était *Edmond* Dickenson.

Dickens avait affirmé avoir pris pour le blessé une chambre au Charing Cross Hotel, mais c'était plutôt une vaste suite. Une infirmière d'un certain âge, assez peu avenante, était à son poste dans le salon de réception et m'introduisit dans la chambre du malade.

D'après la description que m'avait donnée Dickens de la difficile extraction du jeune Dickenson de l'épave, sans parler de son récit mélodramatique de sang répandu, de vêtements déchirés et d'assistance médicale indispensable de toute urgence, je m'attendais à trouver une sorte de cadavre emmailloté dans des bandages et immobilisé par tout un appareillage d'attelles et de plâtres haubanés à l'aide de câbles et de contrepoids. En réalité, je trouvai le jeune Dickenson, bien qu'en pyjama et en peignoir, assis dans son lit, plongé dans la lecture. La commode et la table de chevet de sa chambre étaient couvertes de fleurs, parmi lesquelles un bouquet de géraniums écarlates qui fit remonter en moi une bouffée de la panique qui m'avait saisi dans le jardin de Gad's Hill Place.

Dickenson était un jeune homme un peu mou, de vingt ou vingt et un ans peut-être, au visage rond, aux joues roses, aux cheveux blond vénitien clairsemés, dont le front se dégarnissait déjà légèrement et aux oreilles aussi délicates que de minuscules coquillages. Son pyjama me parut de soie.

Je me présentai, expliquai que j'étais envoyé par Mr Dickens, qui m'avait chargé de m'informer de l'état de santé du jeune monsieur, et fus fort surpris d'entendre Dickenson s'exclamer : « Oh, monsieur Collins ! Quel honneur de recevoir la visite d'un écrivain aussi célèbre ! J'ai tellement aimé votre *Dame en blanc* qui a été publiée en feuilleton dans *All the Year Round* juste après la fin d'*Un conte de deux villes* de Mr Dickens.

— Je vous remercie, Monsieur », dis-je, rougissant presque sous le compliment. Il est vrai que *La Dame en blanc* avait connu un grand succès et avait fait vendre plus d'exemplaires de la revue que la plupart des romans-feuilletons de Dickens. « Je suis très heureux que le fruit de mes modestes efforts vous ait plu, ajoutai-je.

— Oh ! oui, j'ai trouvé cette histoire merveilleuse, s'enthousiasma le jeune Dickenson. Quelle *chance* vous avez d'avoir un homme comme Mr Dickens pour mentor et rédacteur en chef. »

Mon regard se posa sur le jeune homme, mais mon silence glacial passa inaperçu, car Dickenson continuait à jacasser à n'en plus finir sur l'accident de Staplehurst, sur l'horreur qu'ils avaient vécue, et puis sur le courage admirable et la générosité incroyable de Charles Dickens. « Je ne serais pas en vie aujourd'hui, j'en suis convaincu, si Mr Dickens ne m'avait pas trouvé dans ce wagon accidenté – j'avais la tête en bas, ou presque, et je n'arrivais plus à respirer, Monsieur Collins ! – et il ne m'a pas quitté un instant jusqu'à ce que des gardes-freins arrivent pour me tirer de ces effroyables décombres et qu'il se soit assuré qu'ils me transportaient jusqu'à sur le remblai où les blessés étaient préparés avant d'être évacués. Mr Dickens est resté à mes côtés pendant tout le trajet dans le train de secours qui nous a reconduits à Londres cet après-midi-là et a insisté – comme vous le voyez ! – pour me loger dans cette magnifique chambre et m'assurer des soins jusqu'à ce que je sois tout à fait rétabli.

— Vous n'êtes pas gravement blessé ? demandai-je d'un ton parfaitement neutre.

— Oh ! non, pas du tout ! Des contusions, rien de plus, des bleus aux jambes, aux hanches, au bras gauche, à la poitrine et dans le dos. Il y a trois jours, après l'accident, j'étais incapable de marcher, mais, aujourd'hui, l'infirmière m'a aidé à aller aux cabinets et à en revenir, et cette expédition s'est déroulée sans la moindre anicroche !

— Vous m'en voyez fort heureux.

— Je pense rentrer chez moi demain, poursuivit le jeune homme. Je ne saurai jamais assez remercier Mr Dickens de sa générosité. Il m'a vraiment sauvé la vie ! Et figurez-vous qu'il m'a invité chez lui, à Gad's Hill, pour Noël et le Nouvel An ! »

Nous étions le 12 juin. « C'est merveilleux, approuvai-je. Je suis sûr que Charles apprécie pleinement la valeur de la vie qu'il a contribué à sauver. Vous dites que vous rentrez chez vous demain, Monsieur Dickenson… Puis-je me permettre de vous demander où se trouve ce chez-vous ? »

Dickenson continua à babiller. Il était apparemment orphelin – l'espèce humaine préférée de Charles Dickens, à en croire *Oliver Twist*, *David Copperfield*, *La Maison d'Âpre-Vent* et une bonne dizaine d'autres de ses récits –, mais était loin d'être démuni grâce à un héritage d'une complexité labyrinthique à la Jarndyce et Jarndyce[1]. Il était par ailleurs affublé d'un tuteur âgé ; celui-ci vivait dans une propriété du Northamptonshire qui aurait parfaitement pu servir de modèle

---

1. Cf. le procès dont il est question dans *La Maison d'Âpre-Vent* de Dickens.

à Chesney Wold[1]. Mais le jeune Dickenson préférait résider seul à Londres dans de modestes garnis. Il n'avait que peu (voire pas) d'amis, et étudiait tel ou tel instrument, s'initiait à telle ou telle profession, sans véritable intention de maîtriser ou de pratiquer l'un ou l'autre. Les intérêts que lui rapportait son héritage lui permettaient de se nourrir, d'acheter des livres et des billets de théâtre et d'aller de temps en temps en vacances à la mer – il était maître de son temps.

Nous discutâmes théâtre et littérature. Je découvris ainsi que le jeune Mr Dickenson, abonné à la précédente revue de Dickens *Household Words* et à l'actuel *All the Year Round*, avait lu et admiré mon récit intitulé « Un lit terriblement étrange » qui avait été publié dans le premier de ces magazines.

« Grands dieux, mon cher ! m'écriai-je. Cela remonte à presque quinze ans ! Vous deviez avoir à peine cinq ans ! »

La rougeur du jeune Dickenson prit naissance au niveau de ses oreilles en coquillages, envahit rapidement ses joues et grimpa comme un lierre rose, franchissant la voûte de ses tempes pour rejoindre la longue courbe de son front pâle. Je la vis même se répandre sous ses cheveux paille déjà clairsemés. « Sept ans, en réalité, Monsieur, rectifia l'orphelin. Mais mon tuteur, Mr Watson – un député très libéral –, possédait dans sa bibliothèque des exemplaires reliés cuir de *Punch* ainsi que de revues comme *Household Words*. Mon actuelle passion pour le mot écrit s'est formée et confirmée dans cette pièce.

1. Un des lieux où se déroule l'intrigue de *La Maison d'Âpre-Vent*.

— Vraiment ! m'exclamai-je. Comme c'est intéressant ! »

Ma participation à *Household Words*, qui avait débuté plusieurs années auparavant, avait représenté pour moi cinq livres sterling supplémentaires par semaine. Apparemment, elle avait marqué un tournant dans la vie de cet orphelin. Il était presque capable de réciter par cœur mon livre *Quand la nuit tombe* et se montra dûment abasourdi quand je lui expliquai que les différentes nouvelles qui composent ce volume avaient été largement inspirées par le journal intime de ma mère et par un manuscrit plus conventionnel dans lequel elle avait consigné les souvenirs de sa vie d'épouse d'un peintre illustre.

J'appris que le jeune Edmond Dickenson, alors âgé de onze ans, avait fait le voyage jusqu'à Manchester avec son tuteur pour voir *Profondeurs glacées* dans l'immense salle du New Free Trade Hall, le 21 août 1857.

Le deuxième acte de *Profondeurs glacées* se déroule dans les régions arctiques où Dickens-Wardour et le second de Wardour, le capitaine de corvette Crayford, examinent leurs minces chances de survie au froid et à la famine.

« *Ne cédez jamais à votre estomac, et votre estomac finira par vous céder* *[1] », conseille l'explorateur chevronné à Crayford. Pareille détermination – une volonté n'acceptant aucun maître – n'était pas seulement issue de la plume de Charles Dickens, mais de son âme même.

1. Les astérisques renvoient aux références citées à la fin de l'ouvrage.

Wardour poursuit en expliquant que s'il aime les vastes étendues arctiques, c'est précisément « parce qu'il n'y a pas de femmes* ». Il s'écrie, dans ce même acte : « Je me serais engagé dans toute autre entreprise qui aurait pu m'offrir des travaux, des fatigues, des dangers, comme rempart contre les souffrances qui me poursuivent... Le travail, Crayford, voilà le véritable élixir de notre vie !* » Et enfin : « ... L'infortune inconsolable en ce monde est celle que provoquent les femmes. »

C'était, théoriquement, ma pièce. Mon nom figurait sur l'affiche en tant qu'auteur (et acteur), mais presque toutes les répliques de Richard Wardour avaient été écrites ou réécrites par Charles Dickens.

Ce n'étaient pas les paroles d'un homme heureux en ménage.

À la fin du deuxième acte, deux hommes sont envoyés sur la glace. C'est la derrière chance de salut de l'équipage pris au piège. Ils doivent traverser mille cinq cents kilomètres de profondeurs glacées. Les deux hommes sont, bien entendu, Richard Wardour et son heureux rival, celui qui a obtenu la main de Clara Burnham, Frank Aldersley. (Peut-être ai-je déjà signalé que nous nous étions laissé pousser la barbe, Dickens et moi, pour interpréter nos rôles.) Cet acte s'achève au moment où Wardour découvre qu'Aldersley blessé, à demi-mort de faim, affaibli, n'est autre que son ennemi juré, celui qu'il avait fait le serment d'assassiner dès qu'il mettrait la main sur lui.

« Avez-vous par hasard aperçu ce gentleman du nom de Drood sur les lieux de l'accident ? » demandai-je à Edmond Dickenson lorsque le jeune sot cessa enfin de parler et que l'infirmière fut sortie.

84

« Un gentleman du nom de Drood, Monsieur ? En toute bonne foi, je ne saurais vous dire. Il y a eu tant de messieurs qui m'ont aidé et – à l'exception de notre admirable Mr Dickens – j'ai eu connaissance de fort peu de leurs noms.

— Il semblerait que ce gentleman ait eu un aspect plutôt mémorable », précisai-je, avant d'énumérer quelques détails de la description que m'avait faite Dickens de notre Fantôme : la cape de soie noire et le haut-de-forme, les doigts et les paupières absents et le nez camus, la pâleur, la calvitie et la frange de cheveux rêches, le regard terrible, l'étrange démarche glissante, l'élocution sifflante et l'accent étranger.

« Grands dieux, non ! s'écria le jeune Dickenson. Si j'avais vu ou entendu pareil individu, je m'en souviendrais assurément. » Son regard sembla alors se perdre à l'intérieur de lui-même, comme celui de Dickens l'avait fait à plusieurs reprises dans son bureau enténébré. « Malgré les images et les bruits absolument effroyables qui m'entouraient ce jour-là, ajouta-t-il.

— Oui, évidemment, dis-je, résistant à l'impulsion de tapoter les draps au-dessus de sa jambe contusionnée dans une piètre manifestation de compassion. Vous n'avez donc jamais entendu le nom de Drood, ni entendu d'autres gens parler de lui… dans le train ce jour-là, peut-être ?

— Pas à ma connaissance, Monsieur Collins, confirma le jeune homme. Est-il de quelque importance pour Mr Dickens de retrouver cet homme ? Je ferai *n'importe quoi* pour Mr Dickens, si c'est en mon pouvoir.

— Je n'en doute pas un instant, Monsieur Dickenson. » Cette fois, je tapotai effectivement son genou sous les couvertures. « Mr Dickens m'a expressément chargé de vous demander s'il y avait un autre service qu'il pouvait vous rendre, poursuivis-je en regardant ma montre. Quelque besoin à satisfaire, quelque objet qui vous manque, quelque douleur, auxquels les infirmières ou notre ami commun pourraient porter remède ?

— Rien, rien du tout, protesta Dickenson. Demain, je devrais être suffisamment ingambe pour quitter cet hôtel et reprendre le cours de ma vie. J'ai une chatte qui vit chez moi, voyez-vous. » Il rit tout bas. « Ou plus exactement, c'est moi qui vis chez elle. Car il est vrai que, conformément à la nature de tant de spécimens de son espèce, elle va et vient à sa guise, chasse pour se nourrir et n'aura certainement pas souffert de mon absence. » Une nouvelle fois, j'eus l'impression que son regard se dirigeait vers l'intérieur, contemplant les morts et les mourants qu'il avait vus à Staplehurst trois jours plus tôt seulement. « En réalité, Pussy n'aurait pas été trop incommodée si j'étais mort. Je n'aurais manqué à personne.

— Et votre tuteur ? » demandai-je à la hâte, soucieux de ne pas l'encourager à s'apitoyer sur lui-même.

Dickenson rit de bon cœur. « Mon actuel tuteur, un homme de loi qui a connu mon grand-père, aurait déploré mon trépas, Monsieur Collins, mais notre… relation… est de nature plutôt *professionnelle*. Pussy est à peu près la seule amie que j'aie à Londres. Et ailleurs. »

J'esquissai un bref hochement de tête. « Je viendrai prendre de vos nouvelles demain matin, Monsieur Dickenson.

— Oh ! mais il est inutile…

— Tel n'est pas le sentiment de notre ami commun, Charles Dickens, coupai-je promptement. Et, si sa santé le lui permet, il passera peut-être vous rendre visite dans la journée et s'informer personnellement de votre rétablissement. »

Le garçon rougit encore. Cela n'avait rien de déplacé, mais cela le faisait paraître encore plus mou et plus sot dans la lumière de cette fin d'après-midi de juin, qui filtrait à travers les voilages et les tentures de l'hôtel.

Sur un signe de tête, je repris ma canne, laissai le jeune Dickenson et sortis, traversant le salon et passant devant l'infirmière silencieuse.

Au début de l'acte trois de *Profondeurs glacées,* Clara Burnham se rend à Terre-Neuve, à la recherche d'informations (un peu comme la vraie lady Franklin qui avait affrété ses propres navires et était partie dans le Grand Nord avec sa nièce, Sophie Cracroft, pour chercher son mari, sir John). Dans une caverne de glace reculée qui s'ouvre le long de cette côte, titube un homme affamé, épuisé, qui vient visiblement d'échapper à l'océan gelé. Clara reconnaît Wardour. Suivent des accusations hystériques : il aurait assassiné – et peut-être mangé ? se demande le public – son fiancé, Frank Aldersley. Wardour – Dickens – se précipite dehors et revient en compagnie d'Aldersley – autrement dit moi-même, couvert de haillons qui me laissaient plus nu qu'autre chose – qu'il tient dans ses bras, vivant. « *Bien souvent*, halète Wardour, *alors que je soutenais Aldersley à travers les tempêtes de neige et les banquises flottantes, j'ai été tenté de le laisser dormir.* »

Après avoir prononcé cette réplique, Dickens... Richard Wardour... s'effondre, sa résistance finalement vaincue par les efforts inhumains, par la faim, et par l'épuisement que lui a coûté la nécessité de maintenir son rival en vie si longtemps dans ce désert de glace. Wardour réussit encore à murmurer, *« Ma sœur, Clara ! Donnez-moi un baiser, ma sœur, donnez-moi un baiser avant que je meure ! *».* Puis il expire dans les bras de Clara, le baiser de la jeune femme sur le front, les larmes de sa bien-aimée ruisselant sur son visage.

Pendant la répétition générale, je fus à deux doigts de vomir sur scène. Mais au cours des quatre représentations que nous donnâmes à Tavistock House, je me surpris à pleurer et je m'entendis chuchoter, « C'est affreux. » Libre à toi, Cher Lecteur, d'interpréter cela à ta guise.

Le jeu de Dickens était plein de puissance et... étrange. William Makepeace Thackeray, qui assista à la première, déclara ensuite à ce propos : « Si cet homme se décidait à faire de la scène, il gagnerait largement vingt mille livres par an. »

C'était une exagération absurde en 1857, mais, à l'époque de l'accident de Staplehurst, Dickens n'était pas loin de gagner la même somme grâce au numéro d'acteur qu'il avait mis au point pour ses tournées de lecture aux États-Unis et à travers toute l'Angleterre.

Les spectateurs pleurèrent comme des veaux pendant les quatre représentations de *Profondeurs glacées* à Tavistock House. Des critiques professionnels que Dickens avait invités aux premières soirées reconnurent avoir été profondément impressionnés par son interprétation et par sa singulière immersion dans le rôle de Richard Wardour. De fait, *tout le monde* releva l'incroyable intensité du jeu de l'auteur – une sorte d'énergie sombre qui emplissait la salle et entraînait tous les spectateurs et auditeurs dans son tourbillon.

Après le dernier spectacle, Dickens sombra dans la dépression. Il m'écrivit, évoquant les « tristes sons » des ouvriers qui « abattaient et démolissaient » le théâtre de sa salle de classe.

On réclama à grands cris qu'il donne d'autres représentations de ma pièce ; beaucoup lui conseillèrent d'organiser des soirées payantes. La rumeur prétendit, à juste titre comme l'avenir allait le montrer, que la Reine elle-même avait exprimé l'envie de voir ce drame. Mais Dickens résista à toutes ces pressions. Aucun des participants de cette production d'amateurs ne souhaitait se transformer en acteur rétribué. Mais voilà qu'en juin de cette année 1857, cette année fatale qui allait marquer un tournant définitif dans la vie domestique de Dickens, l'écrivain apprit, bouleversé, la disparition de notre ami commun, Douglas Jerrold.

L'Inimitable me confia que, quelques nuits seulement avant le décès de cet autre auteur, il avait rêvé que Jerrold lui remettait un texte à relire, mais qu'il n'en comprenait pas un traître mot. C'est le cauchemar de tous les écrivains – voir le langage qui nous fait vivre perdre soudain tout son sens –, mais Dickens jugea intéressant d'avoir fait ce rêve à l'instant même où Jerrold, à notre insu, était à l'agonie.

Sachant que la famille de Jerrold allait se trouver dans une situation financière des plus précaires (Douglas était un réformateur infiniment plus radical que Dickens ne le serait jamais, malgré ses prétentions), Dickens conçut l'idée de donner une série de spectacles de bienfaisance : le comédien T. P. Cooke se produirait dans une reprise des deux pièces de Jerrold, *Suzanne aux yeux noirs* et *Le Jour du loyer ;* Thackeray et William Howard Russell, correspondant de guerre, donneraient des conférences, tandis que Dickens lui-même proposerait des matinées et des soirées de lecture.

Et, bien sûr, on rejouerait *Profondeurs glacées*.

Dickens espérait rassembler ainsi deux mille livres au profit de la famille de Jerrold.

On loua pour cette série de représentations la Gallery of Illustration de Regent Street. La Reine – toujours soucieuse de ne pas assister à un spectacle de bienfaisance au profit d'une cause unique – ne se contenta pas de soutenir officiellement cette entreprise ; elle fit savoir qu'elle était fort désireuse de voir *Profondeurs glacées* et suggéra que M. Dickens choisisse une salle du palais de Buckingham pour y donner une représentation privée réservée à Sa Majesté et à ses invités.

Dickens refusa. Ses raisons étaient parfaitement claires : ses filles, qui jouaient dans la pièce, n'avaient jamais été présentées à la Cour et il ne souhaitait pas que leur première apparition devant la Reine, au palais, se fît en qualité d'actrices. Il proposa donc à Sa Majesté d'assister, en compagnie des invités de son choix, à une représentation privée qui serait donnée à la Gallery of Illustration une semaine avant la soirée de bienfaisance. Et la Reine s'inclina devant la volonté de fer de l'Indomptable.

Nous jouâmes devant elle le 4 juillet 1857. Le prince Albert, le roi des Belges, et le prince de Prusse figuraient parmi les invités de Sa Majesté. C'était tout spécialement en l'honneur du prince Albert que Dickens avait fait recouvrir de fleurs le hall d'entrée et les escaliers. Certains d'entre nous, je l'avoue, craignaient que ce public royal ne réagisse pas avec la même passion que nos spectateurs de Tavistock House, l'hiver précédent, mais Dickens était certain, nous dit-il, que la Reine et ses invités riraient aux passages amusants, pleureraient aux passages tristes, se moucheraient exactement au même moment que notre public plus ordinaire et que – pendant la farce intitulée *Oncle John* donnée à la suite de *Profondeurs glacées* – certaines têtes couronnées ne manqueraient pas de braire comme des ânes. Il avait, comme de coutume, raison sur tous ces points.

Après le spectacle, la Reine, enchantée, invita Dickens à venir recevoir ses compliments.

Il refusa.

Il se retrancha, cette fois, derrière cet argument : « Je ne pouvais pas me présenter devant Sa Majesté fatigué et en nage, le visage encore couvert de fard. »

En réalité, bien entendu, ce n'était pas seulement son maquillage de scène qui empêchait Dickens de venir saluer Sa Majesté et ses invités. Vois-tu, Cher Lecteur, à la fin de notre farce romantique *Oncle John*, il était toujours vêtu du peignoir flottant qui servait de costume à son personnage, coiffé d'une perruque ridicule, affublé d'un nez rouge. Rien au monde n'aurait pu convaincre Charles Dickens, un des hommes les plus fiers et les plus conscients de son image que la terre ait jamais portés, de se présenter à la Reine Victoria dans une telle tenue.

Une fois de plus, la Reine s'inclina gracieusement.

Nous donnâmes deux représentations supplémentaires de *Profondeurs glacées* à la Gallery of Illustration, mais si la pièce fut accueillie, cette fois encore, par un enthousiasme débridé et par des critiques dithyrambiques de la part de tous ceux qui y assistèrent, et si les recettes représentèrent l'essentiel de la somme réunie pour le fonds au profit de la famille Jerrold, nous étions encore loin d'avoir atteint notre objectif de deux mille livres.

John Dean, organisateur de la Grande Exposition d'Art de Manchester, avait insisté auprès de Dickens pour qu'il donne *Profondeurs glacées* au New Free Trade Hall de cette cité et – inquiet à la perspective de ne pas arriver à rassembler les deux mille livres promises aux Jerrold – Dickens se rendit sur-le-champ à Manchester pour y faire lecture d'*Un chant de Noël* et inspecter la salle, qui pouvait facilement contenir deux mille personnes.

Il décida immédiatement que ce lieu convenait parfaitement à la pièce, mais était beaucoup trop vaste pour les médiocres talents d'actrices de ses filles et de sa belle-sœur Georgina, à qui il avait confié des rôles majeurs. (Il ne vint pas un instant à l'esprit de Charles Dickens que *lui-même* ne serait peut-être pas à la hauteur des exigences professionnelles d'une aussi grande salle et d'un public aussi nombreux. L'expérience lui avait appris que son magnétisme lui permettait de s'imposer à des assemblées de trois mille personnes, voire davantage.)

Il allait devoir engager des comédiennes professionnelles et les faire répéter. (Mark Lemon, Charley, le fils de Dickens et moi-même fûmes autorisés à rester dans la troupe, mais l'Inimitable nous fit travailler nos rôles comme si nous n'avions encore jamais interprété cette œuvre.)

Alfred Wigan, directeur de l'Olympic Theater, recommanda à Dickens deux jeunes comédiennes prometteuses qu'il avait récemment engagées pour son théâtre – Fanny et Maria Ternan – et, Dickens ayant promptement donné son accord (nous avions déjà vu, lui et moi, ces deux jeunes filles, leur sœur cadette et leur mère, une vieille actrice, jouer dans d'autres pièces), Wigan leur demanda si elles seraient intéressées par un rôle dans *Profondeurs glacées*. Elles ne demandaient pas mieux.

Wigan suggéra alors à Dickens d'envisager d'engager également la mère de ces jeunes femmes, Frances Eleanor Ternan, ainsi que la plus jeune fille, et la moins impressionnante, de cette famille de comédiennes, une certaine Ellen Lawless Ternan, tout juste âgée de dix-huit ans.

Cette proposition allait transformer à jamais la vie de Charles Dickens.

Ayant quitté le Charing Cross Hotel, je pris une voiture de louage pour rentrer chez moi, mais je me fis arrêter en route, décidant de faire le reste du trajet à pied et de m'arrêter pour dîner à un cercle dont je n'étais pas membre à cette date, mais où je jouissais des privilèges d'invité.

J'étais furieux. Ce jeune impertinent de Dickenson avec son « Quelle *chance* vous avez d'avoir un homme comme Mr Dickens pour mentor et rédacteur en chef... » m'avait mis de fort méchante humeur.

Cinq ans auparavant, à la fin de l'été de 1860, quand la publication de mon roman *La Dame en blanc* avait commencé dans *All the Year Round*, la semaine où s'était achevée celle du *Conte de deux villes* de Dickens (et je tiens à te faire remarquer, Cher Lecteur, que le personnage de Dickens, Sydney Carton, s'inspirait très largement de *mon* personnage altruiste et prêt au sacrifice de Richard Wardour dans *Profondeurs glacées* – Dickens le reconnut d'ailleurs lui-même, puisqu'il admit avoir imaginé le personnage de Carton et l'idée même du *Conte de deux villes* au cours de la dernière représentation de *Profondeurs glacées,* alors qu'il était allongé sur les planches, les larmes bien réelles de Maria Ternan – la nouvelle Clara Burnham – lui inondant le visage, la barbe et les haillons au point qu'il dut lui chuchoter : « Ma chère enfant, ce sera fini dans deux minutes. Je vous en prie, calmez-vous… »).

Où en étais-je ?

Ah oui ! Quand *La Dame en blanc* fut publiée sous forme d'un feuilleton de huit mois dans le nouvel hebdomadaire de Dickens – un ouvrage qui, je tiens à l'ajouter en toute modestie, suscita l'intérêt général et fut unanimement salué par la critique –, on entendit sans doute quelques racontars oiseux et on put lire quelques rares commentaires prétendant que moi, Wilkie Collins, j'aurais appris mon métier auprès de Charles Dickens, aurais affûté ma plume sous la tutelle de Charles Dickens et aurais même emprunté mon style narratif à Charles Dickens. On prétendait que je n'avais pas la profondeur de Dickens et l'on allait jusqu'à chuchoter dans certains milieux que j'étais « inapte à la peinture des caractères ».

Ce n'étaient, bien entendu, que billevesées.

Après avoir lu mon manuscrit pour la première fois, Dickens lui-même m'avait adressé un billet, constatant que cet ouvrage marquait, comme il l'écrivait, « *un grand progrès par rapport à tous vos écrits précédents, et tout particulièrement dans le domaine de la tendresse... du caractère, il est excellent... Nul autre que vous n'aurait pu faire cela à moitié aussi bien. Je me suis interrompu à chaque chapitre pour relever quelque exemple d'ingéniosité, ou quelque heureuse tournure d'écriture ».*

Mais ensuite, évidemment, Dickens... étant Dickens... gâchait tout son effet en ajoutant qu'il se voyait néanmoins contraint, écrivait-il, *« de regretter comme toujours votre disposition à ne pas faire confiance au public, ce qui se traduit inévitablement par la tendance à attirer de force son attention sur certains points ».*

On aurait pu rétorquer que Charles Dickens faisait invariablement bien trop confiance à son public et qu'en donnant libre cours, fort complaisamment, à d'impénétrables visions fantastiques et à des subtilités oiseuses, il laissait de trop nombreux lecteurs ordinaires s'égarer dans la forêt touffue de la prose dickensienne.

Pour être parfaitement honnête avec toi, Cher Lecteur qui vis et respires dans un embranchement si lointain de mon futur qu'aucune insinuation dictée par ma sincérité ne risque de revenir aux oreilles de l'un de ceux qui ont aimé Charles Dickens, je suis... j'étais... je serai très certainement toujours... dix fois meilleur pour échafauder des intrigues que Charles Dickens ne le fut jamais. Pour Dickens, l'intrigue n'était que le fruit éventuel et accessoire des agissements de ses personnages bizarres qui n'avaient pas plus de réalité que des pantins ; si les ventes hebdomadaires d'un de ses innombrables feuilletons commençaient à fléchir, il se contentait d'introduire quelques figures stupides de plus et de les faire se pavaner et exécuter leur numéro sous les yeux du lecteur crédule, aussi aisément qu'il avait expédié le malheureux Martin Chuzzlewit aux États-Unis dans le seul dessein de gonfler ses effectifs de lecteurs (ceux de Dickens, cela va sans dire).

Mes intrigues sont d'une subtilité que Charles Dickens ne sut jamais entièrement percevoir, et moins encore maîtriser dans la trame sinueuse et parfaitement transparente (aux yeux de tout lecteur clairvoyant) de ses histoires mal ficelées et de ses apartés complaisants.

Des impudents et des ignorants, tels qu'Edmond Dickenson, ce morveux d'orphelin, répétaient à l'envi que je passais mon temps à « tirer des enseignements de Charles Dickens ». Ce qui est à l'opposé même de la vérité. Dickens en personne avouait, comme je l'ai dit plus haut, que l'idée du noble Sydney Carton du *Conte de deux villes* lui était venue de mon personnage de Richard Wardour dans *Profondeurs glacées*. Quant à sa « vieille femme en blanc » des *Grandes Espérances*, cette Miss Havisham autour de laquelle on a fait tant de battage, qu'était-elle, sinon un emprunt évident au personnage principal de ma *Dame en blanc* ?

Je pris place devant mon repas solitaire. J'aimais fréquenter ce cercle à cause du pudding de mauviettes que préparait son chef et qui représente à mes yeux l'une des quatre grandes œuvres produites par mon époque. Ce soir-là, je décidai de me contenter d'un dîner relativement léger et commandai deux sortes de timbales, un potage, quelques homards, une bouteille de champagne brut, un gigot de mouton farci aux huîtres et à l'émincé d'oignons, deux portions d'asperges, du bœuf braisé, un peu de crabe apprêté et une garniture d'œufs.

Tout en savourant paisiblement ce modeste repas, je me rappelai que l'une des rares choses que j'appréciais chez l'épouse de Dickens était sa cuisine – ou du moins, la cuisine qu'elle faisait faire à Tavistock House, car je ne l'avais jamais vue enfiler un tablier ni tenir une cuiller à pot. Plusieurs années auparavant, Catherine Dickens avait publié (sous le pseudonyme de lady Maria Clutterbuck) un volume de recettes inspirées des plats qu'elle servait régulièrement dans leur demeure de Devonshire Terrace, intitulé : *Que mangerons-nous au dîner ?* La plupart de ses choix étaient fort à mon goût – et plusieurs d'entre eux étaient présents sur ma table ce soir-là, bien qu'en moindre abondance et avec une splendeur de sauces inférieure (pour moi, la cuisine n'est, pour l'essentiel, qu'un prélude aux sauces) – car elle éprouvait, elle aussi, une certaine prédilection pour le homard, les gros gigots, le bœuf bien lourd et les desserts raffinés. Le livre de Catherine contenait de si nombreuses variations autour des rôties au fromage qu'il inspira à un critique le commentaire suivant : « *Nul ne pourrait survivre à une consommation aussi fréquente de rôties au fromage.* »

Dickens avait pourtant survécu. Sans prendre une seule livre au cours de toutes ces années. Il n'est pas impossible, je te l'accorde, que son habitude de parcourir d'un pas vif entre vingt et trente kilomètres par jour n'y soit pas étrangère. Je suis, personnellement, d'une nature plus sédentaire. Mes penchants, ainsi que ma maladie chronique, m'empêchent de m'éloigner excessivement de mon secrétaire, de mon divan et de mon lit. Je marche quand je le dois, et m'allonge quand je le puis. (Un de mes rituels, quand je séjournais à Tavistock House ou à Gad's Hill Place, consistait à me dissimuler dans la bibliothèque ou dans une chambre d'amis vide jusqu'à deux ou trois heures de l'après-midi – moment où Dickens avait terminé ses travaux d'écriture et se mettait à la recherche d'un compagnon pour l'une de ses assommantes marches forcées. Et, bien sûr, un des rituels de Dickens consistait à venir me déloger – me repérant souvent à l'odeur de mon cigare, je m'en rends compte à présent –, de sorte que j'étais souvent contraint de l'accompagner sur deux ou trois kilomètres de ses longues promenades, ce qui nous prenait moins de vingt minutes à son allure infernale.)

Ce soir-là, je fus incapable de choisir entre deux desserts, si bien qu'à l'exemple de Salomon, je pris les deux, le pudding de mauviettes et un pudding aux pommes d'une cuisson irréprochable. Et une bouteille de porto. Et plusieurs cafés.

Quand j'eus fini mon pudding, mon attention fut attirée par un grand homme, d'allure aristocratique, mais extrêmement âgé, qui quittait sa chaise au fond de la pièce. L'espace d'un instant, je le pris pour Thackeray. Puis je me souvins que Thackeray était mort le soir de Noël de 1863, presque un an et demi plus tôt.

Je me trouvais au club où Dickens m'avait invité, le jour où le vieil écrivain et l'Inimitable s'étaient réconciliés au terme de plusieurs années de silence glacial. Cette rupture était survenue au plus fort de l'agitation insensée qui avait entouré la séparation entre Dickens et Catherine, alors que l'écrivain était particulièrement vulnérable. Un membre du Garrick Club avait prétendu que Dickens entretenait une liaison avec sa belle-sœur et Thackeray, sans réfléchir bien sûr, avait répliqué quelque chose de ce genre : « Mais non, voyons, c'est avec une actrice. »

Ces propos étaient revenus aux oreilles de Dickens, bien entendu. Comme toujours. Un jeune journaliste, un ami de Dickens, qui faisait partie de sa « brigade », comme on disait alors, un certain Edmund Yates (à qui je trouvais toujours l'air efflanqué et affamé, à l'image de Iago), avait ensuite rédigé un portrait franchement déplaisant et méprisant de Thackeray dans *Town Talk*. Piqué au vif, le vieil écrivain-gentleman avait relevé que Yates et lui étaient membres du Garrick Club et avait demandé au cercle d'expulser le jeune homme sous prétexte qu'en écrivant un tel article, il avait manifesté une attitude « intolérable dans une société de gentlemen ».

Dans un geste d'une incroyable insensibilité à l'égard de son vieil ami Thackeray, Dickens avait pris le parti du jeune homme dans ce différend, avant de démissionner lui-même du Garrick lorsque le comité avait donné raison à Thackeray en acceptant de radier le journaliste.

C'était donc ici, à l'Athenaeum Club, bien des années plus tard, que cette brouille avait enfin pris fin. J'avais entendu Dickens décrire cette réconciliation à Wills. « J'étais en train d'accrocher mon chapeau à l'Athenaeum, avait-il raconté, quand j'ai levé les yeux et aperçu le visage défait de Thackeray. On aurait dit un fantôme, Wills. Il avait l'air aussi mort que Marley[1].

1. Personnage d'*Un chant de Noël* de Dickens.

Il ne lui manquait que les chaînes. Alors je lui ai dit : "Thackeray, avez-vous été malade ?" C'est ainsi que nous avons engagé la conversation après toutes ces années de silence, nous nous sommes serré la main et, maintenant, tout est redevenu comme autrefois. »

C'est très touchant. C'est aussi parfaitement inexact.

Il se trouve que j'étais à l'Athenaeum ce soir-là, et que Dickens et moi vîmes Thackeray essayer laborieusement d'enfiler son manteau. Le vieux monsieur parlait à deux autres membres du club. En entrant, Dickens passa à côté du vieil écrivain sans lui accorder un regard. J'étais en train de ranger ma canne et mon chapeau – Dickens avait déjà dépassé Thackeray et posé le pied sur la première marche –, quand le vieil écrivain courut après lui et le rattrapa dans l'escalier. J'entendis Thackeray prendre l'initiative de lui parler puis je le vis tendre la main à Dickens. Ils échangèrent une poignée de main. Dickens entra ensuite dans la salle à manger, et Thackeray rejoignit son précédent interlocuteur – il me semble que c'était sir Theodore Martin – à qui il dit : « Je suis content d'avoir fait cela. »

Charles Dickens était un homme bon et souvent sentimental, mais il ne faisait jamais le premier pas après une querelle. Une réalité dont j'aurais à me souvenir sous peu.

Dans le fiacre qui me reconduisait chez moi, je réfléchissais au curieux projet de Dickens de retrouver la trace du fantôme du nom de Drood.

Le matin même, pendant que Dickens me faisait son récit de la catastrophe de Staplehurst, mon opinion sur la véracité de ses commentaires sur ce fameux

« Mr Drood » était passée d'un extrême à l'autre. Charles Dickens n'était pas un menteur. D'un autre côté, il était toujours convaincu de la véracité et de la réalité de l'opinion, quelle qu'elle fût, qu'il adoptait sur n'importe quel sujet, et – par le biais de ce qu'il racontait, mais surtout de ce qu'il écrivait – finissait régulièrement par *se* convaincre que ce qu'il disait était vrai, simplement parce qu'il le disait, même lorsque ce n'était pas le cas. Ses différentes lettres ouvertes reprochant à son épouse, *Catherine*, leur séparation, huit années auparavant, une séparation qui avait eu lieu, de toute évidence, du fait de Dickens, qui servait *ses* intérêts et relevait de *sa* volonté, en offrent un excellent exemple.

Tout de même, pourquoi inventer ce personnage de Drood ?

Mais aussi, pourquoi raconter à tout le monde que c'était *lui*, Dickens, qui avait pris l'initiative de mettre fin à cette longue brouille avec Thackeray, alors que leur réconciliation était le fait d'une démarche du vieil écrivain ?

Il faut bien voir que les mensonges et les exagérations de Charles Dickens, qu'il ne proférait peut-être pas délibérément – romancier moi-même, je n'ignore pas que les membres de notre profession vivent dans leur imagination tout autant, voire davantage, qu'ils ne résident dans ce qu'on appelle le « monde réel » –, avaient presque toujours pour objectif de présenter *Charles Dickens* sous un jour plus flatteur.

À en croire tous les récits objectifs, dont celui de cet homoncule dodu du nom d'Edmond Dickenson – que ses contusions suppurent, pourrissent et se transforment en chancres –, Dickens avait été *le* héros de l'accident de chemin de fer de Staplehurst. Intégrer à sa narration une apparition telle que Drood n'ajoutait rien à l'héroïsme de l'Inimitable. De fait, l'angoisse manifeste de Dickens en décrivant cette créature étrange, presque inhumaine, portait plutôt atteinte à son aura de bravoure.

De quoi s'agissait-il donc ?

Force était d'admettre qu'un étrange personnage nommé Drood avait bien été présent sur les lieux de l'accident et qu'il s'était effectivement produit des événements très proches de la description que Dickens m'avait donnée de leur brève conversation et de leurs échanges pour le moins bizarres.

Pourquoi cependant vouloir retrouver cet homme ? Sans doute un certain mystère planait-il autour de cette singulière figure, mais Londres, l'Angleterre, et jusqu'à nos chemins de fer eux-mêmes ne manquent pas d'originaux. (Ce jeune impertinent de Mr Dickenson, cette espèce d'éphémère, ne ressemblait-il pas lui-même à un personnage tiré d'un roman de Dickens – orphelin, avec son riche tuteur et sa grosse fortune, sans énergie et sans but, porté seulement à lire et à paresser ? Fallait-il consentir un gros effort de plus pour croire à l'existence d'un « Mr Drood » avec son physique lépreux, ses doigts et ses paupières manquants, et ses propos zézayants ?)

Mais une fois encore, me demandai-je en approchant de ma rue, pourquoi vouloir retrouver ce Drood ?

Charles Dickens était un homme organisé, réfléchi et prudent, ce qui n'interdisait pas toute impulsivité. Lors de sa première tournée aux États-Unis, il s'était aliéné la majorité de ses auditeurs et la quasi-*intégralité* des journaux et revues américains en insistant sur la nécessité de créer un *copyright* international. Les parvenus américains ne voyaient rien à redire au pillage éhonté dont les romans de Dickens – et ceux de la plupart des auteurs anglais – étaient victimes en Amérique, où ils étaient publiés sans que leurs auteurs touchent le moindre dédommagement. La colère de Dickens était donc justifiée. Mais peu après cette tournée – alors que les relations étaient déjà très dégradées entre Dickens et son public, initialement en adoration devant lui –, il perdit purement et simplement tout intérêt pour ces questions de copyright. En d'autres termes, c'était un homme prudent aux impulsions imprudentes.

Que ce fût à Gad's Hill Place, dans ses précédentes résidences ou lors de n'importe quel voyage ou excursion, c'était invariablement Charles Dickens qui décidait de la destination des sorties, de l'emplacement des pique-niques et de la nature des divertissements, c'était lui qui choisissait les capitaines d'équipes et – le plus souvent – comptait les points, annonçait les vainqueurs et décernait les prix. Les habitants du village le plus proche de Gad's Hill allaient presque jusqu'à le traiter en châtelain, et étaient manifestement honorés que le célèbre auteur distribue les récompenses aux foires et aux concours.

Dès son enfance, Dickens avait toujours été le meneur de jeu. Il n'avait jamais douté que ce fût son rôle dans la vie et, devenu adulte, il ne renonça jamais à le tenir.

Mais à quel jeu allions-nous jouer si Dickens et moi recherchions pour de bon ce fameux Mr Drood ? Cette quête aurait-elle d'autre objectif que de satisfaire une nouvelle impulsion puérile de Charles Dickens ? De quels dangers s'accompagnerait-elle ? Les quartiers que Drood avait prétendument mentionnés à Dickens alors qu'ils descendaient du talus de chemin de fer pour rejoindre la scène de carnage étaient loin d'être les plus sûrs de Londres. Ils constituaient en fait, comme Dickens les appelait, le Grand Four.

Lorsque j'arrivai chez moi, ma goutte rhumatismale me faisait souffrir le martyre.

La lumière des becs de gaz me blessait les yeux. Le bruit de mes propres pas résonnait dans mon cerveau comme des coups de burin. Le grondement d'une charrette qui passait provoqua une crispation douloureuse de tout mon corps. Je tremblais. Un goût de café amer m'emplit soudain la bouche – ce n'était pas l'écho de celui que j'avais dégusté avec mon dessert, mais quelque chose d'infiniment plus exécrable. J'avais l'esprit confus et l'organisme saturé d'une nausée écœurante.

Notre nouvelle demeure se trouvait Melcombe Place ; nous avions quitté Harley Street un an plus tôt, en partie grâce à l'accroissement de mes revenus et de mon prestige littéraire que m'avait valu *La Dame en blanc*. (Pour mon roman suivant, *Sans nom*, j'avais touché plus de trois mille livres pour la publication sous forme d'ouvrage, avec une garantie de quatre mille cinq cents livres si une édition en feuilleton, en Grande-Bretagne ou en Amérique, était incluse.)

Quand je dis « notre » ou « nous », je songe à la femme avec laquelle je vivais depuis quatre ans, une certaine Caroline G – et sa fille Harriet, alors âgée de quatorze ans, et que nous appelions souvent Carrie. (La rumeur prétendait que Caroline m'avait servi de modèle pour *La Dame en blanc* – il est exact que j'avais fait sa rencontre alors qu'elle fuyait une canaille en pleine nuit, devant une villa de Regent's Park et que, courant à sa poursuite, je l'avais ensuite arrachée à la rue de la même manière que le personnage de mon roman – mais j'avais conçu l'idée de *La Dame en blanc* bien avant de connaître Caroline.)

Caroline et Harriet n'étaient toutefois pas là cette semaine. Elles étaient allées rendre visite à une cousine à Douvres et – nos deux vrais domestiques étant également sortis ce soir-là (je reconnais avoir enregistré la fille de Caroline dans la rubrique « servante » dans notre recensement fiscal annuel de l'époque) – j'avais la maison pour moi. Il est vrai qu'à quelques kilomètres à peine de cette demeure se trouvait une autre maison où logeait une autre femme – une certaine Martha R. –, ancienne femme de chambre dans un hôtel de Yarmouth, qui était venue à Londres pour y faire un premier séjour et avec laquelle j'espérais également vivre à l'avenir dans une agréable intimité. Mais je n'avais pas l'intention d'aller voir Martha ce soir-là, ni dans un avenir proche. Je souffrais trop.

La maison était plongée dans l'obscurité. Je trouvai la bouteille de laudanum à sa place habituelle, dans un placard fermé à clé, et j'en pris deux verres avant de me rendre à la cuisine et de m'asseoir à la table des domestiques pendant quelques minutes, attendant que la douleur s'apaise légèrement.

La drogue fit rapidement son effet. Ragaillardi et revigoré, je décidai de monter dans mon bureau au premier étage et de consacrer une heure ou deux à l'écriture avant d'aller me coucher. J'empruntai l'escalier de service, plus proche que l'autre.

Les marches étaient très raides, et la lampe à gaz

vacillante du palier du premier étage éclairait mal, ne projetant qu'un minuscule cercle de lumière indécise et laissant le reste de l'escalier plongé dans une obscurité totale.

Quelque chose remua dans le noir au-dessus de moi.

« Caroline ? » appelai-je, tout en sachant que ce n'était pas elle. Ce n'était pas non plus un des domestiques. Le père de notre servante avait été terrassé par une pneumonie et ils étaient au pays de Galles.

« Caroline ? » répétai-je, n'attendant – et ne recevant – aucune réponse.

Depuis le grenier, tout en haut de la maison, le bruit, le froufroutement distinct d'une robe de soie, descendit alors l'escalier enténébré. J'entendais de petits pieds nus se poser précautionneusement dans l'obscurité.

Je tripotai maladroitement l'applique à gaz, mais la langue de feu ne flamboya un instant que pour s'affaiblir à nouveau et retrouver son vague vacillement.

Elle pénétra alors dans le périmètre de lumière qui déclinait puis se ranimait, trois marches seulement au-dessus de moi. Elle avait la même apparence qu'à l'accoutumée – vêtue d'une vieille robe de soie verte au corsage montant. La soie vert foncé était parsemée de minuscules fleurs de lis d'or qui descendaient en constellations vers sa taille ceinturée de noir.

Ses cheveux étaient remontés en un chignon démodé. Elle avait la peau verte – de la couleur d'un très vieux fromage ou d'un cadavre modérément décomposé. Ses yeux étaient des flaques solidifiées d'encre noire qui luisaient, humides, à la lueur de la lampe. Ses dents – lorsque sa bouche s'ouvrait comme elle le fit alors pour me saluer – étaient longues, jaunes et incurvées comme des défenses.

106

Je ne me faisais aucune illusion sur les raisons de sa présence. Elle n'avait qu'une envie : s'emparer de moi et me jeter au bas de cette longue volée de marches. Elle préférait cet escalier de service à l'autre, à l'avant de la maison, qui était plus large, mieux éclairé, moins dangereux. Elle descendit encore deux marches à ma rencontre, son sourire jaune s'élargissant.

Me déplaçant promptement, mais sans crainte ni hâte excessive, j'ouvris toute grande la porte des domestiques qui donnait sur le palier du premier étage, je franchis le seuil, refermai et verrouillai la porte derrière moi. Je n'entendais aucun bruit de respiration à travers la porte – elle ne respirait pas –, mais je percevais de très légers grattements contre le bois et le bouton de porcelaine tourna imperceptiblement avant de reprendre sa position initiale.

J'allumai toutes les lampes du premier étage. J'étais seul.

Respirant profondément, je défis mon épingle de cravate et mon col et entrai dans mon bureau pour écrire.

4.

Trois semaines s'écoulèrent et, à en croire mon frère Charley (qui résidait à Gad's Hill Place avec sa femme Kate, la fille de Dickens), l'écrivain se remettait peu à peu de sa terrible épreuve. Il travaillait tous les jours sur *L'Ami commun*, dînait en bonne compagnie, s'éclipsait fréquemment – pour aller voir Ellen Ternan, sans nul doute – et organisait même des lectures pour un public trié sur le volet. Les lectures de Charles Dickens étaient le spectacle le plus épuisant auquel il m'ait été donné d'assister. Qu'il en fût capable, même s'il s'effondrait ensuite comme cela lui arrivait fréquemment à en croire Charley, témoignait des incroyables réserves d'énergie que possédait ce diable d'homme. L'idée de prendre le train l'angoissait toujours mais, Dickens étant Dickens, il s'obligeait à se rendre en ville par le chemin de fer presque tous les jours, pour cette raison même. Charley racontait qu'à la moindre vibration du wagon, le visage de son père devenait aussi gris que de la flanelle et que de grosses gouttes de sueur perlaient sur son front et sur ses joues ridées ; il s'agrippait férocement au dossier du siège qui se trouvait devant lui, mais tenait bon à l'aide d'une gorgée de brandy, ne s'autorisant pas d'autre manifestation de son tourment intérieur. J'étais certain que l'Inimitable ne pensait plus du tout à Drood.

Mais voilà qu'en juillet, la chasse à l'apparition commença pour de bon.

C'était la période la plus caniculaire, la plus fiévreuse d'un été caniculaire et fiévreux. Les excréments de trois millions de Londoniens exhalaient leurs miasmes dans des égouts à ciel ouvert, dont le plus vaste de tous (malgré les efforts auxquels nos ingénieurs s'étaient livrés cette année-là pour créer un réseau complexe de canalisations souterraines) – n'était autre que la Tamise. Des dizaines de milliers de Londoniens dormaient sur le porche de leur maison ou sur leur balcon, n'attendant qu'une chose : la pluie. Mais, quand elle tombait, c'était sous forme d'une douche chaude qui ne faisait qu'ajouter une couche de moiteur à la chaleur. Cet été-là, le mois de juillet pesait sur Londres comme une strate lourde et mouillée de chair en décomposition.

On ramassait *tous les jours* dix mille tonnes de fumier de cheval dans les rues empuanties et on les rassemblait sur ce que nous appelions poliment et par euphémisme des « tas de poussière » – d'immenses amoncellements de crottin qui s'élevaient comme un Himalaya britannique près de l'embouchure de la Tamise.

Les cimetières surpeuplés des environs de Londres empestaient, eux aussi. Les fossoyeurs étaient obligés de sauter à pieds joints sur les cadavres frais, s'enfonçant souvent jusqu'aux hanches dans les organes en putréfaction, pour obliger les nouveaux résidents à pénétrer dans leurs tombes improvisées, nouveaux corps rejoignant l'humus solide des couches accumulées et suppurantes de macchabées pourrissants. Au mois de juillet, on savait à six rues de distance qu'on approchait d'un cimetière – ses miasmes méphitiques chassaient les habitants des logements avoisinants – et il y avait *toujours* un cimetière à proximité. Les morts étaient continuellement sous nos pieds et dans nos narines.

Dans les rues les plus pauvres du Grand Four, beaucoup de corps n'étaient même pas ramassés et se décomposaient à côté des ordures corrompues qui n'étaient, elles non plus, jamais collectées. Ce n'était pas seulement des filets et des ruisselets mais de vraies rivières d'eaux usées qui s'écoulaient dans ces rues, contournant ou franchissant les détritus et les cadavres, trouvant parfois une bouche d'égout, mais le plus souvent s'accumulant tout bonnement en flaques et en mares qui marbraient les pavés. Cette eau brune inondait les sous-sols, s'accumulait dans les caves, contaminait les puits et finissait toujours par se retrouver – tôt ou tard – dans la Tamise.

Chaque jour, les ateliers et les industries rejetaient à la pelle des tonnes de peaux, de chair, d'os bouillis, de viande de cheval, de boyaux de chats, de sabots, de têtes et de tripes de vaches, et d'autres détritus organiques. Tout partait dans la Tamise ou s'amassait en gigantesques tas sur les rives du fleuve, *attendant* d'être déversés dans l'eau. Les occupants des boutiques et des maisons situées le long du fleuve condamnaient leurs fenêtres et imprégnaient leurs stores d'une solution de chlore, tandis que les autorités municipales déversaient des tonnes et des tonnes de chaux dans le fleuve. Les piétons se masquaient la bouche et le nez de mouchoirs parfumés. En vain. L'odeur faisait vomir jusqu'aux chevaux de fiacre eux-mêmes – dont beaucoup mourraient bientôt de la chaleur, aggravant encore le problème.

En ce mois de juillet suffocant, les émanations surchauffées des excréments de trois millions d'êtres humains et les effluves du massacre urbain et industriel qui caractérisait notre époque rendaient l'air presque vert. La situation, Cher Lecteur, est peut-être pire de ton temps, mais j'avoue avoir peine à le croire.

Dickens m'avait envoyé un message, me demandant de le retrouver à huit heures du soir à la taverne des Poteaux bleus, Cork Street, pour dîner avec lui. Il me conseillait également dans cette note de mettre de bonnes chaussures en prévision d'une « excursion nocturne liée à notre ami Mr D. ».

J'avais été souffrant un peu plus tôt dans la journée – la chaleur a tendance à aggraver la goutte –, ce qui ne m'empêcha pas d'arriver à l'heure dite aux Poteaux bleus. Dickens me serra dans ses bras à l'entrée de la taverne et s'écria : « Mon cher Wilkie, quel plaisir de vous voir ! J'ai été terriblement occupé à Gad's Hill ces dernières semaines, et votre compagnie m'a manqué ! » Le repas lui-même fut varié, prolongé et excellent, tout comme la bière et le vin dont nous l'accompagnâmes. Dickens assura l'essentiel de la conversation, bien sûr, mais celle-ci ne fut pas moins animée et décousue que d'ordinaire en compagnie de l'Inimitable. Il m'annonça qu'il espérait finir *L'Ami commun* avant le début du mois de septembre et qu'il était convaincu que les derniers épisodes ne manqueraient pas de faire grimper les ventes de notre *All the Year Round*.

Après le dîner, nous prîmes un fiacre qui nous conduisit à un commissariat de Leman Street.

« Vous souvenez-vous de l'inspecteur Charles Frederick Field ? me demanda Dickens alors que notre voiture de louage se dirigeait bruyamment vers le poste de police.

— Bien sûr, répondis-je. Il travaillait au service de police de Scotland Yard. Vous l'avez un peu fréquenté, il y a bien des années de cela. Vous cherchiez de la documentation pour *Household Words* et il nous a accompagnés le jour où nous avons visité les quartiers les moins euh... attirants de Whitechapel. » Je ne précisai pas que j'avais toujours été convaincu que Dickens avait pris l'inspecteur Field pour modèle de l'« inspecteur Bucket » de *La Maison d'Âpre-Vent*. La voix trop assurée, le sentiment de supériorité tranquille sur les criminels patentés, les voyous et les femmes des rues qui avaient croisé notre chemin au cours de cette longue nuit à travers Whitechapel, sans parler de l'habitude qu'avait ce grand type de vous serrer le coude dans une étreinte de fer à laquelle il était impossible d'échapper pour vous conduire dans des directions où vous n'aviez aucune intention d'aller... toutes les qualités quelque peu brutales de l'inspecteur Bucket ressemblaient comme deux gouttes d'eau à celles de l'authentique inspecteur Field.

« L'inspecteur Field a été notre ange gardien lors de notre descente aux Enfers, dis-je.

— Exactement, mon cher Wilkie, approuva Dickens quand nous descendîmes du fiacre devant le commissariat de Leman Street. Et puisque l'inspecteur Field a pris sa retraite et s'est engagé dans de nouvelles activités, j'ai le très grand plaisir de vous présenter à notre *nouvel* ange gardien. »

L'individu qui nous attendait sous un bec de gaz, devant le commissariat, tenait plus de la muraille que de l'homme. Malgré la chaleur, il portait un long pardessus – du genre des manteaux longs et flottants qu'arborent les cow-boys australiens ou américains sur les illustrations de ces épouvantables romans à deux sous – et sa tête massive était coiffée d'un chapeau melon solidement enfoncé sur une tignasse frisée. Son corps carré était d'une lourdeur et d'une largeur invraisemblables – une sorte de piédestal de granite sur lequel reposait le cube de pierre qui représentait sa tête et son visage. Ses yeux étaient petits, son nez formait un rectangle émoussé qui paraissait sculpté dans la même pierre que son visage, et sa bouche dessinait une mince ligne gravée. Son cou était aussi large que le bord de son melon. Il avait des mains au moins trois fois plus grandes que les miennes.

Charles Dickens mesurait un mètre soixante-seize. J'étais plus petit que lui de plusieurs centimètres. Ce mastodonte en cache-poussière gris semblait dépasser Dickens d'au moins vingt centimètres.

« Wilkie, permettez-moi de vous présenter l'ancien brigadier Hibbert Aloysius Hatchery, dit Dickens en souriant dans sa barbe. Détective Hatchery, j'ai le plaisir de vous présenter mon associé le plus précieux, mon talentueux collègue écrivain et mon compagnon de pistage de Mr Drood cette nuit, Mr Wilkie Collins.

— Tout le plaisir est pour moi, répondit le mur qui nous dominait de toute sa taille. Vous pouvez m'appeler Hib si vous voulez, Monsieur Collins.

— Hib », répétai-je stupidement. Par bonheur, le

géant n'avait fait qu'effleurer son chapeau pour me saluer. J'avais les jambes en coton à l'idée que cette énorme main pût envelopper la mienne et me broyer les os.

« Mon père, un homme sage mais peu instruit, si vous voyez ce que je veux dire, Monsieur, reprit le détective Hatchery, était certain que le nom d'Hibbert figurait dans la Bible. Hélas, il se trompait. Ce n'est même pas un des lieux de repos des Hébreux dans le désert.

— Le détective Hatchery a été brigadier à la Metropolitan Police pendant plusieurs années, mais il est actuellement en… euh… en congé et est employé comme enquêteur *à titre privé*, m'expliqua Dickens. Peut-être décidera-t-il de rejoindre le service de police de Scotland Yard dans un an ou deux, mais il semblerait qu'un emploi privé soit plus rémunérateur.

— Un détective privé », murmurai-je. L'idée présentait de remarquables possibilités. Je la rangeai provisoirement dans un coin de mon esprit d'où je la ressortirais un jour – comme tu le sais peut-être, Cher Lecteur de mon avenir, si je puis m'autoriser cette immodestie – dans mon roman *La Pierre de lune*. Je demandai : « Êtes-vous en vacances, détective Hatchery ? Une sorte d'année sabbatique policière ?

— En un sens, on pourrait le dire, Monsieur, grommela le géant. On m'a prié de prendre un an de congé à la suite de certaines irrégularités que j'ai commises en m'occupant d'une canaille du genre criminel, dans l'exercice de mes fonctions, Monsieur. La presse a fait du chambard. Mon commissaire a jugé préférable pour le service comme pour moi-même que je passe dans le privé, que je prenne un congé exceptionnel, on pourrait dire, de quelques mois.

— Des irrégularités », murmurai-je.

Dickens me tapota le dos. « En arrêtant la susdite canaille – un cambrioleur arrogant qui opérait en plein jour et se spécialisait dans l'agression des vieilles dames ici, à Whitechapel –, le détective Hatchery a accidentellement brisé la nuque de ce bon à rien. Chose étrange, le voleur a survécu, mais sa famille est obligée désormais de le transporter dans une corbeille. Ce n'est pas une perte pour la communauté et il n'y a pas eu faute professionnelle, comme me l'ont assuré l'inspecteur Field et d'autres gens du métier, mais certains représentants outrageusement sensibles de la bande de *Punch*, ainsi que d'autres journaux de moindre importance, ont jugé bon de s'emparer de l'affaire. C'est ainsi que nous avons l'immense chance que l'inspecteur Hatchery soit libre pour nous escorter cette nuit dans le Grand Four ! »

Hatchery sortit une lanterne sourde des replis de son manteau. Dans son immense main, on aurait dit une montre de gousset. « Je vous suivrai, Messieurs, mais je m'efforcerai de rester silencieux et invisible à moins que vous ne me demandiez d'intervenir ou que vous n'ayez besoin de moi. »

Il avait plu pendant que nous dînions, Dickens et moi, mais cela n'avait fait qu'épaissir encore l'air brûlant de la nuit qui nous entourait. L'Inimitable prit la tête, marchant à l'allure ridicule dont il était coutumier – jamais moins de neuf kilomètres à l'heure, un rythme qu'il était capable de soutenir pendant de longues heures, comme je l'avais appris à mes dépens – et, une fois de plus, j'eus bien du mal à le suivre. La silhouette de l'inspecteur Hatchery flottait dix pas derrière nous comme un mur silencieux de brouillard solidifié.

Évitant les avenues et les rues les plus larges, nous nous engageâmes sous la houlette de Dickens dans un lacis de ruelles et de venelles. Il n'hésitait jamais : grâce à ses nombreuses randonnées nocturnes, il connaissait par cœur ces passages terrifiants. Pour ma part, tout ce que je savais, c'est que nous étions quelque part à l'est de Falcon Square. Je conservais de ce quartier de vagues souvenirs qui remontaient à mes expéditions antérieures dans les bas-fonds de Londres en compagnie de Dickens – Whitechapel, Shadwell, Wapping, autant de lieux de la ville qu'un gentleman avait toutes les raisons du monde d'éviter, à moins de rechercher la plus vile espèce de femmes –, et j'eus l'impression que nous nous dirigions vers les docks. La puanteur de la Tamise empirait à chaque pâté de maisons sinistres, exiguës, tandis que nous nous enfoncions dans ce nid à rats. Ici, les constructions semblaient remonter à l'époque médiévale, au temps où Londres s'étendait, grasse, sombre et malade au sein de ses hautes murailles. Les bâtisses vétustes qui bordaient les voies sans trottoir se penchaient sur nous au point de masquer presque entièrement le ciel nocturne.

« Savez-vous où nous allons ? » demandai-je tout bas à Dickens. La rue que nous longions était vide de toute présence humaine, mais je sentais des yeux qui nous épiaient derrière les fenêtres aux volets clos et dans les ruelles crasseuses qui s'ouvraient de part et d'autre. Je ne voulais pas qu'on m'entende, tout en sachant que mon chuchotement porterait autant qu'un cri dans cet air visqueux et silencieux.

« À Bluegate Fields », répondit Dickens. L'extrémité recouverte de cuivre de sa lourde canne – qu'il ne prenait, je l'avais remarqué, que pour ce genre d'expéditions nocturnes dans sa Babylone – claquait tous les trois pas sur les pavés crevassés.

« Nous l'appelons parfois la baie du Tigre », lança une voix dans l'obscurité derrière nous.

Je sursautai, je l'avoue. J'avais presque oublié la présence du détective Hatchery.

Nous traversâmes une artère plus large – Brunswick Street, je crois –, mais elle n'était ni plus propre ni mieux éclairée que les taudis insalubres des environs. Nous retrouvâmes ensuite le dédale exigu et oppressant. Ici, de grands immeubles se serraient les uns contre les autres, à l'exception de ceux qui étaient complètement en ruine et ne formaient plus que des amas de maçonnerie et de bois effondrés. Je sentais, jusque dans ces brèches écroulées ou calcinées, des ombres noires qui se déplaçaient, bougeaient, nous observaient. Dickens nous fit franchir une étroite passerelle branlante qui traversait un affluent fétide de la Tamise. (C'était l'année, je me permets de te le faire remarquer, Cher Lecteur, où le prince de Galles tourna officiellement la roue qui ouvrit le Grand Réseau d'égouts de Crossness, première étape majeure de l'opération lancée par l'ingénieur Joseph Bazalgette pour doter Londres d'un système moderne d'évacuation des eaux usées. La fine fleur de l'aristocratie anglaise et du haut clergé assistait à la cérémonie. Mais, au risque de heurter ta délicatesse, je tiens à te rappeler que le Grand Réseau d'égouts – et tous les systèmes d'évacuation des eaux usées ainsi que la profusion d'anciens affluents et d'anciens égouts – déversait toujours des immondices non traitées dans la Tamise).

Plus les rues et les alentours devenaient effroyables, plus ils grouillaient de monde. Des grappes d'hommes – ou plus exactement des essaims d'ombres – surgissaient aux intersections, sous les porches, dans les terrains vagues. Dickens poursuivait son chemin, marchant obstinément au milieu des rues défoncées pour mieux voir et pouvoir éviter les trous et les flaques d'eau sale et nauséabonde, sa canne de gentleman cliquetant sur les pavés. Il semblait indifférent aux murmures et aux imprécations irritées des hommes devant lesquels nous passions.

Enfin, un groupe d'ombres en haillons se détacha de l'obscurité d'un immeuble plongé dans les ténèbres et se mit en travers de notre route. Dickens n'hésita pas un instant. Il continua à marcher sur eux comme s'il s'agissait d'enfants venus lui demander un autographe. Mais je le vis resserrer sa main autour de sa canne et en diriger le lourd pommeau de cuivre – un bec d'oiseau, si je m'en souviens bien – vers l'extérieur.

J'avais le cœur qui battait et je faillis défaillir tandis que Dickens me conduisait vers ce rempart noir de truands en colère. Un autre mur – gris, coiffé d'un chapeau melon – me dépassa prestement et rattrapa Dickens. Hatchery dit d'une voix douce : « Circulez, les gars. Retournez dans vos tanières. Laissez passer ces messieurs. Je ne veux pas un regard. *Compris ?* »

La lumière tamisée de la lanterne sourde du détective privé était juste suffisante pour me permettre de voir que sa main droite avait disparu dans les replis de son ample manteau. Que portait-il là ? Un pistolet ? Je ne le croyais pas. Sans doute une matraque plombée. Peut-être des menottes. Les voyous qui rôdaient devant nous, derrière nous, et de part et d'autre de nous le savaient probablement.

Le cercle d'hommes se dispersa aussi rapidement qu'il s'était formé. Je m'attendais à ce que nous soyons la cible de lourdes pierres, ou au moins de crachats hostiles, mais, lorsque nous avançâmes, il ne nous parvint rien de plus violent qu'un juron assourdi. Le détective Hatchery se fondit dans l'obscurité derrière nous et Dickens poursuivit d'un bon pas sa marche vers ce qui me semblait être le sud, toujours accompagné du claquement de sa canne sur le pavé.

Nous pénétrâmes alors dans le quartier sur lequel régnaient les prostituées et les souteneurs.

Il me semblait me rappeler y être venu quand j'étais étudiant. Cette rue présentait du reste un aspect plus respectable que la plupart de celles que nous empruntions depuis une bonne demi-heure. De vagues lueurs traversaient les persiennes fermées des étages supérieurs. Un esprit naïf aurait fort bien pu imaginer que des ouvriers ou des mécaniciens laborieux vivaient là. Mais l'immobilité était trop pesante. Sur les marches et les balcons, sur les dalles de pierre brisées de ce qui pouvait passer pour des trottoirs, des groupes de jeunes femmes étaient rassemblés – visibles grâce à la lumière des lampes qui filtrait des fenêtres dépourvues de volets des rez-de-chaussée –, dont la plupart ne semblaient pas avoir plus de dix-huit ans. J'en donnais à peine quatorze à certaines.

Loin de s'égailler à la vue du détective Hatchery, elles le hélèrent d'une voix flûtée et moqueuse de

gamines : « Hé, 'Ibbert, tu nous amènes des clients ? »
ou : « Viens te détendre un peu, Hib, vieille branche. »
Ou encore : « Non, non, la porte n'est pas fermée,
inspecteur H. Celle de notre chambre non plus. »

Hatchery rit de bon cœur. « Ta porte ? Elle n'est
jamais fermée, Mary, mais elle ferait mieux de l'être.
Tenez-vous à carreau, les filles. Ces messieurs ne veulent rien de ce que vous avez à leur offrir par une
chaude soirée comme celle-ci. »

Ce n'était pas forcément vrai. Dickens et moi nous
arrêtâmes près d'une jeune personne, elle avait peut-
être dix-sept ans, accoudée à une rambarde et qui
nous examinait à la lumière tamisée. Je distinguais
sa silhouette pleine, sa jupe sombre remontée, son
corset descendu.

Remarquant l'intérêt de Dickens, elle lui adressa un
large sourire, qui découvrit trop de dents manquantes.
« Tu cherches du perlot, chéri ?

— Du perlot ? demanda Dickens en me jetant un
regard oblique et hilare. Mais non, ma chère. Qu'est-ce
qui vous fait penser que j'aie pu venir par ici chercher
du tabac ?

— Parce que si t'en veux, j'en ai, répondit la fille.
En cornet, en demi-onces, et même des cigares et tout
ce qui peut te faire bicher. J'te donnerai tout ce que
tu veux. T'as qu'à entrer. »

Le sourire de Dickens s'éteignit un peu. Il posa
ses deux mains gantées sur sa canne. « Mademoiselle,
dit-il tout bas. Avez-vous jamais songé à la possibilité
de changer de vie ? De renoncer... » Son gant blanc,
visible dans l'obscurité, esquissa un geste en direction des immeubles silencieux, des grappes muettes
de filles, de la rue défoncée, jusqu'à la rangée dis-

tante de brutes qui guettaient comme une meute de loups au-delà du halo de lumière pâle. « De renoncer à cette vie ? »

La fille s'esclaffa à travers ses dents cassées ou pourries, mais ce n'était pas un rire de jeune fille. C'était une amère préfiguration du râle rauque de la vieille souffreteuse. « Renoncer à ma vie, mon trésor ? Tu veux pas renoncer à la tienne, plutôt ? T'as qu'à faire demi-tour et aller retrouver Ronnie et les gars, c'est tout c'que t'as à faire.

— Cette existence est sans avenir, sans espoir, insista Dickens. Il y a des maisons qui accueillent les femmes dévoyées, celles qui ont quitté le droit chemin. J'ai moi-même contribué à en fonder et à en administrer une à Broadstairs, où…

— J'ai pas quitté le chemin, moi, dit-elle, et j'en ai pas l'intention. Sauf pour me coller sur le dos pourvu qu'on me paye mon dû. » La fille se retourna vers moi. « Et toi, mon petit bonhomme ? On dirait qu't'as encore un peu de vie sous le cuir, toi. T'as pas envie de venir prendre un cornet de perlot avant que le vieux 'Atchery y s'énerve ? »

Je m'éclaircis la gorge. Pour être honnête avec toi, Cher Lecteur, je trouvais que cette jeune femme ne manquait pas d'attraits, malgré la chaleur et la puanteur de la nuit, malgré les regards de mes compagnons, malgré, même, son sourire ébréché et son langage d'ignorante.

« Venez, fit Dickens en se détournant et en s'éloignant dans la rue. Nous perdons notre temps ici, Wilkie. »

« Dickens », dis-je comme nous franchissions un autre pont étroit et grinçant au-dessus d'un autre cours d'eau fétide et puant, tandis que les rues qui s'étendaient devant nous se réduisaient à des ruelles et que les bâtisses enténébrées étaient plus moyenâgeuses encore que toutes celles que nous avions vues jusque-là. « Il faut que je vous pose une question. Cette... excursion... a-t-elle vraiment quelque chose à voir avec votre mystérieux Mr Drood ? »

Il s'arrêta et s'appuya sur sa canne. « Bien sûr, mon cher Wilkie. J'aurais dû vous en parler pendant le dîner. En l'occurrence, Mr Hatchery n'a pas pour seule mission de nous servir d'escorte dans ce... dans ce quartier... fort peu recommandable. Il est à mon emploi depuis un certain temps déjà et a fait bon usage de ses compétences d'enquêteur. » Il se tourna vers la grande forme qui nous avait rejoints. « Détective Hatchery, auriez-vous l'amabilité de communiquer à Mr Collins l'état actuel de vos recherches ?

— Très volontiers, Monsieur », opina l'immense détective. Il retira son melon, se frotta le crâne sous une explosion de boucles serrées et remit fermement son chapeau en place. « Monsieur, dit-il en s'adressant désormais à moi, au cours des dix derniers jours, j'ai enquêté auprès de ceux qui avaient pris un billet de train à Folkestone et dans les autres gares le long du trajet – bien que l'express de marée ne se soit pas arrêté en route – et j'ai interrogé discrètement les autres passagers, les différents chefs de train qui travaillaient cet après-midi-là, les conducteurs *et cætera*. Le fait est, Monsieur Collins, qu'aucun individu du nom de Drood, aucun individu correspondant à la description tout à fait singulière que Mr Dickens m'a faite de ce Mr Drood, n'était en possession d'un titre de transport et ne se trouvait dans un des compartiments de passagers au moment de l'accident. »

Je me tournai vers Dickens dans la pénombre. « Dans ce cas, votre fameux Drood venait forcément de Staplehurst, ou alors, il n'existait pas. »

Dickens se contenta de secouer la tête et fit signe à Hatchery de poursuivre.

« Mais la seconde voiture de poste, reprit le détective, transportait trois cercueils à destination de Londres. Deux d'entre eux ont été chargés à Folkestone, le troisième est venu par le même ferry que celui qu'ont pris Mr Dickens et... ses accompagnatrices. Les documents des chemins de fer révèlent que ce troisième cercueil, celui qui est venu de France ce jour-là – la localité n'est pas précisée –, devait être livré à un certain Mr Drood, sans indication de prénom, à son arrivée à Londres. »

Il me fallut une minute pour assimiler cette information. Les cris assourdis en provenance des bordels lointains parvenaient jusqu'à nous. Je demandai enfin : « Vous pensez que Drood se trouvait *dans* un de ces cercueils ? » Je regardai Dickens en posant cette question.

Le romancier éclata de rire. Il avait l'air ravi. « Bien sûr, mon cher Wilkie. Il se trouve que la deuxième voiture de poste a déraillé, ce qui a déplacé tous les paquets, les sacs et... en effet... les cercueils, mais elle n'a pas été projetée dans le ravin en contrebas. Cela explique pourquoi Drood s'est trouvé sur le versant en même temps que moi, quelques minutes plus tard. »

Je secouai la tête : « Mais pourquoi diable aurait-il choisi de voyager en... saperlipopette... en cercueil ?

Cela coûte sûrement plus cher qu'un billet de première classe.

— Un peu moins, Monsieur, intervint Hatchery. Un peu moins. J'ai vérifié. Les tarifs de transport des défunts sont légèrement inférieurs à ceux de la première classe, Monsieur. Pas de beaucoup, mais de quelques shillings tout de même. »

Je n'y entendais goutte. « Mais enfin, Charles, repris-je tout bas. Vous n'êtes tout de même pas en train de suggérer que votre étrange Mr Drood était un... un quoi d'ailleurs ? Un fantôme ? Une sorte de vampire ? Un mort vivant ? »

Dickens s'esclaffa à nouveau, avec plus d'espièglerie encore. « Mon cher Wilkie. *Franchement*. Si vous étiez un criminel, Wilkie – connu de la police portuaire et de la police londonienne –, quel moyen pourriez-vous trouver pour revenir de France à Londres le plus aisément et le plus discrètement possible ? »

Ce fut à mon tour de rire, mais c'était un rire sans joie, je peux te le dire, Cher Lecteur. « Je ne choisirais certainement pas un *cercueil*. Depuis la France ? C'est... impensable.

— Ne croyez pas cela, mon cher garçon. Quelques heures d'inconfort, tout au plus. À peine plus inconfortable qu'un voyage ordinaire en ferry et en train de nos jours, pour être tout à fait honnête. Et qui prendrait la peine d'inspecter un cercueil censé abriter un cadavre en putréfaction depuis une semaine ?

— Son cadavre était vraiment vieux d'une semaine ? » demandai-je.

Dickens se contenta d'agiter vers moi les doigts blancs de son gant, comme si c'était une plaisanterie.

« Mais, dans ce cas, pourquoi cette expédition sur

les docks cette nuit ? insistai-je. Le détective Hatchery a-t-il des informations sur le lieu où les flots ont déposé le cercueil de Mr Drood ?

— En fait, Monsieur, intervint Hatchery, l'enquête que j'ai menée dans cette partie de la ville nous a fait rencontrer certains individus qui prétendent connaître Drood. Ou l'avoir connu. Ou avoir eu affaire à lui, semble-t-il. C'est là que nous allons maintenant.

— Eh bien, pressons », dit Dickens.

Hatchery leva une énorme main, comme s'il voulait arrêter la circulation sur le Strand. « Il est de mon devoir de vous faire remarquer, Messieurs, que nous pénétrons à présent dans Bluegate Fields proprement dit, bien qu'il n'y ait vraiment pas grand-chose de propre ici, ma foi. Cet endroit-là ne figure même pas sur la plupart des plans de la ville, officiellement parlant, pas plus que New Court, où nous nous rendons. C'est un endroit dangereux pour des gentlemen, Messieurs. Il y a, là où nous allons, des hommes qui n'hésiteront pas à vous tuer sans vous laisser le temps de dire ouf. »

Dickens rit. « Comme ces truands que nous avons croisés tout à l'heure, j'imagine. En quoi Bluegate Fields est-il différent, mon cher Hatchery ?

— La différence, patron, c'est que les types que nous avons croisés tout à l'heure vous prendront votre bourse, ils vous battront comme plâtre et vous laisseront sur le pavé, peut-être à moitié mort. Mais ceux qui nous attendent là-bas… ceux-là, ils vous trancheront la gorge, juste pour vérifier que leur lame est bien affûtée. »

Je me tournai vers Dickens.

« Des Lascars, des Hindous et des Bengalis, et puis

des Chinois par douzaines, poursuivit Hatchery. Et aussi des Irlandais et des Allemands et d'autres épaves encore, sans compter le rebut des marins, descendus à terre à la recherche de femmes et d'opium. Mais ici, à Bluegate Fields, les plus redoutables sont les Anglais, Messieurs. Les Chinois et les autres étrangers ne mangent pas, ne dorment pas, ne parlent presque pas, ils ne vivent que pour l'opium… mais les Anglais qui traînent par ici, croyez-moi, voilà une bande incroyablement brutale, Monsieur Dickens. Incroyablement brutale. »

Dickens rit encore. On aurait pu croire qu'il avait bu plus que de raison, mais je savais qu'il n'avait pris que du vin et du porto pour accompagner son dîner. C'était plutôt le rire insouciant d'un enfant. « Eh bien, dans ce cas, nous devrons placer notre sécurité entre vos mains une fois de plus, inspecteur Hatchery. »

Je relevai que Dickens venait d'accorder une promotion au détective privé, et, à la manière dont le géant se balança modestement d'un pied sur l'autre, tout donnait à penser que c'était bien ainsi qu'Hatchery avait interprété ses propos. « Bien, patron, dit le policier. Avec votre permission, je vais maintenant passer devant. Et il serait bon que ces messieurs ne s'éloignent pas de moi pendant un moment, à présent. »

La plupart des rues que nous avions déjà empruntées ne portaient aucune indication de nom, et le dédale de Bluegate Fields était encore moins bien signalé. Mais Hatchery semblait savoir parfaitement où il allait. Dickens lui-même, qui marchait à grands pas à côté de l'immense policier, paraissait avoir une vague idée de notre destination, mais lorsque j'interrogeai tout bas le policier, il répondit en énumérant, d'une voix parfaitement normale, certains des lieux où nous étions déjà allés ou que nous verrions bientôt : l'église de St. George-in-the-East (je n'avais pas le moindre souvenir d'y être passé), George Street, Rosemary Lane, Cable Street, Knock Fergus, Black Lane, New Road et Royal Mint Street. Je n'avais remarqué aucun panneau portant ces noms.

Arrivés à New Court, nous quittâmes la rue pestilentielle où nous nous trouvions pour nous engager dans une cour obscure – la lanterne sourde d'Hatchery était notre seul éclairage – et pénétrâmes par une brèche, qui tenait plus d'un trou dans le mur que d'une véritable entrée, dans une enfilade d'autres cours tout aussi obscures. Les bâtiments avaient l'air abandonnés, mais je supposai que les fenêtres étaient simplement closes par de solides volets. Quand nous descendîmes du trottoir, nos pieds s'enfoncèrent avec un bruit de succion dans la vase du fleuve ou dans les matières visqueuses qui suintaient des égouts.

Dickens s'arrêta devant ce qui avait été autrefois une large fenêtre. Il n'y avait plus de vitre, et il ne restait qu'une corniche et un abîme de ténèbres qui s'ouvrait dans le flanc aveugle d'un immeuble noir.

« Hatchery, cria-t-il. Votre lampe. »

Le cône de lumière de la lanterne sourde illumina trois masses pâles, blanchâtres et indistinctes posées sur le rebord de pierre brisé. Je les pris un instant pour des lapins dépecés. Je m'approchai, avant de reculer promptement, me couvrant le nez et la bouche de mon mouchoir.

« Des nouveau-nés, observa Hatchery. Celui du milieu était mort-né, je crois. Les deux autres sont morts peu après leur naissance. Ce ne sont pas des triplés. Nés et morts à des moments différents à en juger par les asticots, les morsures de rats et d'autres indices.

— Seigneur Dieu ! » m'écriai-je à travers mon mouchoir. Je sentis la bile me monter dans la gorge. « Mais pourquoi… les laisser ici ?

— Autant ici qu'ailleurs, fit le policier. Il y a des mères qui essaient de les enterrer. Elles leur enfilent les haillons qui leur tombent sous la main. Leur mettent des petits bonnets, avant de balancer leurs polichinelles dans la Tamise, ou de les enterrer dans les cours, par ici. La plupart ne se donnent pas tant de mal. Il faut qu'elles retournent au turbin. »

Dickens se tourna vers moi. « Toujours attiré par la fille qui vous proposait un peu de "perlot" ? »

Je ne répondis pas. Je reculai encore d'un pas et dus faire un effort inhumain pour ne pas vomir.

« J'ai déjà vu ça, Hatchery, continua Dickens sur le ton de la conversation, d'une voix étrangement plate et calme. Pas seulement ici au cours de mes expéditions dans le Grand Four, mais dans mon enfance.

— Vraiment, Monsieur ?

— Oui, plusieurs fois. Quand j'étais tout petit, avant que nous quittions Rochester pour Londres, nous avions une servante qui s'appelait Mary Weller. Elle m'a emmené – je vois encore ma menotte minuscule tremblant dans sa grande main calleuse – à je ne sais combien d'accouchements. Au point que je me suis souvent demandé si je n'aurais pas dû choisir le métier de sage-femme. Le plus souvent, les bébés mouraient, Hatchery. Je me souviens d'une naissance multiple, une chose effroyable – la mère n'a pas survécu non plus – avec cinq nouveau-nés morts – je crois bien qu'ils étaient cinq, aussi surprenant que cela puisse paraître, mais j'étais très jeune, et peut-être n'y en avait-il que quatre – allongés, côte à côte, sur un linge propre, sur une commode. Savez-vous, Hatchery, ce que j'ai pensé à cet âge tendre, je devais avoir quatre ou cinq ans ?

— Non, Monsieur.

— J'ai pensé à des pieds de porc, tels qu'on les expose généralement à l'étalage des bonnes triperies. L'image du banquet de Thyeste vous vient forcément à l'esprit devant pareil tableau.

— Sans doute, Monsieur », approuva Hatchery. J'étais certain que le policier ignorait tout de la référence mythologique à laquelle Dickens faisait allusion. Ce n'était pas mon cas. Une fois de plus, la bile et les nausées me montèrent à la gorge, et je ne les réprimai qu'à grand-peine.

« Wilkie, lança Dickens d'une voix tranchante. Votre mouchoir, je vous prie. »

Après un instant d'hésitation, je le lui tendis.

Sortant son propre mouchoir de soie, plus grand et plus coûteux, Dickens posa délicatement les deux morceaux de tissu sur les trois corps d'enfants en décomposition et déjà partiellement dévorés, lestant les angles à l'aide de briques détachées du rebord brisé.

« Détective Hatchery, dit-il, se détournant déjà, sa canne cliquetant sur la pierre, vous ferez le nécessaire ?

— Avant l'aube, Monsieur. Vous pouvez compter sur moi.

— Je n'en doute pas, fit Dickens, baissant la tête et prenant son haut-de-forme à la main, tandis que nous franchissions une nouvelle ouverture donnant dans une nouvelle cour encore plus sombre, plus petite et plus pestilentielle. Venez, venez, Wilkie. Restez près de la lumière. »

L'embrasure où nous arrivâmes enfin ne se distinguait guère des trois douzaines de seuils ténébreux devant lesquels nous étions déjà passés. Une petite lanterne bleue était disposée juste à l'intérieur, abritée des regards extérieurs, enfoncée dans une profonde niche. Le détective Hatchery grommela et s'engagea devant nous dans l'étroit escalier noir.

Le palier du premier étage était plongé dans l'obscurité. La volée de marches suivante, plus étroite que la première, n'était cependant pas tout à fait aussi sombre, car la vague lueur d'une unique bougie palpitait au-dessus de nous, depuis le palier supérieur. L'air y était si étouffant, la chaleur si intense et la puanteur tellement accablante que je me demandai comment la bougie arrivait à brûler.

Hatchery ouvrit une porte sans frapper et nous entrâmes l'un derrière l'autre.

Nous nous trouvions dans la première et la plus vaste d'une enfilade de pièces, toutes visibles par des portes ouvertes. Deux Lascars et une vieille étaient affalés sur un matelas à ressorts qui donnait l'impression d'être recouvert d'un tas de haillons décolorés. Les chiffons remuèrent et je me rendis compte que d'autres gens étaient allongés sur cette couche. Toute la scène était éclairée par quelques bougies presque entièrement consumées et par une lanterne à verre rouge qui projetait autour d'elle une lueur sanglante. Des yeux nous épiaient furtivement sous des monceaux de guenilles depuis les pièces voisines, tandis que je prenais conscience de la présence d'autres corps

130

– Chinois, Occidentaux, Indiens – étalés par terre et dans les coins. Certains cherchaient à s'éloigner en rampant comme des cafards fuyant le jour soudain. La vieille avachie juste devant nous, sur le lit dont les quatre montants avaient été sculptés par de longues années de couteaux oisifs et dont les tentures pendaient comme des linceuls pourris, tirait sur une sorte de pipe faite dans une vieille bouteille d'encre à deux sous. La densité de la fumée et la puanteur âcre et aromatique qui régnait dans la pièce, mêlée aux miasmes des eaux usées charriées par la Tamise qui s'insinuaient par les persiennes à lattes étroites, me retourna une nouvelle fois l'estomac, déjà malmené par la goutte. Je regrettai de n'avoir pas absorbé un second verre de mon laudanum médicinal avant de rejoindre Dickens pour cette soirée.

Hatchery poussa doucement la vieille du bout d'une matraque de police qu'il venait de tirer doucement de sa ceinture. « Hé, hé, vieille Sal, dit-il avec rudesse. Réveille-toi. On veut te parler. Ces messieurs ont des questions à te poser et tu as intérêt à leur répondre comme il faut. »

« Sal » était une vieille ridée, édentée, aux joues et aux lèvres décolorées, dont la seule lueur apparente de vie était la dépravation qu'on décelait dans ses yeux faibles et aqueux. Elle loucha en direction de Hatchery, puis son regard se posa sur nous. «'Ib, dit-elle en reconnaissant le géant à travers la brume qui lui encombrait l'esprit, t'es de nouveau dans la police ? Faut que j'te paye ?

— Je suis venu parce que ces messieurs ont des questions à te poser, répéta Hatchery, avec un nouveau petit coup de matraque sur les chiffons, au-dessus de la poitrine creuse de la vieille. Et nous ne partirons pas tant que tu ne nous auras pas répondu.

— Demande toujours. Mais sois un bon flic, tu veux, laisse-moi d'abord remplir la pipe du vieux Yahee. »

Je remarquai alors une sorte de vieille momie appuyée contre des oreillers dans l'angle de la pièce, derrière le grand lit.

La vieille Sal tendit le bras vers le milieu de la pièce et attrapa sur un plateau japonais un gobelet à moitié plein d'une substance qui ressemblait à de la mélasse. Soulevant à l'aide d'une aiguille une petite quantité de cette pâte épaisse, elle l'apporta à la momie, dans son coin. Lorsqu'il se tourna vers la lumière, je vis que le vieux Yahee avait la bouche collée à une pipe à opium qui n'avait pas quitté ses lèvres depuis notre arrivée. Sans ouvrir complètement les yeux, il prit le morceau de mélasse dans ses doigts jaunis, aux ongles longs, et le roula pour en faire une petite boule à peine plus grosse qu'un pois, qu'il introduisit dans le fourneau de sa pipe dont s'échappait déjà de la fumée. Ses yeux de momie se refermèrent et il se détourna de la lumière, ses pieds nus repliés sous lui.

« Ça fait quatre pennies de plus pour ma caisse à moi, remarqua Sal en rejoignant notre petit cercle de lumière rouge près de la lanterne. Yahee, faut que tu saches, 'Ib, il a plus de quatre-vingts ans et ça fait soixante ans ou plus qu'il fume l'opium. Il dort pas, c'est vrai, mais j't'assure qu'il est en bonne santé, et propre par-dessus le marché. Le matin, quand il a fumé toute la nuit, il va acheter son riz, son poisson, ses p'tits légumes, mais seulement quand il a tout nettoyé et récuré chez lui, et qu'il en a fait autant de sa propre personne. Soixante ans d'opium, et pas malade un seul jour. Le vieux Yahee, il s'est porté comme un charme pendant les quatre dernières fièvres de Londres, grâce à la fumée, alors que tout le monde tombait comme des mouches autour de lui, et que...

— Suffit, coupa Hatchery, réduisant la sorcière au silence. Ce monsieur va te poser quelques questions maintenant, Sal... si tu tiens à garder ce trou à rats que tu appelles ta maison et si tu veux continuer à faire tes petites affaires, si tu ne veux pas qu'on ferme ta boutique et que tu doives traîner ta carcasse vérolée ailleurs, tu feras bien de lui répondre rapidement et honnêtement. »

Elle nous regarda d'un œil torve.

« Madame, dit Dickens d'une voix aussi détendue et cordiale que s'il s'adressait à une dame venue lui rendre visite dans son salon, nous cherchons un individu du nom de Drood. Nous savons qu'il avait coutume de fréquenter votre... euh... établissement. Pourriez-vous nous dire, je vous prie, où nous serions susceptibles de le trouver présentement ? »

Je vis la créature hébétée par l'opium tressaillir et se dégriser instantanément, comme si Dickens lui avait jeté un seau d'eau glacée. Ses yeux s'élargirent un instant avant de se plisser étroitement dans un strabisme encore plus soupçonneux. « Drood ? J'connais point de Drood, moi... »

Avec un sourire, Hatchery enfonça sa matraque un peu plus brutalement. « Ça ne prend pas, Sal. Nous savons que c'était un de tes clients.

— Qui dit ça ? » siffla la vieille. Le grésillement d'une bougie mourante posée au sol lui fit écho.

Toujours souriant, Hatchery abattit sa matraque qui retomba durement sur le bras squelettique de la femme.

« La mère Abdallah et Booboo m'ont raconté tous les deux avoir vu ici ces dernières années quelqu'un que tu appelais Drood… un Blanc, avec des doigts qui manquent, un drôle d'accent. Il paraît que c'était un habitué. Il pue la viande pourrie, m'a dit la mère Abdallah », précisa le policier.

Sal essaya de rire, mais ne put émettre qu'un râle sibilant. « La mère Abdallah est cinglée. Booboo n'est qu'un menteur de Chinetoque.

— Ça se peut, sourit Hatchery. Mais ils ne sont pas plus cinglés ni menteurs que toi, Princesse des fumeurs. Un type qui s'appelle Drood est venu ici, tu le sais et tu vas nous le *dire*. » Sans cesser de sourire, il assena un nouveau coup de sa matraque lestée sur les longs doigts de la vieille déformés par l'arthrite.

Sal hurla. Dans un coin, deux tas de haillons entreprirent de se traîner, avec leurs pipes à opium, dans une autre pièce où si l'on devait assassiner quelqu'un, les cris ne troubleraient pas leurs rêves.

Dickens sortit quelques shillings de sa bourse et les fit tinter dans le creux de sa main. « Vous ne perdrez rien à nous dire tout ce que vous savez de Mr Drood, Madame.

— Et je te préviens, ce n'est pas dans la cellule de mon commissariat, mais dans le cachot le plus humide de Newgate que tu passeras un certain nombre de nuits – et même de semaines – si tu ne nous le dis *pas* », ajouta Hatchery.

Cette menace me frappa à un point que Dickens ne pouvait pas comprendre. J'essayai d'imaginer quelques nuits, pire quelques *semaines*, sans laudanum. Cette femme consommait manifestement beaucoup plus d'opium pur que je ne l'avais jamais fait. Mes os eux-mêmes se révulsaient à l'idée d'être privés de mon remède.

De vraies larmes montèrent alors aux yeux aqueux de la Princesse des Fumeurs. « C'est bon, c'est bon, arrête un peu avec tes matraques et tes menaces, 'Ib. J'ai toujours été réglo avec toi, pas vrai ? J'ai toujours payé quand il fallait, pas vrai ? Est-ce que j'ai pas toujours… ?

— Raconte à ces messieurs ce que tu sais de ce Drood et ferme-la sur le reste », conseilla Hatchery de sa voix la plus calme et la plus menaçante. Il posa sa matraque de tout son long sur le bras tremblant de la vieille.

« À quelle époque avez-vous connu ce Drood ? demanda Dickens.

— J'l'ai vu jusqu'à y a près d'un an, souffla la Princesse des Fumeurs. Y vient plus d'ce temps.

— Où habite-t-il ?

— Ça, j'en sais rien. Je jure que j'en sais rien. C'est Chow Chee John Potter qu'a amené cet oiseau-là pour la première fois, ça doit faire huit ans… neuf peut-être. Ils fumaient des sacrées quantités, j'peux vous l'dire. Drood, il payait toujours en souverains d'or, alors sa réputation était en or pur, tout réglé pour un doux avenir, façon de parler. Il chantait jamais, il criait jamais comme les aut'… là, vous en entendez un qui gueule en ce moment dans l'aut' chambre… Il fumait juste et restait assis là, à me reluquer. Il reluquait aussi les aut'. Des fois, il partait le premier, bien avant les aut', des fois, il était le dernier.

— Qui est Chow Chee John Potter ? demanda Dickens.

— Il est mort, répondit la vieille. C'*était* un vieux cuisinier chinois de la marine, il avait un nom chrétien à cause qu'il avait été baptisé, mais il avait jamais été très bien dans sa tête, Monsieur. Il était comme un gosse, c'était... juste un gosse méchant, mauvais quand il buvait du rhum. Mais fumer, ça le rendait jamais méchant. Ça, non.

— Ce Chow Chee était un ami de Drood ? » demanda encore Dickens.

La Vieille Sal émit un nouveau rire rauque. On aurait dit que la fumée, la phtisie, ou les deux, lui avaient presque entièrement rongé les poumons.

« Drood – s'il s'appelait vraiment comme ça – il avait pas d'amis, M'sieur. Tout le monde avait peur de lui. Même Chow Chee.

— Mais la première fois que vous l'avez vu ici – je vous parle de Drood –, c'est Chow Chee qui l'a amené ?

— Pour sûr, M'sieur, il est venu avec lui, mais ce que je crois, moi, c'est qu'il a juste rencontré le vieux John et que ce vieil imbécile heureux, il lui a montré le chemin de la fumerie la plus proche. John, il aurait fait ça contre un mot gentil, pour rien dire d'un shilling.

— Drood habite-t-il dans les parages ? » demanda Dickens.

Sal s'esclaffa de nouveau, mais fut prise d'une quinte de toux, dont le bruit effroyable se poursuivit pendant ce qui me fit l'effet d'une éternité. Elle reprit enfin son souffle et dit : « Dans les parages ? Dans le coin de New Court, de Bluegate Fields, des docks ou de Whitechapel ? Non, M'sieur. Ça risque pas, M'sieur.

— Et pourquoi ?

— On l'aurait su, patron, grinça la vieille. Quelqu'un comme Drood, il aurait fait peur à tout le monde, hommes, femmes et enfants à Whitechapel, à Londres et à Shadwell itou. On aurait tous quitté la ville.

— Mais pourquoi ? demanda Dickens.

— À cause de son Histoire, siffla la sorcière. De son horrible et *véridique* Histoire.

— Racontez-nous ça. »

Elle hésita.

Hatchery fit glisser sa matraque sur la face externe de son bras et frappa légèrement sur son coude osseux.

Quand elle eut cessé de glapir, elle raconta l'histoire telle qu'elle l'avait entendue de la bouche du regretté Chow Chee John Potter, d'un autre vendeur d'opium du nom de Yahee, et d'un autre consommateur encore, du nom d'Emma le Lascar.

« Drood, il est pas nouveau dans le coin ; ceux qui savent, ils disent que ça fait quarante ans et plus qu'il traîne par là... »

Je l'interrompis : « Dites-moi, femme, quel est le nom de baptême de ce Mr Drood ? »

Hatchery et Dickens se tournèrent vers moi en fronçant les sourcils. Je cillai et reculai d'un pas. Ce fut la seule question que je posai à la Princesse des Fumeurs au cours de la soirée.

Sal me gratifia d'un regard tout aussi mauvais. « Un nom de baptême ? Il a pas de nom de baptême, Drood. Il est pas chrétien, il l'a jamais été. C'est juste *Drood*. Ça fait partie de son Histoire. Vous voulez que je la raconte, oui ou non ? »

J'acquiesçai, sentant la rougeur m'échauffer la peau entre le bord inférieur de mes lunettes et l'amorce de ma barbe.

« Drood, c'est juste Drood, répéta la Vieille Sal. Emma le Lascar, il raconte que Drood, il était marin avant. Yahee, qui est plus vieux que la mère Abdallah et la poussière réunies, il dit qu'il était pas marin, juste passager sur un bateau à voiles qu'est arrivé ici, il y a bien longtemps. Mais ils étaient tous d'accord pour dire que Drood, il vient d'Égypte… »

Je vis Dickens et l'immense policier échanger un regard, comme si les paroles de la vieille confirmaient un soupçon ou une information qu'ils avaient déjà.

« Il était Égyptien, avec la peau noire comme toute cette race de Mahométans, qu'ils brûlent en enfer, poursuivit Sal. Il paraît qu'il avait des cheveux à c'moment-là, aussi, noirs comme la poix. Y en a qui disent qu'il était joli garçon. Mais il a toujours été un homme à opium. Dès qu'il a posé le pied sur le sol anglais, il s'est collé à la bouteille bleue, c'est ce qu'on dit.

Il a d'abord dépensé pour ça toute la galette qu'il avait – des milliers de livres, à ce qu'on dit. Sûrement qu'il était de la famille royale de là-bas, de l'Égypte mahométane. En tout cas, sa famille avait de l'oseille, ça, ça fait pas de doute. Ou alors, il s'en était *procuré* par des moyens louches. Chin Chin le Chinois, le vieux marchand chinetoque du West End, il a plumé Drood, il lui prenait dix, vingt, cinquante fois ce qu'il demandait à ses habitués. Puis, quand il a plus eu une thune à lui, Drood, il a essayé de trimer pour en gagner – il balayait aux carrefours, il faisait des tours de magie pour les messieurs et les dames du côté de Falcon Square –, mais l'argent honnêtement gagné, ça lui rapportait pas assez. Ça rapporte jamais assez. Alors le 'Gyptien, il s'est fait coupe-bourse, et puis coupe-jarret, détroussant et tuant des marins près des docks. Ça lui a permis de rester dans les petits papiers de Chin Chin et de lui garantir une came extra que le Chinois, il achetait chez Johnny Chang, à la London and Saint Katharine Coffehouse, sur la route de Ratcliff.

Y avait d'autres types avec Drood – surtout des 'Gyptiens, quelques Malais, des Lascars, et même des nègres libres descendus des bateaux, quelques sales Irlandais, des Allemands mauvais comme la gale – mais surtout, comme on dit, d'autres 'Gyptiens. Ils ont une sorte de religion à eux, ils vivent et ils font leur culte dans la vieille Ville-du-Dessous... »

Je ne comprenais rien à ce qu'elle disait, mais, hésitant à l'interrompre à nouveau, je jetai d'abord un regard interrogateur à Dickens, puis à Hatchery. Les deux hommes secouèrent la tête et haussèrent les épaules.

« Un jour, ou c'était p'têt' la nuit, y a près de vingt ans, reprit Sal, Drood, il a tendu un guet-apens à un marin, et il l'a estourbi ; il paraît qu'il s'appelait Finn, mais ce Finn, il était pas aussi ivre qu'il en avait l'air, et c'était pas une proie aussi facile que Drood il avait cru. Drood le 'Gyptien, il se servait d'un couteau à écorcher pour sa sale besogne – ou p't-êt' que c'était un de ces couteaux à désosser à lame courbe qu'on voit chez les bouchers de Whitechapel, quand ils crient : *"Bons rôtis de premier choix pour le dîner de d'main et pour ainsi dire pas d'os..."* et c'était vrai, Messieurs et Agent 'Ib, que quand Drood, il en avait fini avec eux sur les docks, y avait de l'argent à fumer dans sa bourse et y restait pour ainsi dire pas d'os sur le marin dont il balançait le cadavre vidé comme des tripes de poisson dans la Tamise... »

Un profond gémissement s'éleva dans une des pièces voisines. Les poils de ma nuque se hérissèrent, mais cette plainte d'outre-tombe n'était pas une réaction au récit de la Vieille Sal. Simplement un client dont il fallait recharger la pipe. La vieille ignora l'appel, et ses trois auditeurs attentifs firent de même.

« Cette nuit que j'vous dis, y a vingt ans, reprit-elle. Finn – s'il s'appelait Finn –, il était pas un client pour le surin de Drood. Il a attrapé le bras du 'Gyptien avant qu'il ait pu lui faire du mal et puis il a pris le couteau à désosser, ou à écorcher, qu'est-ce que j'en sais, et il lui a tranché le nez. Puis il a ouvert son presque assassin de l'aine à la clavicule, j'vous assure. Oh, il savait manier le couteau ce Finn après toutes les années qu'il avait passées à l'avant du bateau, c'est ce que raconte Emma le Lascar. Taillladé de partout, mais encore vivant, Drood, il hurle non, non, pitié, non, et Finn, il tranche la langue de la canaille dans sa bouche. Puis il lui coupe les parties, à ce païen, et il lui propose de les lui fourrer là où qu'il avait la langue avant. Et puis il fait c'qu'il a proposé. »

Je me rendis compte que je clignais des yeux rapidement et que j'avais le souffle court. Je n'avais jamais entendu une femme parler ainsi. Un coup d'œil à Dickens m'apprit que l'Inimitable était, lui aussi, captivé par le récit comme par la narratrice.

« Alors pour finir, poursuivit Sal, ce Finn – ce marin quoi, qui savait manier le surin – il arrache le cœur de Drood de sa poitrine et il balance le cadavre du

'Gyptien dans le fleuve, depuis un quai qu'est pas à un kilomètre d'ici. Dieu me garde, Messieurs.

— Attendez, interrompit Dickens. Ce que vous nous racontez là s'est passé il y a plus de vingt ans ? Mais vous disiez tout à l'heure que Drood était devenu votre client il y a sept ou huit ans et qu'il l'était resté jusqu'à l'année dernière environ. Cette drogue vous abrutit donc au point que vous oubliez vos propres mensonges ? »

La Princesse des Fumeurs jeta un regard noir à Dickens et brandit vers lui ses doigts griffus, elle arqua son dos voûté tandis que ses cheveux hirsutes semblaient se dresser sur sa tête et, pendant un instant, je fus convaincu qu'elle était en train de se métamorphoser en chat et qu'il n'allait pas s'écouler deux secondes avant qu'elle se mette à cracher et à griffer.

En fait, elle siffla : « Drood, il est mort, c'est c'que j'vous dis. Mort depuis le jour où c'qu'il a été dépecé et jeté dans la Tamise par le marin, ça fait près de vingt ans à ce jour. Mais sa bande, son groupe, ses adeptes, ceux qu'ont la même religion que lui – les aut' 'Gyptiens, Malais, Lascars, Irlandais, Allemands, Hindous –, ils ont repêché son corps à moitié pourri, tout gonflé de l'eau du fleuve quelques jours après, ils ont fait leurs rituels païens et ils ont ramené Drood à la vie. Emma le Lascar, il dit que c'était en bas, dans la Ville-du-Dessous, où c'est qu'il vit encore à ce jour. Le Vieux Yahee, qui connaissait Drood quand c'est qu'il était vivant, il dit que la restorection, elle a eu lieu de l'aut' côté du fleuve, dans les montagnes de merde de cheval et de gens que vous autres, les gentlemen, vous appelez si poliment des "tas de poussière". Où qu'ils l'ont fait et comment qu'ils ont fait, j'en sais rien, mais y a une chose de sûre : ils ont ramené Drood à la vie. »

Je me tournai vers Dickens. Il y avait dans son regard quelque chose de tout à la fois électrisé et espiègle. Je t'ai peut-être déjà dit, Cher Lecteur, que Charles Dickens n'était pas le voisin rêvé à un enterrement – son côté polisson le rendait incapable de résister à l'envie de vous décocher un sourire au moment le moins opportun, un regard complice, un clin d'œil. Il m'arrivait de me dire que Charles Dickens était capable de rire de tout, sacré ou profane. Et je redoutais qu'il n'éclate de rire en cet instant précis. Je dis que je le redoutais, non seulement à cause du caractère embarrassant de pareille attitude, mais parce que j'éprouvais alors l'étrange certitude que toute cette fumerie d'opium, toutes les pauvres épaves enfouies sous des chiffons et tapies dans les coins, cachées sous des couvertures et affalées sur des coussins dans ces trois pièces crasseuses et sombres, écoutaient avec toute l'attention que leur permettaient leurs esprits embrumés par la drogue.

Je craignais qu'en entendant le rire de Dickens, toutes ces créatures – la Vieille Sal en tête, transformée en un immense chat – ne bondissent sur nous et ne nous mettent en pièces. Ce colosse de Hatchery lui-même, j'en étais convaincu en cet instant de terreur, serait impuissant à nous secourir.

Au lieu de rire, Dickens tendit à la vieille sorcière trois souverains d'or, posant délicatement les pièces dans sa paume jaune et répugnante et refermant autour d'elles les doigts recroquevillés et tordus. Il demanda ensuite tout bas : « Où pouvons-nous trouver Drood à présent, ma brave femme ?

— Dans la Ville-du-Dessous, murmura-t-elle, s'accrochant aux pièces des deux mains. Dans les régions les plus profondes de la Ville-du-Dessous. Là en bas, où c'que le Chinetoque qui s'appelle Roi Lazaree fournit à Drood et aux aut' l'opium le plus pur des plus purs du monde. Là, en bas, dans la Ville-du-Dessous, avec les aut' choses mortes. »

Dickens nous fit signe, et nous sortîmes sur ses talons de la pièce enfumée pour nous arrêter sur le palier exigu et sombre.

« Détective Hatchery, dit l'écrivain, avez-vous entendu parler de ce Roi Lazaree, ce vendeur d'opium souterrain ?

— Oui, Monsieur.

— Et vous connaissez cette Ville-du-Dessous dont Sal parle avec tant d'émoi ?

— Oui, Monsieur.

— Peut-on s'y rendre à pied ?

— Jusqu'à l'entrée, oui, Monsieur.

— Pouvez-vous nous y conduire ?

— Jusqu'à l'entrée, oui, Monsieur.

— Nous accompagnerez-vous dans cette... cette Ville-du-Dessous... et continuerez-vous à jouer les Virgile pour les Dante que nous sommes ?

— Vous me demandez si je vous accompagnerai *à l'intérieur* de la Ville-du-Dessous, Monsieur Dickens ?

— En effet, Inspecteur, confirma Dickens, manifestement enchanté. C'est exactement ce que je vous demande. Pour le *double* du tarif convenu, bien entendu, car il s'agit d'une *double* aventure.

— Non, Monsieur, je ne le ferai pas. »

Je vis Dickens tressaillir d'étonnement. Il leva sa canne et tapota doucement la poitrine du géant avec le bec de l'oiseau de laiton. « Voyons, voyons, détective Hatchery. Cessons de plaisanter. Pour le *triple* de la somme convenue, nous conduirez-vous, Mr Collins et moi, jusqu'à cette alléchante Ville-du-Dessous et à l'intérieur de celle-ci ? Nous mènerez-vous à Lazaree et à Drood ?

— Non, Monsieur, je ne le ferai pas », répéta Hatchery. Sa voix était rauque, comme enrouée par la fumée de l'opium. « Je n'entrerai dans la Ville-du-Dessous à aucune condition. C'est mon dernier mot, Monsieur. Et je vous implore, si vous tenez à votre âme et à votre santé mentale, de ne pas y descendre non plus. »

Dickens hocha la tête, comme s'il méditait ce conseil. « Mais vous nous montrerez... comment disiez-vous ?... l'*entrée* de la Ville-du-Dessous ?

— Oui, Monsieur », répondit Hatchery. Le timbre de sa voix évoquait le bruit d'un papier épais que l'on déchire. « Je vous la montrerai... à regret.

— C'est suffisant, Détective, approuva Dickens, s'engageant dans l'escalier plongé dans les ténèbres. C'est honnête et plus que suffisant. Il est minuit passé, mais la nuit est encore longue. Nous poursuivrons notre expédition – et notre descente – tout seuls, Wilkie et moi. »

L'immense policier emboîta pesamment le pas à Dickens. Je mis une bonne minute à les suivre. L'épaisse fumée d'opium qui planait dans la pièce avait certainement affecté les nerfs ou les muscles de la partie inférieure de mon corps, car j'avais les jambes lourdes, de plomb, insensibles. Je ne parvenais pas, très littéralement, à contraindre mes jambes et mes pieds à aborder la première marche de l'escalier.

Puis, ressentant dans tout mon corps les fourmillements et les élancements d'un membre qui s'est
engourdi à l'insu de son propriétaire, je réussis à descendre tant bien que mal le premier degré. J'étais
obligé de m'appuyer sur ma canne pour garder l'équilibre.

« Venez-vous, Wilkie ? » La voix de Dickens, frémissante d'une exécrable excitation, résonnait au pied
de l'escalier obscur.

« Oui, répondis-je, ajoutant par-devers moi, *Que le
diable t'emporte.* Oui, Dickens, j'arrive. »

5.

Il faut que j'interrompe un instant mon récit, Cher
Lecteur, afin de t'expliquer comment et pourquoi il
m'était déjà arrivé d'accepter de suivre Charles Dickens dans des aventures aussi ridicules que dangereuses. Un jour, par exemple, je l'avais accompagné
sur le Vésuve. Sans parler de l'incident bien plus
grave, qui faillit me coûter la vie au Carrick Fell dans
le Cumberland.

Le Vésuve n'a été que l'une des menues péripéties
du tour d'Europe que nous avions entrepris en 1853,
en compagnie d'Augustus Egg. À strictement parler,
il n'y avait que deux célibataires dans ce triumvi-
rat de voyageurs, et ils étaient tous deux plus jeunes
que l'Inimitable. Pourtant, au cours de cette escapade
automnale et hivernale à travers l'Europe, Dickens
se conduisit indéniablement avec autant de juvénilité
et d'insouciance que n'importe quel jeune homme à
l'aube de sa vie et de sa carrière. Après avoir fait
escale dans la plupart des vieux repaires continentaux
de Dickens, nous nous étions finalement dirigés vers
Lausanne, où le vieil ami excentrique de l'écrivain,
le révérend Chauncey Hare Townshend, nous gratifia

d'une conférence sur les fantômes, les bijoux et – un des sujets favoris de Dickens – le mesmérisme. De là, nous repartîmes pour Chamonix et entreprîmes l'ascension de la mer de Glace, où nous pûmes contempler des crevasses de plusieurs centaines de mètres de profondeur. Arrivés à Naples, une ville où j'avais espéré jouir de quelque répit, Dickens exigea immédiatement de gravir les pentes du Vésuve.

Il fut déçu, profondément déçu même, que le volcan n'émette aucune éruction, ne laisse pas échapper la moindre langue de feu. De toute évidence, la grande éruption de 1850 avait privé la montagne d'une partie de son énergie ; nous vîmes beaucoup de fumée, mais pas de flammes. Déconfit serait un qualificatif bien faible pour décrire l'état d'esprit de Dickens. Cela ne l'empêcha pas de constituer promptement un groupe d'escalade, comprenant l'archéologue et diplomate Austen Henry Layard, et nous nous lançâmes sans tarder à l'assaut de la montagne fumante.

Huit ans avant cette ascension, dans la soirée du 21 janvier 1845, Dickens avait trouvé tout le feu et le soufre vésuviens que pouvait désirer un homme aussi indifférent au danger qu'il l'était.

C'était le premier voyage de l'Inimitable, et le volcan était remarquablement actif. Flanqué de son épouse Catherine et de sa belle-sœur Georgina, Dickens était parti avec six chevaux de selle, un soldat armé qui leur servait de garde et – comme le temps était rigoureux et le volcan extrêmement traître à ce moment-là – pas moins de vingt-deux guides. Ils se mirent en route vers quatre heures de l'après-midi, les femmes portées sur des litières tandis que Dickens et les guides ouvraient la voie. La canne que l'écrivain avait prise ce soir-là était plus longue et plus massive que celle à bec d'oiseau qu'il faisait claquer contre les pavés pendant notre périple nocturne dans les taudis de Shadwell. Je suis sûr que son allure, lors de cette première ascension du Vésuve, n'était pas moins rapide que ce soir-là en terrain plat, au niveau de la mer. Face à des versants impressionnants, la réaction de Charles Dickens – comme je l'ai constaté bien souvent à mon grand dam et à mon immense fatigue – était d'allonger son pas, déjà bien trop véloce à mon goût.

Alors qu'ils approchaient de l'extrémité du cône de cendres qui marquait le sommet, tout le monde refusa de poursuivre, sauf Dickens et un unique guide. La montagne était en éruption. Des flammes s'élevaient dans le ciel à plusieurs centaines de pieds au-dessus d'eux, tandis que dans les champs de neige et de rochers, la moindre faille vomissait du soufre, des cendres et de la fumée. L'ami de l'auteur, Roche, qui était arrivé à quelques dizaines de mètres du cratère mais avait renoncé à s'avancer davantage vers le maelström ardent, cria à Dickens et à son guide qu'ils couraient à la mort s'ils s'aventuraient plus près.

Dickens insista pour poursuivre jusqu'au bord, du côté situé sous le vent, le plus dangereux – on sait que les vapeurs ont suffi à provoquer des décès plusieurs kilomètres en contrebas – et plongea son regard, comme il l'écrivit plus tard à ses amis, *« dans le cratère lui-même... dans les entrailles enflammées de la montagne... C'était la plus belle vision qu'on pût imaginer, plus terrible encore que le Niagara »*... Ces chutes d'eau américaines l'avaient frappé d'une mystérieuse terreur et il en avait fait jusque-là l'exemple même de la transcendance et de la puissance de la Nature. Car, écrivit-il, le feu et l'eau sont égaux.

Tous les autres membres de l'expédition de cette nuit-là, dont Catherine et Georgina, horrifiées et harassées (elles avaient gravi à cheval le flanc de la montagne), attestèrent que Dickens redescendit du cône de cendres « en feu en une demi-douzaine d'endroits et brûlé de la tête aux pieds ». Ce qui restait des vêtements déchiquetés de l'écrivain continua à se consumer pendant la longue descente nocturne – une expédition harassante, elle aussi. Sur une interminable pente glacée, exposée aux éléments, où certains membres du groupe durent s'encorder pour assurer leur sécurité et où les guides furent obligés de tailler des marches dans la glace, l'un de ces derniers glissa et disparut en hurlant dans les ténèbres, suivi une minute plus tard par un des Anglais qui avaient rejoint l'équipe. Dickens et les autres continuèrent leur marche dans la nuit, ignorant le sort de ces hommes. L'écrivain m'affirma plus tard que l'Anglais avait été sauvé ; il ne sut jamais ce qu'était devenu le guide.

Douze ans avant notre quête droodienne à travers Londres, Dickens nous avait traînés, Egg et moi, au sommet du Vésuve, mais, grâce à Dieu et au calme relatif du volcan, cette aventure avait été beaucoup moins pénible et nettement moins périlleuse. Dickens et Layard marchaient en tête à vive allure, ce qui nous permettait à Egg et moi de nous reposer discrètement dès que nous en éprouvions le besoin. En vérité, le coucher de soleil sur Sorrente et Capri depuis les environs de la bouche du cratère offrait un spectacle superbe, une immense sphère rouge sang que l'on distinguait en transparence à travers le voile de fumée et de vapeur du Vésuve. Alors que la nouvelle lune se levait au-dessus de nous, nous descendîmes aisément le versant en chantant à pleins poumons des mélodies anglaises et italiennes.

Cette excursion n'était que de la petite bière en comparaison de l'ascension – qui faillit m'être fatale – du Carrick Fell, que nous entreprîmes à la suite de notre dernière représentation de *Profondeurs glacées* à Manchester en 1857.

Ce jour-là, comme en cette nuit des taudis de Shadwell, Dickens débordait d'une énergie effrayante et insatiable, qui semblait se nourrir d'une insatisfaction taraudante. Quelques semaines après la fin de la pièce, il me confia qu'il avait l'impression de devenir fou et que – si je me souviens bien des mots qu'il a prononcés – « l'escalade de toutes les montagnes de Suisse, ou n'importe quelle activité extravagante menée jusqu'à en tomber raide, ne représenterait qu'un médiocre soulagement ». Dans un billet qu'il m'adressa un matin, alors que nous avions dîné, bu et discuté de sujets aussi bien solennels qu'hilarants la veille au soir, Dickens m'expliquait : « Je veux m'évader de moi-même. Car quand, mal en train, je commence à me regarder bien en face, comme je le fais actuellement, mon vide est inconcevable – indescriptible –, ma détresse stupéfiante. » Je pourrais ajouter que non contente d'être stupéfiante, sa détresse était parfaitement réelle et extrêmement profonde. À l'époque, je ne l'attribuais qu'à ses déboires conjugaux avec Catherine. Je sais aujourd'hui qu'elle devait plus encore à sa nouvelle passion pour une femme enfant de dix-huit ans qui s'appelait Ellen Ternan.

Un beau jour de 1857, Dickens m'annonça notre

départ imminent pour le Cumberland où nous étions censés trouver l'inspiration nécessaire pour rédiger ensemble des articles sur le nord de l'Angleterre destinés à notre revue *Household Words*. Il voulait appeler ce texte « Le voyage paresseux de deux apprentis désœuvrés ». Bien que coauteur – et même, principal auteur, je puis te le dire, Cher Lecteur –, je dois avouer qu'il ne résulta de ce projet qu'une série bien peu originale et fort peu inspirée de récits de voyages. Ce n'est que plus tard que je compris que Dickens n'éprouvait qu'un médiocre intérêt pour le Cumberland, exception faite de l'ascension de ce satané Carrick Fell, et presque aucun pour la rédaction de ce genre de textes.

Ellen Ternan, ses sœurs et sa mère jouaient à Doncaster, et tel était, je le sais aujourd'hui, le véritable objectif de nos pérégrinations insensées dans le Nord.

Que je trouve la mort au Carrick Fell à cause de la passion secrète de Charles Dickens pour une actrice de dix-huit ans qui ignorait tout des sentiments qu'elle lui inspirait, voilà qui eût été le comble !

Nous nous rendîmes en train de Londres à Carlisle et le lendemain, nous rejoignîmes le village de Heske, au pied de ce « Carrock ou Carrick Mountain, ou Carrock ou Carrick Fell sur lequel j'ai lu un certain nombre de choses, mon cher Wilkie. L'orthographe est peu sûre ».

Mon pied n'allait pas l'être davantage.

La frustration et l'énergie dévorantes de Dickens exigeaient une montagne et pour quelque raison inconnue de tous – comme de lui-même, j'en suis sûr – c'était à Carrick ou Carrock Fell qu'il avait décidé que nous nous attaquerions.

Il nous fut impossible de trouver dans le minuscule village de Heske un guide susceptible de nous conduire jusqu'à cette éminence, sinon jusqu'à son sommet. Il faisait un temps épouvantable : froid, venteux, pluvieux. Dickens finit par convaincre le patron de la petite auberge lugubre où nous étions descendus de jouer les cicérones, bien que le vieil homme eût reconnu « n'avoirrr jamais grrrimpé ni descendu c'te montagne-là, Monsieur ».

Nous réussîmes à trouver Carrick Fell, dont la cime s'enfonçait dans les nuages bas du soir. Nous commençâmes à grimper. L'aubergiste hésitait fréquemment, mais Dickens poussait généralement de l'avant, devinant le chemin à prendre. Un vent à vous glacer les os se leva lorsque la nuit tomba – on avait plutôt l'impression, dans la brume et le brouillard qui nous enveloppaient, que la pénombre ambiante s'abîmait dans une obscurité plus profonde encore. Nous n'en poursuivîmes pas moins notre ascension. Nous ne tardâmes pas à nous égarer. L'aubergiste avoua ne même pas savoir sur quel versant de la montagne nous nous trouvions. D'un geste aussi théâtral que lorsqu'il interprétait sur scène le personnage de Richard Wardour errant, Dickens fit surgir une boussole de sa poche et nous indiqua la direction. Nous nous enfonçâmes de plus belle dans les ténèbres.

Moins de trente minutes plus tard, la boussole de Dickens, achetée en ville, rendait l'âme. La pluie se renforça et nous fûmes bientôt trempés et grelottants. La nuit nordique s'enténébra encore tandis que nous progressions tant bien que mal autour de la montagne escarpée. Ayant atteint ce qui était peut-être le sommet – une crête rocheuse glissante, enchâssée dans une pléthore de crêtes rocheuses et glissantes parfaitement identiques qui s'évanouissaient toutes dans le brouillard et dans la nuit –, nous entreprîmes de redescendre, sans avoir la moindre idée de la direction où se trouvaient notre village, notre auberge, notre dîner, notre cheminée, nos lits.

Pendant deux heures, nous avançâmes ainsi sous une pluie battante, au milieu d'un brouillard épais et d'une obscurité qui frisait désormais l'absolu stygien. Un torrent grondant nous barra soudain le passage, Dickens le salua avec autant de joie que s'il retrouvait un ami perdu de vue depuis longtemps. « Nous le suivrons jusqu'à la rivière qui se trouve au pied de la montagne, expliqua Dickens à l'infortuné aubergiste frissonnant de tous ses membres et à son non moins infortuné coauteur. C'est le guide idéal ! »

Pour être idéal, ce guide n'en était pas moins traître. Les flancs de la ravine se faisaient de plus en plus raides, les rochers qui parsemaient les versants de plus en plus dangereux à cause de la pluie et du verglas qui commençait à se former, et le torrent qui coulait à nos pieds de plus en plus déchaîné. Je me laissai distancer. Mon pied glissa, je m'étalai de tout mon long et sentis quelque chose se tordre dans ma cheville, m'infligeant une douleur atroce. À demi allongé dans le ruisseau, endolori et tremblant, affamé et affaibli, je dus me résoudre à appeler au secours dans les ténèbres, espérant que Dickens et l'aubergiste grelottant n'étaient pas déjà hors de portée de voix. Le cas échéant, j'étais un homme mort. Je ne pouvais même pas prendre appui sur ma cheville en me servant de ma canne. Je me voyais déjà obligé de ramper dans le lit du cours d'eau sur quelques kilomètres pour rejoindre la rivière, puis

– en admettant que je devine dans quelle direction se trouvait le village – contraint de me traîner encore sur des kilomètres le long de la berge, en pleine nuit. Je suis un citadin, Cher Lecteur. Les efforts de ce genre ne figurent pas dans mon vocabulaire habituel d'exercices physiques.

Par bonheur, Dickens entendit mes cris. Il revint sur ses pas et me trouva couché dans le ruisseau, ma cheville ayant déjà enflé au double de ses dimensions normales.

Après m'avoir soutenu un moment tandis que je clopinais malaisément à ses côtés sur la pente perfide, il finit par me porter. Je savais parfaitement qu'il se voyait déjà en héros, sous les traits de Richard Wardour, secourant son rival, Frank Aldersley, à travers les étendues arctiques. Tant qu'il ne me lâchait pas, il était libre d'imaginer ce qu'il voulait.

Nous arrivâmes enfin à l'auberge. Le patron – tremblant de tous ses membres, marmonnant et jurant tout bas – réveilla sa femme pour qu'elle nous prépare un souper tardif ou un petit déjeuner précoce. Les domestiques alimentèrent les feux dans la salle commune et dans nos chambres. Il n'y avait pas de médecin à Heske – en vérité, c'est à peine si Heske existait –, si bien que Dickens posa une vessie de glace sur ma cheville enflée et la banda tant bien que mal en attendant notre retour à la civilisation.

Nous poursuivîmes notre périple jusqu'à Wigton, puis à Allonby, puis à Lancaster, puis à Leeds – continuant à prétendre rassembler de la documentation pour un récit de voyage, alors que je ne me déplaçais qu'avec deux cannes et passais tout mon temps à l'hôtel – et nous nous retrouvâmes finalement à

Doncaster, qui avait été de bout en bout notre destination véritable et secrète (le secret de Charles Dickens, plus exactement).

Nous y vîmes plusieurs pièces, dont celle où Ellen Ternan tenait un petit rôle. Le lendemain, Dickens partit en pique-nique avec la famille et – j'en suis désormais certain – en profita pour entreprendre une longue promenade en tête à tête avec Ellen Ternan. Les aveux faits durant cette promenade, les pensées ou les sentiments exprimés et repoussés demeurent un mystère jusqu'à ce jour, mais ce que je sais, c'est que l'Inimitable revint de Doncaster d'une humeur massacrante et meurtrière. Quand je voulus organiser un rendez-vous dans les bureaux de *Household Words* pour que nous terminions notre rédaction et finissions de mettre au point *Le Voyage paresseux de deux apprentis désœuvrés*, Dickens me répondit d'un ton étonnamment personnel : « ... *Le chagrin de Doncaster*, m'écrivait-il, *m'accable encore si lourdement que je suis incapable d'écrire et qu'(éveillé), je ne puis trouver le repos un seul instant.* »

Comme je l'ai dit, j'ignorais alors, et j'ignore encore aujourd'hui, la véritable nature du chagrin de Doncaster, mais il n'allait pas tarder à changer le cours nos vies.

Je te confie cela, Cher Lecteur, parce que j'ai pressenti, dès cette nuit de juillet 1865 – des soupçons encore plus solides à l'instant où j'écris, bien des années plus tard –, que la quête du mystérieux Drood en cette nuit torride et pestilentielle avait moins pour objet ce spectre ressuscité que ce que Charles Dickens espérait trouver en Ellen Ternan à Doncaster en 1857

– et au cours des huit années si riches en mystères qui s'écoulèrent entre cette date et l'affaire de Staplehurst.

Mais, comme le révéla l'accident de Carrick ou Carrock Fell, pareilles obsessions peuvent avoir un prix terrible pour autrui, sans que celui qui les nourrit l'ait recherché : d'autres êtres peuvent pourtant en être blessés, voire en mourir, comme si tout cela avait été prémédité.

Pendant près de vingt minutes, nous longeâmes des taudis encore plus sombres, et encore plus pestilentiels. Par moments, quelques indices de présence humaine, de surpopulation même, se manifestaient dans ces bâtiments délabrés, des chuchotements, des sifflements qui s'élevaient depuis les ténèbres épaisses qui entouraient les ruelles étroites, tandis qu'à d'autres instants, le seul bruit était celui de nos bottines et de la canne de Dickens qui frappait les pavés des rares rues pavées. Je me souvins cette nuit-là d'un passage du livre le plus récent de Dickens – toujours inachevé –, *L'Ami commun*, un des premiers à avoir été publié en feuilleton au cours de l'année précédente. Notre auteur y présente deux jeunes gens qui se rendent en fiacre au bord de la Tamise pour identifier le corps d'un noyé, repêché dans le fleuve par un père et une fille qui se livrent quotidiennement à cette activité pour gagner leur vie :

Les roues continuèrent leur mouvement de descente, passant près du monument, et de la Tour, et du port, passant par Ratcliffe et par Rotherhithe, passant là où la lie accumulée de l'humanité semblait être descendue des terrains supérieurs comme des

détritus moraux, et paraissait s'être arrêtée là en
attendant que son propre poids la fasse basculer
par-dessus les berges et s'enfoncer dans le fleuve*.

En vérité, à l'image des personnages dissolus assis
dans le fiacre du récit de Dickens, je n'avais guère
prêté attention à la direction que nous prenions ; je
m'étais contenté de suivre l'ombre massive du détective Hatchery et la silhouette agile de Dickens. Je
n'allais pas tarder à regretter ma distraction.

Soudain, la puanteur immuable qui nous accompagnait changea d'arôme et prit une intensité nouvelle.
« Pouah ! m'écriai-je en direction des formes indistinctes de mes compagnons, devant moi. Sommes-nous
encore plus près du fleuve ?

— Pis que cela, Monsieur, répondit Hatchery par-
dessus sa large épaule. C'est un cimetière. »

Je regardai autour de moi. Un moment, j'avais eu
l'impression, vague mais troublante, que nous nous
trouvions à proximité de Church Street ou du quartier
de l'Hôpital de Londres, mais voilà que cette avenue
obscure s'ouvrait à notre droite sur une sorte de champ
entouré de murs, fermé par une grille et une porte
en fer. Je n'aperçus aucune église à proximité. Il ne
s'agissait donc pas d'un cimetière paroissial, mais
plutôt d'un cimetière municipal, de ceux qui s'étaient
répandus au cours des quinze dernières années.

Vois-tu, Cher Lecteur, de notre temps, les presque
trois millions de Londoniens que nous étions vivaient
et déambulaient au-dessus des cadavres d'un nombre
au moins aussi important, et certainement bien supérieur encore, de nos morts communs. Tandis que
Londres grandissait et grignotait ses faubourgs et

les villages environnants, leurs cimetières avaient été absorbés avec eux, et c'était là que l'on déposait les centaines et centaines de milliers de dépouilles en décomposition de nos chers disparus. Le cimetière paroissial de St Martin-in-the-Fields, par exemple, ne couvrait qu'une vingtaine de mètres carrés, mais en 1840, vingt-cinq ans environ avant cette nuit mouvementée, il abritait, estime-t-on, les restes de soixante à soixante-dix mille de nos défunts Londoniens. Ils sont bien plus nombreux encore à présent.

Dans les années 1850, du temps de la Grande Puanteur et des pires heures des effroyables épidémies de choléra, tout le monde prit conscience que ces cimetières surpeuplés constituaient un risque sanitaire pour les malheureux qui vivaient dans leur voisinage. Tous les lieux d'inhumation de la ville étaient – et restent – pleins à ras bord. Des milliers de corps étaient enterrés dans des fosses improvisées sous des chapelles, des écoles, des ateliers, dans des parcelles vacantes et même derrière et sous des habitations privées. Aussi la Loi sur les Inhumations de 1852 – un texte législatif en faveur duquel Dickens avait pris fait et cause – avait-elle exigé que les Services Généraux de la Santé créent des cimetières publics ouverts à tous les morts, quelle que fût leur religion.

Peut-être sais-tu également, Cher Lecteur, que de mon vivant et jusqu'à une date récente, tous les défunts enterrés en Angleterre devaient recevoir une sépulture chrétienne dans un cimetière paroissial. Les exceptions étaient rares. Il fallut attendre 1832 pour qu'une loi votée par le Parlement mette fin à la pratique courante chez mes compatriotes anglais consistant à enterrer les désespérés qui avaient mis fin à leurs jours le long des routes publiques, un pieu fiché dans le cœur. La nouvelle loi – un modèle de pensée moderne et de philan-thropie – autorisait l'inhumation des dépouilles des suicidés dans les cimetières paroissiaux en compagnie des chrétiens, à condition que le défunt fût enterré entre neuf heures du soir et minuit et toujours sans les rites de l'Église. Je tiens à ajouter que la dissection obligatoire des dépouilles des assassins fut également abolie en 1832 – année de Lumières ! – et qu'en notre siècle libéral on peut même trouver des meurtriers dans des cimetières chrétiens.

Un grand nombre de ces sépultures – la majorité devrais-je dire – ne portent pas de marque distinctive. Ce qui ne veut pas dire qu'on n'en connaisse pas l'emplacement. Les hommes chargés de creuser de nouvelles tombes tous les jours ou toutes les nuits ici, à Londres, enfoncent régulièrement leurs pelles dans des chairs en décomposition – des couches entières, paraît-il – puis dans les squelettes anonymes allongés au-dessous. Certains cimetières ont des employés chargés de vérifier tous les matins que des membres de paroissiens avariés ne sont pas remontés à la surface – surtout après de fortes pluies –, dans une attente trop impatiente du Jugement dernier. J'ai vu ces employés transporter, au cours de leur tournée, des bras, des mains et d'autres parties moins aisément identifiables dans des brouettes, un peu comme le jardinier consciencieux d'un grand domaine ramasse les branches et les rameaux tombés des arbres à la suite d'un gros orage.

Ces nouveaux lieux d'inhumation, distincts des cimetières municipaux, avaient connu une grande popularité. Les premiers étaient des entreprises commerciales (et comme le voulait encore la coutume dans tant de régions du Continent, si la famille ne payait pas régulièrement la concession funéraire de ses chers disparus, les corps étaient exhumés et jetés au rebut, les belles pierres tombales servant à paver les murs de soutènement ou les allées, et le lopin ainsi vidé cédé à un client plus solvable). Mais, depuis les lois des années 1850 qui avaient imposé la fermeture d'un grand nombre de cimetières paroissiaux bondés, la plupart des nouveaux cimetières de Londres étaient municipaux et réservaient des emplacements distincts aux conformistes religieux (avec chapelles et terre consacrée) et aux dissidents, hostiles à l'Église anglicane. On ne peut que se demander si ces cadavres n'étaient pas irrités de devoir passer toute l'Éternité à un terrain de cricket de distance les uns des autres.

Le lieu dont nous nous approchions à présent dans le noir semblait être un ancien cimetière paroissial – utilisé comme tel avant que l'église ne soit abandonnée quand le quartier était devenu trop dangereux pour les honnêtes gens, son bâtiment ayant été brûlé ensuite pour permettre la construction d'un nombre plus important d'immeubles afin que les logeurs puissent extorquer encore plus d'argent aux immigrants sans abri. Mais le cimetière lui-même était resté, et avait continué à servir... à servir... à servir... repris peut-être par les dissidents il y a un ou deux siècles, puis transformé en cimetière à but lucratif au cours des vingt dernières années.

Devant ses murs suintants et sa grille de fer noire, je me demandai qui serait prêt à payer un seul penny pour être inhumé ici. De grands arbres y avaient poussé autrefois, mais il n'en restait que des squelettes calci-

nés, morts depuis des générations, dont les bras ampu-
tés se dressaient vers les édifices noirs penchés de
tous côtés au-dessus du lieu. La puanteur qui émanait
de cet espace muré et grillagé était tellement atroce
que je cherchai mon mouchoir, avant de me rappeler que Dickens me l'avait emprunté un peu plus tôt
pour en couvrir les nouveau-nés morts. Je n'aurais pas
été surpris de voir un nuage de miasmes verts planer
au-dessus de cet endroit et – en vérité – une lueur
malsaine éclairait la brume qui s'était levée, annonçant
la prochaine averse de pluie tiède.

Dickens fut le premier à atteindre la haute porte de
fer noire. Il essaya de l'ouvrir, mais elle était fermée
par un gros cadenas.

Dieu soit loué, pensai-je.

Mais le détective Hatchery glissa la main sous son
manteau et détacha de son ceinturon invraisemblablement chargé un pesant trousseau de clés. Il tendit
sa lanterne sourde à Dickens pendant qu'il examinait
les clés cliquetantes à la recherche de la bonne. Il
l'enfonça dans la serrure. L'immense grille, une accu-
mulation d'arcades et de festons, s'ouvrit lentement
en faisant entendre un grincement si sonore que l'on
aurait pu croire que cela faisait des dizaines d'années
que personne n'avait payé pour la faire ouvrir et se
débarrasser du cadavre d'un être aimé.

Nous avançâmes entre les pierres tombales noirâtres
et les sépulcres effondrés, passant sous les arbres
morts, descendant des ruelles étroites sur des pavés
inégaux entre des caveaux ancestraux. L'élasticité de
sa démarche et le cliquetis de sa canne m'apprenaient
que Dickens se délectait de chaque seconde de cette
expédition. Quant à moi, je faisais des efforts incom-

mensurables pour ne pas vomir à cause de la puanteur et je me concentrais pour éviter autant que possible de poser le pied, dans l'obscurité, sur des formes molles qui cédaient sous mes semelles.

« Je connais cet endroit », dit soudain Dickens. Sa voix dans les ténèbres était si retentissante que je sursautai. « Je l'ai aperçu de jour. Je l'ai évoqué dans *Le Voyageur sans commerce*. Mais c'est la première fois ce soir que je franchis ses grilles. Je l'ai appelé la "Ville des absents". Quant à ce lieu en particulier, je l'ai surnommé "Saint-Affreux-des-Horreurs".

— Oui, Monsieur, dit Hatchery. Et c'est bien ce que ça a été un jour.

— Je n'ai pas remarqué les crânes et les os qui décoraient les pointes de fer de la grille », observa Dickens, d'une voix toujours bien trop éclatante pour les circonstances.

« Ils y sont toujours, Monsieur Dickens, assura Hatchery. Il ne m'a pas paru avisé de diriger ma lanterne vers eux. Nous y voilà, Messieurs. Voici l'entrée de la Ville-du-Dessous.

Nous nous étions arrêtés devant une étroite crypte fermée.

« Est-ce une plaisanterie ? » demandai-je. Peut-être ma voix était-elle un peu cassante. Il était plus que temps que j'absorbe mon laudanum médicinal ; la goutte s'en prenait à de multiples régions de mon corps et une terrible migraine se resserrait tel un bandeau métallique autour de mes tempes.

« Non, Monsieur Collins, ce n'est pas une plaisanterie », répondit Hatchery. Reprenant son trousseau, il chercha une nouvelle clé massive qu'il introduisit dans une serrure antique, sur la porte métallique de la crypte. Le grand vantail gémit en s'ouvrant vers l'intérieur lorsqu'il appuya dessus de tout son poids. Le policier éclaira l'intérieur et attendit que nous entrions, Dickens ou moi.

« Voyons, c'est ridicule, protestai-je. Il ne saurait y avoir de Ville-du-Dessous ou je ne sais quoi d'autre sous terre, ici. Cela fait des heures que nous pataugeons dans la boue fétide de la Tamise. Le niveau hydrostatique doit être plus élevé que les tombes qui nous entourent.

— Il se trouve que ce n'est pas le cas, Monsieur, chuchota Hatchery.

— Cette partie de l'East End est bâtie sur le rocher, mon cher Wilkie, expliqua Dickens. Trente centimètres au-dessous de nous, vous rencontrerez le socle rocheux. Vous connaissez certainement la géologie de votre ville ! C'est pour cette raison qu'ils ont choisi de les construire ici.

— De construire quoi ? » Je m'efforçai, sans grand succès, d'atténuer l'exaspération de ma voix.

« Les catacombes, répondit Dickens. Les anciens espaces souterrains de la crypte d'un monastère. Et avant cela, les *loculi* romains, encore plus profonds ici, très certainement sous les catacombes chrétiennes. »

Je m'abstins de lui demander ce que voulait dire *loculi*. Je pressentais que j'apprendrais bien assez tôt l'étymologie sinistre de ce mot.

Dickens s'engagea dans la crypte, le détective sur ses talons. Je fermai la marche. Le cône de lumière de la lanterne sourde se déplaça vers le haut et vers les parois de cet abri exigu. Le catafalque qui occupait le centre du petit mausolée, juste assez long pour supporter un cercueil, un sarcophage ou un corps enveloppé d'un linceul, était vide. Je ne distinguais aucune niche, aucun lieu qui aurait pu contenir un corps.

« Elle est vide, dis-je. Quelqu'un a volé la dépouille. »

Hatchery pouffa. « Ma foi, Monsieur, il n'y a jamais eu de dépouille ici. Cette maison des morts est – et a toujours été – une simple entrée du *pays* des morts. Si vous voulez bien vous écarter, Monsieur Collins. »

Je reculai contre le mur de pierre suintant du fond de la crypte, tandis que le policier s'inclinait, appuyait l'épaule contre le socle de marbre fissuré et exerçait une forte poussée. Le bruit de la pierre frottant sur une autre pierre massive était extrêmement déplaisant.

« J'avais remarqué les marques en demi-cercle creusées dans les vieilles dalles quand nous sommes entrés, commenta Dickens à l'adresse du policier qui poussait toujours. Un indice aussi parlant que les rainures que laisse dans la boue le battant d'une grille affaissée.

— Sûr, Monsieur, haleta Hatchery, toujours à l'ouvrage. Mais généralement, les feuilles, la poussière et tout ce qu'il y a ici les masquent, même à la lumière directe de la lanterne. Vous êtes très observateur, Monsieur Dickens.

— C'est exact », acquiesça Dickens.

J'étais convaincu que le grincement et le gémissement du catafalque qui glissait lentement étaient suffisamment bruyants pour attirer dans le cimetière une foule de brutes curieuses. Puis je me rappelai qu'Hatchery avait reverrouillé la grille derrière nous. Nous étions enfermés. Et comme il avait fallu, pour ouvrir la porte de la crypte elle-même, le poids et la force considérables d'Hatchery – il l'avait rabattue d'un coup d'épaule après notre passage –, nous pouvions fort bien être également prisonniers de ce tombeau. Alors qu'un escalier de pierre fort raide apparaissait dans le triangle noir qui s'élargissait sous le sol au fur et à mesure que le catafalque reculait, j'imaginai que *ce* poids reprenait sa place, nous ensevelissant littéralement sous la pierre, au-dessous du tombeau clos, à l'intérieur du cimetière clos. Malgré la chaleur étouffante de la nuit, j'en eus froid dans le dos.

Hatchery cessa enfin de pousser et se redressa. L'ouverture triangulaire et sombre était étroite, à peine soixante centimètres de large, mais quand Dickens dirigea la lanterne sourde à l'intérieur, j'aperçus des marches très raides qui descendaient.

Le visage de Dickens était éclairé d'en bas lorsqu'il regarda le détective et lui demanda : « Vous êtes sûr de ne pas vouloir nous accompagner, Hatchery ?

— Non, Monsieur, merci, Monsieur, répondit cet homme robuste. J'ai accepté de ne pas le faire.

— *Accepté ?* » La voix de Dickens exprimait une curiosité débonnaire.

« Pour sûr, Monsieur. Un vieil arrangement que beaucoup d'entre nous, agents et inspecteurs à la retraite ou en fonction, avons conclu avec ceux de la Ville-du-Dessous. Nous ne descendons pas leur compliquer la vie ; ils ne montent pas compliquer la nôtre.

— Cela ressemble assez à l'arrangement que la plupart des vivants cherchent à conclure avec les morts, observa Dickens tout bas, reportant son regard vers le trou obscur et vers les marches escarpées.

— Exactement, Monsieur. J'étais sûr que vous comprendriez.

— Eh bien, il va falloir nous mettre en route, reprit Dickens. Pourrez-vous retrouver votre chemin sans lanterne, Détective ? Nous aurons évidemment besoin de celle-ci en bas.

— Oh ! oui, Monsieur, répondit Hatchery. J'en ai une autre à ma ceinture en cas de besoin. Mais je ne vais pas rentrer tout de suite. J'attendrai ici jusqu'à l'aube. Si vous n'êtes pas remontés à ce moment-là, j'irai tout droit au commissariat de Leman Street annoncer la disparition de deux messieurs.

— C'est très aimable à vous, détective Hatchery, remercia Dickens avec un sourire. Mais comme vous le disiez vous-même, les agents et les inspecteurs ne descendront pas nous chercher.

— Ma foi, je ne sais pas, Monsieur, fit le policier en haussant les épaules. Comme vous êtes deux écrivains célèbres et des gentlemen distingués, peut-être qu'ils jugeront bon de faire une exception pour vous. Tout ce que j'espère, c'est que nous n'aurons pas à le vérifier, Monsieur. »

La réflexion fit rire Dickens. « Allons, venez, Wilkie.

— Monsieur Dickens, ajouta encore Hatchery, glissant la main sous son manteau et en sortant un énorme pistolet, du genre revolver. Vous feriez peut-être bien d'emporter ça. Ne serait-ce qu'à cause des rats.

— Oh, fichtre ! » lança Dickens, dédaignant l'arme d'un geste de ses gants blancs. (Rappelle-toi, Cher Lecteur, que de notre temps – j'ignore tout des coutumes du tien – aucun membre de notre force de police ne portait d'arme à feu. Pas plus que nos criminels, en règle générale. Quand Hatchery parlait d'« arrangements » plus ou moins tacites entre la pègre et les forces de l'ordre, il disait vrai.)

« Je vais le prendre, intervins-je. Avec plaisir, même. J'ai horreur des rats. »

Le pistolet était aussi lourd qu'il le paraissait et tenait à peine dans la poche droite de ma veste. Je me sentis étrangement déséquilibré avec ce poids qui me tirait d'un côté. Mais je me dis que je risquais de me sentir bien plus déséquilibré encore dans un instant, si j'avais besoin d'une arme et n'en possédais pas.

« Savez-vous vous servir d'un pistolet, Monsieur ? me demanda Hatchery.

Je haussai les épaules. « J'imagine que, grosso modo, il s'agit de viser en pointant l'orifice vers la cible, puis de presser la détente. » J'avais mal partout. En esprit, je voyais le flacon de laudanum sur l'étagère du placard fermé de ma cuisine.

« Oui, Monsieur », approuva Hatchery. Son chapeau melon descendu sur son front le serrait si étroitement qu'il semblait lui comprimer le crâne. Grosso modo, c'est cela. Vous avez peut-être observé que cette arme possède deux canons, Monsieur Collins. Un en haut, et un en bas, plus gros. »

Je n'avais rien remarqué du tout. J'entrepris de sortir cette arme ridiculement pesante de ma poche, mais elle se prit dans la doublure, déchirant l'étoffe de ma veste hors de prix. Jurant tout bas, je réussis à l'extraire et l'examinai à la lueur de la lampe.

« Ignorez celui du bas, Monsieur, me recommanda Hatchery. Il est fait pour la mitraille. Une sorte de fusil de chasse. Un sale engin. Vous n'en aurez pas besoin, j'espère, Monsieur, et, de toute façon, je n'ai pas de munitions pour celui-là. Mon frère, qui était dans l'armée jusqu'à une date récente, a acheté cette arme à un Américain, mais elle a été fabriquée en

167

France… Ne vous inquiétez pas, elle a d'excellents poinçons anglais, Monsieur, apposés dans notre propre maison de vérification de Birmingham. Le cylindre du canon lisse *est* chargé, Monsieur. Il contient neuf balles.

— Neuf ? répétai-je, rempochant ce volumineux objet, tout en veillant à ne pas déchirer davantage la doublure. C'est parfait.

— En désirez-vous davantage, Monsieur ? J'en ai un plein sac avec des amorces dans ma poche. Il faut que je vous montre comment vous servir de la baguette, Monsieur. Mais c'est très simple, un coup de main à prendre, c'est tout. »

Je faillis rire en songeant à tout ce que les poches et la ceinture du détective Hatchery pouvaient bien contenir. « Non, merci, dis-je. Neuf balles devraient me suffire.

— Calibre 42, Monsieur, précisa le détective. Vous devriez en avoir assez de neuf pour des rats moyens… quadrupèdes ou bipèdes, selon le cas. »

Je frissonnai.

« Nous vous retrouverons avant l'aube », intervint Dickens. Il enfonça sa montre dans son gilet et se dirigea vers l'escalier terriblement raide, tenant la lanterne sourde très bas. « Allons Wilkie. Il nous reste moins de quatre heures avant le lever du soleil. »

« Wilkie, connaissez-vous Edgar Allan Poe ?

— Non », répondis-je. Nous étions déjà dix marches plus bas, et ce puits à pic paraissait sans fond. Les « marches » étaient plus exactement des blocs dignes d'une pyramide, distants les uns des autres de presque un mètre, chaque degré et chaque dalle parfaitement lisses et ruisselants d'humidité souterraine, dans les ombres trompeuses d'un noir d'encre que projetait la petite lanterne. Au moindre faux pas, on pouvait s'attendre à des os fracassés et, très probablement, à une nuque brisée. Je descendais les marches tant bien que mal, tantôt sautant, tantôt faisant une grande enjambée, le souffle court, essayant de suivre le minuscule cône de lumière que dirigeait la main de Dickens. « Un de vos amis, Charles ? demandai-je. Un amateur de cryptes et de catacombes, peut-être ? »

Dickens s'esclaffa. L'écho était merveilleusement effroyable dans ce puits de pierre abrupt. J'espérai de tout cœur qu'il ne recommencerait pas.

« Je répondrai par un "non" catégorique à votre première question, mon cher Wilkie, répondit-il. Mais peut-être par "oui" à la seconde. »

Dickens s'était arrêté sur une sorte de palier. Sa lanterne éclaira alors des murs raides, surmontés d'un plafond bas, et un couloir qui s'enfonçait dans les ténèbres. Des rectangles noirs s'ouvraient comme des portes de part et d'autre de ce corridor. Je sautai sur la dernière marche pour le rejoindre. Il se tourna vers moi, et posa ses deux mains et la lanterne sourde sur le bec de laiton de sa canne.

« J'ai rencontré Poe à Baltimore dans les dernières semaines de ma tournée américaine de 1842, poursuivit-il. Je dois dire que ce type a commencé par me fourrer entre les mains ses *Contes du grotesque et de l'arabesque*, un ouvrage de sa plume, avant de revendiquer mon attention. Causant avec autant de liberté que si nous étions des pairs ou des amis, Poe a poursuivi la discussion – ou plus exactement son monologue –, pendant des heures, parlant littérature, évoquant son œuvre puis la mienne, puis de nouveau la sienne. Je n'ai pas trouvé le temps de lire ses histoires pendant mon séjour en Amérique, mais Catherine l'a fait. Elle a été extrêmement séduite. De toute évidence, ce Poe éprouvait une prédilection pour les cryptes, les cadavres, les inhumations prématurées et les cœurs arrachés à des seins palpitants. »

Je continuais à scruter les ténèbres qui s'étendaient au-delà du faible halo de lumière de la lanterne sourde. En raison de l'effort que cela m'imposait – je n'ai pas une très bonne vue –, les ombres avaient tendance à se fondre et à se déplacer, comme des formes allongées et mouvantes. Ma migraine s'aggravait.

« Je suppose que tout cela a un rapport avec notre situation actuelle, Dickens, observai-je sèchement.

— Seulement dans la mesure où je ne peux m'empêcher de me dire que Mr Edgar Allan Poe aurait apprécié cette escapade davantage que vous en ce moment, mon cher Wilkie.

— Fort bien, dis-je d'un ton un peu cassant. Ma foi, je regrette que votre ami Poe ne soit pas ici. »

Dickens éclata à nouveau de rire, provoquant un écho moins sonore cette fois mais encore plus troublant, car il était renvoyé par des murs et des niches invisibles dans le noir. « Il y est peut-être. Il y est peut-être. Je me rappelle avoir lu que Mr Poe est mort six ou sept ans seulement après notre entrevue, jeune encore et dans des circonstances peut-être inconvenantes. Si j'en crois notre brève mais intense rencontre, ce lieu me fait l'effet d'être *exactement* le genre de sépulture de pierre que son fantôme aimerait à hanter.

— Quel est ce lieu ? Où sommes-nous ? »

Pour toute réponse, Dickens leva sa lanterne et me

conduisit dans le corridor. Les portes que j'avais cru apercevoir des deux côtés étaient en réalité des niches béantes. Quand nous arrivâmes à sa hauteur, Dickens dirigea la lanterne sourde vers la première cavité qui s'ouvrait sur notre droite.

À environ deux mètres de profondeur, une grille de fer contournée s'élevait entre le sol de pierre et le plafond de pierre : c'était un ouvrage massif, aux barreaux épais, mais orné de jours en forme de fleurons. Le fer que la rouille avait teint de rouge sang et d'orange semblait si dégradé par le temps que j'eus l'impression qu'il s'effriterait si je m'approchais et le frappais du poing. Mais je n'avais pas la moindre intention de m'engager dans cette niche. Derrière la grille de fer, s'étendaient des rangées et des colonnes de cercueils empilés, d'aspect si pesant que je les soupçonnais d'être doublés de plomb. J'en dénombrai une bonne douzaine dans la lumière et les ombres changeantes.

« Pouvez-vous déchiffrer cette plaque, Wilkie ? »

Dickens faisait allusion à une plaque de pierre blanche placée à bonne hauteur sur la grille de fer. Une autre était tombée dans l'amas de poussière et de rouille qui couvrait le sol de la cavité, tandis qu'une troisième gisait sur le côté, au pied de la grille.

J'ajustai mes lunettes et plissai les yeux. La pierre était striée et tachée de blanc par l'humidité qui montait du sol, et grêlée de rouge sombre à cause de la grille rouillée sur laquelle elle était posée. Je déchiffrai laborieusement ces lettres :

E. I.
LA CAYA[illisible]**OMB**

DU
REV[illisible]**D**
L.L. B[trop taché pour être lisible]

Je lus ce texte à Dickens qui s'était approché pour mieux voir et je dis : « Elles ne sont pas romaines, après tout.

— Ces catacombes ? fit Dickens d'une voix distraite en s'accroupissant pour essayer de déchiffrer la plaque tombée dans la poussière comme une pierre tombale qui aurait basculé. Non. Elles ont été construites plus ou moins dans le style romain – de profonds couloirs de part et d'autre desquels on a ménagé des enfeus. D'authentiques catacombes romaines présenteraient cependant un plan en labyrinthe. Celles-ci sont chrétiennes, mais très anciennes, Wilkie, très anciennes, et elles suivent donc un plan en grille, comme une partie de notre ville au-dessus. En l'occurrence, elles dessinent la forme d'une croix centrale entourée de ces niches funéraires et de passages plus étroits. Observez au-dessus de moi, la voûte qui est en brique et non en pierre, ici… » Il leva encore sa lanterne.

Je remarquai alors cette voûte de brique en plein cintre. Et pour la première fois, je me rendis compte que la « poussière » rougeâtre qui recouvrait le sol et atteignait plusieurs centimètres d'épaisseur par endroits était due à la désagrégation des briques et du mortier dont les débris tombaient du plafond.

« C'était une catacombe chrétienne, répéta Dickens. Aménagée juste sous la chapelle qui se trouve au-dessus.

— Mais il n'y a pas de chapelle au-dessus, chuchotai-je.

172

— Il n'y en a plus, c'est vrai, depuis de longues années, reconnut Dickens, se relevant et frottant ses gants pour essayer d'en faire tomber la poussière sans lâcher la lanterne ni sa canne. Je vous parle d'un passé lointain. Je parierais pour la chapelle d'un monastère. Une partie du monastère de l'église de Saint-Affreux-des-Horreurs.

— Pure invention de votre part », fis-je d'un ton accusateur.

Dickens me jeta un regard singulier. « Évidemment, remarqua-t-il. Et si nous poursuivions ? »

Je n'avais pas apprécié du tout cette halte dans le couloir obscur sans la moindre lumière derrière moi. Je fus donc soulagé que Dickens sorte de la niche et s'apprête à se remettre en route. Mais il commença par éclairer la voûte encore une fois, faisant passer le faisceau de sa lanterne sur les cercueils entassés derrière la grille rouillée.

« J'ai oublié de préciser, dit-il tout bas, qu'à l'instar de leurs originaux romains, ces niches funéraires sont appelées *loculi*. Chaque *loculus* était réservé pendant plusieurs dizaines d'années à une famille ou peut-être aux membres d'un ordre particulier de moines. Les Romains avaient l'habitude de creuser leurs catacombes de façon méthodique, toutes à la fois, alors que ces tunnels chrétiens plus tardifs ont été excavés au cours d'une période beaucoup plus longue, ce qui explique une certaine tendance à vaguer et divaguer. Connaissez-vous le Café Garraway ?

— Celui d'Exchange Alley ? À Cornhill ? Mais bien sûr. J'y ai pris le café bien des fois en attendant que débutent les enchères dans la salle des ventes d'à côté.

— Il y a sous ce café une vieille crypte de monastère tout à fait comparable à celle-ci, reprit Dickens en baissant encore le ton, comme s'il craignait que quelque forme spectrale ne nous ait rejoints. J'y suis descendu, au milieu des réserves de porto. Je me suis souvent demandé si c'est par pitié pour les hommes rancis qui passent toute leur vie dans sa salle commune que le Café Garraway leur offre cette fraîche crypte pour abriter le repos de ceux qui ont disparu de ce que les imbéciles appellent "la vie réelle", ici, à la surface. » Il me jeta un coup d'œil. « Bien sûr, mon cher Wilkie, les catacombes de Paris – et vous y êtes allé, je le sais, puisque c'est moi qui vous y ai conduit –, les catacombes de Paris ne seraient pas assez vastes pour abriter le repos des âmes véritablement perdues de Londres, si nous étions tous contraints de descendre, de quitter la lumière, de nous enfoncer dans les ténèbres moisies auxquelles nous appartenons lorsque nous oublions comment vivre correctement parmi les hommes de bien.

— Dickens, où diable voulez-vous en… ? » Je m'interrompis. J'avais perçu un mouvement, ou un bruit de pas, au fond du corridor obscur, hors de portée de la lueur de notre unique petite lampe.

Dickens tourna la lanterne, mais le cône de lumière n'éclaira que de la pierre et des ombres. Le plafond du passage principal était en pierre et non en brique cintrée. Il se poursuivait sur une bonne cinquantaine de mètres. Dickens reprit la tête et s'enfonça dans ce tunnel, ne s'arrêtant que pour diriger son faisceau lumineux vers certaines des niches qui s'ouvraient à droite et à gauche. C'étaient toutes des *loculi*, qui abritaient des piles de cercueils massifs derrière des grilles de fer rouillé toutes identiques. À l'extrémité de ce passage, Dickens fit glisser son rai de lumière sur le mur et passa même sa main libre sur la pierre, exerçant quelques pressions comme s'il cherchait un mécanisme et un passage secret. Rien ne bougea.

« Alors… » commençai-je. Que voulais-je dire ? *Vous voyez bien ? Il n'y a pas la moindre Ville-du-Dessous finalement. Pas l'ombre d'un Mr Drood par ici. Êtes-vous satisfait ? Rentrons, je vous en prie, Dickens, il faut que je prenne mon laudanum.* Mais je dis : « Je crois que nous avons vu tout ce qu'il y avait à voir ici.

— Point du tout, protesta Dickens. Avez-vous remarqué cette bougie, sur le mur ? »

Je ne l'avais pas remarquée. Nous revînmes sur nos pas jusqu'à l'avant-dernier *loculus* et Dickens souleva sa lanterne. Elle était effectivement là, dans une niche, une grosse chandelle presque entièrement consumée.

« Peut-être a-t-elle été laissée là par les anciens Chrétiens ? suggérai-je.

— Ça m'étonnerait, rétorqua Dickens sèchement. Allumez-la, je vous prie, mon cher Wilkie. Et passez devant moi pour reprendre la direction de l'entrée.

— Pourquoi ? » demandai-je, mais devant l'absence de réponse, je tendis la main vers la chandelle, fouillai dans ma poche gauche à la recherche d'allumettes – le pistolet ridiculement pesant tirait toujours ma veste sur la droite – et allumai la bougie. Dickens opina du chef, un peu brusquement me sembla-t-il, et je brandis le moignon de cire devant moi en revenant lentement sur mes pas.

« Là ! » cria Dickens, comme nous étions à peu près à mi-chemin.

— Quoi donc ?

— Vous n'avez pas vu la flamme vaciller, Wilkie ? »

Si je l'avais vue, je n'en avais pas pris conscience, mais je répliquai : « Un courant d'air en provenance de l'escalier d'accès, rien d'autre, certainement.

— Je ne crois pas », nia Dickens. L'insistance qu'il mettait à me contredire commençait à m'agacer.

Dickens déplaça sa lanterne et scruta l'intérieur du *loculus* situé sur notre gauche, puis celui de droite. « Ahhh ! » fit-il.

Tenant toujours la chandelle qui vacillait faiblement, je regardai à l'intérieur de la niche mais ne vis rien qui pût justifier cette exclamation de surprise et de satisfaction.

« Par terre », précisa Dickens.

La poussière rouge qui recouvrait le sol avait été piétinée, dessinant comme un passage conduisant à la grille de fer et aux cercueils. « Une récente inhumation ? demandai-je.

— J'en serais fort surpris », répondit Dickens, qui s'obstinait décidément à contester tous mes propos. Il s'avança sous l'arcade, me tendit la lanterne et secoua la grille de fer de ses deux mains gantées.

Un portail – dont les gonds, les charnières et les arêtes étaient invisibles à quelques mètres de distance seulement – pivota vers l'intérieur, s'ouvrant sur les empilements de cercueils.

Dickens entra immédiatement. En l'espace d'une seconde, sa lanterne sembla s'enfoncer dans la poussière rouge qui s'étendait sous lui. Il me fallut quelques instants pour comprendre qu'un escalier s'ouvrait tout au fond de la niche et que Dickens avait entrepris de le descendre.

« Venez donc, Wilkie ! » fit la voix de l'écrivain, renvoyée par l'écho.

J'hésitais. J'avais la chandelle. J'avais le pistolet. Je pouvais regagner le pied de l'escalier d'entrée en trente secondes, le monter et ressortir dans la crypte au-dessus – me replaçant ainsi sous la protection du détective Hatchery – en trente secondes de plus.

« Wilkie ! » Je ne voyais plus à présent ni la lanterne ni le romancier, mais distinguais toujours le plafond de brique encore éclairé, juste au-dessus de l'endroit où il avait disparu. Je me retournai vers l'entrée obscure du *loculus* et posai les yeux d'abord sur les lourds cercueils entassés sur leurs catafalques de part et d'autre du sentier dessiné dans la poussière rouge, puis à nouveau sur l'ouverture.

« Wilkie, je vous en prie, hâtez-vous. Éteignez la bougie mais emportez-la. Cette lanterne ne contient pas une quantité illimitée de combustible. »

Je franchis la grille ouverte, passai devant les cercueils et me dirigeai vers l'escalier, toujours invisible.

6.

Les pierres de l'escalier étaient instables sous l'étroite voûte de brique mais, quelques instants plus tard, nous émergeâmes à un autre niveau, dans un nouveau couloir percé de *loculi*.

« Encore des cryptes, remarquai-je.

— Plus anciennes, celles-ci, chuchota Dickens. Remarquez que ce passage est incurvé, Wilkie. Et le plafond beaucoup plus bas. Les entrées de ces *loculi* ont été murées, ce qui me rappelle une histoire du regretté Mr Poe dont je vous parlais tout à l'heure. »

Je ne suggérai pas à Dickens de me la raconter. J'allais lui demander pourquoi il chuchotait, quand il chuchota justement par-dessus son épaule : « Voyez-vous cette lueur, là-bas ? »

Je ne vis rien, tout d'abord, à cause de l'éclat de la lanterne sourde, mais, au bout d'un moment, je distinguai ce dont il parlait. Très faible, cette vague clarté semblait provenir de l'endroit où le couloir de pierre dessinait un coude.

Dickens rabattit le cache de la lanterne, masquant la majeure partie de la vitre, et me fit signe de le suivre. À ce niveau inférieur et plus ancien des catacombes,

178

les dalles étaient inégales et je dus à plusieurs reprises me servir de ma canne pour éviter de tomber. Juste au-delà de la courbe du couloir, d'autres passages bifurquaient sur la droite et sur la gauche.

« Est-ce une catacombe romaine ? » murmurai-je.

Dickens secoua sa tête toujours coiffée de son haut-de-forme, mais j'eus l'impression qu'il cherchait plus à me faire taire qu'à me répondre. Il me désigna le passage de droite, d'où semblait émaner la lueur.

C'était le seul *loculus* à n'être pas muré. Un rideau sombre et déguenillé recouvrait la plus grande partie de l'ouverture cintrée, mais ne suffisait pas à masquer la clarté provenant de l'intérieur. J'effleurai le pistolet au fond de ma poche, tandis que Dickens écartait l'étoffe élimée.

Ce *loculus* était long et étroit. Il donnait sur d'autres niches, d'autres voûtes et d'autres *loculi*. Ici, les cadavres n'étaient pas couchés dans des cercueils.

Les corps étaient allongés sur des bancs de bois qui couvraient toute la longueur de l'étroit passage, du sol au plafond. Tous ces cadavres appartenaient à des hommes – et à en juger par leur aspect, ce n'étaient ni des Anglais, ni des Chrétiens, ni des Romains. Ils étaient squelettiques, mais plus encore, leur peau tannée, leur chair fibreuse et leurs yeux en billes de verre semblaient avoir subi un processus de dessiccation. De fait, nous aurions pu les prendre pour des momies égyptiennes, étendues là dans leurs robes et leurs guenilles infectes, sans les traits orientaux de leurs visages desséchés et de leurs yeux qui ne cillaient pas. Quand Dickens s'arrêta un instant, je m'approchai pour examiner une de ces faces.

Elle cligna des paupières.

Je poussai un cri et reculai d'un bond, lâchant la chandelle. S'approchant, Dickens la ramassa et leva sa lanterne pour éclairer l'étagère et le corps qui y reposait.

« Vous avez cru qu'ils étaient morts, Wilkie ? chuchota-t-il.

— Ils ne le sont pas ?

— Vous n'avez pas vu les pipes à opium ? » demanda-t-il tout bas.

Je ne les avais pas vues, mais je les vis alors. Ces pipes – presque invisibles lorsqu'elles étaient serrées contre le corps des momies, le fourneau et le tuyau entre leurs mains – étaient bien plus élégamment sculptées que les ustensiles bon marché de la taverne de Sal, à Shadwell, en surface.

« Vous n'avez pas senti l'odeur de l'opium ? » insista Dickens.

Je ne l'avais pas sentie, mais je la sentis alors. Elle était plus douce, plus suave, infiniment plus subtile que la puanteur de la drogue de chez Sal. Je regardai derrière nous et compris que les dizaines de morts déposés sur les étagères pourries de cette crypte étaient en réalité des Asiatiques vieux comme Hérode, mais qui respiraient toujours, allongés là avec leurs pipes.

« Venez », dit Dickens, et il m'entraîna dans la salle latérale d'où provenait la lueur.

Nous y découvrîmes d'autres étagères et d'autres couchettes, dont certaines recouvertes de coussins parfaitement visibles, et un nuage plus épais d'opium. Au centre – assis en tailleur dans une pose de Bouddha sur un divan de bois sans dossier posé sur un catafalque de pierre, si bien que ses yeux orientaux étaient au même niveau que les nôtres – trônait un Chinois qui avait l'air aussi âgé et aussi momifié que les formes étendues sur les planches derrière et au-dessus de nous. Mais sa toge, ou sa robe, je ne sais quel nom il faut donner à ce vêtement, ainsi que son couvre-chef, étaient de soie parfaitement propre, aux couleurs éclatantes, avec des motifs rouge et vert entièrement brodés de dessins or et bleu, tandis que sa moustache blanche descendait à plus de vingt centimètres sous son menton. Derrière ce personnage se tenaient deux colosses, chinois eux aussi, mais plus jeunes, torse nu, debout contre le mur de pierre nue, mains jointes sur l'entrejambe. Leurs muscles luisaient à la lumière des deux bougies rouges qui se dressaient de part et d'autre de la mince figure à la Bouddha.

« Monsieur Lazaree ? demanda Dickens en s'approchant de l'homme assis en tailleur. Ou dois-je vous appeler Roi Lazaree ?

— Soyez le bienvenu, Monsieur Dickens, répondit ce personnage. Et vous aussi, Monsieur Collins, soyez le bienvenu. »

Je reculai d'un pas en entendant mon nom articulé dans un anglais parfait, sans la moindre inflexion étrangère, par ce pur archétype du Péril Jaune. En vérité, je me rendis compte un peu plus tard qu'il avait tout de même une légère trace d'accent... celui de Cambridge.

Dickens rit tout bas. « Vous saviez que nous allions venir.

— Bien sûr, répondit le Chinois, le Roi Lazaree. Il ne se passe pas grand-chose à Bluegate Fields, à Shadwell, Whitechapel ou Londres elle-même, en réalité, dont je ne sois informé. L'annonce de la visite d'une personnalité aussi éminente, aussi réputée... et je vous inclus, bien sûr, tous deux, Messieurs les hommes de lettres, dans cette expression... m'est communiquée presque instantanément. »

Dickens s'inclina légèrement, mais avec grâce. Quant à moi, je ne pouvais que regarder, effaré. Je m'aperçus que je tenais toujours la chandelle éteinte dans ma main gauche.

« Vous savez donc pourquoi nous sommes descendus ici », dit Dickens.

Le Roi Lazaree inclina la tête.

« Nous aiderez-vous à le trouver ? poursuivit Dickens. Je veux parler de Drood. »

Lazaree leva la main, paume ouverte. Je constatai, atterré, que les ongles de cette main devaient bien mesurer quinze centimètres. Et étaient recourbés. L'ongle du petit doigt était encore au moins deux fois plus long que les autres.

« L'avantage de la Ville-du-Dessous, répondit enfin le Roi Lazaree, est que ceux qui désirent ne pas y être dérangés ne sont *pas* dérangés. C'est l'unique arrangement que nous avons en commun avec les morts qui nous entourent ici. »

Dickens hocha la tête, comme si tout cela était on ne peut plus sensé. « Sommes-nous, *ici,* dans la Ville-du-Dessous ? » demanda-t-il.

Ce fut au tour du Roi Lazaree de s'esclaffer. Contrairement au crépitement rauque de la Vieille Sal, le rire du Chinois était aisé, fluide et sonore. « Monsieur Dickens, vous vous trouvez dans une simple fumerie d'opium au fond d'une simple catacombe. Nos clients venaient jadis du monde de la surface – et y retournaient – mais, à présent, la plupart préfèrent rester ici et y passer des années, voire des décennies entières. Mais la Ville-du-Dessous ? Non, nous ne sommes pas ici dans la Ville-du-Dessous. On pourrait dire qu'il s'agit de l'entrée de l'antichambre du porche du vestibule de la Ville-du-Dessous.

— Nous aiderez-vous à la trouver... et à *le* trouver ? insista Dickens. Je comprends bien que vous ne souhaitiez pas déranger les autres... euh... habitants de ce monde, mais Drood m'a fait savoir qu'il *voulait* que je le rencontre.

— Et comment a-t-il fait ? » demanda le Roi Lazaree. Je dois reconnaître que ce point m'intriguait également.

« En se mettant en quatre pour m'aborder, répondit Dickens. En me précisant dans quels quartiers de Londres il se rendait. En s'entourant d'un tel mystère qu'il savait bien que je mourrais d'envie de le retrouver. »

Sur son divan de bois, le Chinois n'esquissa pas le moindre signe de tête, pas le moindre cillement de paupières. Je me fis alors la réflexion que je ne l'avais pas vu cligner des yeux une seule fois tout au long de cet entretien. Ses iris sombres semblaient aussi vitreux et sans vie que ceux des figures momifiées qui gisaient sur les bancs tout autour de nous. Quand Lazaree parla enfin, ce fut à voix basse, comme s'il débattait avec lui-même.

« Il serait extrêmement regrettable que l'un ou l'autre d'entre vous écrivît ou publiât quelque chose sur notre monde souterrain. Vous voyez combien il est fragile... et facilement accessible. »

Je songeai à l'énergie qu'Hatchery avait dû déployer pour faire pivoter le catafalque de la crypte qui masquait la porte supérieure, au sentier à peine visible dans la poussière rouge qui conduisait au portail de fer invisible, à l'étroitesse et à l'étrangeté de l'escalier qui descendait jusqu'à ce niveau et au labyrinthe que nous avions parcouru pour aboutir à cette seconde fumerie d'opium… Tout bien pesé, je n'étais pas disposé à approuver le Roi chinois à propos de l'accessibilité du lieu.

Dickens sembla pourtant lui donner raison. Il hocha la tête : « Ce qui m'intéresse, c'est de trouver Drood. Et non d'écrire quoi que ce soit sur cet endroit. » Il se tourna vers moi. « Vos sentiments sont les mêmes, n'est-ce pas, Monsieur Collins ? »

Je m'arrachai un grognement, laissant le Roi des Morts Vivants de l'Opium l'interpréter à sa guise. J'étais romancier. Pour moi, tout et tous les êtres croisés au cours de mon existence étaient matière à écriture. Et l'auteur à côté duquel je me tenais à la lueur de la bougie avait indéniablement appliqué ce principe avec plus d'assiduité que tous ses collègues de notre époque ou d'un autre temps. Comment pouvait-il parler à ma place et prétendre que jamais je n'écrirais un mot sur ce lieu insolite ? Comment pouvait-il parler honnêtement *en son nom propre* et prétendre une chose pareille… cet homme qui avait transformé son père, sa mère, la triste figure de son épouse, d'anciens amis et d'anciennes maîtresses en grain à moudre pour le moulin de ses personnages romanesques ?

Le Roi Lazaree baissa la tête et sa calotte de soie avec une lenteur extrême. « Il serait *extrêmement* regrettable qu'il vous arrive quelque chose de fâcheux à vous-même, Monsieur Dickens, aussi bien qu'à vous, Monsieur Collins, pendant que vous êtes nos invités en ce lieu ou que vous explorez la Ville-du-Dessous, enfouie plus profondément encore.

— Nous sommes tout à fait de votre avis ! lança Dickens d'un ton presque jovial.

— Néanmoins, nous ne pouvons vous donner aucune assurance quant à votre sécurité au-delà de ce point..., continua le Chinois. Vous comprendrez que quand vous poursuivrez plus avant... *si* vous poursuivez plus avant...

— Nous ne demandons aucune assurance, répondit Dickens. Seulement des conseils sur la façon de procéder, et sur la direction à prendre.

— Vous ne m'avez pas très bien compris, reprit le Roi Lazaree, d'une voix empreinte, pour la première fois, de sonorités dures et asiatiques. *Si* quelque chose de fâcheux devait arriver à l'un de vous, Messieurs, l'autre ne serait pas en mesure de revenir dans le monde du dessus pour écrire, parler, témoigner à ce sujet. »

Dickens me jeta un nouveau regard. Il se tourna ensuite vers Lazaree. « Nous comprenons, dit-il.

— Pas tout à fait, répéta la mince figure à la Bouddha. Si quelque chose *devait* vous arriver à tous deux là, en bas – et s'il arrive quelque chose à l'un de vous, vous l'avez compris à présent, cela arrivera *forcément* à l'autre également –, vos deux corps seront retrouvés ailleurs. Dans la Tamise, pour être exact. En compagnie de celui du détective Hatchery. Celui-ci l'a bien compris. Et il importe que vous en fassiez autant avant de décider de poursuivre. »

Dickens me regarda encore, mais ne me posa aucune question. Franchement, j'aurais préféré en cet instant que nous nous éloignions quelques minutes pour délibérer entre nous et procéder à un vote. *Très* franchement, j'aurais préféré en cet instant que nous nous contentions de souhaiter une agréable soirée au Roi chinois de l'Opium et que nous nous retirions purement et simplement – que nous remontions de cet ossuaire souterrain pour regagner l'air frais de la nuit, même si cet air frais était chargé des miasmes pestilentiels du cimetière surpeuplé que Dickens appelait Saint-Affreux-des-Horreurs.

Mais Dickens était déjà en train de répondre au Chinois, avec le plus grand sérieux : « Nous comprenons. Nous acceptons ces conditions. Et nous souhaitons tout de même poursuivre, descendre dans la Ville-du-Dessous et rencontrer Mr Drood. Comment faut-il faire, Roi Lazaree ? »

J'étais tellement abasourdi que, sans même me consulter ni demander mon approbation, Dickens ait pris en mon nom pareille décision sur une affaire qui pouvait être une question de vie ou de mort, que la réponse de Lazaree me parvint assourdie, comme s'il se trouvait très loin.

« *Je suis un grand partisan de l'ordre*, récitait le Chinois en français.

> *Mais je n'aime pas celui-ci.*
> *Il peint un éternel désordre,*
> *Et quand il vous consigne ici,*
> *Dieu jamais n'en révoque l'ordre.*

— Fort bien », répondit Dickens. Effaré par la désinvolture avec laquelle Dickens avait mis *ma* vie en jeu en même temps que la sienne, je n'avais pas compris un traître mot de ce texte.

« Comment et où trouverons-nous ce désordre et cet ordre éternels ? poursuivit Dickens.

186

— En comprenant que le désordre éternel lui-même est doté d'un ordre parfait à l'instar de Wells, trouvez l'abside et l'autel et descendez derrière le jubé.

— Bien », dit Dickens, opinant du chef comme s'il comprenait et allant jusqu'à me jeter un coup d'œil qui semblait me demander de prendre note.

Tout ce qu'on dit du Styx,
de l'Achéron, récita Lazaree,
Du Cocyte, du Phlegethon
Nous est commun en ceci :
La saleté, la puanteur, le bruit.
Avec pourtant cette exception,
Que subtilité n'est plus que confusion.
Pas de voile sur leur esquif ; le nôtre
n'a point d'aviron.
Et en lui, deux coquins plus affreux que Charon.
On entend coasser les culs
en guise de grenouilles,
Quant à Cerbère, toute la côte de chiens grouille.
On ne manque pas de furies ;
De chaque mégère, il y a dix.
Quant aux cris de fantômes, femmes, hommes
Couverts de bubons et de péchés, ils résonnent,
Cinglés par leur conscience ;
mourir, d'effroi en somme.

Je cherchai à mon tour le regard de Dickens, désireux de lui faire comprendre muettement mais énergiquement qu'il était temps de partir, grand temps de partir, que notre hôte, le seigneur de l'opium, était dément, comme nous l'étions nous-mêmes d'être venus jusqu'ici. Mais l'Inimitable – le diable l'emporte ! –

s'obstinait à hocher la tête comme si tout cela avait un sens. « Très bien, très bien, dit-il. Y a-t-il autre chose qu'il faut savoir pour trouver Drood ?

— Surtout, n'oubliez pas de payer les affreux coquins, chuchota le Roi Lazaree.

— Cela va de soi, cela va de soi, renchérit Dickens, visiblement fort content de lui-même et du Chinois. Eh bien, nous allons nous mettre en route. Euh… Je suppose que le corridor par lequel nous sommes passés et votre… euh… établissement, font partie de l'éternel désordre de l'ordre de Wells. »

Lazaree sourit pour de bon. J'aperçus l'éclat de ses dents très petites, très pointues. On aurait dit qu'elles avaient été limées en pointes. « Bien sûr, murmura-t-il. Considérez le premier comme le collatéral sud de la nef et le second comme la cour du cloître.

— Je vous remercie infiniment, dit Dickens. Venez, Wilkie », me héla-t-il en reprenant la direction de la fumerie.

« Une chose encore », lança le Roi Lazaree alors que nous allions franchir le seuil pour rejoindre la grande salle des momies.

Dickens s'arrêta et s'appuya sur sa canne.

« Faites attention aux garçons, dit le Chinois. Certains sont cannibales. »

Nous regagnâmes le couloir extérieur et revînmes sur nos pas. La lumière de la lanterne sourde semblait plus tamisée qu'auparavant.

« Rentrons-nous ? demandai-je, plein d'espoir.

— Rentrer ? Vous n'y songez pas. Vous avez entendu ce qu'a dit le Roi Lazaree. Nous sommes tout près de l'entrée de la véritable Ville-du-Dessous.

Avec un peu de chance, nous rencontrerons Drood et nous aurons rejoint le détective Hatchery pour le petit déjeuner, avant que le soleil ne se lève sur Saint-Affreux-des-Horreurs.

— J'ai entendu ce répugnant Chinois dire que l'on retrouverait nos corps – et celui d'Hatchery – flottant sur la Tamise si nous poursuivions cette quête insensée », rétorquai-je. La pierre renvoyait irrégulièrement l'écho de ma voix.

Dickens rit tout bas. Je crois que c'est en cet instant que je me suis mis à le détester.

« Balivernes, Wilkie, balivernes. Mettez-vous à sa place. S'il devait nous arriver quelque chose – et nous sommes, après tout, des hommes d'une certaine notoriété, mon cher Wilkie –, l'attention qui se porterait ultérieurement sur leur petit refuge serait désastreuse.

— De sorte qu'ils nous jetteront à la Tamise ensemble, marmonnai-je. Qu'est-ce que c'était que cette chose en français ?

— Vous n'avez pas compris ? demanda Dickens en nous reconduisant vers le premier couloir. Je croyais que vous aviez quelques notions de cette langue.

— J'étais distrait », expliquai-je, maussade. Je faillis ajouter : *Et comme cela ne fait pas cinq ans que je traverse la Manche pour me rendre dans le petit village de Condette y retrouver secrètement une actrice, je n'ai pas eu autant d'occasions que vous de pratiquer mon français,* mais je me retins.

« C'était un petit poème », dit le romancier. Il s'arrêta dans l'obscurité, s'éclaircit la voix et répéta...

> *Je suis un grand partisan de l'ordre*
> *Mais je n'aime pas celui-ci.*

Il peint un éternel désordre,
Et quand il vous consigne ici,
Dieu jamais n'en révoque l'ordre.

Je regardai les entrées murées des antiques *loculi* sur ma gauche et ma droite. Le poème était presque – pas tout à fait – intelligible.

« Accompagné de l'évocation de Wells, ce texte élucidait tout, poursuivit Dickens.

— L'évocation de ouelze ? demandai-je stupidement.

— La cathédrale de Wells, voyons, expliqua Dickens, en relevant la lampe et en se remettant en marche. Vous y êtes déjà allé, certainement.

— Bien sûr, oui, mais…

— De toute évidence, le niveau inférieur de ces catacombes s'inspire du plan d'une grande cathédrale… Celle de Wells, pour être précis. Ce qui paraît n'être que le fruit du hasard relève au contraire d'une volonté délibérée. Nef, chapitre, transepts nord et sud, autel, abside. La fumerie du Roi Lazaree, par exemple, comme il a eu l'amabilité de le signaler, occupe l'emplacement de la cour du cloître dans cette cathédrale. Notre point d'accès, en surface, correspond à la position des tours occidentales. Nous venons de regagner le collatéral sud de la nef, voyez-vous, et nous avons obliqué à droite, en direction du transept sud. Avez-vous remarqué que ce couloir est plus large que celui qui conduit au cloître ? »

Je hochai la tête, mais Dickens ne se retourna pas pour voir mon geste. Nous continuâmes notre progression. « J'ai entendu parler d'un autel et d'un jubé, dis-je.

190

— En effet. Comme vous le savez certainement, mon cher Wilkie, et comme je suis particulièrement bien placé pour le savoir puisque j'ai littéralement grandi à l'ombre de la grande cathédrale de Rochester, un édifice que je compte bien, du reste, intégrer dans un récit un jour, l'abside est le renfoncement en demi-cercle situé du côté de l'autel, dans le chœur. Afin de dissimuler au commun des mortels les agissements des prêtres, il y a, d'un côté du grand autel, le retable. En pendant, du côté du transept, il y a le jubé qui forme, lui aussi, clôture. Intéressant, n'est-ce pas ?

— Passionnant, fis-je sèchement. Et toutes ces bille-vesées à propos du Styx, de l'Achéron, de coquins plus affreux que Charon, et de culs qui coassent en lieu et place de grenouilles ?

— Vous n'avez pas reconnu ce texte ? » s'exclama Dickens. Il s'arrêta net, stupéfait, et fit osciller sa lampe dans ma direction. « C'est notre cher Ben Jonson dans son *Illustre voyage*, qu'il a dû écrire vers l'an de grâce 1610, si je ne me trompe.

— Ce qui vous arrive rarement, marmonnai-je.

— Merci, approuva Dickens, totalement imper-méable à mon intention sarcastique.

— Et qu'est-ce que toutes ces rimes à propos de Cocyte, de Phlegeton, de fange, de puanteur, de bruit, de Charon et de Cerbère ont à voir avec Mr Drood ?

— Elles nous annoncent qu'un voyage sur une rivière nous attend, ou attend l'un de nous, mon cher Wilkie. » La lanterne éclaira le corridor – la « nef » en quelque sorte – qui s'étrécissait devant nous en se dirigeant vers des ouvertures multiples. Le transept et l'abside ? Le retable et le jubé ? Des étagères de momies asiatiques occupées à fumer l'opium ? Ou simplement de nouvelles cryptes nauséabondes remplies d'ossements ?

« Un voyage sur un fleuve ? » répétai-je stupidement. Que n'avais-je mon laudanum ! Et que n'étais-je chez moi pour le prendre !

L'« abside » était une surface circulaire de la catacombe située sous une coupole de pierre de plus de quatre mètres de haut. Nous y accédâmes latéralement, comme si nous y entrions par le bas-côté du chœur, pour reprendre la comparaison avec le plan d'une cathédrale. L'« autel » était un catafalque de pierre massif qui ressemblait beaucoup à celui qu'Hitchery avait déplacé, si loin au-dessus de nous à présent.

« Si nous sommes censés déménager cette chose, dis-je en désignant le catafalque, c'est ici que notre voyage s'achève. »

Dickens hocha la tête. « Ce n'est pas le cas », se borna-t-il à dire. Sur la gauche, un rideau élimé – qui avait peut-être été une tapisserie un jour, mais dont les siècles avaient fané tous les motifs, lesquels ne présentaient plus qu'une même teinte noire brunâtre dans les ténèbres souterraines – masquait partiellement l'autel-catafalque depuis la région de l'abside, sous la coupole. Une autre tenture plus simple, et encore plus usée, pendait contre le mur de pierre, à droite de ce chœur rudimentaire.

« Le jubé », indiqua Dickens, en désignant ce second rideau du bout de sa canne. Toujours à l'aide de celle-ci, il écarta le tissu pourri et j'aperçus une étroite brèche dans le mur.

Cet escalier était encore bien plus raide et plus étroit que tous ceux que nous avions empruntés précédemment. Les marches étaient en bois ; le tunnel donnait l'impression d'avoir été creusé dans la terre et dans la pierre ; de grossiers étais de bois étrésillonnaient les parois et le plafond.

« Pensez-vous que cette partie est plus ancienne que les catacombes ? chuchotai-je à Dickens tandis que nous descendions prudemment l'escalier abrupt en colimaçon. Date-t-elle des premiers Chrétiens ? Des Romains ? Ou est-ce un passage druidique remontant à l'époque saxonne ?

— Rien de tout cela. À mon avis, elle est au contraire très récente, Wilkie. Elle n'a sans doute pas plus de quelques années. Remarquez les marches, elles semblent faites en traverses de chemin de fer. On y voit encore des traces de bitume. À mon avis, ceux qui ont excavé cet escalier ont creusé de bas en haut, en remontant vers les catacombes.

— De bas en haut ? répétai-je. Mais à partir d'où ? »

Une seconde plus tard, la puanteur frappa mes narines de plein fouet, me donnant l'impression d'avoir posé le pied dans des latrines de campagne. J'avais la réponse à ma question. J'enfonçai ma main dans ma poche à la recherche de mon mouchoir avant de me souvenir, une fois de plus, que Dickens me l'avait emprunté à d'autres fins, de longues et lugubres heures auparavant.

Au bout de quelques instants, nous débouchâmes dans l'égout proprement dit. C'était un long conduit voûté de deux ou trois mètres de large seulement sur moins de deux mètres de haut, dont le sol était recouvert d'une boue suintante plus que d'un véritable liquide et dont les murs et les plafonds étaient de brique. Cette infection me fit venir les larmes aux yeux, m'obligeant à les essuyer pour distinguer ce qu'éclairait le pâle faisceau de la lanterne sourde de Dickens.

Je vis que celui-ci se couvrait le nez et la bouche d'un mouchoir de soie. *Il en avait donc emporté deux !* Au lieu d'utiliser les siens, il m'avait réclamé le mien pour envelopper les cadavres des bébés, sachant pertinemment, j'en étais certain, que j'en aurais besoin plus tard. Ma colère grandit encore.

« Je n'irai pas plus loin », annonçai-je.

Les grands yeux de Dickens exprimaient la perplexité quand il se tourna vers moi. « Mais pourquoi diantre, Wilkie ? Alors que nous sommes arrivés jusqu'ici ?

— Je n'ai pas la moindre intention de patauger là-dedans, fis-je avec un geste irrité en direction de la vase profonde et putride de la canalisation.

— Oh, cela ne sera pas nécessaire, me rassura-t-il. Voyez-vous le trottoir de brique de chaque côté ? Il surplombe cette matière fétide de plusieurs centimètres. »

Matière fétide était un faible mot pour désigner cette abjection. Mais il y avait effectivement des « trottoirs » de part et d'autre, comme il l'avait fait remarquer, qui s'incurvaient hors de portée de vue dans les deux directions, s'enfonçant dans l'étroit tunnel de l'égout. Le « trottoir » qui se trouvait de notre côté n'avait certainement pas plus de quinze centimètres de large.

Je secouai la tête, hésitant.

Le mouchoir toujours fermement appliqué sur le bas du visage, la canne coincée sous son bras, Dickens avait sorti de sa poche un couteau pliant à l'aide duquel il traça prestement trois entailles parallèles dans la brique effritée à l'endroit où notre escalier rudimentaire débouchait dans l'égout.

« Pourquoi faites-vous cela ? » demandai-je. Je compris pourquoi dès que j'eus posé la question. Peut-être les vapeurs délétères affectaient-elles mes puissantes facultés de raisonnement.

« Pour être sûr de retrouver notre chemin », répondit-il. Repliant le couteau, il l'approcha de sa lanterne et dit, sans le moindre à-propos : « Un cadeau de mes hôtes américains du Massachusetts pendant ma tournée. Il m'a été fort utile durant toutes ces années. Venez, il se fait tard.

— Qu'est-ce qui vous fait croire que c'est la bonne direction ? demandai-je tout en le suivant vers la droite, traînant les pieds le long de l'étroit ruban de briques tout en baissant la tête pour éviter que la voûte basse ne fasse tomber mon haut-de-forme dans la fange.

— Simple supposition », répondit Dickens. Quelques minutes plus tard, nous arrivâmes à un embranchement où les égouts se divisaient en trois tunnels. Par bonheur, le conduit était plus étroit ici et Dickens le franchit d'un bond, se servant de sa canne pour garder l'équilibre. Il dessina trois entailles à l'angle du canal central et s'écarta pour que je puisse le rejoindre.

« Pourquoi ce canal-ci ? demandai-je encore après avoir parcouru vingt ou trente mètres.

— Il m'a paru plus large que les autres », expliqua Dickens. Nous arrivâmes à une nouvelle bifurcation. Il choisit le tunnel de droite, sans oublier de tracer trois traits dans la brique.

Nous nous étions enfoncés d'une centaine de mètres dans cette conduite secondaire quand il s'arrêta. J'aperçus sur le mur d'en face – il n'y avait pas de trottoir

195

de ce côté-là – un réflecteur métallique de bougie fixé sur une pelle, dont le manche était fiché dans la fange, avec une sorte de tamis en bois et en fil de fer appuyé contre le mur, juste au-dessous. Le réflecteur contenait encore un demi-centimètre de chandelle.

« Fichtre, qu'est-ce que c'est que cela ? chuchotai-je. À quoi cela peut-il bien servir en un lieu pareil ?

— Matériel de chasseur d'égout, répondit Dickens sur le ton de la conversation. N'avez-vous pas lu Mayhew ? »

Non, je ne l'avais pas lu. Les yeux rivés sur l'outil au bord fangeux qui était visiblement destiné à servir de crible, je demandai : « Sacrebleu, que peut-on bien tamiser ou chasser dans cette gadoue ?

— Tout ce que nous perdons un jour ou l'autre dans les égouts. Des bagues. Des pièces de monnaie. Les os eux-mêmes peuvent avoir de la valeur pour qui ne possède rien. » Il pointa sa canne vers la pelle et vers le tamis circulaire. « Richard Beard a illustré un dispositif semblable à celui-ci dans *Travail et pauvreté à Londres au XIXe siècle* de Mayhew*. Vous devriez le lire, mon cher Wilkie, sincèrement.

— Dès que nous serons sortis d'ici », murmurai-je. C'était une promesse que je n'avais nullement l'intention d'honorer.

Le plafond voûté s'abaissait par moments, nous obligeant parfois à progresser presque à croupetons. Un instant, je fus pris de panique, craignant que la petite lanterne sourde d'Hatchery ne vienne à manquer de combustible, mais je me souvins alors du gros morceau de bougie des catacombes que contenait ma poche gauche.

« Pensez-vous qu'il s'agisse d'une partie du nouveau

système de canalisations de Bazalgette ? » demandai-je un peu plus tard. La seule bonne nouvelle de la poursuite de notre expédition était que la puissance accablante de la puanteur avait largement émoussé mon odorat. Je songeai qu'il faudrait que je brûle mes vêtements ; c'était grand dommage, car j'aimais particulièrement cette veste et ce gilet.

Peut-être ai-je déjà mentionné que Joseph Bazalgette, ingénieur chef du ministère des Travaux Publics, avait mis au point un nouveau système complexe d'égouts afin de vider les eaux d'épandage de la Tamise et de remblayer les étendues de vase le long de ses berges. L'adoption du plan avait été hâtée par la Grande Puanteur de juin 1858, une période où la Chambre des Communes avait dû interrompre ses travaux parce que de nombreux députés avaient fui la ville. La Grande Station de Pompage de Crossness n'avait été ouverte que l'année précédente, mais les travaux se poursuivaient à travers et sous la ville, où l'on continuait à installer des dizaines de kilomètres de canalisations principales et secondaires. La phase de l'opération qui prévoyait la construction de quais sur les berges de la Tamise devait débuter cinq ans plus tard exactement.

« Nouveau ? demanda Dickens. J'en doute fort. Notre ville a fait l'objet par le passé de plusieurs centaines de tentatives de création d'égouts, Wilkie, dont certaines remontent aux Romains... et dont le ministère des Travaux Publics ignore de nombreux passages.

— Mais les chasseurs d'égouts les connaissent, eux.

— En effet. »

Nous nous retrouvâmes soudain dans un espace plus

haut de plafond, plus large et plus sec. Dickens s'immobilisa et dirigea le faisceau de la lanterne sourde dans toutes les directions. Les murs étaient en pierre ici, et la voûte de brique était soutenue par de multiples piliers. Sur les côtés les plus secs de cette sorte de vasque gisaient des nattes en tout genre, certaines de corde grossière, d'autres de laine de prix. De lourdes lampes étaient suspendues à des chaînes au plafond noirci par la fumée. Un fourneau de fonte carré se dressait au point culminant d'une île qui émergeait au milieu de cette cavité, et je distinguai une sorte de tuyau de poêle qui – au lieu de s'élever à travers le plafond de pierre – s'enfonçait vers le bas, dans un des quatre égouts secondaires qui prenaient leur départ en ce lieu. Des planches grossières posées sur des caisses faisaient office de table, et je vis que l'on avait rangé de la vaisselle et des ustensiles souillés dans les caisses elles-mêmes, à côté d'autres coffres de plus petites dimensions qui contenaient peut-être des provisions.

« Je n'en crois pas mes yeux », murmura Dickens, le souffle court. Il se tourna vers moi, les yeux brillants, arborant un large sourire. « Savez-vous à quoi cela me fait penser, Wilkie ?

— Aux Mauvais Garçons ! m'écriai-je. Ne me dites pas que *vous* lisez ces publications, Dickens !

— Bien sûr que si, s'esclaffa le romancier le plus célèbre de notre temps. *Tous* les amateurs de littérature que je connais les lisent, Wilkie. Mais aucun ne l'avouera aux autres de crainte de s'attirer la critique et les moqueries. »

Il parlait des exemplaires de lancement des *Mauvais Garçons de Londres ; ou Les Enfants de la nuit*

– Une histoire d'aujourd'hui. C'était un feuilleton abominable qui circulait alors sous forme d'épreuves d'imprimerie, mais n'allait pas tarder à être publié à l'intention du grand public si les autorités ne l'interdisaient pas purement et simplement pour obscénité.

Je dois reconnaître qu'il n'y avait pas grand-chose d'obscène dans l'histoire indigeste de ces misérables garçons qui vivaient comme des bêtes dans les égouts, sous la ville, mais je me rappelle tout de même une illustration particulièrement atroce et suggestive de plusieurs de ces garçons découvrant le corps presque entièrement dénudé d'une femme au cours de leurs expéditions dans les canalisations souterraines. Dans une autre scène, non illustrée Dieu merci, un nouveau venu de la bande des Mauvais Garçons trouve le cadavre d'un homme que des rats sont en train de dévorer. Après tout, peut-être était-ce effectivement obscène.

Mais qui pouvait imaginer qu'un récit aussi fantastique, d'un style aussi médiocre, possédait un fond de vérité ?

Dickens rit – l'écho se répercutant dans plusieurs chenaux ténébreux – et dit : « Ce lieu n'est pas si différent de mon cercle londonien préféré, Wilkie.

— Si ce n'est que le Roi Lazaree nous a avertis que certains de ces dîneurs sont cannibales. »

Comme pour répondre à nos bons mots, des couinements et des cavalcades de rats se firent entendre dans une des ouvertures, sans que nous puissions préciser laquelle. Toutes peut-être.

« Nous en retournerons-nous-en, à présent ? demandai-je d'un ton peut-être vaguement plaintif. Maintenant que nous avons découvert le cœur de cette mystérieuse Ville-du-Dessous ? »

Dickens me jeta un regard perçant. « Oh ! Je doute fort que ce soit son cœur. Ou même son foie ou ses poumons. Venez, cette canalisation me paraît être la plus large. »

Un quart d'heure et cinq embranchements et séries d'entailles dans le mur plus tard, nous nous retrouvâmes dans un espace en comparaison duquel l'habitat des Mauvais Garçons faisait l'effet d'un insignifiant *loculus*.

Ce tunnel constituait une sorte d'avenue principale par rapport aux égouts bas et minables que nous avions déjà parcourus : sept mètres et demi de large au moins sur cinq de haut, parcouru en son centre par un cours d'eau rapide – si l'on peut toutefois qualifier d'eau cette vase épaisse – au lieu des simples filets de boue et de crasse que nous avions longés. Les murs et le sentier de brique qui s'étendaient devant nous, ainsi que les hautes arches voûtées, étaient en briques flambant neuves.

« Cette fois, il doit s'agir d'un tronçon des nouveaux réseaux de Bazalgette, m'annonça Dickens, d'une voix qui pour la première fois semblait impressionnée, le faisceau faiblissant de sa lanterne sourde jouant sur le vaste passage et sur les plafonds. – Peut-être même pas encore officiellement inauguré. »

Je ne pus que secouer la tête, de lassitude autant que de stupéfaction. « Où allons-nous à présent, Dickens ?

— D'ici, nulle part, me semble-t-il, murmura-t-il. À moins de poursuivre à la nage. »

Je cillai et compris ce qu'il voulait dire. Ce trottoir de brique était large – un mètre cinquante au moins, aussi propre et immaculé qu'un trottoir neuf de la ville d'en haut –, mais il ne s'étendait que sur cinq mètres dans chaque sens, depuis l'entrée de notre tunnel.

« Rebrousserons-nous chemin à présent ? » demandai-je. J'avais la chair de poule à l'idée de regagner un de ces minuscules tuyaux.

Dickens dirigea le faisceau de sa lanterne vers un poteau en bois situé à environ deux mètres de nous, sur la gauche. Une cloche de bateau y était accrochée. « Je ne crois pas », répondit-il. Sans me laisser le temps de protester, il fit résonner la cloche quatre fois. L'écho répéta son tintement discordant qui se propagea dans le vaste passage de brique au-dessus du flot rapide.

Dickens trouva une perche abandonnée à l'extrémité de l'étrange quai de brique où nous nous trouvions et l'enfonça dans le courant. « Deux bons mètres de profondeur, au moins, observa-t-il. Plus peut-être. Saviez-vous, Wilkie, que les Français ont prévu d'organiser des visites en bateau de leurs égouts ? Ceux-ci seront illuminés – les femmes circuleront en barques, les hommes les suivant à pied pendant une partie de la visite. Une sorte de mécanisme de bicyclette assurera la propulsion des embarcations à fond plat, tandis qu'en chemin, des projecteurs, les uns à l'intérieur des bateaux, les autres portés par des égoutiers sur les côtés, éclaireront les curiosités.

— Non, dis-je faiblement. Je ne le savais pas.

— Il paraît également que la haute société parisienne organise des parties de chasse au rat. »

Je n'en pouvais plus. Je fis demi-tour, me dirigeant vers le tunnel par lequel nous étions arrivés. « Venez, Dickens. Le jour ne va pas tarder à se lever. Si le détective Hatchery se rend au commissariat de Leman

Street pour annoncer notre disparition, la moitié des agents de police de Londres vont se précipiter ici à la recherche du plus célèbre écrivain vivant. Cela ne serait certainement pas du goût du Roi Lazaree et de ses amis. »

Avant que Dickens ait eu le temps de répondre, un mouvement soudain nous surprit et des amas de chiffons flottant autour de faces blafardes de rongeurs jaillirent du tunnel.

Je fouillai dans ma poche pour en sortir le pistolet. Sur le moment, je fus convaincu que nous étions attaqués par des rats géants à têtes de larves.

Dickens s'interposa entre moi et les formes qui surgissaient, et simulaient une attaque. « Ce sont les garçons, Wilkie, s'écria-t-il. Les garçons !

— Les garçons cannibales ! » répliquai-je en brandissant mon pistolet.

Comme pour confirmer mes propos, un des visages livides – tous révélaient, à la lueur de la lanterne, des yeux minuscules, un long nez et des dents pointues – se jeta sur Dickens et chercha à le mordre, semblant vouloir happer le nez de l'écrivain.

Dickens écarta son agresseur d'un coup de canne et essaya d'attraper l'enfant, mais sa main se referma sur un ballot de chiffons et le garçon, nu comme un ver, fila avec ses deux ou trois acolytes, semblant voler le long du passage bas et obscur d'où ils avaient surgi – derrière nous.

« Sacrebleu », haletai-je, brandissant toujours le lourd pistolet. J'entendis du bruit derrière moi, en direction de l'eau, et je me retournai lentement, arme au poing. « Sacrebleu », répétai-je tout bas.

Une longue et étroite embarcation d'une forme

inconnue de moi s'était approchée de notre esplanade de brique. À l'avant, un personnage de haute taille tenait une perche, tandis qu'un autre maniait un aviron de queue. Néanmoins, à part la poupe et la proue surélevées, les rameurs et les lanternes accrochées tout le long du bastingage, ce bateau n'évoquait que vaguement une gondole italienne.

Les personnages n'étaient pas tout à fait des hommes – leurs visages étaient d'une pâleur absolue et ne présentaient pas encore les attributs de la virilité –, sans avoir l'air non plus de jeunes garçons. Ils étaient très minces et vêtus de collants et de tuniques qui faisaient presque l'effet d'uniformes. Leurs mains, et ce que les interstices de leurs costumes mal ajustés laissaient apercevoir de leurs torses et de leurs ventres, révélaient une chair d'une blancheur aussi spectrale que leurs visages. Chose fort étrange dans le jour tamisé de ce large égout, chacun de ces hommes garçons portait une paire de lunettes carrées à verres fumés sur des masques de domino, comme s'ils s'étaient aventurés au grand soleil au sortir d'un bal masqué de minuit.

« Je crois que voici notre moyen de transport », murmura Dickens.

Jetant un regard craintif par-dessus mon épaule vers l'ouverture noire dont les Mauvais Garçons, j'en étais sûr, allaient resurgir d'un instant à l'autre, je me collai à Dickens qui s'apprêtait à monter dans l'étroite embarcation. Il tendit deux souverains à la forme silencieuse qui se tenait à la proue, avant de remettre la même somme à l'homme qui tenait l'aviron de queue.

Les deux bateliers secouèrent la tête et chacun lui rendit un souverain. Ils tendirent le bras vers Dickens et hochèrent la tête. Puis ils me désignèrent et firent un signe de dénégation.

De toute évidence, je n'étais pas invité.

« Mon ami doit m'accompagner, déclara Dickens au couple taciturne. Je ne le laisserai pas ici. » Il sortit de nouvelles pièces de sa bourse. La silhouette ténébreuse de la poupe et celle de la proue secouèrent la tête presque à l'unisson.

« Êtes-vous Mr Drood ? » demanda le romancier. Il répéta la question en français. Le couple taciturne ne réagit à aucune des deux langues. Finalement, le personnage de poupe tendit de nouveau le bras vers Dickens et lui fit signe de monter à bord. Celui de la proue pointa l'index vers moi, puis vers le trottoir de brique où je me trouvais, m'enjoignant de rester. J'eus l'impression qu'il me donnait des ordres comme à un chien.

« Allez vous faire voir ! m'écriai-je. Revenez avec moi, Dickens. *Tout de suite.* »

L'écrivain me regarda, puis il se tourna vers le tunnel qui s'ouvrait derrière moi – d'où l'on entendait à nouveau des bruits de course –, il regarda le bateau et se haussa pour inspecter la rivière souterraine en amont et en aval. « Wilkie… murmura-t-il enfin. Après être allé aussi loin… après en avoir tant appris… je ne peux… je ne peux vraiment pas… rebrousser chemin. »

J'avais les yeux rivés sur lui. « Revenez une autre nuit, fis-je. Nous devrions déjà être partis. »

Il secoua la tête et me tendit la lanterne sourde. « Vous avez le pistolet et… de combien de balles Hatchery a-t-il parlé ?

— Neuf. » L'incrédulité me monta à la gorge

comme une nausée par gros temps. Il avait *vraiment* l'intention de me planter là.

« Neuf balles, la lanterne, et le chemin du retour est clairement balisé par trois entailles tout du long », reprit Dickens. Je remarquai le léger zézaiement qui avait fait l'objet d'abondants commentaires. Je songeai que son défaut d'élocution était peut-être plus sensible quand il commettait un acte de trahison.

« Et si les mauvais garçons cannibales sont plus de neuf ? » demandai-je tout bas. Le ton raisonnable de ma voix m'étonna, mais l'écho, dans ce vaste espace de brique, la déforma un peu. « Ou si des légions de rats viennent chercher leur dîner après votre départ ?

— Ce garçon n'était pas un cannibale, répondit Dickens. Seulement un enfant perdu vêtu de haillons si déchirés qu'ils ne lui tenaient pas sur le dos. Mais si les choses devaient en arriver là, Wilkie... abattez-en un. Les autres se disperseront. »

Je ris. Avais-je le choix ?

Dickens monta à bord du petit esquif, demanda aux rameurs d'attendre une seconde et consulta sa montre sous la lampe de la poupe. « Dans quatre-vingt-dix minutes, dit-il, il sera trop tard pour rejoindre Hatchery avant le lever du jour. Attendez-moi ici, sur ce quai d'une grande propreté, Wilkie. Allumez la chandelle pour compléter la lumière de la lanterne et attendez-moi. J'exigerai que mon entretien avec Mr Drood ne dépasse pas une heure. Nous remonterons ensemble. »

Je m'apprêtais à parler ou à m'esclaffer encore, mais aucun son ne franchit mes lèvres. Je me rendis compte que je tenais encore cet énorme, ce lourd, ce stupide pistolet... et qu'il était plus ou moins braqué en direction de Dickens et de ses deux passeurs. Je n'avais pas besoin du canon à mitraille pour les expédier tous les trois, sans vie, dans le puissant courant des égouts londoniens. Je n'avais qu'à presser trois fois sur la détente. Il me resterait six balles pour les Mauvais Garçons.

Comme s'il lisait dans mes pensées, Dickens ajouta : « Je vous emmènerais si je le pouvais, Wilkie. Mais, de toute évidence, Mr Drood exige un entretien privé. Si vous êtes encore ici à mon retour – dans moins de quatre-vingt-dix minutes, je vous en donne ma parole – nous remonterons ensemble. »

J'abaissai le pistolet. « Mais si je pars avant votre retour – en admettant que vous reveniez, dis-je d'une voix rauque, vous aurez du mal à retrouver votre chemin jusqu'à la surface sans la lanterne. »

Dickens ne répondit pas.

J'allumai la bougie et m'assis entre la lanterne et celle-ci, le visage vers l'entrée du tunnel, tournant le dos à Charles Dickens. Je posai le pistolet armé sur mes genoux. Je ne me retournai pas quand l'embarcation à fond plat s'éloigna de mon quai exigu. L'aviron de queue et la perche faisaient si peu de bruit que leur son se perdait dans l'écho du clapotis du flot rapide de la rivière souterraine. Aujourd'hui encore, j'ignore si la barque qui emportait Dickens remontait ou descendait le courant.

7.

La canicule persista tout au long de l'été de 1865. Au début du mois de septembre, le temps inhabituellement chaud et souvent orageux changea enfin, et Londres bénéficia de ciels purs, de journées agréables et de nuits fraîches.

Je vis peu Dickens durant ces deux mois. Pendant les vacances d'été, ses enfants décidèrent de publier leur propre petite revue – la *Gazette de Gad's Hill* – et mon frère Charles m'en déposa plusieurs numéros en août. Les articles contenaient le récit de pique-niques, d'excursions à Rochester et de matches de cricket. Il était également question de la première lettre d'Alfred, le fils de Dickens parti en Australie au mois de mai pour élever des moutons. Les évocations de l'Inimitable, autres que les mentions prévisibles de sa présence tutélaire aux pique-niques, aux excursions à Rochester et aux matches de cricket, ne faisaient que confirmer qu'il travaillait d'arrache-pied à *L'Ami commun*.

J'appris par Percy Fitzgerald que Dickens s'était rendu en compagnie d'un groupe relativement important d'amis et de membres de sa famille à Knebworth, la propriété de Bulwer-Lytton, pour célébrer l'inauguration des premiers foyers pour artistes et auteurs indigents créés par l'Association de Littérature et d'Art. Dickens avait été chargé d'organiser cette fête et – à en croire Fitzgerald – il « paraissait très gai, égal à lui-même ». L'Inimitable avait prononcé un discours débordant d'énergie et d'optimisme, au cours d'une conversation privée, il avait comparé son ami John Forster, toujours excessivement pontifiant, au Malvolio de *La Nuit des rois* (et ce en présence de plusieurs écrivains, s'assurant ainsi que la comparaison reviendrait aux oreilles de l'intéressé), avait pris la tête d'une joyeuse petite bande qui s'était rendue dans une taverne voisine baptisée « L'Ami commun » et était allé jusqu'à participer au bal en plein air, avant de lever le camp avec amis et famille pour regagner Londres.

Je n'avais pas été invité.

C'est également par mon frère que j'appris que Dickens souffrait encore du contrecoup de la catastrophe de Staplehurst ; chaque fois qu'il le pouvait, il prenait l'omnibus, parce que les trains trop rapides – et parfois même les voyages en voiture – lui donnaient la « tremblote ». Charles me communiqua également le post-scriptum que Dickens avait rédigé pour *L'Ami commun* lorsqu'il y mit la dernière main au cours de la première semaine de septembre – c'était la toute première fois que Dickens ajoutait un post-scriptum à l'un de ses livres. Il y défendait la méthode de narration relativement insolite de cet ouvrage, décrivait brièvement son aventure de Staplehurst, tout en expurgeant son récit, cela va de soi, de la présence des Ternan et de Drood, et concluait par cette péroraison légèrement troublante – « *Je n'oublie pas, et j'en remercie le Ciel, que jamais je ne serai beaucoup plus près de quitter mes lecteurs pour toujours que je ne l'ai été à ce moment-là, jusqu'au moment où l'on écrira en regard de ma vie le mot sur lequel aujourd'hui je termine ce livre :* FIN.* »

Peut-être ne t'apprendrai-je rien, Cher Lecteur, puisque tu vis dans notre avenir, si je t'annonce que plus jamais Charles Dickens n'aurait l'occasion d'écrire le mot FIN sous les derniers mots d'un roman.

Ce fut par une plaisante journée du début du mois de septembre que Caroline monta dans mon bureau pendant que je travaillais et me tendit la carte d'un gentleman qui attendait sur le palier. Ce bristol portait cette unique mention :

**INSPECTEUR CHARLES FREDERICK FIELD
BUREAU D'ENQUÊTES PRIVÉES**

Sans doute mon expression m'avait-elle trahi, car Caroline me demanda : « Quelque chose ne va pas ? Dois-je le prier de se retirer ?

— Non, non. Faites-le entrer. Mais refermez bien la porte derrière vous, ma chère. »

Une minute plus tard, Field était dans mon bureau. Avec une brève inclinaison du buste, il me serra la main avec effusion et se mit à jacasser sans me laisser le temps de prononcer un mot. Comme il parlait, je me remémorai une description de l'inspecteur qu'avait faite Dickens autrefois, dans un article de *Household*

209

Words – «... un homme d'âge mûr, corpulent, aux grands yeux humides et au regard entendu, à la voix rauque, ayant l'habitude de souligner ses propos en agitant un index dodu, constamment en juxtaposition de ses yeux ou de son nez ».

Field avait désormais dépassé l'âge mûr – je calculai qu'il devait avoir une soixantaine d'années – et il ne lui restait qu'une couronne de cheveux gris, alors que je conservais le souvenir d'une crinière léonine de boucles brunes recouvrant ses oreilles ; mais la voix rauque, le regard entendu et l'index dodu restaient présents et actifs.

« Monsieur Collins, Monsieur Collins, quel plaisir de vous revoir, Monsieur ! Et de vous trouver dans une situation aussi manifestement et délicieusement prospère, Monsieur. Quelle jolie pièce vous avez là, Monsieur. Tant de livres ! Si j'en crois mes yeux, c'est un exemplaire de votre propre *Dame en blanc* que j'aperçois près de cette défense d'ivoire – en effet, sur mon âme, c'est bien cela. Un livre merveilleux, m'a-t-on dit, car je n'ai pas encore trouvé le temps de le lire. Mais mon épouse s'en est délectée. Peut-être vous souvenez-vous de moi, Monsieur...

— Bien sûr, vous nous avez accompagnés, Charles Dickens et moi...

— Lors d'une expédition dans les recoins les plus ténébreux de notre belle ville, c'est exact, Monsieur Collins. C'est exact. Et peut-être vous rappelez-vous que j'étais présent lors de votre première rencontre avec Mr Dickens.

— Je ne suis pas sûr de...

— Évidemment, évidemment, Monsieur, il n'y a aucune raison que vous vous souveniez de ma présence ce jour-là. C'était en 1851, Monsieur. Mr Dickens m'avait engagé, à titre privé pourrait-on dire, afin d'assurer la sécurité de la représentation de bienfaisance de la pièce de lord Lytton *Not So Bad as We Seem*, qui se donnait chez le duc du Devonshire. Vous étiez alors un acteur en herbe, me semble-t-il, Monsieur, et Mr Dickens – sur les conseils de Mr Egg, si ma mémoire est bonne – vous avait invité à jouer le rôle de Smart. "Un petit rôle, vous a dit, je m'en souviens, Mr Dickens au cours de cette première répétition, mais vraiment bon, aussi succinct soit-il !" Bon, vous l'étiez vous-même, Monsieur Collins. Vous l'étiez. Vraiment bon. J'ai assisté à plusieurs représentations, Monsieur.

— Merci, Inspecteur, mais...

— Oui... Oh, puis-je me permettre de m'asseoir ? Je vous remercie infiniment. Quel bel œuf de pierre vous avez sur votre secrétaire, Monsieur Collins. Est-ce de l'onyx ? En effet, il me semble bien. Fascinant.

— Merci, Inspecteur. À quoi dois-je...

— Vous n'aurez certainement pas oublié, Monsieur Collins, que le duc du Devonshire avait prêté Devonshire House pour cette première représentation de la pièce de lord Lytton. C'était au profit de l'Association de Littérature et d'Art, si j'ai bonne mémoire. En ce temps-là, sir Edward était président de cette Société. Mr Dickens en était vice-président. Vous vous rappelez peut-être que j'avais été engagé – secondé par quelques collègues triés sur le volet –, en civil, comme nous disons. En effet, l'épouse de lord Lytton, Rosina, il me semble que tel était son prénom, avec laquelle il était brouillé, avait menacé de perturber le spectacle. J'ai vu le premier message qu'elle a adressé à lord Lytton. Elle se proposait de venir, déguisée en mar-

211

chande d'oranges, et de bombarder la scène de fruits, si je me souviens bien. » L'inspecteur Field gloussa et je réussis à m'arracher un sourire.

« Dans un autre message, poursuivit-il, elle annonçait qu'elle jetterait des œufs pourris sur la Reine, laquelle assista à la représentation en dépit de cette manœuvre d'intimidation, je suis certain que vous vous en souvenez, Monsieur, après tout, vous avez une mémoire d'écrivain. Sa Majesté la Reine était présente avec le prince Albert le soir de la représentation inaugurale, et elle a ainsi assisté à votre toute première apparition publique aux côtés de Mr Dickens. Le 16 mai 1851, je n'ai pas oublié la date – on pourrait croire que c'était la semaine dernière, n'est-ce pas, Monsieur ? –, et vous aviez vous-même des invités personnels ce soir-là, Monsieur Collins. Votre frère Charles, si je ne m'abuse, et votre mère... Harriet, c'est bien son nom ? – j'espère qu'elle est en bonne santé, Monsieur Collins, sincèrement, il me semble me souvenir que, lorsqu'elle vient en ville, elle loge chez votre frère Charles et son épouse, Kate, la fille aînée de Dickens, si je ne me trompe. Clarence Terrace, voilà leur adresse, je crois. Un charmant quartier. Et une dame merveilleuse, Madame votre mère. Oh ! et je crois me souvenir que vous aviez d'autres invités lors de cette représentation de gala, il y a quinze ans déjà. Edward et Henrietta Ward... Un cigare ? Ma foi, volontiers, Monsieur. Très volontiers. »

Je lui avais offert un bon havane dans l'espoir d'endiguer cette logorrhée, et le silence dura le temps que nous coupions nos cigares, les allumions et en savourions les premières bouffées. Sans laisser à l'inspecteur le temps de reprendre haleine, je déclarai :

« Votre mémoire vous fait honneur, à vous comme à votre profession, Inspecteur Field. Mais puis-je vous demander à quoi je dois le plaisir de votre visite ? »

De la main gauche, il écarta le cigare de sa bouche, posa l'index dodu de sa main droite d'abord sur le côté de son nez, comme s'il flairait quelque chose, puis en tapota ses lèvres, donnant l'impression que ce doigt l'aidait à trouver ses mots. « Monsieur Collins, vous savez sans doute que le titre d'"Inspecteur" qui précède mon nom est désormais purement honorifique, car je ne suis plus employé par le Service de police de Scotland Yard. Je ne le suis plus depuis l'année qui a suivi la représentation de *Not So Bad as We Seem* dont j'avais assuré le bon déroulement, pour être exact.

— Ma foi, je suis certain que ce titre honorifique est parfaitement mérité et continuera d'être employé par tous ceux qui vous connaissent », dis-je sans prendre la peine de lui faire remarquer que ce terme d'« Inspecteur » figurait en toutes lettres sur sa carte.

« Merci, Monsieur Collins », dit l'ancien policier rubicond, en laissant échapper un épais nuage de fumée. Les portes de mon bureau étant fermées et la fenêtre à peine entrouverte, comme d'ordinaire à cause de la rumeur venue de la rue, la petite pièce ne tarda pas à être envahie de vapeur bleue.

« Dites-moi, Inspecteur, en quoi puis-je vous être utile aujourd'hui ? Rédigez-vous vos souvenirs ? Y aurait-il dans votre mémoire par ailleurs éléphantesque et prodigieuse quelque lacune que je pourrais vous aider à combler ?

— Mes souvenirs ? s'étrangla l'inspecteur Field. En voilà une idée… Mille mercis, Monsieur, non. D'autres, comme votre ami Mr Dickens, ont déjà pris

213

la plume pour relater mes... ma foi, le terme d'exploits ne leur paraîtrait pas trop hardi, qu'en pensez-vous, Monsieur ?... mes exploits, donc, et je suppose que d'autres s'y emploieront encore à l'avenir, mais pour le moment, non, Monsieur, je n'envisage pas d'écrire mes mémoires.

— Dans ce cas, en quoi puis-je vous aider, Inspecteur ? »

Le cigare solidement planté entre ses dents, Field se pencha en avant, posa ses coudes sur mon secrétaire et libéra son index dodu qu'il pointa d'abord en l'air, puis en bas, puis sur le secrétaire et enfin, vers moi. « Il a été porté à ma connaissance, Monsieur Collins – porté à ma connaissance trop tard, je le regrette –, que vous vous êtes rendus, Mr Dickens et vous-même, dans Tiger Bay et dans la Ville-du-Dessous à la recherche d'un certain Drood.

— Qui vous a appris cela, Inspecteur ? » Ma voix était parfaitement calme. Cet ancien policier de Scotland Yard avait déjà fait preuve de trop de curiosité et d'indiscrétion à mon gré.

« Qui ? Hib Hatchery, évidemment. Il travaille pour moi. Hatchery est un agent de mon bureau d'enquêtes privées. Mr Dickens ne vous l'a pas dit ? »

Je me rappelais vaguement que Dickens m'avait appris que l'inspecteur Field avait quitté la police pour se mettre à son compte, qu'il n'était pas disponible pour notre expédition, et qu'il lui avait recommandé Hatchery, mais je n'avais pas prêté grande attention à ce commentaire.

« Non, répondis-je. Je ne crois pas. »

Field hocha la tête et son doigt sembla se déplacer de sa propre initiative vers l'aile de son nez crochu, tandis que son autre main retirait le cigare de sa bouche. « C'est pourtant le cas, Monsieur. Hatchery est un brave homme. Il n'a pas une imagination débordante, une qualité pourtant indispensable aux grands inspecteurs et aux grands détectives, mais c'est un chic type. Un homme sur lequel on peut compter. Mais le jour où Dickens m'a demandé quelqu'un qui puisse l'escorter une nouvelle fois dans les... euh... dans les lieux difficiles de la ville, j'ai cru qu'il envisageait une nouvelle petite tournée des taudis, du genre de celle à laquelle j'avais participé en vous accompagnant, Mr Dickens et vous, Monsieur, ainsi que Mr Dickens et ses visiteurs américains. J'ai dû m'absenter de Londres un moment, pour des raisons professionnelles, et n'ai appris qu'à mon retour que Mr Dickens avait entrepris de traquer Drood.

— Traquer est un bien grand mot, me semble-t-il.

— Parlons alors de recherche, fit l'inspecteur Field en exhalant de la fumée bleue. D'enquête. D'investigation.

— Y a-t-il, dans les préoccupations de Charles Dickens, quelque chose qui *vous* concerne ? » demandai-je. Sans être cassant, mon ton aurait dû remettre cet ancien policier à sa place. Après tout, il s'agissait des intérêts et des agissements de gentlemen.

« Oh ! oui, Monsieur, absolument. Oui, Monsieur Collins. En effet », répondit l'inspecteur en se renfonçant dans son fauteuil jusqu'à le faire craquer. Il observait son cigare toujours allumé et fronçait légèrement les sourcils. « Tout ce qui touche cet individu, ce Drood, me concerne et m'intéresse, Monsieur Collins. *Tout*.

— Et pour quelle raison, Inspecteur ? »

Il se pencha vers moi. « Drood – ou le monstre qui s'appelle Drood – est apparu et a commencé ses ravages sous mes yeux. Littéralement sous mes yeux, Monsieur Collins. Je venais d'être nommé chef du Service de police de Scotland Yard, succédant ainsi à l'inspecteur Shackell… c'était en 1846, Monsieur…, au moment où Drood a commencé à faire régner la terreur.

— À faire régner la terreur ? répétai-je. Je ne me rappelle pas que les journaux en aient fait mention.

— Oh ! tant d'horreurs se produisent dans les régions ténébreuses de la ville que vous avez parcourues Mr Dickens et vous en juillet, Monsieur Collins sans que les journaux en parlent. Croyez-moi.

— Je n'en doute pas, Inspecteur », murmurai-je. Nous avions presque terminé nos cigares. Dès que ce serait le cas, je prétexterais un travail de création urgent et montrerais la porte au vieux policier retraité.

Il s'inclina encore et, cette fois, son index mobile se pointa vers moi. « Je dois savoir ce que vous avez découvert, Mr Dickens et vous, cette nuit-là, à propos de Drood, Monsieur Collins. Je dois *tout* savoir.

— Je ne vois pas en quoi cela vous regarde, Inspecteur. »

Le visage de Field se fendit d'un sourire assez large pour réorganiser ses traits vieillissants en une toute nouvelle configuration de rides, de plis et de plans. Ce sourire n'avait rien de chaleureux. « Cela me regarde, Monsieur Collins, à maints égards que vous ne pouvez, et ne pourrez jamais appréhender. Et, croyez-moi, j'obtiendrai ces informations, jusque dans le moindre détail. »

Je me redressai sur mon siège, les élancements

de ma goutte rhumatismale alimentant encore mon mécontentement et mon impatience. « Voilà qui ressemble fort à des menaces, Inspecteur. »

Le sourire s'élargit encore. « L'inspecteur Charles Frederick Field, du Service de police de Scotland Yard ou de son propre Bureau d'enquêtes privées, ne brandit pas de menaces, Monsieur Collins. Mais il obtiendra les informations dont il a besoin pour poursuivre son combat contre un vieil et implacable ennemi.

— Si ce... Drood... est, comme vous le prétendez, votre ennemi depuis près de vingt ans, Inspecteur, vous n'avez guère besoin de notre aide. Vous savez certainement sur... sur votre ennemi... plus de choses que nous n'en saurons jamais, Dickens ou moi.

— Effectivement, Monsieur, effectivement. Je rougirais d'affirmer que j'en sais davantage sur la créature que vous appelez Drood que tout être aujourd'hui vivant. Mais Hatchery m'a fait savoir que Mr Dickens avait été *récemment* en rapport avec cette créature. À l'extérieur de la Ville-du-Dessous. Sur les lieux de l'accident de Staplehurst, pour être exact. Il me faut davantage d'informations sur cet événement, et sur ce que vous avez vu, tous les deux, dans la Ville-du-Dessous en juillet.

— J'avais cru comprendre, c'est du moins ce que le détective Hatchery nous a expliqué, qu'il existe un accord en vertu duquel la police et les détectives privés s'engagent à laisser les habitants de la Ville-du-Dessous tranquilles pourvu que, pour leur part, ceux-ci ne se mêlent pas de nos affaires, à nous, les résidents de la surface. »

Field secoua la tête. « Drood ne nous laisse pas tranquilles, murmura-t-il. Je sais, avec certitude, que cette créature a commis plus de trois cents meurtres dans la seule ville de Londres depuis que j'ai croisé sa route, il y a vingt ans de cela.

— Grands Dieux ! » m'écriai-je. Mon émoi était bien réel. Je le sentis me parcourir les veines comme un verre rempli de laudanum.

L'inspecteur hocha la tête. « Il me faut les résultats de votre enquête d'amateurs, Monsieur Collins.

— Vous devrez les demander à Mr Dickens, fis-je avec raideur. C'était *son* expédition. C'est *lui* qui s'intéresse à Drood. J'ai supposé d'emblée que notre "expédition", comme vous dites, en compagnie du détective Hatchery s'inscrivait dans le cadre des recherches que mène Dickens pour un roman ou un récit à venir. Je n'ai pas changé d'avis à ce sujet. Mais c'est à lui qu'il faudra que vous vous adressiez, Inspecteur.

— Je suis passé chez lui dès que je suis rentré à Londres après ma longue absence et j'ai appris de la bouche de Hatchery la raison pour laquelle Dickens l'avait engagé. » Field se leva alors et commença à faire les cent pas dans mon bureau, passant et repassant devant mon secrétaire. Son index dodu se porta d'abord vers sa bouche, puis à son oreille, puis le long de son nez, avant d'effleurer l'œuf de pierre posé sur mon secrétaire, la défense d'ivoire qui ornait ma bibliothèque et la dague persane, sur le manteau de la cheminée. « Mr Dickens était en France, il était impossible de le joindre. Il vient de rentrer et je l'ai interrogé hier. Il ne m'a fourni aucune information utile.

— Eh bien, Inspecteur... » dis-je en écartant les paumes. Je posai mon cigare au bord du cendrier de laiton qui se trouvait sur mon secrétaire et me levai. « Vous voyez bien que je ne puis rien ajouter qui

218

puisse vous être d'un quelconque secours. Il s'agissait de l'enquête de Mr Dickens. Il s'agit de l'enqu... »

Son doigt se pointa sur moi. « Avez-vous vu Drood ? Vous êtes-vous trouvé en sa présence ? »

Je clignai des yeux. Je me rappelai m'être réveillé sur le quai de briques souterrain – ma montre indiquait que cela faisait vingt minutes que le jour s'était levé à la surface, vingt minutes qu'Hatchery avait dû partir d'après ce qu'il nous avait annoncé –, au moment où Dickens était revenu dans sa barque à fond plat accompagné des deux grands rameurs silencieux. Son absence avait duré plus de trois heures. Malgré le danger bien réel, malgré le risque concret de me faire attaquer et dévorer par les Mauvais Garçons, je m'étais assoupi, assis en tailleur sur les briques humides, le revolver chargé et armé sur mes genoux.

« Je n'ai vu personne qui ressemble à la description de ce soi-disant Mr Drood, répondis-je sèchement. Et c'est la seule information que j'ai l'intention de vous livrer à ce sujet, Inspecteur Field. Comme je vous l'ai dit, et comme je vous le répète pour la dernière fois, il s'agissait d'une initiative de Mr Dickens, de son enquête, et s'il ne juge pas utile de vous communiquer les détails de cette soirée, en qualité de gentleman, je me sens tenu à la même réserve. Je vous souhaite une bonne journée, Inspecteur, et bonne chance pour votre... »

J'avais contourné mon secrétaire et ouvert la porte à l'inspecteur vieillissant, mais Field n'avait pas bougé. Il était toujours debout devant mon bureau. Il tira sur son cigare, le regarda et demanda calmement : « Savez-vous pourquoi Dickens se trouvait en France ?

— Comment ? » J'avais mal entendu, j'en étais persuadé.

« J'ai dit : Monsieur Collins, savez-vous *pourquoi* Charles Dickens se trouvait en France la semaine dernière ?

— Je n'en ai pas la moindre idée, lançai-je d'une voix que l'irritation rendait presque cassante. Un gentleman ne fourre pas son nez dans les affaires d'un autre gentleman, qu'il s'agisse de voyage ou d'affaires.

— Non, bien sûr, acquiesça l'inspecteur Field avec un nouveau sourire. Dickens est allé passer quelques jours à Boulogne. Plus précisément, il a partagé son temps entre Boulogne et un petit village situé à quelques kilomètres au sud de cette ville, une localité qui s'appelle Condette, et où depuis quelques années, depuis 1860 pour être précis, Mr Dickens loue un modeste chalet et un jardin qui ont appartenu à un certain M. Beaucourt-Mutuel. Ce chalet de Condette a été le lieu de résidence régulier d'une certaine actrice, âgée à présent de vingt-cinq ans, nommée Ellen Ternan, ainsi que de sa mère. Charles Dickens est allé leur tenir compagnie à Condette – certains de ses séjours ont duré jusqu'à une semaine – plus de cinquante fois depuis qu'il a prétendument loué, mais en réalité acheté, ce chalet en 1860. Peut-être pourriez-vous refermer, Monsieur Collins ? »

J'obtempérai, mais restai près de la porte close, pétrifié. En comptant Ellen Ternan, sa mère, Dickens et moi-même, il n'y avait pas plus de huit personnes au monde à connaître l'existence du chalet de Condette ou à avoir la moindre idée du motif des nombreux séjours que Dickens y faisait. Et si mon frère Charles n'était pas entré par son mariage dans la famille de Dickens, je n'en aurais rien su moi-même.

L'inspecteur Field recommença à faire les cent pas,

le doigt posé sur son oreille comme s'il lui chuchotait des informations. « Miss Ternan et sa mère vivent désormais constamment en Angleterre, bien sûr, depuis l'accident de Staplehurst en juin. Nous pouvons supposer que Mr Dickens a mis à profit les quatre jours qu'il vient de passer à Boulogne pour régler leurs affaires – et les siennes – concernant le chalet de Condette. À cette fin, M. Dickens a dû refaire – très exactement – le parcours qu'il avait suivi au moment de l'accident de Staplehurst. Nous savons tous les deux, Monsieur Collins, la pénible épreuve que cela a dû représenter pour les nerfs de Mr Dickens... qui ne sont pas très solides depuis l'accident.

— En effet », concédai-je. Où diable cet homme voulait-il en venir ?

« Après son séjour à Boulogne, reprit le vieillard apparemment infatigable, Dickens est allé passer un ou deux jours à Paris. Un esprit plus soupçonneux que le mien pourrait imaginer que ce voyage parisien était destiné à couvrir ses traces, comme diraient certains détectives.

— Inspecteur Field, il ne me semble pas que...

— Pardonnez-moi de vous interrompre, Monsieur, mais il convient que vous sachiez – afin de pouvoir en faire état lorsque vous vous entretiendrez avec votre ami dans les prochains jours – qu'au cours de ce voyage à Paris, Mr Dickens a été victime d'une hémorragie cérébrale d'une certaine gravité, semble-t-il.

— Seigneur Dieu ! m'écriai-je. Une hémorragie cérébrale ? Je n'en ai pas entendu parler. En êtes-vous sûr ?

— On ne peut être certain de ce genre de choses, comme vous le savez, Monsieur. Mais Mr Dickens a perdu connaissance à Paris, il a été transporté dans sa chambre d'hôtel et est resté inconscient pendant quelques heures – hors d'état de répondre à ses interlocuteurs ou de prononcer la moindre parole sensée. Les médecins français auraient voulu l'hospitaliser, mais Mr Dickens a déclaré que ce n'était qu'une "insolation" – c'est l'expression qu'il a employée, Monsieur – et s'est contenté de se reposer vingt-quatre heures dans la chambre de son hôtel parisien et deux jours de plus à Boulogne avant de rentrer chez lui. »

Je refis le tour du secrétaire et m'effondrai dans mon fauteuil. « Que voulez-vous, Inspecteur Field ? »

Il me regarda, et ses yeux s'écarquillèrent d'innocence. « Je vous ai dit ce que je voulais et, surtout, ce dont j'ai besoin, Monsieur Collins. L'intégralité des informations, sans exception, dont Charles Dickens et vous disposez sur ce personnage, ce Drood. »

Je secouai la tête avec lassitude. « Vous vous adressez à la mauvaise personne, Inspecteur. Il faudra que vous retourniez voir Dickens si vous voulez en savoir davantage sur ce spectre. Je n'ai aucun renseignement qui puisse vous être d'une quelconque utilité. »

Field opina du chef, lentement. « Je retournerai effectivement m'entretenir avec Mr Dickens, Monsieur Collins. Mais ne croyez pas que je me sois adressé à la mauvaise personne en venant vous voir. Je compte bien coopérer activement avec vous dans mes enquêtes droodiennes. Et j'espère que *vous* obtiendrez les informations que je désire auprès de Charles Dickens.

— Quelle raison aurais-je de trahir un ami et sa confiance pour vous transmettre des informations, Inspecteur – honorifique – Charles Frederick Field ? » demandai-je avec un rire amer.

L'insulte à peine voilée lui arracha un nouveau sourire. « La domestique qui m'a ouvert la porte et m'a fait monter, Monsieur Collins. Elle est remarquablement séduisante, en dépit de son âge. Une ancienne actrice aussi, peut-être ? »

Sans cesser moi-même de sourire, je secouai la tête. « À ma connaissance, Inspecteur, Mrs G… n'est jamais montée sur les planches. Le cas échéant, cela ne me regarderait pas. Pas plus que vous, au demeurant. »

Field hocha la tête et recommença à arpenter mon bureau, suivi et surmonté d'une traînée de fumée, son doigt ayant retrouvé sa place le long de son nez aquilin. « Vous avez parfaitement raison, Monsieur. Parfaitement raison. Nous pouvons néanmoins supposer qu'il s'agit bien de Mrs Caroline G… qui apparaît pour la première fois sur vos relevés bancaires à la date du 23 août 1864 – il y a un peu plus d'un an, Monsieur – en qualité de bénéficiaire d'un versement de vingt livres que vous lui avez consenti. Un versement renouvelé mensuellement depuis cette date par l'intermédiaire de votre banque, n'est-ce pas ? »

J'étais exaspéré. Si ce petit homme abject cherchait à me faire chanter, il n'avait pas choisi le bon écrivain : « Et alors, Inspecteur ? Les employeurs payent leurs domestiques.

— En effet, Monsieur. Il paraît. En plus de Mrs Caroline G…, vous versez également de l'argent, toujours par l'intermédiaire de votre banque, à sa fille, Harriet, est-ce bien son nom ? – le même que votre mère, Monsieur, quelle plaisante coïncidence ! – à cette différence près que, s'agissant de la jeune Harriet – il me semble que vous l'appelez parfois Carrie, et je crois également savoir qu'elle vient de fêter ses quatorze ans, Monsieur –, s'agissant de la jeune Harriet donc, à cette différence près que les sommes en question sont consacrées à son éducation particulière et à des leçons de musique.

— Où voulez-vous en venir, Inspecteur ?

— Je tiens seulement à vous rappeler que Mrs Caroline G… – et sa fille, Harriet G… – figurent dans le recensement municipal et dans les registres des impôts comme étant, depuis plusieurs années maintenant, vos locataires et vos domestiques. »

Je ne répondis pas.

L'inspecteur Field cessa de faire les cent pas et se tourna vers moi. « Tout ce que je cherche à vous faire comprendre, Monsieur Collins, c'est que peu d'employeurs ont la générosité primo, de proposer un emploi à d'anciennes locataires tombées dans le besoin, secundo, d'inscrire leur jeune soubrette dans une bonne école et, qui plus est, d'engager à grands frais des professeurs pour lui enseigner la musique. »

Je secouai la tête, épuisé. « Vous feriez mieux de renoncer à cette misérable tentative de pression, indigne d'un gentleman, Monsieur Field. Mes dispositions domestiques sont connues de tous mes amis, qui n'ignorent rien non plus de mon aversion pour le mariage et pour les accommodements plus prosaïques de la vie et de la moralité bourgeoises. Mrs G… et sa fille vivent sous mon toit depuis plusieurs années, comme vous le savez parfaitement, et mes amis l'admettent. Caroline joue les maîtresses de maison à ma table. Il n'y a là aucune hypocrisie, et je n'ai rien à cacher. »

Field hocha la tête, fronça les sourcils, écrasa ce qui restait de son cigare et dit : « Vos amis *mascu-*

lins, ou certains d'entre eux, l'admettent sans doute, Monsieur Collins. Mais vous reconnaîtrez qu'ils ne viennent pas dîner à votre table en compagnie de leurs épouses. Et, bien que je ne soupçonne là aucune hypocrisie, si ce n'est dans vos déclarations aux autorités publiques – vous avez en effet expliqué aux agents recenseurs qu'une certaine "Harriet Montague" était votre servante, âgée de seize ans (alors que la fille de Mrs G…, Harriet G…, présente ici sous votre toit, n'avait que dix ans à l'époque) – et dans d'autres dépositions sous serment relatives à ces deux dignes personnes, cela explique pourquoi Mr Dickens s'amuse depuis quelques années à surnommer la petite Harriet "le Maître d'hôtel" et sa mère "le Patron". »

Je tressaillis. Comment l'inspecteur retraité pouvait-il être informé des petites plaisanteries de Dickens si ses hommes n'avaient pas épluché ma correspondance la plus intime ?

« Harriet n'est pas ma fille, Inspecteur, marmonnai-je les dents serrées.

— Non, bien sûr que non, Monsieur Collins, dit le vieil homme, agitant son doigt avec un sourire. Loin de moi l'intention de suggérer une chose pareille. Le détective le plus médiocre lui-même n'aurait aucune difficulté à apprendre qu'une certaine Caroline Compton, fille de John Compton, menuisier, et de sa femme Sarah, a rencontré et épousé un certain George Robert G…, comptable à Clerkenwell, un mariage qui a eu lieu… le 30 mars 1850, Monsieur, si je ne m'abuse. La jeune Caroline venait d'avoir vingt ans, George Robert G… n'était son aîné que d'un an. Leur fille, Elizabeth Harriet, que vous préférez appeler Harriet, Monsieur, peut-être en hommage à votre propre mère, ou Carrie, pour des raisons qui vous sont propres, est née dans le Somerset, dans les faubourgs de Bath, le 3 février 1851. Il est regrettable que son père, George G..., ait été emporté par la phtisie l'année suivante et ait rendu l'âme aux Moravian Cottages de Weston, près de Bath, le 30 janvier 1852, laissant derrière lui sa veuve, Caroline, et sa petite fille de douze mois, Elizabeth Harriet. La pauvre Mrs G... a attiré l'attention des autorités quelques années plus tard, alors qu'elle tenait une brocante dans Charlton Street – près de Fitzroy Square, je suis certain que vous le savez, Monsieur – et avait bien du mal à rembourser ses dettes. L'histoire aurait pu prendre une tournure tragique, et peut-être Mrs G... n'aurait-elle pu échapper à la prison pour dettes, Monsieur Collins, sans l'intervention d'un gentleman. En mai 1856, sans doute.

— Inspecteur Field, dis-je en me levant à nouveau et en me dirigeant vers la porte. Cet entretien est terminé.

— Pas tout à fait, Monsieur », murmura-t-il.

Je m'approchai vivement de lui, la voix frémissante de fureur, les poings serrés. « Allez-y, Monsieur, poursuivez vos menées ! Je vous en mets au défi. Vos tentatives mesquines et indignes pour me faire chanter et m'obliger à trahir les confidences et la confiance de l'un de mes plus chers amis ne vous vaudront que le ridicule et la désapprobation que vous méritez évidemment. Je suis un homme libre, Monsieur. *Je n'ai rien à cacher.* »

Field hocha la tête. Son index, que j'avais déjà appris à mépriser, tapotait sa lèvre inférieure. « J'en suis certain, Monsieur Collins. Les honnêtes gens n'ont rien à cacher à autrui. »

J'ouvris la porte. Ma main tremblait sur la poignée de laiton.

« Dites-moi encore, avant que je prenne congé, ajouta Field, ramassant son haut-de-forme et s'approchant de moi, par pure curiosité personnelle… avez-vous déjà entendu parler d'une jeune fille du nom de Martha R… ?

— Comment ? réussis-je à arracher à ma gorge nouée.

— Miss Martha R… », répéta-t-il.

Je refermai la porte si vivement qu'elle claqua. Je n'avais pas vu Caroline rôder dans le couloir, mais elle s'attardait souvent à portée de voix. J'ouvris à nouveau la bouche, sans trouver mes mots.

Ce n'était pas le genre de problème que connaissait le méprisable inspecteur Charles Frederick Field. « Il n'y a aucune raison, évidemment, pour que vous connaissiez Miss R…, reprit-il. C'est une modeste servante – ménage et service à l'auberge, d'après ce qu'en disent ses pauvres parents – et pauvres, ils le sont, croyez-moi, tant en finances qu'en affection, ces derniers temps. Ses deux parents sont illettrés. Ils sont de Winterton, Monsieur. Les ancêtres de son père ont travaillé dans la pêche au hareng au large de Yarmouth pendant un siècle ou plus, mais il semblerait que le père de Martha gagne son pain en exerçant de petits emplois, à gauche et à droite, aux alentours de Winterton, alors que la jeune fille, qui a quitté le foyer parental il y a deux ans, à l'âge de seize ans, était employée dans les auberges locales. »

Je ne pus que fusiller Field du regard en réprimant une nausée.

« Connaissez-vous Winterton, Monsieur ? demanda cet individu répugnant.

— Non, répondis-je péniblement. Je ne crois pas.

— Vous avez pourtant pris de longues vacances du côté de Yarmouth l'été dernier. N'est-ce pas exact, Monsieur Collins ?

— Ce n'étaient pas des vacances.

— Qu'avez-vous dit, Monsieur ? Je n'ai pas bien entendu. La fumée du cigare qui vous porte sur la voix, peut-être.

— Ce n'étaient pas vraiment des vacances », répétai-je, et je retournai à mon secrétaire sans m'y asseoir. En appui sur mes dix doigts écartés et tremblants, je m'inclinai en avant, faisant porter mon poids sur le plateau du meuble taché d'encre. « Je faisais des recherches, précisai-je.

— Des recherches, Monsieur ? Ah... pour un de vos romans.

— En effet. Il fallait que je rassemble de la documentation sur les eaux littorales, les paysages, ce genre de choses pour mon dernier roman, *Armadale*.

— Ah oui... bien sûr. » Le doigt de cet individu méprisable tapota sa propre poitrine avant de se pointer vers moi. Tapota, pointa. « J'ai lu une partie de votre livre, *Armadale*, que *The Cornhill Magazine* publie actuellement en feuilleton, si je ne m'abuse. J'ai relevé dans votre histoire un Hurle Mere fictif qui ressemble beaucoup au vrai Horsey Mere, que l'on peut atteindre par la mer depuis Yarmouth, ou par une route qui se dirige vers le nord depuis Winterton, n'est-ce pas, Monsieur ? »

Je restai silencieux quelques instants avant de répondre : « J'aime faire de la voile, Inspecteur. Mes

228

recherches, il est vrai, ne m'ont pas interdit tout délassement, pour vous dire l'entière vérité. Je suis parti dans le Nord avec deux bons amis de mon frère Charles... De grands amateurs de voile, eux aussi.

— Je vois. » L'inspecteur hocha la tête, le regard humide et indéchiffrable. « Il me paraît toujours préférable de dire l'entière vérité. Il vaut mieux commencer par là, cela évite quantité de problèmes ultérieurs. Ces amis... s'agirait-il peut-être d'un certain Mr Edward Piggot et d'un certain Mr Charles Ward, Monsieur ? »

Plus rien ne m'étonnait. Cette créature aux yeux larmoyants et à l'index dodu paraissait plus omnisciente que tout narrateur d'un récit de ma plume, de celle de Dickens, Chaucer, Shakespeare ou de tout autre auteur mortel. Et plus maléfique que tout scélérat imaginé par aucun d'entre nous, Iago compris. Toujours incliné sur mon secrétaire, mes doigts écartés blanchissant sous la pression, je continuais à l'écouter.

« Miss Martha R... a eu dix-huit ans l'été dernier, Monsieur Collins. Sa famille croit savoir qu'elle a rencontré un homme l'année dernière, en juillet plus précisément, au "Retour du pêcheur" de Winterton ou bien à l'hôtel de Yarmouth où elle était employée comme femme de chambre. » Il s'interrompit. Son index tapota le cigare éteint dans le cendrier de laiton comme s'il avait, à lui seul, le pouvoir de ranimer ses braises. Je fus presque surpris de constater le contraire.

J'inspirai profondément. « Êtes-vous en train de me dire que cette... cette Miss R... a disparu, Inspecteur ? Ou qu'elle a été assassinée ? Que sa famille et les autorités de Winterton ou Yarmouth la croient morte ? »

Il éclata de rire. « Oh ! mon Dieu, non, Monsieur. Pas du tout. Rien de tel. Tout le monde a vu la jeune

Martha, de temps en temps, depuis qu'elle a rencontré ce "gentil monsieur", comme elle dit, l'été dernier. Mais en un sens, oui, on peut dire qu'elle a disparu.

— Ah ?

— En effet. Cet été, au mois de juin pour être exact, alors que le "gentil monsieur" faisait, aux dires de tous, un nouveau bref séjour à Yarmouth, peut-être dans le cadre de son travail, Martha R... a apparemment disparu un moment de Winterton et de Yarmouth mais, à en croire des rapports officiels, elle aurait fait une apparition ici, à Londres.

— Vraiment ? » Je ne m'étais jamais servi de l'énorme pistolet à deux canons que le détective Hatchery m'avait donné. Après avoir désarmé cet engin pesant, je l'avais remonté hors des égouts et des catacombes jusqu'à l'air libre et – sous l'effet de l'immense soulagement que nous avions éprouvé en découvrant qu'Hatchery nous attendait toujours malgré l'heure tardive et le soleil qui brillait à l'extérieur de la crypte – je l'avais rendu à l'imposant policier. Je regrettai alors de ne pas l'avoir gardé.

« Oui, insista l'inspecteur Field. À en croire la rumeur, cette domestique de dix-neuf ans originaire de Winterton réside actuellement dans un garni de Bolsover Street – sous le toit d'une logeuse d'un certain âge, mais il semblerait que les deux appartements possèdent des entrées séparées. Je crois ne pas me tromper en précisant qu'il est très rapide de rejoindre Bolsover Street à pied depuis l'endroit où nous nous trouvons actuellement, Melcombe Place, près de Dorset Square.

— Vous ne vous trompez pas. » Si l'on pouvait dire que les voix ont des couleurs, la mienne était absolument décolorée.

« Et je crois ne pas me tromper en ajoutant que ni Mrs Caroline G..., avec qui vous vivez dans une situation quasi conjugale, si je puis dire, mais sans la bénédiction de la société ni de Dieu, en quelque sorte, depuis près de dix ans maintenant, ni sa fille, Miss Harriet G..., que vous traitez très honorablement et très généreusement comme si elle était votre propre fille, ne sont informées de l'existence de Miss Martha R..., ancienne femme de chambre d'une auberge de Yarmouth et actuellement locataire d'un garni dans Bolsover Street, ni du rôle que Miss R... joue actuellement dans votre vie.

— Oui, dis-je. Enfin, je veux dire, non.

— Et je pense ne pas me tromper non plus, Monsieur Collins, en avançant qu'il ne serait ni dans votre intérêt ni dans celui des deux dames qui vivent sous votre toit que cette information soit connue... d'elles, ou de quiconque.

— Vous ne vous trompez pas.

— Bien, bien », dit l'inspecteur Field. Il ramassa son chapeau sans faire mine de prendre congé. « C'est que je n'aime pas me tromper, voyez-vous, Monsieur Collins. »

Je hochai la tête. Mes jambes me paraissaient soudain trop faibles pour me soutenir.

« Avez-vous, par hasard, l'intention d'aller rendre visite prochainement à Mr Dickens, Monsieur ? demanda l'ancien policier, faisant tourner son haut-de-forme dont il tapotait le bord avec son maudit index. Et d'en profiter pour lui parler de son éventuelle entrevue avec le personnage du nom de Drood dans les galeries de la Ville-du-Dessous, il y a deux mois ?

— Oui, dis-je en m'asseyant.

— Et est-il bien entendu entre nous, Monsieur, que vous partagerez avec moi les informations que vous obtiendrez de Mr Dickens aussitôt qu'il vous sera humainement possible de le faire ? »

J'acquiesçai à nouveau.

« Fort bien, Monsieur. Un jeune garçon attendra dans votre rue, Monsieur Collins. Un gamin des rues, rien de plus – un petit balayeur qui s'appelle Groseille –, mais vous n'aurez pas à le chercher, Monsieur. Il a reçu instruction de faire le guet. Il vous suffira de donner un petit coup de canne ou de parapluie sur le réverbère du coin, pour qu'il se manifeste. De jour ou de nuit, Monsieur. Il attendra le temps nécessaire. L'agent du quartier a accepté de ne pas le "faire circuler", comme nous disons dans notre métier, quand nous faisons des rondes. Faites-moi parvenir tous les messages que vous aurez pour moi, oraux aussi bien qu'écrits, par l'intermédiaire de Groseille et je me mettrai immédiatement en relation avec vous. Je considérerai ces informations comme une immense faveur, Monsieur Collins. Vous pouvez demander à qui vous voudrez à Londres s'il arrive à l'inspecteur Charles Frederick Field d'oublier une faveur, et l'on vous répondra que non. Tout est bien clair, Monsieur ?

— Oui. »

Quand je levai les yeux, l'inspecteur Field avait disparu. J'entendis Caroline refermer la porte derrière lui au rez-de-chaussée et remonter l'escalier.

Il ne restait aucune trace de l'inspecteur, hormis un voile de fumée bleue au plafond de mon bureau.

8.

Gad's Hill Place faisait l'effet d'un havre familial plein de gaieté et de bonne humeur quand j'y arrivai, en milieu d'après-midi, par une tonifiante journée de début d'automne, le lendemain de la visite de l'inspecteur Field. En ce samedi, enfants et visiteurs jouaient dehors. Je dus convenir que Gad's Hill était le modèle même de la maison de campagne chérie d'une famille heureuse. Bien sûr, Charles Dickens *voulait* que Gad's Hill soit le modèle de la maison de campagne chérie d'une famille heureuse. En fait, Charles Dickens *exigeait* de tous les membres de son entourage qu'ils jouent leur rôle afin de préserver l'image, le mythe et – je suis persuadé qu'il l'espérait, malgré l'absence de la mère de famille, bannie désormais, et des tensions familiales tant internes qu'externes – la *réalité* de la maison de campagne chérie d'une famille heureuse : rien d'autre qu'un havre débordant de gaieté en ce début d'automne pour l'écrivain laborieux, sa famille respectueuse, aimante et reconnaissante et leurs amis.

Il m'arrivait, je l'avoue, de me prendre devant Dickens pour Candide en présence du docteur Pangloss.

La fille de l'écrivain, Kate, était au jardin et s'approcha de moi comme je remontais l'allée, en nage, épongeant ma nuque et mon front avec mon mouchoir. C'était, je l'ai dit, une journée d'automne tonifiante, mais j'étais venu à pied de la gare et n'avais pas l'habitude de l'effort physique. De plus, pour me préparer à mon entrevue avec Dickens, j'avais absorbé deux verres de laudanum bien plus tôt dans la journée que de coutume et, quoique ce remède n'eût rien de nocif, je dois avouer que le jardin, l'herbe, les arbres, les enfants qui jouaient et Kate Macready Dickens Collins elle-même semblaient entourés d'un halo jaune éclatant.

« Bonjour, Wilkie, s'écria Kate en s'approchant et en me serrant la main. Nous ne vous avons pas beaucoup vu ces derniers temps.

— Bonjour, Katey. Mon frère passe-t-il la fin de la semaine ici avec vous ?

— Non, non. Il ne se sentait pas très bien et a préféré rester à Clarence Terrace. Je le rejoindrai ce soir. »

Je hochai la tête. « Et l'Inimitable ?

— Il est dans son chalet. Il avait un petit travail à terminer pour le conte de Noël de cette année.

— Je ne savais pas que le chalet était déjà habitable.

— Mais si. Entièrement meublé depuis le mois dernier. Père y a travaillé tous les jours depuis. Il ne devrait pas tarder à s'arrêter pour sa promenade de l'après-midi. Je suis sûre qu'il ne m'en voudra pas de l'interrompre. Nous sommes samedi, après tout. Voulez-vous que je vous conduise par le tunnel ?

— Quelle charmante idée ! »

Nous traversâmes la pelouse nonchalamment en direction de la route.

Le chalet auquel Kate faisait allusion était un cadeau

de Noël que l'acteur Charles Fechter avait fait à Dickens l'année précédente. Selon mon frère, qui avait fait partie des invités de Dickens du 24 décembre 1864 jusqu'au 5 janvier de l'année suivante, ce Noël-là n'avait pas été des plus heureux, ne fût-ce que parce que Dickens s'était, Dieu sait pourquoi, convaincu que mon frère Charles était mourant alors qu'il ne souffrait que d'une indisposition due à ses fréquents problèmes digestifs. Il n'est pas impossible, toutefois, qu'en posant ce diagnostic, Dickens n'ait fait qu'exprimer ce qu'il souhaitait réellement : le mariage de Kate avec Charles en 1860 avait bouleversé l'écrivain au point de lui tirer des larmes et de lui faire perdre la tête. Dickens avait l'impression d'avoir été abandonné dans une passe difficile par une fille impatiente. Il ne se trompait pas. Mon frère lui-même savait que Kate n'était pas amoureuse de lui. Elle cherchait seulement à fuir la demeure de Charles Dickens après l'émoi provoqué par l'expulsion de leur mère.

Kate – « Katey », comme nous étions nombreux à l'appeler – n'était pas une beauté, mais, de tous les enfants Dickens, elle était la seule à avoir hérité la vivacité de son père, son esprit, une variante un peu plus sardonique de son sens de l'humour, son impatience à l'égard d'autrui, ses tournures de langage et même un certain nombre de ses tics. Alors même que c'était elle qui le demandait plus ou moins en mariage, elle n'avait pas caché à mon frère qu'elle ne cherchait qu'à fuir et qu'il s'agirait, de sa part, d'une union de raison bien plus que d'amour. Charles avait accepté.

C'est ainsi que le Noël glacial de 1864, où personne n'avait mis le nez dehors, avait été un peu austère chez les Dickens, à Gad's Hill, en tout cas par rapport aux grandes fêtes qui avaient rassemblé les années précédentes famille et invités à Tavistock House. Cette morosité avait duré jusqu'au matin de Noël, moment auquel Charles Fechter offrit à l'Inimitable... un chalet suisse au grand complet.

Fechter, qui était lui-même un homme étrange, maussade, au teint cireux, enclin à de violents accès de mauvaise humeur à l'égard de sa femme et d'autres (mais jamais de Dickens), annonça après le petit déjeuner que les caisses et les boîtes mystérieuses qu'il avait apportées contenaient un « chalet miniature » démonté – et l'on découvrit rapidement qu'il n'était pas aussi miniature que cela. C'était en réalité un chalet grandeur nature, bien assez vaste pour qu'on puisse l'habiter si on le souhaitait.

Revigoré et enthousiaste, Dickens décréta sur-le-champ que tous les « invités célibataires, forts et en bonne santé » – une précision qui était sans doute censée exclure mon frère pour d'autres péchés que son statut d'homme marié – se précipiteraient dans le froid mordant pour monter son cadeau. Toutefois, Dickens et ses invités – Marcus Stone (qui était effectivement un homme grand et robuste) et Henry Chorley –, ainsi qu'un certain nombre de domestiques masculins, de jardiniers et d'hommes à tout faire des environs, tous appelés à renoncer sur-le-champ à la tranquillité d'un Noël au coin du feu, durent rapidement se rendre à l'évidence. Le contenu des cinquante-huit caisses (il y avait en tout quatre-vingt-quatorze grands éléments de construction numérotés) dépassait leurs capacités. Fechter fit chercher son charpentier français au théâtre du Lyceum pour achever l'ouvrage.

Le chalet – bien plus grand finalement que la maison

de poupée géante qu'avait imaginée Dickens en découvrant les caisses d'emballage – se dressait désormais sur le lopin que l'écrivain possédait de l'autre côté de la grande route de Rochester. Ombragé de hauts cèdres, c'était un adorable chalet de pain d'épice sur deux niveaux avec, au rez-de-chaussée, une unique grande pièce, et une chambre à l'étage, avec un balcon chantourné auquel on accédait par un escalier extérieur.

Ce chalet procurait à Dickens un plaisir immense et puéril, et au printemps, dès que le sol fut dégelé, il fit venir des ouvriers pour creuser un tunnel sous la route, afin de pouvoir passer de sa maison au chalet sans se faire voir, sans être gêné ni se faire écraser par quelque carriole emballée. Kate m'avait raconté que Dickens avait applaudi comme un petit garçon quand les ouvriers s'étaient rejoints au milieu du tunnel. Il avait ensuite invité chez lui tout le monde – invités, enfants, ouvriers, voisins curieux et clients désœuvrés de l'Auberge de Sir John Falstaff d'en face – pour prendre un grog.

Arrivés au tunnel, nous nous enfonçâmes dans sa fraîcheur. Kate me demanda alors : « Que faites-vous donc, Père et vous, pendant ces longues nuits mystérieuses, Wilkie ? Charles lui-même semble l'ignorer.

— Pour l'amour du Ciel, Katey, de quoi parlez-vous ? »

Elle me regarda dans la pénombre. Elle m'avait pris le bras qu'elle serra alors. « Vous *savez* très bien de quoi je parle, Wilkie. Je vous en prie, ne faites pas l'innocent. Malgré la nécessité pressante d'achever *L'Ami commun* et tout le travail qu'il a, malgré la terreur récente que lui inspirent les voyages en train, Père disparaît au moins une nuit par semaine, deux parfois, depuis cette première expédition secrète que vous avez entreprise ensemble en juillet. Georgina me l'a confirmé. Il part le soir, prend l'omnibus pour Londres, rentre très, très tard – le lendemain, en milieu de matinée – et refuse de nous dire un mot, à Georgina comme à nous, sur le motif de ces errances nocturnes. S'y ajoute ce voyage tout récent en France, dont il revient après une insolation. Nous avons tous supposé, et Charles lui-même était de notre avis, que vous aviez dû l'initier à une nouvelle forme de débauche à Londres, et qu'il aurait pu décider d'aller s'y adonner tout seul à Paris, ce qui aurait mis sa constitution à trop rude épreuve. »

Sous le ton badin de Kate, je percevais une préoccupation sincère.

Lui tapotant le bras, je répondis : « Ma foi, vous savez que nous sommes tenus par l'honneur, nous autres, gentlemen, à ne pas révéler nos secrets respectifs, Katey… quels qu'ils soient. Et, de toutes les femmes, vous êtes certainement la mieux placée pour savoir que les écrivains sont une race mystérieuse – toujours à se livrer à de drôles de recherches sur le monde, çà et là, de jour ou de nuit. »

Elle me regarda dans la pénombre du tunnel. Une lueur d'insatisfaction brillait dans ses yeux.

« Et vous savez aussi, poursuivis-je d'une voix si basse qu'elle était presque absorbée par le toit et le sol de brique, que votre père ne ferait jamais rien qui puisse jeter le discrédit sur sa famille ou sur lui-même. Vous le savez, Katey.

— Hmmm », fit Kate. Jeter le discrédit sur sa famille et lui – c'était très exactement ce que Kate Macready Dickens Collins reprochait à son père d'avoir fait en chassant sa mère et en entretenant une liaison avec Ellen Ternan. « Nous y voilà, dit-elle en dégageant son bras. Je vois la lumière au bout du tunnel, Wilkie. Je vous laisse ici. Et à lui. »

« Mon cher Wilkie ! Venez, venez ! Je pensais justement à vous. Bienvenue dans mon nid d'aigle. Entrez, mon cher ami. »

Dickens s'était levé d'un bond de la petite table où il écrivait et m'avait chaleureusement serré la main alors que je m'étais arrêté devant la porte ouverte de sa pièce de travail, à l'étage. J'avoue que je m'étais demandé comment il m'accueillerait après notre silence relatif et notre séparation des deux derniers mois. Sa cordialité m'étonna et je me fis encore plus l'effet d'un traître et d'un espion.

« J'étais en train d'apporter quelques corrections aux dernières lignes du récit de Noël de cette année, dit-il avec enthousiasme. Une petite chose qui s'appelle "Le Camelot" et remportera, je vous l'assure, mon cher Wilkie, un grand succès auprès des lecteurs. Très populaire, je le prédis. Ce que j'ai fait de meilleur, peut-être, depuis "Les Cloches". L'idée m'en est venue en France. J'aurai fini dans une minute, et serai tout à vous pour l'après-midi et la soirée, mon ami.

— Mais bien sûr », répondis-je et je reculai d'un pas tandis que Dickens revenait à sa table et à sa plume, raturant à grands traits et écrivant entre les lignes et dans les marges. Il me faisait penser à un chef d'orchestre débordant d'énergie devant un orchestre de mots, attentif et docile. C'est tout juste si je n'entendais pas les notes lorsque sa plume s'élevait, s'élançait, plongeait, grattait, remontait, avant de s'abaisser encore.

Je contemplai la vue qu'on avait depuis le « nid d'aigle » de Dickens et je dus admettre qu'elle était superbe. Dressé entre deux grands cèdres qui lui dispensaient une ombre bienfaisante et frémissaient alors dans le vent, le chalet était percé de nombreuses fenêtres qui donnaient sur des champs de blé mûr, des forêts, d'autres champs encore, et laissaient même entrapercevoir la Tamise, et le glissement blanc des voiles. Depuis le toit de Gad's Hill Place, de l'autre côté de la route, on pouvait facilement, je le savais, distinguer Londres au loin, mais, du chalet, la perspective était plus bucolique avec le fleuve lointain, l'esquisse de la flèche de la cathédrale de Rochester et les champs de blé jaunissants et bruissants. Il n'y avait pas beaucoup de circulation ce jour-là sur la route de Rochester. Dickens avait équipé son repaire d'un télescope de laiton rutilant monté sur un trépied de bois, et je l'imaginais, méditant sur la lune en pleine nuit, et sur les dames des yachts qui sillonnaient la Tamise, par les chaudes journées d'été. Là où il n'y avait pas de fenêtres, les murs étaient ornés de miroirs. J'en dénombrai cinq. Dickens adorait les miroirs. Il avait équipé de multiples glaces toutes les chambres à coucher de Tavistock House et de sa nouvelle demeure, Gad's Hill Place, et il y en avait partout, dans les couloirs, les vestibules, et même une grande, dans son bureau. Ici, à l'étage du chalet, on se serait un peu cru sur une plate-forme ouverte – une cabane d'enfant construite dans un grand arbre, sans murs –, où il était entouré de toutes parts des reflets du soleil, du ciel bleu, des feuillages, des champs dorés et du paysage lointain. La brise qui entrait librement par les croisées ouvertes apportait l'odeur des ramées et des fleurs, ou des champs au-delà, de la fumée d'un feu de feuilles ou de mauvaises herbes dans un pré voisin, et jusqu'à la fragrance mordante et salée de la mer.

Je ne pus m'empêcher de penser que l'univers de Charles Dickens était aux antipodes de notre expédition nocturne dans la fumerie de la Vieille Sal, et du cauchemar absolu de la Ville-du-Dessous. Ces ténèbres semblaient s'évanouir comme un mauvais rêve, ce qu'elles avaient été au demeurant. La lumière et le parfum piquant de *ce* monde-là étaient réels – malgré la pulsation et l'éclat singuliers que leur prêtait mon laudanum médicinal. J'imaginais mal que l'obscurité pestilentielle des catacombes et des égouts, et même les taudis qui se trouvaient au-dessus, pussent coexister avec cette réalité immaculée.

« Et voilà, s'écria Dickens. Fini. Pour le moment. » Il sécha sa dernière page et la rangea avec d'autres dans un porte-documents de cuir. Puis il se leva et alla chercher sa canne favorite en prunellier dans le coin où il la rangeait. « Je n'ai pas encore fait ma promenade aujourd'hui. Êtes-vous partant, mon cher Wilkie ?

— Mais bien sûr », répétai-je, avec un peu moins de conviction cette fois.

Il me jeta un regard tout à la fois scrutateur, amusé et moqueur. « Je pensais à un petit tour rapide au-delà de Cobham Wood, jusqu'à Chalk et Gravesend, et retour.

— Ah », dis-je. Cela faisait une bonne vingtaine de kilomètres. « Ah, répétai-je en hochant la tête. Et vos invités ? Et les enfants ? N'est-ce pas l'heure à laquelle

241

vous jouez avec eux d'ordinaire, vous les divertissez, vous faites voir les écuries à vos visiteurs ? »

Le sourire de Dickens était malicieux. « Y aurait-il un autre infirme dans la famille aujourd'hui, mon cher Wilkie ? »

Je savais que, par « famille », il entendait la famille Collins. Son antienne sur les maux présumés de mon jeune frère ne cesserait-elle donc jamais ?

« Une légère indisposition, dis-je sèchement. La goutte rhumatismale qui me tourmente de temps en temps, comme vous le savez, mon cher Dickens. Elle a décidé d'être particulièrement pénible aujourd'hui. Des gambades moins prolongées me siéraient mieux. » Une marche paisible jusqu'à l'Auberge de Sir John Falstaff m'aurait parfaitement convenu – tel était le message que je cherchais à communiquer.

« Mais cette goutte n'affecte pas vos jambes, si je ne m'abuse, mon cher Wilkie.

— C'est exact, dans une large mesure », confirmai-je, réticent à lui confier que cette affection s'en prenait à tous mes membres dès qu'elle faisait mine de se répandre comme cela avait été le cas ce matin. Sans une double dose de laudanum de très bonne heure, j'aurais été au fond de mon lit. « Elle tend à toucher principalement mes yeux et ma tête.

— Fort bien, soupira Dickens. J'avais espéré avoir un compagnon de marche aujourd'hui – les Forster viennent pour la fin de la semaine, et John a renoncé à tout effort physique depuis qu'il a mis la main sur la fortune de sa femme, comme vous le savez probablement – mais nous ferons une courte promenade, vous et moi, jusqu'à Chatham et Fort Pitt, pas plus loin, en passant par le Cooling Marsh. Puis nous reviendrons. Je ressortirai seul dans la soirée. »

Je hochai la tête, sans plus d'enthousiasme. Cela faisait dix kilomètres, sinon plus, à l'allure impitoyable de six kilomètres et demi à l'heure précisément. Ma tête et mes articulations en palpitaient d'avance.

Ce ne fut pas aussi épouvantable que je l'avais craint. L'après-midi était tellement agréable, l'air si frais, les odeurs si revigorantes que je ne me laissai pas distancer par Dickens, qui me guidait de la route vers un chemin, du chemin vers un sentier, du sentier vers des ornières herbeuses le long du canal, du chemin de halage vers les champs de céréales automnaux – prenant grand soin de ne jamais piétiner les récoltes – et des champs vers une piste forestière ombreuse, avant de revenir sur le bord de la route pour poursuivre notre course.

Pendant la première demi-heure de marche silencieuse – enfin, silencieuse de ma part, car Dickens ne cessa de bavarder aimablement, évoquant les podsnapperies[1] croissantes de Forster, les problèmes au sein de l'Association, les déboires professionnels de son fils Alfred, les perspectives de mariage déclinantes de sa fille Mary, maugréant au sujet des soulèvements nègres en Jamaïque qui l'ulcéraient toujours, regrettant l'apparente paresse et le manque de profondeur intellectuelle du plus jeune de ses fils, Plorn –, je passai mon temps à hocher la tête et à réfléchir au moyen de soutirer habilement à Dickens les informations réclamées par l'inspecteur Field.

1. Podsnap : personnage pompeux de L'Ami commun.

Renonçant finalement à ces manœuvres, j'annonçai :
« L'inspecteur Field est passé chez moi hier.

— Ah, oui, fit Dickens comme si de rien n'était, sa canne se levant et s'abaissant au rythme de sa marche, je pensais bien qu'il viendrait vous voir.

— Cela ne vous surprend pas ?

— Pas vraiment, mon cher Wilkie. Ce coquin était ici, à Gad's Hill, jeudi. Je me doutais que vous seriez sa prochaine victime. Vous a-t-il menacé ?

— En effet.

— De quoi, si je puis me permettre ? Il s'est montré très maladroit et très pesant dans ses propres tentatives lamentables de chantage à mon endroit.

— Il m'a menacé de révéler publiquement ma... ma situation domestique. » La seule chose dont j'étais sûr en cet instant était que Dickens ne savait rien – ne pouvait rien savoir – de l'existence de Miss Martha R.... L'inspecteur Field en était manifestement informé, mais il n'avait aucun intérêt à en aviser l'Inimitable.

Dickens rit de bon cœur. « Menacé d'informer le monde entier de la présence sous votre toit de votre Patron et de votre Maître d'hôtel, hein ? Je m'en doutais un peu. Mr Field est une brute et – comme tant d'hommes de son espèce – ce n'est pas une fine mouche. Faut-il mal connaître votre liberté d'esprit et votre mépris pour l'opinion de la société pour s'imaginer que pareille révélation suffirait à vous inciter à la trahison ! Tous vos amis savent que vous avez des squelettes dans votre placard – deux squelettes de sexe féminin, délicieux et spirituels, pour tout dire – et nul n'en a cure.

— C'est exact, acquiesçai-je. Mais pourquoi tient-il

tant à avoir ces renseignements sur Drood ? On pourrait croire que sa vie en dépend. »

Nous avions quitté la route pour nous engager sur un sentier qui serpentait à travers et autour du marais de Cooling Marsh.

« En un sens tout à fait littéral, la vie de notre cher Mr Field en *dépend* effectivement. Il faut absolument qu'il sache si Mr Drood est réel et, le cas échant, où il pourrait le débusquer. Vous remarquerez que je parle de notre ami maître chanteur en l'appelant *Mr* Field et non *Inspecteur* Field.

— En effet, dis-je alors que nous sautions précautionneusement de pierre en pierre sur un tronçon particulièrement marécageux du sentier. Field m'a précisé que ce titre était honorifique, puisqu'il mène désormais ses enquêtes à titre privé.

— Un honneur qu'il s'est lui-même octroyé et que Scotland Yard et la Metropolitan Police n'apprécient guère, mon cher Wilkie. Je n'ai pas perdu de vue notre *Mr* Field depuis que je l'ai immortalisé – pardonnez cette immodestie – sous les traits de l'inspecteur Bucket dans *La Maison d'Âpre-Vent* et auparavant déjà, dans le petit article laudateur que je lui avais consacré « On Duty with Inspector Field » et que nous avons publié dans *Household Words* en 1851. Il a quitté ses fonctions officielles peu après, vous le savez... en 1853, me semble-t-il.

— Mais vous l'admiriez à l'époque, intervins-je. Suffisamment en tout cas pour qu'il vous inspire la création d'un personnage attachant. »

Dickens rit encore alors que nous revenions vers Gad's Hill – si loin encore – en contournant le marais. « Oh, j'admire *beaucoup* de gens pour leur potentiel romanesque, mon cher Wilkie, vous-même inclus. Dans le cas contraire, comment aurais-je pu supporter toutes les podsnapperies de Forster au cours de ces longues années ? Mais j'ai toujours senti autour de notre cher Mr Field l'odeur âcre de la petite brute de cour de récréation ; or les brutes ont toujours tendance à aller trop loin et à devoir se faire rappeler à l'ordre.

— Vous disiez qu'il n'était plus en odeur de sainteté à Scotland Yard et à la Metropolitan Police ?

— C'est le moins qu'on puisse dire, Wilkie. Avez-vous par hasard suivi la célèbre affaire d'empoisonnement de Palmer, il y a quelque temps… bigre, cela fait déjà une bonne dizaine d'années. Que le temps passe vite, que voulez-vous ! Quoi qu'il en soit, avez-vous suivi cette affaire dans la presse ou au club ?

— Non, cela ne me dit rien.

— Peu importe. Il suffit que vous sachiez que notre cher inspecteur Field à la retraite a été mêlé à cette sensationnelle affaire de meurtre, dont les journaux se sont largement fait l'écho, et qu'il n'a pas hésité à continuer à se servir du titre d'*Inspecteur* Field. En vérité, Wilkie, je crois que notre ami au doigt dodu a activement encouragé la presse et la population à croire qu'il était toujours membre de la Metropolitan Police. Ses successeurs, authentiques enquêteurs et inspecteurs de police, n'ont pas apprécié, Wilkie. Ils n'ont pas apprécié du tout. Ils lui ont donc supprimé sa pension. »

Je me figeai sur place. « Sa *pension* ? m'écriai-je. Sa satanée *pension* ? Ce type vous interroge et prétend me faire chanter pour une… fichue… *pension* ? »

Visiblement contrarié de devoir interrompre le rythme régulier de sa marche, Dickens s'arrêta pourtant, décapita quelques herbes avec sa canne et sourit. « Eh oui, pour sa pension. Notre ami le faux inspecteur a monté son Bureau d'enquêtes privées qui lui permet de gagner un peu d'argent – en réalité, je lui ai versé une coquette somme pour la nuit d'efforts que notre imposant ami Hatchery nous a consacrée. Mais vous vous rappelez peut-être que je vous ai dit un jour, Wilkie, à quel point cet ancien policier du nom de Field est…, cupide n'est certainement pas un mot trop fort, à quel point donc il était, est, et sera toujours cupide. Il ne supporte pas l'idée de ne plus toucher sa pension. Je crois qu'il serait prêt à tuer pour qu'elle lui soit restituée. »

Cela me fit tressaillir. « Mais que vient faire Drood là-dedans ? demandai-je enfin. Que gagnera-t-il à mettre la main sur ce fantôme ?

— Peut-être le rétablissement de cette fameuse pension, répondit Dickens alors que nous nous remettions en marche. C'est du moins ce qu'il espère. En ce moment même, le ministre de l'Intérieur réexamine cette mesure de suspension, à la suite des réclamations réitérées de l'avocat de Field – une intervention qui a dû lui coûter cher, j'en suis convaincu –, et je suis certain que Mr Field, mû par les illusions de son grand âge… »

Je ne pris pas la peine de lui rappeler que Charles Frederick Field n'avait que sept ans de plus que lui-même.

« … s'est laissé aller à imaginer une intrigue avec *deux ex machina*. Il est persuadé que lorsqu'il aura repéré et capturé ce Drood, ce génie du mal, ce criminel – un personnage spectral qui a échappé à l'inspecteur *chef* Field il y a une vingtaine d'années –, le ministre de l'Intérieur, le Service de police de Scotland Yard et tous ses anciens amis et successeurs indifférents de la Metropolitan Police, non contents de lui pardonner et de lui rétablir sa pension, seront obligés de lui ceindre le front d'une couronne de lauriers et de le porter en triomphe sur leurs puissantes épaules jusqu'à la gare de Waterloo.

— Est-ce vraiment un génie du mal, un criminel ? demandai-je tout bas. Ce Drood ? Hier soir, Field m'a dit qu'il avait assassiné quelque trois cents personnes au fil des ans... »

Dickens se tourna à nouveau vers moi. Je remarquai qu'au cours de l'été, les rides et les plis de son visage s'étaient creusés. « Croyez-vous qu'on puisse se fier à pareil individu, mon cher Wilkie ?

— Je... je n'en ai pas la moindre idée. Cela peut paraître ridicule, j'en conviens. Je ne me rappelle pas avoir entendu parler de trois cents crimes qui n'auraient pas été élucidés, que ce soit à Whitechapel ou ailleurs. Mais l'endroit où nous sommes allés, Dickens, était fort inquiétant. Fort inquiétant. Et vous ne m'avez jamais raconté ce qui s'était passé après votre départ dans ce ridicule bateau.

— C'est exact, reconnut Dickens. Je vous ai promis cette nuit-là que je vous raconterais tout cela un jour, dans peu de temps, mon ami. Deux mois se sont écoulés. Je suis navré de vous avoir imposé ce délai.

— Peu importe », dis-je. Ma migraine se renforçait tandis que le halo du laudanum s'estompait. « Mais j'aimerais effectivement savoir ce qui s'est passé cette nuit-là. J'aimerais savoir ce que vous avez appris sur ce Drood que nous avons passé la nuit à poursuivre. »

Dickens me jeta un nouveau coup d'œil. « Et je

n'ai, rassurez-moi, aucun souci à me faire ? Notre ami commun Field ne vous extorquera pas ces informations par ses tentatives de chantage ? »

Je m'arrêtai net. « Dickens ! »

Il fit quelques pas en arrière pour revenir à mon niveau, faisant tournoyer sa canne en souriant. « Je plaisante, mon cher Wilkie. Je plaisante. Allons… Rejoignez-moi ; ne ralentissez pas l'allure au point où nous en sommes. Rejoignez-moi, marchez à côté de moi et, je vous en prie, atténuez vos halètements rauques pour en revenir au doux ronflement d'un simple soufflet de forge et je vous dirai tout ce qui s'est passé cette nuit-là, après que je vous ai laissé sur votre quai de brique, dans les égouts, sous les catacombes de la Ville-du-Dessous. »

9.

« Après vous avoir abandonné de façon un peu expé-
ditive, poursuivit alors Dickens, j'ai entrepris d'examiner attentivement le petit bateau plutôt ridicule dans
lequel je me trouvais.

Cette embarcation me rappelait la misérable barque
de mon personnage, le patron Hexam[1], avec laquelle il
repêche des cadavres et d'autres objets trouvés dans la
Tamise. En l'occurrence, on aurait cru qu'un menuisier dément avait cherché à en faire une parodie de
gondole vénitienne. Observant les deux grandes silhouettes muettes, l'une maniant la barre ou l'aviron
à la poupe, l'autre enfonçant sa perche au niveau de
la proue surélevée, je les ai trouvées de moins en
moins séduisantes, Wilkie. Leurs masques de dominos
couverts de poussière d'or et leurs verres fumés ne
dissimulaient guère que leurs yeux, ce qui m'a permis
de reconnaître qu'ils étaient de sexe masculin, mais
de nom seulement. Vous aurez certainement remarqué,
mon cher Wilkie, la troublante androgynie des anges

---

1. Personnage de *L'Ami commun* qui drague la Tamise en compagnie de sa fille Lizzie au début du roman.

représentés sur les fresques des grandes cathédrales papistes du continent ? Eh bien, mes compagnons de navigation étaient bien plus ambigus encore, et les collants et tuniques de leur grotesque costume médiéval ne faisaient qu'accentuer cette allure équivoque. Je décidai de baptiser en mon for intérieur le *castrato* de la proue Vénus et l'eunuque de la poupe Mercure.

Nous avons continué à descendre ce large canal d'eaux usées sur quelques centaines de mètres, sinon plus. Je me suis retourné, mais il ne me semble pas que vous ayez tourné les yeux dans notre direction avant que notre gondole à avirons n'ait passé un coude et que nous nous soyons perdus de vue, vous et moi. Les petites lanternes suspendues à des tiges de fer au niveau de la proue et de la poupe n'éclairaient guère ce flot tumultueux. L'impression dominante était celle de la lueur des lanternes reflétée par la voûte de brique humide et dégoulinante qui nous surplombait.

Sans doute est-il inutile que je vous rappelle, Wilkie, la puanteur abominable de ce premier affluent. Je n'étais pas certain de pouvoir la supporter longtemps sans en être physiquement malade. Heureusement, après avoir parcouru plusieurs centaines de mètres sur ce Styx nauséabond, la figure masquée qui tenait la barre nous a fait obliquer dans un tunnel latéral si étroit que j'étais certain que c'était une simple canalisation d'égout. Mercure et Vénus étaient obligés de se pencher – moi aussi, du reste – et de nous faire progresser en appuyant leurs paumes gantées sur les briques du plafond bas et des parois latérales qui nous enserraient. Notre conduit débouchait dans un cours d'eau plus large – je parle à dessein de "cours d'eau", Wilkie, car il s'agissait moins d'un égout cette fois que d'une rivière souterraine entourée de briques et canalisée, aussi grande que n'importe quel affluent de la Tamise en surface. Saviez-vous que certaines rivières, dans Londres même, ont été partiellement ou entièrement couvertes... le Fleet, par exemple ? Bien sûr, vous le saviez. Mais on ne pense jamais à leurs tronçons souterrains.

Mes escortes androgynes ont piloté notre petite embarcation vers l'aval pendant un long moment, et c'est ici – il faut que je vous avertisse, mon cher Wilkie – que le récit devient fantastique.

Cette nuit-là, notre premier compagnon, le détective Hatchery, avait évoqué ce monde souterrain en l'appelant la "Ville-du-Dessous", à l'image du Roi Lazaree, notre fantôme chinois opiomane. J'ai remarqué alors que ce labyrinthe ramifié de caves, de seconds sous-sols, d'égouts, de cavernes, de grottes latérales, de fossés enterrés, de mines abandonnées datant d'une époque antérieure à l'existence de notre ville, de catacombes oubliées et de tunnels partiellement construits constituait, *au sens propre*, une ville sous la ville, une sorte de Londres terrifiante située sous Londres. Une Ville-du-Dessous, en vérité.

Nous avons suivi quelque temps le courant paresseux, et mes yeux s'adaptant à l'obscurité ambiante, j'ai pris conscience de la présence de gens. *Des gens*, mon cher Wilkie. Pas seulement d'autres Mauvais Garçons, qui sont comme les chiens sauvages ou les loups qui rôdaient jadis aux alentours des villages médiévaux, mais de vraies gens. Des familles. Des enfants. Des feux de cuisine. Des masures rudimentaires, des toiles tendues et des matelas, et même quelques poêles et une poignée de meubles de rebut, défoncés, disposés au milieu des niches creusées dans les murs de brique, dans les cavernes latérales et sur les rives larges et boueuses de cette partie du tunnel.

Çà et là, des flammes bleues s'élevaient de la boue et de la vase même, un peu comme les flammes qui vacillent sur le pudding de Noël, Wilkie, et certaines de ces misérables formes humaines se blottissaient près de ces éruptions gazeuses, en quête de lumière et de chaleur.

Et voilà qu'à l'instant même où je me disais que Vénus et Mercure allaient continuer éternellement à nous faire descendre ces sombres avenues aqueuses, le passage s'est élargi et nous sommes arrivés à un véritable débarcadère... avec de larges marches de pierre taillées dans la paroi rocheuse du tunnel, des torches flamboyantes l'éclairant de chaque côté. Ils sont restés tous deux à bord, immobiles et silencieux, tandis que je descendais ces marches pour rejoindre une porte de laiton.

Trois grandes statues égyptiennes sculptées dans la pierre se dressaient de part et d'autre de l'escalier, Wilkie, et j'ai distingué d'autres représentations au-dessus de la porte, ressemblant aux figures antiques que l'on voit au British Museum et qui vous inspirent parfois un léger malaise quand on se trouve au milieu d'elles par un soir d'hiver, peu avant la fermeture. Des corps d'hommes en bronze noir avec des têtes de chacal ou d'oiseau. Des silhouettes tenant des bâtons, des sceptres et des crosses. Le linteau de pierre, au-dessus du vaste seuil, portait une inscription dans cette écriture imagée – des hiéroglyphes, dit-on – que l'on voit sur les illustrations d'obélisques dans les ouvrages sur l'expédition de Napoléon le long du Nil. On aurait dit une forme enfantine d'écriture représentant des ondulations, des oiseaux, des globes oculaires... toutes sortes de dessins d'oiseaux.

Deux grands hommes noirs, muets, mais qui vivaient et respiraient – le terme de "Nubiens" m'est venu à l'esprit quand je suis passé devant eux –, se tenaient devant ces portes massives qu'ils ouvrirent à mon approche. Vêtus de robes noires qui dénudaient leurs bras et leurs torses immenses, ils brandissaient d'étranges bâtons qui semblaient de fer, à l'extrémité recourbée.

En considérant l'imposant escalier d'entrée depuis la rivière souterraine et en me livrant à quelques suppositions à partir de la statuaire et des bas-reliefs extérieurs comme de la présence de ces deux colosses à la porte, je m'attendais à pénétrer dans un temple. Pourtant, bien que l'intérieur, rempli d'échos et éclairé par des lanternes, ait eu quelque chose de l'atmosphère étouffée d'un temple païen, il tenait en réalité plus de la bibliothèque que du sanctuaire. Les étagères qui se trouvaient dans la première salle que j'ai traversée et qui couvraient les murs de celles que j'ai aperçues contenaient des rouleaux, des tablettes et un nombre encore bien supérieur de livres plus ordinaires. J'ai relevé des titres d'ouvrages d'érudition et de référence tels qu'on en trouve dans toute bonne bibliothèque. Les salles étaient chichement meublées de quelques tables éclairées par des torches ou des braseros suspendus avec, çà et là, une couche basse et sans dossier du genre de celles que l'on trouvait, nous disent les historiens, dans certaines demeures patriciennes de la Rome, de la Grèce ou de l'Égypte antiques. J'ai distingué dans ces pièces plusieurs figures en mouvement, assises ou debout, dont la plupart avaient une physionomie de Lascars, de Magyars, d'Hindous ou de Chinois. Ici, point de vieux opiomanes assoupis – pas de lits, ni de couchettes, pas de pipes à opium, pas le moindre signe ni la moindre odeur de cette misérable drogue. J'ai remarqué que la plupart des hommes que j'apercevais dans les différentes salles avaient, pour je ne sais quelle raison, le crâne rasé.

Drood m'attendait dans la seconde pièce, Wilkie. Il était assis à une petite table, près d'une lanterne crachotante. Des livres et des rouleaux étaient posés devant lui, mais il buvait du thé, je l'ai noté, dans de la porcelaine de Wedgwood. Il portait une robe fauve qui lui donnait un aspect fort différent de celui du croque-mort mal attifé que j'avais rencontré à Staplehurst – beaucoup plus digne –, mais ses difformités étaient encore plus visibles à la lumière de la lanterne : sa tête balafrée presque glabre, ses paupières manquantes, son nez qui semblait avoir été presque intégralement amputé par quelque abominable opération chirurgicale, son léger bec-de-lièvre et ses oreilles réduites à l'état de moignons. Il s'est levé à mon approche et m'a tendu la main.

"Bienvenue, Monsssieur Dickensss, a-t-il dit avec ce soupçon de zézaiement et ces sifflantes prolongées que j'ai tenté si maladroitement de reproduire pour vous. Je sssavais que vous viendriez, a-t-il achevé en disposant le service à thé.

— Comment saviez-vous que je viendrais, Monsieur Drood ?" ai-je demandé en lui serrant la main et en m'obligeant à ne pas broncher au contact de sa chair froide et livide.

Il a souri, Wilkie, et je me suis rappelé alors que

ses dents étaient petites, curieusement espacées et très pointues, alors que, derrière elles, sa langue rose paraissait extraordinairement rapide et agile. "Vous êtes un homme d'une grande curiosité, Monsssieur Dickensss, m'a répondu Drood. Je le sssais par vos merveilleux livres et vos remarquables hissssstoires. Que j'ai tousss beaucoup admirés.

— Je vous remercie, Monsieur, c'est fort aimable à vous." Telle fut ma réponse. Vous pouvez imaginer, mon cher Wilkie, l'impression de bizarrerie qui m'a envahi dans ce temple-bibliothèque souterrain de la Ville-du-Dessous, en compagnie de cet homme étrange qui, depuis l'épisode terrifiant de Staplehurst, hantait déjà mes rêves, et qui entreprenait de faire l'éloge de mes livres un peu comme si je venais d'achever une lecture à Manchester.

Sans me laisser le temps d'ajouter quoi que ce soit, Drood a versé du thé dans la délicate tasse posée devant moi et a repris : "Je sssuis sssûr que vous avez des quessstions à me poser.

— En effet, Monsieur Drood, ai-je acquiescé. Et j'espère que vous ne les trouverez ni impertinentes ni exagérément personnelles. J'éprouve, je l'avoue, une grande curiosité concernant vos antécédents, la manière dont vous vous êtes retrouvé en ce… en ce lieu, les raisons pour lesquelles vous étiez à bord du train de marée de Folkestone ce terrible jour à Staplehurst… tout.

— Puisssque c'est ainsssi, je vous raconterai tout, Monsssieur Dickensss", a dit mon étrange interlocuteur.

C'est ainsi, mon cher Wilkie, que j'ai passé la demi-heure suivante à boire du thé et à écouter son histoire.

Souhaitez-vous entendre dès à présent un résumé de la biographie de Drood, ou la réserverons-nous pour un autre jour ? »

Je regardai autour de moi. Nous nous trouvions à un peu plus d'un kilomètre de Gad's Hill Place. La rapidité de notre marche et la longueur de notre promenade m'avaient essoufflé, j'en étais conscient, mais ce récit fantastique m'avait presque fait oublier ma migraine. « Je vous en prie, mon cher Dickens. Écoutons la fin de cette histoire.

— Ce n'est pas la fin, mon cher Wilkie, corrigea Dickens, levant et posant alternativement sa canne tous les deux pas. Plutôt le commencement, à dire vrai. Mais je vous rapporterai ce que Drood m'a dit cette nuit-là, sous une forme abrégée néanmoins, car j'aperçois déjà notre destination. »

« L'homme que nous appelons Drood est le fils d'un Anglais et d'une Égyptienne. Son père, un certain John Frederick Forsyte, est né au siècle dernier, il a fréquenté Cambridge et a suivi une formation d'ingénieur civil, bien que ses véritables passions l'aient porté vers l'exploration, l'aventure et la littérature. J'ai vérifié tout cela, Wilkie. Forsyte lui-même a écrit des romans et des essais, mais c'est pour ses récits de voyages qu'il est resté dans les mémoires. Il a séjourné à Paris dans le cadre de son instruction – c'était après la fin des guerres napoléoniennes, et les Anglais n'hésitaient plus à se rendre en France, bien sûr –, et il y a rencontré de nombreux savants qui avaient accompagné Napoléon lors son expédition en Égypte. Les récits qu'ils lui ont faits ont encore

257

attisé son envie de découvrir ces paysages exotiques – le sphinx sur lequel l'artillerie française avait tiré, lui brisant ainsi le nez, les pyramides, la population, les villes et, bien sûr, les femmes. Forsyte était jeune et célibataire, et certaines descriptions que lui firent les Français des séduisantes musulmanes aux visages voilés et aux yeux rehaussés de khôl éveillèrent en lui un désir qui dépassait le simple goût des voyages.

Moins d'un an plus tard, tout était organisé. Forsyte partirait en Égypte avec une société de construction mécanique anglaise qui avait obtenu un contrat d'une compagnie française dont John Frederick Forsyte avait rencontré le propriétaire à Paris, lors d'une réception, et qui avait été engagée par le jeune souverain d'Égypte, Méhémet Ali. Ali a été le premier à chercher à introduire dans son pays le savoir et le progrès occidentaux.

En qualité d'ingénieur, Forsyte a été ébahi par le niveau de connaissances dont témoignaient les pyramides, les ruines colossales et les réseaux de canaux qui bordaient le Nil. En tant qu'aventurier, le jeune homme a été enthousiasmé par Le Caire et par les autres villes d'Égypte, et plus encore par les expéditions qu'il a entreprises depuis ces agglomérations vers d'autres ruines et sites reculés, en amont du Nil. Et comme homme, Forsyte a trouvé les Égyptiennes tout aussi séduisantes que les récits des Français le lui avaient laissé entendre.

Ce fut au cours de la première année qu'il a passée au Caire que Forsyte a fait la connaissance de la jeune veuve égyptienne qui allait être la mère de Drood. Elle vivait à proximité du quartier où les ingénieurs anglais et français et d'autres contractants étaient cantonnés, tenus largement à l'écart de la bonne société – Forsyte logeait dans un ancien entrepôt de tapis aménagé. Cette femme parlait anglais, elle était issue d'une riche et ancienne famille d'Alexandrie (son défunt mari avait été marchand au Caire) et elle assista à plusieurs dîners et festivités organisés par la société de construction mécanique anglaise. Elle s'appelait Amisi, ce qui signifie "fleur", et de nombreux Anglais, Français et Égyptiens affirmèrent à Forsyte qu'elle méritait bien ce nom par sa beauté paisible.

Malgré les préjugés des Mahométans contre les Francs et les Chrétiens, il lui a fait la cour sans rencontrer trop d'obstacles – à plusieurs reprises, Amisi avait "accidentellement" laissé Forsyte apercevoir son visage sans voile près des bains où les femmes se rassemblaient, un geste qui, dans l'esprit de toute Égyptienne, équivalait à une acceptation tacite de fiançailles – et ils se sont mariés conformément à la loi musulmane sans grande cérémonie. En vérité, une unique phrase marmonnée par la future mère de Drood a suffi à sceller leur union.

Le petit garçon que nous appelons aujourd'hui Drood est né dix mois plus tard. Son père l'a prénommé Jasper, un nom qui n'avait aucune signification pour sa mère, pour ses voisins ou ses futurs camarades de jeu, lesquels avaient tendance à battre le malheureux petit métis comme une mule de location. Pendant près de quatre ans, Forsyte a assuré à son fils l'éducation d'un futur gentleman anglais, exigeant qu'on parle exclusivement anglais sous son toit, s'occupant lui-même de son instruction pendant ses heures de loisir et annonçant que l'enfant fréquenterait ensuite les meilleures écoles d'Angleterre. Amisi n'avait pas son mot à dire sur la question. Mais – heureusement pour la survie du jeune Jasper John Forsyte-Drood – son père était plus souvent absent que présent. Des chantiers de construction l'obligeaient en effet à se rendre loin du Caire, de sa femme et de son enfant. Dans la rue, le jeune Jasper John Forsyte se promenait en haillons à côté de sa mère – prudente, Amisi tenait à éviter que qui que ce fût, adulte ou enfant, sache que, en réalité, le jeune Jasper était très riche. Ses camarades de jeu, ou même des Égyptiens adultes, auraient pu assassiner ce jeune garçon au teint clair s'ils avaient imaginé l'ampleur de la fortune de son père, ce chien d'infidèle.

Et puis, le contrat égyptien de John Frederick Forsyte a pris fin et, sur un coup de tête aussi soudain que celui qui l'avait conduit en Égypte, il est reparti vers l'Angleterre et vers une nouvelle vie, laissant en Égypte son épouse musulmane et son enfant métis sans même une lettre de regrets. Ils n'ont plus jamais entendu parler de lui.

La mère de Drood a ainsi subi une double disgrâce – la première pour avoir épousé un Chrétien, la seconde pour avoir été abandonnée de lui. Ses amis, ses voisins et sa famille lui reprochaient ces deux tragédies. Un jour qu'elle était au bain avec les autres femmes, Amisi a été enlevée par plusieurs hommes qui dissimulaient leurs traits sous des foulards. Jugée par un tribunal d'autres hommes sans visage, elle a été condamnée à être conduite à travers la ville, juchée sur un âne sellé, entouré par des membres de la police locale puis par une meute hurlante, avant d'être lapidée à mort par une autre foule d'hommes, tandis que des femmes en robes et en voiles noirs poussant des lamentations observaient la scène avec satisfaction depuis les toits et les seuils des maisons.

Mais quand la police est arrivée pour s'emparer de l'enfant de la défunte dans l'ancienne demeure de Forsyte, dans le Vieux Quartier, près des entrepôts fluviaux, le garçon avait disparu. On a interrogé les serviteurs, les voisins et les parents. Ils ont tous nié lui avoir donné asile. On a fouillé les maisons, sans trouver la moindre trace du petit. Tous ses vêtements et ses jouets étaient encore là, comme s'il était simplement sorti dans la cour et avait été transporté au ciel ou entraîné dans le fleuve par des animaux. On a supposé qu'en apprenant qu'Amisi avait été exécutée pour immoralité, un voisin ou un domestique bien intentionné avait conseillé au petit Jasper, alors âgé de quatre ans, de s'enfuir. Il avait dû s'enfoncer dans le désert où il avait péri.

On se trompait.

Voyez-vous, Wilkie, un oncle d'Amisi, un riche et éminent marchand de tapis, qui s'appelait Amoun et vivait à Alexandrie – un homme qui avait toujours raffolé de sa nièce et avait été fort attristé que son premier mariage l'entraîne au Caire et plus attristé encore d'apprendre qu'elle avait épousé un infidèle –, avait également entendu dire que l'Anglais l'avait abandonnée. Il s'était donc rendu au Caire pour inviter Amisi à l'accompagner à Alexandrie avec son enfant. Amoun, dont le nom signifiait "celui qui se cache", était presque un vieillard, mais il avait de jeunes épouses. Marchand de tapis le jour, Amoun était, la nuit, prêtre d'un des temples secrets qui célébraient encore les cultes de la religion ancienne – la religion antique, païenne, pharaonique, prémusulmane

261

qui était celle des Égyptiens avant que le cimeterre ne les convertisse tous au mahométanisme.

Il n'est arrivé qu'une heure trop tard. Il a rejoint le quartier de sa nièce juste à temps pour assister à son exécution sans avoir la moindre possibilité de l'empêcher, a couru jusqu'à la maison d'Amisi – les serviteurs dormaient dans la torpeur du jour ; les voisins étaient sortis pour assister à la lapidation – et a arraché le jeune Jasper John Forsyte à son lit. Il est reparti immédiatement du Caire à bride abattue, le petit garçon cramponné à sa taille. Le jeune Jasper ne pouvait pas savoir qu'Amoun était son grand-oncle, ni que sa mère était morte. Du haut de ses quatre ans, il a dû se croire kidnappé par un bandit du désert. Ensemble, le vieil homme et le petit garçon ont galopé sur l'étalon blanc d'Amoun, franchi les portes du Caire et parcouru toute la route du désert jusqu'à Alexandrie.

Là, dans sa maison de ville, à l'abri des murs de sa forteresse, dans une enceinte surveillée par la troupe de gardes solidement armée de son clan, par d'autres prêtres et par de loyaux assassins alexandrins, l'oncle Amoun a accueilli Jasper comme l'un des siens sans jamais révéler l'identité du petit à quiconque. Lorsque le petit Jasper s'est réveillé pour la première fois dans cet environnement nouveau et étrange, l'oncle Amoun l'a conduit jusqu'à un enclos et lui a demandé de choisir une chèvre. Le jeune Drood a pris son temps comme le fait un petit garçon de quatre ans, Wilkie, et a fini par choisir la plus grande des chèvres blanches, celle dont le pelage était le plus soyeux, un animal qui avait les yeux du diable lui-même, avec une pupille verticale. L'oncle Amoun a hoché la tête en souriant, il a dit au petit de sortir la chèvre de l'enclos et a conduit l'animal bêlant et le petit garçon jusqu'à une cour privée, dans les entrailles de l'enceinte tentaculaire. Là, tout sourire évanoui, l'oncle Amoun a tiré de sa ceinture un long poignard courbe, l'a tendu au petit en prononçant ces mots : "Cette chèvre est ce qui reste du petit garçon qui s'appelait jadis Jasper John Forsyte, fils de l'infidèle Anglais John Forsyte et de la femme impudique nommée Amisi. Jasper John Forsyte meurt ici, maintenant, ce matin, et aucun de ces noms ne sera plus jamais prononcé – ni par toi, sous peine de ta mort, ni par quiconque, sous peine de sa mort."

L'oncle Amoun a ensuite posé sa main puissante sur celle du petit Jasper John, a saisi la poignée du coutelas et, d'un geste prompt, a tranché la gorge de la chèvre. L'animal ne s'est débattu que quelques secondes avant de mourir. Quelques gouttelettes de sang ont éclaboussé la chemise et le pantalon blancs du petit garçon.

"Maintenant et dorénavant, tu t'appelleras Drood", a déclaré l'oncle Amoun.

Drood n'était pas le nom de famille d'Amoun, Wilkie. Ce n'était même pas un nom courant en Égypte. Sa signification se perdait dans les brumes du temps et des rites religieux secrets.

Au cours des années suivantes, l'oncle Amoun a fait découvrir au jeune garçon le monde mystérieux où lui-même et certains de ses acolytes vivaient. Mahométans de jour – le petit Drood a appris à réciter le Coran et à dire ses cinq prières quotidiennes comme tout bon Musulman –, Amoun et les autres Alexandrins de son cercle secret pratiquaient nuitamment les Anciennes Coutumes, les traditions et les rites religieux du passé. À la lueur des torches, Drood suivait son oncle et les autres prêtres dans des pyramides et dans des salles profondément enfouies sous des sites sacrés comme la statue du sphinx. Avant même d'avoir atteint l'adolescence, le jeune Drood s'était rendu avec son oncle et d'autres ministres de ce culte clandestin au Caire, sur l'île de Philae et dans les ruines antiques de nécropoles situées très en amont du Nil, ainsi que dans une vallée où les rois égyptiens depuis longtemps disparus – vous vous rappelez certainement qu'on les appelle les pharaons, Wilkie – sont enterrés dans des sépultures raffinées, creusées dans les parois des falaises et dissimulées sous la pierre qui tapisse le fond de la vallée.

En ces lieux cachés, la religion de l'Égypte antique et son mystérieux savoir millénaire s'épanouissaient toujours. C'est là que le jeune Drood a été initié aux arcanes de ce culte et a appris les rituels secrets dont Moïse avait été le maître.

En fait, l'oncle Amoun était spécialisé dans la science de la guérison sacrée. Il était – et Drood fut formé à cet art – grand prêtre des Temples du Sommeil voués à Iris, Osiris et Sérapis. Ce sommeil curatif, mon cher Wilkie, remontait à des traditions et pratiques égyptiennes vieilles de plus de dix mille ans. Les prêtres qui avaient appris à induire ce sommeil thérapeutique prenaient du même coup le pouvoir et le contrôle sur leurs patients. Aujourd'hui, bien sûr, nous donnons à cette pratique le nom scientifique de mesmérisme et nous attribuons ses effets prétendument magiques au sommeil hypnotique.

Vous n'ignorez pas que je possède des compétences personnelles – d'aucuns disent un rare talent – dans cet art, Wilkie. Je vous ai déjà parlé de l'enseignement que j'ai suivi auprès du professeur John Elliotson à l'Hôpital universitaire de Londres, de mes recherches privées en la matière et de mon propre recours à la puissance magnétique pour prêter assistance à cette malheureuse Mme de La Rue, obsédée de fantômes, pendant plusieurs mois en Italie et en Suisse, il y a quelques années – à l'insistance de son époux. Je l'aurais complètement guérie, j'en suis convaincu, si Catherine n'était intervenue sous l'effet d'une jalousie aussi insensée qu'infondée.

Drood m'a dit avoir senti que je possédais cette puissance mesmérienne magnétique dès qu'il m'avait aperçu sur le coteau dominant le carnage de l'accident de Staplehurst. Il affirme avoir immédiatement reconnu en moi cette faculté qui est un don des dieux, de la même manière que l'oncle Amoun avait perçu ses propres facultés latentes quand il avait quatre ans, voici de longues décennies.

Mais je m'égare.

Pendant le reste de son enfance et dans les premières années de son âge adulte, Drood a poursuivi en Égypte l'acquisition de la maîtrise de ses pouvoirs grâce aux rituels et au savoir des anciens. Saviez-vous par exemple, mon cher Wilkie, qu'un historien de l'envergure d'Hérodote nous raconte que le grand roi Ramsès, pharaon de toute l'Égypte, tomba un jour si gravement malade qu'on désespérait de le sauver et que, pour reprendre les termes d'Hérodote mais aussi ceux de l'oncle et des maîtres de Drood, il "descendit dans la demeure de la mort" ? Or Ramsès revint ensuite à la lumière, guéri. Ce retour du pharaon a été célébré pendant des milliers d'années, et il l'est encore dans l'Égypte actuelle dominée par l'islam. Et connaissez-vous, Wilkie, le mécanisme du retour miraculeux de Ramsès depuis la demeure obscure de la mort ? »

Dickens s'interrompit alors pour ménager un effet et m'obliger à demander : « Non. De quoi s'agissait-il ?

— Ce pouvoir magique était le magnétisme hypnotique, répondit-il. Ramsès avait été hypnotisé, selon les rites et la méthode établis, au temple de Seag, il fut autorisé à mourir comme un homme, mais fut ramené – guéri de sa maladie mortelle – comme un peu plus qu'un homme.

Tacite nous parle du célèbre Temple du Sommeil d'Alexandrie. C'est essentiellement là que le jeune Drood se livrait à ses études nocturnes. C'est de là aussi qu'il est ressorti en maître de l'art antique de l'Influence Magnétique.

Cette nuit-là, dans son temple-bibliothèque de la Ville-du-Dessous, Drood m'a expliqué – il m'a même montré les parchemins et les livres – que dans les temples d'Isis et d'Osiris, selon Plutarque, on utilisait pour provoquer le sommeil prophétique et le sommeil curatif un encens hypnotique appelé "kyphi", dont on se sert toujours aujourd'hui – Drood en avait une fiole qu'il m'a fait sentir –, ainsi que la musique de la lyre. Les pythagoriciens faisaient, eux aussi, usage de ce kyphi et de la lyre dans les cérémonies qu'ils organisaient dans leurs grottes et temples secrets, car ils pensaient, à l'instar des anciens Égyptiens, que, bien dirigée, cette Influence Magnétique est capable de libérer l'âme du corps qui la retient prisonnière et de la mettre en harmonie avec le monde spirituel.

Ne me regardez pas ainsi, mon cher Wilkie. Vous

savez que je ne crois pas aux histoires de fantômes et d'esprits frappeurs. Combien en ai-je dénoncé dans mes discours et mes articles ? Mais je suis, *indéniablement*, expert en Influence Magnétique, et j'espère consolider encore ma science dans un avenir très proche.

Si l'on en croit Hérodote et Clément d'Alexandrie, cette prière et ce contrôle hypnotique d'un mourant ont été pratiqués pendant dix mille ans lors de toutes les funérailles égyptiennes importantes :

"Daignez, ô dieux qui accordez la vie aux hommes, prononcer un jugement favorable sur l'âme du défunt afin qu'elle puisse rejoindre les dieux éternels."

Mais vous voyez qu'il y a *certaines* âmes qu'ils ne libèrent pas, Wilkie. Il y a *certaines* âmes qu'ils maintiennent sous leur Influence Magnétique et qu'ils ramènent à la vie. C'est ce qui est arrivé au pharaon Ramsès. C'est ce qui est arrivé à celui que nous connaissons, vous et moi, sous le nom de Drood. »

Dickens interrompit sa marche et je m'arrêtai à côté de lui. Nous étions à présent à moins de sept cents mètres de Gad's Hill, bien que notre allure ait été un peu moins forcenée que ce n'était généralement le cas avec Dickens. J'avoue que, au cours des vingt dernières minutes, j'avais été à demi hypnotisé par le son, le ton et le bourdonnement de la voix de Charles Dickens et n'avais presque rien remarqué de ce qui nous entourait.

« Vous ai-je ennuyé, Wilkie ? demanda-t-il, ses yeux sombres se posant sur moi, pénétrants et provocateurs.

— Vous voulez rire ? C'est passionnant. Et fantastique. Tout le monde n'a pas la chance, et l'occasion n'est pas fréquente, d'entendre Charles Dickens dans un conte des *Mille et Une Nuits*.

— Fantastique, répéta Dickens avec un petit sourire. Cela vous paraîtrait-il trop fantastique pour être vrai ?

— Charles, me demandez-vous si je pense que Drood *vous* a dit la vérité en vous racontant cette histoire ou que vous venez de *me* dire la vérité ?

— L'un ou l'autre, répondit-il. Les deux. » Le regard intense de Dickens était rivé sur mon visage.

« J'ignore totalement s'il y a un mot de vrai dans ce qu'a dit Drood. Mais je suis certain que le récit que vous m'en avez fait est conforme à la vérité. »

Je mentais, Cher Lecteur. Cette histoire était bien trop ridicule pour que je puisse y croire ou pour que j'imagine que Dickens ait pu y croire. Je me rappelai que Dickens m'avait confié un jour que, dans son enfance, les *Mille et Une Nuits* étaient son livre préféré. Je me demandai alors si l'accident de Staplehurst n'avait pas fait ressurgir un trait enfantin de son caractère.

Dickens hocha la tête comme un maître d'école satisfait de la réponse de son élève. « Inutile que je vous précise, mon cher vieil ami, que toutes ces informations sont strictement confidentielles.

— Cela va sans dire. »

Il sourit d'un air espiègle. « Même si notre ami l'inspecteur Field menace de révéler au monde entier l'existence du Patron et du Maître d'hôtel ? »

J'écartai la question d'un revers de main. « Vous ne m'avez pas révélé l'essentiel de l'histoire de Drood, dis-je.

— Vraiment ?

— Vraiment, répondis-je catégoriquement. Pourquoi se trouvait-il à Staplehurst ? D'où venait-il ? Que faisait-il avec les blessés et les mourants ?... Si je me souviens bien, vous m'avez dit un jour qu'on aurait cru que cette créature, ce Drood, volait les âmes des mourants. Et que diable fait-il dans une caverne sous les catacombes, au débouché d'une rivière qui coule dans un tunnel ?

— Au lieu de poursuivre mon récit, reprit Dickens en se remettant en marche, et puisque nous sommes très près de la maison, je me bornerai à répondre à vos questions, mon cher Wilkie. Mais je tiens à préciser qu'Hatchery avait bien mené son enquête et que ses hypothèses sur la présence de Drood à Staplehurst étaient exactes. L'homme se trouvait dans un cercueil, dans le fourgon à bagages.

— Grands dieux ! m'écriai-je. Mais pourquoi ?

— Exactement pour les raisons que nous avons devinées, Wilkie. Drood a, à Londres et en Angleterre, des ennemis qui cherchent à le retrouver pour lui nuire. Notre inspecteur Field est du nombre. Par ailleurs, Drood n'est ni un citoyen britannique ni un visiteur étranger bienvenu. En vérité, aux yeux des autorités comme dans tous les documents officiels, il est mort depuis plus de vingt ans. Ainsi, il revenait bien dans un cercueil d'un voyage en France... un voyage qui lui a fait rencontrer d'autres membres de sa religion et de sa spécialité en Arts Magnétiques.

— Extraordinaire, observai-je. Mais qu'en est-il de son étrange comportement sur les lieux de l'accident, de sa manière de se pencher sur des victimes que vous retrouviez mortes quand vous vous approchiez d'elles ? "Voler des âmes", disiez-vous. »

Dickens sourit et décapita une herbe folle, brandissant sa canne comme un glaive. « Cela montre à quel point l'observateur, aussi formé et intelligent soit-il, peut se tromper lorsqu'il lui est impossible de replacer les actes dans leur contexte, mon cher Wilkie. Drood ne volait pas les âmes de ces malheureux agonisants. Au contraire, il les hypnotisait pour alléger la souffrance de leur passage et récitait les paroles de l'antique cérémonie funèbre égyptienne pour les aider à accomplir le voyage, prononçant certains des mots que je vous ai cités il y a quelques minutes. Un peu comme un prêtre catholique administrant les derniers sacrements à un mourant. À cette différence près qu'avec les rites mesmériens du Temple du Sommeil, il était certain de diriger réellement leurs âmes vers le tribunal des dieux, quels qu'ils fussent, auxquelles elles croyaient.

— Extraordinaire, répétai-je.

— Quant à son histoire ici, en Angleterre, et aux raisons de sa présence dans la Ville-du-Dessous, poursuivit Dickens, l'arrivée de Drood dans ce pays, son altercation avec un marin, cette histoire de couteau et le reste, sont presque conformes mot pour mot au récit qu'en a fait la Vieille Sal, la Princesse des Fumeurs. Mais *à l'envers*. Drood a été envoyé en Angleterre il y a plus de vingt ans. Il devait y rendre visite à deux de ses cousins égyptiens – des jumeaux, un jeune homme et une jeune femme qui étaient passés maîtres dans un autre art de l'Égypte antique, celui de lire dans l'esprit d'autrui. Drood avait dans ses bagages plusieurs milliers de livres en billets de banque anglais, complétées par une véritable fortune en or.

Il s'est fait dévaliser la seconde nuit de son séjour. Il s'est fait agresser sur les quais par des marins anglais, dépouiller et affreusement défigurer à coups de couteau – c'est ainsi qu'il a perdu ses paupières, ses oreilles, son nez et une partie de sa langue et de ses doigts – avant d'être jeté à la Tamise comme le cadavre qu'il semblait être. Des résidents de la Ville-du-Dessous le trouvèrent flottant sur le fleuve et l'emmenèrent mourir en bas. Mais Drood n'est pas mort, Wilkie. Ou s'il est mort, il s'est lui-même ressuscité. Pendant qu'il se faisait voler, balafrer, tabasser et poignarder par des brutes anglaises inconnues au plus profond de la nuit, Drood s'était plongé volontairement dans un profond sommeil hypnotique, mettant son âme – ou du moins son être mental – en équilibre entre la vie et la mort. Les charognards de la Ville-du-Dessous ont effectivement trouvé un corps sans vie, mais le son de voix humaines l'a réveillé de son sommeil magnétique, comme il s'en était donné l'ordre sous contrôle mesmérien. Drood est revenu à la vie. Pour remercier les malheureux qui l'avaient sauvé, il a construit cette bibliothèque-temple du Sommeil dans leur dédale souterrain. Ici, aujourd'hui encore, il soigne ceux qu'il peut soigner, aide ceux qu'il peut aider par ses rites antiques, soulage la douleur et facilite le passage de ceux qu'il ne peut sauver.

— Vous le présentez comme un saint, fis-je remarquer.

— Je le tiens pour tel, à maints égards.

— Mais pourquoi n'est-il pas simplement rentré chez lui, en Égypte ?

— Oh, il rentre, Wilkie. Il rentre chez lui. De temps en temps. Pour y rendre visite à ses disciples et à ses collègues. Pour participer à certaines cérémonies antiques.

— Mais il continue à revenir en Angleterre ? Après toutes ces années ?

— Il n'a pas encore retrouvé ses cousins, expliqua Dickens. Et puis, il considère désormais l'Angleterre comme sa patrie, au même titre que l'Égypte, ou presque. Après tout, il *est* à moitié anglais.

— Bien qu'il ait égorgé la chèvre qui portait son nom anglais ? »

Dickens ne répondit pas.

Je repris : « L'inspecteur Field prétend que votre Mr Drood – guérisseur, maître de la Science Magnétique, figure christique et mystique secret – s'est rendu coupable de plus de trois cents meurtres au cours des vingt dernières années. »

Je m'attendais à l'entendre rire.

Mais l'expression de Dickens ne changea pas. Il m'observait toujours avec la même attention. « Croyez-vous *vraiment*, me demanda-t-il enfin, que l'homme avec lequel je me suis entretenu ait tué trois cents personnes, Wilkie ? »

Je soutins son regard et lui rendis son vide évasif. « Peut-être hypnotise-t-il ses acolytes et les envoie-t-il, *eux*, accomplir cette sale besogne, Charles. »

Cette fois, il sourit. « Vous êtes évidemment conscient, mon cher ami, grâce aux enseignements du professeur John Elliotson sinon à mes propres écrits occasionnels sur ce thème, qu'un sujet soumis à l'influence de l'assoupissement mesmérien ou de la transe mesmérienne ne fera *rien* qui soit contraire à sa morale ni aux principes qui seraient les siens s'il était pleinement conscient.

— Dans ce cas, peut-être Drood a-t-il hypnotisé

des tueurs et des coupe-gorge pour aller accomplir les crimes décrits par l'inspecteur Field, remarquai-je.

— S'il s'agissait de tueurs et d'égorgeurs, mon cher Wilkie, murmura Dickens, il n'aurait pas eu besoin de les hypnotiser. Il aurait suffi qu'il les paye en or.

— Peut-être l'a-t-il fait », rétorquai-je. L'absurdité de notre conversation avait atteint des sommets intolérables. Je regardai autour de moi, contemplant le pré qui scintillait sous la lumière automnale de l'après-midi. J'aperçus à travers les arbres le chalet de Dickens et le toit à la Mansart de sa maison de Gad's Hill Place.

Je posai la main sur l'épaule de l'Inimitable avant qu'il ne se remette en marche. « Est-ce pour accroître vos connaissances et vos compétences dans le domaine du mesmérisme que vous vous éclipsez à Londres au moins une nuit par semaine ? demandai-je.

— Ah ! ainsi, il y a bien un espion dans mon cercle familial. Un espion sujet à de fréquents troubles digestifs, si je puis me permettre une supposition ?

— Non, Charles, il ne s'agit *pas* de mon frère, répliquai-je un peu sèchement. Charles Collins n'est pas homme à trahir des confidences et il fait preuve d'une loyauté farouche à votre égard, Dickens. De plus, il sera un jour le père de vos petits-enfants. Vous devriez le tenir en plus haute estime. »

Un frémissement passa alors sur le visage du romancier. Ce n'était pas tout à fait une ombre – peut-être un tressaillement de dégoût, mais je ne saurais jamais s'il était dû à l'idée que mon frère avait épousé sa fille (une union qu'il n'avait jamais approuvée) ou au rappel que lui-même était suffisamment âgé pour être grand-père.

« Vous avez raison, Wilkie, pardonnez cette plaisanterie, qui ne m'était dictée, croyez-le, que par l'affection familiale. Mais j'ai la vague intuition que je n'aurai pas de petits-enfants issus de l'union de Katey Dickens et Charles Collins. »

Que diable voulait-il dire ? Avant que nous n'en venions aux mains ou que nous ne reprenions notre promenade, je précisai : « C'est Katey qui m'a parlé de vos expéditions hebdomadaires en ville. Georgina, votre fils Charles et elle s'en inquiètent. Ils savent que l'accident continue à vous obséder et à vous tracasser. Ils craignent à présent que je ne vous aie fait découvrir je ne sais quelle abomination abjecte dans les lieux de plaisir londoniens, une abomination vers laquelle vous seriez, si vous me passez l'expression, magnétiquement attiré au moins une nuit entière par semaine. »

Dickens rejeta la tête en arrière et éclata de rire.

« Venez, Wilkie. Si vous ne pouvez pas rester pour le délicieux repas que Georgina a prévu, restez au moins le temps de savourer un cigare avec moi pendant que nous irons faire un tour aux écuries et que nous regarderons les enfants et John Foster jouer sur la pelouse. Je demanderai ensuite au petit Plorn de vous conduire à la gare pour que vous puissiez prendre l'express de début de soirée. »

Les chiens se précipitèrent vers nous lorsque nous remontâmes l'allée.

Dickens avait presque toujours des chiens à la chaîne près du portail, car une pléthore de vagabonds hargneux et de chemineaux négligés avaient l'habitude de quitter la route de Douvres pour aller quémander des aumônes imméritées à la porte de derrière, sinon à la porte d'entrée de Gad's Hill Place. La première à nous accueillir en cet après-midi fut Mrs Bouncer, le minuscule loulou de Poméranie de Mary, à qui Dickens s'adressait toujours d'une voix bien particulière, enfantine, presque glapissante. Une seconde plus tard, ce fut Linda, le saint-bernard, qui arriva de sa démarche chaloupée, tranquille et resplendissant, semblant toujours disputer un concours de cabrioles avec un grand mastiff nommé Turk. Ces trois bêtes se livrèrent à une démonstration de sauts, de léchouilles et de battements de queue extatiques pour saluer leur maître qui – je l'admets volontiers – s'y prenait merveilleusement avec les animaux. Comme tant d'êtres humains, les chevaux et les chiens semblaient comprendre que Charles Dickens *était* l'Inimitable et devait être vénéré comme tel.

Comme j'essayais de caresser le saint-bernard, de grattouiller le mastiff qui gambadait et d'éviter les bonds du petit loulou qui, tous, m'abandonnaient constamment pour se rapprocher de Dickens dans leurs transports de ravissement, un autre chien – un chien que je ne connaissais pas, un grand limier irlandais – arriva impétueusement depuis la courbe de la haie et se précipita sur moi, grognant et montrant les dents comme s'il avait l'intention de m'égorger. J'avoue que je levai ma canne et reculai de quelques pas dans l'allée.

« Non, Sultan ! » cria Dickens et le chien prêt à passer à l'attaque se figea à six pas de moi seulement avant de se coucher dans une attitude de culpabilité et de soumission canines les plus pures, tandis que son maître le grondait de sa voix de réprimande de chien la plus pure, elle aussi. Puis Dickens gratta le scélérat derrière les oreilles.

Je m'approchai, le limier grogna et montra à nouveau les crocs. Dickens cessa de le cajoler. Sultan comprit sa faute, s'aplatit davantage encore dans le gravier de l'allée et posa son museau contre les souliers de Dickens.

« Je ne connais pas ce chien », observai-je.

Dickens secoua la tête. « Percy Fitzgerald m'a offert Sultan il y a quelques semaines seulement. Je dois avouer que, par moments, il me fait penser à vous.

— Comment cela ?

— Pour commencer, il est d'une intrépidité sans bornes. Ensuite, il est d'une loyauté absolue... il n'obéit qu'à moi, mais il m'obéit complètement. Enfin, s'agissant de son comportement, il n'éprouve que mépris pour l'opinion publique ; il déteste les soldats et les attaque dès qu'il en voit ; il déteste les policiers et s'est déjà fait connaître pour les poursuivre sur la route ; et il déteste tous ceux de son espèce.

— Je ne déteste pas tous ceux de mon espèce, objectai-je doucement. Et je n'ai jamais attaqué de soldat ni pourchassé de policier. »

Dickens n'écoutait pas. Il s'accroupit pour caresser la nuque de Sultan, tandis que les trois autres chiens sautaient et chahutaient autour de lui, convulsés de jalousie. « Sultan n'a avalé qu'une fois Mrs Bouncer, la petite chienne de Poméranie de Mary, et il a eu la bonne grâce de la recracher quand on le lui a ordonné, mais tous les chatons du voisinage – et notamment la portée qu'a eue la minette qui vit dans la remise, derrière l'Auberge de Falstaff – ont mystérieusement disparu depuis son arrivée. »

Sultan posait sur moi un regard ardent, visiblement prêt à me dévorer à la moindre occasion.

« Et en dépit de sa loyauté, de sa camaraderie, de son courage et de ses traits de caractère amusants, conclut Dickens, je crains qu'il ne faille un jour abattre notre ami Sultan et que ce ne soit à moi de m'en charger. »

Je repris le train de Londres, mais au lieu de regagner à pied Melcombe Place, où j'habitais, je pris un fiacre qui me conduisit au 33 Bolsover Street. Miss Martha R…, que la propriétaire connaissait sous le nom de Mrs Martha Dawson, m'y accueillit à la porte de derrière, qui menait à son petit appartement. Celui-ci était formé d'une minuscule chambre à coucher et d'un salon légèrement plus spacieux, équipé d'une cuisine rudimentaire. J'étais en retard de plusieurs heures par rapport à ce que je lui avais promis, mais elle avait tendu l'oreille, guettant mes pas dans l'escalier.

« J'ai préparé des côtelettes et j'ai gardé le dîner au chaud, dit-elle en refermant la porte derrière moi. Si vous voulez manger maintenant. Sinon, je les réchaufferai plus tard.

— Oui, dis-je. Réchauffe-les plus tard. »

À présent, Cher Lecteur de mon avenir lointain, je puis presque – pas tout à fait, mais presque – imaginer un temps comme le tien, où les chroniqueurs et les romanciers eux-mêmes ne tireront pas un rideau discret sur les événements personnels qui pourraient se produire à présent, sur les moments, disons, d'intimité entre un homme et une femme. J'espère que ton époque n'est pas dépravée au point que l'on y évoque sans la moindre retenue, oralement ou par écrit, ces instants totalement privés, mais si tu es en quête ici de détails impudiques, tu en seras pour tes frais.

Je dois dire que si tu pouvais, je ne sais par quel subterfuge, voir une photographie de Miss Martha R…, tu n'aurais peut-être pas l'amabilité de déceler la beauté que je trouve en elle chaque fois que je suis à ses côtés. Au premier regard, ou pour l'objectif d'un appareil photographique (Martha m'a dit avoir fait réaliser son portrait, aux frais de ses parents, quand elle a fêté ses dix-neuf ans, il y a plus d'un an), Martha R… est une petite femme, d'allure un peu sévère, au visage étroit, aux lèvres presque négroïdes, aux cheveux raides séparés par une raie rectiligne (au point qu'elle a l'air presque chauve le long d'une ligne qui suit le sommet de sa tête), aux yeux enfoncés, avec un nez et un teint qui auraient pu lui valoir de se retrouver dans les champs de coton du sud de l'Amérique.

Aucune photographie de Martha R… ne saurait rendre son énergie, son ardeur, sa sensualité, sa générosité physique et son audace. De nombreuses femmes – je vis la plupart du temps en compagnie d'une de ces créatures – sont capables de simuler devant les hommes et d'afficher en public une certaine sensualité physique, elles peuvent se vêtir à cette fin, se farder à cette fin et battre des cils à cette fin, même quand elles n'en éprouvent rien, ou pas grand-chose. Rares sont celles chez qui cette nature passionnée est une réalité, comme c'est le cas de la jeune Martha R…. Trouver femme pareille au milieu du troupeau de femelles de notre société anglaise des années 1860, des femelles qui ne sentent qu'à moitié, ne s'y intéressent qu'à moitié et ne réagissent qu'à moitié, c'était trouver un diamant en pleine nature ou, mieux encore, un corps chaud et réceptif au milieu des formes froides et mortes qui jonchaient les tables d'autopsie de la morgue parisienne où Dickens avait pris un tel plaisir à me conduire.

Quelques heures plus tard, devant la petite table éclairée par une bougie qu'elle débarrassait pour y servir notre repas, nous mangeâmes nos côtelettes racornies – Martha n'était pas encore bonne cuisinière, et ne le serait jamais – en remuant dans nos assiettes les légumes froids et calcinés du bout de nos fourchettes. Martha avait, je ne sais comment, choisi et payé une bouteille de vin. Il était aussi infect que la nourriture.

Je lui pris la main.

« Ma chère, dis-je, il va falloir que tu fasses tes bagages de bon matin demain et que tu montes dans le train de onze heures quinze pour Yarmouth. Tu reprendras ton emploi à l'hôtel ou, si cela est impossible, tu en trouveras un autre. Demain soir au plus tard, il faut que tu ailles voir tes parents et ton frère à Winterton et que tu leur dises que tu vas bien et que tu es heureuse – que tu as cassé ta tirelire pour prendre de petites vacances à Brighton. »

Il faut porter au crédit de Martha qu'elle s'abstint de geindre ou de minauder. Elle se mordit pourtant la lèvre : « Monsieur Collins, mon amour, dit-elle, ai-je fait quelque chose qui vous ait déplu ? Est-ce le dîner ? »

Je ris malgré ma fatigue et la souffrance que me causait la goutte rhumatismale qui commençait à envahir mes yeux et mes membres. « Non, non, ma chère. La seule raison de cet éloignement est qu'un enquêteur furète autour de moi et qu'il faut éviter de lui donner motif à me faire chanter – et à te faire chanter, toi ou ta famille, ma chère. Il faut nous séparer pour une brève période, jusqu'à ce qu'il se lasse.

— Un policier ! » s'écria Martha. Elle ne se laissait pas démonter, mais n'en restait pas moins une provinciale, et une domestique. La police, londonienne surtout, inspirait une véritable terreur aux gens de son espèce.

Je lui souris encore pour apaiser ses craintes. « Mais non ! Il n'est plus policier, ma chère Martha. C'est un simple enquêteur privé, un de ces individus abjects qu'engagent des messieurs vieillissants pour espionner leurs jeunes épouses quand elles sortent sous prétexte d'œuvres de charité. Pas de quoi s'alarmer.

— Mais faut-il vraiment que nous nous séparions ? » Elle parcourut la pièce du regard et je vis bien qu'elle gravait dans sa mémoire le mobilier terne et les gravures monotones qui ornaient les murs, aussi méticuleusement qu'un membre d'une lignée royale sur le point d'être expulsé de son château ancestral.

« Pour peu de temps seulement, répétai-je en lui tapotant la main. Je m'occuperai de ce détective et nous pourrons refaire des projets. En fait, cet appartement restera loué au nom de Mrs Dawson. Ainsi, tu seras assurée d'y revenir bientôt. Cela te ferait-il plaisir ?

— Infiniment plaisir, Monsieur… Dawson. Pouvez-vous rester pour la nuit ? La dernière nuit, avant un moment ?

— Pas ce soir, ma très chère. La goutte me fait souffrir. Il faut que je rentre prendre mon remède.

— Oh, si seulement vous en laissiez un flacon ici,

mon amour, pour que je puisse apaiser votre souffrance en même temps que le reste de vos tensions et de vos angoisses ! » Elle me serra la main si fort qu'un élancement monta dans mon bras endolori. Elle avait les larmes aux yeux, à présent, et je savais qu'elle ne pleurait pas sur son exil, mais sur moi. Martha R… avait l'âme compatissante.

« Le train de onze heures quinze », répétai-je, en posant six livres en billets et en pièces sur la commode. Je me levai et enfilai mon manteau. « Veille à ne rien oublier ici, ma très chère. Fais bon voyage, je ne manquerai pas de te faire signe sous peu. »

La jeune Harriet, qui avait quatorze ans, dormait dans sa chambre, mais Caroline était encore debout quand j'arrivai chez moi, au 9 Melcombe Place.

« Avez-vous faim ? demanda-t-elle. Nous avons mangé du veau et je vous en ai gardé.

— Non, seulement un peu de vin, peut-être. La goutte ne m'a pas laissé en repos aujourd'hui. » Je me rendis à la cuisine, déverrouillai mon placard personnel à l'aide de la clé que je conservais dans mon gilet, avalai trois verres de laudanum et rejoignis Caroline à la salle à manger, où elle avait rempli deux verres de bon madère. J'avais encore en bouche le goût du vin exécrable que Martha m'avait servi et avais grande envie de le chasser de mon palais.

« Comment s'est passée votre journée avec Dickens ? demanda-t-elle. Je ne pensais pas que vous resteriez aussi longtemps.

— Vous savez combien il peut se montrer insistant quand il vous invite à dîner. Il est incapable d'admettre un refus.

— En fait, non, je n'en sais rien. Tous les repas que j'ai partagés avec Mr Dickens ont eu lieu en votre présence, chez nous, ou au restaurant, dans un salon particulier. Il n'a jamais insisté pour que *moi*, je m'attarde à sa table. »

Je ne contestai pas le fait. Je sentais le laudanum qui commençait à s'attaquer à la douleur lancinante de ma terrible migraine. Le remède me donnait une curieuse sensation de vertige, j'avais l'impression de monter et de descendre, comme si la table de la salle à manger et ma chaise étaient un petit bateau pris dans les remous d'un plus grand navire.

« Avez-vous bavardé agréablement ? » insista Caroline. Elle portait un peignoir de soie rouge un peu trop flamboyant pour être du meilleur goût. Les fleurs dorées qui y étaient brodées palpitaient et vibraient sous mes yeux.

« Il me semble que Dickens a menacé de me tuer cet après-midi, si je n'obéissais pas à ses ordres. De m'abattre comme un chien indocile.

— Wilkie ! » Son effroi était sincère et son visage pâlit à la lumière tamisée de la lampe.

J'éclatai d'un rire forcé. « Ne vous inquiétez pas, ma très chère. Il ne s'est rien passé de tel, évidemment. Un simple exemple de la propension de Wilkie Collins à l'exagération. Nous avons fait une délicieuse promenade cet après-midi en devisant plaisamment et avons entretenu une conversation tout à fait agréable pendant le long dîner, avant de prendre un cognac et de fumer quelques cigares. John Foster et sa nouvelle épouse étaient là.

— Oh ! ce raseur !

— En effet. » Je retirai mes lunettes et me frottai les tempes. « Il est préférable que j'aille me coucher.

— Mon pauvre chéri, murmura Caroline. Une friction musculaire vous serait-elle agréable ?

— En effet, dis-je. Il me semble, oui. »

Je ne sais où Caroline G... avait appris l'art du massage musculaire. Je ne le lui ai jamais demandé. Comme tant d'épisodes de sa vie antérieurs à notre rencontre dix ans auparavant, cela reste un mystère.

Mais le plaisir et la détente que me procuraient ses mains étaient parfaitement réels.

Dans ma chambre, environ une demi-heure plus tard, quand elle eut fini, elle chuchota : « Voulez-vous que je reste, mon chéri ?

— Pas cette nuit, mon amour. La goutte est encore très présente – lorsque le plaisir reflue, la souffrance afflue, vous le savez – et j'ai un travail important à faire demain matin. »

Caroline acquiesça, m'embrassa sur la joue, prit la lampe posée sur la commode et descendit.

J'avais envie d'écrire, de travailler toute la nuit comme je l'avais fait bien souvent pour *La Dame en blanc* et mes ouvrages antérieurs, mais un bruit subtil provenant du palier du premier étage, sous ma chambre, me persuada de rester où j'étais. La femme à la peau verte et aux dents en défenses d'éléphant s'enhardissait. Après notre installation dans les lieux, elle avait pendant quelques mois limité ses maraudes à l'escalier de service sombre et raide, mais, à présent, il m'arrivait fréquemment d'entendre ses pieds nus marcher sur le tapis et le parquet du palier après minuit.

Le bruit pouvait également venir de mon bureau. L'idée d'y entrer dans le noir et de *le* voir écrire à ma place à la lueur de la lune était plus insupportable encore.

Je restai donc dans ma chambre et m'approchai de la croisée, écartant silencieusement les tentures.

J'aperçus un garçon en haillons près du réverbère du coin. Il était assis, adossé à une poubelle, endormi peut-être. Peut-être aussi surveillait-il ma fenêtre. Ses yeux étaient dans l'ombre.

Je refermai les rideaux et retournai me coucher. Parfois, le laudanum me tient éveillé toute la nuit ; d'autres fois, il me plonge dans des rêves sans fin.

Le sommeil commençait à s'emparer de moi, chassant Charles Dickens et son Drood spectral de mes pensées, quand une odeur fade, presque écœurante parvint à mes narines – de la viande en putréfaction, peut-être –, tandis que des images de géraniums écarlates, des bottes entières, des tas, de hautes tours funèbres de géraniums écarlates, palpitaient derrière mes paupières comme des jets de sang.

« Seigneur ! m'écriai-je tout haut, me redressant dans le noir, empli d'une certitude tellement absolue que j'y vis une forme de prémonition. Charles Dickens va assassiner Edmond Dickenson. »

10.

Le lendemain matin, après avoir rédigé des notes sur mon entretien avec Dickens, je pris mon petit déjeuner tardivement et seul, à mon cercle. Il me fallait du temps pour réfléchir.

La veille, Dickens m'avait demandé avec insistance et à plusieurs reprises si je le croyais, mais, à vrai dire, je ne le croyais pas. Pas entièrement, du moins. J'étais loin d'être convaincu de la réalité de sa rencontre avec un personnage du nom de Drood dans les égouts et les labyrinthes qui couraient au-dessous de Londres. En revanche, j'avais vu la barque-gondole et ses deux étranges bateliers, Vénus et Mercure, comme les avait surnommés Dickens. Je disposais donc au moins d'un point de départ solide.

Mais les avais-je véritablement vus ? Je me *rappelais* que le bateau avait accosté, que Dickens était monté à bord et avait disparu au-delà du virage, tandis que la première figure masquée enfonçait sa perche à la proue et que la seconde dirigeait l'embarcation avec l'aviron de queue… mais me rappelais-je vraiment tout cela ? J'étais épuisé, terrifié et en même temps somnolent. J'avais absorbé une quantité de mon remède supérieure à ma dose habituelle avant de rejoindre Dickens cette nuit-là, et j'avais bu plus de vin que je n'en avais l'habitude au dîner. Toute cette aventure, et jusqu'aux épisodes *antérieurs* à notre descente par la crypte pour rejoindre le maître de l'opium, le Chinois Lazaree, me faisaient l'effet d'un rêve.

Et que penser du récit de la vie de Mr Drood que m'avait confié Dickens ?

Qu'en penser ? L'imagination de Charles Dickens était capable de lui livrer plusieurs milliers de récits de cet acabit à la seconde, ou presque. En fait, l'histoire de l'enfance de Drood, de son père anglais, de sa mère musulmane assassinée, me paraissait d'une inventivité bien en deçà des pouvoirs créateurs de Charles Dickens.

Curieusement, c'était tout ce qui concernait les compétences de Drood en matière de mesmérisme et d'Influence Magnétique qui m'incitait à ajouter foi à l'essentiel du récit de l'Inimitable. Cela pouvait également expliquer pourquoi, malgré l'effroi que lui inspirait l'idée de monter dans un train et même dans une calèche, Dickens quittait Gad's Hill pour se rendre à Londres au moins une fois par semaine.

Il était devenu le disciple... ou peut-être le terme d'« acolyte » était-il plus exact... du Maître Hypnotiseur nommé Drood.

Comme je l'avais su avant même qu'il n'essaie (vainement) de m'hypnotiser peu après l'accident de Staplehurst, cela faisait presque trente ans déjà que Dickens se passionnait pour le mesmérisme. Cet intérêt remontait à l'époque où l'écrivain était principalement connu sous le nom de plume de « Boz », un pseudonyme de jeunesse. En ce temps-là, le mesmérisme fascinait toute l'Angleterre : cet engouement était venu de France, où l'on prétendait qu'un « garçon magnétique » plongé dans une transe mesmérienne pouvait lire l'heure sur les montres d'autres personnes et reconnaître des cartes, alors même qu'il avait la tête et les yeux complètement bandés. Je ne connaissais pas Dickens alors, bien sûr, mais il m'avait raconté plus d'une fois avoir assisté à toutes les démonstrations de mesmérisme dont il avait pu avoir connaissance à Londres. C'était pourtant le professeur dont Dickens avait parlé, un certain John Elliotson de l'Hôpital universitaire, qui avait fait la plus forte impression sur le jeune Boz.

En 1838, Elliotson avait usé de son Influence Magnétique pour plonger ses sujets – dont certains étaient ses propres patients, hospitalisés dans son service londonien – dans une transe beaucoup plus profonde que n'arrivaient à le faire la plupart des adeptes du mesmérisme. Du fond de ces transes, les hommes et les femmes, les garçons et les filles, non contents de progresser sur la voie de la guérison de maux chroniques, pouvaient dans certains cas accéder à des états de prophétie, voire de voyance. Sous l'effet du mesmérisme du professeur Elliotson, les sœurs Okey, épileptiques l'une et l'autre, avaient quitté leurs fauteuils roulants pour chanter et danser, et avaient, de surcroît, révélé des facultés puissantes et évidentes de double vue. Dickens s'était convaincu que ces pouvoirs étaient contrôlés de l'extérieur. En d'autres termes, c'était un converti.

Dénué de véritables convictions religieuses, Dickens devint un authentique croyant du magnétisme animal et du pouvoir mesmérien qui possédait la maîtrise de cette énergie. Rappelle-toi, Cher Lecteur, le contexte de l'époque : la science accomplissait alors d'immenses progrès dans la compréhension des énergies et des fluides fondamentaux et intimement liés, tels que le magnétisme et l'électricité. Le flux et le contrôle du fluide mesmérien commun à tous les êtres vivants, et plus particulièrement présent dans l'esprit et le corps humains, étaient aux yeux de Dickens aussi scientifiquement démontrables que les découvertes faites par Faraday, lorsqu'il avait produit de l'électricité avec un aimant.

L'année suivante, en 1838, quand Elliotson démissionna de son poste de professeur de médecine théorique et pratique à l'université de Londres – à la suite de pressions, tout le monde le comprit, dues au caractère sensationnel de ses démonstrations mesmériennes –, Dickens soutint publiquement le médecin, il lui prêta de l'argent à titre personnel, chargea Elliotson de s'occuper de ses propres parents et d'autres membres de sa famille et – quelques années plus tard – fit tout son possible pour aider le médecin déprimé et bouleversé, qui menaçait de se suicider.

Dickens n'accepta jamais de se faire magnétiser, évidemment. Ce serait mal connaître Charles Dickens que d'imaginer qu'il ait pu accepter de céder à autrui le contrôle de lui-même, fût-ce brièvement. C'était le jeune Boz, le futur Inimitable, qui cherchait perpétuellement à contrôler les autres. Le mesmérisme ne fut qu'un des outils qu'il employait à cette fin, mais il lui inspira un intérêt qui ne se démentit jamais.

Dickens, bien sûr, ne tarda pas à entreprendre ses propres expériences et thérapies mesmériennes.

Lorsqu'il se rendit en Amérique en 1842, il raconta à ses amis qu'il magnétisait régulièrement Catherine pour la guérir de ses céphalées et de ses insomnies. (Des années plus tard, il me confia avoir employé le magnétisme animal pour soulager bien d'autres manifestations de ce qu'il appelait les « symptômes hystériques » de sa malheureuse épouse. Il m'avoua également que, la première fois qu'il avait magnétisé son épouse, c'était par accident ; tout en débattant de l'Influence Magnétique avec des amis américains, il avait « disserté assez brillamment sur le sujet ». Esquissant des mouvements de la main autour de la tête de ses auditeurs et frôlant leurs sourcils dans le seul dessein de leur exposer les procédures utilisées par les spécialistes qu'il avait vus à l'œuvre, il avait soudain magnétisé Catherine, la plongeant dans un état second. Il avait alors essayé de l'en sortir par d'autres passes de mains, mais n'avait réussi qu'à précipiter sa femme dans une profonde transe mesmérienne. Le lendemain soir, il utilisa à nouveau Catherine comme sujet devant des amis, avant de se lancer, peu de temps après, dans sa tentative pour la guérir de ses fameux « symptômes hystériques ».) Après Catherine, il fit bénéficier un petit cercle d'amis et de membres de sa famille de ses facultés magnétiques en constant progrès.

Mais ce fut avec Mme de La Rue que l'exercice de l'Influence Magnétique commença à valoir quelques ennuis à Dickens.

Mme Augusta de La Rue était l'épouse anglaise du banquier suisse Émile de La Rue, directeur de la branche génoise de la société bancaire fondée par son grand-père. En 1844, Dickens avait emmené Catherine à Gênes dans l'idée de passer l'automne et l'hiver à écrire. C'est à partir d'octobre de cette année-là que les Dickens et le couple de La Rue avaient été voisins pendant une brève période, et s'étaient fréquentés régulièrement, au sein du petit cercle d'expatriés de la société génoise.

Augusta de La Rue manifestait les symptômes d'une nervosité pathologique, parmi lesquels des insomnies, des tics nerveux, des spasmes faciaux et des crises d'angoisse si alarmantes que la pauvre femme en était littéralement nouée des pieds à la tête. Les hommes d'un siècle moins avancé que le nôtre auraient pu la croire possédée par des démons.

Dickens proposa d'utiliser ses compétences croissantes en matière de mesmérisme pour soulager Mme de La Rue, et Émile, l'époux de la dame en question, estima que c'était une idée de génie. « *Heureux et prêt à venir vous voir* », annonça Dickens à Mme de La Rue dans une note, et durant les trois mois qui suivirent, en novembre et décembre 1844 et jusqu'en janvier 1845, l'écrivain se rendit chez elle plusieurs fois par jour. Son mari assistait à certaines de ces séances. (Émile essaya vaillamment de s'initier aux arts magnétiques auprès de Dickens pour pouvoir apaiser lui-même son épouse, mais, hélas, il n'avait aucun talent pour l'Influence Magnétique.)

Un élément majeur de la mystérieuse maladie de Mme de La Rue était la présence d'un fantôme qui rôdait autour d'elle, hantait ses rêves et constituait, en un sens, la source de tous ses maux. « Il importe absolument, expliqua Dickens à Émile de La Rue, que ce fantôme vers lequel se dirigent ses pensées invalidantes et autour duquel elles se rassemblent ne puisse pas *recouvrer son pouvoir*. »

Pour l'éviter, Dickens se mit à répondre aux convocations des La Rue à toute heure du jour et de la nuit. Il lui arrivait ainsi d'abandonner Catherine dans leur lit génois glacial pour se précipiter au chevet de Mme de La Rue à quatre heures du matin, afin de secourir sa malheureuse patiente.

Lentement, les spasmes, les tics, les contorsions et les nuits blanches de Mme de La Rue commencèrent à s'espacer. Émile en était ravi. Mais, chaque jour, Dickens continuait à la magnétiser afin de lui poser de nouvelles questions sur le fantôme. Aux yeux de ceux qui assistaient aux séances de mesmérisme dans le salon des La Rue, elles ressemblaient beaucoup à des scènes de spiritisme : Mme de La Rue – plongée dans une profonde transe – invoquait des esprits, des formes sombres ou lumineuses, qui évoluaient autour d'elle, à quelque distance. Et, toujours, le fantôme cherchait à lui imposer son contrôle, tandis que Charles Dickens s'efforçait bravement de libérer Mme de La Rue de l'influence ténébreuse de cette créature.

Quand Dickens et Catherine quittèrent Gênes à la fin du mois de janvier pour poursuivre leur voyage en direction de Rome et de Naples, Émile continua à informer quotidiennement l'écrivain de l'état de son épouse. Dickens lui répondit qu'il était indispensable que les La Rue le rejoignent à Rome, au mois de février au plus tard. Émile de La Rue et son épouse prirent donc leurs dispositions en ce sens.

Catherine ignorait que son mari avait l'intention de revoir Mme de La Rue. Elle ignorait également que Dickens avait conclu un accord personnel avec sa « patiente » : tous les jours, à onze heures du matin, il se concentrerait pendant une heure pleine afin de la magnétiser à distance. De loin, Mme de La Rue canaliserait quant à elle toute son énergie sur la réception des ondes de l'Influence Magnétique de Dickens, lequel dirigeait vers elle son « Rayon Visuel ».

Un jour qu'ils voyageaient en voiture – Catherine à l'extérieur pour avoir un peu d'air, Dickens à l'intérieur du véhicule –, onze heures sonnèrent. Dickens entreprit de se concentrer sur sa lointaine patiente. À peine avait-il commencé à visualiser ses passes de mains mesmériennes et à diriger son fluide magnétique qu'il entendit le manchon de Catherine tomber du siège du cocher, au-dessus de lui. Alors qu'elle ignorait entièrement que Dickens envoyait des influences magnétiques en direction de Gênes, Catherine était entrée dans une violente transe magnétique sur son siège, ses paupières tressaillant convulsivement.

Au moment où les Dickens s'installèrent à Rome, la séparation de la patiente et de son Docteur Magnétique avait été à l'origine de graves rechutes. Émile écrivit que le fantôme avait recommencé à se manifester et à chercher à reprendre le contrôle d'Augusta. « Il m'est impossible *de le refréner ou de le contenir à distance*, répondit Dickens. *En revanche, en exerçant ce pouvoir Magnétique à ses côtés et avec elle, je pense pouvoir le briser comme du verre.* »

Les La Rue ne tardèrent pas à les rejoindre à Rome – à la grande surprise de Catherine – et Dickens reprit ses séances quotidiennes, magnétisant désormais sa patiente, écrivit-il, *« sous des oliviers ou dans des vignes, tantôt en voiture, tantôt dans des auberges au bord de la route pendant la halte méridienne »*.

Vers cette époque, Dickens annonça à Émile que Mme de La Rue manifestait de nouveaux symptômes inquiétants. « *Elle s'enroulait comme une balle de façon apparemment impossible, par un tic cérébral, et je ne savais où se trouvait sa tête qu'en suivant ses longs cheveux jusqu'à leur racine.* »

C'est alors que Catherine (enceinte une nouvelle fois depuis la fin janvier, à peu près au moment où elle avait fait avec Dickens l'ascension du mont Vésuve en pleine éruption) annonça à son mari que le caractère apparemment inconvenant de la relation qu'il entretenait avec Augusta la tourmentait.

Comme il le faisait toujours lorsqu'il était accusé, Dickens se mit en colère et se répandit en invectives contre Catherine, affirmant que ses soupçons étaient absurdes, et même obscènes, et que tous les autres, qu'ils fussent mêlés ou non à cette affaire, savaient parfaitement qu'il n'avait d'autre souci que celui, d'une entière pureté, d'un médecin du magnétisme mesmérien à l'égard d'une ses patientes les plus gravement atteintes. Dickens cria, admonesta Catherine et menaça de quitter Rome sans elle.

Il est toutefois difficile de passer outre à la volonté d'une épouse enceinte de trois mois – surtout si elle campe aussi fermement sur ses positions que la Grande Muraille de Chine.

Pour la première fois, Catherine s'était dressée contre une obsession et une tocade de Dickens, et, pour la première et unique fois, il s'était laissé fléchir. Il expliqua aux La Rue que les longues heures qu'il consacrait à sa patiente contrariaient Catherine, mais il leur présenta en même temps ses plus plates excuses à propos de l'attitude de son épouse, exagérément sensible, selon lui, à ses propres besoins et insensible à ceux d'autrui.

Dickens n'oublia ni ne pardonna jamais cet affront. Des années plus tard, avant de jeter Catherine dehors après l'incident du bracelet offert à Ellen Ternan, il remit sur le tapis la jalousie irrationnelle, à ses yeux, qu'elle avait manifestée quatorze ans plus tôt et l'effet que cet outrage avait eu sur lui. « Ce qui a pu vous chagriner à l'époque de Gênes n'avait d'autre origine, début, milieu et fin que ce qui a fait votre fierté et l'honneur de votre vie conjugale, ce qui vous a élevée à une condition supérieure à celle de votre naissance et vous a entourée de maintes choses enviables », lui lança-t-il.

Elle avait jugé suspecte sa relation avec cette pauvre Mme de La Rue, sujette aux pires tourments. Dickens l'informa bien des années plus tard qu'elle aurait dû *savoir* – que, si elle avait été une bonne et loyale épouse, elle aurait *su* – que l'aide qu'il avait consentie à cette malheureuse était la plus pure expression de sa créativité et de sa noblesse innées. Sa faculté de magnétiser autrui, à l'image de sa faculté d'écrire de bons romans, s'inscrivait dans son caractère proprement céleste, qui était son plus grand don.

Mais voilà que Dickens, le petit maître de l'Influence Magnétique, avait rencontré le Maître ultime.

Ayant terminé mon petit déjeuner à mon cercle, je pliai mes journaux, laissai ma serviette sur la chaise, pris mon chapeau et ma canne et me dirigeai vers la porte. En cet instant, j'étais fermement convaincu que si Dickens s'était rendu à Londres toutes les semaines en prenant le train qui lui inspirait des sueurs froides, c'était pour en apprendre davantage sur le mesmérisme auprès de *quelqu'un.*

Et il me paraissait raisonnable de supposer que ce quelqu'un s'appelait Drood.

« Eh bien, Monsieur Collins. Quelle heureuse coïncidence ! lança une voix derrière moi alors que je remontais Chancery Lane en direction de Lincoln's Inn Court.

— Monsieur Field », dis-je en me retournant à demi sans m'arrêter, évitant délibérément le titre d'« inspecteur ».

Il ne remarqua pas cette omission ou, en tout cas, ne la releva pas. « Quelle belle journée d'automne, n'est-ce pas, Monsieur Collins ?

— En effet.

— Il faisait très beau hier aussi. Comment s'est passée votre sortie à Chatham et Gad's Hill ? »

Je fis rebondir ma canne sur les pavés. « Me feriez-vous suivre, Monsieur Field ? Je croyais que vous aviez posté un garçon sur Melcombe Place et Dorset Square, afin qu'il prenne livraison des éventuels messages que je pourrais avoir à vous transmettre. Me trompé-je ?

— Non, non, c'est exact, Monsieur Collins, c'est exact, approuva Field, ne répondant qu'à ma seconde question. Le petit Groseille est à son poste et attend patiemment. Il peut se permettre d'être patient, puisque je le paye pour attendre. Ma propre profession n'autorise pas une telle patience sans graves conséquences. Le temps, c'est de l'argent, dit-on. »

Nous traversâmes Lincoln's Inn Fields. John Forster y avait habité durant ses longues années de célibat et je m'étais toujours demandé si c'était par pure coïncidence que Dickens avait attribué à Tulkinghorn, l'infâme avocat de *La Maison d'Âpre-Vent*, l'ancienne adresse de Forster.

À l'endroit où les Fields débouchent dans Oxford

Street, nous nous arrêtâmes sur le trottoir pour laisser passer quelques haquets. Une file d'attelages nous obligea ensuite à attendre. Field sortit sa montre de son gilet et la consulta. « Onze heures vingt-cinq. Miss R… devrait être dans les faubourgs de Londres à présent, en route pour Yarmouth. »

J'empoignai ma canne comme un gourdin. « Vous avez donc mis des gens à nos trousses à tous, sifflai-je entre mes dents. Si vous payez vos agents à effectuer ce genre de tâches, Inspecteur, vous gaspillez à la fois votre temps *et* votre argent.

— Je suis bien de cet avis. Voilà pourquoi vos informations nous éviteront de perdre du temps, à vous comme à moi, Monsieur Collins.

— Si vous m'avez fait suivre hier, vous en savez aussi long que moi. »

Field rit. « Je puis vous dire quel chemin vous avez suivi, Monsieur Dickens et vous, pendant vos trois heures de promenade, Monsieur Collins. Mais je suis parfaitement incapable de rapporter ne fût-ce que la substance de votre conversation, bien que je sache que vous avez devisé – ou plus exactement que Mr *Dickens* a parlé – pendant l'essentiel du chemin de retour depuis Cooling Marsh. »

Je reconnais qu'à ces propos, la colère m'empourpra du col aux joues. Je ne me rappelais pas avoir aperçu le moindre piéton pendant ma promenade avec Dickens. Et pourtant, une canaille nous avait espionnés de bout en bout. Je me sentais coupable et vulnérable, alors même que Dickens et moi n'avions rien entrepris de plus répréhensible qu'une petite promenade d'après-midi. Et comment Field savait-il que Martha avait pris le train de onze heures quinze, lequel était parti dix minutes seulement avant que cet inspecteur infernal me l'annonce ? Un de ses agents avait-il couru comme un dératé depuis la gare de Charing Cross pour informer de ce fait capital son supérieur, ce fouineur de maître chanteur ? Ses agents continuaient-ils à communiquer avec lui par signaux à l'instant même, depuis quelque ruelle dans les parages de Gray's Inn ou de Seven Dials ? Mon exaspération continuait à enfler et je sentais mon cœur battre sous ma chemise empesée.

« Pourriez-vous me dire où je me rends *à présent*, Inspecteur ? demandai-je, furieux, en prenant à gauche et en marchant d'un pas vif vers la partie ouest d'Oxford Street.

— Je suppose que vous allez au British Museum, Monsieur Collins, peut-être pour y passer un moment dans la salle de lecture, mais plus vraisemblablement pour examiner attentivement les collections ninivites de Layard et Rich ainsi que la collection ethnographique d'Égypte. »

Je m'arrêtai net. Les poils de ma nuque se hérissèrent.

« Le musée est fermé aujourd'hui, fis-je remarquer.

— C'est exact, mais votre ami Mr Reed vous attendra pour vous ouvrir la porte latérale et vous remettre un billet de Visiteur Spécial. »

M'avançant d'un pas vers ce sexagénaire massif, je dis d'une voix très douce, mais très ferme : « Vous vous trompez, Monsieur.

— Vraiment ?

— Vraiment. » Je serrai le pommeau de ma canne jusqu'à imaginer sentir le laiton plier dans mon poing. « Votre chantage ne prendra pas avec moi, Monsieur

Field. Je n'ai pas grand-chose à cacher. Ni à mes amis ni à ma famille, ni à mon public de lecteurs. »

Field leva les deux mains comme si cette suggestion le scandalisait. « Cela va de soi, Monsieur Collins ! Cela va de soi. Et ce mot… chantage… n'a pas lieu d'être prononcé entre deux gentlemen comme nous. Nous ne faisons qu'étudier des sphères d'intérêt mutuel. Dès qu'il s'agit de vous aider à éviter d'éventuelles difficultés, je suis votre serviteur, Monsieur. De fait, c'est ma profession. Un détective fait usage de ses informations pour aider les hommes de valeur, jamais pour leur nuire.

— Je ne suis pas très sûr que vous réussissiez à en convaincre Charles Dickens, remarquai-je. Surtout s'il devait apprendre que vous continuez à le faire suivre. »

Field secoua la tête presque tristement. « Je n'ai d'autre objectif que d'aider et de protéger Mr Dickens. Il est loin d'imaginer les dangers auxquels il s'expose en fréquentant ce monstre qui se donne le nom de Drood.

— À en croire Mr Dickens, le Drood qu'il a rencontré tient davantage de l'incompris que du monstre.

— Bien sûr, murmura Field. Monsieur Collins, vous êtes jeune. Relativement jeune, en tout cas. Plus jeune que Mr Dickens ou moi-même. Mais vous souvenez-vous de ce qui est arrivé à lord Lucan ? »

Je m'arrêtai près d'un réverbère et tapotai les pavés du bout de ma canne. « Lord Lucan ? Le député radical que l'on a retrouvé assassiné il y a plusieurs années ?

— Assassiné, et horriblement mutilé, acquiesça l'inspecteur Field. Le cœur arraché de la poitrine alors qu'il se trouvait seul dans sa propriété – Wiseton, oui, elle s'appelait ainsi – dans le Hertfordshire, près de

Stevenage. Cela s'est passé en 1846. Lord Lucan était un ami de votre confrère, un vieil ami de Mr Dickens, Edward Bulwer-Lytton, lord Lytton, et le domaine de lord Lucan ne se trouvait qu'à cinq kilomètres de Knebworth Castle, le château de lord Lytton.

— J'y suis allé plusieurs fois. À Knebworth, je veux dire. Mais en quoi ce meurtre déjà ancien a-t-il quelque chose à voir avec le sujet qui nous occupe, Inspecteur ? »

Field posa son doigt dodu le long de son nez. « Avant de reprendre le titre à la mort de son frère aîné, lord Lucan s'appelait John Frederick Forsyte... c'était en quelque sorte le mouton noir de cette noble famille, bien qu'il ait été diplômé en construction mécanique et ait publié, à titre privé, plusieurs ouvrages inspirés de ses voyages. Selon certaines rumeurs, lord Lucan aurait dans sa jeunesse épousé une Mahométane au cours de son séjour prolongé en Égypte... On raconte même qu'il en aurait eu un ou deux fils. Le terrible assassinat de lord Lucan s'est produit moins d'un an après que l'homme qui se donne le nom de Drood a surgi pour la première fois sur les quais de Londres, en 1845. »

Je ne quittais pas du regard le détective vieillissant.

« Voyez-vous, Monsieur Collins, il n'est pas impossible que nous puissions être, vous et moi, d'un grand secours l'un pour l'autre si nous partageons les informations dont nous disposons. Je crois que votre ami, Mr Dickens, court un grave danger. En réalité, je *sais* que Mr Dickens est en danger s'il continue à rencontrer le monstre qui s'appelle Drood. J'en appelle à votre responsabilité d'ami du grand auteur pour m'aider à le protéger. »

Je me caressai la barbe un instant. « Inspecteur Field, que voulez-vous de moi ? dis-je enfin.

— Uniquement les informations susceptibles de nous aider à mieux protéger votre ami et à appréhender notre ennemi.

— En d'autres termes, vous voulez que je continue à espionner Charles Dickens et à vous rapporter tout ce qu'il me raconte à propos de Drood. »

Le vieux détective me dévisageait toujours de ses yeux pénétrants. Si je n'avais pas attendu son signe de tête approbateur, je ne l'aurais pas remarqué, tant il fut imperceptible.

« Y a-t-il autre chose ? demandai-je.

— Si vous pouviez convaincre Mr Dickens du caractère indispensable de votre présence lors de toute nouvelle expédition nocturne dans la Ville-du-Dessous, et jusque dans la tanière de Drood, cette fois, cela me serait d'un grand secours.

— Afin que je puisse personnellement vous indiquer le chemin, quand le moment sera venu de vous emparer de cet individu ?

— Oui. »

Ce fut à mon tour de hocher la tête. « C'est une chose bien difficile, Inspecteur, que de livrer à un tiers des informations sur son ami le plus intime – surtout quand cet ami est doté du caractère de Mr Charles Dickens et occupe la position de pouvoir qui est la sienne. Il pourrait me détruire, professionnellement et personnellement.

— Mais vous agissez dans son intérêt... commença l'inspecteur.

— Nous en sommes convaincus, certes, l'interrompis-je. Et un jour, peut-être, Dickens verra-t-il les choses sous le même angle que nous. Mais c'est un homme qui se laisse facilement emporter, Inspecteur. Même si mon… espionnage… devait lui sauver la vie, il est fort possible qu'il ne me le pardonne jamais. Et même qu'il cherche à m'éliminer. »

Le détective me regardait toujours attentivement.

« Je veux simplement vous faire comprendre le risque que je prends, poursuivis-je. Et pourquoi ce risque m'oblige à vous présenter deux requêtes en retour. »

S'il esquissa un sourire, celui-ci apparut et disparut trop vite pour qu'un œil humain pût l'enregistrer. « Évidemment, Monsieur Collins, fit-il d'une voix mielleuse. Il s'agit, comme je vous l'ai dit, d'une transaction entre gentlemen. Puis-je connaître la nature de vos deux requêtes ?

— Inspecteur, avez-vous lu par hasard *La Maison d'Âpre-Vent,* le roman de Dickens ? »

Le vieil homme émit un bruit grossier. L'espace d'un instant, je crus qu'il allait cracher sur le trottoir. « Je… je l'ai… feuilleté, Monsieur Collins. En passant.

— Mais vous n'ignorez pas, Inspecteur, que bien des gens croient que vous avez servi de modèle au personnage de ce roman qui porte le nom d'inspecteur Bucket. »

Field hocha la tête d'un air maussade et resta silencieux.

« Cette description ne vous plaît pas ? demandai-je.

— J'ai trouvé que ce Bucket tenait de la caricature et de la parodie de la bonne conduite, des procédures et de la bienséance policières, grommela le vieux détective.

— Néanmoins, poursuivis-je, le roman de Dickens

– que j'avais moi-même jugé plutôt ennuyeux et indigeste jusque-là, surtout à cause du personnage fade et mièvre de la narratrice, cette mijaurée d'Esther Summerson – m'a paru s'animer enfin dans les avant-derniers chapitres, lorsque notre inspecteur Bucket se charge de l'affaire de l'assassinat de l'avocat Tulkinghorn, et qu'il se lance sur les traces – une quête vaine mais passionnante –, de lady Decklock, la vraie mère d'Esther, laquelle meurt finalement à l'extérieur du cimetière municipal.

— Où voulez-vous en venir, Monsieur ? demanda Field.

— Ce que je voudrais vous faire comprendre, Inspecteur, c'est qu'étant moi-même romancier professionnel, je perçois un authentique potentiel dans un ouvrage ayant pour protagoniste et personnage central un enquêteur de Scotland Yard ou un détective privé, qui ne serait pas très différent de l'inspecteur Bucket, en plus… en plus intelligent, bien sûr, en plus perspicace, plus éduqué, plus séduisant, et plus moral. En d'autres termes, inspecteur Field, un personnage de roman qui vous ressemblerait assez. »

Le vieil homme plissa les yeux. Son index dodu reposait à côté de son oreille comme s'il lui chuchotait une fois de plus quelques conseils. « Vous êtes trop aimable, Monsieur Collins, dit-il enfin. Vraiment trop aimable. Et, pourtant, je pourrais peut-être, modestement s'entend, vous être de quelque secours pour votre étude d'un tel personnage et d'un tel roman, n'est-ce pas ? Vous conseiller, peut-être, sur les véritables méthodes d'enquêtes, sur les procédures policières réelles, afin d'éviter le genre de parodie à laquelle Mr Dickens s'est livré dans son propre roman ? »

Je souris et ajustai mes lunettes. « Plus que tout cela,

Inspecteur, il me serait extrêmement profitable d'avoir accès à vos… comment diable appelez-vous cela ?… vos dossiers d'homicides. Je suppose que vous conservez ce genre de documents, aussi macabres soient-ils ?

— C'est un fait, confirma Field. Et ils seraient effectivement d'un intérêt inestimable pour un gentleman littéraire qui souhaiterait approcher au plus près la vraisemblance, comme on dit, dans la rédaction d'un tel ouvrage. C'est une requête honorable, et j'y réponds favorablement sans la moindre hésitation.

— Bien. Ma seconde condition ne devrait pas vous poser de problème non plus, car je suis sûr qu'en tout état de cause, que je vous en fasse ou non la requête, vous vous chargerez de la surveillance dont je souhaite que vous me communiquiez les résultats.

— De quelle surveillance s'agit-il, Monsieur ?

— Je tiens à savoir tout ce que vos agents et vous-même pourrez apprendre sur la comédienne Ellen Ternan. Le lieu où elle se trouve. L'adresse de son logement – qu'elle occupe avec sa mère. Si c'est Dickens qui le paye. De quelle manière elle gagne de l'argent et si ces fonds sont suffisants pour lui permettre de vivre dans les conditions dont elle jouit actuellement. Ses allées et venues. Ses relations avec Charles Dickens. Tout. »

Je sentais sur moi le regard vide, morne, vaguement accusateur que l'inspecteur Field avait – j'en étais certain – posé sur un millier de criminels. Mais je n'étais pas un criminel – pas encore – et il ne me fit pas ciller.

« Une requête singulière, Monsieur Collins, si vous me permettez, Monsieur. À moins que Miss Ternan n'éveille chez vous un intérêt *personnel* ?

— Pas le moindre, Inspecteur. Je puis vous en assurer. En réalité, je suis convaincu que Miss Ternan est liée au... au mystère... que nous essayons, vous et moi, d'élucider, de même que je suis convaincu que l'existence de cette femme a pu nuire aux intérêts de Charles Dickens. Afin de protéger mon ami... et peut-être moi-même..., il faut que j'en sache davantage sur sa vie et sur leurs relations. »

Field caressa sa lèvre inférieure de son index incurvé et dodu. « Pensez-vous, Monsieur Collins, que Miss Ternan pourrait être la complice du monstre Drood ? Son agent ? »

Je m'esclaffai. « Inspecteur, je ne connais pas assez bien cette femme pour me livrer à de quelconques spéculations. C'est précisément la raison pour laquelle un complément d'information sur elle, sur ses sœurs, sa mère et ses relations avec mon ami Dickens est indispensable si nous voulons conclure ce pacte. »

Field continua à se tapoter et à se frotter la lèvre. « Nous nous comprenons bien, Inspecteur ?

— Il me semble que oui, Monsieur Collins. Je crois que nous nous comprenons effectivement fort bien. J'accepte vos conditions et espère pouvoir vous fournir toutes les informations dont vous avez besoin. »

Field me tendit sa main calleuse.

Je la serrai.

Une minute plus tard, reprenant à pas pressés la direction du British Museum flanqué de Field, je lui confiai tout ce que Charles Dickens m'avait raconté la veille, sur le trajet de Cooling Marsh et pendant que nous regagnions Gad's Hill Place.

11.

L'hiver s'abattit dans toute sa rigueur avant le mois de novembre, dénudant les arbres aux alentours de Gad's Hill Place, obligeant Dickens à quitter son chalet d'été pour se réfugier dans son bureau en façade de la maison, avec sa vaste cheminée en porcelaine et son feu crépitant, faisant geler les géraniums écarlates de son jardin et courir des nuages gris et bas au-dessus de la pierre grise et basse des bâtiments et des rues de Londres où je résidais.

L'arrivée de l'hiver s'accompagna d'une aggravation de notre état de santé, à Dickens comme à moi. Le plus célèbre de nous deux continuait à lutter contre les affres de l'accident de Staplehurst et contre un épuisement constant, contre les problèmes rénaux qui le taraudaient depuis l'enfance et contre l'engourdissement de tout le côté gauche de son corps, séquelle de son « insolation » de septembre en France. De toute évidence, le romancier souffrait d'un mal plus grave qu'il n'était disposé à l'admettre. Nous avions le même médecin, Dickens et moi – notre ami commun Frank Beard – et, bien que celui-ci évoquât rarement son autre patient, je le sentais fort inquiet.

J'étais moi-même sujet à un certain nombre d'affections, parmi lesquelles cette terrible goutte rhumatismale et les souffrances qu'elle provoquait, des évanouissements, des douleurs dans les articulations, une obésité de plus en plus prononcée qui me dégoûtait de moi-même alors que j'étais dans l'incapacité de réduire l'abondance de mes repas, des flatulences, des crampes, tout un assortiment d'autres désordres digestifs accompagnés de palpitations cardiaques effroyables. Personne ne semblait remarquer les troubles physiques de Dickens, mais le monde entier paraissait informé des miens. Un Français m'adressa ainsi un message par l'intermédiaire de mon éditeur pour m'annoncer qu'« il avait parié dix bouteilles de champagne que j'étais encore en vie, contre l'avis général », et que, si je respirais encore, il me priait de bien vouloir l'en informer.

J'écrivis à ma mère, cet automne-là :

Voici que j'atteins le « quarante » [en vérité, j'avais eu quarante et un ans en janvier précédent] – *mes cheveux gris sont de plus en plus clairsemés... rhumatismes et goutte sont des ennemis familiers depuis un certain temps déjà, ma propre corpulence ignoble me rend gras et bien peu ingambe – bref, tous les signes les plus affreux de l'âge moyen m'assaillent.*

Et pourtant, lui confiais-je, je ne me sentais pas vieux. Je n'avais pas d'habitudes régulières, pas de préjugés respectables.

Mais il me semble, Cher Lecteur, que je ne t'ai pas encore parlé de la femme la plus importante de ma vie.

Ma mère, Harriet Geddes Collins, avait rencontré mon père, l'artiste William Collins, alors qu'ils avaient tous deux autour de vingt-cinq ans. Ma mère était issue, elle aussi, d'une longue lignée d'artistes ; ses deux sœurs et elle passaient tout leur temps à dessiner et l'une des sœurs de ma mère était entrée à la Royal Academy de Londres. Harriet Geddes et mon père s'étaient croisés pour la première fois à un bal que des artistes, amis de mon père, avaient organisé pour leurs petites amies. Ils s'étaient ensuite revus à plusieurs reprises dans le Londres de l'époque, s'étaient confirmé en 1821 qu'ils n'entretenaient ni l'un ni l'autre d'autres attachements et s'étaient mariés à Édimbourg en 1822. J'avais vu le jour un peu moins de dix-huit mois plus tard, le 8 janvier 1824. Mon frère Charles était né en janvier 1828.

Mon père avait pour ami le poète Samuel Taylor Coleridge, et je me souviens fort bien du jour où – je n'étais encore qu'un petit garçon – celui-ci vint chez nous, trouva mon père sorti et resta un moment en compagnie de ma mère, à se lamenter à chaudes larmes sur sa dépendance croissante à l'égard de l'opium. C'était la première fois que je voyais ou entendais un adulte pleurer – Coleridge sanglotait si fort qu'il en avait le souffle court –, et je n'oublierai jamais ce que ma mère lui dit ce jour-là : « Monsieur Coleridge, ne pleurez pas ; si l'opium vous fait vraiment du bien et si vous ne pouvez pas vous en passer, pourquoi n'allez-vous pas en chercher ? »

Combien de fois, au cours de ces dernières années, versant moi-même des larmes amères sur mon besoin irrépressible de cette drogue, ne me suis-je pas remémoré ces propos maternels ?

Mon père était rentré juste après qu'elle eut donné

ce conseil à Coleridge, et j'entends encore la voix cassée du poète disant : « Collins, vous avez épousé une femme remarquablement raisonnable ! »

Ma mère était une femme raisonnable, mais mon père était un grand artiste et un grand homme. Mon second nom de baptême – Wilkie – m'avait été donné en hommage à l'honorable sir David Wilkie, un vieil ami d'école de mon père, qui me prit dans ses bras peu après ma naissance, me regarda droit dans les yeux et prononça ces mots : « Il voit. » (Ce jugement semblait faire reposer sur mes épaules le manteau de la succession artistique de mon père, mais – comme nous le verrons – l'avenir ne lui donna pas raison. C'est mon jeune frère Charley qui hériterait de l'essentiel de son talent artistique et serait élu pour assumer ce rôle.)

Mon père était un grand homme et il avait de grands hommes pour amis. Pendant mon enfance – j'étais un petit garçon plutôt doux, aux yeux écarquillés et au front bombé –, il me paraissait tout à fait normal que des personnages comme Wordsworth, Coleridge, Robert Southey et sir Walter Scott soient des familiers de notre demeure et nous rendent visite fréquemment. Non content d'en recevoir des commandes, mon père avait passé beaucoup de temps avec des hommes aussi estimables que sir Francis Chantrey, le duc de Newcastle, sir Robert Peel, sir Thomas Lawrence, sir Thomas Heathcote, sir Thomas Baring, sir George Beaumont et lord Liverpool.

Il est vrai que l'essentiel du temps que mon père consacrait à ces nobles relations se passait hors de la présence de ma mère. Je suis certain que mon père n'avait pas *honte* d'elle, pas plus, certainement, que de Charles ou de moi-même, mais il préférait fréquenter ces grands hommes loin de notre foyer. Il n'en écrivait pas moins régulièrement et, souvent, après avoir énuméré les événements passionnants et les rencontres personnelles qu'il avait faites au cours des journées et des semaines passées loin de sa famille, il lui arrivait d'ajouter un codicille comme celui-ci, sur lequel j'ai récemment mis la main en rangeant des papiers de ma mère :

Je ne puis m'empêcher d'éprouver la nostalgie de la maison, bien que je passe mon temps très plaisamment, aussi plaisamment que peut me l'assurer la présence des amis les plus aimables, de jeunes dames alertes et de tous les agréments de la vie. Je me flatte que l'existence oisive que je mène te fera plaisir et me rendra peut-être plus fort, aussi suis-je résolu à en tirer le maximum.

Il en tira le maximum, me semble-t-il, bien que, malgré les nombreuses commandes d'hommes aussi illustres, ses revenus aient rarement été assurés ou réguliers. Mais ma mère vivait frugalement et veillait à ce que Charley et moi en fassions autant, ce qui lui permettait de mettre un peu d'argent de côté.

Mon père était très pieux. Il s'était juré depuis longtemps de bannir de sa vie toute inclination à l'indolence ou à l'impiété, et ne l'admettait pas davantage de son épouse ni de ses enfants. Certains le disaient porté à la censure, voire suffisant, mais ce reproche est injustifié. Dans une autre lettre adressée à ma mère depuis un château écossais, à l'époque où nous étions en culottes courtes, Charley et moi, mon père écrivait :

Dis à ces chers enfants que la seule manière de servir leurs parents est de leur obéir en toutes choses ; que Charley trouve dans les Écritures les passages qui insistent le plus fortement sur ce devoir, et qu'il les recopie pour moi.

Et dans une missive distincte, écrite pour mon frère et moi, qui est encore en ma possession et que je relis fréquemment, William Collins révélait le véritable esprit de sa ferveur religieuse :

Le récit de votre mère, dans sa dernière lettre à votre sujet, m'a profondément satisfait. Continuez à prier Dieu, par l'entremise de Jésus-Christ, afin que vous puissiez, grâce à son Esprit Saint, être la bénédiction de vos parents ; et que cela suffise à votre bonheur.

Fidèle à ses convictions, mon père se signalait également par ses accusations publiques. Sa tolérance pour la tolérance était infime. Surprenant un jour notre proche voisin, l'artiste John Linnell (qui avait réalisé plusieurs de nos portraits), à travailler le dimanche – il palissait ses pêchers et ses brugnoniers sur son mur nord –, mon père ne se contenta pas de le semoncer, mais le dénonça à un prédicateur de l'Église congrégationaliste de passage. Père s'était également persuadé, et en répandit le bruit, que Linnell avait escroqué un de ses jardiniers au moment de le payer, et lorsque Linnell contesta ce fait devant lui, Père s'écria : « Qu'importe que vous ayez ou non versé son juste salaire à un homme, alors que vous ne cessez de commettre des actes dix fois pires encore. »

Parmi ces « actes dix fois pires encore » figurait le fait de s'activer le dimanche et d'opter pour le non-conformisme en matière religieuse.

Je me trouvais avec mon père sur le Strand quand nous croisâmes le poète William Blake. Blake – une connaissance – héla mon père et lui tendit la main, mais mon père l'ignora délibérément, tourna le dos au poète et m'entraîna avant que j'aie pu dire un mot. Blake, vois-tu, Cher Lecteur, tenait une pinte de bière brune dans la main qu'il ne tendait pas en signe d'amitié.

Plus tard, quand j'eus une vingtaine d'année et entrepris, après sa mort, de rédiger les mémoires de mon père, je pris conscience de la vive jalousie qu'il avait inspirée à beaucoup de soi-disant grands artistes de son temps. John Constable, par exemple, une relation de longue date, ne touchait que quelques centaines de livres pour ses peintures nuageuses et obscures, alors que, à la même époque, mon père gagnait plus de mille livres par an grâce à des œuvres de commande qui n'inspiraient que mépris à Constable, lequel les traitait de « jolis paysages » et de « portraits à la mode, plats et dénués d'âme ». À un moment où Constable ne trouvait pas le moindre client (ne fût-ce que parce qu'il s'obstinait à peindre des œuvres aussi impopulaires que son *Champ de blé,* alors que mon père savait fort bien prendre le pouls du goût de la clientèle et de l'Académie pour des œuvres plus décoratives), le paysagiste frustré écrivit les phrases suivantes dans une lettre qui fut rendue publique, à la vive fureur de mon père : « *Turner expose un grand tableau de Dieppe… Calcotte rien à ma connaissance… Collins une scène de littoral avec des poissons, comme de coutume, et*

311

un paysage avec une grosse bouse de vache, pour ce qui est, du moins, de la couleur et de la forme. »

J'ai mentionné plus haut que mon père avait décidé quand nous étions encore tout petits que le véritable héritier de ses talents et de sa carrière artistique serait Charley et non moi, malgré les assurances que sir David Wilkie, mon homonyme, lui avait prodiguées quand j'étais au berceau. Père inscrivit Charley dans une école d'art privée, passa beaucoup de temps avec lui pendant nos longs voyages en Europe – analysant des peintures dans les cathédrales et les musées (bien que mon père détestât mettre les pieds dans les églises papistes) – et aida Charley à se faire admettre à la prestigieuse Royal Academy.

Père n'aborda jamais avec moi la question de mon avenir, ni la manière dont je pourrais l'occuper, sinon pour suggérer – j'avais alors treize ans – que je pourrais envisager d'aller à Oxford dans l'idée d'embrasser une carrière ecclésiastique.

Ce fut à treize ans précisément, alors que nous étions à Rome au cours d'un de nos longs séjours coutumiers en Europe, que je fis ma première véritable expérience amoureuse. Je me rappelle en avoir confié les détails à Charles Dickens dix-sept ans plus tard exactement, lors de mon séjour suivant à Rome et de mon premier voyage dans cette ville en compagnie du célèbre écrivain. La précocité érotique de cette aventure séduisit si bien Dickens qu'il m'avoua plus tard en avoir fait le récit à sa belle-sœur, Georgina Hogarth, ne lui épargnant, ajouta-t-il, que les détails sur « la manière dont l'affaire s'était poursuivie jusqu'aux extrémités ultimes ». Il gloussait en me racontant que Georgina s'était empourprée quand Dickens avait résumé mon premier commerce charnel complet en disant : « Notre jeune Willy s'est tiré d'affaire en vrai Jupiter païen. »

Quoi qu'il en soit, dès l'âge de treize ans, je n'avais pas la moindre intention d'aller à Oxford pour entrer dans l'Église.

Les artistes sont d'une sensibilité notoire – s'agissant de leurs propres sentiments du moins –, et le jeune Charley était plus sensible que beaucoup. Il ne serait pas exagéré d'affirmer que c'était un enfant dolent, qui ne cessait de broyer du noir à propos de tout et de rien, et mes deux parents – ma mère, surtout – interprétaient cette perpétuelle tristesse (qui frôlait la maussaderie) comme la preuve de son génie artistique. Il n'aimait pas plus les femmes que les jeunes filles.

Je m'interromps ici, Cher Lecteur, pour te demander quelque indulgence sur ce point. S'il ne s'agissait pas d'un récit destiné à un avenir lointain, je n'en ferais même pas état, mais – comme tu l'auras peut-être déjà décelé au fil de ces pages – une profonde et constante tension opposait Charles Dickens et son gendre, Charles Collins, et je crains que ce détail insignifiant de l'aversion de Charley pour les femmes (sinon de sa misogynie pure et simple) ait pu jouer un rôle dans le préjugé de Dickens. Vois-tu, bien que j'ignore comment les choses se présenteront à ton époque lointaine, il n'était pas rare de notre temps que les jeunes gens traversent de longues périodes durant lesquelles ils préféraient grandement la compagnie des garçons et des hommes à celle des femmes. Si l'on songe aux limites de l'éducation accordée à ces dernières de notre temps, sans parler des difficultés évidentes que le sexe faible a toujours manifestées pour l'acquisition et la maîtrise de certains aspects plus ardus du savoir, il n'était pas surprenant que les hommes sérieux et sensibles préfèrent concentrer leur énergie sur leurs semblables et privilégier leur fréquentation.

Je me rappelle qu'un jour – Charley devait avoir une quinzaine d'années –, j'étais tombé sur un de ses carnets de croquis, qu'il avait laissé traîner dans sa chambre d'une manière qui ne lui ressemblait guère (il a toujours été secret et ordonné), et je lui avais fait remarquer en plaisantant que toutes les études de personnages que contenait ce calepin représentaient des hommes nus.

Charley s'était empourpré et m'avait dit avec une émotion sincère : « Je déteste dessiner des femmes, Willy. Pas toi ? Je les trouve lourdes, pendantes, gonflées et bulbeuses à des endroits où le corps humain ne devrait *pas* l'être. Si tu savais combien j'éprouve plus de ravissement à contempler des fesses fermes et plates, des cuisses musclées, des ventres qui ne soient pas bombés et des poitrines viriles que ces absences féminines consternantes, ces protubérances charnelles et ces affaissements répugnants. »

Je cherchais encore un commentaire humoristique digne du gentleman raffiné de dix-neuf ans que je me flattais d'être quand Charley avait repris : « Sais-tu, Willy, que tous les nus féminins que *Michel-Ange* a peints sur le plafond de la chapelle Sixtine – même celui d'Ève – représentent en réalité des hommes ? Le grand Michel-Ange lui-même n'éprouvait que dédain pour les femmes nues ! Qu'en dis-tu, frère ? »

Je fus tenté de lui faire remarquer que je me trouvais, moi aussi, à Rome bien des années auparavant, en ce jour torride et moite où notre père nous avait appris à *tous les deux* ce fait marquant. Mais je résistai à la tentation. Cet après-midi-là, dans la chambre de mon frère, alors qu'il rangeait ses carnets de croquis et les mettait soigneusement sous clé dans un tiroir, je me contentai de lui dire : « Ce sont de très bons dessins, Charley. Vraiment très bons. » Je m'abstins de relever que, non content de violer la règle tacite voulant qu'un artiste ne montrât pas les parties génitales mâles sur un dessin – laissant au minimum une absence de mine de plomb, ou, mieux, recouvrant l'endroit suspect d'une étoffe modeste –, Charley avait représenté certains des organes masculins dans un état manifeste d'excitation.

Ce ne fut que quelques mois après cet incident qu'une autre révélation – une imprudence comparable de Charles sur des dessins peut-être, ou dans des commentaires – lui valut les foudres de mon père. Je me rappelle qu'un matin, Charley fut convoqué dans l'atelier paternel et que la porte se referma sur lui. Je me rappelle aussi les cris éperdus de mon frère alors que mon père fouettait ce garçon trop sensible avec une branche, une canne ou une équerre en T.

À la mort de mon père, il me semble qu'il ne nous aurait pas déplu, à Charley et moi, de vivre avec ma mère jusqu'à la fin de nos jours dans sa merveilleuse demeure d'Hanover Terrace. Ma liaison avec Caroline G... me conduisit loin de ce havre de sécurité. Et pourtant, après m'être installé avec Caroline et sa fille Harriet – que j'aimais la coïncidence de ce nom ! –, il m'est arrivé pendant des mois, des années même, de retourner dans la maison de ma mère pour y écrire à nos amis communs (à ma mère et à moi), tout en entretenant ma correspondance avec d'autres relations depuis ma nouvelle adresse. Mère ignorait tout de l'existence de Caroline ; dans le cas contraire, elle n'en laissa jamais rien paraître. Il est vrai que je la régalais d'anecdotes sur la vie de célibataire que je menais loin d'elle, ne mentionnant jamais la présence de la moindre femme, et moins encore celle de Caroline, qui était veuve. Mais il est tout aussi exact que jamais ma mère ne proposa de venir me rendre visite dans les différentes demeures que j'occupai au cours de toutes les années que je partageai avec Mrs G... et Harriet.

Je vivais encore avec Mère quand j'avais fait la connaissance de Dickens, en 1851. Comme un journaliste l'écrivit plus tard à notre sujet à propos de cette période précoce, « C'étaient, l'un et l'autre, des hommes pleins d'entrain, passionnés de théâtre, aimant la boisson, la société et les sorties, manifestant une propension à une gaieté exubérante, à des délassements énergiques, à des réactions véhémentes ». Après nos sorties, nos délassements énergiques et nos réactions véhémentes, Dickens rentrait chez lui rejoindre son épouse de plus en plus bovine et moi, je rentrais chez moi, rejoindre ma mère.

Charley aurait vécu avec notre mère jusqu'à la mort de celle-ci et serait peut-être resté sous son toit jusqu'à son propre trépas, j'en mettrais ma main au feu, s'il n'avait épousé Kate Dickens.

Aucun de nous ne connaîtra jamais les motifs exacts de la soudaine demande en mariage que Charley fit à Kate à la fin du printemps de 1860. En vérité, d'après les informations que j'ai pu recueillir, c'est *Kate* qui fit sa demande à *Charley* ce printemps-là. Et ce fut indéniablement elle qui précipita les choses afin qu'ils se marient dès le milieu de l'été – malgré l'opposition franche et résolue de son père, non seulement à propos de la date du mariage mais sur l'opportunité même de celui-ci.

Charley était novice dans l'art de courtiser et de chercher à plaire. En fait, jusqu'à ses trente-deux ans (année de son mariage), il avait continué à éviter les femmes. Au cours de ce printemps et de cet été, on chuchotait un peu partout que Katey Dickens était tombée amoureuse d'Edmund Yates, qu'elle avait poursuivi de ses assiduités. Yates était un jeune ami de l'Inimitable qui avait contribué à aggraver la brouille entre Dickens et Thackeray en rédigeant un portrait extrêmement peu flatteur du vieil écrivain. Un contemporain avait décrit Yates comme « ... très fascinant, lui aussi. Superficiellement, s'entend ».

Qu'il fût superficiellement fascinant ou non, Kate Dickens en était tombée amoureuse. Devant l'indifférence manifeste de Yates, en dépit de ses fréquentes visites à Tavistock House puis à Gad's Hill Place et malgré les avances flagrantes de Katey – flagrantes aux yeux de tous, Charles Dickens et moi-même inclus –, cette opiniâtre jeune femme (elle venait tout juste d'avoir vingt ans) demanda mon frère Charley en mariage.

Quelques mois avant leurs noces, à la suite d'un séjour à Gad's Hill où, une fois de plus, personne n'avait pu ignorer la tournure nouvelle qu'avaient prise les projets matrimoniaux de Katey, j'écrivis à ma mère : « ... *Charley s'efforce encore de se persuader de croire qu'il devrait se marier.* »

Quelques années plus tard, après que mon jeune frère eut succombé à des ulcères de l'estomac réitérés qui s'étaient révélés cancéreux, je demandai à Kate pourquoi elle l'avait poussé au mariage. « Il fallait que je parte d'ici, m'a-t-elle répondu. Il fallait que je m'éloigne de mon père. »

Dickens ne dissimula pas sa désapprobation. Néanmoins, Katey était sa préférée et il ne pouvait rien lui refuser, pas même cette union insensée.

Le 17 juillet 1860, l'église St Mary d'Higham – dont le clocher serait visible de la pièce du chalet où écrirait Dickens lorsqu'il aurait été assemblé cinq ans plus tard – était presque ensevelie sous les fleurs blanches. Les voisins, des gens du peuple, avaient dressé des arches fleuries sur tout le chemin conduisant à l'église. La nuit précédente, les villageois avaient tiré des coups de feu en l'air en l'honneur des futurs époux, mais Charles Dickens, l'air revêche et inquiet, était sorti sur la pelouse de Gad's Hill en chemise de nuit, fusil à la main, et n'avait prononcé que ces quelques mots : « De quoi diable retourne-t-il ? »

Un train spécial avait été affrété à l'intention des invités venus de Londres. Je me rappelle avoir devisé avec Thomas Beard, le gentleman discret qui avait été le témoin de Charles Dickens deux décennies auparavant. Beard possédait la singulière qualité d'être le seul invité du mariage de Kate à avoir également assisté à celui du père de la mariée. Dans un bref toast ad hoc, Dickens lui-même évoqua ironiquement – presque amèrement, me sembla-t-il – « une cérémonie similaire célébrée dans un édifice métropolitain il y a vingt-quatre ans ».

La mère de Kate, Catherine, n'était pas là, évidemment. Pas plus qu'Elizabeth Dickens, la vieille mère de l'Inimitable, toujours en vie. Georgina Hogarth était l'unique représentante de la famille maternelle de la mariée, mais les absences ne furent guère remarquées.

Après la cérémonie nuptiale, la foule des invités regagna Gad's Hill pour un immense petit déjeuner nuptial. Là encore, la table et tout ce qui l'entourait étaient décorés de fleurs blanches. Malgré sa somptuosité, cette collation ne dura qu'une heure. L'hôte avait promis qu'il n'y aurait pas de discours, et il n'y en eut pas. Je remarquai que les mariés s'assirent à table un moment, avant de s'éclipser pendant que les invités se livraient à des jeux sur la pelouse. Ma mère, qui n'approuvait pas davantage cette union que Charles Dickens, réclamait ce matin-là une attention constante. Quand Charley et Kate réapparurent en tenue de voyage, la mariée était en noir. Katey s'effondra et pleura amèrement sur l'épaule de son père. Le visage de Charley devint de plus en plus pâle, et je crus qu'il allait s'évanouir.

Nous nous rassemblâmes tous, la trentaine d'invités, Mère et moi, sur l'allée de gravier pour embrasser les nouveaux époux, serrer des mains à droite et à gauche et jeter de vieux souliers. Lorsque le cabriolet des mariés se fut éloigné, Mère me confia qu'elle ne se sentait pas bien. Je l'assis à l'ombre, le temps d'informer Dickens de notre départ, mais je ne le trouvai pas sur la pelouse, au milieu des jeunes gens qui jouaient. Il n'était pas non plus dans le salon du rez-de-chaussée, ni dans la salle de billard, ni dans son bureau.

Voyant Mamie descendre, je montai jusqu'à la chambre de Katey – enfin, la chambre qui avait été celle de Katey jusqu'à ce matin – et découvris Dickens à genoux, le visage enfoui dans la robe de mariée de sa fille. L'Inimitable sanglotait comme un enfant. Il leva les yeux, le visage ruisselant de larmes, ne distinguant sans doute que ma silhouette à contre-jour sur le seuil et me prenant peut-être pour sa fille Mamie, et il s'écria d'une voix brisée : « Sans moi, Katey n'aurait pas quitté la maison ! »

Je ne dis rien. Je pivotai sur mes talons, regagnai le rez-de-chaussée, sortis sur la pelouse, cherchai ma mère et fis appeler la voiture pour qu'elle nous reconduise à la gare où nous prîmes le train pour Londres.

Charles et Katey n'eurent pas d'enfants. La rumeur se répandit – lancée peut-être par Dickens, ou qui sait ?, par Katey elle-même – que leur union n'avait jamais été consommée. En tout état de cause, en cet été de 1865 où Dickens fut victime de ce fameux accident de chemin de fer, Katey était une femme malheureuse et coquette, en quête manifeste d'un amant. Sans la férocité et la vigilance constante de son père, de nombreux hommes de son entourage n'auraient éprouvé aucun scrupule à coucher avec une femme mariée.

Les affections chroniques de Charley et ses maux d'estomac finirent par poser des problèmes chez les Dickens. J'étais convaincu que mon frère souffrait de simples ulcères, et quand il mourut finalement d'un cancer de l'estomac en 1873, le fait que Charles Dickens l'eût précédé dans la tombe ne fut qu'un mince réconfort.

En cet automne de 1865, Dickens me déclara sèchement : « Votre frère fait une tête de carême à ma table chaque fois qu'il y prend le petit déjeuner, Wilkie. » De toute évidence, Dickens s'était persuadé que Charley était mourant et il estimait – n'admettant jamais ses propres infirmités et n'envisageant même pas la possibilité de son propre trépas – que son gendre serait bien avisé d'en finir au plus vite.

Revenons-en, Cher Lecteur, à mon propre état de santé affligeant en cet hiver de 1865-1866.

Mon père avait été sujet à des rhumatismes qui s'étaient concentrés derrière son œil gauche, l'empêchant presque de peindre dans les dernières années de sa vie. La goutte rhumatismale dont je souffrais se déplaça inéluctablement vers mon œil droit, me rendant quasiment aveugle et me contraignant à loucher du gauche pour parvenir à écrire. La douleur gagna mon bras et ma main, au point que j'étais obligé de faire passer le tuyau de ma plume de ma main droite à ma main gauche pour reprendre de l'encre.

J'allais me retrouver finalement dans l'incapacité totale d'écrire, contraint de dicter certains de mes livres à venir depuis le divan sur lequel j'étais allongé, après avoir préalablement appris à de jeunes secrétaires – d'abord Harriet, puis quelqu'un de bien plus menaçant – à ignorer mes cris de souffrance et à n'écouter que les phrases que je prononçais entre mes hurlements.

J'ai déjà dit que le laudanum était le seul remède capable de soulager ma souffrance. Peut-être ai-je également précisé que la dose habituelle de cet opium liquide était de trois à cinq *gouttes* dans un verre de vin. Mais en ce temps-là – durant l'hiver de 1865-1866 – il m'en fallait deux à trois *verres* pour pouvoir travailler ou dormir.

Ce traitement s'accompagnait, je l'ai indiqué aussi, de certains inconvénients. L'impression constante d'être suivi et persécuté. Des hallucinations. (J'avais cru d'abord que la femme à la peau verte et aux dents en défenses d'éléphant n'était qu'un phénomène de ce genre ; mais après avoir subi plusieurs agressions de sa part dans l'escalier obscur, il m'arriva à maintes reprises de me réveiller avec au cou de profondes égratignures.)

Une nuit que je travaillais dans mon bureau – j'écrivais mon roman *Armadale* –, je pris conscience de la présence d'un homme assis dans un fauteuil à quelques centimètres de moi seulement. Il écrivait, lui aussi. Cet homme était mon *Doppelgänger*, mon sosie. Ou plus exactement, c'était moi – il portait les mêmes vêtements que moi, tenait la même plume, se tournait vers moi avec la même expression hébétée mais bouleversée que celle que je lui présentais sans doute.

Il tendit la main vers ma page vierge.

Je ne pouvais pas le laisser écrire mon livre. Je ne pouvais pas laisser cette page, ma page, devenir *la sienne*.

Nous en vînmes aux mains. Des chaises furent renversées. Une lampe fracassée. Dans le noir, je le repoussai et sortis dans le couloir en titubant, avant de me précipiter dans ma chambre.

Au matin, je regagnai mon bureau. Des taches d'encre maculaient le mur, certaines parties de la fenêtre et du chambranle, un coin de mon précieux tapis persan, mon fauteuil, son coussin et deux étagères de livres, littéralement transformés en pelage de dalmatien. Six nouvelles pages de mon roman avaient été rédigées d'une écriture qui était presque la mienne, mais pas tout à fait.

Je les brûlai dans la cheminée.

12.

En décembre de 1865, l'inspecteur Field me fit savoir par le truchement de l'imposant détective Hatchery que la « patiente » de Dickens, Ellen Terman, se sentait suffisamment rétablie des blessures dont elle avait été victime en juin à Staplehurst, non seulement pour assister au bal de Noël donné par le frère du futur époux de sa sœur, Anthony Trollope, mais pour y *danser*.

Avec des géraniums écarlates dans les cheveux.

Vers Noël justement, l'inspecteur Field avait commencé à se plaindre abondamment de *me* fournir bien plus d'informations que je ne *lui* en livrais. C'était exact. Bien que Dickens m'eût invité à plusieurs reprises à Gad's Hill au courant de l'automne et bien que nous ayons dîné en ville ensemble, lui et moi, et assisté à plusieurs réceptions tout au long de cette saison qui le vit se remettre lentement de la catastrophe de Staplehurst, nous n'avions jamais abordé sérieusement le sujet de Drood. On aurait pu croire que Dickens se doutait que j'avais conclu un pacte de trahison avec l'intrigant inspecteur Field. Pourtant, si tel était le cas, pourquoi l'Inimitable continuait-il à m'inviter chez lui, à m'adresser des lettres regorgeant de nouvelles et à me retrouver pour dîner dans l'un ou l'autre de nos repaires londoniens préférés ?

Quoi qu'il en soit, après que je lui eus répété presque mot pour mot le récit que m'avait fait Dickens de son entrevue avec Drood, il n'avait fallu à l'inspecteur Field qu'une semaine pour m'annoncer que l'écrivain m'avait menti.

Dans ce cas, me dis-je, la rivière enterrée ne possédait pas l'affluent que Dickens m'avait décrit. Il n'y avait ni tunnel conduisant à un autre cours d'eau, ni bouges souterrains où s'entassaient des centaines de gueux chassés de la surface de la terre, ni temple égyptien bâti sur les rives de ce mystérieux Nil des profondeurs. Dickens m'avait menti pour mieux dissimuler l'itinéraire véritable de l'antre de Drood, ou bien il avait inventé toute cette histoire de A à Z.

L'inspecteur Field était mécontent. Ses hommes et lui avaient manifestement passé des heures, voire des nuits et des jours entiers, à explorer les catacombes, les cavernes et les égouts de ces bas-fonds... en vain. À cette allure, me fit-il remarquer lors de nos rencontres aussi rares que moroses, il ne mettrait jamais la main sur Drood et mourrait de vieillesse avant d'avoir donné suffisamment satisfaction à ses anciens supérieurs de la Metropolitan Police pour qu'ils rétablissent sa retraite et lui rendent son honneur perdu.

Field n'en continua pas moins à me transmettre des informations tout l'hiver. Après avoir mis la dernière main à *L'Ami commun*, et tout à la joie sans doute de voir ses derniers épisodes publiés dans *All the Year Round*, Dickens avait loué pour les mois d'automne une maison à Londres, au 6 Southwick

Place, près de Hyde Park. Cette décision n'avait rien d'obscur ; il avait loué une demeure du même genre à deux pas de celle-ci deux ans auparavant, afin de disposer d'un pied-à-terre commode pour ses mondanités londoniennes dans le quartier de Tyburnia. Ce nouveau logement proche de Hyde Park devait également permettre à sa fille Mamie de se rendre en ville chaque fois qu'elle le voulait pour ses propres activités mondaines (en admettant qu'il y en eût, car la bonne société semblait largement fuir Katey et Mamie à cette époque).

La location d'une demeure près de Hyde Park ne recelait donc aucun mystère. Mais – comme me le communiquerait l'inspecteur Field quelques semaines plus tard avec un clin d'œil et un attouchement nasal de son index dodu – on ne pouvait en dire autant de la décision de Dickens de louer deux petites maisons dans le village de Slough : l'une baptisée Elizabeth Cottage dans High Street, une autre dans Church Street, à quatre cents mètres de la première. Bien que cette révélation relevât encore de l'avenir au moment des fêtes de Noël, j'apprendrais plus tard par l'inspecteur Field que Dickens avait loué ces deux propriétés sous le nom de Tringham – Charles Tringham pour Elizabeth Cottage et John Tringham s'agissant de la maison de Church Street.

Pendant un moment, me dirait également l'inspecteur Field, la maison de Church Street resta vide, mais elle fut ensuite occupée par une certaine Mrs Ternan accompagnée de sa fille Ellen.

« Nous ignorons pour quelle raison Mr Dickens a pris le nom de Tringham, me confierait l'inspecteur Field après le Nouvel An tandis que nous déambulions autour de Dorset Square, à deux pas de chez moi. À première vue, cela n'a guère d'importance, mais, dans notre métier, il est toujours utile de comprendre pourquoi quelqu'un choisit tel ou tel nom d'emprunt pour commettre ses forfaits. »

Ignorant l'allusion aux « forfaits », je répondis : « Il y a un bureau de tabac dans Wellington Street, près des bureaux d'*All the Year Round* où nous travaillons, Dickens et moi. La buraliste, que nous connaissons tous deux, Dickens et moi, s'appelle Mary Tringham.

— Ha ha, fit l'inspecteur Field.

— Je ne pense pas toutefois que ce soit là l'origine de ce nom.

— Ah non ?

— Non. Connaissez-vous par hasard, Inspecteur, un récit que Thomas Hood a publié en 1839 ?

— Cela ne me dit rien, répondit l'inspecteur aigrement.

— Il y est question de ragots villageois. Et l'on y trouve ces quelques vers :

"... Apprenant tout ce qu'il y avait à apprendre Dans le village jacassant, cancanant de Tringham."

— Ha ha, répéta l'inspecteur Field avec plus de conviction cette fois. Ma foi, Mr Dickens... ou Mr Tringham s'il préfère... se donne bien du mal pour dissimuler sa présence à Slough.

— Comment cela ?

— Il envoie ses lettres d'Eton, affirmant à ses amis qu'il est simplement allé se promener dans le parc de cette ville. Et il parcourt des kilomètres à travers champs, de Slough jusqu'à la gare d'Eton, comme s'il tenait à ce qu'on le remarque – si tant est qu'on le remarque – en train d'attendre le train dans cette ville, plutôt qu'à Slough. »

Interrompant ma marche, je demandai : « Comment savez-vous ce que Mr Dickens écrit dans ses lettres privées, Inspecteur ? Auriez-vous ouvert ses enveloppes à la vapeur ou interrogé ses amis ? »

L'inspecteur Field se contenta de sourire.

Mais toutes ces révélations, Cher Lecteur, n'auraient lieu qu'au printemps de 1866 et il me faut revenir à présent à ce Noël étrangement mémorable de 1865.

Quand Dickens m'invita à Gad's Hill Place pour le jour de Noël, suggérant dans son message que je reste jusqu'au Nouvel An, j'acceptai immédiatement. « Le Maître d'hôtel et la mère du Maître d'hôtel comprendront », écrivait-il dans la même note, faisant allusion à Harriet (qui devenait une jeune fille et que nous appelions de plus en plus fréquemment Carrie) et à sa mère, Caroline, de son ton badin coutumier. Je ne suis pas certain que Caroline et Carrie aient *parfaitement* compris et apprécié mon absence cette semaine-là, mais je dois avouer que c'était le cadet de mes soucis.

Pendant le bref trajet en train jusqu'à Chatham, je gardai en main le numéro de Noël d'*All the Year Round* – celui auquel je venais de contribuer, que j'avais aidé à publier et qui contenait le récit de Noël de Dickens intitulé « Les ordonnances du docteur Marigold » – tout en réfléchissant à ce qui faisait l'étoffe des écrits actuels de l'Inimitable.

Peut-être faut-il être romancier (ou être quelque Critique Littéraire à venir tel que toi, Cher Lecteur) pour appréhender ce qui se cache derrière les mots de l'œuvre d'un autre romancier.

Je commencerai par le plus récent des récits de Noël de Dickens :

Docteur Marigold, héros éponyme de la petite fable de l'Inimitable, est un camelot comme tant de ceux qui passaient de notre temps de village en village pour vendre des colifichets à deux sous. C'est l'histoire d'un homme dont la femme n'est plus, dont l'enfant est morte et qui – pour des raisons professionnelles – doit dissimuler ses sentiments au monde. « Le roi des camelots », le personnage de Dickens, se prend d'un intérêt tout paternel pour une jeune fille qui « avait une jolie figure » et « des brillants cheveux bruns* ». Faut-il y voir un autoportrait déguisé de l'auteur ? La jeune fille en question serait-elle Ellen Ternan ?

Dickens étant Dickens, bien sûr, la jeune fille à la jolie figure et aux brillants cheveux bruns est, de surcroît, sourde et muette. Que serait un récit de Noël de l'Inimitable sans pathos et sentimentalisme dégoulinant ?

« Vous nous voyez sur le marchepied, nous dit Docteur Marigold, décrivant les moments qu'il passe devant son public, et vous donneriez à peu près tout ce que vous possédez pour être à notre place. Vous nous voyez ailleurs, et vous ajouteriez un petit quelque chose pour annuler le marché*. »

Charles Dickens évoquerait-il ici le profond abîme qui séparait la gaieté de sa vie et de sa personnalité publiques de sa tristesse et de la solitude sans fond qui étaient les siennes lorsqu'il se tenait éloigné des regards ?

Et je n'ai pas encore parlé de son immense roman

L'Ami commun, achevé (comme « Le docteur Marigold ») en septembre précédent et dont la publication
en dix-neuf épisodes venait de se terminer dans notre
All the Year Round.

Peut-être seul un autre auteur professionnel pourrait-il comprendre à quel point *L'Ami commun* était
un livre complexe et dangereux. Je l'avais lu par épisodes dans notre revue au cours des dix-huit derniers
mois ; j'avais entendu Dickens en lire des extraits à
de petits groupes d'amis ; j'avais parcouru une partie
de l'ouvrage sous forme de manuscrit ; et après la
publication du dernier épisode, je l'avais relu intégralement. C'était incroyable. Pour la première fois de
ma vie, je crois bien que je détestai Charles Dickens
par pure jalousie.

Je ne saurais m'exprimer pour ton temps, Cher
Lecteur, mais, alors que près des deux tiers de notre
XIXe siècle s'étaient écoulés, la tragédie avait entrepris
de remplacer la comédie dans les yeux, les cœurs et
les esprits analytiques des « lecteurs sérieux ». Les
tragédies de Shakespeare étaient plus fréquemment
données que ses brillantes comédies, et faisaient l'objet de comptes rendus et de débats plus nombreux.
L'humour nourri et profond d'un Chaucer ou d'un
Cervantès, par exemple, avait cédé la place, sur la
courte liste des chefs-d'œuvre, aux tragédies ou aux
drames historiques plus austères des auteurs classiques
et de nos contemporains. Si cette tendance se poursuit,
Cher Lecteur, à l'heure où tu liras ce manuscrit, dans
un siècle et plus, l'art de la comédie et sa popularité
auront intégralement disparu.

Mais après tout, c'était une affaire de goût. Depuis
des années – des décennies à présent –, l'écriture de

Charles Dickens se faisait plus sombre et plus grave, il laissait ses sujets lui imposer la structure de ses romans et intégrait habilement (trop habilement) ses personnages dans les cases de la structure thématique générale comme des fiches de bibliothèque que l'on rangerait dans le bon tiroir. (Cela ne veut pas dire que les romans les plus sérieux de Dickens de ces dernières années aient été dépourvus de tout humour ; je ne crois pas Dickens capable d'*écrire* quelque chose qui soit totalement dénué d'humour, pas plus qu'on ne pouvait s'attendre à ce qu'il restât parfaitement sérieux à un enterrement. Il était vraiment endiablé sur ce point. Mais ses sujets étaient devenus de moins en moins légers, tandis qu'il renonçait aux célébrations pickwickiennes débridées de l'existence qui avaient fait de lui l'Inimitable Boz, et que la critique et la satire sociales – auxquelles il accordait personnellement une importance suprême – occupaient une place de plus en plus centrale dans son œuvre.)

Pourtant, dans *L'Ami commun*, Dickens avait créé un solide roman de comédie de plus de huit cents pages serrées sans jouer – pour autant que je pusse en juger – une seule fausse note.

C'était incroyable. J'en avais les articulations douloureuses et les yeux brûlants de douleur.

Dans *L'Ami commun*, Dickens avait renoncé aux motifs ambitieux de *La Petite Dorrit*, de *La Maison d'Âpre-Vent* et des *Grandes Espérances* et avait presque entièrement mis ses opinions personnelles et sociales sous le boisseau, dans une démonstration magistrale de langage et de nuances très proches de la perfection. *Très* proches. La complexité des personnages de ce livre était sans précédent dans son œuvre ; de fait, on avait l'impression que Dickens avait ressuscité un certain nombre de ses figures d'autrefois pour les recréer avec la concentration née d'une maturité et d'une indulgence nouvelles. C'est ainsi que Tulkinghorn, le méchant avocat de *La Maison d'Âpre-Vent*, réapparaît sous les traits de son jeune confrère Mortimer Lightwood, qui se rachète pourtant comme Tulkinghorn n'aurait jamais pu le faire. L'affreux Ralphy Nickleby renaît sous les traits du goujat Fledgeby, lequel, contrairement à son prédécesseur, n'échappe pas à un juste châtiment. (La sévère volée infligée à Fledgeby par un autre plastronneur, Alfred Lammle, constitue, je peux le dire, un des sommets de l'ensemble de la production romanesque de Charles Dickens.) De même, Noddy Boffin se transforme en un Scrooge qui évite de devenir grippe-sou ; le vieux Juif, Mr Riah, expie les péchés du Fagin de Dickens largement critiqué (surtout par les Juifs), en n'étant pas un usurier impitoyable mais le seul *employé* d'un prêteur chrétien à posséder une conscience ; quant à Podsnap – non content de camper un portrait ravageur de John Forster (ravageur et si subtil que Forster ne se reconnut jamais dans le personnage, alors que les autres ne s'y trompèrent pas un instant) – ma foi, Podsnap est... Podsnap. La quintessence de la podsnapperie. Qui pourrait bien être la quintessence de notre temps.

Et alors même que le ton et la structure de *L'Ami commun* composent une comédie satirique irréprochable qui aurait fait honneur à Cervantès, l'arrière-plan clair-obscur sous-jacent du roman est d'une noirceur qui frôle le désespoir. Londres est devenue un désert nu et rocailleux, une capitale « meilleur marché depuis qu'elle avait quadruplé sa richesse..., moins impériale depuis que s'était étendu son empire* », une « ville sans espoir, où rien ne déchire la voûte de plomb de son ciel* ». Les couleurs y sont ténébreuses au point d'en être funèbres, le ciel lui-même obscurci par le brouillard omniprésent allant du jaune et du brun à un noir envahissant – « un amas de vapeurs, plein d'un bruit étouffé de roues, et enveloppant un gigantesque catarrhe* ». La ville bien-aimée de Dickens y apparaît grise, ou poussiéreuse, ou sombre, ou boueuse, ou froide, ou venteuse, ou pluvieuse, ou noyée dans ses propres détritus et dans sa crasse. Dans *L'Ami commun*, elle est le plus souvent tout cela à la fois.

Mais, dans ce paysage d'horreur – et au milieu de puissants déferlements de méfiance, d'intrigues perverses, de malhonnêteté naissante, de cupidité universelle et de jalousie meurtrière –, les personnages réussissent à trouver de l'amour et des appuis, non pas au sein de leur cadre familial, exemple dont Dickens et d'autres auteurs de notre siècle avaient déjà usé et abusé, mais au milieu de petits cercles d'amis et d'êtres aimés, d'individus de confiance qui constituent des familles improvisées, protégeant les personnages auxquels nous nous sommes attachés des tempêtes de la pauvreté et de l'injustice sociale. Et ce sont ces mêmes cercles d'amour qui punissent ceux que nous méprisons.

Dickens avait écrit un chef-d'œuvre.

Le public n'en prit pas conscience. Le premier épisode publié dans *All the Year Round* s'était très bien vendu (c'était, après tout, le premier nouveau roman de Dickens depuis deux ans et demi), mais les ventes déclinèrent rapidement et le dernier numéro ne se vendit qu'à dix-neuf mille exemplaires. Je savais que Dickens était amèrement déçu et, bien qu'il eût personnellement empoché la coquette somme de quelque sept mille livres sterling (je l'appris par mon frère Charley à qui Katey l'avait dit), cet ouvrage fit perdre de l'argent à ses éditeurs Chapman et Hall.

Les critiques adorèrent ou détestèrent ce livre sans réserve et s'évertuèrent à étayer l'un ou l'autre de ces jugements de leurs habituelles hyperboles outrecuidantes ; mais la tendance générale des commentateurs fut à la désillusion. Les intellectuels s'attendaient à un nouveau roman thématique où la critique sociale occuperait l'avant-scène et le centre du récit, du même moule que *La Maison d'Âpre-Vent*, *La Petite Dorrit* et *Les Grandes Espérances*. Or ils n'obtinrent qu'une... pure comédie.

Mais, comme je l'ai dit, seul un autre écrivain de métier tel que moi-même était capable de saisir que Dickens avait réussi une tâche quasi impossible en préservant ce ton doucement satirique sur pareille distance et avec une telle perfection, d'observer que jamais sa satire ne dérapait vers le cynisme, que, pas un moment, sa vision comique ne dégénérait en simple caricature et que sa critique impitoyable de la société restait à cent lieues de la diatribe ordinaire.

En d'autres termes, j'étais le seul à pouvoir comprendre que *L'Ami commun* était un chef-d'œuvre.

Je le haïssais. Écrivain et rival, je regrettais en cet instant – comme le train quittait Londres pour me conduire chez lui, à Gad's Hill – que Charles Dickens ne soit pas mort dans l'accident de Staplehurst. *Pourquoi n'avait-il pas péri ?* À l'image de tant d'autres ? Comme il l'avait écrit avec une suffisance intolérable, comme il s'en était vanté en ma présence et devant tant d'autres de ses amis, sa voiture était le seul wagon de première classe à n'avoir *pas* basculé dans le lit de la rivière en contrebas, et à n'avoir pas volé en éclats.

Abstraction faite de tout cela, c'était la révélation personnelle contenue dans *L'Ami commun* qui me paraissait la plus instructive et la plus pertinente, eu égard à notre situation actuelle.

Mon œil acéré d'écrivain, mon oreille expérimentée de lecteur relevaient à chaque page de cet ouvrage des indices et des échos de la fin désastreuse de la longue relation de Dickens avec son épouse et de l'amorce de sa périlleuse liaison avec Ellen Ternan.

Il arrive à la plupart des romanciers de créer un personnage – généralement un scélérat – qui mène une double vie, mais les intrigues de Dickens semblaient désormais littéralement truffées de ces dédoublements de personnalité. Dans *L'Ami commun*, le héros, le jeune John Harmon (héritier de la fortune des dépotoirs Harmon), que l'on croit noyé dans des circonstances obscures alors qu'il vient de regagner Londres après avoir passé de longues années en mer, se rend immédiatement au poste de police pour voir le corps en décomposition que l'on a repêché dans la Tamise (vêtu de ses propres habits et que l'on prend donc pour lui). Changeant alors d'identité, Harmon adopte celle de Julius Handford, puis celle de John Rokesmith, afin de pouvoir se faire engager comme secrétaire par les Boffin, de modestes domestiques qui ont hérité par défaut de la fortune et des tas d'ordures qui auraient dû revenir à John Harmon lui-même.

Les méchants de *L'Ami commun* – le patron Hexam, Rogue Riderhood, Mr et Mrs Alfred Lammle (des escrocs qui se sont dupés mutuellement en contractant un mariage sans amour ni fortune et ne s'associent ensuite que pour tromper et manipuler les autres), Silas Wegg à la jambe de bois et, surtout, le maître d'école meurtrier Bradley Headstone – peuvent *faire semblant* d'être quelqu'un ou quelque chose d'autre, sans cesser pour autant d'être, dans le fond, ce qu'ils sont réellement. Seuls les personnages positifs de ce roman sont dotés d'identités doubles ou multiples qui plongent leur moi intime dans une authentique confusion.

Et cette tragique confusion est inévitablement provoquée par une unique forme d'énergie – l'amour. L'amour romantique mal placé, déplacé, perdu ou caché est le moteur de tous les secrets, de toutes les machinations et de toute la violence de la comédie la plus vigoureuse (et la plus terrible) de Dickens. *L'Ami commun*, j'en pris conscience avec douleur et horreur, était un titre et un récit dignes de Shakespeare.

John Rokesmith/Harmon continue à dissimuler son identité à Bella, la jeune fille qu'il aime, longtemps après leur mariage et même après la naissance de leur enfant, afin de mieux la manipuler, la mettre à l'épreuve et l'éduquer – la guérir de son amour pour l'argent et lui faire découvrir l'amour pour l'amour. Mr Boffin se transforme, selon toute apparence, en grippe-sou acariâtre, chassant de son toit sa pupille et la renvoyant à ses origines extrêmement modestes, mais ce n'est, là encore, que comédie – un autre moyen d'éprouver la véritable trempe de Bella Wilfer. L'avocat Eugene Wayburn lui-même, un propre-à-rien – une des personnalités les plus fortes (et les plus complexes) de tous les romans de Dickens –, torturé par son amour déraisonnable pour Lizzie Hexam, une jeune fille de basse extraction, en arrive à se frapper la tête et la poitrine de perplexité ; il prononce son propre nom, et s'écrie : « Turlututu, qui donc es-tu ? – Non, sur ma tête je ne le sais pas. Je donne donc ma langue au chat* ! »

Finissant par s'égarer au milieu de tous ses travestissements et de toutes ses stratégies manipulatrices, John Harmon est victime d'une perte d'identité de même nature et s'exclame : « Mais ce n'était pas moi. L'être qui était moi n'existait pas, dans ma conscience*. »

Quant à Bradley Headstone, l'instituteur faible et ombrageux, il semble faire l'aveu de toutes les passions et jalousies cachées de Charles Dickens lui-même, quand il dit à Lizzie Hexam, très courtisée :

« Vous m'attirez à vous. Si j'étais enfermé dans une solide prison, votre attirance m'en ferait sortir. Je passerais à travers les murailles pour aller jusqu'à vous. Si j'étais malade et alité, votre attirance me ferait lever – j'irais en titubant jusqu'à vos pieds pour y tomber. » Ou encore : *« Vous êtes ma destruction – ma destruction – ma destruction. Je n'ai pas de ressources en moi, je n'ai pas de confiance en moi, je n'ai pas d'empire sur moi quand vous êtes près de moi ou dans mes pensées. Et vous êtes toujours dans mes pensées dorénavant. Je ne me suis à aucun moment libéré de vous depuis que je vous ai vue pour la première fois.* »

Compare ces lignes, Cher Lecteur, avec celles que Charles Dickens avait écrites dans une lettre personnelle, peu de temps après sa première rencontre avec Ellen Ternan : « Je n'ai pas connu un instant de paix ou de satisfaction depuis la dernière soirée de *Profondeurs glacées*. Je suppose qu'il n'y a jamais eu homme aussi empoigné et aussi déchiré par un Esprit. » Et aussi : « Oh ! quelle journée infortunée pour moi ! Quelle journée infortunée, et misérable ! »

La passion de Charles Dickens pour Ellen Ternan, bien plus que l'anéantissement de son sentiment d'identité, de la cohésion de sa famille et de sa santé mentale provoqué par cette passion, me sautait aux yeux sous le masque de tous les personnages et de toutes les péripéties violentes de *L'Ami commun*.

Dans la scène terrifiante où Bradley Headstone révèle sa passion à une Lizzie Hexam toute tremblante – une scène située de façon fort appropriée, ai-je trouvé, dans un cimetière brumeux, puisque l'amour du maître d'école est condamné, unilatéral et éphémère avant même de succomber au dépit et de renaître de ses cendres sous forme de pulsion homicide –, l'instituteur détraqué s'écrie d'une voix qui semble faire écho aux cris de souffrance silencieux que poussait Charles Dickens cette année-là :

Nul ne sait avant le temps venu quels abîmes sont en lui. Pour certains, ce temps ne vient jamais ; qu'ils restent en repos et remercient le sort ! Pour moi, vous l'avez fait arriver ; à moi, vous l'avez imposé ; et, depuis lors, le fond de cette mer furieuse ne cesse pas d'être soulevé.... Je vous aime. Ce que les autres hommes veulent dire quand ils se servent de cette expression, je n'en sais rien. Ce que je veux dire, moi, c'est que je suis sous l'influence de quelque terrible force d'attraction, à laquelle j'ai résisté en vain et qui me subjugue. Vous pour-

riez m'attirer dans le feu, vous pourriez m'attirer dans l'eau, vous pourriez m'attirer à l'échafaud, vous pourriez m'attirer à tout ce que j'ai toujours fui le plus violemment, vous pourriez m'attirer à n'importe quelle humiliation et n'importe quelle honte. C'est cela, et la confusion de mes pensées, qui m'empêchent de rien faire, qui me font dire que vous êtes ma destruction*.

Et pendant qu'il hurle ces aveux, Bradley Headstone étreint la pierre du mur du cimetière jusqu'à ce que le mortier pulvérisé s'effrite et tombe sur le pavé et jusqu'à ce que, finalement, il abatte *« son poing fermé sur la pierre avec une force qui lui laissa les doigts écorchés et sanglants* »*.

Charles Dickens n'avait jamais écrit sur le pouvoir terrible et jumeau de l'amour et de la jalousie des lignes d'une lucidité, d'une souffrance et d'une force pareilles. Il ne le ferait plus jamais.

Comme chez Bradley Headstone, la confusion identitaire et la perte de contrôle de sa propre existence provoquées par l'obsession érotique et romantique auraient-elles pu pousser Charles Dickens à la folie diurne, et au meurtre nocturne ? Cela paraissait absurde, mais possible.

Un an plus tôt – avant Staplehurst –, le petit groupe un peu disparate que Dickens avait rassemblé chez lui pour la Noël 1864 s'était composé de mon frère Charley, de sa femme Katey, de l'artiste Fechter et de son épouse (et du cadeau surprenant de Fechter, le chalet suisse), de Marcus Stone et d'Henry Chorley. Cette année-là, mes sentiments oscillèrent entre une légère surprise en découvrant qu'un autre célibataire, Percy Fitzgerald, avait été invité pour plusieurs jours, une absence totale d'étonnement en voyant Charley et Katey de retour sous le toit de Dickens, un immense plaisir en trouvant les autres résidents de Gad's Hill, Mamie et Georgina, d'assez bonne humeur, et une stupeur totale – alors même que le jeune rescapé de Staplehurst m'avait parlé de l'invitation que lui avait faite Dickens l'été précédent – en constatant que le jeune Edmond Dickenson s'était installé à Gad's Hill pour la semaine. Cela faisait trois célibataires à table, si l'on ne comptait pas Dickens comme tel.

Et ce matin-là, Dickens m'annonça un autre imprévu fort plaisant pour le dîner. « Mon cher Wilkie, vous allez *adorer* nos invités surprises de ce soir. Je vous le promets. Ils vont nous enchanter, comme toujours. »

Sans ce pluriel, j'aurais peut-être demandé, railleur, à l'Inimitable si Mr Drood avait l'intention de faire une apparition à notre table de Noël. Ou peut-être, après tout, m'en serais-je abstenu ; malgré l'enthousiasme que lui inspirait la venue de ces mystérieux invités, Charles Dickens paraissait extrêmement fatigué, décomposé même, en ce jour de Noël. Je m'enquis de sa santé et il reconnut avoir été accablé de douleurs et de faiblesses étranges à la fin de l'automne et au début de l'hiver. Il avait évidemment consulté à maintes reprises notre ami et médecin commun, Frank Beard, dont il suivait pourtant rarement les conseils. Celui-ci avait, semble-t-il, diagnostiqué « une défaillance de la puissance musculaire du cœur », mais Dickens semblait convaincu que cette faiblesse résidait dans la sphère des émotions plus que dans sa cage thoracique.

« Ce sont ces maudites journées d'hiver trop tièdes

qui vous travaillent la cervelle, m'expliqua Dickens. Et après trois ou quatre jours d'une humidité et d'une douceur inhabituelles, ces coups de froid réitérés vous flanquent un vrai coup au moral. Mais – l'avez-vous remarqué ? – il ne neige jamais. Je donnerais n'importe quoi pour retrouver les hivers simples, froids et enneigés de mon enfance. »

Il était exact qu'il n'y avait pas plus de neige au sol à Londres qu'à Gad's Hill en cette période de Noël. Ce qui ne nous empêchait pas de connaître une de ces vagues de froid dont il avait parlé ; c'est ainsi que notre promenade dans l'après-midi du 25 décembre – en compagnie de Percy Fitzgerald, du jeune Dickenson et du vrai fils de Dickens, Charley, mon frère Charles ayant préféré ne pas sortir – ressembla plus au dandinement d'épaisses pelotes de laine insensibles qu'à une sortie de gentlemen. Dickens lui-même, généralement indifférent à la pluie, à la chaleur ou au froid, avait enfilé un pardessus plus épais que celui qu'il portait d'ordinaire pour ses excursions et avait enroulé un second cache-nez de laine, rouge, autour de son col et du bas de son visage.

Les hommes que nous étions étaient accompagnés de cinq chiens : Linda, le gros saint-bernard, le petit loulou de Poméranie sautillant de Mary, Mrs Bouncer la bien nommée, Don, le terre-neuve noir, le grand mastiff dénommé Turk, et Sultan.

Dickens tenait Sultan au bout d'une solide laisse. Le chien portait également une muselière de cuir. Percy Fitzgerald, qui avait offert à Dickens ce limier irlandais au mois de septembre précédent – c'était encore un chiot à ce moment-là –, constata avec satisfaction que Sultan avait presque atteint sa taille adulte et se portait fort bien. Mais quand Percy s'approcha pour le caresser, Sultan grogna férocement et chercha à le mordre malgré l'entrave de la muselière, comme s'il s'était mis dans la tête d'arracher la main de Fitzgerald au niveau du poignet. Percy recula, effrayé et mortifié. Dickens parut étonnamment satisfait.

« Sultan continue à être doux et obéissant avec moi, nous dit-il. Mais c'est un monstre avec la plupart des autres créatures vivantes. Il est déjà venu à bout de cinq muselières et rentre souvent à la maison le museau souillé de sang. Nous sommes certains qu'il a avalé tout rond un chaton aux yeux bleus, mais cet ignoble forfait lui a valu des affres de remords... ou du moins des affres digestifs. »

Comme le jeune Edmond Dickenson riait, Dickens ajouta : « Notez que Sultan a grogné et vous a montré les dents à tous... à l'exception de Wilkie. Si Sultan me voue une loyauté exclusive, je relève d'étranges affinités entre cette bête et Wilkie Collins, je vous assure. »

Je fronçai les sourcils au-dessus de mon écharpe de laine. « Pourquoi dites-vous cela, Dickens ? Parce que nous sommes, lui et moi, d'origine irlandaise ?

— Pas du tout, mon cher Wilkie, répondit Dickens derrière sa propre écharpe rouge. Parce que vous pouvez être dangereux, l'un comme l'autre, si l'on ne vous contient pas comme il convient et si l'on ne vous mène pas d'une main de fer. »

Cet imbécile de Dickenson s'esclaffa encore. Charley Dickens et Percy eurent l'air simplement intrigués par ce commentaire.

À cause du froid, ou peut-être parce que Dickens avait pitié de ses invités, ou encore à cause de ses propres problèmes de santé, cette promenade d'après-midi tint plus de la déambulation paisible autour de la propriété que de l'habituel marathon dickensien. Nous nous dirigeâmes d'un pas tranquille vers l'écurie pour rendre visite aux chevaux, parmi lesquels Boy, le cheval de monte de Mary, le vieux Trotty Veck et le poney norvégien, une créature d'un sérieux imperturbable baptisée Newman Noggs. Alors que les chevaux soufflaient sur nous les nuages de leurs tièdes exhalaisons et que nous leur donnions des carottes, je me remémorai ma visite estivale à Dickens juste après l'accident de Staplehurst et me souvins que l'Inimitable avait alors les nerfs tellement à vif qu'il ne supportait même pas le trot lent de Newman Noggs attelé à la voiture en osier. Ce véhicule et le harnais de Noggs, suspendu au mur de l'écurie, étaient agrémentés comme toujours d'une série de clochettes norvégiennes au timbre ravissant, mais il faisait vraiment trop froid pour envisager une sortie.

Nous quittâmes les écuries, et Dickens – traîné par Sultan – nous fit traverser le tunnel pour rejoindre le chalet. Les champs de blé qui se déployaient au-delà, si verdoyants l'été, ne présentaient plus que des surfaces déchiquetées de chaumes bruns et gelés. La route de Douvres était presque déserte en cette grise journée de Noël – on n'apercevait qu'une charrette solitaire inclinée sous sa charge de foin qui se déplaçait lentement, tout au bout de cette étendue boueuse et glacée. L'herbe sèche crépitait et se brisait sous nos souliers.

Après avoir quitté le chalet vide, notre procession suivit Dickens jusqu'au champ situé derrière sa maison. Ici, l'écrivain s'arrêta et me regarda. L'espace d'une seconde, je me flattai de savoir exactement ce qu'il pensait.

Ici, en ce même lieu, cinq ans plus tôt seulement, par une plaisante journée de la première semaine de septembre, Charles Dickens avait brûlé l'intégralité de sa correspondance des trente dernières années. Tandis que ses fils Henry et Plorn lui tendaient corbeille après corbeille de lettres et de dossiers exhumés de son bureau et que sa fille Mamie le suppliait de ne pas détruire des productions littéraires et personnelles aussi précieuses, Dickens avait réduit en cendres toutes les lettres qu'il avait reçues de moi, de John Forster et de Leigh Hunt, d'Alfred Tennyson et de William Makepeace Thackeray, de William Harrison Ainsworth et de Thomas Carlyle, de ses amis américains Ralph Waldo Emerson et Henry Wadsworth Longfellow, de Washington Irving et de James T. et Annie Fields, ainsi que de sa femme, Catherine. Et d'Ellen Ternan.

Plus tard, Katey me confia avoir argumenté avec son père alors que, lettres en main, elle reconnaissait l'écriture et les signatures de Thackeray, de Tennyson et de tant d'autres, et l'avoir supplié de songer à la postérité. Mais, je ne sais pourquoi, Katey m'avait menti. En ce 3 septembre où Dickens avait soudain décidé de brûler toute sa correspondance, elle était en effet en voyage de noces en France avec mon frère Charles. Elle n'avait été informée de cette destruction que quelques mois plus tard.

Sa sœur Mamie était là, en revanche – à l'endroit même où je me trouvais alors, dans le jardin de Dickens donnant sur les champs gelés et les forêts dépouillées et lointaines du Kent –, et elle l'avait imploré de ne pas se débarrasser de ces écrits. Dickens lui avait répondu : « Plaise à Dieu que chacune des lettres que j'ai jamais écrites fût sur cette pile. »

Ce jour-là, une fois les dossiers et les tiroirs du bureau de Dickens vidés, ses fils Henry et Plorn avaient fait frire des oignons sur les braises du grand feu jusqu'à ce que, dans l'après-midi, une averse soudaine oblige tout le monde à se réfugier à l'intérieur. Dickens m'écrivit plus tard : « *Il s'est alors mis à pleuvoir violemment... Je soupçonne ma correspondance d'avoir assombri la face des cieux.* »

Pourquoi Dickens avait-il brûlé ce legs épistolaire ?

Un an plus tôt exactement, en 1864, Dickens m'avait dit avoir adressé ces lignes à son vieil ami, l'acteur William Charles Macready :

Constatant quotidiennement les usages impropres que l'on fait de lettres confidentielles qui sont divulguées à un public qu'elles ne concernent absolument pas, j'ai fait récemment un grand feu dans mon champ de Gad's Hill et j'ai brûlé toutes les lettres en ma possession. Désormais, je détruis systématiquement toutes les missives que je reçois et qui ne sont pas strictement professionnelles, et, jusqu'ici, mon esprit est en repos.

Quels usages impropres ? Certains de nos amis communs à Dickens et moi – sur le petit nombre qui avait été informé de cet autodafé – furent d'avis que la séparation pénible et publique de l'Inimitable et de Catherine (que sa propre erreur de jugement avait largement contribué, rappelons-le, à porter à la connaissance du public) l'avait terrifié et conduit à imaginer que, dans les jours et les mois qui suivraient son trépas, de prétendus biographes et autres charognards littéraires pourraient étudier attentivement sa correspondance confidentielle de tant d'années. Pendant des décennies, conjecturaient ces amis communs, la vie et l'œuvre de Charles Dickens avaient été la propriété de tous. Il ne pouvait supporter, pensaient-ils, l'idée que les réactions de ses amis à ses pensées les plus intimes soient, elles aussi, placées sous les regards curieux du public.

Ma théorie sur les raisons qui avaient poussé Dickens à brûler ces lettres était légèrement différente.

Je crois que c'est moi qui ai inspiré ce projet à Dickens.

L'édition de Noël de *Household Words* de 1854 contenait un récit de ma plume intitulé « Le quatrième pauvre voyageur ». Le narrateur, un juriste, y déclare : « Mon expérience du droit, Monsieur Frank, m'a convaincu que, si tout le monde brûlait les lettres d'autrui, la moitié des tribunaux de ce pays pourraient fermer boutique. » Les tribunaux, en tant que tels, étaient très présents à l'esprit de Charles Dickens à l'époque où il avait écrit *La Maison d'Âpre-Vent*, puis en 1858, quand la famille de son épouse menaça de le traîner en justice en raison de différents torts commis envers Catherine, parmi lesquels, probablement, l'adultère.

Et quelques mois à peine avant que Dickens ne mette sa correspondance au feu, j'avais moi-même évoqué une lettre brûlée dans mon roman *La Dame en blanc*, qui était alors publié en feuilleton dans *Household Words*, soigneusement revu et corrigé par Dickens. Dans mon récit, Marian Halcombe reçoit une missive d'un certain Walter Hartright. La demi-sœur de Marian, Laura, est amoureuse de Hartright, mais a accepté de respecter la promesse d'en épouser un autre faite à son père mourant. Hartright s'apprête à prendre la mer pour l'Amérique du Sud. Marian décide de ne pas parler à Laura du contenu de la lettre.

J'en suis à me demander si je dois brûler cette lettre, de peur qu'un jour ou l'autre, elle ne tombe malencontreusement en d'autres mains. Car non seulement ce que Hartright y dit de Laura doit rester secret, mais il me répète ses soupçons aussi inexplicables qu'inquiétants, au sujet de la surveillance secrète dont il serait l'objet... Mais il y a danger à garder cette lettre. On ne sait jamais qui peut la trouver. Si je tombais malade... si je venais à mourir... Mieux vaut la brûler tout de suite et avoir un sujet d'inquiétude en moins.
Voilà, elle est brûlée ! Sa lettre d'adieu, la dernière peut-être que j'aie de lui, ne forme qu'un minuscule tas de cendres noires au bord de l'âtre*.

Ma théorie, pour ce qu'elle vaut, est que cette scène de *La Dame en blanc* fit une profonde impression à Dickens au moment où il s'efforçait avec tant d'opiniâtreté de se construire une vie nouvelle et secrète avec Ellen Ternan, mais aussi que – je ne sais trop pourquoi – ce fut le mariage de sa fille Kate avec mon frère en juillet 1860 qui le poussa finalement à brûler sa correspondance et, j'en suis presque certain, à convaincre Ellen Ternan de faire subir le même sort à toutes les lettres qu'il lui avait adressées au cours des trois années écoulées. Je suis *certain* que Dickens considérait le mariage de Katey avec Charles Collins comme une forme de félonie au sein même de sa famille, et ce n'est pas aller trop loin que de penser qu'il ait pu imaginer alors que ses filles et ses fils, mais surtout sa fille Kate, dont tout le monde disait qu'elle lui ressemblait tant, pussent le trahir une nouvelle fois en vendant ou en publiant sa correspondance après sa mort.

Dickens avait terriblement vieilli entre 1857 et 1860 – certains affirment qu'il était passé de la jeunesse à la vieillesse sans s'arrêter, ou presque, à l'étape de l'âge mûr – et il est très possible que d'avoir senti passer le souffle de la maladie et d'avoir entraperçu le spectre de la mort en ce temps-là lui ait rappelé ma scène de la lettre brûlée et l'ait incité à détruire toute trace de ses réflexions les plus intimes.

« Je sais à quoi vous pensez, mon cher Wilkie », lança soudain Dickens.

Les autres furent visiblement surpris. Emmaillotés dans leurs multiples couches de laine, ils avaient regardé le soleil pâle se coucher derrière le mur de nuages à l'ouest, au-delà des champs moutonnants et gelés du Kent.

« Vraiment, mon cher Dickens ?

— Vraiment. Vous pensez qu'un grand feu de joie nous réchaufferait merveilleusement. »

Je clignai des paupières, sentant la rigidité de mes cils gelés contre mes joues transies.

« Un feu de joie ! s'écria le jeune Dickenson. Quelle idée épatante !

— Elle le serait si nous ne devions pas rejoindre les femmes et les enfants dans la maison pour les jeux de Noël », observa Dickens, tapant ses gros gants l'un contre l'autre avec un bruit qui fit l'effet d'un coup de fusil. Sultan sursauta, faisant un brusque écart au bout de sa laisse et tremblant comme si on avait vraiment tiré un coup de feu contre lui.

« Punch chaud pour tous ! » cria l'Inimitable et notre procession de sphéroïdes laineux aux écharpes colorées le suivit dans la maison en se dandinant.

Je renonçai aux félicités des jeux avec les enfants et les femmes pour me réfugier dans ma chambre. J'occupais toujours la même chambre d'amis à Gad's Hill Place et fus intérieurement soulagé de découvrir qu'elle m'était toujours réservée, que je n'avais pas été rétrogradé au cours des derniers mois. (La maison étant pleine comme un œuf en raison de la présence de la famille pour les fêtes et de l'arrivée des Mystérieux Invités attendus dans la soirée, Percy Fitzgerald avait été relégué dans une chambre de l'Auberge de Falstaff de l'autre côté de la route. Je m'en étais étonné, car Percy était un vieil ami et avait certainement plus de droits à résider sous le toit de Dickens que l'orphelin Dickenson, pourtant logé dans la demeure. Mais cela faisait longtemps que j'avais renoncé à comprendre ou à prévoir les caprices de Charles Dickens.)

Sache, Cher Lecteur, que je n'avais jamais confié ni à l'inspecteur Field ni à nul autre le pressentiment nocturne qui m'avait fait imaginer, sous l'influence du laudanum, que Dickens pourrait vouloir tuer le jeune et riche orphelin Edmond Dickenson (toute cette histoire étant liée à des géraniums écarlates répandus comme du sang à travers le paysage et dans une chambre d'hôtel). La raison tombe sous le sens – c'était bien le laudanum qui m'avait suggéré cette révélation nocturne et, si certaines de ces visions m'ont été infiniment précieuses dans mon activité de romancier, j'aurais eu peine à décrire à l'inspecteur Field au regard torve l'enchaînement de logique cachée et d'intuition inspirée par la drogue auquel je devais cette pénétration.

Mais revenons à ma chambre de Gad's Hill Place. Bien que j'aie prétendu le contraire à Caroline à la suite de longs séjours chez Dickens, sa demeure offrait à ses invités un asile agréable. Chaque chambre d'amis était équipée d'un lit merveilleusement confortable, d'un certain nombre de meubles de prix qui ne l'étaient pas moins et l'on trouvait – dans toutes les chambres d'amis ainsi que dans certains couloirs et pièces communes – une table couverte de matériel d'écriture, comprenant du papier à lettres à en-tête, des enveloppes, des plumes d'oie taillées, des allumettes et de la cire à cacheter. Tout cela disposé dans une chambre qui était toujours d'une propreté irréprochable, d'un ordre impeccable et d'une commodité absolue.

Tous les invités de Gad's Hill découvraient aussi dans leur chambre une véritable bibliothèque au sein de laquelle ils pouvaient faire leur choix, plusieurs ouvrages étant déjà posés sur la table de chevet. Ces livres avaient été choisis pour chacun, tout spécialement par Dickens, personnellement. Je découvris ainsi sur ma table de nuit un exemplaire de ma *Dame en blanc* – non pas le volume dédicacé que j'avais moi-même offert à Dickens, mais un exemplaire tout neuf, dont les pages n'étaient pas encore coupées – ainsi que des articles du *Spectator*, une édition des *Mille et Une Nuits* et un volume d'Hérodote avec un signet de cuir inséré au chapitre traitant des voyages égyptiens de l'historien de l'Antiquité, et qui commençait par une évocation des Temples du Sommeil.

Au-dessus d'un miroir de loge, une petite carte portait ces quelques mots : « Hans Andersen a dormi dans cette chambre pendant cinq semaines – une ÉTERNITÉ aux yeux de la famille ! »

J'avais eu quelques informations sur cette visite prolongée. Un soir, devant une bouteille de vin, Dickens m'avait décrit l'amical Danois (qui parlait fort peu anglais, ce qui avait certainement ajouté à la tension de son séjour chez les Dickens) en ces termes : « Un croisement entre mon personnage de Pecksniff[1] et le Vilain Petit Canard, Wilkie. Un croisement scandinave très lourd à supporter pendant une semaine, sans parler de deux quinzaines et plus. »

Mais quand il m'arrivait, ce qui était fréquent, d'affirmer à Caroline ou à Harriet, après avoir passé plusieurs jours, voire plusieurs semaines à Gad's Hill, que ce séjour avait été « une épreuve », je prêtais à ce mot un sens plus littéral. Malgré la bonne humeur incontestable de Dickens et en dépit de ses efforts indéniables pour mettre ses invités à l'aise, veiller à leur confort et pourvoir aux nécessités de la conversation à tous les repas et en toute occasion, il était difficile de ne pas éprouver la sensation parfaitement indiscutable, elle aussi, d'être *jugé* par l'Inimitable quand on était reçu sous son toit. C'était du moins mon impression personnelle. (Je suppose que le pauvre Hans Christian Andersen – qui avait pourtant relevé, sans s'en plaindre, la brusquerie de Katey, de Mamie et des garçons pendant son long séjour en ces lieux –

---

1. Personnage de *Martin Chuzzlewit*, moralisateur et hypocrite.

n'avait pas remarqué l'impatience et les critiques occasionnelles du maître de maison.)

Dans le silence de ma chambre – d'où je percevais tout de même les piaillements de ravissement des enfants et de Charles Dickens qui jouaient au salon du rez-de-chaussée –, je sortis la flasque de laudanum de son emplacement réservé et bien protégé dans ma valise et en versai dans le verre propre disposé à proximité du broc régulièrement rempli d'eau fraîche à côté de la cuvette. La soirée, je n'en doutais pas, serait une épreuve – physique aussi bien que psychologique. Je bus d'un trait un verre de remède et m'en servis un second.

Peut-être te demandes-tu, Cher Lecteur d'un avenir qui pourrait s'ériger en inquisiteur, pourquoi j'avais accepté de livrer des informations sur Dickens à l'ancien policier fouineur. J'espère n'avoir pas perdu de ton estime au cours des pages de mon récit intervenues depuis que j'ai reconnu avoir donné suite à cet accord secret.

Les raisons pour lesquelles j'avais accepté ce marché faustien étaient triples. D'abord, je crois que Dickens *voulait* que je rapporte à l'ancien inspecteur Charles Frederick Field tout ce qui s'était passé la nuit où nous avions recherché Drood ainsi que tout ce que l'Inimitable m'avait raconté sur Drood depuis cette nuit. Pourquoi Dickens aurait-il souhaité que je l'en informe ? demanderas-tu. Sans pouvoir préciser tous ses ressorts, je suis convaincu que l'écrivain souhaitait que je le fasse, sans m'y inviter explicitement. Dickens savait que le détective privé essayait de me soutirer des informations. Il savait certainement qu'un homme tel que Field chercherait à me faire chanter, et ne se contenterait pas de menacer de révéler la nature de ma relation avec Caroline, laquelle était de notoriété publique. Plus précisément, Dickens ne m'aurait jamais raconté l'histoire des origines de Drood et n'aurait jamais admis l'existence de ses excursions londoniennes – celles de Dickens – dans la Ville-du-Dessous *s'il n'avait pas prévu, et même voulu, que je transmette ces renseignements à cette brute d'inspecteur.*

À quel jeu jouait Dickens, je l'ignore. Mais le sentiment de complicité tacite qui me liait à l'Inimitable était plus fort que celui qui m'attachait à l'intrigant inspecteur Field.

Deuxièmement, j'avais des raisons personnelles et tout à fait impérieuses de me servir de l'inspecteur pour me procurer des informations sur Charles Dickens et Ellen Ternan. Je savais parfaitement que Dickens ne me ferait jamais aucune confidence touchant cette sphère de son existence. Bien avant l'événement révélateur de la catastrophe de Staplehurst, ses relations avec l'actrice avaient transformé à tous égards l'existence de l'Inimitable et n'avaient pas été sans conséquences sur les relations qu'il entretenait dans cette existence-là – et notamment sur les nôtres, à lui et moi. Pourtant, si Dickens arrivait à ses fins (et quand n'était-ce pas le cas ?), les détails et l'importance de cette relation secrète et de cette Double Vie animée resteraient un mystère jusqu'à la fin de ses jours et au-delà. Or j'avais de bonnes raisons que je te révélerai peut-être plus tard, Cher Lecteur, de vouloir ces détails. L'inspecteur Field, avec sa propension à fourrer son nez partout et son absence totale de perspective morale, apanage des gentlemen, et avec, de surcroît, le concours de sa troupe de détectives actifs, était la source idéale pour me procurer ces informations.

Troisièmement, j'avais ourdi cette conspiration apparente avec l'inspecteur Field parce que j'éprouvais personnellement le besoin de réorganiser certains éléments d'une relation intime avec Charles Dickens que j'avais vue se dégrader depuis un an, bien avant Staplehurst. Concrètement, je transmettais ce que je savais sur Drood à l'enquêteur pour protéger Charles Dickens au cours d'une des périodes les plus vulnérables de son existence. J'avais le sentiment qu'il importait de régénérer notre amitié en péril – et de réaffirmer l'égalité érodée de ma place au sein de cette relation – afin d'aider et de secourir mon ami Charles Dickens.

Vingt minutes s'étaient écoulées depuis que j'avais absorbé le laudanum, et je sentais l'étau envahissant de la goutte rhumatismale commencer à se desserrer autour de ma tête, de mes entrailles et de mes extrémités endolories. Un sentiment d'équilibre profond et de vigilance mentale se propagea à travers tout mon organisme.

Quelles que fussent les surprises que Charles Dickens nous réservait pour ce dîner de Noël, je me sentais désormais prêt à les affronter avec le mélange habituel, et attendu de tous, de pondération et de bonne humeur qui était la marque de Wilkie Collins.

13.

« Non – euh – Dickens ! Sacrebleu ! Pas de – euh –
euh – pas de cette, de cette ineptie de *L'Ami commun* !
Non ! C'est – euh – c'est – Copperfield, tudieu ! Je
jure par le diable qu'en tant que spécimen de passion
et de badinage – euh, ah – indiciblement mêlés, vraiment – Non, franchement, Dickens ! – Copperfield !
– m'étonne aussi profondément qu'il – euh – qu'il
m'émeut. Mais comme œuvre d'art – et vous savez –
euh – que je – non, Dickens ! Tudieu ! – j'ai vu ce
qui se fait de mieux dans l'Art d'une grande époque –
il dépasse mon entendement. Comment l'aborde-t-il
– euh – comment est-il fait – euh – comment un
homme peut-il – ma foi ! j'en tombe à la – euh – renverse, et il ne sert à rien d'en parler. »

C'était là notre Invité Surprise qui parlait et épon-
geait son immense front pâle et transpirant avec un
mouchoir de soie à motif cachemire. Le vieil homme
entreprit ensuite d'essuyer ses yeux chassieux d'où
commençaient à couler des larmes.

Nos Invités Mystérieux étaient, inutile de le préciser,
William Charles Macready, l'Éminent Tragédien, et
sa nouvelle épouse, Cecile.

J'espère, et je prie pour cela de toute mon âme, ne pas percevoir un silence interloqué à ton extrémité lointaine de cette chronique, Cher Lecteur. En effet, si ton époque a oublié William Charles Macready, comment pourrais-je espérer que le nom ou l'œuvre du modeste Wilkie Collins auront survécu ?

William Charles Macready a été l'Éminent Tragédien de notre temps, l'héritier de Kean et – de l'avis de beaucoup – il aurait même surpassé ce géant du théâtre shakespearien par la subtilité de ses interprétations aussi bien que par le raffinement de sa sensibilité. Les rôles les plus mémorables de Macready au cours des nombreuses décennies où il a dominé la scène anglaise ont été ceux de Macbeth dans cette mise en scène innommable et du roi Lear. Né en 1793, si je ne me trompe, Macready était déjà un acteur mûr et reconnu et une célébrité publique, quand le jeune Dickens – l'Inimitable Boz, nom sous lequel il se fit connaître lors des premiers succès qui suivirent *Les Papiers du Pickwick Club* – n'était encore qu'un garçon qui aurait bien voulu brûler les planches. La maîtrise scénique absolument unique du pathos et du remords dont témoignait Macready, aux dépens bien souvent de la noblesse ou de la grandeur qu'assument fréquemment les acteurs shakespeariens, eut un puissant écho sur les facultés personnelles du jeune écrivain dans ces domaines.

Macready était donc, à l'instar de Dickens, un homme complexe, sensible et paradoxal. Aussi sûr de lui en apparence que l'Inimitable lui-même, Macready était généralement – selon ceux qui l'ont le mieux connu – assailli de doutes en son for intérieur. Fier de son métier autant que l'était Dickens, il s'inquié-tait (comme le faisait parfois ce dernier) à l'idée qu'une telle profession pût ne pas s'accorder avec le statut de gentleman. Mais, depuis la fin des années 1830, l'étoile montante qu'était Dickens ainsi que ses amis Macready, Forster, Maclise, Ainsworth, Beard et Mitton composaient un cercle étroit d'hommes de talent et d'ambition dont l'histoire de notre petite île a rarement connu l'équivalent.

De tous ces éminents personnages, William Charles Macready était de loin le plus célèbre – avant que Dickens prenne finalement l'ascendant.

Pendant de longues années (des décennies, même), l'Inimitable Boz écrivit en coulisse des comptes rendus louangeurs, admirant tout particulièrement (comme le faisait également son coauteur et rédacteur en chef John Forster) des innovations théâtrales telles que la mise en scène de *Lear* réalisée par Macready – laquelle restituait la vision authentique et tragique de Shakespeare après plus d'un siècle et demi où le public avait dû supporter l'abominable adaptation en « happy end » de Nahum Tate. Macready avait également réintroduit le personnage du Fou dans la distribution de *Lear*, un acte de sauvetage inspiré qui avait fait vibrer la sensibilité de Charles Dickens comme s'il avait été une cloche frappée par un marteau. J'ai recherché un jour ce que Dickens avait écrit sur ce sujet en particulier. Outre l'allusion au rétablissement du Fou dont il appréciait le « soulagement singulier et magistral » qu'il apportait à la présence écrasante du personnage de Lear, Boz enthousiaste avait qualifié la production de Macready de « magnifique », poursuivant ainsi :

Le cœur, l'âme et le cerveau de cet échantillon de nature en ruine, à tous les stades de cette ruine,

nous ont été exposés dans leur pleine nudité... La
tendresse, la rage, la folie, le remords et le chagrin
sont tous issus les uns des autres, et liés en une
chaîne unique.

En 1849, l'acteur shakespearien Edwin Forrest, un
Américain arriviste – qui avait été un temps un excellent ami de Macready et avait largement profité de
sa générosité –, se rendit en Angleterre et critiqua de
façon injurieuse l'interprétation d'Hamlet que donnait
Macready, allant jusqu'à prétendre que notre grand
Tragédien Anglais traversait la scène en minaudant
et déclamait ses vers comme un dandy efféminé. Le
public anglais fit mauvais accueil à Forrest pendant le
restant de sa tournée dans notre pays. Les Anglais s'es-
claffèrent en l'entendant réciter les vers immortels du
barde avec son épouvantable accent américain. En mai
de la même année, Macready fit lui-même une tournée
en Amérique – ce n'était pas son premier séjour dans
ce pays et le public s'était généralement montré très
chaleureux. Mais, cette fois, les bandes de Boston et de
New York, authentiques aficionados shakespeariens,
amateurs de théâtre ou simples voyous haineux, avaient
bombardé Macready, *pendant les spectacles*, d'œufs
pourris, de chaises, de chats crevés et de projectiles
plus répugnants encore. De nombreux amateurs de
théâtre américains voulurent défendre notre Éminent
Tragédien. De nouvelles bandes de malfaiteurs, plus
nombreuses encore, décidèrent alors de s'en prendre à
Macready en même temps qu'à la domination et à l'hé-
gémonie anglaises sur tout ce qui concernait Shakespeare. On avait ainsi assisté le 10 mai 1849 à l'une
des émeutes les plus sanglantes de l'histoire de New

York. Quinze mille personnes s'étaient rassemblées en deux camps, l'un pour, l'autre contre Macready, à proximité d'un théâtre, l'Astor Place. Affolés, le maire et le gouverneur firent venir une milice que les Américains appellent la Garde nationale. Celle-ci tira sur la foule, et entre vingt et trente citoyens tombèrent, morts, dans la rue.

Tout au long de cet épisode, Dickens avait envoyé à Macready des télégrammes d'encouragements et de félicitations, comme s'il était l'entraîneur qui attend un boxeur dans l'angle du ring avec une serviette et des sels.

Au fil des ans, Dickens avait discrètement écrit de courtes pièces et des comédies théâtrales qu'il avait humblement soumises au grand acteur ; mais Macready les avait systématiquement refusées avec doigté (bien que Dickens ait participé à l'organisation de spectacles aussi mémorables que le *Henry V* de Macready en 1838). Étrangement, ces rebuffades n'avaient ni contrarié ni blessé l'Inimitable qui – j'étais bien placé pour le savoir – n'aurait supporté pareil affront de la part de personne d'autre, fût-ce de la Reine.

Cela faisait à présent trente ans que leur amitié durait et mûrissait. Mais, alors qu'un certain nombre de leurs amis communs disparaissaient dans l'ombre – tombés en disgrâce auprès de Dickens, ou trépassés –, j'avais perçu à travers les commentaires de l'Inimitable au cours des dernières années que le sentiment majeur que Macready lui inspirait désormais était la tristesse.

La vie n'avait pas été tendre pour l'Éminent Tragédien. L'émeute d'Astor Place avait convaincu l'acteur vieillissant de se retirer, mais, au moment même où il s'apprêtait à faire sa tournée d'adieu, l'aînée de ses enfants, sa fille chérie, Nina, qui avait alors dix-neuf ans, mourut. Macready, qui avait toujours été un homme de foi enclin à l'introspection, se replia entièrement sur lui-même, en proie à des doutes taraudants sur l'univers comme sur lui-même. Son épouse, Catherine, était alors en couches, prête à donner le jour à leur dixième enfant. (Les parallèles entre les Dickens et les Macready étaient flagrants – les couples étaient si proches que, quand Charles Dickens emmena sa propre Catherine en Amérique pour sa première tournée dans ce pays au début des années 1840, ce fut aux Macready qu'il confia alors leurs enfants – mais William Charles Macready ne se déprit jamais de son amour pour *sa* Catherine.)

La dernière représentation de Macready eut lieu à Drury Lane le 26 février 1851. Il avait évidemment choisi *Macbeth* pour ses adieux – le rôle avec lequel on l'avait le plus largement identifié, la pièce qui lui avait valu de se faire huer et conspuer à New York deux ans auparavant. On avait organisé pour la circonstance l'inévitable grand banquet, si fastueux qu'il fallut le donner dans le vieux Hall of Commerce plein d'échos. Bulwer-Lytton prononça en zozotant un discours sincère. John Forster lut une stance absolument consternante rédigée pour l'occasion par Tennyson. Thackeray, dont l'unique mission était de porter un toast à la santé des dames présentes, faillit s'évanouir de nervosité. Dickens, bien sûr, qui était le moteur de toute la soirée – il portait un manteau bleu vif orné d'étonnants boutons de laiton sur un gilet de satin noir brillant –, prononça une allocution émouvante, triste, pleine d'humour, venant du fond du cœur, et véritablement mémorable.

Catherine Macready mourut en 1852. Comme leur fille Nina, l'épouse de Macready succomba à une longue et terrible lutte contre la tuberculose. Dickens m'avait parlé de la dernière visite qu'il lui avait faite et m'avait confié qu'il avait écrit, peu après, à un ami : « *L'immense faux tranche profond dans le blé environnant, quand votre propre petit brin d'herbe a mûri.* » L'année suivante, les deux fils de Macready, Walter et Henry, rendirent l'âme eux aussi, immédiatement suivis de leur sœur Lydia. Aucun de ses enfants n'avait atteint l'âge adulte.

En 1860, à soixante-sept ans, après huit années de réclusion endeuillée dans sa lugubre retraite de Sherbourne, Macready s'était remarié – Cecile Louise Frederica Spencer, vingt-trois ans, devint la seconde Mrs Macready – et s'était installé dans une nouvelle demeure charmante à Cheltenham, à quatre ou cinq heures de Londres seulement. Un fils leur naquit peu après.

Dickens était enchanté. La perspective de vieillir inspirait à l'Inimitable horreur, crainte et mépris (raison pour laquelle, ce soir même, Mary Angela, l'aînée de ses petits-enfants, la fille de Charley et Bess, appelait Dickens « Venerables », sur l'insistance de l'écrivain lui-même, qui refusait qu'on emploie le vocable de « grand-père » en sa présence) et il n'avait aucune envie de remarquer ni d'être contraint de constater les signes de l'âge ou du déclin chez ses proches.

Pourtant, le William Charles Macready assis à notre table en cette nuit de Noël de 1865, à l'âge de soixante-douze ans, manifestait tous les signes imaginables de l'âge et du déclin.

Les traits mêmes que tant de gens avaient jugés

intéressants chez l'acteur – le menton puissant, le front massif, le grand nez, les yeux enfoncés, la petite bouche charnue – lui donnaient à présent le visage d'un oiseau de proie recroquevillé, ayant perdu toute sa superbe.

Dans son métier d'acteur, Macready avait mis au point une technique, que l'on enseigne encore dans les écoles de théâtre et qu'on appelle la « pause Macready ». Je l'avais entendue personnellement sur scène. Il ne s'agissait, pour l'essentiel, que d'une hésitation, d'une curieuse interruption ou ellipse à l'intérieur d'une ligne de dialogue dépourvue de ponctuation. Il est vrai que ce procédé pouvait ajouter de l'effet et de l'insistance à un vers, au point de changer la signification des mots qui encadraient cette césure. Macready avait, depuis des décennies, intégré cette suspension dans son discours habituel, et son attitude dictatoriale en tant que metteur en scène avait inspiré bien des parodies : « Tenez – euh – euh – vous tranquille, nom d'un chien ! » ou : « Ne me – euh – euh – quittez pas des yeux, Monsieur ! »

Mais à présent, la « pause Macready » avait presque intégralement englouti le sens de ses propos.

« Je ne saurais – euh – euh – vous *dire* – euh – euh – Dickens, comment… Quel *est* ce tohu-bohu saugrenu et – euh – euh – épouvantable venant des… Enfants ? *Vos* enfants, Charley ? Quel est ce chat ? Qu'il soit m-m-m-m-maudit ! Cecile ? Qu'étais-je en train de dire… Collins ! Non, *vous*, l'autre – avec les lunettes ! J'ai lu votre – euh – euh – vu votre – vous – vous – vous – ne pouvez en aucun cas avoir voulu dire qu'elle… Ma chère Georgina, je vous en prie, débarrassez-nous tous de ce – euh – euh – délivrez-nous de ce – euh – euh – fracas de casseroles d'étain qui vient de la cuisine, non ? Si ! Tudieu ! Il faudrait dire au régisseur que ces enfants devraient… Oh, je voulais parler de *La Dame en blanc* – euh – euh – un four mémorable, mon cher ! Mémorable ! »

Le four avait été chauffé à bonne température et la dinde était succulente. Certains ont écrit que personne en Angleterre n'a été plus responsable que Charles Dickens de la désaffection des familles anglaises réunies autour de la table de Noël à l'égard de l'oie osseuse et graisseuse au profit de la dinde riche et dodue, désaffection qui s'est manifestée au cours de ces dernières décennies. Le dernier couplet d'*Un chant de Noël* semble avoir à lui seul convaincu plusieurs milliers de nos compatriotes anciennement amateurs d'oie de franchir le fossé historique en matière de volaille, pour se ranger dans le camp du blanc savoureux des vrais festins de dinde.

Quoi qu'il en soit, la dinde était excellente ce soir-là, comme tous les mets fumants qui l'accompagnaient. Le vin blanc lui-même était meilleur que celui que Dickens servait d'ordinaire.

C'était une modeste fête de Noël par rapport aux habitudes de Dickens, mais il y avait tout de même plus de monde autour de la longue table que n'en avait jamais pu réunir Caroline pour un dîner de ce genre. Charles Dickens trônait à une extrémité, bien sûr, ayant encore devant lui la carcasse découpée de la plus grosse des deux dindes fort amoindries, comme un trophée de guerre. Macready était assis à sa droite et l'Eminent Tragédien avait en face de lui sa jeune épouse, Cecile. (Je suis certain qu'une règle de savoir-

362

vivre très stricte interdit de placer des conjoints face à face – une disposition presque aussi répréhensible que côte à côte, me semble-t-il –, mais Charles Dickens n'avait jamais prêté grande attention aux diktats de la haute société. Pure podsnapperie, disait-il.)

Macready avait pour voisine sa filleule et homonyme, Kate Macready Dickens Collins, qui n'avait pourtant pas l'air particulièrement réjouie d'être assise à côté de son parrain – ni d'être à table avec nous, en vérité. Après avoir lancé des regards venimeux à son père et sourcillé aux déclarations interminablement elliptiques et incompréhensibles de Macready, elle se détourna pour regarder sa sœur Mamie en roulant des yeux. Mamie – Mary – qui était assise à ma gauche (car, pour quelque mystérieuse raison, Dickens m'avait fait l'honneur de m'accorder l'autre bout de la table, ce qui me plaçait en face de lui) avait encore pris du poids depuis notre dernière rencontre et ressemblait de plus en plus à sa matrone de mère.

En face de Katey, mon frère Charles avait l'air franchement souffrant ce soir-là. J'avais horreur de donner raison à Dickens sur ce sujet en particulier, mais la mine défaite de Charley avait tout d'une tête de mort.

Katey avait à sa droite le Jeune Orphelin, notre rescapé de Staplehurst en personne, Edmond Dickenson, qui passa toute la soirée un large sourire aux lèvres, à regarder tout le monde d'un air réjoui comme l'idiot qu'il était. En face de Dickens, un autre jeune célibataire, Percy Fitzgerald, vingt-six ans, réussissait à se montrer tout aussi jovial et enthousiaste que Dickenson, imbécillité en moins.

Charley Dickens avait pris place entre Dickenson et

Mamie Dickens. L'aîné de l'Inimitable paraissait être le plus heureux de nous tous ce soir-là, et la raison de son bonheur était peut-être assise en face de lui. J'avoue que la jeune Bessie Dickens, son épouse, était sans doute la plus charmante femme de cette table – ou du moins se rangeait-elle sur ce point immédiatement derrière Cecile Macready. Dickens avait vu d'un très mauvais œil que Charley tombe amoureux de Bessie Evans – son père, Frederick Evans, avait longtemps été l'ami de l'Inimitable, mais Dickens ne lui avait jamais pardonné d'avoir représenté Catherine tout au long des laborieuses négociations de leur séparation – ni d'avoir été ensuite son fidéicommissaire – *alors que c'était Dickens lui-même qui avait demandé à Evans d'assumer ces fonctions.*

Heureusement pour son bonheur et pour son avenir, Charley Dickens était resté sourd aux imprécations et aux ultimatums paternels et avait épousé Bessie. Elle était silencieuse et réservée ce soir-là – elle parlait rarement en présence de son beau-père –, mais la lumière des bougies sur son cou gracieux rendait tout propos superflu. Bessie avait à sa droite Georgina Hogarth, qui faisait de son mieux pour présider en l'absence palpable de l'épouse de l'écrivain, et commentait avec enthousiasme chaque plat, chaque entrée.

À gauche de Georgina, immédiatement à ma droite, se trouvait le jeune Henry Fielding Dickens. Pour autant qu'il m'en souvînt, c'était la première fois que ce garçon de seize ans mangeait à la table des adultes le jour de Noël. Il semblait en être fier, dans son nouveau gilet de satin brillant aux boutons beaucoup trop visibles. Bien plus visibles que les longs favoris que ce garçon essayait – sans grand succès – de faire pousser par la seule force de sa volonté le long de ses joues duveteuses. Il ne cessait, inconsciemment je crois, de palper ses joues et sa lèvre supérieure glabres, comme pour vérifier si la pilosité désirée n'était pas apparue au cours du dîner.

Juste à ma gauche, entre Mamie Dickens et moi, trônait le véritable (pour moi) « Invité Surprise » de la soirée – un grand gaillard solidement bâti, au teint rubicond, arborant des moustaches et des favoris luxuriants à faire pâlir d'envie ce pauvre jeune Henry D. Cet individu s'appelait George Dolby et je l'avais croisé une ou deux fois dans les bureaux du *Household Words*, bien que, dans mon souvenir, ses activités l'aient plutôt porté vers le théâtre ou l'administration que vers l'édition. Au moment des présentations qui avaient eu lieu avant le dîner, il était apparu clairement que Dickens ne connaissait pas encore très bien Dolby, qu'il avait à discuter affaires avec lui et – Dolby n'ayant pas de projets pour Noël – qu'il l'avait invité à Gad's Hill sur un coup de tête.

Dolby était un causeur brillant et doué, malgré un bégaiement qui ne s'effaçait que lorsqu'il imitait les autres (ce qu'il faisait fréquemment). Il prenait grand plaisir à rapporter des ragots du monde du théâtre et, abstraction faite de ce léger bégaiement quand il parlait en son nom propre, il y mettait une accentuation et un rythme dramatiques presque parfaits – mais c'était également un homme qui savait écouter. Et rire. Au cours de la soirée, il avait éclaté à plusieurs reprises d'un rire bruyant, jovial, retentissant et naturel qui faisait peut-être rouler des yeux à Katey Dickens et à Mamie mais qui, j'en pris note, faisait immanquablement naître un sourire sur le visage de l'Inimitable.

Dolby semblait particulièrement amusé par les élucu-brations quasi impénétrables de Macready et attendait patiemment que les « – euh – euh – euh » s'achèvent par le « tudieu ! » final pour donner libre cours à son hilarité.

Le chapitre familial de la soirée était presque ter-miné, les enfants et petits-enfants étaient venus souhai-ter bonne nuit aux « Venerables » et à leurs parents, la conversation marquait un temps d'arrêt qui sem-blait plonger Dolby lui-même dans un état méditatif et quelque peu mélancolique, Katey et Mamie avaient cessé de rouler des yeux et d'avoir l'air furieuses contre tout le monde, et les dames s'apprêtaient mani-festement à se retirer là où elles se retirent quand les hommes passent dans la bibliothèque ou la salle de billard pour siroter un brandy et fumer un cigare, quand le jeune Dickenson prit la parole. « Excusez-moi, Monsieur Dickens mais, si je puis me permettre cette indiscrétion, qu'écrivez-vous en ce moment ? Vous êtes-vous engagé dans un nouveau roman ? »

Au lieu de froncer les sourcils devant cette interven-tion intempestive, Dickens sourit comme s'il n'avait fait qu'attendre cette question durant toute la soirée.

« En fait, dit-il, j'ai provisoirement cessé d'écrire. Je ne sais pas quand je m'y remettrai.

— Père ! s'écria Mamie avec une feinte inquiétude. Vous n'écrivez pas ? Vous ne passez pas vos jour-nées dans votre bureau ? Allez-vous nous annoncer prochainement que le soleil ne se lève plus à l'est ? »

Dickens sourit encore. « En vérité, j'ai décidé de consacrer les mois à venir – les années peut-être – à une entreprise plus gratifiante. Une entreprise de création qui sera plus gratifiante pour moi en termes artistiques et financiers. »

Katey afficha sa version personnelle du sourire de l'Inimitable. « Vous vous lancez dans l'art, Père ? L'illustration peut-être ? » Elle jeta un coup d'œil à son mari, mon frère, silencieux de l'autre côté des ruines de la dinde. « Tu devrais veiller au grain, Charles. Te voilà avec un nouveau concurrent sur les bras.

— Mais non, pas du tout », rétorqua Dickens. Kate agaçait souvent son père, mais sa réaction aux railleries de sa fille ce soir-là fut d'une grande sérénité. « J'ai décidé de créer une forme d'art inédite. Quelque chose que le monde n'a encore jamais connu – que personne n'a jamais imaginé.

— Une autre – euh – euh – une nouvelle – euh – euh –, c'est-à-dire – tudieu, Dickens ! » émit Macready.

L'écrivain s'inclina sur sa gauche et dit tout bas à Cecile : « Ma chère, de tous les hommes assis à cette table, votre époux est certainement le plus sensible à la beauté et à la puissance de la nouvelle entreprise dans laquelle je m'engagerai dans quelques semaines seulement.

— Allez-vous être acteur à plein temps, Père ? gazouilla Henry, qui avait vu son père faire du théâtre amateur toute sa vie et avait même été ballotté sur scène pendant les premières représentations de mes *Profondeurs glacées*.

— Pas du tout, mon garçon, répondit Dickens, toujours souriant. Il est fort possible que notre ami Wilkie, assis à l'autre bout de cette table, ait une vague idée de ce que j'ai à l'esprit.

— Pas la moindre », répondis-je sincèrement.

Dickens posa les deux mains sur la table puis écarta les bras dans un geste qui me rappela *La Cène* de Vinci. Cette pensée m'avait à peine effleuré l'esprit qu'une autre lui succéda promptement : *S'il s'agit de la Cène, lequel d'entre nous est Judas ?*

« J'ai autorisé Wills à négocier en mon nom avec Messieurs Chappell de New Bond Street un contrat de trente lectures au moins, poursuivit Dickens. Ces négociations viennent à peine de commencer, mais je ne doute pas qu'elles aboutiront et annonceront une nouvelle ère pour ma carrière, en même temps que dans le domaine des divertissements et de l'éducation populaires.

— Mais, Père, s'écria Mamie, visiblement bouleversée, vous savez ce que le docteur Beard a dit lors de vos récentes indispositions – dégénérescence de certaines fonctions du cœur, nécessité de prendre davantage de repos. Or vos précédentes tournées de lectures vous avaient tellement épuisé…

— Sornettes ! s'écria Dickens dont le sourire s'élargit encore. Nous envisageons d'engager Mr Dolby ici présent… »

Le géant rougit et inclina la tête.

« … comme directeur de tournée et compagnon de voyage. Chappell se chargera de toute l'organisation administrative et commerciale, ainsi que de toutes les dépenses personnelles et des frais de voyage de Mr Dolby, de moi-même et probablement de Mr Wills. Tout ce que j'aurai à faire, c'est prendre mon livre et lire au lieu et à l'heure convenus.

— Mais lire des extraits de vos livres n'est pas à proprement parler… comment disiez-vous, Père ?…

une nouvelle forme d'art, objecta Katey. Vous l'avez déjà fait bien souvent.

— C'est exact, ma chérie, acquiesça Dickens. Mais jamais comme j'en ai l'intention au cours de cette tournée et des suivantes. Comme tu le sais, je ne me contente jamais de... *lire* des passages de mes livres, bien que je feigne parfois de le faire. Je récite tous les textes de mémoire et me réserve le droit de réviser, condenser, modifier et réécrire largement certaines scènes... et même à l'occasion d'improviser entièrement comme l'Éminent Tragédien qui se trouve parmi nous l'a fait en d'innombrables occasions, améliorant ainsi Shakespeare lui-même. » Il tapota le bras de Macready.

« Ah – oui – je, bien sûr – mais, Bulwer-Lytton, oui, je... des interpolations à volonté, protesta Macready, rougissant sous sa peau pâle et ses rides, mais le – euh – euh – – le Barde. Tudieu... non, jamais !

Dickens éclata de rire. « Ma foi, ma prose n'est pas celle du Barde. Elle n'est pas gravée dans la pierre comme les dix commandements.

— Tout de même, objecta mon frère, une nouvelle forme d'art ? Une lecture peut-elle y prétendre ?

— Les miennes le pourront à dater de cette tournée », lança Dickens sèchement. Il ne souriait plus.

« Vos lectures sont toujours uniques par leur ton et leur éclat, Monsieur, intervint le jeune Dickenson.

— Je vous remercie, Edmond. Soyez sûr que la générosité de votre esprit est appréciée. Mais, lors de mes futures lectures, à partir de cette tournée et dans celles qui suivront... comme je l'ai dit... pendant plusieurs années peut-être, j'ai l'intention d'atteindre à un niveau sans précédent de théâtralité, associée à une authentique compréhension de la manipulation du magnétisme animal.

— Le magnétisme, fichtre ! explosa Dolby. Vous proposez-vous, Monsieur, de magnétiser votre public tout en le divertissant ? »

Dickens sourit à nouveau et caressa ses moustaches. « Monsieur Dolby, je suppose que vous lisez. Des romans, s'entend.

— Bien sûr que oui, Monsieur, répondit Dolby en riant. J'ai beaucoup apprécié tous les vôtres, ainsi que ceux de Mr Collins ici présent… Le Mr Collins qui est au bout de la table, à ma droite, veux-je dire. » Il se tourna vers moi. « Ce livre, *Armadale*, que vous avez écrit, Monsieur Collins, et qui a été publié dans la revue de Mr Dickens. Épatant. Cette héroïne – Lydia Gwilt, c'est bien son nom ? Quelle femme ! Épatant !

— Nous n'avons pas eu le plaisir de publier *ce* livre de Mr Collins en feuilleton, rectifia Dickens d'un ton cérémonieux. Et nous n'aurons pas non plus l'honneur de le publier sous forme d'ouvrage. Il doit paraître en mai prochain chez un autre éditeur. Mais je suis enchanté de pouvoir vous annoncer que nous sommes en bonne voie de convaincre notre cher Wilkie de revenir dans notre giron et de publier son prochain roman dans *All the Year Round*.

— Ah, épatant, épatant ! » s'exclama Dolby, la joie et l'enthousiasme faits homme. Il n'avait pas la moindre idée de l'impair qu'il avait commis en m'adressant cet éloge.

De fait, voguant sur le succès de *La Dame en blanc* qui avait été publiée dans *Household Words* de Dickens, mon dernier roman en date, *Armadale*, avait paru en feuilleton dans *The Cornhill Magazine* – à des conditions financières bien plus avantageuses pour moi. Et il devait sortir en volume chez Smith, Elder & Company, qui éditaient également *The Cornhill*.

Mais ce n'était pas là le fond de la bévue de Dolby ni le motif pour lequel les traits de Dickens – joviaux, détendus et impatients quelques instants auparavant – semblaient soudain tirés et vieillis. La raison de son changement d'humeur était, j'en suis convaincu, l'évocation imprudente de mon héroïne, Lydia Gwilt.

Dans un passage du roman, je faisais dire à Lydia, une femme pour qui la souffrance, la sienne et celle des mortels qui l'entouraient, n'avait guère de secret :

Quel est l'homme qui a inventé le laudanum ? Je le remercie du fond de mon cœur. Si tous les misérables souffrant de corps et d'esprit qu'il a soulagés se réunissaient pour chanter ses louanges, quel concert ce serait ! J'ai eu six délicieuses heures d'oubli. Je me suis réveillée l'esprit calme*.

J'avais appris par de nombreuses personnes, dont mon frère et Katey, que Dickens n'avait pas apprécié ces quelques lignes... pas plus que le ton général de tolérance à l'égard du laudanum et d'autres opiacés présent d'un bout à l'autre de ce roman.

« Mais vous deviez nous expliquer la différence entre la lecture d'un roman telle que nous la pratiquons et la nouvelle forme artistique dont vous avez le projet, dis-je à Dickens par-delà l'étendue de la table.

— C'est exact, approuva l'Inimitable en souriant à Cecile Macready comme pour s'excuser de l'interruption de son récit. Vous connaissez le sentiment incomparable, je dirais même *unique* que l'on éprouve en lisant. Cette concentration extrême, neutralisant toute contribution sensorielle autre que la vision qui absorbe les mots, que l'on ressent quand on se plonge dans un bon livre.

— Oui, bien sûr ! s'écria Dickenson. Le monde s'efface. Toutes les autres pensées s'évanouissent ! Il ne reste que les images, les sons, les personnages et l'univers que l'auteur a créés pour nous ! C'est comme si l'on était anesthésié au monde banal qui nous entoure. Tous les lecteurs ont fait cette expérience.

— Précisément, dit Dickens qui avait retrouvé son sourire et l'éclat de son regard. Or il s'agit précisément de l'état de réceptivité dans lequel doit se trouver un sujet pour que le thérapeute mesmérien puisse accomplir son travail. Il s'agit en quelque sorte, par l'emploi judicieux du langage, d'expressions, de descriptions et de dialogue, de plonger le lecteur dans un état d'esprit très proche de celui d'un patient sous Influence Magnétique.

— Tudieu ! s'écria Macready. Le – euh – le public de théâtre entre exactement dans ce genre de – de – de – transe réceptive. J'ai toujours dit que le – euh – euh – public constitue le troisième sommet du triangle – ah – du triangle de collaboration avec l'auteur dramatique et l'acteur.

— *Parfaitement*, acquiesça Dickens. C'est là le cœur même de mon nouvel art d'interprétation, ce en quoi il diffère des simples lectures. En m'appuyant sur la réceptivité du public – tellement plus intense que celle des lecteurs qui sont seuls chez eux, dans un wagon de chemin de fer ou même assis dans leur jardin –, j'ai l'intention d'exploiter le magnétisme naissant, associé à ma voix et à mes mots, pour le plonger dans un état de réceptivité, d'appréciation et de collaboration encore plus profond que celui que pourrait produire la littérature ou le théâtre individuellement.

— Par de simples mots ? demanda mon frère.

— Et par des gestes judicieusement et soigneusement préparés, ajouta Dickens. Dans un cadre approprié.

— Ce cadre étant la sc... sc... scène, dit Dolby. Ah oui, bigre. Voilà qui devrait être prodigieux !

— Pas seulement la scène, rectifia Dickens, inclinant légèrement la tête comme s'il s'apprêtait déjà à saluer. La pénombre de la salle. L'utilisation précise et scientifique de l'éclairage au gaz pour baigner de lumière mon visage et mes mains surtout, la disposition méticuleuse des spectateurs dont aucun ne doit pouvoir se dérober à mon regard direct...

— Il faudra nous faire accompagner de nos propres spécialistes du gaz et de l'éclairage, interrompit Dolby. Wills en a fait un élément central de nos négociations. »

Macready frappa sur la table et s'esclaffa : « Le public ne sait guère que les – euh – euh – les – euh – euh – éclairages au gaz sont une forme de – euh – intoxication, tudieu ! Ils privent la salle, le théâtre, l'espace, d'oxygène !

— C'est un fait, confirma Dickens avec un sourire malicieux. Et nous l'exploiterons à notre avantage en plongeant les auditoires très nombreux – je l'espère, en toute modestie – qui viendront assister aux lectures dans l'état de réceptivité appropriée.

— Appropriée à quoi ? » demandai-je, impassible.

Dickens me cloua de son regard mesmérien avant de

me répondre d'une voix douce : « C'est ce que détermineront ces lectures – cette nouvelle forme d'art. »

Après le dîner, les hommes levèrent le camp et se retirèrent avec du brandy et des cigares dans la salle de billard, derrière le bureau de Dickens. C'était un espace agréable, bien éclairé, dont un mur était carrelé jusqu'à mi-hauteur pour éviter que les mouvements de nos queues ne fassent des dégâts, et j'y avais passé bien des heures plaisantes. Dickens prenait les parties de billard au sérieux – il aimait à dire qu'au billard « un homme donne le meilleur de lui-même » et souvent, regardant mon frère, il ajoutait « ou le pire ». Quoi qu'il en soit, je n'oublierai jamais l'image de l'Inimitable allongé au-dessus de la table au tapis vert, ayant retiré son manteau, le nez chaussé de ces grosses lunettes à double foyer qui lui prêtaient un aspect étrange, pickwickien, un petit côté vieillard d'un siècle passé.

L'une des raisons pour lesquelles Dickens appréciait Percy Fitzgerald était que ce jeune homme jouait sérieusement au billard, et y était très bon – assez bon en tout cas pour que nous disputions des parties serrées avec lui, Dickens et moi. Je me défendais bien, comme il sied à tout célibataire digne de ce nom, mais fus surpris de découvrir ce soir-là que notre Orphelin en Résidence, le jeune Edmond Dickenson, faisait rouler les billes comme un joueur qui vivrait de ses gains. (Peut-être était-ce le cas, après tout, pour ce que j'en savais et malgré tout ce que Dickens m'avait dit de la fortune personnelle de ce garçon.)

Macready joua bruyamment pendant un bon moment avant que sa femme ne le traîne au lit avec un verre de lait chaud. Mais ce fut George Dolby – futur directeur et compagnon de tournée de Dickens – qui anima véritablement la soirée : hurlant de rire, racontant des histoires franchement désopilantes sans la moindre trace de son bégaiement antérieur, son vaste crâne chauve et son front luisants de transpiration à la lumière des plafonniers, Dolby nous battit l'un après l'autre, Percy, puis moi, puis Dickens et finalement l'obstiné et étrangement doué jeune Dickenson, dont le style révélait à la fois une connaissance de la balistique et une fourberie qu'on ne lui aurait pas attribuées à première vue.

Conformément à ses habitudes, Dickens se retira à minuit mais nous exhorta à continuer à jouer. Je le faisais d'ordinaire, quand des invités intéressants restaient debout, et il nous arrivait de caramboler allègrement jusqu'à l'aube en sirotant le brandy de notre hôte. Mais quand Dolby – encore incertain peut-être de ses prérogatives à Gad's Hill – reposa sa queue et se retira peu après que Dickens nous eut souhaité le bonsoir, la partie s'arrêta. Percy rejoignit l'Auberge de Falstaff en compagnie d'un domestique muni d'une lanterne, tandis que Dickenson et moi montions à l'étage pour regagner nos chambres respectives.

Malgré les doses de remède que j'avais déjà absorbées, la goutte rhumatismale me fit souffrir le martyre pendant que je me préparais pour la nuit. Mesurant la quantité de laudanum que contenait ma flasque de voyage, j'avalai encore deux verres de ce fortifiant et soporifique.

Je parle de « fortifiant et soporifique » parce que le laudanum, comme tu le sais certainement dans ton avenir médicalement plus éclairé, Cher Lecteur, sert à apaiser les nerfs et favorise le sommeil alors même qu'il aiguise la sensibilité, autorisant de longues périodes de travail assidu et assurant un niveau d'attention plus élevé que d'ordinaire. J'ignorais – une ignorance partagée par tous, peut-être – comment le même remède pouvait posséder deux propriétés totalement opposées, mais je savais, sans l'ombre d'un doute, que tel était le cas. Cette nuit-là, c'était de ses vertus soporifiques que j'avais besoin.

Mon esprit agité ne pouvait s'empêcher de s'attarder sur les projets bizarres de Dickens, sur sa volonté de transformer une tournée de lectures en « une toute nouvelle forme d'art » et rattachait involontairement les propos absurdes qu'il avait tenus sur le mesmérisme et le magnétisme aux visites qu'il prétendait avoir faites au cavernicole du nom de Drood. Mais le laudanum, qu'il soit béni !, me délivra de ces interrogations indigestes.

Mes dernières pensées avant de sombrer dans le sommeil furent pour l'inspecteur Field qui m'avait confié une information quelques semaines auparavant.

On avait apparemment suivi Ellen Ternan dans cette région et jusqu'à Gad's Hill même à plusieurs reprises depuis l'automne. Bien sûr, m'avait rapporté Field, l'ancienne actrice avait de la famille à Rochester, ce qui pouvait la conduire dans les parages sans qu'on puisse en conclure qu'elle était de mèche avec Dickens. Il n'en demeurait pas moins qu'elle s'était également rendue quelques fois à Gad's Hill et semblait y avoir passé au moins cinq nuits depuis septembre.

Comment, me demandais-je, Mamie et Katey réagissaient-elles à cette usurpation de la place maternelle ? J'imaginais fort bien Mamie suivre l'exemple de Georgina Hogarth en accueillant aimablement l'intruse sous leur toit, sachant – comme elles le savaient sans doute – que Charles Dickens était un homme torturé par la solitude et par la soif d'une illusion de jeunesse que seule pareille idylle peut offrir à l'esprit et à l'âme de l'homme vieillissant. Mais Katey ? Kate Macready Dickens, aussi solitaire qu'elle semblât être elle-même – son père m'avait fait savoir en octobre que l'épouse de mon frère « était tellement insatisfaite... tellement avide de se trouver d'autres amants qu'elle consume lentement mais sûrement son caractère aussi bien que sa santé, Wilkie » –, me faisait l'effet de rester loyale à la mémoire de sa mère exilée. J'imaginais mal Katey, qui avait le même âge qu'Ellen Ternan, ouvrant son cœur à la maîtresse probable de son père.

Il n'est guère charitable de dire au frère du mari de votre fille que celle-ci est tellement insatisfaite de son époux qu'elle s'est mise en quête d'amants et je soupçonne Dickens de m'avoir tenu ces propos pour que je les répète à Charley. Ce dont je m'abstins, bien entendu.

Mais Katey n'avait pas dû s'opposer énergiquement aux visites d'Ellen. Autrement, l'ancienne actrice n'aurait pas continué à venir à Gad's Hill.

Ces pensées agitaient encore mon esprit quand je sombrai dans un sommeil profond et sans rêves.

Quelqu'un me secouait énergiquement en chuchotant mon nom.

Je me retournai, hébété. La pièce était plongée dans l'obscurité à l'exception d'une étrange lueur qui sem-

blait provenir du plancher, près du lit. Un incendie ?
Une forme sombre se penchait sur moi, me secouait.
« Levez-vous, Wilkie. »

Je me concentrai sur cette silhouette.

C'était Charles Dickens en chemise de nuit, un manteau de laine jeté sur ses épaules, portant un fusil
à deux coups dans une main et un suaire chiffonné
dans l'autre.

L'heure est venue, songeai-je.

« Levez-vous, Wilkie, répéta-t-il tout bas. Vite. Enfi-
lez vos chaussures. Je vous ai apporté votre manteau. »

La forme laissa tomber le linceul sur mes jambes
et je reconnus mon pardessus. « Que dia…

— Chut ! Vous allez réveiller les autres. Levez-
vous. Vite. Avant qu'il parte. Il n'y a pas de temps à
perdre. Juste votre manteau et vos chaussures. Voilà,
c'est bien… »

Nous descendîmes par l'escalier de derrière, Dickens me précédant avec son fusil et la lanterne, tandis
que nous nous efforcions d'être aussi silencieux que
possible.

Sultan, le féroce limier irlandais, était à l'attache
dans le couloir du fond, muselé. Il tirait sur sa laisse
pour atteindre la porte.

« Qu'y a-t-il ? chuchotai-je à l'adresse de Dickens.
Que se passe-t-il ? »

Les mèches de cheveux qui couvraient le haut
du crâne de l'Inimitable et ses longues moustaches
étaient tout ébouriffées par le sommeil, certaines se
dressant droit sur sa tête, ce qui n'aurait pas manqué
de m'amuser en d'autres circonstances. Pas cette nuit.
Je décelais dans les yeux de Charles Dickens quelque

chose qui ressemblait fort à de la vraie peur – et que je ne crois pas y avoir jamais vu auparavant.

« C'était Drood, murmura-t-il. Je n'arrivais pas à dormir. Je n'arrêtais pas de penser à une note que j'aurais dû adresser à Wills. Alors je me suis levé dans l'intention de descendre dans mon bureau pour l'écrire, et je l'ai vu, Wilkie…

— Qu'avez-vous vu, voyons ?

— Le visage de Drood. Ce visage pâle, torturé. Flottant devant la fenêtre. Appuyé contre les carreaux froids.

— De votre bureau ?

— Non, dit Dickens, avec le regard fou d'un cheval emballé, aux fenêtres de ma chambre.

— Mais, Dickens, répondis-je sans élever la voix, c'est impossible. Votre chambre est au premier étage, comme les chambres d'amis. Drood aurait dû grimper à une échelle de deux ou trois mètres pour pouvoir regarder par la vitre.

— Je l'ai *vu*, Wilkie », grinça Dickens.

Il ouvrit la porte toute grande et, la lanterne et la laisse d'une main, son fusil à deux coups de l'autre, se laissa entraîner dans la nuit par son chien qui tirait de toutes ses forces.

Il faisait très froid et très sombre dans le jardin de Dickens. Il n'y avait ni lune ni étoiles, et aucune lumière ne venait de la maison. Le vent cinglant transperça immédiatement le manteau que je venais d'enfiler, et je frissonnai sous ma chemise de nuit flottante. J'avais les jambes et les chevilles nues sous mon pardessus et dans mes chaussures, et l'air nocturne était tellement glacial que j'avais l'impression que l'herbe gelée m'entaillait la peau de minuscules rasoirs.

Sultan montrait les dents et tirait violemment sur sa laisse. Dickens laissait le chien nous conduire, comme des villageois indignés sur les traces d'un assassin dans un roman à sensation de bas étage.

Après tout, qu'étions-nous d'autre ?

Courant dans le noir, nous dépassâmes l'angle de la maison pour nous immobiliser dans le jardin, sous les fenêtres de la chambre de Dickens. Sultan tirait et grondait, impatient de poursuivre, mais Dickens s'arrêta assez longtemps pour retirer le volet de la petite lanterne et diriger son faisceau vers le sol gelé du massif de fleurs. Aucune empreinte ne révélait que quelqu'un était venu, aucun signe n'indiquait qu'une échelle avait été plantée là. Nous levâmes les yeux ensemble vers la fenêtre obscure de sa chambre. Quelques étoiles surgirent entre les nuages qui couraient dans le ciel, puis elles disparurent.

Si Drood avait effectivement regardé par cette fenêtre sans être, pour cela, monté sur une grande échelle, il fallait qu'il ait plané à trois mètres de terre.

Sultan grogna et tira. Nous le suivîmes.

Nous revînmes sur l'arrière de la maison et fîmes halte un instant dans le petit champ où Dickens avait brûlé toute sa correspondance en 1860. Le vent froid agitait les branches nues dans un cliquetis de squelette. Je chuchotai à Dickens : « Comment pourrait-il s'agir de Drood ? Comment pourrait-il être ici ? *Pourquoi* serait-il ici ?

— Il m'a suivi de Londres un matin, me répondit Dickens tout bas, décrivant lentement un cercle complet, son long fusil à double canon dans le creux de son bras droit. J'en suis sûr. J'ai aperçu une vague silhouette de l'autre côté de la route, près du chalet, il y a plusieurs nuits de cela. Les chiens aboient. Dès que j'apparais, il n'y a plus personne. »

Il s'agissait plus vraisemblablement des agents de l'inspecteur Field, pensai-je, et je fus tenté de le dire tout haut. Mais je répétai : « *Pourquoi* Drood viendrait-il ici regarder par votre fenêtre la nuit de Noël ?

— Chut », fit Dickens, m'intimant l'ordre de me taire et refermant sa main libre autour du museau de Sultan pour l'empêcher de grogner.

L'espace d'une seconde, je crus qu'un traîneau approchait, alors qu'il n'y avait pas trace de neige au sol. Je compris alors que ce léger tintinnabulement venait des écuries plongées dans les ténèbres. Les clochettes norvégiennes de Newman Noggs, le poney, y étaient suspendues au mur.

« Venez », lança Dickens et il courut vers la grange.

Les portes de l'écurie étaient ouvertes – rectangle noir dans la nuit presque noire.

« Avez-vous…, commençai-je tout bas.

— Elles sont toujours fermées, murmura Dickens en retour. Je les ai vérifiées ce soir, au coucher du soleil. » Il me tendit la laisse du chien soudain silencieux, posa la lanterne et épaula son fusil.

Un dernier tintement ténu de clochettes résonna à l'intérieur de l'écurie. Puis ce fut le silence total, comme si une main étouffait les vibrations du harnais.

« Détachez la muselière de Sultan et enlevez sa laisse, me chuchota Dickens, son arme toujours braquée vers les portes ouvertes.

— Il mettra l'intrus en pièces, quel qu'il soit, répondis-je tout bas.

« — Détachez la muselière et lâchez cette bête »,
siffla Dickens.

Je posai un genou à terre, le cœur battant, tremblant
de froid et me débattis avec l'attache de la muselière.
J'étais presque sûr que le chien irlandais qui tirait
toujours, les yeux fous – il pesait presque autant que
moi –, allait *me* mettre en pièces dès l'instant où il
serait débarrassé de cette entrave.

Je me trompais. Sultan cessa de grogner et de tirer
dès que je laissai tomber la muselière au sol pour
ouvrir le fermoir de la laisse.

« Va ! » ordonna Dickens au chien d'une voix forte.

Sultan fila, bondissant comme si son corps était
fait de ressorts métalliques et non de simples muscles.
Mais il ne s'enfonça pas dans les ténèbres de la grange.
Le chien tourna à gauche, sauta sans hésiter par-dessus
une haie et disparut dans les champs, en direction de
la forêt et de la mer lointaine.

« Maudite bête », maugréa Dickens. Je pris
conscience que j'avais très rarement entendu jurer
l'Inimitable. « Venez, Wilkie », reprit-il d'un ton
péremptoire, comme si j'étais un deuxième chien qu'il
avait gardé en réserve.

Me tendant la lanterne couverte, Dickens courut vers
la porte béante de l'écurie. Je le suivis précipitamment,
glissant à demi sur l'herbe gelée au moment où Dickens arrivait sur le seuil et entrait sans attendre que
je l'éclaire.

Je m'engageai dans les ténèbres, sentant plus que
je ne voyais la présence de Dickens sur ma gauche,
à quelques pieds de moi, sachant – peut-être par une
sorte de don de seconde vue – qu'il se tenait là, fusil
à l'épaule, pointé vers la longue allée qui s'enfonçait

dans la grange, tandis que je sentais également plus que je ne voyais les mouvements et le souffle des chevaux et des poneys.

« Lumière ! » cria Dickens.

Je tâtonnai pour relever le volet de la lanterne.

J'aperçus une masse confuse dans l'écurie, là où les chevaux – tous éveillés mais silencieux – bougeaient, inquiets, leur souffle tel du brouillard dans l'air froid, puis un vague mouvement blanchâtre tout au fond de l'espace obscur, au-delà de l'endroit où étaient accrochés les cloches, les harnais et la sellerie.

Dickens releva son arme et je vis ses yeux, blancs à la lumière de la lanterne, alors qu'il s'apprêtait à actionner les deux détentes.

« Attendez ! criai-je, le volume de ma voix faisant broncher les chevaux. Pour l'amour du Ciel, ne tirez pas ! »

Je courus vers la tache blanche. Je crois que Dickens aurait tiré malgré mes cris si je ne m'étais pas jeté entre sa cible et lui.

La forme livide qui se trouvait à l'extrémité close des ténèbres apparut clairement dans le cercle lumineux de ma lanterne. Edmond Dickenson était debout, les yeux grands ouverts, mais le regard vide. Il ne nous voyait pas, il ne nous entendait pas. Il était en chemise de nuit. Ses pieds nus se détachaient, blêmes, contre les pavés noirs et froids du sol de l'écurie. Ses mains pendaient comme de petites étoiles blanches au bout de ses bras ballants.

Dickens me rejoignit et s'esclaffa. Son rire sonore effaroucha encore les chevaux, mais ne sembla pas atteindre Dickenson. « Un somnambule ! s'écria Dickens. Fichtre, un somnambule. L'orphelin se balade la nuit. »

J'approchai la lanterne du visage pâle du jeune homme. La flamme se reflétait, brillante, dans ses yeux, mais il ne cilla pas, et ne sembla pas remarquer ma présence. Nous étions effectivement en présence d'un somnambule.

« C'est lui que vous avez dû apercevoir dans le jardin, sous votre fenêtre », dis-je tout bas.

Dickens me jeta un regard si noir que je crus qu'il allait me maudire comme il avait maudit son incapable de chien, mais c'est d'une voix douce qu'il me répondit : « Pas du tout, mon cher Wilkie. Je n'ai vu personne dans le *jardin*. Je me suis levé, j'ai regardé en direction de ma fenêtre et j'ai vu distinctement le visage de *Drood* – son nez tronqué collé à la vitre, ses yeux sans paupières fixés sur moi. Pressé contre la fenêtre, Wilkie. Ma fenêtre du premier étage. *Pas* en bas, dans le jardin. »

Je hochai la tête d'un geste d'acquiescement, conscient pourtant que l'Inimitable avait dû rêver. Peut-être avait-il pris un peu de laudanum pour mieux dormir – je savais que Frank Beard, le médecin, avait vivement conseillé ce médicament à Dickens à l'automne, quand l'écrivain avait souffert d'insomnies. Je sentais encore le flux et le reflux du remède dans mon propre organisme, malgré le froid qui faisait trembler le bras qui tenait la lanterne comme si j'étais atteint de paralysie agitante.

« Que faisons-nous de lui ? demandai-je, pointant le menton vers Dickenson.

— Ce qu'il faut faire en présence de tous les cas graves de somnambulisme, mon cher Wilkie. Nous allons le reconduire gentiment jusqu'à la maison et vous allez le faire monter dans sa chambre et le mettre au lit. »

Je tournai les yeux vers le rectangle légèrement plus clair que dessinait la porte ouverte de l'écurie. « Et Drood ? » demandai-je.

Dickens secoua la tête. « Il arrive souvent à Sultan de revenir de ses expéditions de chasse nocturnes du sang sur le museau. Reste à espérer que ce sera le cas demain matin. »

Je faillis demander à Dickens ce qu'il voulait dire. (Cette information aurait fort intéressé l'inspecteur Field.) S'était-il brouillé avec son mentor égyptien en mesmérisme ? Souhaitait-il la mort du fantôme ? Égorgé par son propre chien tueur ? Dickens n'était-il plus le disciple du génie souterrain qui – à en croire l'ancien chef du bureau d'enquêtes de Scotland Yard – avait dépêché ses sbires pour assassiner plus de trois cents êtres humains ?

Je ne dis rien. Il faisait trop froid pour engager une conversation. Ma goutte se réveillait, envoyant des vrilles de douleur dans mes yeux et mon cerveau, comme elle avait coutume de le faire à l'approche d'une crise majeure.

Nous prîmes Mr Dickenson par ses bras flasques et le menâmes lentement hors de l'écurie, à travers le vaste jardin, jusqu'à la porte de derrière. Je songeai que j'aurais à sécher les pieds de cet imbécile de somnambule avec une serviette avant de le fourrer sous ses draps.

Lorsque nous arrivâmes à la porte, je me retournai vers le jardin obscur. Je n'aurais pas été surpris de voir Sultan arriver en courant dans le cercle lumineux de la lanterne, portant dans sa gueule un bras pâle, une cheville d'albinos ou une tête sans corps. Mais rien ne remuait que le vent glacial.

« Ainsi s'achève un nouveau Noël à Gad's Hill Place », murmurai-je. Mes lunettes s'embuèrent légèrement lorsque nous pénétrâmes dans la chaleur relative de la maison. Je lâchai Mr Dickenson le temps de les retirer pour les essuyer à la manche de mon manteau.

Quand j'eus replacé les extrémités des branches métalliques derrière mes oreilles, recouvrant ainsi mon acuité visuelle, je remarquai que les commissures des lèvres de Dickens se retroussaient dans une amorce du sourire espiègle dont il m'avait gratifié tant de fois depuis quatorze ans que nous nous connaissions.

« Que Dieu nous bénisse, tous autant que nous sommes », lança-t-il d'une voix de fausset enfantine et nous éclatâmes d'un rire assez bruyant pour réveiller toute la maisonnée.

14.

Il y avait la sphère flamboyante... non, pas tout à fait une sphère, un ovale blanc bleuté, allongé et flamboyant... et puis la rayure noire sur le fond sombre.

Cette barre qui maculait le plafond était due à toute la fumée qui s'était élevée pendant tant d'années. L'ovale blanc bleuté flamboyant était devant moi, plus près, il faisait partie de moi, c'était un prolongement de mes pensées.

C'était en même temps une lune, un satellite blafard qui m'était asservi. Je me tournai sur la gauche, roulant légèrement sur moi-même, et contemplai le soleil – *un* soleil, orange et blanc, celui-là, au lieu de blanc et bleu, qui dardait des rayons vacillants dans le cosmos d'encre. À l'image de l'ovale blanc bleuté flamboyant qui était ma lune, j'étais le satellite de ce soleil ardent, dans les ténèbres de l'espace et du temps.

Il y eut une éclipse de soleil. Je sentis plus que je ne vis qu'on m'arrachait l'ovale blanc bleuté et la longue pipe qui me reliait à lui.

« Là, Hatchery, sortez-le d'ici. Relevez-le et aidez-le à tenir sur ses pieds.

— Holà, holà, holà, glapit une voix stridente, totalement étrangère et parfaitement familière. Le gentleman, il a payé sa nuit et sa camelote, il veut pas qu'on le dérange. Vous avez pas le droit...

— Boucle-la, Sal », vociféra une autre voix bien connue. Une voix de géant perdu. « Un seul piaillement, et l'inspecteur t'expédie dans le trou le plus noir de Newgate avant le lever du soleil. »

Les piaillements cessèrent. J'avais flotté au-dessus des nuages irisés tout en tournoyant dans l'espace autour de l'astre solaire qui crachotait et sifflait, mon satellite blanc bleuté – disparu désormais – se déplaçant lui-même en orbite autour de moi ; je sentis alors des mains puissantes qui m'obligeaient à descendre de l'éther cosmique pour rejoindre la terre grumeleuse, boueuse, jonchée de paille.

« Débrouillez-vous pour qu'il reste debout, reprit la voix rauque que j'associais à des index impérieux. Au besoin, portez-le. »

Je flottais à nouveau, entre des couchettes sombres enfoncées dans des murs sombres, tandis que le soleil sifflant s'évanouissait dans mon dos. Un colosse élancé se dressa devant moi.

« Sal, dis à Yahee de dégager ou je lui fais cracher les os enfumés de sa vieille chair pourrie et je les vends comme pipeaux aux Mauvais Garçons.

— Holà, holà », entendis-je encore. Des ombres surgirent. On en recoucha une dans son cercueil. « C'est bien, Yahee. T'en fais pas. 'Ib, Vot' Grandeur, ce gentleman, il a pas tout payé. J'en s'rai d'ma poche, si vous l'emmenez.

— Tu mens, sorcière, dit la voix masculine la plus autoritaire des deux. Tu viens de dire qu'il a payé pour toute la nuit, et pour toute la drogue. Sa pipe en contenait assez pour qu'il reste dans le brouillard jusqu'à l'aube. Mais c'est bien, donnez-lui encore deux pièces, détective Hatchery. Des petites. »

Nous étions dehors, dans la nuit. Le froid me saisit – il y avait une odeur de neige dans l'air. Je pris note de l'absence de mon pardessus, de mon haut-de-forme et de ma canne, et du petit miracle qui faisait que mes pieds ne touchaient pas les pavés et que je flottais au-dessus d'eux en direction d'un réverbère distant et tanguant. Puis je me rendis compte que la plus grande des deux formes qui m'escortaient toujours me soutenait par les aisselles comme si j'étais un cochon de lait gagné à une foire de campagne.

Les vapeurs de la pipe commençaient à se dissiper suffisamment pour que j'émette de bruyantes protestations, mais la silhouette sombre qui marchait en tête – je ne doutai pas un instant que ce fût l'inspecteur Field, l'ange vengeur – lança : « Taisez-vous, Monsieur Collins. Il y a une taverne à quelques pas d'ici. On nous ouvrira malgré l'heure et nous vous commanderons quelque chose qui vous remettra d'aplomb. »

Une taverne ouverte à cette heure ? Aussi brumeuse que fût ma vision (et, remarquai-je, aussi brumeux que l'air glacial lui-même fût cette nuit-là), aucun estaminet ne pouvait être ouvert en ce moment abominable qui précède l'aube, par un matin aussi âpre et aussi venteux du début du printemps.

J'entendis et entraperçus Field qui tambourinait à une porte, sous une enseigne oscillante qui proclamait : Aux Six Joyeux Portefaix. Je sus alors, malgré mon torse meurtri à force d'être porté comme un cochon de lait par le détective Hatchery, que je n'étais pas réellement dans le froid et dans le noir avec ces deux compagnons. J'étais sur ma couchette, chez la Vieille Sal de l'Opium, à me délecter d'un dernier flacon bleu.

« Ça vient, ça vient ! cria une voix féminine à peine audible au-dessus du cliquètement des verrous que l'on tirait et du grincement d'une porte vétuste. Oh, c'est vous, Inspecteur ! Vous êtes là aussi, détective Hatchery. Dehors, tous les deux, par cette nuit effroyable ? Est-ce un noyé que vous avez là, Hib ?

— Non, Miss Abbey, répondit le géant qui me soutenait. Simplement un gentleman qui a grand besoin d'un remontant. »

Je fus transporté à l'intérieur de la taverne aux rideaux rouges où régnait une divine chaleur – il restait des braises dans la cheminée de la grande salle. Je savais pourtant que tout cela n'était qu'un rêve. Les Six Joyeux Portefaix et leur propriétaire, Miss Abbey Potterson, étaient des inventions de ce maudit *Ami commun* de Dickens. Il n'existait aucune taverne de ce nom dans les parages, à proximité des quais, bien que beaucoup d'établissements du même genre aient pu servir de source d'inspiration à Dickens.

« On fait ici un excellent xérès brûlé, annonça l'inspecteur Field pendant que Miss Abbey allumait plusieurs lampes et qu'un jeune garçon aux yeux ensommeillés alimentait le petit feu. Peut-être ces messieurs en prendraient-ils une bouteille* ? »

J'étais certain que cette réplique sortait, elle aussi, tout droit de *L'Ami commun*. Mais qui l'avait prononcée, pour permettre à mon esprit abruti par l'opium de structurer ainsi cette idée fantastique ? Ce « Monsieur l'Inspecteur », je le compris alors, n'était qu'une des autres interprétations dickensiennes de l'inspecteur

Field, lequel s'installait précisément dans une confortable alcôve.

« Ce monsieur-ci aimerait être remis à la verticale et *posé* », dis-je dans mon rêve. Le sang me montait à la tête et ce n'était pas une sensation très plaisante.

Hatchery me souleva, me redressa et me déposa doucement sur un banc, en face de l'inspecteur. Je regardai autour de moi, m'attendant plus ou moins à apercevoir Mr Eugene Wrayburn et son ami Mortimer Lightwood, mais, à l'exception de l'inspecteur assis, de Hatchery debout, du garçon qui s'affairait et de Miss Abbey qui traînait par là, la taverne était déserte.

« Oui, le xérès spécial, je vous prie, dit Field. Pour nous trois. Afin de chasser ce froid et ce brouillard. »

Miss Abbey et le garçon se précipitèrent dans l'arrière-salle.

« Ça ne prend pas, dis-je à l'inspecteur. Je sais que tout cela n'est qu'un rêve.

— Allons, allons, Monsieur Collins, répondit Field en me pinçant le dos de la main jusqu'à me faire hurler. L'antre de la Vieille Sal n'est pas un endroit pour un gentleman comme vous. Si Hatchery et moi ne vous avions pas escamoté juste à temps, il ne leur aurait pas fallu dix minutes pour vous dépouiller de votre portefeuille et de vos dents en or, Monsieur.

— Je n'ai pas de dents en or, répliquai-je en veillant à articuler soigneusement chaque mot.

— Façon de parler, Monsieur.

— Mon pardessus, dis-je. Mon chapeau. Ma canne. »

Hatchery fit surgir ces trois objets comme par magie, et les posa dans le box vide, en face du nôtre.

« Non, Monsieur Collins, poursuivit l'inspecteur

Field, un gentleman comme vous devrait limiter sa consommation d'opium au laudanum vendu légalement dans les officines de pharmaciens aussi remarquables que Mr Cowper. Et laisser les fumeries des quais obscurs aux Chinois païens et aux Lascars basanés. »

Je ne fus pas surpris qu'il connaisse le nom de mon principal fournisseur. Après tout, c'était un rêve.

« Cela fait plusieurs semaines que je suis sans nouvelles de vous, Monsieur », reprit Field.

J'enfouis ma tête endolorie entre mes mains. « Je n'ai rien eu à vous dire.

— Voilà bien le problème, Monsieur Collins, soupira l'inspecteur. Car ce silence enfreint l'esprit et la lettre de notre accord.

— Allez-vous faire f…, avec notre accord, marmonnai-je.

— Voyons, Monsieur, dit Field. Nous allons vous faire absorber un peu de xérès brûlé pour vous rappeler à vos devoirs et à votre comportement de gentleman. »

Le garçon qui s'appelait, j'en étais sûr, Bob, revint avec une immense cruche qui répandait une odeur suave. Dans sa main gauche, Bob portait une sorte de chapeau conique en fer – Dickens l'avait décrit, je m'en souviens, et j'avais prêté attention à cette description comme si nous n'avions pas partagé, lui et moi, un millier de spécialités de ce genre – dans lequel il versa le contenu de la cruche. Il enfonça ensuite l'extrémité pointue du « chapeau » débordant dans les braises et dans le feu ranimé, où il le laissa comme il disparaissait pour revenir avec trois verres propres, et la propriétaire.

« Merci, Miss Darby », dit l'inspecteur Field tandis que le garçon disposait les verres et sortait du feu le récipient métallique. Il le fit tourner délicatement – l'objet siffla et fuma – avant de reverser le contenu chauffé dans la cruche. L'avant-dernier acte de ce petit rituel consista à tenir nos verres étincelants au-dessus de la cruche fumante, les opacifiant pour atteindre un degré de perfection brumeuse dont seul ce garçon connaissait le secret, puis de les remplir tous sous les applaudissements de l'inspecteur et de son sbire de détective.

« Merci, William, dit Field.

— William ? demandai-je, décontenancé, tout en avançant le visage pour mieux inhaler les émanations rayonnantes et brûlantes qui montaient de mon verre. Miss Darby ? Ne voulez-vous pas dire Bob et Miss Abbey ? Miss Abbey Potterson ?

— Non, certainement pas, rétorqua Field. Je veux dire William – nom que porte ce bon garçon de Billy Lamper que vous venez de voir devant vous il y a une seconde – et Miss Elizabeth Darby, sa patronne, qui possède et dirige cet établissement depuis vingt-huit ans.

— Ne sommes-nous pas aux Six Joyeux Portefaix ? » insistai-je, en buvant précautionneusement une gorgée de mon breuvage. Je sentis des picotements me parcourir tout le corps, comme une jambe ou un bras engourdis. Sauf dans ma tête, qui restait douloureuse.

« Je ne connais aucun établissement de ce nom à Londres, s'esclaffa l'inspecteur Field. Celui-ci s'appelle Le Globe au Pigeon, et porte ce nom depuis de longues années. Christopher Marlowe a sans doute trempé son biscuit érudit dans une arrière-salle, ici, ou bien juste en face, au Cygne Blanc, de plus mauvaise réputation. Le Cygne Blanc n'est pas une taverne pour un gentleman, Monsieur Collins, fût-il aussi aventureux que vous-même. Et le patron ne nous aurait pas ouvert la porte, ni chauffé notre xérès comme cette charmante Liza. Buvez, Monsieur, mais, je vous en prie, racontez-moi pendant ce temps tout ce que vous auriez dû me relater. »

Le breuvage brûlant dissipait peu à peu les brumes de mon cerveau. « Je vous répète que je n'ai rien à vous dire, Inspecteur, fis-je avec un soupçon de sécheresse. Charles Dickens prépare sa tournée triomphale en province, et – les rares fois où je l'ai vu – il n'a pas été question de votre fantôme commun, Drood. Pas depuis la nuit de Noël. »

L'inspecteur Field se pencha vers moi. « Lors de laquelle Drood, prétendez-vous, a lévité devant la fenêtre de Mr Dickens située au premier étage. »

Ce fut à mon tour de m'esclaffer. Je le regrettai immédiatement. Frottant d'une main mon front douloureux, je levai mon verre de l'autre. « Non. Lors de laquelle Mr *Dickens* prétend avoir vu le visage de Drood léviter devant sa fenêtre.

— Vous ne croyez pas à la lévitation, Monsieur Collins.

— Je la trouve fort… improbable, répondis-je d'un ton maussade.

— Il me semble pourtant que vous avez exprimé une opinion fort différente à ce sujet dans vos articles », remarqua l'inspecteur Field. Sur un signe de son index dodu, le garçon, Billy, se hâta de remplir nos deux verres encore fumants.

« Quels articles ? demandai-je.

— N'ont-ils pas été réunis sous le titre "Soirées

magnétiques à la maison" ? Chacun était explicitement signé "W. W. C." – William Wilkie Collins.

— Grands dieux, m'écriai-je d'une voix extrêmement sonore. Ces choses ont dû être publiées, il y a quoi ? Quinze ans ! »

J'avais écrit la série d'articles à laquelle il faisait allusion pour le *Leader* du sceptique G. H. Lewes au début des années cinquante. Je m'étais contenté d'y exposer plusieurs expériences de salon très en vogue à l'époque : des hommes et des femmes hypnotisés, des objets inanimés comme des verres d'eau magnétisés par un expert en mesmérisme, des « sujets sensibles » qui lisaient dans les esprits et prédisaient l'avenir, des tentatives de communication avec les défunts, et... oui, je m'en souvenais à présent, à travers l'opium, l'alcool et la migraine... une femme qui était entrée en lévitation, avec la chaise à haut dossier sur laquelle elle était assise.

« Avez-vous eu des raisons de changer d'opinion depuis que vous avez observé ces phénomènes, Monsieur Collins ? »

La voix douce mais quelque peu péremptoire et insinuante de Field me parut plus exaspérante que jamais.

« Il ne s'agissait pas de mon opinion, Inspecteur, mais de simples observations professionnelles.

— Mais vous ne croyez plus qu'un homme ou une femme – quelqu'un qui aurait été, mettons, formé aux arts ancestraux d'une société oubliée de longue date – aurait pu léviter dans les airs pour regarder par la fenêtre de Charles Dickens ? »

Assez. J'en avais plus qu'*assez*.

« Je n'ai jamais cru une chose pareille, répliquai-je sèchement, d'une voix trop aiguë. Il y a quatorze ou quinze ans, à une époque où j'étais bien plus jeune qu'aujourd'hui, j'ai relaté les... agissements... de certains mystiques de salon et j'ai fait état de la *crédulité* de ceux qui se réunissaient pour observer ces prétendus phénomènes. Je suis un homme moderne, inspecteur Field, ce qui, dans ma génération, se traduit par un "incrédule". C'est ainsi que je ne crois plus à l'existence de votre mystérieux Mr Drood. Ou plus exactement, pour m'exprimer plus positivement et sous une forme affirmative, je *crois* que Charles Dickens et vous avez exploité la légende d'un tel personnage à des fins personnelles, différentes et disparates, tout en vous efforçant de me manipuler, *moi*, comme une sorte de pion dans votre jeu... quel que puisse être ce dernier. »

C'était un trop long discours pour un homme dans mon état, en cette heure matinale, et j'enfonçai mon visage dans mon verre de xérès fumant.

Je levai les yeux lorsque l'inspecteur Field me toucha le bras. Son visage rubicond et couperosé était grave. « C'est un jeu, en effet, Monsieur Collins, mais qui ne se joue pas à *vos* dépens. Et il y a effectivement des pions – ainsi que des pièces plus importantes –, mais vous n'en faites pas partie, Monsieur. Contrairement à votre ami Mr Dickens, presque assurément. »

Je dégageai ma manche d'un geste sec. « De quoi parlez-vous ?

— Vous êtes-vous demandé, Monsieur Collins, *pour quelle raison précise* j'attache tant d'importance à retrouver ce Drood ? »

Je ne puis résister à la tentation d'esquisser un sourire narquois. « Vous tenez à récupérer votre pension. »

Je pensais l'agacer, et son rire spontané me surprit.

« Ça par exemple, vous avez raison, Monsieur Collins. C'est vrai. Mais, dans cette partie d'échecs-là, c'est le dernier de mes objectifs. Nous ne sommes plus tout jeunes, Mr Drood et moi, et nous avons décidé, lui comme moi, de cesser de jouer au chat et à la souris comme nous le faisons depuis vingt ans et plus. Nous disposons encore chacun de suffisamment de pièces sur notre échiquier pour jouer un dernier coup, c'est exact, mais ce que vous ne comprenez pas, me semble-t-il, Monsieur, c'est que la fin de cette partie doit... *doit*... inéluctablement entraîner la mort de l'un ou l'autre de nous deux. La mort de Drood, ou celle de l'inspecteur Field, au choix. Il n'y a pas d'autre issue, Monsieur. »

Je cillai plusieurs fois. « Pourquoi ? » demandai-je finalement.

L'inspecteur Field se pencha à nouveau vers moi et je sentis son haleine chargée du parfum du xérès brûlant. « Peut-être avez-vous cru que j'exagérais, Monsieur, quand je vous ai dit que Drood s'est rendu coupable, personnellement ou par l'intermédiaire des acolytes hypnotisés qui agissent à sa place, de la mort de trois cents personnes depuis qu'il est arrivé d'Égypte il y a plus de deux décennies. Je n'exagérais pas, Monsieur Collins. Le chiffre exact est de trois cent vingt-huit. Il faut que cela *cesse*, Monsieur. Il faut mettre fin aux agissements de Drood. Jusqu'ici, au cours de toutes les années où j'ai travaillé à la Metropolitan Police et à l'extérieur, je me suis livré à des escarmouches avec le diable – nous avons, l'un et l'autre, sacrifié des pions, des tours et des pièces de plus grande valeur tout au long de la partie –, mais nous abordons à présent la fin de celle-ci, Monsieur Collins. Le diable mettra mon roi mat, ou bien c'est

moi qui acculerai le sien. Il n'y a pas d'autre possibilité, Monsieur. »

J'avais les yeux rivés sur l'inspecteur. J'avais douté
un moment de la santé mentale de Charles Dickens.
Je savais à présent qu'un autre dément s'était introduit
dans ma vie.

« Je n'ignore pas que je vous ai demandé votre aide
sans vous offrir d'autre contrepartie que l'assurance
que je ne parlerai pas de miss Martha R... à Madame
Caroline, Monsieur », poursuivit l'inspecteur Field. La
formule était gracieuse, pour décrire une tentative de
chantage. « Mais je peux vous offrir autre chose en
échange de votre aide, Monsieur. Quelque chose de
plus substantiel.

— Quoi donc ?

— Quel est actuellement le plus grave problème
de votre vie, Monsieur Collins ? »

Je faillis répondre « vous » afin d'en finir, mais
je m'entendis avec étonnement prononcer trois autres
syllabes : « La douleur.

— Ah, Monsieur... vous voulez parler de la goutte
rhumatismale dont vous souffrez. Elle se voit dans vos
yeux, si vous me pardonnez cette audace, Monsieur
Collins. Une douleur constante n'est anodine pour personne, mais elle est plus insupportable encore pour un
artiste tel que vous. Les détectives comptent beaucoup
sur la déduction, comme vous le savez, Monsieur, et
je déduis que si vous êtes venu, par cette affreuse
nuit de mars, chez la Vieille Sal et dans ce quartier
miteux, c'était dans l'espoir d'apaiser votre souffrance.
Me trompé-je, Monsieur Collins ?

— Non », répondis-je. Je ne jugeai pas opportun
de confier à Field que Frank Beard, mon médecin,

m'avait récemment suggéré que la « goutte rhumatis-male » dont je souffrais depuis longtemps était peut-être une forme virulente de maladie vénérienne.

« Elle vous tourmente en ce moment même, n'est-ce pas, Monsieur Collins ?

— J'ai l'impression d'avoir des sacs de sang à la place des yeux, répondis-je sincèrement. Chaque fois que je les ouvre, il me semble que je risque l'hémorragie et que des pintes de sang vont ruisseler sur mon visage et se perdre dans ma barbe.

— C'est affreux, Monsieur, vraiment affreux, approuva l'inspecteur Field en secouant la tête. Loin de moi l'idée de vous reprocher de chercher quelque soulagement dans votre laudanum ou dans la pipe à opium. Mais si vous me permettez un conseil, Monsieur, la qualité du produit de la Vieille Sal ne fera certainement pas l'affaire.

— Que voulez-vous dire, Inspecteur ?

— Ce que je veux dire, c'est qu'elle dilue beaucoup trop son opium pour un homme qui souffre d'une telle incommodité, Monsieur Collins. De surcroît, le produit d'origine n'est pas pur. Il est vrai qu'une association judicieuse de laudanum et de pipe à opium peut avoir des effets salutaires – peut-être même miraculeux – sur l'infirmité dont vous souffrez, mais ces fumeries de Bluegate Fields et de Cheapside ne possèdent pas la qualité de drogue susceptible de vous soulager, Monsieur.

— Où faut-il aller, dans ce cas ? demandai-je, mais à l'instant même où je prononçais ces mots, je connus la réponse.

— Chez le Roi Lazaree, dit l'inspecteur Field. La fumerie secrète du Chinois, dans la Ville-du-Dessous.

— Au fond des cryptes et des catacombes, murmurai-je d'une voix sourde.

— Oui, Monsieur.

— Tout ce que vous voulez, c'est que je redescende dans la Ville-du-Dessous », reprochai-je au vieux policier en croisant son regard. Une lumière faible et froide filtrait à travers les fenêtres masquées de rideaux rouges de la taverne du Globe au Pigeon. « Que je fasse une nouvelle tentative pour vous conduire jusqu'à Drood. »

L'inspecteur Field secoua sa tête presque chauve, bordée de favoris gris. « Non, nous ne trouverons pas Drood ainsi, Monsieur Collins. Je suis convaincu que Mr Dickens ne vous a pas menti l'automne dernier quand il vous a dit qu'il retournait régulièrement dans le repaire de Drood, mais il n'est plus passé par le cimetière voisin. Nous avons des hommes sur place depuis des mois. Drood a dû lui faire connaître un autre itinéraire pour accéder à son monde souterrain. Ou alors, ce Démon Égyptien vit en surface depuis tout ce temps et a indiqué une de ses résidences à Mr Dickens. Ce qui évite à votre ami écrivain d'avoir à emprunter ce chemin pour accéder à la Ville-du-Dessous, Monsieur Collins. Mais cela ne vous empêche pas de le faire, *vous*, si vous souhaitez bénéficier du soulagement que vous apporterait l'opium pur du Roi Lazaree. »

Mon verre était vide. Je levai des yeux soudain larmoyants vers l'inspecteur. « Je ne peux pas, dis-je. J'ai essayé. Je n'arrive pas à déplacer le lourd catafalque de la crypte pour dégager l'escalier.

— Je sais, Monsieur, acquiesça l'inspecteur Field avec une voix d'une onctuosité et d'une tristesse professionnelles dignes d'un croque-mort. Hatchery ne demandera qu'à vous prêter main-forte chaque fois que vous souhaiterez y descendre, de jour ou de nuit. N'est-ce pas, Hib ?

— Très volontiers, Monsieur », confirma Hatchery qui était toujours dans les parages. J'avoue que j'avais presque oublié sa présence.

« Comment le préviendrai-je ?

— Le garçon attend toujours dans votre rue, Monsieur Collins. Adressez-lui un message par l'intermédiaire de mon petit Groseille, et le détective Hatchery sera là en moins d'une heure pour vous escorter dans les quartiers dangereux, vous ouvrir le passage de l'escalier et attendre votre retour. » Un sourire éclaira le visage de cet inspecteur infernal. « Il acceptera même, j'en suis certain, de vous prêter à nouveau son revolver, Monsieur Collins. Mais vous n'avez rien à craindre du Roi Lazaree ni de ses clients. Contrairement aux fumeurs retors de la Vieille Sal, Lazaree et ses momies vivantes savent qu'ils ne doivent l'existence qu'à ma tolérance. »

J'hésitai.

« Y a-t-il autre chose que nous puissions faire pour vous, en échange de l'aide que vous m'apporterez pour trouver Drood par l'intermédiaire de Mr Dickens ? demanda Field. Un problème domestique à régler, peut-être ? »

Je jetai un regard soupçonneux au vieil homme. Que pouvait-il savoir de mes problèmes domestiques ? Comment pouvait-il imaginer que mes querelles diurnes et nocturnes avec Caroline m'avaient envoyé chez Sal aussi inéluctablement que la nécessité d'apaiser les souffrances dues à la goutte ?

« Je suis marié depuis plus de trente ans, Monsieur Collins, murmura-t-il, comme s'il avait lu dans mes pensées. Je suppose que votre dame, même après tout ce temps, réclame le mariage... alors que votre autre dame, celle de Yarmouth, voudrait bien pouvoir vous rejoindre à Londres.

— Par le diable, Field ! m'écriai-je, frappant du poing sur les lourdes planches usées de la table. Tout cela ne vous regarde pas.

— Bien sûr, Monsieur, bien sûr, dit l'inspecteur de sa voix la plus mielleuse. Mais ces problèmes peuvent vous empêcher de vous concentrer sur votre travail ainsi que sur nos objectifs communs. J'essaie de voir comment je pourrais vous aider... en ami.

— Personne ne peut rien faire pour moi en l'occurrence, grommelai-je. Et vous n'êtes pas mon ami. »

L'inspecteur Field hocha la tête avec indulgence. « Néanmoins, Monsieur, si vous permettez à un vieil homme marié de vous donner un conseil, il arrive que, en présence de ce genre de tensions domestiques, un changement de lieu assure une période de paix et de tranquillité.

— Déménager, c'est cela ? Nous l'avons envisagé, Caroline et moi.

— Je crois savoir, Monsieur Collins, que vous êtes allés vous promener à plusieurs reprises, cette dame et vous, aux alentours d'une belle demeure de Gloucester Place. »

Je ne fus ni étonné ni choqué d'apprendre que les hommes de Field nous avaient suivis. Je n'aurais pas été surpris s'il m'avait avoué avoir dissimulé un nain entre les murs de notre foyer de Melcombe Place pour consigner par le menu la teneur de nos disputes.

« C'est une belle maison, reconnus-je. Mais son occupante actuelle, une certaine Mrs Shernwold, n'a pas l'intention de vendre. De toute façon, je ne serais pas en mesure de réunir les fonds nécessaires pour le moment.

— Ces deux obstacles pourraient être levés, Monsieur Collins, ronronna l'inspecteur Field. Si notre collaboration reprenait, je serais presque en mesure de vous garantir que votre dame, sa fille et vous-même pourriez occuper cette superbe résidence de Gloucester Place d'ici à un an ou deux, tandis que cette chère miss R... pourrait réintégrer ses pénates de Bolsover Street, si tel est votre vœu. Nous pourrions même l'aider à faire face à ses frais de voyage et à ses autres dépenses immédiates. »

Je jetai un coup d'œil oblique au vieil homme. J'avais mal à la tête. J'avais envie de rentrer chez moi, de prendre mon petit déjeuner et d'aller me coucher. J'avais envie de remonter la couverture sur ma tête et de dormir une semaine d'affilée. Nous étions passés du chantage à la tentative de corruption. Tout bien pesé, il me semble que le chantage me mettait moins mal à l'aise.

« Que suis-je censé faire, Inspecteur ?

— Rien que nous n'ayons déjà évoqué, Monsieur Collins. Profiter de vos bonnes relations avec Charles Dickens pour découvrir où niche Drood, et ce qu'il mijote. »

Je secouai la tête. « Dickens est complètement absorbé par la préparation de sa tournée de lectures à venir. Je suis certain qu'il n'a eu aucun contact avec Drood depuis Noël. Non content d'avoir été effrayé par ce qu'il a cru voir de sa fenêtre cette nuit-là,

Dickens se consacre entièrement à l'organisation de cette entreprise. Vous n'imaginez pas les préparatifs que cela exige.

— Certainement, Monsieur Collins, certainement. Mais je sais que votre ami commencera sa tournée dans une semaine, le 23 mars, par une soirée inaugurale qui aura lieu aux Assembly Rooms de Cheltenham. Le 10 avril, il se produira à St James's Hall, ici, à Londres, avant d'enchaîner immédiatement par des lectures à Liverpool, puis à Manchester, puis à Glasgow, puis à Édimbourg...

— Connaissez-vous donc tout son itinéraire par cœur ? coupai-je.

— Bien sûr.

— Dans ce cas, vous savez qu'il m'est tout à fait impossible de requérir l'attention de Charles Dickens pendant cette tournée. Les lectures publiques sont toujours épuisantes pour l'écrivain qui les donne. Une lecture de Dickens est épuisante pour l'écrivain, et pour son entourage. Il n'existe tout bonnement rien au monde qui soit comparable à une lecture de Charles Dickens, et il promet que cette tournée-ci sera encore plus intense que les précédentes.

— C'est ce que j'ai entendu dire, murmura l'inspecteur Field. Mais il se trouve que Drood est mêlé, d'une manière ou d'une autre, à cette tournée de lectures de votre ami. »

J'éclatai de rire. « C'est ridicule ! Comment un homme d'une allure pareille pourrait-il voyager avec Dickens ou assister à ses lectures sans susciter de commentaires ?

— Drood est capable de prendre une infinité de formes », répondit Field. Sa voix était assourdie, comme si Hatchery, miss Darby ou le petit Billy pouvaient être le criminel égyptien déguisé. « Je vous *assure* que votre ami Dickens – consciemment ou à son insu, délibérément ou en tant qu'instrument de Drood – ne fait qu'exécuter les desseins de ce Démon en entreprenant cette tournée.

— Comment voulez-vous que… ? » Je m'interrompis, me rappelant l'étrange insistance avec laquelle Dickens avait annoncé qu'il magnétiserait tout son public à chacune de ses lectures. Qu'il les *mesmériserait*. À quelle fin obscure ?

Tout cela était absurde.

« Quoi qu'il en soit, dis-je avec lassitude, vous connaissez l'emploi du temps de Dickens. Et vous savez qu'un groupe fort restreint l'accompagne dans ce voyage.

— Mr Dolby, énuméra l'inspecteur Field. Son imprésario Mr Wills. » Il poursuivit par le gazier et le spécialiste des éclairages sans oublier les agents qui précédaient Dickens dans les théâtres pour en faire l'inspection, fixer le prix des billets, s'occuper de la réclame, et de tout ce genre de choses. « Mais certainement, Monsieur Collins, Dickens serait heureux de voir son cher ami au cours d'une tournée aussi épuisante. Je sais que Macready doit être présent à sa première séance, à Cheltenham. Ne pourriez-vous pas prévoir de passer quelques jours en voyage avec votre célèbre ami, d'assister à une ou deux de ses lectures ?

— C'est tout ce que vous voulez de moi ?

— Votre aide dans ce modeste domaine – il ne s'agit que d'observer, de bavarder, de rapporter – pourrait être inestimable, ronronna encore l'inspecteur Field.

— Mais comment diantre avez-vous l'intention de faire évacuer le 90 Gloucester Place à notre intention, ne fût-ce que l'année prochaine, alors que Mrs Shernwold réserve cette demeure à son fils missionnaire, et refuse obstinément de la vendre ? » demandai-je.

L'inspecteur sourit. Je n'aurais pas été surpris de voir des plumes de canari dépasser de ces babines marron. « C'est à moi de régler ce problème, Monsieur, mais je pense qu'il ne se posera pas. C'est un privilège d'aider un homme qui nous prête son concours dans la mission de salubrité publique consistant à débarrasser Londres de son assassin en série le moins connu, mais le plus redoutable. »

Je souris en hochant la tête. Si l'inspecteur Field m'avait tendu la main en cet instant pour sceller notre pacte ténébreux, je ne suis pas sûr que je l'aurais serrée. Peut-être en eut-il conscience, car il se borna à hocher la tête – le pacte était conclu – avant de regarder autour de lui.

« Souhaitez-vous que miss Darby et le garçon nous fassent brûler un peu plus de xérès, Monsieur ? Ce breuvage prépare merveilleusement au sommeil.

— Non, dis-je, cherchant à me redresser et sentant soudain l'immense main de Hatchery se poser sur mon bras et m'extraire sans effort de la niche où nous étions assis. Je veux rentrer chez moi. »

Je décidai de rejoindre Dickens pour quelques jours, alors que sa tournée était déjà bien entamée.

L'inspecteur Field avait eu raison d'affirmer que Dickens serait enchanté que je vienne passer un petit moment avec lui sur la route. J'adressai un message à Wills qui – bien que probablement épuisé par ses voyages quotidiens avec l'Inimitable – faisait un saut à Londres tous les quelques jours pour régler ses affaires personnelles et celles de Dickens à la revue en compagnie de Forster (lequel désapprouvait toute cette entreprise de lectures) et reçus dès le lendemain une chose on ne peut plus rare pour moi : un télégramme.

MON CHER WILKIE – CETTE TOURNÉE EST SI AMU-SANTE ! NOTRE DOLBY S'EST RÉVÉLÉ UN COMPAGNON DE VOYAGE ET UN ORGANISATEUR PARFAIT. SES BOUF-FONNERIES VOUS ENCHANTERONT COMME ELLES M'EN-CHANTENT. REJOIGNEZ-NOUS QUAND VOUS VOUDREZ ET VOYAGEZ AVEC NOUS AUSSI LONGTEMPS QUE VOUS LE VOUDREZ. À VOS PROPRES FRAIS, BIEN SÛR. JE VOUS ATTENDS AVEC IMPATIENCE ! – C. DICKENS

Je m'étais demandé quelles étaient les répercussions de l'accident de Staplehurst sur les voyages en train presque journaliers de l'Inimitable, et le découvris quelques minutes après notre départ de la gare de Bristol, en direction de Birmingham.

J'étais assis juste en face de Dickens dans le compartiment. Il était seul sur sa banquette. George Dolby et Wills étaient assis du même côté que moi, mais ils bavardaient et je fus peut-être le seul à remarquer la nervosité grandissante de l'écrivain au fur et à mesure que notre voiture prenait de la vitesse. Les mains de Dickens se crispèrent sur le pommeau de sa canne, puis il s'agrippa à l'appui de la fenêtre. Il regardait par la vitre chaque fois que les vibrations s'accentuaient, pour en détourner promptement les yeux avant d'y revenir encore. Son visage, généralement plus hâlé que celui de la plupart des Anglais car ses promenades quotidiennes l'exposaient au soleil, était de plus en plus blême et luisant de transpiration. Dickens sortit ensuite de sa poche sa flasque de voyage, but une longue gorgée de brandy, prit une profonde inspiration, but une seconde gorgée et rangea la flasque. Puis il alluma un cigare et se mit à bavarder avec Dolby, Wills et moi.

L'Inimitable avait choisi une tenue de voyage intéressante – et même excentrique, sinon tapageuse : une vareuse au-dessus de laquelle il enfilait un luxueux manteau à la comte d'Orsay ; un chapeau de feutre porté un peu crânement sur le côté laissait apparaître son visage grisonnant et las, sa peau ridée, tannée par le soleil (la pâleur s'était dissipée avec le brandy pour disparaître presque entièrement). À la gare de Bristol, j'avais surpris ce colosse de Dolby qui disait à Wills, d'une maigreur d'épouvantail, que ce chapeau faisait « ressembler le Chef à un gentilhomme pirate modernisé, dans les yeux duquel se tapissent la volonté de fer d'un démon et la tendre pitié d'un ange. »

Il me semble que Dolby n'avait pas non plus lésiné sur le brandy ce matin-là.

La conversation était animée – nous étions les seuls passagers de ce compartiment de première classe, le reste de notre petite troupe nous ayant devancés à Birmingham. J'avais appris par Dickens que, dans les premières journées de la tournée, Wills avait soumis Dolby à un interrogatoire serré sur l'idée qu'il se faisait de sa mission. Pour ces premières lectures en ville, Dolby était parti en avance avec les spécialistes du gaz et de l'éclairage et Wills seul avait fait le trajet tous les jours en compagnie de Dickens. Maintenant que les étapes de Liverpool, Manchester, Glasgow, Édimbourg et Bristol étaient derrière eux – sans qu'il y ait eu la moindre difficulté dans aucune de ces villes, grâce au travail consciencieux de Dolby –, le gros régisseur voyageait avec Dickens, au ravissement manifeste de l'Inimitable. Sa tournée devait encore le conduire à Birmingham, Aberdeen et Portsmouth avant qu'il ne regagne Londres pour les dernières soirées.

Dolby, qu'un client ultérieur – un certain Mark Twain, écrivain américain – décrirait comme un « gorille réjoui », fouilla dans la panière d'osier qu'il avait apportée, disposa une serviette de lin sur la minuscule table pliante dont il avait pensé à se munir et qu'il avait placée au centre de notre compartiment et entreprit de servir un déjeuner buffet composé de sandwiches aux œufs durs avec des anchois, de saumon à la mayonnaise, de volaille et de langue froides, ainsi que de terrine de bœuf, avec du fromage de Roquefort et une tarte aux cerises pour le dessert. Il avait également apporté un vin rouge tout à fait buvable et mis au frais un punch au gin en remplissant de glace le lavabo de notre compartiment. Tandis que nous finissions cette collation, Dolby réchauffa du café sur un réchaud à alcool. Quelles qu'aient pu être les autres qualités de ce géant moustachu au rire contagieux et au bégaiement plutôt charmant, il était indéniablement efficace.

Après qu'une deuxième bouteille de vin eut été ouverte et le punch au gin glacé presque terminé, notre petite société entonna des chansons de voyage – dont j'avais chanté certaines avec Dickens dix ans plus tôt, au cours de nos escapades communes à travers le pays ou en Europe. Ce jour-là, à l'approche de Birmingham, Dickens se laissa convaincre de nous danser une matelote, tandis que nous sifflions tous l'accompagnement. Quand il s'arrêta, hors d'haleine, Dolby lui servit le dernier verre de punch et Dickens décida de nous apprendre la chanson à boire du *Freischütz*. Un express passa soudain en sens inverse sur la voie opposée dans un bruit de tonnerre, et l'appel d'air arracha le gracieux chapeau de feutre de Dickens de sa tête presque chauve. Wills, qui tenait pourtant plus du phtisique que de l'athlète, tendit son long bras par la fenêtre et rattrapa le chapeau juste avant qu'il disparaisse à jamais en rase campagne. Nous l'applaudîmes chaleureusement, et Dickens donna de grandes claques cordiales dans le dos de ce gringalet.

« J'ai déjà perdu une casquette en peau de phoque presque dans les mêmes circonstances au cours de cette tournée, me confia Dickens en reprenant le feutre des

410

mains de Wills et en le remettant sur sa tête. J'aurais été furieux d'être privé de ce couvre-chef. Grâce à Dieu, Wills est célèbre pour ses arrêts défensifs. Je ne sais plus s'il s'est fait connaître en jouant les arrières gauches à Deep ou les avants gauches à Backward, mais ses réflexes sont légendaires. Ses étagères gémissent sous le poids des coupes d'argent.

— Je n'ai jamais joué au cri... commença Wills.

— Peu importe, peu importe », coupa Dickens en riant, assenant une nouvelle claque dans le dos de son compagnon. George Dolby émit un rugissement de rire qui dut s'entendre jusqu'à l'autre extrémité du train.

À Birmingham, je pus me faire une idée de la trame et du chronométrage de la tournée.

Les séjours à l'hôtel n'avaient rien de nouveau pour moi et, si les voyages de ce genre étaient ordinairement plaisants, je n'ignorais rien des soucis de santé qui avaient tracassé Dickens au cours de l'hiver et du printemps précédents. J'étais également bien placé pour savoir que les déplacements incessants et les aléas de la vie à l'hôtel sont peu propices à la guérison. Il m'avait confié qu'il continuait à voir flou de l'œil gauche, lequel était très douloureux, qu'il avait l'impression d'être ballonné en permanence, que les flatulences lui causaient des problèmes depuis le début de la tournée et que la vibration des trains lui donnait une sorte de nausée et de vertige dont il n'avait jamais le temps de se remettre pendant ses brefs séjours dans les villes où il se produisait. L'alternance entre des trajets quasi quotidiens et d'épuisantes soirées de lecture poussait manifestement Dickens jusqu'aux limites de l'endurance, et au-delà.

Dickens se précipita au théâtre dès son arrivée à Birmingham, avant même de se reposer ou de défaire sa valise. Wills était occupé à d'autres tâches, mais nous suivîmes l'Inimitable, Dolby et moi.

Faisant le tour de la salle en compagnie du propriétaire des lieux, Dickens réclama immédiatement des changements. Conformément à ses instructions, les sièges situés de part et d'autre de la scène et certaines loges avaient été retirés ou interdits d'accès par des cordes. Debout derrière le lutrin qu'il avait fait confectionner d'après ses indications, il exigea alors que d'autres sièges des deux côtés de la vaste salle soient supprimés. *Tous ceux qui assistaient à sa lecture devaient se trouver directement dans son champ de vision, sans obstacle.* L'objectif n'était pas seulement qu'ils puissent le voir distinctement, compris-je, mais que lui-même puisse établir un contact visuel avec *eux*.

Les ouvriers qui l'avaient devancé avaient déjà dressé un grand paravent marron qui se trouverait derrière lui pendant qu'il parlerait ; cet écran mesurait un peu plus de deux mètres de haut sur quatre mètres et demi de large, et un tapis de couleur identique était étendu par terre entre l'écran et le pupitre. L'éclairage au gaz tout à fait singulier était également en place. Le gazier et l'éclairagiste de Dickens avaient installé deux tuyaux verticaux à environ trois mètres cinquante de part et d'autre de son lutrin. Une rangée horizontale de lampes à gaz encastrées dans des réflecteurs d'étain reliait les deux tuyaux, tout en étant dissimulée au regard du public. Pour compléter cet éclairage très cru, une lampe à gaz était disposée sur chaque tuyau vertical, protégée par un abat-jour vert et braquée sur le visage de l'orateur.

Je ne restai qu'un instant à proximité de cette installation astucieuse et des deux lampes à faisceau direc-
tionnel, mais je dois dire que leur éclat était aveuglant.
Il m'aurait été très difficile, presque impossible même,
de lire des extraits d'un ouvrage sous une lumière
aussi vive ; je savais qu'en réalité, Dickens ne *lisait*
que rarement, voire jamais, au cours de ces prétendues
lectures. Il avait mémorisé les centaines de pages de
texte sélectionnées pour ces spectacles – lu, retenu,
modifié, amélioré et répété chaque histoire au moins
deux cents fois. Il fermait généralement le livre qu'il
avait en main dès le début de sa représentation ou se
contentait de tourner les pages, distraitement et sym-
boliquement, tout en récitant. La plupart du temps, il
ne quittait pas du regard le public, par-delà le rectangle éclatant des lampes à gaz. Malgré cet éclairage
violent, Dickens était capable de distinguer le visage
de tous ses auditeurs. Il laissait délibérément la salle
suffisamment éclairée pour cela.

Avant de m'éloigner du pupitre de Charles Dickens,
j'examinai ce meuble. Appuyé sur quatre pieds minces
et élégants, le plateau horizontal se trouvait à peu près
à la hauteur de l'inimitable nombril de l'Inimitable. Il
était recouvert cet après-midi-là d'une étoffe cramoisie.
De part et d'autre du lutrin, de petits supports permettaient de poser, sur la droite une carafe d'eau, sur la
gauche les luxueux gants de chevreau de Dickens et
un mouchoir. À gauche du lutrin également, on avait
disposé un bloc de bois rectangulaire sur lequel Dickens pouvait appuyer son coude gauche ou droit – ce
qu'il ne se privait pas de faire – quand il s'inclinait
en avant. (Il lisait souvent en se tenant juste à gauche
du pupitre et, comme je le savais pour avoir assisté à

de précédentes lectures à Londres, il lui arrivait de se pencher brusquement en avant dans un geste presque espiègle, posant son coude droit sur ce bloc surélevé et agitant ses mains expressives. Ce jeu de scène avait pour effet de donner au public l'impression d'un lien encore plus personnel et plus intime avec lui.)

Dickens s'éclaircit la voix et je m'éloignai du pupitre. Je descendis de l'estrade tandis que l'écrivain, debout devant son lutrin, vérifiait l'acoustique de la salle en déclamant différents fragments des lectures qu'il devait donner ce soir-là. Je rejoignis George Dolby à la dernière rangée du deuxième balcon.

« Le Chef a commencé sa tournée par la lecture d'un extrait de son récit de Noël, *Les Ordonnances du docteur Marigold*, me chuchota Dolby malgré la distance qui nous séparait de Dickens. Mais ça n'a pas très bien marché, en tout cas cela n'a pas donné satisfaction au Chef – et je n'ai pas besoin de vous dire à quel point il est perfectionniste –, alors il améliore son programme en accordant plus de place aux grands classiques : la scène de la mort de Paul dans *Dombey et Fils*, la scène de Mr, Mrs et Miss Squeers de *Nicholas Nickleby*, le procès de *Pickwick*, la scène d'orage de *David Copperfield* et, bien sûr, *Un chant de Noël*. Le public ne se lasse pas de ce *Chant de Noël*.

— Je n'en doute pas », dis-je sèchement. Je n'avais jamais caché mon mépris pour la « saison des tartufferies et de Noël ». Je remarquai aussi que, lorsqu'il chuchotait, Dolby ne bégayait pas. Que toutes ces infirmités sont singulières… Ce rappel m'incita à sortir la petite flasque de voyage qui contenait à présent mon laudanum et à en avaler plusieurs gorgées. « Je regrette de ne pas pouvoir vous en offrir, dis-je à Dolby comme si de rien n'était, sans me laisser impressionner par Dickens qui continuait à réciter sur sa scène lointaine. C'est un remède.

— Je comprends parfaitement, chuchota Dolby.

— Je suis surpris que le "Docteur Marigold" ne plaise pas aux foules. Le numéro de Noël dans lequel cette histoire a été publiée s'est vendu à plus de deux cent cinquante mille exemplaires. »

Dolby haussa les épaules. « Le Chef leur a arraché des rires et des larmes avec ce récit, dit-il tout bas. Mais pas *assez* de rires et de larmes, selon lui. Et pas toujours au moment opportun. Alors il l'a remisé.

— Dommage, remarquai-je, sentant la chaleur émolliente de la drogue se répandre dans mon organisme. Dickens l'a répété pendant plus de trois mois.

— Le Chef répète *tout* », murmura Dolby.

Je ne savais que penser de ce titre ridicule de « Chef » dont Dolby avait affublé Dickens, mais l'Inimitable lui-même semblait l'apprécier. D'après mes observations, Dickens appréciait presque tout chez cet ours énorme, costaud et bégayant de régisseur. Je ne doutais pas un instant que ce vulgaire commerçant de théâtre usurpât la position d'ami intime et de confident occasionnel que j'occupais auprès de Dickens depuis plus d'une décennie à présent. Ce n'était pas la première fois – et pas la première fois que cela m'arrivait sous l'influence éclairante du laudanum – que je voyais très lucidement que Forster, Wills, Macready, Dolby, Fitzgerald et moi – nous tous, en somme – n'étions que des planètes qui rivalisaient et se battaient pour accomplir les révolutions les plus proches possibles du Soleil grisonnant, flatulent, ridé et vieillissant qu'était Charles Dickens.

Sans ajouter un mot, je me levai et quittai le théâtre.

Mon intention était de regagner notre hôtel – je savais que Dickens s'y rendrait lui aussi pour se reposer quelques heures avant sa représentation, mais qu'il se murerait dans le silence, refusant toute conversation jusqu'à ce que sa longue soirée de lecture fût achevée –, or je me retrouvai à errer dans les rues obscures et fuligineuses de Birmingham, tout en m'interrogeant sur les raisons de ma présence en ce lieu.

Huit ans auparavant, à l'automne de 1858 – après avoir accompagné Dickens lors de cette ridicule pérégrination dans le Nord à la poursuite d'Ellen Ternan (alors que Dickens m'avait convaincu qu'il s'agissait de rassembler de la documentation pour *Le Voyage paresseux de deux apprentis désœuvrés*, un ouvrage que nous rédigions ensemble) et après avoir été à deux doigts de périr à Carrick Fell –, j'étais retourné à Londres, bien décidé à me consacrer énergiquement au théâtre. Juste après le succès de *Profondeurs glacées* l'année précédente, le célèbre acteur Frederick « Frank » Robson avait acheté un mélodrame que j'avais écrit antérieurement, *Le Phare* – dans lequel Dickens avait tenu le premier rôle comme dans *Profondeurs glacées* –, et, le 10 août 1857, mon rêve – devenir un dramaturge professionnel – s'était réalisé. Assis à côté de moi dans la loge de l'auteur, Dickens avait applaudi comme les autres (je dois avouer m'être levé et avoir salué durant cette ovation, mais le terme d'« ovation » est peut-être un peu fort ; les applaudissements me parurent plus respectueux qu'enthousiastes).

Les critiques du *Phare* furent, elles aussi, respectueuses et tièdes. L'aimable John Oxenford du

Times lui-même écrivit : « *Nous ne pouvons éviter de conclure que, malgré tous ses mérites,* Le Phare *relève davantage de l'anecdote dramatique que du drame véritable.* »

En dépit de ces effluves de tiédeur, j'avais passé plusieurs mois de 1858 à – pour reprendre une expression que nous utilisions beaucoup, Dickens et moi, à l'époque – m'épuiser la cervelle au service d'une composition plus théâtrale.

C'est à Charley, le fils de Dickens, que je dus l'inspiration. Il venait de rentrer d'Allemagne et me confia les impressions que lui avait faites un affreux endroit de Francfort qui s'appelait la Maison morte. Je pris immédiatement une plume et du papier et rédigeai à la six-quatre-deux une pièce intitulée *The Red Vial, La Fiole rouge*. Mes deux personnages principaux étaient un fou et une empoisonneuse (j'avais toujours été fasciné par le poison et les empoisonneurs). Je situai la scène capitale de *La Fiole rouge* dans la Maison morte. J'avoue, Cher Lecteur, que je trouvais le décor et le cadre merveilleux – une pièce remplie de cadavres disposés sur des dalles froides sous des draps, chacun ayant un doigt attaché à une ficelle reliée à une sonnette suspendue, laquelle ne manquerait pas de tinter si l'un de ces « morts » ne l'était pas. Cette mise en scène macabre faisait appel à nos angoisses les plus profondément enfouies d'enterrement prématuré et de morts vivants.

Dickens lui-même n'avait pas dit grand-chose quand je lui avais soumis cette idée, pas plus que par la suite, quand je lui lus les fragments de ma pièce au fur et à mesure de leur rédaction. Mais il se rendit à l'asile de Londres à la recherche de petits détails qui prêteraient une plus grande vraisemblance à mon premier rôle, le fou. Robson, qui avait été excellent dans *Le Phare*, accepta la pièce pour l'Olympic Theatre et se chargea du rôle du fou. Les répétitions me comblèrent, et tous les acteurs qui y participaient m'assurèrent que cette pièce était merveilleuse. Ils pensaient comme moi que, bien que les amateurs de théâtre londoniens se soient transformés en une masse amorphe d'esprits bornés, une stimulation suffisamment puissante serait susceptible de les réveiller.

Le 11 octobre 1858, Dickens m'accompagna à la première de *La Fiole rouge* et organisa une réception après le spectacle pour mes amis et moi-même chez lui, à Tavistock House, désormais privé de maîtresse de maison. Nous étions au moins une vingtaine à assister ensemble à la représentation.

Ce fut un fiasco. Alors que tous les passages délicieusement morbides et mélodramatiques faisaient frémir mes amis, les autres spectateurs hennissaient de rire. Les hennissements les plus bruyants intervinrent au point culminant de ma scène à l'intérieur de la Maison morte où – de façon trop attendue, affirmèrent *a posteriori* les critiques – un des cadavres fit tinter la cloche.

Il n'y eut pas de seconde représentation. Dickens fit de son mieux pour se montrer optimiste tout au long de cette interminable soirée, multipliant les plaisanteries aux dépens des spectateurs londoniens, mais le souper donné à Tavistock House fut une véritable épreuve pour moi. Comme je l'entendis dire plus tard à ce petit morveux de Percy Fitzgerald – « Ce fut un magnifique exemple de banquet funèbre ».

L'échec de *La Fiole rouge* ne me dissuada cependant pas de poursuivre sur ma voie et de continuer à déranger, fasciner et dégoûter tout à la fois mes compatriotes. Peu après le succès retentissant de *La Dame en blanc*, on m'en demanda le secret et je répondis modestement à mon interlocuteur :

1. Trouver une idée centrale
2. Trouver les personnages
3. Laisser les personnages exploiter les péripéties
4. Commencer l'histoire par le commencement

Compare, si tu le veux bien, Cher Lecteur, ce principe artistique quasi scientifique avec la façon fort peu méthodique dont Charles Dickens torchait ses romans depuis des décennies : trouvant ses personnages au petit bonheur la chance (en s'inspirant souvent *nolens volens* de gens de sa connaissance) sans se demander un instant comment ils pourraient servir son objectif principal, accumulant une pléthore d'idées à l'aveuglette, laissant ses personnages s'égarer dans des événements incidents et des intrigues secondaires insignifiantes sans aucun lien avec l'idée dominante, et commençant souvent son récit à mi-course, en quelque sorte, au mépris du principe majeur de Collins imposant de commencer par le commencement.

C'était miracle que nous ayons pu collaborer aussi souvent que nous l'avions fait. Je ne m'enorgueillissais pas peu d'avoir apporté un peu de cohérence aux pièces, aux histoires, aux récits de voyage et aux œuvres de plus grande envergure que nous avions esquissées ou réalisées ensemble.

Et c'est ainsi qu'à Birmingham, en cette soirée de

mai plus froide et plus pluvieuse que de saison, je me demandais pourquoi j'étais venu regarder Dickens s'engager dans les dernières étapes de ce qui avait tout l'air d'une tournée de lectures étonnamment réussie en Angleterre et en Écosse. Les critiques me reprochaient régulièrement mon goût pour ce qu'ils appelaient le « mélodrame » ; mais comment diantre appeler ce nouveau et curieux mélange de littérature et de théâtre amateur débridé que Dickens présentait sur scène cette nuit même ? Personne dans notre profession n'avait jamais rien vu ni entendu de tel. Personne *au monde* n'avait jamais rien vu ni entendu de tel. Pareil spectacle dégradait le rôle de l'écrivain et transformait la littérature en un carnaval à deux sous. Dickens flattait bassement les masses comme un clown qui se produit sur scène avec un chien.

Telles étaient les pensées qui occupaient mon esprit tandis que je longeais une rue lugubre, sans fenêtres – plus une ruelle qu'une allée, pour tout dire –, après avoir repris la direction de mon hôtel. Soudain, deux individus me barrèrent le chemin.

« Excusez-moi, je vous prie », dis-je d'un ton brusque, agitant ma canne à pommeau d'or pour les faire dégager.

Ils ne bougèrent pas.

J'obliquai à droite dans cette étroite venelle, et ils se déplacèrent sur leur gauche. Je m'arrêtai et fis mine de passer à ma gauche, mais ils se décalèrent sur leur droite.

« Qu'est cela ? » demandai-je. Leur seule réaction fut de marcher sur moi. Les deux hommes plongèrent leurs mains crasseuses et calleuses dans les poches de leurs vestes loqueteuses et les en ressortirent armées de couteaux à lame courte.

Je fis prestement demi-tour pour rejoindre hâtivement la rue principale. C'est alors qu'un troisième individu surgit dans la ruelle et l'obstrua, sa forme massive dessinant une silhouette menaçante sur le fond clair de la lumière du soir. Il tenait, lui aussi, un objet dans sa main droite. Un objet qui luisait dans le jour déclinant.

J'avoue, Cher Lecteur, que mon cœur se mit à battre à tout rompre et que je sentis mes entrailles se liquéfier. Je n'aime pas me considérer comme un pleutre – qui aime cela ? –, mais je suis un homme de petite taille, pacifique, et, bien qu'il m'arrive de temps en temps d'écrire des romans évoquant violences, rixes, voies de fait et meurtres, je n'en avais encore jamais fait l'expérience personnelle et n'avais pas la moindre envie de combler cette lacune.

Si j'avais une envie en cet instant, c'était de détaler à toutes jambes. J'éprouvai l'impulsion irrésistible d'appeler ma mère, alors qu'Harriet était à plusieurs centaines de kilomètres de là.

Malgré le mutisme persistant de ces trois individus, je plongeai la main dans ma veste et en sortis mon portefeuille oblong. Beaucoup de mes amis et connaissances – parmi lesquels Dickens, de toute évidence – me trouvaient un tout petit peu trop réticent à me défaire de mon argent. En réalité, ayant la chance d'être depuis de longues années à l'abri du besoin, Dickens et ses amis ignoraient que j'étais obligé de respecter une stricte discipline pécuniaire et me considéraient comme un avare minable, un grippe-sou, un émule d'Ebenezer Scrooge avant la révélation.

En cette minute, j'aurais pourtant donné toutes les livres sterling, tous les shillings que j'avais sur moi – et jusqu'à ma montre qui, sans être en or, m'était fort utile – pour que ces bandits me laissent passer.

Comme je l'ai dit, ils ne me demandèrent pas d'argent. Peut-être est-ce ce qui m'effraya le plus. Ou peut-être est-ce l'expression d'un sérieux inhumain qui se dessinait sur leurs visages moustachus – et surtout leur indifférence vigilante associée à une forme de joie anticipée dans les yeux gris du plus grand, qui s'approchait à présent de moi, brandissant son poignard.

« Attendez », dis-je faiblement. Et puis, « Attendez... attendez... »

La brute en guenilles leva son couteau, l'approchant de mon torse et de mon cou.

« *Attendez !* » cria une voix bien plus sonore et plus impérieuse derrière nous quatre. Elle venait de la rue, lieu de lumière et d'espoir.

Nous nous retournâmes, mes agresseurs et moi-même, pour voir qui avait crié.

C'était un petit homme en costume brun. Malgré son timbre autoritaire, il n'était pas plus grand que moi. Il était nu-tête et je vis de courtes boucles grises collées sur son crâne par la pluie fine qui tombait.

« Décampe, l'ami, fit l'homme qui tenait son couteau sous ma gorge. Tu ferais mieux de pas t'en mêler.

— C'est que j'y tiens, moi », répliqua le petit homme en courant vers nous.

Mes trois assaillants se tournèrent vers lui, mais j'avais les jambes trop molles pour les prendre à mon cou. J'étais sûr qu'en moins de temps qu'il n'en fallait pour le dire, mon soi-disant sauveteur et moi-même nous retrouverions sur le pavé, raides morts, dans cette ruelle anonyme et obscure.

L'homme au costume brun que j'avais cru d'abord aussi ventripotent que moi, mais qui me parut alors compact et musclé comme un acrobate miniature, plongea la main à l'intérieur de sa veste en tweed et en sortit vivement un morceau de bois court, manifestement lesté, hybride entre un épissoir de marin et une matraque de policier. Son extrémité était arrondie et pesante, et l'objet semblait pourvu d'un noyau de plomb ou d'une autre matière aussi lourde.

Deux de mes agresseurs bondirent sur lui. L'étranger en costume brun brisa le poignet et les côtes du premier d'un va-et-vient rapide de sa matraque avant de frapper le deuxième à la tête, produisant un bruit tel que je n'en avais encore jamais entendu. Le plus costaud des trois – le moustachu au regard assassin qui, une seconde auparavant, tenait encore son couteau contre ma gorge – allongea sa lame en la maintenant du pouce, posé dessus ; il feinta, pivota sur lui-même, plongea en avant et s'accroupit comme un chat pour frapper mon sauveteur, dans une forme de danse qui, j'en suis sûr, avait été mise au point au cours d'un millier de bagarres au couteau au fond de ruelles.

L'homme en costume brun fit un bond en arrière quand la lame de son agresseur se dirigea vers lui d'abord à droite, puis à gauche, décrivant des arcs haineux qui l'auraient étripé s'il n'avait été aussi agile. Puis – avec une vivacité qui démentait son allure apparemment impassible – mon sauveur s'élança, brisa l'avant-bras droit de notre assaillant mutuel d'un geste descendant de son petit gourdin, fracassa d'un revers la mâchoire de la brute et – comme le colosse tombait – le frappa une troisième fois à l'aine avec une telle violence que je tressaillis et poussai moi-même un cri. Enfin, il lui assena un dernier coup de matraque sur l'occiput, tandis que le bandit s'écroulait, d'abord à genoux, puis face contre terre dans la boue.

Seul le premier attaquant, celui qui avait les côtes et le poignet brisés, était encore conscient. Il filait en titubant vers l'obscurité, au fond de la venelle.

L'homme au costume brun le prit en chasse, le fit tournoyer sur lui-même, le frappa deux fois au visage avec son arme courte mais meurtrière, lui décocha un croche-pied qui le fit choir puis lui porta encore un coup à la tête alors qu'il gisait à terre, gémissant. Les gémissements cessèrent.

Le petit homme en brun se tourna vers moi.

Je dois avouer que je reculai, mains en l'air, paumes ouvertes dans un geste d'imploration adressé à la petite silhouette implacable qui s'avançait vers moi. J'avais été à deux doigts, vraiment à deux doigts de souiller mon linge. Seule la rapidité incroyable – je dirais même *impossible* – de la violence dont je venais d'être témoin m'avait évité cette réaction irrépressible de peur.

J'avais évoqué maintes fois dans mes écrits des échauffourées violentes, mais leur déroulement était toujours décrit comme une succession chorégraphique de mouvements lents, soigneusement mis au point. La scène à laquelle je venais d'assister – la pire certainement qu'il m'eût été donné de voir, et la plus brutale – n'avait pas duré plus de sept ou huit secondes. Si l'homme en costume brun ne me tuait pas avant, il y avait un risque tout à fait concret que je vomisse.

Les mains toujours levées, je m'efforçai de bredouiller quelques mots.

« Tout va bien, Monsieur Collins », dit l'autre en rangeant sa trique dans la poche de sa veste et en me prenant fermement par le bras pour me reconduire sur mes pas, vers la lumière de la rue. Des coupés et des fiacres passaient comme s'il ne s'était rien passé qui sorte de l'ordinaire.

« Qui... qui... êtes-vous ? » balbutiai-je. Sa poigne était aussi implacable que pourrait l'être, peut-on imaginer, l'étreinte d'acier d'un étau de forge.

« Mr Barris, Monsieur. Pour vous servir. Il faut que nous vous raccompagnions à votre hôtel, Monsieur.

— Barris ? » Le tremblement et le bégaiement de ma voix m'emplirent de honte. Je me suis toujours flatté de rester calme dans les situations difficiles, en mer ou sur terre (bien qu'au cours des derniers mois et années, je dois l'admettre, le laudanum n'ait pas été entièrement étranger à cette force d'âme).

« Oui, Monsieur. Reginald Barris. *Détective* Reginald Barris. Reggie pour mes amis, Monsieur Collins.

— Vous êtes de la police de Birmingham ? » demandai-je comme nous nous dirigions vers l'est et commencions à hâter le pas, sa main toujours posée sur mon bras.

Barris s'esclaffa. « Oh ! non, Monsieur, je travaille pour l'inspecteur Field. Je suis venu de Londres en passant par Bristol, comme vous. »

On utilise si fréquemment dans les romans l'adjectif « flageolant » appliqué aux « jambes » qu'il tient du cliché. *Sentir* pour de bon ses propres jambes tellement instables et vacillantes que l'on a du mal à marcher est une situation ridicule, surtout pour un amateur de voile comme moi, qui n'hésite pas à se promener sur un pont qui tangue quand la Manche est agitée.

Je réussis à bafouiller : « Ne faut-il pas retourner là-bas ? Ces trois hommes sont peut-être blessés. »

Barris, si tel était véritablement son nom, gloussa. « Pour être blessés, je vous garantis qu'ils le sont, Monsieur Collins. Je pense même que l'un d'eux est mort. Mais nous n'y retournerons certainement pas. Ils sont très bien là où ils sont.

— Mort ? » répétai-je stupidement. Je ne pouvais pas le croire. Je ne *voulais* pas le croire. « Il faut prévenir la police.

— La police ? Oh ! non, Monsieur. Je ne crois pas. L'inspecteur Field me renverrait si mon nom et celui de notre Bureau d'enquêtes privées étaient mentionnés dans les journaux de Birmingham et de Londres. De plus, vous risqueriez d'être retenu ici pendant de longs jours, Monsieur Collins. Et rappelé pour témoigner dans une interminable série d'enquêtes et d'auditions. Tout cela pour trois brutes prêtes à vous égorger pour vous voler votre porte-monnaie ? Je vous en prie, Monsieur, sortez-vous ce genre d'idées de la tête.

— Je ne comprends pas », repris-je alors que nous nous dirigions vers l'est en empruntant une artère encore plus large. Je reconnaissais maintenant le chemin de l'hôtel. Les réverbères s'allumaient peu à peu tout le long de ce boulevard animé. « Field vous a-t-il envoyé pour… veiller sur moi ? Pour me protéger ?

— Oui, Monsieur », acquiesça Barris en me lâchant enfin le bras. Je sentis le sang affluer là où sa poigne l'avait empêché de circuler. « C'est-à-dire, Monsieur, que nous sommes deux… euh… à vous accompagner,

Mr Dickens et vous, dans cette tournée. Au cas où Mr Drood se manifesterait, Monsieur. Lui ou ses agents.

— Drood ? Ses agents ? Pensez-vous que ces trois hommes aient été envoyés par Drood pour me tuer ? » Pour je ne sais quelle raison, mes intestins se relâchèrent de nouveau à cette idée. Jusqu'alors, cette histoire fantastique de Drood n'avait été qu'un jeu astucieux, bien qu'un peu lassant.

« Eux, Monsieur ? Oh ! non, Monsieur. Je suis convaincu que ces canailles n'avaient rien à voir avec ce Drood que poursuit l'inspecteur. Rien du tout, Monsieur. Vous pouvez en être sûr.

— Et comment ? demandai-je alors que j'apercevais déjà l'hôtel. Pourquoi ? »

Barris esquissa un faible sourire. « Ils étaient blancs, Monsieur. Drood n'emploie presque jamais de Blancs à son service, malgré de rares cas où il a fait appel, nous le savons, à des Allemands ou à des Irlandais. Non. Il aurait envoyé des Chinois, des Lascars ou des Hindous ou même des Noirs à peine débarqués d'un navire s'il avait voulu votre mort, ici ou à Bristol, Monsieur. Ma foi, voici votre hôtel, et celui de Mr Dickens, Monsieur Collins. Un de mes collègues s'y trouve. Il veillera sur votre sécurité dès que vous serez dans le hall. Je resterai ici et vous garderai à l'œil jusqu'à ce que vous soyez entré, Monsieur.

— Un collègue ? » répétai-je. Mais Barris avait reculé dans l'ombre d'une ruelle et leva la main vers le front comme pour soulever un chapeau melon invisible.

Me retournant, je me dirigeai d'une démarche toujours chancelante vers le seuil éclairé de l'hôtel.

Après une aventure aussi éprouvante, je n'avais pas la moindre intention d'assister au spectacle de Dickens, mais, après avoir pris un bain chaud et avoir absorbé au moins quatre tasses de laudanum – je vidai ma flasque et la remplis à la bouteille soigneusement emballée que j'avais emportée dans mes bagages –, je décidai de m'habiller pour la soirée et de me rendre à cette lecture. C'était, après tout, la raison de ma présence à Birmingham.

Je savais par Wills et Dolby que Dickens était presque inabordable une heure ou deux avant sa représentation nocturne. Il se rendit à pied au théâtre avec son imprésario et je les suivis un peu plus tard en fiacre. Je n'avais aucune intention de recommencer à me promener seul dans les rues obscures de Birmingham. (Si le détective Barris ou ses collègues étaient postés dehors pour me surveiller, je ne les aperçus pas quand le fiacre me déposa à la porte latérale du théâtre.)

Il était huit heures moins le quart et le public commençait tout juste à arriver. Je restai dans le fond de la salle et observai les spécialistes du gaz et de l'éclairage de Dickens faire une apparition pour inspecter l'installation de tuyaux sombres et de lampes éteintes depuis différentes positions, de part et d'autre du théâtre, avant de se retirer. Un instant plus tard, le gazier revint seul, opéra quelques réglages des lampes suspendues, dissimulées derrière l'écran couvert de tissu marron, et s'éclipsa. Quelques minutes après, le gazier surgit une troisième fois et alluma le gaz. L'effet des lumières sur le fond sombre, faibles encore mais qui éclairaient vivement le lutrin de Dickens, était très frappant. Plusieurs centaines de spectateurs avaient maintenant rejoint leurs places et ils firent tous silence, les yeux rivés sur la scène avec un intérêt et une concentration presque palpables.

George Dolby monta sur l'estrade d'un pas nonchalant et leva les yeux vers les éclairages bas, examina la table puis jeta un regard suffisant au public de plus en plus nombreux. Dolby déplaça légèrement la carafe d'eau sur la table de Dickens, hocha la tête comme s'il était satisfait de cet ajustement capital et disparut lentement derrière le haut écran qui s'étendait du côté de la scène masqué par un rideau jusqu'à la zone de la lecture, au centre. En longeant le côté de l'estrade pour passer moi-même en coulisse, Dolby sur mes talons, je ne pus m'empêcher de penser à la plus célèbre didascalie de Shakespeare dans *Le Conte d'hiver* : « Il sort, poursuivi par un ours*. »

Je trouvai Dickens dans sa loge, en tenue de soirée. Je fus heureux d'avoir choisi d'en faire autant, bien que tous ceux qui me connaissent sachent que j'attache peu d'importance aux tenues protocolaires et aux conventions superficielles. Mais, ce soir, le nœud papillon blanc et la queue-de-pie paraissaient de rigueur... peut-être même nécessaires.

« Ah, mon cher Wilkie, s'écria l'Inimitable en me voyant. C'est tellement *aimable* à vous d'assister à la séance de ce soir. » Il semblait parfaitement calme, mais on aurait pu croire qu'il avait oublié que j'avais passé la journée dans le train de Birmingham en sa compagnie.

Un bouquet de géraniums écarlates était posé sur sa coiffeuse et il en cueillit un qu'il mit à sa boutonnière, puis en coupa un autre dont il orna mon revers.

« Venez, dit-il en remettant en place sa chaîne de montre en or et en vérifiant une dernière fois dans le miroir l'ordonnancement de ses boutons, de sa barbe et de ses boucles huilées. Allons jeter un coup d'œil aux indigènes dans l'espoir qu'ils commencent à s'agiter. »

Nous sortîmes sur l'estrade, derrière le paravent protecteur où Dolby rôdait encore. Dickens me fit voir une petite fente dans l'écran, d'où – après avoir écarté un rabat de tissu – nous pouvions observer le public désormais au grand complet et qui manifestait de légers signes d'impatience. Il ne m'autorisa qu'un regard. J'étais, pour ma part, dévoré d'angoisse et me demandai si, malgré toute mon expérience théâtrale de comédien, je serais jamais capable de réaliser une lecture sans céder à la nervosité ; Dickens lui-même ne manifestait cependant pas la moindre trace d'inquiétude. Le gazier se dirigea vers lui, Dickens hocha la tête, s'inclina vers le petit trou du paravent et – alors que le gazier sortait tranquillement sur scène pour procéder aux derniers réglages des lampes –, l'Inimitable me chuchota : « C'est la partie de la soirée que je préfère, Wilkie. »

Je me penchai si près de l'écrivain que je pus sentir l'odeur de la pommade qu'il avait appliquée sur les boucles de ses tempes, tandis que nous regardions tous les deux par l'interstice de l'écran. Avec une soudaineté théâtrale, les éclairages s'allumèrent et leur reflet illumina quelque deux mille visages tandis qu'un « Aaahhhhh… » d'expectative s'élevait du public.

« Vous feriez mieux d'aller vous asseoir, mon ami, chuchota Dickens. Je vais attendre encore une minute ou deux pour aiguiser leur impatience, puis nous commencerons. »

Je m'éloignais déjà quand il me rappela d'un geste de la main. Approchant sa bouche de mon oreille, il chuchota : « Ouvrez l'œil. Drood peut être n'importe où. »

Je n'aurais su dire s'il était sérieux. Je hochai donc la tête et m'éloignai dans le noir, quittant la scène par l'escalier latéral. Je montai ensuite à contre-courant du flot de retardataires jusqu'au fond de la salle, avant de me rediriger vers la scène pour rejoindre le siège qui m'avait été réservé le long de l'allée centrale, à peu près aux deux tiers, vers l'arrière. J'avais demandé à Wills de me garder cette place afin que je puisse m'esquiver et rejoindre Dickens dans sa loge plus facilement à l'entracte, au bout de quatre-vingt-dix minutes environ de sa lecture de deux heures. Le tapis brun qui couvrait la scène, la table très simple et la carafe d'eau elle-même – vivement illuminés par l'éclairage au gaz – semblaient regorger de promesses pendant cette dernière minute précédant l'apparition de Dickens.

Une tempête d'applaudissements éclata lorsque sa mince silhouette se dirigea vers son lutrin. Les applaudissements augmentèrent et se poursuivirent, assourdissants, mais Dickens les ignora complètement. Il prit la carafe pour se verser un peu d'eau et attendit en silence que l'ovation reflue, un peu comme on attend que les voitures soient passées pour traverser une rue. Puis, lorsque le silence fut enfin retombé, Dickens… ne fit rien. Il était là, les yeux rivés sur le public, tournant légèrement la tête de temps en temps comme pour voir tout le monde. On aurait dit qu'il cherchait à croiser le regard de chaque femme, de chaque homme présent ce soir-là… or nous devions être plus de deux mille maintenant dans cette salle.

Quelques traînards s'asseyaient encore au fond et Dickens attendit qu'ils se soient installés avec le même calme absolu et un peu troublant. Puis il donna l'impression de *les* fixer durant quelques secondes de son regard froid, sérieux, intense et en même temps légèrement interrogateur.

Et il commença.

Plusieurs années après cette soirée de Birmingham, Dolby me dirait : « Au cours de ces dernières années, quand on regardait le Chef lire, on n'avait pas l'impression d'assister à une représentation ; c'était plutôt comme si on faisait partie d'un *spectacle*. Cela n'avait rien à voir avec un divertissement ; on était *hanté*. »

Hanté. Oui, peut-être. Ou possédé, comme les médiums tellement en vogue de mon temps, Cher Lecteur, étaient censés l'être par les esprits qui les guidaient vers l'Autre Côté. Mais Charles Dickens n'était pas le seul à paraître possédé au cours de ces lectures ; tout le public le rejoignait dans cette transe. Comme tu le verras, il était difficile de *ne pas* le faire.

Je regrette profondément, Cher Lecteur, que personne de ta génération future n'ait entendu ou vu lire Charles Dickens. Au moment où j'écris, on se livre à des expériences en enregistrant des voix sur des cylindres un peu comme les photographes saisissent l'image d'une personne sur des plaques recouvertes d'une couche sensible. Mais tout cela est advenu après la mort de Charles Dickens. Personne de ton temps n'aura jamais entendu sa voix grêle, affligée d'un léger zézaiement. Et aucun de tes contemporains – car, à ma connaissance, aucune de ses allocutions n'a jamais été immortalisée sur daguerréotype ni sur quelque autre procédé photographique (en effet, les techniques de photographie disponibles du temps de Dickens étaient trop lentes pour enregistrer les mouvements d'une personne, or Dickens était *toujours* en mouvement) – n'aura observé l'étrange métamorphose de l'Inimitable et de son public au cours de ces représentations. Ses lectures étaient uniques à notre époque et – je me risque à l'affirmer – ne pourront jamais être égalées, ni passablement imitées de ton temps (si des auteurs écrivent encore des livres dans l'avenir où tu résides).

Malgré le vif éclat des lampes à gaz, un étrange nuage iridescent semblait entourer Charles Dickens pendant qu'il lisait des extraits du plus récent de ses récits de Noël. Ce nuage, j'en ai la conviction, était la manifestation ectoplasmique des nombreux personnages que Dickens avait créés et qu'il convoquait à présent – un par un – pour parler et agir devant nous.

Tandis que ces spectres s'emparaient de lui, la posture de Dickens se modifiait. Il devenait soudainement alerte, cédait à l'abattement ou se laissait aller à la nonchalance selon ce que lui dictait l'esprit du personnage. Le visage de l'écrivain se transformait immédiatement et intégralement – certains muscles faciaux dont Charles Dickens faisait si fréquemment usage se détendaient, d'autres entraient en jeu. Des sourires, des regards mauvais, des froncements de sourcils et des mines conspiratrices que l'on ne voyait jamais sur les traits de l'homme qui habitait Gad's Hill passaient sur le visage de ce réceptacle possédé qui se tenait devant nous. Sa voix changeait de seconde en seconde, et même dans les répliques rapides des dialogues, Dickens semblait habité par deux démons à la fois, voire davantage.

Dans d'autres lectures, j'avais entendu son timbre passer instantanément de la voix rauque, enrouée, haletante, chuintante, urgente et chuchotée de Fagin – « Ah ! ah ! La mine de fe gaillard me plaît. Il pourrait nous être utile ; il fait faire marcher la fille. Tâchez d'être filenfieux comme une fouris, mon cher, ve les v'entends parler* » – à la sonorité sombre de ténor de Mr Dombey et aux pépiements affectés et stupides de Miss Squeers, avant de prendre un accent cockney d'une telle perfection qu'aucun acteur de la scène anglaise du moment n'aurait pu rivaliser avec lui.

Mais, cette nuit-là, sa voix et son langage n'étaient pas seuls à nous tenir sous le charme. Tout, chez Dickens, s'altérait à l'instant où il passait d'un personnage à l'autre (ou lorsqu'un personnage quittait son corps et qu'un autre s'y introduisait). Quand il devint le juif Fagin, le port toujours droit, presque martial, de Dickens, s'affaissa pour adopter la voussure arrondie, bossue de ce méchant homme. Le front de l'écrivain sembla s'élever et s'allonger, ses sourcils devenir plus broussailleux et ses yeux s'enfoncer dans deux puits sombres, paraissant luire de leur propre volonté dans l'éclat vif des lampes à gaz. Les mains de Dickens, si calmes et si assurées quand il lisait des descriptions, se mettaient à trembloter, à s'étreindre, à se frotter convulsivement, à tressaillir de cupidité et à chercher à se dissimuler dans ses manches quand elles appartenaient à Fagin. Tout en lisant, Dickens faisait quelques pas d'un côté de son pupitre fabriqué sur mesure, puis quelques pas dans l'autre sens, et bien que ce mouvement fût fluide et assuré quand c'était Dickens qui se tenait devant nous, il devenait insidieux, fuyant et presque serpentin quand l'écrivain était possédé par l'esprit de Fagin.

« Ces personnages et ces changements sont aussi réels pour moi que pour le public, m'avait confié Dickens avant le début de cette tournée particulière. Mes romans ont pour moi une telle réalité que je ne me les remémore pas, ils se rejouent sous mes propres yeux, car tout se passe devant moi. Et c'est cette réalité que contemple le public. »

Je la vis ce soir-là, en vérité. Que ce fût à cause de la consommation d'oxygène par les flammes du gaz ou de la qualité quasi mesmérienne du visage et des mains de Dickens qui se dessinaient si vivement sur le fond marron foncé grâce à cet éclairage singulier, je sentais constamment les yeux de l'auteur posés sur moi – même lorsque ces yeux appartenaient à l'un de ses personnages – et, en même temps que le public de ce soir-là, j'entrai dans une sorte de transe.

Quand il redevenait Dickens pour lire un passage narratif ou descriptif au lieu d'interpréter un dialogue habité par des personnages, j'entendais l'assurance sans défaillance de sa voix, je sentais dans l'éclat de ses yeux le plaisir qu'il éprouvait et percevais un soupçon indéniable d'agressivité – camouflée en confiance aux yeux de la plus grande partie de la foule, j'en étais sûr – née de sa propre conscience d'être capable de magnétiser autant de gens sur une aussi longue durée.

Le récit de Noël et l'extrait d'*Oliver Twist* étaient terminés, la plus longue partie, celle de quatre-vingt-dix minutes, de la soirée achevée et l'entracte était arrivé. Dickens se retourna alors pour rejoindre les coulisses, semblant ignorer les applaudissements frénétiques de la foule comme il l'avait fait en entrant en scène.

Je secouai la tête comme si je m'éveillais d'un songe et me dirigeai vers sa loge.

Dickens était affalé sur un divan, visiblement trop épuisé pour se lever ou pour bouger. Dolby s'affairait, entrait et sortait, surveillait un serveur qui disposait une coupe de champagne glacé et une assiette couverte d'une douzaine d'huîtres. Dickens se redressa suffisamment pour siroter le champagne et gober les huîtres.

« C'est la seule chose que le Chef puisse avaler le soir », me chuchota Dolby.

Surprenant ce murmure, Dickens leva les yeux et dit : « Mon cher Wilkie, je suis si heureux que vous ayez pu faire un saut pendant l'entracte. Avez-vous apprécié la première partie du menu de ce soir ?

— Oui, dis-je. C'était… extraordinaire… comme toujours.

— Je crois vous avoir dit que nous remplacerions les extraits du "Docteur Marigold" si j'accepte de nouveaux engagements de ce genre à l'automne ou en hiver, poursuivit Dickens.

— Le public les a pourtant beaucoup appréciés. »

Dickens haussa les épaules. « Moins qu'il n'apprécie Dombey ou Scrooge, ou Nickleby, que je lirai dans quelques instants. »

J'étais certain qu'il avait inscrit à son programme le procès des *Papiers du Pickwick Club* pour les trente minutes de lecture qui suivraient l'entracte – Dickens préférait toujours clore ses soirées par du sentiment et des rires –, mais je n'avais pas l'intention de le reprendre.

Les dix minutes étaient presque écoulées. Dickens se releva avec quelque effort, jeta dans la poubelle son géranium écarlate flétri par la chaleur et en glissa un autre à sa boutonnière.

« Je vous retrouve après la lecture », dis-je, et je sortis rejoindre les multitudes impatientes.

Alors que les applaudissements s'atténuaient, Dickens sortit son livre et feignit de lire à haute voix : « Nicholas Nickleby à l'école de Mr Squeers... Chapitre Premier. » Ce serait donc Nickleby.

Il n'y avait plus trace de l'épuisement que j'avais observé en coulisse. Dickens avait l'air encore plus débordant d'énergie et d'entrain qu'au cours des quatre-vingt-dix premières minutes. La puissance de sa lecture se communiquait, là encore, comme un courant magnétique, retenant l'attention du public et la dirigeant vers l'orateur, comme si les yeux et les esprits des spectateurs étaient autant d'aiguilles de boussole. Une fois de plus, le regard de l'Inimitable semblait se poser individuellement sur chacun de nous.

Malgré cette puissante attraction magnétique, mon esprit se mit à divaguer. Je commençai à penser à autre chose – la publication de mon roman *Armadale* en deux volumes serait acquise dans moins d'une semaine – et je songeai qu'il fallait que je choisisse l'intrigue et le thème de mon prochain ouvrage. Quelque chose de plus court, peut-être, avec des effets plus corsés encore, mais une intrigue plus simple que celle, franchement labyrinthique, d'*Armadale*...

D'un coup, je redevins parfaitement attentif.

Tout avait changé dans l'immense salle. La lumière

semblait plus épaisse, plus lente, plus sombre, presque gélatineuse.

Tout était silencieux. Ce n'était plus le silence concentré de plus de deux mille personnes que j'avais pu relever un instant auparavant – ponctué de quintes de toux étouffées, d'un rire occasionnel, des mouvements furtifs de tous ces gens qui écoutaient depuis plus de deux heures. Le silence qui régnait à présent était *absolu*. On aurait pu croire que vingt et une centaines de spectateurs étaient mortes subitement. Je ne percevais pas la moindre respiration, pas le moindre frémissement. Je me rendis compte que je ne sentais ni entendais plus mon propre souffle, mes propres battements de cœur. La salle de Birmingham s'était transformée en une crypte géante, plongée dans le plus profond silence.

Au même moment, je m'aperçus que des centaines de cordes minces, blanches, à peine visibles s'élevaient à travers les ténèbres, attachées au médius de la main droite de chacun des spectateurs. Il faisait si sombre que je ne distinguais pas au-dessus de nous le point de convergence de ces vingt et une centaines de cordes, mais je savais qu'elles devaient être reliées à une grosse cloche, là-haut. Nous étions, tous autant que nous étions, dans la Maison morte. Les cordes – des fils de soie, je m'en rendis compte – étaient attachées à nous au cas où l'un de nous serait encore vivant. La cloche, dont le son et le glas seraient, je le savais instinctivement, trop terrifiants pour être entendus, avertirait – quelqu'un, quelque chose – que l'un de nous avait bougé.

Sachant que, sur ces vingt et une centaines de morts, moi, et moi seul, étais encore vivant, je m'efforçai de rester parfaitement immobile et me concentrai de toutes mes forces pour éviter de faire frémir la corde nouée au médius de ma main droite.

Levant les yeux, je vis que ce n'était plus Charles Dickens dont le visage, les mains, les doigts luisaient dans le halo épais et visqueux des lampes à gaz, dans l'obscurité de la scène.

Drood avait les yeux fixés sur nous.

Je reconnus immédiatement la peau blême, livide, les touffes de poils rêches au-dessus des oreilles mutilées, les yeux sans paupières, le nez réduit à deux membranes nictitantes au-dessus de la béance du crâne, les longs doigts qui s'agitaient et les pupilles pâles, qui ne cessaient de tourner dans leurs orbites.

Mes mains frémirent. À trente mètres au-dessus des têtes de tous les cadavres qui composaient le public, la cloche vibra.

La tête de Drood pivota brusquement. Ses yeux pâles s'accrochèrent aux miens.

Je me mis à trembler de la tête aux pieds. La cloche s'ébranla, puis sonna. Nul autre cadavre ne respirait ni ne bougeait.

Drood s'écarta du lutrin de Dickens et sortit du rectangle de lumière gluante. D'un bond, il descendit de scène et entreprit de remonter l'allée centrale d'un pas glissant. Mes bras et mes jambes tremblaient à présent comme ceux d'un paludéen, mais je ne pouvais bouger aucune autre partie de mon corps – pas même la tête.

Je *sentis* Drood approcher. Son odeur était la même que celle de la Tamise près de Tiger Bay, là où la fumerie d'opium de la Vieille Sal pourrissait au milieu des effluves ambiants, quand la marée était basse et les eaux usées hautes.

Drood avait quelque chose à la main. Lorsqu'il fut à vingt pas de moi dans l'allée inclinée, je vis que c'était un couteau, qui ne ressemblait pourtant à aucun de ceux qu'il avait pu m'arriver de tenir, d'utiliser ou de voir. La lame était un croissant d'acier noir sur lequel on distinguait des hiéroglyphes. Le manche étroit était presque entièrement caché derrière les jointures pâles et osseuses de la main de l'Égyptien ; il disparaissait entre les doigts de Drood, de sorte que la lame incurvée, d'au moins vingt centimètres de largeur dans l'arc légèrement luisant de son tranchant, surgissait de son poing comme l'éventail d'une dame.

Cours ! m'ordonnai-je. *Fuis ! Crie !*

Je ne pouvais pas remuer un muscle.

Drood s'arrêta au-dessus de moi, à la limite extrême de ma vision périphérique, et, quand il ouvrit la bouche, je fus enveloppé des miasmes pestilentiels de la fange de la Tamise. Je voyais sa langue rose pâle danser derrière ses dents minuscules.

« C'est sssi facile, siffla-t-il, reculant son bras droit et la lame pour me décapiter d'un mouvement tournant, vous voyez ? »

Il projeta la lame en croissant, dessinant un arc horizontal brutal. Le tranchant affûté comme un rasoir s'enfonça comme dans du beurre à travers ma barbe, coupant ma cravate, mon col, ma peau, ma gorge, ma trachée, mon œsophage et mon épine dorsale.

Le public se mit à applaudir frénétiquement. L'air gélatineux avait repris son éclat habituel. Les fils de soie avaient disparu.

Dickens se retourna pour quitter la scène sans tenir

compte des ovations, mais George Dolby l'attendait juste derrière le rideau. Un instant plus tard, alors que les échos des applaudissements résonnaient encore, Dickens réapparut dans l'éclat des lampes à gaz.

« Mes chers amis, dit-il après que ses mains levées eurent réduit l'immense salle au silence, il semblerait qu'il y ait eu une erreur. Ou plus exactement, il semblerait que *j'aie* commis une erreur. Notre programme prévoyait après l'entracte la lecture du procès de *Pickwick*, or j'ai emporté *Nickleby* sur scène par mégarde, et c'est ce que je vous ai lu. Vous avez eu l'amabilité d'accepter cette méprise et de me gratifier d'applaudissements plus que généreux. Il est tard – ma montre m'indique qu'il est exactement dix heures, l'heure précise à laquelle il était prévu que s'achève notre soirée commune –, mais on vous avait promis le Procès et si la majorité d'entre vous souhaite entendre la lecture du Procès, ce que vous pouvez manifester en levant le doigt ou en frappant dans vos mains si vous le souhaitez, je l'ajouterai volontiers à la lecture imprévue que vous venez de suivre. »

Le public le souhaitait. Il applaudit, acclama et cria des encouragements. Personne ne se leva pour sortir.

« Appelez Samuel Weller !* » brailla Dickens de sa voix judiciaire, et la foule rugit plus fort encore, les applaudissements se mêlant aux acclamations. À l'apparition de chaque personnage bien connu – Mrs Gamp, Miss Squeers, Boots –, les hurlements des spectateurs redoublaient. Je posai la main sur ma tempe et trouvai mon front froid et couvert de sueur. Comme Dickens continuait à lire, je sortis en titubant.

Je rentrai seul à l'hôtel et bus une nouvelle tasse de laudanum en attendant l'arrivée de l'Inimitable et de son entourage. Mon cœur battait à tout rompre. J'avais une faim de loup, j'étais profondément ébranlé et aurais été ravi qu'on me serve un copieux repas dans l'intimité de ma chambre, mais, bien que Dickens n'eût pas l'intention d'avaler autre chose ce soir-là, il nous invita, Wills, Dolby et moi, à dîner dans sa suite pendant qu'il se relaxait. Il fit les cent pas, évoquant les prochaines journées de lectures, et l'offre qu'on venait de lui faire pour une nouvelle tournée qui commencerait vers Noël.

Je commandai du faisan, du poisson, du caviar, du pâté, des asperges, des œufs et du champagne brut, mais, juste avant que le serveur apporte mon menu, le très léger repas de Wills et le bœuf et le mouton qu'avait demandés Dolby, Dickens se détourna de la cheminée où il se tenait et s'écria : « Mon cher Wilkie ! Sapristi, qu'avez-vous sur le col ?

— Comment ? » J'avoue que je rougis. J'avais fait mes ablutions à la hâte avant d'avaler mon laudanum et de gagner la suite de Dickens. « Qu'y a-t-il ? » Je portai les mains sous mon menton barbu et elles se posèrent sur une sorte de croûte visqueuse, au-dessus de la soie de mon nœud papillon.

« Ici, oui, par là », dit Wills. Il approcha la lampe.

« Fichtre ! lança Dolby.

— Grands dieux, Wilkie, reprit Dickens d'une voix plus amusée qu'alarmée. Vous avez le col et le cou couverts de sang séché. On dirait Nancy après que Bill Sikes lui a réglé son compte. »

16.

L'été de 1866 fut épuisant.

Armadale, mon nouveau roman, fut publié en juin comme prévu et les comptes rendus furent, pour l'essentiel, conformes à ce que j'attendais de la part des critiques bornés et assommants dont j'avais l'habitude. Le chroniqueur musical décrépit de l'*Athenaeum*, H. F. Chorley, formula l'opinion suivante : « *Il n'est pas plaisant de parler comme il se doit de cette puissante histoire ; mais, dans l'intérêt de tout ce qu'il faut chérir dans la vie, la poésie et l'art, il est impossible d'être trop explicite dans l'expression de notre jugement.* »

Ce jugement était que l'ouvrage était immoral.

Le critique du *Spectator* arrivait à la même conclusion en des termes qui dépassaient la véhémence pour céder à une quasi-hystérie :

L'existence de personnages tels qu'il les dépeint, et d'actions telles qu'il les décrit, ne justifie pas qu'il outrepasse les limites de la décence et conduise tout sentiment humain à s'insurger. C'est pourtant ce que fait Armadale. *Ce livre nous propose pour*

443

héroïne une femme plus abjecte que les déchets des rues, qui a vécu jusqu'à l'âge mûr de trente-cinq ans et a connu les horreurs de l'escroquerie, du meurtre, du vol, de la bigamie, de la geôle et de la tentative de suicide sans que sa beauté en soit le moins du monde altérée... Tous ces faits sont racontés avec franchise dans un journal intime qui serait tout bonnement détestable si la réalité n'en était pas aussi totalement absente. Il faut tout le vernis de la fluidité stylistique de Mr Wilkie Collins et de son étincelle allusive pour en déguiser la véritable signification.

J'étais parfaitement indifférent à ce genre d'attaques. Je savais que le livre se vendrait bien. Et peut-être t'ai-je déjà dit, Cher Lecteur, que l'éditeur m'avait versé cinq mille livres – un record à l'époque et pour de longues années à venir – et qu'il me les avait payées avant même que je n'écrive le premier mot de cette histoire. Je l'avais publiée en feuilleton en Amérique dans le *Harper's Monthly*, une revue qu'ils ont là-bas. *Armadale* y avait remporté un immense succès et le rédacteur en chef m'avait même écrit que mon récit avait, à lui seul, sauvé leur magazine de la faillite. Sa publication en épisodes dans le *Cornhill Magazine* britannique avait été, elle aussi, fort bien accueillie, un triomphe qui n'était sans doute pas étranger à la crise de jalousie que nous avait jouée Dickens l'année précédente, au moment de Noël. J'étais certain de pouvoir adapter *Armadale* pour la scène, une entreprise susceptible de me rapporter des revenus encore plus substantiels que le livre lui-même.

Il est vrai que la coquette avance payée par George

Smith de Smith, Elder & Compagny avait presque acculé l'éditeur à la faillite malgré les bonnes ventes des deux volumes, mais cela ne me regardait pas. J'en étais tout de même quelque peu marri, car cela m'obligerait certainement pour mon prochain roman – quel qu'en fût le contenu – à refaire appel à la revue de Dickens, *All the Year Round*, exactement comme l'auteur-rédacteur en chef l'avait prédit au cours de notre dîner de Noël. Je devrais, le cas échéant, me contenter d'une avance plus modeste – Dickens, John Forster et Wills étaient plus que parcimonieux quand il s'agissait de payer d'*autres* écrivains que Dickens –, mais cela me préoccupait moins que de devoir subir une nouvelle fois l'autorité de Dickens dans son rôle de rédacteur en chef.

Je n'en restais pas moins serein, assuré que les comptes rendus hostiles du jour n'avaient aucune importance. Les critiques et les chroniqueurs bourgeois n'étaient tout simplement pas prêts à accepter l'héroïne d'*Armadale*, Lydia Gwilt, ma *femme fatale*. Non contente de dominer l'ouvrage comme aucun personnage littéraire féminin ne l'avait encore fait de mon temps, elle se détachait des pages avec une présence dont on ne pouvait trouver, et dont on ne trouverait jamais, l'équivalent dans aucun roman de Dickens. Le portrait complet, en trois dimensions, de Lydia Gwilt, aussi machinatrice ou dépravée que cette femme ait pu paraître au lecteur inattentif ou au chroniqueur béotien, était un authentique *tour de force*.

À propos de femmes occasionnellement vindicatives, Caroline G… choisit cet été torride pour m'accabler de reproches sur toutes sortes de sujets.

« Pourquoi refusez-vous d'envisager le mariage,

Wilkie ? Vous me présentez comme votre épouse – ou presque – aux amis qui viennent nous voir. Je vous sers d'hôtesse, de correctrice d'épreuves, de gouvernante et de maîtresse. Tous ceux qui vous connaissent savent que nous vivons comme mari et femme. Il est grand temps de transformer cette image en réalité.

— Si vous me connaissiez mieux, ma chère Caroline, vous sauriez que je me moque éperdument de l'image que se font les autres, et de l'opinion qu'ils ont de moi.

— Mais je ne m'en moque pas, *moi*, s'écria la femme avec laquelle j'avais passé les dix dernières années. Et Harriet a maintenant quinze ans. Il lui *faut* un père.

— Elle en a eu un, répondis-je placidement. Il est mort.

— Elle n'avait qu'un an ! » hurla Caroline. Elle semblait vaciller sur cette crête étroite entre colère et larmes, raison et hystérie, que les femmes arpentent si fréquemment. Ou si délibérément. « Ce sera bientôt une jeune femme. Elle fera son entrée dans la société dans peu de temps. Il faut qu'elle porte votre nom.

— Ridicule, gloussai-je. Elle a un nom et un foyer parfaits. Elle est assurée de jouir définitivement de mon soutien et de notre amour. Que pourrait vouloir de plus une jeune femme intelligente ?

— Vous aviez promis que nous achèterions ou louerions cette jolie maison de Gloucester Place cette année ou l'année prochaine », pleurnicha Caroline. Je déteste les femmes qui pleurnichent autant que je les méprise. *Tous* les hommes, Cher Lecteur, détestent et méprisent les femmes qui pleurnichent. Il en a toujours été ainsi. La seule différence que l'on puisse relever dans les réactions des hommes aux pleurnicheries est qu'ils sont très peu nombreux à refuser comme moi de céder à ce chantage acoustique et émotionnel.

Je la regardai par-dessus mes lunettes. « Je vous ai dit que nous aurions cette maison tôt ou tard, mon chou. Et nous l'aurons.

— Comment ? J'ai parlé à Mrs Shernwold pendant que vous preniez du bon temps avec Dickens à Birmingham. Elle m'a assuré qu'elle ne verrait aucun inconvénient à nous louer ou à nous vendre le 90 Gloucester Place, si elle ne réservait pas cette maison à son fils célibataire qui doit rentrer d'Afrique dans un an ou deux.

— Faites-moi confiance, Caroline, ma chère. Je vous ai promis cette demeure et vous l'aurez, Harriet et vous. Ai-je déjà manqué à un seul de mes engagements envers vous, ma petite saucisse ? »

Elle me lança un regard furieux. Caroline G... était une femme séduisante – d'aucuns l'auraient dite belle – en dépit des années qui passaient (elle n'avait jamais voulu m'avouer son âge, mais l'inspecteur Field m'avait appris que, selon toute vraisemblance, Caroline était née trente-six ans plus tôt, en 1830) –, mais elle n'était ni séduisante ni belle quand elle lançait des regards furibonds. Malgré les tonnes de fadaises de la littérature romantique qui prétendent le contraire, Cher Lecteur, tu peux me faire confiance quand je te dis qu'aucune femme ne saurait être attirante quand elle pleurniche et vous foudroie du regard.

« Vous manquez à vos engagements en refusant de m'épouser et de donner à Harriet un père décent, me hurla-t-elle, ou peu s'en faut. N'imaginez pas que je ne sois pas capable de trouver et d'épouser un autre homme, Wilkie Collins. N'imaginez pas cela une seconde !

— Je ne l'imagine pas une seconde, ma petite saucisse », dis-je en me replongeant dans mon journal.

Malgré ses problèmes de santé constants et l'angoisse croissante que lui inspiraient les voyages en train, Charles Dickens passait, semble-t-il, un été reposant. J'entendis Wills dire à Forster dans les bureaux d'*All the Year Round* que les recettes totales de la tournée printanière de Dickens avaient rapporté à l'écrivain 4 672 livres sterling. Les Chappell – que Dickens m'avait décrits un jour comme « des spéculateurs, Wills, de purs spéculateurs quoique, bien sûr, de l'espèce la plus digne et la plus honorable » – avaient été tellement satisfaits de leur part de profits que, dès que Dickens eut achevé sa dernière lecture londonienne et eut regagné Gad's Hill « … pour prendre du repos et écouter chanter les oiseaux », ils proposèrent à l'écrivain une nouvelle tournée pour l'hiver suivant, ce qui représenterait cinquante nuits sur la route. Wills confia à Forster que Dickens avait envisagé de réclamer soixante-dix livres par nuit – il était convaincu que les ventes de billets le permettraient –, mais finit par soumettre aux Chappell une offre de quarante-deux lectures pour deux mille cinq cents livres. Ils acceptèrent sur-le-champ.

Les journées de Gad's Hill en juin et juillet furent fort animées, avec une succession d'invités, de fêtes locales auxquelles Dickens était appelé à servir de juré dans toutes sortes de manifestations, du concours de la plus belle tarte à des matches de cricket, sans oublier, bien sûr, ses activités professionnelles. L'Inimitable n'avait pas commencé de nouveau roman, mais il s'était engagé dans un projet de réédition de ses œuvres, l'Édition Charles Dickens : tous ses romans devaient être publiés, dans une nouvelle composition, au rythme de un par mois, et au prix de trois shillings et demi l'exemplaire. Évidemment, il n'était pas homme à s'en contenter et proposa dans sa brochure de présentation de rédiger une nouvelle préface pour chaque volume.

L'avenir montrerait que ce ne serait pas seulement la plus populaire de toutes les éditions de Dickens, mais aussi – pour lui – la *dernière*.

Je vis fréquemment Dickens cet été-là, aussi bien à Gad's Hill (où, selon toute apparence, il ne recevait jamais moins d'une douzaine d'invités) qu'à Londres (il passait aux bureaux d'*All the Year Round* au minimum deux fois par semaine et nous nous retrouvions souvent pour déjeuner ou dîner). Non content de prévoir le prochain récit de Noël de notre revue, de répéter de nouveaux textes pour sa tournée hivernale et de rédiger les préfaces de ses nouvelles éditions, Dickens avait, me dit-il, commencé à réfléchir à un nouveau roman qu'il espérait publier en feuilleton au printemps de 1867. Il me demanda sur quoi je travaillais.

« J'ai quelques idées, répondis-je. Un fil conducteur ou deux, et quelques perles à y enfiler.

— Quelque chose que nous pourrions publier sous forme d'épisodes ?

— Pourquoi pas ? » Je songeais à un récit dont un des personnages serait un détective.

« Du Service de police de Scotland Yard ?

— Non. Plutôt un détective qui travaillerait pour un Bureau d'enquêtes privées.

— Ah ! fit Dickens en souriant. Une sorte de suite des aventures de l'inspecteur Bucket, c'est cela ? »

Je secouai la tête. « J'avais pensé au nom de Cuff. Le sergent Cuff. »

Le sourire de Dickens s'élargit. « Le sergent Cuff. Excellent, mon cher Wilkie. Vraiment excellent. »

Je demandai au garçon qui faisait le guet au coin de ma rue de prévenir l'inspecteur que je souhaitais le voir. Le lieu et l'heure avaient été fixés depuis longtemps et, le lendemain, à deux heures de l'après-midi, j'aperçus la silhouette courtaude de Field se précipiter vers moi, sur le pont de Waterloo.

« Monsieur Collins.

— Inspecteur. » Je pointai le menton vers les ombres qui s'étiraient sous le pont. Une quinzaine dans un appartement sans meubles.*

« Pardon ?

— Sam Weller à Pickwick.

— Ah, oui. Bien sûr, Monsieur. Mr Dickens a toujours été un grand admirateur de ce pont. Je l'ai aidé quand il a écrit son histoire "*Down with the Tide*", "Emporté par la marée", en le présentant au péager de nuit ici, il y a quelques années. Ce gentleman écrivain s'intéressait beaucoup aux suicides et aux cadavres que charrient les marées, m'a-t-on dit.

— Treize.

— Pardon, Monsieur ?

— Il y a treize ans. Dickens a publié « *Down with the Tide* » dans le numéro de *Household Words* de février 1853. C'est moi qui me suis occupé de cette publication.

— Ah, bien sûr ! » dit l'inspecteur Field. Il se frotta

le menton avec le pouce. « Sans doute aviez-vous une raison de suggérer cette rencontre, Monsieur Collins ? Des nouvelles à me transmettre ?

— Plus exactement une absence de nouvelles. Vous n'avez jamais répondu à mon rapport écrit ni à mes interrogations.

— J'en suis désolé, croyez-moi, dit l'inspecteur sans que sa voix rauque trahisse le moindre regret. Il y a eu beaucoup à faire, Monsieur Collins. Vraiment beaucoup. J'ai beaucoup apprécié votre rapport sur la lecture de Mr Dickens à Birmingham, bien que notre ami Drood ne se soit pas manifesté. Aviez-vous une question particulière à laquelle je puisse répondre ?

— Vous pourriez au moins me dire si l'un des trois hommes est mort.

— Trois hommes ? » Le visage rubicond, gercé et fortement couperosé de l'inspecteur était l'image même de l'ignorance innocente.

« Les trois hommes de la ruelle, Inspecteur. Les trois hommes qui m'ont attaqué et que votre détective Reginald appelez-moi-Reggie-Barris a assommés. Barris a reconnu que ses coups avaient bien pu provoquer la mort de l'un d'eux, au moins. Je suis retourné sur les lieux le lendemain matin avant de quitter Birmingham, mais il n'y avait plus trace de ces individus. »

L'inspecteur Field souriait, hochant la tête, l'index posé sur le flanc de son nez. « Oui, oui, je vois. Barris m'a mentionné cet incident. Je suis certain que tous ces voyous n'ont pas subi d'autre désagrément qu'une migraine et une légère blessure à leur amour-propre de voleurs, Monsieur Collins. Pardonnez Barris. Il a tendance à dramatiser les choses. Il m'arrive de me dire qu'il aurait préféré une carrière théâtrale à celle d'enquêteur privé.

— Pourquoi lui avez-vous demandé de me suivre, Inspecteur ? Il me semblait que c'était Charles Dickens que vous vouliez surveiller, en espérant que Drood se mettrait en relation avec lui... Je n'imaginais pas que vous me feriez filer. »

Les sourcils broussailleux de Field se levèrent vers son crâne dégarni. « Le détective Barris vous l'aura certainement expliqué, Monsieur. Nous nous demandons avec inquiétude si Drood n'a pas l'intention d'attenter à votre vie.

— D'après Barris, les trois individus de la ruelle étaient certainement de simples voleurs.

— Oui, acquiesça l'inspecteur Field, hochant à nouveau la tête. Dans la mesure où c'étaient des Blancs et tout ça, il a certainement raison. Mais reconnaissez que la présence de Barris a été opportune. Vous auriez pu être gravement blessé, Monsieur Collins, et vous auriez certainement été détroussé. »

Nous avions à présent traversé deux fois le pont de Waterloo et nous poursuivîmes alors au nord, vers le Strand. Quelque part à l'ouest, le long du fleuve, se trouvait la fabrique de cirages Warren où, d'après ce que m'avait dit Katey Dickens, son père avait été obligé de travailler, enfant. Il le lui avait confié un jour plus ou moins sur le ton de la plaisanterie, mais Katey avait eu le sentiment que cet épisode avait peut-être été le plus bouleversant et le plus formateur de son existence.

« Je sais où est votre Drood, Inspecteur », annonçai-je comme nous prenions à droite sur le Strand en direction de Somerset House et de Drury Lane.

Field s'arrêta net. « Vraiment, Monsieur ?

— Oui, Monsieur. » Je laissai le silence s'installer entre nous, au-dessous du grondement et du bourdonnement de la circulation. « C'est Dickens », ajoutai-je enfin.

« Pardon ? demanda l'inspecteur.

— Drood est Dickens. Drood n'existe pas.

— Voilà qui me paraît fort improbable, Monsieur Collins. »

Je lui adressai un sourire presque condescendant. « Je vous ai déjà dit que Drood paraît tout droit sorti de l'imagination de l'écrivain, Inspecteur. Je sais à présent que ce spectre n'est pas autre chose que cela. Dickens a créé Drood à ses propres fins.

— Et quelles seraient, selon vous, ces fins, Monsieur ?

— Le pouvoir, répondis-je. Un sentiment pernicieux de pouvoir sur les autres. Cela fait plusieurs années, je vous l'ai dit, que Dickens joue avec l'influence magnétique et le mesmérisme. Il invente à présent ce Maître du Mesmérisme en guise d'alter ego, en quelque sorte. »

Nous avions repris notre route vers l'est, et la lourde canne de l'inspecteur Field heurtait bruyamment le trottoir. « Je vois mal comment il aurait pu inventer Drood, Monsieur Collins, puisque je traque moi-même cette canaille depuis longtemps. Cela fera vingt ans en août.

— L'avez-vous jamais *vu*, Inspecteur ? demandai-je. Je veux parler de Drood.

— Si je l'ai vu ? répéta le vieil homme. Non, Monsieur. Il me semble vous avoir dit que, personnellement, je n'ai jamais posé les yeux sur cet assassin.

Mais j'ai arrêté un certain nombre de ses acolytes et j'ai vu, je peux vous l'assurer, le fruit de son travail. Plus de trois cents meurtres au cours de ces vingt ans, dont l'un des plus affreux a été la mort effroyable de lord Luncan en 1846. Vous m'avez vous-même relaté l'histoire que, à en croire Dickens, Drood *lui* aurait racontée. Et l'identité de lord Luncan, à qui la rumeur a longtemps attribué un fils qu'il aurait laissé en Égypte, s'intègre parfaitement dans ce récit.

— Trop parfaitement, remarquai-je d'un air suffisant.

— Excusez-moi, Monsieur ?

— Vous êtes peut-être détective, Inspecteur Field, mais vous n'avez jamais imaginé d'intrigue ni relaté d'enquête. Je l'ai fait, moi. »

L'inspecteur Field continua à marcher et à taper le sol avec sa canne, mais il se tourna vers moi, attentif.

« Il existe certainement depuis une vingtaine d'années une *légende* autour d'un Égyptien meurtrier du nom de Drood, expliquai-je. Le mystérieux assassin des quais. Le magnétiseur oriental spectral, qui envoie ses acolytes piller et tuer. L'occupant irréel de la très réelle Ville-du-Dessous. Mais ce n'est qu'une légende, sans plus de réalité qu'il ne possède lui-même de matérialité. Charles Dickens parcourt ces berges et ces taudis des quais depuis des années et des années. Il a certainement entendu parler de ce Drood – peut-être même avant vous, il y a vingt ans, Inspecteur – et, à ses propres fins, il a intégré des événements réels comme l'assassinat de lord Lucan (avec ce croustillant détail du cœur arraché de la poitrine du malheureux) dans la biographie de ce personnage fictif.

— Et quelles seraient ces fins, Monsieur Collins ? »

demanda l'inspecteur Field. Nous venions de passer Somerset House. Cette ancienne résidence royale abritait depuis trente ans des bureaux du gouvernement et je savais que le père et l'oncle de Dickens y avaient été employés.

Nous traversâmes le Strand et nous engageâmes dans une étroite ruelle, un raccourci pour rejoindre Drury Lane où le personnage imaginaire de David Copperfield avait commandé du bœuf dans un restaurant, et où un Wilkie Collins bien réel espérait mettre triomphalement *Armadale* en scène avant trop longtemps.

« À quelle fin, Monsieur ? répéta l'inspecteur quand nous fûmes seuls dans la rue étroite. Pour quelle raison Mr Dickens vous mentirait-il à propos de l'existence de Drood ? »

Je balançai ma propre canne en souriant. « Permettez-moi de vous raconter une petite anecdote concernant la tournée de lectures de Dickens, Inspecteur. George Dolby me l'a confiée la semaine dernière.

— Très volontiers, Monsieur.

— La partie itinérante de cette tournée s'est terminée à Portsmouth à la fin du mois de mai. Dickens disposait d'un peu de temps libre et a donc proposé à Wills et Dolby de l'accompagner dans une de ses excursions habituelles. Ils se sont retrouvés sur Landport Terrace. "Sapristi ! s'est exclamé Dickens. C'est ici que je suis né ! C'est forcément dans l'une de ces maisons." Il a donc conduit Wills et Dolby de maison en maison, expliquant que celle-ci devait être la bonne "parce qu'elle ressemble vraiment à mon père". Poursuivant en disant que non, c'était forcément une autre, "parce qu'elle avait tout du lieu de naissance d'un homme qui l'a abandonnée". Mais après tout, non encore, c'en était une troisième parce qu'elle ressemblait "tout à fait au berceau d'un gamin chétif et malingre..." et ainsi de suite, jusqu'au bout de la rangée de maisons.

Et puis, Inspecteur, sur une place ouverte de la ville, bordée de maisons de brique rouge soulignées de cadres de fenêtres blancs, Dickens s'est mis en tête d'imiter les pitreries de Grimaldi.

— Grimaldi ? demanda l'inspecteur.

— Un mime que Dickens adorait. Sous les yeux de Wills et de Dolby, Dickens a gravi l'escalier d'une de ces maisons, il a frappé trois fois à la porte verte ornée d'une plaque de laiton et s'est allongé sur la dernière marche. Quelques instants plus tard, une dame corpulente est venue ouvrir la porte. Dickens a bondi sur ses pieds et a pris ses jambes à son cou, suivi de Dolby et de Wills qui se sont précipités derrière lui. Dickens se retournait de temps en temps pour leur désigner un policier imaginaire qui les pourchassait et ces trois gentlemen distingués pressaient encore l'allure. Quand le vent a fait s'envoler le chapeau de Dickens et l'a emporté devant eux, la poursuite est devenue tout à fait concrète, car ils se sont efforcés, tous les trois, de rattraper le chapeau dans une pantomime comique. »

L'inspecteur Field s'arrêta. Je m'arrêtai. Au bout d'un moment, il dit : « Où voulez-vous en venir, Monsieur Collins ?

— Ce que je veux vous faire comprendre, Inspecteur, c'est que Charles Dickens, bien qu'âgé officiellement de cinquante-quatre ans, est un enfant. Un enfant espiègle. Il imagine et organise les jeux qui

456

lui plaisent et – grâce à sa notoriété et à la force de sa personnalité – il oblige tous ceux qui l'entourent à jouer avec lui. Nous participons à présent, vous et moi, au Jeu de Drood de Charles Dickens. »

Field demeura immobile, se grattant le nez, apparemment perdu dans ses pensées. Il me parut soudain très vieux. Et pas très bien portant. Il me demanda enfin : « Où étiez-vous le 9 juin, Monsieur Collins ? »

Je cillai. Puis je répondis en souriant : « Vos agents ne vous en auraient-ils pas informé, Inspecteur ?

— Si, Monsieur. En vérité, ils l'ont fait. Vous vous êtes rendu en fin de matinée chez votre éditeur. Votre nouvel ouvrage est sorti ce jour-là. Puis vous avez fait un tour dans un certain nombre de librairies depuis Pall Mall jusqu'à Fleet Street, en longeant le Strand, et vous avez signé plusieurs exemplaires de votre ouvrage pour des amis et des admirateurs. Ce soir-là, vous avez dîné… *ici*… »

Field pointait sa canne vers l'Albion, en face du Théâtre de Drury Lane.

« … avec plusieurs artistes, dont un vieux monsieur, un ancien ami de votre père, poursuivit l'inspecteur. Vous êtes rentré chez vous un peu après minuit. »

Il avait réussi à effacer le sourire de mon visage et cela m'irritait. « L'objet de ce récit indiscret et injustifié, Inspecteur ? demandai-je froidement.

— Je vais vous le dire. Nous savons, vous et moi, où *vous* étiez le 9 juin, Monsieur Collins. Mais nous ne savons, ni l'un ni l'autre, où se trouvait Mr Dickens en cet anniversaire de toute première importance.

— Un anniversaire ? » Cela me revint alors à l'esprit. C'était effectivement le premier anniversaire de l'accident de chemin de fer de Staplehurst, où l'aile de la mort avait frôlé Dickens. Comment avais-je pu oublier ?

« Mr Dickens se trouvait à Gad's Hill ce jour-là, poursuivit l'inspecteur Field sans consulter la moindre note. Mais il a pris l'express de quatre heures trente-six de l'après-midi pour Londres. À son arrivée, il a entrepris une de ses longues promenades, qui l'a conduit, cette fois, aux environs de Bluegate Fields.

— Chez la Vieille Sal, hasardai-je. L'entrée de la Ville-du-Dessous par la crypte du cimetière qu'il a appelé Saint-Affreux-des-Horreurs.

— Non, pas cette fois, Monsieur. J'avais chargé plusieurs de mes meilleurs agents de suivre Mr Dickens. Il nous semblait qu'il y avait de bonnes chances pour qu'il retrouve Drood en ce premier anniversaire de leur rencontre. Mais votre ami nous a allègrement promenés – car j'étais de la partie, cette nuit-là. À l'instant même où nous étions certains que Dickens se cachait, il surgissait d'une ruine ou d'une masure, hélait un fiacre et disparaissait. Il a fini par quitter Bluegate Fields et le quartier des quais pour se rendre tout près de là où nous sommes en ce moment... À la chapelle St Enon, au nord du Strand, près de l'entrée septentrionale de Clement's Inn, pour être exact.

— La chapelle St Enon », répétai-je. Ce nom me rappelait vaguement quelque chose. Cela me revint alors. « Le Golgotha moderne !

— Exactement, Monsieur. Un ossuaire. Les voûtes qui s'étendent sous St Enon étaient remplies de cadavres anonymes au point qu'en 1844 – je travaillais déjà à Scotland Yard, mais n'étais pas encore chef du Service de police –, le responsable des égouts l'a scellé tout en créant un tunnel d'écoulement des eaux sous le bâtiment. Les corps ont continué à s'y putréfier pendant des années, jusqu'en 1847. Ce local a alors été acheté par un chirurgien qui avait l'intention de déplacer les dépouilles "en un lieu plus approprié" – je crois que c'est l'expression qu'il a employée. L'entreprise d'exhumation s'y est poursuivie pendant presque un an, Monsieur Collins. On a constitué deux tas gigantesques dans les passages situés au-dessus de ces voûtes – d'un côté une pile d'ossements humains, de l'autre une montagne de bois de cercueils en décomposition.

— Je suis allé voir cela dans ma jeunesse », approuvai-je en me tournant légèrement en direction de St Enon. Je me rappelais la puanteur qui régnait en cette froide journée de février où j'avais contemplé cet affreux spectacle. Je préférais ne pas imaginer ce que pourrait être l'odeur par un jour d'été chaud et humide comme celui-ci.

« Six mille autres Londoniens sont venus voir cela avec vous, dit l'inspecteur Field.

— Quel est le lien entre la chapelle St Enon, Dickens et le 9 juin ?

— C'est là qu'il a réussi à nous échapper, Monsieur Collins, fulmina Field, en frappant les pavés de sa canne à lourd pommeau de laiton. Plusieurs de mes meilleurs agents et moi-même, le meilleur détective peut-être que Londres ait jamais connu, à ses trousses, et votre écrivain nous a filé entre les doigts. »

Je ne pus m'empêcher de sourire. « Il adore cela, Inspecteur. Comme je vous l'ai dit, dans le fond, Dickens est un enfant. Il adore les mystères et les histoires de fantômes. Et il lui arrive d'avoir un sens de l'humour un peu cruel.

— C'est un fait, Monsieur. Mais voici le plus important. Votre ami connaissait une entrée secrète du tunnel d'écoulement qui a été creusé en 1844, quand ces milliers de cadavres suintants et pourrissants étaient encore là. Nous avons fini par trouver ce tunnel – il débouche sur des dizaines de trous puants et suintants où vivent des centaines d'individus, sous les rues de Londres – et donne, au-delà, dans un autre labyrinthe de tunnels, d'égouts et de cavernes.

— Mais vous n'avez pas retrouvé Dickens ?

— Si, Monsieur. Nous avons aperçu sa lanterne au fond du dédale qui s'ouvrait devant nous. Mais, à cet instant, nous avons été attaqués – des pierres, certaines grosses comme le poing, Monsieur, jetées à la main ou à la fronde.

— Les Mauvais Garçons, dis-je.

— Précisément, Monsieur. Le détective Hatchery a été contraint de faire usage de son arme avant que les agresseurs – de simples ombres, surgissant de tunnels latéraux et lançant des pierres avant de reculer dans des ombres plus profondes encore – ne prennent la fuite et que nous puissions continuer à donner la chasse à votre ami. Il était trop tard. Il nous avait faussé compagnie dans le labyrinthe inondé.

— Voilà qui a dû être fort exaspérant, Inspecteur. Et excitant. Mais, une fois encore, où voulez-vous en venir ?

— J'ai peine à croire, Monsieur Collins, que Charles Dickens – le grand Charles Dickens – se donne autant mal pour nous semer en nous baladant toute la nuit dans la Ville-du-Dessous... si ce n'était pour rejoindre un certain Drood. »

Je réussis à rire. Je ne réussis pas à *m'empêcher*

de rire. « J'aurais tendance à penser exactement le contraire, Inspecteur. C'est le plaisir de la chasse et du mystère imaginaire qu'il a créé qui a poussé Dickens à perdre autant de temps à vous faire courir après la lune à travers les tunnels qui s'étendent sous Londres. S'il n'avait pas su que vos hommes le suivraient, je vous assure qu'il ne serait pas venu à Londres cette nuit-là. *Drood n'existe pas.* »

L'inspecteur Field haussa les épaules. « Comme vous voudrez, Monsieur, mais nous apprécions beaucoup que vous continuiez à coopérer avec nous pour traquer l'assassin et le génie du mal à l'existence duquel vous ne croyez pas. Dans la police, ceux d'entre nous qui ont eu affaire à Drood et à ses acolytes *savent* que c'est une force bien réelle et tout à fait redoutable. »

Il n'y avait rien à répondre.

« Votre question à propos des bandits de Birmingham était-elle la seule raison de me convier à ce rendez-vous, Monsieur Collins ?

— Non, pas vraiment, dis-je, traînant inconsciemment les pieds d'embarras. Je souhaitais évoquer une proposition que vous m'avez faite.

— Le 90 Gloucester Square et Mrs Shernwold ? J'y travaille, Monsieur. Je pense être en mesure de vous annoncer que votre... Mrs G... et vous pourrez emménager d'ici à l'année prochaine.

— Non. C'était autre chose. Vous m'aviez proposé les bons offices du détective Hatchery si je souhaitais retourner au cimetière de Saint-Affreux-des-Horreurs, déplacer le catafalque de la crypte et retrouver moi-même le chemin de l'antre du Roi Lazaree et de sa fumerie d'opium au fond des catacombes. Ma goutte rhumatismale m'a fait souffrir abominablement ces dernières semaines… et le laudanum est désormais presque sans effet.

— Le détective Hatchery sera à votre service quand vous le voudrez, répondit l'inspecteur d'un ton tranchant mais qui ne contenait pas trace de censure ni de triomphe. Quand souhaitez-vous qu'il prenne ses fonctions, Monsieur Collins ?

— Ce soir, murmurai-je en sentant mon pouls s'accélérer. Ce soir à minuit. »

17.

Le mois d'octobre 1866 fut particulièrement frais et humide. Je partageais mes journées entre mon cercle, mon logement et la fumerie souterraine du Roi Lazaree, tout en me rendant fréquemment à Gad's Hill Place en fin de semaine.

Ce fut par un samedi après-midi pluvieux et sous l'influence émolliente du laudanum que je confiai à Dickens plusieurs idées que j'avais eues pour mon prochain livre.

« Je songe à quelque chose dans le genre surnaturel, annonçai-je.

— Vous voulez parler d'une histoire de fantômes ? » me demanda Dickens. Nous étions dans son bureau, savourant la chaleur du feu. L'Inimitable avait fini sa journée de travail consacrée à son nouveau récit de Noël et je l'avais convaincu que la pluie était trop froide pour sa promenade coutumière de l'après-midi. Poussées par le vent, des gouttes cinglaient les fenêtres en encorbellement, derrière son secrétaire. « Quelque chose à propos de spiritisme ? continua-t-il, fronçant légèrement les sourcils.

— Pas le moins du monde, répondis-je. Je songeais

463

plutôt à quelque habile mélange des thèmes que je vous ai mentionnés il y a quelque temps – enquête, vol, mystère – auxquels s'ajouterait un objet sur lequel pèserait une malédiction. Ce serait bien sûr au lecteur de décider de la réalité de cette malédiction.

— Quel genre d'objet ? » interrogea Dickens. Je voyais bien que j'avais piqué sa curiosité.

« J'avais pensé à une pierre précieuse. Un rubis ou un saphir. Peut-être même un diamant. L'intrigue pourrait naître des effets que la pierre maudite exerce sur tous ceux qui s'en emparent, par des moyens honnêtes ou indélicats.

— Intéressant, mon cher Wilkie. Très intéressant. Cette pierre ou ce diamant ferait donc l'objet d'une malédiction familiale ancestrale ?

— Ou religieuse, dis-je, m'échauffant sous l'influence de mon laudanum de midi et de l'intérêt de Dickens. On pourrait imaginer que cette pierre ait été dérobée à une civilisation fort ancienne et superstitieuse...

— L'Inde ! s'écria Dickens.

— J'avais pensé à l'Égypte, mais l'Inde pourrait faire l'affaire. Très bien, même. Quant au titre, j'avais envisagé *L'Œil du serpent*, ou *La Prunelle du serpent*, peut-être.

— Un peu accrocheur, remarqua Dickens, joignant le bout de ses doigts et étirant ses jambes vers le feu. Mais intrigant aussi. Votre idée d'un "sergent Cuff" trouverait-elle place dans ce récit ? »

Je rougis et me contentai de hausser les épaules.

« L'opium jouerait-il également un rôle dans ce livre ? demanda-t-il encore.

— Peut-être », répondis-je d'un air de défi, n'éprou-

464

vant plus rien de la chaleur que m'avait inspirée son intérêt pour cette entreprise. J'avais appris par plusieurs amis communs que Dickens désapprouvait entièrement l'éloge de la drogue que faisait Lydia Gwilt dans mon *Armadale*.

Dickens changea de sujet. « Je suppose que vous prendrez pour modèle le diamant Koh-i-Noor exposé au Crystal Palace lors de la Grande Exposition et qui a été offert à la Reine en juin 1850.

— J'ai pris quelques notes rapides sur cet objet, confirmai-je avec raideur.

— Ma foi, mon cher Wilkie, les rumeurs n'ont pas manqué sur le Koh-i-Noor. On a effectivement raconté qu'il avait été maudit après que le "lion du Pendjab", ce païen de maharadjah Dhalip Singh, eut exigé qu'il soit remis en tribut à la Couronne. L'histoire véridique du stratagème dont a usé le gouverneur général lord Dalhousie en personne pour faire passer clandestinement ce diamant de Lahore à Bombay, alors même que la révolte des Cipayes n'était pas terminée, pourrait donner matière à deux ou trois romans captivants. On dit que lady Dalhousie a elle-même cousu la pierre dans une ceinture que lord Dalhousie a portée pendant des semaines avant de remettre le Koh-i-Noor au capitaine d'un navire de guerre britannique, dans le port de Bombay. On raconte qu'il enchaînait tous les soirs deux chiens de garde féroces à son lit de camp pour être sûr de se réveiller si des voleurs ou des Thugs, membres d'une secte d'étrangleurs, s'introduisaient dans sa tente.

— J'ignorais cela », avouai-je. J'avais envisagé de prendre pour sujet un rubis ou un saphir sacré dans un culte de l'Égypte antique, mais l'histoire du

465

Koh-i-Noor telle que venait de me la raconter Dickens faisait frémir mes mains, impatientes de prendre la plume.

Nous fûmes interrompus par des coups pressants frappés à la porte du bureau de Dickens.

C'était Georgina, en larmes et presque hors d'elle. Quand Dickens l'eut un peu calmée, elle expliqua que le limier irlandais – Sultan – avait fait une nouvelle victime innocente – une petite fille, cette fois, la sœur d'une des domestiques.

Dickens l'envoya s'occuper de la blessée. Puis, avec un profond soupir, il ouvrit la porte d'un placard et en sortit le fusil à deux coups que j'avais vu entre ses mains pour la dernière fois dix mois plus tôt, le soir de Noël. Il se dirigea ensuite vers son secrétaire et prit dans un tiroir du bas, à droite, plusieurs balles de gros calibre. Dehors, la pluie avait cessé de cribler les vitres, pourtant je voyais des nuages sombres traverser le ciel à vive allure au-dessus des branches noires dont les feuilles tombaient rapidement.

« J'ai bien peur d'avoir été d'une indulgence coupable avec cette bête, murmura-t-il tout bas. Sultan a bon cœur – et il m'est entièrement dévoué –, mais son agressivité a été forgée dans les flammes de l'enfer. Il refuse d'apprendre. Je peux tout tolérer – chez un chien comme un homme – si ce n'est le refus ou l'incapacité d'apprendre.

— Plus d'avertissements ? demandai-je, en me levant pour m'écarter du feu et le suivre hors de la pièce.

— Plus d'avertissements, mon cher Wilkie, confirma Dickens. L'inéluctable condamnation à mort de ce chien a été prononcée par une puissance bien supérieure à la nôtre alors que Sultan n'était encore qu'un chiot à la mamelle. Il ne reste plus qu'à appliquer cet arrêt. »

Le peloton d'exécution était exclusivement constitué, comme il se doit, de représentants du sexe masculin : outre Sultan, Dickens et moi, il y avait Plorn, âgé de quatorze ans, que l'on était allé chercher dans sa chambre. Mon frère, Charles, et sa femme, Katey, venaient d'arriver pour quelques jours. Invité, Charles se récusa. Un vieux forgeron au visage tanné qui habitait de l'autre côté de la route était en train de ferrer deux chevaux dans l'écurie de Dickens et il se joignit au groupe. (Il se révéla que le forgeron était un vieil ami du condamné – il s'amusait des gambades du tueur depuis que Sultan était tout petit – et le vieil homme ne cessait de se moucher avant même que le peloton ne se mette en marche.)

S'y ajoutaient le fils aîné de Dickens, Charley, venu passer la journée à Gad's Hill, et deux domestiques, dont l'un était le mari de la servante dont la sœur avait été attaquée. Le premier poussait la brouette vide qui voiturerait la carcasse de Sultan depuis le terrain d'exécution, l'autre portait avec précaution un sac de toile qui, dans quelques minutes, servirait de linceul au condamné. Les femmes de la maisonnée et d'autres domestiques nous suivirent des yeux par les fenêtres tandis que nous traversions le jardin, passions devant les écuries pour nous rendre dans le champ où Dickens avait brûlé sa correspondance six ans auparavant.

Sultan gambada d'abord autour de nous, plein d'enthousiasme et d'entrain, malgré la nouvelle muselière qu'il portait. Il pensait de toute évidence qu'il s'agissait d'une partie de chasse. *Une créature allait mourir !* Accompagnant les hommes qui marchaient d'un pas lent, lourdement bottés et vêtus de manteaux de coton huilé, Sultan bondissait de l'un à l'autre, ses pattes dessinant des ondulations dans les flaques et envoyant des gerbes de boue. Mais, constatant que les humains détournaient le regard, le chien finit par s'arrêter au bout de sa laisse – tenue par Charles Dickens. Il posa un œil intrigué sur le fusil cassé que son maître portait sur son bras et sur la brouette vide qui n'avait jamais fait partie d'aucune expédition de chasse à la grouse.

Lorsque le petit groupe s'arrêta à une centaine de mètres des écuries, l'expression de Sultan devint méditative, morose même, et il jeta au porteur de fusil – son seigneur et maître – un regard interrogateur, qui se fit bientôt implorant.

Charley détacha la laisse et recula. Nous étions tous restés derrière Dickens, immobile, les yeux dans les yeux de Sultan. Le grand limier irlandais inclina la tête pour conclure d'un point d'interrogation sa question tacite. Dickens inséra les deux balles dans le fusil et le referma. Sultan inclina encore la tête sur la gauche, son regard ne quittant pas un instant celui de son maître.

« John, fit doucement Dickens au forgeron qui se trouvait à l'extrême gauche de notre demi-cercle de témoins. Je voudrais qu'il se retourne. Voulez-vous bien, s'il vous plaît, lancer une pierre derrière lui ? »

John le forgeron grommela, se moucha une dernière fois, remit le mouchoir dans la poche de son manteau, se pencha, ramassa une pierre plate comme on en choisirait pour faire des ricochets sur une mare, et la jeta juste derrière la queue de Sultan.

Le chien tourna la tête. Avant que Sultan n'ait pu

reposer les yeux sur lui, Dickens avait, d'un geste souple, épaulé le fusil et tiré les deux coups. Nous nous y attendions, et, pourtant, la double explosion nous parut étonnamment sonore dans l'air froid, humide et épais. La cage thoracique de Sultan explosa dans un nuage de poils déchiquetés, maculés de rouge, de chair déchirée et d'os fracassés. Je suis convaincu que son cœur fut pulvérisé si rapidement que les terminaisons nerveuses de cette pauvre bête n'eurent pas le temps d'envoyer de message à son cerveau. Il n'émit pas un gémissement, pas un cri lorsque l'impact le projeta à plusieurs pas de nous, dans l'herbe mouillée, et je suis presque sûr que Sultan était mort avant de toucher le sol.

En un tournemain, les domestiques fourrèrent la lourde carcasse dans le sac et la hissèrent dans la brouette. Ils transportèrent le cadavre jusqu'à la maison, tandis que nous nous rapprochions tous de Dickens qui cassa son fusil encore fumant, retira les douilles et les enfonça soigneusement dans la poche de son pardessus.

Il leva alors les yeux vers moi et nos regards se rejoignirent comme celui de Sultan et le sien quelques instants auparavant. Je n'aurais pas été surpris d'entendre l'Inimitable me dire, en latin peut-être : « Qu'ainsi périssent tous ceux qui me trahissent », mais il resta muet.

Une seconde plus tard, le jeune Plorn, que semblait exciter l'odeur du sang et de la poudre – le garçon même dont Dickens m'avait dit récemment qu'il « manquait d'application et de constance » du fait de quelque « torpeur intraitable de son caractère naturel » –, s'écria : « Épatant, Père ! Absolument épatant ! »

Dickens ne répondit pas. Aucun des hommes ne prononça un seul mot tandis que nous regagnions lentement la chaleur de la maison. La pluie reprit et le vent se remit à souffler avant que nous n'ayons atteint la porte de derrière.

À l'intérieur, je m'apprêtais à monter dans ma chambre pour enfiler des vêtements secs et me revigorer avec une dose supplémentaire de laudanum, mais Dickens me héla et je m'arrêtai dans l'escalier.

« Courage, Wilkie. Il va falloir que je console ce cher Percy Fitzgerald, qui m'a offert ce maudit chien. Deux enfants de Sultan se roulent dans la paille de la grange à l'instant où nous parlons. L'hérédité étant un maître d'airain, l'un de ces deux chiots héritera certainement de la férocité de Sultan. Et sans doute aussi du fusil. »

Ne sachant que répondre, je hochai la tête et montai prendre mon calmant.

Le Roi Lazaree, le roi chinois des Morts Vivants de l'Opium, semblait m'attendre la nuit où j'avais pour la première fois remis les pieds dans son royaume, près de deux mois avant l'exécution de Sultan, à la fin du mois d'août de cet été 1866.

« Soyez le bienvenu, Monsieur Collins, avait chuchoté le Chinois décrépit quand j'avais écarté les rideaux de son antre caché dans un *loculus* au fond des catacombes, sous le cimetière. Votre couche et votre pipe vous attendent. »

Le détective Hatchery m'avait conduit sain et sauf jusqu'au cimetière, à une heure tardive de cette soirée d'août ; il avait déverrouillé les grilles et les portes de la crypte et déplacé une nouvelle fois le pesant catafalque, avant de me prêter à nouveau son pistolet ridiculement lourd. Me tendant une lanterne sourde, il m'avait promis de rester dans la crypte jusqu'à mon retour. Je dois avouer que j'eus plus de difficultés à trouver mon chemin à travers les tombes et le passage dérobé jusqu'au niveau inférieur que lorsque j'avais suivi Dickens.

La toge et le couvre-chef du Roi Lazaree étaient d'une couleur différente ce jour-là, mais la soie était aussi immaculée, éclatante et parfaitement repassée que lors de ma première visite en compagnie de Dickens.

« Comment saviez-vous que je reviendrais ? » demandai-je en suivant cette figure chenue jusqu'aux régions les plus reculées, les plus obscures du long *loculus* funéraire.

Le Roi Lazaree se contenta d'un sourire et me fit signe de le suivre plus loin, au fond du terrier. Les formes silencieuses allongées sur les couches de bois à trois étages qui longeaient les murs de la caverne ne se distinguaient pas à mes yeux des momies orientales que nous avions aperçues la première fois. Chacune tenait une pipe à opium ornée, et seules les exhalaisons nébuleuses qui emplissaient l'étroit passage éclairé par la lampe révélaient qu'elles respiraient.

Tous les lits étaient occupés à l'exception d'une couchette à trois niveaux, tout au fond de la pièce, séparée des autres par un rideau rouge foncé.

« Vous serez notre honorable invité, murmura Lazaree avec son curieux accent aux inflexions de Cambridge. En cette qualité, vous jouirez d'une entière intimité. Khan ? »

Il esquissa un geste et une autre figure en toge

foncée me tendit une longue pipe terminée par un superbe fourneau de verre et de céramique.

« Cette pipe n'a jamais été utilisée, m'expliqua le roi Lazaree. Elle est à votre usage, et à votre usage exclusif. Cette couche vous est également réservée. Nul autre que vous ne s'y allongera jamais. Quant à la drogue que vous goûterez ce soir, elle est de la qualité spécialement destinée aux rois, aux pharaons, aux empereurs et aux saints hommes qui souhaitent accéder à la divinité. »

Je voulus parler, mais ma bouche était trop sèche. Je m'humectai les lèvres et essayai encore. « Combien... » commençai-je.

Le Roi Lazaree me réduisit au silence en m'effleurant de ses longs doigts jaunis et de ses ongles jaunes, plus longs encore. « Il ne saurait être question d'argent entre gentlemen, Monsieur Collins. Essayez ce produit cette nuit – vous me direz ensuite si pareille qualité, substance aussi unique, vaut la pièce dont ces autres gentlemen... – ses longs ongles incurvés esquissèrent un ample mouvement englobant les rangées de couches silencieuses –... ont jugé bon de s'acquitter. Dans le cas contraire, vous ne me devriez rien, cela va de soi. »

Le Roi Lazaree s'enfonça dans l'obscurité et la figure en toge qui répondait au nom de Khan m'aida à prendre place sur ma couchette, plaça sous ma tête un bloc de bois évidé – étonnamment confortable – et alluma ma pipe. Khan disparut et je restai allongé sur le côté, inhalant la fumée odorante et laissant s'enfuir mes angoisses et mes soucis.

Désires-tu connaître, Cher Lecteur, les effets de cet opium exceptionnel ? Peut-être de ton temps tout le monde use-t-il de cette drogue stupéfiante. Le cas échéant, je doute néanmoins que l'efficacité de l'opium dont tu disposes puisse égaler, voire simplement approcher, la perfection de la recette secrète du Roi Lazaree.

Si c'est l'effet de l'opium ordinaire qui pique ta curiosité, je te citerai un extrait du premier paragraphe du tout dernier ouvrage écrit par Charles Dickens – un livre qu'il n'eut pas le temps d'achever.

Une antique ville épiscopale anglaise ? Mais comment cette antique ville épiscopale peut-elle se trouver ici ? La tour carrée bien connue, massive et grise, de sa vieille cathédrale ? Comment peut-elle se trouver ici ? En réalité, de quelque point qu'on la considère, nulle pique de fer rouillée ne se dresse dans l'air entre le regard et la tour. Quelle est donc cette pique qui surgit ici et qui l'a dressée ? Peut-être a-t-elle été dressée par ordre du sultan pour y empaler un par un une horde de brigands turcs. C'est bien cela, car les cymbales résonnent et le sultan passe, se rendant à son palais, en un long cortège. Dix mille cimeterres flamboient au soleil et trois fois dix mille danseuses répandent des fleurs. Viennent ensuite des éléphants blancs, caparaçonnés de force couleurs éclatantes, innombrables et escortés d'innombrables gardiens. Pourtant la tour de la cathédrale se dresse toujours à l'arrière-plan, là où elle ne peut pas être, et aucun supplicié ne se tord sur la sinistre pique. Attendez ! La pique ne serait-elle tout simplement que la pointe rouillée qui surmonte l'une des colonnes d'un vieux lit tout effondré ? Il faut consacrer une vague période de demi-sommeil amusé à considérer cette possibilité*.

Et voilà. Un opiomane reprenant laborieusement conscience à l'aube, dans le fouillis et le délabrement d'une fumerie. Dix mille cimeterres qui flamboient au soleil. Trois fois dix mille danseuses. Des éléphants blancs, caparaçonnés de force couleurs éclatantes. Quelle poésie ! Quelle pénétration !

Quelles foutaises !

Charles Dickens n'avait pas la moindre idée du pouvoir ni des effets de l'opium. Il s'était vanté un jour, pendant sa deuxième tournée de lectures – qui n'était encore qu'un projet en cet été et en cet automne de 1866 –, de s'accorder, quand il était torturé par la douleur et l'insomnie, le « Morphée du laudanum ». Mais quand je cherchai à m'informer – auprès de Dolby, plutôt que de l'Inimitable, car je tenais à savoir la vérité –, je découvris que les bras de Morphée dans lesquels il s'était abandonné consistaient en deux minuscules gouttes d'opium noyées dans un très grand verre de porto. À cette époque, je consommais plusieurs verres à porto remplis de laudanum pur, sans la moindre goutte de vin pour le diluer.

Dickens ignorait tout des effets du laudanum, et plus encore de l'opulent opium.

Permets-moi de t'expliquer, Cher Lecteur de mon futur posthume, quels étaient exactement les effets de l'opium du Roi Lazaree :

— C'était une chaleur qui partait du ventre et des veines, un peu comme celle d'un bon whisky, mais qui, contrairement à celle du whisky, ne cessait de s'amplifier et de s'intensifier.

— C'était un élixir qui métamorphosait le petit William Wilkie Collins, à la face angélique et au

474

caractère le plus souvent débonnaire, que l'on prenait rarement au sérieux, affublé d'un front ridiculement bulbeux, d'une vision médiocre et d'une barbe comiquement volumineuse, toujours « prêt à rire », le « bon copain » par excellence – qui le métamorphosait, disais-je, en un colosse plein d'assurance, celui qu'il savait être et avoir toujours été, au fond de lui-même.

— C'était un agent transformateur qui faisait disparaître l'angoisse mortifère, cette sensibilité exacerbée qui me hantait et m'affaiblissait depuis l'enfance, pour me faire accéder à une perspicacité à propos des autres, de moi-même et des relations humaines qui éclairait l'objet ou la situation les plus banals d'une lumière éclatante et dorée, proche, à n'en pas douter, de la vision d'une divinité.

C'est une description médiocre, je le crains, mais j'hésite à donner une image complète des effets uniques et salutaires de l'opium de ce Chinois antique. (Trop nombreux seraient ceux qui, sans posséder ma résistance innée aux conséquences négatives souvent évoquées de cette drogue, se précipiteraient pour en faire l'essai – ignorant que l'opium d'une essence aussi précieuse que celui du roi Lazaree ne se retrouvera peut-être jamais, ni à Londres ni ailleurs.) Il suffira d'ajouter que cette drogue valait largement le moindre shilling qu'en demanda le chenu Chinois – qu'il m'en demanda de longues heures plus tard, quand l'ombre qui répondait au nom de Khan m'aida à m'extraire de ma couche et m'escorta jusqu'à l'escalier escarpé au sommet duquel m'attendait le fidèle Hatchery – et il continua à valoir les milliers et milliers de livres sterling que je déboursai pour me le procurer au cours des mois et des années à venir.

Grâces soient rendues à Dieu de l'avance considérable que George Smith de *Cornhill* m'avait accordée pour la rédaction d'*Armadale*. Je ne dirais pas que j'utilisai le moindre cent de cette aubaine pour payer mon opium – je me rappelle avoir dépensé quelque trois cents livres de vin et avoir investi au moins mille cinq cents livres en obligations d'État (sans oublier, bien sûr, des présents pour Caroline et Carrie, nom que nous donnions entre nous à sa fille, Harriet, et l'argent que j'envoyai à Martha R…) –, mais l'essentiel des cinq mille livres providentielles que me versa Smith se retrouva entre les mains jaunes aux ongles démesurés du Mandarin souterrain.

Hatchery – colossal, massif, au crâne coiffé d'un melon – m'attendait invariablement dans la crypte, au sommet de l'escalier, quelle que fût l'heure tardive de la matinée (ou même de l'après-midi) de mon retour. Chaque fois, il reprenait l'énorme pistolet (je le posais toujours à côté de moi sur ma couche de la fumerie du Roi Lazaree, alors que je m'y sentais plus en sécurité que partout au monde) et, chaque fois, il me raccompagnait hors de la crypte, du cimetière et des taudis jusqu'au monde des mortels affligés, moroses et aveugles qui ignoraient tout des splendeurs de l'opium exceptionnel de Lazaree.

Je souhaitais presque aussi ardemment que ma geignarde de Caroline que la maison de Gloucester Place nous ouvre ses portes. Si notre demeure actuelle, au 9 Melcombe Place, Dorset Square, m'avait toujours paru suffisamment confortable, je commençais à m'y sentir à l'étroit entre les doléances constantes de Caroline et la maturité croissante de Carrie.

Surtout, c'étaient ses intrus qui rendaient cette ancienne demeure trop exiguë.

La Femme à la peau verte et aux défenses d'éléphant hantait toujours l'escalier quand il n'était pas bien éclairé, mais celui qui m'importunait le plus était l'Autre Wilkie.

L'Autre Wilkie ne parlait jamais ; il regardait et attendait. Quelle que fût la tenue que je portais lors de nos rencontres, il était toujours, pour sa part, en faux-col, en manches de chemise et en gilet, cravate soigneusement nouée. Je savais que s'il me prenait l'idée de raser ma barbe, que je portais entière – et qui faisait désormais tellement partie de mon personnage que je ne la remarquais même plus dans le miroir, sauf quand je la taillais –, l'Autre Wilkie garderait la sienne. Si je retirais mes lunettes, il conserverait les siennes. Il ne se hasardait jamais à l'extérieur de mon bureau et ne se manifestait jamais dans la journée, mais les nuits où je le rencontrais, il m'inspirait une irritation croissante.

Sentant une présence, je levais les yeux et je voyais l'Autre Wilkie, silencieux, dans le fauteuil à l'assise tapissée de jaune et au dossier ajouré, au fond de l'angle le plus reculé de la pièce. Parfois, la chaise était à l'envers (de son fait, j'en suis certain), et il était à califourchon, jambes écartées, en manches de chemise, ses bras posés sur le dossier, la tête baissée et le regard attentif, la lumière de la lampe se reflétant sur ses minuscules lunettes. Je me remettais au travail, mais, quand je relevais les yeux, l'Autre Wilkie s'était avancé en silence, je ne sais comment, pour prendre place dans le fauteuil de bois à dossier incurvé que j'avais disposé près de mon bureau à l'intention de mes invités. Ses petits yeux étaient rivés avec une expression avide – affamée, me semblait-il – sur le manuscrit auquel je travaillais, et il ne cillait jamais.

Je finissais par relever la tête en sursaut, voyant, sentant l'Autre Wilkie debout ou assis si près de moi que nos bras se frôlaient. Ces moments d'effroi et de terreur absolus s'exaspéraient encore quand l'Autre Wilkie se penchait pour prendre ma plume. Il voulait continuer et finir mon travail tout seul – je n'en doutais pas un instant. Je t'ai déjà décrit la tournure violente qu'avaient prise ces échauffourées accompagnées d'éclaboussures d'encre, pour la possession de la plume, de l'encrier et des manuscrits, avant que je me décide à abandonner mon bureau la nuit pour n'y travailler que de jour, à des heures où il ne risquait pas d'apparaître.

Mais en cet automne de 1866, même de jour, j'entendais l'Autre Wilkie respirer et marcher d'un pas traînant dans le couloir, devant les portes closes de mon bureau. Je m'approchais sur la pointe des pieds – espérant qu'il s'agissait d'une servante, ou bien de Caroline ou Carrie qui me faisaient une niche – et j'ouvrais un des battants tout grand. Mais je ne voyais jamais – jamais – rien dans le corridor. En revanche, j'entendais immanquablement l'écho de pas chaussés de souliers de la même pointure que les miens dévaler l'escalier de service obscur dans lequel était également tapie la Femme à la peau verte.

Je savais que, bientôt, l'Autre Wilkie surgirait dans mon bureau à mes côtés, en plein jour. Je commençai donc à emporter mes notes et mon matériel d'écriture à l'Athenaeum Club, où un fauteuil de cuir confortable et une table proche d'une haute fenêtre m'accueillaient et me permettaient de travailler paisiblement.

Le problème était que mon ouvrage piétinait. Pour la première fois depuis plusieurs années, en tout cas depuis que Charles Dickens m'avait fait rejoindre la rédaction de *Household Words* dix ans auparavant (soit cinq ans environ après notre première rencontre), mes idées ne s'associaient pas pour donner naissance à des intrigues. J'avais griffonné quelques notes après mes divagations en compagnie de Dickens sur le roman d'aventures surnaturelles que j'envisageais d'intituler *L'Œil du serpent* ; mais je n'avais guère avancé, me contentant de recopier des articles consacrés aux pierres précieuses indiennes dans l'édition de l'*Encyclopaedia Britannica* de la bibliothèque de mon cercle – la huitième édition, celle de 1855. J'en revins donc à mon projet antérieur, ce récit qui devait avoir pour personnage principal un ancien policier reconverti dans les enquêtes privées – l'inspecteur Field transformé par ma plume en sergent Cuff –, mais ma réticence fort compréhensible à passer plus de temps que nécessaire avec Field, associée à une certaine aversion pour toute cette idée insidieuse d'enquêtes indiscrètes menées par un détective, retardaient également cette recherche.

En fait, je n'étais pas vraiment d'humeur à écrire. Je préférais de loin les jeudis soir, le trajet sous escorte jusqu'au cimetière de Saint-Affreux-des-Horreurs et les heures et les heures d'extase et de perspicacité exacerbée qui suivaient. À ma grande frustration, je savais que jamais au grand jamais, cette pénétration divine ne pourrait être couchée sur le papier – par aucun écrivain, aussi doué fût-il, pas même, j'en étais certain durant mes escapades du jeudi soir au vendredi matin, par Shakespeare ou Keats, si l'un ou l'autre de ces génies se réincarnait inopinément à l'intérieur d'une fumerie d'opium londonienne. Et moins encore par un homme aussi pusillanime et un écrivain aussi dépourvu d'imagination que Charles Dickens. Chaque semaine, je voyais dans les prunelles sombres du Roi Lazaree qu'il avait parfaitement conscience de ma divinité croissante et, en même temps, de l'exaspération grandissante que m'inspirait l'impossibilité de communiquer ma science nouvelle par le biais du magma moribond de lettres inertes posées et transportées sur une page blanche comme autant d'insectes à carapace d'encre, aiguillonnés par la plume d'oie. Ces maladroits symboles écrits n'étaient que la sténographie, je le comprenais désormais, des sons plaintifs qu'émettent et ont toujours émis les grands singes solitaires depuis la jeunesse de la Terre et de sa sœur la Lune.

Tout le reste de ce qui s'agitait autour de moi en cette fin d'automne de 1866 me semblait par trop absurde pour avoir la moindre importance : les sornettes sur l'existence ou l'inexistence de Drood ; l'interminable partie d'échecs, une vraie lutte de pouvoir, entre l'inspecteur Field, l'Inimitable et moi ; les douces séductions et piailleries des femmes de ma vie ; mon impuissance à dénicher sous le papier l'entrée de la grotte de mon prochain livre ; ma rivalité tacite et indéniablement irrésolue avec Charles Dickens...

Cela allait changer pourtant quand, par un vendredi matin de la fin novembre, après une longue et douce nuit dans le tombeau du Roi Lazaree, je rentrai chez moi, mon costume empestant encore l'opium, pour découvrir Dickens dans mon salon avec Caroline.

Elle avait les paupières closes, la tête renversée en arrière, avec sur le visage une expression d'extase d'une exceptionnelle rareté. Dickens faisait des passes mesmériennes autour et au-dessus de sa tête, ne s'interrompant que pour lui effleurer les tempes et lui chuchoter quelques mots.

Avant que j'aie eu le temps de dire un mot, les deux têtes se tournèrent vers moi, Caroline ouvrit les yeux et Dickens se leva d'un bond en s'écriant : « Mon cher Wilkie ! Celui que j'étais venu chercher ! Il faut que nous partions pour la gare à l'instant. J'ai quelque chose d'étonnant à vous montrer à Rochester et j'ai également une personne à vous y faire rencontrer. »

18.

« Il faut que j'assassine quelqu'un », m'annonça Dickens.

Je hochai la tête sans rien dire. Le train pour Rochester avait déjà dépassé Gad's Hill.

« Je suis presque sûr qu'il faut que j'assassine quelqu'un, reprit Dickens. C'est la seule chose qui manque à mes lectures. Toutes les autres émotions figurent dans la longue liste d'extraits que j'ai préparés pour ma prochaine tournée. Toutes…, sauf le meurtre. Il se pencha, appuyé sur sa canne, et me regarda. Qu'en pensez-vous, mon cher Wilkie ? Une version revue et dramatisée de l'assassinat de Nancy par Bill Sikes, peut-être ?

— Pourquoi pas ?

— Pourquoi pas, en vérité, gloussa Dickens en tapotant sa veste. Ce n'est qu'une vie humaine. »

Sa volubilité était partiellement due aux trois grandes rasades de cognac qu'il avait absorbées pendant le trajet. À chaque cahot, à chaque secousse de notre wagon, Dickens se cramponnait au siège situé devant lui ou plongeait la main dans la poche de son manteau pour y prendre sa petite flasque.

Quand j'avais demandé à Dickens des explications sur la scène de magnétisation à laquelle je l'avais vu se livrer sur Caroline, il avait ri et avait déclaré avoir trouvé ma chère et tendre fort inquiète : elle lui avait parlé de ma goutte rhumatismale, de mes difficultés croissantes à trouver le sommeil et de ce qu'elle considérait comme ma dépendance croissante à l'égard du laudanum. Dickens lui avait assuré que l'influence magnétique me plongerait dans le sommeil sans aucun des effets secondaires pernicieux du laudanum. Il était en train de lui enseigner cet art à mon arrivée.

« C'est une bonne élève, me dit-il comme le train, grondant et bringuebalant, se dirigeait vers Rochester en passant devant les marais autour desquels nous nous étions promenés maintes fois, Dickens et moi. Vous devriez la laisser essayer de vous soumettre à l'influence mesmérienne ce soir. Je suis sûr que cela vous permettra de dormir sans rêves opiacés ni lassitude matinale. »

J'émis un marmonnement évasif. En vérité, le bercement du wagon de chemin de fer et du bruit régulier de ses roues sur les rails étaient tout près de m'endormir. La nuit avait été longue dans la fumerie du Roi Lazaree et j'aurais été incapable de dire si j'avais véritablement *dormi*. Par bonheur, bien que cette journée de novembre fût exceptionnellement plaisante, le vent était vif et avait dissipé le plus gros de l'odeur révélatrice de la pipe sur mes vêtements au cours de notre marche rapide vers la gare.

« Vous disiez que nous allions rencontrer quelqu'un à Rochester ? demandai-je.

— En effet, acquiesça Dickens en refermant ses

deux mains sur le pommeau de laiton de sa canne. Deux dames. Une vieille amie en ce qui me concerne, et une compagne pour vous, mon cher Wilkie. Nous y déjeunerons dans un endroit magnifique. Il paraît que le service y est exemplaire. »

L'endroit magnifique au service exemplaire, découvris-je, était le cimetière situé derrière l'énorme tas de vieilles pierres grises de la cathédrale de Rochester. Les deux dames étaient la maîtresse assez peu clandestine de Dickens, Ellen Ternan, et la mère de cette dernière. En toute logique, Mrs Ternan était la « compagne » qui m'était destinée pour cette sortie.

Debout à hocher la tête au milieu des pierres tombales, à incliner le buste et à parler de tout et de rien avec les deux femmes dans le faible soleil d'un après-midi de novembre, je commençais à me demander sérieusement si Dickens n'avait pas perdu l'esprit.

Mais non. Le comportement de Charles Dickens ne répondait jamais à des explications aussi simples. Comme nous flânions dans le cimetière – Mrs Ternan et Ellen m'avaient appris qu'elles étaient venues rendre visite à l'oncle d'Ellen à Rochester et ne pouvaient s'attarder très longtemps –, je compris que cette petite réunion avait un sens dans la conception du monde torturée, déformée de Dickens, toujours désireux de se disculper. Celui-ci dissimulait à presque tous sa liaison avec Ellen Ternan – mon frère, Charles, m'avait appris que Dickens avait plus ou moins mis ses filles et Georgina dans la confidence après que Mamie eut croisé son père qui se promenait en compagnie de miss Ternan à Londres un dimanche, et l'inspecteur Field m'avait informé qu'Ellen s'était rendue plusieurs fois à Gad's Hill Place –, mais, de toute évidence, Dickens me jugeait inoffensif et ne craignait pas que j'ébruite ses intrigues. À qui aurais-je pu parler ? Non seulement Dickens était bien placé pour savoir que je ne trahirais pas sa confiance, mais il savait également qu'en raison de mes propres dispositions domestiques (lesquelles étaient devenues encore plus compliquées au cours de la dernière semaine avec le retour à Londres de Martha R... pour un séjour prolongé), j'étais un tel paria que j'aurais été malvenu de critiquer publiquement le mode de vie de Dickens, par écrit ou par le biais de commérages.

Peut-être Mrs Ternan était-elle informée de la situation dans laquelle je vivais avec Caroline G..., car je trouvai la vieille dame très froide pendant notre pique-nique. L'ancienne actrice (je compris qu'Ellen et elle donnaient désormais des cours de diction dans leur nouvelle demeure de Slough, payée par Dickens) avait de toute évidence accumulé plus de prétention à la distinction depuis l'époque des représentations de *Profondeurs glacées* qui m'avait permis de faire la connaissance des deux femmes. Mrs Ternan arborait sa distinction de fraîche date comme un sloop vieillissant à la coque couverte de bernaches.

Nous déambulâmes tous les quatre lentement à travers le cimetière jusqu'à ce que Dickens eût trouvé une pierre tombale à sa convenance. Ce long bloc de marbre était flanqué d'autres pierres, plates comme lui mais plus basses. Dickens disparut derrière un mur voisin – d'environ un mètre et demi de haut, et qui dissimulait la voiture de location (un valet en livrée occupant le siège du cocher). Nous n'apercevions plus que la tête de l'Inimitable qui discutait avec le cocher. Ils se dirigèrent tous les deux vers la malle de la voiture. Puis Dickens revint avec quatre coussins qu'il disposa sur les pierres plates de part et d'autre de la plus longue des tombes, et nous invita à nous asseoir.

Nous obtempérâmes. Ellen et Mrs Ternan étaient manifestement déconcertées par l'introduction insolite – pour ne pas dire morbide – d'un confort rembourré dans un tel cadre. À l'ouest, un grand arbre jetait sur nous et sur nos pierres tombales les ombres en griffures d'encre de ses branches nues. Nous fûmes incapables d'échanger de menus propos pendant que Dickens retournait rapidement à la grille et contournait le mur en trottinant pour s'entretenir une nouvelle fois avec son serviteur.

Il revint en un éclair chargé d'une longue étoffe à carreaux – qu'il entreprit de draper sur la plus longue des pierres tombales, ainsi transformée en caricature de table domestique – et d'une serviette blanche qu'il avait passée sur son bras libre à la manière des serveurs prétentieux, depuis l'époque d'Adam. Quelques secondes encore, et il avait disparu et avait – avec l'aide assez peu empressée de son valet – disposé une rangée d'assiettes au sommet du mur. Je dois dire que ce spectacle me paraissait très familier – un peu comme si nous nous trouvions dans une gargote sur un trottoir parisien. Puis, toujours affairé, Dickens réapparut, serviette sur le bras, image même du maître d'hôtel de première catégorie, et nous servit l'un après l'autre, en commençant, bien entendu, par les dames.

D'une grande bourriche posée sur le mur, Dickens fit surgir comme par magie de la sole et du merlan frits accompagnés d'une sauce aux crevettes, des biscuits salés et du pâté, une paire d'oiseaux grillés à la perfection que je pris d'abord pour des pigeonneaux mais qui étaient, je m'en rendis rapidement compte, de délicieux petits faisans (sur lesquels le serveur Dickens appliqua de la sauce avec un grand geste du bras), puis de pleines cuillers à pot de selle de mouton rôtie avec des oignons à l'étouffée et des pommes de terre dorées, le tout suivi de pound puddings. La nourriture était accompagnée d'un vin blanc rafraîchi – que Dickens, transformé en sommelier, déboucha et versa en grande cérémonie, attendant notre jugement en clignant des yeux, bouche pincée – puis d'une grande bouteille de champagne encore dans son seau de glace.

Dickens s'amusait tant à jouer les serveurs et les échansons qu'il n'avait guère le temps de manger. Au moment où il eut présenté les puddings – offrant de les arroser d'une riche sauce, que les dames refusèrent mais que j'acceptai promptement –, il avait le visage empourpré et transpirait, bien que l'après-midi de novembre cédât lentement à la fraîcheur vespérale.

En de rares instants de la vie, Cher Lecteur, l'individu le plus débonnaire lui-même se voit, sans le vouloir, remettre un outil – une arme en réalité –, qu'on lui glisse dans la main et avec laquelle il peut, d'une seule phrase, détruire tout un édifice. Ce fut mon cas au cours de cet étrange repas du cimetière de Rochester. Il ne m'avait pas échappé en effet qu'une grande partie du menu de ce déjeuner était tirée d'un livre qui avait connu une certaine popularité une quinzaine d'années auparavant. Cet ouvrage s'intitulait *Que mangerons-nous ce soir ?*, et les recettes qu'il contenait y avaient été rassemblées, selon les éditeurs, par une certaine lady Maria Clutterbuck, un pseudonyme.

Oh ! les dames Ternan, Miss et Mistress, égayées par le vin et le champagne, auraient certainement été dégrisées à l'instant si elles avaient su que leur délicieux (bien que macabre) déjeuner de cimetière n'avait été concocté par nulle autre que Catherine Dickens, l'épouse rejetée et exilée. Bien que Catherine eût été purement et simplement abandonnée (j'avais appris par mon frère, Charles, qu'elle avait adressé à Dickens une lettre suppliante au sujet de leur fils un mois plus tôt, réclamant de s'entretenir avec lui à propos des problèmes de Plorn, lettre à laquelle Dickens avait refusé ne fût-ce que de rédiger une réponse, demandant à Georgina d'envoyer à sa place une note sèche et laconique), son incarnation en lady Clutterbuck (Catherine n'avait jamais pris autant de poids qu'au moment où elle avait rassemblé et publié ces menus en 1851) restait de toute évidence bienvenue à Gad's Hill. Ses recettes du moins.

Le repas et la conversation insignifiante qui l'accompagna me permirent d'observer attentivement Ellen Ternan – pour sa part, elle m'ignorait. Cela faisait huit ans que je ne m'étais pas trouvé longuement en sa présence. Les années étaient loin d'avoir ajouté à sa séduction. Si elle avait possédé un charme juvénile indéniable en ingénue de dix-huit ans, elle ne pouvait plus guère passer désormais que pour ce qu'on appelle charitablement une « belle femme ». C'était le genre de créature aux yeux tristes et sentimentaux (dont je ne fais pas grand cas, car ces yeux tristes dénotent le plus souvent un caractère poétique enclin à la mélancolie et une virginité farouchement défendue), aux sourcils descendants, au long nez et à la grande bouche aux lèvres minces. (Je préfère exactement l'inverse chez mes jeunes amies – de petits nez et des lèvres pleines, si possible incurvées vers le haut dans un sourire engageant.) Elle avait le menton marqué, mais si, dans sa jeunesse, cet appendice avait suggéré une volonté effrontée, il n'exprimait désormais que l'obstination orgueilleuse d'une femme de plus de vingt-cinq ans, toujours sans époux. Elle avait de jolis cheveux, pas très longs, mais qui s'écartaient en vagues artistement sculptées d'un front haut et clair, une coiffure qui révélait des oreilles beaucoup trop grandes cependant pour mon goût. Ses boucles d'oreilles, suspendues comme trois lanternes sourdes, rappelaient la vulgarité intrinsèque de son ancienne profession. Ses phrases soigneusement articulées mais, je ne sais pourquoi, d'une consternante futilité faisaient l'effet d'une conversation guindée née d'un simple manque d'éducation. Ses voyelles charmantes et ses modulations précises, théâtralement affinées, ne pouvaient dissimuler une ignorance fondamentale qui aurait dû disqualifier sur-le-champ cette jeune première vieillissante pour le rôle de compagne du plus estimé écrivain d'Angleterre. Je ne perçus pas non plus chez elle le moindre indice d'une nature secrètement passionnée, susceptible de compenser ses défauts manifestes... et mes antennes de Wilkie étaient extrêmement sensibles à toutes les émanations érotiques subtiles autant que subreptices des dames, fussent-elles les plus convenables et les plus honnêtes.

En un mot, Ellen Ternan était tout bonnement assommante. Elle était ennuyeuse comme la pluie et serait bientôt, par-dessus le marché, une corpulente raseuse.

Nous terminâmes notre repas alors que les ombres de l'après-midi tombaient sur nous et que le froid de nos sièges en pierres tombales avait commencé à s'insinuer à travers les coussins pour atteindre nos régions postérieures. Las de jouer les amphitryons, Dickens engloutit le reste de son pudding, lampa la fin de son champagne et appela son domestique pour qu'il débarrasse. Assiettes, verres, couverts, plats et, finalement, la nappe, les serviettes et les coussins, tout disparut dans les panières, puis à l'arrière de la voiture dans un tourbillon d'efficacité ancillaire. Il ne resta que des miettes pour témoigner de notre banquet sépulcral.

Nous raccompagnâmes ces dames à la voiture.

« Merci pour cet après-midi charmant, bien qu'insolite », minauda Ellen Ternan, prenant la main froide de Dickens dans la sienne, gantée. « Ce fut un grand plaisir de vous revoir, Monsieur Collins », me dit-elle, la froideur de son ton et la sécheresse de son inclinaison de tête démentant la chaleur de ses propos. Mrs Ternan exprima en caquetant des sentiments identiques, en faisant encore moins d'efforts pour les rendre convaincants. Le domestique remonta ensuite sur le siège du cocher, il brandit son fouet et la voiture s'éloigna à grand bruit vers Rochester, sans doute pour rejoindre l'oncle d'Ellen Ternan qui l'attendait.

La lueur concupiscente qui brillait dans les yeux de Dickens m'apprit qu'il avait prévu de revoir Ellen le soir même, sans doute dans l'intimité de sa maison dérobée de Slough.

« Eh bien, mon cher Wilkie, dit-il d'un ton de pure satisfaction, tirant ses gants sur ses mains, qu'avez-vous pensé de notre déjeuner ?

— Je l'ai trouvé délicieux, d'une manière épouvantablement morbide.

— Simple prélude, mon ami, fit Dickens avec un

petit rire. Simple prélude. Il s'agissait de prendre des forces avant le véritable objectif de notre journée… ou de notre soirée. Ah, voici notre homme ! »

L'individu qui s'approchait de nous dans les ténèbres grandissantes tenant à la main un chapeau informe était déguenillé, petit, sale et ivre. Il était vêtu de la tête aux pieds de couches superposées de flanelle grise crasseuse, qui semblait avoir été généreusement saupoudrée d'éclats de pierre et d'un glaçage à la chaux. Il avait posé à ses pieds un lourd baluchon enveloppé d'une toile malpropre. Je sentais flotter jusqu'à moi des exhalaisons de rhum – jaillissant de ses pores, de ses vêtements, et très probablement de ses os eux-mêmes. Comme je le reniflais, il sembla en faire autant ; peut-être sentait-il sur moi l'odeur de l'opium à travers sa propre puanteur. Nous étions là à nous observer et à nous flairer mutuellement comme deux chiens dans une ruelle.

« Wilkie, dit Dickens, permettez-moi de vous présenter Mr Dradles, que l'on appelle simplement Dradles, bien que j'aie entendu des gens de Rochester affirmer que son prénom est Granite, ce qui est, je le suppose, un sobriquet. Dradles est tailleur de pierre – spécialisé essentiellement dans les pierres tombales, les sépultures et les monuments –, mais le chapitre l'a également embauché pour effectuer des réparations rudimentaires. En cette qualité, il possède toutes les clés de la tour, de la crypte, des portes latérales et autres entrées connues et oubliées de la cathédrale. Monsieur Dradles, j'ai également l'honneur de vous présenter Mr Wilkie Collins. »

La silhouette voûtée et moustachue en flanelle

grossière et aux boutons de corne ébréchés grommela quelque chose qui pouvait passer pour un bonjour. Je m'inclinai et le saluai plus courtoisement en retour.

« Dradles, dis-je ensuite gaiement. Quel joli nom ! Est-ce réellement votre patronyme ou quelque dérivé de votre profession ?

— Dradles, c'est le nom à Dradles, marmonna le petit homme. Et Dradles, il s'demande si des fois Collins, c'est vot' vrai nom ou si qu'il est pas des fois inventé ? Dradles, il se rappelle pas que Wilkie c'est un nom chrétien, ça. »

Je cillai et me redressai, serrant ma canne plus fermement dans un réflexe purement viril à ce soupçon d'insulte. « Je dois mon nom à sir David Wilkie, le célèbre peintre écossais, dis-je sèchement.

— Si que vous l'dites, patron, grogna Dradles. Mais moi, j'ai jamais entendu causer qu'un Écossais, il saurait peindre une écurie comme il faut, et encore moins une église ou une maison.

— En réalité, le véritable prénom de Wilkie est William », intervint Dickens. Il souriait comme si tout cela le divertissait beaucoup.

« Billie Collins, grommela Dradles. Dradles, il a connu un Billy Collins quand Dradles, il était un p'tit gars. Un sacré casse-pieds de gamin irlandais, qu'avait pas plus de cervelle ni de bon sens qu'un mouton. »

Ma main se crispa encore sur ma canne et je regardai Dickens, lui adressant un message très clair – *Faut-il vraiment que je reste ici à supporter les affronts de cet ivrogne de village ?*

Avant que Dickens – toujours souriant – ait pu nous répondre, nous fûmes distraits par un projectile qui passa entre nous, manquant de justesse son épaule et mon oreille, avant de rebondir sur la casquette roussâtre que Dradles tenait dans sa main droite crasseuse. Un deuxième caillou siffla à proximité de mon épaule gauche et atteignit le tailleur de pierre en pleine poitrine.

Dradles grogna encore, sans paraître aucunement étonné ni blessé.

Nous nous retournâmes juste à temps, Dickens et moi, pour apercevoir un jeune garçon, de sept ou huit ans tout au plus, cheveux en bataille, vêtements en guenilles et lacets dénoués, qui se dissimulait derrière une pierre tombale près du mur séparant le cimetière de la rue.

« C'est pas l'heure, c'est pas l'heure ! cria Dradles.

— Menteur ! » hurla le garçon en haillons et il jeta encore une pierre au maçon. Nous fîmes un pas de côté, Dickens et moi, pour nous éloigner de la cible trapue du garnement.

« Maudit drôle ! hurla Dradles. Si Dradles, il dit que c'est pas l'heure, c'est pas l'heure. Pas de thé aujourd'hui. Fiche le camp à la Taverne des Deux-Sous et arrête de balancer tes cailloux. Sinon Dradles, il te donnera pas un sou aujourd'hui.

— Menteur ! » répliqua le jeune démon et il ramassa encore une pierre, plus grosse cette fois, qui toucha le tailleur de pierre juste au-dessous du genou. De la poussière, de minuscules éclats de pierre, des fragments de vieux mortier et de la poudre de chaux s'envolèrent du pantalon de l'homme tandis que son bourreau hurlait : « Bisque bisque rage ! Je-t'ai-pris-de-hors-e-a-près-le-thé-e ! »

Dradles soupira : « Y a des jours où Dradles, il donne au gamin un penny pour qu'il lui balance des cailloux et le ramène chez lui, des fois que Dradles, il oublie de rentrer à la maison pour le thé ou après dix heures. C'est l'heure de mon thé, et on dirait que j'ai oublié d'arrêter la machine qui me le rappelle. »

En entendant cette information, Dickens hurla de rire et se tapa la cuisse de ravissement. Un autre projectile passa au-dessus de nous et manqua de justesse la joue du tailleur de pierre.

« Gare à toi ! cria Dradles au minuscule fantôme à lacets défaits qui voltigeait de tombe en tombe. Ou t'auras pas un penny pendant les deux semaines qui viennent et plus encore ! Dradles a des affaires avec ces messieurs, et ils apprécient pas tes cailloux.

— Menteur ! » répéta le garçon depuis les buissons obscurs, entre les pierres tombales antiques.

« Il nous embêtera plus jusqu'à temps qu'on ait fait nos affaires », annonça Dradles. Il loucha vers moi, puis jeta un regard torve et malveillant à Dickens. « Qu'est-ce que vous voulez que Dradles, il vous montre ce soir, Monsieur D. ?

— Mr Wilkie Colllins et moi-même aimerions voir s'il y a quelque chose de neuf sur votre lieu de travail », répondit Dickens.

Dradles grommela et des exhalaisons de rhum s'élevèrent jusqu'à nous. « Quequ'chose de vieux, c'est plutôt ça qu'vous voulez dire, ronchonna-t-il. Y a pas grand-chose de neuf dans les cryptes. Pas de ce temps, en tout cas.

— Nous serions enchantés de voir ce qui est vieux, dans ce cas, reprit Dickens. Montrez-nous la voie, Monsieur. Nous vous offrons, Mr Collins et moi, nos dos de bonne volonté, sinon de grande largeur, comme bouclier entre votre bourreau au bras leste et vous.

— Que l'adjoint aille se faire voir, grommela énigmatiquement Dradles. Les pierres, c'est le travail, la vie et le seul amour de Dradles, avec un verre de temps en temps, bien sûr, et c'est pas quelques pierres de plus qui vont le tracasser. »

C'est ainsi que Dradles prit la tête de notre petit groupe, tandis que nous le suivions tant bien que mal, Dickens et moi, épaule contre épaule, et nous nous dirigeâmes ensemble vers la grande cathédrale dont l'ombre froide enveloppait désormais tout le cimetière.

Aux abords du cimetière s'ouvrait une fosse débordante, formant un monticule d'où s'élevaient des vapeurs. Serrant son baluchon pesant contre sa poitrine, Dradles passa devant en silence, mais Dickens s'arrêta et demanda : « C'est de la chaux, n'est-ce pas ?

— Pour sûr, répondit Dradles.

— Ce qu'on appelle de la chaux vive ? » intervins-je.

Le vieil homme me regarda par-dessus son épaule. « Pour sûr, assez vive pour dévorer vot' costume, vos boutons et vos souliers, Monsieur Billy Wilkie Collins. Et si qu'on la remue un peu, assez vive pour dévorer aussi vos lunettes, votre montre, vos dents et presque tous vos os. »

Dickens tendit l'index vers la fosse fumante et esquissa un sourire énigmatique. Je retirai mes lunettes, frottai mes yeux humides et les suivis.

Je m'étais imaginé que nous monterions au sommet du clocher. Dickens emmenait souvent des invités à Rochester – ce n'était pas très loin de Gad's Hill – et leur faisait presque toujours gravir la tour pour admirer la vue sur la vieille ville, toute de blocs gris et de rues ombreuses, et, au-delà, sur la mer d'un côté de l'horizon et, de l'autre, sur les forêts et les routes qui s'étendaient jusqu'à Gad's Hill et plus loin encore.

Pas ce jour-là.

Après force cliquetis de trousseaux de clés (le vieil homme semblait avoir des clés dans toutes les immenses poches de son pantalon, de sa veste et de son gilet de flanelle), Dradles ouvrit une lourde porte latérale et nous le suivîmes dans un étroit escalier de pierre qui descendait dans la crypte.

Je peux t'avouer, Cher Lecteur, que j'en avais plus qu'assez des cryptes. Je ne te reprocherai pas d'en être las, toi aussi. J'avais passé la nuit précédente dans un espace rempli de vapeurs d'opium qui ressemblait à une crypte plus qu'à tout autre chose, et un trop grand nombre de mes expéditions sur les pas de Charles Dickens au cours de l'année écoulée, et auparavant déjà, m'avaient conduit en des lieux glacés et humides de ce genre.

Dradles n'avait pas de lanterne, mais nous n'en avions pas besoin : le faible jour de la fin novembre dispensait de ternes rayons lumineux depuis des fenêtres en ogive, privées de leurs vitraux depuis longtemps. Nous passâmes entre des piliers massifs qui se dressaient dans la cathédrale proprement dite, comme de grandes racines ou de hauts troncs de pierre. Dans leur ombre, l'obscurité était presque absolue, mais nous ne quittions pas les étroits sentiers de lumière déclinante.

Dradles posa son ballot sur une saillie de pierre, dénoua les ficelles qui le fermaient et fouilla dans son sac. Je pensais qu'il allait en extirper une bouteille – je l'entendais clapoter –, en réalité, il sortit un petit marteau.

« Regardez bien, Wilkie ! chuchota Dickens. Écoutez ! Et apprenez ! »

Il me semblait en avoir appris suffisamment pour la journée, pourtant je suivis Dradles qui, après avoir refermé son baluchon, nous conduisit dans un couloir plus étroit encore entre des colonnes plus épaisses encore et des zones d'ombre encore plus sombres. Il se mit soudain à tapoter les parois intérieures.

« Vous entendez ? » demanda le vieux maçon – une question ridicule, selon moi, car l'écho renvoyait ses martèlements d'un bout à l'autre de la crypte. « Je tape et c'est plein, murmura-t-il. Je continue à taper… C'est toujours plein. Encore. C'est plein. Encore… creux ! C'est creux ! On va passer l'angle, là. Attention ! y a des marches dans le noir – on continue à marcher, on continue à taper et l'oreille de Dradles, elle continue à entendre ce que votre oreille et les autres, elles entendent pas, elles peuvent pas entendre et… ha, ha ! Du plein dans du creux, ici. Plein dedans, creux de nouveau. »

Nous nous arrêtâmes. Il faisait très sombre ici, de l'autre côté de l'angle, où d'autres marches conduisaient probablement à des caveaux encore plus profonds.

« Qu'est-ce que cela signifie ? demandai-je. Plein dedans, de nouveau creux ?

— Ma foi, ça veut dire qu'il y a un vieux bonhomme qu'est tout en tas et tout en miettes là-dedans, Monsieur Billy Wilkie Collins ! ronchonna Dradles. Un vieux bonhomme dans un cercueil en pierre, et le cercueil en pierre dans un souterrain ! »

Je sentais le regard de Dickens posé sur moi comme si la déduction de ce Dradles était un exploit prodigieux, mais je me réservais le droit de ne pas être tout à fait au comble de l'admiration. Nous n'étions pas en présence du phénomène pour lequel j'éprouvais quelque intérêt – le don de seconde vue. Après tout, nous étions dans une crypte d'église. Point n'était besoin d'un ivrogne grossier jouant d'un marteau de maçon pour nous apprendre qu'il y avait des ossements derrière les murs.

Nous suivions Dradles toujours plus profondément dans le caveau souterrain. Une lanterne nous aurait été fort utile à présent, mais nous n'en avions pas. Je me servais de ma canne pour sonder, sous mes pieds, les marches de pierre irrégulières qui s'enfonçaient en spirale autour d'un des grands renforts de pierre qui abritaient les cryptes et soutenaient la cathédrale. Je m'étais habillé pour un après-midi inhabituellement chaud et ensoleillé, et le froid qui régnait dans ce caveau me faisait frissonner. Je n'avais qu'un désir : retrouver ma maison et une belle flambée.

« Pour sûr, commenta Dradles comme si j'avais parlé tout haut – le froid ici, il est plus pire que le froid. C'est parce qu'il est humide. L'humidité monte. C'est le souffle glacé des vieux morts tout autour de nous et puis dessous, et, dans une minute, au-dessus de nous. Le souffle des morts, il monte jusqu'à la cathédrale là-haut, et il tache la pierre, il décolore les jolies fresques et il fait pourrir le bois et frissonner le chœur dans leurs robes. Dradles, il entend l'humidité qui monte et qui suinte des fentes et des crevasses de ces vieux cercueils aussi sûrement que Dradles, il entend l'écho des vieux morts qui répond à ses coups de marteau. »

Je m'apprêtais à faire une réplique sarcastique, mais avant que je n'aie pu prendre la parole, le TAP, TAP, TAP obsédant de son marteau reprit. J'imaginai cette fois réussir moi-même à percevoir quelques-uns de ces échos complexes. La voix de Dradles était extra-ordinairement sonore dans cette chambre de pierre en colimaçon.

« Y en a deux à près de sept pieds à l'intérieur, deux vieux bonshommes avec une crosse – sûrement qu'ils se sont attrapés par la crosse quand ils se sont retrouvés comme ça pour des choses pas morales, comme c'est qu'ils faisaient dans le noir quand y avait que des bougies – et ils sont couchés dans ce qui était une chapelle souterraine ici, il y a bien longtemps, refermée du temps ousque les têtes tombaient et que tout le monde levait son verre à la santé du prince Bonnie Charlie et tout ça. »

Nous nous arrêtâmes dans le noir, Dickens et moi, pendant que Dradles descendait encore une bonne dizaine de marches. Le contact glacé de l'humidité qui montait et caressait nos chevilles et nos cous me donnait la chair de poule.

TAP, TAP, TAP... TAP, TAP, TAP... TAP, TAP, TAP...

« Là, cria Dradles, d'une voix qui se réverbérait terriblement. Vous entendez ?

— Que devons-nous entendre, Monsieur Dradles ? » demanda Dickens.

Nous perçûmes un bruit de grattement et de glissement.

« C'est que ma règle de pied, dit Dradles. Dradles, il mesure dans le noir. Mesurer dans le noir, c'est ce qu'il fait, Dradles. Le mur, il est plus épais, là… deux pieds de pierre, puis deux de vide derrière. Dradles, il entend le tap-tap de débris et de décombres que les malpropres qui ont enterré ce vieux ont laissé entre le cercueil de pierre et le mur de pierre. Six pieds à l'intérieur, y a un vieux bonhomme qu'attend au milieu des éboulis et des gravats – il est couché, il attend, et sa boîte, elle a pas de couvercle. Si je passais à travers avec mon gros marteau et ma pioche, ce vieux-là, qu'il ait un chapeau et une crosse d'évêque ou pas, il s'assoirait, il ouvrirait les yeux et il dirait : "Ma foi, Dradles, mon gars, ça fait un sacré bout de temps que je t'attends !" Et puis il se transformerait en poussière, pour sûr.

— Sortons d'ici », dis-je. Je croyais chuchoter mais ma voix était affreusement forte dans cette obscurité caverneuse et cette humidité montante.

Dehors, dans les dernières lueurs de ce soir de novembre, Dickens remit quelques pièces à cet individu insolent et lui fit signe de s'en aller avec force remerciements et un rire qui me parut complice. Dradles s'éloigna, le dos voûté, cramponnant toujours son baluchon. Il n'avait pas fait vingt pas que nous entendîmes : « Bisque, bisque, rage ! Je-t'ai-pris-de-hors-e-a-près-cinq-heu-res ! T'auras pas de cirage ! Si tu files pas doux, gare aux p'tits cailloux ! » Ces cris s'accompagnèrent d'une véritable grêle de pierres qui s'abattirent tout autour de la silhouette en flanelle grise et sur elle.

« Quel personnage ! s'écria Dickens quand Dradles et ce mioche infernal disparurent enfin. Quel merveilleux personnage ! Savez-vous, mon cher Wilkie, que, quand j'ai rencontré Mr Dradles, il était en train de tailler au ciseau une inscription sur une pierre tombale qui devait être mise en place prochainement – pour un pâtissier, spécialiste de muffins, récemment décédé si je me souviens bien. Quand je me suis présenté, il m'a immédiatement dit : "Ici, dans mon monde, je suis un peu comme vous, Monsieur Dickens." Et Dradles a embrassé d'un geste toutes les tombes, toutes les pierres funéraires déjà en place et celles qu'il était en train de tailler et se trouvaient tout autour de lui, et il a ajouté : "Entouré de mes œuvres et de mes mots comme un écrivain populaire, vous voyez." »

Dickens se remit à rire, mais je restai froid et sans émotion. À l'intérieur de la cathédrale désormais illuminée, un chœur chantait : « Dites-moi, bergers, di-i-ites-moi... »

« Savez-vous, Wilkie, reprit Dickens, toujours d'excellente humeur malgré l'heure tardive et le froid de plus en plus vif qu'apportait la brise qui se levait autour de nous, remuant les feuilles sèches qui jonchaient la pierre tombale sur laquelle nous avions déjeuné quelques heures plus tôt seulement, il me semble connaître le nom de ce chef de chœur.

— Vraiment ? lançai-je d'une voix qui trahissait mon absence totale d'intérêt pour cette information.

— Oui. Je crois qu'il s'appelle Jasper. Jacob Jasper. *Non*, John Jasper. C'est cela. Jack, pour son neveu bien-aimé et attentionné. »

Il n'était pas dans les habitudes de Dickens de bavasser ainsi, et moins encore de tenir des propos au contenu aussi banal. « Pas possible ! » dis-je du ton que j'employais avec Caroline quand elle me noyait sous un flot de paroles pendant que je lisais mon journal.

« Tout à fait possible, rétorqua Dickens. Et connaissez-vous le secret de Mr Jasper, mon cher Wilkie ?

— Comment le pourrais-je ? demandai-je avec une certaine rudesse. J'ignorais jusqu'à l'existence de ce chef de chœur il y a une seconde encore.

— C'est vrai, approuva Dickens en se frottant les mains. Le secret de Mr John Jasper est qu'il est opiomane. »

La peau de mon visage me picota et tout mon corps se contracta. Je crois que j'arrêtai de respirer pendant une demi-minute environ.

« Un opiomane de la pire espèce, poursuivit l'Inimitable. Mr John Jasper ne se contente pas de consommer du laudanum ou de la teinture d'opium, comme un Blanc civilisé qui l'emploie à des fins médicinales. Oh, non ! Mr John Jasper se rend dans les pires quartiers de Londres, puis dans les pires taudis de ces pires quartiers, et cherche la pire – c'est-à-dire la *meilleure*, selon lui – fumerie d'opium.

— Ah oui ? » réussis-je à murmurer. Je sentais l'humidité monter à travers mes os pour atteindre mon cerveau et ma langue.

« De plus, notre chef de chœur Jasper est un assassin. Un assassin calculateur, qui agit de sang-froid et qui, jusque dans ses rêves opiacés, projette de retirer la vie à un être qui l'aime et qui lui fait confiance.

— Dickens, dis-je enfin, de quoi diable parlez-vous ? »

Il me donna une grande claque dans le dos alors que nous commencions à traverser le cimetière pour nous diriger vers la rue où sa voiture venait de revenir. « D'un roman, bien sûr, s'esclaffa-t-il. De ce fantôme de lueur d'esquisse d'une idée – un personnage, l'amorce d'une histoire. Vous savez comment ces choses-là vous viennent, mon cher Wilkie. »

Je réussis à déglutir. « Bien sûr. Était-ce là l'objet de cet après-midi et de cette soirée, mon cher Dickens ? L'ébauche d'un de vos livres ? Quelque chose pour *All the Year Round*, peut-être ?

— Il ne s'agit pas de *mon* livre ! s'écria Dickens. Mais du *vôtre*, mon cher Wilkie ! De votre *Dent du serpent*.

— *L'Œil du serpent* ou peut-être *La Prunelle du serpent* », rectifiai-je.

Dickens écarta l'objection d'un revers de la main. Je commençais à avoir du mal à le distinguer dans l'obscurité croissante. Les lanternes de la voiture étaient allumées.

« Peu importe, reprit-il. L'idée, c'est l'*histoire*, mon ami. Vous avez votre merveilleux sergent Cuff. Mais le meilleur des détectives lui-même a besoin d'un mystère à résoudre s'il veut être d'une quelconque utilité ou présenter ne fût-ce qu'un vague intérêt aux yeux de vos lecteurs. Et c'est très précisément ce qui devait, espérais-je, émerger de notre déjeuner d'aujourd'hui et de notre excursion aux côtés de Dradles.

— Un mystère ? dis-je stupidement. Où avez-vous vu un mystère aujourd'hui ? »

Dickens écarta les mains et les bras pour embrasser la cathédrale obscure, le cimetière plus obscur encore, toutes les sépultures et les pierres tombales. « Imaginez un scélérat si diabolique et si intelligent, mon cher Wilkie, qu'il assassine quelqu'un simplement pour faire l'expérience du crime. Pas un membre de sa famille, comme cela s'est produit dans l'affaire

Road qui nous a tant intéressés, vous et moi – non, il assassine un étranger, ou un quasi-étranger. Un meurtre dépourvu de tout mobile.

— Pourquoi diantre un être humain ferait-il une chose pareille ? » demandai-je. Je ne comprenais rien de ce que racontait Dickens.

« Je viens de vous l'expliquer, reprit-il avec peut-être une nuance d'exaspération. *Pour faire l'expérience du crime*. Imaginez l'aubaine que ce serait pour un auteur comme vous – ou moi. Pour tout auteur de prose d'imagination, sans parler de la prose d'imagination sensationnelle qui a fait votre réputation, mon cher Wilkie.

— Êtes-vous en train de préparer la lecture d'un crime pour votre prochaine tournée ? demandai-je.

— Seigneur non ! Ma pauvre Nancy attend toujours de se faire trucider un jour par ce scélérat par excellence, Bill Sikes. Mais ce n'est pas pour maintenant. J'ai déjà pris quelques notes dans l'idée d'améliorer la méthode et la description de ce massacre sanglant. Non. Je parle de *votre* histoire, mon ami.

— Mais le sujet de mon histoire est un diamant qui jette un mauvais sort sur la famille qui...

— Oh, au diable le diamant ! s'écria Dickens. Ce n'était qu'une esquisse d'idée prématurée. Le Koh-i-Noor a déçu tous ceux qui ont pris la peine d'aller le voir à la Grande Exposition. Il était d'un jaune maladif, pisseux – rien d'un vrai diamant au regard d'un Anglais. Renoncez à votre pierre insipide, Wilkie, et engagez-vous sur la voie de cette nouvelle histoire !

— Quelle histoire ? »

Dickens soupira. Il énuméra les différents points sur les doigts de sa main gantée. « Primo : l'idée qu'on puisse assassiner un quasi-étranger simplement pour faire l'expérience du crime. Secundo : la méthode idéale pour se débarrasser d'un corps. Votre sergent Cuff va avoir du fil à retordre pour débrouiller tout ça !

— De quoi parlons-nous ? Il ne me semble pas avoir observé de méthode infaillible pour se débarrasser d'un corps au cours de notre étrange déjeuner et de notre tournée plus étrange encore avec cet ivrogne de Dradles.

— Bien sûr que si ! protesta Dickens. D'abord, il y a la chaux vive. Vous n'avez certainement pas oublié cette fosse !

— Mes yeux et mes narines en conservent un souvenir tenace.

— Ils font bien, mon cher Wilkie ! Imaginez la terreur de vos lecteurs lorsqu'ils finiront par comprendre que votre assassin – votre assassin fortuit, votre assassin par hasard, mû, comme Iago, par une méchanceté purement gratuite – a dissous le corps de quelque pauvre type dans une fosse de chaux vive. Tout, sauf quelques os, ses boutons de nacre et peut-être sa montre. Ou un crâne éventuellement.

— Il resterait encore ces derniers os. Et la montre, et le crâne, fis-je d'un ton maussade. Et la fosse serait là, sous les yeux de tous, n'attendant que d'être découverte par le sergent Cuff et la police.

— Mais non ! s'exclama Dickens. N'avez-vous pas compris le cadeau que je vous ai fait en vous présentant Dradles ? Votre forban enrôlera – sciemment ou à son insu, voilà qui dépendra, bien sûr, de votre sentiment romanesque – un *personnage* tel que Dradles pour l'aider à enterrer les misérables et pitoyables vestiges de sa victime dans une tombe ou un caveau comme nous venons d'en voir, ou plus exactement d'en entendre, ce soir. Les restes ultimes de l'homme assassiné – ou de la femme, si vous voulez un roman vraiment sensationnel, mon ami – seront enterrés à côté des "vieux bonshommes", et on n'en entendra plus parler – jusqu'à ce que votre rusé sergent Cuff démêle toute l'affaire grâce à une série d'indices que seul Wilkie Collins pourrait imaginer. »

Nous restâmes un moment plongés dans un silence que ne rompaient que les changements de position des deux chevaux attelés à la voiture et les mouvements plus furtifs du vieux domestique assis sur le siège du cocher. Je pris enfin la parole : « Tout cela est très beau... très dickensien, je n'en doute pas... mais je crois que je préfère mon idée première d'une pierre précieuse légendaire sacrée pour les Hindous ou d'autres païens et qui apporte le malheur à une illustre famille anglaise. »

Dickens soupira. « Fort bien. Agissez comme vous l'entendrez. Libre à vous de faire la fine bouche. » Mais je l'entendis ajouter tout bas : « Quoique que l'idée de la pierre et des Hindous ait été la mienne et que j'aie constaté qu'elle était trop faible pour étayer un récit. »

Il demanda plus haut : « Voulez-vous que je vous dépose à la gare ? »

L'absence d'invitation à dîner avec lui à Gad's Hill, qui ne lui ressemblait guère, me confirma ce que je savais déjà – il avait l'intention de dîner avec Ellen Ternan et de ne pas regagner Gad's Hill Place cette nuit.

« Très volontiers, répondis-je. Caroline doit m'attendre. »

En me tenant la portière de la voiture, Dickens chuchota tout bas, probablement pour ne pas être entendu du cocher : « Je vous conseillerais, avant de dîner ce soir avec votre charmant Patron et votre délicieux Maître d'hôtel, mon cher Wilkie, de vous changer et peut-être même de prendre un bain chaud. »

Je m'arrêtai sur le marchepied, mais avant que j'aie pu prononcer le moindre mot à propos d'opium ou d'autre chose, Dickens ajouta innocemment : « Les cryptes ont tendance à laisser sur vous un écho de l'humidité qui monte, vous savez… comme notre ami Dradles l'a si merveilleusement illustré ce soir. »

19.

« Charles Dickens va assassiner Edmond Dickenson. »

C'était la deuxième fois en l'espace de dix-huit mois
qu'émergeant d'un profond sommeil provoqué par le
laudanum je me retrouvais, assis tout droit dans mon
lit, en train de crier ces mots.

« Non, fis-je dans le noir, encore à demi plongé dans
mon rêve mais déjà pénétré de la certitude déductive
sans faille de mon enquêteur à naître, le sergent Cuff,
Charles Dickens a *déjà* assassiné Edmond Dickenson.

— Wilkie chéri, murmura Caroline en se redressant
à mes côtés et en me prenant le bras, que vous arrive-
t-il ? Vous avez parlé dans votre sommeil, mon adoré.

— Laissez-moi tranquille », protestai-je faiblement
en dégageant mon bras. Je me levai, enfilai ma robe
de chambre et m'approchai de la fenêtre.

« Wilkie, mon cher…

— Taisez-vous ! » Mon cœur battait à tout rompre.
Je m'efforçais de ne pas perdre la lucidité de ma révélation onirique.

Je trouvai ma montre sur la commode et la consultai.
Il n'était pas tout à fait trois heures du matin. Dehors,

le peu de neige fondue qui tombait rendait les pavés luisants. Je cherchai des yeux le réverbère puis le petit porche de la maison abandonnée, à l'angle, en face du bec de gaz, jusqu'à ce que je distingue l'ombre qui y était blottie. Le messager de l'inspecteur Field – un garçon aux yeux étranges que le vieux policier appelait Groseille – y était toujours, plus d'un an après que je l'avais surpris à faire le guet pour la première fois.

Sortant de la chambre, je me dirigeai vers mon bureau, mais je m'arrêtai sur le palier. C'était la nuit. L'Autre Wilkie m'y attendait probablement, assis à mon secrétaire, observant la porte d'un regard qui ne cillait jamais. Je préférai descendre jusqu'au petit secrétaire du salon, où Caroline et Carrie rangeaient leur matériel d'écriture. Chaussant mes lunettes, j'écrivis :

Inspecteur Field,
J'ai de bonnes raisons de penser que Charles Dickens a assassiné un jeune homme, rescapé de l'accident de train de Staplehurst, un certain Mr Edmond Dickenson. Je vous prie de bien vouloir me retrouver à dix heures du matin au pont de Waterloo pour que nous puissions examiner les preuves de ce que j'avance et imaginer le moyen de piéger Dickens et de lui faire avouer le meurtre du jeune Dickenson.

Votre dévoué
William Wilkie Collins

Je contemplai longuement cette missive, hochai la tête, la pliai, la glissai dans une épaisse enveloppe, pris le sceau de mon père pour la fermer et la fourrai dans une poche intérieure de ma robe de chambre.

Je prélevai ensuite quelques pièces dans mon porte-monnaie, décrochai mon pardessus du placard de l'entrée, enfilai des caoutchoucs par-dessus mes pantoufles et sortis dans la nuit.

Je venais d'atteindre le réverbère de mon trottoir quand, sous le porche d'en face, une ombre se détacha de l'ombre plus épaisse que projetait le surplomb. En un clin d'œil, le garçon traversa la rue pour me rejoindre. Il ne portait pas de manteau et tremblait de tous ses membres dans la pluie et le froid.

« Tu es bien Groseille ? demandai-je.

— Oui, M'sieur. »

Je posai la main sur ma lettre, mais je ne sais pourquoi, la laissai dans ma poche. « Groseille, c'est ton nom de famille ? demandai-je.

— Non, M'sieur. C'est l'inspecteur Field qui m'appelle comme ça. C'est à cause de mes yeux, vous voyez. »

Je voyais. Les yeux du jeune garçon ne se distinguaient pas seulement par leur ridicule proéminence, mais par une étrange propension à rouler d'un côté à l'autre comme deux billes dans un coquetier. Mes doigts se resserrèrent sur l'enveloppe destinée à son maître, mais j'hésitais encore.

« Tu es balayeur de rue, Groseille ?

— Je l'*étais*, M'sieur. J'le suis plus.

— Et que fais-tu à présent, mon garçon ?

— J'suis en apprentissage avec le grand inspecteur Field pour devenir détective, voilà c'que j'fais », dit Groseille avec orgueil, et sans trace de fanfaronnade. Il toussait entre ses frissons. Une toux rauque – du genre qui terrifiait ma mère quand nous étions enfants, Charles et moi – mais le garnement avait suffisamment d'éducation pour mettre la main devant sa bouche quand il toussait.

« Quel est ton vrai nom, mon petit gars ? demandai-je.

— Guy Septimus Cecil », répondit le garçon en claquant des dents.

Renonçant à ma lettre, je sortis cinq shillings que je laissai tomber dans la main hâtivement tendue de Guy Septimus Cecil. Je ne crois pas avoir jamais vu pareille expression de surprise, sinon, peut-être, sur le visage des brutes que Mr Reginald Barris avait assommées dans la ruelle de Birmingham.

« Je n'aurai pas de message pour ton maître ce soir, ni pendant les trois jours et trois nuits à venir, jeune Guy Septimus Cecil, dis-je tout bas. Va prendre un petit déjeuner chaud. Loue une chambre – une chambre *chauffée*. Et avec ce qui restera, achète-toi un manteau pour couvrir ces haillons… en bonne laine anglaise. Tu ne nous seras d'aucune utilité à l'inspecteur Field et à moi si tu attrapes la mort à rester dans le froid comme ça. »

Les yeux ronds du garçon allèrent de gauche à droite, sans jamais sembler se poser sur moi.

« Allez, file ! insistai-je d'un ton sévère. Je ne veux pas te revoir ici avant jeudi prochain !

— Oui, M'sieur », répondit Groseille sans conviction. Il fit demi-tour et traversa la rue en trottinant, hésita en passant devant le porche, puis se mit à courir vers la promesse de nourriture et de chaleur.

Ayant décidé de me charger personnellement du laborieux travail d'enquête lié au meurtre d'Edmond Dickenson, je m'y engageai avec ardeur. Après avoir

avalé, pour me soutenir, deux tasses et demie de laudanum (environ deux cents gouttes, si l'on absorbait
ce remède sous cette forme), je pris le train de midi
pour Chatham et louai une carriole qui me transporta
– avec une lenteur et une pesanteur exaspérantes, dues
à l'âge et à l'indifférence du cheval et du cocher –
jusqu'à Gad's Hill Place.

À l'approche de cet entretien capital avec Dickens,
je commençai à me faire une idée plus précise de mon
détective romanesque de *L'Œil du serpent* (ou peut-
être *La Prunelle du serpent*), le sergent Cuff, encore
assez flou jusque-là. À la différence de l'inspecteur
Bucket de *La Maison d'Âpre-Vent* de Dickens – un
personnage brusque, impassible et bourru qui trahissait,
selon moi, un réel manque d'imagination, car il s'inspirait de toute évidence de l'actuel inspecteur Field, en
plus juvénile –, mon sergent Cuff serait grand, mince,
plus âgé, ascétique et rationnel. Et surtout rationnel
– voire ratiocineur. J'imaginais également que mon
sergent Cuff ascétique, grisonnant, au visage en lame
de couteau, ratiocineur, aux yeux pâles et au regard
aiguisé serait proche de la retraite. Il attendrait avec
impatience, songeai-je, de consacrer sa vie postprofes-
sionnelle à l'apiculture. Non. Pas à l'apiculture – un
loisir trop singulier, trop excentrique et qui m'impo-
serait d'excessives et laborieuses recherches. Peut-être
– à la culture des roses. Mais oui, c'était cela... les
roses. Je m'y connaissais un peu, je savais comment
on les soignait, comment on les multipliait. Le sergent
Cuff saurait... tout sur les roses.

La plupart des détectives commencent par le crime
et passent un temps fou à suivre des indices détournés
qui les conduisent à l'assassin. Le sergent Cuff et

moi inverserions le processus en commençant par le meurtrier, pour rechercher le cadavre ensuite.

« Mon cher Wilkie ! Quelle bonne surprise ! Le plaisir de votre compagnie deux jours d'affilée ! s'écria Dickens lorsque je m'approchai de sa maison et qu'il sortit, traînant derrière lui une pèlerine de laine pour se protéger du vent glacial. Vous allez rester jusqu'à dimanche soir, j'y compte bien.

— Non, non, je viens juste faire un saut pour vous dire deux mots, Charles. » Son sourire de bienvenue était d'une sincérité si manifeste et si enfantine – un petit garçon dont le camarade de jeu arrive inopinément – que je ne puis que lui rendre son sourire, tout en m'en tenant intérieurement à la réserve froide et neutre du sergent Cuff.

« Épatant ! Je termine à l'instant mon travail de la matinée. J'ai mis un point final à la dernière de mes introductions et à mon récit de Noël et j'étais sur le point de partir me promener. Accompagnez-moi, cher ami ! »

À la perspective d'une excursion d'une vingtaine de kilomètres à l'allure habituelle de Charles Dickens par cette journée de novembre venteuse où il menaçait de neiger, une migraine commença de provoquer des palpitations derrière mon œil droit. « Ce serait avec le plus grand plaisir, mon cher Dickens. Mais puisque vous parlez de Noël… ma foi, c'était un des sujets que je souhaitais aborder avec vous.

— Vraiment ? » Il s'arrêta. « *Vous* ? Le vrai, l'original "Bah ! Foutaises que tout cela !" Wilkie Collins – qui s'intéresse à *Noël* ! s'étonna-t-il, et il rejeta la tête en arrière dans un authentique éclat de rire dickensien.

Ma foi, je peux dire à présent que j'ai assez vécu pour voir advenir les événements les plus improbables. »

Je m'arrachai un nouveau sourire. « Je me demandais simplement si vous organisiez une de vos fêtes coutumières cette année. Nous n'en sommes plus si loin, vous savez.

— Non, non, non, vous avez raison », approuva Dickens. Il m'observait d'un regard soudain calme et froid. « Eh non, pas de fête cette année, j'en ai peur. La nouvelle tournée de lectures commence début décembre, vous vous en souvenez peut-être.

— Ah, c'est vrai !

— Je serai chez moi pendant un jour ou deux, pour Noël même, et, bien sûr, vous serez invité. Mais nous célébrerons cette fête en tout petit comité, cette année, j'en suis désolé, mon cher Wilkie.

— Aucune importance, aucune importance, dis-je précipitamment, improvisant ma petite scène d'une façon qui aurait fait honneur, me semblait-il, au sergent Cuff encore à naître. Simple curiosité de ma part… inviterez-vous Macready cette année ?

— Macready ? Non, je ne pense pas. Il me semble que, de toute façon, sa femme a été souffrante cette saison. Au demeurant, Macready voyage de moins en moins ces derniers temps, vous le savez, Wilkie.

— Bien entendu. Et Dickenson ?

— Qui ? »

Ha, ha ! me dis-je. Charles Dickens, l'Inimitable, le romancier, l'homme à la mémoire infaillible, n'oublierait jamais, ne pouvait pas oublier le nom du jeune homme qu'il avait sauvé à Staplehurst. Pure simulation de criminel – ou de criminel imminent –, bien entendu !

« Dickenson, répétai-je. Edmond. Vous vous souvenez certainement de ce qui s'est passé l'année dernière à Noël, Charles ! Le somnambule !

— Ah, mais oui, évidemment, s'écria Dickens tout en écartant d'un geste le nom en même temps que le souvenir. Non. Nous n'inviterons pas le jeune Edmond cette année. Juste la famille. Et les plus proches amis.

— Vraiment ? » Je feignis la surprise. « Il m'avait semblé que vous étiez très proches, le jeune Dickenson et vous.

— Pas le moins du monde », protesta Dickens en tirant sur ses coûteux gants de chevreau, beaucoup trop fins pour un temps pareil. Je suis simplement passé voir ce jeune homme de temps en temps pendant les mois où il a été en convalescence. Il était orphelin, vous vous le rappelez sans doute, Wilkie.

— Ah, c'est vrai », m'exclamai-je comme si j'avais pu oublier cette caractéristique majeure, l'une des raisons, évidemment, pour lesquelles Dickens l'avait choisi comme victime de son crime. En réalité, je me réjouissais à l'idée de discuter avec le jeune Dickenson d'un certain nombre de sujets que nous avions abordés à Noël dernier. « Auriez-vous par hasard son adresse, Charles ? »

Il me jeta alors un regard des plus singuliers. « Vous souhaitez reprendre avec Edmond Dickenson une conversation que vous avez engagée il y a presque un an ?

— Oui », répondis-je, adoptant ce qui était, espérai-je, mon attitude de sergent Cuff la plus convaincante.

Dickens haussa les épaules. « Je suis presque sûr d'avoir oublié son adresse, en admettant que je l'aie

jamais sue. En fait, il me semble qu'il bougeait beaucoup… un jeune célibataire agité, changeant constamment de domicile, vous voyez.

— Hmmm », fis-je. Je plissai les yeux à cause de
l'âpre vent du nord qui bruissait dans les haies de
Dickens, taillées pour l'hiver, et chassait les dernières
feuilles flétries des arbres à travers sa pelouse, mais
j'aurais aussi bien pu les plisser de soupçon.

« En fait, reprit Dickens d'un ton jovial, il me
semble bien me rappeler que le jeune Dickenson
a quitté l'Angleterre l'été dernier, ou peut-être cet
automne. Pour aller faire fortune dans le midi de la
France. Ou en Afrique du Sud. Ou alors en Australie.
Un endroit plein de promesses en tout cas. »

Il joue avec moi, songeai-je avec une décharge électrique de certitude cuffienne. *Mais il ignore que, moi
aussi, je joue avec lui.*

« Quel dommage ! m'exclamai-je. J'aurais eu grand
plaisir à revoir le jeune Edmond. Ma foi, tant pis.

— Tant pis, répéta Dickens d'une voix assourdie
par l'épaisse écharpe rouge qu'il avait tirée sur le bas
de son visage. Êtes-vous bien sûr de ne pas vouloir
m'accompagner ? C'est une journée idéale pour une
promenade.

— Une autre fois, promis-je et je lui serrai la main.
Ma voiture et mon cocher m'attendent. »

J'attendis que l'écrivain fût hors de portée de vue
et le martèlement de sa canne hors de portée d'oreille
pour aller frapper à la porte. Je tendis mon chapeau et
mon écharpe au domestique qui m'avait ouvert et me
dirigeai immédiatement vers la cuisine, où Georgina
Hogarth était assise à la table des domestiques, en
train de préparer les menus.

« Monsieur Wilkie, quelle bonne surprise !

— Bonjour, Georgina, bonjour ! » dis-je affablement. Je me demandai si je n'aurais pas dû me déguiser. C'est une chose que font souvent les détectives. Je suis sûr que le sergent Cuff se travestissait occasionnellement, malgré sa haute stature ascétique très reconnaissable. Le sergent Cuff était certainement un champion du déguisement. Mais de toute évidence, le détective vieillissant de Scotland Yard ne souffrait pas du handicap de ma petite taille, de ma barbe entière, de ma calvitie naissante, de ma vision déficiente qui m'obligeait à porter des lunettes, et de mon front surdimensionné et bulbeux, autant de singularités physiques à l'épreuve de toute dissimulation.

« Georgina, lançai-je d'un ton dégagé. Je viens de croiser Charles qui partait se promener et je me suis permis d'entrer parce que des amis et moi-même avons l'intention d'organiser un petit dîner – quelques artistes et gens de lettres. Je me disais que cette soirée amuserait peut-être le jeune Dickenson. Mais nous n'avons pas son adresse.

— Le jeune Dickenson ? » Elle prit l'air déconcerté. Serait-elle complice ? « Oh ! Vous voulez parler de ce jeune monsieur fort ennuyeux qui s'est livré à une crise de somnambulisme ici, l'année dernière, dans la nuit de Noël ?

— Exactement.

— Mais il était franchement assommant ! Le trouvez-vous vraiment digne de participer à votre merveilleuse réception ?

— Peut-être pas, acquiesçai-je. Mais nous nous disions que cela pourrait le divertir.

— Comme vous voulez. C'est moi qui ai envoyé

les invitations de Noël l'année dernière. Si vous voulez bien me suivre au salon jusqu'au secrétaire où je range mes dossiers... »

Ha, ha ! s'écria l'heureux fantôme du sergent Cuff encore à naître.

Les quelques notes de Dickens à Edmond Dickenson en possession de Georgina Hogarth avaient toutes été expédiées (pour être probablement retransmises ensuite à leur véritable destinataire) à un avocat du nom de Matthew B. Roffe, Gray's Inn Square. Je connaissais bien ce quartier, car j'avais également suivi des études de droit – de fait, je m'étais présenté un jour comme « un avocat ayant une quinzaine d'années de métier, sans avoir jamais plaidé une affaire ni enfilé perruque ou robe ». J'avais alors fréquenté Lincoln's Inn, non loin de là, mais je dois avouer que j'avais consacré plus de temps aux repas servis qu'à la science juridique. Je me rappelle tout de même avoir préparé sérieusement le barreau pendant environ six semaines. Après quoi, mon intérêt pour les ouvrages de droit se dissipa tandis que mon intérêt pour les repas persistait. En ce temps-là, la plupart de mes amis étaient des peintres, et mes propres entreprises essentiellement littéraires. Il est vrai que le barreau était alors plus indulgent avec les gentlemen manifestant de vagues aspirations juridiques ; c'est ainsi que, malgré mon peu d'efforts dans ce domaine, j'y fus inscrit en 1851.

Je n'avais jamais entendu parler de maître Matthew B. Roffe et – à en juger par l'aspect miteux de son petit cabinet encombré, poussiéreux et relégué au troisième étage près de Gray's Inn – son nom n'était jamais parvenu non plus aux oreilles d'un éventuel client. Aucun clerc n'occupait le placard exigu et bas de plafond qui servait de réception et je ne vis aucune cloche pour m'annoncer. J'aperçus un vieil homme portant des vêtements démodés depuis vingt bonnes années qui dégustait une côtelette à un bureau sur lequel s'empilaient des classeurs, des testaments, des volumes et du bric-à-brac. Je m'éclaircis bruyamment la gorge pour attirer son attention.

Il chaussa son nez crochu d'un pince-nez et tourna vers moi, depuis cette caverne de papier, des petits yeux aqueux qui cillaient sans discontinuer. « Eh ? Qu'est-ce ? Qui est là ? Entrez, Monsieur ! Avancez, qu'on vous reconnaisse ! »

J'avançai ; n'étant point reconnu, je donnai mon nom. Mr Roffe ne s'était pas départi jusque-là d'un large sourire, mais mon identité ne lui inspira nul autre signe de reconnaissance.

« J'ai obtenu votre nom et votre adresse professionnelle par l'intermédiaire de mon ami Charles Dickens », expliquai-je doucement. Ce n'était pas tout à fait vrai, mais ce n'était pas non plus un mensonge éhonté. « Charles Dickens le romancier », précisai-je.

Ce pantin d'homme ratatiné en fut littéralement galvanisé, et réagit par force convulsions et soubresauts. « Oh, Dieu du ciel, oh, oui, c'est-à-dire... c'est merveilleux, oui, bien sûr... Le grand Charles Dickens m'a donné votre, enfin c'est-à-dire, *vous* a donné *mon* nom... Oh, mais où ai-je la tête ?... Asseyez-vous, je vous en prie, asseyez-vous, je vous en prie, Monsieur... euh ?

— Collins », répondis-je. La chaise qu'il m'indiquait n'avait probablement pas été débarrassée depuis des années, voire des décennies, de la pile de volumes ouverts et de documents roulés qui l'encombrait. Je préférai m'adosser contre un haut tabouret. « C'est tout à fait confortable, assurai-je, et dans un grand geste du bras qui n'eût peut-être pas été indigne du sergent Cuff, j'ajoutai : Et meilleur pour mon dos.

— Oh, oui… ma foi, oui… Voulez-vous du thé, Monsieur… euh… Monsieur… oh, mon Dieu.

— Collins. Eh, oui, je prendrais volontiers du thé.

— Smalley ! cria maître Roffe en direction de la réception déserte. Smalley, ai-je dit.

— Je crois que votre clerc est absent, maître Roffe.

— Ah, oui…, non, c'est-à-dire… » Le vieil homme fouilla dans son gilet, en sortit une montre, fronça les sourcils, la secoua contre son oreille et dit : « Monsieur Collins, je suppose qu'il n'est pas un peu plus de neuf heures du matin ni du soir ?

— Vous supposez bien, le rassurai-je en consultant ma propre montre. Il est un peu plus de quatre heures de l'après-midi, maître Roffe.

— Ah, voilà qui explique l'absence de Smalley ! cria le vieil homme comme si nous avions éclairci un mystère insondable. Il rentre toujours prendre le thé chez lui vers trois heures et ne revient pas avant cinq heures.

— Votre profession vous contraint à de longues heures de travail », observai-je flegmatiquement. Il ne m'aurait pas déplu de déguster le thé qu'il m'avait proposé.

« Oh, oui, oui… servir la loi est un peu comme un… comme un… ma foi peut-être le terme de "mariage" ne serait-il pas inapproprié. Êtes-vous marié, Monsieur Collins ?

— Non. Le bonheur de l'état domestique ne m'a pas été accordé, maître Roffe.

— À moi non plus, Monsieur Collins ! s'écria le vieil homme, abattant bruyamment la reliure de cuir d'un volume sur son bureau. À moi non plus. Nous sommes deux fuyards de la félicité, vous et moi, Monsieur Collins. Mais la loi m'appelle ici avant que les lampes ne s'allument le matin – bien qu'il s'agisse, évidemment, du travail de Smalley, je veux parler de l'allumage des lampes – et m'y maintient jusqu'à leur extinction, tard dans la nuit. »

Je sortis lentement de ma poche de veste un nouveau carnet relié cuir que j'avais acheté expressément aux fins de cette enquête. Je pris ensuite un crayon taillé et ouvrit mon carnet à la première page vierge.

Comme si un marteau de commissaire-priseur était tombé brusquement, maître Roffe se redressa sur son siège, joignit les mains – réduisant ainsi pour la première fois à l'immobilité ses longs doigts agités – et prit l'air aussi attentif qu'on en pouvait attendre en pareilles circonstances d'un homme affligé de son âge avancé, de son caractère et de sa raison manifestement défaillante. « En effet, dit-il. À nos affaires, Monsieur Collins. Quelles *sont* nos affaires, Monsieur Collins ?

— Monsieur Edmond Dickenson », dis-je fermement, entendant dans ma voix les accents durs mais sensibles de Cuff. Je savais très exactement comment mon personnage mènerait un tel entretien.

« Ah, bien sûr... M'apportez-vous des nouvelles de Monsieur Edmond, Monsieur Collins ?

— Non, maître Roffe, bien que je connaisse ce jeune gentleman. Je suis venu vous poser quelques questions à son sujet.

— À moi ? Ma foi... oui, bien sûr... ravi de pouvoir vous aider, Monsieur Collins, et par votre truchement, bien sûr, de pouvoir être d'un quelconque secours à Mr Dickens, si Mr Dickens désire mon aide.

— J'en suis certain, maître Roffe, mais, pour le moment, c'est moi qui souhaiterais savoir où se trouve Mr Dickenson. Pourriez-vous me donner son adresse ? »

Le visage du vieil homme s'assombrit. « Hélas, non, Monsieur Collins.

— Est-ce une information confidentielle ?

— Non, non, rien de ce genre. Le jeune Mr Edmond a toujours été aussi ouvert et aussi transparent qu'un... une... ma foi, qu'une averse d'été, Monsieur, si vous me permettez de m'insinuer par cette comparaison dans le domaine littéraire de Mr Dickens. Mr Edmond ne verrait aucun inconvénient à ce que je vous transmette son adresse actuelle. »

Je léchai la pointe soigneusement taillée de mon crayon et attendis.

« Hélas, poursuivit le vieil avocat, cela m'est impossible. J'ignore où Mr Edmond habite maintenant. Il avait un appartement à Londres – à quelques pas d'ici, de Gray's Inn Square, pour être précis – mais je sais qu'il l'a rendu dans le courant de l'année dernière. Je n'ai aucune idée du lieu où Mr Edmond réside à présent.

— Chez son tuteur, peut-être ? » soufflai-je. Jamais le sergent Cuff ne se serait déclaré vaincu par la mémoire défaillante d'un vieillard.

« Son tuteur ? » répéta Roffe. Le vieux monsieur semblait un peu surpris. « Ma foi, c'est que... cela pourrait, c'est-à-dire... pourrait être... une possibilité. »

Avant de me lancer dans cette enquête, j'avais fouillé dans ma propre mémoire et consulté les notes que j'avais prises après m'être entretenu avec le jeune Dickenson dix-huit mois auparavant dans sa chambre de malade du Charing Cross Hotel. « Il s'agit bien de Mr Watson, dans le Northamptonshire, maître Roffe ? Un ancien député libéral, me semble-t-il ?

— Ma foi, oui, confirma Roffe, manifestement impressionné par mes connaissances. Malheureusement, non ! Ce cher Mr Roland Everett Watson a rendu l'âme voici quatorze ans. Le jeune Mr Edmond est passé ensuite de lieu en lieu au gré des caprices des attributions de tutelle de la Couronne... comprenez-vous... une tante dans le Kent, un oncle en voyage possédant une maison de ville à Londres – Mr Spicehead s'est trouvé en Inde pendant l'essentiel du temps où Mr Edmond a été son pupille... la cousine défaillante de sa grand-mère pendant environ un an, par la suite. Edmond a été principalement élevé par des domestiques, voyez-vous. »

J'attendis aussi patiemment que me le permettaient les aiguillons douloureusement impatients de ma goutte rhumatismale.

« Et ensuite, quand Mr Edmond a eu dix-huit ans, poursuivit le vieux Roffe, c'est moi qui ai été nommé tuteur. Il ne s'agissait que d'une formalité financière, bien entendu. À cette date, Mr Edmond avait depuis longtemps pris un appartement dans la City et, dans la mesure où les clauses du testament étaient très généreuses et très souples, Mr Edmond a pu avoir et a effectivement eu, dès un âge tendre, accès à ses ressources pécuniaires presque sans contrôle d'un adulte... Néanmoins, dans la mesure où j'ai administré ces mêmes ressources au cours des années précédentes... je m'occupais, voyez-vous, des affaires juridiques de feu le grand-père de Mr Edmond, il y a fort longtemps, et le testament de ses parents stipulait que je devais tenir les comptes de la succession et...

— Comment sont morts les parents de Mr Dickenson ? » demandai-je. L'interruption était moins brutale qu'elle ne le paraît sur la page, car maître Roffe s'était arrêté pour reprendre son souffle.

« Morts ? Mais, dans un accident de chemin de fer, évidemment ! » répondit-il dès qu'il put reprendre la parole.

Ha, ha ! entendis-je le sergent Cuff s'exclamer à mon oreille. Dickenson attire l'attention de Charles Dickens lors d'un grave accident de chemin de fer, alors que les propres parents du jeune homme ont trouvé la mort dans des circonstances similaires. La probabilité d'une telle coïncidence était évidemment fort mince. Mais que *signifiait*-elle ?

« Où a eu lieu cet accident ? demandai-je, prenant méticuleusement des notes dans mon petit carnet. Pas à Staplehurst, j'imagine ?

— Staplehurst ! Dieu du ciel, non ! C'est là que le jeune Monsieur Edmond lui-même a été blessé et a été sauvé par votre propre employeur, Mr Charles Dickens !

— Charles Dickens n'est pas mon... » commençai-je, mais je m'interrompis. Peu importait que ce vieux fou s'abuse en imaginant que je travaillais pour

524

Dickens. Cela pourrait même lui délier la langue, bien que celle-ci me parût bien assez alerte.

« Pour en revenir à cette question de tutelle, dis-je en brandissant mon petit carnet. Vous êtes le tuteur et le conseiller financier *actuel* d'Edmond Dickenson, c'est bien cela ?

— Oh, mon Dieu, non ! Outre le fait que la fonction de tuteur m'a été retirée il y a presque un an pour être confiée à quelqu'un de plus apte à cette tâche, Mr Dickenson a atteint la majorité cette année même. Il a fêté ses vingt et un ans le 14 septembre. J'envoie chaque année Smalley lui adresser nos félicitations cordiales. Chaque année, sauf celle-ci.

— Pourquoi n'avez-vous pas envoyé de message cette année, maître Roffe ?

— Ni Smalley ni moi ne savions comment le joindre, Monsieur Collins ! »

Cette dernière révélation parut affliger profondément le vieil homme. Je songeai avec une certitude étrangement mélancolique que le jeune Dickenson était probablement l'unique client du vieil homme – l'unique client de cet époux dévoué de la loi qui travaillait dans cette pièce minuscule dès l'heure où les lampes s'allumaient avant le lever du soleil et jusqu'à une heure bien postérieure à celle où ce soleil qu'il n'avait pas vu de la journée s'était couché.

« Pourriez-vous me donner le nom du dernier tuteur de Mr Dickenson... avant qu'il n'accède à la majorité il y a deux mois ? » demandai-je.

Maître Roffe éclata de rire. « Vous badinez, Monsieur Collins.

Je lui jetai mon regard de sergent Cuff le plus acéré. « Je vous assure que non, maître Roffe. »

525

Une expression de confusion passa fugitivement sur les traits du vieil homme comme l'ombre d'un nuage sur un champ hivernal érodé. « Voyons, Monsieur Collins. Si vous êtes venu me voir au nom de Mr Charles Dickens, comme vous le prétendez, vous savez forcément que – à la demande de Mr Edmond Dickenson lui-même – la tutelle légale et le contrôle de toutes les affaires financières de Mr Edmond sont passés de mes mains à celles de Mr Charles Dickens au début du mois de janvier de cette année. J'ai pensé que c'était pour cette raison que vous étiez ici, et c'est pourquoi je me suis permis de parler aussi librement d'un ancien client... Monsieur Collins, *pourquoi* êtes-vous ici ? »

Je remarquai à peine la circulation et les rues que j'empruntai en me dirigeant vers Dorset Square et vers ma demeure. Et je ne remarquai la présence tapie et flegmatique qui s'était mise à marcher à mes côtés qu'au moment où cet individu prit la parole. « Pouvez-vous me dire très exactement à quoi vous jouez, Monsieur Collins ? »

C'était Field, évidemment – ce maudit inspecteur ! – au visage plus rubicond que jamais, que ce fût à cause du vent glacial, de l'âge ou de la boisson, je ne le sus jamais et m'en moquais parfaitement. Il avait un petit baluchon coincé sous son bras gauche mais, à cause du vent, sa main gauche se cramponnait au bord de son haut-de-forme de soie.

Je m'arrêtai au milieu du flot d'autres passants qui tenaient fermement leurs chapeaux, mais l'inspecteur Field lâcha alors le sien et m'attrapa par le bras pour me faire avancer comme si j'étais un des innombrables vagabonds qu'il avait ramassés au cours de sa ronde de nuit.

« En quoi cela vous concerne-t-il ? » demandai-je. J'étais encore assommé par la révélation qui m'avait été faite dans le bureau du vieil avocat.

« Ce qui me concerne, c'est Drood, grommela l'inspecteur. Et il vous concerne aussi. À quoi bon aller voir Dickens deux jours de suite si c'est pour revenir à Londres bavarder avec un avocat octogénaire ? »

Je fus à deux doigts de tout lui dire – *Charles Dickens a manœuvré pour devenir le tuteur légal d'Edmond Dickenson avant d'assassiner ce jeune homme ! Il fallait qu'il le tue avant septembre parce que...* –, mais je réussis à garder le silence et à jeter un regard noir à ce vrai détective. Nous nous accrochions tous deux à nos chapeaux tandis que le vent d'hiver mugissait, nous soufflant au visage en remontant la Tamise.

Tout cela n'avait aucun sens. Je m'étais convaincu – sous l'effet du laudanum ou non – que Dickens avait assassiné le jeune Dickenson pour le seul plaisir de l'expérience. Je n'avais pas imaginé de motif pécuniaire. Dickens avait-il des soucis financiers ? Sa tournée de lectures du printemps lui avait rapporté presque cinq mille livres et il avait certainement touché une confortable avance sur les ventes de l'Édition Charles Dickens spéciale dont il était en train de finir de rédiger les préfaces.

Mais s'il n'avait pas tué le jeune Dickenson pour de l'argent, pourquoi devenir le tuteur du jeune homme et attirer ainsi les soupçons sur lui ? C'était en contradiction avec les propos que Dickens lui-même m'avait tenus dans le cimetière de la cathédrale de Rochester, et qui étaient, je le comprenais à présent, une forme de fanfaronnade *a posteriori*, une conférence sur un assassinat que l'on commettrait plus ou moins en l'air, ce qui permettait d'échapper à tous soupçons grâce à l'absence totale de mobile.

« Alors ? demanda l'inspecteur Field.

— Alors quoi, Inspecteur ? » rétorquai-je. Les effets salutaires de mon laudanum matinal s'étaient dissipés depuis longtemps et la goutte rhumatismale me torturait toutes les articulations, tous les tendons. Mes yeux larmoyaient sous l'effet de la douleur croissante et du vent froid qui s'accentuait. Je n'étais pas d'humeur à accepter des critiques, et moins encore de la part d'un simple… *policier* à la retraite.

« Que fabriquez-vous, Monsieur Collins ? Pourquoi avez-vous envoyé mon petit gars se prélasser dans un lit tiède et se régaler d'un petit déjeuner d'un prix excessif ce matin aux premières heures ? Que faisiez-vous en compagnie de Dickens et de ce Dradles dans les cryptes de la cathédrale de Rochester hier ? »

Je décidai de donner la parole au sergent Cuff. Un vieux détective refusant de répondre à un de ses collègues. « Nous avons nos petits secrets, Inspecteur. Même ceux d'entre nous qui sont placés sous surveillance vingt-quatre heures sur vingt-quatre. »

Le visage déjà rougeaud de Field devint franchement écarlate, se transformant en une antique carte sur vélin de petites veines éclatées. « Allez vous faire foutre avec vos "petits secrets", Monsieur Collins ! Je n'ai pas de temps à perdre avec de telles sottises ! »

Je m'arrêtai au milieu du trottoir. En aucune circonstance, je ne pouvais tolérer qu'on me parle sur ce ton. Notre collaboration n'existait plus. Je serrai la main sur ma canne pour l'empêcher de trembler et j'avais déjà ouvert la bouche pour aviser l'inspecteur de la rupture de notre pacte quand il me tendit une enveloppe décachetée. « Lisez, dit-il d'une voix bourrue.

— Je n'ai pas l'intention de… commençai-je.

— *Lisez*, Monsieur Collins. » Cela tenait plus de l'ordre grogné que de la requête de gentleman. Son ton ne laissait aucune place au débat.

Je sortis de l'enveloppe une unique feuille de papier épais. L'écriture était grasse, presque comme si les lettres avaient été tracées au pinceau plutôt qu'à la plume, et les caractères eux-mêmes étaient plus imprimés que liés. Le message se limitait à ces quelques lignes :

CHER INSPECTEUR,

JUSQU'À PRÉSENT, NOUS N'AVONS GAGNÉ ET SACRIFIÉ QUE DES PIONS DANS NOTRE LONGUE ET PLAISANTE PARTIE. LA DERNIÈRE MANCHE COMMENCE. PRÉPAREZ-VOUS À LA PERTE IMMINENTE DE PIÈCES BIEN PLUS IMPORTANTES ET PLUS PRÉCIEUSES.

VOTRE FIDÈLE ADVERSAIRE

D.

« Que diable cela veut-il dire ? demandai-je.

— Exactement ce que cela dit, répondit l'inspecteur Field, dents serrées.

— Pour vous, le "D" de la signature représente "Drood" ?

— Il ne peut s'agir de personne d'autre, siffla l'inspecteur.

— Il pourrait représenter "Dickens" », suggérai-je avec insouciance, tout en pensant, *ou bien « Dickenson », ou « Dradles »*.

« C'est Drood, insista le vieil homme.

— Comment pouvez-vous en être sûr ? Le fantôme vous a-t-il déjà adressé un message direct de cette nature ?

— Jamais.

— Dans ce cas, il pourrait s'agir de n'importe qui ou... »

L'inspecteur portait sous son bras gauche un ballot de toile et de cuir enroulé, un peu comme une valise de campagnard. Il le déroula alors et en sortit une sorte de tissu de teinte foncée, déchiré et souillé. Il me tendit ce chiffon en me disant : « Le message est arrivé emballé dans ceci. »

Tenant du bout des doigts les lambeaux d'étoffe – les haillons n'étaient pas seulement sales, je m'en rendis compte alors, mais entièrement imprégnés de ce qui semblait être du sang frais, à peine coagulé, et le tissu déjà loqueteux avait été lacéré avec un rasoir –, je m'apprêtais à lui demander quelle importance pouvaient avoir ces quelques guenilles immondes, quand je m'interrompis.

Je venais de reconnaître ces hardes ensanglantées.

La dernière fois que j'avais vu ces lambeaux d'étoffe, moins de douze heures auparavant, elles étaient sur le dos d'un petit garçon que l'on appelait Groseille.

20.

Je passai l'essentiel du mois de décembre 1866 chez ma mère, près de Tunbridge Wells. J'avais pris la décision d'y rester jusqu'à mon anniversaire : je fêtais en effet mes quarante-trois ans le 8 janvier. Il est bel et bon de consacrer du temps à ses maîtresses, mais – crois-moi, je t'en prie, sur ce point, Cher Lecteur, car si presque tous les hommes me donnent raison, peu ont le courage ou l'honnêteté de l'admettre – dans des périodes particulièrement difficiles ainsi que le jour de son anniversaire, être aux côtés de sa mère est ce qu'on peut imaginer de plus agréable et de plus réconfortant.

Je reconnais que je ne t'ai pas dit grand-chose sur ma mère dans ce document, Cher Lecteur, et je dois t'avouer que cette omission n'a rien de fortuit. En cet hiver de 1866-1867 et pendant l'essentiel de l'année suivante, ma mère bien-aimée jouit d'une santé satisfaisante – en fait, la plupart de ses contemporains, et la plupart des miens, la trouvaient plus active, plus dynamique et plus curieuse du monde qui l'entourait que bien des femmes deux fois plus jeunes –, mais comme ce récit le révélera bientôt, son état allait se

531

détériorer rapidement avant la fin de l'année 1867 et elle arriverait au terme de sa vie en mars 1868, mon *annus horribilis*. Le souvenir de cette période et, plus encore, la nécessité de l'évoquer par écrit, m'inspirent encore une immense peine. La mort d'une mère est certainement le jour le plus effroyable de l'existence d'un homme, quel qu'il soit.

Toutefois, comme je viens de le dire, elle était encore en bonne santé en cet hiver de 1866-1867, ce qui me permet d'évoquer ces journées avec un chagrin un peu moins vif.

Ainsi que je te l'ai déjà également fait savoir, ma mère se prénommait Harriet et avait longtemps été une figure fort appréciée des cercles de peintres, de poètes célèbres et d'artistes prometteurs qui gravitaient autour de mon père. Elle s'était véritablement épanouie après la mort de ce dernier en février 1847 et s'était imposée comme l'une des hôtesses les plus en vue des hautes sphères artistiques et poétiques de Londres. De fait, au cours des années où ma mère tint salon, notre demeure d'Hanover Terrace (qui donnait sur Regent's Park) fut un des centres reconnus de ce que certains appellent aujourd'hui le mouvement préraphaélite.

En décembre 1866, lorsque commença mon long séjour chez elle, Mère avait réalisé une ambition qu'elle nourrissait depuis longtemps : elle s'était installée à la campagne et partageait son temps entre plusieurs cottages de location dans le Kent – Bentham Hill Cottage près de Tunbridge Wells, Elm Lodge dans la ville même, et le plus récent, le cottage de Prospect Hill, à Southborough. Je me rendis à Tunbridge Wells pour passer plusieurs semaines avec elle, regagnant Londres tous les jeudis pour mon rendez-vous nocturne avec le Roi Lazaree et ma pipe. Je reprenais ensuite le train pour Tunbridge Wells le vendredi soir, et arrivais à temps pour disputer une partie de cribbage avec Mère et ses amies.

Caroline avait mal accueilli ma décision de m'absenter pendant toute la durée de ce que certains appelaient alors « la saison des fêtes », et je lui rappelai que, en tout état de cause, nous n'avions jamais vraiment célébré Noël – un homme n'était évidemment jamais invité avec sa maîtresse chez ses amis mariés, quel que fût le moment de l'année, mais, pendant la période de Noël, ces mêmes amis acceptaient encore moins d'invitations chez nous, de sorte que c'était toujours pour nous une période creuse en matière de mondanités. Pourtant, manifestant la résistance coutumière des femmes à la raison pure, Caroline n'en fut pas moins contrariée que je quitte Londres pendant tout le mois de décembre et une partie de celui de janvier. En revanche, acceptant avec une bonne grâce exemplaire l'explication que je lui donnai – je souhaitais m'éloigner de Londres pour passer un peu plus d'un mois avec ma mère –, Martha R… rendit provisoirement la chambre louée à « Mrs Dawson » et retourna à Yarmouth et Winterton, dans le giron de sa famille.

Je trouvais la vie avec Caroline G… de plus en plus pénible et compliquée, alors que le temps que je consacrais à Martha R… me paraissait d'une bienfaisante simplicité.

Mais les moments que je passai avec Mère pour la Noël de cette année-là furent les plus satisfaisants de tous.

La cuisinière de Mère, qui la suivait dans tous ses déplacements, connaissait mes plats favoris depuis mon enfance, et il arrivait souvent à Mère de me rejoindre dans ma chambre le matin ou le soir quand on m'apportait mon plateau. Je dégustais alors mon repas au lit pendant que nous continuions à deviser.

Je m'étais enfui de Londres torturé par un terrible sentiment de culpabilité et par une affreuse intuition de la mort probable du petit Groseille, mais quelques jours dans le cottage de Mère avaient suffi à dissiper ce nuage noir. Quel était le vrai nom de cet enfant ? Guy Septimus Cecil. Ma foi, il était franchement absurde d'imaginer que le jeune Guy Septimus Cecil ait pu être réellement *assassiné* par les forces obscures de la Ville-du-Dessous incarnées par Drood, le sorcier étranger !

C'était décidément un jeu compliqué, Charles Dickens menant une partie de son côté, le vieil inspecteur Field une autre, parallèle mais pas tout à fait identique, du sien, le malheureux William Wilkie Collins se trouvant ainsi pris en étau entre les deux.

Groseille assassiné, franchement ! L'inspecteur Field se figurait qu'il suffisait de me mettre sous les yeux quelques haillons maculés de sang séché – du sang de chien, aussi bien, ou le fluide vital d'un des milliers de chats sauvages qui erraient dans les taudis d'où venait ce gamin – pour que je m'effondre et obéisse à ses ordres avec plus de docilité que jamais !

Drood avait cessé d'être un fantasme pour devenir en quelque sorte le volant de cette partie insensée de badminton qui se livrait entre un écrivain dérangé, obsédé de théâtre, et un ancien policier qui n'était qu'un vieux gnome malfaisant répondant à des motifs secrets trop nombreux pour qu'on les pût compter.

Eh bien, qu'ils jouent sans moi quelque temps.

L'hospitalité de Tunbridge Wells et du cottage de ma mère me fit le plus grand bien pendant ces semaines de décembre et de janvier. Non content de retrouver un semblant de santé – curieusement, ma goutte rhumatismale était moins invalidante ici, dans le Kent, bien que je continuasse à absorber des doses de laudanum, en quantités inférieures, il est vrai –, je dormais mieux, mes rêves étaient moins ténébreux et je me mis à réfléchir plus sérieusement à l'intrigue raffinée et aux personnages fascinants de *L'Œil du serpent* (ou peut-être *La Prunelle du serpent*). Il faudrait évidemment que j'attende de retrouver Londres à plein temps et la bibliothèque de mon cercle pour m'engager dans mes recherches à proprement parler, mais je pouvais – et ne m'en privai pas, écrivant souvent dans mon lit – esquisser quelques notes préliminaires ainsi qu'un canevas sommaire.

Je songeais de temps en temps à mes devoirs de détective et à la nécessité d'établir si le jeune Edmond Dickenson avait été assassiné par Charles Dickens. Mais mon entretien avec l'avocat de Dickenson avait été singulièrement peu éclairant – exception faite du choc que j'avais éprouvé en apprenant que Charles Dickens en personne avait été nommé tuteur et exécuteur testamentaire du jeune homme au cours des derniers mois précédant la majorité de ce dernier – et mon esprit de romancier lui-même ne pouvait trouver par quel bout poursuivre cette enquête. Je décidai qu'à mon retour à la vie londonienne je poserais discrètement quelques questions à mon cercle, afin de savoir si quelqu'un avait entendu parler des allées et venues d'un jeune propriétaire terrien du nom de Dickenson.

À part cela, je ne voyais pas dans quelle direction incontestable conduire ces recherches.

Lorsque la deuxième semaine de décembre arriva, le seul souci susceptible de troubler la paix de mon esprit était l'absence d'invitation à Gad's Hill Place pour Noël.

Je n'étais pas sûr que je l'aurais acceptée cette année-là (quelques tensions, subtiles mais flagrantes, s'étaient fait jour entre l'Inimitable et moi au cours des mois précédents, dont la moindre n'était pas les soupçons d'assassinat que je nourrissais à son égard), mais je ne m'en attendais pas moins à être *invité*. Après tout, Dickens avait plus ou moins laissé entendre lors de notre dernière entrevue que telle était son intention.

Aucun message en ce sens n'arriva au cottage de ma mère. Tous les jeudis après-midi, ou le vendredi à midi, avant ou après mon passage à la fumerie du Roi Lazaree, je faisais un saut chez Caroline pour prendre mon courrier et vérifier si Carrie et elle avaient suffisamment d'argent pour faire face à leurs dépenses. Mais je n'y trouvais aucune invitation de Dickens. Enfin, le 16 décembre, mon frère cadet, Charles, vint passer une journée à Southborough et apporta une enveloppe qui m'était adressée. Je reconnus l'écriture caractéristique de Georgina.

« Dickens t'a-t-il dit quelque chose à propos de Noël ? demandai-je à mon frère en cherchant mon couteau pour décacheter l'invitation.

— Rien du tout », répondit Charley aigrement. Je voyais bien que ses ulcères – ou ce que je pensais alors être des ulcères – le tourmentaient. Mon frère si talentueux était amorphe et abattu. « Dickens a annoncé à Katey que la maison serait pleine, comme d'habitude… Je sais que les Chappell viennent passer quelques jours à Gad's Hill et que Percy Fitzgerald sera là pour le Nouvel An.

— Hmm, les Chappell », murmurai-je en dépliant la missive. C'étaient les nouveaux partenaires commerciaux de Dickens, les organisateurs de ses tournées de lectures et, à mes yeux, des rustres impénitents. Je décidai qu'en tout état de cause, je ne passerai pas à Gad's Hill une semaine entière comme je le faisais généralement, si les Chapell devaient y faire un séjour prolongé.

Imagine ma surprise, Cher Lecteur, quand je déchiffrai la lettre, que je reproduis ici intégralement.

Mon cher Wilkie

C'est du joli ! – Que je sois plongé dans le labeur de Noël pendant que vous sillonnez le monde, mélange de Hayward et de capitaine Cook ! Mais je suis si incontestablement un des fils du Travail – et des pères d'enfants – que je pense qu'on va m'offrir un sarrau, une paire de bretelles et une montre d'étain pour avoir élevé la plus grande famille qu'on ait jamais connue ayant la plus faible disposition à faire quoi que ce soit par elle-même.

Mais puisque certains d'entre nous sont condamnés à travailler tandis que d'autres s'aventurent par monts et par vaux, nous vous adressons tout de même nos vœux les plus chaleureux pour Noël – en espérant que cette carte saura vous rejoindre dans vos vastes pérégrinations – et nous vous souhaitons la plus prospère des nouvelles années.

*Votre très dévoué serviteur
et ancien compagnon de voyage,
Chls. Dickens*

Je faillis laisser tomber la lettre d'étonnement. La tendant à Charley qui la parcourut du regard, je bredouillai : « Qu'est-ce que cela signifie ? Dickens croit-il que je suis parti en mer ?

— Tu étais à Rome cet automne, répondit mon frère. Peut-être pense-t-il que tu y es toujours.

— Je suis revenu en toute hâte pour essayer de sauver de l'échec la production des *Profondeurs glacées* à l'Olympic Theatre, rétorquai-je avec quelque rudesse. J'ai vu Dickens *après* mon retour. Il ne peut ignorer que je me trouve en Angleterre.

— Il a dû se figurer que tu étais reparti pour Rome ou Paris. C'est une rumeur qui a couru dans les clubs. Tu aurais dit à certaines relations que tu avais des affaires à régler à Paris. Ou peut-être Dickens est-il préoccupé, par ses enfants surtout. Katey, comme tu le sais, est déprimée presque tout le temps. Mamie est tombée en disgrâce dans la société londonienne. Et le plus jeune de ses fils l'a beaucoup déçu. Dickens a annoncé récemment à Katey qu'il avait décidé d'envoyer Plorn en Australie pour qu'il y devienne fermier.

— Sapristi, en quoi cela concerne-t-il ma présence chez lui à Noël ? » m'écriai-je.

Charley secoua la tête. De toute évidence, Dickens m'avait délibérément omis de sa liste d'invités pour la Noël de cette année-là.

« Attends-moi ici », dis-je à mon frère qui avait l'intention de reprendre le train pour Londres de bonne heure. Je me rendis dans la lingerie de Mère, trouvai son papier à lettres avec l'adresse du cottage de Tunbridge Wells et entrepris de rédiger une brève missive.

Mon cher Charles,
Je ne fais pas le tour du monde comme le capitaine
Cook, et ne visite pas non plus Rome ou Paris.
Comme vous devez déjà le savoir, je séjourne actuel-
lement chez ma mère, près de Tunbridge Wells, et
serais disponible pour...

Je m'arrêtai, froissai la feuille, la jetai au feu, et
pris une feuille de papier blanc dans le secrétaire de
ma mère.

Mon cher Dickens,
Je vous adresse, moi aussi, mes meilleurs vœux
pour Noël – en mon absence pour ces jours de
fête, veuillez transmettre mes salutations aux dames,
et offrir quelques sucreries aux enfants de ma
part – et je regrette d'être dans l'incapacité de
vous voir avant l'Année Nouvelle. Loin de sillon-
ner le monde comme le capitaine Cook ou de faire
le tour de l'Écosse et de l'Irlande comme un jon-
gleur ambulant, je suis – comme vous le savez peut-
être – plongé dans une enquête concernant une ou
plusieurs Personnes Disparues, enquête qui pourrait
avoir les plus graves conséquences. J'espère vous
surprendre bientôt en vous livrant les résultats,
désormais imminents, de mes recherches.
Toute mon affection et mes vœux à Georgina, Mamie,
Katey, Plorn, la Famille et vos invités de Noël.
Votre très dévoué détective,

Wm. Wilkie Collins

Je cachetai ce pli et y notai l'adresse. En le remettant
à Charley qui enfilait son paletot, je lui dis avec le

plus grand sérieux : « À remettre à Charles Dickens en main propre, et à nul autre. »

Noël et mon anniversaire furent pour moi des jours de pur bonheur en compagnie de Mère – dans la chaleur douillette du cottage de Tunbridge Wells, avec ses perpétuelles odeurs de cuisine, et sa compagnie féminine peu exigeante. Mais, ces deux jours de fête tombant un mardi, je ne vis pas Caroline avant le jeudi de chacune de ces semaines. (Je regagnai Londres le jeudi 10 janvier avec tous mes bagages, mon travail et mes documents de recherches, mais comme c'était la nuit que je réservais au Roi Lazaree et à ma pipe, je ne rejoignis réellement mon domicile de Dorset Square que dans l'après-midi du vendredi 11 janvier.)

Caroline était irritée et trouva d'innombrables petites manières de me manifester son mécontentement, mais durant mon séjour à Tunbridge Wells, j'avais appris à faire assez peu de cas du plaisir ou du déplaisir de Mrs G…

Au cours des semaines suivantes, en ce début de 1867, je passai de plus en plus de mon temps à mon cercle. La superbe bibliothèque de l'Athenaeum devint mon principal centre de recherches, j'y prenais mes repas, y dormais fréquemment et, en règle générale, séjournais fort peu à Melcombe Place, où Caroline et Carrie résidaient encore à temps plein. (Martha R… resta à Yarmouth pendant toute cette période.)

Mes affaires me conduisant fréquemment dans les locaux d'*All the Year Round* (où j'avais, en fait, encore un bureau à moi, que je partageais cependant occasionnellement avec d'autres membres du personnel et d'autres collaborateurs réguliers), j'entendis beaucoup parler de la nouvelle tournée de Dickens par Wills et d'autres. De grosses enveloppes contenant des épreuves d'imprimerie et d'autres documents de la revue étaient régulièrement expédiées, suivant Dickens à la trace de Leicester à Manchester, à Glasgow, à Leeds, à Dublin, à Preston. Chose curieuse, Dickens réussissait à regagner Londres une fois par semaine au moins pour donner une lecture à St James's Hall à Piccadilly, passer aux bureaux remettre ses propres manuscrits, vérifier les comptes et corriger les textes d'autrui. Au cours de ces visites éclairs, il rentrait rarement à Gad's Hill, préférant dormir dans l'appartement qu'il avait aménagé au-dessus des bureaux de la revue, ou, bien souvent, à son domicile privé de Slough (près de la résidence d'Ellen Ternan).

Mon chemin ne croisa pas une fois celui de Dickens au cours de cette période.

De nombreux commentaires sur les malheurs, les épreuves et le courage (ou la chance) remarquable de Dickens revenaient aux bureaux, où ils m'étaient répétés par Wills, Percy Fitzgerald et d'autres.

Apparemment, Dickens n'était pas encore tout à fait remis d'une découverte – faite l'automne précédent, au cours de mon bref séjour à Rome : son domestique et valet personnel des vingt-quatre dernières années, un certain John Thompson, un homme austère et dyspepsique (me semblait-il), d'une discrétion quasi spectrale, avait régulièrement volé son maître. Huit souverains avaient disparu des bureaux mêmes de Wellington Street North, et, dès que le vol fut découvert, les souverains réapparurent instantanément. C'était trop tard pour Thompson, dont les longues années de menus larcins aux dépens de son employeur avaient ainsi été révélées au grand jour. Dickens renvoya cet individu, bien sûr, mais ne put se résoudre à lui donner une « mauvaise recommandation ». Il envoya Thompson se chercher une nouvelle place avec une lettre rédigée en des termes vagues, pas franchement négatifs. Selon Percy Fitzgerald, cette trahison avait profondément affligé Dickens ; mais tout ce que l'Inimitable avait dit à Percy de ses émotions était : « Il va falloir que je marche plus que de coutume pour arriver à m'en remettre. »

À en croire les récents rapports de Dolby à Wills, Dickens avait de plus en plus de mal à conserver sa sérénité. Il souffrait plus que jamais de l'« épuisement nerveux » que provoquaient tous ces voyages en train – au fil des mois, le contrecoup de l'accident de Staplehurst semblait s'aggraver au lieu de se dissiper – et au début de la tournée, lors de la deuxième soirée qu'il donnait à Liverpool, il fut pris d'une telle faiblesse à la fin de la première partie de sa représentation qu'il fallut l'aider, physiquement, à aller s'allonger sur un canapé dans les coulisses, où il resta prostré jusqu'au moment de mettre une nouvelle fleur à sa boutonnière et de revenir sur scène pour la dernière partie de cette éprouvante lecture.

Au cours de la soirée de Wolverhampton (les premiers rapports situaient cet incident à Birmingham proprement dit et non dans cette petite localité voisine, de sorte que j'avais imaginé le vieux théâtre tel qu'il était la nuit où j'avais cru voir Drood me menacer), le câble qui tenait un des réflecteurs installés au-dessus de la tête de Dickens commença à chauffer. La lourde ampoule de cet appareil surplombait les fauteuils d'orchestre et était accrochée à un câble de cuivre, unique mais solide. Toutefois, un nouveau gazier, qui n'avait rejoint la tournée que récemment, avait placé par mégarde un brûleur à gaz juste au-dessous de ce câble.

Dolby avait vu le câble rougir d'abord, puis passer au blanc. Trépignant d'angoisse, il avait chuchoté en aparté à Dickens qui lisait « Vous en avez encore pour longtemps ? », en faisant des gestes affolés vers le câble chauffé. Dickens comprit manifestement le danger : quand le câble se serait entièrement consumé, le lourd réflecteur s'écraserait sur scène, non sans avoir au préalable balayé les fauteuils d'orchestre et les paravents recouverts d'étoffe marron dressés autour de l'Inimitable. L'incendie serait inévitable. Les écrans inflammables s'élevaient presque jusqu'aux antiques rideaux de tissu. Dès que le fil surchauffé se serait rompu, il ne faudrait que quelques minutes, voire quelques secondes, pour que la scène – et très cer-tainement le théâtre tout entier – s'embrasent.

Continuant de lire sans omettre ni un mot ni un geste, Dickens fit calmement signe à Dolby dans son dos, lui montrant deux doigts.

Le régisseur épouvanté ne comprenait pas ce qu'il voulait dire. Le Chef lui disait-il qu'il aurait fini dans deux minutes, ou que le câble se romprait dans deux secondes ? Dolby et Barton, le gazier, ne pouvaient que faire la navette en coulisse, apportant du sable et des seaux d'eau, se préparant au pire.

Dickens, apprit-on plus tard, avait remarqué le problème au milieu de sa lecture et avait froidement calculé combien de temps il faudrait au cuivre pour achever de se consumer. À partir de ces rapides calculs mentaux, l'Inimitable avait immédiatement improvisé, modifiant le reste de sa lecture – opérant corrections et coupes au fur et à mesure – pour arriver à son terme quelques secondes avant que le fil ne risque d'avoir intégralement fondu, et de se rompre. (Quand Dolby lui avait fait signe, Dickens avait estimé qu'il lui restait deux minutes avant que le réflecteur ne s'écrase au sol.) À peine le rideau retombé, Barton s'était précipité pour éteindre la flamme malencontreuse et Dolby – selon le témoignage qu'il fit plus tard à Wills – fut à deux doigts de s'évanouir quand Dickens tapota son vaste dos en lui chuchotant « Il n'y a jamais eu de réel danger », avant de sortir calmement saluer le public.

Tous ces comptes rendus échevelés sur la tournée de Dickens ne m'intéressaient guère. Drood n'y apparaissait pas, et mes propres tâches littéraires m'attendaient (plus importantes, à mon humble avis, que la lecture de vieux textes devant des auditoires de péquenauds provinciaux).

Comme je l'ai déjà mentionné, je m'installai à mon club, l'Athenaeum, pour faire mes lectures et mes recherches préliminaires. Le personnel du cercle se montra extrêmement obligeant – rapprochant ma bergère à oreilles préférée de la fenêtre pour me faire profiter au maximum de la faible lumière de l'hiver et du printemps, apportant une petite table pour que je puisse poser mes documents et recrutant plusieurs serveurs pour aller chercher les volumes dont j'avais besoin dans les rayonnages bien garnis de la bibliothèque. Je m'appropriai également du papier à lettres de l'Athenaeum pour prendre mes notes et rangeai celles-ci dans une série de grandes enveloppes blanches.

La première chose à faire était de rassembler des

informations. En l'occurrence, mes années de journalisme me furent fort utiles (une profession qui avait également été profitable à Dickens bien que je me permette de te rappeler, Cher Lecteur, que j'avais été un vrai *journaliste*, tandis que Dickens s'était limité pour l'essentiel à des chroniques judiciaires).

Pendant plusieurs semaines, je recopiai dans l'*Encyclopaedia Britannica*, huitième édition, *copyright* 1855, des articles intéressants sur l'Inde, sur différents cultes hindous et sur les pierres précieuses. Je dénichai également un nouvel ouvrage d'un certain C. W. King, *The Natural History of Gems*, publié en 1865, où je trouvai beaucoup de renseignements précieux. Pour me familiariser avec la toile de fond indienne sur laquelle je comptais ouvrir *L'Œil du serpent* (ou peut-être *La Prunelle du serpent*), je consultai *The History of India from the Earliest Ages* récemment publié par J. Talboys Wheeler, ainsi que les deux volumes écrits par Theodore Hook en 1832, *The Life of General Sir David Baird*. Les diligents serveurs du cercle me cherchèrent et m'apportèrent également des articles instructifs de numéros récents de *Notes and Queries*.

C'est ainsi que les contours de mon chef-d'œuvre commencèrent à se dessiner.

Je savais depuis un certain temps que l'intrigue tournerait autour de la disparition en Angleterre d'un diamant rapporté d'Inde, une pierre superbe mais maudite – un diamant sacré pour le culte d'une quelconque secte de brigands hindous. Le mystère serait exposé à travers une série de récits racontés sous des angles différents (un peu à la manière de Dickens dans *La Maison d'Âpre-Vent* mais, surtout, comme je m'y étais employé avec une efficacité supérieure dans *La Dame en blanc*). J'avais alors l'esprit préoccupé – le terme de « distrait » serait peut-être plus exact – par l'affaire Drood. L'histoire ferait donc la part belle à des thèmes tels que le mysticisme oriental, le mesmérisme, le pouvoir de la suggestion magnétique et l'opiomanie. La solution de l'énigme du vol (telle que je la mis au point très rapidement en envisageant ce récit) serait si bouleversante, si inattendue, si astucieuse et si originale dans le domaine naissant de la fiction d'enquête, qu'elle surprendrait tous les lecteurs anglais et américains, et même de soi-disant spécialistes du roman feuilleton à sensation du genre de Charles Dickens.

Comme tous les écrivains de notre envergure, à Dickens et à moi, je n'avais jamais le loisir de mener un seul projet littéraire à la fois. (Tout en préparant sa tournée, puis en voyageant, Dickens avait rédigé sa nouvelle de Noël habituelle, il corrigeait *All the Year Round*, terminait de longues préfaces pour l'édition spéciale de ses œuvres, imaginait des idées de romans et écrivait des récits tel « George Silvermann s'explique », inspiré, me dit-il plus tard, par l'excursion qu'il avait faite avec Dolby dans les ruines de Hoghton Towers, entre Preston et Blackburn. Ce vieux presbytère délabré cristallisa tous les fragments d'idées vagues et disparates que Dickens avait en tête depuis un certain temps ; mais, au lieu d'alimenter un roman – dont il avait pourtant besoin pour avoir quelque chose à publier en feuilleton dans *All the Year Round* –, cela donna naissance à ce curieux récit d'une enfance négligée si proche de celle de Dickens lui-même. [Ou du moins de ce qu'il *considérait* comme son enfance négligée et nécessiteuse.]

Il en alla de même de mes multiples entreprises littéraires et théâtrales, qui se chevauchèrent fréquemment en ce printemps de 1867. Mes *Profondeurs glacées* revues et corrigées avaient fait un four à l'automne précédent à l'Olympic Theatre. Pourtant, ma version révisée était, j'en suis convaincu, bien meilleure après que j'eus remanié le personnage et les passions de Richard Wardour, que Dickens avait occupé – j'allais écrire « joué », mais « occupé » serait sans doute un mot plus juste –, rendant cette figure à la fois plus adulte et plus crédible, l'affranchissant du pathos et des gestes extrêmement sentimentaux de Dickens.) Je n'avais pas pour autant renoncé à tout espoir de percée théâtrale et ce printemps-là – lorsque ma santé et mes obligations de recherche me le permettaient –, je fis plusieurs aller-retour à Paris pour m'entretenir avec François-Joseph Régnier de la Comédie-Française (je l'avais rencontré par l'intermédiaire de Dickens plus de dix ans auparavant), qui avait grande envie d'adapter *La Dame en blanc* pour cette scène. (Elle faisait déjà fureur à Berlin.)

Mon véritable objectif était de vendre à Régnier et aux amateurs de théâtre français (et, ensuite, aux amateurs de théâtre anglais) une adaptation d'*Armadale* dont j'étais certain qu'elle serait reçue avec chaleur et enthousiasme, malgré les aspects que Dickens avait trouvés sujets à controverse.

Caroline, qui vouait à Paris une adoration qui dépassait ses moyens d'expression limités, me supplia presque de l'emmener, mais je demeurai inflexible : c'était un voyage professionnel et je n'aurais pas un moment à distraire du régime strict des affaires de théâtre pour des emplettes, des sorties ou des mondanités.

Ce mois-là, j'écrivis à Mère depuis mon hôtel parisien – *« J'ai pris ce matin un petit déjeuner : œufs, beurre noir et pieds de porc à la Sainte-Menehould ! Digestion parfaite. Sainte Menehould a vécu jusqu'à un âge avancé en se nourrissant exclusivement de pieds de porc. »*

Avec Régnier, j'allai voir un nouvel opéra donné devant une salle comble, avec une intensité étonnante. Ce fut une expérience électrisante. Je ne fus pas moins électrisé par les « petites pervenches tout à fait spéciales » – comme nous appelions, Dickens et moi, les actrices et demi-mondaines aussi jeunes que charmantes, remarquablement accessibles dans cette culture où la vie nocturne était aussi riche et variée que la nourriture. Grâce à l'entremise de Régnier et de ses amis, je reconnais en rougissant que, de tout mon séjour à Paris, je n'eus pas à passer une soirée ni une nuit dans la solitude (ni avec la même pervenche). Avant de regagner Londres, je n'oubliai pas de choisir une carte de la ville peinte à la main pour Martha – elle adorait ce genre de babioles – et une jolie robe de mousseline de soie pour Carrie. J'achetai aussi des épices et des sauces pour la cuisine de Caroline.

Au cours de la seconde nuit que je passai à Melcombe Place après mon retour de Paris, j'avais peut-être absorbé trop (ou insuffisamment) de laudanum, car j'eus du mal à m'endormir. Je fus tenté de retourner dans mon bureau pour travailler, mais l'affrontement inévitable avec l'Autre Wilkie (bien qu'il n'eût plus manifesté récemment de velléités de violence dans ses tentatives pour s'emparer de mes papiers ou de mes plumes) m'en dissuada. Je regardais par la fenêtre de ma chambre (Caroline avait trouvé de bonnes raisons pour dormir dans sa propre chambre), quand j'aperçus une ombre familière près du réverbère au bout de la rue, près de la place.

J'enfilai immédiatement un long manteau de laine par-dessus ma robe de chambre – la nuit était glaciale – et courus jusqu'à l'angle.

Le petit garçon sortit des ténèbres et s'approcha de moi dans le noir, sans que j'eusse à faire un geste pour l'appeler.

« Groseille ? » dis-je. J'étais soulagé de voir confirmées mes hypothèses sur les élucubrations de l'inspecteur Field.

« Non, Monsieur », répondit le petit.

Lorsqu'il arriva dans la lumière, je constatai mon erreur. Ce garçon-là était plus menu, plus jeune, un peu moins déguenillé, et ses yeux – bien que trop petits et trop rapprochés dans son visage étroit de pauvre pour qu'on pût les trouver jolis – n'avaient rien des abjections proéminentes et errantes qui avaient valu son surnom à Groseille.

« C'est l'inspecteur qui t'a envoyé ? demandai-je d'un ton bourru.

— Oui, M'sieur. »

Je soupirai et me frottai les joues au-dessus de ma barbe. « As-tu assez bonne mémoire pour être capable de transmettre oralement un message, mon garçon ?

— Oui, M'sieur.

— Très bien. Alors, dis à l'inspecteur que Mr Collins désire le voir demain à midi – non, plutôt à deux heures – sur le pont de Waterloo. Tu t'en souviendras ? À deux heures, sur le pont de Waterloo.

— Oui, M'sieur.

— Transmets ce message dès ce soir. Allez, file. »

Lorsque le garçon s'éloigna en courant, la semelle détachée d'une de ses bottes trop grandes frappant le pavé, je me rendis compte que je n'avais pas pensé à lui demander son nom – ou, plus exactement, je n'avais pas eu envie de le faire.

À deux heures précises de l'après-midi, l'inspecteur s'avança d'un pas alerte vers le milieu du pont de Waterloo. C'était une journée âpre, froide, venteuse et nous n'avions, ni lui ni moi, l'intention de rester au grand air pour discuter.

« Je n'ai pas eu le temps de déjeuner, m'annonça l'inspecteur Field d'une voix rauque. Je connais une auberge à deux pas qui sert un excellent rôti de bœuf tout l'après-midi. Vous joindrez-vous à moi, Monsieur Collins ?

— Excellente idée, Inspecteur », acquiesçai-je. J'avais pris une collation à mon cercle deux heures plus tôt, mais j'avais encore un peu faim.

Assis dans un box en face de l'inspecteur, je le regardai boire goulûment sa première chope de bière sous une lumière blafarde. Il me parut plus âgé et plus fruste que dans le souvenir que je gardais de notre dernière entrevue. Il avait le regard las. Sa tenue était un peu débraillée. De nouvelles rosaces de veinules éclatées marquaient ses joues, et une ligne de barbe grise de plusieurs jours bordait son abondante moustache en bataille, donnant l'image d'un homme dont les moyens et le prestige n'étaient pas ceux d'un ancien chef du Service de police de Scotland Yard.

« Avez-vous des nouvelles ? demandai-je une fois que notre repas fut servi et que nous eûmes consacré quelques instants d'attention appliquée à notre bœuf, notre sauce et nos légumes.

— Des nouvelles ? demanda l'inspecteur en prenant une bouchée de pain et une gorgée du vin que nous avions commandé pour succéder à la bière. Quelles nouvelles attendez-vous, Monsieur Collins ?

— Voyons, de votre jeune commissionnaire, le jeune Groseille ? A-t-il repris contact avec vous ? »

L'inspecteur Field me regarda sans répondre, et ses yeux gris étaient froids dans leur nid de rides. Il finit par dire tout bas : « Nous n'entendrons plus parler de notre jeune ami Groseille. Son corps meurtri gît au fond de la Tamise ou… pis. »

J'interrompis mon déjeuner. « Vous êtes bien sûr de vous, Inspecteur.

— En effet, Monsieur Collins. »

Je poussai un soupir – je ne croyais pas une seconde à la fable de l'assassinat du jeune Guy Septimus Cecil – et reportai mon attention sur mon rôti de bœuf et mes légumes.

L'inspecteur Field dut sentir mon incrédulité. Reposant sa fourchette et sirotant toujours son vin, il reprit dans un chuchotement rauque : « Monsieur Collins, vous rappelez-vous le lien entre notre ami égyptien souterrain Drood et le regretté lord Lucan que j'ai évoqué devant vous ?

— Bien sûr, Inspecteur. Vous prétendiez que lord Lucan n'était autre que le père anglais du jeune garçon mahométan qui allait devenir notre Drood, ce père qui l'a abandonné. »

L'inspecteur Field porta un index replet à ses lèvres. « Pas si fort, Monsieur Collins. Notre "ami souterrain", comme je l'appelle affectueusement, a des oreilles partout. Vous rappelez-vous également la façon dont Forsyte – c'est-à-dire lord Lucan – a été assassiné ? »

J'avoue qu'un frisson me parcourut l'échine. « Comment oublier ? Le torse béant. Le cœur arraché... »

L'inspecteur hocha la tête, m'intimant à nouveau l'ordre de me taire. « En ce temps-là, Monsieur Collins – en 1846 –, le chef du Service de police lui-même pouvait se faire engager occasionnellement comme "agent confidentiel" par d'éminentes personnalités désireuses d'assurer leur protection. C'est la position que j'ai occupée en 1845 et pendant une grande partie de 1846. J'ai passé beaucoup de temps chez lord Lucan, dans son domaine de Wiseton, dans le Hertfordshire. »

Je m'efforçais désespérément de suivre. « Vous avez été appelé par la famille de lord Lucan pour résoudre ce crime. Mais vous vous occupiez déjà de l'affaire en qualité de chef du... »

L'inspecteur Field ne me quittait pas du regard et il opina du chef. « Je vois que vous saisissez à présent la chronologie, Monsieur Collins. Lord Lucan – John Frederick Forsyte, père du bâtard qui allait devenir le chaman occulte Drood – m'avait engagé neuf mois avant son assassinat. Il s'inquiétait pour sa sécurité. Recrutant des agents privés à ma solde, j'ai cherché à lui assurer celle-ci. Le domaine de Wiseton étant déjà équipé de hauts murs, de grilles, de chiens, de portes, de loquets, de domestiques et de gardes-chasse expérimentés qui n'ignoraient rien des habitudes des braconniers et des intrus potentiels, il m'a semblé que les mesures de protection étaient suffisantes.

— Or elles ne l'étaient pas.

— Manifestement, grommela l'inspecteur Field. Trois de mes meilleurs hommes étaient *à l'intérieur* de Wiseton Hall au moment de... de cette atrocité. J'y étais moi-même resté jusqu'à neuf heures du soir, moment auquel mes obligations m'ont rappelé à Londres.

— Incroyable », remarquai-je. Je me demandais sincèrement où le vieil inspecteur voulait en venir.

« Je n'ai pas chanté sur tous les toits que je travaillais à titre privé et confidentiel pour lord Lucan au moment de son assassinat, chuchota l'inspecteur Field, mais le monde des enquêtes professionnelles est très petit et le bruit en est arrivé aux oreilles de mes supérieurs aussi bien que des agents qui travaillaient sous mes ordres dans la police. Cette période a été tout à fait déplaisante pour moi... à une époque où j'aurais dû être au sommet de ma carrière professionnelle.

— Je vois, approuvai-je, ne voyant en réalité qu'un homme qui reconnaissait sa propre incompétence.

— Pas tout à fait, murmura l'inspecteur. Un bon mois après l'assassinat de lord Lucan, alors que l'enquête officielle se poursuivait encore, bien sûr – Sa Majesté elle-même avait manifesté de l'intérêt pour son issue –, un petit paquet m'a été apporté à mon bureau, au Service de police de Scotland Yard. »

Je hochai la tête et découpai une grosse bouchée de bœuf. Il était un peu difficile à mâcher, mais très savoureux.

« Ce paquet contenait le cœur de lord Lucan, grinça l'inspecteur Field. Traité je ne sais comment – par quelque art égyptien oublié de nos jours – pour éviter la décomposition, mais un cœur humain de toute évidence, et selon plusieurs médecins légistes que j'ai consultés, très certainement celui de John Frederick Forsyte, lord Lucan. »

Je reposai mon couteau et ma fourchette et le regardai fixement. Je finis par réussir à avaler ma boulette de viande, devenue soudain insipide.

Le vieil inspecteur se pencha au-dessus de la table. Son haleine était chargée de relents de bière et de bœuf. « Je ne vous ai pas dit, Monsieur Collins, ce qui m'a été remis avec la chemise ensanglantée de Groseille et avec le message de Drood. Je tenais à épargner votre sensibilité.

— Ses... yeux ? » chuchotai-je.

L'inspecteur Field hocha la tête et se rassit au fond du box.

Ce dialogue avait porté un coup fatal à mon appétit et à mon goût pour la conversation. L'inspecteur Field s'attarda encore pour prendre un café et un dessert. Je finis mon vin et attendis, perdu dans mes pensées.

Le vent froid de l'extérieur m'apporta un vrai soulagement. Cet air frais était le bienvenu. Je n'étais pas sûr de croire les horreurs que m'avait racontées l'inspecteur Field à propos du cœur voyageur de lord Lucan ni des yeux empaquetés de Groseille – un auteur de romans à sensation sait reconnaître un possible ingrédient de roman à sensation quand il en rencontre un –, mais le sujet m'avait troublé et la goutte rhumatismale en avait profité pour s'insinuer derrière mes yeux, sous forme de migraine.

Nous ne nous séparâmes pas immédiatement après avoir quitté l'auberge, mais reprîmes ensemble la direction du pont de Waterloo.

« Monsieur Collins, observa l'inspecteur après s'être mouché bruyamment, vous ne souhaitiez sans doute pas seulement me rencontrer pour vous enquérir du sort de mon jeune et malheureux associé. Que vouliez-vous, Monsieur ? »

Je m'éclaircis la gorge. « Inspecteur, vous savez que je me suis engagé dans la rédaction d'un nouveau roman qui exige des recherches d'un genre assez inhabituel…

— Bien sûr, coupa le policier privé. C'est la raison pour laquelle je paie un de mes agents les plus efficaces – l'estimé détective Hatchery – afin qu'il passe toutes ses nuits du jeudi dans une crypte, à attendre votre retour le lendemain matin. J'avais cru comprendre pourtant que vos expéditions dans la fumerie du Roi Lazaree étaient destinées à apaiser vos souffrances, et non à satisfaire vos besoins documentaires. Et je dois dire, Monsieur Collins, que le salaire horaire que je verse au détective Hatchery pour ce service, sans parler de son indisponibilité pendant une nuit et un jour entiers pour mes propres besoins (car les détectives eux-mêmes doivent dormir, Monsieur), n'ont pas été… compensés, dirons-nous… par les résultats que j'attendais. Vous vous étiez engagé à me tenir informé des activités de Mr Dickens et des lieux qu'il fréquentait. »

Je m'arrêtai et serrai mes deux mains autour de ma canne. « Inspecteur Field, vous ne pouvez certainement pas me reprocher que Dickens ait entrepris une nouvelle tournée de lectures en province, échappant ainsi à mon champ d'enquête !

— Je ne vous reproche rien de tel. Il n'en demeure pas moins que l'estimé romancier regagne Londres une fois par semaine pour y passer au moins un jour et une nuit.

— Et donner une lecture à St James's Hall, protestai-je avec une certaine véhémence. Et travailler parfois à son bureau de Wellington Street North !

— Et se rendre à Slough pour aller voir sa maîtresse, compléta l'inspecteur Field sèchement, bien que mes agents m'aient fait savoir qu'il s'était mis à la recherche d'une autre maison pour Miss Ternan – et peut-être sa mère – dans la banlieue de Peckham.

— Cela ne me concerne en rien, rétorquai-je froidement. Je ne suis pas homme à cancaner, ni à surveiller les liaisons d'un autre gentleman. » Je regrettai ce mot dès qu'il eut franchi mes lèvres. Les piétons commençaient à nous dévisager en passant. Je me remis donc en marche et l'inspecteur Field m'emboîta vivement le pas.

« Nous étions convenus que vous deviez voir Dickens le plus souvent possible, Monsieur Collins, et accumuler ainsi – avant de nous les transmettre – toutes les informations sans exception que vous obtiendriez sur l'assassin qui se donne le nom de Drood.

— C'est ce que j'ai fait, Inspecteur.

— C'est ce que vous avez fait, Monsieur Collins… *à un très faible degré.* Vous n'avez même pas passé Noël chez Mr Dickens, alors qu'il était chez lui, à Gad's Hill, pendant presque deux semaines et qu'il est venu en ville à plusieurs reprises.

— Je n'ai pas été invité, répondis-je d'un ton que je voulais glacial, mais qui était presque plaintif.

— Vous n'y êtes pour rien, bien sûr, reconnut l'inspecteur Field avec une expression de compassion qui me donna envie de briser ma canne sur le sommet de son vieux crâne dégarni. Mais vous n'avez pas non plus saisi les occasions qui se sont présentées de joindre Mr Dickens, pendant sa tournée ou lors de ses séjours londoniens. Peut-être apprendrez-vous avec quelque intérêt que Dickens continue à échapper à mes agents au moins une fois tous les quinze jours et à disparaître dans des caves de taudis et des cryptes de vieilles églises, pour ne réapparaître qu'au moment de reprendre le train pour Gad's Hill le lendemain.

— Vous devriez engager de meilleurs agents, Inspecteur. »

Le vieil homme gloussa et enfonça une nouvelle fois son nez prodigieux dans son mouchoir. « Peut-être. Peut-être. En attendant, je n'ai aucun désir de vous faire des reproches, Monsieur Collins, ni de me plaindre d'un... déséquilibre... dans l'accomplissement de nos accords contractuels. Je voudrais simplement vous rappeler qu'il est de notre intérêt commun de mettre ce monstre de Drood à terre – ou *au-dessus* de la terre – avant que cette créature ne provoque la mort d'autres innocents. »

Nous étions arrivés au pont. Je m'arrêtai près du parapet et contemplai la ligne des quais, des masures, des grues et des embarcations fluviales équipées de petits mâts qui circulaient dans les deux sens. Des bourrasques de pluie fouettaient la surface de la Tamise, dessinant des rangées de cimes blanches.

L'inspecteur remonta sur sa nuque le col pelucheux de sa veste démodée. « Dites-moi à présent, je vous prie, la raison de cette entrevue, Monsieur Collins, et je ferai tout mon possible pour accéder à vos requêtes de... euh... d'assistance de recherches.

— Je reconnais que mon objectif n'était pas seulement de poursuivre mes recherches, mais de vous présenter une suggestion qui pourrait être d'un secours inestimable dans vos efforts pour trouver la trace de ce fameux Drood.

— Vraiment ? demanda l'inspecteur Field, ses sourcils broussailleux se haussant sous le bord de son haut-de-forme. Poursuivez, je vous en prie, Monsieur Collins.

— Le roman dont j'ai presque achevé le canevas contient un passage qui mettra en scène un détective – un homme d'une grande intelligence et d'une non moins grande expérience, ajouterai-je – qui connaît toutes les techniques employées pour retrouver une personne disparue.

— Vraiment ? Il s'agit là de procédures courantes de mon travail de policier, ancien comme actuel, Monsieur Collins, et je serais enchanté de vous faire profiter de mes lumières professionnelles.

— Je ne souhaite pas être l'unique bénéficiaire de cette assistance, ajoutais-je en regardant les vagues grises plutôt que l'inspecteur tout aussi gris. Il m'est venu à l'esprit qu'un Londonien disparu pourrait être le chaînon manquant qui vous permettrait de retracer la série de contacts et de rebondissements des relations entre Dickens et Drood depuis l'accident de Staplehurst… en admettant que ces relations aient une existence réelle.

— Vraiment ? Et qui peut bien être ce disparu, Monsieur Collins ?

— Edmond Dickenson. »

Le vieil homme se gratta les joues, tira sur ses favoris et, inévitablement, posa son index dodu le long de son oreille comme s'il en attendait de plus amples informations. Il dit enfin : « Il s'agit sans doute du jeune monsieur que Mr Dickens a contribué à sauver lors de l'accident de Staplehurst. Et de ce même jeune monsieur dont vous avez relaté la crise de somnambulisme à Gad's Hill Place il y a un an, à la Noël.

— Exactement.

— Comment a-t-il disparu ?

— Voilà précisément ce que j'aimerais savoir. Et c'est peut-être précisément ce qu'il faut que vous sachiez pour établir le lien avec Drood. » Je lui tendis un classeur contenant les notes que j'avais prises lors de mon entretien avec l'avocat Mr Matthew B. Roffe de Gray's Inn Square, l'adresse du dernier domicile londonien connu de Dickenson et la date approximative à laquelle le jeune homme avait ordonné à maître Roffe de transférer les charges de tuteur et d'exécuteur testamentaire, pour les quelques mois où ce rôle était encore indispensable, à Charles Dickens en personne.

« Passionnant, murmura enfin l'inspecteur Field. Puis-je conserver ces documents, Monsieur ?

— Bien sûr. Ce sont des copies.

— Ils pourraient effectivement être de quelque utilité pour notre entreprise commune, Monsieur Collins, et je vous remercie d'avoir attiré mon attention sur cet homme – disparu ou non. Mais pourquoi pensez-vous que Mr Dickenson puisse être de quelque importance dans cette enquête ? »

J'écartai mes mains gantées au-dessus du gardefou. « N'est-ce pas évident, même pour quelqu'un qui, comme moi, n'est pas détective ? Le jeune Dickenson est peut-être le seul autre être que nous *connaissions* – grâce au témoignage de Dickens lui-même – à avoir côtoyé Drood sur le site de Staplehurst. De fait, c'est Drood, à en croire Dickens, qui a conduit mon ami jusqu'à ce jeune homme, prisonnier de l'épave et qui serait mort sans l'intervention de Dickens – *et de Drood* ! S'y ajoute, me semble-t-il, l'intérêt inexplicable dont Dickens s'est pris pour cet orphelin dans les mois qui ont suivi l'accident. »

L'inspecteur Field recommença à se frotter les joues. « L'altruisme de Mr Dickens est de notoriété publique. »

Cela me fit sourire. « Bien sûr. Mais son intérêt pour le jeune Dickenson a frôlé… comment dirais-je, l'obsession ?

— Ou l'intérêt personnel ? » demanda Field. Le vent soufflait de l'ouest à présent et nous nous cramponnions tous deux à nos chapeaux.

« Que voulez-vous dire ?

— Quelle était l'importance, demanda le vieil homme, de la somme confiée au tuteur d'Edmond Dickenson en attendant que ce jeune homme ait atteint sa majorité l'année dernière ? Votre enquête, Monsieur Collins, a-t-elle inclus une visite à la banque du jeune Dickenson et un brin de causette avec le directeur ?

— Bien sûr que non ! » répondis-je d'un ton redevenu glacial. Une telle idée était absolument inenvisageable pour un gentleman. Autant ouvrir le courrier d'un autre gentleman.

« Ma foi, ce sera assez facile à établir, marmonna l'inspecteur Field en fourrant mes documents dans sa veste. Que souhaitez-vous en échange de ce concours éventuel dans notre recherche de Drood, Monsieur Collins ?

— Rien du tout, protestai-je. Je ne suis ni un commerçant ni un camelot. Lorsque vous aurez enquêté sur la disparition de cet homme qui, bien qu'il affirme le contraire, peut fort bien avoir vu Drood à Staplehurst

560

– j'ajouterai que le fait qu'il ait vu Drood pourrait être la *raison* même de sa disparition –, je désire simplement connaître le résultat de vos recherches… pour ajouter quelque vraisemblance à mes écrits concernant l'enquête sur une personne disparue, comprenez-vous.

— Je comprends fort bien. Le vieil inspecteur recula d'un pas et me tendit la main. Je suis ravi que nous travaillions à nouveau dans le même camp, Monsieur Collins. »

Je contemplai sa main tendue pendant de longues secondes avant de la serrer. Nous portions des gants, ce qui facilitait les choses.

21.

C'était le mois de mai et nous nous trouvions dans
le chalet alpin de Dickens. Un endroit très plaisant
en vérité.

Après un printemps humide, froid et lent à s'établir, la fin du mois de mai avait été marquée par une
explosion soudaine de soleil, de fleurs, de bourgeons,
de pelouses verdoyantes, de chaudes journées, de longues soirées, de suaves parfums et de nuits douces,
particulièrement propices au sommeil. Ma goutte rhumatismale s'était apaisée au point que depuis deux
ans, je n'avais pas consommé aussi peu de laudanum.
J'avais même envisagé de renoncer à mes expéditions
du jeudi soir dans l'univers du Roi Lazaree.

La journée était superbe et j'étais à l'étage du
chalet, savourant la brise qui pénétrait par les fenêtres
ouvertes, en train d'exposer à Charles Dickens l'intrigue partielle de mon livre.

J'utilise à bon escient le terme d'« exposer » car
Dickens était incapable de lire les quarante pages
d'esquisses de manuscrits que j'avais sur les genoux.
Mon écriture est, je l'avoue, difficile à déchiffrer. On
m'a raconté que les imprimeurs hurlent et menacent

de démissionner quand on leur apporte les manuscrits de mes romans – surtout la première moitié du livre, où je reconnais avoir une certaine propension à me précipiter, à raturer, à écrire dans toutes les marges et tous les espaces disponibles et à remplacer certains passages, au point que les pattes de mouche censées représenter des mots et des lettres se transforment en un informe barbouillage d'encre et en une débauche de lignes, de flèches, de signes et de ratures débridées. Le laudanum, il est vrai, n'améliore guère l'intelligibilité de mes textes.

C'est également à bon escient que j'ai écrit « l'intrigue partielle de mon livre », car Dickens souhaitait connaître les grandes lignes des deux tiers de mon roman, alors même que je n'en avais pas encore défini la fin proprement dite. Nous avions prévu qu'une nouvelle lecture, plus complète, aurait lieu en juin, date à laquelle Dickens prendrait la décision définitive de publier ou non mon *Œil du serpent* (ou peut-être *La Prunelle du serpent*) dans *All the Year Round*.

C'est ainsi que par cette belle journée de la fin du mois de mai, je passai une heure à lire et à raconter l'histoire de mon roman à Charles Dickens, qui – il faut le porter à son crédit – se montra parfaitement attentif, ne m'interrompant même pas pour me poser des questions. Hormis ma voix, les seuls bruits qui parvenaient à nos oreilles étaient ceux de chariots qui passaient de temps en temps sur la route en contrebas, du vent léger qui faisait frémir les feuilles et les branches des arbres entourant le chalet et du bourdonnement occasionnel des abeilles.

Quand j'eus fini, je posai mes notes et pris la carafe

que Dickens conservait près de lui quand il écrivait, pour me servir un grand verre d'eau glacée.

Après quelques secondes de silence, Dickens bondit littéralement de son siège en s'écriant : « Mon cher Wilkie ! C'est une histoire *merveilleuse* ! Tout à la fois si sauvage et si domestique ! Truffée d'excellents personnages et recelant un grand mystère ! Et ce coup de théâtre tout près de l'endroit où vous vous êtes arrêté – ma foi, la surprise a été *totale* pour moi, mon cher Wilkie, et il n'est pas facile d'étonner un vieux briscard de l'écriture comme moi !

— En effet », murmurai-je timidement. J'éprouvais toujours le besoin quasi maladif d'être complimenté par Charles Dickens, et le plaisir que me procurèrent ses paroles se répandit en moi comme la chaleur lumineuse de mon remède quotidien.

« Je tiens absolument à avoir ce livre pour la revue ! poursuivit Dickens. Je vous prédis qu'il éclipsera tout ce que nous avons publié en feuilleton à ce jour, votre merveilleuse *Dame en blanc* comprise !

— Espérons-le, dis-je modestement. Mais ne préféreriez-vous pas prendre connaissance du dernier quart du livre – quand j'aurai rectifié les incohérences qui demeurent, notamment la reconstitution du crime – au lieu de vous engager à en faire l'acquisition dès à présent ?

— Pas du tout ! Bien que je sois très impatient que vous m'exposiez la fin dans une semaine ou deux, j'en ai entendu suffisamment pour savoir que c'est une histoire admirable. Et ce rebondissement ! Que le narrateur lui-même ignore sa culpabilité ! C'est merveilleux, mon cher Wilkie, absolument merveilleux. Comme je vous l'ai dit, je me suis rarement laissé surprendre ainsi par l'intrigue d'un autre auteur, aussi habile fût-il !

— Merci, Charles.

— Me permettrez-vous de vous poser quelques questions et de vous faire quelques infimes suggestions ? demanda Dickens en faisant les cent pas devant la fenêtre ouverte.

— Bien entendu ! Bien entendu ! Non content d'être mon rédacteur en chef à *All the Year Round*, vous êtes mon collaborateur et mon collègue depuis trop d'années pour que je ne tire pas profit de la sagacité de vos conseils à cette étape de mon travail, Charles.

— Bien, bien, il s'agit du principal coup de théâtre. Ne peut-on craindre que la double influence sous laquelle notre héros, Franklin Blake, accomplit le vol du diamant – celle du laudanum, aussi subrepticement qu'il ait pu être administré, *et* celle du contrôle mesmérien des jongleurs hindous, n'apparaisse comme une coïncidence légèrement tirée par les cheveux ? Les Hindous qu'il a rencontrés sur la pelouse ne pouvaient en effet pas savoir que notre Mr... comment s'appelle-t-il déjà ?

— Qui donc ? » demandai-je. J'avais sorti mon crayon et me hâtais de prendre des notes au dos de la page de mon manuscrit.

« Le toubib qui est mort alors qu'il souffrait de troubles de la mémoire.

— Le docteur Candy.

— C'est cela ! Eh bien, tout ce que je veux dire, c'est que les Hindous, rencontrés par hasard dans le parc du domaine cette nuit-là, ne pouvaient pas savoir que le docteur Candy avait versé de l'opium dans le vin de Franklin Blake, pour plaisanter, en quelque sorte. Ou bien ?

— Non… acquiesçai-je. Sans doute. Non, ils ne pouvaient pas le savoir.

— De sorte que, en vérité, la double révélation de l'administration secrète du laudanum *et* du magnétisme mesmérien des mystiques hindous sur la pelouse est peut-être redondante, ne trouvez-vous pas ?

— Redondante ?

— Enfin, mon cher Wilkie, il suffirait de l'une ou de l'autre pour que Franklin Blake puisse accomplir son larcin somnambulique, ne croyez-vous pas ?

— Je pense… oui… vous avez raison, murmurai-je en prenant quelques notes.

— Et ne serait-il pas plus fécond pour l'imagination du lecteur que ce malheureux Franklin Blake dérobe le diamant dans le tiroir du secrétaire de sa bien-aimée afin de le *protéger*, et non sous l'influence maléfique des Hindous ? N'êtes-vous pas de cet avis ?

— Hmm », fis-je. Cela réduisait mon Immense Surprise à une sorte d'étrange coïncidence. Mais cela pouvait fonctionner.

Dickens avait poursuivi sans me laisser le temps de réagir. « Quant à cette domestique bizarre, boiteuse – pardonnez-moi, comment s'appelle-t-elle déjà ?

— Rosanna Spearman.

— Ah oui ! Un nom charmant pour ce personnage pour le moins étrange et dérangé – Rosanna Spearman. Vous dites, il me semble que c'est vers le début, qu'elle est un produit de – enfin, que lady Verinder l'a dénichée dans une maison de correction, c'est bien cela ?

— En effet. J'ai imaginé en réalité que Rosanna

venait d'une institution très semblable à votre Urania Cottage.

— Ha, ha ! celle que j'ai créée il y a une vingtaine d'années avec l'aide de Miss Burdett-Coutts, approuva Dickens, toujours souriant et faisant toujours les cent pas. C'est bien ce que j'avais pensé, mon cher Wilkie. Mais vous m'avez accompagné à Urania Cottage. Vous n'êtes pas sans savoir que toutes les femmes qui s'y trouvent sont des Femmes Déchues, à qui l'on donne une nouvelle chance.

— Comme ce fut le cas de Rosanna Spearman.

— Sans doute. Mais il est tout bonnement impensable que lady Verinder ou toute autre femme de sa condition embauche Rosanna en sachant qu'elle a été une… une femme des rues.

— Hmm. » J'avais précisément l'intention de faire de Rosanna une femme des rues repentie. Cela aurait expliqué à la fois son amour obsessionnel et malheureux pour Mr Franklin Blake et les connotations sexuelles implicites de cet amour. Mais il était évidemment difficile de contester qu'un être aussi raffiné que ma lady Verinder fictive – tout aussi condamnée par le sort que Rosanna Spearman au demeurant – n'aurait certainement pas embauché une prostituée, aussi repentie fût-elle. Je griffonnai quelques mots sur ma page.

« Une voleuse ! s'exclama Dickens avec son assurance coutumière. Et si vous faisiez de cette malheureuse Rosanna une ancienne voleuse ? Le sergent Cuff pourrait toujours la reconnaître, mais sous les traits d'une créature qui a fait un séjour derrière les barreaux de sa prison, et non comme une femme des rues.

— Le vol est-il vraiment moins grave que la prostitution ?

— Mais oui, Wilkie, bien sûr. Faites-en une femme des rues, aussi repentie fût-elle, comme je vous le disais, et la demeure de lady Verinder en sera souillée. Faites-en une ancienne voleuse, et le lecteur admirera la magnanimité de lady Verinder qui cherche à l'aider en lui offrant un emploi honnête.

— Vous avez marqué un point. Un point tangible. Je vais prendre note de remanier le passé de Rosanna.

— Il se pose également le problème du révérend Godfrey Ablewhite, poursuivit Dickens.

— Je n'avais pas conscience qu'il y *eût* un problème au sujet du révérend Ablewhite, Charles. Pendant que je lisais, vous avez ri et paru enchanté de la dénonciation d'un tel hypocrite.

— C'est exact, Wilkie ! C'est exact ! Et vos lecteurs en seront tout aussi enchantés. Ce n'est pas le personnage qui m'arrête – vous avez du reste parfaitement dépeint ce tartuffe, cet arriviste, ce gredin décidé à s'emparer de la fortune d'une dame – mais son titre.

— Révérend ?

— Exactement. Je suis heureux de voir que vous comprenez, mon cher Wilkie.

— Je ne suis pas sûr de comprendre, Charles. Sans nul doute, les accusations d'hypocrisie et de mensonge sont encore plus graves si elles sont portées contre un membre du clergé qui...

— Vous avez raison, bien sûr ! s'écria Dickens. Nous avons tous connu de ces ecclésiastiques moralisateurs – des hommes qui voudraient que tout le monde remarque qu'ils font le bien, alors même que leur véritable objectif, celui qu'ils poursuivent en secret et de toute leur énergie, est l'*acquisition* de biens –, mais la charge n'en sera pas moins efficace si nous tempérons l'accusation pour la diriger contre un *Mr* Godfrey Ablewhite. »

Je commençai à griffonner une note, avant de m'interrompre pour me frotter la tête. « Cela paraît tellement... plus faible, édulcoré, émasculé. Comment imaginer que le révérend Godfrey préside tant d'œuvres de charité s'il n'est pas membre du clergé ? Ce changement affecterait du reste gravement la merveilleuse ligne que j'ai déjà insérée dans mon esquisse : "Il était ecclésiastique de métier, homme à femmes de tempérament ; et bon Samaritain par choix." Vous avez vous-même ri tout haut quand je vous ai récité ce passage il y a moins d'une heure.

— C'est exact, Wilkie. Mais cela fonctionnerait tout aussi bien si vous remplaciez ecclésiastique par... mettons... "avocat". Et nous ménagerions ainsi la sensibilité d'un grand nombre, de plusieurs milliers peut-être, de nos lecteurs qui risqueraient de crier au scandale, alors que votre admirable intrigue peut parfaitement s'en passer...

— Je ne suis pas sûr... commençai-je.

— Notez-le, Wilkie. Et promettez-moi simplement d'y réfléchir lorsque vous reverrez ce passage. Tout rédacteur en chef attentif d'une revue générale comme la nôtre ferait preuve de négligence s'il n'évoquait pas ce genre de questions avec son auteur. Du reste, je suis persuadé que si c'était *vous* qui révisiez le manuscrit d'un autre, vous auriez suggéré de rétrograder le révérend Godfrey Ablewhite en un simple *Mr* Godfrey Ablewhite...

— Je ne suis pas sûr... répétai-je.

— Enfin, mon cher Wilkie, reste le titre...

— Ahh, fis-je avec cette fois une certaine ardeur.

Lequel préférez-vous alors, Charles ? *L'Œil du serpent* ou *La Prunelle du serpent* ?

— Ni l'un ni l'autre, en réalité. J'y ai consacré quelque réflexion, mon cher ami, et je dois avouer que je les trouve tous les deux un peu diaboliques, et peut-être un tantinet faible du point de vue commercial.

— Diaboliques ?

— Oui. L'œil du *serpent*. Les connotations bibliques ne vous auront pas échappé, Wilkie.

— Vous oubliez les connotations *hindoues* païennes, mon cher Dickens. J'ai fait des recherches très approfondies concernant plusieurs cultes de l'Inde…

— Et vous avez trouvé une religion d'adorateurs du serpent ?

— Pas encore, non, mais les Hindous adorent… *tout*. Ils ont des divinités singes, des divinités rats, des divinités vaches…

— Et indéniablement des divinités serpents, j'en suis sûr, renchérit Dickens d'un ton conciliant. Mais le titre n'en évoque pas moins le jardin d'Éden et le serpent qui s'y niche… autrement dit le Diable. Et la relation évidente avec le Koh-i-Noor rend cette association tout à fait inacceptable. »

J'étais parfaitement décontenancé. Je ne comprenais absolument pas de quoi Dickens parlait. Mais, de crainte de bredouiller, je me versai prudemment un peu d'eau, la bus et demandai enfin : « Inacceptable en quel sens, mon cher Dickens ?

— Votre joyau, votre diamant, enfin la pierre, quel qu'en soit le nom, est si manifestement inspiré du Koh-i-Noor…

— Oui ? dis-je. Peut-être. Et alors ?

— Vous vous rappelez certainement, mon cher

Wilkie, ou vos recherches vous auront rappelé, c'est certain, que l'authentique Koh-i-Noor provenait d'une région de l'Inde qu'on appelle, me semble-t-il, les Montagnes de Lumière et qu'une rumeur persistante, antérieure même à l'arrivée du diamant sur nos rivages, prétendait qu'un mauvais sort s'attachait à tous les objets en provenance de ces Montagnes de Lumière.

— Oui ? répétai-je. Une association d'idées aussi profondément enfouie conviendra parfaitement à *L'Œil du serpent* – ou peut-être à *La Prunelle du serpent*. »

Dickens cessa d'arpenter la pièce et secoua lentement la tête. « Pas si nos lecteurs associent ce mauvais sort à la Famille Royale, dit-il tout bas.

— Aahh », fis-je. J'avais eu l'intention de prêter à cette syllabe un ton légèrement et évasivement méditatif, mais on aurait cru, j'en pris moi-même conscience, que j'avais un os de poulet coincé dans la gorge.

« Et je suis certain que vous vous souvenez, Wilkie, de ce qui s'est passé deux jours après l'arrivée de cette pierre en Angleterre, et six jours avant sa présentation à Sa Majesté.

— Pas précisément, non.

— Ma foi, vous étiez encore jeune, c'est vrai. Un certain Robert Pate, lieutenant des hussards à la retraite, s'est livré à un acte d'agression physique contre la Reine.

— Dieu du ciel !

— Comme vous dites. Sa Majesté n'a pas été blessée, mais l'opinion publique a été prompte à établir un lien entre ce qui aurait pu être une tragédie et la pierre offerte à la Famille Royale. Le gouverneur général des Indes en personne a jugé de son devoir d'adresser une lettre ouverte au *Times* pour expliquer à quel point ces superstitions étaient ridicules.

— Oui, murmurai-je sans cesser de prendre des notes. J'ai fait quelques recherches sur lord Dalhousie à la bibliothèque de l'Athenaeum.

— Je n'en doute pas, commenta Dickens d'un ton que j'aurais pu trouver particulièrement caustique si j'avais été plus susceptible. Il s'est ajouté un autre événement dramatique lié au Koh-i-Noor... le décès du prince Albert. »

Je levai mon crayon. « Comment ? Mais il n'est mort qu'il y a six ans, plus de onze ans après l'arrivée de la pierre en Angleterre et sa présentation à l'Exposition universelle. Le Koh-i-Noor a été retaillé à Amsterdam bien avant la disparition du prince Albert. Quel lien peut-on établir entre ces deux événements ?

— Vous oubliez, mon cher Wilkie, que le prince consort avait été l'organisateur et le commissaire de l'Exposition. C'est lui qui a suggéré d'accorder au Koh-i-Noor l'étrange place d'honneur qu'il a occupée dans le grand hall. Sa Majesté porte encore le deuil de son époux, et certains de ses proches affirment qu'il lui arrive, dans l'abîme de son chagrin, d'accuser la pierre indienne de la mort de son bien-aimé. Voyez-vous, nous devons faire preuve de prudence dans le titre que nous choisirons et éviter soigneusement toutes les connotations subtiles qui risqueraient d'établir un lien entre notre récit romanesque et le Koh-i-Noor et ses effets sur notre chère Famille Royale. »

L'emploi du « nous » et de « notre récit » ne m'avait pas échappé. D'une voix sèche, je demandai : « Si *L'Œil du serpent*, ou *La Prunelle du serpent*, ne vous plaît pas, quel titre pourrait, selon vous, convenir à l'histoire d'un diamant incrusté dans l'œil d'une statue hindoue représentant un dieu serpent ?

— Oh, lança Dickens avec désinvolture, se perchant sur le bord de son secrétaire et arborant son sourire de rédacteur en chef. Il me semble que nous pouvons nous passer purement et simplement de ce dieu serpent et de son œil. Que penseriez-vous d'un titre qui éviterait le sensationnel et inviterait nos jeunes lectrices à se plonger avec un peu plus d'enthousiasme dans ce roman ?

— Mes livres remportent un grand succès auprès des femmes, répliquai-je avec une pointe de raideur.

— Je le sais, mon cher Wilkie ! s'écria Dickens, en frappant dans ses mains. Nul ne le sait mieux que moi après le triomphe absolu de *La Dame en blanc*. Sapristi ! quand je songe qu'une centaine de lecteurs attendaient avec impatience chaque nouvelle livraison, contre un lecteur avide de se plonger dans mon *Ami commun*, qui s'est vendu bien plus modestement.

— Oh, je ne dirais pas que...

— Que penseriez-vous de... *La Pierre de lune* ? me coupa Dickens.

— La pierre de lune ? répétai-je stupidement. Suggérez-vous donc que ma pierre vienne de la lune et non d'Inde ? »

Dickens éclata de son rire sonore, espiègle. « Excellente plaisanterie, mon cher Wilkie. Mais soyons sérieux... un titre comme *La Pierre de lune* attirerait les lectrices potentielles – en tout cas, il ne les rebuterait pas – et répandrait une aura mystérieuse et romanesque, sans la moindre nuance sacrilège ni diabolique.

— *La Pierre de lune* », murmurai-je pour en goûter

la sonorité sur mes propres lèvres. Ce titre me semblait affreusement fade et terne par rapport à *L'Œil du serpent* (ou peut-être *La Prunelle du serpent*).

« Parfait ! s'exclama Dickens en se relevant. Nous allons demander à Wills de préparer un contrat mentionnant ce titre – à titre de proposition. Je vous répète que votre esquisse était aussi passionnante que le sera certainement la lecture de l'œuvre achevée – ou presque achevée. Une histoire merveilleuse, regorgeant de surprises merveilleuses et délicieuses. Votre coup de théâtre de la crise de somnambulisme provoquée par l'opium et qui conduit le héros lui-même à voler la pierre sans en conserver le moindre souvenir relève du génie, Wilkie, du génie à l'état pur.

— Merci, Charles », répétai-je, me levant et rangeant mon crayon. Mon ton exprimait un petit peu moins d'enthousiasme qu'auparavant.

« Il est temps d'aller marcher, mon cher Wilkie, s'écria Dickens, se dirigeant vers un coin de la pièce pour prendre sa canne et décrocher son chapeau de la patère. Je me disais que par cette belle journée de mai, nous pourrions faire l'aller-retour jusqu'à Rochester. Vous m'avez l'air en pleine forme en ce moment, mon ami. Êtes-vous d'attaque ?

— Je suis d'attaque pour la première moitié, jusqu'à Rochester, où je prendrai le train de l'après-midi pour rentrer à Londres. Caroline et Carrie m'attendent à la maison pour le dîner de ce soir. »

C'était une très légère entorse à la vérité. Carrie était allée voir des parents à la campagne et Caroline pensait que je passais la nuit à Gad's Hill. Mais quelqu'un d'autre m'attendait pour le dîner ce soir-là.

« Une demi-promenade avec un ami au grand complet vaut mieux que pas de promenade du tout, répliqua Dickens, fourrant ses propres manuscrits dans un sac de voyage et se dirigeant à grands pas vers la porte. Partons avant que les routes et les sentiers ne se couvrent de poussière et que la journée n'ait vieilli d'une minute. »

Dans la soirée du jeudi 6 juin, je m'adonnais à un petit plaisir que je cultivais depuis le début du printemps – j'invitai cette montagne de détective, Hibbert Aloysius Hatchery, à prendre une pinte et à manger un morceau avant de me ranger sous sa protection pour descendre dans les taudis des quais et dans le monde plus ténébreux encore qui s'ouvrait sous le cimetière de Saint-Affreux-des-Horreurs et m'offrait ce que j'en étais venu à considérer comme les Délices Souterraines du Bazar du Roi Lazaree.

Nos escales du jeudi soir au pub m'avaient permis de mieux connaître le détective Hatchery et j'avais été surpris par certaines confidences de ce colosse que j'avais eu tendance à considérer, depuis notre première rencontre, comme un personnage plutôt comique. Il vivait, semble-t-il, dans un quartier décent de Dorset Square à proximité de ma propre résidence de Melbourne Place. Il avait perdu sa femme quelques années auparavant, mais avait trois grandes filles dont il raffolait et un fils qui venait d'entrer à Cambridge. Chose plus étonnante encore, Hatchery était un lecteur assidu, et certains de ses ouvrages préférés, appris-je, étaient de ma plume. *La Dame en blanc* venait en tête de ses choix, bien qu'il n'ait pu se permettre de le lire qu'en feuilleton, dans *All the Year Round*, quelques années auparavant. J'avais apporté un exemplaire de l'édition reliée ce soir-là et étais en train de le dédicacer à mon gardien intermittent quand quelqu'un s'arrêta à notre table.

Je reconnus d'abord le costume de tweed brun, puis le corps compact mais pesant s'y introduisit. L'homme avait retiré son chapeau, et je remarquai que ses cheveux gris bouclés paraissaient plus longs qu'à Birmingham – il est vrai qu'ils étaient mouillés cette nuit-là.

« Monsieur Collins, dit-il, deux doigts se dirigeant prestement vers son front comme pour toucher le bord d'un chapeau qui ne s'y trouvait plus, Reginald Barris à votre service, Monsieur. »

Je grommelai une réponse. Je n'avais aucune envie de voir le détective Reginald Barris. Pas plus ce soir qu'aucun autre. La mémoire de ces épouvantables secondes de violence dans la ruelle de Birmingham commençait tout juste à se dissiper.

Mais Barris salua Hatchery, qui lui rendit son hochement de tête au moment même où il acceptait en présent mon exemplaire dédicacé de *La Dame en blanc* – une conjonction d'événements qui me fit l'effet, ridiculement peut-être, d'une trahison –, et Barris nous rejoignit à notre table sans autre invitation, tirant effrontément une chaise et s'y asseyant à l'envers, à califourchon, ses avant-bras puissants reposant sur le dossier. Atterré par ses mauvaises manières, je me demandai un instant si Barris – malgré son accent de Cambridge – n'était pas Américain.

« Quelle heureuse coïncidence, Monsieur Collins, de vous rencontrer ainsi », lança Barris.

Je ne jugeai pas bon de répondre à cette niaiserie, et me tournai vers Hatchery d'un air qui exprimait ma désapprobation glaciale devant cette immixtion éhontée dans nos petites habitudes. Puis je me rappelai, mi-figue mi-raisin, que le géant *travaillait* pour l'inspecteur Field – et était sans doute également sous les ordres de cet insupportable Barris, car le plus jeune des deux hommes semblait être un lieutenant de cet inspecteur exaspérant. Je songeai aussi qu'aucune véritable amitié ne me liait à Hatchery, malgré la générosité que je lui avais témoignée au cours des dernières semaines.

Barris s'inclina sur ses avant-bras et baissa la voix. « L'inspecteur Field attend un rapport, Monsieur. J'ai proposé de vous le faire savoir si le hasard devait vous placer sur mon chemin. Le temps presse.

— J'ai remis un rapport à l'inspecteur Field il y a moins de quinze jours, protestai-je. Et pouvez-vous me dire pourquoi le temps presse ? »

Avec un sourire, Barris posa le doigt sur ses lèvres, dirigeant son regard alternativement à gauche et à droite dans une exhortation mélodramatique à la discrétion. J'oubliais toujours que Field et ses hommes imaginaient que des agents du fantasmatique Drood rôdaient partout.

« Le 9 juin approche, chuchota Barris.

— Ah, dis-je en buvant une gorgée de bière. Le 9 juin. L'anniversaire sacré de Staplehurst et...

— Chut... » fit Mr Reginald Barris.

Je haussai les épaules. « Je n'ai pas oublié.

— Votre rapport n'était pas tout à fait clair, Monsieur Collins, sur...

— Pas tout à fait clair ? » l'interrompis-je, d'une voix assez sonore pour être entendue à l'autre bout du pub si quelqu'un avait voulu nous épier – ce qu'aucun des rares occupants ne semblait faire, en vérité. « Monsieur Barris, je suis *écrivain*. Journaliste pendant plusieurs années, romancier aujourd'hui par vocation. Je vois mal comment mon rapport aurait pu n'être *pas tout à fait clair*.

— Non, non, non, admit le jeune détective, avec un sourire gêné. Je veux dire, si. Enfin, non – je me suis mal exprimé, Monsieur Collins. Pas tout à fait clair, certainement pas, pourtant… peut-être… parfaitement clair mais légèrement lacunaire ?

— *Lacunaire* ? répétai-je, prêtant au mot l'expression de mépris qu'il méritait.

— Fort bien rendu en quelques traits, ronronna le détective, s'inclinant encore sur ses avant-bras massifs, mais ne regorgeant pas à proprement parler de détails. Par exemple, vous faites savoir que Mr Dickens continue à prétendre ne pas savoir où Mr Edmond Dickenson se trouve actuellement, mais avez-vous… comme nous aimions le dire à l'école et au régiment… *fait donner l'artillerie ?* »

Je ne pus m'empêcher de sourire. « Monsieur… le détective… Barris, dis-je tout bas, relevant le désintérêt apparent de Hibbert Hatchery à l'égard de son supérieur comme de notre conversation. Je n'ai pas seulement fait donner l'artillerie contre Mr Dickens, comme vous dites – mais toute la cavalerie. »

Pour Barris, la fortune de Dickenson suffisait à expliquer la disparition du jeune homme.

Je me sentais si bien en ce beau jour de mai que j'avais en réalité pris grand plaisir à cette longue promenade jusqu'à Rochester depuis Gad's Hill Place, bien que j'aie eu quelque difficulté à suivre l'allure infernale de Dickens. Nous étions à peu près aux deux tiers de notre trajet vers notre destination urbaine quand j'avais fait donner la grosse artillerie, avec canon et mortier, et même caisson, contre l'Inimitable.

« Oh, à propos, dis-je alors que nous suivions le sentier longeant le bord nord de la grand-route en direction des flèches lointaines de la cathédrale. J'ai croisé un ami du jeune Edmond Dickenson l'autre jour. »

Je m'étais attendu à une réaction d'étonnement, voire d'émoi, mais ne relevai que le très léger frémissement d'un sourcil magistral. « Vraiment ? J'aurais imaginé que le jeune Dickenson n'avait pas d'amis.

— Vous vous seriez trompé, semble-t-il, mentis-je. Un ancien camarade de classe qui s'appelle Barnaby ou Benedict ou Bertram, je ne sais plus très bien.

— S'agit-il du nom de famille ou du prénom de cet ami ? demanda Dickens, tout en continuant à marcher, accompagné du cliquetis de sa canne qui se posait par terre à intervalles précis et rapides comme de coutume.

— Peu importe, éludai-je, regrettant de n'avoir pas pris plus de soin à élaborer cette partie de la fiction introductive que j'avais imaginée pour piéger Dickens. Quelqu'un que j'ai rencontré à mon cercle, c'est tout.

— Cela pourrait avoir plus d'importance que vous ne le dites, car l'individu en question était peut-être un menteur, observa Dickens d'un ton dégagé.

— Un menteur ? Et pourquoi donc, Charles ?

— Je suis presque certain que le jeune Dickenson m'a confié n'avoir jamais mis les pieds à l'université – fût-ce pour abandonner promptement ses études –, et n'avoir jamais poussé la porte d'aucune école. Il semblerait que ce pauvre orphelin ait eu une succession de précepteurs, aussi médiocres les uns que les autres.

— Ma foi… fis-je en pressant le pas pour rejoindre

Dickens. Peut-être, après tout, n'étaient-ils pas camarades de classe, mais toujours est-il que ce Barnaby...

— Ou Bertram, suggéra Dickens.

— Oui, bon, il semblerait que ce type...

— Ou Benedict.

— Oui. *Puis-je parler*, Charles ?

— Je vous en prie, mon cher Wilkie », s'excusa Dickens, tout sourire et me tendant sa paume ouverte.

De petits oiseaux gris – des colombes ou des perdrix – jaillirent des haies à notre approche et s'envolèrent dans le ciel bleu. Sans ralentir l'allure, Dickens épaula sa canne comme un fusil et fit mine d'appuyer sur une gâchette.

« Il semblerait que ce type, un ancien ami du jeune Dickenson qu'il a connu *je ne sais où*, ait appris par Dickenson lui-même l'année dernière qu'il – je parle de Dickenson – avait légalement changé de tuteur dans les tout derniers mois précédant sa majorité.

— Ah oui ? » Telle fut l'unique réponse de Dickens. Deux syllabes polies, rien de plus.

« Oui », confirmai-je, attendant la suite.

Nous parcourûmes une centaine de mètres en silence.

Finalement, je lâchai ma bombe. « Ce même type...

— Mr Barnaby.

— Ce type, répétai-je, avait des opérations à faire à la banque de son ami Dickenson et a entendu dire, par hasard...

— De quelle banque s'agit-il ? demanda Dickens.

— Pardon ?

— De quelle banque parlez-vous, mon cher Wilkie ? Ou, plus exactement, de quelle banque parlait ce fameux ami du jeune Dickenson ?

— La Tillson's Bank », répondis-je, savourant le pouvoir de ces deux mots. C'était comme si je mettais un cavalier en place avant de lancer « échec et mat ». N'est-ce pas sir Francis Bacon qui a dit : « Le vrai pouvoir, c'est la connaissance » ? Et je devais le pouvoir que j'exerçais sur Charles Dickens en cet instant à la connaissance dont m'avait fait bénéficier l'inspecteur Charles Frederick Field.

« Ah oui », fit Dickens. Il esquissa un petit saut pour éviter une branche qui était tombée sur le sentier couvert de gravier. « Je connais cette banque, mon cher Wilkie… un établissement démodé, surfait, exigu, sombre et laid, où règne une odeur de renfermé. »

À ce moment, j'avais presque, mais pas tout à fait, perdu le fil de l'interrogatoire qui devait, espérais-je, éveiller un écho dans la conscience de ce roi.

« Une banque assez solide, semble-t-il, pour avoir transféré quelque vingt mille livres sur le compte du nouveau tuteur d'Edmond Dickenson, ajoutai-je, en me demandant si cela n'aurait pas inspiré un petit ha, ha ! à mon sergent Cuff.

— J'aurais dû ajouter "indiscret " à démodé, surfait, exigu, sombre et laid, où règne une odeur de renfermé, gloussa Dickens. Je ne ferai plus affaire avec la Tillson. »

Je m'arrêtai net. Dickens fit encore quelques pas puis – fronçant légèrement les sourcils devant l'interruption de notre rythme – il s'arrêta aussi. J'avais le cœur qui battait à tout rompre.

« Vous ne niez donc pas avoir touché cet argent, Charles ?

— Le nier ? Pourquoi le nierais-je, mon cher Wilkie ? Où diable voulez-vous en venir ?

— Vous ne niez pas être devenu le tuteur d'Edmond Dickenson et avoir transféré quelque vingt mille livres – l'intégralité de son héritage – de la banque Tillson sur votre compte bancaire personnel ?

— Je ne pourrais certainement pas le nier et n'en ai pas la moindre intention ! s'esclaffa Dickens. Ces deux énoncés ne font qu'exposer des faits et sont donc d'une absolue véracité. Allons, marchons.

— Mais… insistai-je en le rattrapant et en essayant de suivre son allure. Mais… quand je vous ai demandé il y a quelque temps si vous saviez où se trouvait le jeune Dickenson, vous m'avez répondu que vous aviez entendu dire qu'il était parti pour l'Afrique du Sud ou pour un endroit de ce genre, mais que vous n'en saviez rien.

— Ce qui est, évidemment, là encore, la vérité absolue.

— Mais vous étiez son *tuteur* !

— Nominalement, rien de plus, rectifia Dickens. Et seulement pendant quelques semaines, en attendant que le pauvre garçon accède à la majorité et touche l'intégralité de son héritage. Il pensait m'honorer en me désignant à cette fonction, et je n'ai pas eu le cœur de le décevoir. Il est vrai que cet arrangement ne concernait personne que Dickenson et moi.

— L'argent… commençai-je.

— Retiré, à la demande de Dickenson, le jour qui a *suivi* ses vingt et un ans, date à laquelle il a pu en disposer à sa guise, mon cher Wilkie. J'ai eu le plaisir de lui libeller un chèque de ce montant le jour même.

— Oui, mais… pourquoi l'argent a-t-il dû transiter par *votre* compte, Charles ? Cela n'a aucun sens.

— Vous avez parfaitement raison, renchérit Dickens, gloussant de plus belle. Le garçon – toujours convaincu que je lui avais sauvé la vie à Staplehurst – tenait à voir *ma signature* sur la traite qui marquerait le début de sa nouvelle vie d'adulte. Des enfantillages, j'en conviens, mais cela ne me coûtait que la peine de recevoir le versement et de rédiger mon propre chèque au nom du garçon. Son ancien avocat et conseiller – un certain maître Roffe, si je ne m'abuse – a pris toutes les dispositions nécessaires avec les deux banques.

— Vous prétendiez pourtant n'avoir aucune idée de l'endroit où était allé Dickenson…

— C'est la pure vérité. Il a parlé de se rendre en France, puis de commencer véritablement une vie nouvelle… l'Afrique du Sud, peut-être, ou même l'Australie. Mais il ne m'a pas écrit. »

Je m'apprêtais à poursuivre, avant de me rendre compte que je n'avais rien à dire. Quand j'avais préparé en esprit cette confrontation, j'avais imaginé le sergent Cuff prenant le coupable par surprise et le poussant à avouer son crime.

J'eus l'impression que Dickens me dévisageait attentivement pendant que nous déambulions. Il était manifestement amusé. « Quand vous avez appris tout cela de la bouche de ce Mr Barnaby, ou Benedict ou Bertram, singulièrement omniprésent, mon cher Wilkie, avez-vous cru que je m'étais imposé comme tuteur de ce malheureux petit Dickenson avant de l'assassiner pour m'emparer de son argent ?

— Comment ? Je… Non, bien sûr que non…. C'est ridicule… Comment pouvez-vous… ?

— Parce que c'est la conclusion que j'aurais moi-même tirée de cette série d'indices, qui ne sont que des présomptions par ailleurs, remarqua Dickens d'un ton jovial. Un écrivain vieillissant, peut-être accablé de difficultés financières, sauve par hasard la vie à un orphelin fortuné et découvre rapidement que ce jeune homme n'a *aucun* ami, *aucune* famille, *aucune* relation proche digne de ce nom – personne qu'un vieil avocat gâteux qui a tendance à oublier s'il a déjeuné ou non ce jour-là. L'écrivain manœuvre habilement pour que le garçon exagérément confiant fasse de lui, l'auteur cupide à la bourse plate, son tuteur...

— Avez-vous des difficultés financières, Charles ? »

Dickens s'esclaffa si bruyamment et de si bon cœur que je faillis rire avec lui.

« Comment l'aurais-je tué, selon vous, Wilkie ? Et où ? À Gad's Hill Place ? Un endroit redoutablement exposé aux regards, avec tous ces visiteurs qui vont et viennent à toute heure du jour et de la nuit.

— La cathédrale de Rochester », répondis-je d'un ton maussade.

Dickens leva les yeux par-dessus la cime verte des arbres. « Oui, vous avez raison. Nous y sommes presque. Ho, ho ! Non, attendez, vous voulez dire... j'aurais *tué* Dickenson dans la cathédrale de Rochester ? Mais, bien sûr. Tout concorde. Vous êtes un champion de la déduction, mon cher Wilkie.

— Vous aimez la faire visiter de nuit, au clair de lune, ajoutai-je, ayant peine à croire que j'articulais ces mots tout haut.

— C'est exact, s'esclaffa encore Dickens. Quant à Mr Dradles et au prêtre de la cathédrale, que j'appellerai Septimus Crisparkle dans mon roman, ils m'ont remis les clés qui me permettent d'accéder au clocher à tout moment quand je souhaite y conduire des invités...

— Et dans les cryptes, murmurai-je.

— Comment cela ? Oh, oui ! Excellent. Les mêmes clés me donneraient accès aux *cryptes*. De sorte qu'il ne me resterait qu'à inviter le jeune Dickenson à une petite excursion en tête à tête – pour lui vanter les beautés de Rochester depuis le clocher de la cathédrale au clair de lune ; après tout, je vous y ai bien emmené avec le beau-frère de Longfellow et ses filles l'année dernière, précisément – et, au moment opportun, je conseillerais au garçon de se pencher pour mieux voir les reflets du clair de lune sur la mer au pied du clocher... une toute petite *poussée* aurait suffi.

— Cessons là, Charles », dis-je à bout de nerfs. Je sentais la goutte rhumatismale s'insinuer derrière mon œil droit comme un geyser de sang et de douleur contenu.

« Non, non, c'est absolument épatant, cria Dickens, faisant tournoyer sa canne comme s'il menait un défilé. Pas besoin de pistolet pour accomplir la besogne – ni de marteau, ni de pelle, ni d'aucun instrument lourd et crasseux qu'il faudrait ensuite nettoyer ou dont il faudrait se débarrasser... La gravité, rien de plus. Un bref cri dans la nuit. Et ensuite... et ensuite ? Admettons que le garçon se soit empalé sur l'une des tiges de fer noir de la grille qui entoure la sacristie, ou ait répandu le peu de cervelle qu'il avait sur une des pierres tombales antiques... et ensuite, sergent Cuff ?

— La fosse de chaux vive », répondis-je.

Dickens s'arrêta pour de bon et se prit le front de sa main libre. Il avait les yeux écarquillés, le visage fendu d'un sourire béat.

« La fosse ! » s'exclama-t-il. Sur la route, un cavalier qui trottait sur une jument baie se retourna. « Bien sûr ! Comment ai-je pu oublier la fosse de chaux vive ? Et puis, quelques jours plus tard peut-être... les cryptes ? »

Je secouai la tête, détournai le regard et me mordis la lèvre jusqu'à sentir le goût du sang. Nous reprîmes notre marche.

« Bien sûr, marmonna Dickens, frappant une herbe folle de sa canne d'un air absent. Il faudrait alors que je m'assure la complicité du vieux Dradles pour démolir et remonter les murs de la crypte. Voilà comment on finit par résoudre les affaires criminelles, vous savez, Wilkie – la présence d'un complice représente trop souvent un pas en direction du gibet.

— Pas le moins du monde, rectifiai-je d'une voix toujours plate et sans vie. Vous n'auriez qu'à exercer votre influence magnétique sur ce pauvre Dradles. Il ne se rappellerait pas vous avoir aidé à vous débarrasser du corps de Dickenson... de son squelette... de sa montre, de ses lunettes et de ses autres effets métalliques.

— Le mesmérisme ! s'écria Dickens. Épatant ! Devons-nous ajouter un peu de laudanum au mélange, mon cher ami ?

— Cela ne me paraît pas nécessaire, Charles. Le contrôle mesmérien à lui seul expliquerait l'aide involontaire de votre complice.

— Pauvre vieux Dradles ! » s'exclama Charles. Il en gambadait presque de ravissement. « Pauvre jeune *Dickenson* ! Les rares êtres sur terre à avoir jamais eu connaissance de son existence le croient – sur la foi de la parole de son assassin ! – parti pour la France, l'Afrique du Sud ou l'Australie. Personne pour le pleurer. Personne pour déposer une unique fleur devant sa crypte scellée et collective. Et l'assassin règle... ses problèmes financiers... et continue à vivre comme si de rien n'était. C'est absolument épatant, mon cher Wilkie. »

Le cœur battant de nouveau la chamade, je décidai de faire exploser la bombe que j'avais peut-être lancée prématurément. « Oui, Charles, mais tout cela suppose que l'assassin en question *sache* qu'il est l'assassin... qu'il ait conscience d'avoir commis un crime.

— Comment pourrait-il ignorer... ? commença Dickens, puis il passa furieusement la main dans sa barbe en bataille. Évidemment ! L'assassin, celui qui a hypnotisé le gardien de la crypte, son complice, pour s'assurer sa complaisance, a lui-même agi sous l'effet d'une influence magnétique ! »

Je gardai le silence, mais observai le visage de Dickens tandis que nous marchions.

Il secoua la tête. « Je crains que ce bel échafaudage ne s'effondre ici, Wilkie.

— Pourquoi, Charles ?

— Le professeur John Elliotson, mon premier instructeur en arts magnétiques – vous l'avez vous-même cité, Wilkie ! –, et tous les autres experts que j'ai lus et avec lesquels je me suis entretenu, s'accordent pour affirmer qu'un homme soumis à l'influence magnétique d'une autre volonté, plus puissante que la sienne, n'ira cependant jamais commettre une action qu'il n'accomplirait pas ou n'approuverait pas quand il n'est *pas* soumis au contrôle mesmérien.

— Pourtant, vous avez bien obtenu du vieux Dradles qu'il vous aide à vous débarrasser du corps, fis-je remarquer.

— Oui, oui, acquiesça Dickens, pressant le pas tout

en se passant les mains dans les cheveux et dans la barbe, perdu dans une profonde réflexion au sujet de l'intrigue. Or voyez-vous, enterrer les morts dans des tombes et des cryptes – les transporter au besoin – puis emmurer les cadavres, c'est le *métier* de Dradles. L'hypnotiseur n'aurait qu'à tisser une histoire, une sorte de rêve, autour de lui. Mais ordonner à quelqu'un de commettre *un meurtre*... Non, je crois que cela ne conviendra pas à notre histoire, Wilkie. Pas si l'assassin est un homme sain d'esprit.

— Les hommes sains d'esprit eux-mêmes peuvent avoir des idées ténébreuses, observai-je tout bas alors que nous arrivions dans l'ombre de la cathédrale de Rochester. Les hommes sains d'esprit eux-mêmes – des hommes éminemment sains d'esprit, des hommes publics – possèdent une face obscure qu'ils ne révèlent à personne.

— C'est vrai, c'est vrai, acquiesça Dickens. Mais au point d'être capables de commettre un assassinat ?

— Et si le vrai marionnettiste, celui qui tire les ficelles de ce crime, était lui-même un Maître Hypnotiseur et un assassin récidiviste ? Il pourrait disposer de nombreuses méthodes secrètes pour convaincre les hommes et les femmes sur lesquels il exerce son emprise d'obéir à ses ordres, aussi horribles soient-ils. Peut-être pourrait-il leur faire croire qu'ils sont les acteurs d'une sorte d'expérience théâtrale et que leurs victimes assassinées vont se relever d'un bond pour venir saluer à la fin du spectacle. »

Dickens me contempla avec un vif intérêt. « Je ne vous savais pas aussi porté sur le sensationnel, Wilkie Collins. Votre nouveau livre – *La Pierre de lune* – connaîtra un immense succès, j'en suis sûr, grâce à l'appétit littéralement insatiable du public pour les carnages, l'horreur et les pulsions malsaines qui jaillissent des replis les plus sombres de l'esprit humain.

— C'est à espérer », fis-je tout bas.

Nous avions rejoint la ville et n'étions plus qu'à une rue de la cathédrale de Rochester. Le grand clocher projetait son ombre sur nous, et sur l'alignement de maisons grises et basses de part et d'autre de la route.

« Avez-vous envie de monter jeter un coup d'œil de là-haut ? demanda Dickens, en esquissant un geste en direction de la grande flèche de pierre. Il se trouve que j'ai la clé sur moi.

— Pas aujourd'hui, répondis-je. Merci tout de même, Charles.

— Une autre fois, alors », dit l'Inimitable.

« Ainsi, il n'a manifesté aucun sentiment de culpabilité, aucun signe de remords à propos de ces vingt mille livres, remarqua Reginald Barris. Et l'anniversaire ?

— Je vous demande pardon ? » J'avais eu l'esprit ailleurs.

« L'anniversaire de Staplehurst, chuchota le jeune détective. L'inspecteur Field vous a demandé de faire tout votre possible pour accompagner Dickens lors de son séjour en ville à cette date, et le 9 n'est que dans trois jours. Votre rapport n'indiquait pas s'il avait accepté ou refusé votre proposition de passer la journée et la nuit avec lui, à Gad's Hill Place, ou lors de son expédition inévitable à Londres et dans la Ville-du-Dessous ce soir-là. »

Je terminai ma bière et souris à ce colosse d'Hibbert Hatchery qui, s'efforçant de ne pas nous entendre, feuilletait respectueusement l'exemplaire de *La Dame en blanc* que je venais de lui dédicacer. « Cet ouvrage vous donne-t-il toute satisfaction, détective Hatchery ?

— C'est un présent d'une valeur inestimable, Monsieur Collins, grommela le géant.

— L'anniversaire, Monsieur Collins ? souffla l'insupportable Barris.

— Mr Dickens ne m'a pas invité à venir à Gad's Hill ni à parcourir la ville avec lui dimanche soir – le 9 – à la recherche de son fantôme nommé Drood, répondis-je, sans me tourner vers Barris.

— Dans ce cas, Monsieur, dit le détective, une entrevue avec l'inspecteur Field s'impose de toute urgence. Il a mobilisé vingt-trois agents pour la surveillance de dimanche soir et…

— En réalité, poursuivis-je, interrompant doucement ce policier arrogant, Mr Dickens a accepté de venir dîner chez moi, à Melcombe Place, dimanche et… – je m'interrompis un instant pour ménager mon effet –… de passer la nuit sous mon toit.

Barris cilla. « Dickens sera chez vous la nuit de l'anniversaire de Staplehurst ? »

J'acquiesçai, sentant une légère condescendance fort légitime dans le lent hochement de ma tête.

Barris se leva d'un bond et retourna sa chaise bruyamment. « Il faut que je transmette cette information à l'inspecteur sur-le-champ. Merci, Monsieur Collins. C'est un… extraordinaire… rebondissement. » Il effleura le bord de son chapeau invisible et dit à Hatchery : « Reste là, Hibbert. »

Barris sortit du pub, nous laissant parcourir seuls, Hatchery et moi, les deux kilomètres qui nous séparaient du cimetière de Saint-Affreux-des-Horreurs. Là,

Hatchery disposa quelques affaires pour sa longue veille – une petite lanterne, un sac graisseux contenant ses trois repas (empaquetés, j'en étais sûr, par une de ses filles), une bouteille d'eau et son exemplaire flambant neuf de *La Dame en blanc*.

Descendant les marches qui menaient aux antiques catacombes, je songeai – ce n'était pas la première fois – à l'infinie capacité de la créature humaine de s'adapter aux circonstances. Deux ans auparavant, cette expédition dans les catacombes sur les talons de Dickens avait été pour moi une expérience étrange et plutôt terrifiante. Désormais, c'était pure routine – une escapade qui n'avait rien de plus extraordinaire que de me rendre chez le pharmacien du coin renouveler mon flacon hebdomadaire de laudanum.

Le Roi Lazaree le Chinois et ses deux gardes du corps m'accueillirent devant le rideau déchiré de leur alcôve. Ma pipe était bourrée, elle m'attendait.

Huit heures plus tard, quand je remontai les marches vers un jour nouveau, l'agent Hatchery avait soigneusement rangé son matériel, à l'exception du roman, qu'il lisait dans l'étroit rayon de lumière matinale que laissait filtrer la porte entrouverte de la crypte.

« Tout va bien, Monsieur ? demanda-t-il en glissant le livre dans une de ses nombreuses et vastes poches.

— Tout va très bien, détective Hatchery. Très bien en vérité. La journée promet d'être belle. »

22.

Le dimanche 9 juin 1867, je rentrai chez moi plus tard que prévu. Le matin, j'avais averti Caroline que je resterais à mon cercle jusque dans la soirée pour travailler sur mon livre, mais que je serais de retour avant l'arrivée de Dickens pour le dîner. Comme tu l'auras peut-être deviné, Cher Lecteur, j'avais en réalité passé le plus clair de la journée en compagnie de Martha R... dans son logement de Bolsover Street ; j'avais perdu toute notion du temps et me précipitai à la maison, légèrement échevelé et quelque peu fourbu.

En entrant dans le salon du bas, je trouvai Charles Dickens en train de se livrer une nouvelle fois à des passes mesmériennes sur Caroline G..., apparemment somnolente.

Il fut le premier à remarquer ma présence. « Ah, mon cher Wilkie, s'écria-t-il d'un ton jovial. Vous arrivez à point nommé ! »

Caroline ouvrit les yeux : « Mr Dickens me magnétisait, dit-elle.

— C'est ce que je vois, répondis-je froidement.

— Il m'apprend à le faire sur toi ! précisa-t-elle. Pour t'aider à dormir les nuits où... tu sais bien.

— Ce que je sais, c'est que, ces derniers temps, je dors comme un ange », mentis-je.

Dickens sourit. « Mais si l'influence magnétique de Caroline pouvait vous aider à trouver le sommeil le soir, cela vous permettrait de réduire voire d'éviter entièrement votre consommation nocturne de laudanum.

— Je n'en fais presque pas usage en ce moment.

— Oh, Wilkie, tu sais que ce n'est pas vrai ! s'écria Caroline. Il y a deux nuits seulement, tu étais... » Mon regard glacial la fit taire. « Il faut que je parle à la cuisinière, s'excusa-t-elle, pour voir si le dîner est prêt. »

Il ne tarda pas à l'être et ce fut une grande réussite, non seulement par la qualité du repas (une surprise, car notre « cuisinière », Besse, était également notre bonne, et l'une de nos trois seuls domestiques, les autres étant son mari, George, et leur fille, Agnes, qui avait l'âge de Carrie), mais également par l'intérêt de la conversation et l'entrain des convives.

Carrie, qui semblait toujours faire les délices de Charles Dickens (alors que c'était de moins en moins le cas de ses propres filles en ce temps-là), joua à merveille son rôle d'écolière rougissante – comme sa mère, la jeune Harriet était assez fine et avait déjà appris les arts subtils de la séduction d'hommes plus âgés sans jamais sombrer dans la coquetterie – et Caroline elle-même prit part à nos bavardages. Quant à Dickens, il était détendu et affable.

Je ne sais pas si je l'ai décrit avec précision ou avec suffisamment de détails dans ce piètre mémoire, Cher Lecteur de mon avenir posthume, mais Charles Dickens, bien qu'il fût peut-être un scélérat, voire un assassin, était presque toujours un compagnon des plus agréables. Sa conversation naturelle et plaisante n'était presque jamais centrée sur lui-même et ne sentait en aucun cas l'effort. Il ne parlait jamais pour ne rien dire. Il occupait une position exceptionnelle dans mon cercle d'amis et de connaissances britanniques célèbres en n'étant ennuyeux à aucun moment et en se montrant brillant causeur, compétent et compréhensif… Il ne recherchait jamais les aphorismes ni l'humour pesant… et *écoutait* aussi avec attention, ce qui se manifestait notamment par de nombreux éclats de rire. Un rire contagieux.

Dickens rit énormément en ce 9 juin de l'année 1867 de Notre-Seigneur. Au cours de ce dîner, il semblait avoir l'esprit dégagé de tout souci et de toute préoccupation.

Après le repas, nous montâmes dans mon bureau prendre un cognac et fumer le cigare. J'avoue avoir été un peu inquiet à l'idée d'entrer dans cette pièce alors que la nuit approchait – les soirées étaient longues en ce mois de juin et, bien que le temps eût changé et tourné au froid et à la pluie, une vague lumière filtrait encore à travers les tentures –, mais je me rassurai en me rappelant qu'il était rare que l'Autre Wilkie apparaisse aussi tôt en fin de journée. De plus, je ne l'avais jamais vu quand j'étais accompagné, bien que – peut-être aurais-je dû t'en informer plus tôt, Cher Lecteur ? – j'aie été hanté, depuis mon enfance et sous une forme ou une autre, par la présence, sentie avant d'être vue, de cet Autre Wilkie.

Pas cette nuit.

Dickens m'ayant prié de l'excuser un instant – il devait se rendre aux cabinets –, je pris mon verre de cognac et m'approchai de la fenêtre, écartant les rideaux pour regarder au-dehors, dans l'obscurité.

Il pleuvait toujours à verse. Je souris vaguement, songeant à l'inspecteur Field et à ses vingt-trois agents – dont la plupart engagés pour cette unique nuit, avais-je appris dans la semaine ; en effet, chose étonnante, le bureau d'enquêtes privées de Field n'avait que sept employés à plein temps – qui faisaient le guet dehors, invisibles, mais certainement dans une position fort inconfortable sous la pluie et dans ce froid hors de saison. Carrie et notre servante Agnes avaient allumé une belle flambée dans mon bureau et il y régnait une atmosphère tout à fait douillette.

La veille encore, et cela m'avait fort diverti, j'avais été obligé d'user de divers subterfuges pour faire quitter la maison à Caroline, Carrie et à nos trois domestiques ; en effet, Field, Barris et plusieurs de ses hommes tenaient à inspecter notre demeure de Melcombe Place de la cave au grenier.

L'inspecteur Field l'avait exigé avec insistance et je n'avais pu que lui emboîter le pas pendant qu'ils vérifiaient toutes les portes et croisées – estimant tout haut qu'il devait être impossible de sauter depuis les toits voisins pour rejoindre ces fenêtres à l'étage et choisissant différents points de vue dans le quartier pour surveiller la venelle, le jardin et les rues latérales. Finalement, ils avaient fouillé la cave avec une méticulosité qui frôlait le fanatisme, allant jusqu'à déplacer une demi-tonne de charbon. Là, à un endroit où il était toujours entassé sur plusieurs mètres contre le mur du fond, ils avaient découvert un trou dans le mur de pierre... un trou de moins de vingt-cinq centimètres de large.

Les détectives avaient approché leurs lanternes sourdes de cette ouverture, mais le tunnel aux parois ondulées qu'ils avaient découvert dessinait une courbe qui disparaissait aux regards, s'enfonçant dans la pierre et le sol.

« Où conduit-il ? avait demandé l'inspecteur Field.

— Comment le saurais-je ? avais-je répondu. Je ne l'avais jamais vu. »

Field avait alors appelé Barris et ses hommes, lesquels – qui l'eût imaginé ? – avaient apporté des briques, du mortier et les outils nécessaires pour obturer cette inoffensive ouverture. Il leur avait fallu moins de dix minutes, Barris lui-même posant les briques et maniant la truelle. J'avais admiré la compétence tranquille avec laquelle il travaillait et commencé à comprendre à quoi il devait ses avant-bras robustes. Mr Reginald Barris pouvait bien arborer un accent d'Oxford ou de Cambridge, ses origines étaient décidément celles d'un artisan de vile extraction.

« Cherchez-vous à nous protéger des rats, Dickens et moi ? » avais-je demandé avec un sourire.

L'inspecteur avait pointé sur moi son index dodu et étrangement menaçant. « Écoutez-moi bien, Monsieur Collins. Ou bien Mr Dickens va faire tout son possible pour rejoindre Drood demain, en cette date anniversaire si importante de leur rencontre à Staplehurst, ou bien Drood trouvera le moyen de voir Dickens. Quoi qu'il en soit, Monsieur, vous êtes en danger si cette entrevue a lieu ici. »

J'avais ri et désigné le minuscule orifice, désormais entièrement muré de façon totalement superflue. « Pensez-vous que Drood pourrait passer par *là* ? » De mes deux mains, je mimai l'exiguïté de l'ouverture antérieure ; un enfant au corps enduit d'huile n'aurait pu s'y glisser.

Field ne me rendit pas mon sourire. « La créature que vous appelez Drood peut s'introduire par des interstices plus étroits que celui-ci, hélas, Monsieur Collins. Pour peu qu'il y soit invité, bien sûr.

— Nous y voilà, Inspecteur, avais-je dit, riant toujours sous cape. Je n'ai jamais invité Mr Drood chez moi.

— Non. Mais peut-être Mr Dickens l'a-t-il fait », avait répliqué l'inspecteur Field. Ses hommes s'étaient alors mis en devoir d'examiner le moindre centimètre carré du reste de ma cave.

« Je pars pour l'Amérique », m'annonça Dickens.

Nous nous délassions dans mon bureau en sirotant un dernier cognac et en fumant un dernier cigare, tandis que le feu sifflait et crépitait à nos pieds et que la pluie battait contre les carreaux. Dickens était aussi silencieux et sombre à présent qu'il avait été jovial et loquace à table, une heure auparavant.

« Vous plaisantez, dis-je.

— Pas du tout.

— Mais… » Je m'interrompis immédiatement. J'avais failli dire : *Mais votre santé ne vous le permettra certainement pas* ; la discrétion m'avait retenu à temps. Plusieurs informateurs m'avaient appris la gravité de l'état de Dickens, parmi lesquels Frank Beard, mon frère Charley et la fille de Dickens, Kate (souvent par le truchement de Charley), ainsi que d'autres amis communs. Mais Dickens n'aurait pas manqué d'être furieux d'apprendre que je n'ignorais rien de ses nombreuses infirmités : une fatigue croissante qui avait été à l'origine de plusieurs malaises entre les représentations de sa tournée du printemps en Écosse et en Angleterre, des problèmes de plus en plus préoccupants avec sa jambe et son rein gauches, des difficultés de digestion, des flatulences accompagnées de maux de tête, sans oublier – et c'était peut-être le plus flagrant – les atteintes de plus en plus manifestes de l'âge.

Je dis tout haut : « J'aurais cru que votre aversion pour l'Amérique et les Américains vous empêcherait d'y retourner. Vous avez clairement exprimé votre mépris pour ce peuple dans vos *Notes américaines* et dans *Martin Chuzzlewit*.

— Pff, fit Dickens en agitant la main. Je me suis rendu en Amérique il y a vingt-cinq ans, mon cher Wilkie. Un endroit aussi arriéré n'a pu que faire des progrès pendant toutes ces années. C'est incontestablement le cas en matière de protection des droits d'auteur et de versements des sommes dues aux écrivains anglais pour leurs ouvrages publiés en feuilletons – comme vous le savez évidemment, à votre plus grand avantage. »

C'était exact. J'avais conclu un excellent contrat avec les Américains pour *Armadale* et étais sur le point de mener à bien les négociations d'un accord encore plus avantageux pour *La Pierre de lune*, dont je venais d'entreprendre la rédaction.

« De surcroît, poursuivit Dickens, je m'y suis fait de nombreux amis, dont certains sont trop âgés ou trop timorés pour entreprendre la traversée. J'aimerais les revoir une dernière fois avant que nous ne mourions, eux ou moi. »

Entendre Dickens parler de la mort ne fut pas sans m'inquiéter. J'avalai ma dernière gorgée de cognac et regardai le feu, imaginant encore ce sot d'inspecteur Field et sa petite légion pelotonnés dehors sous la pluie. Si Dickens devait effectivement agir comme Field prétendait avec insistance qu'il risquait de le faire – alléguer quelque rendez-vous oublié Dieu sait où et s'éclipser au lieu de passer la nuit chez moi –, il n'avait guère de temps à perdre. Il commençait à se faire tard.

« Quoi qu'il en soit, reprit Dickens en s'enfonçant profondément dans les coussins de cuir de sa bergère, j'ai décidé d'y envoyer Dolby au début du mois d'août pour tâter le terrain. Il emportera mes deux nouvelles histoires, "George Silverman s'explique" et "A Holiday Romance". Elles m'ont été commandées par des éditeurs américains et il me semble que ce dernier titre est publié là-bas dans une revue pour enfants qui s'appelle *Our Young Folks* ou quelque chose d'approchant.

— Oui, approuvai-je. Vous m'avez montré "A Holiday Romance" à Gad's Hill il y a quelques semaines, vous vous en souvenez peut-être… et vous m'avez dit que les récits qui y figurent ont été *écrits* par des enfants, qui seraient également les auteurs des expressions saugrenues. Je vous ai cru.

— Je ne sais si je dois me sentir flatté ou insulté, mon cher Wilkie.

— Ni l'un ni l'autre, bien entendu, Charles. Une simple constatation. Comme chaque fois que vous vous lancez dans une entreprise littéraire, vous vous y adonnez entièrement, et de façon convaincante. Mais je me rappelle vous avoir entendu dire qu'il y a vingt-cinq ans, le voyage et les tribulations de votre première tournée américaine avaient bien failli avoir raison de votre énergie. Et Forster clame encore sur tous les toits que les Américains étaient indignes d'un homme de génie tel que vous. Êtes-vous certain, Charles, de vouloir vous soumettre une nouvelle fois à une telle fatigue ? »

Dickens avait accepté mon invitation à reprendre un cigare et il en souffla la fumée en direction de mon plafond. « Il est exact que j'étais plus jeune à l'époque, Wilkie, mais j'étais également épuisé par la rédaction de *L'Horloge de maître Humphrey*. De plus – quelques jours seulement avant mon départ –, j'avais subi une opération chirurgicale qui n'avait rien d'anodin. Ajoutons que les discours que j'ai dû prononcer à mon arrivée en Amérique auraient suffi à éreinter un député sans autres obligations. J'étais également – je l'avoue – moins patient et beaucoup plus irascible que je ne le suis à présent, grâce à la sérénité de l'âge mûr. »

Je méditai sur la prétendue sérénité de son âge mûr. L'inspecteur Field m'avait informé qu'Ellen Ternan avait été malade pendant une bonne partie des mois d'avril et de mai, ce qui avait obligé Charles Dickens – l'homme le plus public peut-être de notre pays – à s'éclipser pendant de longues périodes pour rester au chevet de sa maîtresse souffrante. Les habitudes de secret de Dickens ne concernaient pas seulement ses prétendues rencontres avec la créature du nom de Drood ; la dissimulation était devenue une seconde nature pour lui. J'avais la certitude qu'en deux occasions récentes au moins, Dickens m'avait envoyé des lettres censées avoir été écrites de Gad's Hill Place alors que, en réalité, il était chez Ellen Ternan ou séjournait dans sa résidence clandestine, à proximité de chez elle.

« D'autres raisons me poussent à quitter le pays, murmura Dickens. Et le moment est venu de vous en parler. »

Je haussai légèrement les sourcils, fumai et attendis. Je m'attendais à de nouvelles affabulations ; d'où la surprise que m'inspirèrent les propos de Dickens.

« Vous vous rappelez sans doute le personnage que j'ai évoqué sous le nom de Drood, dit Dickens.

— Bien sûr. Comment aurais-je pu oublier la prétendue histoire de cette créature que vous m'avez racontée, ou notre expédition, il y a deux étés de cela, dans les tunnels qui s'étendent sous la ville ?

— En effet, fit Dickens sèchement. J'ai l'impression que vous ne me croyez pas quand je parle de Drood, mon cher Wilkie... » Il écarta mes objections hâtives d'un geste de la main. « Non, non, écoutez-moi un instant, mon ami. Je vous en prie.

« Il y a bien des choses que je ne vous ai pas confiées, Wilkie... bien des choses que je ne pouvais pas vous confier... bien des choses que vous n'auriez pas crues si je vous les *avais* confiées. Mais l'existence de Drood est parfaitement réelle, comme vous avez été à deux doigts de le constater à Birmingham. »

Une fois encore, j'ouvris la bouche sans pouvoir prononcer un seul mot. De quoi parlait-il ? Je m'étais persuadé depuis longtemps que la vision cauchemardesque que j'avais eue pendant la lecture de Dickens plus d'un an auparavant à Birmingham n'avait été qu'un rêve provoqué par le laudanum et inspiré par cette terrible échauffourée avec des voyous dans une ruelle de cette même ville. Le sang que j'avais découvert ensuite sur le col de ma chemise et sur ma cravate provenait, évidemment, de la légère entaille que m'avait infligée une de ces brutes en effleurant mon cou de la lame de son couteau l'après-midi même, et qui s'était rouverte.

Mais comment Dickens pouvait-il avoir été informé du rêve que j'avais fait sous l'emprise de la drogue ? Je n'en avais parlé à personne, pas même à Caroline ni à Martha.

Sans me laisser le temps de lui poser la question, Dickens reprit la parole.

« Au lieu de vous interroger sur la réalité de Drood, mon cher Wilkie, vous êtes-vous jamais interrogé sur les véritables motivations de la volonté obsessionnelle de votre ami l'inspecteur Field de mettre la main sur cet homme ou de le tuer ? »

Ce « votre ami l'inspecteur Field » me fit rougir. J'avais toujours supposé que Dickens ne savait pas grand-chose, voire ignorait tout, de la poursuite de mes relations avec le détective vieillissant – comment pouvait-il être en être informé ? –, mais il m'arrivait fréquemment d'être surpris par ce que Dickens *semblait* savoir, ou avait réussi, je ne sais comment, à deviner.

À dire vrai, si Drood était réel – ce que je n'étais pas prêt à admettre un seul instant –, il n'était pas exclu que Dickens ait obtenu ses renseignements par le truchement de ce fantôme et de ses agents, un peu comme je le faisais moi-même par l'intermédiaire de l'inspecteur Field et de *ses* agents.

Ce n'était pas la première fois au cours des deux années écoulées que j'avais l'impression de n'être qu'un pion dans quelque terrible partie d'échecs qui se disputait dans les ténèbres nocturnes.

« Vous m'avez dit ce que vous pensiez de la prétendue obsession de l'inspecteur Field, répondis-je. Vous m'avez expliqué qu'il espérait que pareil coup d'éclat lui vaudrait le rétablissement de sa pension.

— Ce motif ne me paraît pas suffisant pour justifier les mesures draconiennes... on pourrait aller jusqu'à dire *désespérées*... qu'a récemment prises l'inspecteur, n'êtes-vous pas de cet avis ? »

J'y réfléchis. Ou, du moins, je fronçai les sourcils, plissai les yeux, reproduisant l'image même de l'homme qui réfléchit. En vérité, j'avais en cet instant une conscience aiguë de la goutte rhumatismale qui se concentrait en une sphère de douleur envahissante derrière mon œil droit, grimpait derrière mon oreille droite, enfonçant ses vrilles de plus en plus profondément dans mon crâne. « En effet, dis-je enfin. Il me semble que vous avez raison.

— Je connais Field », reprit Dickens. Le feu crépita et des braises s'effondrèrent. Il se mit soudain à faire une chaleur d'enfer dans mon bureau. « Je connais Field depuis au moins vingt ans, Wilkie, et son ambition dépasse l'entendement. »

C'est de vous-même que vous parlez, pensai-je sans le dire.

« L'inspecteur Charles Frederick Field est décidé à redevenir chef des détectives, dit Dickens. Il a bien l'intention de prendre la direction du Service de police de Scotland Yard. »

Je ris malgré la douleur croissante qui me torturait. « C'est impossible, Charles, évidemment. Cet homme est très âgé... il doit avoir près de soixante-cinq ans. »

Dickens me jeta un regard noir. « Certains amiraux de la Royal Navy ont plus de quatre-vingts ans, Wilkie. Non, non, ce n'est pas l'âge de Field qui prête à rire, ni même son ambition. Seulement les méthodes qu'il emploie pour arriver à ses fins.

— Mais, répliquai-je promptement, me rendant compte que j'avais froissé Dickens en parlant de grand âge, vous m'avez dit vous-même que l'inspecteur Field n'était pas en faveur auprès de la Metropolitan Police tout entière à la suite de certaines irrégularités qu'il avait commises à titre d'enquêteur privé. On lui a refusé sa pension, sapristi ! Comment voulez-vous qu'il retrouve le poste qu'il a occupé jadis dans la nouvelle force de police londonienne, plus importante et plus moderne !

— Cela se pourrait pourtant, mon cher Wilkie. Cela se pourrait... s'il réussissait à remettre entre les mains de la justice le prétendu cerveau d'une bande d'assassins qui ont plusieurs centaines de victimes à leur actif. Field a appris voici de longues années à manipuler la presse de la ville, et il ne s'en priverait certainement pas aujourd'hui.

— Vous approuvez donc l'inspecteur, Charles, lorsqu'il affirme que Drood est un assassin et le chef d'une bande de criminels ?

— Je n'approuve rien de ce que l'inspecteur Field a pu dire ou imaginer. J'essaie de vous expliquer quelque chose. Dites-moi, mon cher Wilkie, appréciez-vous le Socrate de Platon ? »

Ce coq-à-l'âne me fit cligner des yeux à travers ma migraine grandissante. Charles Dickens était, comme chacun sait, un autodidacte, un peu chatouilleux sur ce point de surcroît, malgré ses efforts opiniâtres pour s'instruire seul toute sa vie durant. Je ne l'avais encore jamais entendu mentionner ni Platon ni Socrate, et imaginais mal le lien que pouvaient avoir ces philosophes avec le sujet qui nous occupait.

« Platon ? dis-je. Socrate ? Oui, bien sûr. Tout à fait épatant.

— Dans ce cas, vous me pardonnerez d'user de maïeutique socratique dans notre recherche commune pour découvrir et mettre au jour une vérité foncière – quoique peu évidente peut-être. »

J'acquiesçai.

« En admettant que l'individu que nous évoquons sous le nom de Drood ne soit pas une simple hallucination ni une illusion créée cyniquement, murmura Dickens, reposant son verre de cognac et joignant l'extrémité de ses doigts, vous êtes-vous demandé, mon cher Wilkie, pourquoi j'ai continué à le voir au cours des deux dernières années ?

— J'étais loin d'imaginer que vous *aviez* continué à le voir, Charles », mentis-je.

Dickens m'adressa un sourire sceptique derrière la pyramide de ses doigts effilés.

« Mais si vous aviez continué à le rencontrer… une hypothèse que je pose pour le simple plaisir du débat, poursuivis-je, j'aurais tendance à m'en tenir à l'explication que vous m'avez donnée précédemment.

— M'initier aux arts les plus raffinés et les plus élevés du mesmérisme, compléta Dickens.

— Précisément. Et vous documenter sur les détails de sa religion antique.

— Des objectifs très dignes, reconnut Dickens. Mais pensez-vous qu'une curiosité aussi anodine justifierait les risques très concrets qu'il me faudrait accepter de courir ? L'acharnement des agents zélés de l'inspecteur Field ? Les expéditions réitérées dans la Ville-du-Dessous ? La simple fréquentation d'un dément qui – à en croire notre estimé inspecteur – a plusieurs centaines de morts à son actif ? »

Je ne comprenais absolument pas ce que Dickens me demandait. Après un instant de flou dû au laudanum qui pouvait passer, espérai-je, pour une profonde méditation, je répondis : « Non, non… certainement pas.

— Bien sûr que non, renchérit Dickens de sa voix d'instituteur. Vous est-il arrivé d'envisager, mon cher Wilkie, que je puisse *protéger* Londres de la fureur de ce monstre ?

— Protéger ? » répétai-je. La goutte rhumatismale m'encerclait désormais la tête, enveloppant de douleur mes deux yeux et mon crâne.

« Vous avez lu mes livres, mon ami. Vous m'avez entendu parler. Vous avez visité les foyers pour indigents et pour femmes déchues que j'ai contribué à créer et que j'ai financés. Vous connaissez mes idées sur les problèmes de la société.

— Oui. Oui, bien sûr, Charles.

— Dans ce cas, avez-vous la moindre idée de la colère qui couve et fermente en ce lieu, dans la Ville-du-Dessous ?

— La colère ? demandai-je. Vous voulez parler de la colère de Drood ?

— Je veux parler de la colère des milliers, des dizaines de milliers peut-être, d'hommes, de femmes et d'enfants qui se réfugient dans ces caves, ces égouts, ces sous-sols et ces taudis souterrains, s'exalta Dickens, haussant le ton au point que Caroline aurait pu l'entendre d'en bas. Je veux parler, mon cher Wilkie, de la colère de ces milliers de Londoniens incapables de survivre au jour le jour dans les pires bouges de la surface et qui se trouvent relégués en bas, dans l'obscurité et la puanteur, comme des rats. Comme des *rats*, Wilkie.

— Des rats, répétai-je. De quoi parlons-nous, Charles ? Vous n'êtes certainement pas en train de me dire que ce... Drood... représente les dizaines de milliers d'habitants les plus misérables de Londres. Enfin, vous m'avez dit vous-même que cet homme était un monstre... un *étranger*. »

Dickens rit tout bas et tapota les extrémités de ses doigts les unes contre les autres à un rythme frénétique. « Si Drood est une illusion, mon cher Wilkie, c'est une illusion qui a pris la forme du cauchemar le plus effroyable que puisse faire le Londres d'en haut. C'est une obscurité au cœur de la plus profonde obscurité de l'âme. C'est la colère personnifiée de ceux qui ont perdu toute lueur d'espoir, aussi ténue soit-elle, en notre ville moderne et en notre monde moderne. »

Je ne pus que secouer la tête. « C'est *moi* qui suis perdu, Charles.

— Je vais recommencer. Il se fait tard. Pourquoi une créature comme Drood serait-elle venue me chercher et me choisir dans le champ de morts de Staplehurst, Wilkie ?

— J'ignorais qu'il vous eût *cherché*, Charles. »

Dickens agita la main droite dans un petit geste d'impatience et brandit à nouveau son cigare. À travers la fumée bleuâtre, il reprit : « *Bien sûr*, il m'a cherché. Vous devriez apprendre à *écouter*, mon cher Wilkie. En qualité de romancier et d'ami très cher, c'est l'unique domaine dans lequel votre sensibilité devrait chercher à s'améliorer. Vous êtes le seul être sur terre à qui j'aie révélé l'existence de Drood et les relations que j'entretiens avec lui. Il faut que vous m'écoutiez si vous voulez comprendre l'importance désastreuse de ce... drame. Ce drame que l'inspecteur Field s'obstine à traiter comme un jeu et une farce.

— J'écoute », dis-je froidement. Je n'appréciais pas que Dickens – un simple romancier dont les derniers livres s'étaient nettement moins bien vendus que les miens et à qui jamais un éditeur n'avait consenti une avance aussi importante qu'à moi – se permette de me donner des leçons.

« Pourquoi Drood m'aurait-il choisi ? De tous les survivants de Staplehurst, pourquoi ce Drood, à peine réveillé et sorti de son cercueil, m'aurait-il choisi ? »

Je réfléchis un instant tout en massant subrepticement ma tempe droite palpitante. « Je n'en sais rien, Charles. Vous étiez sans doute le passager le plus célèbre ce jour-là. » *Avec votre maîtresse et sa mère*, ajoutai-je *in petto*.

Dickens secoua la tête. « Ce n'est pas ma notoriété qui a attiré Drood vers moi et qui le retient aujourd'hui, murmura-t-il entre de longues exhalaisons de fumée bleue. C'est ma compétence.

— Votre compétence.

— *D'écrivain*, précisa Dickens avec un soupçon d'impatience. De... pardonnez cette immodestie qui n'est due qu'à l'importance de ce point – de plus grand écrivain sans doute d'Angleterre.

— Je vois », mentis-je. Mais peut-être commençais-je effectivement à voir enfin. Une lueur, du moins. « Drood veut que vous écriviez quelque chose pour lui. »

Dickens s'esclaffa. Ce n'était pas un rire cynique ni moqueur – le cas échéant, j'aurais peut-être pris ma migraine pour prétexte et serais allé me coucher incontinent. C'était le rire habituel de Dickens, ce rire sincère, espiègle, profond, à gorge déployée.

« Eh oui, acquiesça-t-il en tapotant ses cendres dans le cendrier d'onyx posé près de son fauteuil. Il *exige* que j'écrive quelque chose. Rien de moins que sa biographie, mon cher Wilkie. Une entreprise qui exigerait certainement cinq gros volumes, voire davantage.

— Sa biographie », dis-je à mon tour. Si Dickens en avait assez que je répète ses propos, il en était certainement moins las que moi. La soirée qui avait débuté par un délicieux repas et dans la bonne humeur s'était désormais élevée – ou abaissée – au niveau de la pure démence.

« C'est la seule raison pour laquelle Drood n'a pas déchaîné toute l'ampleur de sa colère contre moi, ma famille, ce maudit inspecteur Field, contre vous, contre tout Londres, reprit Dickens avec abattement.

— Contre *moi* ? »

On aurait pu croire que Dickens ne m'avait pas entendu. « Presque chaque semaine, je descends dans l'Hadès de ce Londres du Dessous, poursuivit-il. Chaque semaine, je sors mon carnet et j'écoute. Je prends des notes. Je hoche la tête. Je pose des questions. Je fais tout mon possible pour prolonger les entretiens. Tout mon possible pour retarder l'inévitable.

— L'inévitable ?

— L'inévitable explosion de fureur du monstre quand il découvrira qu'en vérité, je n'ai pas écrit un traître mot de son exécrable "biographie", mon cher

Wilkie. Mais j'en ai entendu beaucoup... trop. J'ai entendu des descriptions de rituels antiques tellement écœurants qu'ils échapperaient à l'entendement de tout Anglais sain d'esprit. J'ai entendu des histoires d'influence magnétique mesmérienne détournée à des fins atroces et indicibles – séduction, viol, sédition, manipulation d'autrui à des fins de vengeance, terreur, meurtre. J'ai entendu... j'en ai trop entendu.

— Il faut cesser d'y descendre », lançai-je, songeant à l'alcôve paisible et délectable du Roi Lazaree, enfouie dans les profondeurs, sous le cimetière de Saint-Affreux-des-Horreurs.

Dickens rit encore, mais d'un rire plus las. « Si je ne descends pas le voir, c'est lui qui vient me trouver, Wilkie. Pendant ma tournée de lectures. Dans les gares. Dans des hôtels d'Écosse, du pays de Galles et de Birmingham. À Gad's Hill Place. La nuit. C'était bien le visage de Drood qui flottait à ma fenêtre du premier étage la nuit où Dickenson a fait une crise de somnambulisme.

— Drood a-t-il tué Dickenson ? » demandai-je, me précipitant sur l'occasion.

Dickens me regarda, clignant des paupières à plusieurs reprises avant de me répondre lentement, la mine épuisée, coupable peut-être. « Je n'en sais rien, Wilkie. Le jeune homme m'a demandé d'être son tuteur pendant quelques semaines, nominalement c'est tout. Son héritage lui a été versé par ma banque, qui a reçu mon chèque. Puis il... il est parti. C'est tout ce que je puis vous dire.

— Mais certainement, poursuivis-je, poussant l'avantage, il n'aurait pas déplu à Drood, non content de vous faire rédiger sa biographie, de mettre la main sur la fortune de ce garçon. Aurait-il pu user de sa funeste influence mesmérienne pour obtenir de quelqu'un qu'il tue ce jeune homme et s'empare de son or, afin de l'utiliser à ses fins, celles de Drood, j'entends ? »

Dickens me regarda avec tant d'insistance que je reculai dans mon fauteuil.

« Oui, acquiesça l'Inimitable. Avec Drood, tout est possible. Le monstre aurait pu *me* faire tuer le jeune Dickenson et m'obliger à lui apporter son argent dans son temple de la Ville-du-Dessous, sans que j'en conserve le moindre souvenir. J'aurais pris cela pour un rêve, le vague souvenir d'une pièce de théâtre oubliée depuis longtemps. »

Cet aveu me fit battre le cœur et ne fut pas loin de me couper la respiration.

« Ou bien, continua Dickens, il aurait pu *vous* faire commettre ce crime, mon cher Wilkie. Drood connaît votre existence, bien sûr. Drood a des projets pour vous. »

J'expirai, je toussai et essayai de réprimer les palpitations de mon cœur. « Ridicule. Je n'ai jamais rencontré cet homme, si tant est qu'il s'agisse d'un homme.

— En êtes-vous *sûr* ? » demanda Dickens. Le sourire polisson avait réapparu sous la moustache.

Je songeai aux propos inexplicables que Dickens avait tenus sur mon expérience à Birmingham. C'était le bon moment pour l'interroger à ce sujet – l'*unique* moment peut-être –, mais la pulsation de ma migraine était désormais aussi rapide et insistante que les battements de mon cœur dans cette petite pièce surchauffée. Je me contentai de dire : « Vous disiez qu'il lui arrive de venir chez vous, Charles.

« — Oui. » Dickens se laissa retomber dans son fauteuil avec un soupir. Il écrasa le petit bout de cigare qui lui restait. « Cela me ronge, Wilkie. Le secret. La terreur incessante. La dissimulation et la nécessité de feindre en sa présence. Les voyages à Londres et les répercussions de ces descentes dans la Ville-du-Dessous et de ses horreurs. Le sentiment constant qu'une menace pèse sur Georgina, Katey, les enfants… Ellen. Cela me ronge.

— Je comprends », murmurai-je. Je pensai à l'inspecteur Field et à ses acolytes dehors, sous la pluie. À attendre.

« C'est pourquoi, voyez-vous, il faut que j'aille en Amérique, chuchota Dickens. Drood ne m'y suivra pas. Il ne peut pas m'y suivre.

— Pourquoi ? »

Dickens se redressa en sursaut et me regarda, les yeux écarquillés. Pour la première fois de notre longue relation, je lus sur le visage de mon ami la terreur à l'état pur. « Il ne *peut pas* m'y suivre ! cria-t-il.

— Non, bien sûr, que non, m'empressai-je de le rassurer.

— Mais pendant mon absence, reprit Dickens tout bas, vous courrez un grave danger, mon ami.

— Un danger ? Moi ? Pourquoi diable serais-je en danger, Charles ? Je n'ai rien à voir avec Drood ni avec ce jeu effrayant auquel vous jouez avec lui, Field et vous. »

Dickens secoua la tête mais, pendant un moment, il n'eut pas le courage de parler, ni même de me regarder. Finalement, il dit : « Vous serez en danger, Wilkie. Drood vous a déjà effleuré des ailes noires de son contrôle une fois au moins – plusieurs certainement. Il sait où vous habitez. Il connaît vos faiblesses. Et – c'est là le plus terrifiant pour vous – il sait que vous êtes écrivain et que vous êtes très lu à présent, aussi bien ici, en Angleterre, qu'en Amérique.

— Mais qu'est-ce que cela a à voir avec… ? » commençai-je. Je m'interrompis au milieu de ma phrase et Dickens acquiesça à nouveau.

« Oui, chuchota-t-il. Je suis son biographe d'élection, mais il sait qu'il peut en trouver un autre si je venais à mourir… ou s'il découvrait l'étendue de ma trahison désespérée et décidait de se débarrasser de moi. Je ne partirai pas en Amérique avant novembre, au plus tôt – j'ai fort à faire et il me faudra beaucoup d'énergie pour convaincre Drood que je ne me rends aux États-Unis que pour préparer le terrain à la publication de sa biographie. Nous aurons l'occasion de nous reparler à maintes reprises et d'évoquer bien des points ensemble avant que je prenne la mer, Wilkie, mais promettez-moi dès à présent de faire preuve de la plus grande prudence.

— Je vous le promets », répondis-je. Je sus, à cet instant, que mon ami Charles Dickens était devenu fou.

Nous parlâmes d'autre chose, mais je souffrais abominablement et Dickens était manifestement épuisé. Il n'était même pas onze heures quand nous nous quittâmes. Dickens se dirigea vers la chambre d'amis et je regagnai la mienne.

Je laissai à la servante le soin d'éteindre toutes les lampes de la maison.

Caroline m'attendait dans mon lit, endormie, mais je la réveillai pour la renvoyer en bas, dans sa chambre personnelle. Ce n'était pas une nuit où rester au même étage que Dickens et moi.

J'enfilai ma chemise de flanelle et avalai trois grands verres de laudanum. Ce remède généralement efficace ne fit pas grand-chose pour apaiser ma souffrance, pas plus que mon angoisse en cette nuit de juin. Après être resté allongé dans le noir pendant un temps interminable, sentant mon cœur battre dans ma poitrine comme le pendule palpitant mais insonore d'une horloge, je me levai et m'approchai de la fenêtre.

La pluie avait cessé, laissant place à un brouillard d'été qui s'insinuait à travers les haies et les buissons du petit parc, de l'autre côté de l'allée. Le temps couvert n'avait pas permis à la lune d'apparaître, mais les nuages qui passaient rapidement au-dessus des toits étaient éclairés d'une lueur d'un gris blanchâtre presque liquide. Dans les flaques, la lumière du réverbère du coin se réfléchissait en une multitude de taches jaunâtres. Il n'y avait personne dehors cette nuit, pas même le garçon qui avait remplacé Groseille. Je me demandai où Field et ses nombreux agents avaient pris position. Dans cette maison vide, près de l'angle ? Dans l'obscurité de la venelle à l'est ?

Une horloge bien réelle – celle du vestibule, en bas – sonna lentement douze coups.

Je retournai me coucher, fermai les yeux et essayai d'empêcher mon esprit de battre la campagne.

D'en bas, tout en bas, transporté par des murs creux et les conduits de cheminée, me parvint un bruissement subtil. Une course rapide. Une porte qui s'ouvrait ? Non, probablement pas. Une fenêtre alors ? Non. Un bruit de briques que l'on déplaçait lentement dans les ténèbres d'une cave, peut-être, ou un mouvement lent mais déterminé au milieu d'une masse de charbon noir. Une fuite précipitée, de toute évidence.

Je m'assis dans mon lit, remontant les draps contre ma poitrine.

Ma maudite imagination de romancier, secondée peut-être par le laudanum, m'offrait l'image parfaitement distincte d'un rat gros comme un petit chien se frayant un passage à travers le trou restauré dans le mur de la cave à charbon. Mais ce rat géant avait un visage humain. Le visage de Drood.

Une porte grinça. Des lames de parquet gémirent imperceptiblement.

Dickens était-il en train de s'éclipser à la faveur de la nuit, comme l'avait prédit l'inspecteur Field avec une si belle assurance ?

Sortant furtivement de mon lit, j'enfilai mon peignoir et m'agenouillai pour ouvrir le tiroir du bas de ma commode avec des précautions exagérées, soucieux de ne pas faire de bruit. L'énorme pistolet que m'avait remis l'agent Hatchery était là où je l'avais laissé, sous mon linge de corps d'été plié. Il me parut ridiculement lourd et massif dans ma main comme je me dirigeais sur la pointe des pieds jusqu'à la porte. Je l'entrouvris et tressaillis en entendant les gonds protester.

Le corridor était désert, mais j'entendais parler. Des chuchotements. Des voix d'hommes, me sembla-t-il, mais je ne pouvais en être certain.

Me félicitant d'avoir gardé mes bas, je sortis dans le couloir et m'approchai du sommet de l'escalier plongé dans l'obscurité. À part le battement sourd du balancier et le tic-tac de l'horloge du vestibule, en bas, le rez-de-chaussée était parfaitement silencieux.

Les murmures reprirent. Ils venaient du fond du couloir.

Fâchée que je l'aie renvoyée de ma chambre, Caroline aurait-elle pu monter parler à Dickens ? Ou était-ce Carrie, qui avait toujours eu un faible pour Charles Dickens, parmi tous les visiteurs que nous recevions chez nous ?

Non, les chuchotements ne venaient pas de la chambre d'amis où Dickens passait la nuit. J'aperçus un rai vertical de lumière sur le côté de la porte légèrement entrouverte de mon bureau, et longeai discrètement le corridor, le lourd pistolet pointé vers le sol.

Une unique bougie brillait à l'intérieur. Approchant mon visage du chambranle, je distinguai les trois sièges, et trois personnages assis près de l'âtre éteint. Dickens, en robe marocaine rouge, avait pris place dans la bergère à oreilles qu'il avait occupée un peu plus tôt. Il était penché au-dessus de la seule chandelle, son expression masquée par les ombres ; ses mains s'agitaient dans l'air pendant qu'il parlait d'une voix basse mais pressante. Attentif, l'Autre Wilkie était installé dans le fauteuil de mon bureau. Sa barbe était légèrement plus courte que la mienne, comme s'il l'avait taillée récemment, et il portait mes lunettes de rechange. La flamme de la bougie se reflétait dans les deux cercles de verre, prêtant à son regard un éclat démoniaque.

Dans le grand fauteuil qui avait été le mien une heure auparavant et dont le dossier était tourné vers moi, je distinguai un bras noir, de longs doigts pâles et l'esquisse d'un crâne nu émergeant au-dessus du cuir sombre. Je sus qui c'était, bien sûr, avant que la forme s'incline vers la lumière de la bougie pour chuchoter une réponse sifflante à Dickens.

Drood était sous mon toit. Je me rappelai l'image du rat dans la cave à charbon, puis je vis une volute de fumée ou de brouillard qui s'enroulait et s'infiltrait entre les briques, tout en bas, fusionnant pour donner naissance à ce simulacre d'homme.

J'avais le vertige. Je m'appuyai contre le chambranle pour garder l'équilibre, songeant, au même instant, que je pouvais pousser le battant, entrer, tuer Drood de deux coups de pistolet, puis tourner mon arme contre l'Autre Wilkie. Et ensuite peut-être... viser Dickens lui-même.

Non... Je pouvais *tirer* sur Drood, mais réussirais-je à le tuer ? Quant à tirer sur l'Autre Wilkie, cela ne reviendrait-il pas à tirer sur moi-même ? Appelée par une Caroline hystérique, la Metropolitan Police arriverait-elle dans la lumière blême du petit matin pour découvrir trois corps inanimés sur le plancher du bureau de Wilkie Collins, parmi lesquels le cadavre déjà froid de ce même Wilkie Collins ?

Je me penchai pour mieux entendre ce qu'ils disaient, mais les chuchotements s'interrompirent. Dickens fut le premier à lever la tête vers moi. Puis l'Autre Wilkie, son visage rond tassé comme celui d'un lapin au-dessus de sa barbe, sous un interminable front, tourna son visage pâle pour poser les yeux sur moi. Enfin Drood se retourna... lentement, atrocement. Ses yeux sans paupières rougeoyaient comme les braises de l'Enfer.

Oubliant que je tenais toujours le pistolet, je claquai le battant qui se referma dans un bruit mat et regagnai ma chambre. Derrière moi, à peine audible à travers les portes closes de mon bureau, la conversation reprit. Ils ne chuchotaient plus désormais.

Entendis-je vraiment un petit rire avant de refermer et de verrouiller la porte de ma chambre ? Je ne le saurai jamais avec certitude.

23.

Cet été de 1867 fut bien près de nous voir privés de toit, Caroline, Carrie, nos trois domestiques (George, Besse et Agnes) et moi. Nous fûmes en effet à deux doigts de nous retrouver à la rue.

Nous savions, évidemment, que le bail du 9 Melcombe Place arrivait à expiration, mais j'étais convaincu que, malgré mes fréquentes altercations avec mon propriétaire, il pourrait être et serait renouvelé pour un an ou deux, au moins. Ma confiance se révéla infondée. Le mois de juillet fut donc consacré à des courses précipitées d'un bout à l'autre de Londres à la recherche d'un toit.

Faut-il préciser que je fus tellement occupé pendant tout le mois de juin par *La Pierre de Lune* – j'avais rédigé les trois premiers épisodes pour pouvoir les montrer à Dickens à la fin du mois – et que je dus consacrer ensuite tant de temps à un autre projet que Dickens m'avait soumis, que ce fut Caroline qui se chargea de courir aux quatre coins de la ville ?

Pendant qu'elle courait, je me retirais dans la paix de mon cercle pour mettre la dernière main aux trois premiers épisodes de *La Pierre de Lune*.

Je passai les deux derniers jours de juin à Gad's Hill et lus les chapitres achevés à Dickens, lequel fut tellement enchanté par ce qu'il entendit qu'il accepta sur-le-champ de payer quelque sept cent cinquante livres sterling pour en réserver les droits au profit d'*All the Year Round*, la publication du premier épisode étant programmée pour le 15 décembre. J'exploitai immédiatement cette information pour obtenir des frères Harper aux États-Unis qu'ils m'offrent la même somme pour les droits de publication en feuilleton dans leur pays.

Quand je regagnai Londres le 1er juillet, Caroline se mit à bourdonner autour de ma tête comme une mouche affamée, m'exhortant à aller voir plusieurs maisons à louer ou à vendre, qui lui convenaient. J'obtempérai, mais ne fis que perdre mon temps à suivre ses suggestions, à l'exception d'un endroit qui aurait pu être acceptable à Cornwall Terrace. Je reprochai à Caroline d'avoir cherché des résidences hors de Marylebone, car je m'étais attaché à ce quartier. (Je tenais aussi, bien sûr, à ce que la nouvelle demeure que je partagerais avec Caroline et Carrie ne soit pas trop éloignée de Bolsover Street, où « Mrs Dawson » s'était établie de façon quasi permanente.)

Mon vindicatif propriétaire de Melcombe Place exigea alors que nous ayons vidé les lieux le 1er août au plus tard – une sommation que j'accueillis avec sérénité et que j'étais parfaitement disposé à ignorer le jour venu, mais qui valut bien des migraines à Caroline et fut à l'origine de journées de recherches encore plus effrénées, suivies de longues soirées de récriminations volubiles.

En mai, Dickens m'avait invité à collaborer avec

lui à la rédaction d'un long récit destiné au numéro de Noël 1867 d'*All the Year Round* et j'avais accepté, mais uniquement après des négociations prolongées avec Wills, d'une âpreté qui frôlèrent parfois le comique (Dickens avait la prudence d'éviter toutes discussions financières avec moi). J'avais demandé quatre cents livres pour ma partie du récit, un tarif très élevé, j'en conviens, et je t'avouerai, Cher Lecteur, que cette somme ne m'était venue à l'esprit que parce qu'elle était exactement dix fois supérieure à celle que j'avais touchée pour le premier texte de ma plume à avoir été accepté par la revue de Dickens – une histoire intitulée « Sister Rose » – en 1855. J'acceptai finalement de transiger à trois cents livres, non par faiblesse ni par lâcheté, mais parce que je tenais à m'associer publiquement avec Dickens une nouvelle fois et, à titre privé, à panser toutes les petites plaies qu'avait pu infliger l'affaire Drood ce mois-ci.

Dickens fut d'excellente humeur tout l'été. J'étais prêt à consacrer le restant du mois de juillet à la poursuite de mon travail sur *La Pierre de lune* mais, pendant mon séjour à Gad's Hill, Dickens me persuada que nous devions nous engager sans plus tarder dans notre nouvelle collaboration. Il avait proposé une histoire inspirée de notre traversée des Alpes en 1853 – une période très heureuse pour nous deux, à maints égards – et en avait même proposé le titre : *Voie sans issue*.

Caroline fut enchantée d'apprendre que je rangeais provisoirement *La Pierre de lune* dans un tiroir ; elle fut furieuse d'apprendre que je passerais une grande partie des mois suivants à Gad's Hill.

Le lundi qui suivit mon retour de Gad's Hill – enfermée dans sa chambre, Caroline pleurait et larmoyait en m'accusant de la condamner à chercher un nouveau logement sans lui accorder la moindre assistance –, je reçus une note de Dickens, de passage en ville pour travailler au bureau de la revue :

Ce document certifie que je, soussigné Charles Dickens, ai été (provisoirement) un âne bâté en déclarant que le Numéro de Noël serait composé de Trente-deux pages. Je déclare par la présente que ledit Numéro de Noël est composé de Quarante-huit pages, des pages longues et lourdes qui plus est, comme je l'ai prouvé et démontré par le passé à la sueur de mon front.

Tel était l'état d'esprit badin dans lequel Charles Dickens se trouvait en ce mois de juillet de 1867.

Martha R... était, quant à elle, de bien meilleure humeur que Caroline G... cet été-là ; aussi, après avoir travaillé à l'Athenaeum Club, prenais-je presque quotidiennement la direction de Bolsover Street pour y dîner et y passer la nuit. Comme il m'arrivait de temps en temps de prendre une chambre au cercle ou, tout aussi fréquemment, de me rendre en train à Gad's Hill pour discuter de *Voie sans issue* avec Dickens et d'y rester parfois pour la nuit, Caroline ne me posait pas de questions.

Et voilà qu'un soir où je venais de dîner de bonne heure à mon cercle, je levai les yeux pour apercevoir l'inspecteur Charles Frederick Field qui traversait la salle à manger à grandes enjambées. Sans solliciter mon autorisation, il tira une chaise jusqu'à ma table solitaire et s'assit.

Ma première impulsion fut de lancer : « Seuls les gentlemen sont admis dans ce cercle, me semble-t-il, Inspecteur », mais, en voyant son visage fendu d'un sourire tout à fait inhabituel, je me bornai à me tamponner les lèvres avec ma serviette, à lever un sourcil interrogateur, et à attendre.

« Bonnes nouvelles, mon cher Monsieur Collins. J'ai voulu être le premier à vous les annoncer.

— Auriez-vous attrapé… – je parcourus des yeux la vaste salle où quelques rares autres convives étaient attablés –… notre gentleman souterrain ?

— Pas encore, Monsieur. Pas encore. Mais cela ne saurait tarder ! Non, cela concerne votre actuel problème de logement. »

Je n'avais pas prévenu l'inspecteur Field que notre bail n'était pas renouvelé, mais je ne m'étonnais plus des informations que cet homme arrivait à se procurer. Je continuai donc à attendre.

« Vous vous rappelez certainement l'obstacle que faisait valoir Mrs Shernwold, dit-il tout bas, jetant autour de lui des regards de conspirateur.

— Bien sûr.

— Eh bien, figurez-vous que cet obstacle est levé. »

J'en fus sincèrement surpris. « Cette dame aurait-elle changé d'avis ?

— Cette dame, répondit l'inspecteur Field, est morte. »

Je clignai des yeux à plusieurs reprises et me penchai en avant, renchérissant encore sur le ton de conspirateur de l'inspecteur. « Que lui est-il arrivé ? »

Mrs Shernwold était une de ces vieilles ratatinées, maigres et grincheuses, d'une soixantaine d'années, qui semblait bien décidée à vivre jusqu'à plus de quatre-vingt-dix ans en devenant encore plus maigre, et encore plus grincheuse.

« Elle a eu la bonne grâce de tomber dans l'escalier et de se rompre le cou, Monsieur Collins.

— Quelle horreur ! Où cela ?

— Ma foi, dans la maison du 90 Gloucester Place, il est vrai, mais dans l'escalier de service. Ce n'est pas un lieu qui risque de vous rappeler désagréablement son infortune si vous deviez emménager dans cette demeure.

— L'escalier de service, répétai-je en songeant à ma dame à la peau verte et aux défenses d'ivoire. Mais que diable faisait Mrs Shernwold dans l'escalier de service ?

— Nous ne le saurons jamais, gloussa l'inspecteur. Tout de même, elle n'aurait pu mieux choisir son moment, n'est-ce pas, Monsieur Collins ? À présent, rien ne vous empêche plus de faire une offre pour cette maison.

— Et le fils missionnaire ? Il va probablement rentrer d'Afrique ou bien de je ne sais où et... »

L'inspecteur Field écarta cette objection d'une main calleuse. « Figurez-vous que cette pauvre Mrs Shernwold n'a jamais remboursé l'hypothèque consentie sur le 90 Gloucester Place. La maison ne lui ayant jamais appartenu, il lui était impossible de la céder à qui que ce fût.

— Qui détient l'acte de propriété, alors ?

— Lord Portman. En réalité, cette demeure a *toujours* appartenu à lord Portman.

— Mais je connais lord Portman ! » m'écriai-je assez fort pour que plusieurs convives se retournent. D'une voix beaucoup plus douce, je poursuivis : « Je

624

lui ai été présenté, Inspecteur. C'est un homme raisonnable. Il me semble qu'il est propriétaire d'une grande partie des immeubles situés autour de Portman Square... sur Baker Street aussi bien que sur Gloucester Square.

— Je crois que vous avez raison, Monsieur Collins, acquiesça Field avec ce sourire satisfait et étrangement maléfique.

— Avez-vous une idée du prix qu'il en demande ?

— J'ai pris la liberté de m'en enquérir. Lord Portman accepterait, dit-il, un bail de vingt ans sur cette maison, moyennant huit cents livres. Ce prix comprend évidemment les charmantes écuries de la ruelle. Il est possible de les sous-louer afin d'alléger d'autant le montant du loyer. »

J'avais la bouche sèche et bus une gorgée de porto. Huit cents livres ! C'était une fortune – supérieure à mes disponibilités du moment –, mais je savais que, le jour où ma mère disparaîtrait, Charley et moi hériterions, à parts égales, des cinq mille livres que lui avait laissées sa tante, alors que – en vertu des dispositions testamentaires de notre père – le reste du capital de la succession de mes deux parents resterait immobilisé. Au demeurant, l'inspecteur avait certainement raison quant à la possibilité de sous-louer les écuries, plutôt agréables.

L'inspecteur Field avait tiré de la poche de sa veste deux cigares d'une couleur étrangement foncée. « Je suppose que le règlement de votre cercle autorise que l'on fume dans la salle à manger, s'enquit-il.

— Bien sûr. »

Il coupa les extrémités des deux cigares et m'en tendit un, alluma le sien, tira dessus d'un air béat et tendit l'allumette pour allumer le mien. Je me penchai et le laissai faire.

L'inspecteur Field fit signe à Bartles, le plus âgé et le plus digne des serveurs du club, et lui dit : « Mon brave, auriez-vous l'amabilité de m'apporter un verre de ce que boit Monsieur Collins ? Merci. »

Tandis que Bartles s'éloignait – les sourcils légèrement froncés devant le ton péremptoire de cet étranger médiocrement vêtu –, je m'étonnais, et ce n'était pas la première fois, du lien étroit qui unissait désormais ma destinée à celle de ce policier étrange et arrogant.

« Un excellent cigare, ne trouvez-vous pas, Monsieur Collins ? »

On aurait dit quelque chose qui aurait poussé et aurait été récolté dans une chaussure moisie au fond d'une cave oubliée. « De premier choix », acquiesçai-je.

Le vin de l'inspecteur arriva et l'élément parcimonieux toujours vigilant et toujours prudent de mon esprit l'ajouta, à contrecœur, à l'ardoise déjà considérable que j'avais ici.

« À votre très bonne fortune, Monsieur », dit l'inspecteur Field en levant son verre.

Je levai le mien et, au moment où les verres en cristal s'entrechoquèrent, je me dis que Caroline allait peut-être enfin cesser de se plaindre et de pleurnicher. J'avoue que pas une fois ce jour-là ni les jours qui suivirent, je ne pensai à la malheureuse Mrs Shernwold et à l'ironie de son sort, sauf pour mentir à Caroline à propos du lieu et des circonstances du trépas de la vieille dame.

Je crois qu'il est temps, Cher Lecteur de mon avenir posthume, que je te parle un peu de l'Autre Wilkie.

Force m'est de présumer que, jusqu'à présent, tu as pris cet Autre Wilkie pour le fruit de mon imagination ou pour un des effets du laudanum que je suis contraint d'absorber. Il n'est ni l'un ni l'autre.

Ma vie durant, j'ai été hanté par un second moi. Quand j'étais tout petit, j'étais persuadé d'avoir un jumeau qui partageait mes jeux et j'en parlais fréquemment à ma mère. Encore enfant, j'entendais mon père évoquer les leçons de dessin qu'il donnait « à Wilkie ». Or je savais n'avoir pas été à la maison à ce moment-là. C'était mon double qui avait bénéficié de ses conseils. Et alors que j'étais un tout jeune homme de quinze ans et que je découvris l'amour charnel avec une femme plus âgée que moi, je ne fus pas très surpris d'apercevoir, en jetant un regard dans l'angle obscur, l'Autre Wilkie – aussi jeune, les yeux aussi brillants et aussi imberbe que moi – observer la scène avec un vif intérêt. Au début de l'âge adulte, ce second moi sembla se replier dans la grisaille d'où il avait surgi. Pendant longtemps, je crus l'avoir définitivement laissé derrière moi.

Mais quelques années avant la période que j'évoque dans cet essai, au moment où ma goutte rhumatoïde commença à m'infliger des douleurs continues et tellement intolérables que seule la teinture d'opium me soulageait, l'Autre Wilkie était revenu. Tandis que ma personnalité était devenue plus douce, plus amène, plus amicale à l'égard de mes semblables, celle de l'Autre Wilkie semblait s'être faite plus âpre et plus agressive au cours de notre séparation. Il y a des années de cela, quand j'avais fait la connaissance de Percy Fitzgerald (avant que Fitzgerald devienne un commensal de Dickens), j'avais avoué à mon cadet que j'étais « *soumis à une curieuse influence spectrale* » et que j'éprouvais « *souvent l'impression qu'"'il y a quelqu'un derrière moi"* ».

Je n'ai jamais nié le rôle que jouait le laudanum dans l'apparition de cet Autre Wilkie. Comme l'a écrit un jour Thomas De Quincey, auteur des *Confessions d'un Anglais mangeur d'opium* et ami de mes deux parents : « *Si un homme "qui ne parle que de bœufs" devenait mangeur d'opium, il est fort probable que (en admettant qu'il ne soit pas trop borné pour rêver) – il rêvera de bœufs.* » Tant dans mes écrits que dans ma vie, j'avais toujours été obsédé par les questions d'identité double – par l'existence d'un *Doppelgänger*, une sorte de sosie rôdant juste au-delà des limites nébuleuses de la réalité quotidienne. Aussi n'est-il pas surprenant que l'opium que je consommais quotidiennement, une drogue utilisée si fréquemment et avec une telle efficacité pour ouvrir les portes donnant sur d'autres réalités, ait fait resurgir l'Autre Wilkie, le compagnon de jeux de mon enfance.

Si tu connais mes écrits, Cher Lecteur, tu n'ignoreras pas que cette question d'identité se retrouve dans la plupart de mes récits et dans tous mes romans, à commencer par *Antonina*, que j'ai écrit à vingt-deux ans seulement. Les doubles, qui incarnent bien souvent le bien et le mal, parcourent les pages de mes histoires. Il n'est pas rare que mes personnages (je songe à Laura Fairlie dans ma *Dame en blanc* et à Magdalen Vanstone dans mon plus récent *Sans nom*) se voient violemment et cruellement dépouiller de leur identité, et soient contraints d'habiter les coques vides d'autres noms, d'autres esprits, d'autres peaux.

Même quand ils réussissent à conserver leur identité propre, mes personnages romanesques sont souvent obligés de la dissimuler, d'en adopter une autre ou d'en affronter la perte à la suite d'une atteinte portée à leur vision, à leur ouïe, à leur élocution, ou à cause de la perte de membres. De nouvelles personnalités ne cessent d'émerger à l'intérieur même de mes personnages, une transformation provoquée de plus en plus fréquemment par l'usage de drogues.

Charles Dickens méprisait cette facette de mes écrits, mais, de toute évidence, mes lecteurs l'adoraient. Et je dois avouer que je n'étais pas le seul auteur obsédé par ces questions d'« autre moi » et d'identités doubles, jumelles ou confuses : dans son œuvre, un certain plumitif du nom de William Shakespeare avait déjà traité ces thèmes et ces conventions avec beaucoup plus de constance que moi.

Je me suis souvent demandé – avant même le début de la période cauchemardesque de Drood – si je n'étais pas un homme de moindre valeur en raison des traits dont je relevais l'absence chez moi, mais qui étaient probablement présents chez l'Autre Wilkie. Je songe, par exemple, à mon nom.

Tout le monde, semble-t-il, m'appelait « Wilkie », au lieu de « Mr Collins » (bien que l'inspecteur Field et ses agents aient pris la peine d'employer cette formule honorifique), ou même de « Collins » (alors que je pouvais appeler Charles Dickens « mon cher Dickens » en face) – simplement « Wilkie ». Comme si j'étais resté à jamais un enfant pour les autres, et jusqu'aux yeux des enfants eux-mêmes. Carrie m'a toujours appelé

Wilkie. La ribambelle d'enfants de Dickens, jusqu'à l'âge adulte, m'ont appelé Wilkie, sauf quand Dickens, Catherine ou Georgina les rappelaient à l'ordre. Des membres de mon cercle qui ne se seraient jamais adressés à leurs pairs par leur prénom, alors même qu'ils pouvaient se connaître depuis des décennies, se permettaient de me donner du Wilkie presque immédiatement après que nous avions été présentés.

C'était singulier.

Le lendemain matin de la nuit où j'avais surpris Dickens en grande conversation avec Drood et l'Autre Wilkie dans mon bureau – avant de me retirer en toute hâte –, j'avouai à l'Inimitable en prenant le petit déjeuner que j'avais fait un rêve étrange à propos d'une réunion de ce genre.

« Mais elle était parfaitement réelle ! s'écria Dickens. Vous étiez là, mon cher Wilkie ! Nous avons passé des heures à discuter.

— Je ne me rappelle rien du contenu de cet entretien, observai-je, sentant des aiguilles glacées me picoter la peau.

— Cela vaut peut-être mieux. Il arrive à Drood d'user de son influence magnétique pour effacer une partie ou l'intégralité des souvenirs d'une entrevue s'il juge que ces souvenirs peuvent présenter un danger pour lui-même ou pour son interlocuteur. Cette occultation mesmérienne est évidemment inefficace sur moi, puisque je pratique moi-même les arts magnétiques. »

Ah ! vraiment ? songeai-je sarcastiquement avant de dire tout haut : « Si ce rêve était réel, si cette rencontre a vraiment eu lieu, comment Drood s'est-il introduit dans la maison ? Je sais, voyez-vous, que le bâtiment était solidement verrouillé. »

Dickens sourit tout en enduisant de confiture une deuxième tartine. « Il ne m'a pas éclairé sur ce point, mon cher Wilkie. J'ai eu l'impression, au cours des deux dernières années, qu'il est peu de lieux où Drood ne puisse pénétrer pour peu qu'il le désire.

— Vous voulez dire que c'est une sorte de fantôme.

— Pas du tout, mon cher Wilkie, pas du tout.

— Auriez-vous alors la bonté de m'indiquer, demandai-je avec quelque âpreté, le contenu de ces "heures" d'entretien… un contenu que ce spectre m'a, selon vous, ordonné d'oublier ? »

Dickens hésita. « Je le ferai, dit-il enfin. Mais il me paraît préférable d'attendre. Peut-être n'est-il pas dans votre intérêt, mon cher Wilkie, d'être informé dès à présent de certains événements imminents. S'y ajoutent d'autres faits que vous feriez mieux d'ignorer, pour préserver votre propre honneur… c'est ainsi que vous pourrez dire, en toute sincérité, à l'inspecteur Charles Frederick Field que vous n'avez pas rencontré Drood et n'avez aucune connaissance des projets de cette créature.

— Dans ce cas, pourquoi m'en a-t-il – ou m'en avez-vous – parlé la nuit dernière ? » insistai-je. Je n'avais pas encore pris mon laudanum matinal ; tout mon corps et ma tête me le rappelaient douloureusement.

« Pour obtenir votre autorisation.

— Quelle autorisation ? » Je sentais la colère me gagner.

Dickens sourit encore, et me tapota le bras d'une manière insupportable. « Vous le saurez bien assez tôt, mon ami. Et, quand ces choses adviendront, je vous livrerai tous les détails de notre longue conversation de la nuit dernière. Je vous en donne ma parole. »

Je dus m'en contenter, tout en restant bien peu convaincu de la réalité d'une rencontre entre Drood, Dickens et l'Autre Wilkie. Il me semblait plus probable que Dickens exploitait mon rêve inspiré par le laudanum à ses propres fins insondables.

Ou que l'Autre Wilkie poursuivait ses propres fins et projets secrets. Une pensée qui me donna la chair de poule.

Nous nous installâmes au numéro 90 Gloucester Place au début du mois de septembre 1867. J'avais été obligé de contracter un prêt par le biais de mes avoués pour l'acquisition du bail d'un montant de huit cents livres sterling, mais l'inspecteur Field ne s'était pas trompé quant à la possibilité de louer les écuries qui donnaient sur la ruelle, derrière la maison ; je les cédai pour quarante livres par an à une dame qui possédait quatre chevaux, mais j'allais avoir bien du mal à obtenir qu'elle me paie son loyer en temps voulu.

La maison de Gloucester Place était bien plus vaste et plus élégante que celle que nous avions louée Melcombe Place. En mitoyenneté, elle était en retrait par rapport à la rue, possédait quatre étages et était largement assez spacieuse pour loger une famille bien plus grande que la nôtre et des domestiques nettement plus nombreux, plus stylés et plus fringants que nos trois pauvres épaves. Nous avions désormais suffisamment de chambres d'amis pour inviter une cohorte de visiteurs. La salle à manger du rez-de-chaussée couvrait une surface trois fois supérieure à celle de Melcombe Place et nous utilisions une pièce très confortable, située juste derrière celle-ci, comme petit salon familial. Je pris immédiatement possession de l'immense double salon en L du rez-de-chaussée pour en faire mon bureau, bien qu'il fût directement sur le passage des visiteurs qui arrivaient dans le vestibule, des domestiques qui faisaient le ménage, de Caroline qui travaillait dans le salon voisin et de toutes les autres allées et venues de la vie quotidienne. Mais, avec son immense cheminée, ses hautes fenêtres, son emplacement central et son atmosphère aérée, il ne rappelait en rien l'obscurité recluse de mon bureau de Melcombe Place. Je ne pouvais qu'espérer que l'Autre Wilkie ne déménagerait pas avec nous.

À la fin de l'automne, quand les travaux de restauration furent enfin achevés, la maison était tout à fait à mon goût. J'avais mis des livres et des tableaux partout, bien sûr, et les murs lambrissés de Gloucester Place se prêtaient bien mieux à l'exposition de mes œuvres d'art que ceux de nos précédentes résidences, sombres et recouverts de papier peint.

J'avais un portrait de ma mère jeune fille, en robe blanche – peint par Margaret Carpenter –, que j'accrochai dans mon bureau. Ma mère ne l'y vit jamais (il n'aurait pas été convenable qu'elle visite cette demeure en présence de Caroline G...), mais je lui fis savoir dans une lettre qu'il lui ressemblait « encore tout à fait, après toutes ces années ». (Ce n'était pas parfaitement vrai, car ma mère avait désormais plus de soixante-dix ans et était très marquée par l'âge.)

J'avais aussi dans mon bureau un portrait de mon père et une vue de Sorrente peinte par celui-ci, de grandes toiles qui flanquaient ma table de travail massive, laquelle avait également appartenu à mon père.

Sur un autre mur lambrissé de la pièce, j'avais suspendu un portrait de moi jeune homme réalisé par mon frère, Charley, et un autre portrait, toujours de moi, par Millais. La seule œuvre de ma création que contînt la maison était ma peinture d'académie, *La Retraite du contrebandier*, que j'installai dans la salle à manger.

Je n'avais pas confiance dans l'éclairage au gaz – une innovation dont Dickens et d'autres raffolaient –, de sorte que mes appartements, mes livres, mes rideaux, ma table de travail et mes toiles du numéro 90 Gloucester Place continuaient à être éclairés par des bougies de cire et des lampes à kérosène, exactement comme dans mes demeures précédentes. J'adorais la lumière douce dont les bougies et les flambées paraient tout ce qu'elles éclairaient – notamment les visages des gens réunis autour de l'âtre ou d'une table de dîner – et ne l'aurais pour rien au monde remplacée par l'éclat cru et inhumain des lampes à gaz. Il n'en est pas moins vrai que travailler à la bougie ou à la lueur d'une lanterne me causait souvent de terribles migraines qui exigeaient l'absorption de doses accrues de laudanum. Mais l'ambiance était à ce prix.

Malgré son extérieur grandiose, la maison s'était quelque peu délabrée sous le régime de feu Mrs Shernwold, et il fallut à une petite armée d'ouvriers plus d'un mois pour peindre, réparer ou installer la plomberie, abattre des cloisons, remettre des lambris et des carrelages, et, en général, rendre la maison conforme à ce que l'on pouvait attendre de la demeure d'un célèbre auteur.

La première mesure que je pris pour rendre ce tohu-bohu supportable fut de fermer ma porte à toutes les visites mondaines. La seconde consista à m'éloigner de la félicité potentielle du 90 Gloucester Place – dormant et travaillant pendant des semaines d'affilée exclusivement dans le cottage de ma mère à Southborough, ou à Gad's Hill Place – et à confier à Caroline la surveillance des travaux poussiéreux et salissants. Comme je l'écrivis à mon ami Frederick Lehman le 10 septembre, le lendemain de notre déménagement –, « *J'ai dû quitter une vieille maison – en trouver une nouvelle – négocier et en prendre livraison – consulter des avocats et des entrepreneurs – employer des ouvriers britanniques – et, pendant tout ce temps-là, poursuivre mes affaires littéraires sans un seul jour d'interruption* ».

L'automne fut chaud, ce qui nous permit, à Dickens et moi, de travailler la plupart du temps sur *Sans issue* dans son adorable petit chalet suisse. Dickens avait transformé sa longue table de travail du premier étage en une sorte de bureau d'associés – avec deux espaces pour les jambes – et nous passions de longues heures à gribouiller de conserve, dans un confortable silence automnal que troublaient seulement le bourdonnement des abeilles et celui d'un commentaire ou d'une question occasionnels de l'un ou l'autre d'entre nous.

Vers la fin du mois d'août, Dickens m'avait envoyé un message très caractéristique de la liberté d'échanges de vues et de narrations qui marquerait notre collaboration sur ce projet :

J'ai une idée générale qui offrira, je l'espère, un intérêt du genre que nous recherchons. Arrangeons-nous pour prendre comme point culminant une fuite hivernale et une poursuite à travers les Alpes, dans la solitude, malgré toutes les mises en garde. N'épar-

*gnons aucune des horreurs et aucun des dangers
que recèle une telle aventure dans les conditions
les plus épouvantables, qu'il s'agisse d'échapper à
quelqu'un ou d'essayer de le rejoindre (je serais
assez tenté par cette dernière solution), d'échapper à ou de rejoindre la personne dont dépendent
l'amour, la prospérité et la vengeance de l'intrigue.
Cela nous permettrait d'éveiller un intérêt spectral,
un intérêt pittoresque, un intérêt fébrile de temps
et de circonstances, et de conduire inéluctablement
la conception au sommet de puissance que nous
désirons, quel qu'il soit. Si vous conservez cela
à l'esprit, comme je le ferai moi-même, poussant
l'histoire vers ce but au fur et à mesure que nous
avançons, nous en tirerons une véritable Avalanche
de puissance, que nous ferons retomber sur la tête
des lecteurs dans un fracas de tonnerre.*

La fin septembre était arrivée et nous n'avions pas
encore d'Avalanche. Dickens se voyait contraint de
me rapporter : « *Je trottine à l'allure d'une brouette
poussée par un Retraité de Greenwich* » et « *Comme
vous, je travaille avec une lenteur d'escargot...* ». Mais
le fait de travailler ensemble à Gad's Hill précipita
l'allure de nos récits distincts et mélangés, tout en
affermissant notre enthousiasme.

Le 5 octobre, j'étais de retour au cottage de ma
mère, savourant de bons repas et le sentiment que
la fin de nos efforts communs se profilait, lorsque
Dickens m'adressa le message suivant :

*J'ai envoyé Marguerite à la rescousse et fait en
sorte que Vendale – pour la ménager – présente cela*

636

comme un accident survenu dans la tempête et rien de plus. À propos, Obenreizer s'est fait faire une estafilade par Vendale, avec son propre poignard. Cela dans l'éventualité où vous voudriez qu'il ait une cicatrice. Sinon, peu importe. Je ne doute pas que mes Épreuves de l'aventure en Montagne seront bourrées de fautes, car mon manuscrit n'est pas très lisible. Mais vous verrez de quoi il retourne. J'imagine largement le Dénouement *comme vous – sans autres vues pour le moment. Je réfléchirai à la question d'Obenreizer (Suicide ?). J'ai fait de Marguerite une femme entièrement dévouée à son amant. Dès que vous m'avertirez que vous êtes prêt, nous fixerons un moment pour nous retrouver ici et en finir.*

Je me demande, Cher Lecteur, quelle peut être, à plus d'un siècle de distance, la valeur de ces notes de travail entre deux auteurs aussi professionnels. Bien faible, sans doute, mais en raison de la gloire dont Dickens jouissait, de mon vivant même, peut-être ces missives cryptiques et hâtivement griffonnées présenteront-elles un jour quelque intérêt pour un universitaire de second rang. Pourrions-nous en dire autant des notes que j'ai personnellement adressées à Dickens ? Hélas, nous ne le saurons jamais, car il brûlait régulièrement toute la correspondance qu'il recevait, continuant en quelque sorte d'alimenter l'incendie qu'il avait allumé à l'automne de 1860.

Ce fut en ce même 5 octobre, le premier samedi du mois, que je rentrai chez moi au numéro 90 Gloucester Square – n'ayant ni écrit ni télégraphié à Caroline pour la prévenir de mon arrivée. Il était tard et la plupart des lumières étaient éteintes dans les pièces de la nouvelle maison, mais je découvris Caroline à la cuisine en train de dîner en étrange compagnie.

J'avoue avoir été saisi de stupeur, voire irrité. Caroline me sourit sans se lever de table – les domestiques étaient sortis ce soir-là –, mais il me sembla voir une rougeur naître au niveau de son décolleté pour se répandre derrière ses oreilles puis autour de ses joues.

« Qu'est cela ? demandai-je à l'individu assis avec elle. Qui êtes-vous ? »

C'était une sorte de petite fouine malingre, au teint cireux, sans la moindre prestance, vêtue d'une veste de moleskine tout ce qu'il y a d'ordinaire. Tout en cet homme était ordinaire, au demeurant. Il se leva et fit mine de me répondre, mais, avant qu'il n'ait pu prononcer un mot, je poursuivis : « Attendez, je vous connais... Je vous ai *engagé* il y a un mois. Clow, c'est bien cela ? Ou quelque chose de ce genre. Vous êtes plombier.

— Joseph Clow, Monsieur, dit-il d'une voix geignarde qui trahissait la présence de végétations hypertrophiées. Oui, c'est exact, Monsieur. Nous avons fini aujourd'hui la plomberie des étages et votre gouvernante, Mrs G..., a eu l'amabilité de m'inviter à dîner ici, Monsieur. »

Je jetai à ma « gouvernante » un regard cinglant, mais elle se contenta de me sourire. Quelle insolence ! Je venais d'emprunter et de dépenser la somme atterrante de huit cents livres sterling pour acheter à cette coquine l'une des plus belles demeures des environs de Portman Square, et elle donnait rendez-vous à un ouvrier ordinaire sous mon propre toit, derrière mon dos !

« Très bien, murmurai-je avec un sourire qui annonçait clairement à Caroline : *Nous réglerons cette affaire plus tard*. Je passais chercher du linge. Je vais à mon cercle.

— Votre gouvernante prépare un délicieux pudding aux raisins », remarqua cet individu. Si j'avais relevé la moindre impertinence, le plus infime soupçon de sarcasme, je pense que je l'aurais frappé, mais son commentaire semblait parfaitement innocent.

« Le père de Mr Clow est distillateur et Mr Clow a des intérêts dans cette affaire, intervint Caroline, ne reculant pas devant une nouvelle effronterie. Il a apporté un excellent xérès pour célébrer la fin des travaux. »

Je hochai la tête et montai à l'étage. Je ne manquais pas de linge dans ma valise. En réalité, j'étais rentré pour renouveler ma provision de laudanum à partir de mon gros flacon. Après avoir rempli ma flasque de voyage et avalé deux grands verres, je me dirigeai vers ma commode, tâtonnai dans le tiroir du bas entre mes sous-vêtements et trouvai le pistolet chargé que Hatchery m'avait donné si longtemps auparavant.

Qui pourrait me blâmer si j'abattais à la fois Caroline et son plombier maigrichon, moustachu et crasseux d'amant ? Cet individu avait probablement couché avant moi dans ma nouvelle demeure, et dans mon propre lit – je pouvais du moins être assuré qu'il l'avait espéré.

Mais je me rappelai alors qu'aux yeux du monde extérieur, Caroline G… était effectivement ma gouvernante, et non mon épouse. J'étais certainement en droit d'abattre Joseph Clow comme intrus, mais peu de jurés ou de juges trouveraient justifié que je tue un gentleman en visite qui avait accepté de dîner dans la cuisine des domestiques avec ma gouvernante. Ce maudit xérès lui-même pourrait être retenu à charge contre moi par un procureur zélé.

Avec un sourire sinistre, je rangeai le pistolet, remplis pour la forme une valise de vêtements, vérifiai que j'avais bien bouché ma flasque et sortis par la porte d'entrée pour passer la nuit à mon cercle. Je ne fis pas le détour par-derrière, ne tenant pas à revoir Caroline – rougissante et charmante à la lueur des bougies malgré son âge avancé de plus de trente ans – ni sa fouine de plombier, amant et mari en perspective.

Au moment d'arriver à mon cercle, je sifflotais et j'étais d'excellente humeur. J'imaginais déjà comment je pourrais me servir de Mr Joseph Clow à mes propres fins.

Nous achevâmes *Sans issue*, Dickens et moi, à la fin du mois d'octobre, avec plusieurs semaines de retard sur nos prévisions. J'étais chargé des droits d'impression et engageai des négociations avec Frederick Chapman, mais, en définitive, George Smith, de Smith & Elder, fit une offre supérieure et je conclus immédiatement l'affaire avec lui.

Dickens sentait aussi bien que moi le potentiel théâtral de *Sans issue*. Or, en ce temps-là, n'importe quel escroc disposant d'une scène et de quelques acteurs pouvait s'emparer d'un matériau littéraire en étant simplement le premier à l'adapter. Nous décidâmes donc de couper l'herbe sous le pied d'un éventuel aigrefin en réalisant nous-mêmes l'adaptation théâtrale de cet ouvrage. Pressé de régler ses affaires avant son départ pour l'Amérique, Dickens esquissa en quelques traits un vague scénario pour Fechter, notre ami commun, acteur et imprésario, et me confia la responsabilité du difficile travail d'adaptation après que lui-même, Dickens, aurait quitté le pays.

À la fin d'octobre, la grande maison du 90 Gloucester Place était achevée à ma satisfaction – même la plomberie –, et Caroline et moi donnâmes un dîner de pendaison de crémaillère qui fut en même temps une réception d'adieu en l'honneur de Dickens, lequel devait prendre la mer pour l'Amérique le 9 novembre. J'engageai pour l'occasion une excellente cuisinière française – elle allait travailler régulièrement pour nous dans les années à venir, sans vivre cependant sous notre toit – et participai activement à la confection du menu et à la supervision des préparatifs.

La réception fut un grand succès et inaugura toute une série de soirées dans la demeure de Gloucester Place.

Quelques jours plus tard, le 2 novembre, je participai à l'organisation d'un immense banquet d'adieu, beaucoup plus officiel, donné en hommage à Dickens au Freemason's Hall. Quatre cent cinquante invités, la fine fleur du monde artistique, littéraire et théâtral de Londres – uniquement des hommes, bien sûr –, se bousculaient dans le corps principal du bâtiment, tandis qu'une centaine de femmes (dont la fourbe mais charmante Caroline G..., ainsi que la belle-sœur de Dickens, Georgina, et sa fille Mary) étaient confinées dans la galerie des dames. Elles furent cependant autorisées à rejoindre les hommes ensuite, pour le café. La fille de Caroline, Carrie, qui approchait de ses dix-sept ans, était également présente à cette soirée. Dans mon agitation, j'avais écrit deux fois aux organisateurs pour vérifier que ma demande de billets pour ces deux dames avait été acceptée.

L'orchestre des Grenadier Guards s'était installé dans une autre galerie pour jouer. Un invité surprise se présenta en la personne de Sydney, le fils de Dickens, marin dont le bâtiment venait d'accoster à Portsmouth deux nuits plus tôt. Des drapeaux britanniques et américains ornaient la grande salle à manger, et une série de panneaux avaient été installés au-dessus de vingt arcades ornées de couronnes de laurier, portant chacun le titre d'un des ouvrages de Charles Dickens. Lord Lytton, qui avait fêté ses soixante-quatre ans mais semblait en avoir le double, présidait la soirée, planant au-dessus des cérémonies comme un oiseau de proie en habit noir et aux yeux perçants.

Quand Dickens se leva enfin pour prendre la parole après une kyrielle d'éloges hyperboliques, mon collaborateur commença par chanceler puis fondit en larmes. Quand il retrouva enfin sa voix, ce fut pour prononcer des paroles éloquentes, mais, bien des gens l'admirent ensuite, moins éloquentes que ses pleurs.

J'avoue qu'assis à la table principale, ce soir-là, j'avais la tête qui chavirait à cause du vin et d'une tournée supplémentaire de laudanum fortifiant, et que je me demandais ce que tous ces illustres invités – le président de la Haute Cour de justice Cockburn, sir Charles Russell, lord Houghton, tout un troupeau de membres de l'Académie royale, le lord-maire de Londres – diraient s'ils avaient pu voir Dickens se glisser dans les égouts de la Ville-du-Dessous, comme je l'avais fait. Ou s'ils avaient eu le moindre soupçon du sort probable d'un jeune homme solitaire du nom d'Edmond Dickenson.

Peut-être cela leur aurait-il été parfaitement indifférent.

Le 9 novembre, je me rendis à Liverpool avec Caroline et Carrie pour assister au départ de Dickens pour l'Amérique.

On avait attribué à l'écrivain la spacieuse cabine du commandant en second sur le pont du *Cuba*. (Carrie me demanda plus tard où le commandant en second pouvait bien dormir pendant la traversée et je dus avouer que je n'en avais pas la moindre idée.) Contrairement à la plupart de celles du navire, cette cabine disposait à la fois d'une porte et d'une fenêtre que l'on pouvait ouvrir pour laisser pénétrer la fraîche brise marine.

Dickens se montra irritable et distrait pendant notre courte visite. J'étais le seul à savoir pourquoi. Et je ne le savais que grâce à la poursuite de mon association avec l'inspecteur Field.

Bien qu'il eût découvert par lui-même la nature conservatrice et puritaine des Américains un quart de siècle plus tôt, Dickens n'avait pas encore renoncé à se faire accompagner d'Ellen Ternan dans cette nouvelle tournée américaine, envisageant de la faire passer pour une assistante de Dolby. C'était parfaitement irréaliste ; il est vrai que, s'agissant de pareilles lubies, Dickens était un incorrigible romantique.

Je n'étais pas censé le savoir, mais l'Inimitable avait pris des dispositions avec Wills, à la revue. Celui-ci était chargé de transmettre un télégramme chiffré à la jeune actrice lui expliquant ce qu'elle était censée faire lorsque Dickens serait arrivé dans le Nouveau Monde. À réception du message « Tout va bien », elle devait se précipiter vers le premier bateau en partance pour l'Amérique, tous frais payés grâce à un compte que Dickens avait confié à Wills. Le message moins enthousiaste – « En bonne santé » – l'inviterait à rester sur le continent, où elle se trouvait alors en vacances avec sa mère, en attendant d'être informée de son destin.

Dans son cœur – ou peut-être vaudrait-il mieux écrire « dans son esprit rationnel » –, Dickens devait savoir en ce beau jour du 9 novembre – comme je l'avais su dès que j'avais entendu parler de ce projet absurde par l'inspecteur Field – que le message que recevrait Ellen par l'intermédiaire de Wills serait iné-luctablement : « En bonne santé », c'est-à-dire « soli-taire mais très, très soumis au regard désapprobateur, fureteur, accusateur de l'opinion publique américaine ».

Nos propres adieux furent chargés d'émotion. Dic-kens n'ignorait pas la masse de travail qu'il m'avait laissée sur les bras – la relecture des épreuves et les révisions de *Sans issue* ainsi que la rédaction du scénario et la réalisation de la mise en scène avec Fechter –, mais ce n'était pas l'unique motif de cette émotion. Après avoir redescendu la passerelle avec Carrie et Caroline, je regagnai la spacieuse cabinet du commandant en second, prétextant avoir oublié un de mes gants. Dickens m'attendait.

« Je prie Dieu que Drood ne me suive pas en Amé-rique, me chuchota-t-il alors que nous nous serrions encore une fois la main pour nous dire adieu.

— Il ne le fera pas », déclarai-je avec une assurance que j'étais loin d'éprouver.

Alors que je m'apprêtais à m'éloigner, songeant qu'il était possible – et même probable – que je ne revoie jamais mon ami Charles Dickens, il m'arrêta.

« Wilkie… au cours de la conversation que nous avons eue avec Drood dans votre bureau le 9 juin, cet entretien dont vous n'avez pas gardé le souvenir… je crois nécessaire de vous avertir… »

J'étais paralysé. J'eus l'impression que mon sang s'était figé en glace et que cette glace avait envahi toutes mes cellules.

« Vous avez accepté d'être le biographe de Drood s'il devait m'arriver quelque chose », acheva Dickens. Il avait l'air de souffrir du mal de mer, alors même que le *Cuba* était encore solidement amarré au quai du port de Liverpool et ne tanguait pas le moins du monde. « Drood a menacé de vous tuer, vous et toute votre famille, si vous manquiez à cette promesse… exactement comme il a menacé, à maintes reprises, de me tuer, moi et ma famille. S'il découvre que je suis parti en Amérique pour lui échapper et non pour négocier avec les éditeurs de là-bas la publication de sa biographie… »

Une minute plus tard, je constatai que j'arrivais à cligner des yeux. Une minute encore, et je pouvais parler. « Oubliez tout cela, Charles, dis-je. Faites une bonne tournée en Amérique. Revenez-nous sain et sauf. »

Je sortis de la cabine et descendis la passerelle pour rejoindre une Carrie impatiente et une Caroline préoccupée et boudeuse.

24.

Au cours du mois qui suivit le départ de Dickens pour l'Amérique, ce fut un peu comme si mon père était mort pour la seconde fois. Ce n'était pas une sensation si désagréable que cela.

Je n'avais jamais été aussi occupé. Dickens ne m'avait pas seulement laissé les révisions et les épreuves de *Sans issue*, il m'avait également chargé de préparer la publication de l'intégralité du numéro de Noël d'*All the Year Round*. Notre ami William Henry Wills – le lieutenant de l'Inimitable à la revue, qui s'était inflexiblement opposé dans un premier temps au départ de Dickens pour l'Amérique – en fut un peu déconcerté mais, en bon soldat, il ne tarda pas à reprendre ses fonctions de lieutenant, sous *mes* ordres cette fois. Durant le mois de novembre, je passai de plus en plus de temps dans les bureaux de la revue et – Dickens m'ayant également prié d'aller régulièrement voir si tout allait bien à Gad's Hill où se trouvaient Georgina, Mary et Katey (et comme je trouvais plus facile de réviser et de rédiger *La Pierre de lune* là-bas, d'autant plus que mon frère Charley y passait également le plus clair de son temps), je ne tardai pas à mener la vie de Charles Dickens davantage que celle de Wilkie Collins.

Caroline aurait certainement approuvé ce jugement, sans y mettre pourtant la bonne grâce et l'humour que j'attendais d'elle, et elle manifestait une fâcheuse tendance à me faire des scènes dès que je venais passer quelques jours au numéro 90 Gloucester Place. Le mois de décembre approchant, je fus de moins en moins présent dans ma nouvelle maison londonienne, et de plus en plus à Gad's Hill, lorsque je ne prenais pas mes repas dans les appartements de Dickens et que je ne dormais pas dans son confortable lit, au-dessus des bureaux de la revue.

Le hasard voulut que je sois là quand le télégramme « En bonne santé » arriva à l'intention de Wills avant d'être dûment réexpédié à Florence, où Ellen Ternan se trouvait avec sa mère et sa famille. Comment Dickens avait-il pu imaginer qu'Ellen pourrait faire le voyage seule depuis l'Italie et traverser l'Atlantique jusqu'en Amérique ? Je me le demande encore. Ce fantasme n'était qu'un autre indice des rêves romantiques dans lesquels Dickens s'égarait alors. J'appris plus tard par Wills, presque fortuitement, que Dickens savait avant de prendre la mer que les Américains n'auraient pas approuvé la présence d'une célibataire dans son petit entourage. Dolby avait sondé le terrain peu après son arrivée et fait connaître son avis sur l'opportunité de la venue d'Ellen par une unique syllabe télégraphiée : « Non ».

Nous avions estimé, Dickens et moi, qu'il serait bon que l'adaptation scénique de *Sans issue* soit donnée à l'Adelphi Theatre à une date aussi voisine de Noël que possible et que notre ami commun Charles Fechter joue le rôle du scélérat, Obenreizer. J'avais été impressionné par les interprétations de ce comédien presque quinze ans auparavant, et j'avais fait sa connaissance en 1860 quand il était à Londres pour jouer *Ruy Blas* de Victor Hugo. Juste après cette rencontre, mus par une impulsion commune, Fechter et moi nous étions dispensés de toutes les formalités préliminaires qui président au commerce des hommes pour devenir sur-le-champ d'excellents amis.

Né à Londres d'une mère anglaise et d'un père allemand, élevé en France mais ayant choisi de se réinstaller à Londres, Fechter était un homme d'un charme et d'une loyauté rares – le chalet suisse au grand complet qu'il avait offert à Dickens deux Noëls auparavant était un exemple typique de sa générosité et de sa spontanéité –, mais il n'avait pas plus de sens des affaires qu'un enfant.

Le salon londonien de Fechter était peut-être le seul à être moins conformiste que le mien. Alors que j'avais l'habitude d'abandonner les convives en plein dîner, les laissant aux bons soins de Caroline, si je devais me rendre d'urgence à un rendez-vous théâtral ou ailleurs, Fechter s'était rendu célèbre pour accueillir ses invités en robe de chambre et en pantoufles, et pour leur permettre de choisir la bouteille de vin qu'ils préféraient pour qu'ils l'emportent à table avec eux. Nous étions tous deux grands amateurs de cuisine française et, à deux reprises, nous mîmes à l'épreuve les inépuisables ressources de la gastronomie de ce pays en dînant d'un aliment unique, accommodé de différentes façons. Je me rappelle qu'il nous est arrivé de dîner de six plats de pommes de terre et, une autre fois, de huit plats à base d'œufs.

En tant qu'acteur, Fechter n'avait qu'un défaut : il souffrait d'un trac épouvantable, et il était de notoriété publique qu'avant le lever du rideau, son habilleuse le suivait partout en coulisse, armée d'une cuvette.

Entre novembre et décembre, je rédigeai à la hâte l'adaptation scénique de *Sans issue* et en envoyai directement les épreuves à Fechter, qui me fit savoir qu'il était « tombé follement amoureux du sujet », acceptant immédiatement de collaborer à la pièce. Je ne fus pas surpris qu'il ait apprécié le personnage principal, le fourbe Obenreizer, car Dickens et moi avions songé à lui en le créant.

Les jours où je prenais le train de Rochester pour me rendre à Gad's Hill Place, il m'était facile d'imaginer que Charles Dickens était parti pour de bon – cela ne me paraissait toujours pas exclu en raison de son état de santé précaire (bien que dissimulé à la plupart des gens) et des redoutables épreuves de sa tournée de lectures américaine – et que non seulement je pourrais un jour occuper sa place dans le monde, mais que je l'occupais *déjà*.

Sans issue devait être publié dans *All the Year Round* au début du mois de décembre, et je ne doutais pas de son immense succès. Le nom de Dickens n'y était évidemment pas étranger – cela faisait à présent vingt ans que ses récits de Noël incitaient le public à se bousculer pour acheter le numéro de décembre de ses deux revues successives –, mais il n'était pas moins vrai que ma *Dame en blanc* s'était mieux vendue que certaines des histoires que Dickens avait publiées en feuilleton, et j'étais certain que *La Pierre de lune* ferait mieux encore en 1868. Assis à Gad's Hill Place à la table du dîner avec Georgina à ma gauche, mon frère

Charley à ma droite, Kate à l'autre bout de la table et en présence de plusieurs autres enfants de Dickens, j'avais l'impression d'avoir remplacé l'Inimitable aussi sûrement, aussi aisément et aussi complètement que Georgina Hogarth avait remplacé Catherine Dickens.

Quant à mes recherches en cours pour *La Pierre de lune*, après avoir pris contact avec de nombreuses personnes pour rassembler des informations de première main sur l'Inde (et réunir des détails sur les pratiques religieuses hindoues et mahométanes), je me mis en relation avec un certain John Wyllie, qui avait servi dans la province indienne du Kathiawar pendant ses années au sein de l'Indian Civil Service.

« Il n'est pas de région de l'Inde... aussi fanatiquement hindoue dans sa religion et aussi étonnamment barbare dans son éthique primitive », me confia Wyllie entre de nombreux petits verres de brandy. Il me conseilla une série de lettres ou d'articles de Wheeler publiée dans l'*Englishman*. « Les mystères d'Éleusis, ajouta-t-il, ne sont que plaisanterie par comparaison avec les abominations qui y sont révélées. »

Quand je lui expliquai que mon petit groupe d'Hindous de *La Pierre de lune* devaient, en effet, être abominables, mais ne pas être dénués de la noblesse du martyre, car il leur faudrait consacrer des décennies à apaiser leurs divinités après avoir violé la règle de leur caste leur interdisant de traverser l'« Eau sombre », Wyllie s'étrangla de rire et me répondit catégoriquement que leur réintégration dans leur caste dépendrait davantage du versement de pots-de-vin aux bons brahmanes que de la réussite de l'épreuve de purification de toute une vie que prévoyait mon récit.

Je rejetai donc la plupart des commentaires et des

conseils de Mr John Wyllie, anciennement de l'Indian Civil Service, pour obéir aux ordres de ma muse. Pour le cadre anglais de mon roman, je me bornai à puiser dans mes souvenirs du littoral du Yorkshire. Pour les événements historiques – la partie principale du roman devant commencer en 1848 –, je continuai à m'appuyer sur l'excellente bibliothèque de l'Athenaeum. La seule information que je tirai des recommandations de Mr Wyllie concernait la sauvage province indienne du Kathiawar ; les hommes blancs étaient si peu nombreux à y être allés, à y avoir vécu et à en avoir parlé, que je décidai que rien ne m'empêchait d'inventer ses particularités géographiques ou topographiques et ses variétés et cultes singuliers de la religion hindoue.

Je continuais à travailler tous les jours sur mon roman, malgré les contraintes inimaginables de la préparation scénique de *Sans issue*.

Des informations à propos de notre pièce étaient, je ne sais comment, arrivées aux États-Unis avant le coauteur du récit dont elle s'inspirait. Je reçus une lettre de Dickens m'annonçant qu'il avait été accueilli par des directeurs de théâtre dès qu'il avait débarqué à New York ; ils semblaient croire qu'il avait en poche le texte de *Sans issue*. Dickens me demanda de lui envoyer des copies de chaque acte au fur et à mesure de leur rédaction, et ajoutait : *« Je ne doute guère, mon cher Wilkie, d'être en mesure de tirer un bon parti du Drame. »*

Suivit un échange de correspondance animé, Dickens me faisant savoir qu'il se hâtait de trouver un citoyen américain à qui nous puissions remettre le manuscrit, nous assurant ainsi des droits de représentation en Amérique tout en veillant à tirer quelque profit d'une telle production. La veille de Noël, Dickens avait reçu mon exemplaire définitif de la pièce, ce qui m'avait valu cette réponse de Boston : « *La pièce est faite avec* beaucoup de soin et de talent, *mais je crains qu'elle ne soit trop longue. Son sort aura été scellé avant que vous ne receviez cette lettre, mais je doute fort de son succès...* » Le reste de ce message exprimait les craintes de Dickens de voir une version *quelconque* de notre histoire piratée par les Américains, mais en vérité, ces quelques mots « *... mais je doute fort de son succès* » m'avaient fait perdre tout intérêt pour ce projet.

Malgré toutes les obligations qui sollicitaient mon temps et mon énergie, j'avais honoré, à la mi-décembre, une requête écrite de l'inspecteur Field qui désirait me rencontrer sur le pont de Waterloo. Je m'attendais à ce qu'il avait à me dire, et je dois reconnaître que mes prévisions n'étaient pas erronées. Le vieux détective semblait insupportablement content de lui-même, ce qui pouvait paraître étrange à première vue, car après que je lui avais confirmé qu'il n'était rien arrivé de fâcheux chez moi le 9 juin précédent, la piste de Drood était devenue vraiment ténue. Mais tandis que nous franchissions le pont de Waterloo balayé par une brise chargée de quelques flocons de neige, nos cols remontés et la lourde cape de laine de Field voletant autour de ses épaules comme les ailes d'une chauve-souris, l'une des premières nouvelles que m'annonça l'inspecteur était que la Metropolitan Police avait arrêté un Malais soupçonné de meurtre. Il se révéla qu'il s'agissait d'un des lieutenants de Drood et qu'il était en train de subir un interrogatoire

« énergique » dans une cellule profonde, au moment même où nous nous promenions. Les premières informations qu'il avait livrées donnaient à entendre que Drood avait peut-être quitté la Ville-du-Dessous et se cachait dans les taudis à la surface de Londres. Ils disposeraient bientôt – ce n'était qu'une question de temps, me confia l'inspecteur Field – de la piste la plus sûre pour les conduire à l'assassin égyptien qu'ils aient jamais eue depuis des dizaines d'années d'efforts incessants.

« La police partage donc ses informations avec vous », remarquai-je.

L'inspecteur Field découvrit ses grandes dents jaunes dans un large sourire. « L'interrogatoire est mené par mes propres hommes et par moi-même, Monsieur Collins. Je dispose encore de quelques bons amis dans la police, voyez-vous, même si le commissaire et ses supérieurs continuent à me traiter avec moins de respect que je n'en mérite.

— L'actuel directeur du Service de police sait-il qu'un des lieutenants de Drood a été arrêté ? demandai-je.

— Pas encore, reconnut Field, en posant son index dodu le long de son nez. Mais vous vous demandez peut-être pourquoi je vous ai donné rendez-vous par une journée aussi glaciale, Monsieur Collins.

— Oui, mentis-je.

— Ma foi, ce n'est pas sans regret que je me vois dans l'obligation de vous annoncer que notre longue relation de travail touche à son terme, Monsieur Collins. J'en suis très peiné, mais mes ressources sont limitées – comme vous pouvez l'imaginer, Monsieur –

et je dois dès à présent les concentrer sur la Partie Finale que je dispute avec le monstre Drood.

— Je suis… surpris, Inspecteur », dis-je en remontant mon écharpe rouge sur mon visage pour dissimuler mon sourire. C'était exactement ce que j'avais prévu. « Cela signifie-t-il qu'il n'y aura plus de jeune garçon posté près du numéro 90 Gloucester Place pour transmettre des messages entre nous dans un sens ou dans l'autre ?

— Hélas, c'est exact, Monsieur Collins. Ce qui me rappelle le triste sort de ce pauvre petit Groseille. » À cet instant, le vieil homme m'étonna en sortant un immense mouchoir de la poche de son manteau, en y plongeant son nez rougeoyant et en se mouchant à plusieurs reprises.

« Ma foi, s'il *faut* mettre fin à notre relation de travail…, dis-je comme si cette perspective m'inspirait une tristesse réticente.

— Je le crains, Monsieur Collins. Et je pense aussi, Monsieur, que Drood n'a plus besoin de notre ami commun Mr Charles Dickens.

— Vraiment ? Comment en êtes-vous arrivé à cette conclusion, Inspecteur ?

— Ma foi, le premier point, et le plus important, est que l'anniversaire de la rencontre de Staplehurst en juin dernier s'est passé sans que Drood cherche à entrer en relation avec Mr Dickens, et inversement, Monsieur.

— De toute évidence, votre cordon d'agents excellemment formés a empêché Drood d'honorer son rendez-vous », lançai-je comme nous tournions le dos au vent et entreprenions de retraverser le pont dans l'autre sens.

L'inspecteur Field s'étrangla. « Ne croyez pas cela, Monsieur. Quand Drood veut aller quelque part, il y *va*. Cinq cents des meilleurs agents de la police métropolitaine n'auraient pas suffi à l'empêcher de rencontrer Dickens cette nuit-là – sous votre propre toit, Monsieur, au besoin – s'il l'avait *voulu*. Telle est la nature diabolique de ce monstre étranger. Mais l'élément définitif et absolument convaincant qui me permet de déduire que Mr Dickens n'a plus aucune utilité pour Drood est que l'écrivain se trouve actuellement en Amérique du Nord.

— En quoi est-ce un élément convaincant, Inspecteur ?

— Drood n'aurait *jamais* laissé Mr Dickens partir aussi loin s'il avait encore besoin de lui, observa le vieux détective.

— Fascinant, murmurai-je.

— Et savez-vous pourquoi il avait besoin de lui, Monsieur Collins ? Nous n'en avons jamais parlé.

— Je n'avais jamais réfléchi à ce point, Inspecteur, répondis-je, heureux que l'air glacé sur mes joues dénudées dissimule ma rougeur de menteur.

— Drood envisageait de faire écrire Mr Dickens pour lui, Monsieur, m'annonça l'inspecteur Field du ton de la révélation. Sous la contrainte au besoin. Je ne serais pas étonné que Drood ait provoqué lui-même toute la tragédie de Staplehurst à seule fin de mettre le plus célèbre romancier d'Angleterre sous sa coupe. »

C'était ridicule, cela va sans dire. Comment « le monstre étranger » issu de l'imagination du vieux détective aurait-il pu savoir que Dickens ne trouverait pas la mort lorsque les voitures de première classe avaient quitté le pont inachevé pour plonger dans le ravin ? Je me contentais pourtant de répéter : « Fascinant.

— Et devinez-vous, Monsieur Collins, ce que Drood aurait voulu que Mr Dickens écrive et publie pour lui ?

— Sa biographie ? » hasardai-je, ne fût-ce que pour montrer à ce vieillard que je n'étais pas un complet imbécile.

« Non, Monsieur, rétorqua l'inspecteur Field. Une sorte de recueil consacré à la religion païenne égyptienne de l'Antiquité avec toutes ses pratiques perverses, ses rituels et ses secrets de magie. »

J'avoue que je fus étonné. Je m'arrêtai et l'inspecteur Field en fit autant. Les fiacres fermés qui passaient avaient allumé leurs lanternes latérales, alors que nous étions seulement au milieu de l'après-midi. Les hauts bâtiments qui se dressaient le long du fleuve n'étaient que des ombres bleu-noir, percées, elles aussi, de la lueur de lampes.

« Pourquoi Drood demanderait-il à un romancier de consigner les caractéristiques d'une religion disparue ? » demandai-je.

L'inspecteur Field sourit de toutes ses dents et se tapota encore le nez. « Elle ne l'est pas aux yeux de Drood, Monsieur Collins. Elle ne l'est pas aux yeux de sa légion d'adeptes de la Ville-du-Dessous, si vous comprenez ce que je veux dire, Monsieur. Voyez-vous cela, Monsieur ? »

Je tournai les yeux en direction de ce que désignait l'inspecteur, au nord-est, le long du fleuve.

« L'Adelphi Theatre ? demandai-je. Le site de la vieille usine de cirage de Warren, un peu plus loin ? Ou voulez-vous parler de Scotland Yard lui-même ?

— Je veux parler de tout cela, Monsieur Collins. Et

ce n'est pas tout – jusqu'à St James's Palace puis, en remontant Piccadilly vers Trafalgar Square et au-delà, Charing Cross et Leicester Square compris, avant de revenir en longeant le Strand vers Covent Garden.

— Et puis, Inspecteur ?

— Imaginez une immense pyramide de verre, monsieur Collins. Imaginez tout Londres, de Billingsgate à Bloomsbury et à Regent's Park, intégralement recouvert de pyramides de verre et de sphinx de bronze... Imaginez cela si vous le pouvez, Monsieur. Car c'est bien ce qu'imagine Drood.

— C'est dément.

— Oui, Monsieur Collins, c'est complètement dément, rit l'inspecteur Field. Mais c'est ce que souhaitent Drood et ses adeptes des vieilles divinités égyptiennes qui rampent au fond de leurs cryptes, Monsieur. Et c'est ce qu'ils ont l'intention de réaliser, sinon au cours de notre siècle, du moins au prochain. Imaginez ces pyramides de verre – et les temples, Monsieur, et les rites secrets auxquels on se livre dans ces temples, avec de la magie mesmérienne et des esclaves soumis à l'influence mentale de ceux qui l'exercent – se dressant au XXe siècle partout où se portent vos regards.

— Folie.

— Oui, Monsieur, acquiesça l'inspecteur Field. Mais la folie de Drood ne le rend pas moins dangereux. Au contraire, dirais-je.

— Bien, repris-je quand nous eûmes rejoint une nouvelle fois l'extrémité du pont. Je n'ai rien à regretter. Merci pour tous vos soins et pour votre protection, Inspecteur Field. »

Le vieil homme hocha la tête avant de tousser derrière sa main. « Il reste un dernier détail, Monsieur. Une conséquence indirecte et malheureuse de la fin de notre collaboration, en quelque sorte.

— De quoi s'agit-il, Inspecteur ?

— Votre... euh... recherche, Monsieur.

— Je ne comprends pas très bien, fis-je, alors que j'avais parfaitement compris.

— Votre recherche sur les fumeries d'opium de la Ville-du-Dessous, Monsieur. Vos excursions du jeudi dans la fumerie du Roi Lazaree, pour être plus précis. Je suis navré de devoir vous annoncer qu'il m'est impossible de continuer à mettre le détective Hatchery à votre disposition comme guide et garde du corps personnel.

— Ahhh ! soufflai-je, je vois. Eh bien, Inspecteur, ne vous faites pas de souci. J'avais en tout état de cause l'intention de mettre fin à cet aspect de mes recherches. Voyez-vous, avec une pièce à monter et un nouveau roman dont j'ai déjà écrit plus de la moitié, je n'ai tout simplement pas le temps de poursuivre ces recherches, et, du reste, je n'en ai plus besoin.

— Vraiment, Monsieur ? Ma foi... j'avoue que je suis soulagé de l'apprendre. Je craignais que la nouvelle affectation du détective Hatchery ne soit source de désagrément pour vous.

— Pas du tout », le rassurai-je. En vérité, mes rendez-vous au pub préalables à ma descente chez le Roi Lazaree s'étaient depuis longtemps transformés en dîners hebdomadaires avec Hatchery. Et en novembre, au cours d'un de ces dîners, ce dernier – qui était désormais mon espion – m'avait averti que l'inspecteur Field ne tarderait pas à le dégager de ses fonctions de garde du corps et d'accompagnateur de mes excursions du jeudi.

Je m'y étais préparé et lui avais demandé – très diplomatiquement – s'il était libre de se livrer à des missions d'enquête hors du cadre de l'agence de l'inspecteur Field.

Il l'était, m'avait-il répondu. Effectivement, il l'était. En fait, il avait veillé à ce que les nouvelles tâches que lui confiait l'inspecteur Field lui permettent de disposer de ses soirées du jeudi. « Je lui ai dit que c'était pour mes filles », me confia Hatchery pendant que nous fumions des cigares en prenant le café.

Je lui avais offert une somme généreuse pour qu'il continue à assurer ma protection, sans en parler à ses supérieurs. Hatchery avait accepté sur-le-champ et une poignée de main avait scellé l'affaire, sa paume gigantesque enveloppant la mienne.

C'est ainsi qu'en ce jour de la mi-décembre 1867, l'inspecteur Field et moi échangeâmes également une poignée de main avant de repartir sur le pont de Waterloo dans des directions opposées, supposant – pour ma part en tout cas – que nous ne nous reverrions plus.

La semaine même où j'effaçai l'inspecteur Field de mon existence, je me rendis à un autre rendez-vous, que j'avais moi-même fixé celui-là, Au Coq et au Fromage de Cheshire, un restaurant de Fleet Street. Arrivant délibérément en retard, je trouvai Joseph Clow à table. Malgré son costume de serge mal coupé, il avait l'air extrêmement mal à l'aise dans cet environnement évidemment bien plus raffiné – et plus luxueux – que ce plombier et fils de distillateur n'en avait l'habitude.

J'appelai le sommelier et commandai à boire, mais,

avant que j'aie pu m'adresser à Clow, le petit homme mince et sournois bredouilla : « Monsieur,... Monsieur Collins... si c'est à cause que j'étais là pour dîner ce soir d'octobre, je m'excuse, Monsieur, tout ce que je peux dire, c'est que votre gouvernante, Mrs G..., elle m'avait invité pour me remercier d'avoir fini la plomberie de l'étage plus tôt que c'était prévu, Monsieur. Si c'était pas correct que je reste, et je vois bien que peut-être ça l'était pas, je veux juste dire que je suis très désolé et que...

— Ne vous excusez pas, ne vous excusez pas », l'interrompis-je. Posant la main sur sa manche au tissage grossier, je donnai immédiatement le ton : « Je vous ai invité ici, Monsieur Clow... puis-je vous appeler Joseph ?... pour vous présenter mes excuses. Je suis sûr que mon expression de surprise ce soir-là, il y a deux mois, a pu être interprétée... a certainement été interprétée... pour une marque de désapprobation, et j'espère qu'en vous offrant un bon repas ici, Au Coq et au Fromage du Cheshire, je pourrai réparer tant soit peu cette méprise.

— C'est pas la peine, Monsieur, c'est pas la peine... » recommença Clow, mais je l'interrompis encore.

« Voyez-vous, monsieur Clow... Joseph... c'est en qualité d'employeur de longue date de Mrs G... que je m'adresse à vous aujourd'hui. Peut-être vous a-t-elle dit que cela fait désormais plusieurs années qu'elle est à mon service.

— Oui », acquiesça Clow.

Nous fûmes interrompus par l'arrivée du garçon, qui me reconnut et me salua avec effusion. Conscient que Clow était bien trop désorienté pour faire son choix parmi les plats du menu, je passai commande pour nous deux.

« Oui, poursuivis-je, bien que Mrs G... soit encore très jeune, sa fille et elle sont à mon service depuis de longues années. En vérité, depuis qu'Harriet – c'est sa fille – était encore toute petite. Quel âge avez-vous, Monsieur Clow ?

— Vingt-six ans, Monsieur.

— Je vous en prie, faites-moi l'honneur de m'appeler Wilkie, dis-je avec chaleur. Je vous appellerai moi-même Joseph. »

Le jeune homme au visage étroit cligna rapidement des paupières. De toute évidence, il n'était pas habitué à franchir ainsi les barrières de classe.

« Comprenez-vous, Joseph, j'éprouve la plus profonde estime pour Mrs G... et un respect absolu pour mon obligation de veiller sur elle et sur sa délicieuse fille.

— Oui, Monsieur. »

Le vin arriva, fut approuvé, et je veillai à ce que le verre de Clow fût rempli à ras bord.

« Quand elle m'a confié l'affection que vous lui inspirez, Joseph, j'ai été surpris... j'avoue avoir été surpris, car jamais Caroline... Mrs G... n'avait parlé en des termes aussi élogieux d'un gentleman, durant toutes les années où elle a été à mon service. Mais ses sentiments et ses visées sont de la plus haute priorité pour moi, Joseph. Soyez-en assuré.

— Oui, Monsieur », répéta Clow. Il avait l'air d'avoir reçu sur la tête l'un de ses plus lourds outils de plombier.

« Mrs G... est une jeune femme, Joseph, continuai-je. Elle était encore toute jeune fille quand elle est entrée à mon service. Malgré ses nombreuses obligations et ses responsabilités multiples dans mon ménage, c'est toujours une jeune femme, d'un âge très comparable au vôtre. »

En vérité, Caroline allait avoir trente-huit ans à son prochain anniversaire, le 3 février, moins de deux mois plus tard.

« Bien sûr, la dot que lui a constituée son père est considérable et je serai plus qu'enchanté de la compléter, poursuivis-je. Elle vient s'ajouter à son modeste héritage, cela va de soi. » Son père était mort à Bath en janvier 1852, il n'y avait pas l'ombre d'une dot pas plus que d'un héritage et je n'avais pas la moindre intention d'ajouter un demi-penny à ces sommes nulles additionnées.

« C'est-à-dire, Monsieur... Wilkie, Monsieur... ce n'était qu'un dîner tardif parce que Mrs G..., elle a dit que j'avais travaillé si dur pour faire la plomberie, Monsieur », protesta Clow.

Les plats commencèrent alors à arriver, ses yeux s'écarquillèrent devant leur qualité et leur quantité et notre conversation se fit encore plus unilatérale tandis que je continuais à remplir son verre et à insister sur mon objectif étrange, subtil, apparemment désintéressé et d'une entière mauvaise foi.

Ma mère se plaignait également à cette époque et exigeait que je lui consacre plus de temps. Elle avait commencé à souffrir, prétendait-elle, de douleurs indéfinies mais insoutenables. Je devais résister à l'envie de lui rappeler qu'à soixante-dix-sept ans, des douleurs indéfinies (et parfois, peut-être, insoutenables) étaient un des prix de la longévité.

Ma mère s'était toujours plainte, et ma mère avait toujours été en bonne santé : meilleure que celle de son mari, qui était mort jeune ; meilleure que celle de son fils Charles, torturé depuis des années par des douleurs gastriques qui se révéleraient être un cancer ; et meilleure, indéniablement, que celle de son malheureux fils Wilkie, affligé d'une goutte rhumatismale qui l'aveuglait périodiquement de souffrance.

Quoi qu'il en fût, Mère se plaignait et demandait – exigeait presque – que je passe plusieurs jours avec elle à Tunbridge Wells vers la Noël. C'était impossible. Au demeurant, Caroline réclamait, elle aussi, ma présence à la maison avec Carrie pour Noël ou plusieurs jours autour de Noël. Ce qui était tout aussi impossible.

La première représentation de *Sans issue* était prévue pour Boxing Day – le lendemain de Noël.

Le 20 décembre, j'écrivis à ma mère :

Ma chère Mère,
Je vous griffonne une ligne – au milieu de l'agitation de la pièce – pour vous annoncer que vous pouvez compter sur ma présence le jour de Noël – sinon plus tôt.
Les retards et les complications de cette œuvre théâtrale ont été effroyables. J'ai dû écrire un cinquième acte tout nouveau – achevé aujourd'hui – et la pièce doit être donnée jeudi prochain, avec un dimanche et Noël entre-temps !
Si j'arrive à vous adresser un autre message, je le ferai. Sinon, tenons pour dit que j'arriverai certainement le jour de Noël. Et, si ma présence n'est pas indispensable à la Répétition de lundi ou mardi

prochains, je viendrai plus tôt. Votre fils harassé
dispose à peine d'une minute pour lui. Mais, au
moins, la rédaction de la pièce est achevée – ce
qui me retire un souci majeur. Je serai si heureux
de jouir d'un peu de calme avec vous !
Envoyez-moi une ligne entre cette missive et Noël.
J'ai vos pastilles pour les brûlures d'estomac – et
des chocolats que Charley a rapportés de Paris à
votre intention. Auriez-vous besoin d'autre chose
qui tiendrait dans ma sacoche ?

Votre affectionné WC
P.S. Charles se propose de faire un saut chez
vous depuis Gadshill le vendredi de la semaine
de Noël.

En réalité, je passai une partie de l'après-midi et
de la soirée de Noël avec ma mère, dans son cottage
de Tunbridge Wells – elle consacra presque tout son
temps à se plaindre de ses nerfs et de ses brûlures
d'estomac, ainsi que de la présence d'étrangers inquiétants au voisinage –, avant de regagner Londres le
lendemain matin, par le premier train.

Comme avant chaque première, Fechter était réduit
à l'état de loque plusieurs heures avant le lever du
rideau. Ses vomissements provoqués par le trac furent
presque incessants pendant les deux dernières heures,
si bien que sa malheureuse habilleuse était complètement épuisée de devoir courir en tous sens avec sa
cuvette.

Je finis par proposer à l'acteur angoissé quelques
gouttes de laudanum pour l'apaiser. Incapable de prononcer un mot, Fechter tira la langue. Sous l'effet de

la terreur nerveuse qui le terrassait, elle avait pris la teinte noir métallique d'une langue de perroquet.

Mais, à peine le rideau levé, Fechter retrouva la voix et l'allure d'Obenreizer, l'ineffable scélérat.

Je dois dire que je n'éprouvais pas l'ombre d'une inquiétude. Je savais que cette pièce serait bien accueillie, et ce fut le cas.

Le 27 décembre, j'écrivis – depuis les bureaux d'*All the Year Round* 26, Wellington Street :

Ma chère Mère,
J'ai un moment pour vous faire savoir que la pièce d'hier soir a remporté un immense succès. Le public était aux anges – et les acteurs excellents.
J'ai bien reçu les épreuves que vous m'avez réexpédiées.
Je suppose que Charley est avec vous aujourd'hui. Si vous pouvez écrire, dites-moi comment vous allez, et quel jour de la semaine prochaine je peux revenir vous voir. J'espère sincèrement et je veux croire que vous ne souffrez plus autant que lors de mon séjour chez vous.
Tendresse à Charley.
Votre affectionné

WC

Le soir de la première fut l'unique jeudi de 1867 où je dus renoncer à mon excursion hebdomadaire dans la fumerie souterraine du Roi Lazaree. Mais j'avais pris mes dispositions pour remplacer cette séance le vendredi 27 décembre – raison pour laquelle j'écrivis à Mère depuis l'appartement de Dickens à la revue, car j'avais annoncé aussi bien à Caroline qu'à Martha que j'y passerais la nuit. Le détective Hatchery avait eu l'amabilité de déplacer pour moi sa nuit de travail de Boxing Day au vendredi suivant.

Caroline G… voulait le mariage. De mon point de vue, c'était exclu. Martha R…, quant à elle, ne voulait qu'un bébé. (Ou des bébés, au pluriel.) Elle n'exigeait pas le mariage, car la fiction de « Mr and Mrs Dawson » – son négociant international de mari qui était rarement chez lui, Bolsover Street – lui suffisait.

Ce fut vers cette époque, au moment du succès de *Sans issue* et alors que j'avais presque achevé *La Pierre de lune*, et plus particulièrement après une seconde entrevue secrète avec Mr Joseph Clow dans un restaurant londonien un peu moins rupin, que je commençai à envisager la possibilité de donner satisfaction à Martha.

Les deux premières semaines de 1868 furent marquées par une agitation frénétique et je crois que je fus plus heureux qu'à toute autre période de ma vie. Les lettres que j'adressais à Mère (et à des dizaines d'amis et d'associés) ne contenaient aucune exagération ; *Sans issue* était effectivement – malgré la rebuffade à distance de Dickens – un succès sur toute la ligne. Je continuais à me rendre au moins deux fois par semaine à Gad's Hill Place, partageant avec plaisir les repas de Georgina, Charley et Katey (quand Charley était là), l'autre Charley, le fils de Dickens, et sa femme Bessie (qui étaient souvent présents), la fille de Dickens Mamie (qui y était toujours), ainsi qu'avec des visiteurs occasionnels tels que Percy Fitzgerald ou William Macready et sa charmante seconde épouse.

Je leur suggérai de se rendre à Londres pour assister à une représentation de *Sans issue*. J'adressai de nombreuses autres lettres d'invitation, à William Holman Hunt, T. H. Hills, Nina Lehmann, sir Edward Landseer et John Forster, par exemple.

Je leur proposai à tous, et à d'autres encore, de venir dîner chez moi au numéro 90 Gloucester Place, le samedi 18 janvier – tenue de soirée *non* exigée, soulignai-je – avant d'aller au théâtre voir la pièce à mes côtés, depuis la spacieuse loge de l'auteur. Enchantée, Caroline commença à administrer aux domestiques des coups de fouet métaphoriques pour qu'ils mettent la maison en ordre. Elle passa également des heures à discuter avec la cuisinière française.

Mère m'écrivit – en fait, elle avait dicté la lettre à Charley qui s'était arrêté à Tunbridge Wells pour la journée – afin de m'annoncer qu'elle avait reçu la visite d'un certain docteur Ramseys, un médecin qui séjournait auprès d'une famille du village et avait entendu parler de ses problèmes de santé. Après un examen approfondi et au vu de ses symptômes, il avait diagnostiqué une congestion cardiaque, lui avait conseillé trois médicaments (qui, selon elle, semblaient la soulager) et recommandé qu'elle quitte le cottage du village à cause des bruits de marteau incessants dus aux travaux de rénovation. Quand elle lui avait parlé de son cher cottage de Bentham Hill dans la campagne voisine, en périphérie de la localité, le docteur Ramseys l'avait vivement exhortée à s'y installer sans délai. Charley ajouta une note pour me faire savoir que Mère avait également invité son ancienne gouvernante, cuisinière et voisine, Mrs Wells, à l'accompagner au cottage de Bentham Hill, ce qui fut un grand soulagement pour mon frère comme pour moi, car cela signifiait qu'elle aurait en permanence quelqu'un pour veiller sur elle pendant qu'elle se remettait de ces petits soucis.

Mère ajoutait que le docteur Ramseys avait précisé qu'il lui fallait un repos absolu et que – tant par ses médicaments que par ses soins futurs –, il ferait tout ce qui était en son pouvoir pour le lui assurer. Elle écrivait encore en post-scriptum que le pauvre docteur Ramseys lui-même avait été très gravement brûlé lors d'un incendie survenu plusieurs années auparavant, qu'il en conservait des douleurs incessantes en plus de ses cicatrices et avait voué sa vie à soulager la souffrance d'autrui.

Nos espoirs de vendre magnifiquement les droits de représentation théâtrale de *Sans issue* à un metteur en scène américain furent définitivement enterrés par une lettre que m'adressa Dickens : « *Les pirates produisent leurs propres misérables versions à hue et à dia.* »

Dickens affirmait avoir fait tout son possible pour placer mon texte, ou du moins les droits de notre collaboration, entre des mains honnêtes – allant jusqu'à enregistrer *Sans issue* comme la propriété de Ticknor and Fields, ses éditeurs de Boston. Mais je doutais de la sincérité (ou du moins de l'énergie) de ses efforts. Ses lettres antérieures n'avaient-elles pas condamné mon texte final comme « beaucoup trop long », et, accusation plus irritante encore, ne lui avaient-elles pas reproché de « franchir peut-être la limite du mélodrame pur » ? Je n'étais donc pas loin de soupçonner Dickens

d'attendre de pouvoir réviser lui-même cette pièce...
ou d'en créer une nouvelle adaptation en partant de
zéro. (Ce soupçon trouva confirmation au mois de juin
suivant, quand Dickens procéda exactement comme
je l'avais prévu, écrivant une nouvelle version de la
pièce avec l'aide de Fechter. La première fut donnée
à Paris. Ce fut un four.)

Quoi qu'il en soit, la lettre de Dickens contenait
également la nouvelle stupéfiante que le Museum
Theatre de Boston avait monté une adaptation théâtrale de notre histoire, dix jours seulement après l'arrivée du récit original aux États-Unis. C'était un acte
de piraterie éhontée, bien entendu – et Dickens me
faisait savoir qu'il avait incité Ticknor & Fields à
menacer de porter plainte et de faire interdire la pièce.
Mais, sachant qu'en raison de la tolérance des Américains à l'égard de ces actes d'escroquerie, *Dickens*
provoquerait une levée de boucliers s'il insistait, les
pirates mirent les éditeurs au pied du mur et laissèrent
leur version, d'une médiocrité affligeante, à l'affiche.
« *Alors,* poursuivait Dickens dans sa missive, *la noble
foule de pirates s'est engouffrée dans la brèche et
on la donne partout, sous une forme plus ou moins
estropiée.* »

Bien, bien. Je n'accordai pas grande attention à cette
catastrophe lointaine. Comme je l'avais écrit à Mère le
30 décembre : « *La pièce rapporte de* l'argent. *C'est
un vrai succès – nous serons riches.* »

Quand j'étais allé la voir le 2 janvier, je lui avais
apporté des documents officiels à signer afin que Charley et moi puissions toucher la part qui nous revenait
des cinq mille livres de tante Davis dont elle tirait
ses revenus annuels – ou que nous puissions l'accor-

der au bénéficiaire de notre choix – si Mère mourait avant nous.

Le dîner de gala de Gloucester Place suivi d'une soirée théâtrale approchaient à une vitesse vertigineuse. Caroline et Carrie avaient décoré notre immense demeure comme si on y attendait un couronnement royal, et notre facture alimentaire pour cette unique semaine équivalait à six mois d'achats habituels. Peu importait. L'heure était à la fête.

Un jeudi, j'écrivis :

90 Gloucester Place
Portman Square W.
17 janvier 1868

Ma chère Mère,
Charley et moi avons éprouvé un profond soulagement en apprenant votre départ et en vous sachant à nouveau entre les mains de Mrs Wells. Je ne suis pas surpris d'apprendre que cet effort vous a terriblement fatiguée. Mais quand vous serez un peu reposée, j'espère – j'en suis certain, au demeurant – que vous commencerez à ressentir les bienfaits de ce changement. Faites-moi savoir – en deux lignes – comment vous allez et quand je pourrai venir (moi, ou Charley) vous rendre visite dans votre nouveau logis. Rappelez-vous que le calme et l'absence des inévitables interruptions londoniennes ne peuvent que m'aider à avancer dans mon travail. Et puis – quand vous pourrez écrire sans trop de tracas – faites-moi savoir quand il sera opportun que je fasse expédier une petite provision de brandy et de vin au cottage de Bentham Hill.

La pièce marche merveilleusement. Tous les soirs, le théâtre est bondé. J'ai eu raison de miser ainsi sur le goût du public, ce qui promet de m'assurer durablement entre cinquante et cinquante-cinq livres par semaine. Ne vous inquiétez donc pas des questions d'argent.

J'ai presque fini la moitié de La Pierre de lune.

Pas d'autres nouvelles pour l'instant. À bientôt.

Votre affectionné WC

J'ignorais que ce serait la dernière lettre que j'adresserais jamais à ma chère Mère.

Entre *La Pierre de lune* et mes obligations théâtrales, j'avais été tellement surchargé de travail en cette deuxième semaine de la nouvelle année que, une fois de plus, je fus obligé de déplacer ma nuit chez le Roi Lazaree du jeudi au vendredi. Le détective Hatchery ne s'en formalisa pas – il lui était plus facile, disait-il, de se dégager de ses tâches habituelles pour l'inspecteur Field la nuit du vendredi que celle du jeudi –, si bien qu'une fois de plus, j'offris à mon immense garde du corps un excellent dîner (aux Poteaux Bleus, dans Cork Street) avant qu'il me guide dans l'obscurité des taudis des quais et m'escorte en toute sécurité dans ce terrible lieu de granite froid et de tombes que Dickens avait baptisé depuis longtemps le cimetière de Saint-Affreux-des-Horreurs.

Hatchery avait emporté un nouvel ouvrage à lire pendant cette nuit de veille – *L'Histoire d'Henry Esmond* de Thackeray, remarquai-je. Dickens m'avait confié un jour que la façon dont Thackeray avait arbitrairement divisé ce gros roman en trois « livres » lui plaisait beaucoup et qu'il lui avait emprunté cette idée pour tous ses romans suivants. Je ne mentionnai pas cette petite curiosité professionnelle à Hatchery, car j'avais hâte de descendre.

Le Roi Lazaree m'accueillit aussi chaleureusement que de coutume. (Je lui avais signalé la semaine précédente que je risquais de venir le vendredi au lieu du jeudi, et il m'avait assuré dans son anglais irréprochable que je serais le bienvenu et serais attendu lorsqu'il me siérait.) Lazaree et son grand garde chinois m'indiquèrent ma couchette et me tendirent ma pipe d'opium, préparée et allumée, comme toujours. Ayant tout lieu d'être satisfait de ma journée et de ma vie en général – et sachant que cette satisfaction serait accentuée au centuple pendant les heures que je passerais sous la pipe –, je fermai les yeux et, savourant pour la centième fois la sécurité de cette banquette nichée au fond de cet abri profond, je me laissai emporter par les volutes ascendantes de la fumée et par l'exacerbation de tous mes sens.

Cet instant marqua la fin de mon existence telle que je l'avais connue.

25.

« Vous pouvez vous réveiller », dit Drood.

J'ouvre les yeux. Non, ce n'est pas exact. Ils étaient déjà ouverts. Mais maintenant, avec *son* approbation, ils me permettent de voir.

Il m'est impossible de lever la tête ou de la tourner, mais, depuis la surface froide sur laquelle je suis allongé à plat dos, j'en distingue suffisamment pour comprendre que je ne me trouve pas dans la fumerie d'opium du roi Lazaree.

Je suis nu – je n'ai pas besoin de bouger la tête pour m'en rendre compte, et le contact du marbre froid sur mon dos et mes fesses m'apprend que je suis couché sur ce qui pourrait être un bloc de pierre ou un autel bas. Je sens un courant d'air frais sur mon ventre, ma poitrine et mes parties génitales. À droite au-dessus de moi, une gigantesque statue d'onyx noir, d'au moins quatre mètres de haut, représente un corps d'homme nu jusqu'à la taille, l'abdomen drapé d'une courte jupe dorée ; ses bras puissants terminés par d'énormes mains musclées tiennent une lance ou une pique d'or. Ce corps humain s'arrête au niveau du cou, et une tête de chacal complète cette terrifiante forme noire. Sur ma gauche, une statue armée, elle aussi, d'une lance se dresse à la même hauteur, mais, au lieu d'une face de chacal, elle s'achève par une tête d'oiseau au bec recourbé. Les deux statues ont le regard fixé sur moi.

Drood entre dans mon champ de vision. Il me dévisage, lui aussi, en silence.

Cette créature est aussi pâle et aussi répugnante que je l'avais rêvée à Birmingham et que je l'avais aperçue chez moi en juin de l'année précédente. Pour le reste, en revanche, elle est assez différente.

Drood est nu jusqu'à la taille, à l'exception d'un large et massif pectoral qui semble être d'or martelé avec des incrustations de rubis et des applications de lapis-lazuli. Sur son torse nu, blanc comme un ver, pend une lourde figure d'or que je prends tout d'abord pour une croix chrétienne, avant de remarquer la boucle allongée qui orne son sommet. J'ai vu des objets similaires dans les vitrines du musée de Londres et je sais même qu'on les appelle *ankh*, mais je n'ai pas la moindre idée de leur signification.

Le nez de Drood se limite toujours à deux fentes percées dans une tête de mort vivante, ses paupières sont toujours absentes, mais, autour de ses yeux profondément enfoncés dans leurs orbites, il a peint des spires bleu foncé – si foncé qu'elles paraissent presque noires – qui s'effilent latéralement en pointe vers ses tempes, comme des yeux de chat. Une bande rouge sang s'élève entre ses sourcils absents puis traverse son front pour couper en deux son crâne chauve, blanc et apparemment dépourvu de peau.

Il porte un poignard serti de pierres précieuses. Sa

pointe a été récemment plongée dans de la peinture rouge ou dans du sang.

J'essaie de parler, mais j'en suis incapable. Je n'arrive ni à ouvrir la bouche ni à remuer la langue. Je sens mes bras, mes jambes, mes doigts et mes orteils, mais ma volonté ne suffit pas à leur imprimer un mouvement. Je ne contrôle que mes yeux et mes paupières.

Il se tient à ma droite, poignard à la main.

« Unre-a an Ptah, uau netu, uau netu, aru re-a an neter nutta.
I arefm Djewhty, meh aper em Heka, uau netu, uau netu, en Suti sau re-a.
Khesef-tu Tem uten-nef senef sai set.

Un re-a, apu re-a an Shu em nut-ef tui ent baat en pet enti ap-nef re en neteru am-es.
Nuk Sekhet ! Hems-a her kes amt urt aat ent pet.
Nuk Sakhu ! Urt her-ab baiu Annu.

Ar heka neb t'etet neb t'etu er-a sut, aha neteru er-sen paut neteru temtiu.

Que Ptah me donne la voix, qu'il retire les bandelettes ! Qu'il retire les bandelettes que les dieux inférieurs ont posées sur ma bouche.

Viens à moi Djewhty, porteur d'Heka, rempli d'Heka, retire les bandelettes ! Retire les bandelettes de Suti qui enchaînent ma bouche.

Que Tem fasse s'en retourner ceux qui veulent me retenir.

Donne-moi la voix ! Que Shu ouvre ma bouche
avec le divin instrument de fer qui a donné la
voix aux dieux !

Je suis Sekhet ! Je garde le paradis de l'ouest.

Je suis Sakhu ! Je garde les âmes d'Annu.

Que les dieux et leurs enfants entendent ma voix,
qu'ils résistent à ceux qui voudraient me réduire
au silence. »

Il prend le poignard et trace une verticale à ma
droite, coupant l'air de haut en bas d'un mouvement
souple et implacable.

« *Qebhsennuf* ! »

D'autres voix, il doit y en avoir une centaine
– appartenant toutes à des formes situées hors de mon
champ de vision –, crient à l'unisson :

« *Qebhsennuf* ! »

Se tournant vers la direction où pointent mes pieds,
il trace une ligne verticale en l'air.

« *Amset* ! »

Le chœur des voix désincarnées lui répond :

« *Amset* ! »

Drood passe à ma gauche et trace une ligne verticale
dans l'air avec son poignard.

« *Tuamutef* ! »

— *Tuamutef* ! » s'écrie le chœur.

Drood brandit le poignard vers mon visage et trace
une nouvelle verticale dans un air qui est, je m'en

rends compte à présent, chargé de fumée et de vapeurs d'encens.

« *Hapi* !

Je suis la flamme qui brille sur Celui qui ouvre l'Éternité ! »

Le chœur invisible s'écrie, sur une seule note tenue qui évoque les aboiements des chacals, le long du Nil à minuit.

« *Hapi* ! »

Drood me sourit et me dit tout bas : « Monssssieur Wilkie Collinsss, vous pouvez bouger la tête, mais ssseulement la tête. »

Je me sens soudain plus libre de mes mouvements. Je ne peux toujours pas soulever mes épaules, mais je tourne la tête d'un côté à l'autre. Je n'ai plus mes lunettes. Tout ce qui est à plus de trois mètres de moi est flou : des colonnes de marbre qui se dressent dans l'obscurité, des brasiers sifflants d'où s'échappe de la fumée, des dizaines de silhouettes en toge.

Je n'aime pas ce rêve d'opium.

Je ne crois pas l'avoir dit tout haut, mais Drood rejette la tête en arrière et éclate de rire. La lumière des bougies se reflète sur le large collier d'or et de lapis, autour de son cou grêle.

J'essaie de bouger mon corps jusqu'à en pleurer de frustration, mais seule ma tête m'obéit. Je la lance brutalement d'avant en arrière, mes larmes ruisselant sur l'autel blanc.

« Monssssieur Wilkie Collinsss, ronronne Drood. Louez le maître de la vérité, dont le sssanctuaire est caché, dont les yeux ont fait jaillir l'humanité et dont la bouche a créé les dieux. Ausssi haut que le firmament, ausssi vasssste que la terre, ausssi profond que la mer. »

J'essaie de crier, mais ma mâchoire, mes lèvres et ma langue refusent encore de m'obéir.

« Vous pouvez parler, Monsssieur Wilkie Collinsss », dit le visage livide. Il s'est déplacé à ma droite et tient à deux mains son poignard à pointe rouge contre sa poitrine. Le cercle de formes encapuchonnées s'est rapproché.

« Espèce de sodomite ! Bâtard de nègre ! Infection puante d'étranger ! C'est *mon* rêve d'opium ! Va te faire foutre ! Tu n'as rien à faire ici. »

Drood sourit toujours.

« Monsssieur Wilkie Collinsss, chuchote-t-il, la fumée des brasiers et des encensoirs s'enroulant autour de son visage, Nout, la maîtressse du Ciel sss'étend au-dessssus de moi. Au-desssssous de moi, gît Geb, le maître de la Terre. À ma droite, Ast, la maîtresse de la Vie. À ma gauche, Asar, le maître de l'Éternité. Devant moi – devant vous – sss'élève Heru l'Enfant bien-aimé, la Lumière Cachée. Derrière moi et au-desssus de nous tousss, brille Ra, dont les dieux eux-mêmes ne connaisssent pas le nom. Vous pouvez vous taire à présent. »

J'essaie de crier, mais une fois encore, cela m'est interdit.

« À partir d'aujourd'hui, vous ssserez notre ssscribe, reprend Drood. Au cours de toutes les années ressstantes de votre vie mortelle, vous viendrez chez nous vous initier aux temps passsés, aux coutumes passsées et aux vérités éternelles de notre foi. Vous les écrirez dans votre propre langue, afin que les générations qui ne sssont pas encore nées nous connaissssent. »

Ma tête s'agite violemment d'un côté à l'autre, mais je ne peux toujours pas contraindre mes muscles ni ma voix à m'obéir.

« Vous pouvez parler sssi vous voulez », dit alors Drood.

— C'est Dickens votre scribe ! Pas moi ! C'est Dickens votre scribe !

— Il n'en est qu'un parmi d'autres. Mais il... résissste. Monsssieur Charles Dickens ssse prend pour l'égal d'un prêtre ou d'une prêtresssse du Temple du Sssommeil. Il croit que sssa force de volonté est l'égale de la nôtre. Il a préféré relever le défi antique qui le dissspensse d'être notre ssscribe à plein temps. »

Je m'écrie : « Quelle est cette dispense ?

— Il faut tuer un être humain innocent sssous les regards d'autrui, siffle Drood en esquissant à nouveau ce petit sourire dentu. Il essspère que ssson imagination lui rendra le même ssservice, que les dieux ssse laissssseront duper, mais pour le moment, lui et... ssson imagination dont on fait sssi grand cas... ont échoué.

— Non ! Dickens a tué le jeune Dickenson. Le jeune Edmond Dickenson. J'en suis sûr ! »

Je comprends le motif du meurtre, à présent. Une sorte de clause dérogatoire antique, païenne, spirituelle qui a évité à Dickens d'être pleinement assujetti au contrôle de ce *magus* immonde. Il a sacrifié la vie du jeune orphelin pour échapper à l'entière domination de Drood.

Drood secoue la tête et fait signe à un disciple en toge et en capuchon de s'approcher du vague cercle de formes dont je sens la présence tout autour de moi. L'homme retire son capuchon, dégageant sa tête. C'est le jeune Dickenson. Il s'est rasé le crâne et a dessiné autour de ses yeux la même ombre bleu barbare, mais c'est bien lui.

« Monsssieur Dickensss a eu l'amabilité de sssuggérer à cette âme de rejoindre notre sssein et à notre sssein d'accueillir cette âme, reprend Drood. L'argent et la foi de Frère Dickenssson sssont les bienvenus. En offrant ce disciple à notre Famille, Monsssieur Charles Dickensss a gagné une... petite dissspenssse. »

— Réveille-toi ! me dis-je. Pour l'amour du Ciel, réveille-toi, Wilkie ! C'est assez ! Wilkie, réveille-toi ! »

Dickenson et le cercle de figures en toges reculent de quelques pas dans les ténèbres. « Vous pouvez vous taire à nouveau, Monsssieur Wilkie Collinsss. »

Il se baisse et tend le bras près de la dalle, trop bas pour mon champ de vision limité. Quand il se redresse, il tient dans sa main droite un gros objet noir qui n'est pas loin de remplir toute sa paume pâle. Un croissant allongé à une extrémité de cet objet couvre presque toute la longueur de ses doigts blancs, ridiculement effilés.

Sous mes yeux, cette chose noire remue et se déplace.

« Oui, fait Drood. C'est un coléoptère. Mon peuple appelle les représentations de cet animal ssscarabée et nous le vénérons dans notre religion et dans nos rituels... »

L'énorme insecte noir fouette l'air de ses six longues pattes et essaie de s'échapper de la main de Drood. Celui-ci met ses doigts en coupe et l'immense bête retombe au fond de sa paume.

« Notre ssscarabée habituel sss'inssspirait du modèle de plusieurs esssspèces de la famille des *Ssscarabaeidae*, poursuit Drood, mais la plupart resssemblaient au bousier commun. »

J'essaie de me débattre, de donner des coups de

pied, de remuer mes bras non entravés, mais seule ma tête bouge. Une violente nausée m'étreint et me contraint à me détendre sur la pierre froide et à me concentrer sur ma volonté de ne pas vomir. Si je devais régurgiter sans pouvoir ouvrir la bouche, je m'asphyxierais certainement.

« Mes ancêtres pensssaient que tous les coléoptères étaient des mâles, siffle Drood, levant sa paume pour observer de plus près cet insecte répugnant. Ils pensssaient que la petite boule que le bousier roule inlassssablement était la sssubstance ssséminale du coléoptère mâle – ssson sssperme. Ils ssse trompaient... »

Je cligne éperdument des yeux, car c'est l'un des rares mouvements que je puisse accomplir. Si je cille suffisamment vite, peut-être ce rêve s'évanouira-t-il pour se fondre dans un autre, peut-être me réveillerai-je sur ma couche familière dans la chaude alcôve du fond de la fumerie du Roi Lazaree, tout près du petit poêle à charbon constamment alimenté.

« En vérité, comme votre sssscience britannique nous l'a montré, c'est la femelle qui, après avoir pondu sur le sssol ssses œufs fécondés, les recouvre d'excréments dont les larves ssse nourrissssent, et elle roule sssur le sssol cette boule de fiente molle. La boule grossssit au fur et à mesure, accumulant de la poussssssière et du sssable, voyez-vous, Monsssieur Wilkie Collinsss. C'est la raison pour laquelle les arrière-arrière-arrière-grands-pères de mes arrière-arrière-grands-pères asssssociaient ce coléoptère à l'apparition et au mouvement quotidien du sssoleil... ainsssi qu'à l'asssscensssion du grand dieu-sssoleil, le dieu du sssoleil levant plutôt que du sssoleil couchant, Khepri. »

Réveille-toi, Wilkie ! Réveille-toi, Wilkie ! Réveille-toi ! me crié-je silencieusement à moi-même.

« Le mot égyptien désignant le bousier commun était *hprr*, continue à bourdonner Drood, ce qui veut dire *"sss'élever, accéder à l'existence"*. C'est très proche de notre mot *"hpr"*, qui sssignifie *"devenir, changer"*. Vous suivrez facilement la petite évolution qui a abouti à *"hpri"*, le nom divin *"Khepri"*, qui désigne le jeune sssoleil levant – notre dieu de la Création. »

Boucle-la, sacredieu ! hurlé-je mentalement à Drood.

Comme s'il m'avait entendu, il s'interrompt et sourit.

« Ce ssscarabée représentera pour vous un changement inaltérable, Monsssieur Wilkie Collinsss », murmure-t-il.

Autour de nous, les figures encapuchonnées recommencent à psalmodier.

Je fais un terrible effort pour relever la tête tandis que Drood tient sa paume au-dessus de mon ventre nu.

« Ce n'est pas le bousier commun, chuchote Drood. C'est votre lucane européen – d'où les immenssses… comment appelez-vous cela dans votre langue, Monsssieur Collinsss ? Mandibules ? Pinces ? Ce sssont les plus grands et les plus féroces de tous les représentants de la famille des coléoptères. Mais ce *hprr* – ce ssscarabée sssacré – a été consssacré dans un dessssein… »

Il lâche l'insecte noir, gros comme la paume, sur mon ventre nu et contracté.

« Unre-a an Ptah, uau netu, uau netu, aru re-a an neter nuta.
I arefm Djewhty, meh aper em heka, uau netu,

uau netu, en Suti sau re-a.
Khesef-tu Tem uten-nef senef sai set », psalmodie
la foule invisible.

Les six pattes velues du scarabée rampent sur ma
peau qui se recroqueville et entreprennent d'escalader
ma cage thoracique. Je tends la tête jusqu'à craindre
que ma nuque ne se brise, les yeux exorbités, observant cette créature noire armée de pinces plus longues
que mes propres doigts grimper vers ma poitrine, vers
ma tête.

Je vais crier – il *faut* que je crie – mais je n'y
arrive pas.

Le chœur de voix s'élève dans les vapeurs ténébreuses de l'encens.

« *Un re-a, apu re-a an Shu em nut-ef tui ent baat*
en pet enti ap-nef re en neteru am-es.
Nuk Sekhet ! Hems-a her kes amt urt aat ent pet.
Nuk Sakhu ! Urt her-ab baiu Annu. »

Les énormes pinces de l'insecte percent ma chair
juste au-dessous du sternum. Jamais je n'ai éprouvé
une douleur aussi intolérable. J'entends craquer les
tendons de mon cou, alors que j'essaie désespérément
de relever la tête pour voir ce qui se passe.

Les six pattes du scarabée fouaillent ma chair, les
barbillons s'accrochent pour enfoncer d'abord les
pinces noires en forme de croissant, puis la tête de
l'insecte dans la chair molle de mon ventre. En cinq
secondes, l'immense coléoptère a disparu – entièrement submergé –, tandis que la chair et la peau se

referment sur son point d'entrée comme une étendue d'eau dans laquelle on aurait jeté une pierre noire.

Seigneur ! Dieu ! Non ! Par le Christ ! Dieu, hurlé-je dans le silence de mon esprit.

« Non, non, non, fait Drood, lisant dans mes pensées. *"Car la pierre criera depuis le mur, et le scarabée dans le bois lui répondra"*. Mais le "ssseul engendré", Monsssieur Wilkie Collinsss, est le ssscarabée, et non votre dieu-homme, le Christ, bien que le faux dieu de votre peuple, ce sssimulateur, ait crié un jour : "Mais je suis un ssscarabée, et non un homme", par pure jalousie à l'égard du vrai Khepri. »

Je sens l'énorme insecte *en* moi.

Le chœur de formes en robe noire psalmodie :

« *Ar heka neb t'etet neb t'etu er-a sut, aha neteru er-sen paut neteru temtiu.* »

Drood tourne ses paumes vides vers le ciel et ferme les yeux en récitant : « Viens, Ast ! Que la vérité-vie vienne à cet étranger comme elle est venue à nos parents. Accepte cette âme comme tienne, Ô Toi qui Ouvres l'Éternité. Purifie ssson ancienne âme dans la flamme montante qui est Nebt-Het. Soutiens cet instrument comme tu as nourri et soutenu Heru dans sssa cachette au milieu des roseaux, ô Ast, dont le sssouffle est la vie, dont la voix est la mort. »

Je sens cette chose remuer *à l'intérieur de moi* ! Je ne peux pas crier. Ma bouche refuse de s'ouvrir. Dans mon tourment, mes yeux versent des larmes de sang.

Drood brandit une longue perche de métal terminée par une sorte de bol.

« Que la bouche de ce scribe sssoit ouverte par

Shu à l'aide de ce divin instrument de fer, qui a pour la première fois donné voix aux dieux », psalmodie Drood.

Ma bouche s'ouvre – elle s'élargit encore, continue à s'ouvrir jusqu'à ce que ma mâchoire craque et gémisse –, mais je n'arrive toujours pas à crier.

Dans mon ventre, les pattes du scarabée grimpent le long de mes intestins. Je sens les barbes qui trouvent prise. Je sens la dureté chitineuse de sa carapace dans mes entrailles.

« Nous sssommes Sssekhet ! s'écrie Drood. Nous gardons le paradis de l'ouest. Nous sssommes Sakhu ! Nous gardons les âmes d'Annu. Que les dieux et les enfants entendent notre voix dans les mots de ce sss-scribe, et mort à tous ceux qui voudraient nous réduire au sssilence. »

Drood enfonce la longue tige de fer en forme de louche dans ma bouche ouverte, béante. La coupe saillante qui se trouve à son extrémité contient quelque chose de rond, de mou, de poilu. Drood incline la tige et la masse velue tombe au fond de ma gorge.

« Qebhsennuf ! crie Drood.

— *Qebhsennuf !* » répond le chœur invisible.

Je ne peux pas respirer. Ma gorge est obstruée par la boule de fourrure. Je meurs.

Je sens le scarabée s'arrêter au fond de mon abdomen. Les pattes pointues griffent mes intestins, déchirent les parois de mon estomac, grimpent plus haut sous mes côtes, vers mon cœur.

Je me force à vomir pour expulser la masse poilue de ma gorge, mais cela m'est impossible. Mes yeux sont exorbités au point qu'ils vont, j'en suis certain, jaillir de ma tête. Je songe, *Voilà comment meurt le célèbre*

romancier Wilkie Collins. Personne ne le saura jamais.
Puis toute pensée m'abandonne, ma vision commence
à se rétrécir dans des tunnels noirs ; le dernier souffle
de mes poumons est emprisonné, inutile.

Je sens les pattes du scarabée battre contre mon
poumon droit. Je sens les pinces du scarabée se promener sur les membranes de mon cœur. Je sens le
scarabée ramper dans ma gorge, je sens une saillie
à l'intérieur de mon cou tandis qu'il monte encore.

L'insecte s'empare de la masse poilue qui m'en-
combre la gorge et l'entraîne avec lui, redescendant
dans mon œsophage et dans mon ventre.

Je peux respirer ! Je tousse, je halète, je halète
encore, j'essaie de vomir, de me rappeler comment
on respire.

Drood passe une bougie allumée au-dessus de mon
torse et de mon visage, dessinant des mouvements
circulaires. Des gouttes de cire brûlante tombent sur
ma chair nue, mais cette douleur n'est rien en regard
de celle du scarabée qui se déplace à l'intérieur de
moi. La bête a recommencé à grimper.

« Je m'envole comme un oiseau et je me pose
comme un ssscarabée, psalmodie Drood, laissant délibérément goutter la cire chaude sur mon torse et ma
gorge. Je m'envole comme un oiseau et je me pose
comme un ssscarabée sur le trône vide qui ssse trouve
sssur ta barque, ô Râ ! »

L'immense insecte a rempli ma gorge de son
incroyable dureté chitineuse, il s'est enfoncé dans mon
palais mou aussi aisément que dans du sable. Je le
sens à présent qui comble mes sinus derrière mon
nez, derrière mes yeux. Ses pattes barbues frappent la
partie postérieure de mes globes oculaires tandis qu'il

s'évertue à monter encore. J'entends les immenses mandibules racler l'os quand il s'introduit dans les tissus souples qui donnent accès à mon crâne.

La douleur est atroce – indescriptible, intolérable –, mais je respire !

Toujours incapable de concentrer mon regard au-delà de Drood – les statues à tête de chacal et de grand oiseau ne sont que des taches indistinctes, les figures en robes sombres se fondent en une masse floue –, je me rends compte que je vois à travers un film de larmes de sang.

Je sens l'immense bousier creuser dans la matière molle de mon cerveau – de plus en plus profondément. S'il continue une seconde encore, je sais que je vais devenir fou.

Le scarabée s'immobilise près du centre de mon cerveau. Il commence à se nourrir.

« Vous pouvez fermer les yeux », dit Drood.

Je clos les paupières, sentant les larmes de sang et de terreur ruisseler sur mes joues constellées de cire.

« Vous êtes notre ssscribe à présent. Vous le resss-terez à jamais. Vous travaillerez quand on vous l'ordonnera. Vous viendrez quand vous ssserez convoqué. Vous nous appartenez, Monsssieur Wilkie Collinsss. »

J'*entends* les pinces et les mâchoires du scarabée cliqueter et se déplacer pendant qu'il mange. J'arrive à visualiser l'insecte qui forme avec ma matière cérébrale à demi digérée une boule grise et sanglante, qu'il pousse devant lui.

Mais il n'avance plus. Pour le moment. Il s'est fait un nid au milieu de la base inférieure de mon cerveau. Quand ses six pattes remuent, cela me chatouille et je dois lutter contre une irrépressible envie de vomir.

« Louez toussss le maître de la vérité, dit Drood.

— *Dont le sanctuaire est caché*, psalmodie le chœur.

— Dont les yeux font jaillir l'humanité.

— *Et dont la bouche a donné naissance aux dieux*.

— Nous envoyons à présent ce ssscribe pour qu'il obéissse aux ordres de l'Enfant bien-aimé et de la Lumière Cachée, crie Drood.

— *Derrière lui brille Râ, dont les dieux ignorent les noms* », récite la foule.

J'essaie d'ouvrir les yeux. Je ne peux pas. Je n'entends rien. Je ne sens rien.

Le seul bruit, la seule sensation de mon univers se réduisent aux crissements et aux grattements du scarabée qui se tortille, se retourne, s'enfonce un peu plus loin, et recommence à manger.

26.

M'éveillant de mon cauchemar opiacé, je constatai que j'étais aveugle.

L'obscurité était totale. Le Roi Lazaree laissait toujours un éclairage tamisé dans chaque pièce de sa fumerie, la lumière de la salle principale filtrait invariablement à travers le rideau rouge, et le poêle à charbon près de l'entrée de mon alcôve dégageait en permanence une chaude lueur orangée. À présent, ce n'étaient que ténèbres. J'approchai les mains de mes yeux afin de vérifier qu'ils étaient ouverts et le bout de mes doigts effleura la surface de mes globes oculaires, me faisant tressaillir. Je ne voyais pas mes doigts.

Je hurlai dans le noir et – contrairement à ce qui s'était passé dans mon rêve – j'entendais distinctement mes hurlements. La pierre en renvoyait l'écho. J'appelai à l'aide. Je hélai le Roi Lazaree et son assistant. Personne ne me répondit.

Je mis un moment à me rendre compte que je n'étais pas allongé sur la haute banquette garnie de coussins que me réservait le Roi Lazaree. J'étais couché sur un sol glacé de pierre ou de terre battue. Et j'étais nu.

Exactement comme dans mon rêve. Ou lors de mon enlèvement parfaitement réel par Drood.

Je tremblais de tous mes membres. C'était le froid qui m'avait réveillé. Mais je pouvais bouger, et il me fallut moins d'une minute pour me mettre à quatre pattes. Condamné à la cécité, je tâtonnai autour de moi, à la recherche de l'arête d'une des couchettes, du poêle ou même du chambranle de la porte.

Mes doigts ne rencontrèrent que la pierre et le bois bruts. Je palpai la construction qui se trouvait devant moi, me demandant s'il s'agissait du mur puis de l'angle d'une des banquettes superposées. Non. La pierre et le bois étaient anciens – leur *odeur* était ancienne – et, par endroits, la pierre s'était partiellement désagrégée. À l'intérieur, le bois était froid au toucher. Tout sentait la décrépitude et la putréfaction.

Je suis dans un des loculi *– une des innombrables chambres funéraires aménagées aux différents étages des catacombes. Ce sont les sarcophages de pierre ou de ciment qui contiennent les cercueils de bois. Et ces cercueils de bois sont doublés de plomb. Je suis en bas, avec les morts.*

On m'avait déplacé.

Évidemment, on m'a déplacé. Ils m'ont descendu par l'abside circulaire, de l'autre côté du jubé, jusqu'à la Ville-du-Dessous. Ils m'ont fait suivre le cours de la rivière jusqu'au temple de Drood. Je dois être à des kilomètres de la fumerie du Roi Lazaree, à plus de mille mètres au-dessous de Londres. Sans lanterne, je ne retrouverai jamais la surface.

Je me remis à hurler. Puis je longeai la rangée de cercueils et de catafalques en battant des bras, me relevant avant de retomber à quatre pattes, de me remettre debout et de continuer à tâtonner, mains tendues, cherchant la lanterne sourde que j'emportais toujours chez le Roi Lazaree et dont je me servais pour retrouver le chemin du niveau supérieur et de la sortie.

Il n'y avait pas de lanterne.

Je finis par cesser de gesticuler et m'accroupis dans le noir, ressemblant sans doute davantage à une bête affolée qu'à un être humain.

On pouvait arpenter plusieurs dizaines de niveaux dans ces catacombes avant de découvrir un tunnel débouchant dans un égout ou dans la rivière souterraine. À tous ces étages, des centaines de *loculi* mortuaires s'ouvraient de part et d'autre de ces innombrables couloirs rectilignes ou incurvés. L'escalier qui partait du niveau supérieur des chambres funéraires, le couloir qui passait juste sous le cimetière de Saint-Affreux-des-Horreurs où le détective Hatchery devait être en train de m'attendre – *depuis combien de temps étais-je en bas ?* –, ne se trouvait qu'à dix mètres sur la gauche, lorsqu'on empruntait le passage sinueux depuis la fumerie du roi Lazaree. Il fallait ensuite gravir les marches, baisser la tête pour franchir le mur du fond éboulé d'un *loculus*, dépasser le dernier tas de cercueils, tourner à droite dans ce dernier corridor, et remonter la dizaine de degrés conduisant à la crypte et – probablement, possiblement – à la lumière du jour. J'avais parcouru ce trajet une bonne centaine de fois après mes nuits d'opium.

Je tendis la main pour sortir ma montre de gousset et regarder l'heure. Pas de montre, pas de gilet. Pas le moindre vêtement.

Je pris conscience que j'étais gelé – je claquais violemment des dents, et les murs de pierre invisibles en renvoyaient l'écho. Je tremblais si fort que mes coudes et mes avant-bras tambourinaient sur le sarcophage de pierre plus ou moins creux contre lequel j'étais tombé.

J'avais perdu tout sens de l'orientation en tâtonnant aveuglément autour de moi ; même si je me trouvais tout de même dans la niche qui avait abrité un jour la fumerie du Roi Lazaree, je ne savais plus où étaient l'entrée ni le fond.

Toujours frissonnant, les bras devant moi, les doigts raides et écartés, je me mis à avancer en trébuchant le long de la rangée de catafalques, de sarcophages et de cercueils.

Mes mains tendues ne m'évitèrent pas de me heurter la tête à un obstacle. Je tombai sur mon postérieur. Sentant le sang couler de la plaie ouverte à ma tempe, je portai instinctivement les doigts à mon front, avant de les rapprocher de mes yeux, dans l'espoir de voir quelque chose. En vain. J'effleurai à nouveau ma blessure. L'entaille était superficielle ; je ne saignais pas beaucoup.

Me remettant prudemment sur mes pieds, j'agitai les bras jusqu'à ce que j'aie trouvé ce qui avait bien failli m'assommer.

Du métal froid, couvert d'une telle couche de rouille que les triangles vides entre les barreaux étaient presque bouchés.

La grille de fer !! Chaque *loculus* était fermé par une grille de fer antique. Si j'avais trouvé celle-ci, j'avais trouvé le couloir – ou du moins, *un* couloir : il y en avait plusieurs dizaines à tous les étages qui s'étendaient là-dessous, et je n'avais ni vu ni exploré la plupart.

Et si la grille est fermée et verrouillée ? Je ne pourrais jamais rejoindre le couloir. Dans vingt, cinquante ou cent ans, quelqu'un découvrirait mon squelette au milieu des sarcophages et des cercueils et me prendrait tout bonnement pour un de ces « vieux bonshommes » dont parlait l'individu de la crypte de la cathédrale de Rochester, le fameux Dradles.

Dans un nouvel élan de panique, je martelai les barreaux métalliques de mes paumes, de mes avant-bras et de mes genoux, sentant les aspérités rouillées m'écorcher la peau. Enfin, je rencontrai – le vide ! Ou du moins une fente, ménagée par l'absence d'un montant vertical, si rouillé qu'il était tombé.

Elle ne dépassait guère vingt-cinq centimètres de large, mais je réussis à m'y glisser, les angles acérés de la grille me meurtrissant les côtes et les fesses, éraflant mes parties génitales contractées.

Ça y était ! J'étais dans un couloir. J'en étais certain !

Sauf si tu as franchi une grille située derrière *les cercueils, auquel cas tu te retrouves encore plus égaré, à un étage d'une profondeur insondable d'un labyrinthe sans fin.*

Me remettant à croupetons, je sentis la pierre sous mes paumes et mes genoux. Non, j'étais bien dans un des couloirs principaux. Je n'avais qu'à le longer pour rejoindre un des escaliers presque cachés le reliant à un niveau supérieur, puis à gravir les marches de la crypte où m'attendait Hatchery.

Dans quel sens ?? Comment trouver l'escalier au milieu de cette obscurité totale ? Dans quel sens ??

Je rampai sur ma gauche, repérai la grille que je venais de franchir et me relevai prudemment, ignorant quelle était la hauteur du plafond. Quand j'avais suivi

Dickens jusqu'à la rivière cette fameuse nuit, deux ans plus tôt, la voûte de certains des couloirs que nous avions empruntés s'élevait à trois mètres – alors que d'autres n'étaient que des tunnels dans lesquels il fallait s'accroupir pour éviter de se fracasser le crâne. Tout était si simple avec une lanterne.

Dans quel sens ??

Je tournai la tête, sans sentir le moindre souffle. Si j'avais eu une bougie, peut-être aurais-je pu détecter un courant d'air...

Si j'avais une foutue bougie, je n'aurais aucun mal à retrouver mon chemin et n'aurais pas à essayer de repérer un courant d'air !! me morigénai-je.

Les échos qui se perdaient dans les deux directions me révélèrent que j'avais crié tout haut. Bonté divine, si cela continuait, je serais bientôt mûr pour l'asile.

Je décidai de suivre mon bon vieil instinct et de procéder exactement comme si je sortais de la fumerie du Roi Lazaree. Mon corps se rappelait le trajet si souvent emprunté, même si mon cerveau – privé du secours de la vision – s'obstinait à prétendre le contraire.

Me guidant de la main gauche, j'entrepris de longer le couloir. J'arrivai à d'autres grilles et à d'autres ouvertures, sans repérer le rideau élimé qui séparait la fumerie de Lazaree du corridor. À chaque passage dépourvu de grille, je retombais à genoux et tâtonnais en quête d'un escalier ou d'un autre couloir, mais je ne trouvais que des barreaux métalliques effondrés, d'autres cercueils ou des niches vides creusées dans les murs.

J'avançais toujours, haletant, claquant des dents. Mon esprit rationnel me rappelait qu'il était impossible que je meure de froid ici – ne régnait-il pas dans les souterrains une température constante, voisine de dix degrés ? Peu importait. Mon corps lacéré, éventré, frissonnant était gelé.

Le couloir s'incurvait-il légèrement vers la gauche ? Celui qui conduisait à la fumerie de Lazaree obliquait vers la droite quand on l'abordait depuis l'escalier dérobé qui descendait du premier niveau des catacombes. Si je me trouvais à cet étage et à droite de l'escalier, la paroi aurait dû dessiner une courbe vers la gauche.

Je n'en avais pas la moindre idée. C'était impossible à évaluer. Mais je savais sans l'ombre d'un doute que j'avais déjà parcouru au moins deux fois la distance qui séparait l'entrée du second niveau inférieur des catacombes de l'alcôve à rideau où était installée la fumerie du Roi Lazaree.

Je poursuivis tout de même. À deux reprises, je sentis des courants d'air froid sur ma droite. Au contact de cet air plus frais sur ma chair, ma peau se rétracta d'horreur – comme si quelque chose de mort, d'aveugle me caressait de ses longs doigts sans os, d'une blancheur de larve.

Je frissonnai et repartis.

Deux couloirs s'étaient ouverts à gauche – à droite à présent – la première fois que nous nous étions rendus, Dickens et moi, à la fumerie du Roi Lazaree. Depuis, j'étais passé devant tant de fois sans un regard, sans lever ma lanterne pour voir à l'intérieur. C'était au fond de l'un d'eux que s'ouvrait le passage qui menait, au-delà d'autres loculi, *à la salle circulaire où se trouvait l'autel, le jubé et l'escalier dérobé menant aux niveaux inférieurs de la Ville-du-Dessous.*

Où Drood attendait.

Mais peut-être étais-je déjà à l'un de ces étages inférieurs.

Je dus m'arrêter deux fois pour vomir. Mon estomac était vide – je conservais le vague souvenir d'avoir été malade dans le premier *loculus*, celui où je m'étais réveillé –, mais les nausées continuaient à me plier en deux et à me contraindre à prendre appui sur la pierre froide jusqu'à ce que les spasmes s'apaisent.

Je dépassai une autre ouverture sans grille – la niche ne contenait que des décombres – et fis encore une vingtaine de pas en trébuchant avant de me heurter violemment contre une maçonnerie massive.

Le passage s'achevait là. Le mur était plein. Le couloir s'étendait derrière moi, me reconduisant sur mes pas.

Je me mis à hurler. À hurler encore. Tous les échos résonnaient derrière moi.

Ils avaient muré le corridor dans lequel ils m'avaient abandonné. Refermé afin que personne, jamais, ne trouve mes ossements.

Je griffai le mur, sentant se détacher le vieux mortier en même temps que des fragments de pierres et de briques, tandis que mes ongles s'arrachaient et que l'extrémité de mes doigts écartelés sur la paroi s'égratignait et se déchirait.

C'était inutile. Derrière les briques, il y avait d'autres briques. Et derrière ces briques-là, il y avait de la pierre plus pesante encore.

Je tombai à genoux, haletant, suffocant, puis j'entrepris de faire demi-tour en rampant.

La dernière ouverture se trouvait à présent sur ma droite – la niche pleine de gravats – et je m'y introduisis, lacérant encore mes genoux et les paumes de mes mains sur les pierres délitées.

Ce n'étaient pas seulement des pierres. Des marches étaient creusées dans la terre froide et meuble.

Je m'y hissai, sans me soucier des éventuels obstacles qui pouvaient me frapper au visage.

Je m'écrasai contre un mur, faillis tomber à la renverse dans l'escalier invisible, mais réussis à me cramponner au bord d'un orifice. Car il y *avait* un orifice. C'est tout juste si je ne *distinguais* pas la maçonnerie aux arêtes aiguës qui l'encadrait.

Je m'y laissai tomber, me blessant à la joue et à la tempe droites contre la pierre rugueuse. Encore un catafalque. Me redressant, je pris conscience de la présence d'autres cercueils empilés sur la pierre taillée ou dans le ciment moulé. Je me trouvais une fois de plus dans un *loculus*. Claquant toujours des dents, je me tournai vers la gauche et eus l'impression de sentir ma vision s'éclaircir un peu.

Je me heurtai à une autre grille de métal, y étalai le sang invisible de mes doigts écorchés en tâtonnant à la recherche d'une brèche, et sortis en titubant dans un espace vide. Probablement un autre couloir.

Il y avait de la lumière, indéniablement – un mince filet d'un gris spectral – sur ma droite, à moins de vingt mètres.

Mes pieds nus battant le sol de pierre ou de brique de ce corridor plus large, je courus gauchement en direction de cette lueur.

Oui. Je voyais à présent mes mains et mes bras devant moi. Mes doigts étaient écarlates.

Un escalier, d'immenses marches de pierre qui s'élevaient et s'incurvaient hors de mon champ de vision.

Je le connaissais.

Pleurant, appelant le détective Hatchery à l'aide, glissant, tombant, me relevant et m'agrippant pour reprendre mon ascension, je gravis ces marches et me glissai par l'ouverture triangulaire que je connaissais si bien.

La lumière de la crypte, je n'en prendrais conscience que plus tard, se réduisait à l'infime lueur qui précède l'aube au mois de janvier – certainement insuffisante pour lire –, mais sa clarté m'aveugla.

M'avançant en vacillant vers le catafalque de pierre qui surplombait l'entrée secrète de la Ville-du-Dessous – une entrée que, je le jurai sur-le-champ et sur place, je n'emprunterais plus jamais –, je dus y prendre appui pour ne pas m'effondrer.

« Hatchery ! Pour l'amour du ciel, à l'aide ! Hatchery ! »

Ma voix me fit tressaillir au point que je faillis uriner involontairement. Je baissai les yeux, vers mon corps blanc et nu. Je regardai mon ventre, juste au-dessous du sternum.

J'aperçus une plaie, une écorchure rouge.

À l'endroit où le scarabée s'était introduit.

Je secouai la tête pour chasser l'image de mon cauchemar d'opium. J'avais le corps lacéré. Mes pieds, mes genoux et mes doigts étaient en plus piteux état encore que le reste. Je souffrais d'un mal de tête effroyable.

À cause de l'immense scarabée qui avançait... qui creusait.

« Arrête ! » criai-je tout haut.

Pourquoi Hatchery n'était-il pas là ? Pourquoi

m'avait-il abandonné ce jour-ci précisément, alors que j'avais tant besoin de lui ?

Cela fait peut-être des jours et des jours que tu es là en bas, Wilkie Collins.

J'entendis *Monsssieur Wilkie Collinsss* résonner dans mon crâne douloureux.

Je m'esclaffai. Aucune importance. Ils avaient essayé de me tuer – quels qu'« ils » fussent, sans doute le Roi Lazaree et ses amis païens, ces bâtards d'étrangers et autres opiomanes – mais ils avaient échoué.

J'étais libre. J'étais ressorti. J'étais vivant.

Levant les yeux, je découvris avec stupeur que quelqu'un avait décoré la voûte intérieure de la petite crypte de guirlandes brillantes. Ces rubans gris miroitants n'étaient pas là quand nous étions entrés, Hatchery et moi, plusieurs heures – *jours ? semaines ?* – auparavant, j'en étais certain. Noël était passé de plus de quinze jours. Et, surtout, pourquoi décorer une crypte vide ?

Après tout, quelle importance ? Rien n'avait plus d'importance – pas même mon corps tremblant, endolori, mon mal de tête lancinant, ma soif inextinguible et ma faim grandissante. Une seule chose comptait : quitter définitivement ce lieu.

Évitant l'entrée froide et noire, l'orifice dans le sol qui conduisait à la Ville-du-Dessous, je contournai le catafalque – rapidement, car mon imagination fertile d'écrivain m'inspira soudain la vision d'un long bras gris aux immenses doigts blancs et sans os surgissant de cet antre comme un serpent pour m'entraîner, hurlant, dans les ténèbres –, mais je dus m'arrêter immédiatement.

Je n'avais pas le choix.

Le passage était obstrué par un corps, qui gisait sur le sol de la crypte.

C'était le détective Hibbert Hatchery, son visage blême déformé par un immense cri silencieux, ses yeux blancs contemplant, aveugles, les bas-reliefs et les minuscules sculptures de gargouilles festonnées de guirlandes qui servaient de culs-de-lampe à la petite crypte. Dispersés sur le sol de pierre autour de son corps, je distinguai les reliefs de ses trois déjeuners, une petite flasque, son chapeau melon et son exemplaire du roman de Thackeray. De son ventre béant s'élevaient les guirlandes grises étirées et brillantes, qui n'étaient pas des guirlandes.

Mon cri refusa de franchir ma gorge. D'un bond, j'enjambai le cadavre, me baissai pour éviter les cordes grises tendues et, toujours dans le plus simple appareil, m'éloignai en courant dans l'aube qui s'étendait sur le cimetière de Saint-Affreux-des-Horreurs.

27.

Deux heures plus tard, j'étais dans une autre fumerie d'opium. J'attendais.

Je pouvais m'estimer heureux d'être en vie. Après tout, j'avais traversé en courant, nu et hurlant, les pires taudis de Bluegate Fields derrière les quais, ne sachant même pas quelle direction j'avais prise. Seules l'heure incongrue (les voyous eux-mêmes étaient profondément endormis chez eux, en cette aube d'une journée froide et neigeuse de janvier) et la peur que pouvait inspirer aux pires malfrats eux-mêmes l'image d'un fou vociférant aux mains ensanglantées expliquaient que la première personne que j'aie rencontrée dans ma fuite affolée ait été un agent de police qui patrouillait dans ce quartier insalubre.

Le policier lui-même avait été épouvanté par mon aspect et mon comportement. Il avait tiré de sa ceinture une petite matraque plombée, et je suis convaincu que, si j'avais continué une minute de plus à lui débiter des propos sans queue ni tête, il m'aurait assommé et traîné par les cheveux jusqu'au commissariat voisin.

Les choses étant ce qu'elles étaient, il me demanda :

« Qu'avez-vous dit ? Avez-vous bien dit "le corps d'Hatchery" ? Hatchery, comme Hibbert Hatchery ?

— L'ancien agent Hibbert Hatchery, désormais détective privé Hibbert Hatchery, oui, Monsieur l'agent. Ils l'ont éviscéré et ont entouré toute la crypte de ses entrailles – oh ! Seigneur ! oh ! mon Dieu ! –, il travaillait pour *moi*, voyez-vous, à titre privé, et non pour l'inspecteur Field, pour qui il travaillait en privé, mais publiquement. »

Le policier me secoua. « Que dites-vous à propos de l'inspecteur Field ? Vous connaissez l'inspecteur Field ?

— Oh ! oui. Oh ! oui ! répondis-je, mi-riant, mi-pleurant.

— Qui êtes-vous ? » m'interrogea le policier moustachu. Son casque sombre était saupoudré de blanc par la neige.

« William Wilkie Collins, répondis-je en claquant des dents. Wilkie Collins pour des millions de lecteurs. Wilkie pour mes amis et pour presque tous les autres. » Je me remis à rire stupidement.

« Ça ne me dit rien.

— Je suis un ami personnel et un collaborateur de Mr Charles Dickens. »

Ma mâchoire tremblait si violemment que j'eus le plus grand mal à prononcer le mot « collaborateur ».

Le policier me laissa là, debout, tout nu, dans la neige et le vent tout en tapotant sa paume de sa lourde matraque et en m'observant, sourcils froncés, sous la visière de son casque.

« Bien, bien, dans ce cas, suivez-moi, marmonna-t-il enfin en me prenant par le bras, mon bras pâle et écorché, et en m'entraînant vers les habitations.

— Un manteau, bredouillai-je en claquant des dents. Une couverture. N'importe quoi.

— Ça vient. Ça vient. Dépêchez-vous. Allez, et que ça saute ! »

J'imaginais que le poste de police où il me conduisait abritait un immense poêle si chaud qu'il rougeoyait. Mon bras tremblait dans l'étreinte du policier. Je me remis à pleurer.

Mais il ne me conduisit pas au commissariat. L'escalier pourrissant et le couloir sombre dans lequel il me tira et me poussa alternativement me disaient vaguement quelque chose. Quand nous fûmes à l'intérieur, je reconnus la vieille ratatinée qui me tournait autour, son nez en forme de bec jaillissant de sous son châle noir déguenillé qu'elle portait en capuchon.

« Sal, dit le policier, mets ce… ce gentleman… au chaud et trouve-lui des vêtements. Moins il y aura de poux, mieux ça vaudra, encore que ça n'ait pas grande importance. Débrouille-toi pour qu'il ne file pas. Sers-toi de ton *Malais* pour veiller à ce qu'il ne bouge pas. »

La Vieille Sal hocha la tête et dansa autour de moi, enfonçant l'ongle trop long de son doigt dans mes flancs nus et dans mon ventre douloureux. « J'l'ai d'jà vu avant, cui-là, agent Joe. C'était un client et y fumait sa pipe là-haut, pour sûr. L'inspecteur Field l'a amené un soir. Avant ça, j'l'avais vu 'vec ce vieux Hib Hatchery et un gentleman que c'était une huile, il paraît. Par le Dieu Tout-Puissant, cui-là, il y était ; il y était, y faisait la tête, y me zyeutait du haut de son p'tit nez dodu à travers ses lunettes, qu'il les a même plus maint'nant.

— Qui était ce monsieur si important ? demanda le policier.

— Dickens, çui-là des *Pickwick*, voilà qui c'était », glapit Sal, triomphante, comme si elle avait dû employer toutes ses ressources à extraire ce nom des profondeurs de son esprit obscurci par l'opium.

« Surveille-le bien, grommela le policier. Donne-lui des vêtements, même si tu dois envoyer l'idiot en chercher. Fais-le garder par le Malais pour qu'il ne parte pas. Et mets-le près de ce poêle minable où tu fais brûler un tas de charbon pour qu'il ne meure pas avant mon retour. Tu m'entends, Sal ? »

La vieille sorcière grommela puis se mit à ricaner. « J'ai jamais vu un homme avec un service trois pièces aussi riquiqui, et toi, Joe ?

— Fais ce que je t'ai dit », reprit le policier, et il s'éloigna dans une bourrasque d'air froid qui s'enroula autour de nous comme le souffle de la Mort.

« Ils te vont, chéri ? » me demanda la Vieille Sal comme j'étais assis dans une pièce déserte à l'arrière de sa fumerie. Un immense Malais aux joues couvertes de scarifications rituelles montait la garde de l'autre côté de la porte. La fenêtre était fermée par des volets cloués. La puanteur de la Tamise la traversait pourtant, avec le courant d'air glacial de ce jour de janvier.

« Non », grognai-je. Non contente d'être trop étroite, la chemise était affreusement crasseuse et empestait. Le grossier pantalon de travailleur et la veste assortie sentaient tout aussi mauvais et grattaient encore plus. J'aurais mis ma main au feu que de minuscules créatures rampaient dans tous ces effets. Il n'y avait ni sous-vêtements ni chaussettes. Les vieilles bottes éculées que la vieille m'avait apportées étaient deux fois trop grandes pour moi.

« Tu pourrais quand même t'accommoder de c'qu'on te donne, cancana la vieille folle. Tu les aurais même pas si le Vieux Yahee, il était pas mort tout d'un coup y a deux soirs et que personne il est venu chercher ses affaires. »

J'étais assis là, tandis que la lumière froide du samedi matin s'insinuait à travers les volets avec la puanteur et…

Attends. *Étions-nous bien* samedi matin, le lendemain du soir où j'étais descendu dans le monde du Roi Lazaree, ou cette scène se passait-elle plusieurs jours plus tard ? J'avais *l'impression* que de longues journées s'étaient écoulées, peut-être même des semaines. L'envie me prit d'appeler la Vieille Sally pour lui poser la question, mais je songeai qu'il y avait de fortes chances pour que cette vieille sorcière n'en sache rien. J'aurais pu interroger le Malais au visage couturé qui se tenait sur le seuil, mais rien ne révélait qu'il comprenait l'anglais ou était capable de le parler.

Je ris tout bas, avant de réprimer un sanglot. Après tout, peu importait quel jour nous étions.

J'avais tellement mal à la tête que j'étais à deux doigts de m'évanouir de douleur. Le siège de cette douleur était situé très profondément, je le sentais, loin derrière mes yeux ; elle n'avait rien à voir avec la migraine habituelle de la goutte rhumatismale que j'avais jadis trouvée tellement intolérable.

Le bousier creuse, il élargit son trou. Il roule devant lui un globe gris et brillant en empruntant son tunnel d'accès en direction de…

J'étais assis au bord d'une couchette crasseuse et

me pliai en deux, inclinant la tête vers mes genoux, essayant de réprimer une affreuse nausée. Je n'avais plus rien à vomir, je le savais, et ces haut-le-cœur infructueux avaient transformé mes entrailles en ruban de douleurs et de crampes.

Les guirlandes grises et luisantes s'élevant jusqu'au plafond.

Je secouai la tête pour chasser cette image, mais ce geste eut pour seul effet d'aggraver mon mal de tête et de provoquer une nouvelle nausée. L'air empestait la fumée d'opium – de l'opium bon marché, pourri, dilué et vicié. J'avais peine à croire que j'aie pu venir ici pendant des semaines fumer l'infecte substance de la Vieille Sal – dormant du sommeil des drogués sur ces mêmes couchettes crasseuses, grouillantes de poux et de vermine. Où avais-je eu la tête ?

Et où avais-je la tête la nuit dernière – ou plusieurs nuits auparavant, je n'en savais rien – lorsque j'étais descendu sous la crypte pour rejoindre les momies chinoises au fond de cette autre fumerie d'opium ?

C'était l'inspecteur Field qui était venu en compagnie d'Hatchery me sortir d'ici, de longs mois auparavant. C'était l'inspecteur Field qui m'avait suggéré de me rendre chez le Roi Lazaree sous la houlette d'Hatchery. Était-ce un complot de bout en bout ? Pouvait-on envisager que Field *ait assassiné Hatchery – peut-être par dépit en apprenant que l'immense détective travaillait également pour moi ?*

Je secouai encore ma tête douloureuse. Tout cela n'avait aucun sens.

Dans les profondeurs de mon crâne, je sentais bouger une forme munie de six pattes acérées et de mandibules. C'était plus fort que moi – je hurlai de terreur autant que de douleur.

L'inspecteur Charles Frederick Field et le détective Reginald Barris entrèrent précipitamment.

« Hatchery est mort, leur annonçai-je tout en claquant à nouveau des dents.

— Je sais », aboya l'inspecteur Field. Il m'attrapa par le bras et je retrouvai dans son étreinte le geste assuré de son collègue, le matin même. « Venez. Nous y retournons tout de suite.

— *Rien* ne pourra jamais m'y faire retourner ! »

Je me trompais. La main puissante de l'inspecteur Field avait trouvé dans mon bras un nerf sensible dont j'ignorais l'existence. Je poussai un cri strident, me levai et chancelai entre Barris et le vieil homme corpulent en descendant bruyamment les marches – à demi poussé, à demi porté – pour rejoindre un groupe d'hommes qui attendait en bas, dans la rue.

Au total, en comptant l'inspecteur et Barris, il y avait sept types silencieux et robustes, et bien qu'aucun ne fût en uniforme, je sus immédiatement qu'ils avaient été policiers pendant la majeure partie de leur vie. Trois d'entre eux portaient des armes qui ressemblaient à des fusils de chasse. Le quatrième exhibait ouvertement un énorme pistolet de cavalerie. Je n'avais jamais éprouvé le moindre intérêt pour tout ce qui touchait à l'armée, qu'il s'agît des objets aussi bien que des individus, et la vision de tout cet arsenal dans une rue de la ville de Londres heurta ma sensibilité.

Mais, après tout, nous n'étions pas tout à fait à Londres. Nous étions dans Bluegate Fields. Alors que nous quittions New Court pour traverser une enfilade de rues miteuses que je voyais en toute saison depuis au moins deux ans à présent – parmi lesquelles George Street, Rosemary Lane, Cable Street, Knock Fergus, Black Lane, New Road et Royal Mint Street –, je remarquai qu'à notre passage les ballots de misère enveloppés de haillons recroquevillés dans les cours et sur les seuils des habitations, hommes et femmes, reculaient dans l'ombre ou disparaissaient plus profondément dans les embrasures de portes. En apercevant cette petite troupe sinistre défiler devant leurs tanières sordides, ces créatures identifiaient, elles aussi, les sept hommes armés au visage de marbre comme des policiers.

« Que s'est-il passé ? » demanda l'inspecteur Field. Sa poigne de fer était toujours implacable sur mon bras tremblant. J'avais emporté une couverture en guise de châle pour couvrir ma veste d'ouvrier crasseuse, mais la laine était de mauvaise qualité et me protégeait bien mal du vent glacé. Il s'était remis à neiger.

« Que s'est-il passé ? répéta Field en me secouant légèrement. Racontez-moi tout. »

En l'espace d'une seconde, je pris l'une des décisions les plus fatidiques de ma vie.

« Je ne me souviens de rien, prétendis-je.

— Vous mentez », lança l'inspecteur Field d'un ton sec en me secouant encore. Il avait renoncé à son attitude déférente de détective de la classe ouvrière s'adressant à un gentleman. J'aurais aussi bien pu être un des criminels de Smithfield ou de Limehouse qu'il avait traités avec cette poigne d'airain au fil des décennies.

« J'ai tout oublié, mentis-je une nouvelle fois. J'ai pris ma pipe la nuit dernière vers minuit dans la fumerie du Roi Lazaree, comme toujours, mais après, je ne me souviens de rien. Je me suis réveillé dans le noir il y a plusieurs heures et j'ai réussi à sortir de là. Puis j'ai découvert... ce pauvre Hatchery.

— Vous mentez, répéta l'inspecteur.

— Ils m'ont drogué, insistai-je d'une voix atone comme nous pénétrions dans les dernières ruelles voisines du cimetière. Lazaree ou je ne sais qui a mis de la drogue dans ma pipe d'opium. »

Le détective Barris accueillit cette réflexion d'un rire rauque, mais l'inspecteur Field le fit taire d'un regard.

Un autre homme de haute taille, emmitouflé dans un pardessus et armé d'un fusil de chasse, montait la garde à l'entrée de Saint-Affreux. Il porta la main à sa casquette à notre approche. Je reculai lorsque nous fûmes devant la grille, mais l'inspecteur Field me poussa en avant comme un enfant indocile.

La neige couvrait les pierres tombales et les statues, dessinant les contours des toits plats et des corniches qui surplombaient les cryptes. L'arbre mort qui dominait, oppressant, la dernière crypte se dressait contre le ciel nuageux telle une tache d'encre bordée d'un trait de craie blanche.

Trois autres hommes attendaient dans la crypte, leur haleine suspendue au-dessus d'eux comme des âmes prisonnières du froid. Je détournai les yeux, non sans avoir remarqué qu'ils avaient couvert le corps éviscéré d'Hatchery d'une sorte de bâche de toile. Les guirlandes grises et luisantes avaient disparu, mais j'aperçus dans l'angle une deuxième bâche, plus petite, qui recouvrait autre chose que le cadavre d'Hatchery. Malgré la fraîcheur de l'air, une odeur d'abattoir régnait dans cet espace confiné.

La plupart de ceux qui nous avaient accompagnés

à travers les rues passèrent la tête par la porte, mais attendirent à l'extérieur. La crypte était exiguë et six personnes suffisaient à la faire paraître ridiculement bondée, car tout le monde évitait de se tenir trop près du corps d'Hatchery sous son linceul de fortune.

Je me rendis compte en tressaillant que l'un des trois hommes qui nous attendaient dans la crypte n'était ni un policier ni un détective, mais un Malais géant, dont les longs cheveux noirs pendaient, sales et raides, dans son cou ; il avait les bras derrière le dos et les poignets cruellement emprisonnés dans des menottes de fer. Je restai confus un instant, le prenant pour le Malais que nous venions de quitter chez la Vieille Sal, mais je constatai que celui-ci était plus âgé et que ses joues ne portaient pas de scarifications. Il me dévisagea sans curiosité ni passion, les yeux ternes comme ceux de condamnés que j'avais vus, avant ou après leur pendaison.

L'inspecteur Field me conduisit vers l'étroite entrée aménagée dans le sol ; je m'arc-boutai avec toute la force de ma volonté et toute mon énergie. « Je ne peux pas descendre, haletai-je. Je ne descendrai *pas*.

— Bien sûr que si », rétorqua l'inspecteur Field en me donnant une bourrade.

Un des détectives qui surveillaient le grand Malais tendit à l'inspecteur une lanterne sourde. On en remit une autre à Barris. Le jeune détective prit la tête de notre convoi, tandis que l'inspecteur Field me tenait fermement par le bras, me poussant toujours devant lui. Nous descendîmes l'étroit escalier, l'un derrière l'autre. Un seul autre homme – un détective que je ne connaissais pas et qui était armé d'un lourd fusil de chasse – nous accompagna.

J'avoue, Cher Lecteur, que je n'arrive toujours pas à me remémorer un certain nombre des événements qui se produisirent au cours de la demi-heure qui suivit. Ma terreur, mon épuisement et ma souffrance étaient tels que mon état était très proche de celui qui est le nôtre au seuil du sommeil – inconscients de ce qui nous entoure, nous laissant tantôt glisser dans le rêve, tantôt rappeler en sursaut à la réalité par un bruit, une sensation ou quelque autre stimulus.

Le stimulus dont je me souviens le mieux était la poigne de fer insistante, incessante de l'inspecteur Field sur mon bras, me tirant et me poussant par-ci, par-là dans l'obscurité du puits éclairé par la lanterne.

À la lueur de celle-ci, la brève descente et le trajet jusqu'à la fumerie du roi Lazaree me parurent aussi familiers qu'un rêve récurrent ; elles ne conservaient plus trace du cauchemar de ma fuite éperdue dans le noir.

« Est-ce la fumerie d'opium ? demanda l'inspecteur Field.

— Oui, enfin, non. Si. Je ne sais pas. »

Au lieu du rideau rouge déchiré, une grille rouillée se dressait comme devant tous les autres *loculi*. La lumière des lanternes sourdes révéla des empilements de cercueils au lieu des rangées de couchettes à trois étages et du catafalque sur lequel siégeait invariablement la figure de Bouddha du Roi Lazaree.

« Cette grille n'est pas encastrée dans le mur comme les autres », grommela Barris, empoignant le fer rouillé et le poussant vers l'intérieur. Il tomba sur le sol de pierre, dans un bruit de glas. Nous pénétrâmes dans cet espace étroit.

« Le plafond n'a pas laissé tomber de poussière ici, remarqua encore Barris, faisant aller et venir le faisceau de sa lanterne sourde. Tout a été balayé. »

Le quatrième homme de notre groupe resta dans le couloir avec son fusil.

« Oui, c'est bien la fumerie du Roi Lazaree », confirmai-je lorsque que les lanternes éclairèrent une plus grande partie du couloir et de l'alcôve familiers. Il n'en restait pourtant rien, pas même les marques sur la pierre, à l'endroit des lourdes banquettes et du petit poêle de fer. Sur le catafalque central où trônait le Roi Lazaree dans ses robes colorées ne reposait plus qu'un antique sarcophage de pierre vide. Mon alcôve privée, tout au fond, n'était qu'une niche comme les autres, remplie de cercueils entassés.

« Mais ce n'est pas ici que vous vous êtes réveillé dans le noir, observa l'inspecteur Field.

— Non. Il me semble que c'était plus loin, dans le couloir.

— Allons voir », dit l'inspecteur, et il fit signe à Barris de passer devant lui. L'homme au fusil de chasse ramassa sa propre lanterne et nous suivit.

Je songeai à Dickens. Où en était-il à présent de sa tournée américaine ? Dans la dernière lettre que j'avais reçue de lui, adressée de New York juste avant le nouvel an, il m'annonçait qu'il était malade, souffrant de ce qu'il appelait un « ralentissement du cœur » et qu'il était si malheureux là où il était qu'il restait tous les jours au lit jusqu'à trois heures de l'après-midi, ne se levant qu'au prix des plus grandes difficultés pour les représentations inéluctables de la soirée.

Dickens avait-il un scarabée en lui ? Un coléoptère se promenait-il de sa cervelle à son cœur, enfonçant

ses immenses pinces dès que Dickens faisait mine de
se libérer de l'emprise de Drood ?

Je savais grâce à l'itinéraire initial et à des télégrammes envoyés à Wills au bureau du journal qu'en
ce mois de janvier, Dickens avait prévu des lectures à
New York, Boston, Philadelphie, Baltimore et Broo-
klyn – et qu'il faisait systématiquement salle comble,
vendant entre six et huit mille billets. Mais en quel
point de cette liste de villes aux noms étranges se
trouvait-il à présent ?

Je le connaissais assez bien pour être assuré qu'il
s'était remis de son indisposition et de sa défaillance
mentale et devait folâtrer entre ses lectures, divertissant
les enfants et les autres voyageurs des trains qui le
conduisaient de ville en ville, mobilisant le moindre
gramme d'énergie, la moindre fibre de son être pour
ses lectures de l'après-midi et de la soirée. Mais je
savais aussi que cela ne l'empêchait pas d'être malheureux et de compter les jours qui le séparaient de
celui d'avril où son bateau reprendrait la mer pour
l'Angleterre et pour son foyer.

Vivrait-il jusque-là ? Le scarabée le laisserait-il
vivre, s'il découvrait sa trahison ?

« Est-ce ici que vous vous êtes réveillé ? » me
demandait l'inspecteur Field.

Il dut me secouer pour me sortir de ma rêverie. Mon
regard se porta sur un *loculus* identique à la plupart
des autres, à cette différence près qu'il y avait, dans
l'épaisse poussière de cette niche exiguë, des traces
de pieds – de petits pieds, nus, vulnérables. J'aperçus
aussi du sang sur la grille délabrée, par la brèche de
laquelle je m'étais glissé à l'aveuglette. J'effleurai le

tissu qui recouvrait les plaies encore fraîches de mes côtes et de mes hanches.

« Oui, fis-je d'une voix sourde. Je crois que oui.

— C'est miracle que vous soyez arrivé à sortir d'ici dans le noir », observa Barris.

Je n'avais rien à répondre à cela. Je tremblais comme si j'étais atteint de malaria et n'avais qu'une envie au monde : quitter ce puits. Mais l'inspecteur Field n'en avait pas fini avec moi.

Nous rebroussâmes chemin, revenant vers l'entrée, l'éclat des trois lanternes sourdes dansant sur les murs et les entrées de *loculi* au point que je faillis m'évanouir. C'était comme si la réalité et la fiction, la vie et la mort, la lumière et son absence absolue tournoyaient dans une danse macabre frénétique.

« Est-ce le couloir qui mène au jubé et aux étages inférieurs ? demanda l'inspecteur Field.

— Oui », répondis-je, sans avoir, sur le moment, la moindre idée de ce dont il parlait.

Longeant l'étroit corridor, nous dépassâmes les *loculi* obscurs pour rejoindre la salle souterraine circulaire située sous l'abside de l'ancienne cathédrale de Saint-Affreux-des-Horreurs. C'est là que Dickens avait trouvé le petit escalier menant à la vraie Ville-du-Dessous.

« Je refuse de descendre », protestai-je. Je me dégageai de l'étreinte de l'inspecteur Field et faillis tomber. « Je ne *peux* pas descendre.

— Personne ne vous demande de le faire, dit l'inspecteur Field et cette assurance me fit monter les larmes aux yeux. Pas *aujourd'hui* », précisa-t-il. Puis il se tourna vers l'homme au fusil. « Fais venir le Malais. »

Je restai là, hagard, hors du temps, sentant un mouvement dans le tréfonds de ma boîte crânienne chaque fois que le scarabée bougeait. Je m'efforçai de réprimer les nausées qui me secouaient, mais l'atmosphère qui régnait dans ce trou empestait l'humus fétide, la décomposition et la tombe. Le détective au fusil de chasse revint, accompagné d'un collègue – en pardessus fauve, armé d'une carabine. Ils encadraient le Malais menotté. L'Oriental me dévisagea en pénétrant dans l'abside souterraine ; de part et d'autre de son nez en lame de couteau, ses minces yeux noirs étaient presque aussi ternes de douleur ou de désespoir que les miens, mais plus accusateurs. Ils ne se posaient jamais sur Field ni Barris, uniquement sur moi, comme si j'étais son persécuteur.

Sur un signe de tête de l'inspecteur Field, les deux hommes en armes conduisirent le captif de l'autre côté du jubé décrépit. Ils s'engagèrent dans l'étroit passage, tandis que Barris et l'inspecteur me ramenaient dans le couloir, puis vers la lumière.

« Je ne comprends pas », murmurai-je, suffocant à demi, quand nous sortîmes de la crypte dans l'air glacial de janvier. La neige avait cessé de tomber, mais le brouillard d'hiver était épais. « Avez-vous prévenu la police ? Pourquoi tous ces détectives privés sont-ils ici ? Vous avez certainement informé la police. Où est-elle ? »

L'inspecteur Field m'accompagna jusqu'à la rue, où attendait une voiture noire fermée. Elle me fit penser à un corbillard. L'haleine des chevaux rendait le brouillard encore plus opaque. « La police sera avertie bien assez tôt », dit-il. Sa voix était amène, mais, sous cette douceur, je sentais une rage et une résolution aussi inexorables que l'étreinte de sa main autour de mon bras. « Tous ces hommes connaissaient Hibbert Hatchery. Plusieurs ont travaillé avec lui. Certains l'aimaient. »

Barris et l'inspecteur me poussèrent dans la voiture. Barris fit le tour pour monter de l'autre côté. La main toujours sur mon bras, l'inspecteur Field se tenait devant la portière ouverte. « Drood s'attend à ce que nous nous précipitions dans la Ville-du-Dessous aujourd'hui même – à dix, ou peut-être à vingt. Il ne désire pas autre chose. Mais je reviendrai demain avec une centaine de privés, qui connaissaient tous Hatchery ou qui vouent à Drood une haine mortelle. Demain, nous descendrons. Demain, nous trouverons Drood et nous le débusquerons. »

Il referma la portière dans un claquement sourd. « Soyez disponible demain, Monsieur Collins. Nous aurons besoin de vous.

— Je ne peux... » commençai-je, mais je vis alors les deux hommes aux fusils sortir de la crypte. Le Malais n'était plus avec eux. Mes yeux se posèrent, horrifiés, sur la manche droite du plus grand. Son luxueux manteau fauve était écarlate du poignet jusqu'au coude, comme si la laine était imbibée de sang.

« Le Malais... bredouillai-je. C'est sûrement celui que la police avait arrêté. Celui que le Service de police vous a confié pour que vous l'interrogiez. »

L'inspecteur Field resta muet.

« Où est-il ? chuchotai-je.

— Nous avons envoyé le Malais en bas en message, dit enfin l'inspecteur Field.

— En messager, voulez-vous dire.

716

— Nous avons envoyé le Malais en *message* », répéta l'inspecteur Field d'un ton monocorde. Il donna un petit coup sec contre le flanc de la voiture, et nous nous éloignâmes, Barris et moi, à travers les rues étroites de Bluegate Fields.

Barris me déposa devant chez moi, au 90 Gloucester Place, sans un mot. Avant de franchir mon propre seuil, je restai un moment, frissonnant, dans le brouillard, à suivre des yeux la voiture sombre qui disparaissait au coin de la rue. Une autre voiture sombre passa, lanternes allumées. Elle tourna à droite, elle aussi. Je n'entendis pas si elles s'étaient arrêtées – le brouillard et la neige assourdissaient jusqu'au martèlement des sabots et au grincement des essieux –, mais j'en étais presque sûr. Barris avait dû distribuer des tours de garde, donner des instructions. Les hommes de l'inspecteur Field surveillaient l'avant et l'arrière de ma maison, c'était évident, pourtant ils devaient être moins nombreux que le 9 juin précédent.

Mes nouveaux Groseille se trouvaient quelque part, dans le brouillard. Si je voulais déjouer leur vigilance, je n'avais qu'à descendre dans ma propre cave à charbon, faire tomber quelques briques, et me glisser par l'ouverture exiguë qui conduisait aux étages supérieurs de la Ville-du-Dessous. Je pourrais circuler librement dans la ville… ou plus exactement sous la ville.

Cette idée me fit glousser, mais je m'arrêtai dès que ce ricanement hystérique se transforma en nausée. Le scarabée changea de position dans mon crâne.

Quand j'entrai dans le vestibule de ma maison, ma bouche s'ouvrit dans un cri d'horreur.

Les intestins du détective Hatchery étaient répandus de la corniche au lustre, du lustre à la cage d'escalier, de la cage d'escalier aux appliques. Ils étaient suspendus comme dans la crypte, gris, humides et luisants.

Mon hurlement ne franchit pas mes lèvres. Et, après avoir tremblé comme un enfant pendant quelques instants, je compris que ces « intestins » n'étaient que des guirlandes, des guirlandes de soie et de rubans gris et argentés, vestiges de quelque réception inepte que nous avions dû donner dans la maison, plusieurs siècles auparavant.

Des odeurs de cuisine flottaient dans la maison – un rôti en cocotte et d'autres viandes de bœuf qui mijotaient, une sorte de riche bouillabaisse qu'on venait de mettre à cuire – et l'envie de vomir me reprit de plus belle.

Caroline sortit en trombe de la salle à manger.

« Wilkie ! Bonté divine, où étiez-vous passé ? Imaginez-vous que vous pouvez disparaître toutes les nuits comme ça, sans… Seigneur Dieu – où avez-vous trouvé ces haillons *abominables* ? Où sont vos vêtements ? Qu'est-ce que c'est que cette *puanteur* ? »

Je l'ignorai et appelai notre bonne à grands cris. Elle arriva précipitamment, le visage rougi par les vapeurs de cuisine. Je lui ordonnai d'un ton brusque : « Faites-moi couler un bain chaud – tout de suite. *Très* chaud. Dépêchez-vous, allons.

— Wilkie, haleta Caroline, allez-vous répondre à mes questions et m'expliquer ce qui se passe ?

— C'est à *vous* de me donner des explications, grommelai-je en tendant le bras vers les rubans drapés un peu partout. Qu'est-ce que c'est que cette décoration de pacotille ? Que se passe-t-il ? »

Caroline cilla comme si je l'avais frappée. « C'est vous qui me demandez cela ? Et votre réception, votre dîner d'avant spectacle *d'une si grande importance* ? Ils arriveront tous dans quelques heures. Nous dînerons tôt, bien sûr, comme vous l'avez précisé, puisque nous devons être au théâtre à… » Elle s'interrompit et baissa la voix pour que les domestiques n'entendent pas. Sa bouche laissa échapper un sifflement de bouilloire. « Êtes-vous *saoul*, Wilkie ? Avez-vous l'esprit troublé par votre laudanum ?

— Bouclez-la », lançai-je.

Cette fois, sa tête esquissa un mouvement de recul brutal et la couleur monta à ses joues comme si elle avait *vraiment* été frappée.

« Annulez, ordonnai-je. Envoyez le garçon… des messagers… prévenez tout le monde que la réception est annulée. »

Elle éclata d'un rire nerveux. « C'est *tout à fait* impossible, vous le savez aussi bien que moi. La cuisinière est déjà en train de préparer le dîner. Les gens ont pris des dispositions pour venir jusqu'ici. La table est mise et les billets de faveur pour le théâtre sont disposés à chaque place. Il est tout à fait exclu de…

— Annulez », répétai-je et je passai devant elle pour monter à l'étage, avaler cinq verres de laudanum, remettre les vêtements misérables à Agnes, notre servante, pour qu'elle les brûle, et prendre un bain.

Je me serais endormi dans l'eau fumante sans les rampements que je sentais dans mon crâne.

La pression exercée par le scarabée était si forte qu'à trois reprises je sortis du bain d'un bond pour me planter devant le miroir. Réglant les bougies pour qu'elles diffusent le maximum de clarté, j'ouvris la bouche plus grande que je ne le croyais possible – les muscles de ma mâchoire gémirent littéralement en signe de protestation – et, la troisième fois, j'aperçus, j'en étais sûr, un léger reflet sur une carapace noire, tandis que l'énorme insecte reculait précipitamment hors de ma vue, pour échapper à la lumière.

Je me retournai et vomis dans la cuvette, mais mon estomac était vide, et le scarabée avait regagné l'intérieur de mon crâne.

Je me replongeai dans mon bain, mais chaque fois que je sentais le sommeil m'envahir, je revivais la scène de la crypte, la lueur grise, la puanteur d'abattoir et au-dessus de tout cela, je sentais l'odeur de l'encens, j'entendais les psalmodies et voyais l'immense bestiole noire s'enfoncer dans la chair de mon ventre comme dans du sable...

On frappa à la porte.

« Allez-vous-en !

— Il y a un télégramme pour vous, annonça Caroline à travers le battant. Le garçon qui l'a livré dit que c'est important. »

Avec un juron, je sortis tout dégoulinant du bain qui, de toute façon, commençait à être froid, j'enfilai mon peignoir et entrouvris la porte juste assez pour attraper le papier pelure entre les minces doigts blancs de Mrs G...

Je supposais que c'était un message de Fetcher ou de quelqu'un d'autre au théâtre – ils avaient l'habitude dispendieuse d'envoyer des télégrammes comme si un simple billet confié à un coursier ne suffisait pas. Ou peut-être était-il de Dickens. Dans une brusque révélation, je l'imaginai m'avouer l'existence de son propre scarabée et reconnaître qu'il savait que j'en hébergeais un désormais, moi aussi.

Je dus m'y reprendre à quatre fois pour lire les quatre mots et la signature avant qu'ils fassent sens dans mon cerveau épuisé et habité.

MÈRE MOURANTE. VIENS IMMÉDIATEMENT. CHARLEY

28.

Le visage de ma mère me faisait penser au cadavre d'un mort récent, dont l'âme silencieuse cherche frénétiquement à s'échapper.

Ses yeux, dont on voyait essentiellement le blanc, le cerne plus foncé de l'iris se distinguant à peine sous les paupières lourdes et rougies, se tendaient et se gonflaient comme sous l'effet d'une terrible pression interne. Sa bouche était grande ouverte, mais ses lèvres, sa langue et son palais étaient pâles et desséchés comme du vieux cuir. Elle n'arrivait pas à parler. Le seul bruit qu'elle émettait était un râle étrange, un sifflement qui sortait de sa poitrine. Je ne crois pas qu'elle nous voyait.

Charley et moi nous étreignîmes, horrifiés, devant son regard aveugle et je haletai : « Grand Dieu, que s'est-il passé ? »

Mon cher frère ne put que secouer la tête. Mrs Wells allait et venait près du lit, ses mains arthritiques s'agitant sous les plis de son châle de dentelle noire, tandis que, dans l'angle le plus reculé de la chambre, le docteur Eichenbach, le vieux médecin de famille de Mère venu de Tunbridge Wells, veillait.

« Mrs Wells a dit qu'elle allait bien – enfin, relativement. Elle avait mal, elle toussait un peu, mais elle était assez bien portante pour manger avec appétit et prendre avec plaisir son thé de l'après-midi, et pour que Mrs Wells lui fasse la lecture et la causette – c'était hier soir, réussit à dire Charley. Et ce matin... je suis arrivé de Londres pour lui faire la surprise... et je l'ai découverte dans cet état.

— C'est souvent le cas des vieilles personnes, qui ne font plus qu'attendre, qui sont prêtes à quitter ce monde, qui le désirent même, murmura le docteur Eichenbach. Aucun signe avant-coureur. »

Pendant qu'Eichenbach, qui était sourd comme un pot, bavardait dans son coin avec Mrs Wells, je chuchotai à Charley d'un ton pressant : « Il faut que mon médecin la voie. Je vais faire venir Frank Beard tout de suite.

— J'ai essayé de joindre celui qu'elle a consulté récemment, le docteur Ramseys, dit Charley tout bas.

— Qu'est-ce ? cria le docteur Eichenbach de son coin près de l'âtre. Vous voulez faire venir le docteur... qui donc ?

— Ramseys, soupira Charley. Un nouveau médecin qui s'est établi ici et semble avoir pris l'initiative de rendre visite à Mère au cours de ces dernières semaines. Je suis tout à fait certain que Mère n'avait aucune raison de s'adresser à lui... aucune raison de ne pas continuer à se fier à vos excellents conseils et à vos soins non moins excellents.

Eichenbach fronçait les sourcils. « Le docteur Ramsey ?

— Ram*seys* », rectifia Charley en articulant exagérément comme aiment à le faire les gens qui s'adressent à des durs d'oreille.

Eichenbach secoua la tête. « Il n'y a pas de Ramsey ni de Ramseys installé aux environs de Tunbridge Wells. Pas plus qu'à Londres, à ma connaissance, exception faite du vieux Charles Bierbont Ramsey, qui n'a conservé pour seuls patients que la famille de lord Leighton. De surcroît, il est spécialisé dans les maladies vénériennes – il ne s'intéresse à rien d'autre –, et je doute fort que Mrs Collins l'ait fait venir ici pour *ce* genre de consultation. Comment, au demeurant, peut-on s'appeler Ram*seys*? On dirait le nom d'un comité. »

Charley soupira encore. « Si j'ai bien compris, le docteur Ramseys était allé voir sa famille à Tunbridge Wells quand il a entendu parler de la maladie de Mère. C'est bien cela, Madame Wells, n'est-ce pas? »

La vieille semblait tout agitée et ses mains noueuses recommencèrent à battre l'air sous son châle. « En vérité, je n'en sais rien, Monsieur Charles. Je n'ai entendu parler du docteur Ramseys que par votre chère, chère mère. Je ne lui ai jamais parlé personnellement.

— Mais vous l'avez *vu*? » demandai-je. Le scarabée remua dans mon crâne à l'instant même où une main glacée se refermait autour de mon cœur.

« Une seule fois, répondit l'honnête vieille dame. Et encore, de loin. Il venait de prendre congé un après-midi de la semaine dernière comme je traversais la prairie par le sentier.

— À quoi ressemblait-il? demandai-je.

— Oh... ma foi, je ne saurais vous le dire, Monsieur Wilkie. Je n'ai fait qu'entrapercevoir un grand homme mince qui s'éloignait dans l'allée. Il était habillé de façon très chic, mais un peu – c'est bien à moi de dire ça ! – un peu démodée, jugeraient les jeunes gens. Il portait une jaquette noire et un haut-de-forme comme on en avait autrefois, si vous voyez ce que je veux dire.

— Je ne suis pas sûr de vous suivre parfaitement, Madame Wells, répondis-je d'une voix que j'espérais ferme. En quoi ce haut-de-forme était-il démodé ?

— Oh, vous savez bien, Monsieur Wilkie. Un de ces chapeaux qui ont un bord un peu plus large, un fond plus bas – un peu comme ceux que les messieurs portaient pour faire du cheval quand j'étais petite. Et en castor, de toute évidence, pas en soie.

— Merci, Madame Wells, dit Charley.

— Oh... et son voile, évidemment, ajouta Mrs Wells. Même de loin, j'ai vu son voile. Votre mère l'a évoqué plus tard.

— Jamais en ma présence, observa Charles. Pourquoi le docteur Ramseys portait-il un voile ?

— À cause de ses brûlures, évidemment. De terribles brûlures, m'a dit Harriet... enfin, Mrs Collins. Votre chère mère. Le docteur Ramseys craignait d'effrayer les gens dans la rue. »

Je me détournai et fermai les yeux un instant. Quand je les rouvris, je ne vis que le visage crispé de Mère et sa bouche béante, déshydratée, dans laquelle la langue desséchée roulait comme un morceau de corde égaré. Ses yeux blancs exorbités ressemblaient à deux œufs que l'on aurait enfoncés sous des paupières humaines sous l'effet d'une force terrifiante.

« Madame Wells, demanda Charley tout bas, auriez-vous la gentillesse d'aller chercher le voisin qui fait parfois des courses pour Mère ? Il faut que nous envoyions un télégramme au docteur Frank Beard à Londres. Wilkie le rédigera ici et le garçon l'emportera.

— À cette heure, Monsieur Charles ? Le bureau des télégrammes ferme dans moins d'une heure.

— Il faut donc nous hâter, n'est-ce pas, Madame Wells ? Merci pour votre aide. Mère vous remercierait aussi si elle le pouvait. »

Caroline et moi nous étions séparés sur des paroles acerbes.

Inexplicablement, *incroyablement*, elle avait posé des questions, exigé des réponses et multiplié les obstacles pour m'empêcher de franchir la porte *après* même que je lui eus montré le télégramme de mon frère.

« Où étiez-vous la nuit dernière ? insistait-elle. Où avez-vous trouvé ces abominables vêtements qu'Agnes a brûlés ? Quelle était cette odeur atroce ? Quand reviendrez-vous de Tunbridge Wells ? Et pour la réception de ce soir, qu'allons-nous faire ? Les billets de théâtre ? Tout le monde comptait sur...

— Pour commencer, retirez et jetez ces satanées guirlandes, grommelai-je. Vous n'avez qu'à maintenir votre dîner. Allez au théâtre avec tous mes amis. Ce ne sera certainement pas la première fois que vous recevrez ou serez reçue à mes dépens, alors que je suis dans l'impossibilité d'être présent.

— Que voulez-vous dire, Wilkie ? Vous ne *voulez* pas que j'honore nos obligations mondaines à l'égard de vos amis ? Vous ne *voulez* pas que j'utilise les billets pour *votre* pièce, alors que vous avez promis

726

à des dizaines de personnes qu'elles la verraient ce soir, depuis la loge de l'auteur ? Que voulez-vous que je fasse ?

— Ce que je *veux* ? grommelai-je. Que vous alliez au diable ! »

Caroline se figea.

« Ma mère est en train de mourir, poursuivis-je d'un ton froid, dur, définitif. Quant à savoir avec qui vous choisissez de dîner et d'aller au théâtre, en ce qui me concerne, vous pouvez bien y aller *avec* le diable. » Toute ma rage contenue se déversait contre elle. « Ou avec votre plombier. »

Toujours pétrifiée, Caroline G… rougit de la naissance des cheveux jusqu'à son corsage. « De… de quoi parlez-vous, Wilkie ? »

J'ouvris toute grande la porte sur le brouillard et sur le froid, et lui ris au visage. « Vous savez fichtrement bien de quoi je parle, mon amour. Je parle de Mr Joseph Charles Clow, fils du distillateur d'Avenue Road, plombier de profession, séducteur – ou séduit – par vocation. Le *Mr Clow* que vous avez secrètement nourri à ma table et que vous avez rencontré clandestinement cinq fois depuis Noël. »

Je sortis en claquant la porte au nez d'une Caroline empourprée et terrifiée.

J'avais trouvé Tunbridge Wells étrangement silencieux, couvert de neige et noyé sous un déplaisant et épais brouillard blanc quand Charley était venu en traîneau me chercher à la gare cet après-midi-là. Le silence et le brouillard étaient encore plus oppressants à dix heures du soir, quand Frank Beard tout emmitouflé se matérialisa dans la brume glaciale en surgissant du même traîneau, conduit cette fois encore par un Charley toujours malade, mais apparemment infatigable. J'étais resté avec Mère et avec Mrs Wells assoupie pendant que mon frère allait chercher notre ami et médecin. Le docteur Eichenbach était rentré chez lui depuis longtemps.

Frank Beard me serra longuement la main dans un geste de compassion muette et entreprit d'examiner Mère tandis que Charley et moi attendions dans la pièce voisine. Le feu brûlait encore dans la cheminée et nous décidâmes de ne pas allumer de bougies ni de lampes. Mrs Wells dormait sur le divan, au fond de la pièce. Nous chuchotions, Charley et moi.

« Elle n'était pas comme cela la semaine dernière quand tu l'as quittée ? » demandai-je.

Charley secoua la tête. « Elle se plaignait de maux, de douleurs diverses et de ses problèmes respiratoires... Tu sais comment elle est, Wilkie... comment elle était... mais non, rien ne laissait présager ce terrible... je ne sais même pas de quoi il s'agit exactement. »

Beard nous rejoignit et nous réveillâmes Mrs Wells pour qu'elle entende ce qu'il avait à nous dire.

« Il semble qu'Harriet ait subi une très grave hémorragie cérébrale, dit-il tout bas. Comme vous le voyez, elle a perdu l'usage de la parole, le contrôle de ses muscles et – très vraisemblablement – la raison. Son cœur a l'air d'avoir souffert, lui aussi. Pour le reste, physiquement, elle paraît... »

Frank Beard s'arrêta et se tourna vers Mrs Wells. « Mrs Collins serait-elle tombée récemment ? S'est-elle blessée avec des ciseaux, un couteau de cuisine, voire, peut-être, une aiguille à tricoter ?

— Pensez-vous ! s'écria la vieille dame. Mrs Collins n'était pas assez active pour qu'un accident de ce genre ait pu se produire, docteur. Et je ne l'aurais jamais *laissé* se produire, soyez-en sûr. De plus, elle me l'aurait dit si… Non, non, elle n'a pas pu se blesser. »

Beard hocha la tête.

« Pourquoi posez-vous cette question, Frank ? demanda Charley.

— Votre mère présente une petite coupure récente dans cette région… dit Beard en posant le doigt sur son diaphragme juste sous le sternum. D'environ cinq centimètres de long. Rien de grave, et la plaie est en train de cicatriser, mais c'est curieux pour une personne qui n'a pas été… » Il secoua la tête. « Aucune importance. Je suis certain que cela n'a rien à voir avec l'hémorragie cérébrale ni avec la névralgie interne qui ont dû l'affecter au cours de la nuit dernière. »

J'étais debout, mais mes jambes flageolèrent, m'obligeant à m'asseoir.

« Le… pronostic ? interrogea Charley.

— Il n'y a aucun espoir, répondit Beard catégoriquement. La névralgie interne et l'obstruction cérébrale sont trop graves. Peut-être reprendra-t-elle conscience – elle pourrait même retrouver une certaine clarté d'esprit vers la fin –, mais l'issue sera fatale, j'en suis sûr. Ce n'est qu'une question de jours ou de semaines. »

Mrs Wells fit mine de s'évanouir, et Charley et Frank l'aidèrent à s'allonger à nouveau sur le divan.

Assis, je contemplais le feu. C'était le début de l'après-midi en Amérique. Dans un lieu confortable, lumineux et propre, Charles Dickens était traité comme un roi et se préparait pour une nouvelle soirée d'adulation publique. Dans une note récente dont Wills m'avait fait part, Dickens avait écrit : « *Les gens se tournent, se retournent encore et me font face, ils me regardent... et se disent les uns aux autres, "Regardez ! C'est Dickens qui vient !"* » Il racontait aussi qu'on le reconnaissait chaque fois qu'il passait en voiture : « *... dans les compartiments de chemin de fer, si j'aperçois quelqu'un qui, de toute évidence, a envie de me parler, je prends généralement les devants en lui adressant moi-même la parole.* »

Noblesse oblige ! Quelle incroyable générosité de la part de mon ancien collaborateur et éternel rival ! Il était là-bas, condescendant à parler à des dizaines de milliers d'Américains idolâtres (bien qu'opiniâtrement ignorants et irrémédiablement illettrés) qui auraient été prêts à baiser le sol qu'il foulait, tandis que j'étais ici, souffrant, misérable et impuissant, ma mère mourant de façon atroce, un... une chose scarabesque... s'enfonçant dans mon crâne comme un...

« Je vais vous laisser. Je loge chez des amis ici, au village, et je passerai voir Harriet avant de reprendre le train pour Londres demain matin. » C'était Frank Beard qui avait parlé. Un certain temps s'était écoulé. De toute évidence, Charles avait aidé Mrs Wells en larmes à regagner sa chambre. Il se tenait à présent près de la porte dans son pardessus et sa lourde toque d'artiste, s'apprêtant à reconduire Beard. Je me levai d'un bond et pris la main de mon médecin entre les deux miennes, me confondant en remerciements.

« Je resterai avec Mère, promis-je à Charley.

— Je la veillerai à mon retour, dit mon frère. Tu as l'air exténué, Wilkie. Occupe-toi du feu pour pouvoir dormir sur la chaise longue quand je serai rentré. »

Je secouai la tête, mais je ne saurais dire si c'était pour lui signifier que je veillerais Mère toute la nuit, que je n'étais pas épuisé ou que je n'avais pas besoin de feu. Et puis Charley et Frank Beard s'en allèrent et j'entendis le son hivernal traîtreusement, faussement joyeux des grelots des harnais des chevaux alors qu'ils se dirigeaient vers le village.

Je passai dans la chambre de Mère et m'assis à son chevet sur une chaise inconfortable. Ses yeux toujours ouverts étaient manifestement aveugles, les paupières frémissaient de temps en temps. Ses bras et ses poignets étaient repliés comme les ailes brisées d'un oisillon.

« Mère, fis-je tout bas, je suis désolé de… »

Je m'arrêtai. J'étais désolé de… quoi ? De l'avoir tuée par le biais de mon association avec Drood ? L'*avais-je* tuée ?

« Mère… » repris-je, avant de m'interrompre encore.

Depuis des mois, je ne lui avais guère parlé et écrit que pour lui faire part de mes succès personnels. J'avais été trop pris par la rédaction de ma pièce et ses répétitions, puis par la nécessité d'assister aux premières représentations, pour lui consacrer du temps – même à Noël, je ne lui avais accordé à contrecœur que quelques heures avant de courir prendre le train pour retourner en ville. Il me semblait que tous les messages que je lui avais adressés depuis l'été précédent concernaient ma petite personne (il est vrai qu'elle aimait beaucoup être informée de mes réussites) ou les modifications à apporter aux termes de l'héritage qui nous reviendrait, à Charley et moi, si elle disparaissait avant nous.

« Mère… »

Ses paupières battirent frénétiquement. Cherchait-elle à communiquer ? Ma mère avait toujours été une femme active, au verbe clair, pleine d'assurance et de compétence, bien intégrée dans la société. Pendant des années, et même après la mort de mon père, elle avait tenu un salon fréquenté par les artistes et les intellectuels. Elle avait toujours été pour moi l'image de l'efficacité, de la dignité, d'une maîtrise de soi quasi souveraine.

Et maintenant, ce...

Je ne sais pas, Cher Lecteur, combien de temps je suis resté assis au chevet de Mère. Tout ce que je sais, c'est qu'à un moment je me suis mis à sangloter.

Il fallait pourtant que je sache. J'approchai la bougie. Je m'inclinai sur la forme insensible et écartai les draps.

Mère était en chemise de nuit, mais celle-ci n'était fermée que par quelques boutons à l'encolure – trop peu nombreux pour le dessein qui m'animait. Toujours pleurant, essuyant contre ma manche mon nez qui coulait, je descendis le drap de dessus jusqu'aux chevilles pâles, veinées de bleu et enflées de Mère et – sanglotant plus bruyamment encore tout en tenant la bougie d'une main – je remontai lentement sa chemise en flanelle.

Je me couvris les yeux de mon avant-bras gauche, la bougie roussissant mes sourcils et mes cheveux, pour éviter de voir – moi, son fils aimant – son ultime nudité. Mais j'avoue que j'avais roulé la chemise de nuit moite de transpiration trop haut avant de baisser les yeux, restreignant toujours mon champ de vision, et que je n'avais pu m'empêcher d'apercevoir ses seins fripés et flasques.

Un peu plus bas, au-delà des chevrons accusés de ses côtes qui saillaient contre la chair pâle, sous le sternum, je reconnus la marque rouge.

La longueur, la lividité, la forme me paraissaient identiques.

Presque fou de fatigue et de terreur, je tirai brutalement sur ma chemise, arrachant les boutons qui sautèrent et roulèrent sur le plancher avant de disparaître sous le lit. Je dus presque me plier en deux pour distinguer la trace écarlate sur la partie supérieure de mon ventre et déplaçai la bougie rapidement d'un côté à l'autre pour comparer ma blessure de scarabée à la marque visible sous la poitrine de Mère.

Elles étaient semblables.

J'entendis grincer le plancher, je perçus un souffle haletant derrière moi. Faisant volte-face – pans de chemise sortis, boutons ouverts, la chemise de nuit de Mère toujours remontée jusqu'au col –, je découvris Mrs Wells. Ses yeux écarquillés étaient rivés sur moi dans une expression d'horreur absolue.

J'ouvris la bouche pour m'expliquer, mais ne trouvai pas mes mots. Je rabattis la chemise de nuit de Mère, remontai les couvertures sur elle, posai la bougie sur sa table de chevet et me retournai vers la vieille gouvernante qui recula craintivement.

On frappa violemment à la porte.

« Restez là », dis-je à Mrs Wells, mais elle recula encore et se mordit les poings quand je passai devant elle en toute hâte.

Je me précipitai vers la porte – dans ma confusion, je crus que Frank Beard revenait, porteur d'un pronostic miraculeusement révisé et plein d'optimisme –, mais, lorsque je me retournai vers la chambre de Mère, Mrs Wells avait disparu.

Les tambourinements reprirent, plus impérieux encore.

J'ouvris tout grand.

Quatre individus de haute taille, qui m'étaient tous inconnus, vêtus presque à l'identique d'épais pardessus noirs et de casquettes d'ouvriers, se tenaient là, dans la neige qui tombait toujours. Il était plus de minuit. Une voiture qui avait tout d'un corbillard attendait, ses lanternes projetant une lumière blafarde.

« Monsieur Wilkie Collins ? » demanda le plus proche et le plus robuste des hommes.

Je hochai la tête en silence.

« L'heure est venue. L'inspecteur vous attend. Le temps que nous ayons regagné Londres, tout sera prêt. Venez immédiatement. »

29

La Ville-du-Dessous était en flammes.

L'inspecteur Field s'était engagé à rassembler en l'espace de vingt-quatre heures une centaine d'hommes – anciens agents, policiers en congé et autres – impatients de descendre sous la ville venger le détective Hibbert Hatchery assassiné.

Force me fut de constater qu'il était resté en deçà de la réalité. Bien que les heures qui suivirent ne m'aient permis d'observer que des bribes de l'opération, celle-ci occupait manifestement des effectifs supérieurs à la centaine.

Ils étaient plus d'une douzaine dans le large chaland à fond plat dans lequel Field m'avait ordonné de monter. Une lanterne répandant une lumière vive était suspendue à une perche inclinée qui s'élevait à la poupe au-dessus et au-delà de la longue barre de gouvernail. Près de la proue, deux hommes manœuvraient un projecteur à carbure aveuglant, du genre de ceux qu'on utilisait à l'extérieur et à l'intérieur des mines galloises dans des situations d'urgence comme les éboulements de galeries ; ce projecteur était fiché sur un pivot et dirigeait son éclatant cône de lumière blanche tantôt en avant, vers les vastes eaux noires de la rivière souterraine de Fleet Street Ditch, tantôt vers le plafond voûté de briques, tantôt contre les murs incurvés et les étroits trottoirs qui longeaient l'eau.

Une autre barge nous suivait. J'avais entendu dire que deux autres se dirigeaient vers le nord depuis l'extrémité de cet effluent, en partant de la Tamise. Devant et derrière nous, une dizaine de bachots petits et étroits accompagnaient notre étrange flottille en louvoyant, les hommes postés à la proue et à la poupe tenant des perches, les autres brandissant des carabines, des fusils de chasse et des pistolets.

J'aperçus également des carabines, des fusils et des pistolets entre toutes les mains des passagers de notre chaland de tête. J'avais cru comprendre qu'un grand nombre de ces hommes silencieux en sombres tenues d'ouvriers étaient d'anciens tireurs d'élite de l'armée ou de la Metropolitan Police. N'étant pas grand amateur d'équipement militaire, je n'avais encore jamais vu pareil arsenal réuni en un seul endroit. Je ne me serais jamais douté que Londres abritait un nombre aussi élevé de particuliers possédant des armes à feu.

Le long tunnel, mi-rivière mi-égout, était noir et fétide, mais, pour le moment, il miroitait en faisceaux et en cercles lumineux, les occupants des chalands et des bachots ajoutant les rayons mouvants de leurs lanternes sourdes à l'éclat cyclopéen des énormes projecteurs à carbure. À travers les miasmes fétides, l'écho renvoyait des cris dans toutes les directions. En plus des dizaines d'hommes montés dans les embarcations, d'autres, tout aussi nombreux, défilaient à pied le long des étroits trottoirs de pierre ou de brique qui bordaient la voie d'eau sinueuse. Ils portaient, eux aussi, des lanternes et des armes.

Nous n'avions pas eu à repasser par le cimetière de Saint-Affreux-des-Horreurs pour nous rendre dans cette partie de la Ville-du-Dessous (et, en vérité, Cher Lecteur, je ne crois pas que j'en aurais été capable). De nouveaux couloirs et de nouveaux escaliers – éléments, si j'avais bien compris, d'un futur réseau de chemin de fer souterrain – étaient reliés aux anciennes catacombes qui avaient fait partie du cimetière d'Abney Park dans Stoke Newington, et nous n'avions eu qu'à dévaler des marches bien éclairées, passer par des tunnels moins bien éclairés, descendre d'autres escaliers, traverser un labyrinthe court mais déroutant de catacombes toujours puantes, puis emprunter des échelles qui menaient aux nouveaux égouts, lesquels devaient assurer la jonction entre le grand système d'égouts de Crossness et le réseau encore inachevé de l'Embankment, avant de nous enfoncer encore plus bas par des puits étroits et des tunnels fort anciens jusqu'à la Ville-du-Dessous proprement dite.

J'ignore parfaitement comment ils avaient acheminé les chalands, les barges et les projecteurs jusque-là.

Notre progression était loin d'être silencieuse. Outre les cris et leurs échos, les bruits de pas et les coups de feu occasionnels dus à la présence d'un rat plus agressif que les autres – cette vermine nageait et grouillait devant notre chaland et autour des bachots comme une rivière ondulante de dos bruns –, de fréquentes explosions se faisaient entendre devant nous, si bruyantes que je devais me boucher les oreilles.

De petites sorties d'égouts, certaines d'à peine un mètre de diamètre, d'autres beaucoup plus larges

– tous tributaires du canal principal de Fleet Ditch où nous nous trouvions –, s'ouvraient à intervalles irréguliers de part et d'autre de la voûte de brique. La plupart étaient fermés par des grilles aux barreaux rouillés et couverts de vase. D'un ton brutal, l'inspecteur Field donna ordre de les faire toutes sauter avec de la poudre à canon qui avait été descendue jusque-là et expédiée à pied et en bachot avec l'avant-garde.

Les grondements terrifiants – amplifiés au-delà du supportable par les voûtes des égouts – se répétaient fréquemment, me faisant songer à un terrible champ de bataille de la guerre de Crimée avec des tirs d'artillerie à notre gauche, des tirs d'artillerie à notre droite, des tirs d'artillerie droit devant nous, et ainsi de suite.

C'était intolérable, surtout pour des terminaisons nerveuses à qui tout sommeil était refusé depuis au moins trois jours et trois nuits, pour des muscles et des os qui avaient été drogués et laissés pour morts dans les ténèbres, et pour des sens qui hurlaient toujours de douleur et protestaient énergiquement. Je tendis le bras vers la valise que j'avais apportée de Tunbridge Wells, fourrageai à l'intérieur et absorbai quatre nouvelles doses de laudanum.

Soudain, la pestilence s'accentua encore. Je me couvris la bouche et le nez de mon mouchoir, c'était néanmoins insuffisant pour filtrer cette puanteur qui faisait couler les yeux.

L'inspecteur Field ne portait pas d'arme visible, mais il était emmailloté dans une pèlerine d'hiver noire, un chapeau de campagnard à large bord tiré sur le front et le cou entouré plusieurs fois par une écharpe rouge sang qui masquait également le bas de son visage. Il aurait pu dissimuler n'importe quelle arme dans une poche, sous les plis de cette cape.

Il ne m'avait pas dit un mot quand les quatre spectres en manteau noir auxquels Reggie Barris avait succédé m'avaient conduit dans la Ville-du-Dessous puis dans le chaland, mais voici qu'entre les explosions lointaines, l'inspecteur Field crut bon de réciter :

Comment vos narines délicates
Osent-elles (par une saison si chaude,
Alors que tous les commis mangent
des artichauts et des pois cassés,
De la laitue laxative et des viandes flatueuses)
S'aventurer dans un tel passage ?
Alors que tous les lieux d'aisances
Sont remplis de fèces et que les murs transpirent
L'urine et les emplâtres ? »

Barris et les autres sous-fifres de Field le dévisagèrent comme s'il était pris de folie, mais j'éclatai de rire : « Vous avez au moins un point commun, Charles Dickens et vous, Inspecteur.

— Ah oui ? » Les sourcils sombres et broussailleux du vieil homme se relevèrent au-dessus de l'estafilade rouge de l'écharpe.

« Vous semblez connaître le Fameux voyage par cœur, l'un comme l'autre.

— Est-il un homme cultivé qui ne le connaisse pas ? demanda l'inspecteur Field.

— Vous avez raison, approuvai-je, sentant la magie du laudanum revigorer un peu mon ardeur moribonde, il existe semble-t-il toute une littérature des égouts, une poésie des égouts.

— Une synecdoque de la crasse de la ville à crou-petons au-dessus de nous dans toute sa corruption cloa-cale », renchérit l'inspecteur Field. Le vieil homme manifestait une éloquence grossièrement allitérative que nos précédentes rencontres et conversations étaient loin de me faire soupçonner. Ou, ce qui était bien plus probable, il était saoul comme un âne.

« Aimeriez-vous entendre la "Description d'une averse en ville" de Swift ? poursuivit-il. J'imagine qu'étant écrivain, Monsieur Wilkie Collins, vous savez que Swift ne songeait pas à une averse de pluie. Ou, chose plus appropriée à notre odyssée nauséabonde dans les égouts de Fleet Ditch, souhaiteriez-vous peut-être entendre une récitation du livre deux de la *Dunciad* scatologique de Pope ?

— Une autre fois peut-être », répondis-je.

Le Fleet Ditch s'élargissait jusqu'à devenir une vraie rivière souterraine, assez large pour que huit ou neuf de nos chalands et bachots puissent progres-ser de front. La voûte de brique de l'égout disparut également quand nous nous enfonçâmes de cinq cents mètres environ dans une vraie caverne – le toit délabré s'élevant très haut, hors de vue, au-dessus de couches de brouillard, de vapeur ou de fumée. Ici, à droite de la rivière, une dizaine de canalisations grillagées, dont certaines mesuraient plus de trois mètres de diamètre, déversaient leurs effluents fumants dans le courant principal, mais, sur la gauche, nous aperçûmes des étagères basses et larges faites de boue et de moellons – sorte de berge, ou de rive. S'élevant au-dessus de ces digues de blocaille à une hauteur de trente mètres ou plus, j'identifiai des corniches, des ouvertures, des niches et des entrées de cryptes entrecoupées de tunnels, de cavernes antiques et de caves profondes qui s'ouvraient sous d'autres caves, toutes superposées sur le mur grêlé de cette grotte, tels des immeubles du Strand à plusieurs étages.

Comme nous dérivions plus près de la berge maçonnée, je levai les yeux et remarquai du mouvement – des gens en guenilles qui regardaient par-dessus des murets, le vacillement de feux de camp, de misérables chiffons accrochés à des cordes à linge au-dessus du gouffre, des échelles et des passerelles rudimentaires reliant les logements souterrains.

Charles Dickens avait toujours cru avoir exploré toutes les profondeurs des taudis de Londres, ne plus rien ignorer du mode de vie pathétique des plus pauvres d'entre les pauvres de notre capitale, mais ici – à des lieues de la surface – se trouvait la preuve qu'il en existait de plus pauvres encore que les plus pauvres d'entre les pauvres des galetas délabrés, dévastés par le typhus, qui se trouvaient en surface.

Je distinguais à présent des familles à l'intérieur de ces bouges et sur les corniches en surplomb, des silhouettes que je pris pour des enfants vêtus d'un assortiment disparate et bariolé de chiffons crasseux, qui nous dévisageaient tous avec inquiétude comme si nous étions une horde de Vikings opérant un raid contre quelque colonie saxonne oubliée de l'histoire, abandonnée de Dieu. Les niches percées dans la haute muraille, dont chacune recelait des masures de toile, de fragments de briques, d'amas d'argile crue et de rebuts de ferraille, me rappelaient des illustrations que j'avais vues d'habitats de Peaux-Rouges abandonnés dans les falaises des canyons, quelque part dans l'Ouest ou le

Sud-Ouest américains. Mais *ces* habitations troglodytiques étaient tout sauf abandonnées ; j'estimai que plusieurs centaines d'êtres humains vivaient dans ces trous de rochers escarpés, ici, bien en deçà de la surface de la ville.

D'autres hommes de l'inspecteur Field arrivèrent à pied, surgissant de cavernes ou d'escaliers invisibles, ou suivant les chemins qui longeaient les égouts depuis le sud. Les chalands et les bachots se dirigèrent vers la rive où ils accostèrent dans un craquement d'os broyés, et nos hommes sombres, munis de torches, de lanternes et de fusils, essaimèrent dans toutes les directions.

« Brûlez tout ! » ordonna tout bas l'inspecteur Field. Barris et d'autres lieutenants traduisirent le commandement du vieil homme en une série de hurlements que l'écho répéta à l'infini.

La cavité de Fleet Ditch résonnait de cris et de vociférations. Je voyais les hommes de Field grimper à des échelles et gravir des marches de pierre, courir le long des terre-pleins en galeries et chasser les figures emmaillotées de haillons des cabanes et des masures. Je ne relevai aucun signe de résistance. Je me demandai quelle raison pouvait bien pousser ces gueux à s'enfouir ici, sous les anciennes cryptes, avant de prendre conscience qu'il y régnait une température de grotte – au moins dix degrés –, alors qu'il faisait moins de zéro dans les rues pavées et dans les taudis affaissés et sans chauffage au-dessus.

Quand les premières flammes s'élevèrent de ces terriers, un immense cri de surprise s'éleva, parcourant l'espace comme un unique souffle exhalé par cent ou deux cents formes distinctes. Les chiffons secs, le bois flotté, les vieux matelas et les quelques canapés éventrés s'embrasèrent comme du petit bois, et en l'espace de deux minutes, bien que l'essentiel de la fumée fût évacué par les puits, escaliers et couloirs du rocher, un lourd nuage noir se forma sous le plafond de la caverne, au-dessus de nous. Les flammes renouvelées diffusaient une lumière orangée à travers ce nuage, et une série d'explosions dues aux hommes de l'inspecteur Field qui faisaient sauter les grilles et les barreaux des entrées des égouts de l'autre côté de la rivière prêtait à toute la scène l'aspect d'un violent orage d'été.

Soudain, un ballot de haillons dégringola des terrasses supérieures et tomba dans la rivière souterraine avec un sifflement avant de sombrer.

Je priai Dieu qu'il ne s'agît effectivement que d'un ballot de haillons. Je priai Dieu qu'il ne s'agît que d'un ballot qui tombait en voltigeant, et non de bras et de jambes qui battaient l'air dans leur chute.

Je m'approchai de l'inspecteur Field, adossé à l'étrave du chaland échoué et lui demandai : « Était-il absolument nécessaire de brûler les habitations de ces gens ?

— Oui. » Les yeux rivés sur le spectacle, il n'avait pas tourné la tête. De temps en temps, il faisait un geste, et Barris ou un de ses autres acolytes de prédilection envoyait des hommes cerner les formes qui fuyaient ou diriger leur torche vers une cabane qui avait échappé aux premières flammes.

« Pourquoi ? insistai-je. Ce ne sont que de pauvres hères incapables même de se défendre dans la rue. Ils ne font aucun mal ici. »

Field se tourna enfin vers moi. « Ici, dit-il tout bas,

ces misérables semblants d'hommes et de femmes et leur progéniture ne sont pas les sujets de Sa Majesté Royale. Il n'y a pas d'Anglais, ici, Monsieur Wilkie Collins. C'est le royaume de Drood et ce sont les suppôts de Drood. C'est à lui que va leur loyauté et – d'une façon ou d'une autre – c'est lui qu'ils servent et qu'ils aident. »

J'éclatai de rire et eus le plus grand mal à m'arrêter. L'inspecteur Field leva un sourcil broussailleux. « Aurais-je dit quelque chose d'amusant, Monsieur ?

— Le royaume de Drood, réussis-je enfin à balbutier. Les loyaux sujets de... Drood. » Je me remis à rire.

L'inspecteur Field se détourna. Au-dessus de nous, les ballots de haillons de toutes tailles s'acheminaient hors des logements troglodytiques envahis de fumée, hors de la cavité de Fleet Ditch, remontant vers ce qui ou vers ceux qui les attendaient à la surface.

« Ayez l'amabilité d'accompagner Monsieur Barris », me dit l'inspecteur un peu plus tard.

Je n'étais pas très attentif à ce qui se passait. Je me rappelle que nous avions laissé derrière nous le petit kilomètre de cavernes et d'habitations troglodytiques enflammées et suivions, une fois de plus, un tunnel plus étroit de Fleet Ditch. Au-dessus de nous, la voûte de brique se divisait en deux canaux principaux, et, sur la gauche, une sorte d'écluse basse ou de passe-déversoir obligea à faire descendre un des chalands à l'aide de billes de bois et d'appareils de levage ; les bachots avaient déjà pris de l'avance. Le chaland de l'inspecteur Field avait emprunté le canal de droite, mais un large débouché d'égout s'ouvrait devant nous et, de toute évidence, ils voulaient que je l'explore en bachot avec Reginald Barris.

« Vous avez vu le temple de Drood, poursuivit l'inspecteur. Nous pensons qu'on peut y accéder par un mur factice ou par un canal dérobé.

— Je n'ai pas vu le temple de Drood, objectai-je d'un ton las.

— Vous l'avez décrit, Monsieur. Vous avez dit que des marches montaient depuis la rivière, qu'il y avait de grandes portes de bronze et des statues de part et d'autre – un reliquaire égyptien, des formes humaines avec des têtes de chacals ou d'oiseaux. »

Un frisson me parcourut l'échine. Ses propos me rappelaient douloureusement le rêve de scarabée que j'avais fait moins de trente-six heures plus tôt – ce laps de temps pouvait-il être exact ? Cette nuit était-elle vraiment la première depuis mon réveil dans les cryptes obscures situées au-dessus du lieu où nous nous trouvions ? Je rectifiai cependant : « C'était la *description de Charles Dickens*, Inspecteur. Je n'ai jamais prétendu avoir vu le temple mythique de Drood... pas plus que Drood lui-même au demeurant.

— Vous y étiez hier, Monsieur Wilkie Collins, nous le savons l'un comme l'autre, insista l'inspecteur Field. Mais ce n'est ni le moment ni le lieu d'en discuter. Je vous en prie, accompagnez le détective Barris. »

Avant de me glisser dans le bachot, je demandai : « Vos recherches dans ces bas-fonds sont-elles sur le point de s'achever, Inspecteur ? »

Le vieil homme s'esclaffa. « Nous venons de commencer, Monsieur. Nous ne rejoindrons pas mes hommes qui arrivent de la Tamise avant huit heures, au plus tôt. »

En entendant ces mots, je fus pris de vertige et de nausée. Depuis combien de temps n'avais-je pas vraiment dormi – je ne parle pas de l'état d'inconscience provoqué par les drogues du Roi Lazaree ou de Drood, mais d'un vrai sommeil ? Quarante-huit heures ? Soixante-douze ?

Je descendis maladroitement dans le bachot tanguant où m'attendaient Barris et deux autres hommes et, le premier maniant une perche à l'avant à la façon d'un gondolier tandis que l'autre dirigeait l'embarcation depuis la poupe à l'aide d'un aviron, nous quittâmes la rivière pour remonter lentement un tunnel latéral de brique. J'étais assis sur un banc de nage au milieu de la barque longue de cinq mètres, tandis que Barris se tenait à mes côtés, s'aidant d'une seconde perche pour garder l'équilibre. Le toit de brique moussue était si bas que Barris pouvait le toucher en levant le bras et aider ainsi à propulser le bachot vers l'avant, maculant de vert ses coûteux gants fauves.

Je somnolais à moitié quand l'étroit goulet s'ouvrit sur un cours d'eau de six mètres de large.

« Monsieur ! » lança l'agent qui se trouvait à la proue et il leva sa lanterne sourde.

Quatre Mauvais Garçons étaient dans l'eau jusqu'à la taille, luttant contre une masse pesante, ramollie par l'eau, qui semblait avoir déboulé à l'instant d'un tuyau plus mince, au-dessus du mur incurvé du grand égout.

Nous approchâmes et je me rendis compte que cette « masse ramollie » était un cadavre d'homme. Les garçons tiraient sur la veste et sur les poches de cette forme verdâtre en décomposition. Ils se figèrent, pris dans la lumière de notre lanterne qui se reflétait dans leurs yeux écarquillés, blancs, inhumains.

Un sentiment presque vertigineux de déjà-vu m'envahit. Je m'aperçus alors que la scène que je contemplais sortait tout droit du feuilleton à sensation *Les Mauvais Garçons de Londres ; ou Les Enfants de la nuit – Une histoire d'aujourd'hui* que nous avions évoqué Dickens et moi – gênés l'un et l'autre de devoir reconnaître l'avoir lu – quand nous étions descendus dans ce tunnel pour la première fois, presque deux ans auparavant.

Le visage du mort semblait bouger et miroiter tandis que nous avancions, un peu comme si les traits décomposés et blafards étaient recouverts d'une étoffe de soie très fine, translucide. Ses yeux paraissaient ciller, s'ouvrant et se refermant ; les muscles de sa bouche donnaient l'impression de se crisper, d'esquisser un sourire, comme s'il était contrit de faire partie d'un tableau tiré d'un récit à sensation aussi médiocrement écrit.

Je compris soudain que ce n'étaient pas les muscles faciaux du cadavre qui se contractaient. Le visage, les mains, toutes les parties exposées du malheureux étaient intégralement couverts d'un film d'asticots grouillants.

« Halte là ! » hurla Barris, alors que les Mauvais Garçons laissaient retomber leur fardeau détrempé dans l'épaisse fange du cours d'eau pour prendre leurs jambes à leur cou.

L'homme de proue maintint le faisceau de la lanterne sourde sur la bande qui s'égaillait, tandis que son comparse donnait à notre esquif ou à notre bachot une puissante poussée de sa perche profondément enfoncée dans la boue qui tapissait le fond de ce tuyau. Hormis l'ajout déplaisant des asticots, je goûtais fort l'absurdité irréelle, sensationnelle de la scène.

« Halte-là ! » cria encore Barris. Je vis soudain un petit revolver dans la main du détective. Je ne comprenais absolument pas – je ne comprends toujours pas – pour quelle raison il voulait retenir ces créatures sauvages.

Deux des garçons s'étaient hissés dans une canalisation en surplomb, qui avait l'air trop étroite pour laisser le passage fût-ce à ces spectres à demi morts de faim, d'une incroyable maigreur, mais ils se contorsionnèrent si bien qu'ils s'y enfoncèrent. Je n'aurais pas été surpris d'entendre le *pop* d'un bouchon de champagne lorsque les plantes de pied pâles et nues du deuxième garçon se tortillèrent, battirent l'air et disparurent à nos regards. Le troisième garçon s'accroupit et se glissa la tête la première dans un autre tuyau, du côté opposé.

Le quatrième enfonça le bras jusqu'au coude dans le cours d'eau et jeta deux poignées de fange vers notre bateau qui approchait. L'agent qui tenait la lanterne se baissa et poussa un juron. J'entendis une éclaboussure au-delà du banc de nage où j'étais assis et aperçus des taches sur les revers du lourd pardessus de laine de Reginald Barris.

J'éclatai de rire.

Barris tira deux fois. Dans cet étroit tunnel de brique, la détonation fut si bruyante et si inattendue que je levai promptement les mains pour me boucher les oreilles.

Le Mauvais Garçon tomba dans l'eau, la tête en avant.

Dépassant le cadavre grouillant de vers de l'homme,

le bachot se dirigea vers le garçon. L'agent qui tenait la perche l'enfonça et retourna le corps, le hissant à moitié à bord. Les haillons et la bouche ouverte du garçon laissaient dégouliner dans notre bachot de l'eau sale et nauséabonde.

Il n'avait pas plus de dix ou onze ans. Une des balles de Barris lui avait traversé le cou, sectionnant la jugulaire. La blessure saignait encore, mais très faiblement. L'autre balle était entrée dans la joue du garçon juste sous l'œil, qui restait grand ouvert, nous regardant d'un air de reproche. Il avait les yeux bleus.

L'homme à la perche laissa le cadavre glisser dans l'eau noire.

Je me levai et attrapai Barris par ses larges épaules. « Vous avez tué un enfant !

— Il n'y a pas d'enfants dans la Ville-du-Dessous, répondit Barris froidement, avec indifférence. Il n'y a que de la vermine. »

Je me rappelle m'être jeté sur lui. Notre bachot se mit à tanguer violemment. Seuls les efforts acharnés de l'agent qui maniait la perche et de son collègue de la poupe qui se servait de la barre de gouvernail comme d'un contrepoids nous évitèrent de nous retourner et d'ajouter nos quatre corps à ceux de l'homme aux asticots et du garçon assassiné qui flottaient déjà dans le cours d'eau.

Je garde le souvenir d'avoir émis des sons en agressant Barris, mais pas d'avoir prononcé des mots – ce n'étaient que des grognements, des cris à demi étouffés, des syllabes tronquées, sans queue ni tête. Au lieu de frapper le détective à coups de poing, comme un homme, je lançai mes doigts vers son visage, les écartant comme des griffes, cherchant à enfoncer mes

749

ongles dans ses yeux, à l'image d'une femme prise de folie.

Il me semble que Barris me tint à distance d'une main jusqu'à ce qu'il comprenne que je ne renoncerais pas et que j'allais nous faire tomber, tous autant que nous étions, dans l'eau noire. Je crois que mes cris devinrent plus stridents encore, que ma salive éclaboussa le séduisant visage du jeune détective et qu'il adressa quelques mots à l'homme qui se trouvait à la poupe, derrière moi. Et je vois encore le pistolet argenté qui surgit, son canon court mais lourd, son éclat dans la lumière dansante de la lanterne sourde.

Ensuite – quel bonheur ! – je ne me souviens de rien, sinon de ténèbres sans rêves.

30.

Quand je m'éveillai, il faisait jour, j'étais dans mon propre lit, dans ma propre chemise de nuit, en proie à d'atroces douleurs, tandis que Caroline rôdait autour de moi – et me jetait des regards désapprobateurs. Les battements de mon crâne étaient plus effroyables que jamais, tous les muscles, les tendons, les os et les cellules de mon corps frottaient et grinçaient les uns contre les autres dans un chœur discordant de tourments physiques. J'avais l'impression que cela faisait des jours, voire des semaines, que je n'avais pas absorbé la moindre goutte de mon laudanum médicinal.

« Qui est Martha ? demanda Caroline.

— Comment ? » Je pouvais à peine parler. J'avais les lèvres sèches et parcheminées, la langue enflée.

« Qui est Martha ? » répéta Caroline. Sa voix claqua, aussi dure et hostile qu'un coup de feu.

De toutes les variétés de panique que j'avais pu éprouver au cours des deux dernières années, y compris celle de me réveiller, aveugle, au fond d'une crypte, aucune n'avait été aussi épouvantable. Je me sentais comme un homme agréablement assis, parfaitement en sécurité dans une voiture confortable et qui la sentirait soudain faire une embardée et basculer par-dessus une falaise.

« Martha ? réussis-je à balbutier. Caroline... ma chère... de quoi parlez-vous ?

— Cela fait deux jours et deux nuits que vous dites... que vous répétez... Martha dans votre sommeil, répondit Caroline, sans que son expression ni son ton ne s'adoucissent. *Qui* est Martha ?

— Deux jours et deux nuits ? Combien de temps suis-je resté inconscient ? Comment suis-je arrivé ici ? Pourquoi ai-je la tête bandée ?

— Qui est Martha ? s'obstina Caroline.

— Martha... mais c'est un personnage de Dickens, dans *David Copperfield*, dis-je d'un air indifférent, en palpant l'épais pansement qui entourait mon crâne. Vous savez bien... la fille des rues qui se promène près de la Tamise sale et pestilentielle. J'ai dû rêver du fleuve. »

Caroline croisa les bras sur sa poitrine et cligna des yeux.

Ne sous-estime jamais, Cher Lecteur, les ressources d'un romancier placé dans une situation intenable, fût-il en aussi piteux état que je l'étais ce jour-là.

« Combien de temps ai-je dormi ? demandai-je encore.

— Nous sommes mercredi après-midi, répondit enfin Caroline. Nous avons entendu frapper à la porte dimanche à midi et vous avons trouvé inconscient sur le perron. Où étiez-vous, Wilkie ? Charley – ils sont passés deux fois, Kate et lui ; il vous fait dire que l'état de votre mère est sans changement – affirme que Mrs Wells lui a rapporté que vous aviez quitté votre mère sans un mot d'explication tard dans la nuit de samedi. Où êtes-vous allé ? Pourquoi vos vêtements – nous avons dû les brûler – sentaient-ils la fumée et… je ne sais quelle odeur abominable ? Comment vous êtes-vous blessé ? Frank Beard est venu vous voir trois fois, et il s'est montré très préoccupé par l'entaille que vous avez à la tête. Il a parlé de commotion cérébrale. Il a craint que vous ne soyez dans le coma. Que vous ne vous réveilliez jamais. Où *étiez-vous* ? Pourquoi, au nom du ciel, rêvez-vous d'un personnage de Dickens qui s'appelle *Martha* ?

— Une minute, murmurai-je en me tournant vers le bord du lit, avant de me rendre compte que je ne serais pas capable de me lever, ou que, si j'y arrivais, je ne pourrais pas marcher. Je répondrai à vos questions dans une minute, mais, d'abord, demandez une cuvette à la servante. Vite. Je vais vomir. »

Cher Lecteur de mon avenir éloigné, il semble tout à fait possible – sinon probable – que, dans le Lointain Pays où tu vivras dans un siècle ou plus, toutes les maladies auront été vaincues, toute douleur supprimée, que toutes les affections mortelles si courantes pour les hommes de mon temps ne seront plus qu'un infime soupçon d'écho de rumeur de l'Histoire. Mais dans mon siècle, Cher Lecteur, malgré notre inévitable sentiment de supériorité quand nous nous comparions à des civilisations moins avancées, nous ne disposions en vérité que de connaissances fort sommaires pour combattre la maladie ou guérir les blessures, et les pharmaciens n'avaient à nous proposer que peu de potions efficaces dans nos pathétiques tentatives pour venir à bout du plus vieil ennemi de l'homme – la souffrance.

Mon ami Frank Beard était plus compétent que la moyenne des représentants de sa profession douteuse. Il ne me saigna pas. Il ne posa pas de sangsues sur mon ventre, et ne sortit pas son arsenal d'horribles instruments d'acier pour me trépaner ou me faire subir le supplice de la tréphine (cette habitude écœurante qu'avaient les chirurgiens du XIXe siècle de percer avec désinvolture un trou dans le crâne douloureux du patient comme s'ils retiraient le trognon d'une pomme avec une gouge de menuisier, retirant le cercle d'os blanc sans plus de difficulté que s'ils débouchaient une bouteille de vin et feignant de croire qu'il n'y avait rien de plus naturel au monde). Non, Frank Beard vint me voir fréquemment, il se tourmenta et réfléchit sérieusement, examina l'entaille et la contusion de mon front, changea les pansements, me posa des questions pleines de sollicitude sur ma douleur actuelle qui ne cessait d'empirer, me conseilla le repos et un régime lacté, donna des instructions à Caroline avec un grand calme, me reprocha ma consommation démesurée de laudanum sans m'ordonner d'y renoncer, et – finalement – rendit honneur à l'authentique esprit d'Hippocrate en ne me faisant aucun mal. Reproduisant les méthodes dont il usait avec son patient et ami plus célèbre – Charles Dickens –, Frank Beard, le médecin, se faisait du souci pour moi sans être capable de me secourir.

Je continuai donc à souffrir le martyre.

J'avais repris conscience – si l'on peut dire – au fond de mon lit le 22 janvier, cinq jours après ma dernière descente dans la fumerie du Roi Lazaree.

Pendant tout le reste de la semaine, je fus trop malade pour me lever, alors qu'il fallait impérativement que j'aille rendre visite à Mère. Au cours de toutes mes années de tortures provoquées par la goutte rhumatismale, je n'avais rien connu de tel. En plus des douleurs musculaires, articulaires et intestinales auxquelles j'étais accoutumé, j'avais l'impression qu'une immense source de souffrance palpitante et brûlante s'était nichée profondément derrière mon œil droit.

Ou qu'un énorme insecte s'était enfoncé dans mon cerveau.

Ce fut durant cette période que je me rappelai d'étranges propos que Dickens avait tenus quelques années auparavant.

Nous parlions de la chirurgie moderne en des termes très généraux et Dickens avait évoqué incidemment une « procédure médicale très simple » qu'il avait subie quelques années auparavant, « peu avant mon voyage en Amérique… », avait-il précisé.

Dickens ne s'était pas étendu, mais je savais par Katey Dickens et d'autres de quoi il s'agissait – une opération que l'on ne pouvait guère qualifier de « procédure très simple ». Comme il travaillait sur *Barnaby Rudge*, Dickens avait commencé à éprouver des douleurs rectales de plus en plus vives. (Je ne sais sur quelle échelle elles se seraient situées par rapport aux tourments de mon mal de tête présent.) Les médecins avaient diagnostiqué une « fistule » – littéralement une perforation de la paroi rectale qui laissait passer des tissus.

Dickens n'avait d'autre solution que de subir une opération chirurgicale immédiate et son choix se porta sur le docteur Frederick Salmon – qui avait publié treize ans plus tôt un *Traité pratique sur la structure du rectum*. La procédure consistait à sectionner la paroi du rectum, à l'ouvrir à l'aide d'une série de clamps, puis à l'écarter encore davantage grâce à quelque monstrueux instrument chirurgical tandis qu'on procédait précautionneusement à l'ablation du tissu intrusif et que l'on repoussait les extrémités molles hors de la cavité rectale, avant de recoudre la paroi du rectum.

Dickens avait subi cette épreuve sans morphine, sans opium, sans aucun de ces produits que certains appellent aujourd'hui « anesthésiques ». Katey a raconté (elle l'avait appris de sa mère, bien entendu) que son père avait été très gai pendant toute l'opération et avait rapidement repris ses activités. Quelques jours plus tard, il s'était replongé dans la rédaction de *Barnaby Rudge,* allongé toutefois, il convient de le préciser, sur un divan avec des coussins supplémentaires à sa disposition. Et sa Première Tournée américaine, terriblement longue et épuisante, se profilait déjà.

Mais je m'égare.

Les commentaires de Dickens sur cette « procédure médicale très simple » portaient sur les bienheureuses faiblesses de la mémoire humaine s'agissant de la douleur.

« J'ai souvent été frappé, mon cher Wilkie, m'avait-il dit alors que nous nous promenions à travers le Kent en coupé, par le fait que nous ne conservons aucun souvenir véritable, concret, de la douleur. Bien sûr, nous nous rappelons l'avoir éprouvée, et nous savons de manière très vivante qu'elle était atroce et que nous souhaitons ne plus jamais revivre pareil supplice – mais nous sommes incapables de nous la *rappeler* vraiment, n'est-ce pas ? Nous nous souvenons de l'*état*, mais pas des *détails* précis, comme nous nous rappellerions… par exemple… un bon repas. Je pense que c'est la raison pour laquelle les femmes acceptent de subir les souffrances de l'enfantement plus d'une fois – elles ont tout bonnement oublié les *détails* de leurs souffrances antérieures. Voilà où je voulais en venir, mon cher Wilkie.

— À quoi ? demandai-je. À l'accouchement ?

— Pas du tout. Plutôt au contraste entre la *souffrance* et le *luxe*. Nous ne conservons qu'un souvenir très général (terrible cependant) de la souffrance, mais nous sommes incapables de nous la remémorer avec précision ; en revanche, nous nous souvenons du luxe jusque dans le moindre détail. Réfléchissez, et voyez si ce n'est pas vrai ! Une fois que l'on a savouré les vins les plus fins, fumé les meilleurs cigares, dîné dans les restaurants les plus prodigieux… ou que l'on s'est même promené dans un coupé aussi luxueux que celui d'aujourd'hui – c'est également le cas, mais avec moins d'acuité, quand on a fréquenté une femme d'une beauté exceptionnelle –, toutes les expériences inférieures que l'on peut faire dans chaque catégorie de plaisir continuent d'être éclipsées par ce souvenir des années durant, des décennies… que dis-je ? toute la vie ! Nous sommes incapables de nous souvenir concrètement de la souffrance ; mais le *luxe* – dans tous ses détails sybaritiques –, nous ne l'oublions jamais. »

Ma foi, peut-être. Mais je peux t'assurer, Cher Lecteur, que la terrible souffrance que j'ai endurée en janvier, février, mars et avril 1868 était d'une nature et d'une singularité atroces que je n'oublierai jamais.

Quand un fermier est malade, d'autres cultivent ses champs à sa place. Quand un soldat est souffrant, il se rend à l'infirmerie et est remplacé sur le champ de bataille. Quand un commerçant ne se sent pas bien, d'autres – sa femme éventuellement – se chargent du travail quotidien à la boutique. Si une reine doit s'aliter, des millions de sujets prient pour elle, toutes les voix et tous les bruits de pas sont assourdis dans l'aile du palais où se trouve sa chambre. Mais dans chacun de ces cas, le travail de la ferme, de l'armée, de la boutique ou de la nation continue.

Si un écrivain tombe gravement malade, tout s'arrête. S'il meurt, son « affaire » prend définitivement fin. En ce sens, la carrière d'un écrivain populaire est assez comparable à celle d'un comédien célèbre – mais le plus célèbre des acteurs lui-même a une doublure. Un écrivain n'en a pas. Personne ne peut le remplacer. Sa voix éminemment personnelle est unique. C'est encore plus vrai d'un auteur populaire dont l'œuvre est déjà en train d'être publiée en feuilleton dans une grande revue nationale. Les premiers épisodes de *La Pierre de lune* avaient été reproduits en janvier à la fois dans notre *All the Year Round* britannique et dans le *Harper's Weekly* américain. Plusieurs nouveaux chapitres de cette publication étaient évidemment prêts, mais se trouvaient déjà à la composition ; je ne pouvais guère différer de nouvelles livraisons. Or la suite du texte n'existait que sous forme de notes rudimentaires et d'esquisses. Tout le travail de rédaction restait à faire.

Cette nécessité impérieuse ajoutait une nouvelle terreur à ma terreur, une nouvelle souffrance à la souffrance qui rampait et s'insinuait à travers mon cerveau et mon corps hurlants.

Au cours de cette première semaine de mon nouveau supplice, incapable de m'asseoir et de tenir la plume, torturé par une douleur indicible et confiné au lit, je m'efforçai de dicter le chapitre suivant à Caroline, puis à sa fille, Carrie. Elles ne purent, ni l'une ni l'autre, supporter les cris et les gémissements qui interrompaient et ponctuaient, contre ma volonté, mes tentatives de dictée. Elles se précipitaient vers moi, cherchant à me soulager, au lieu de rester assises à attendre que je retrouve l'usage de la parole.

À la fin de la semaine, Caroline avait engagé un secrétaire, chargé de s'asseoir à mon chevet et de prendre en note ce que je lui disais. Mais ce secrétaire, de toute évidence d'une nature sensible, ne supporta pas non plus mes lamentations, mes protestations et mes contorsions involontaires. Il ne tint qu'une heure. Son successeur, qui arriva le lundi, paraissait parfaitement insensible à mes souffrances, mais se montra également incapable de dégager les phrases et la ponctuation de mon texte du fond sonore de mes cris et de mes plaintes. Il fut renvoyé au bout de deux heures.

Ce lundi soir, alors que la maisonnée était endormie et que la souffrance provoquée par les galopades impitoyables de pattes chitineuses à l'intérieur de mon cerveau puis le long de ma colonne vertébrale m'empêchait de dormir – et même de rester allongé paisiblement –, malgré l'absorption d'une demi-douzaine de doses de laudanum, je sortis de mon lit et me dirigeai en titubant jusqu'à la fenêtre, tirant les tentures d'une lourdeur funèbre et relevant le store pour scruter l'obscurité détrempée en direction de Portman Square.

Dehors, quelque part, j'en étais certain, bien qu'invisibles à un regard non averti, un ou plusieurs agents de l'inspecteur Field montaient toujours la garde. Il ne m'abandonnerait plus, après ce que j'avais vu et appris de ses opérations.

Des jours durant, j'avais supplié Caroline de m'apporter le journal et de me remettre les exemplaires du *Times* que j'avais manqués pendant mon coma. Mais ils avaient été jetés, et les quelques numéros récents que je fus capable de lire attentivement ne contenaient aucune mention de la découverte du corps éviscéré d'un ancien policier dans le cimetière d'un bas quartier. Aucun compte rendu d'un incendie qui aurait ravagé des quartiers proches de la Tamise ou le système d'égouts de Fleet Ditch et, quand je demandai à Caroline si elle avait entendu parler d'un tel événement, elle me jeta un regard bizarre.

J'interrogeai tour à tour Frank Beard et mon frère Charles, mais aucun d'eux n'avait entendu parler de l'assassinat d'un détective ni d'incendies souterrains. Beard comme Charley imputèrent ces questions aux cauchemars qui me tourmentaient – il était indéniable que les rares heures de sommeil éparpillées que j'arrivai à prendre au cours de toute cette période étaient dominées par des rêves atroces – et je ne cherchai pas à les détromper.

De toute évidence, l'inspecteur Field avait usé de son influence pour obtenir le silence de la police et de la presse à propos de l'affreux assassinat du détective Hatchery... mais pourquoi ?

Peut-être Field – et la centaine d'hommes, voire davantage, qui avaient participé à l'expédition punitive sous la ville – avaient-ils tout simplement dissimulé ce crime à la police.

Mais là encore... pourquoi ?

En ce lundi soir, cramponné aux rideaux, les yeux fixés sur cette nuit froide et brumeuse d'un mois de janvier londonien, je n'avais ni la force physique ni la concentration mentale nécessaires pour répondre à mes propres questions. Cela ne m'empêchait pourtant pas de chercher du regard les inévitables détectives sournois de l'inspecteur Field comme si je voulais percer les ténèbres en quête d'un Sauveur.

Pourquoi ? Comment l'inspecteur Field peut-il m'aider à mettre fin à cette torture ?

Le scarabée se déplaça d'un centimètre ou deux à la base de mon cerveau et je criai deux fois, étouffant le second hurlement en enfonçant un tampon de rideau de velours dans ma bouche.

Field était le deuxième joueur de cette effroyable partie d'échecs, et sa capacité à faire contrepoids à ce Drood monstrueux n'était peut-être égalée que par celle de Charles Dickens (dont les motifs étaient encore moins intelligibles). Je commençais à attribuer, songeai-je alors, à ce vieux et gros inspecteur à favoris des facultés extravagantes, quasi mystiques.

J'avais besoin d'un sauveur.

Il n'y en avait pas.

En sanglotant, je regagnai mon lit tant bien que mal, pris appui sur le montant alors que la douleur mouvante m'aveuglait un instant, puis réussis à effectuer quelques pas mal assurés jusqu'à ma commode. La clé du tiroir inférieur se trouvait dans mon coffret à brosses, sous le linge, où je la tenais cachée.

L'arme que le détective Hatchery m'avait donnée était toujours là, sous le linge propre.

Je la sortis – surpris une fois de plus par son poids redoutable – et reculai à tâtons pour m'asseoir au bord de mon lit, près de l'unique bougie allumée. Triturant mes lunettes, je songeai que je devais avoir l'air d'un fou, les cheveux et la barbe en désordre, le visage crispé, bouche béante dans un gémissement presque incessant, les yeux révulsés de souffrance et de terreur, ma chemise de nuit fripée remontée sur des jambes pâles et frissonnantes.

Je vérifiai, du mieux que me le permettait ma totale ignorance des armes à feu, que les balles se trouvaient toujours dans leurs réceptacles cylindriques. Je me rappelle avoir pensé : *Cette souffrance n'en finira jamais. Ce scarabée ne partira jamais. Je ne terminerai jamais* La Pierre de Lune. *Dans quelques semaines, des dizaines de milliers de lecteurs feront la queue pour acheter le prochain numéro de* All the Year Round *et de* Harper's Weekly *et n'y trouveront que des pages vierges.*

Cette nuit-là, l'idée du vide, de la vacuité, me séduisait au-delà de toute description.

Je levai le pistolet jusqu'à mon visage et introduisis le lourd et large canon dans ma bouche. Lorsqu'il s'enfonça, la petite aspérité de ce qui devait être, selon moi, le viseur heurta mes incisives.

Bien longtemps auparavant, quelqu'un – il me semble que c'était le vieil acteur Macready – avait expliqué à plusieurs d'entre nous, formant une joyeuse tablée, que, si l'on voulait pour de bon se faire sauter la cervelle, il fallait tirer obliquement à travers le palais mou, et non en direction de la boîte crânienne en os dur qui, trop fréquemment, faisait dévier la balle et, au lieu d'en faire un cadavre, transformait le candidat au suicide en légume accablé de douleur et en objet de dérision.

Malgré les violents tremblements de mes bras – je frémissais de tout mon corps –, je tenais cette arme pesante comme une enclume le plus fermement possible et levai une main pour tirer le chien en arrière. Un cliquetis m'apprit qu'il était en place. L'opération achevée, je me rendis compte que si mon pouce moite avait glissé, le coup de feu serait déjà parti et la balle aurait déjà ricoché à travers ce qui me restait de matière cérébrale.

Et le scarabée serait mort – ou du moins, il pourrait manger et creuser tout à loisir, car je n'éprouverais plus aucune douleur.

Mes tremblements s'accentuèrent et je me mis à sangloter, sans retirer pour autant de ma bouche l'immonde canon du pistolet. J'étais en proie à un réflexe nauséeux presque irrépressible et, si je n'avais pas déjà vomi une demi-douzaine de fois au cours de l'après-midi et de la soirée, je suis certain que je l'aurais fait en cet instant. Les choses étant ce qu'elles étaient, mon estomac se contractait, ma gorge était prise de spasmes, mais je maintins le canon en place, pointé vers le haut de ma cavité buccale, sentant le cercle d'acier appuyer contre le palais mou dont Macready avait parlé.

Posant le pouce sur la détente, j'exerçai une légère pression. Mes dents qui claquaient se refermèrent sur le long canon. Je me rendis compte que j'avais retenu ma respiration, mais j'étais à bout de souffle et pris une ultime inspiration.

J'arrivais à respirer à travers le canon du pistolet.
Combien de gens savent-il que pareille chose est possible ? Je sentais sur ma langue le piquant aigre-doux de la graisse de pistolet – appliquée bien long-temps auparavant par le défunt détective Hatchery, sans aucun doute – et la saveur froide, vaguement cuivrée, de l'acier lui-même. Mais je pouvais respirer à travers le pistolet et prendre de longues inspira-tions déchirantes, sans desserrer les dents du canon. J'entendais le sifflement de mes inspirations et de mes expirations autour du cylindre creux et dans la chambre d'écho, près de l'endroit où le chien était reculé et armé.

Combien d'hommes avaient-ils mis fin à leurs jours avec cette dernière pensée incongrue dans un cerveau bientôt mort, répandu, en train de refroidir, et hors d'état de penser ?

L'ironie de la situation, si sensible pour un roman-cier, était plus douloureuse que la souffrance que m'in-fligeait le scarabée et je me mis à rire. C'était un rire étrange, assourdi et étrangement hideux, déformé par son passage dans le canon du pistolet. Je sortis l'arme de ma bouche – le métal habituellement mat brillait à la lueur de la bougie en raison du filet de salive qui le recouvrait sur toute sa longueur – et, tenant tou-jours négligemment le pistolet armé, je pris la bougie et sortis de ma chambre d'une démarche vacillante.

En bas, les portes de mon nouveau bureau étaient fermées, mais le verrou n'était pas poussé. J'entrai et refermai le large battant double derrière moi.

L'autre Wilkie était assis de biais à mon bureau, en train de lire un livre dans une obscurité quasi totale. Il leva les yeux vers moi quand j'entrai et remit en place des lunettes dans lesquelles se reflétait ma bougie, dissimulant ses yeux derrière deux colonnes verticales et vacillantes de flamme jaune. Je remarquai que sa barbe était un peu plus courte et légèrement moins grise que la mienne.

« Tu as besoin de mon aide », dit l'Autre Wilkie.

Jamais, au cours de toutes ces années, depuis que, dans mon enfance, j'avais vaguement perçu l'existence de mon Autre Moi, l'Autre Wilkie ne m'avait adressé la parole ou n'avait émis le moindre son. Son timbre féminin me surprit.

« Oui, chuchotai-je d'une voix rauque. J'ai besoin de ton aide. »

Hébété, je constatai que ma main droite tenait toujours le pistolet chargé et armé. Je pouvais le lever et tirer cinq – six ? – balles dans ce tas de chair d'allure trop massive, assis présomptueusement derrière mon bureau.

Quand l'Autre Wilkie mourra, mourrai-je aussi ? Quand je mourrai, l'Autre Wilkie mourra-t-il ? Ces questions me firent glousser, mais mon rire ressemblait à un sanglot.

« Veux-tu que nous commencions cette nuit ? » demanda l'Autre Wilkie, posant son livre ouvert sur mon buvard. Il retira ses lunettes pour les essuyer à un mouchoir (qu'il rangeait dans la même poche de veste que moi), et je remarquai que, même sans le reflet dans les verres de ses lunettes, ses iris restaient traversés d'une flamme verticale et vacillante comme ceux d'un chat.

« Non, pas cette nuit, répondis-je.

— Bientôt ? » Il remit les petites lunettes sur son nez.

« Oui. Bientôt.

— Je viendrai te voir », dit l'Autre Wilkie.

Il me restait juste assez d'énergie pour hocher la tête. Toujours pieds nus, portant toujours le pistolet armé, je sortis de mon bureau, refermai les lourdes portes derrière moi, remontai l'escalier à pas feutrés, entrai dans ma chambre, m'effondrai sur mon lit et m'endormis sur les couvertures en désordre, pistolet à la main, le doigt encore posé sur la courbure froide de la détente.

31.

Depuis des années, j'expliquais à Caroline que je n'étais pas libre de l'épouser parce que ma mère si émotive, dont les nerfs avaient toujours été très fragiles et qui était en train d'en mourir (selon le docteur Beard), ne comprendrait jamais – ou n'accepterait jamais – que je convole avec une femme qui avait déjà été mariée et qui, comme on ne manquerait pas de le découvrir après nos noces, vivait depuis fort longtemps sous mon toit. Je lui avais fait valoir que je devais absolument épargner pareil choc à cette vieille dame fragile (qui était, en vérité, loin d'être fragile, abstraction faite de sa sensibilité). Caroline n'avait jamais vraiment admis cet argument, mais, après quelques années, elle avait cessé de le contester.

Et voilà que Mère était mourante.

Le jeudi 30 janvier – il s'était écoulé une semaine et un jour depuis que je m'étais réveillé dans mon lit après avoir assisté à l'incendie de la Ville-du-Dessous et avoir été assommé par Barris –, Caroline m'aida à m'habiller et Charley me soutint pour m'aider à gagner une voiture qui nous conduisit à la gare. J'avais rendu le scarabée plus ou moins inoffensif en doublant ma dose, déjà fort élevée, de laudanum, que je buvais parfois directement à la carafe.

J'avais l'intention d'en rester à cette posologie et de me consacrer à l'écriture dans le cottage de Mère jusqu'à sa mort. Une fois ce jalon atteint et dépassé, il faudrait que je trouve le moyen d'affronter Caroline, le scarabée de mon cerveau et le reste de mes problèmes.

Dans le train qui se dirigeait vers Tunbridge Wells et Southborough, je fus si malade et je tremblai si violemment que ce pauvre Charley, malgré son estomac détraqué, dut m'enlacer et s'asseoir de biais sur le siège extérieur pour me dissimuler autant que faire se pouvait aux regards d'autrui. J'essayais de réprimer mes gémissements, mais je suis convaincu que certains d'entre eux parvinrent aux autres passagers, au-dessus du fracas de la locomotive et du cliquètement des rails tandis que nous traversions en trombe l'air froid de la campagne. Dieu seul sait quels bruits nous aurions pu émettre, le scarabée et moi, si je n'avais pas absorbé ces doses massives de laudanum.

Je compris de façon soudaine, terrible et totale l'enfer qu'avait dû vivre Charles Dickens au cours des deux ans et demi qui s'étaient écoulés depuis Staplehurst – surtout pendant ses tournées de lectures épuisantes et exigeantes, dont celle qui l'avait conduit en Amérique et battait son plein en cet instant précis –, se faisant violence presque tous les jours et toutes les nuits pour voyager de ville en ville dans des wagons bringuebalants, branlants, vacillants, glaciaux ou étouffants, enfumés, empestant le charbon et la transpiration.

Dickens hébergeait-il son propre scarabée ? Dickens héberge-t-il un scarabée en ce moment ?

Je n'arrivais pas à me sortir cette idée de l'esprit pendant que le train poursuivait sa course. Si Dickens *avait* en lui un scarabée implanté par Drood mais s'en était débarrassé d'une façon ou d'une autre – *par l'assassinat public d'un innocent ?* –, dans ce cas, Dickens était mon unique espoir. S'il hébergeait toujours le coléoptère monstrueux mais avait appris à vivre, à travailler et à exercer ses autres activités avec lui, Dickens était toujours mon plus grand espoir.

Le wagon tangua et je gémis. Des têtes se tournèrent. J'enfonçai mon visage dans l'odeur de laine mouillée du pardessus de Charley pour y trouver réconfort et oubli, avant de me souvenir que je faisais exactement la même chose dans le vestiaire obscur du pensionnat, quand j'étais petit.

La lettre que j'adressai aux frères Harper en Amérique commençait, estimais-je, par le juste mélange de tristesse virile et de professionnalisme.

« La très grave maladie de ma mère m'a appelé dans son cottage de campagne et j'y travaille à mon récit du mieux que je le puis, pendant les moments où ma présence à son chevet n'est pas requise. »

Je poursuivais – tout aussi professionnellement – en évoquant les révisions que j'avais entreprises et l'expédition des douzième et treizième épisodes hebdomadaires du roman, et consacrais d'abord quelques lignes à faire l'éloge des illustrations dont ils m'avaient adressé les épreuves, puis à en corriger certaines. (Sur ses dessins, l'illustrateur avait ainsi représenté le premier narrateur épistolaire de ma série, l'intendant Gabriel Betteredge, en *livrée*. C'était tout à fait impossible, expliquais-je aux Américains ; en effet, l'intendant d'une demeure élégante comme celle où il servait ne pouvait que porter des vêtements noirs ordinaires et ressembler, avec sa cravate blanche et ses cheveux gris, à un vieux clergyman.) Mais j'achevai par une formule qui possédait, me semblait-il, un panache personnel des plus remarquables :

Vous pouvez être sûrs que je ne ménagerai aucun effort pour me plier à votre convenance, après la promptitude avec laquelle vous avez accepté de tenir compte de la mienne. J'ai été très heureux d'apprendre que vous appréciez le début de mon histoire. La suite contiendra quelques effets qui – si je ne m'abuse – n'ont encore jamais été expérimentés dans un ouvrage de fiction.

Je reconnais que cette dernière phrase était légèrement audacieuse, voire un tantinet prétentieuse. Néanmoins, toute l'intrigue de *La Pierre de lune* volée reposait sur la description longue et précise d'un homme qui se déplaçait et agissait en pleine nuit alors qu'il était entièrement sous l'influence de l'opium – accomplissant des opérations complexes dont il ne conserverait pas le moindre souvenir le lendemain matin, ni par la suite, jusqu'au jour où un consommateur d'opium plus averti l'aiderait à en reprendre conscience –, et il me semblait que, effectivement, ces scènes et ces thèmes étaient sans précédent dans la littérature anglaise de qualité.

Quant à profiter, pour travailler, des moments où je n'étais pas au chevet de la malade, il ne me parut ni opportun ni approprié d'ajouter que, malgré ma présence constante dans son cottage, je passai fort peu de temps en compagnie de ma mère. La vérité était qu'elle ne supportait pas que je me trouve dans sa chambre.

Charley m'avait averti que, au cours de mes presque deux semaines d'absence, Mère avait recouvré l'usage de la parole, mais le terme de « parole » rend toutefois improprement compte des cris, des gémissements, des vagissements rudimentaires et des bruits d'animaux qu'elle produisait dès que quelqu'un – moi, surtout – s'occupait d'elle.

Ce jeudi après-midi de l'avant-dernier jour de janvier, quand nous la revîmes, Charley et moi, pour la première fois, je fus bouleversé par son aspect au point d'en être pris de nausée. Mère semblait avoir perdu toute densité charnelle, de sorte que la figure allongée dans son lit, toujours convulsée, se réduisait à de la peau marbrée tendue sur des os et des tendons. Elle me rappelait – je ne pus m'empêcher de faire cette association – un oisillon mort que j'avais trouvé dans notre jardin un jour, quand j'étais enfant. Comme sur le cadavre de ce jeune oiseau (avec ses terrifiantes ailes sans plumes et repliées), la peau foncée et tachetée de mère était translucide, laissant apparaître la silhouette d'organes censés échapper aux regards.

Ses iris – à peine visibles entre les paupières mi-closes – frémissaient toujours comme des moineaux pris au piège.

Mais elle avait effectivement recouvré une partie de ses facultés vocales. Quand je m'approchai de son lit cet après-midi-là, elle se contorsionna, les ailes d'oiseau repliées battirent l'air et se mirent à vibrer, ses poignets tordus projetèrent sauvagement ses mains en forme de serres d'avant en arrière et d'arrière en avant, et elle hurla. C'était, dirais-je, un grognement plus qu'un cri – un orgue à vapeur laissant échapper une terrible pression – et ce son fit se dresser de terreur le peu de cheveux qui me restaient sur l'arrière du crâne.

Comme Mère se tordait et gémissait, je commençai à me tordre et à gémir moi aussi. Le spectacle fut certainement terrifiant pour Charley, obligé de m'attraper par les bras pour m'empêcher de tomber. (Mrs Wells s'était éclipsée dès mon arrivée et prit grand soin de m'éviter pendant les trois jours que je passai chez Mère. Je n'avais aucun moyen – et peu de raisons – de lui expliquer ce que je faisais la nuit où elle m'avait surprise en train de relever la chemise de nuit de Mère pour vérifier si un scarabée était entré dans son corps ; il n'y a pas d'explication à donner aux domestiques.)

Je sentais le scarabée de mon cerveau s'agiter en tous sens tandis que je me convulsais et criais. Je devinais – je *savais* – que, dans le corps de Mère, un scarabée jumeau réagissait à ma présence (et à celle de mon parasite).

Je ne pus que pousser une plainte et m'effondrer dans les bras de Charley. Il me conduisit, me traîna, me porta tant bien que mal, jusqu'au divan de la pièce voisine. Les cris de Mère s'apaisèrent légèrement dès que nous fûmes hors de sa présence. Mon scarabée se calma. Du coin de l'œil, tandis que Charley m'installait avec sollicitude près de la cheminée du salon de Mère, j'aperçus l'ombre de Mrs Wells qui se précipitait dans la chambre.

C'est ainsi que s'écoulèrent les trois jours que je passai chez Mère – ou chez cette chose griffue, hurlante, convulsée, remplie de douleur qui avait *été* Mère – dans son cottage de Southborough, tout près de Tunbridge Wells.

Charley resta avec nous tout le temps, ce qui était fort heureux, car Mrs Wells aurait certainement renoncé à soigner Mère s'il n'avait pas été là pour lui éviter d'avoir affaire à moi. S'il arriva à mon frère de se demander pourquoi nous veillions, Mrs Wells et moi, à ne jamais nous trouver seuls ensemble dans la même pièce, fût-ce une seconde, il ne posa aucune question. Frank Beard vint le vendredi, annonça une fois de plus qu'il n'y avait aucun espoir et administra à la malade une injection de morphine pour qu'elle puisse dormir. Avant de se retirer ce soir-là, il me fit la même piqûre. Ce furent peut-être les seules brèves heures de silence au cours desquelles le pauvre Charley, lui-même souffrant, put prendre un peu de repos pendant que Mrs Wells veillait Mère.

Je m'efforçai de travailler pendant ce séjour chez Mère. J'avais emporté ma boîte de fer-blanc laquée contenant mes notes et des documents de recherche, et restai assis aussi longtemps que je le pouvais devant le petit bureau de Mère près des fenêtres donnant sur la rue, mais la main qui tenait ma plume semblait privée de toute vigueur. J'étais obligé de la faire passer dans ma main gauche simplement pour plonger le bec dans l'encre. De plus, les mots ne venaient pas. Trois jours durant, je contemplai ma page de manuscrit vierge de toute littérature, hormis trois ou quatre lignes boiteuses que je finis par raturer.

Au bout de trois jours, nous renonçâmes tous à feindre que ma présence fût d'une quelconque utilité.

Mère ne supportait pas ma proximité ; chaque fois que j'entrais dans sa chambre, son état s'aggravait, elle délirait et se contorsionnait, tandis que j'étais moi-même en proie à une souffrance intolérable, qui ne s'interrompait que lorsque je tombais en pâmoison ou que je me retirais.

Charley prépara mes bagages et me raccompagna à Londres par le train de l'après-midi. Il avait envoyé un télégramme et tout organisé pour que Frank Beard et mon domestique George viennent nous chercher à la gare – ils durent se mettre à trois pour m'aider à monter dans le fiacre. Arrivé chez moi et ayant regagné ma chambre, je remarquai le regard que me jeta Caroline G... : il exprimait de l'inquiétude, et peut-être de l'affection, mais aussi de la gêne et du mépris, un mépris qui frôlait presque le dégoût.

Beard m'administra une injection particulièrement forte de morphine ce soir-là, et je sombrai dans un profond sommeil.

Éveille-toi en paix !
Toi, éveille-toi dans une paix superbe !
Herou d'Edfou s'éveille à la vie !
Les dieux eux-mêmes se dressent
pour adorer ton esprit,
Toi qui es le vénérable disque ailé
qui s'élève dans le ciel !
Car c'est toi la balle du soleil
qui transperce le ciel
Qui dans une course rapide inonde
à présent la terre à l'orient,
Puis s'enfonce en soleil couchant chaque jour,
passant la nuit à Inouet.

Herou d'Edfou
Qui s'éveille en paix,
Le grand dieu maître du ciel,
Au plumage multicolore,
Qui s'élève à l'horizon,
Le grand disque ailé
qui protège les sanctuaires !
Toi, éveille-toi dans la paix !
Ihy, qui s'éveille dans la paix,
Le Grand, fils de Hwt-Hwr,
Ennobli par le Doré des Neterou !
Toi, éveille-toi en paix !
Éveille-toi en paix !
Ihy, fils d'Hwt-Hwr, éveille-toi en paix !
Beau lotus du Doré !
Toi, éveille-toi en paix !
Éveille-toi en paix, Harsiesis, fils d'Osiris,
Héritier sans reproche
qui tires ton origine du Puissant,
Produit par Ounennéfer, le Victorieux !
Toi, éveille-toi en paix !
Éveille-toi en paix, Osiris !
Le Grand Dieu qui prend place à Iounet,
Fils aîné de Geb !
Toi, éveille-toi en paix !
Éveillez-vous en paix les Neterou
et les Neteretou qui êtes dans Tarer,
Ennéades qui entourez Sa Majesté !
Vous, éveillez-vous en paix !

Je me réveillai dans l'obscurité, la souffrance et la confusion.

Jamais encore il ne m'était arrivé de ne rêver que de

775

mots – de psalmodies verbales –, dans un langage que je ne comprenais pas, mais que mon cerveau – ou mon scarabée – avait, par je ne sais quel prodige, su traduire. Les vapeurs d'encens et de fumée huileuse des brûle-parfums persistaient dans mes narines. L'écho de voix, depuis longtemps défuntes, résonnait à mes oreilles depuis des tombeaux de pierre. Brûlées dans ma vision, comme le cercle rouge qui s'imprime sur la rétine lorsqu'on contemple trop longtemps le soleil, se trouvaient les visages et les corps des Neterou, les dieux des Terres Noires : Nouit, maîtresse des étoiles ; Ast ou Isis, reine des Cieux ; Asar ou Osiris, Dieu de nos Pères ; Nebt-Het ou Nephthys, déesse de la Mort Qui N'est pas Éternelle ; Souti ou Set, l'Adversaire ; Herou ou Horus, seigneur des Choses à Venir ; Anpou ou Anubis, Guide des Morts ; Djewhty ou Thot, Gardien du Livre de la Vie.

Torturé par les mouvements du scarabée, je hurlai dans les ténèbres.

Personne ne répondit – c'étaient les petites heures du jour, la porte de ma chambre à coucher était fermée, Caroline et sa fille étaient au rez-de-chaussée derrière leurs propres portes closes –, mais, tandis que les échos de mon cri s'évanouissaient dans mon crâne douloureux, je perçus une présence dans ma chambre. Quelqu'un ou quelque chose se trouvait là, avec moi. Je l'entendais respirer. Je sentais sa proximité. Ce n'était pas cette impression ténue, subliminale, de chaleur humaine qui nous fait parfois prendre conscience de l'existence d'autrui, près de nous, dans le noir. Il en émanait au contraire une sensation de froid. Comme si quelque chose privait l'air de la chaleur qu'il conservait encore.

776

Tendant le bras vers la commode, je tâtonnai, trouvai les allumettes, allumai la bougie.

L'Autre Wilkie était assis sur la petite chaise dure juste au-delà du pied de mon lit. Il était vêtu d'une sorte de redingote noire que j'avais mise au rebut quelques années plus tôt et avait sur ses genoux une petite écritoire contenant du papier vierge. Sa main gauche tenait un crayon. Ses ongles étaient encore plus rongés que les miens ne l'étaient d'ordinaire.

« Que veux-tu ? chuchotai-je.

— J'attends que tu commences à dicter », répondit l'Autre Wilkie.

Je remarquai une nouvelle fois que sa voix n'était pas aussi grave ni aussi sonore que la mienne. Mais… connaît-on jamais *vraiment* le son et le timbre de sa propre voix ?

« À dicter quoi ? » réussis-je à demander.

L'Autre Wilkie resta muet. Après que mon cœur eut battu une bonne centaine de fois, il dit enfin : « Veux-tu me dicter le contenu de tes rêves ou la suite de *La Pierre de lune* ? »

J'hésitai. C'était certainement un piège. Si je ne proposais pas d'entreprendre la description de tous les détails et de toutes les cérémonies des dieux des Terres Noires, le scarabée se mettrait-il à forer un tunnel pour sortir de mon crâne ou de mon visage ? La dernière chose qu'il me serait donné de voir serait-elle les immenses pinces se frayant un passage à travers ma joue ou mon œil ?

« *La Pierre de lune*, murmurai-je. Mais je l'écrirai moi-même. »

J'étais trop faible pour me lever. Une demi-minute de lutte eut pour seul effet de me redresser inconfortablement sur mes oreillers. Mais le scarabée ne m'assassina pas. Peut-être, pensai-je, rempli d'espoir, ne comprenait-il pas l'anglais.

« Il faudrait fermer la porte à clé, chuchotai-je. Je vais le faire. »

Mais j'étais incapable de sortir de mon lit.

L'Autre Wilkie quitta son siège, poussa le verrou et se rassit, crayon dressé. Je remarquai qu'il écrivait de la main gauche. J'étais droitier.

Il a poussé le verrou, fermé la porte, cherchait à me dire une partie de mon cerveau supplicié. *Il... cette chose... peut avoir des effets sur les objets du monde matériel.*

Évidemment. La femme à la peau verte et aux dents en défenses n'avait-elle pas laissé des marques livides sur mon cou ?

L'Autre Wilkie attendait.

Entre mes gémissements et mes cris de douleur occasionnels, je commençai :

« *PREMIER RÉCIT* – le tout en majuscules – *de MISS CLACK* – le nom en majuscules aussi, s'il te plaît – deux points après le nom – *nièce du défunt Sir John Verinder...* trois espaces – *CHAPITRE I*, en chiffre romain... double espace... *Je remercie mes chers parents, qui sont morts à présent...* non, change cela... ouvre la parenthèse, *actuellement au ciel*, ferme la parenthèse... *de m'avoir inculqué l'ordre et l'exactitude, dès ma plus tendre...* non, Miss Clack n'a jamais été tendre, écris plutôt... *dès mon plus jeune âge,* point, à la ligne.* »

Je gémis et m'effondrai sur mes oreillers baignés de sueur. L'Autre Wilkie attendait, crayon en l'air.

Je n'avais guère réussi à prendre que deux ou trois heures de sommeil agité de cauchemars quand on frappa énergiquement à la porte de ma chambre. Je tendis le bras pour saisir ma montre sur la table de nuit. Il était presque onze heures du matin. Les coups reprirent, accompagnés de la voix dure mais inquiète de Caroline. « Wilkie, c'est moi.

— Entrez, dis-je.

— Je ne peux pas. C'est verrouillé. »

Il me fallut plusieurs minutes pour rassembler l'énergie nécessaire à m'arracher à mes couvertures et à tituber jusqu'à la porte pour repousser la targette.

« Pourquoi avez-vous mis le verrou ? » demanda Caroline en entrant précipitamment et en s'agitant autour de moi. Je retournai me coucher et remontai les couvertures sur mes jambes.

« Je travaillais, expliquai-je. J'écrivais.

— Vous *travailliez* ? » Apercevant la petite pile de pages restée sur la chaise de bois, elle les ramassa. « Elles sont au crayon. Depuis quand écrivez-vous au crayon ?

— J'ai du mal à utiliser une plume allongé dans mon lit.

— Wilkie… reprit Caroline en me jetant un regard étrange au-dessus de la liasse de papiers… ce n'est pas votre écriture. »

Elle me tendit les pages.

Effectivement. Les mots jetés hâtivement au crayon étaient inclinés dans l'autre sens (comme il sied à un gaucher, bien sûr), les lettres étaient formées différemment – plus acérées, plus pointues, presque agressives dans leur rudesse inélégante –, l'espacement même et l'utilisation des marges étaient étrangers à mon style.

Au bout d'un moment, je lui fis remarquer : « Vous avez vu que la porte était fermée. Comme la douleur m'a tenu éveillé la plus grande partie de la nuit, j'en ai profité pour travailler. Ni vous, ni Carrie, ni aucun de ces mollassons de secrétaires que vous avez fait venir ici n'a été capable de prendre sous ma dictée, alors il faut bien que j'écrive moi-même. Les nouveaux épisodes sont attendus en Amérique et dans le bureau de Wills *dans une semaine*. Ai-je d'autre solution que de travailler toute la nuit, en me servant de ma main gauche pour écrire au crayon quand ma main droite me fait défaut ? C'est miracle que ce soit lisible. »

C'était le plus long discours que j'eusse prononcé depuis qu'on m'avait ramassé inconscient sur notre seuil, le 22 janvier, mais il en aurait fallu davantage pour impressionner Mrs G....

« C'est plus lisible que votre écriture habituelle », observa-t-elle. Elle regarda autour d'elle. « Où est le crayon dont vous vous êtes servi ? »

Je rougis ridiculement. L'Autre Wilkie avait dû l'emporter quand il était reparti, un peu après l'aube. *Par la porte verrouillée et à travers les murs massifs.* « J'ai dû le laisser tomber. Il a peut-être roulé sous le lit.

— Ma foi... à en croire les quelques paragraphes que je viens de lire, poursuivit Caroline, je dois reconnaître que ni cette terrible affection nouvelle dont vous souffrez ni la maladie de votre mère n'ont émoussé vos capacités d'écrivain. Bien au contraire, à en juger par ces quelques fragments. Ce récit de Miss Clack est d'une irrésistible drôlerie. J'aurais pensé que vous la rendriez plus pathétique, plus austère, une simple caricature – mais, sur ces deux premières pages, elle promet d'être un personnage franchement comique. Je suis impatiente de lire la suite. »

Quand elle sortit donner à la bonne les directives sur la préparation de mon plateau de petit déjeuner, je parcourus la liasse de pages étonnamment épaisse. La première phrase était exactement telle que je l'avais dictée. C'était la seule.

Le jugement hâtif de Caroline était parfaitement justifié : le portrait de « Miss Clack » – cette insupportable vieille rédactrice indiscrète de brochures religieuses – avait été brossé avec une énergie et un talent remarquables. Les paragraphes et les passages descriptifs, tous présentés du point de vue déformé de la vieille femme elle-même, bien sûr, puisqu'elle faisait fonction de narratrice, coulaient d'une plume plus sûre et avec une touche légèrement comique bien supérieure aux passages plus longs, plus alambiqués et plus lourds que j'avais dictés pendant la nuit.

Sacrebleu ! L'Autre Wilkie écrivait *La Pierre de lune,* sans que je puisse l'en empêcher.

Et surtout, il était meilleur écrivain que moi.

32.

Mère mourut le 19 mars.

Je n'étais pas présent quand elle rendit l'âme.
N'étant pas en mesure d'assister à ses obsèques, je
demandai à mon ami Holman Hunt, avec qui je m'étais
rendu au théâtre la semaine précédente pour assister à
une nouvelle représentation de ma pièce *Sans issue*,
de m'y remplacer. Je lui écrivis : « *Je suis sûr que ce
sera un réconfort pour lui...* » – je voulais parler de
mon frère Charles – « *... de voir le visage d'un cher
vieil ami que ma mère appréciait autant que nous.* »

En vérité, Cher Lecteur, j'ignorais complètement si
Mère appréciait Holman Hunt ou s'il éprouvait lui-
même la moindre affection sincère à son endroit. Mais
il avait dîné en sa compagnie plusieurs fois en ma
présence, et je ne voyais pas pourquoi il ne pourrait
pas compenser ma défaillance aux obsèques d'Harriet
Collins.

Peut-être me jugeras-tu froid ou indifférent en apprenant que je n'assistai pas à l'enterrement de ma propre
mère, alors que ma maladie aurait pu me le permettre,
qu'elle m'aurait permis de le faire. Tu ne penserais
pas cela si tu avais pu lire dans mon esprit, déchif-

frer mon cœur en cette période. La logique était aussi affreuse qu'implacable. Si je me rendais avec Charley au cottage de Mère pour voir une dernière fois le corps, comment réagiraient son scarabée et le mien en se trouvant aussi près l'un de l'autre ? L'image de cet insecte rôdant, creusant et furetant dans la dépouille inerte de Mère m'était intolérable.

Ce n'était pas tout. Qu'adviendrait-il si, avant les obsèques, alors que le cercueil était encore exposé dans le salon de son cottage, ouvert afin que ses amis pussent lui rendre hommage, j'apercevais (surtout si j'étais le seul à les apercevoir) les mandibules de ce scarabée, la tête et la carapace de cette créature s'extraire lentement en rampant des lèvres blêmes et mortes de Mère ? Ou s'il empruntait quelque autre issue – son oreille, son œil, sa gorge ?

Ma santé mentale n'y aurait pas résisté.

Quant à l'enterrement lui-même, au moment où l'on aurait fait descendre la bière dans le trou glacial à côté de la tombe de notre père, j'aurais été le seul à m'incliner en avant et à attendre, à écouter, à attendre et à écouter encore, même après que les premières mottes de terre auraient heurté le couvercle du cercueil.

Qui savait mieux que moi que des tunnels couraient sous toute la surface de Londres et que des choses terrifiantes se déplaçaient dans ces tunnels ? Qui savait à quelles impulsions, quelles méthodes et quels procédés contrôlés par Drood était soumis le scarabée fouisseur et chitineux, qui devait désormais occuper toute la place du cerveau de Mère, après avoir dévoré l'intégralité de la matière cérébrale mourante et morte ?

Je restai donc alité chez moi, au supplice.

À la fin du mois de février, je m'étais remis au travail, je poursuivais la rédaction de *La Pierre de lune* à la table de mon bureau quand j'en étais capable, ou plus fréquemment au lit, calé contre des oreillers. Quand je travaillais seul dans mon bureau ou dans ma chambre, l'Autre Wilkie me rejoignait souvent, et me regardait en silence, presque avec reproche. L'idée qu'il pourrait avoir l'intention de me remplacer (pour écrire ce livre et le suivant, pour en recevoir les éloges, rejoindre Caroline au lit, jouer mon rôle dans la société en général) si je mourais m'avait traversé l'esprit. Qui le saurait ? N'avais-je pas récemment imaginé prendre la place de Charles Dickens d'une façon très comparable ?

Je me rendis compte que la maladie inattendue (et la mort encore plus inattendue) d'un des mes personnages – la très aimée et très respectée lady Verinder, qui n'avait jamais été une protagoniste du roman, mais une présence en coulisse, noble et rassurante – était certainement issue du tréfonds de mon esprit créateur et représentait une forme d'hommage à la disparition de Mère.

Je dois mentionner ici que, manifestement, le scarabée était incapable de lire à travers mes yeux ; toutes les nuits où Frank Beard m'injectait de la morphine, je continuais à rêver des dieux Neterou des Terres Noires et de toutes les cérémonies requises et afférentes, mais jamais, pas une fois, je n'exécutai le travail de scribe que Drood m'avait commandé ; je n'*écrivis* pas une seule ligne sur ces dieux obscurs et païens.

Le scarabée de mon cerveau semblait s'apaiser quand j'écrivais, abusé sans doute, croyant que je consignais les rituels antiques qui avaient peuplé mes rêves. Et pendant tout ce temps, je transcrivais en réalité les réflexions de ce curieux vieux domestique qu'était Gabriel Betteredge (passionné de *Robinson Crusoe*, un livre que j'adorais moi aussi), de la courageuse (bien que stupidement têtue) Rachel Verinder et de l'héroïque (bien qu'étrangement dupé) Franklin Blake, de Rosanna Spearman, la domestique contrefaite, condamnée à se noyer dans les sables mouvants, et de la dévote et fouineuse Miss Clack (dont la joyeuse malice était la contribution de l'Autre Wilkie) sans oublier, bien sûr, celles du sergent Cuff, d'une intelligence si brillante (mais qui ne jouait jamais un rôle central dans la solution du mystère). Le parasite qui siégeait en moi prenait tous les griffonnages frénétiques auquel je me livrai au cours de ma maladie pour le travail docile d'un scribe.

Imbécile de scarabée.

Les premiers épisodes de mon roman-feuilleton avaient été accueillis avec un enthousiasme persistant et grandissant. Wills me rapporta que, le jour de la parution de chaque nouvelle livraison, une foule de plus en plus nombreuse se pressait devant les bureaux de la revue, Wellington Street. On ne parlait que de la pierre de lune, le précieux diamant, et tout le monde se demandait qui avait pu la voler et comment. Personne ne pouvait évidemment prendre la mesure de l'ingéniosité dont j'avais fait preuve en imaginant cette fin, mais, avant même d'écrire ces chapitres, j'étais sûr et certain que nul ne devinerait la teneur de cette stupéfiante révélation. Entre ce succès et le triomphe de ma pièce, j'étais assuré d'avoir de quoi impressionner Charles Dickens à son retour.

S'il vivait assez longtemps pour regagner l'Angleterre.

Nous recevions, Wills et moi, par diverses sources (essentiellement par les messages d'une grande franchise que George Dolby adressait aux filles de Dickens, et que Charley me transmettait) des nouvelles de plus en plus fréquentes de la dégradation inquiétante de l'état de santé de Dickens. Il avait contracté la grippe au cours de ses déplacements quasi quotidiens à travers les provinces américaines, ce qui l'obligeait à rester alité jusque dans l'après-midi et l'empêchait d'avaler quoi que ce fût jusqu'à trois heures au plus tôt. Nous fûmes tous fort étonnés d'apprendre que Dickens – qui exigeait toujours de descendre à l'hôtel au cours de ses tournées et refusait toute invitation chez des particuliers – avait été tellement malade à Boston qu'il avait été contraint de loger chez des amis, les Fields, et non à la Parker House, comme prévu.

Outre l'aggravation de sa grippe et du catarrhe, l'épuisement et une recrudescence d'œdème dans son pied gauche semblaient bien près d'avoir raison des dernières forces de Dickens. Nous apprîmes que Dolby devait aider « le Chef » à monter sur scène à chaque lecture, bien que, à peine le rideau franchi, Dickens se dirigeât vers son lutrin dans une parfaite imitation de sa vivacité et de son entrain d'autrefois. Pendant l'entracte et après la représentation, Dolby et d'autres étaient contraints de soutenir l'écrivain éreinté pour l'empêcher de s'évanouir. Mrs Fields écrivit à Mamie, la fille de Dickens, qu'au cours de sa dernière lecture à Boston, le 8 avril, Dickens s'était vanté d'avoir recouvré toute son énergie, mais qu'ensuite il n'avait même pas été capable de se changer et était resté allongé sur le canapé pendant trente minutes « dans un état de faiblesse extrême » avant même de se laisser reconduire jusqu'à sa chambre.

Par ailleurs – j'en avais pris bonne note –, Dolby avait mentionné de façon presque désinvolte que, souffrant d'insomnies, l'Inimitable avait recommencé à prendre du laudanum – quelques gouttes seulement dans un verre de vin – tous les soirs.

Y avait-il également en Amérique un scarabée insatiable à apaiser ?

En tout état de cause, les filles de Dickens et son fils Charles s'inquiétaient pour leur père, bien que les lettres que ce dernier leur adressait fussent remplies d'optimisme et de fanfaronnades à propos des foules et de l'adulation d'un public exalté dans toutes les villes d'Amérique où il se produisait. Mais comme les mois de mars et d'avril s'écoulaient tandis que je commençais lentement, lentement, à me remettre un peu et à surmonter légèrement ma douleur et mon asthénie (malgré des rechutes qui me renvoyaient au lit pour plusieurs journées d'affilée), je me mis à me convaincre que Charles Dickens ne reviendrait jamais d'Amérique ou que, s'il en revenait, ce serait un homme brisé et mourant.

Mes communications avec Martha R... pendant ma maladie furent malaisées. Je réussis, au début de ma crise et pendant la veillée funèbre de Mère, à lui faire parvenir un message par le truchement de mon domestique George, sous prétexte de m'informer des propriétés à louer Bolsover Street, mais ce stratagème était beaucoup trop risqué pour pouvoir être renouvelé.

À trois reprises au mois de février, j'annonçai à

Caroline et Carrie que j'accompagnais Charley à Tunbridge Wells pour aller voir Mère avant de faire demi-tour à la gare, déclarant à mon frère que j'étais décidément trop souffrant et que je prendrais un cab pour rentrer. Deux de ces trois fois, je passai la nuit (ou quelques nuits) chez Martha – il est vrai que j'étais trop mal en point pour profiter pleinement de ces escapades –, mais la ruse était, là encore, trop aventureuse : Charles pouvait à tout moment mentionner à Caroline ou en présence de Caroline les occasions où j'avais été contraint de lui faire faux bond quand il s'était rendu chez Mère.

Martha aurait pu m'écrire pendant cette période (en indiquant une fausse adresse d'expéditeur sur les enveloppes), mais elle n'était pas grande amatrice de correspondance. À dire vrai, Martha était encore presque illettrée à l'époque, avant que je n'entreprenne de lui donner l'instruction nécessaire à la lecture de livres très simples et à la rédaction de lettres rudimentaires.

Lorsque je fus enfin rétabli, à la fin de mars, je me débrouillai pour la voir, expliquant à Caroline et même à mon médecin que j'avais besoin de sortir seul en voiture (je n'allai tout de même pas jusqu'à *faire semblant* de marcher pendant des heures) pour pouvoir réfléchir à mon roman, ou prétendant qu'il fallait que je passe un peu de temps dans l'excellente bibliothèque de mon cercle, afin de chercher d'autres ouvrages destinés à mes recherches. Mais ces visites à « Mrs Dawson », Bolsover Street, nous accordaient, au mieux, quelques heures dérobées et n'étaient satisfaisantes ni pour Martha ni pour moi.

Néanmoins, au cours de cette période extrêmement pénible, Martha R... me manifesta une compassion sincère et palpable, qui contrastait avantageusement avec les soins réticents et souvent soupçonneux de Caroline.

Maât donne du sens au monde. Maât ordonne le chaos de la création des Premiers Temps, elle maintient l'ordre et l'équilibre à travers les temps. Maât contrôle le mouvement des astres, elle préside au lever et au coucher du soleil, elle gouverne la crue et le débit du Nil, toutes les lois de la nature reposent sur son corps et sur son âme cosmiques.

Maât est la déesse de la justice et de la vérité.

Quand je mourrai, mon cœur sera arraché à mon corps pour être porté dans la Salle de Jugement du Tuat, où il sera pesé face à la plume de Maât. Si mon cœur est pour l'essentiel libre du terrible poids du péché – péché contre les Dieux de la Terre Noire, péché contre mes devoirs tels que Drood me les a exposés et tels que le scarabée sacré me les a imposés –, je serai autorisé à poursuivre mon voyage et, peut-être, à rejoindre la compagnie des dieux eux-mêmes. Si mon cœur de pécheur est plus lourd que la plume de Maât, mon âme sera dévorée et détruite par les bêtes démoniaques de la Terre Noire.

Maât a donné du sens au monde et lui en donnera toujours. Le Jour de mon Jugement dans la salle du Tuat approche, comme le tien, Cher Lecteur. Comme le tien.

Les matins étaient particulièrement pénibles pour moi. Maintenant que j'avais cessé de dicter *La Pierre de lune* à ce traître de scribe, à l'Autre Wilkie, au plus profond de la nuit, il m'arrivait fréquemment de m'éveiller de mes rêves de laudanum ou de laudanum plus morphine entre deux et trois heures du matin. Il ne me restait plus qu'à gémir et à me tordre de douleur jusqu'à l'aube printanière.

J'arrivais généralement à descendre dans mon vaste bureau du rez-de-chaussée en début d'après-midi, et j'écrivais jusqu'à quatre heures. Caroline, Carrie ou les deux m'accompagnaient alors au-dehors, ne fût-ce qu'au jardin, pour que je prenne un peu l'air. Comme je l'écrivis à un ami qui souhaitait venir me voir en ce mois d'avril : « Si tu veux venir, il faut que ce soit avant quatre heures, parce qu'on me transporte à l'extérieur pour m'aérer à quatre heures *précises*. »

Ce fut par un de ces après-midi de la mi-avril, un mois jour pour jour après la mort de Mère, que Caroline entra dans mon bureau.

J'avais cessé d'écrire et – tenant toujours ma plume – je regardais dans la rue par la large fenêtre. J'avoue que je me demandais comment joindre l'inspecteur Field. J'avais beau être convaincu que ses agents continuaient à me surveiller, je n'en avais jamais aperçu un seul, malgré mes efforts ingénieux pour les surprendre. Je souhaitais savoir ce qui était arrivé à Drood. Field et sa centaine de justiciers avaient-ils débusqué l'assassin égyptien, l'avaient-ils abattu comme un chien au fond des égouts, comme Barris avait abattu le Mauvais Garçon sous mes yeux ? Et Barris ? L'inspecteur Field avait-il châtié cette canaille pour m'avoir assommé d'un coup de crosse ?

J'avais pris conscience la veille même que je n'avais aucune idée de l'adresse des bureaux de l'inspecteur Field. La première fois qu'il était venu me voir au 9 Melcombe Place, l'inspecteur m'avait fait remettre sa

carte – son adresse professionnelle y figurait certainement –, mais, après avoir fouillé dans mon secrétaire
et fini par mettre la main dessus, force me fut de
constater qu'elle ne portait que l'indication suivante :

INSPECTEUR CHARLES FREDERICK FIELD
Bureau d'enquêtes privées

Non content de brûler d'apprendre ce qui s'était
passé dans la Ville-du-Dessous, je désirais également
confier une mission personnelle à l'inspecteur et à ses
agents : je voulais savoir quand et où Caroline rencontrait le plombier Joseph Charles Clow (car je ne doutais
pas de la *réalité* de leurs rendez-vous clandestins).

C'est avec ces pensées à l'esprit et le regard tourné
vers la rue que j'entendis Caroline toussoter derrière
moi. Je ne me retournai pas.

« Wilkie, mon cher, il y a quelque chose dont je
voudrais vous entretenir depuis un certain temps. Cela
fait désormais un mois que votre chère mère a rendu
l'âme. »

Cette affirmation n'appelait aucun commentaire et
je n'en fis pas. Dehors, une charrette de ferraille passa
bruyamment. Les flancs du vieux bourrin étaient couverts de croûtes et le conducteur grisonnant lui donna
un coup de fouet en cet instant précis. Pourquoi, me
demandai-je, une charrette de chiffonnier devrait-elle
se hâter ?

« Lizzie sera bientôt en âge de faire ses débuts dans
le monde, insista Caroline. En âge de trouver un gentleman qui puisse être son époux. »

J'avais remarqué au fil des ans que, dès que Caroline souhaitait parler de sa fille – Elizabeth Harriet G... – comme de *sa* fille, elle l'appelait « Lizzie ». Quand elle la présentait comme une préoccupation commune, elle l'appelait « Carrie » – le nom que la petite préférait, en réalité.

« Les perspectives matrimoniales de Lizzie et ses chances de se faire une place dans la société seront *tellement* meilleures si elle est issue d'une famille établie et stable ! » affirma Caroline. Je ne m'étais toujours pas retourné.

Sur le trottoir d'en face, un jeune homme en costume de couleur trop claire et de laine trop fine pour ce printemps changeant s'arrêta, jeta un coup d'œil vers notre maison, consulta sa montre et poursuivit son chemin. Ce n'était pas Joseph Clow. Pouvait-il s'agir d'un agent de l'inspecteur Field ? J'avais du mal à croire qu'un des hommes de l'inspecteur s'enhardisse à ce point, d'autant que j'étais assis de façon parfaitement visible devant les bow-windows du rez-de-chaussée.

« Elle devrait porter le nom de son père, reprit Caroline.

— Elle le porte, remarquai-je d'une voix atone. Votre mari le lui a donné même s'il ne vous a guère laissé autre chose, à elle ou vous. »

Je t'ai déjà dit, Cher Lecteur, que Caroline m'avait inspiré le personnage de *La Dame en blanc*. Quand, durant l'été de 1854, mon frère Charley et mon ami John Millais surprirent cette apparition en robe blanche qui s'enfuyait au clair de lune du jardin d'une villa du nord de Londres – Caroline cherchait à échapper à sa brute de mari, lequel l'avait, m'avait-elle dit à l'époque, gardée prisonnière par des moyens mesmériens –, j'avais été le seul de nous trois à la poursuivre. J'avais cru ce qu'elle me disait à propos de son riche mari, une brute enivrée du nom de George Robert G..., et de la claustration et de la torture mentale qu'il lui avait imposées, en compagnie de la petite Carrie, alors âgée de un an.

Quelques années plus tard, Caroline m'avait annoncé le décès de George Robert G.... Je n'ai ni su ni demandé comment elle avait appris la nouvelle (tout en admettant qu'il était fort improbable qu'elle l'eût apprise, car elle vivait sous mon toit depuis la nuit où elle s'était enfuie, en larmes, de Charlton Street au clair de lune.) Mais j'acceptai la réalité de cette information sans lui poser de questions. Pendant toutes ces années, nous avions fait comme si elle était Mrs Elizabeth G... – je lui avais donné le prénom de Caroline quand je l'avais prise sous ma protection –, victime des activités mesmériennes de son mari et de son goût immodéré pour le tisonnier.

La vérité la plus probable, avais-je songé à l'époque – et quatorze ans plus tard, rien ne m'avait donné motif à changer d'avis sur ce sujet –, était que Caroline s'était soustraite à un proxénète ou à un client violent au cours de cette nuit d'été de 1854.

« Vous n'ignorez pas combien il serait avantageux pour notre fille au cours des prochaines années de pouvoir dire et montrer qu'elle est issue d'une famille établie », continua Caroline, s'adressant à mon dos. Je relevai dans sa voix un très léger chevrotement.

Ce « notre fille » m'irrita. J'avais toujours traité Carrie avec autant d'amour et de générosité que si elle avait été mon enfant. Mais elle ne l'était pas.

Elle ne le serait jamais. Il s'agissait d'une forme de chantage, d'une stratégie que, j'avais tout lieu de le croire, Caroline maîtrisait bien avant d'arriver chez moi, et je n'avais pas l'intention d'entrer dans son jeu.

« Wilkie, mon très cher, vous devez admettre que j'ai toujours fait preuve de compréhension quand vous me disiez que votre vieille mère, si fragile, représentait un obstacle infranchissable à notre union.

— Oui.

— Mais avec le trépas d'Harriet, vous êtes libre désormais ?

— Oui.

— Libre de m'épouser si tel est votre désir ?

— Oui. » J'avais toujours le visage tourné vers la fenêtre et vers la rue.

Elle attendait que je poursuive. Je m'en abstins. Au bout d'un long moment durant lequel j'entendis distinctement chaque mouvement de balancier de la grande horloge de l'entrée, Caroline pivota sur ses talons et sortit de mon bureau.

Je savais que je n'en avais pas fini avec elle. Il lui restait encore une carte à jouer – qu'elle croyait à toute épreuve. Et je savais qu'elle ne tarderait pas à l'abattre. Ce qu'elle ignorait, c'est que j'avais moi-même toute une main. Et d'autres cartes encore dans ma manche.

« Des grattements. Il y a quelque chose qui gratte.

— Comment ? »

Je m'étais réveillé bien plus tôt que d'habitude – ma montre n'indiquait même pas encore neuf heures – et fus alarmé par l'armée de visages que je découvris au-dessus de moi : Caroline, Carrie, mon domestique

George, la femme de George, Besse, qui nous servait de bonne.

« Comment ? » répétai-je, m'asseyant dans mon lit. Cette invasion de ma chambre à coucher avant le petit déjeuner était intolérable.

« On entend gratter, reprit Caroline.

— De quoi parlez-vous ? Où cela ?

— Dans not' escalier, Monsieur », dit George, le visage rouge d'embarras à l'idée d'avoir fait irruption dans ma chambre. C'était évidemment une initiative de Caroline.

« L'escalier de service ? » demandai-je en me frottant les yeux. Je m'étais passé du secours de la morphine la nuit précédente, mais cela ne m'empêchait pas d'avoir mal à la tête. Atrocement.

« Ils les ont entendus à tous les étages de la maison », précisa Caroline. Sa voix était aussi sonore et discordante qu'un orgue à vapeur gallois. « Et maintenant, je les ai entendus moi-même. On dirait qu'il y un gros rat là-dedans. Qui court et qui gratte dans tous les sens.

— Un rat ? Nous avons fait venir l'entreprise de dératisation l'automne dernier, au moment où nous avons fait tous ces travaux dans la maison, notamment la rénovation de la *plomberie*. »

J'insistai délibérément sur ce dernier mot. Caroline eut la bonne grâce de rougir, mais elle ne renonça pas. « Il y a quelque chose dans l'escalier de service.

— George, dis-je, êtes-vous allé voir ?

— Oui, Monsieur, j'y suis été. J'y suis été, Monsieur, et j'ai monté et descendu pour essayer de repérer le bruit, Monsieur. Mais chaque fois que je m'ai approché, il… Enfin, je l'ai pas trouvé, Monsieur.

795

— Pensez-vous qu'il s'agisse de rats ? »

George avait toujours été un peu lent, mais il avait rarement eu l'air aussi complètement obtus que lorsqu'il chercha à répondre à cette question. « On en dirait un gros, Monsieur », fit-il enfin. « Pas tellement des rats, Monsieur, que... un seul rat, sacrément gros, j'vous d'mande pardon, Mesdames.

— C'est ridicule, dis-je. Sortez tous. Je m'habille et je descends dans une minute. Je vais le trouver et le tuer, votre "sacrément gros rat". Et peut-être aurez-vous ensuite la bonté de laisser un malade se reposer paisiblement. »

Je décidai de m'engager dans l'escalier au niveau de la cuisine pour être sûr de ne pas l'avoir au-dessous de moi.

J'étais convaincu de savoir d'où venait ce bruit. En vérité, je me demandais pourquoi je n'avais pas vu la femme à la peau verte et aux dents en défenses plus tôt, au cours des huit mois qui s'étaient écoulés depuis que nous avions emménagé dans notre nouvelle demeure. L'Autre Wilkie n'avait eu aucun mal à me suivre depuis Melcombe Place.

Mais pourquoi les autres peuvent-ils l'entendre, à présent ?

Toutes les années durant lesquelles la femme à la peau verte avait rôdé dans mon escalier de service plongé dans les ténèbres, j'étais le seul à l'avoir jamais entendue ou vue. J'en étais certain.

Les divinités de la Terre Noire lui prêtent-elles une réalité nouvelle, comme elles l'ont fait pour l'Autre Wilkie ?

J'écartai cette idée dérangeante et pris la bougie sur

la table. J'avais interdit aux autres de me suivre à la cuisine et leur avais donné ordre de ne pas s'approcher des portes donnant sur l'escalier de service aux différents étages de cette vaste demeure.

La femme à la peau verte et aux dents en défenses m'avait déjà écorché le cou, bien avant que Drood, le scarabée et les divinités de la Terre Noire n'entrent dans ma vie. Je ne doutais pas qu'elle fût capable de me tuer à présent si je la laissais approcher suffisamment et si je la laissais faire. Je n'avais aucune intention de lui en offrir la possibilité.

Entrebâillant la porte, je sortis le lourd pistolet du détective Hatchery de ma poche de veste.

Une fois la porte refermée, il faisait presque complètement noir dans l'escalier de service. Aucune fenêtre ne s'ouvrait sur ce côté de la maison, et les quelques bougies fichées dans les appliques murales n'avaient pas été allumées. L'escalier était inhabituellement – et fâcheusement – raide et étroit. Il montait directement sur trois étages avant de s'interrompre au niveau d'un petit palier et de poursuivre sur deux étages encore, dans la direction opposée, vers le grenier.

Je tendis l'oreille avant de commencer à gravir les marches. Rien. Tenant la bougie dans la main gauche, le pistolet dans la droite dans la cage d'escalier si étroite que mes coudes frôlaient les murs des deux côtés, je gravis silencieusement l'escalier.

À mi-chemin entre le rez-de-chaussée et le premier étage, je m'arrêtai pour allumer la première bougie murale.

Le bougeoir était vide, alors que la fille de notre bonne était chargée de les vérifier régulièrement. En m'inclinant, j'aperçus des égratignures et des éraflures dans la vieille applique solidement fixée, comme si quelqu'un avait arraché la bougie à demi consumée à l'aide de griffes. *Ou de dents.*

Je m'arrêtai pour écouter encore. Je perçus un très léger bruit de cavalcade. Au-dessus de moi.

La femme à la peau verte et aux dents en défenses n'avait jamais fait de bruit, me dis-je. Elle avait toujours glissé dans les escaliers, vers le bas ou vers le haut, se rapprochant de moi et s'éloignant, comme si ses pieds nus effleuraient à peine les marches.

Mais c'était dans mes précédentes habitations. Cet escalier de service était peut-être plus sonore pour ces esprits malins.

Comment Mrs Shernwold était-elle morte ? Elle était tombée dans ce même escalier et s'était rompu le cou. Mais que faisait-elle dans l'escalier de service ?

Aurait-elle entendu des rats ?

Et pourquoi était-elle tombée ?

Les appliques vides, comme si les bougies avaient été dévorées ?

Je continuai mon ascension vers le premier étage, m'arrêtai un instant sur le seuil – les portes étaient vieilles et épaisses, et ne laissaient filtrer aucun bruit, mais j'aperçus un rassurant filet de lumière entre le sol et le battant –, puis je repartis.

La deuxième bougie n'était pas non plus dans son applique.

Quelque chose fila dans un grattement parfaitement audible, pas très loin au-dessus de moi.

« Il y a quelqu'un ? » appelai-je doucement. J'avoue avoir éprouvé un sentiment de vraie puissance en brandissant le pistolet. Si la femme à la peau verte était suffisamment matérielle pour me laisser des égratignures au cou – ce qui était le cas –, elle devait l'être assez pour ne pas être insensible aux effets d'une de ces balles. Ou de plusieurs.

Combien le barillet en contenait-il ?

Neuf. Je n'avais pas oublié le jour où le détective Hatchery m'avait remis le pistolet, m'expliquant, comme je descendais vers la fumerie du Roi Lazaree, qu'il me fallait une arme pour me défendre contre les rats. Je me rappelais même ce qu'il avait dit du calibre...

« Calibre 42, Monsieur. Vous devriez en avoir assez de neuf pour des rats moyens... quadrupèdes ou bipèdes. »

J'étouffai le petit rire qui me montait à la gorge.

Lorsque j'arrivai à la porte du deuxième étage, la cage d'escalier qui s'ouvrait derrière moi et sous moi, à peine éclairée par la flamme vacillante de ma bougie, me fit l'effet d'un puits vertical. Je fus pris de vertige – mais peut-être l'absence de petit déjeuner et le contrecoup de mes trois verres de laudanum matinaux n'y étaient-ils pas étrangers.

Au-dessus de moi, j'entendis quelque chose qui ressemblait beaucoup au grattement de griffes sur du plâtre ou du bois.

« Montre-toi ! » criai-je dans l'obscurité. J'avoue que c'était pure bravade : j'espérais que George, Caroline, Besse et la fille, Agnes, m'entendraient. Mais ils étaient probablement deux étages plus bas, à présent. Et les portes étaient *très* épaisses.

Je repris mon ascension, le pistolet braqué juste devant moi. Je le faisais aller d'un côté à l'autre comme une girouette ridiculement pesante prise dans un vent changeant.

Le grattement n'était pas seulement plus distinct à présent, il semblait venir d'une *direction* précise. Je n'aurais su dire si c'était du palier du troisième étage, où l'escalier repartait dans l'autre sens, ou d'un point quelconque situé entre ce palier et moi. Je notai mentalement qu'il serait judicieux de faire percer au moins une fenêtre dans l'épais mur extérieur de brique et de maçonnerie ici, au niveau du palier, sinon ailleurs.

Je gravis encore trois marches.

Je ne saurais te dire, Cher Lecteur, quelle était l'origine précise de l'apparition de ma femme à la peau verte et aux dents en défenses. Tout ce que je sais, c'est qu'elle m'accompagnait depuis ma petite enfance. Je me rappelle qu'elle s'introduisait dans notre nursery quand Charles dormait. Je me rappelle l'avoir vue dans le grenier de la maison de mon père un jour où, vers neuf ou dix ans, j'avais commis l'imprudence d'aller explorer ce lieu sombre et plein de toiles d'araignées.

On dit que la familiarité affranchit de la peur, ce qui n'est pas tout à fait exact. La créature à la peau verte – son visage n'appartenait à aucune femme vivante que j'aie jamais connue, bien qu'il me semblât parfois reconnaître vaguement dans ses traits ceux de notre toute première gouvernante, à Charley et moi – me faisait frissonner chaque fois que je la rencontrais, mais l'expérience m'avait appris que je pouvais la repousser quand elle se jetait sur moi.

Cependant, personne d'autre ne l'avait encore entendue. Elle n'avait encore jamais fait de bruit.

Je fis trois pas de plus en direction du palier du troisième étage et m'arrêtai.

Les bruits de grattement et de galopade étaient bien plus nets à présent. Le son semblait se situer juste au-dessus de moi, bien qu'à présent, la pâle circonférence de la lumière de la bougie s'étendît presque jusqu'au palier. Le bruit était pourtant très distinct et – je comprenais mieux les craintes de George à présent – ressemblait vraiment à celui d'un rat. Grattement, raclement. Silence. Grattement, grattement, grattement, raclement. Silence. Grattement, grattement.

« J'ai une petite surprise pour toi », dis-je en armant maladroitement le pistolet d'une seule main. Je me rappelai qu'Hatchery m'avait expliqué que le gros canon du bas était une sorte de fusil de chasse. Je regrettais qu'il ne m'ait pas donné les cartouches nécessaires.

Deux marches encore et je pus voir le palier. Il était vide.

Les grattements reprirent. Ils semblaient être *au-dessus* de moi et même *derrière* moi.

Je brandis la bougie au-dessus de ma tête et dirigeai mon regard vers le haut.

Les grattements s'étaient transformés en cris déchirants et je restai là, figé, à écouter ces hurlements pendant une bonne minute sinon davantage, avant de comprendre que c'était moi qui criais.

Tournant les talons, je dévalai lourdement les marches, arrivai à la porte du deuxième étage, la secouai sans cesser de hurler, regardai par-dessus mon épaule et recommençai à crier. Je tirai au moins deux coups de feu, tout en sachant que cela ne servait à rien. Effectivement. Reprenant ma course éperdue dans l'escalier – la porte du premier étage était, elle aussi, verrouillée de l'extérieur –, je poussai une nouvelle plainte stridente au moment où quelque chose d'humide et de répugnant me dégoulina depuis... cela venait d'en haut... et je m'élançai à nouveau, ricochant de mur en mur dans ma descente. Je lâchai la bougie qui s'éteignit. Quelque chose effleura mes cheveux, s'enroula autour de ma nuque. Pivotant sur moi-même dans le noir absolu, je tirai deux nouveaux coups de feu, trébuchai, tombai la tête la première au bas de la dernière dizaine de marches.

Je ne sais toujours pas comment j'ai évité de perdre le pistolet ou de me tirer dessus. Criant toujours à pleins poumons, je me retrouvai roulé en boule au pied de l'escalier, et tambourinai à la porte du rez-de-chaussée.

Quelque chose de fort, de mince et de très long s'enveloppa autour de mon soulier droit et l'arracha de mon pied. Si je l'avais attaché correctement avant cette équipée, j'aurais été hissé à sa suite jusqu'au sommet de l'escalier.

Hurlant encore, je tirai un dernier coup de feu dans l'obscurité, ouvris brutalement la porte et – aveuglé par la lumière – m'étalai sur les longues planches du sol de la cuisine. Battant violemment l'air de mes deux pieds, je refermai la lourde porte derrière moi.

George se précipita, passant outre à mon interdiction antérieure. J'aperçus le visage blême de Caroline et celui de ses deux compagnes, le regard fixe, bouche bée, sur le seuil de la porte donnant dans l'entrée.

Agrippant farouchement George par ses revers, je l'entraînai presque jusqu'au sol et lui chuchotai fébrilement : « Verrouillez-la ! Verrouillez la porte ! Verrouillez-la ! Tout de suite ! »

George obéit et poussa le minuscule loquet, parfaitement insuffisant. Il n'y avait pas un bruit de l'autre côté. Mes halètements et mes râles semblaient remplir la cuisine.

Me mettant à genoux puis debout, le pistolet toujours brandi et armé, j'attirai George tout contre moi et lui sifflai à l'oreille : « Allez chercher tout le bois et autant d'hommes qu'il vous faudra. Je veux que toutes les portes de la cage d'escalier soient clouées et condamnées par des planches dans une demi-heure. Est-ce que vous comprenez ? Est-ce que... vous... *comprenez* ? »

George hocha la tête, se dégagea de mon étreinte et courut se procurer ce dont il avait besoin.

Je sortis de la cuisine à reculons, sans quitter un instant des yeux la porte bien trop fragile de l'escalier de service.

« Wilkie... balbutia Caroline, posant la main sur mon épaule puis la retirant promptement quand je sautai en l'air.

— C'étaient des rats », haletai-je, désarmant le pistolet qui était désormais trop lourd pour mon bras. J'essayai de me rappeler combien de balles j'avais tirées, mais j'en étais incapable. Je compterais plus tard celles qui restaient. « Ce n'étaient que des rats...

— Wilkie... » répéta Caroline.

Je l'écartai d'un geste et montai dans ma chambre vomir dans la cuvette avant d'attraper ma flasque.

33.

Caroline abattit son atout le mercredi 29 avril, la veille du jour où le *Russia*, transportant Dickens et Dolby pour la dernière étape de leur long voyage, devait jeter l'ancre dans le port de Queenstown.

Caroline savait que j'étais de bonne humeur, mais les raisons de mon entrain lui échappaient. Pour ma part, je les connaissais parfaitement. Quand Charles Dickens s'était embarqué pour l'Amérique au mois de novembre précédent, il était le maître, moi l'apprenti empressé ; désormais, *La Pierre de lune* publiée en feuilleton remportait un immense succès dans tout le pays, les foules qui se pressaient devant les bureaux d'*All the Year Round*, Wellington Street, augmentaient à chaque nouvel épisode, roturiers aussi bien que représentants de la noblesse se disputaient les nouveaux numéros, impatients d'apprendre qui avait volé le diamant et comment. Quant à moi, j'étais sûr et certain que le lecteur le plus astucieux lui-même ne pourrait jamais le deviner.

Quand Charles Dickens s'était embarqué pour l'Amérique au mois de novembre précédent, ma pièce *Voie sans issue* – et c'était vraiment *ma pièce*, après tous les remaniements, les révisions et les idées nouvelles que j'y avais introduits depuis l'automne précédent – n'était qu'un rêve qui n'avait pas encore dépassé le stade des répétitions. Or elle avait fait un triomphe et l'Adelphi Theatre en avait déjà donné plus de cent trente représentations en soirée, à guichets fermés. Les négociations en vue d'une production à Paris allaient bon train.

Enfin, malgré le chagrin qu'elle m'avait causé (et l'horreur due à ses aspects entomologiques et à l'incertitude qui planait sur sa cause), la mort de Mère m'avait également libéré. À quarante-quatre ans, j'étais enfin devenu un homme à part entière.

Caroline sentait donc que, malgré l'incident de l'escalier de service (deux semaines plus tard, je refusais toujours de mettre les pieds à la cuisine ou de m'approcher, dans les couloirs des étages, des portes désormais solidement clouées, condamnées et parfaitement hermétiques) et malgré de fréquentes rechutes et une douleur de chaque instant qui exigeait l'absorption de doses plus fortes de laudanum et de morphine simplement pour que je puisse travailler quelques heures par jour, j'étais de meilleure humeur que depuis bien des années.

Dickens était parti en novembre en se considérant comme le maître et en me traitant comme son protégé ; à son retour (malade et estropié, avais-je entendu dire), il me retrouverait promu au rang de romancier populaire, de dramaturge à succès et d'homme totalement indépendant. Nous nous rencontrerions cette fois sur un pied d'égalité (à tout le moins).

En outre, j'en étais de plus en plus convaincu, nous avions, l'un comme l'autre, des scarabées de Drood dans le crâne. Ce seul fait suffisait à conférer à nos relations un nouvel équilibre sinistre.

Caroline vint me voir ce mercredi matin alors que j'étais dans mon bain. Peut-être pensait-elle me trouver ainsi dans des dispositions aussi détendues que possible... ou aussi souples, du moins.

« Wilkie, mon cher, j'ai repensé à notre conversation de l'autre jour.

— De quelle conversation parlez-vous ? » demandai-je alors que je le savais parfaitement. Mes lunettes s'étaient couvertes de buée et je tendis la main pour attraper une serviette de toilette, plissant les yeux pendant que j'essuyais les verres. Caroline se transforma en une grosse tache grumeleuse blanc et rose.

« Celle des débuts de Lizzie dans la société et de l'avenir de nos relations sous ce toit », répondit-elle avec une nervosité tangible.

Pour ma part, j'étais parfaitement calme en reposant mes toutes petites lunettes sur mon nez. « Oui ?

— Je suis persuadée, Wilkie, que, pour que notre Lizzie... Carrie... jouisse dans l'existence des avantages auxquels elle a droit, il faut impérativement que sa mère soit mariée et qu'elle-même fasse partie d'une famille stable.

— Je ne puis que vous donner raison », approuvai-je. La vapeur de mon bain s'élevait jusqu'au plafond et s'enroulait de tous côtés, faisant rougir le visage de Caroline.

« C'est vrai ? demanda-t-elle. Vous êtes de mon avis ?

— Tout à fait. Auriez-vous la gentillesse de me passer cette serviette, ma chère ?

— Je ne savais pas... pendant tout ce temps... je n'étais pas sûre... bafouilla Caroline.

— Ridicule, répliquai-je. Votre bien-être... et celui de Carrie, évidemment... ont toujours été ma priorité. Et vous avez raison. Il est temps de penser à un mariage.

— Oh, Wilkie, je... » Elle dut s'interrompre. Des larmes ruisselaient sur ses joues empourprées par la vapeur.

« Je suppose que vous êtes restée en relation avec votre plombier, dis-je, en rejetant la serviette et en enfilant mon peignoir de velours. Mr Clow. Joseph Charles Clow ?

Caroline se pétrifia. La rougeur disparut progressivement de ses joues. « Oui ?

— Et j'imagine que Mr Clow vous a demandée en mariage à présent, ma chère. C'était certainement, si je ne m'abuse, un des objets de cette petite conversation, non ?

— Si, mais, je ne... je n'ai... »

Je lui tapotai le bras. « Les longues explications sont inutiles entre deux vieux amis comme vous et moi, fis-je d'un ton jovial. Il est temps de vous marier – pour le bien de Carrie comme pour le vôtre – et ce cher Mr Clow a fait sa demande. Il faut l'accepter immédiatement. »

Caroline était pâle jusqu'au bout des doigts. Elle recula de deux pas sans regarder derrière elle et se heurta à la cuvette.

« Je vais demander à Besse d'empaqueter vos vêtements sur-le-champ, poursuivis-je. Quant à vos autres possessions, vos livres *et cætera*, nous vous les ferons parvenir en temps voulu. George appellera un fiacre dès que vos bagages seront prêts. »

La bouche de Caroline s'ouvrit deux fois avant qu'un seul mot n'en sorte.

« Lizzie...

— Carrie restera ici, bien sûr. Nous en avons déjà discuté ensemble, elle et moi. Sa décision est prise, et elle est irrévocable. Aussi passionné et accommodant que puisse être votre plombier... Monsieur Joseph Charles Crow... et malgré l'estime dont jouit certainement son distillateur de père, son existence bourgeoise, prometteuse mais parfois un peu étriquée, ne convient pas à Carrie en cette période de son existence. Comme vous me l'avez fort justement rappelé, Caroline, elle va bientôt faire ses débuts dans le monde. Or elle préfère les faire depuis cette demeure élégante, le numéro 90 Gloucester Place, dans un milieu protégé, en compagnie d'écrivains, d'artistes, de compositeurs et de grands hommes. Elle viendra vous voir souvent, bien sûr, mais cette maison restera la sienne. Je n'en ai pas seulement discuté avec Carrie, mais également avec votre actuelle belle-mère, et elles approuvent ce choix l'une comme l'autre. »

Caroline avait posé les deux mains sur la table de toilette qui se trouvait derrière elle et semblait ne tenir debout que par la force de ses bras droits, raidis et tremblants.

Je passai rapidement devant elle sans la frôler pour me rendre dans le vestibule et j'eus l'impression que Caroline aurait été absolument incapable de lever ne fût-ce que le petit doigt.

« Votre décision me paraît fort sage, ma chère, ajoutai-je doucement en m'arrêtant sur le seuil. Nous resterons toujours amis, vous et moi. Si vous avez besoin d'aide un jour, vous ou votre Mr Joseph Charles Clow, je m'efforcerai de vous mettre en relation avec le genre de personnes susceptibles de vous assister, si elles le souhaitent. »

Caroline avait toujours les yeux fixés sur l'endroit où je m'étais tenu, à côté de la baignoire.

« Je vais demander à Besse de préparer vos bagages, dis-je. Et j'enverrai George chercher un fiacre le plus tôt possible. Je veux bien payer le cocher pour qu'il attende un moment au besoin. Mieux vaut entreprendre un voyage pareil de bonne heure, le matin, quand on est encore frais. »

Comme je l'ai évoqué plus haut, le *Russia*, à bord duquel avaient embarqué Dickens et Dolby, accosta au port de Queenstown le dernier jour d'avril. Mais aucun des amis de l'Inimitable ne se précipita à Liverpool pour les accueillir. Dolby avait en effet envoyé des télégrammes faisant clairement savoir que Dickens souhaitait disposer « de quelques jours d'acclimatation solitaire avant de renouer avec ses occupations et ses habitudes ».

Traduit, cela signifiait, selon moi, que l'écrivain épuisé ne se rendrait pas directement à Gad's Hill Place et ne séjournerait pas non plus à Londres (bien qu'il y passât en train le 2 mai), mais poursuivrait plutôt sa route jusqu'à Peckham pour se jeter dans les bras impatients d'Ellen Ternan. Il s'avéra que cette hypothèse était parfaitement exacte. Je savais également par les commentaires que Wills avait faits incidemment dans les bureaux de Wellington Street que l'actrice et sa mère n'étaient revenues d'Italie que deux jours auparavant.

Comme cela tombait bien pour l'Inimitable !

Quatre jours de plus s'écoulèrent avant que Dickens ne soit disposé à nous recevoir Wills, Frank Beard et moi, afin que nous lui souhaitions la bienvenue. Il prit le train à Peckham pour dîner de bonne heure avec Fechter et nous, puis nous nous rendîmes tous ensemble à l'Adelphi afin que Dickens puisse enfin assister à une représentation de *Voie sans issue*.

Je m'étais amplement préparé à manifester mon inquiétude compatissante, voire mon authentique bouleversement, devant l'état d'épuisement et de vieillesse dans lequel je m'attendais à trouver Dickens après sa tournée américaine. Mais, à la gare, Beard parla pour nous deux en s'écriant : « Sapristi, Charles ! Vous avez rajeuni de sept ans ! »

C'était vrai. Il n'y avait pas le moindre indice du pied boiteux et enflé dont nous avions tant entendu parler dans ses lettres. Il avait perdu un peu de poids en Amérique, mais cela le faisait paraître plus jeune et plus robuste. Les huit jours de traversée printanière lui avaient visiblement permis de se reposer à l'abri de toutes obligations, et de longues heures sur le pont avaient donné une couleur de bronze à son visage, qui prenait toujours très bien le hâle ; ses cheveux et sa barbe eux-mêmes semblaient, par je ne sais quel prodige, plus foncés et plus fournis. Il avait le regard étincelant, le sourire prompt. Son rire et sa voix sonore de conteur emplirent le restaurant où nous dînions, et la voiture que nous prîmes tous les cinq, un peu plus tard, pour nous rendre à l'Adelphi.

« Bonté divine, Wilkie, me confia Dickens en aparté

au moment où nous remettions nos chapeaux, nos gants et nos cannes à la jeune fille du théâtre. On m'a dit que vous aviez été malade, mais vous avez une mine absolument épouvantable, mon cher garçon. Vous êtes tout tremblant, vous avez un teint de craie et vous traînez la patte comme Thackeray vers la fin. Diable, qu'avez-vous donc attrapé ? »

Attrapé. Très astucieux. Très… *plaisant*. J'adressai à Dickens un pâle sourire et me tins coi.

Plus tard, pendant le spectacle, je fis une expérience proprement extraordinaire.

Notre petit groupe se trouvait dans la loge des auteurs – à l'exception de Fechter, bien entendu, qui s'était précipité en coulisse pour se maquiller et vomir en préparation du spectacle (tout le monde était cependant convaincu qu'en raison de l'aggravation de son état de santé, il ne jouerait plus en Angleterre le rôle du fourbe Obenreizer que pendant un mois au maximum). Malgré ma propre indisposition, j'avais occupé cette loge à plusieurs reprises au cours des cinq mois précédents, mais c'était la première fois que Dickens venait voir la pièce à laquelle il avait collaboré, aux toutes premières étapes de sa rédaction. La salle comble se leva évidemment pour l'applaudir avant même l'ouverture du rideau. Mais je m'y attendais et n'en fus pas blessé.

Non. La vraie surprise vint de la pièce elle-même. En comptant les répétitions, j'avais dû voir *Voie sans issue* d'un bout à l'autre une bonne trentaine de fois. J'aurais été capable d'en réciter chaque ligne, et chaque remaniement de chaque ligne. Je connaissais à une fraction de seconde près le moment exact de chaque entrée et de chaque sortie.

Or, ce soir-là, j'eus l'impression de voir cette pièce pour la première fois.

En vérité, Cher Lecteur, j'eus l'impression qu'*un seul* de mes yeux voyait cette pièce pour la première fois. Le mal de tête qui ne me quittait pas s'était logé, comme à son habitude, derrière mon œil droit avec une telle férocité que je n'aurais pas été étonné que la partie postérieure du globe oculaire se mette à siffler comme un pichet de grog quand le garçon y plonge une tige portée à blanc pour le chauffer. Je sentais également la pression du scarabée au même endroit. Par moments, il me semblait qu'il creusait vers l'avant de façon à pouvoir regarder par l'un de mes yeux.

C'est ainsi qu'assis dans ma loge, tenant ma tempe d'abord de ma main droite puis de la gauche, me couvrant discrètement l'œil gauche d'abord, puis le droit, j'eus le sentiment de découvrir la pièce que j'avais écrite et vue tant de fois.

La scène de l'orphelinat avec l'échange des enfants trouvés n'était, je le perçus immédiatement, que billevesées, à cent lieues de l'authentique pathos, malgré la réaction manifestement émue du public crédule. La collaboration particulièrement active de Dickens à cet épisode grotesque ne m'apporta qu'un mince réconfort, tandis que le déroulement laborieux de la pièce se poursuivait.

La mort de Walter Wilding (qui succombe à une peine de cœur et à un sentiment de culpabilité à l'idée d'avoir accidentellement hérité du nom et de la fortune d'un autre) fit pleurnicher le public, comme toujours, mais me donna la nausée. Totales inepties. Sornettes ridicules. Comment, me demandai-je, un auteur sérieux pouvait-il avoir imaginé pareille stupidité ?

Et voilà que Fechter se pavanait sur scène dans le costume du fourbe Obenreizer. Quel personnage risible. Quel spectacle risible.

Je me rappelle avoir montré à Fechter un paragraphe précis du volume édité, lui faisant valoir que c'était la clé des motivations secrètes et de la psyché intime de son personnage. Je me remémorai avec remords cette description d'Obenreizer :

Ce qu'il y avait de moins agréable dans son visage, c'étaient ses yeux, toujours couverts d'un nuage indéfinissable évidemment étendu là, par un effort de sa volonté. Son regard demeurait ainsi impénétrable à tout le monde et ce brouillard éternel lui donnait un air d'attention qui ne s'adressait pas seulement à la personne qu'il écoutait parler, mais au monde entier, à lui-même, à ses propres pensées, celles du moment et celles qui allaient naître. C'était comme une sorte de vigilance inquiète, soupçonneuse, qu'il exerçait en lui, autour de lui, et qui ne se lassait jamais*.

J'avais écrit ce passage près d'un an plus tôt et je me souvenais fort bien du puissant sentiment de satisfaction que m'avait inspiré la compétence avec laquelle je parvenais à rendre toute la complexité des caractéristiques mentales et physiques d'un scélérat. J'avais pensé, à l'époque, transmettre le regard que je portais moi-même secrètement sur un monde que je savais de mauvaise foi et acharné à se mettre en travers de mes plans et ambitions personnels.

Mais ces mots tirés du récit de Noël d'origine – la prétendue clé du personnage d'Obenreizer – étaient plats, je m'en rendais parfaitement compte à présent. Plats, stupides et creux. Et Fechter en prenait prétexte pour prêter à son Obenreizer une démarche et un aspect perpétuellement furtifs et dérobés, associés à un regard de dément – qui, bien trop souvent, ne se dirigeait vers rien du tout – et qui me faisaient désormais l'effet de ne pas caractériser le moins du monde un scélérat intelligent, mais plutôt un idiot du village qui aurait subi une grave commotion cérébrale.

Le public adora.

Il adora également notre nouveau héros, George Vendale (qui reprenait le flambeau héroïque des mains de Walter Wilding au moment où celui-ci succombait à sa honte irrépréhensible). Je remarquai ce soir-là que George Vendale était un imbécile encore plus confirmé que l'être dissimulé et narquois qu'était Obenreizer, avec ses yeux stupidement exorbités. Un enfant de trois ans aurait percé à jour les interminables manipulations et mensonges d'Obenreizer, mais Vendale – tout comme plusieurs centaines de personnes dans la salle – accepta sans broncher notre prémisse crétine présentant le héros comme un être tout simplement doux et confiant.

Si notre race n'avait produit que quelques exemplaires d'êtres doux et confiants comme George Vendale, l'espèce humaine se serait éteinte de pure bêtise depuis des milliers d'années.

Le cadre même des Alpes suisses, je m'en rendis compte en observant la pièce avec la lucidité du scarabée, était sot et inutile. Les va-et-vient de l'action entre Londres et la Suisse n'avaient d'autre objet que d'introduire quelques éléments du spectacle que nous avions vu, Dickens et moi, au cours de notre voyage dans les Alpes, en 1853. Les dernières scènes de la pièce, où la bien-aimée de Vendale, Margaret Obenreizer (la belle et pure nièce du méchant), révélait que son chéri n'était *pas* mort, précipité au bas du glacier un an plus tôt, mais qu'elle s'était occupée de lui clandestinement pendant tout ce temps dans un confortable petit chalet suisse, sans doute au pied du glacier susmentionné, furent à deux doigts de me faire hurler de dérision.

Le passage où Obenreizer le Malin (qui, un an plus tôt, avait attiré Vendale sur ce même pont de glace surplombant l'abîme) s'engage sur cette pente traîtresse sans autre raison que la nécessité de clore la pièce sur son sacrifice ne se borna pas à pousser mon scepticisme de fraîche date au point de rupture ; il dépassa ce point. Je regrettai infiniment que Fechter ne se soit pas véritablement jeté dans un gouffre insondable ce soir-là au lieu de tomber de deux mètres cinquante sur une pile de matelas dissimulée au regard du public, derrière une cime glacée de bois peint.

Je fus obligé de fermer les deux yeux pour la dernière scène, où l'on voit le corps d'Obenreizer ramené dans le petit village suisse pendant qu'on y célèbre les noces de Vendale et de Margaret (pourquoi diable ne se mariaient-ils pas à Londres ?), l'heureux couple sortant dans l'allégresse côté cour tandis que la dépouille sans vie d'Obenreizer entrait sur scène sur une civière côté jardin, le public sifflant les funérailles du méchant tout en pleurant et en applaudissant le mariage. La juxtaposition, qui nous avait paru si astucieuse quand nous l'avions esquissée sur le papier, Dickens et moi, était puérile et absurde dans la clarté de ma vision de scarabée. Mais le public siffla et applaudit comme de juste, tandis que le corps de Fechter était porté sur scène côté jardin et que les jeunes mariés s'éloignaient dans la voiture nuptiale côté cour.

Les spectateurs étaient des imbéciles. La pièce était jouée par des imbéciles. Son intrigue était pure imbécillité mélodramatique écrite par un imbécile.

Après le spectacle, alors que nous étions au foyer – et après que cinq cents personnes se furent bousculées pour serrer la main de Dickens ou lui dire à quel point sa pièce était merveilleuse (mon rôle de véritable auteur de la pièce étant de toute évidence quasiment oublié, ce qui m'était – en cette nuit de révélation – parfaitement indifférent) –, Dickens me déclara : « Ma foi, mon cher Wilkie, cette pièce est un triomphe. Cela ne fait pas l'ombre d'un doute. Mais, pour reprendre le langage de votre *Pierre de lune*, elle reste un diamant à l'état brut. Elle contient d'excellentes choses… d'excellentes choses !… mais il y a encore quelques longueurs. »

Je le regardai fixement. *Dickens venait-il de voir la même pièce que moi ?*

« Telle quelle, j'y relève trop d'effets de mise en scène manqués, poursuivit-il. Cette version laisse passer trop d'occasions d'accentuer à la fois le caractère dramatique de l'œuvre et la fourberie d'Obenreizer. »

Je dus faire appel à toute mon énergie pour ne pas éclater de rire au nez de l'Inimitable. Plus d'effets de mise en scène, plus de caractère dramatique, plus de fourberie ? C'était la dernière chose au monde dont eût besoin ce monceau gigantesque et fumant, ce tas de crottin plein de pathos boursouflé et grotesque. Ce dont il avait besoin, pensai-je, c'était d'une pelle et d'un grand trou, dans un lieu très lointain, pour l'enterrer définitivement.

« Vous savez certainement que, bien que Fechter risque de devoir bientôt quitter ce spectacle pour des raisons de santé, continua Dickens, nous avons l'intention de donner une nouvelle version de *Voie sans issue* au café Vaudeville à Paris au début du mois prochain. Et nous espérons bien que Fechter renouvellera, tôt ou tard, le succès qu'il a remporté dans le rôle d'Obenreizer. »

Renouvellera cette chute publique sur notre postérieur collectif – voilà tout ce que je pensai.

« Je superviserai personnellement les révisions et me chargerai peut-être de la mise en scène au théâtre du Vaudeville jusqu'à ce que la pièce soit sur pied, poursuivit Dickens. J'espère que vous nous accompagnerez, Wilkie. Cela devrait être extrêmement amusant.

— Je crains que cela ne me soit impossible, Charles, murmurai-je. Ma santé me l'interdit, comprenez-vous.

— Ahh, fit Dickens. Vous m'en voyez sincèrement navré. »

Je ne décelai pas l'ombre d'un authentique regret dans sa voix, mais y perçus indéniablement quelques accents de soulagement. « Eh bien, reprit-il, Fechter sera trop épuisé pour sortir avec nous tout à l'heure, je vais donc faire un saut dans les coulisses pour le voir et lui transmettre toutes nos félicitations pour la perfection de ce qui sera peut-être sa dernière interprétation d'Obenreizer… dans *cette* version de la pièce du moins ! »

Sur ces mots, Dickens s'éloigna prestement, toujours félicité au passage par les derniers spectateurs.

Beard, qui devait passer le reste de la soirée avec

nous, bavardait avec d'autres. Je sortis donc dans la rue. L'air empestait le crottin de cheval, comme c'était toujours le cas à la sortie des théâtres après que les voitures et les fiacres avaient emmené les élégants spectateurs. Cette puanteur me parut tout à fait appropriée.

Dickens nous fit attendre plus d'une demi-heure, Beard et moi. J'appris plus tard qu'il avait prêté à un Fechter en larmes deux mille livres... ce qui m'irrita d'autant plus que j'avais moi-même prêté à ce comédien stupide mille livres quinze jours plus tôt seulement, une générosité que je pouvais difficilement me permettre.

Tandis que j'attendais seul dans ces miasmes d'écurie, je pris de longues gorgées du laudanum que contenait ma flasque argentée et pris conscience que, malgré toutes ses belles phrases à propos d'un triomphe théâtral en France, Dickens n'y resterait pas au-delà de la première semaine de juin.

Drood et le scarabée le ramèneraient évidemment à Londres le 9 juin, au plus tard. Ce serait le troisième anniversaire de l'accident de Staplehurst. Charles Dickens avait rendez-vous cette nuit-là, j'en étais convaincu, et, cette année, je fis le serment de la passer avec lui.

Je vidai ma flasque et esquissai un sourire bien plus froid et plus scélérat que tous ceux qu'aurait jamais pu afficher Fechter dans le rôle d'Obenreizer.

34.

À la fin du mois de mai, j'avais appris (par Mrs G..., la belle-mère vieillissante de Caroline, qui séjournait désormais chez nous de temps en temps au numéro 90 Gloucester Place, car il eût été inconvenant que Carrie vive sous le toit d'un célibataire sans la présence d'un chaperon, fût-elle occasionnelle) que Caroline logeait désormais chez la mère de Joseph Charles Clow, la veuve du distillateur. La date du mariage avait été fixée pour le début du mois d'octobre. La nouvelle ne me contraria pas le moins du monde, au contraire ; j'y vis une démarche bienséante de gens bienséants à un moment bienséant. Et, parlant de bienséance, après avoir reçu une lettre quelque peu affolée de Caroline, je lui écrivis pour lui donner l'assurance que je l'aiderais à créer et à préserver jusqu'à la mort tout récit imaginaire concernant son passé ou sa famille (et à passer sous silence mes relations personnelles avec elle) qu'elle souhaiterait présenter au clan petit-bourgeois et légèrement puritain des Clow.

J'avais trouvé entre-temps pour Carrie un agréable emploi de gouvernante à temps partiel dans une bonne famille de ma connaissance. Elle adorait son travail et était heureuse de disposer d'un peu d'argent à elle, mais l'élément le plus positif de cet arrangement était que ces gens la présentaient régulièrement à des membres de la bonne société comme si elle était leur propre fille. Entre les contacts qu'elle avait eus à ma table avec la fine fleur de l'art et de la littérature, et la fréquentation de certains des aristocrates et des membres les plus en vue des milieux politiques et économiques dans le salon de son foyer d'adoption, la jeune Carrie s'apprêtait à faire son entrée dans le monde dans d'excellentes conditions.

Carrie allait avoir dix-sept ans et Martha R... n'en avait pas tout à fait vingt-trois. Martha était beaucoup plus heureuse depuis que je me sentais suffisamment bien portant pour faire un saut chez elle de temps en temps – sous les traits de « Mr Dawson », son mari le voyageur, de retour chez lui, bien sûr – dans son appartement de Bolsover Street. Martha avait eu connaissance de l'existence de Caroline et avait certainement compris qu'elle n'était pas simplement la gouvernante qui figurait sur mes formulaires annuels de recensement ; mais elle ne manifesta aucune émotion et s'abstint de tout commentaire quand je lui appris que « Mrs G... » avait déménagé et devait se marier à l'automne.

La passion de Martha, toujours très ardente, sembla s'épanouir en cette fin de printemps et durant l'été. Elle disait vouloir un enfant, mais, pour le moment, j'écartais ce désir d'un rire, en lui disant sur le ton de la plaisanterie que ce « pauvre Mr Dawson » devait être sur la route si fréquemment pour gagner la vie de sa femme chérie qu'il ne serait pas très équitable qu'il ait une famille chez lui, alors qu'il ne pouvait être là pour en profiter.

Viens, Isis, Reine des Cieux ! Ordonne que cet enfant soit conçu dans les flammes de Nebt-Het, Nephtys la sacrée, déesse de la mort qui n'est pas éternelle. Cache-toi avec l'enfant d'Osiris, dieu de nos Pères. Nourris et sustente cet enfant comme tu as nourri et sustenté Horus, Maître des Choses à Venir, dans le lieu caché au milieu des roseaux. Les membres de cet enfant grandiront en force, comme son corps et son esprit, et elle sera déposée sur l'autel de son père et servira le Temple qui porte la vérité des Deux Terres. Entends-nous, ô Osiris ! Toi, dont le souffle est la vie ! Entends-nous !

M'éveillant de mes rêves morphiniques, je trouvai sur ma table de chevet cette page avec d'autres de la même farine. L'écriture était celle de l'Autre Wilkie. Je ne me rappelai pas les avoir dictées. Sans le souvenir des rêves, les mots n'avaient guère de sens.

Mais mon scarabée paraissait apaisé.

La première fois que je découvris des feuillets de ce genre, je fis du feu dans ma chambre et livrai ce texte aux flammes. Après quoi, je fus condamné à passer deux jours au lit, hurlant de douleur. Désormais, tous les matins qui suivaient les rêves induits par une des injections vespérales de morphine de Frank Beard, je rassemblais les documents couverts d'une écriture serrée et les rangeais sous clé dans un coffret relégué sur une des étagères supérieures du placard de mon bureau. Puis je verrouillais soigneusement le placard. Ils seraient tous livrés aux flammes un jour, après ma mort, peut-être. J'étais pourtant convaincu que le scarabée pourrait encore me torturer.

Un jour de mai de cette année 1868, il me vint à l'esprit que la distance qui s'était instaurée entre l'inspecteur Charles Frederick Field et moi était finalement plus désavantageuse pour moi que pour lui.

Aussi terrifiante qu'ait pu être cette dernière nuit sur la rivière de la Ville-du-Dessous – j'étais encore hanté par des cauchemars où je voyais le Mauvais Garçon tomber, face la première, dans les eaux nauséabondes et je conservais, à la naissance des cheveux, la cicatrice de la blessure que m'avait faite Reginald Barris en m'assommant avec la crosse de son pistolet –, il n'en était pas moins vrai qu'aussi longtemps que j'avais été en contact avec l'inspecteur Field, il m'avait livré beaucoup plus d'informations (à propos de Dickens, de Drood, d'Ellen Ternan, de ce qui se passait autour de moi) qu'il n'en avait jamais obtenu de moi. À l'approche de ce qui serait, j'en étais certain, l'ultime affrontement entre Dickens et moi (à l'issue duquel nul ne pourrait plus douter que j'étais son égal, voire son supérieur), je me rendis compte que j'avais grand besoin du genre de renseignements que l'inspecteur Field m'avait fournis jusqu'en janvier.

En mai, je me mis donc à sa recherche.

Ancien journaliste de presse, je savais que la méthode la plus sûre serait d'entrer en relation avec un responsable de la Metropolitan Police ou du Service de police de Scotland Yard. Field était à la retraite, bien sûr, mais quelqu'un devait bien connaître son adresse personnelle et celle des bureaux de son service d'enquêtes privées. J'avais cependant des raisons impératives de ne pas m'adresser à la police. Primo, je devais tenir compte de l'inimitié persistante qui l'opposait à Field à propos de la pension de celui-ci, de son intervention dans l'affaire de l'empoisonnement de Palmer quelques années plus tôt et d'autres opérations. Secundo, je craignais que l'inspecteur Field lui-même ne fût en délicatesse avec la police à la suite des scènes d'émeute, de l'incendie et de la fusillade dont j'avais été témoin en janvier dans la Ville-du-Dessous. Je n'avais pas la moindre envie d'être mêlé, de près ou de loin, à ces agissements illégaux.

Enfin, et surtout, je savais que Drood comme Dickens entretenaient des contacts personnels au sein de la Metropolitan Police et ne souhaitais pas leur faire savoir que je recherchais l'inspecteur Field.

J'envisageai alors de faire appel au *Times* ou à un autre journal ; je devais pouvoir compter sur un reporter dynamique pour dénicher les bureaux du vieil inspecteur.

Là encore, les inconvénients l'emportaient toutefois sur les avantages. Si je ne souhaitais pas que la police m'associe à l'inspecteur Charles Frederick Field, je désirais encore moins que la presse le fît. J'avais quitté le métier depuis si longtemps que je ne connaissais plus personne de confiance dans ce milieu.

J'allais donc devoir me charger moi-même de cette enquête. Je m'y employai aussi bien que je le pouvais tout au long du mois de mai – déambulant dans les rues quand j'étais en état de le faire, prenant un fiacre pour parcourir le centre de la ville et envoyant mon domestique George dans des bâtiments et des ruelles prometteurs pour y chercher le bureau de Field. Parce qu'il nous était arrivé de remonter le Strand et de traverser Lincoln's Inn Fields (ou peut-être parce que le cabinet du vieil avocat du jeune Edmond Dickenson s'y trouvait), ou encore en raison, peut-être, de nos fréquents rendez-vous sur le pont de Waterloo, j'étais persuadé que la tanière de l'inspecteur devait être située entre Charing Cross et la prison de Fleet, probablement dans le dédale de vieux immeubles et de bureaux de juristes qui serpente entre Drury Lane et Chancery Lane.

Pourtant, plusieurs semaines d'investigations dans ce quartier ne me livrèrent pas le moindre indice. Je fis alors savoir à mon cercle que je souhaitais retrouver (à des fins de recherches littéraires) l'ancien policier dont Dickens avait fait un de ses personnages romanesques au milieu des années 1850, mais si un certain nombre de membres se rappelaient effectivement que Field avait servi de modèle à l'inspecteur Bucket (personne ne l'avait encore rattaché au sergent Cuff, actuellement si populaire dans mon roman qui paraissait encore sous forme de feuilleton), aucun ne savait où le trouver. En vérité, la plupart de ceux à qui je m'adressai le croyaient mort.

Je continuais à croire opiniâtrement que Field reprendrait contact avec moi avant la fin de l'été. Aussi contrarié qu'il ait pu être par le coup de crosse que m'avait assené son subordonné en janvier – je supposais que Field craignait que je n'engage des poursuites pour obtenir des dommages et intérêts –, j'étais certain qu'il désirait toujours que je lui transmette des informations. Tôt ou tard, un de ses gamins des rues ou un individu quelconque en costume marron (je doutais néanmoins qu'il refasse appel à Reginald Barris en l'occurrence) m'aborderait dans la rue et je renouerais avec l'inspecteur obsédé.

En attendant, je devrais, j'en étais conscient, compter sur mes propres espions pour me préparer à affronter Charles Dickens.

Au début du mois de juin, celui-ci m'écrivait presque quotidiennement de l'hôtel Helder à Paris où il était descendu. Fechter l'y avait rejoint pour les répétitions, mais le véritable metteur en scène – comme il me l'avait annoncé – n'était autre que Dickens lui-même. Les Français avaient appelé ma pièce *L'Abîme*, et la première était prévue pour le 2 juin. Dickens me rapporta également que la version française de *Voie sans issue* (selon Fechter et Didier, le traducteur français de Dickens, et ses amis et ses acteurs parisiens) était bien meilleure que la londonienne et ne pouvait que remporter un vif succès. Il me faisait enfin savoir qu'il resterait vraisemblablement à Paris jusqu'à la mi-juin.

Je devinais fort justement que ses prédictions de succès phénoménal n'étaient qu'un vœu pieu et ses prétendus projets de séjour de deux semaines un pur mensonge. Scarabée ou non, je savais que Drood ferait revenir Dickens à Londres pour le 9 juin, anniversaire de l'accident de Staplehurst. Je n'avais pas le moindre doute à ce sujet.

J'activai donc mon modeste réseau d'espions personnels. J'adressai à Fechter, à Paris, une lettre confidentielle le priant de bien vouloir m'envoyer un télégramme à l'instant même où Charles quitterait la ville pour rentrer en Angleterre. Expliquant que je voulais faire à l'Inimitable une surprise, sans prétention mais agréable, qui exigeait que je sois informé du moment précis de son retour, je priai Fechter de garder le secret. (L'acteur me devant désormais plus de mille cinq cents livres, j'étais assuré qu'il respecterait mon vœu.) Je sollicitai ensuite une faveur tout aussi confidentielle de mon frère, Charles, qui se trouvait pour plusieurs semaines à Gad's Hill en compagnie de Katey, se remettant d'une crise de douleurs gastriques relativement grave. (Charley et Katey employaient une domestique, or on ne pouvait pas compter sur elle et c'était une piètre cuisinière. Les agréments de la vie à Gad's Hill Place convenaient infiniment mieux à un convalescent que le domicile londonien exigu et surchauffé du couple.) Mais revenons à mon réseau d'espionnage et à la place qu'y occupait Charley : je lui demandai simplement de m'adresser un message pour me prévenir dès que Dickens serait à Gad's Hill et un autre lorsqu'il partirait pour Londres, ce qu'il ne manquerait pas de faire peu après son arrivée, j'en étais convaincu.

Je savais également que Londres, en soi, ne serait pas la véritable destination de l'Inimitable après son bref passage à Gad's Hill Place à son retour de France. Dickens regagnerait Peckham pour voir Ellen Ternan. Et ce serait de Peckham, sans l'ombre d'un doute, qu'il reviendrait en ville pour retrouver Drood à l'occasion de l'Anniversaire.

Je me livrai aussi personnellement à quelques activités d'espionnage. Une de mes vieilles cousines – plus proche de la génération de ma mère que de la mienne – habitait Peckham et, alors que je n'avais plus vu cette vieille demoiselle depuis des années, je lui rendis deux visites dans le courant de mai, sous prétexte de la réconforter après la disparition de Mère. En vérité, je profitai de chacun de mes séjours à Peckham pour me promener ou prendre un fiacre et passer devant la maison des Ternan – payée par Dickens sous le nom d'emprunt de « Charles Tringham », tu t'en souviens peut-être –, au 16 Linden Grove. Je pris également le temps de traîner aux environs de l'appartement obscur dont Dickens disposait – secrètement – près de l'Auberge des Cinq Cloches à New Cross, à vingt minutes à pied seulement (du pas de Dickens) du 16 Linden Grove.

La maison de deux étages que l'auteur avait choisie pour Ellen et sa mère aurait pu abriter confortablement une famille aisée de cinq personnes, ainsi que le nombre de domestiques adéquat. Cette construction – qui tenait davantage du petit manoir que du cottage – était entourée d'un jardin bien entretenu, lui-même entouré de champs déserts, prêtant à cette demeure banlieusarde un aspect campagnard presque irrésistible. De toute évidence, être l'amie intime mais clandestine du plus célèbre écrivain du monde présentait quelques avantages substantiels. Il me vint à l'esprit que Martha R... ne serait peut-être pas aussi satisfaite de son modeste appartement de Bolsover Street si elle voyait le logement qu'occupaient Ellen Ternan et sa mère.

Les deux fois où je rendis visite à ma cousine de Peckham, je pris le plus court trajet pour relier la maison des Ternan à la gare de Peckham.

Ma dernière hypothèse était que Dickens quitterait Paris un jour ou deux après la première de sa pièce.

Seule cette dernière hypothèse était inexacte. En fait, Dickens et Fechter étaient presque morts de trac le soir du 2 juin, pour la première de *L'Abîme*, et, bien que Dickens ait eu l'intention d'entrer au théâtre, force lui fut de constater qu'il en était incapable. Au lieu d'assister à la représentation, l'écrivain et l'acteur passèrent donc toute la soirée à parcourir les rues de Paris dans un fiacre décapoté, revenant régulièrement dans un café voisin du théâtre où Didier, le traducteur, faisait un saut entre les actes pour informer les deux hommes anxieux que – pour le moment – la pièce faisait un tabac.

Au cours du dernier acte, Dickens essaya une fois de plus de pénétrer dans le théâtre, manqua de courage une nouvelle fois et ordonna alors au fiacre de le conduire à la gare pour qu'il puisse attraper le dernier train pour Boulogne. À la gare, Fechter et Dickens se donnèrent l'accolade, se félicitèrent mutuellement de leur succès et l'acteur regagna seul son hôtel, ne s'arrêtant que pour m'adresser le télégramme que je lui avais demandé.

Le lendemain, mercredi 3 juin, Dickens était chez lui à Gad's Hill Place, et mon frère m'envoya un message m'annonçant que l'écrivain repartirait le lendemain matin « pour Londres ». J'avais laissé mon domestique George à la gare de Peckham avec pour instruction de suivre Dickens (qu'il connaissait grâce aux nombreuses visites de l'auteur chez moi) à distance respectueuse (je dus lui expliquer le sens de cette expression). Dans l'éventualité où l'Inimitable remarquerait George, j'avais préparé un message pour ma cousine que mon employé était censé lui remettre, afin de justifier la présence dans cette rue de mon domestique d'une intelligence toute relative. Mais, de toute évidence, Dickens ne prit pas conscience de cette brève filature. Conformément aux directives reçues,

George me confirma que Dickens était entré chez les Ternan, et attendit deux heures à proximité (à distance respectueuse, peut-on espérer) pour pouvoir me confirmer que l'écrivain n'avait pas poursuivi sa route jusqu'à son propre logement près de l'Auberge des Cinq Cloches. George prit ensuite le train pour rentrer en ville et revint directement me faire son rapport.

Aucune de ces machinations n'aurait été possible, bien sûr, si Caroline G… avait encore habité sous mon toit au numéro 90 Gloucester Place. Mais elle n'y habitait plus. Quant à sa fille Carrie, son emploi de gouvernante l'obligeait à sortir presque tous les jours et de nombreux soirs de la semaine.

Mais si je voulais intercepter Dickens au moment où il irait retrouver Drood – et s'il y avait un rendez-vous annuel avec l'Égyptien que je ne voulais pas manquer, c'était celui-ci –, je ne pouvais compter que sur moi-même pour les dernières déductions de mon enquête. (Le concours de l'inspecteur Field et de ses nombreux agents me manquait cruellement en l'occurrence.) Dickens avait regagné Gad's Hill Place en fin de journée, le mercredi 3 juin, il était allé à Peckham le jeudi 4 pour voir Ellen, et ne rencontrerait probablement pas Drood avant le mardi suivant, le 9.

Ou bien respecterait-il son emploi du temps estival coutumier et se rendrait-il en ville dès le lundi, occupant jusqu'au jeudi son appartement de Wellington Street au-dessus des bureaux de la revue ?

Dickens était un homme d'habitudes, ce qui permettait de supposer qu'il viendrait en ville le 8 au matin. Mais il m'avait écrit de France pour m'annoncer que, selon toute vraisemblance, il resterait à Paris au moins jusqu'à la semaine suivante. Il avait donc probablement l'intention de demeurer chez Ellen Ternan jusqu'au mardi 9 juin sans informer aucun d'entre nous – ni Wills, ni Dolby, ni qui que ce fût – de son retour en Angleterre ou en ville.

Il serait difficile de repérer Dickens à la gare de Charing Cross. Et encore plus difficile de faire semblant de le croiser par hasard. Même un mardi soir, il y aurait foule et la confusion serait générale. Il fallait que je persuade Dickens de dîner avec moi si je voulais avoir avec lui la longue conversation qui me paraissait nécessaire. Je la mettrais à profit pour le persuader de m'emmener quand il irait voir Drood, plus tard dans la soirée. Il était donc indispensable que je le retrouve plus tôt, soit à la gare de Peckham, soit dans le train même, pour l'inviter à dîner.

Pour compliquer encore les choses, s'il ne logeait pas chez les Ternan mais venait de son appartement à l'Auberge des Cinq Cloches, Dickens ne partirait peut-être pas de Peckham. La gare la plus proche était celle de New Cross. J'étais obligé de prendre un risque et de choisir entre Peckham et New Cross… ou de me résoudre à la solution plus sûre de Charing Cross.

Je tranchai en faveur de la gare de Peckham.

Mais à quelle heure Dickens se rendrait-il en ville le 9 juin ?

Lors des deux premiers anniversaires de Staplehurst, il avait échappé aux agents de Field et avait apparemment retrouvé Drood tard dans la nuit. Il était minuit passé quand je l'avais aperçu dans mon bureau, en train de deviser avec Drood et l'Autre Wilkie.

Si l'Inimitable restait chez les Ternan – ou du moins chez Ellen Ternan – jusqu'au moment de ce troisième rendez-vous d'anniversaire, il partirait probablement de chez elles entre la fin de l'après-midi et la fin de la soirée, prendrait le train pour Charing Cross, dînerait dans un de ses repaires favoris, avant de disparaître par l'une de ses entrées dérobées vers la Ville-du-Dessous après dix heures du soir.

Le plus raisonnable consistait donc à faire le guet à la gare de Peckham à partir d'une heure quelconque de l'après-midi, et d'attendre que Dickens se montre.

Cela n'était pas sans poser quelques problèmes. Il n'y avait jamais beaucoup de monde à la gare de Peckham, comme je l'ai peut-être déjà dit, et la présence d'un homme, fût-il aussi respectable d'aspect que moi, risquait d'attirer l'attention. La gendarmerie de Peckham finirait peut-être même par être alertée si je restais là pendant sept ou huit heures sans faire mine de monter dans un train. Il fallait de surcroît que je puisse attendre Dickens sans que lui-même me voie. La dernière chose que je voulais était que l'écrivain sache que je l'avais suivi.

Par bonheur, mes précédentes opérations de reconnaissance m'avaient livré la solution à ces deux difficultés.

Derrière la gare de Peckham, entre le dépôt et la route qui conduisait au village de banlieue et au 16 Linden Grove, s'étendait un petit jardin public qui se limitait à peu de chose près à quelques massifs relativement mal entretenus, entourant une fontaine centrale et séparés par des allées de gravier dont l'une faisait le tour du parc. Pour assurer un semblant d'intimité à ce jardin et à ses visiteurs occasionnels (sans doute des voyageurs las d'attendre dans la gare ou sur le quai), les édiles de Peckham avaient planté une haie qui circonscrivait entièrement cet espace exigu et atteignait sa hauteur maximale – un peu plus de deux mètres – entre le parc et la petite route. Le parc lui-même, tout en s'ouvrant sur le quai par un sentier qui passait sous un treillage, ne donnait que sur l'arrière aveugle, largement dépourvu de fenêtres, de la gare proprement dite.

Un voyageur trompant le temps dans ce parc minia-ture serait beaucoup moins visible qu'un individu qui flânerait sur le quai pendant de longues heures. Sur-tout si le voyageur était un gentleman respectable et à lunettes, assis au soleil en train de travailler sur un manuscrit – en l'occurrence, les épreuves du dernier épisode de *La Pierre de lune*.

Deux des bancs de pierre avaient été installés à l'ombre de jeunes arbres, mais aussi – par un heureux hasard – tout près de la haie qui longeait la route. Le manque d'entretien de ce jardin servait lui-même mes desseins : la haie était percée d'étroites brèches qui permettaient à un gentleman qui attendait là de surveiller la route de Peckham sans révéler sa présence à ceux qui arrivaient à pied ou en voiture.

C'est ainsi que je me décidai pour ce programme – attendre Charles Dickens dans le petit parc derrière la gare de Peckham, le laisser monter dans le train avant de m'y engouffrer moi-même, puis tomber sur lui, par « accident », et le convaincre ensuite de dîner avec moi à Londres.

Le mardi 9 juin au matin, j'étais malade d'inquié-tude, certain que ce plan ne pouvait qu'échouer, ce qui me condamnerait à attendre encore un an, au mini-mum, pour que Dickens me conduise jusqu'à Drood. Et, surtout, il était grand temps que ce dîner – et la conversation qui l'accompagnerait – ait lieu. C'était en effet le soir où j'étais décidé à briser définitivement l'image de Wilkie Collins, protégé docile et débonnaire, mais implorant, du Maître Littéraire, Charles Dickens. C'était le soir où Dickens serait obligé de me reconnaître pour son égal, voire pour son supérieur.

Et si, finalement, il ne venait pas en ville cette nuit ? Et s'il ne partait pas de chez les Ternan, mais prenait le train de New Cross ? Et s'il prenait bien le train à Peckham, mais que je le ratais, je ne sais pourquoi, à la gare ou… pis… s'il m'apercevait, comprenait que je l'espionnais et me réclamait des comptes ?

Cent fois, je retournai ces questions dans ma tête, et cent fois je changeai de plan, avant d'en revenir finalement, chaque fois, à celui de la gare de Peckham. Il était loin d'être idéal, mais c'était, apparemment, le plus sûr.

Il faisait un temps agréable en cet après-midi du 9 juin. Après plusieurs jours de pluie, le soleil brillait, les fleurs de mon jardin étaient radieuses et l'air frais contenait toutes les promesses estivales sans imposer encore la chaleur oppressante et l'humidité d'un véritable été londonien.

Pour me rendre à Peckham et en prévision de mon attente d'une durée imprévisible, je fourrai dans ma vieille sacoche de cuir – que je portais en bandoulière – les épreuves de mon dernier épisode de *La Pierre de lune* ; une écritoire portable contenant une plume et de l'encre ; un exemplaire du dernier roman en date de Thackeray (pour le cas où je finirais de lire mon propre ouvrage) ; un déjeuner léger et un en-cas de fin d'après-midi comprenant du fromage, des biscuits, quelques tranches de viande froide et un œuf dur ; une flasque d'eau ; une autre flasque de laudanum ; et le pistolet du défunt détective Hatchery.

J'avais réussi à vérifier le barillet tournant. J'avais constaté d'abord avec surprise que toutes les cartouches étaient en place, leurs cercles de laiton dans leurs compartiments, et je m'étais demandé si les coups de feu que je croyais avoir tiré dans l'escalier de service n'avaient été qu'un rêve. Je compris ensuite que, dans ce type de pistolet, les culots des cartouches de laiton restaient dans leur logement après l'éjection des balles de plomb.

Cinq des neuf cartouches avaient été utilisées. Il en restait quatre.

J'hésitai à retirer celles qui étaient usagées ou à les laisser en place – j'ignorais tout bonnement quel était le protocole habituel – mais, finalement, je décidai de les sortir de l'arme (m'en débarrassant en secret) et ne me rappelai que plus tard que je devrais vérifier que les cartouches restantes étaient en place, prêtes à être tirées la prochaine fois que je lâcherais la détente. Il suffisait pour cela de faire tourner le barillet dans la position où il se trouvait avant que je retire les cartouches vides.

Je me demandai si quatre balles suffiraient pour mes desseins nocturnes. La question était toutefois purement rhétorique, car j'ignorais complètement où je pourrais me procurer d'autres munitions pour ce singulier pistolet.

Il faudrait donc que je m'en contente. Trois pour Drood, au moins. Je me rappelai que le détective Hatchery m'avait raconté un jour, après notre visite du mardi soir dans un pub, et tandis que nous nous dirigions vers le cimetière de Saint-Affreux-des-Horreurs, que, même pour un pistolet d'aussi gros calibre que celui qu'il m'avait donné (je ne savais absolument pas ce que recouvrait le mot « calibre »), les très rares policiers à porter des armes à feu apprenaient à tirer au moins deux coups en visant le centre du torse de leur cible humaine. Hatchery avait ajouté dans un murmure : « Et nous autres, les types des rues, on en ajoute une pour la tête. »

Ces mots m'avaient fait frémir de dégoût la nuit où je les avais entendus. J'y voyais désormais un conseil d'outre-tombe.

Trois pour Drood, au moins. Deux au milieu du thorax et une dans cette tête reptilienne bizarre, chauve, pâle et répugnante.

Quant à la quatrième et dernière balle...

Je déciderais plus tard dans la nuit.

35.

Les premiers volets de mon plan fonctionnèrent à merveille.

Je passai l'après-midi et le début de la soirée assis sous un soleil de plus en plus oblique dans le petit parc situé entre la gare de Peckham et la route. Des voitures et des piétons allaient et venaient. De l'endroit où j'étais assis, un simple regard par la haie suffisait généralement à m'apprendre tout ce dont j'avais besoin pour m'assurer que ce n'était pas mon gibier qui arrivait. Le seul trottoir qui menait de l'allée de la gare au quai passait directement devant l'entrée treillagée de mon petit parc, à moins de trente pas de mon banc, et je découvris qu'en me promenant le long de la haie, de mon côté, j'entendais distinctement la conversation de tous les piétons qui arrivaient à la gare de cette direction.

Comme je l'avais espéré et prévu, cette haie m'offrait tout à la fois une cachette et un observatoire grâce aux minces brèches qui l'interrompaient et n'étaient pas sans évoquer des meurtrières. Dans le jargon de notre temps, emprunté aux chasseurs anglais qui tirent ces bonnes vieilles grouses écossaises au vol ou le tigre du Bengale au fin fond de la jungle, Cher Lecteur, j'étais à l'affût.

Cet après-midi plaisant céda la place à une soirée tout aussi plaisante. Je terminai mon déjeuner et mon en-cas et les deux tiers de ma flasque de laudanum. J'avais également presque fini la correction des épreuves de la dernière livraison de *La Pierre de lune* et rangé les longues épreuves dans ma valise avec mon trognon de pomme, mes miettes de gâteau, mes épluchures d'œuf et mon pistolet. J'aurais dû être dévoré d'angoisse en voyant les heures s'écouler, tourmenté par la certitude que Dickens avait pris son train en gare de New Cross ou avait décidé de ne pas se rendre à Londres ce jour-là.

Or plus j'attendais, plus j'étais calme. Les déplacements douloureux du scarabée eux-mêmes, qui semblait s'être enfoncé ce jour-là près de la base de ma colonne vertébrale, ne suffisaient pas à troubler l'assurance croissante qui apaisait mes nerfs plus sûrement que n'importe quel opiacé. De toute ma vie, je n'avais jamais éprouvé certitude aussi inébranlable : Dickens arriverait par ce chemin, ce soir-là. Une fois encore, je songeai au chasseur de tigres expérimenté sur son affût surélevé et camouflé dans les forêts reculées de l'Inde, son arme mortelle et soigneusement huilée nichée, bien en sécurité, dans le creux de son bras ferme. Il *savait* que sa proie redoutable approchait, alors même qu'il n'aurait pu dire au chasseur de couleur *comment* il le savait.

Et puis, vers huit heures du soir, alors que l'ombre du soir de juin cédait à une fraîcheur crépusculaire, je reposai le Thackeray qui ne retenait guère mon intérêt et jetai un coup d'œil par la haie. Il était là.

Chose surprenante, Dickens n'était pas seul. Ellen Ternan et lui marchaient lentement sur la route poussiéreuse en longeant le parc. Elle était vêtue comme pour une sortie d'après-midi et, malgré l'ombre que dispensaient les arbres et les maisons situées du côté ouest, elle portait un parasol. Derrière eux, de l'autre côté de la rue, un attelage avançait au pas – s'arrêtant de temps en temps – et je compris que Dickens l'avait loué pour reconduire ensuite Ellen à Linden Grove. Les tourtereaux avaient décidé d'aller à la gare à pied ensemble, pour qu'elle puisse dire au revoir à Dickens.

Quelque chose pourtant n'allait pas. Je le sentais à la démarche hésitante, presque douloureuse de Dickens et à la distance tendue qui s'était installée entre eux. Je le voyais à la manière dont Ellen Ternan baissait son parasol inutile, le refermait, s'y agrippait fermement des deux mains puis le rouvrait. Ce n'étaient pas deux tourtereaux. C'étaient deux oiseaux blessés.

La voiture s'arrêta pour de bon et attendit le long du trottoir d'en face, à une trentaine de mètres de l'allée qui menait à la gare.

Lorsque Dickens et Ellen arrivèrent au niveau de l'épaisse haie, je fus pétrifié d'effroi. La lumière mourante du soir et l'ombre de la haie auraient pu jouer en ma faveur, donnant à ceux qui passaient derrière l'impression que la végétation quelque peu clairsemée formait un mur continu et opaque, mais, l'espace d'un instant, je fus certain d'être parfaitement visible. Dans quelques secondes, Dickens et sa maîtresse apercevraient un petit homme familier au front haut, au nez chaussé de minuscules lunettes et à la barbe généreuse, recroquevillé sur un banc à moins d'un mètre du sentier sur lequel ils passaient. Mon cœur battait si fort que j'étais sûr qu'ils allaient l'entendre. Mes mains étaient relevées vers mon visage – comme si j'étais sur le point de chercher à le dissimuler – dans la position où elles s'étaient figées. Je surgirais sous les yeux de Dickens comme un lapin doux, pâle, aux yeux écarquillés et barbu, pris dans le halo de la lanterne d'un chasseur.

Ils longèrent la haie sans regarder vers moi. Ils parlaient bas, mais je les entendais assez distinctement. Le train n'était pas arrivé, il n'y avait aucun véhicule sur la route banlieusarde hormis la voiture rangée et, à part leur conversation, le seul bruit était le doux roucoulement de colombes sous les avant-toits de la gare.

« … nous pouvons oublier notre *triste* histoire », disait Dickens.

Son ton mettait les italiques en évidence. Et contenait une nuance de supplication que je n'avais jamais… jamais… entendue dans la bouche de Charles Dickens.

« Notre *triste* histoire est enterrée en France, Charles », ajouta Ellen très bas. Ses larges manches effleurèrent la haie lorsqu'ils passèrent à mon niveau. « Mais jamais nous ne l'oublierons. »

Dickens soupira. On aurait presque cru un gémissement. Ils s'arrêtèrent avant que le trottoir bifurque vers la gare. Ils n'étaient pas à six pas de mon affût. Je ne bougeai pas.

« Que faire, alors ? » demanda-t-il. Ses paroles étaient chargées d'un tel désespoir qu'elles auraient pu être arrachées à un homme sous la torture.

« Ce dont nous avons parlé, rien d'autre. C'est la seule solution honorable qui nous reste.

— Je ne peux pas ! » explosa Dickens. J'eus l'impression qu'il pleurait. J'aurais dû, pour m'en assurer, approcher mon visage de la haie de dix centimètres de plus, mais je ne pouvais m'y risquer. « Je n'ai pas assez de volonté pour cela ! ajouta-t-il.

— Alors, il faut que tu en aies le courage », dit Ellen Ternan.

Je perçus un bruissement, le faible bruit de ses petits souliers qui effleuraient le trottoir, le son plus mat des siens. J'imaginais Dickens s'inclinant vers elle, elle qui reculait involontairement d'un pas, et Dickens reprenant la distance tendue qu'ils avaient instaurée entre eux.

« Oui, murmura-t-il enfin. Du courage. Je peux faire appel au courage quand la volonté me fait défaut. Et faire appel à la volonté quand mon courage vacille. Voilà un bon résumé de ma vie.

— Tu es mon cher garçon, mon bon garçon », murmura-t-elle. Je l'imaginais qui effleurait sa joue de sa main gantée.

« Soyons courageux tous les deux, poursuivit-elle, donnant à sa voix un enjouement et une légèreté forcés qui convenaient mal à une femme mûre proche déjà de la trentaine. Soyons frère et sœur à dater de ce jour.

— Plus jamais… ensemble… comme autrefois ? » La voix de Dickens avait le ton calme et monocorde d'un condamné à la guillotine qui répète le verdict du juge.

« Plus jamais, acquiesça Ellen Ternan.

— Jamais mari et femme ? demanda Dickens.

— Jamais ! »

Le silence qui se fit dura si longtemps que je mourais d'envie de me pencher pour jeter un coup d'œil à travers la haie et vérifier que Dickens et Ellen ne s'étaient pas volatilisés. Puis j'entendis l'Inimitable pousser un nouveau soupir. Quand il parla, ce fut d'une voix plus sonore, plus forte, mais infiniment caverneuse.

« Qu'il en soit ainsi. Adieu, mon amour.

— Adieu, Charles. »

J'étais certain qu'ils ne s'étaient ni touchés ni embrassés, mais je ne saurais te dire, Cher Lecteur, d'où me venait cette certitude. Je restai assis, immobile, écoutant les pas de Dickens suivre le virage le long de la haie. Ils s'arrêtèrent encore une fois au niveau de cette courbe – j'étais sûr qu'il se retournait vers elle – puis repartirent.

À ce moment-là, je me penchai enfin et approchai mon visage des branches de la haie pour regarder Ellen Ternan traverser la rue. Le cocher l'avait vue et avança l'attelage. Elle replia une fois de plus son ombrelle et leva les deux mains vers son visage. Elle ne regarda pas vers la gare en montant en voiture – le vieux cocher moustachu l'aida à gravir le marchepied et à s'installer, puis referma doucement la porte derrière elle – et ne regarda pas non plus dans cette direction quand le vieil homme reprit sa place et que la voiture dessina un lent et large demi-tour sur le boulevard désert avant de reprendre le chemin du village de Peckham.

Je tournai alors la tête à gauche et jetai un coup d'œil par le treillis ouvert.

Dickens était passé juste devant l'ouverture, il avait franchi les quatre marches conduisant au niveau du quai et s'arrêta.

Je savais ce qui allait arriver. Il allait se retourner pour regarder au-delà du parc et de la haie, pour garder une dernière image de l'attelage ouvert d'Ellen Ternan qui disparaissait au bout de la rue. Il *fallait* qu'il se retourne. L'impératif était inscrit dans la voussure de ses épaules sous son costume de lin estival, dans la douleur de sa tête inclinée et dans la suspension de son corps, en pleine marche, sur le quai.

Et quand il se tournerait – dans deux secondes, moins peut-être –, il apercevrait son ancien collaborateur et présumé ami, Wilkie Collins, encore penché pour mieux distinguer ce qui se passait comme le lâche *voyeur* qu'il était, son visage exsangue et coupable posant un regard aveugle sur Dickens, ses yeux transformés en simples ovales blancs par le reflet du ciel pâlissant dans ses lunettes.

Mais – incroyablement, invraisemblablement, inévitablement – Dickens ne se retourna pas. Depuis la gare, il s'engagea sur le quai sans un regard derrière lui, sans un regard vers l'unique, vers le plus grand amour d'une vie où les sentiments et les idylles avaient joué un si grand rôle.

Quelques secondes plus tard, le train de Londres entrait en gare dans des exhalaisons épouvantables de vapeur invisible et de grincements métalliques.

Les mains agitées de violents tremblements, je sortis ma montre de mon gousset. L'express était juste à l'heure. Il quitterait la gare de Peckham dans quatre minutes et trente secondes.

Je me levai, chancelant, pris ma sacoche sur le banc, mais attendis encore quatre minutes entières que Dickens soit monté dans un wagon et se soit installé.

Serait-il assis dans un compartiment donnant sur ce côté, regarderait-il par la fenêtre au moment où je passerais ?

Jusque-là, les dieux m'avaient été favorables. Convaincu qu'ils continueraient de l'être pour une raison que je n'aurais pu expliquer davantage sur le moment qu'à présent, je serrai ma valise contre ma poitrine et courus jusqu'au train avant que mes machinations minutieuses à l'excès ne soient déjouées par le départ d'une machine sans cervelle, mais respectueuse de l'horaire.

Le trajet de l'express de banlieue entre Peckham et New Cross et Charing Cross n'était pas long, évidemment. Et j'en employai la plus grande part à mobiliser le sang-froid nécessaire pour quitter le compartiment de la voiture de queue dans laquelle je m'étais engouffré et remonter vers la tête du train. Après tant de voyages avec Dickens, je savais quel wagon il aurait choisi, bien sûr, et quelle partie de la voiture était presque vide.

Mon émotion n'en fut pas moins vive quand, serrant toujours mon bagage contre moi, je m'avançai et le trouvai seul dans son compartiment, le regard fixé sur son propre reflet dans la vitre. Son visage était l'incarnation même d'une tristesse insondable.

« Charles ! » m'écriai-je, feignant une plaisante surprise. Sans lui demander l'autorisation, je me glissai sur le siège en face du sien. « Quel plaisir, et quelle stupéfaction aussi de vous trouver ici ! Je vous croyais en France. »

La tête de Dickens fit demi-tour et se releva aussi brusquement que si je l'avais souffletée de mon gant. En l'espace de quelques secondes, toute une palette d'expressions aussi lisibles l'une que l'autre se succédèrent sur le visage d'ordinaire indéchiffrable de l'Inimitable : d'abord une surprise absolue, puis une colère frisant la rage, un sentiment douloureux de violation, suivi du retour de la tristesse que j'avais aperçue dans son reflet et enfin... rien.

« Que faites-vous ici ? » demanda-t-il d'une voix atone. Pas le moindre semblant de salutation, pas la moindre affectation de bonhomie.

« Je suis allé voir ma vieille cousine. Je vous ai parlé d'elle, Charles, vous vous en souvenez sans doute. Elle habite entre New Cross et Peckham et, depuis la mort de Mère, il m'a semblé que...

— Êtes-vous monté à Peckham ? » me coupa-t-il. Ses yeux, généralement chaleureux et vifs, étaient froids et scrutateurs, figés dans un regard soupçonneux et reptilien de procureur.

« Non, répondis-je, sentant ce mensonge risqué se coincer dans ma gorge comme une arête de poisson. Plus près de Gad's Hill Place. Ma cousine habite entre Peckham et New Cross. J'ai pris un fiacre jusqu'aux Cinq Cloches. C'est là que je suis monté. »

Le regard de Dickens était toujours rivé sur moi.

« Mon cher Charles, réussis-je à articuler après une plage de silence. Vous m'aviez écrit que vous restiez en France un peu plus longtemps. Je suis surpris de vous trouver ici. Quand êtes-vous rentré ? »

Son silence se prolongea une dizaine de secondes, des secondes terribles, interminables, et c'est le visage tourné vers la vitre qu'il me répondit : « Il y a quelques jours. J'avais besoin de repos.

— Cela se comprend. Cela se comprend. Après l'Amérique... et après la première de votre pièce à Paris ! Mais quelle joie de vous croiser en cette nuit si importante ! »

Il se retourna lentement vers moi. Il avait vieilli de dix ans en un mois, depuis que je l'avais accueilli à son retour d'Amérique. Le côté droit de son visage semblait étrangement mort, cireux, tiré, affaissé. « Une nuit importante ?

— Le 9 juin », fis-je tout bas. Les battements de mon cœur s'accélérèrent à nouveau. « Le troisième anniversaire de…

— De… souffla Dickens.

— Du terrible événement de Staplehurst », achevai-je. J'avais la bouche affreusement sèche.

Dickens éclata de rire. C'était un bruit atroce.

« Quel meilleur endroit pour fêter l'anniversaire d'un tel carnage que ce train bringuebalant qui reproduit exactement la succession de wagons de ce funeste et mortel après-midi. Je me demande… combien de vieux ponts franchirons-nous ce soir avant d'arriver à Charing Cross, mon cher Wilkie ? » Il me regarda très attentivement : « Que *voulez*-vous, monsieur ?

— Vous inviter à dîner.

— Non, c'est impossible, répondit Dickens. Il faut que je… » Il s'interrompit et me dévisagea encore. « Après tout, pourquoi pas ? »

C'est en silence que nous poursuivîmes notre voyage jusqu'à Londres.

Nous dînâmes au Vérey's, où tant de repas joyeux nous avaient réunis au cours des années écoulées. Cette soirée ne serait certainement pas un des moments les plus chaleureux que nous y avions passés.

Lorsque je m'étais préparé à cette confrontation, j'avais prévu de commencer le repas et les négociations en annonçant tout de go : *Il faut que je revoie*

845

Drood. Il faut que je vous accompagne cette nuit quand vous descendrez dans la Ville-du-Dessous.

Si Dickens réclamait des explications, j'avais pensé lui décrire la torture et la terreur que m'avait infligées le scarabée. (J'avais de bonnes raisons de croire qu'il n'en ignorait rien.) S'il ne me demandait rien, je l'accompagnerais tout simplement durant la nuit.

Je n'avais pas envisagé de l'informer de mon intention de loger deux balles dans le corps du monstrueux Drood et une troisième dans son abominable tête. Dickens aurait pu me faire valoir que les sbires souterrains de Drood – les Lascars, les Magyars, les Chinois, les Nègres et jusqu'au jeune Edmond Dickenson au crâne rasé – nous mettraient en pièces. *Qu'il en soit ainsi,* lui aurais-je répondu, mais je ne pensais pas que nous en arriverions à une telle extrémité.

Toutefois, les propos que j'avais surpris à Peckham entre l'Inimitable et l'actrice (l'ancienne actrice) me persuadèrent qu'une approche plus subtile et plus détournée servirait probablement mieux ma cause et me permettrait plus aisément de l'accompagner chez Drood. (L'inspecteur Field et ses agents n'avaient jamais réussi à pister Dickens jusqu'à la Ville-du-Dessous lors de ses multiples escapades. Ils l'avaient pourtant vu s'engager dans plusieurs caves et cryptes du centre de Londres. L'emplacement concret des seuils, des passages et des points d'accès secrets demeurait un mystère dont seuls Dickens et Drood avaient la clé.)

Nous discutâmes du menu avec Henry, le maître d'hôtel, et la conversation s'engagea dans cette langue étrangère (que j'adorais) des jus, des sauces, des préparations. Nous prîmes notre temps pour commander des vins, précédés d'un cordial. Puis nous parlâmes.

La salle où nous nous trouvions n'était pas véritablement privée – Vérey's les réservait désormais aux groupes importants –, mais c'était tout comme : encadrée de murs recouverts de velours rouge, de cloisons et de lourdes draperies, notre table était disposée sur une sorte d'estrade, surélevée par rapport à la salle principale. Le bruit même des autres convives ne montait pas jusqu'à nous.

« Eh bien, dis-je enfin quand Henry, les autres serveurs et le sommelier se furent éloignés en tirant derrière eux les tentures de velours rouge, toutes mes félicitations pour le succès de la première de *L'Abîme* ! »

Nous bûmes à cette réussite. Sortant de sa torpeur, Dickens renchérit : « Oui, ça a été un grand succès. Le public parisien a accueilli la version révisée avec beaucoup plus d'enthousiasme que n'en avait manifesté le public londonien. »

Comme si tu avais été là depuis janvier pour voir et entendre les réactions du public londonien, songeai-je. « Le spectacle londonien est toujours à l'affiche, précisai-je, mais honneur au sang neuf de la version parisienne.

— Elle est bien meilleure », grommela Dickens.

Je ne pris pas ombrage de cette arrogance car, grâce à des lettres secrètes de Fechter, je savais qu'en dépit des illusions de Dickens convaincu que la première parisienne avait été un triomphe, les critiques français et le public éclairé avaient parfaitement compris qu'il s'agissait d'un simple *succès d'estime*. Un critique parisien avait écrit : « *Seul le respect compatissant des Français a empêché cet* Abîme *d'engloutir ses auteurs.* »

Autrement dit, *L'Abîme* que Dickens et Fechter appréciaient tant n'avait pas été autre chose que cela.

Mais je ne pouvais rien dire à Dickens. S'il apprenait que je communiquais discrètement avec Fechter, il se douterait bien que j'avais été informé de son départ de Paris la nuit de la première et que j'avais su qu'il s'était caché chez sa maîtresse pendant toute la semaine écoulée. Il aurait pensé, à juste titre, que ma feinte surprise en le découvrant dans le train était un mensonge.

« À d'autres succès de ce genre », dis-je. Nous trinquâmes et bûmes à nouveau.

Après quelques instants, j'annonçai : « J'ai terminé *La Pierre de lune*. Je viens de relire les épreuves du dernier épisode.

— Je sais, répondit Dickens sans la moindre trace d'intérêt. Wills m'a envoyé les placards.

— Avez-vous vu le branle-bas, Wellington Street ? » Je faisais allusion à la foule qui se bousculait devant la porte tous les vendredis pour se procurer la nouvelle livraison de *La Pierre de lune*.

« En effet, fit Dickens sèchement. Vers la fin du mois de mai, avant de partir pour la France, j'ai été contraint de me servir de ma canne comme d'une machette pour me frayer un passage au milieu de cette cohue et rejoindre mon bureau. Fort incommode.

— Je vous l'accorde. Quand je suis passé pour apporter personnellement des corrections ou des documents à Wills, j'ai vu les coursiers et les porteurs de journaux debout dans tous les coins, leurs ballots encore sur le dos, en train de dévorer les nouveaux numéros.

— Hmm.

— Il paraît qu'on prend des paris dans la rue – et dans certains des cercles les plus en vue de la ville, dont l'Athenaeum, le mien – sur l'endroit où l'on finira par découvrir le diamant et sur l'identité du voleur.

— Les Anglais prennent des paris sur n'importe quoi, répliqua Dickens. Lors d'une chasse, j'ai vu des gentlemen miser mille livres sur la direction d'où viendrait le prochain vol d'oies. »

Notre triste histoire *est enterrée en France* : cette phrase, prononcée par Ellen Ternan, me tournait et me retournait dans la tête. Le bébé était-il un garçon ou une fille ? me demandais-je. Las de l'incommensurable condescendance de Dickens, je poursuivis avec un sourire : « Wills m'a annoncé que les ventes de *La Pierre de lune* ont éclipsé aussi bien celles d'*Un ami commun* que celles des *Grandes Espérances*. »

Dickens leva la tête et, pour la première fois, il me regarda. Lentement – très lentement – un mince sourire s'élargit derrière sa moustache clairsemée et sa barbe grisonnante. « Ah oui ?

— Oui. » Je contemplai un moment l'ambre de mon cordial avant de demander : « Vous travaillez sur quelque chose en ce moment, Charles ?

— Non. J'ai été incapable de commencer un nouveau roman, voire une simple nouvelle. Pourtant, les idées et les images voltigent et bourdonnent dans ma tête comme elles l'ont toujours fait.

— Je n'en doute pas.

— J'ai été… distrait, murmura-t-il.

— Cela se comprend. Votre tournée de lectures

849

américaine suffirait à empêcher n'importe quel écrivain de travailler. »

J'avais évoqué cette tournée pour permettre à Dickens de changer de sujet, car, au cours des semaines qui avaient suivi son retour des États-Unis et précédé son escapade à Paris, il avait pris grand plaisir à évoquer en présence de tous ses amis, moi compris, les nombreux triomphes qu'il avait remportés là-bas. Mais il ne saisit pas la perche que je lui tendais.

« J'ai lu les épreuves de vos derniers épisodes, reprit-il.

— Ah ? En avez-vous été satisfait ? » C'était, pour la première fois depuis que nous nous connaissions, une question de pure forme. Il n'avait pas été mon rédacteur en chef – Wills avait rempli cette fonction inutile au cours des mois d'absence de Dickens – et, bien que Dickens fût théoriquement mon éditeur par le biais de sa revue, j'en avais trouvé un autre, un vrai, William Tinsley. Celui-ci s'était engagé à assurer la première publication sous forme de volume de mille cinq cents exemplaires de mon récit, et m'avait promis sept mille cinq cents livres en contrepartie.

« L'ensemble du livre m'a paru profondément ennuyeux », dit Dickens avec douceur.

L'espace d'un instant, je restai hébété, mes deux mains serrées autour de mon verre, regardant fixement mon aîné. « Je vous demande pardon ? dis-je enfin.

— Vous m'avez entendu, Monsieur. Je trouve *La Pierre de lune* ennuyeux à l'extrême. Sa construction est d'une maladresse insupportable ; et l'on ressent dans tout le récit une forme de vanité obstinée qui ne peut qu'indisposer les lecteurs. »

Je n'arrivais pas à croire que mon vieil ami me tenait

de tels propos. À mon grand embarras, je sentis le sang affluer à mes joues, à mes tempes, à mes oreilles. Je balbutiai enfin : « Je suis sincèrement navré, Charles, que ce roman vous ait déçu. De toute évidence, plusieurs milliers de lecteurs passionnés n'ont pas éprouvé le même sentiment.

— C'est ce que vous m'avez dit.

— En quoi précisément la construction vous paraît-elle ennuyeuse ? Elle reprend la structure de votre propre *Maison d'Âpre-Vent*... moyennant quelques améliorations. »

Comme je te l'ai indiqué, Cher Lecteur, la construction de *La Pierre de lune* était rien moins que brillante, et se présentait sous forme d'une série de missives qu'avait sollicitées un des personnages en coulisse, ce qui permettait à la plupart des autres protagonistes de raconter les uns après les autres leurs différentes histoires par le biais d'un éventail de journaux intimes, de notes et de lettres.

Dickens eut l'impertinence de me rire au visage.

« *La Maison d'Âpre-Vent*, dit-il tout bas, était racontée à la troisième personne à partir d'un nombre limité de points de vue, et toujours sous le contrôle du regard supérieur de l'auteur. Le seul récit écrit à la première personne était celui de cette chère Miss Esther Summerson. Cet ouvrage a été construit comme une forme de symphonie. *La Pierre de lune* ne peut que faire l'effet d'une cacophonie alambiquée à l'oreille de n'importe quel lecteur. Le stratagème de cette interminable série de témoignages écrits à la première personne est, je vous l'ai dit, d'une complexité invraisemblable et distille un indescriptible ennui. »

Je clignai des yeux à plusieurs reprises et reposai mon verre. Henry et deux serveurs entrèrent, très affairés, avec le premier plat. Le sommelier les suivit avec la première bouteille – Dickens la goûta et l'approuva –, puis l'essaim de queues-de-pie noires et de cols blancs amidonnés s'éloigna. J'attendis leur départ pour reprendre : « Je vous ferai savoir que l'on parle dans toute la ville du témoignage et du personnage de Miss Clack. À mon cercle, quelqu'un m'a dit n'avoir pas autant ri depuis *Les Papiers du Pickwick Club*. »

Dickens tressaillit. « Comparer Miss Clack à Sam Weller ou à tout autre personnage des *Pickwick*, mon cher Wilkie, reviendrait à comparer une mule boiteuse et ensellée à un pur-sang. Les personnages des *Pickwick* étaient – comme des générations de lecteurs et de spectateurs vous le diraient, si vous preniez la peine de les interroger – esquissés d'un regard aimant et d'une main ferme. Miss Clack n'est que la caricature mesquine d'un dessin humoristique mal rendu. Il n'existe pas plus de Miss Clack ici-bas que sur toute Terre engendrée par un Créateur sain d'esprit.

— Votre Mrs Jellyby de *La Maison d'Âpre-Vent*… » commençai-je.

Dickens leva la main : « Épargnez-nous les comparaisons avec Mrs Jellyby. Elles ne tiennent pas la route, mon cher. Elles ne tiennent pas la route. »

Je baissai les yeux vers mon assiette.

« Sans parler de ce personnage d'Ezra Jennings, qui surgit d'on ne sait où dans les derniers chapitres pour résoudre toutes les questions en suspens », poursuivit Dickens, d'une voix aussi plate, aussi régulière et implacable qu'une des machines à percer des tunnels à l'œuvre dans Fleet Street.

« Ezra Jennings ? Les lecteurs trouvent que c'est un personnage fascinant.

— Fascinant... répéta Dickens avec un sourire atroce. Et si familier.

— Comment cela ?

— Croyiez-vous vraiment que je ne m'en souviendrais pas ?

— Je ne comprends absolument pas de quoi vous parlez, Charles.

— Je parle de l'assistant du médecin que nous avons rencontré au cours de notre excursion dans le Nord en septembre 1857 – fichtre, cela fait presque onze ans déjà – lors de notre ascension de Carrick Fell, quand vous avez glissé, que vous vous êtes foulé la cheville et que j'ai dû vous conduire en charrette jusqu'au plus proche village, où le médecin vous a bandé la cheville et la jambe. Son assistant souffrait exactement de la même dépigmentation des cheveux et de la peau que celle qui pare le monstre que vous avez appelé "Ezra Jennings".

— Ne nous inspirons-nous pas de la vie réelle dans notre travail ? » demandai-je. Ma voix, plaintive à mes propres oreilles, me fit horreur.

Dickens secoua la tête. « De la vie réelle, oui. Mais il n'a pu échapper à votre attention que j'avais déjà créé votre Ezra Jennings sous les traits de Mr Lorn, l'assistant albinos et atteint de dépigmentation du docteur Speddie dans notre *Voyage paresseux de deux apprentis désœuvrés* auquel nous avons collaboré dans le numéro de Noël, la même année.

— Je dois dire que les ressemblances ne m'ont pas frappé, protestai-je avec raideur.

— Vraiment ? Comme c'est étrange. Le récit de

Mr Lorn – le mort alité qui ressuscite dans la chambre que partageait le jeune docteur Speddie dans l'auberge surpeuplée – occupait l'essentiel de cette nouvelle par ailleurs assez peu mémorable. Le même passé tragique. La même expression obsédée et la même façon de parler. Le même teint albinos et les mêmes cheveux bicolores. Je me rappelle fort bien avoir écrit ces scènes.

— Ezra Jennings et Mr Lorn sont des personnages complètement différents », objectai-je.

Dickens hocha la tête. « Leur substance est certainement différente. Mr Lorn était un personnage tragique, au passé tragique. De tous les personnages morbides et contre nature que vous avez créés dans votre quête de sensationnel, cet Ezra Jennings est le plus répugnant et le plus dérangeant.

— Dérangeant en quoi, si vous me permettez de vous poser la question ?

— Je vous le permets, et je vous répondrai, mon cher Wilkie. Non content d'être un opiomane de la pire espèce – une caractéristique partagée par *tant* de vos personnages, mon cher –, Ezra Jennings présente tous les signes de l'inversion.

— De l'inversion ? » J'avais levé ma fourchette chargée d'aliments depuis plusieurs minutes, mais elle n'avait pas encore rejoint ma bouche.

« Pour appeler un chat un chat, dit tout bas Dickens, il est évident pour tous les lecteurs de *La Pierre de lune* qu'Ezra Jennings est un sodomite. »

Ma fourchette resta en l'air ; ma bouche resta ouverte. « Ridicule ! lâchai-je enfin. Je n'ai jamais imaginé une chose pareille ! »

Vraiment ? Je me rappelai soudain que – à l'instar

des chapitres de Miss Clack – c'était l'Autre Wilkie qui avait écrit la plupart des épisodes mettant en scène Ezra Jennings quand j'avais cherché à les dicter sous l'emprise implacable de la morphine et du laudanum.

« Quant à vos fameux Sables Frémissants… commença Dickens.

— Sables Frissonnants, corrigeai-je.

— Comme vous voudrez. Ils n'existent pas, il faut que vous le sachiez.

Il était fait. Il était *fait* ! « Bien sûr que si, dis-je en élevant la voix. N'importe quel yachtman pourra vous le confirmer. Il y a sur l'estuaire de la Tamise, à quinze kilomètres au nord de Herne Bay, un banc de sable dont la description est parfaitement conforme à celle des Sables Frissonnants.

— Vos Sables Frissonnants n'existent pas au large du littoral du Yorkshire, s'obstina Dickens, sans cesser de découper et de déguster paisiblement sa viande. Tous ceux qui se sont rendus un jour dans le Yorkshire le savent. Tous ceux qui ont *lu* quelque chose sur le Yorkshire le savent. »

J'ouvris la bouche pour répondre – d'un ton cinglant –, mais ne trouvai rien à dire. Ce fut à cet instant que je me souvins du pistolet chargé que contenait ma mallette, posée à côté de moi sur la banquette.

« Et bien des gens pensent, comme moi et comme Wills, que la scène où vos Sables Frissonnants frissonnent est proprement indécente, poursuivit Dickens.

— Pour l'amour du ciel, Dickens, comment un être sain d'esprit peut-il considérer qu'un banc de sable, une berge, une étendue de plage sont *indécents* ?

— Peut-être par le langage qu'a choisi l'auteur, et par ses insinuations. Et, je cite de mémoire – par l'observation de votre malheureuse Miss Spearman – *"La vaste face brune se souleva lentement, se rida et frémit entièrement"*. La face brune, mon cher Wilkie, la *peau* brune, qui se ride et frémit sur toute sa surface et puis, avez-vous écrit me semble-t-il, *vous aspire* – ce qui est précisément ce qui adviendra à cette pauvre Miss Spearman. Une description évidente, malgré sa maladresse, de ce que pourrait être, dans l'imagination de certains, le paroxysme du plaisir physique féminin pendant l'acte charnel, n'est-ce pas ? »

Cette fois encore, je ne pus que le fixer du regard, bouche bée.

« Mais c'est la fin, la solution tant attendue que vous apportez à ce mystère tant admiré, qui constitue, selon moi, l'apogée et le pinacle de l'invraisemblance, mon cher garçon. »

Je me demandai s'il se tairait un jour. J'imaginais les dizaines de convives attablés dans les autres alcôves et dans la grande salle de Vérey's interrompant tous leur repas, l'oreille tendue, scandalisés mais attentifs.

« Croyez-vous *vraiment*, insista lourdement Dickens, ou voulez-vous nous faire croire à *nous*, vos lecteurs, que, sous l'effet de quelques gouttes d'opium versées dans un petit verre de vin, un homme puisse faire une crise de somnambulisme, s'introduire dans la chambre à coucher de sa fiancée – une scène que cette simple inconvenance suffit à rendre parfaitement obscène –, fouiller dans son coffret et dans ses effets, puis voler et cacher un diamant dans un autre lieu, *sans conserver le moindre souvenir de ces événements* ?

— J'en suis certain, rétorquai-je avec froideur et raideur.

— Vraiment ? Comment pouvez-vous être certain d'une chose aussi grotesque, mon cher garçon ?

— Toutes les références au comportement que l'on peut avoir sous l'emprise du laudanum, de l'opium pur et d'autres drogues dans *La Pierre de lune* ont fait l'objet de recherches consciencieuses et d'expérimentations personnelles avant que je ne les couche sur le papier. »

Dickens éclata de rire. Un rire à gorge déployée, prolongé, facile et cruel qui n'en finissait plus.

Je me levai, rejetai ma serviette de table en lin, soulevai ma mallette et l'ouvris. L'énorme pistolet était parfaitement visible sous mes épreuves enroulées et sous les vestiges de mon déjeuner.

Je refermai la mallette et sortis majestueusement, à deux doigts d'oublier mon chapeau et ma canne dans ma précipitation. J'entendis Henry se précipiter dans l'alcôve du fond pour demander à « Mr Dickens » si quelque chose dans la nourriture ou le service laissait à désirer.

Je m'arrêtai à trois pâtés de maisons de Vérey's, la respiration encore oppressée, toujours cramponné à ma canne comme à un marteau, aveugle à la circulation et aux rues animées en cette charmante soirée de juin, ne remarquant même pas les dames de la nuit qui m'observaient dans l'ombre d'une ruelle, de l'autre côté de la rue.

« Nom de Dieu ! » criai-je tout haut, faisant sursauter deux dames qui se promenaient en compagnie d'un vieux gentleman voûté. *« Nom de Dieu ! »*

Je fis demi-tour et regagnai le restaurant, ventre à terre.

Cette fois, toutes les conversations s'interrompirent *pour de bon* quand je traversai précipitamment la grande salle pour tirer les rideaux de l'alcôve.

Dickens n'était plus là, évidemment. Et ma dernière chance de le suivre jusqu'à la tanière de Drood en ce troisième anniversaire de Staplehurst s'était envolée avec lui.

36

En juillet, mon frère fit un assez long séjour à Gad's Hill en raison de ses problèmes de santé. Charley avait souffert d'effroyables crampes stomacales, qui provoquaient d'incessants vomissements pendant des journées d'affilée. Son épouse, Katey, continuait à trouver plus facile de le soigner chez son père qu'à leur domicile londonien. (Je suis également convaincue qu'elle jugeait plus confortable de se faire servir à Gad's Hill.)

Ce jour-là, Charley, qui se sentait un peu mieux, se trouvait dans la bibliothèque de Gad's Hill et bavardait avec l'autre Charley – le fils de Dickens – qui avait quelque travail à y faire. (Je ne crois pas t'avoir dit, Cher Lecteur, qu'en mai, mon rédacteur en chef, l'infatigable secrétaire de rédaction de Charles Dickens à *All the Year Round*, William Henry Wills, avait réussi, je ne sais comment, à tomber de cheval au cours d'une partie de chasse et s'était fait une sacrée bosse au crâne. Il s'en était remis, mais prétendait continuer à entendre des portes claquer à longueur de temps. Cela réduisait évidemment son efficacité de rédacteur en chef, mais aussi d'administrateur, de comptable, de directeur commercial et de fidèle factotum de Dickens, de sorte que ce dernier – après m'avoir demandé en mai de revenir à la revue et n'avoir reçu aucune réponse positive de ma part – avait mis son fils Charles, un jeune homme plutôt inefficace et décevant, en demeure d'assumer au moins quelques-unes des nombreuses fonctions de Wills, tandis que lui-même, l'Inimitable, en remplirait autres. Son fils était donc chargé de répondre au courrier qui arrivait au bureau et chez son père, une tâche qui mobilisait à elle seule au moins cent dix pour cent des médiocres facultés de Charles Dickens Junior.)

C'est ainsi qu'en ce jour de juillet, mon frère Charley se trouvait dans la bibliothèque de Gad's Hill en compagnie de Charley Dickens quand les jeunes gens entendirent soudain des bruits de dispute. Deux personnes, un homme et une femme, criaient à qui mieux mieux quelque part sur la pelouse, hors de vue, en contrebas et derrière la maison. À en juger par le tapage qu'ils faisaient, leur querelle était en train de dégénérer en pure violence. Les hurlements de la femme, me raconta plus tard mon frère, étaient absolument terrifiants.

Les deux Charley se précipitèrent au rez-de-chaussée, sortirent de la maison et en firent le tour, le fils de Dickens arrivant sur les lieux une bonne demi-minute avant mon frère convalescent.

Là, dans le pré qui s'étendait derrière le jardin tout en longueur et les écuries où nous avions vu, Dickens et moi, le jeune Edmond Dickenson en proie à une crise de somnambulisme plusieurs années plus tôt, à Noël, Charles Dickens faisait les cent pas, parlait et criait de deux voix différentes, l'une masculine, l'autre féminine, tout en gesticulant comme un malade mental avant de se précipiter vers une victime imaginaire et de l'attaquer... de l'attaquer, *elle*... avec un énorme gourdin invisible.

Dickens était devenu Bill Sikes, la brute assassine d'*Oliver Twist*, et était tout entier absorbé dans l'action sanglante de l'assassinat de Nancy.

Elle cherchait à s'enfuir, elle criait grâce. Pas de pitié, beuglait Bill Sikes. Elle implorait Dieu de lui prêter assistance. Dieu ne répondit pas, contrairement à Bill qui hurlait de plus belle, la maudissait et l'assommait avec sa lourde massue.

Elle essaya de se relever, tendant le bras et la main pour parer le coup. Dickens/Sikes la frappa encore, et encore, brisant ses doigts délicats, fracassant les os de son avant-bras dressé, puis abattant son gourdin de tout son poids sur sa tête sanguinolente. Encore. Encore.

Charley Dickens et Charley Collins *voyaient* littéralement le sang et la matière cérébrale s'écouler. Ils *voyaient* la mare rouge s'élargir sous le corps de la femme mourante, qui gisait désormais face contre terre, tandis que Bill Sikes la frappait toujours. Ils *voyaient* le sang éclabousser le visage déformé et vociférant de Sikes. Les pattes du chien de Sikes lui-même étaient couvertes de sang !

Il continuait à frapper, après même qu'elle fut morte.

Toujours penché au-dessus du cadavre imaginaire de la malheureuse, brandissant toujours son gourdin invisible à deux mains et l'assenant encore et encore sur la forme meurtrie et sanglante allongée dans l'herbe, Charles Dickens leva enfin les yeux vers son fils et vers mon frère. Il avait le visage convulsé, exultant, triomphant. Ses yeux écarquillés, hagards, étaient dépourvus de la moindre lueur de raison. Mon frère Charley déclara plus tard avoir vu dans le regard de cette face tordue, remplie de joie perverse, le mal meurtrier à l'état pur.

L'Inimitable avait enfin trouvé son Meurtre pour sa prochaine tournée de lectures publiques.

Ce fut vers cette période que je me convainquis que je devais tuer Charles Dickens.

Il ferait semblant d'assassiner sa Nancy imaginaire sur scène, devant des milliers de spectateurs. Je l'assassinerais pour de vrai. Nous verrions bien quel meurtre rituel serait le plus efficace pour chasser le scarabée droodien de la cervelle d'un homme.

Pour préparer le terrain, je lui écrivis une lettre d'excuse, bien que je n'eusse aucun motif de le faire et alors que Dickens lui-même avait toutes les raisons du monde de me demander pardon. Cela n'avait aucune importance.

90 Gloucester Place, samedi 18 juillet 1868

Mon cher Charles,
Je vous écris pour vous présenter mes excuses les plus sincères et les plus entières pour le malentendu dont j'ai été responsable le mois dernier dans notre repaire dînatoire préféré, le Vérey's. Je n'ai pas tenu compte de la fatigue extrême provoquée par vos nombreux voyages et vos non moins nombreux efforts, une négligence qui a, de toute évidence, provoqué l'illusion d'un désaccord entre nous. Ma maladresse d'expression, qui n'a rien d'inhabituel, a entraîné par ailleurs de malheureuses conséquences pour lesquelles

je vous présente une fois de plus toutes mes excuses en sollicitant humblement votre pardon. (Toute velléité fortuite de ma part de comparer mes misérables essais littéraires actuels à votre incomparable Maison d'Âpre-Vent *était évidemment présomptueuse et erronée. Personne ne confondra jamais l'humble* protégé *et le* Cher Maître.)

Il m'est devenu un peu plus malaisé de recevoir chez moi depuis que Mrs Caroline G... a quitté mon domicile et mon service ; j'espère néanmoins que vous serez mon invité au numéro 90 Gloucester Place avant que l'année ne soit trop avancée. De plus, comme vous l'avez certainement remarqué malgré tout le travail que vous a donné All the Year Round *en l'absence de notre pauvre ami Wills, notre merveilleux succès,* Voie sans issue, *a finalement quitté l'affiche de l'Adelphi Theatre. J'avoue avoir commencé à prendre de vagues notes en vue d'une autre pièce – je pense l'intituler* Blanc et Noir, *car il pourrait s'agir d'un aristocrate français qui, par quelque concours de circonstances, se trouve cédé comme esclave lors d'une vente aux enchères à la Jamaïque. Notre cher ami commun Fechter m'en a suggéré l'idée générale voici quelques mois – j'ai l'intention de lui en parler plus en détail en octobre ou novembre – et serait enchanté de jouer le rôle principal. En préparant cet ouvrage, je serais extrêmement reconnaissant de pouvoir bénéficier de vos conseils et de vos critiques pour éviter les erreurs insignes que j'ai accumulées dans mes contributions à* Voie sans issue. *En tout état de cause, je tiendrais pour un honneur que vous acceptiez, vous-même et toute votre famille, d'être mes invités à la première qui se donnera à l'Adelphi, si ce modeste effort réussissait un jour à être mis en scène.*

En vous réitérant mes excuses les plus plates et l'espoir sincère que cette interruption imprévue et involontaire du fil de nos relations cordiales soit rapidement réparée, je reste...

> *Votre très affectueux et très loyal*
> *W. C. Collins*

Je parcourus ce message plusieurs fois, y apportant de petites modifications çà et là, toujours dans le sens d'une contrition et d'une servilité suprêmes. Je n'éprouvais aucune crainte à l'idée que cette missive soit divulguée après la mort soudaine et mystérieuse de Dickens, et ne suscite la curiosité du biographe qui la lirait. Dickens avait conservé l'habitude de brûler une fois par an celles qu'il recevait. (Il aurait brûlé aussi bien toutes les lettres qu'il *envoyait*, s'il l'avait pu, mais la plupart des correspondants de cet homme célèbre ne partageaient pas ses tendances pyromanes.)

Je demandai alors à George de poster cette missive et sortis acheter une bouteille de bon brandy et un chiot.

L'après-midi suivant, je pris la bouteille de brandy, un exemplaire du dernier numéro de *All the Year Round* et le chiot sans nom et montai dans le train de Rochester où je louai un fiacre qui me conduisit à la cathédrale.

Je laissai le chiot dans la voiture mais emportai le brandy et la revue. Je traversai le cimetière pour rejoindre l'arrière de la haute et massive cathédrale.

Rochester, ville côtière aux rues étroites et aux bâtisses de brique rouge, prêtait à ce colosse, à cette cathédrale de pierre grise antique, un aspect encore plus impressionnant et plus oppressant.

C'était le paysage même de l'enfance de Charles Dickens. La présence de cette cathédrale ne l'avait-elle pas incité à me confier, bien des années auparavant, que Rochester reflétait pour lui « la gravité universelle, le mystère, la décomposition et le silence » ?

Du silence, il n'en manquait pas en cette journée chaude et humide de juillet. Et je sentais les miasmes putrides qui émanaient des laisses dégagées par la marée. Malgré la proximité géographique de ce que Dickens avait appelé un jour « les floc et les plouf de la mer », on n'entendait ce jour-là aucun flux ni reflux, bien peu de clapotis et absolument aucune brise. Le soleil pesait de tout son poids sur les vieilles pierres tombales brûlantes et sur l'herbe jaunie comme une couverture d'or incongrue.

L'ombre même du clocher n'apportait guère de soulagement. Levant la tête, je contemplai cette tour grise, me rappelant le commentaire de Dickens sur l'effet qu'elle avait exercé sur lui, quand il était tout petit : « ... De quelle minuscule et insignifiante plaisanterie je me faisais l'effet, mon cher Wilkie, face à sa solidité, sa stature, sa force et sa permanence. »

Eh bien, mon Cher Lecteur, si les choses se passaient comme je l'entendais – et telle était bien mon intention –, la cathédrale poursuivrait probablement son existence pendant des siècles ou des millénaires, mais la vie de ce petit garçon devenu un vieil écrivain approchait de son terme.

Tout au fond du cimetière, au-delà des tombes,

accessible par un sentier presque invisible, je trouvai la fosse de chaux vive encore ouverte, toujours pleine, et plus fétide que jamais. Mes yeux coulaient comme je rebroussais chemin à travers le cimetière, passant devant les pierres, le mur et la table faite d'une pierre tombale plate sur laquelle Dickens, Ellen Ternan, la mère d'Ellen et moi-même avions partagé ce déjeuner macabre dans un passé si lointain déjà.

Je suivis le léger TIP-TAP-TIP-TAP tout autour de la cathédrale, au-delà du presbytère et jusqu'à une cour située de l'autre côté. Entre le mur de pierre et un appentis bas au toit couvert de chaume, Mr Dradles et un jeune apprenti à l'air imbécile travaillaient sur une pierre tombale plus grande qu'eux. Seuls le nom et les dates – GILES BRENDLE GYMBY, 1789-1866 – avaient été gravés dans le marbre.

Quand Mr Dradles se tourna vers moi, je remarquai que, sous une couche de poussière de pierre sillonnée de traces de transpiration, son visage était rouge comme une pivoine. Il s'essuya le front quand je m'approchai.

« Vous ne vous souvenez sans doute pas de moi, Monsieur Dradles, commençai-je, je suis venu il y a quelque temps en compagnie de...

— Dradles se rappelle, Monsieur Billy Wilkie Collins, dont c'est le nom à cause d'un peintre en bâtiment qu'était son paternel, que'qu' chose comme ça, grinça la silhouette à face rubiconde. Z'étiez là avec Mr Charles D., celui des livres et tout ça, qui s'intéressait aux vieux bonshommes dans leurs lits noirs.

— Exactement, approuvai-je. Mais il me semble que nos relations s'étaient engagées sur un mauvais pied. »

866

Dradles baissa les yeux vers ses brodequins usés, éculés qui, remarquai-je, n'étaient pas « différenciés ». Autrement dit, il n'y avait pas de chaussure gauche ni de chaussure droite, comme cela était l'usage il y a plusieurs dizaines d'années. « Les pieds de Dradles, c'est les seuls qu'il a, fit-il. Il peut pas y en avoir un mauvais. »

Je souris. « Certes, certes. Mais je crains de vous avoir fait mauvaise impression. Je vous ai apporté ceci... » Je lui tendis la bouteille de brandy surchoix.

Dradles la regarda, s'épongea à nouveau le visage et le cou, déboucha la bouteille, la renifla, en prit une grande lampée, me jeta un regard torve et lança : « C'te camelote-là, elle est meilleure que ce que Dradles il boit à la Taverne des Deux Sous ou ailleurs. » Il but encore. Son assistant, dont le visage était aussi rouge de chaleur et d'effort que celui de Dradles, le regarda stupidement, mais ne demanda pas à boire.

« En parlant de la Taverne des Deux Sous, dis-je avec l'air de ne pas y toucher, je ne vois pas votre jeune démon lanceur de cailloux aujourd'hui. Comment l'appeliez-vous ? L'adjoint ? Est-il encore trop tôt pour qu'il vous raccompagne chez vous à coups de pierres ?

— Ce maudit mioche est mort », m'annonça Dradles. Mon air effaré le fit rire tout bas. « Oh, c'est pas Dradles qui l'a tué, malgré qu'il y a pensé plus d'une fois. Non, c'est la variole qui l'a eu, qu'elle en soit bénie. » Il prit encore une gorgée et me gratifia d'un nouveau regard en coin. « Y a pas un monsieur, pas même Mr D., qui vient de Londres et qui apporte à Dradles une bouteille de premier choix comme ça sans une bonne raison, Monsieur Billy Wilkie Collins.

Mr D., il voulait que je lui ouvre des portes avec toutes mes clés et que je tape tape pour savoir où y sont les vieux bonshommes, dans leurs trous. Et Monsieur Billy W. C., il veut quoi de Dradles par une chaleur pareille ?

— Peut-être vous rappelez-vous que je suis également écrivain. » Je tendis au tailleur de pierre et gardien de la cathédrale et de la crypte l'exemplaire d'*All the Year Round* que j'avais apporté avec moi. « Comme vous le voyez, c'est le numéro de vendredi dernier, celui qui contient les derniers chapitres de mon roman *La Pierre de lune.* »

J'ouvris la revue à la bonne page. Dradles observa la profusion de caractères typographiques, et grommela. J'ignorais totalement s'il savait lire. Je supposais que non.

« Il se trouve, poursuivis-je, que j'effectue également des recherches littéraires concernant une vaste cathédrale comme celle-ci. Une vaste cathédrale et ses cryptes.

— Il veut les clés, voilà ce que Dradles il pense, dit le maçon. Il veut les clés des endroits noirs où y a les vieux bonshommes. »

On aurait pu croire qu'il s'adressait à son crétin d'assistant aux oreilles pendantes, dont la tignasse semblait avoir été tondue avec des forces à mouton. Mais le garçon avait tout l'air d'être sourd et muet.

« Pas du tout, protestai-je avec un bon rire. Les clés sont sous votre responsabilité et doivent le rester. J'aimerais simplement vous rendre visite de temps en temps et tirer parti, si vous le voulez bien, de vos compétences dans l'art de repérer les cavités à l'aide de quelques coups de maillet. Je n'arriverai jamais les mains vides, soyez-en certain. »

Dradles but encore. La bouteille était déjà plus qu'à moitié vide et le visage crasseux du maçon, malgré la couche de poussière à la « Marley était mort[1]* », plus rouge que jamais (en admettant que cela fût possible).

« Dradles, il abat honnêtement sa journée d'ouvrage contre un' 'tit' goutte de temps en temps, fit-il d'une voix empâtée.

— Exactement comme moi », approuvai-je avec un rire débonnaire.

Il hocha la tête et retourna à son inscription funéraire – ou plus exactement continua à surveiller le travail de l'idiot. De toute évidence, l'entretien était terminé, et le contrat conclu.

M'épongeant moi-même le visage à cause de la chaleur, je regagnai lentement le fiacre. Le chiot – une créature disgracieuse mais enthousiaste, affublée de longues pattes, d'une queue courte et d'un pelage tacheté – sauta de joie sur les sièges rembourrés en m'apercevant.

« Je n'en ai plus que pour une minute, cocher », annonçai-je. Le vieil homme, à moitié assoupi, grommela en laissant retomber son menton sur son torse en livrée.

Chargé du chiot, je retraversai le cimetière, passant devant notre lieu de pique-nique. Me remémorant ces instants où Dickens nous avait tant amusés en posant une serviette sur son bras et en mimant à la perfection le comportement d'un maître d'hôtel efficace mais excessivement empressé, portant nos plats du mur

---

1. *Incipit* d'*Un chant de Noël* de Dickens.

jusqu'à la pierre tombale qui servait de table et nous servant à boire d'une main experte, je poursuivis ma route avec le sourire. Le chiot s'était lové dans le creux de mon bras, esquissant quelques battements de queue, ses grands yeux me couvant d'un regard adorateur. Nous avions eu plusieurs chiens, Caroline, Carrie et moi, au cours des dix dernières années. Notre dernier chien bien-aimé n'avait rendu l'âme que quelques mois plus tôt.

À proximité du fond du cimetière de la cathédrale, un vieil arbre noueux avait laissé tomber une branche d'un bon mètre de long. Tenant toujours le chiot sur mon bras gauche, caressant négligemment du pouce l'arrière de sa tête et sa nuque, je ramassai la branche, détachai du bout du pied ses légères protubérances et m'en servis comme d'une canne.

Je m'arrêtai dans les herbes qui s'étendaient au-delà du cimetière et regardai autour de moi. Le fiacre et la route étaient invisibles. Rien ni personne ne bougeait aux alentours. J'entendais au loin, au-delà de la cathédrale, le TIP-TAP-TIP-TAP du travail méticuleux et brûlant de Dradles – ou plutôt de son apprenti. C'était l'unique bruit, hormis le bourdonnement et la stridulation d'insectes dans les hautes graminées qui conduisaient vers les laisses, à l'est. La mer elle-même et la rivière qui s'y déversait étaient silencieuses sous ce soleil éblouissant.

D'un geste assuré, je tordis le cou du chiot. Le craquement fut audible mais discret. Le petit corps s'affaissa, inerte, dans mes bras.

Après un dernier coup d'œil autour de moi, je laissai tomber le cadavre dans la fosse de chaux. Il n'y eut ni sifflement spectaculaire ni bouillonnement. La petite forme tachetée de noir et de blanc gisait là, submergée à peine plus qu'à la moitié dans l'épais brouet gris de chaux vive. Je me penchai et utilisai la branche pour enfoncer soigneusement les côtes, la tête et l'arrière-train du chiot juste sous la surface. Puis je jetai la branche dans les herbes folles et marquai l'emplacement où elle était tombée.

Vingt-quatre heures ? Quarante-huit ? Je décidai de lui accorder soixante-douze heures – et même un peu plus, puisque j'avais l'intention d'attendre le crépuscule –, avant de revenir et d'utiliser la même branche pour repêcher et analyser les vestiges de l'opération.

Sifflotant tout bas une mélodie populaire cet été-là dans les music-halls, je repassai par le cimetière pour rejoindre le fiacre qui m'attendait.

37.

Trois jours plus tard, je reçus un message fort aimable de Dickens me remerciant pour ma lettre, acceptant implicitement mes excuses et m'invitant à venir le voir à Gad's Hill Place aussitôt que cela me conviendrait. Il suggérait également de bonne grâce que je souhaiterais peut-être y rendre visite à mon frère ; en effet, Charley était toujours trop souffrant pour regagner Londres.

J'acceptai l'invitation et partis le jour même pour Gad's Hill. Le moment était tout à fait opportun, car j'avais l'intention, en tout état de cause, d'entreprendre une expédition jusqu'à la fosse de chaux du cimetière de Rochester ce soir-là.

Katey Dickens m'accueillit sur la pelouse, comme elle l'avait fait quelques années plus tôt. La journée était chaude, mais une agréable brise apportait jusqu'à nous les effluves salubres des champs environnants. Les buissons, les arbres et les géraniums écarlates parfaitement entretenus frémissaient sous ce vent léger, à l'image de la longue robe d'été diaphane de Kate. Ses cheveux, remarquai-je, étaient relevés sur les côtés, mais détachés dans le dos : une coiffure qui ne lui était pas habituelle, mais qui était loin d'être disgracieuse.

« Charles dort, m'annonça-t-elle. Il a passé une nuit effroyable. J'imagine que vous souhaitez le voir, mais il me paraît préférable de ne pas le déranger. »

Elle faisait allusion à mon frère et non à son père, je le savais. J'acquiesçai. « Il faut que je rentre avant le dîner, peut-être Charley sera-t-il déjà réveillé.

— Peut-être », acquiesça Katey, avec une expression qui donnait à entendre le contraire. Elle glissa son bras sous le mien. « Père travaille au chalet. Je vais vous faire passer par le tunnel. »

Je haussai les sourcils. « Au chalet ? J'avais cru comprendre qu'il n'avait aucun ouvrage de fiction en train.

— Vous avez raison, Wilkie. Il travaille sur cette affreuse nouvelle lecture de meurtre.

— Ahh ! » Nous traversâmes la pelouse impeccablement entretenue et nous engageâmes dans le tunnel. Comme presque toujours en été, la fraîcheur de ce long souterrain obscur apportait un délicieux soulagement à la moiteur qui régnait en surface.

« Wilkie, vous arrive-t-il de vous demander si Père a raison ? »

Non, pensai-je. *Jamais*. « À quel sujet, ma chère ? demandai-je.

— À propos de votre frère. »

Un frisson d'inquiétude me parcourut. « De la gravité de sa maladie, c'est cela ?

— De cela, et du reste. »

J'avais peine à croire qu'elle *me* posât cette question. Les rumeurs prétendant que Kate et Charley n'avaient jamais consommé leur union étaient incessantes, alimentées par les commentaires malveillants de Charles Dickens. À en croire les insinuations de son père, mon frère était un sodomite caché, un impuissant, voire les deux.

Je n'allais certainement pas me laisser entraîner dans une telle discussion.

Je lui tapotai la main. « Pour votre père, Katey, vous perdre a été la pire des abominations. Vous avez toujours été la plus proche de lui. Tout prétendant, tout époux aurait provoqué son courroux.

— C'est vrai », admit-elle. La modestie n'avait jamais été son fort. « Mais Charley et moi passons tant de temps ici, à Gad's Hill Place, que c'est presque comme si je n'étais jamais partie de la maison. »

Je n'avais rien à répondre à cela. D'autant que chacun savait que c'était *elle* qui choisissait de venir s'installer ici quand Charley était très malade – c'est-à-dire presque tout le temps, désormais.

« Vous arrive-t-il de vous demander, Wilkie, comment les choses se passeraient si c'était *vous* que j'avais épousé, au lieu de votre frère ? »

Je faillis m'arrêter net. Mon cœur, aux battements déjà accélérés par ma généreuse consommation méridienne de laudanum, se mit à palpiter contre mes côtes.

Il fut un temps où j'avais effectivement envisagé de courtiser la jeune Kate Dickens. À l'époque de ce que tout le monde, sauf les Dickens, considérait comme le « divorce » – la séparation terrible et permanente de Charles et de sa femme, condamnée par lui à un exil définitif –, la jeune Kate m'avait paru de tous les enfants la plus blessée et la plus désorientée par la dissolution soudaine de ce que beaucoup tenaient pour la famille anglaise dans sa plus haute perfection.

Elle avait dix-huit ans au moment de cette confusion et de cette dispersion – elle s'était fiancée à mon frère à vingt ans –, et je dois avouer que je lui trouvais une séduction subtile. Dès cette époque, j'avais senti que, contrairement à sa sœur Mamie, elle ne prendrait pas l'embonpoint ni l'allure de matrone de sa mère.

Mais, avant que j'aie pu véritablement analyser l'intérêt qu'elle m'inspirait, Katey était tombée amoureuse – ou du moins s'était entichée – de Percy Fitzgerald, notre ami commun, à Dickens et moi. Or Fitzgerald avait repoussé assez froidement ses avances virginales et Katey s'était alors rabattue sur mon frère, l'illustrateur de Dickens, que l'on croisait souvent à Gad's Hill à l'époque.

Peut-être t'ai-je déjà dit, Cher Lecteur, que cet engouement romantique de la part de Kate nous avait tous surpris. Cela ne faisait que quelques semaines que Charley avait quitté la demeure de notre mère, et il n'avait jamais manifesté le moindre intérêt pour les jeunes filles ni pour les amourettes.

Et maintenant, cette manœuvre d'approche... Au fond de ce tunnel dissimulé aux regards, il ne m'échappait pas que Katey savait évidemment, ne fût-ce qu'en raison du goût de son père pour les commérages, que j'avais renvoyé Caroline G... et que j'étais désormais (à leur connaissance) un célibataire prospère et relativement célèbre qui vivait seul avec ses domestiques et, de temps en temps, sa « nièce » Carrie.

Je souris pour montrer à Kate que j'avais compris qu'elle plaisantait : « C'eût été une association tout à fait passionnante, ma chère, j'en suis sûr. Avec votre volonté peu commune et mon intransigeance opiniâtre, nos disputes eussent été légendaires. »

Katey ne sourit pas. L'extrémité du tunnel dessinait une arche de lumière quand elle s'arrêta et me regarda. « Il m'arrive de penser que la vie nous condamne toujours à nous retrouver avec des personnes qui ne nous conviennent pas – Père et Mère, Charles et moi, vous et... cette femme –, tout le monde, à l'exception peut-être de Percy Fitzgerald et sa poseuse d'épouse.

— Et de William Charles Macready, ajoutai-je d'un ton taquin et badin. N'oublions pas la seconde épouse du comédien chenu. Leur union paraît véritablement bénie des dieux. »

Katey rit. « Une femme qui a trouvé le bonheur », lança-t-elle en me prenant le bras. Elle me conduisit jusqu'à la lumière et me laissa partir.

« Mon cher Wilkie ! Vous voilà ! Quel plaisir ! » s'écria Dickens alors que je rejoignais le premier étage aéré du chalet. Il bondit sur ses pieds, fit le tour de son bureau très simple et serra mes deux mains entre les siennes. Je me rétractai dans l'attente effroyable d'une accolade. On aurait pu croire que notre soirée chez Vérey's un peu plus d'un mois auparavant n'avait jamais eu lieu.

La pièce de travail estivale du chalet de l'Inimitable était plus agréable que jamais, surtout avec la brise en provenance de la mer lointaine, qui faisait frémir les branches des deux cèdres au-delà des fenêtres grandes ouvertes. Dickens avait installé un fauteuil en rotin à dossier incurvé en face de sa table de travail et m'invita à m'y asseoir tandis qu'il regagnait son lourd fauteuil d'aspect si confortable. Il esquissa un geste en direction de coffrets et d'une carafe posés sur son bureau. « Un cigare ? Un peu d'eau glacée ?

— Non, merci, Charles.

— Je ne saurais vous dire combien je suis heureux que tout soit pardonné et oublié », s'exclama-t-il avec chaleur. Il ne précisa pas qui devait être l'auteur du pardon et de l'oubli.

« Je partage ces sentiments. »

Je posai les yeux sur les feuillets empilés sur sa table. Dickens suivit mon regard et m'en tendit quelques-uns. Cette méthode de travail n'était pas nouvelle pour moi. Il avait arraché un certain nombre de pages à l'un de ses livres – *Oliver Twist* en l'occurrence –, les avait montées sur un carton rigide et était fort occupé à griffonner des corrections, des ajouts, des coupures et des commentaires marginaux. Il enverrait ensuite le tout à ses imprimeurs et ferait procéder à un tirage définitif – trois lignes d'espacement entre celles du texte composé dans une typographie surdimensionnée, d'importantes marges où porter des didascalies et des commentaires, et des notes en très gros caractères. Ce serait son texte de lecture pour la tournée à venir.

Les changements apportés à l'original présentaient un grand intérêt, car ils transformaient un roman destiné à être lu silencieusement en scénario destiné à être entendu. Mais c'étaient les indications scéniques portées dans la marge qui retinrent mon attention :

« Fait signe de se baisser... Pointe du doigt... Frisson... Regard circulaire terrifié... Imminence du crime... »

Et sur la feuille cartonnée suivante :

... il frappa *deux fois* de son arme... le visage levé vers lui et *qui touchait presque le sien... il s'empara d'une lourde massue et l'abattit !!... la mare de sang* *qui miroitait et tremblotait dans le soleil... mais quelle chair, et que de sang !!!...Tout, jusqu'aux pattes du chien, était ensanglanté !!!!... se rompit le crâne !!!!* *

Ce passage me fit ciller. J'avais oublié que Sikes ne tuait pas seulement Nancy, mais aussi le chien.

« Terreur jusqu'à la Fin ! » était griffonné à cinq reprises au moins dans les différentes marges.

Je reposai les feuillets sur le bureau et souris à Dickens. « Votre Assassinat, enfin, dis-je.

— Enfin, approuva Dickens.

— J'avais cru comprendre que c'était moi, le romancier à sensation, Charles.

— L'objet de cet Assassinat n'est pas la pure sensation, mon cher Wilkie. Je veux laisser à ceux qui assisteront à ma dernière tournée de lectures, ma tournée d'adieu, le sentiment de quelque chose de très passionné, de très dramatique, de quelque chose qui est réalisé par des moyens fort simples, mais à des fins émotionnelles complexes.

— Je vois. » Ce que je voyais, en fait, c'était que Dickens avait l'intention d'éprouver l'inusable sensibilité de son public. « Êtes-vous sérieux, quand vous parlez d'une tournée d'adieu ?

— Hmmm, grommela Dickens. C'est ce dont cherche à me convaincre notre ami Beard. C'est ce dont cherche à me convaincre Dolby. C'est ce dont cherchent à me convaincre les médecins spécialistes de Londres et même de Paris. C'est ce dont cherche à me convaincre Wills lui-même, bien qu'il n'ait jamais approuvé cette idée de tournées de lectures.

— Ma foi, Charles, oublions ce cher Wills. Ces derniers temps, tous ses avis sont filtrés par le bruit incessant de claquements de portes au fond de son crâne. »

Dickens pouffa avant de murmurer : « Hélas ! Pauvre Wills. Je l'ai connu, Horatio*.

— Lors d'une partie de chasse », opinai-je, feignant la tristesse. Comme sur un signal, un cavalier en tenue de chasse au renard, veste rouge, pantalons blancs et hautes bottes brillantes, à califourchon sur un énorme cheval pommelé qui caracolait et tirait sur son mors, passa au-dessous de nous, sur la route de Gravesend. Une charrette bringuebalante chargée de fumier suivit immédiatement cette noble image. Nous échangeâmes un regard, Dickens et moi, et éclatâmes de rire au même moment. Tout était redevenu comme autrefois.

À cette différence près que, désormais, je souhaitais sa mort.

Quand nous eûmes repris notre sérieux, Dickens me dit : « J'ai encore réfléchi à votre *Pierre de lune*, Wilkie. »

Tout mon corps se crispa. Je m'arrachai néanmoins un pâle sourire.

Dickens leva les deux mains, paumes tournées vers moi. « Non, non, mon cher ami. Dans un esprit parfaitement admiratif et avec le plus grand respect professionnel. »

Je continuai à sourire imperturbablement.

« Peut-être n'en avez-vous pas conscience, mon cher Wilkie, mais il n'est pas impossible qu'avec ce roman à sensation, vous ayez créé un genre romanesque tout à fait nouveau.

— Je m'en rends compte, évidemment », répliquai-je un peu sèchement. Je n'avais pas la moindre idée de ce dont il parlait.

Dickens parut ne pas m'avoir entendu. « L'idée de centrer tout un roman sur un unique mystère, avec un personnage d'enquêteur intéressant, qui possède une véritable épaisseur – peut-être un détective privé davantage qu'un policier à proprement parler – et joue un rôle de pivot, tandis que toute l'évolution du personnage et tous les éléments de vraisemblance quotidienne découlent des effets secondaires et des répercussions du crime qui a été le ressort principal du récit central du roman... ma foi, c'est révolutionnaire ! »

Je hochai la tête avec modestie.

« J'ai décidé de tenter le coup moi-même », poursuivit Dickens, en empruntant une des expressions américaines les plus exécrables qu'il avait adoptées au cours de sa dernière tournée aux États-Unis.

En cet instant, j'éprouvai pour cet homme une haine sans fond. « Avez-vous déjà trouvé le titre de cet ouvrage, encore purement théorique ? » m'entendis-je demander d'une voix à peu près normale.

Dickens sourit : « Je pensais à quelque chose de très direct, mon cher Wilkie... *Le Mystère d'Edmond Dickenson*, quelque chose de ce genre. »

J'avoue que j'en sursautai dans mon fauteuil. « Auriez-vous eu des nouvelles du jeune Edmond ?

— Pas la moindre. Mais les questions que vous m'avez posées à son sujet l'année dernière m'ont inspiré l'idée de la disparition d'un jeune homme. Il s'évapore littéralement, sans laisser le moindre indice du lieu où il aurait pu se rendre ou des raisons de son départ. Il me semble que ce début pourrait conduire à des complications intéressantes pour peu qu'il y ait un assassinat en jeu. »

Mon cœur battait à tout rompre et je regrettai de ne pas pouvoir me réconforter en avalant une gorgée du laudanum qui se trouvait dans ma flasque, dans la poche de poitrine de ma veste. « Vous pensez que le jeune Edmond Dickenson a été assassiné ? »

L'image de Dickenson me revint à l'esprit, avec son crâne rasé, ses dents pointues et son regard de fanatique, vêtu d'une toge à capuchon et psalmodiant tout au long de la cérémonie durant laquelle Drood avait lâché le scarabée dans mes organes vitaux. À cette simple évocation, l'insecte bougea et se déplaça à l'arrière de mon cerveau.

« Certainement pas ! s'esclaffa Dickens. J'avais toutes les raisons de croire le jeune Edmond quand il m'a annoncé qu'il avait besoin de son argent pour partir en voyage. Il prévoyait de s'installer en Australie peut-être. Et je changerai, cela va de soi, le nom du personnage et le titre. C'était simplement pour vous donner une idée de l'intrigue générale.

— Intéressant.

— Et le mesmérisme », ajouta Dickens. Il pressa les extrémités de ses doigts les unes contre les autres, en s'inclinant contre son dossier et en me souriant.

« Oui, Charles ?

— Je sais que vous vous y intéressez, Wilkie. Votre passion pour ce sujet est presque aussi ancienne que la mienne, bien que, contrairement à moi, vous ne l'ayez jamais pratiqué. Au demeurant, vous l'avez introduit, subtilement, dans *La Pierre de lune*, sous forme d'une métaphore plus que d'une réalité, il est vrai. Toutefois, vous n'en avez pas fait bon usage.

— Que voulez-vous dire ?

— La solution de votre prétendue énigme, reprit

Dickens de ce ton exaspérant de maître d'école qu'il employait si souvent lorsqu'il s'adressait à moi. Votre Mr Franklin Blake est censé voler le diamant dans son sommeil opiacé, mais il ne *sait* pas qu'il l'a volé.

— Comme je vous l'ai déjà expliqué, intervins-je froidement, c'est tout à fait faisable et parfaitement possible. J'ai personnellement effectué des recherches et... »

Dickens écarta cet argument d'un revers de main. « Mais, mon cher Wilkie, le lecteur éclairé – tous les lecteurs peut-être – ne pourra que se poser cette question : pourquoi Franklin Blake a-t-il volé le diamant de sa bien-aimée ?

— La réponse tombe sous le sens, Charles. Parce qu'il avait *peur* qu'il ne soit volé. C'est pourquoi, sous l'influence onirique de l'opium qu'il avait ingéré à son insu, il s'est promené dans son sommeil et... l'a volé. »

J'entendais parfaitement au son de ma propre voix à quel point cette explication était boiteuse.

Dickens sourit. « Justement. Cela met la crédulité à rude épreuve et la vraisemblance en péril. Mais si vous aviez fait *magnétiser* Franklin Blake par un de vos personnages, si celui-ci lui avait *ordonné* de voler le diamant, sans compter l'adjonction malveillante d'opium à son vin (encore que je considère que le mesmérisme et l'opium devraient constituer un élément *délibéré* de l'intrigue, relever d'un complot plus que d'un simple accident...), ma foi, dans ce cas, tout se met parfaitement en place, n'en convenez-vous pas, mon cher Wilkie ? »

Je restai immobile un moment, plongé dans mes réflexions. Il était bien trop tard pour procéder à la moindre modification. Le dernier numéro du roman-feuilleton avait déjà été publié dans *All the Year Round* et dans la revue des frères Harper en Amérique, et les exemplaires d'hommage à reliure cuir en trois tomes de l'édition Tinsley étaient achevés, prêts à être envoyés par coursier à Dickens et aux autres destinataires.

« Pourtant, Charles, je n'en maintiens pas moins qu'un tel acte irait à l'encontre des règles du mesmérisme. Vous savez aussi bien que moi que, dans leur enseignement, le professeur Elliotson et ses confrères ont fait valoir que nul ne peut accomplir sous l'influence du pouvoir magnétique quelque chose dont il ou elle s'abstiendrait – pour des raisons morales – en pleine conscience. »

Dickens hocha la tête. « En effet, mais Elliotson a montré – *j'ai montré* – qu'un sujet sous influence magnétique peut modifier son comportement habituel pendant un certain laps de temps parce qu'on lui a affirmé que quelque chose qui n'est pas vrai est vrai. »

Je ne comprenais pas et le lui fis savoir.

« Une femme ne sortirait jamais son bébé dans la rue en pleine nuit, m'expliqua Dickens, mais si vous la magnétisez et lui faites croire que sa maison est en feu – ou sera en feu, mettons à neuf heures du soir –, que ce soit au moment où elle est en transe mesmérienne ou plus tard, sous l'influence de la simple suggestion, elle prendra son bébé et se précipitera dehors, même si l'on ne voit pas la moindre flamme. Ainsi, vos Hindous de *La Pierre de lune* auraient pu magnétiser Franklin Blake quand il les a croisés dans le parc du domaine et votre médecin qui se mêle de tout… Mr Sucre ?

— Mr Candy, rectifiai-je.

— Mr Candy aurait administré secrètement du laudanum à ce malheureux Franklin Blake dans le cadre d'un complot plus vaste, et non par un simple geste aveugle de malveillance qui devrait lui valoir la prison.

— Vous voulez dire que ce bon vieux Mr Candy aurait été, lui aussi, soumis à l'influence mesmérienne des Hindous ? » demandai-je. Je vis soudain se rassembler, grâce aux liens que m'indiquait Dickens, tous les fils épars et disparates que j'avais laissés tels quels dans mon roman.

« La solution eût été élégante, approuva Dickens toujours souriant. Ou peut-être cet infâme toxicomane d'Ezra Jennings aurait-il pu participer au complot visant à dérober le Koh-i-Noor.

— La Pierre de lune, rectifiai-je, l'esprit ailleurs. Mais *mon* Ezra Jennings est une sorte de héros. C'est lui qui dénoue le mystère avant de le reconstituer pour Franklin Blake chez la tante de Blake, dans le Yorkshire...

— Une reconstitution des événements bien commode pour résoudre votre affaire, observa calmement Dickens, mais qui peut mettre la crédulité du lecteur à l'épreuve davantage encore que tout autre élément.

— Comment cela ?

— Parce qu'il était *impossible de reconstituer* les conditions de la nuit d'origine, celle où le diamant a été volé, mon cher Wilkie. Une donnée majeure a été changée, qui exclut toute possibilité de reproduction de la crise de somnambulisme et du vol.

— De quelle donnée parlez-vous ?

— Dans cette prétendue expérience, Mr Franklin Blake *sait* qu'il a été drogué ; il *sait* que Jennings croit qu'il a volé le diamant ; il *sait* quel enchaînement d'événements a eu lieu et est censé se reproduire. En soit, cela suffit à éliminer toute chance que la même quantité d'opium...

— Jennings en a versé davantage dans son vin que Mr Candy ne l'avait fait initialement, l'interrompis-je.

— Hors de propos, objecta Dickens en agitant à nouveau les doigts de façon exaspérante. Le problème est que la reconstitution des événements elle-même est impossible. Et votre Mr Ezra Jennings – sodomite probable, mangeur d'opium toxicomane... son adoration pour les *Confessions d'un mangeur d'opium* de De Quincey n'est pas loin d'être écœurante – campe un pauvre héros de substitution à Franklin Blake. En l'état actuel des choses, Blake apparaît comme une sorte d'imbécile. Alors que si vous aviez employé à bon escient les Hindous pour introduire le *mesmérisme* comme un élément du vol, si vous aviez inclus l'administration d'opium comme *outil* de cette conspiration au lieu de la présenter comme un pur accident... »

Dickens s'interrompit. Je n'avais rien à dire. Un fardier passa pesamment, invisible, sur la route en contrebas, tiré par quatre gros chevaux, à en croire le bruit.

« Mais c'est votre utilisation du détective – le sergent Cuff – que, réellement, je trouve presque brillante, ajouta soudain Dickens. C'est elle qui m'a donné envie d'écrire moi-même un roman de mystère, centré, si possible, sur un personnage doté d'un esprit aussi aiguisé. Cuff est merveilleux... son physique décharné, son regard froid et pénétrant, et son cerveau d'une perfection presque mécanique ! Une invention merveilleuse.

— Merci, Charles, dis-je tout bas.

— Si seulement vous en aviez fait bon emploi !

— Je vous demande pardon ?

— Vous l'avez dessiné brillamment, introduit brillamment, et il se comporte brillamment… jusqu'au moment où il s'égare, où il disparaît du récit pendant des siècles, où il formule une foule d'hypothèses erronées en dépit de toutes les preuves du contraire, puis se rend indisponible, partant pour Brighton élever des abeilles…

— À Dorking, cultiver des roses, rectifiai-je avec un étrange sentiment de déjà-vu.

— Bien sûr. Il n'en demeure pas moins que le personnage du sergent Cuff – l'idée de mettre au cœur d'un roman de mystère un détective privé plutôt qu'un policier – est merveilleux. Je suis persuadé qu'un tel maître de la déduction, peut-être aussi maigre et impressionnant que Cuff, aussi excentrique et presque insensible, aurait un puissant retentissement auprès des lecteurs, si ses antécédents et son caractère avaient un peu plus de corps. Je me demande si j'arriverai à créer un personnage de ce genre pour mon *Mystère d'Edmond Dickenson*, en admettant que je l'écrive réellement.

— Vous n'avez qu'à reprendre votre inspecteur Bucket de *La Maison d'Âpre-Vent*, bougonnai-je. Il a été très populaire. Il me semble que nous avons évoqué ensemble les images de Bucket qui figurent sur les cartes que les marchands offrent avec les paquets de tabac.

— C'est vrai. Il y en a eu, acquiesça Dickens avec un petit rire. Peut-être a-t-il été le personnage le plus populaire du livre, et je dois avouer que j'ai beaucoup aimé les scènes où il figure. Mais l'inspecteur Bucket était un homme du monde, un homme *dans* le monde... il lui manquait le mystère et la séduction de votre sergent Cuff, cet homme étique, calme, détaché. En outre, dans la mesure où le modèle original de Bucket, l'inspecteur Charles Frederick Field, ne compte plus parmi les vivants, je devrais, en toute bienséance, envoyer également sa copie au tombeau. »

Je fus incapable de prononcer un seul mot pendant un moment qui me parut interminable. Je me concentrais sur ma respiration, cherchant désespérément à ne pas laisser mon expression trahir le tumulte de réflexions et d'émotions qui m'agitait. Je demandai enfin, d'une voix aussi posée que possible : « L'inspecteur Field est mort, dites-vous ?

— Mais oui ! L'hiver dernier, pendant ma tournée en Amérique. Georgina a lu sa notice nécrologique dans le *Times* et l'a découpée pour moi, pensant que j'aimerais la garder dans mes dossiers.

— Je ne l'ai pas su. Auriez-vous par hasard souvenir de la date de sa mort ?

— Oui. C'était le 19 janvier. Deux de mes fils – Frank et Henry – sont nés le 15 janvier, vous vous en souvenez peut-être, ce qui m'a permis de retenir la date du décès de Field.

— Extraordinaire, murmurai-je, sans trop savoir si ce commentaire portait sur la mémoire de Dickens ou sur la mort de l'inspecteur Field. La notice du *Times* précisait-elle comment il est mort et de quoi ?

— Au lit, chez lui, de maladie, me semble-t-il », répondit Dickens. De toute évidence, le sujet l'assommait.

Le 19 janvier... C'était le lendemain – ou peut-être la nuit même – de notre expédition dans la Ville-du-Dessous. J'étais resté inconscient jusqu'au 22 janvier et n'avais pas été en état de lire la presse avec attention pendant un certain temps encore. Cette notice m'avait échappé, ce qui n'avait rien d'étonnant. Pas plus que l'absence de tout contact avec les hommes de Field au cours des mois suivants. De toute évidence, les enquêtes privées de l'inspecteur avaient été closes, les agents congédiés et envoyés à d'autres tâches.

À moins d'un mensonge de Dickens.

Je me rappelai avoir pensé l'année précédente, dans un éclair de lucidité, que Dickens, Drood et l'inspecteur Field disputaient une complexe partie à trois, au milieu de laquelle j'étais pris comme un simple pion. Une telle invention pouvait-elle trouver place dans un stratagème élaboré par Dickens ?

J'en doutais. Il m'était trop facile de vérifier la véracité de cette notice nécrologique auprès d'un journaliste du *Times*. Et s'il y avait *eu* décès en janvier, il y avait forcément quelque part une tombe où gisait ce pauvre vieux Charles Frederick Field. Je pouvais fort bien m'en assurer également. Pendant un instant d'égarement, je me demandai s'il ne s'agissait pas d'une nouvelle ruse de l'inspecteur Field lui-même – feindre sa propre mort pour échapper aux sbires de Drood – mais, malgré les événements rocambolesques de ces trois dernières années, une telle hypothèse n'en était pas moins tirée par les cheveux. Je chassai donc cette idée de mon esprit.

« Vous sentez-vous bien, mon cher Wilkie ? Vous êtes tout pâle.

— Ce n'est que cette méchante goutte », répondis-je. Nous nous levâmes.

« Resterez-vous pour souper ? Votre frère n'a pas été assez bien portant pour assister régulièrement aux repas, mais peut-être que ce soir, puisque vous êtes là… »

Je regardai ma montre. « Un autre jour, Charles. Il faut que je rentre en ville. Caroline a prévu quelque chose de spécial ce soir et nous allons au théâtre…

— Caroline ? s'écria Dickens surpris. Elle est donc revenue ? »

Je secouai la tête, souris et me tapotai le front avec trois doigts. « Je veux dire *Carrie*. » Ce n'était pas vrai non plus. Carrie passait toute la semaine dans la famille qui l'employait comme gouvernante.

« Ah bien, ce n'est que partie remise. Mais je compte sur vous bientôt », insista Dickens. Il m'accompagna dehors, jusqu'au pied de l'escalier et à travers le tunnel.

« Je vais demander à un domestique de vous reconduire à la gare.

— Merci, Charles.

— Votre visite d'aujourd'hui à Gad's Hill Place m'a fait grand plaisir, mon cher Wilkie.

— À moi aussi, Charles. Elle a été des plus édifiantes. »

Je ne rentrai pas directement à Londres. Je restai à la gare le temps que le domestique de Dickens et la voiture attelée au poney disparaissent, et montai dans le train de Rochester.

Je n'avais pas apporté de brandy. J'attendis donc que le cimetière de la cathédrale me paraisse parfaitement désert – les pierres tombales projetant des ombres qui s'allongeaient en cet après-midi d'été – puis je gagnai d'un pas vif la fosse à chaux. Je n'aperçus pas trace du chiot sur sa surface grise et boursouflée. Après avoir cherché un moment dans l'herbe, je retrouvai la branche dont je m'étais déjà servi. Je remuai et sondai pendant trois ou quatre minutes, faisant remonter quelques débris – essentiellement des os, des dents, des vertèbres et du cartilage, mais aussi quelques vestiges de poils et de fourrure. J'eus du mal à ramener à la surface à l'aide de mon bâton ce qui restait de la petite carcasse.

« Dradles, il se dit que Mr Billy Wilkie Collins il a p'têtre besoin de c't instrument-ci », dit une voix juste derrière moi.

Je sursautai si vivement que je faillis tomber en avant dans la fosse de chaux vive.

Dradles me retint en posant une main dure comme le roc sur mon avant-bras. Dans l'autre, il tenait une tige de fer barbelée qui devait mesurer un peu moins de deux mètres de long. Elle avait peut-être appartenu jadis à la grille de fer de la façade de la cathédrale. Il pouvait également s'agir d'un élément de décoration de clocher ou encore du paratonnerre de l'une des flèches.

Dradles me la tendit. « C'est plus facile de remuer 'vec ça, patron.

— Merci », dis-je. En effet, l'outil était très efficace grâce à sa longueur et à ses barbillons. Je retournai la carcasse du chiot, estimai qu'une forme plus massive nécessiterait d'être immergée cinq ou six jours dans la fosse de chaux et me servis de la tige métallique pour enfoncer à nouveau la dépouille de la petite créature sous la surface. Pendant une seconde, je me fis l'effet d'une sorte de cuisinier macabre, remuant mon brouet, et dus réprimer un rire nerveux.

Je rendis la tige de fer à Dradles. « Merci, répétai-je.

— Dradles, il dit au gentleman que c'est 'vec

plaisir », bredouilla le maçon crasseux. Son visage paraissait aussi rouge en cette soirée pourtant fraîche que dans la pleine chaleur d'un après-midi de travail quelques jours auparavant.

« J'ai oublié d'apporter du brandy aujourd'hui, m'excusai-je avec un sourire. Mais je me proposais de vous payer quelques verres à la Taverne des Deux-Sous la prochaine fois que vous vous y rendrez. »

Je lui tendis cinq shillings.

Il fit tinter les pièces dans sa paume noircie et calleuse et m'adressa un large sourire. Je dénombrai quatre dents.

« Merci, monsieur Billy Wilkie Collins, patron. Dradles, il va boire à votre santé, pour sûr, quand j'irai.

— Parfait, approuvai-je en souriant et en hochant la tête. Il faut que j'y aille.

— Mr C. Dickens, le célèbre auteur, il a utilisé le même instrument de fer y a un an, quand c'est qu'il était là », ajouta Dradles.

Je me retournai. Les vapeurs de la fosse de chaux faisaient ruisseler des larmes sur mes joues, mais ne semblaient pas affecter Dradles. « Je vous demande pardon ? »

Dradles sourit de plus belle. « Il a utilisé le même instrument que je lui ai donné comme à vous, pour touiller la soupe, si on peut dire, patron. Mais Mr C. Dickens, célèbre auteur, le chien mort qu'il avait apporté, il était plus gros, pour sûr. »

38

Le 29 octobre de cette année 1868, j'enfilai ma tenue de cérémonie la plus élégante et pris un fiacre pour me rendre à l'église paroissiale de St Marylebone assister au mariage de Caroline G... avec Joseph Charles Clow.

La mariée faisait largement ses trente-huit ans, sinon plus. Le marié avait l'air d'avoir encore moins que ses vingt-sept ans. Quelqu'un qui, ne connaissant pas l'Heureux Couple, serait entré inopinément dans l'église et aurait surpris la cérémonie nuptiale aurait eu toutes les raisons du monde de prendre Caroline pour la mère d'un des jeunes époux.

La vraie mère du marié était là – un petit gnome dodu et stupide affublé d'une robe lie-de-vin démodée depuis dix saisons. Elle sanglota pendant toute la cérémonie et la brève réception qui suivit, et il fallut l'aider à monter en voiture après les adieux de l'Heureux Couple, lequel ne partait pas pour quelque voyage de noces raffiné, mais regagnait la minuscule maison qu'il continuerait à partager avec ladite mère.

Le nombre d'invités d'un côté comme de l'autre était très limité. Comme on aurait pu s'en douter,

Mrs G..., la belle-mère de Caroline, n'était pas venue (la vieille dame avait pourtant vivement souhaité que sa bru se remarie). Une autre raison pour laquelle l'ancienne belle-mère de Caroline s'abstint de lui faire l'honneur de sa présence (en admettant que son état actuel de confusion lui laissât une conscience suffisante de ce qui se passait pour qu'elle pût prendre la moindre décision) m'apparut clairement quand je jetai un coup d'œil au registre nuptial : Caroline avait donné un faux nom à son père – le présentant comme un certain « John Courtenay, gentleman ». Cette falsification s'inscrivait dans une réinvention intégrale de son personnage, de sa famille et de son passé, et même de son premier mariage, dont j'avais accepté de corroborer tous les détails (au titre de « précédent employeur enregistré ») si j'étais invité à un jour le faire.

L'envie de donner une nouvelle image de soi était manifestement contagieuse. Je notai en effet que la jeune Carrie, qui était témoin, avait signé « Elisabeth Harriette G... » sur le certificat de mariage, transformant ainsi l'orthographe de ses prénoms. Mais le mensonge le plus grossier sans doute de ce certificat de mariage était le fait du marié, qui indiqua simplement « gentleman » dans la rubrique profession.

Ma foi, si un plombier dont les oreilles étaient constamment incrustées de crasse et les ongles éternellement en deuil était désormais un gentleman britannique, l'Angleterre avait, en vérité, accédé à cet état merveilleusement socialiste que tant de réformateurs radicaux avaient cherché, par leur agitation diligente, à faire advenir.

Je dois admettre que la seule personne de cette noce

à avoir l'air heureux était Carrie qui, que ce fût par l'innocence de la jeunesse ou par pur dévouement envers sa mère, resplendissait de beauté et se comportait comme si nous assistions tous, elle comme nous, à une joyeuse fête. Quand je dis « nous », je songe à l'infime poignée de gens présents. Deux personnes occupaient la partie de la nef réservée à Joseph Clow : sa mère sanglotante et drapée de crêpe et un homme mal rasé, qui n'avait été présenté à personne et qui pouvait être le frère de Clow ou peut-être un de ses collègues plombiers venu dans l'espoir qu'on servirait à manger après l'office.

Du côté de Caroline, il n'y avait que Carrie, Frank Beard et moi. Nous étions en si petit comité que Beard dut signer avec Carrie pour que les mariés disposent des deux témoins obligatoires. (Beard suggéra que je m'en charge, mais mon goût de l'absurde et de l'ironie n'était pas tout à fait assez développé.)

Joseph Clow sembla paralysé de peur et de tension pendant toute la cérémonie. Le sourire de Caroline était si large et son visage tellement empourpré que j'étais convaincu qu'elle risquait à tout moment de fondre en larmes et de faire une crise d'hystérie. Le pasteur lui-même semblait conscient de la bizarrerie de cette célébration et levait fréquemment les yeux de son missel, posant un regard de myope sur la minuscule assemblée comme s'il s'attendait à ce que quelqu'un annonce que tout cela n'était qu'une plaisanterie.

D'un bout à l'autre, une étrange torpeur pesa sur mon corps et sur mon esprit. Peut-être était-ce l'effet de la dose supplémentaire de laudanum que j'avais ingérée pour m'aider à supporter cette journée, mais j'y vois plutôt l'effet d'un profond détachement. Lorsque les jeunes mariés répétèrent leur engagement final, j'avoue avoir observé Caroline, debout, raide dans sa robe de mariée mal coupée et un peu minable, et m'être rappelé le toucher et la texture exacts de toutes les moelleuses – trop moelleuses désormais – courbes et rondeurs que dissimulait cette étoffe. Je n'éprouvai aucune émotion pendant toute la célébration, si ce n'est cette impression de vide singulière et envahissante qui s'était abattue sur moi pour la première fois au cours des semaines précédentes, quand je regagnais le numéro 90 Gloucester Place et n'y trouvais ni Caroline ni Carrie, mes trois domestiques étant eux aussi fréquemment absents (avec mon autorisation) car Besse avait quelqu'un de malade dans sa famille. C'était une trop vaste demeure pour être aussi dénuée de voix et de bruits humains.

Après le mariage, il n'y eut ni repas ni réception à proprement parler – tout le monde resta un bref moment à tourner en rond inconfortablement dans la cour glacée de l'église paroissiale, c'est tout. Les nouveaux mariés s'éloignèrent ensuite dans une voiture découverte – il faisait pourtant bien trop froid ce jour-là et il s'était mis à pleuvoir mais, de toute évidence, le supplément exigé pour une voiture fermée dépassait leurs moyens. L'image des heureux époux s'éclipsant pour filer le plus parfait amour fut un peu gâchée par Frank Beard, qui proposa de déposer Carrie et la mère de Joseph Clow à la maison même vers laquelle les jeunes mariés se dirigeaient à l'instant. (Caroline tenait à ce que Carrie passe les premières semaines de la vie d'épouse de sa mère dans cette petite maison spartiate et surpeuplée, bien que la jeune fille continuât à exercer épisodiquement ses fonctions de gouvernante et s'apprêtât à revenir bien vite vivre sous mon toit, Gloucester Place.)

Enfin, une fois que le pasteur sincèrement confus se fut retiré dans son église obscure, il ne resta plus devant l'église que l'autre plombier (j'avais décidé finalement qu'il n'était pas de la famille de Joseph) et moi, debout dans le vent glacé de la fin octobre. J'effleurai mon chapeau pour saluer l'homme affamé et parcourus à pied toute la distance qui me séparait de la demeure de mon frère Charley, South Audley Street.

La santé de Charley s'était un peu améliorée à la fin de cet été caniculaire, et, à la mi-septembre, Katey et lui avaient délaissé Gad's Hill Place pour regagner leur domicile londonien. Charles avait plusieurs travaux d'illustration en train, auxquels il se consacrait quand il en était capable, c'est-à-dire rarement, en raison de ses maux d'estomac et d'une invalidité générale.

Je fus cependant surpris de ne pas le trouver chez lui en ce jeudi 29 octobre, quand je frappai à leur porte. Katey était là, en revanche, et me reçut dans leur petit salon un peu sombre. Elle avait appris le mariage de Caroline et me demanda de lui raconter « tous les grands et merveilleux moments » de la journée. Elle m'offrit du brandy – que j'acceptai avec plaisir ; j'avais le nez, les joues et les mains rougies par le froid automnal –, et j'eus la nette impression qu'elle avait bu avant mon arrivée.

Quoi qu'il en soit, je lui racontai « tous les grands et merveilleux moments », élargissant néanmoins la définition de ces « grands moments » pour lui retracer toute mon aventure avec Caroline G.... Ce récit ne pouvait que heurter, certes, une sensibilité bourgeoise, mais je savais depuis longtemps que Kate avait largement abandonné les illusions de son père, tellement classe moyenne. À en croire les nombreux bruits et rumeurs, Katey s'était empressée de prendre un amant – voire plusieurs – pour compenser le manque d'ardeur de mon frère (ou son incapacité à l'exprimer). J'étais en présence d'une femme affranchie, qui buvait du brandy juste à côté de moi, dans un petit salon plongé dans la pénombre, aux volets clos, un modeste feu de charbon dispensant l'essentiel de la faible lumière dont nous jouissions et je me surpris à lui raconter des détails de ma liaison avec Caroline que je n'avais confiés à personne ou presque, pas même à son père.

Tout en parlant, je m'aperçus que j'avais un autre motif – outre mon besoin de m'épancher enfin – de relater tout cela à Kate Dickens.

À contrecœur, secrètement, douloureusement, j'avais fini par reconnaître le bien-fondé de la prédiction de son insensible de père affirmant que mon frère ne serait plus très longtemps de ce monde. Je ne pouvais nier, malgré quelques légers mieux temporaires, que l'affection de Charley ne cessait de s'aggraver au long cours. Mes yeux de frère loyal et aimant eux-mêmes ne pouvaient plus se cacher que Charles serait peut-être mort dans un an ou deux. Son épouse vieillissante (elle avait déjà vingt-huit ans) mais toujours séduisante serait alors veuve.

Katey n'était d'ailleurs pas en reste d'indiscrétions : « Vous seriez surpris de connaître le commentaire que Père a fait sur le mariage de Mrs G...

— Racontez-moi ça », dis-je en m'inclinant vers elle.

Elle nous servit un nouveau brandy et secoua la tête. « Cela risquerait de vous blesser.

— Balivernes. Rien de ce que votre père peut dire ne saurait me blesser. Cela fait trop longtemps que nous sommes amis et confidents, lui et moi. Je vous en prie, parlez. Qu'a-t-il dit de la cérémonie d'aujourd'hui ?

— En réalité, il ne m'en a rien dit, *personnellement*, bien sûr. Mais il se trouve que je l'ai entendu dire à tante Georgina… "Les aventures de Wilkie défient toute prédiction. Pour autant que l'on sache, toute cette farce matrimoniale peut très bien n'avoir été qu'une comédie montée par cette femme pour le pousser à l'épouser enfin, mais – contrairement à ce qu'elle prévoyait – son manège a échoué." »

Je m'enfonçai dans mon siège, abasourdi. J'*étais* blessé. Et étonné. Et s'il avait raison ? Ce *mariage* lui-même pouvait-il avoir été une ruse de Caroline pour me piéger et me forcer à en faire mon épouse ? Espérait-elle que son absence me ferait tellement souffrir que je viendrais la chercher jusque sous le toit de Joseph Clow, défiant et déniant tous les liens conjugaux, pour la supplier de me revenir…, de m'épouser, *moi* ? Ma peau frémit de révulsion.

Ébranlé, je ne pus que balbutier : « Votre père est un homme très sage. »

Elle tendit le bras et – quelle surprise, quelle émotion ! – me serra la main.

Tout en sirotant un troisième brandy, je m'entendis prononcer devant Katey d'un ton geignard des paroles que je confierais, bien plus tard et dans un contexte fort différent, presque mot pour mot, à Charley lui-même.

« Kate… ne soyez pas trop dure avec moi. Entre

la maladie qui me tourmente, la mort de ma mère et la solitude, j'ai passé une année effroyable. Tout en m'apportant une étrange satisfaction à certains égards, assister aujourd'hui au mariage de Caroline m'a inspiré un trouble singulier. Après tout, elle a fait partie de ma vie pendant plus de quatorze ans, et de ma maisonnée pendant plus de dix. Il me semble, ma chère Katey, qu'un homme dans ma situation mérite la pitié. Je ne suis pas… je n'ai plus été depuis longtemps… je ne suis pas *habitué* à vivre seul. J'ai pris l'habitude d'avoir à mes côtés une femme aimable avec qui m'entretenir, comme vous le faites en cet instant, Katey… une femme prête à s'occuper de moi et peut-être à m'accorder quelque gâterie de temps en temps. Tous les hommes aiment cela, et moi peut-être plus encore que la plupart. Il est difficile pour une femme, pour une épouse, telle que vous, de comprendre ce qu'éprouve un homme qui a toujours vu sous son toit une créature avenante… une personne bien habillée, une présence constante dans la pièce, ou à proximité, dispensant un peu de lumière et de chaleur dans la vie d'un vieux célibataire… et qui se retrouve soudain, sans qu'il y soit pour rien, seul comme je le suis aujourd'hui, abandonné… dans le froid et l'obscurité. »

Le regard intense de Katey était posé sur moi. J'eus l'impression qu'elle s'était inclinée vers moi pendant mon exposé. Sa cuisse, sous sa longue robe de soie verte, n'était qu'à quelques centimètres de la mienne. J'éprouvai l'envie brutale de me laisser tomber à genoux, d'enfouir mon visage dans son giron et de pleurer comme un enfant. J'étais certain en cet instant qu'elle m'aurait serré dans ses bras, m'aurait tapoté le dos et la tête et aurait peut-être même relevé mon visage ruisselant de larmes vers sa poitrine.

Je restai assis à ma place, tout en me penchant encore davantage vers elle. « Charley est très malade, murmurai-je.

— Oui. » Je ne perçus aucune tristesse particulière dans cette monosyllabe ; c'était un simple constat.

« J'ai été souffrant, moi aussi, mais mon rétablissement ne fait pas de doute. C'est une maladie passagère. Elle n'amoindrit absolument pas, même à présent, mes facultés ni mes... besoins. »

Elle me jeta un regard qui me parut rempli d'une attente palpitante.

Je repris alors, doucement mais d'une voix pressante : « Kate, j'imagine que vous ne pourriez envisager d'épouser un homme qui a eu...

— Non, en effet », répondit Kate fermement. Elle se leva.

Ébranlé et rempli de confusion, je l'imitai.

Kate demanda à sa domestique de m'apporter mon manteau, ma canne et mon chapeau. Je me retrouvai sur le perron gelé avant d'avoir pu prononcer un seul mot. J'en étais encore sans voix. La porte claqua derrière moi.

Courbé en avant, le visage cinglé par la pluie, j'avais parcouru quelques mètres quand j'aperçus Charley sur le trottoir d'en face. Il me héla, mais je fis comme si je ne l'avais ni vu ni entendu et poursuivis mon chemin en me hâtant, ma main cramponnée au bord de mon chapeau et me protégeant le visage de l'avant-bras.

Deux rues plus loin, j'arrêtai un fiacre et me fis conduire Bolsover Street.

Martha R..., dont les domestiques n'étaient plus

là à une heure aussi avancée, m'ouvrit la porte elle-même. Elle ne s'attendait pas à me voir et je lus sur son visage un plaisir sincère en me découvrant sur son seuil.

Cette nuit-là, j'engendrai notre premier enfant.

son état.

39.

En novembre, Dickens présenta son meurtre en
avant-première à un public intime composé d'une
centaine de ses meilleurs amis.

Cela faisait à présent plus d'un an que l'Inimitable
négociait avec Chappell & Company l'organisation
d'une nouvelle tournée de lectures – sa « tournée
d'adieu ». Chappell avait suggéré soixante-quinze
séances, mais Dickens – de plus en plus malade, de
plus en plus faible et dont la liste d'infirmités en tout
genre s'allongeait de jour en jour – exigeait une centaine de lectures pour une somme forfaitaire de huit
mille livres sterling.

Son plus vieil ami, Forster, qui avait toujours
désapprouvé ces tournées pour la raison bien réelle
qu'elles empêchaient Dickens d'écrire des romans et
le laissaient invariablement épuisé, affaibli et souffrant, fit catégoriquement savoir à l'Inimitable que s'il
s'obstinait, dans son état actuel, à prétendre donner
une centaine de lectures, cela ne manquerait pas de le
tuer. Frank Beard et les autres médecins que Dickens
avait consultés plus fréquemment au cours de l'année
écoulée donnaient entièrement raison à Forster. Dolby

lui-même, dont la présence dans la vie de Dickens ne se justifiait pourtant que par ces tournées, estimait peu judicieux d'en engager une dans les circonstances présentes, et *insensé* d'envisager une centaine de soirées.

Et personne dans son cercle familial, parmi ses vieux amis, ses médecins et ses conseillers n'approuvait l'idée de faire figurer l'Assassinat de Nancy dans sa tournée d'adieu. Certains, comme Wills et Dolby, trouvaient tout bonnement que cet épisode sacrifiait trop au sensationnel pour un écrivain aussi estimé et aussi respecté. La plupart des autres, comme Beard, Percy Fitzgerald, Forster – et moi –, étaient plus ou moins convaincus que cela l'achèverait.

Quant à Dickens, son esprit de contradiction le poussait à se représenter l'épuisement des voyages et des représentations à venir, sans parler de l'angoisse psychique que lui imposeraient des trajets quotidiens en train, comme (c'est ce qu'il affirma à Dolby) « un soulagement de l'esprit ».

Personne ne comprenait son attitude, sauf moi. Je savais que Charles Dickens était une sorte de succube masculin – non content d'imposer son contrôle mesmérien, magnétique à des centaines et à des milliers de spectateurs au cours de ces lectures, il en profitait pour absorber leur énergie. Sans ce besoin, et sans cette faculté, Dickens serait mort de ses infirmités depuis des années, j'en étais convaincu. Cet homme était un vampire et avait besoin de manifestations publiques et d'auditoires où puiser l'énergie nécessaire pour poursuivre sa route, tant bien que mal, un jour après l'autre.

Finalement, Chappell accepta ses conditions : cent lectures contre huit mille livres. Il avait été prévu initialement que la Tournée Américaine de l'Inimitable

– qui, il me l'avait avoué, l'avait conduit au bord de la prostration – comprendrait quatre-vingts lectures, mais à la suite de quelques annulations, ce chiffre avait été ramené à soixante-quinze. Katey m'avait appris (bien avant notre entretien du 29 octobre) que les activités américaines de Dickens lui avaient rapporté deux cent vingt-huit mille dollars de recettes totales et que ses dépenses dans ce pays – essentiellement les trajets, la location des salles, les hôtels et les cinq pour cent de commission des agents américains, Ticknor & Fields – étaient restées un peu en deçà de trente-neuf mille dollars. Les frais préliminaires de Dickens en Angleterre s'étaient montés à six cent quatorze livres et il fallait évidemment y ajouter les trois mille livres de commission de Dolby.

En toute logique, les profits que Dickens avait tirés de ses lectures américaines de 1867-1868 auraient dû représenter une petite fortune – une véritable fortune même, pour tous ceux qui font, comme nous, métier d'écriture –, mais il avait choisi de faire sa tournée trois ans seulement après la fin de la guerre de Sécession. Or ce conflit avait provoqué une chute générale du cours du dollar, et, au début de l'été de 1868, la monnaie américaine n'avait pas encore retrouvé son taux de change antérieur, plus normal. Katey m'avait expliqué que, si son père s'était contenté d'investir ces gains en achetant des titres américains et avait attendu que la valeur du dollar remonte, ses profits se seraient élevés à près de trente-huit mille livres. En réalité, il avait payé à l'époque quarante pour cent de droits de change pour convertir ses dollars en or. « Mon profit, s'était-il vanté à sa fille, a été de vingt mille livres, à plus ou moins cent livres près. »

Une somme impressionnante, mais qui ne justifiait pas le voyage, le travail, l'épuisement et l'affaiblissement de sa vigueur d'écrivain que cette tournée avait exigés de lui.

De sorte que le contrat qu'il venait de conclure avec Chappell était peut-être, après tout, dicté par la simple cupidité autant que par ses appétits vampiriques supposés.

Ou peut-être s'agissait-il d'une tentative de suicide par tournée de lectures.

J'admets, Cher Lecteur, que, non contente de me traverser l'esprit et de me sembler parfaitement sensée, cette dernière hypothèse me troubla. À ce moment-là, je voulais tuer Charles Dickens de ma propre main. Mais sans doute serait-il plus élégant de l'aider simplement à se suicider ainsi.

Dickens avait inauguré sa tournée dans sa salle préférée, St James's Hall, à Londres le 6 octobre, mais sans la scène du Meurtre. Il savait qu'il devrait obligatoirement interrompre ses déplacements et ses lectures – les élections législatives avaient lieu en novembre, ce qui le contraindrait à mettre sa tournée entre parenthèses durant la campagne, ne fût-ce que parce qu'il serait impossible de trouver une salle publique ou un théâtre à louer pendant ce déchaînement des politiciens. (Nul n'ignorait que l'Inimitable soutenait Gladstone et le Parti libéral, mais, comme le savaient ses proches amis, cela tenait davantage à l'aversion que lui avait toujours inspirée Disraeli qu'à l'espoir de voir les Libéraux mener à bien le genre de réformes que lui, Dickens, avait toujours prônées dans ses romans, ses autres textes et plaidoyers publics.)

Pourtant, ces lectures d'octobre moins astreignantes, sans Assassinat – Londres, Liverpool, Manchester, Londres encore, Brighton, Londres –, suffirent à l'éprouver durement.

Au début du mois d'octobre, Dolby m'avait confié que le Chef avait un moral d'acier et ne se sentait plus de joie à l'idée de reprendre ses lectures ; mais, au bout de deux semaines de tournée à peine, force fut à Dolby de reconnaître que son cher patron ne dormait pas en route, qu'il souffrait de terribles accès de mélancolie et était terrifié chaque fois qu'il montait dans un wagon de chemin de fer. Le moindre cahot, la moindre embardée faisait hurler de terreur le Chef, persuadé qu'il allait mourir.

Quant à Frank Beard, il s'inquiétait de l'œdème qui avait recommencé d'envahir le pied gauche de Dickens – toujours un symptôme de problèmes plus graves – et d'une recrudescence, plus violente encore, de ses douleurs rénales déjà anciennes et de ses hémorragies intestinales.

S'y ajoutaient d'autres signes plus éloquents encore, dont je fus informé par les récits de Katey que mon frère me transmettait : Dickens pleurait fréquemment au cours de ces premiers voyages et était, par moments, presque inconsolable. Il est vrai que l'été et le début de l'automne lui avaient infligé un certain nombre de chagrins personnels.

Son fils Plorn – qui avait alors presque dix-sept ans – avait pris la mer à la fin du mois de septembre pour rejoindre son frère Alfred en Australie. Dickens s'était effondré à la gare, en larmes, ce qui ne lui ressemblait guère car l'Inimitable se montrait généralement très réservé lors des adieux familiaux.

À la fin du mois d'octobre, alors que l'épuisement de sa tournée commençait déjà à se faire sentir, Dickens apprit le décès de son frère Frederick, avec lequel il était brouillé depuis de longues années. Forster me confia que Dickens lui avait écrit : « Il a gâché sa vie, mais que Dieu me préserve de le juger trop durement comme de juger trop durement tout ce qui, dans ce monde, n'est pas délibérément et froidement mauvais. »

Quant à moi, au cours d'un des rares dîners que nous partageâmes chez Vérey's à Londres, en profitant d'un trou de son calendrier de lectures, Dickens m'annonça simplement : « Wilkie, mon cœur est devenu un cimetière. »

Le 1er novembre, deux semaines avant que s'accomplisse le Meurtre de Nancy, mon frère raconta que Katey avait entendu l'Inimitable dire à Georgina : « Je n'arrive pas à me remettre intérieurement, et me voilà à présent aussi insomniaque que malade. »

Il avait encore écrit à Forster : « Je n'ai pas été bien portant et j'ai été effroyablement fatigué. Néanmoins, je n'ai guère de raisons de me plaindre – aucune, aucune ; il n'empêche que, comme Mariana, je suis las. »

Forster, qui éprouvait lui-même une certaine lassitude à l'époque, m'avait transmis ce message en toute confidence – dans l'idée que notre petit cercle d'intimes de Dickens surveillait sa santé avec inquiétude –, mais reconnut que cette allusion à « Mariana » lui échappait de prime abord.

Ce n'était pas mon cas. Et j'eus du mal à réprimer un petit sourire en récitant à Forster les vers de

Mariana tirés du poème de Tennyson auquel, j'en étais convaincu, Dickens faisait allusion.

> *« ... Je suis lasse, si lasse.*
> *Oh Dieu, que ne suis-je morte ! »*

À l'une de ses lectures londoniennes d'octobre à St James's Hall où je m'étais rendu sans le prévenir, je vis Dickens entamer sa lecture avec son énergie habituelle et en donnant toute apparence d'être absolument enchanté de se replonger dans ses *Papiers du Pickwick Club* – une réalité ou une illusion qui ravissait toujours son public –, mais, au bout de quelques minutes, il donna l'impression d'être incapable de prononcer le nom de « Pickwick ».

« Picksnick » : c'est ainsi qu'il appela son personnage avant de s'interrompre, de feindre de rire et de réessayer. « Peckwicks... excusez-moi, mesdames et messieurs, je voulais dire, bien évidemment... Picnic ! C'est-à-dire, Packrits... Pecksniff... Pickstick ! »

Après plusieurs autres essais tout aussi embarrassants, il s'interrompit et baissa les yeux vers ses amis assis au premier rang, aux places qui leur avaient été réservées (j'étais tout au fond, à la galerie, ce soir-là), et son visage exprima quelque chose comme de l'amusement. S'y ajoutait pourtant une légère nuance de désespoir, me dis-je, comme s'il les appelait à l'aide.

Et – même au fond de la salle, au milieu de la foule qui riait, en adoration –, je pus, littéralement, flairer l'affolement qui s'emparait soudain de lui.

Dickens avait consacré de longues semaines à peaufiner son scénario du Meurtre de Nancy en prévision de ses lectures, mais il ne s'en était pas servi. Comme il me l'avait confié chez Vérey's, « J'ai tout bonnement peur de le lire, mon cher Wilkie. Je ne doute pas que je serai en mesure de pétrifier un auditoire avec ce texte… il suffirait que j'en lise le huitième !… mais je ne voudrais pas que cette impression soit *horrible* et terrifiante au point de les détourner de revenir assister à mes lectures.

— Vous le saurez quand vous aurez pris leur pouls à travers quelques séances de plus, mon cher Charles, lui avais-je dit ce soir-là. Vous saurez quand le moment sera venu. Vous le savez toujours. »

Dickens avait répondu au compliment par un simple hochement de tête tout en avalant une gorgée de vin d'un air absent.

J'appris ensuite par Dolby que je serais convié, en tant qu'invité spécial – avec environ cent quinze autres « invités spéciaux » –, à une lecture privée (qui eut lieu pendant une pause de la campagne électorale) donnée à St James's Hall le samedi 14 novembre.

Dickens allait enfin assassiner Nancy.

En début d'après-midi, le jour de cette manifestation, je me rendis à Rochester. Je retrouvai Mr Dradles devant la cathédrale et sacrifiai au rituel du petit cadeau. Le brandy que j'offrais à ce vieillard poussiéreux était plus coûteux que celui que j'achetais d'ordinaire pour moi-même et mes invités les plus prestigieux.

Dradles l'accepta avec un grognement et se hâta de l'enfouir au milieu de ses épaisses couches de grosse toile, de manteaux de flanelle et de gilets de moleskine. Il était tellement empaqueté de flanelle, si boursouflé de moleskine et de toile que je ne distinguais pas la moindre bosse révélant la présence de la bouteille.

« Dradles, il dit, par là, patron », et il me reconduisit jusqu'à l'entrée de la crypte, en contournant la cathédrale et le clocher. Il portait une lanterne sourde dont il avait rabattu le volet, et qu'il posa brièvement pour se palper à la recherche de la bonne clé. Il sortit d'innombrables clés et trousseaux des innombrables poches de sa personne avant de trouver celle qu'il voulait.

« Tention la tête, Monsieur Billy Wilkie Collins. »

Ce furent les seuls mots qu'il prononça en brandissant sa lanterne sourde alors que nous nous engagions dans le labyrinthe obscur. Le temps était suffisamment couvert en cette journée de novembre pour que les quadrilatères irréguliers de verre réservés dans le plafond en voûte à arêtes ne laissent presque pas filtrer de lumière. Des racines d'arbres, des buissons et par endroits du gazon même, avaient recouvert les espaces ménagés par les constructeurs de la cathédrale du temps jadis pour servir de lucarnes à cette nécropole. Je suivais essentiellement mon cicérone à l'oreille et me guidais en faisant glisser ma main sur la pierre d'ardoise polie. *L'humidité qui montait.*

TIP-TAP-TAP-TAP-TAP-TIP-TIP-TAP. Dradles paraissait avoir déniché un écho à son goût. Il découvrit la lanterne et me fit voir un joint de maçonnerie à l'endroit où le couloir s'incurvait et avant de s'enfoncer dans la crypte par une volée de marches étroites.

« Monsieur Billy W. C. voit ça ? » demanda-t-il. Son haleine chargée de vapeurs de rhum remplit l'espace glacé qui nous séparait.

« On a démonté cette paroi, on a mis de nouvelles

pierres en place et on l'a rejointoyée », acquiesçai-je. J'avais du mal à éviter de claquer des dents. Il paraît qu'il fait plus chaud dans les grottes – une température constante de douze degrés ou quelque chose comme cela – que sous le vent froid de novembre qui soufflait au-dehors. Mais ce n'était certainement pas le cas dans cette crypte caverneuse.

« Pour sûr, c'est Dradles et personne d'aut' qui l'a fait, y a pas deux ans, me souffla-t-il. Y a personne, pas le pasteur, pas le chef de chœur, pas même un aut' maçon qui pourrait remarquer – après un jour ou trois – si le nouveau mortier, il était encore plus nouveau. Pas si c'est Dradles qui l'a fait. »

Je hochai la tête. « Et ce mur donne directement dans la crypte ?

— Nan, nan, rit le maçon flanelleux. Y a encore deux aut' murs entre nous et les vieux bonshommes. Ce mur-là, il ouvre just' sur le premier espace entre lui et l'aut' mur, le plus vieux. Quarante centimètres, à tout casser.

— Et c'est suffisant ? » demandai-je. Je ne pouvais, en toute décence, achever ma phrase par *pour un corps* ?

Les yeux rouges et chassieux de Dradles scintillèrent à la lumière de la lanterne. Il avait l'air de se divertir beaucoup, mais semblait également lire à livre ouvert dans mes pensées. « Non, pas pour un corps, non, répondit-il d'une voix bien trop sonore à mon goût. « Just' pour des os, des vertèbres, un bassin, des tarses, une montre ou ben une chaîne et pis une ou deux dents en or, et aussi pour un joli crâne ben propre, ben souriant… plus d'espace qu'il en faut, m'sieur. Plus d'espace qu'il en faut. Les vieux bonshommes qui sont au fond, y vont pas rechigner à faire un peu de place à un nouveau locataire, non m'sieur, Mr Billy Wilkie Collins, patron. »

J'eus un haut-le-cœur. Si je ne sortais pas promptement de ce lieu, j'allais vomir, c'était certain, sur les brodequins indifférenciés et crasseux du tailleur de pierre. Mais je restai tout de même, le temps de demander : « Est-ce l'endroit que vous avez repéré, Mr Dickens et vous, pour les os qu'il pourrait avoir à apporter ?

— Oh, non, m'sieur. Non, m'sieur. Notre Mr Charles Dickens, célèbre auteur, il a choisi un endroit plus sombre, plus profond pour les os qu'il apportera à Dradles, just' en bas des marches, là, m'sieur. Est-ce que le gentleman Wilkie veut voir ? »

Je secouai la tête et – sans attendre la lumière de la petite lanterne – je regagnai seul la surface et le grand air.

Ce soir-là, assis dans St James's Hall en compagnie d'une centaine des meilleurs amis de Charles Dickens, je me demandai combien de fois l'Inimitable était monté sur cette scène pour se produire devant des spectateurs – dans une pièce de théâtre ou comme chef de file d'une nouvelle race d'auteurs donnant lecture de leurs œuvres. Plusieurs centaines de fois ? Peut-être plus. Il *était* à lui tout seul – ou avait été – cette « nouvelle race d'auteurs ». Et personne ne semblait pouvoir l'égaler ni le remplacer.

Ce Meurtre public de Nancy marquait encore une nouveauté sans précédent pour un homme de lettres.

Forster m'avait confié que c'était lui qui avait convaincu Dickens de demander aux Chappell leur avis sur l'idée calamiteuse – selon Forster – d'inclure le Meurtre de Nancy dans son programme de lectures. Et c'étaient les Chappell qui avaient suggéré de présenter à l'essai cette lecture sinistre et macabre à ce public privé.

Juste avant la représentation, j'entendis un médecin londonien très célèbre (il ne s'agissait pas de notre cher ami Beard) déclarer à l'Inimitable : « Mon cher Dickens, vous pouvez être sûr que, si une seule femme crie au moment où vous assassinez cette fille, une épidémie d'hystérie balaiera toute la salle. »

Dickens s'était contenté d'incliner la tête modestement et d'esquisser un sourire que tous ceux qui le connaissaient auraient qualifié de plus venimeux que malicieux.

Comme je m'installais au deuxième rang à côté de Percy Fitzgerald, je remarquai que la scène n'était pas tout à fait disposée comme elle l'était généralement pour les lectures de Dickens. En plus du cadre personnalisé habituel composé de projecteurs à gaz et d'un écran pourpre qui le mettait remarquablement à son avantage sur une scène obscurcie, Dickens avait ajouté des écrans de la même teinte de part et d'autre, et des rideaux assortis derrière eux. Ce dispositif avait pour effet de rétrécir et de concentrer le vaste plateau sur le minuscule cercle de lumière vive entourant l'orateur.

J'avais pensé, je l'avoue, que Dickens commencerait sa lecture par un passage moins sensationnel – peut-être une version abrégée de son éternelle et toujours populaire scène du tribunal des *Papiers du Pickwick Club* (« Qu'on fasse entrer Sam Weller ! ») – avant d'aboutir au point culminant, au *Sturm und Drang* du Meurtre de Nancy, nous révélant ainsi à quel point quelques lectures préalables pouvaient, lors d'un spectacle complet, améliorer encore ce finale si efficace.

Il ne le fit pas. Il attaqua directement par Nancy.

Je sais, Cher Lecteur, que j'ai déjà évoqué les notes personnelles que l'Inimitable avait consignées sur une première version estivale de son scénario de lecture destiné à cette scène, mais je ne saurais te dire combien ces indications – ou mes propres facultés de description, aussi affinées par l'écriture de la prose qu'elles puissent être – sont impuissantes à décrire les quarante-cinq minutes qui suivirent.

Peut-être, Cher Lecteur, as-tu, dans l'alchimie scientifique avancée de ton avenir incroyablement lointain de la fin du XXe ou du début du XXIe siècle (en admettant que tu prennes encore la peine de mesurer le temps en termes d'années de Notre-Seigneur), peut-être donc as-tu créé quelque longue-vue capable de scruter le passé et pouvez-vous ainsi observer et écouter les Béatitudes, les discours de Périclès ou les représentations originelles des pièces de Shakespeare. Le cas échéant, je te suggérerai d'ajouter à ta liste de Morceaux Oratoires Historiques À Ne Pas Manquer, l'interprétation de Bill Sikes assassinant Nancy donnée par un certain Charles Dickens.

Il ne commença pas immédiatement par le Meurtre lui-même dans tous ses détails, cela va de soi.

Peut-être te rappelles-tu les exposés que je t'ai déjà faits des lectures de Dickens – son calme, sa façon de tenir le livre ouvert d'une main alors même qu'il ne s'y référait jamais vraiment, le climat théâtral essentiellement créé par la vaste diversité de voix, d'accents et de postures que Dickens adoptait pendant qu'il récitait.

Jamais encore, pourtant, il n'avait intégralement *joué la scène qu'il lisait.*

Ce jour-là, Dickens débuta lentement mais de façon beaucoup plus théâtrale que je ne l'avais vu jusqu'alors de sa part (ou de tout auteur donnant une de ses œuvres en lecture). Fagin, le méchant Juif, prit vie comme jamais encore – se tordant les mains d'un geste qui suggérait tout à la fois l'impatience avide de mettre la main sur l'argent volé et la culpabilité, comme s'il essayait de se laver du sang du Christ tout en poursuivant ses manigances. Noah Claypole paraissait encore plus poltron et plus imbécile que dans le roman. L'entrée de Bill Sikes fit frissonner le public qui prévoyait déjà la suite – rarement la brutalité masculine avait été aussi bien rendue par quelques pages de dialogues et par l'incarnation théâtrale du comportement de ce voleur ivrogne et tyrannique.

La terreur de Nancy fut palpable d'emblée et, à l'instant où résonnèrent les premiers de ses multiples cris, le public était déjà pâle et totalement captivé.

Comme pour bien nous faire sentir la différence entre les précédentes lectures qu'il avait faites au fil des décennies (sans parler des efforts faibles et médiocres de ses imitateurs) et la nouvelle ère d'interprétation sensationnelle qu'il abordait à présent, Dickens rejeta le volume qui contenait son scénario de lecture, s'éloigna de son lutrin et sauta littéralement à pieds joints dans la scène qu'il nous décrivait.

Nancy hurlait ses supplications d'une voix perçante.

Bill Sikes grondait sa fureur impitoyable. Il ne lui ferait pas grâce, malgré ses hurlements – *« Bill ! Bill ! Pour l'amour du Bon Dieu, Bill ! Pour l'amour du Bon Dieu ! *»*

La voix de Dickens remplissait St James's Hall au point que chaque spectateur entendit jusqu'aux ultimes prières chuchotées de Nancy agonisante comme s'il était sur le plateau. Au cours des quelques silences (proprement terrifiants), on aurait entendu une souris frétiller dans la galerie vide, derrière nous. Nous percevions même les halètements que poussait Dickens sous l'effet des efforts nécessaires pour abattre son gourdin invisible (bien trop visible !) sur le crâne de cette pauvre fille... encore ! Encore ! Encore !

Dickens exploitait le puissant éclairage pour obtenir des effets étonnants. Le voici sur un genou, dans le rôle de Nancy, le halo de lumière ne montrant que sa tête rejetée en arrière et deux mains pâles se dressant dans un geste de vaine imploration. Le voilà maintenant se cabrant dans le rôle de Bill – la massue levée entre ses épaules et le corps soudainement, incroyablement, plus gros, plus massif et plus grand que Dickens ne l'avait jamais été, des ombres noires remplissant ses orbites, ne laissant apparaître que le blanc terrifiant des yeux déments de Sikes.

Et puis, le coup – le gourdin qui s'abat –, le coup encore – encore le gourdin. La voix mourante de la malheureuse, de plus en plus assourdie, de plus en plus ténue, tandis que la vie et l'espoir la fuient, tenait le public en haleine. Une femme laissa échapper un sanglot.

Quand les prières de Nancy se turent, il y eut un instant de soulagement – d'espoir même – à l'idée que la brute avait entendu ses supplications, qu'il restait encore dans cette forme meurtrie un imperceptible souffle de vie mais, alors même que de nombreux spectateurs choisissaient cette seconde pour ouvrir les yeux, *alors* Dickens émit le mugissement le plus vociférant et le plus dément et Sikes recommença à assener des coups de massue sur la jeune fille mourante, puis sur la jeune fille morte, et enfin sur la masse informe de chair meurtrie et de cheveux sanguinolents qui gisait à ses pieds.

Quand il eut terminé, accroupi au-dessus du corps dans l'attitude effroyable que son fils et mon frère avaient surprise pour la première fois dans la prairie, derrière Gad's Hill Place, la respiration pantelante de Dickens remplit la salle comme la soufflerie d'une machine à vapeur détraquée. Je n'aurais su dire si ce halètement était authentique ou faisait partie du spectacle.

Il avait fini.

Dans la salle, des femmes sanglotaient. L'une d'elles au moins était en pleine crise d'hystérie. Les hommes étaient assis, raides, blêmes, poings serrés, les muscles des mâchoires crispés. Je m'aperçus que Percy Fitzgerald et le vieil ami de Dickens Charles Kent qui m'entouraient avaient, l'un comme l'autre, le plus grand mal à reprendre leur souffle.

Quant à moi, le scarabée tapi derrière mes yeux avait été pris de folie pendant la lecture, pivotant, s'enfonçant et creusant ses galeries d'une partie de mon cerveau à l'autre. La douleur avait été indescriptible, pourtant je n'avais pu ni fermer les paupières, ni me boucher les oreilles pour ne pas assister à cette scène de Meurtre, tant la magnétisation opérée par Dickens avait été efficace. Dès que Nancy fut bel et bien morte, je sortis ma flasque d'argent et avalai quatre longues gorgées de laudanum. (Je remarquai que d'autres hommes portaient de semblables flasques à leurs lèvres.)

Le public resta silencieux un moment après que Dickens se fut tu, eut regagné son lutrin, redressé les revers de sa veste et sa cravate et se fut légèrement incliné.

Je crus un moment qu'il n'y aurait aucun bravo et que l'indécence de ce Meurtre scénique de Nancy resterait un événement unique. Les Chappell entendraient dans ce silence choqué le jugement qu'ils attendaient. Forster, Wills, Fitzgerald et tous les autres amis de Dickens qui lui avaient déconseillé ce spectacle verraient leur sagacité confirmée.

C'est alors que les applaudissements éclatèrent. S'amplifièrent. Et continuèrent d'aller crescendo tandis que les gens commençaient à se lever, d'un bout à l'autre de la salle. Ils ne s'arrêtaient plus.

Baigné de sueur mais souriant, Dickens s'inclina plus profondément, descendit de sa haute table de lecture et esquissa un geste de prestidigitateur.

Des membres de son équipe scénique apparurent au petit trot et les écrans furent escamotés en un tournemain. Les rideaux pourpres furent tirés.

On aperçut sur l'estrade une longue table de banquet scintillante chargée de mets délicats. Des bouteilles de champagne avaient été mises à rafraîchir dans d'innombrables seaux à glace en argent. Une petite armée de serveurs en grande tenue était prête à ouvrir les huîtres et à faire sauter les bouchons. Dickens fit un autre geste et prit la parole (sous des applaudissements frénétiques) pour inviter le public à monter sur scène et à profiter des rafraîchissements.

Cette partie de la soirée avait, elle aussi, fait l'objet

d'une mise en scène méticuleuse. Lorsque les premiers auditeurs montèrent sur l'estrade en file indienne, les jambes encore flageolantes, les puissantes lampes à gaz illuminèrent merveilleusement leurs visages empourprés, les boutons de plastron en or des messieurs et les robes bigarrées des dames. On aurait dit que le spectacle se poursuivait, mais que nous en faisions désormais tous partie. Avec un tressaillement d'effroi mêlé d'une sombre fascination, nous comprîmes que nous assistions à la veillée funèbre de la malheureuse Nancy.

Ayant moi-même enfin rejoint la scène, je me tins à quelque distance des agapes, l'oreille à l'affût des propos que les gens tenaient à Dickens, lequel était tout sourire derrière le voltigement de son mouchoir car il continuait à éponger son front, ses joues et son cou trempés.

Des actrices telles que Mme Celeste et Mrs Keeley furent parmi les premières à l'atteindre.

« Vous êtes mes juges et mon jury, leur annonça Dickens exultant. Alors, dois-je le faire, oui ou non ?

— Oh, oui, oui, oui, oui, oui », haleta Mme Celeste. Elle semblait à deux doigts de défaillir.

« Mais bien sûr, il le faut ! s'écria Mrs Keeley. Vous êtes arrivé à créer un tel effet, il *faut* le faire. Il le faut. Mais je dois dire… »

À cet instant, la comédienne fit rouler ses grands yeux noirs très lentement, très théâtralement et prononça le reste de sa réplique avec un ralentissement étudié, « … que cela fait au moins cinquante ans que le public attend pareille sensation. Dieu soit loué, ses vœux ont enfin été exaucés ! »

Mrs Keeley prit une longue inspiration entrecoupée, l'exhala et resta figée, apparemment sans voix.

Dickens s'inclina profondément, lui saisit la main et la baisa.

Charley Dickens arriva, tenant une coquille d'huître vide.

« Alors Charley, lança Dickens, qu'en penses-tu maintenant ? » (Charley avait été l'une des personnes les plus proches de Dickens à s'efforcer de le détourner de ce projet.)

« C'est encore meilleur que je ne l'aurais cru, Père. Mais je vous le répète, *ne faites pas cela.* »

Dickens cilla sous l'effet d'un étonnement qui me parut sincère.

Edmund Yates s'approcha, avec sa deuxième coupe de champagne.

« Qu'en pensez-vous, Edmund ? demanda Dickens. Figurez-vous que Charley, mon propre fils, prétend que c'est la plus belle chose qu'il ait jamais entendue mais s'obstine dans le même temps à me conseiller, sans me donner la moindre raison, de ne pas le faire ! »

Yates jeta un coup d'œil à Charley et – d'un ton sérieux, presque funèbre – répondit : « Je ne peux que donner raison à Charley, Monsieur. Ne le faites *pas*.

— Juste ciel ! s'écria Dickens en riant. Je suis entouré d'incrédules. Vous… Charles ! » s'exclama-t-il, désignant Kent qui se tenait à côté de moi. Ni lui ni moi n'étions encore allés nous servir à boire. Le bruit de la foule qui nous entourait se faisait de plus en plus fort, de moins en moins retenu.

« Et Wilkie, ajouta Dickens. Que pensent mes deux vieux amis et complices professionnels ? Estimez-vous, comme Edmund et Charley, qu'il serait préférable que cette représentation demeurât unique ?

— Pas le moins du monde, protesta Kent. Ma seule objection est d'ordre technique.

— Ah ? » fit Dickens. Sa voix était parfaitement calme, mais je savais combien peu il appréciait les « objections d'ordre technique » s'agissant de ses lectures ou de son travail théâtral. Dickens se considérait en effet comme un champion de la mise en scène et des effets techniques.

« Vous terminez votre lecture… votre représentation… par la scène où Sikes traîne le chien hors de la chambre du crime et referme la porte derrière lui, poursuivit Charles Kent. Il me semble que le public reste sur sa faim… Peut-être faudrait-il ajouter la fuite de Sikes ? Sa chute du toit, sur Jacob's Island, sûrement. Le public veut… il a *besoin* de voir Sikes puni. »

Dickens fronça les sourcils. Je pris son silence pour une invitation à m'exprimer.

« Je suis du même avis que Kent, intervins-je donc. Ce que vous nous avez donné est stupéfiant. Mais la fin n'en est pas moins… tronquée ? Prématurée ? Je ne puis m'exprimer au nom des dames présentes, mais je peux vous affirmer que nous, les hommes, nous avons soif de voir couler le sang de Sikes et d'assister à son trépas autant que lui-même avait soif de tuer cette malheureuse Nancy. Dix minutes de plus transformeraient la fin, la faisant passer de l'état actuel de pure horreur à une course féroce et passionnée vers l'aboutissement ! »

Dickens serra ses bras autour de sa poitrine et secoua la tête. Je voyais que son plastron amidonné

était imbibé de transpiration et que ses mains tremblaient.

« Croyez-moi, Charles, dit-il en s'adressant à Kent,
il serait impossible de tenir n'importe quel public au
monde dix minutes de plus – ou cinq seulement ! –,
après la mort de la fille. Vous pouvez me croire. C'est
moi qui suis là... » – il fit un geste vers le lutrin et
vers l'estrade de lecture – « ... et je le *sais* ».

Kent haussa les épaules. L'assurance sans faille de
Dickens – la voix du Maître, à laquelle il recourait
souvent pour clore les débats sur des sujets littéraires
ou théâtraux – s'était exprimée. Mais je sus dès cet
instant et ne fus pas surpris de constater plus tard
que Dickens ruminerait cette suggestion et allongerait
ultérieurement sa lecture, ajoutant au moins trois pages
de récit à sa représentation, pour se plier précisément
à la suggestion de Kent.

J'allai chercher des huîtres et du champagne et
rejoignis George Dolby, Edmund Yates, Forster, Charley Dickens, Percy Fitzgerald, Charles Kent, Frank
Beard et d'autres qui se tenaient au fond de la scène,
à l'écart du rectangle brillamment éclairé. Dickens
était à présent entouré de dames qu'il avait invitées à
cette soirée, et elles donnaient l'impression d'être tout
aussi à bout de nerfs et d'éprouver un enthousiasme
aussi débridé que les actrices quant à l'opportunité
qu'il continue à assassiner Nancy. (Dickens m'avait
proposé d'amener le Maître d'hôtel – autrement dit
Carrie –, mais je n'avais pas transmis son invitation et
m'en félicitais.) Traversant la scène avec nos verres et
nos huîtres, nous étions nombreux à baisser les yeux
inconsciemment pour vérifier que nous ne trempions

pas nos escarpins noirs vernis dans les flaques du sang de Nancy.

« C'est de la folie, disait Forster. S'il donne pareil spectacle lors d'un nombre significatif de ses soixante-dix-neuf représentations restantes, il est mort.

— Je suis parfaitement de votre avis », renchérit Frank Beard. Le médecin, d'ordinaire jovial, couvait d'un regard maussade la flûte qu'il tenait entre ses mains comme si le champagne avait tourné. « Ce serait du suicide. Dickens n'y survivra pas.

— Il a invité des journalistes, ajouta Kent. Je les ai entendus discuter. Ils ont adoré. La presse de demain sera remplie d'éloges dithyrambiques. Il n'y aura pas un homme, une femme ou un enfant dans toute l'Angleterre, l'Irlande et l'Écosse qui ne sera prêt à vendre toutes ses dents en échange d'un billet.

— La plupart ont déjà vendu toutes celles qui leur restaient, dis-je. Il leur faudra trouver autre chose à apporter aux prêteurs juifs. »

Les hommes qui m'entouraient rirent poliment, mais la plupart reprirent leurs mines soucieuses dans le silence qui suivit.

« Si les journalistes chantent ses louanges, grommela Dolby, cet ours d'homme, le Chef ira de l'avant. Il donnera cette scène au moins quatre fois par semaine jusqu'à l'été prochain.

— Il en mourra, répéta Frank Beard.

— Vous êtes nombreux ici à connaître Père depuis bien plus longtemps que moi, affirma Charley Dickens. Existe-t-il selon vous *un* moyen de le dissuader de poursuivre dès lors qu'il aura pris conscience de l'effet qu'il a produit et peut continuer à produire avec cette lecture ?

— Aucun, j'en ai peur, convint Percy Fitzgerald.

— Jamais, confirma Forster. Il n'écoutera jamais le moindre conseil sensé. La prochaine fois que nous nous retrouverons, ce sera peut-être à l'abbaye de Westminster, à l'occasion des funérailles nationales de Dickens. »

Je faillis renverser mon champagne en entendant ces mots.

Cela faisait désormais quelques mois, depuis que Dickens avait manifesté pour la première fois l'intention de présenter le Meurtre de Nancy dans la plupart de ses lectures de l'hiver et du printemps, que j'avais considéré pareil suicide comme un moyen très simple de parvenir à une fin que je souhaitais déjà ardemment. Mais Forster m'avait fait prendre conscience d'une réalité évidente – quelle que fût la raison de la mort de Dickens, que ce fût par un suicide-par-lectures ou sous les roues d'un fardier dès le lendemain sur le Strand, une campagne très active s'engagerait en faveur d'obsèques nationales. Le *Times* de Londres ou quelque autre feuille de chou qui passait son temps à étriller Charles Dickens politiquement et littérairement depuis des années serait le premier à réclamer l'inhumation de l'Inimitable dans l'abbaye de Westminster. L'opinion publique – toujours sentimentale – ne manquerait pas de se rallier à cette idée.

Ces funérailles attireraient une foule prodigieuse. Et la dépouille de Dickens serait ensevelie aux côtés des ossements vénérés et adorés des génies littéraires de l'Angleterre.

Cette certitude me donna envie de hurler ici même, sur la scène où je me trouvais.

Dickens devait mourir, c'était indéniable. Mais je

compris alors avec une grande lucidité ce que j'avais déjà perçu, au plus profond de mon esprit le plus ténébreux, et que j'avais déjà commencé à préparer depuis des mois – *Dickens ne devait pas seulement mourir, il devait* disparaître.

Il ne pouvait y avoir ni obsèques nationales ni inhumation à l'abbaye de Westminster. Cette idée m'était tout bonnement intolérable.

« À quoi pensez-vous, Wilkie ? » me demanda Yates.

Égaré dans l'horreur de ma révélation, j'avais été distrait, mais il m'avait semblé qu'ils continuaient à envisager diverses solutions pour dissuader Dickens de continuer à assassiner Nancy en public plusieurs dizaines de fois.

« Je crois que Charles fera ce qu'il estime devoir faire, murmurai-je. Mais c'est à nous – nous, ses plus chers amis et les membres de sa famille – d'empêcher qu'il ne soit enterré à l'abbaye de Westminster.

— Bientôt, voulez-vous dire, rectifia Fitzgerald. Enterré *bientôt*.

— Naturellement. C'est exactement ce que je veux dire. » Je les priai de m'excuser et allai me resservir une coupe de champagne. La foule commençait à se disperser, mais elle était également beaucoup plus bruyante. Les bouchons continuaient à sauter et le serveur à verser.

Un mouvement en coulisse, où l'équipe technique avait transporté le lutrin et le reste du matériel, retint mon regard et m'incita à m'arrêter.

Ce n'étaient pas les techniciens qui bougeaient. Une figure solitaire se dressait, presque entièrement dissimulée dans l'obscurité, sa stupide cape d'opéra réfléchissant le moindre scintillement des lumières de la scène. Ce personnage portait un haut-de-forme démodé. Son visage était entièrement blanc, à l'image de ses mains aux doigts étrangement longs.

Drood.

J'eus un haut-le-cœur et le scarabée, au fond de mon cerveau, se précipita vers son poste d'observation préféré, derrière mon œil droit.

Ce n'était pas Drood.

La silhouette s'inclina d'un geste théâtral dans ma direction et souleva son haut-de-forme. J'aperçus les cheveux blonds clairsemés coiffés en arrière et reconnus Edmond Dickenson.

Dickens n'a tout de même pas invité Dickenson à cette lecture d'essai ? Comment aurait-il pu le trouver ? Pourquoi aurait-il... ?

La silhouette se redressa et sourit. Malgré la distance, je crus voir que le jeune Dickenson n'avait pas de paupières. Et que ses dents avaient été aiguisées en pointes acérées.

Je fis volte-face, me demandant si Dickens et les autres avaient vu cette apparition. Personne ne semblait l'avoir remarquée.

Quand je me retournai, la forme en cape d'opéra noire avait disparu.

40.

Le premier de l'an, je dormis jusqu'à minuit et me réveillai seul, tenaillé de douleur. La semaine qui avait précédé cette première journée de 1869 avait été étrangement tiède, sans neige, sans nuages, tout à fait hors saison et finalement – pour moi – bien trop dépourvue de compagnie humaine. Mais ce jour-ci était froid et sombre.

Mon couple de domestiques, George et Besse, m'avait demandé l'autorisation de se rendre dans la maison natale de Besse au pays de Galles pour une semaine au moins. Son père déjà sénile et sa mère encore vaillante – jusqu'à une date récente – choisissaient apparemment de passer de vie à trépas en même temps. Il était sans précédent (et ridicule) de donner congé à l'ensemble de mon personnel en même temps pendant une aussi longue période – j'étais convaincu qu'Agnes, leur fille, une jeune personne à l'esprit obtus et dénuée de beauté, les accompagnerait –, mais je les laissai partir par pure bonté d'âme (après les avoir informés, bien sûr, qu'ils ne seraient pas payés pendant leurs vacances galloises). Une réception que j'avais prévu de donner Gloucester Place pour la Saint-

927

Sylvestre me conduisit à leur demander de retarder leur voyage d'une semaine ; ils partirent finalement le jour du nouvel an, quarante-huit heures après mon retour de Gad's Hill Place où j'étais resté une semaine.

Carrie avait passé sous mon toit la plus grande partie du mois de décembre (son séjour chez sa mère et son nouveau beau-père, qui, m'avait-elle chuchoté, buvait beaucoup, avait duré moins de deux semaines), mais la famille qui l'employait (et qui la traitait toujours plus en invitée qu'en gouvernante) partait à la campagne le soir de Noël pour deux bonnes semaines et je l'avais exhortée à l'accompagner. Il y aurait des fêtes, des bals masqués et des feux d'artifice la nuit de la Saint-Sylvestre, des sorties en traîneau, du patin à glace au clair de lune, des jeunes messieurs... Autant d'agréments que je ne pouvais lui offrir.

Il me semblait au demeurant que je n'avais pas grand-chose à offrir à qui que ce fût en ce premier jour de l'an 1869.

Après le mariage de Caroline, j'avais évité autant que possible les cinq étages déserts du 90 Gloucester Place et, en novembre, j'étais resté chez les Lehmann et les Beard aussi longtemps que ces braves gens avaient accepté de me recevoir. J'avais même passé un certain temps chez Forster (qui ne m'aimait pas) dans sa demeure ridicule (mais confortable) de Palace Gate. Forster était devenu plus prétentieux et plus exaspérant que jamais depuis qu'il avait fait un riche mariage, et l'aversion que je lui inspirais (ou la jalousie, dirais-je, car Forster s'était toujours conduit en rival hargneux de tous ceux qui étaient plus proches de Dickens que lui) s'était enflée en proportion de sa fortune et de son tour de taille. Mais il était encore trop gentleman, prétendument et avec affectation du moins, pour me mettre à la porte ou pour m'interroger sur la raison qui m'avait poussé à lui rendre visite à ce moment-là. (S'il m'*avait* posé la question, je lui aurais répondu très honnêtement en quatre mots – *votre cave à vin*.)

Mais personne ne peut s'incruster éternellement chez des amis, si bien que, pendant une certaine période de décembre, nous avions été seuls, Carrie et moi, dans cette grande et vieille demeure du numéro 90 Gloucester Place, tandis que George, Besse et la timide Agnes s'affairaient en toile de fond dans un vain effort pour échapper à mon humeur revêche.

Quand Dickens m'avait envoyé un message pour m'inviter à venir assister à un nouveau Noël à Gad's Hill Place avec Kate et Charley, j'avais hésité – il m'avait semblé presque malhonnête d'accepter l'hospitalité d'un être que j'avais bien l'intention d'assassiner le moment venu –, mais j'avais fini par acquiescer. Quand la maison de Gloucester Place était vide, elle était vraiment *trop* vide.

Dickens passait toute la semaine chez lui à se reposer en prévision de la suite de sa tournée de lectures – son premier Assassinat de Nancy devant un public payant était prévu pour le 5 janvier, toujours à St James's Hall –, mais il était déjà épuisé et mal portant à la suite des séances pourtant limitées qu'il avait données en décembre. Dans une courte lettre qu'il m'avait adressée ce mois-là en se rendant à Édimbourg par le « Flying Scotchman », il écrivait :

Mon cher Wilkie,
Dolby dort en faisant un bruit de stentor à côté de moi, alors que les rails viennent de nous faire

tressauter sur ce qui m'a paru être plusieurs trous annonciateurs de catastrophe, sans que cela provoque la moindre interruption des ronflements de notre ami ursidé. Je viens donc de prendre quelques minutes pour calculer ce fait stupéfiant : couvrir les distances nécessaires à une tournée comme celle-ci comprend plus de trente mille chocs nerveux distincts et séparés. Et mes nerfs, comme vous le savez, n'ont pas été récemment au meilleur de leur forme. Le souvenir de Staplehurst n'est jamais très éloigné de mon esprit, et quand il lui arrive de reculer un peu, l'un de ces chocs ou heurts s'emploie à me le rappeler. Et même quand je suis immobile, il n'est point de paix pour les méchants *. Je disais récemment à notre estimable amie américaine Mrs Fields que je passe l'essentiel des heures de ma vie qui me restent et vont s'amenuisant à voyager pour me livrer à l'exposition épuisante de mes lampes à gaz spéciales sur l'estrade, et que l'heure est presque venue où je devrai, une fois de plus, m'abandonner au gaz sulfureux et torturant.

Dickens avait trouvé d'autres moyens que cette tournée et cette syntaxe alambiquée pour s'éreinter. Malgré l'annulation du maudit « Numéro de Noël » d'*All the Year Round* (il s'y était enfin décidé alors que cela faisait, selon moi, de longues années qu'il aurait fallu y renoncer), il passait encore chaque semaine de nombreuses heures dans les bureaux de Wellington Street à peaufiner la maquette et la mise en pages de la revue, à demander à tous ceux qui passaient ce qu'ils pensaient de telle ou telle police de caractères et à rédiger des « Notes du rédacteur en chef » enthousiastes à propos de la Nouvelle Série qu'il lançait, rassurant en ces termes tous les lecteurs qu'inquiétait la disparition du Numéro de Noël : « *Mes fidèles collaborateurs et moi-même serons fidèles au poste, au côté des camarades plus jeunes que j'ai eu le plaisir d'enrôler de temps en temps et dont je me fais toujours un devoir – un des plus agréables du travail de rédacteur en chef – d'accroître les effectifs... »*

Je ne sais pas très bien qui étaient « ces camarades plus jeunes » de la revue, dans la mesure où j'avais refusé d'y participer plus activement, où son fils Charley n'était pas autorisé à faire grand-chose, sinon répondre aux lettres et rechercher quelques annonces de réclame et où Wills, bien qu'il eût repris son poste, n'était guère capable que de rester assis dans son bureau les yeux dans le vide, pendant que des portes ne cessaient de claquer dans son crâne délabré. Au demeurant, on aurait eu du mal à faire figurer Wills au nombre de ces « camarades plus jeunes ».

All the Year Round était – comme cette revue l'avait toujours été – le prolongement de l'esprit et de la personnalité de Charles Dickens.

Comme si tout ce travail de bureau, ses lectures en Écosse et la poursuite des répétitions des nombreux Meurtres de Nancy à venir ne suffisaient pas, Dickens consacrait plusieurs heures par jour à donner suite à la requête contenue dans le testament de son défunt ami Chauncey Hare Townsend. Dans son délire d'agonisant, celui-ci avait demandé que l'Inimitable rassemble tous ses écrits (ceux de Chauncey) divers et éparpillés traitant de religion. Dickens s'y attela d'arrache-pied, ce qui contribua encore à son épuisement ; pourtant, le soir de Noël, devant un brandy médiocre, j'entendis

Percy Fitzgerald lui demander : « Valent-ils quelque chose, en matière d'opinion religieuse ?

— Rien du tout, selon moi », répondit Dickens.

Durant mon séjour à Gad's Hill Place, quand Dickens ne travaillait pas dans son bureau, il profitait du temps clément pour faire chaque après-midi des promenades d'une bonne trentaine de kilomètres au lieu des malheureux vingt kilomètres habituels de ses sorties hivernales. Percy et quelques autres s'efforcèrent de le suivre dans ces marches forcées, mais ma goutte rhumatismale et mon scarabée égyptien m'en empêchaient. Je mangeai donc, je bus du brandy, du vin et du whisky, je fumai les cigares un peu décevants de l'Inimitable, augmentai mes doses de laudanum pour combattre la mélancolie, lus les livres que Dickens et Georgina disposaient toujours à l'intention de leurs invités dans chaque chambre d'amis (les *Confessions d'un mangeur d'opium* de De Quincey avaient été laissées sans grande subtilité sur ma table de nuit, mais j'avais déjà lu cet ouvrage, et avais même connu De Quincey dans ma jeunesse), et paressai copieusement au cours des journées précédant la Saint-Sylvestre, occasion pour laquelle j'avais prévu de recevoir Gloucester Place les Lehmann, Charley et Kate, Frank Beard et quelques autres.

Pourtant, je ne perdis pas complètement mon temps pendant cette semaine passée à Gad's Hill.

Cette année, Charles Fechter n'avait pas caché dans sa poche un chalet suisse au grand complet, mais avait apporté une ébauche d'argument pour la pièce appelée *Noir et Blanc*, dont il avait esquissé les grandes lignes quelques mois auparavant.

Fechter pouvait être un ami lassant et assommant ;

il était toujours plongé dans un désastre financier d'un genre ou d'un autre, et sa faculté de manier (ou de conserver) l'argent avoisinait celle d'un enfant singulièrement insouciant de quatre ans. Il me semblait néanmoins que l'on pouvait tirer quelque chose de son idée d'aristocrate français octavon qui se retrouve sur l'estrade d'un marchand d'esclaves pour être vendu aux enchères. Surtout, si je me décidais à écrire une pièce à partir de son intrigue, Fechter s'était engagé à m'aider à régler tous les problèmes de rythme théâtral, de sobriété de l'action, de concision des dialogues etc. dont – selon Dickens et le scarabée de mon œil droit – *Voie sans issue* avait souffert.

Fechter tint parole et, pendant les deux mois qui suivirent, il fut, littéralement, à mes côtés presque chaque fois que je travaillai sur *Noir et Blanc*. L'acteur retrancha, condensa, rendit les dialogues plus précis et plus « vivants », rectifia les entrées et les sorties boiteuses, attira mon attention sur les occasions de moments scéniques palpitants que j'avais négligées. Nous inaugurâmes notre collaboration (plutôt plaisante) sur *Noir et Blanc* en dégustant le brandy et les cigares de Dickens dans la bibliothèque de notre hôte en cette période de Noël de 1868.

Ce séjour s'acheva, et chacun de nous reprit provisoirement ses activités respectives – Dickens se remit à assassiner Nancy, Fechter à chercher des rôles et des pièces dignes de ce qu'il considérait comme son immense talent, tandis que je regagnais le tas de pierre gris et vide du 90 Gloucester Place.

Mon frère Charley participa à mon dîner de réveillon malgré l'aggravation de ses problèmes gastriques. Pour divertir l'assistance, j'invitai Beard, les Lehmann, ainsi

933

que Charley et Kate (laquelle s'était montrée fort gaie, mais un peu guindée en ma compagnie depuis ma malencontreuse visite du 29 octobre), à aller voir juste avant le dîner une pantomime que l'on donnait au Gaiety Theatre récemment rouvert.

Ce réveillon aurait dû être un succès ; j'avais aidé Nina Lehmann à mettre la main sur une nouvelle cuisinière et la lui avais empruntée pour qu'elle nous prépare un dîner fin, un dîner français ; il y avait du champagne, du vin et du gin à discrétion ; la pantomime nous avait mis d'humeur plutôt détendue.

Pourtant, cette longue soirée de divertissement forcé fut un échec lamentable. On aurait cru que nous venions tous d'être dotés du pouvoir de distinguer à travers le voile du temps toutes les mauvaises choses qui nous adviendraient au cours de l'année à venir. Et nos tentatives visiblement laborieuses pour nous amuser furent encore entravées par l'impatience tout aussi visible de mes domestiques, George et Besse, de terminer leur service pour rejoindre dès le lendemain matin le lit mortuaire respectif des deux parents de Besse. (Leur fille Agnes était alitée à l'étage avec un mauvais croup, ce qui nous épargna le spectacle de la gaucherie lourdaude avec laquelle elle s'acquittait d'ordinaire du service.)

C'est ainsi que je m'éveillai à midi, le Premier de l'An, avec un mal de tête abominable. Je sonnai George pour qu'il m'apporte mon thé et me fasse couler un bain chaud avant de me rappeler en jurant – ne voyant personne venir – qu'ils étaient déjà partis tous les trois pour le pays de Galles. Pourquoi leur avais-je accordé ce congé alors que j'avais besoin d'eux ?

Traversant d'un pas traînant la maison froide en robe de chambre, je constatai que tous les vestiges de la réception de la veille avaient été débarrassés, que tout avait été nettoyé et rangé ; la bouilloire était prête à être posée sur le fourneau et un assortiment de petits déjeuners m'attendait sur la table de la cuisine. Je gémis et me contentai de thé.

Les feux avaient été préparés mais n'avaient pas été allumés et je dus me débattre avec des conduits de cheminée oubliés avant de voir des flammes s'élever dans l'âtre du salon, dans ceux du bureau, de la chambre et de la cuisine. Le soleil et la chaleur inhabituelle qui avaient prêté une allure si singulière à toute la période de Noël avaient disparu avec l'arrivée de la nouvelle année – le temps était gris, venteux et, quand j'écartai enfin les tentures pour regarder au-dehors, je vis tomber de la neige fondue.

Après avoir terminé mon petit déjeuner de midi, je me demandai ce que j'allais faire. J'avais déclaré à George et à Besse que je passerais probablement la semaine à mon cercle, mais lorsque j'avais posé la question à l'Athenaeum deux jours plus tôt, on m'avait informé qu'il n'y avait pas de chambres à louer à des membres avant le 6 ou le 7 du mois.

Je pouvais toujours retourner à Gad's Hill Place, mais Dickens présentait son meurtre pour la première fois devant un public sans défiance à St James's Hall le mardi 5 janvier, avant de reprendre sa tournée vers l'Irlande et au-delà – cet abominable premier de l'an était un vendredi –, et je savais que toute la maisonnée serait plongée dans les préparatifs et les répétitions jusqu'à cette date. J'avais *Noir et Blanc* à écrire, Fechter était à Londres et s'il y avait une chose dont je n'avais pas besoin, c'était bien de l'agitation et de l'isolement de Gad's Hill.

En même temps, je ne pouvais pas me passer de domestiques, de repas, ni de compagnie féminine.

Ruminant toujours, j'errai dans la maison déserte et finis par jeter un coup d'œil dans le bureau.

L'Autre Wilkie était installé dans un des deux fauteuils de cuir près du feu. Il m'attendait. C'était bien ce que je pensais.

Laissant les portes du bureau ouvertes puisque j'étais seul dans la maison ce jour-là, je pris place dans l'autre siège. L'Autre Wilkie ne m'adressait plus que rarement la parole, mais il m'écoutait attentivement et il lui arrivait d'acquiescer d'un hochement de tête. D'autres fois, il esquissait un signe de dénégation ou me jetait un regard vide, évasif, qui, je le savais grâce aux commentaires de Caroline sur mes propres expressions, exprimait la désapprobation.

En soupirant, je commençai à lui confier mes plans pour tuer Charles Dickens.

J'avais parlé d'une voix normale pendant une dizaine de minutes et venais d'en arriver à la découverte qu'avait faite Mr Dradles d'une anfractuosité entre les murs de la crypte située sous la cathédrale de Rochester et à l'efficacité de la fosse à chaux vive pour dissoudre la carcasse d'un chiot quand je vis le regard opiacé de l'Autre Wilkie se déplacer pour se concentrer au-dessus de mon épaule. Je me retournai vivement dans mon fauteuil.

Agnes, la fille de George et Besse, se tenait là, en chemise de nuit et en robe de chambre, dans ses pantoufles élimées. Son visage rond, plat et sans beauté était si pâle que ses lèvres mêmes étaient blêmes.

Son regard passait de l'Autre Wilkie à moi, et inversement. Ses petites mains aux ongles rongés étaient dressées comme les pattes d'un chiot. Cela faisait un bon moment qu'elle était là, j'en étais certain, et aucun de mes mots ne lui avait échappé.

Sans me laisser le temps de prononcer une parole, elle tourna les talons et se précipita dans l'escalier. J'entendis ses pantoufles claquer sur le bois en direction de sa chambre, au troisième étage.

Affolé, je me retournai vers l'autre Wilkie. Il secoua la tête d'un air plus affligé qu'inquiet. Son expression était suffisamment éloquente. Je savais ce que j'avais à faire.

À part les flambées qui brûlaient dans les cheminées, la maison était plongée dans les ténèbres. Dehors, la semaine de Noël qui avait été si chaude s'achevait en ce 1er de l'an sur une nuit de pluie verglaçante. Je frappai sans relâche à la porte d'Agnes.

« Agnes, sortez, je vous prie. Il faut que je vous parle. »

Des sanglots seuls me répondaient. La porte était verrouillée. Des bougies brûlaient dans la chambre de la fille et à en juger par les ombres que j'apercevais par la fente de sa porte, elle avait dû pousser un lourd bureau ou une table de toilette contre le battant.

« Sortez, Agnes, s'il vous plaît. Je ne savais pas que vous étiez dans la maison. Venez me parler. »

Encore des sanglots. Puis : « Je vous d'mande pardon, monsieur Collins. J'suis point habillée. J'suis pas bien. J'voulais rien faire de mal. J'suis pas bien.

— Ça ne fait rien, dis-je calmement. Je vous parlerai demain matin. »

Je regagnai le salon obscur, allumai des bougies et trouvai le message que je n'avais pas aperçu auparavant. George l'avait laissé sur le manteau de la cheminée :

Monsieur Collins,

Monsieur, notre fille Agnes est malade. Elle devait nous accompagner, Besse et moi, au pays de Galles mais nous avons changé d'avis ce Matin, car la Pauvre Enfant a de la Fièvre, ce n'est pas une bonne Idée, nous pensons, qu'une Forte Fièvre s'approche de deux Lits de Mort.

C'est pourquoi, avec votre permission, Monsieur, nous laissons Agnes sous votre Protection et à vos bons Soins jusqu'à Mardi prochain, jour où j'espère (moi, George) être de Retour à Votre Service, quoi que décide le Destin pour les parents de Besse.

Elle peut faire la cuisine pour vous, Monsieur (Agnes). Plus ou moins. Et sans être à la Hauteur de Vos Exigences, elle tiendra votre Ménage si vous décidez de ne pas passer tout votre temps à votre Cercle. En tout cas, Monsieur Collins, elle fera savoir aux Cambrioleurs, lorsqu'elle sera Remise et pourra s'acquitter de ses Humbles Devoirs, que la Maison n'est pas Vide en votre Absence.

Votre dévoué
George

Comment cette note avait-elle pu m'échapper quand je m'étais débattu, plusieurs heures auparavant, avec le conduit de cheminée pour allumer le feu ? J'étais sur le point de brûler ce billet quand je me ravisai.

Prenant garde à ne pas le froisser, je le reposai où je l'avais trouvé. Que faire ?

Il était trop tard pour entreprendre quoi que ce soit. Cela attendrait le lendemain, à la première heure. Pour cela, il me fallait de l'argent.

Je me réveillai à l'aube le lendemain matin, un samedi, et réfléchis à la situation. Alors que la lumière grise se renforçait dans la chambre – je n'avais pas fermé les épaisses tentures le soir précédent dans ce dessein –, je remarquai une pile parfaitement rangée de notes de l'Autre Wilkie sur la chaise à dossier droit, près de la porte. Je ne les avais pas vues la veille, mais elles avaient sans doute été écrites dans la nuit, car Frank Beard avait eu l'amabilité, aux premières heures de l'aube, après notre dîner de réveillon, de me faire une injection de morphine avant de partir. La plupart des mes dictées et de mes rêves droodiens avaient lieu sous l'influence de la morphine.

Il n'y avait aucune urgence. Je ne cessais de me le répéter. Ce que cette fille stupide avait pu surprendre de notre conversation se trouvait en sécurité entre ces murs jusqu'au retour de ses parents – ou du moins jusqu'à celui de George.

Allongé dans mon vaste lit tandis que la lumière grandissait, je songeai avec fascination que je n'avais guère prêté attention à Agnes au fil des ans. D'abord, elle n'avait été qu'une petite bouche supplémentaire à nourrir (mais pas à payer) – condition annexe à l'embauche de George et Besse qui étaient eux-mêmes des domestiques de compromis : jamais très efficaces, mais toujours remarquablement bon marché. Grâce aux économies que j'avais faites, les années passant, sur les gages de George et Besse, j'avais toujours pu embaucher une excellente cuisinière lorsque j'en avais eu besoin. En fait, le loyer que me rapportait la location des écuries situées derrière la grande demeure du 90 Gloucester Place payait le salaire des parents d'Agnes tout en me laissant un confortable reliquat.

Agnes – avec ses ongles rongés, sa face de lune, sa gaucherie immuable et son léger bégaiement – avait été un élément si familier du décor de cette maison (et de celle de Melcombe Place auparavant) que je la considérais comme faisant partie des meubles. Pendant des années, en outre, j'avais moins vu en elle une domestique que le faire-valoir de l'intelligence et de la beauté de Carrie, bien qu'elles aient joué ensemble quand elles étaient toutes petites. (Agnes avait été une camarade de jeu trop terne et trop dépourvue d'imagination pour retenir l'intérêt de Carrie dès qu'elles n'avaient plus été des bébés.)

Mais que faire maintenant qu'elle avait vu l'Autre Wilkie et m'avait entendu décrire mes plans pour assassiner Dickens ?

Il me fallait de l'argent, c'était certain. Trois cents livres. C'est la somme qui me vint à l'esprit. Posées là, visibles et tangibles en billets et en pièces d'or, ce serait une fortune stupéfiante pour cette petite oie, mais pas renversante au point de lui paraître abstraite. Il me semblait que ce montant convenait parfaitement à ce que j'allais lui proposer.

Mais comment les trouver ?

J'avais dépensé le reste de mes liquidités et libellé trop de chèques personnels au cours des derniers jours – j'avais dû acheter des billets pour la pantomime, du gin et du champagne pour ma réception, et payer la nouvelle cuisinière de Nina Lehmann pour qu'elle nous prépare ce festin. Les banques étaient fermées jusqu'à lundi, et j'avais beau connaître personnellement le directeur de la mienne, je ne pouvais pas décemment me présenter sur son seuil un samedi pour lui demander d'encaisser un chèque personnel de trois cents livres.

Dickens aurait accepté de me prêter cette somme, bien sûr, mais il me faudrait la moitié de la journée pour faire l'aller-retour jusqu'à Gad's Hill Place. Je ne voulais pas laisser Agnes seule aussi longtemps. Elle ne pouvait se confier à personne puisque ses parents et Carrie étaient partis, néanmoins elle pouvait fort bien écrire une lettre et avoir le temps de la poster pendant mon absence. Ce serait une catastrophe.

Je ne souhaitais pas non plus risquer d'éveiller la curiosité de Dickens sur les motifs pour lesquels j'avais besoin de trois cents livres, sans pouvoir attendre le lundi.

La même objection s'appliquait à tous ceux qui, à Londres, auraient pu me consentir un prêt au pied levé – Fred ou Nina Lehmann, Percy Fitzgerald, Frank Beard, William Holman Hunt. Aucun ne me laisserait dans l'embarras, mais tous *s'interrogeraient*. Fechter ne me demanderait jamais *pourquoi* j'avais besoin de telle ou telle somme et ne se soucierait jamais de sa destination ni même de sa restitution, mais Fechter était lui-même – comme toujours – aux abois. En réalité, je lui avais consenti de si nombreux prêts personnels au cours de l'année écoulée et avais dépensé de si fortes sommes sur mes propres deniers en « frais théâtraux » (que je n'avais jamais récupérés), d'abord pour *Voie sans issue* et maintenant pour *Noir et Blanc* (alors que la rédaction de cette pièce avait à peine commencé), que je me trouvais moi-même un peu à court en ce début d'année.

Après avoir pris un bain et m'être habillé avec un soin particulier, j'entendis du remue-ménage dans la cuisine, au rez-de-chaussée.

Agnes s'était vêtue au mieux de ses médiocres possibilités – l'idée qu'elle avait mis ses vêtements du dimanche pour voyager m'inspira un élan de panique – et était en train de me préparer un petit déjeuner complet quand j'entrai dans la cuisine.

La fille tressaillit et recula dans un angle de la pièce.

Je lui adressai mon sourire le plus chaleureux et le plus avunculaire, tout en levant mes deux mains vers elle, paumes en l'air, m'arrêtant sur le seuil pour lui faire comprendre que je n'avais aucune intention agressive.

« Bonjour, Agnes. Vous êtes bien charmante ce matin.

— B-b-b-b-bonjour, M-m-m-monsieur. Merci, Monsieur. Vos œufs au bacon et vos toasts sont p-p-p-presque p-p-p-prêts, Monsieur.

— Magnifique, dis-je. Puis-je m'asseoir avec vous à la cuisine pour déjeuner ? »

Cette perspective l'horrifiait manifestement.

« À la réflexion, portez-moi tout cela à la salle à manger comme d'habitude. Le *Times* est-il arrivé ?

— Oui, oui, M-m-m-m-monsieur, balbutia-t-elle. Il est sur la table de la salle à manger, comme toujours. » Elle préféra omettre le second « Monsieur » plutôt que de buter dessus une nouvelle fois. Elle avait le visage empourpré. Le bacon était en train de brûler. « V-v-

942

v-oulez-vous du café, ce matin, M-m-m-monsieur, ou du thé ?

— Du café, je crois. Merci, Agnes. »

Je passai à la salle à manger, lus le journal et attendis. Le contenu de toutes les assiettes qu'elle m'apporta était brûlé, cru ou – je ne sais par quel prodige – les deux à la fois. Le café lui-même avait un goût de bouilli, et la fille en répandit dans ma soucoupe en le versant. Je mangeai et bus avec toutes les apparences de la délectation.

Quand elle s'approcha pour remplir ma tasse une seconde fois, je lui souris encore et lui demandai : « Voulez-vous vous asseoir pour que nous parlions un instant, Agnes ? »

Elle contempla les chaises vides disposées autour de la table et me jeta un nouveau regard horrifié. S'asseoir à la table du maître ? Cela ne se faisait pas.

« Vous pouvez rester debout si vous préférez, dis-je aimablement. Mais il me semble que nous devrions causer un peu à propos...

— J'ai entendu rien du tout, rien du tout hier », bredouilla-t-elle dans une confusion de syllabes précipitées. Dans sa bouche, le mot principal de son discours devenait *rin*. « Rien du t-t-t-tout, M-m-m-m-monsieur. Et j'ai rien vu non plus. J'ai rien vu que vous qu'était dans vot' bureau, M'sieur Collins, j'le jure. Et j'ai rien entendu du tout... » *Rin*. « ... sur M'sieur Dickens ou quelqu'un ou quelqu'chose d'autre. »

Je me forçai à rire. « Tout va bien, Agnes. Tout va bien. Mon cousin est venu me voir... »

Mon cousin, oui. Mon cousin jumeau. Mon cousin sosie. Mon cousin qui me ressemble trait pour trait,

943

et dont je n'ai jamais parlé, que je n'ai jamais men-
tionné à George ni à Besse. Identique à moi jusqu'aux
lunettes, au costume, au gilet, à la bedaine et aux fils
gris de sa barbe.

« … et j'aurais fait les présentations si vous ne vous
étiez pas sauvée comme ça », terminai-je. Il n'était pas
facile de continuer à arborer un sourire aussi épanoui
et aussi aimable pendant autant de temps, surtout en
parlant.

La fille tremblait de la tête aux pieds. Elle se cramponnait d'une main au dossier d'une chaise. Je remarquai que ses ongles rongés saignaient désormais.

« Mon… cousin… est lui aussi un homme de lettres,
poursuivis-je d'une voix douce. Il n'est pas impossible que vous ayez surpris les bribes d'une histoire
abracadabrante que nous imaginions… à propos de
l'assassinat d'un écrivain du genre de Mr Dickens,
que vous avez dû croiser ici bien souvent et que ce
récit aurait beaucoup diverti. *Du genre de* Mr Dickens
– nous avons utilisé son nom comme une sorte de
code –, mais il ne s'agit évidemment pas *réellement*
de Mr Dickens. Vous savez que j'écris des romans et
des pièces à sensation, n'est-ce pas, Agnes ? »

Les yeux de la fille papillonnaient. Que ferais-je si
elle s'évanouissait, ou si elle se mettait à hurler et se
précipitait dans la rue pour chercher un agent ?

« J'vous d'mande pardon, Monsieur Collins, j'ai rien
vu, j'ai rien entendu du tout. »

Elle le répéta quatre fois.

Je reposai mon journal et repoussai ma chaise. La
petite Agnes fit un bond de vingt centimètres.

« Je vais sortir quelques instants », annonçai-je
avec entrain. J'avais décidé de ne plus évoquer la

nuit passée. Jamais. « Je n'en ai pas pour longtemps. Pourriez-vous avoir l'amabilité de me repasser mes huit meilleures chemises de soirée ?

— Ma maman, elle les a repassées juste avant qu'elle parte », réussit à dire Agnes d'une voix crispée. Les mots « maman » et « parte » lui firent venir les larmes aux yeux et ses mains se mirent à trembler encore plus violemment.

« Oui, acquiesçai-je presque durement. Mais elles n'ont pas été repassées à ma satisfaction. Je vais au théâtre plusieurs fois cette semaine et je tiens à ce que mes chemises soient impeccables. Pouvez-vous vous en charger immédiatement, je vous prie ?

— Oui, Monsieur Collins. »

Elle baissa la tête et partit avec la cafetière. En me dirigeant vers le placard de l'entrée, j'entendis qu'elle faisait chauffer le fer à la cuisine.

Il fallait qu'elle soit occupée pendant l'heure à venir. Il fallait que je sois assuré qu'elle n'aurait pas le temps d'écrire une lettre ni de l'envoyer, pas le temps de réfléchir ni de s'enfuir.

Si j'arrivais à l'empêcher de quitter la maison pendant une heure, je n'aurais plus rien à craindre.

Rin.

Martha R... fut tout heureuse de me trouver devant sa porte. Elle était *toujours* heureuse de me trouver devant sa porte. Celle-ci n'était d'ailleurs qu'à une courte distance de Gloucester Place et j'avais eu la chance de trouver un fiacre libre qui quittait Portman Square, à côté de chez moi. Si la chance restait avec moi, je serais de retour avant qu'Agnes n'ait repassé la première chemise et, surtout, avant qu'elle n'ait eu le temps d'écrire et de poster la moindre lettre.

À première vue, Martha – que sa logeuse et d'autres habitants de Bolsover Street connaissaient sous l'identité de « Mrs Dawson » – n'était pas femme à disposer de trois cents livres, malgré l'allocation fort généreuse de vingt livres par mois que je lui allouais. Mais je connaissais les habitudes de Martha. Elle ne s'achetait presque rien. Elle se nourrissait frugalement, cousait elle-même ses robes et vivait de trois fois rien. Elle arrivait toujours à épargner un peu de l'argent que je lui remettais mensuellement et avait apporté quelques économies de Yarmouth.

Je lui exposai ce dont j'avais besoin.

« Bien sûr », dit-elle. Elle passa dans la pièce voisine et en revint avec trois cents livres en billets et en pièces dépareillés.

Parfait.

Je n'avais pas retiré mon pardessus. Je fourrai l'argent dans ma poche et ouvris la porte. « Merci, ma chérie. Je te rapporterai cette somme lundi à la première heure, dès l'ouverture des banques. Peut-être même avant.

— Wilkie ? »

Sa voix m'arrêta net. Elle m'appelait rarement par mon prénom.

« Oui, ma chérie ? » J'eus du mal à bannir toute impatience de ma voix.

« Je suis grosse. »

Je clignai rapidement des yeux derrière mes petites lunettes rondes. Je sentais des picotements dans ma nuque soudain brûlante.

« Tu m'as entendue, Wilkie ? Je suis grosse.

— Oui, oui, je t'ai entendue. »

Je m'apprêtais à sortir, mais n'en fis rien. Elle ignorait à quel point les secondes et les minutes que je lui accordais étaient précieuses. « Depuis combien de temps ? demandai-je tout bas.

— Je pense que notre enfant naîtra fin juin ou début juillet. »

Ça remonte donc à un peu plus de deux mois. Ça s'est produit pendant cette nuit d'octobre, en fait – la nuit du mariage de Caroline.

Je souris. Je savais que j'aurais dû faire trois pas en avant et la prendre dans mes bras – je savais que c'était ce que Martha attendait, bien qu'elle attendît ou demandât généralement si peu – mais j'en étais incapable. Alors je souris.

« Il faudra que nous augmentions ton allocation le moment venu, remarquai-je. Peut-être de vingt à vingt-cinq livres. »

Elle hocha la tête et baissa les yeux vers le tapis usé.

« Je te rapporterai tes trois cents livres aussitôt que possible. » Et je partis.

« Venez au salon, mon petit », dis-je.

À mon retour, Agnes en était à ma troisième chemise. J'avais demandé au fiacre d'attendre devant la maison. Pendant le trajet depuis Bolsover Street, je m'étais demandé où devrait avoir lieu cet entretien entre la fille et moi. La cuisine était trop informelle… et je ne voulais pas encore la faire venir dans cette pièce. En temps normal, quand je souhaitais parler à un domestique, je le convoquais dans mon bureau, mais, dans les circonstances présentes, cela n'aurait pas manqué d'effrayer Agnes. Je choisis donc le petit salon.

« Asseyez-vous, je vous prie. »

Je m'étais installé dans le gros fauteuil de cuir près du feu et lui désignai une chaise de bois plus basse, moins confortable que j'avais disposée là. Cette fois, mon ton était sans réplique.

Elle s'assit. Elle avait les yeux baissés, le regard fixé sur ses mains rouges jointes dans son giron.

« Agnes, j'ai beaucoup réfléchi récemment à votre avenir... »

Elle ne leva pas les yeux. Tout son corps tremblait légèrement.

« Vous savez qu'il n'y a pas très longtemps, j'ai placé Carrie... Miss G... comme gouvernante dans une excellente famille. Une position très avantageuse. »

Elle resta muette.

« Répondez donc, je vous prie. Vous avez été *informée* de la nouvelle position de Miss Carrie.

— Oui, Monsieur. »

Ces trois syllabes étaient si ténues que l'effondrement d'une braise dans la cheminée aurait suffi à les couvrir.

« J'ai décidé qu'il était temps de vous faire bénéficier des mêmes possibilités », dis-je.

À cet instant, elle leva les yeux. Ses yeux étaient tout aussi bordés de rouge que ses ongles. Avait-elle pleuré en faisant le repassage ?

« Lisez ceci, je vous prie. » Je lui tendis une missive que j'avais écrite la nuit précédente sur mon meilleur papier à lettres.

L'épais papier crème frémissait entre ses mains tandis qu'elle lisait – lentement, remuant les lèvres comme si elle prononçait les mots tout bas. Elle termina enfin et fit mine de me la rendre. « C'est… c'est très aimable à vous… Monsieur. Très aimable. »

Au moins, ce satané bégaiement avait disparu.

« Non, non, gardez-la, mon petit. C'est votre lettre de recommandation, très bien formulée, sans vouloir me flatter. J'ai choisi la famille pour qui vous travaillerez. Elle a une propriété près d'Édimbourg. Je leur ai annoncé votre venue, et leur ai dit que vous seriez là-bas demain pour prendre votre service. »

Ses yeux s'écarquillèrent, et continuèrent à s'écarquiller. Je me demandai si elle allait s'évanouir.

« Je sais rien du travail de gouvernante, Monsieur Collins. »

Rin.

Je lui souris paternellement. Je faillis m'incliner pour tapoter ses mains tremblantes, mais craignis qu'elle ne prenne ses jambes à son cou. « Cela n'a aucune importance, Agnes, aucune. Miss Carrie n'y connaissait rien non plus avant de prendre son emploi. Et vous voyez bien que cela se passe à merveille. »

Agnes baissa promptement les yeux vers ses mains jointes. Quand je me levai brusquement, elle frémit de tout son corps. Je compris en cet instant pourquoi les hommes brutaux frappent leurs femmes ; quand quelqu'un se conduit comme un chiot, l'envie de le frapper comme un chiot est presque irrésistible. J'avais une conscience bien trop aiguë de la présence du lourd tisonnier posé près de l'âtre.

J'écartai les tentures. « Regardez ici », ordonnai-je.

Elle releva la tête, mais ses yeux étaient exorbités et affolés.

« Allons, debout, Agnes. Voilà, c'est bien. Regardez. Que voyez-vous ?

— Une voiture fermée, Monsieur.

— C'est un fiacre, Agnes. Il vous attend. Le cocher vous conduira à la gare.

— J'ai jamais pris un fiacre, Monsieur.

— Je sais, soupirai-je en laissant retomber les lourdes tentures. Toutes sortes de nouvelles expériences vous attendent, ma chère petite. Ce ne sera que la première d'une profusion de merveilleuses nouveautés. »

M'approchant de la table voisine, j'y pris une écritoire, une feuille de papier à lettres et un crayon. Dans son état actuel, je n'osais pas lui confier une plume et de l'encre.

« Agnes, vous allez maintenant écrire un court message pour vos parents, afin de les avertir qu'une occasion inespérée s'est présentée et que vous avez quitté Londres pour saisir cette chance. Inutile de vous répandre en détails… Dites-leur simplement que vous leur écrirez dès que vous aurez commencé à travailler là-bas.

— Monsieur… je peux pas… je sais pas…

— Écrivez sous ma dictée, Agnes, c'est tout. Prenez le crayon. Là, c'est bien. »

Je me contentai d'une note très brève – quatre phrases aussi simples que celles qu'aurait pu écrire cette jeune sotte – et vérifiai ce qu'elle avait écrit. Les lettres maladroites étaient formées d'une main nerveuse, en pattes de mouche, les majuscules disposées au petit bonheur et plusieurs mots, pourtant fort simples, mal orthographiés. Mais il ne pouvait en être autrement.

« Très bien, Agnes. Maintenant, signez. Embrassez-les et signez. »

Elle obéit.

Je rangeai l'écritoire et le crayon avant de plier la feuille, que je glissai dans ma poche.

Je posai les trois cents livres sur l'ottomane qui se trouvait entre nous.

« C'est pour vous, mon enfant. La famille à laquelle je vous ai recommandée vous paiera, bien sûr,... elle vous paiera très bien, même, des gages supérieurs à ceux que Miss Carrie touche actuellement (ces vieilles familles d'Écosse peuvent se montrer très généreuses)... mais cette somme, qui est également, admettez-le, très généreuse, vous permettra de renouveler votre garde-robe et de la rendre plus adaptée à votre nouvel emploi et à vos nouvelles responsabilités, dès votre arrivée à Édimbourg. Ces emplettes elles-mêmes devraient vous laisser largement de quoi voir venir pendant un an ou deux. »

Je n'avais jamais remarqué ses taches de rousseur. Quand elle leva les yeux vers moi, son visage rond était si pâle que ces éphélides avaient l'air d'être en relief. « Ma maman... balbutia-t-elle. Mon papa... Je peux pas... ils...

— Ils seront *enchantés*, assurai-je d'un ton jovial. Je leur expliquerai tout dès leur retour et ils vous rendront certainement visite aussitôt qu'ils le pourront. Maintenant, montez vite faire vos bagages. Emportez tout ce que vous voulez pour commencer cette vie nouvelle. N'oubliez pas vos plus jolies robes. Il y aura des fêtes et des bals. »

Elle resta assise.

« Montez ! criai-je. Non ! Revenez ! Prenez cet argent ! Et maintenant, filez ! »

Agnes se précipita dans l'escalier pour aller empaqueter ses vêtements et ses quelques pitoyables effets personnels.

Je la suivis au troisième étage afin de vérifier qu'elle obtempérait. Puis je descendis à la cave et m'approchai de l'établi et de la boîte à outils que George y rangeait. Choisissant un gros marteau à panne et un lourd levier, je remontai.

Cher Lecteur d'un autre temps, peut-être, en cet instant, seras-tu tenté de me juger. Je te demanderai cependant de n'en rien faire. Si tu me connaissais dans la vie réelle et non par le truchement de ces simples mots, tu saurais que je suis un homme pétri de douceur.

J'ai toujours été doux, dans mon attitude comme dans mes actes. Mes romans sont – étaient – sensationnels, mais ma vie est – était – un modèle de douceur paisible. Les femmes l'ont toujours senti, ce qui explique la popularité dont a joui, auprès des dames, le gentleman de petite taille, à lunettes, et légèrement bedonnant que je suis. Ma douceur suscitait même les plaisanteries de notre ami Charles Dickens, comme si un manque d'agressivité était un motif de dérision.

En rentrant de chez Martha, j'avais compris que je serais incapable de toucher à un cheveu de la jeune Agnes, malgré les ravages que son inévitable indiscrétion ne pouvait que provoquer dans ma vie et dans ma carrière. La colère ne n'avait jamais fait lever la main sur autrui.

Ha, ha ! t'esclaffes-tu, Cher Lecteur, et tes projets d'assassiner Drood et Dickens ?

Puis-je te rappeler que Drood n'est pas un être humain tel que nous l'entendons ordinairement ? Il a sur la conscience des dizaines, voire des centaines de vies innocentes. C'est une créature née et issue des Terres Noires dont je rêve à chaque injection de morphine que m'administre Frank Beard.

Quant à Dickens… Je t'ai longuement expliqué ce que Dickens m'a fait. Tu peux être mon jury dans cette affaire, Cher Lecteur. Combien d'années d'arrogance et de condescendance aurais-*tu* supportées de la part de cet homme… de cet *Inimitable* autoproclamé… avant de finir par lever la main (ou par brandir une arme) contre lui dans une juste colère ?

Mais comprends bien que jamais je n'aurais levé la main sur une pauvre oie stupide comme Agnes.

Elle redescendit, vêtue de sa meilleure tenue minable et d'un pardessus qui ne lui tiendrait pas chaud dix minutes en Angleterre, et moins de deux en Écosse. Elle portait deux valises de mauvaise qualité. Et elle pleurait.

« Allons, allons, mon petit, pas de ça », fis-je en lui tapotant le dos. Elle tressaillit à nouveau et s'écarta. « Voulez-vous bien vérifier que le fiacre est toujours là ? »

Elle regarda par les stores qui masquaient les lumières de part et d'autre de la porte d'entrée. « Oui, il est là, Monsieur. »

Elle se remit à pleurer. « Je sais pas comment p-p-p-payer l'homme qui c-c-c-conduit le fiacre. Je s-s-s-sais pas comment trouver mon wagon à la g-gare. Je sais faire rien *du tout*. »

La malheureuse était à deux doigts de la crise d'hystérie.

« Là, là, Agnes. Le cocher a déjà été payé. Et je lui ai donné un supplément pour qu'il vous aide à trouver votre compartiment et votre place. Il vérifiera que vous êtes dans le bon train, dans le bon compartiment et confortablement installée avant de vous laisser. Je lui ai demandé de s'assurer que tout allait bien jusqu'au départ du train. Et j'ai envoyé un télégramme à la famille élégante chez qui vous serez employée... Ils viendront vous chercher à la gare d'Édimbourg.

— Ma maman, mon papa... recommença-t-elle à balbutier à travers ses larmes.

— Seront enchantés de constater que vous avez eu le courage de saisir cette chance unique et merveilleuse. »

J'entrouvris la porte et interrompis mon geste. « J'allais oublier. Il y a une chose que j'aimerais que vous m'aidiez à faire avant de partir. »

Elle tourna vers moi de grands yeux rouges, dans lesquels je vis trembloter une lueur d'espoir. Peut-être, songeait-elle, un sursis lui était-il accordé.

« Par ici », dis-je en la reconduisant vers la cuisine.

Elle ne remarqua pas d'emblée que les planches clouées sur la porte de l'escalier de service n'étaient plus en place, mais quand elle s'en aperçut, elle resta pétrifiée.

« J'ai décidé de remettre cet escalier en service, Agnes, et il faut allumer des bougies sur tous les paliers. Mes vieux yeux fatigués ont du mal à voir dans la pénombre qui y règne... »

Je lui souriais. Elle secoua la tête. Ses valises bon marché tombèrent par terre. Elle avait la bouche ouverte et son expression était – pour parler franc – très proche de celle de ces femelles imbéciles qu'on enferme dans des asiles.

« Non... Monsieur, murmura-t-elle enfin. Papa a dit que je dois pas...

— Oh, il n'y a plus de rats ni de souris à présent ! Je m'interrompis dans un éclat de rire. Ils sont partis depuis longtemps. Votre père sait que je veux rouvrir cet escalier. Il ne vous faudra pas plus d'une minute pour allumer les bougies qui se trouvent dans les appliques de chaque palier et, ensuite, en route pour l'aventure ! »

Elle se contenta de secouer la tête.

J'avais déjà allumé une bougie. Je la lui fourrai dans la main et me glissai derrière elle. « Ne faites pas l'obstinée, Agnes », lui chuchotai-je à l'oreille tout en me demandant si ma voix ressemblait quelque peu au sifflement et au zézaiement de Drood. « Soyez une bonne fille. »

Je fis encore un pas et elle fut obligée d'avancer pour éviter mon contact. Elle ne résista pas avant que la porte ne fût ouverte et que je l'aie poussée dans le rectangle noir.

Elle hésita alors et se retourna, posant sur moi des yeux aussi lucides, tristes et incrédules que ceux de Sultan, le limier de Dickens, lors de la dernière promenade qu'il avait faite avec nous.

« Je ne..., bredouilla-t-elle.

— Allumez toutes les bougies, chère Agnes, et frappez quand vous voudrez sortir. » Je la poussai à l'intérieur et verrouillai la porte.

Je cherchai ensuite le marteau, les planches et les clous là où je les avais laissés, sur la table de la cuisine, et entrepris de tout remettre en place, prenant soin d'enfoncer les clous dans les mêmes trous du dormant afin qu'au retour de George et Besse, la porte présente exactement le même aspect qu'avant leur départ.

Elle hurla, naturellement. Très fort. Mais les murs du numéro 90 Gloucester Place étaient très épais, et les portes aussi. Ses cris étaient à peine audibles dans la cuisine à quelques pas, et j'étais certain que personne ne les entendrait depuis le trottoir ou la rue.

Elle tambourina contre le battant de l'épaisse porte de chêne, puis y enfonça ses ongles (c'est du moins ce que je crus entendre), avant de s'arrêter à peu près au moment où j'eus fini de clouer la dernière planche du bas, effaçant la moindre lueur susceptible de passer sous la porte de la cuisine et de s'infiltrer dans la cage d'escalier obscure.

Appliquant l'oreille sur le bois, je crus entendre des pas qui montaient – lents, hésitants –, comme elle commençait à gravir l'escalier. Sans doute pensait-elle, en cet instant encore, que ce n'était qu'un jeu cruel de ma part et que je la laisserais sortir dès qu'elle aurait allumé les bougies, sur chaque palier.

Les derniers cris, quand je les perçus, étaient épouvantablement stridents. Ils ne durèrent pas longtemps. Ils cessèrent – comme je m'en étais douté – brutalement, terriblement, au milieu d'un hurlement.

Je montai jusqu'à sa chambre. Je l'inspectai méticuleusement, sans me soucier de l'heure ni du cocher que je payais pour attendre dans la rue. Quand je me fus assuré que la fille n'avait laissé aucune note, ni dans sa chambre, ni dans celle de ses parents, ni ailleurs dans la maison, je vérifiai qu'elle avait bien fourré dans ses deux valises minables tous ses vêtements et effets importants.

Sur son lit soigneusement fait, sous la courtepointe, je découvris une petite poupée de chiffons informe et désormais énucléée. *L'aurait-elle emportée pour commencer une nouvelle vie à Édimbourg ?* Jugeant que c'était fort possible, je la descendis et la fourrai dans le plus grand de ses deux sacs.

Aucun bruit ne provenait de l'escalier de service condamné.

Prenant le marteau et le levier, je redescendis à la cave. Arrivé au sous-sol, j'enfilai le long tablier de caoutchouc dont George se servait pour les tâches salissantes. Je lui empruntai également ses lourds gants de travail.

Il ne me fallut que quelques minutes pour déblayer les boulets amassés contre le mur du fond de la cave à charbon à demi pleine. Le trou du mur rebouché était toujours visible, mais le mortier tenait mal entre les briques et les blocs de pierre. À l'aide du levier, j'entrepris de le faire tomber.

Il me fallut plus longtemps que je ne l'aurais pensé, mais je dois avouer que je ne me hâtai pas. Finalement, le trou par lequel, je l'avais toujours su, Drood s'était introduit en ce 9 juin, deux ans auparavant, fut dégagé. J'enfonçai une bougie à l'intérieur.

Des courants d'air lointains et humides firent vaciller la flamme, mais elle ne s'éteignit pas. Tout ce qui s'étendait au-delà du halo lumineux n'était que noirceur et chute interminable dans plus de noirceur encore.

Je poussai les deux valises pleines d'Agnes dans

le trou, attendant un bruit d'éclaboussure ou un choc, mais je n'entendis rien. On aurait dit que le puits qui s'ouvrait sous ma maison n'avait pas de fond.

Il me fallut encore plus de temps pour remettre en place les pierres et les briques et pour les rejointoyer. Mon oncle m'avait appris les rudiments de la maçonnerie, et j'avais été fier de ce savoir quand j'étais enfant. Cette compétence me fut assurément utile en cet instant.

Je pelletai ensuite le charbon devant le mur, rangeai tous les outils, le tablier et les gants, regagnai le rez-de-chaussée, fis soigneusement ma toilette, préparai dans une malle-cabine pour une semaine environ de vêtements de rechange – dont deux de mes chemises de soirée fraîchement repassées –, passai dans mon bureau, pris tout le matériel d'écriture et les documents dont je pouvais avoir besoin (sans oublier le manuscrit contenant le début de *Noir et Blanc*), remontai dans la minuscule chambre d'Agnes et laissai son message à un endroit où ses parents le trouveraient facilement, fis une dernière fois le tour de la maison pour vérifier que tout était fermé et à sa place – il n'y avait toujours aucun bruit en provenance de l'escalier de service, bien sûr, et j'étais certain qu'il n'y en aurait jamais –, puis je sortis avec ma grosse malle, ma serviette de cuir et fermai la porte d'entrée à clé derrière moi.

Le cocher descendit précipitamment de son siège pour porter la malle depuis l'escalier, traverser le trottoir et la ranger dans le coffre du fiacre.

« Je vous remercie infiniment d'avoir attendu, dis-je, hors d'haleine mais d'excellente humeur. J'étais loin d'imaginer qu'il me faudrait autant de temps pour faire mes bagages. J'espère que vous n'avez pas eu trop froid et que ce désagrément ne vous aura pas trop incommodé.

— Pas du tout, Monsieur, fit le cocher joyeusement. J'ai piqué un p'tit roupillon sur mon siège, Monsieur. »

À en juger par ses joues rouges et son nez vermillon, il n'avait pas piqué qu'un « petit roupillon ».

Il me tint la porte pendant que je montais dans la voiture. Une fois installé sur son siège, en haut, il ouvrit l'abattant et me demanda : « Et où dois-je vous conduire cet après-midi, Monsieur ?

— À l'hôtel St James. »

C'était du luxe – Charles Dickens y logeait des invités comme Longfellow ou les Field quand ils venaient à Londres, et il arrivait que lui-même y descendît, mais, d'ordinaire, je n'étais pas disposé à payer autant pour un simple logement. Il est vrai que l'occasion n'était pas habituelle.

Le petit abattant se referma avec un bruit sourd. Je levai ma canne à pommeau d'or, tapai d'un coup sec au plafond du fiacre et nous nous mîmes en route.

Ma bonne humeur ne fut que très légèrement refroidie quand je me rappelai que j'avais oublié de reprendre les trois cents livres avant de condamner définitivement la porte de l'escalier de service.

41.

Le mardi 5 janvier au soir, Dickens assassina Nancy à St James's Hall pour la première fois devant un public payant. Plusieurs dizaines de femmes hurlèrent. Quatre au moins s'évanouirent. On vit un homme âgé sortir de la salle en titubant, suffocant, soutenu par deux amis blafards. Je partis avant que n'éclate la tempête d'applaudissements, lesquels me poursuivirent néanmoins dans la rue enneigée où une longue file de voitures et de fiacres attendait la sortie des spectateurs. L'haleine des cochers emmitouflés s'accumulait au-dessus de leurs sièges rehaussés, se mêlant aux nuages plus épais qu'exhalaient les naseaux des chevaux pour s'élever comme de la vapeur dans la lueur froide des becs de gaz.

En ce même après-midi du 5 janvier, je quittai l'hôtel et regagnai enfin mon domicile. Aucune puanteur infecte en provenance de l'escalier de service ne m'accueillit dans le vestibule. L'absence d'odeur n'avait rien pour me surprendre, et la seule raison n'en était pas que mon absence n'avait duré que trois jours.

Aucun miasme n'émanerait jamais de la cage

d'escalier. J'en étais certain. J'avais tiré cinq balles dans cet espace confiné, mais ce geste avait été vain, désespéré. Leur cible s'en souciait fort peu ; elle avait déjà dévoré la femme à la peau verte et aux dents en défenses sans laisser le moindre lambeau de sa robe, le moindre éclat d'ivoire. Il ne restait certainement rien d'Agnes là-dedans.

J'étais dans ma chambre en train de ranger des chemises propres dans ma valise (je retournais à l'hôtel où Fechter m'avait rejoint depuis quelques jours), quand j'entendis des bruits de pas dans le couloir et un léger toussotement.

« George ? Vous êtes déjà de retour ? J'avais oublié quand vous deviez revenir », dis-je d'un ton enjoué, en me tournant vers lui. Une émotion manifeste assombrissait son visage, lui prêtant une teinte grise.

« Oui, Monsieur. Ma femme reste encore deux jours. Sa mère a passé la première – nous pensions que ce serait son père, mais non, ça a été sa mère. Il s'apprêtait à en faire autant quand je suis parti, mais nous ne pouvions tout de même pas vous laisser ici sans vos fidèles domestiques, Monsieur, alors je suis revenu.

— Ma foi, je suis navré d'apprendre cette nouvelle, George, et… »

Je baissai les yeux vers la note qu'il tenait en main. Il la pointait vers moi comme un pistolet. « Eh bien, qu'est-ce, George ?

— Un mot de notre petite Agnes, Monsieur. Vous ne l'avez pas vu ?

— Ma foi, non. Je croyais qu'Agnes était partie au pays de Galles avec vous.

— C'est ça, Monsieur. J'ai bien pensé que vous aviez pas vu le message que nous avions laissé sur la

961

cheminée de votre salon, pour cause qu'il était encore
là où qu'on l'avait mis. Vous avez sans doute même
pas su qu'Agnes, elle était dans la maison avec vous
cette nuit-là, Monsieur. Enfin, si elle y *était* vraiment…
si elle est partie le lendemain matin, avant que vous
soyez réveillé, et pas pendant la nuit.

— Partie ? De quoi diable parlez-vous, George ?

— Voyez, Monsieur », dit-il en me tendant le billet
brusquement.

Je lus et feignis la surprise, tout en réfléchissant :
*Est-ce un piège ? Cette stupide petite bécasse a-t-elle
eu l'idée de maquiller son écriture ou d'ajouter à ce
message quelque chose qui puisse alerter ses parents ?*
Mais non. Les mots étaient exactement ceux que je
lui avais dictés. Les fautes d'orthographe paraissaient
spontanées.

« Une autre occasion ? m'étonnai-je en relevant
la tête. Que veut-elle dire, George ? Elle est partie
prendre un autre emploi sans m'en aviser ? Sans vous
en avertir, Besse et vous ?

— Non, Monsieur », répondit gravement George.
Le regard de ses yeux sombres semblait me percer.
Il ne cillait pas. « Ce message, il est pas ce qu'il
paraît, Monsieur.

— Vraiment ? » Je déposai dans ma valise la dernière pièce de linge propre et la claquai.

« Non, Monsieur. Il y a pas d'autre occasion, Monsieur Collins. Qui irait embaucher une empotée pares-
seuse comme notre Agnes ? Ce n'est pas ça, Monsieur.
Pas ça du tout.

— Mais alors, quel est le sens de cette missive ?
demandai-je en lui rendant le billet.

— Le soldat, Monsieur.

— Le soldat ?

— Ce jeune gredin d'un régiment écossais qu'elle a rencontré au marché en décembre, Monsieur Collins. Un caporal. Dix ans de plus que notre Agnes qu'il avait, Monsieur, avec des petits yeux chafouins, des mains douces et une moustache qu'on aurait dit une grosse chenille qu'aurait grimpé sur sa lèvre pour crever, Monsieur. Besse, elle a vu notre fille lui causer et elle y a vite mis le holà, vous pensez. Mais elle a bien dû le revoir quand elle était dehors pour faire des bricoles. Elle nous l'a même avoué avant Noël, quand c'est qu'on l'a trouvée en train de pleurer comme une idiote dans sa chambre.

— Vous voulez dire que...

— Pour sûr, Monsieur. Cette petite sotte a filé avec ce soldat, aussi sûr que la maman à Besse est couchée dans la terre froide et son papa aussi à cette heure, faut croire. Notre petite famille, elle est toute dispersée, il n'y a plus personne. »

Soulevant ma valise, je serrai l'épaule de George en me dirigeant vers la porte. « Fariboles, mon brave. Elle reviendra vite. Elles reviennent toujours après leur première déception amoureuse. Faites-moi confiance, George. Et dans le cas contraire... ma foi, nous engagerons quelqu'un pour la retrouver et lui mettre un peu de plomb dans la cervelle. J'ai parmi mes connaissances plusieurs policiers qui travaillent à titre privé. Il ne faut pas vous inquiéter, George.

— Bien, Monsieur », murmura-t-il d'un ton aussi gris que son teint.

« Je vais passer encore quelques jours à l'hôtel St James. Soyez assez aimable pour m'y apporter mon courrier quotidiennement et pour aérer et préparer la

maison avant samedi. Qu'un repas soit prêt ce soir-là
– il se peut que je reçoive Mr Fechter et d'autres amis.

— Oui, Monsieur. »

Nous descendîmes l'escalier ensemble.

« Allons, remettez-vous, le réconfortai-je en lui
tapotant le dos une dernière fois avant de monter dans
le fiacre qui m'attendait. Tout finira bien, vous verrez.

— Oui, Monsieur. »

On ne peut qu'imaginer la torture que représenta
pour Dickens, dont les nerfs, ébranlés par Stapplehurst,
étaient dans un état de plus en plus piteux, la reprise
d'une tournée harassante, qui le contraignait à prendre
le train presque tous les jours. Katey m'avait informé,
par le truchement de mon frère, que le 5 janvier, au
lendemain de ses lectures à St James's Hall, Dickens
avait été trop épuisé pour se lever et prendre sa douche
froide rituelle. Il devait donner ses dernières lectures
à Dublin et à Belfast quelques jours plus tard et avait
décidé d'emmener Georgina et sa fille Mary pour faire
de ces représentations une fête plus que des adieux.
Or ce voyage s'accompagna d'une quasi-tragédie qui
le mit à très rude épreuve.

Dickens, Dolby, Georgina, Mary et sa petite
troupe habituelle rentraient de Belfast pour prendre
le paquebot-poste pour Kingston, quand un événement
terrifiant se produisit soudain. Ils étaient assis dans le
wagon de première classe situé juste derrière la locomotive quand ils entendirent un épouvantable fracas
sur toute la longueur du toit de leur compartiment.
Ils se précipitèrent vers la fenêtre, juste à temps pour
voir une sorte d'immense lame de faux se déplacer

librement et couper les poteaux télégraphiques comme des roseaux.

« Couchez-vous ! » hurla Dickens, et tout le monde se jeta sur le plancher du wagon. Un crépitement d'éclats de bois, de gravier, de boue, de pierre et d'eau s'abattit sur les vitres, du côté de leurs sièges. Le wagon trembla comme s'ils avaient heurté un corps solide, et fut secoué d'une série de chocs si brutaux que Dickens reconnut plus tard avoir été convaincu qu'ils avaient déraillé une nouvelle fois et filaient à toute allure sur un pont incomplet.

Le train s'arrêta. Le silence soudain n'était interrompu que par les halètements de vapeur de la grosse locomotive et quelques cris provenant des wagons de classe inférieure. Dickens se releva d'un bond et, sautant hors du wagon, il entreprit immédiatement de consulter le mécanicien, tandis que Dolby et d'autres hommes qui avaient conservé leur sang-froid se rassemblaient autour d'eux.

Le mécanicien (à en croire la lettre que Dolby adressa à Forster) était beaucoup plus ému que Dickens. Les mains tremblantes, il expliqua que le cerclage métallique de l'énorme roue motrice s'était brisé – avait explosé – et avait projeté des fragments en l'air, fauchant les poteaux télégraphiques. C'était la grande section de cette roue qui s'était écrasée sur le toit du wagon de Dickens. « Si elle avait été un peu plus grande, avait ajouté le mécanicien, ou si elle avait volé un peu plus bas ou plus vite, elle aurait, c'est sûr, fracassé le plafond de votre wagon, et vous auriez connu, pauvres voyageurs que vous êtes, le même sort que celui que ses autres parties ont infligé à ces poteaux télégraphiques. »

Ce jour-là, Dickens avait calmé Mary, Georgina et les autres passagers – Dolby lui-même admit avoir été profondément ébranlé et il en fallait beaucoup pour ébranler George Dolby – mais le lendemain soir, à la fin de son spectacle, après avoir assassiné Nancy une fois de plus, le Chef fut incapable de sortir de scène sans l'aide de Dolby.

Dickens avait établi son emploi du temps de manière à donner une lecture à Cheltenham à seule fin de permettre à son cher et vieil ami Macready d'assister à la scène de l'assassinat. À la suite de quoi, le septuagénaire déclinant se rendit en coulisse, s'appuyant, tout tremblant, au bras de Dolby, et fut incapable de prononcer un mot avant d'avoir vidé deux coupes de champagne. Le vieil homme était tellement ému par le spectacle du Meurtre que Dickens essaya de le tourner en dérision, mais Macready n'était pas disposé à abonder dans son sens. Un soupçon de sa fougue scénique d'autrefois ressurgissant dans sa voix dévastée, il mugit : « Non, Dickens, – euh – euh – je n'accepterai PAS – euh – euh – que vous changiez de – euh – euh – sujet. À ma – euh – euh – grande époque – euh – vous vous en souvenez, mon cher – euh – disparue, disparue ! – non ! » Le mugissement se transforma alors en grondement : « Ce sont – euh – DEUX MAC-BETH ! »

Ces derniers mots furent si sonores et si chargés d'émotion que Dickens et Dolby ne purent que regarder fixement le vieil acteur qui avait fait de Macbeth son personnage de prédilection, un rôle qui lui inspirait plus d'orgueil que n'importe quoi d'autre au monde, son épouse et sa charmante grande fille incluses. Il semblait vouloir dire que, pour ce qui était de l'horreur et de l'émotion pures, le Meurtre de Nancy interprété par Dickens était l'équivalent – en termes de jeu d'acteur et d'effet – du meilleur de ses meilleurs Macbeth.

Le vieux géant se tut, dardant sur Dolby un regard furieux comme si le régisseur (qui n'avait pas prononcé un traître mot) l'avait contredit. Puis Macready... disparut. Son corps était toujours là, sa troisième coupe de champagne toujours dans sa main, la forte mâchoire et le profil marquant toujours relevés et projetés en avant dans un air de défi, mais Macready lui-même était parti, ne laissant derrière lui, comme Dickens le déclara plus tard à Dolby et Forster, qu'un astucieux et pâle mirage de lui-même.

À Clifton, le meurtre provoqua ce que Dickens appela joyeusement une épidémie d'évanouissements. *« Je crois que nous avons dû évacuer entre douze et vingt dames, figées et rigides, à différents moments. Cela en devint parfaitement ridicule. »* L'Inimitable était aux anges.

À Bath, ce fut Dickens qui sembla sur le point de perdre connaissance, car ce lieu l'obsédait littéralement. « On dirait un cimetière que les Morts ont réussi à ériger et à occuper, déclara-t-il à Dolby. Ayant construit des rues à partir de leurs vieilles pierres tombales, ils y errent, chichement, cherchant à "avoir l'air vivants". Un échec cuisant. »

En février, Percy Fitzgerald me glissa incidemment qu'Ellen Ternan avait rejoint Dickens après le retour de Georgina et de Mary à Gad's Hill. C'est du moins ce que je devinai (Percy n'aurait jamais commis l'indiscrétion de me le faire savoir clairement). Mais Fitzgerald allait se marier – enfin –, et quand, le souffle court, il en informa Dickens à la gare, l'écrivain lui répondit : « Il faut que j'apprenne cela à la personne qui m'accompagne. » *La personne qui m'accompagne*... Dickens n'aurait certainement pas usé de cette circonlocution pour désigner Dolby, son éclairagiste ou son gazier. Ellen était-elle descendue dans le même hôtel que Dickens, en tant que sœur à présent et non plus comme maîtresse ? On ne peut qu'imaginer le surcroît de tourment que cela causa à l'Inimitable.

Je parle à dessein de « surcroît de tourment », car il ne faisait aucun doute désormais que ses problèmes de santé n'étaient pas la seule source de tracas de Charles Dickens. Malgré ses rapports enjoués sur les dizaines de femmes qui s'évanouissaient, l'Assassinat de Nancy était de toute évidence redoutablement éprouvant pour son état mental, aussi bien que physique. Tous ceux à qui je m'adressai – Fitzgerald, Forster, Wills, tout le monde – reconnaissaient que, dans ses lettres, l'Inimitable parlait du Meurtre et ne parlait que de cela. Il l'interprétait quatre fois par semaine au moins, entrecoupé de ses habituelles lectures très populaires, et semblait bien décidé à ne pas seulement transformer toutes les salles dans lesquelles il se produisait en Théâtre de la Terreur, mais à éprouver pleinement le sentiment de culpabilité qui torturait Bill Sikes à la suite de ces meurtres.

« J'assassine Nancy... »
« Mes préparatifs pour un certain meurtre... »
« Je pense souvent à mes compagnons de crime... »
« Je commets ce meurtre encore, et encore, et encore... »

« J'ai la vague sensation d'être "recherché" quand je me promène dans la rue... »

« Je souille mes mains une fois de plus d'un sang innocent... »

« J'ai encore beaucoup d'assassinats devant moi, et peu de temps pour les accomplir... »

Toutes ces expressions et bien d'autres encore se déversaient sur ses amis restés à Londres. Dolby écrivit à Forster que Dickens ne supportait plus de rester dans la ville ou la bourgade où il avait donné sa lecture, qu'il fallait modifier des horaires de chemin de fer prévus de longue date, échanger les billets, payer des suppléments, pour permettre à l'Inimitable épuisé, à peine capable de rejoindre la gare, de fuir la ville le soir même, tel un homme traqué par la police.

« Les gens me regardent différemment après que j'ai Assassiné Nancy », confia Dickens à Wills, à la tête toujours creuse, lors d'une de ses étapes londoniennes. « J'ai l'impression qu'ils me craignent. Ils se tiennent à distance... ce n'est pas la distance née de la timidité à l'égard d'un homme célèbre, c'est plutôt une distance de peur et, peut-être, d'aversion ou de dégoût. »

Une autre fois, Dolby raconta à Forster qu'il était arrivé en coulisse à la suite d'une représentation pour annoncer à Dickens que la voiture l'attendait pour le conduire à la gare, et avait découvert que le Chef avait passé les quinze dernières minutes au moins à se laver les mains. « Je n'arrive pas à en retirer le sang, Dolby, avait murmuré l'écrivain éreinté, levant vers lui des yeux hantés. Il s'incruste sous mes ongles et dans ma peau. »

Londres, Bristol, Torquay, Bath – Dickens connaissait à présent par cœur les hôtels, les gares, les salles et jusqu'aux visages mêmes des spectateurs –, puis retour à Londres afin de préparer le départ pour l'Écosse. Mais Dickens avait alors le pied gauche tellement enflé que Frank Beard lui interdit formellement la tournée écossaise, laquelle fut donc brièvement repoussée. Mais, cinq jours plus tard, Dickens était reparti, malgré les supplications de Georgina, de ses filles, de son fils Charley et d'amis tels que Fitzgerald, Wills et Forster.

Je décidai de me rendre à Édimbourg pour voir Dickens Assassiner Nancy. Et, peut-être, pour voir l'Assassinat assassiner Charles Dickens.

J'étais presque convaincu à présent que Dickens cherchait à se suicider à travers cette tournée de lectures, mais la colère que cette idée m'avait inspirée dans un premier temps était un peu retombée. Certes, Dickens serait couvert de gloire et aurait droit à des funérailles à l'abbaye de Westminster, argumentait une partie de mon cerveau, mais, au moins, il serait mort. Néanmoins, certaines tentatives de suicide échouent, me rappelai-je non sans satisfaction. La balle ricoche sur les parois de la boîte crânienne, creusant des tunnels dans la cervelle, mais le candidat au suicide ne meurt pas. Il est transformé en crétin baveux pour le restant de ses jours. Ou la femme se pend, mais la corde ne lui rompt pas le cou et quelqu'un la décroche, trop tard cependant pour éviter l'interruption de l'irrigation cérébrale. Jusqu'à la fin de sa vie, elle porte une cicatrice au cou, elle a la nuque affreusement déformée et le regard vide.

Le suicide par tournée de lectures, me dis-je, pourrait manquer son effet d'une façon tout aussi délicieuse.

J'étais arrivé en avance et avais pris une chambre, ce qui me permit d'aller attendre Dickens à la gare. Il en fut surpris et heureux.

« Vous avez bonne mine, mon cher Wilkie, s'écria-t-il. L'air en bonne santé. Avez-vous fait une sortie en mer sur un de vos yachts de location dans le grand vent de la fin février ?

— Vous avez vous-même une mine resplendissante, Charles. »

Il avait une mine épouvantable – il paraissait bien plus âgé et plus grisâtre, avait perdu presque tous ses cheveux sur le dessus de la tête, sa calvitie masquée par quelques mèches grisonnantes, et sa barbe elle-même avait l'air clairsemée et négligée. Il avait le bord des paupières inférieures rouges, les yeux cernés de violet. Les joues décharnées. L'haleine fétide. Il boitait comme un ancien combattant de la guerre de Crimée appareillé d'une jambe de bois.

Je savais que je n'avais guère meilleure allure que lui. Frank Beard avait été obligé d'augmenter le nombre de ses piqûres de morphine – toujours administrées à vingt-deux heures précises – de deux ou trois par semaine à une tous les soirs. Il m'avait appris à remplir la seringue et à procéder moi-même à l'injection (une entreprise moins difficile et moins pénible qu'il n'y paraît) et m'avait laissé un énorme flacon de morphine. Je doublai la dose nocturne en même temps que la quantité de laudanum que j'absorbais durant la journée.

Il en résulta une hausse de ma productivité diurne comme nocturne. Quand Dickens me demanda sur quoi je travaillais, je lui répondis en toute sincérité que Fechter s'était plus ou moins installé chez moi au 90 Gloucester Place et que nous consacrions quotidiennement de longues heures à notre pièce, *Noir et Blanc*. Je lui annonçai que j'avais un autre projet de roman, qui reposerait sur certaines particularités du droit matrimonial britannique, et que je m'y plongerais très certainement dès que la pièce aurait été créée, fin mars.

Dickens m'assena une claque dans le dos et promit de venir assister à la première avec toute sa famille. Je me demandais s'il serait encore en vie un mois plus tard, fin mars.

Mais je ne confiai pas à Dickens que chaque nuit désormais, après un bref sommeil provoqué par la morphine, je me réveillais vers une ou deux heures du matin et dictais mes rêves à l'Autre Wilkie. Notre ouvrage collectif sur l'Ancien Rituel Égyptien des Divinités des Terres Noires pouvait s'enorgueillir désormais de plus de mille pages manuscrites.

Ce soir-là, à Édimbourg, Dickens donna une brillante interprétation du Meurtre. J'avoue en avoir eu moi-même des frissons. La salle n'était pas surchauffée, comme cela avait peut-être été le cas à Clifton, mais une bonne dizaine de dames ne s'en évanouirent pas moins.

Dickens passa ensuite quelques instants avec des spectateurs avant de rejoindre sa loge en titubant. Là, il nous répéta, à Dolby et moi, qu'il avait remarqué que les gens étaient étrangement réticents à venir lui parler ou à se trouver en sa présence après le spectacle. « Ils sentent mes instincts meurtriers », dit-il avec un rire amer.

Ce fut à cet instant que Dickens tendit à Dolby la liste des lectures restantes et que ce dernier commit l'erreur presque fatale (s'agissant de son emploi) de suggérer poliment que l'assassinat pourrait être supprimé du programme des petites bourgades, et réservé aux grandes villes.

« Voyons, Chef – observez attentivement la liste des bourgs que vous m'avez donnée et dites-moi si vous ne remarquez rien de particulier à leur sujet.

— Non. Quoi ?

— Ma foi, sur quatre lectures par semaine, vous avez noté trois Meurtres.

— Et alors ? lança Dickens. Où diable voulez-vous en venir ? »

Je crois qu'il avait oublié ma présence. Comme l'avait fait le vieux Macready, je me tenais droit et silencieux, une coupe de champagne tiédissant dans la main.

« À ceci, Chef, tout simplement, reprit Dolby doucement. Le succès de votre tournée d'adieu est certain, assuré à tous égards, selon toute probabilité... Peu importe les passages que vous choisirez de lire. En d'autres termes, vous pouvez prendre des extraits de n'importe quel ouvrage, cela n'y changera rien. Cette lecture de Sikes et Nancy est épuisante pour vous, Chef. Je le vois bien. Tout le monde le voit. Vous le voyez vous-même, et vous l'éprouvez. Pourquoi ne pas la réserver aux grandes villes – ou la mettre tout bonnement de côté pour la fin de la tournée ? »

Dickens pivota dans son fauteuil, s'éloignant du miroir devant lequel il avait retiré le peu de maquillage qu'il appliquait pour ses lectures. Je ne lui avais jamais vu d'expression aussi furieuse, sauf quand il jouait Bill Sikes. « Est-ce tout, Monsieur ?

— Je vous ai dit le fond de ma pensée », insista Dolby impassiblement, mais fermement.

Dickens se leva d'un bond, attrapa l'assiette qui avait contenu quelques huîtres et abattit le manche de son couteau dessus. Elle se brisa en une demi-douzaine de fragments. « Dolby ! Sacrebleu ! Un de ces jours, votre prudence infernale causera votre perte – et la mienne !

— Peut-être, Chef », fit Dolby. Ce grand ours d'homme était devenu couleur brique et je pourrais jurer avoir vu des larmes dans ses yeux. Mais sa voix demeura douce et égale. « Le cas échéant, pourtant, j'espère que vous me rendrez la justice de reconnaître que ma prudence infernale s'exerce dans votre propre intérêt. »

Abasourdi, tenant toujours ma coupe de champagne, je me rendis compte que, depuis toutes les années que je fréquentais Charles Dickens, c'était la première fois que je l'entendais élever la voix contre autrui (sinon au théâtre). Même le soir où il m'avait si profondément blessé chez Vérey's, son ton était resté immuablement calme, presque aimable. La colère visible et audible de Dickens, réelle et non jouée, était plus terrifiante que je n'aurais pu l'imaginer.

Dickens resta muet. J'étais figé au fond de la pièce, oublié des deux acteurs principaux de ce dialogue unique. Dolby fit quelques pas pour poser la liste de la tournée sur son écritoire, se détournant comme s'il voulait épargner à son Chef le spectacle de sa mortification. Quand il fit volte-face, il découvrit ce que je venais de voir.

Dickens pleurait tout bas.

Dolby en fut pétrifié et, avant qu'il ait pu remuer

un muscle, Dickens s'était – un geste tellement typique qu'il en était on ne peut plus prévisible – avancé pour étreindre le colosse avec une affection apparemment sans réserve. « Pardonnez-moi, Dolby, murmura-t-il. Je ne pensais pas ce que je disais. Je suis fatigué. Nous sommes tous épuisés. Je sais que vous avez raison. Nous en reparlerons calmement demain matin. »

Mais, le lendemain matin – j'étais présent au petit déjeuner –, Dickens décida de maintenir l'Assassinat dans les trois lectures en question et d'en ajouter un autre.

Quand je regagnai Londres, j'avais observé ou entendu évoquer tous les faits suivants :

Dickens avait du sang dans les selles, ce qu'il imputait à son problème déjà ancien d'hémorroïdes, mais Dolby ne pensait pas que ce fût la seule origine de ses incessantes diarrhées sanguinolentes.

Le pied et la jambe gauches de l'Inimitable étaient à nouveau enflés au point qu'il fallait l'aider à monter en fiacre, puis dans son compartiment de chemin de fer. Les seuls moments où il semblait marcher normalement étaient ceux où il entrait en scène ou en sortait.

Sa mélancolie, il le reconnaissait lui-même, passait toute description.

À Chester, Dickens avait eu des vertiges et avait avoué souffrir d'une légère paralysie. Au médecin qui avait été appelé, il confia qu'il était « pris d'étourdissements, avec une tendance à reculer et à tourner en rond ». Dolby me raconta plus tard que, quand Dickens avait voulu poser un petit objet sur une table, il n'avait pu s'empêcher de pousser maladroitement toute la table en avant, et avait failli la faire basculer.

Dickens mentionnait une sensation étrange dans la

main et le bras gauche et affirmait que, pour se servir de cette main – par exemple pour poser un objet ou le prendre –, il était obligé de la regarder très attentivement et de *vouloir* activement qu'elle obéisse à son ordre.

Ce dernier matin à Édimbourg, Dickens m'avoua – ponctuant ses propos de rires – qu'il n'était plus très sûr d'arriver à lever ses propres mains jusqu'à sa tête, surtout sa main gauche rétive, et qu'il lui faudrait peut-être bientôt engager quelqu'un pour peigner ses rares cheveux restants avant qu'il se présente au public.

Ce qui ne l'empêcha pas, après Chester, de partir faire une lecture à Blackburn, puis à Bolton, Assassinant Nancy à chaque étape de son parcours.

Le 22 avril, Dickens s'était effondré. Mais j'anticipe, Cher Lecteur.

Je n'étais pas rentré d'Édimbourg depuis très longtemps quand je reçus une lettre. Elle était de Caroline. Son message était dépourvu d'emphase et de pathos – ses phrases étaient presque aussi dénuées d'émotion que si elle avait décrit le comportement des moineaux dans son jardin –, mais elle m'informait que, depuis six mois qu'ils étaient mariés, son mari, Joseph, s'était révélé incapable de gagner sa vie, qu'ils vivaient des miettes que leur laissait sa mère, Mrs Clow (celles, en fait, de la maigre succession de son père à lui, distribuées à contrecœur), et qu'il la battait.

Je lus cette missive avec des sentiments mêlés, où dominait – je dois l'avouer – une légère satisfaction.

Elle ne me réclamait ni argent ni aide d'aucune sorte, pas même une réponse, mais signait « *Votre très vieille et très fidèle Amie* ».

Je restai un moment dans mon bureau, m'interrogeant sur ce que pouvait être une fausse amie, si Caroline G…, à présent Mrs Elizabeth Clow, était le parangon de la fidèle amie.

Le même jour, on apporta une lettre destinée à George et à Besse qui avaient eu du chagrin chacun à sa façon – souffrant en silence, bien sûr, mais Besse avait été particulièrement affligée par le départ d'Agnes (plus que par le décès de ses parents, qui ne leur laissaient pas un sou). Je n'avais pas vu l'enveloppe quand elle était arrivée, car l'écriture (de laborieux caractères d'imprimerie, plus exactement) aurait certainement attiré mon regard.

Mais, le lendemain, George se présenta à la porte de mon bureau, toussota et entra d'un air contrit.

« Excusez-moi, Monsieur, mais comme vous avez eu l'amabilité de manifester quelque intérêt pour le sort de notre fille, notre chère Agnes, j'ai pensé que vous souhaiteriez voir ceci, Monsieur. »

Il me tendit une petite feuille qui s'avéra être du papier à lettres à en-tête d'un hôtel.

ChèRe Maman et PaPa – Je Vé bien et espaire vous Trouvé de Même dans cette Lettre. Mon Occasion a pris Très bonne Tournure. Le Caporal MacdonalD, mon Bien-aimé, et moi ont l'intention de nous Marié le neuf juin. Je vous Ecriré Ancore Après cette Heureu Événeman. Avec toute l'Afection de votre Fille, AGNES

À la suite de cette lecture, mon visage, mes lèvres et mes muscles restèrent un instant aussi engourdis et aussi figés que dans les rares occasions où je m'étais administré une trop forte dose de morphine ou de laudanum. Je levai les yeux vers George, mais découvris que j'étais incapable de dire un mot.

« Oui, Monsieur, insista-t-il, la mine réjouie. C'est une grande nouvelle, n'est-ce pas ?

— Ce caporal MacDonald, c'est le gaillard avec lequel elle s'est enfuie ? » réussis-je enfin à bredouiller. Malgré mon ouïe émoussée par le choc, ma voix me fit l'effet d'avoir été versée dans une passoire.

Je dois forcément le savoir. George a dû me le dire. Je suis certain qu'il l'a fait. Ou bien ?

« Oui, Monsieur. Et je reviendrai peut-être sur le jugement un peu dur que j'ai porté sur ce garçon s'il fait de notre douce Agnes une femme honnête.

— J'espère de tout cœur que ce sera le cas, George. Voici une excellente nouvelle. Je suis enchanté d'apprendre qu'Agnes est saine et sauve, et qu'elle est heureuse. »

Je lui rendis le billet. L'en-tête qui figurait sur ce papier bon marché était celui d'un hôtel d'Édimbourg, mais ce n'était pas celui où j'étais descendu quand j'étais allé voir Dickens.

Ne nous étions-nous pas rendus dans un autre hôtel pour dîner ce soir-là, après que Dickens se fut plaint de la qualité médiocre du bœuf servi dans celui où nous logions ? J'en étais certain. S'agissait-il de l'hôtel dont je regardais encore fixement le papier à lettres pendant que George rangeait le message dans son gilet de moleskine ? J'en étais presque sûr. Avais-je pris quelques feuilles de ce papier dans le hall de l'hôtel en passant ? Peut-être. Possiblement.

« J'ai pensé que cette bonne nouvelle pourrait vous intéresser, Monsieur. Merci, Monsieur. »

George s'inclina gauchement et sortit à reculons.

Je baissai les yeux vers la lettre que j'étais en train d'écrire à mon frère, Charley. Dans mon émotion, j'avais fait une grosse tache d'encre sur le dernier paragraphe.

Après la querelle survenue entre Dickens et Dolby ce soir-là, j'avais absorbé une dose exceptionnellement forte de mon laudanum. Nous étions allés dîner. Je ne me rappelais pas grand-chose de la soirée après les apéritifs et les premiers verres de vin. Étais-je retourné dans ma chambre pour rédiger la lettre d'« Agnes » ? Je n'ignorais rien du genre de fautes d'orthographe qu'elle pouvait faire, grâce à la note qu'elle avait prise sous ma dictée en janvier. Étais-je descendu dans la nuit pour poster la lettre adressée à George et Besse à la réception ?

Ce n'était pas impossible.

Je devais l'avoir fait.

C'était la seule explication envisageable, et elle était simple.

Il m'était arrivé d'accomplir, sous l'influence de l'opium et du laudanum, d'autres actions que j'avais complètement oubliées le lendemain et les jours suivants. C'est ce qui m'avait inspiré la solution de La Pierre de lune.

Mais connaissais-je le nom de ce satané caporal écossais ?

Pris d'un soudain vertige, je me dirigeai promptement vers la fenêtre et relevai le châssis mobile. L'air de ce début du printemps entra dans la pièce, chargé de miasmes de charbon et de crottin de cheval, tandis que la Tamise lointaine et ses tributaires commençaient déjà à empester sous la lumière hésitante du soleil vernal. Je respirai d'un trait et m'appuyai au rebord de la fenêtre.

Un homme vêtu d'une cape d'opéra grotesque se tenait sur le trottoir d'en face. Sa peau était blanche comme du parchemin et ses yeux paraissaient enfoncés dans les orbites comme ceux d'un cadavre. Malgré la distance, je vis qu'il me souriait et distinguai l'étrange noirceur entre des dents surnaturellement aiguisées en pointes.

Edmond Dickenson.

Ou le serviteur mort vivant de Drood qui avait été un jour le jeune Edmond Dickenson.

La silhouette effleura du doigt son haut-de-forme luisant et démodé et s'éloigna le long de la rue, ne se retournant qu'une fois pour me sourire encore, avant de bifurquer vers Portman Square.

42

La première de *Noir et Blanc* eut lieu le dimanche 29 mars 1869. Je traînais en coulisse dans un état de nervosité exacerbée, trop angoissé même pour juger des réactions du public au bruit, ou à l'absence de rires et d'applaudissements. Je n'entendais que le martèlement de mon cœur et le battement de mon pouls dans mes tempes douloureuses. Mon estomac se souleva régulièrement au cours des quatre-vingt-dix minutes soigneusement calibrées de la pièce (pas trop longue, pour ne pas lasser le public, pas trop courte pour qu'il n'ait pas l'impression de s'être fait rouler, tout cela selon les calculs de ce maudit et omniprésent Fechter). Empruntant une idée à ce dernier – lequel avait réclamé les mêmes services un peu plus tôt, avant que le rideau se lève –, j'avais demandé à un petit gars de me suivre avec une cuvette. Elle me servit à plusieurs reprises avant la fin de l'acte III.

Jetant un coup d'œil par le rideau, je pouvais apercevoir ma famille et mes amis serrés dans la loge de l'auteur – Carrie, particulièrement charmante dans une nouvelle robe que lui avait donnée la famille Ward (pour qui elle travaillait toujours), mon frère, Charley, et sa femme, Katey, Frank Beard et son épouse, Fred et Nina Lehmann, Holman Hunt (qui m'avait remplacé aux obsèques de Mère) et d'autres encore. La grande loge collective située plus bas et plus près de la scène abritait Charles Dickens et tous les membres de sa famille qui n'étaient pas dispersés en Australie, en Inde, ou dans la solitude de l'exil (Catherine) : Georgina, sa fille Mamie, son fils Charley et sa femme, son fils Henry, rentré de Cambridge pour des vacances, et j'en passe.

La vision de leurs réactions m'était insupportable. Je retournai me tapir en coulisse, le garçon à la cuvette sur mes talons.

Enfin, le dernier rideau se baissa, des applaudissements frénétiques firent trembler l'Adelphi Theatre, tandis que Fechter et l'actrice principale, Carlotta Leclercq, sortaient saluer avant de rappeler le reste de la troupe. Tout le monde avait le sourire. Les ovations ne faisaient pas mine de décliner et j'entendais scander : « L'auteur ! L'auteur ! »

Fechter vint me chercher, et je montai sur scène, cherchant de mon mieux à imprimer sur mon visage une expression de modeste assurance.

Debout, Dickens semblait diriger les applaudissements frénétiques de la foule. Le nez chaussé de lunettes, il était si près de la scène que les feux de la rampe s'y reflétaient, transformant ses orbites en cercles de flammes bleues.

C'était un triomphe. Tout le monde l'affirmait. Les journaux du lendemain me félicitaient d'avoir – enfin – trouvé la formule idéale du succès théâtral en maîtrisant, disaient-ils, *« l'élément capital que représente une construction dramatique soignée et serrée ».*

Voie sans issue avait tenu l'affiche pendant six mois. Je prévoyais que *Noir et Blanc* tiendrait (devant une salle comble) un an, dix-huit mois peut-être.

Mais, au bout de trois semaines, des sièges vides commencèrent à surgir çà et là comme des lésions lépreuses sur le visage d'un saint. Six semaines après la première, Fechter et sa troupe épanchaient leurs sentiments devant une salle à moitié vide. La pièce fut retirée après soixante jours seulement. Elle n'avait même pas atteint la moitié du nombre de représentations de *Voie sans issue*, une autre œuvre collective, nettement plus maladroite.

J'en imputai la responsabilité à la stupidité bovine des amateurs de théâtre londoniens. Nous avions déposé à leurs pieds une perle de la plus belle eau et ils s'étaient demandé où était passée la chair rance de l'huître. Je reprochais également à certains éléments de l'intrigue initiale de Fechter ce que j'appelais (à l'image de certains journaux français) l'« Oncle Tommerie » de cette pièce. L'Angleterre du début des années 1860 (emboîtant le pas à l'Amérique) s'était prise d'un véritable engouement pour *La Case de l'Oncle Tom* – tous les Anglais dont la penderie contenait un costume de soirée élimé avaient vu cette pièce au moins deux fois –, mais l'intérêt pour l'esclavage et ses cruautés s'était estompé depuis, surtout après la guerre de Sécession.

Et voilà que le « triomphe » de Fechter menaçait de me conduire à la prison de Marshalsea pour dettes – il est vrai que Marshalsea était fermée et partiellement démolie depuis des dizaines d'années. Quand il s'était engagé à trouver de « riches commanditaires » pour *Noir et Blanc*, c'était essentiellement à moi qu'il pensait. Je m'étais exécuté – dépensant secrètement une fortune en frais divers, en cachets d'acteurs, en honoraires de décorateurs, en traitements de musiciens, etc.

J'avais également prêté des sommes croissantes à Charles Albert Fechter, perpétuellement insolvable (ce qui ne l'empêchait pas de vivre sur un grand pied), et n'éprouvais aucune consolation en songeant que Dickens avait, lui aussi, financé le mode de vie extravagant de l'acteur (pour un montant total, je le sais à présent, de plus de vingt mille livres).

Quand *Noir et Blanc* quitta l'affiche au bout de deux mois, Fechter haussa les épaules et se mit en quête de nouveaux rôles. Je recevais les factures. Quand je finis par mettre Fechter au pied du mur en lui rappelant ce qu'il me devait, il me répondit par une de ces pirouettes puériles dont il était coutumier : « Mon cher Wilkie, vous savez que je vous aime. Croyez-vous que je vous aimerais autant si je n'étais pas fermement convaincu que vous en feriez autant à ma place ? »

Cette réponse me rappela que je possédais encore le pistolet du malheureux Hatchery avec ses quatre balles restantes.

C'est ainsi que, pour régler les factures et commencer à m'extirper des dettes qui avaient si rapidement suivi et remplacé une vraie sécurité financière (l'héritage de Mère, mes gains de *La Pierre de lune* et d'autres entreprises ayant été intégralement engloutis désormais), je fis ce que ferait n'importe quel écrivain acculé : j'augmentai ma consommation de laudanum, je procédai à mes injections nocturnes de morphine, je bus beaucoup de vin, j'honorai Martha plus fréquemment et commençai un nouveau roman.

Dickens s'était peut-être levé d'un bond pour applaudir à la première de mon *Noir et Blanc*, mais, un mois plus tard, sa tournée de lectures l'avait mis complètement à plat.

À Blackburn, il avait eu des vertiges et, à Bolton, il avait titubé et failli tomber, bien que je l'aie entendu dire maintes fois plus tard à son ami américain James Fields : « ... Nelly est la seule à avoir remarqué que je chancelais et que ma vue avait décliné, et elle a été la seule à oser me le dire. »

Nelly n'était autre qu'Ellen Ternan, que Dickens appelait également « la Patiente » en raison des légères blessures reçues à Staplehurst quatre ans auparavant. À présent, c'était *lui* le patient. Et elle l'accompagnait toujours occasionnellement en voyage. C'était une information tout à fait intéressante. Quel tournant terrible et définitif dans la vie d'un homme vieillissant que le moment où sa jeune maîtresse se transforme en infirmière !

Je savais par Frank Beard que Dickens avait été contraint de lui écrire pour lui exposer ses symptômes. Et Beard avait été suffisamment inquiet pour monter dans le train de Preston l'après-midi même du jour où il avait reçu sa lettre.

Beard arriva, examina Dickens, et lui annonça qu'il n'y aurait plus de lectures. La tournée était terminée.

« En êtes-vous sûr ? demanda Dolby présent dans la pièce. Tous les billets sont vendus et il est trop tard pour les rembourser.

— Si vous insistez pour que Dickens monte sur scène ce soir, répondit le médecin, dévisageant Dolby presque aussi férocement que l'avait fait Macready, je ne vous garantis qu'une chose, c'est qu'il marchera tout le restant de vie en traînant le pied. »

Beard ramena Dickens à Londres le soir même et prit rendez-vous pour le lendemain matin auprès de sir Thomas Watson, le célèbre médecin. À l'issue d'un examen approfondi et après avoir interrogé l'Inimitable sur les symptômes dont il souffrait, Watson déclara : « L'état qui vient de m'être décrit révèle clairement que C. D. a été à deux doigts de subir un accès de paralysie du côté gauche, et peut-être une crise d'apoplexie. »

Dickens rejeta ces prédictions pessimistes, prétendant au cours des mois suivants qu'il n'avait souffert que de surmenage. Néanmoins, il interrompit provisoirement sa tournée. Il avait accompli soixante-quatorze lectures sur les cent prévues (soit deux de moins seulement que le nombre qui l'avait conduit au bord de l'effondrement en Amérique).

Et pourtant, après quelques semaines de repos relatif à Gad's Hill Place et à Londres, l'Inimitable commença à harceler le docteur Watson pour qu'il l'autorise à reprendre sa tournée reprogrammée. Sir Thomas secoua la tête, le mit en garde contre son optimisme démesuré, conseilla la plus extrême prudence et ajouta : « Les mesures préventives sont toujours déplaisantes, car c'est lorsqu'elles sont le plus efficaces que leur nécessité est la moins manifeste. »

Dickens obtint gain de cause, évidemment. Comme toujours. Mais il accepta qu'il n'y ait pas plus de douze séances – ses *vraies* lectures d'adieu –, qu'aucune ne l'oblige à prendre le train et qu'elles soient repoussées jusqu'en 1870, c'est-à-dire huit mois plus tard.

Dickens regagna donc Londres, passant la semaine

– il retournait à Gad's Hill presque tous les samedis –
dans son appartement, au-dessus des bureaux d'*All the
Year Round* dans Wellington Street, et se lança à corps
perdu dans les révisions, les replâtrages, la rédaction
et l'organisation de la revue. Quand il n'avait rien
d'autre à faire (je le constatai moi-même un jour où
j'étais passé chercher un chèque), il se rendait dans
le bureau bien souvent vide désormais de Wills, il
rangeait, triait, réaménageait et nettoyait.

Il demanda également à maître Ouvry, son notaire,
de rédiger et de mettre au point son testament, ce qui
fut fait promptement, signé et enregistré le 12 mai.

Pourtant, au cours de ces quelques mois de la fin
du printemps et du début de l'été, il parut remis de
la mélancolie qui l'avait accablé lors de sa tournée
de lectures et de ses journées de complet épuisement.
Dickens attendait la longue visite de son ami américain
James Fields et de son épouse Annie avec l'ardeur
fébrile d'un petit garçon impatient de partager ses
jouets et ses jeux.

Alors qu'il venait de signer son testament, que ses
médecins lui prédisaient une crise d'apoplexie imminente et fatale, que l'été le plus torride et le plus
humide de mémoire d'homme s'étendait sur Londres
comme une couverture de cheval mouillée puant la
Tamise, Dickens commençait à réfléchir à un autre
roman.

Quand l'été arriva, je m'étais déjà lancé dans mon
nouveau livre. Je m'étais engagé avec détermination
dans les recherches indispensables et dans la rédaction.

J'avais arrêté définitivement la forme et l'idée maîtresse du livre un samedi de la fin mai, alors que j'étais

venu rendre visite à Martha R… (« Martha Dawson »,
pour sa logeuse) sous les traits de William Dawson,
avocat itinérant. C'était l'une des rares fois où, pour
faire plaisir à Martha, j'étais resté deux nuits. J'avais
apporté ma flasque de laudanum, bien entendu, mais
avais préféré laisser la morphine et sa seringue chez
moi. Ce qui me valut deux nuits d'insomnie (une dose
supplémentaire de laudanum elle-même ne m'offrait
pas plus de quelques minutes de sommeil agité). Ce fut
la deuxième de ces nuits que, assis dans un fauteuil,
je regardai dormir Martha R… Pour lutter contre la
chaleur de ce début d'été, j'avais ouvert la fenêtre et
laissé les rideaux écartés, car cette chambre donnait
seulement sur un jardin privé. Le clair de lune peignait de larges bandes blanches sur le sol, sur le lit
et sur Martha.

Certains prétendent qu'une femme qui attend un
enfant n'en est que plus séduisante. Et il est vrai que
toutes les femmes, sauf les plus maladives, sont entou-
rées d'une étrange aura de joie et de santé, pendant une
partie de leur grossesse au moins. Mais de nombreux
hommes, de ma connaissance du moins, souscrivent
également à la théorie pour le moins singulière selon
laquelle une femme enceinte est, de surcroît, *éroti-
quement* attirante (pardonne-moi ce discours franc et
peut-être vulgaire, Cher Lecteur du Futur – sans doute
mon époque était-elle plus directe et plus honnête que
la tienne). Personnellement, j'avoue y être insensible.

En réalité, Cher Lecteur, assis durant les heures
les plus sombres de cette nuit chaude et poisseuse
de mai, tournant et retournant mon oreiller entre mes
mains, je contemplai Martha endormie et ne retrouvai
plus l'innocente jeune femme qui m'avait tant attiré

quelques années auparavant seulement. Je ne voyais qu'une silhouette bizarre et vieillissante, alourdie, aux veines bleues, aux seins gonflés qui n'était, à mon regard aiguisé de romancier, pas tout à fait humaine.

Caroline n'avait jamais eu cette apparence. Il est vrai qu'elle avait eu la décence – en ma présence du moins – de n'être jamais enceinte. Mais, surtout, Caroline avait toujours ressemblé à la dame qu'elle prétendait être et s'efforçait si laborieusement de devenir. Cette forme qui ronflait et que soulignait le large ruban lumineux de la lune avait l'air... bovine.

Retournant toujours l'oreiller entre mes mains, je réfléchis à la situation avec la lucidité que seule une dose adéquate de laudanum peut conférer à un esprit déjà affiné par l'éducation et la logique.

Mrs Wells, la logeuse de Martha (à ne pas confondre avec la Mrs Wells infiniment plus circonspecte qui avait été la dernière dame de compagnie de ma mère), ne m'avait pas vu arriver. Cela faisait plus d'une semaine, m'avait appris Martha, qu'elle souffrait du croup et était enfermée dans la chambre de sa tour privée. Un petit voisin lui apportait sa soupe le soir, et un toast et du thé le matin, mais je ne l'avais aperçu à aucun moment de mon séjour dans l'appartement privé de Martha. Mrs Wells était une vieille sotte qui ne lisait rien, ne sortait presque pas et n'avait aucune idée du monde moderne. Elle me connaissait uniquement sous l'identité de « Mr Dawson » et nous n'avions échangé que quelques mots en passant. Elle me prenait pour un avocat. J'étais certain qu'elle n'avait jamais entendu parler d'un écrivain du nom de Wilkie Collins.

Je serrai très fort l'oreiller contre moi puis l'étirai

entre mes mains à l'allure si douce, mais (pensais-je) si puissantes.

Il y avait, bien sûr, l'agent immobilier qui avait servi d'intermédiaire avec Mrs Wells pour négocier la location de ce logement plusieurs années auparavant. Mais il ne me connaissait, lui aussi, que sous le nom de Mr Dawson et je lui avais donné une fausse adresse.

Martha n'écrivait presque jamais à ses parents, et ce n'était pas seulement à cause de l'éloignement que lui imposait notre liaison. Malgré les leçons que j'avais patiemment données à Martha, ni elle ni sa mère n'étaient réellement alphabétisées – elles étaient capables de former des lettres et de signer de leur nom, mais aucune ne lisait couramment et elles ne prenaient pas le temps d'entretenir une correspondance. Son père l'aurait pu, mais ne le faisait pas. Martha rentrait chez elle de temps en temps – elle n'avait pas vraiment d'amis dans sa bourgade natale ni dans la ville voisine de Yarmouth, seulement de la famille –, mais elle m'avait toujours assuré n'avoir livré à ses proches aucun détail sur la vie qu'elle menait ici : ni son adresse, ni sa véritable situation, et encore moins l'invention de son mariage à « Mr Dawson ». Pour ce qu'en savaient les siens, d'après ce qu'elle leur avait raconté lors de sa dernière visite quelque temps auparavant, Martha était célibataire, travaillait comme femme de chambre dans un hôtel de Londres dont elle n'avait pas précisé le nom et partageait un appartement bon marché avec trois autres bonnes filles, chrétiennes et travailleuses.

Pouvais-je être sûr qu'elle ne leur avait pas dit la vérité ?

Oui, j'en étais certain. Martha ne m'avait jamais menti.

M'était-il arrivé de rencontrer quelqu'un en ville – ou, chose plus importante, m'avait-on rencontré en ville – en compagnie de Martha R... ?

J'étais presque convaincu que non. Aussi petit que Londres pût parfois paraître, aussi fréquemment que les chemins d'amis et de connaissances de la crème de la société pussent se croiser, je n'avais jamais emmené Martha – surtout de jour – en aucun lieu où des intimes auraient pu nous surprendre. Les rares fois où nous nous étions promenés ensemble, Martha et moi, je l'avais toujours conduite dans des lieux insolites de la ville – des parcs lointains, des tavernes chichement éclairées, des restaurants écartés. Elle avait indéniablement percé mes explications à jour – je prétendais vouloir explorer la ville, chercher de nouveaux endroits, comme un enfant qui jouerait à cache-cache –, mais elle ne s'était jamais plainte.

Non, personne ne savait – ou si on nous *avait* vus, nul ne pouvait imaginer qui était cette jeune femme. Cela n'aurait du reste préoccupé personne. Encore une nouvelle jeune actrice au bras de ce fripon de Wilkie Collins. J'en avais fréquenté tant. Une autre petite pervenche. Caroline elle-même n'ignorait rien de leur existence.

Je me levai de mon fauteuil et allai m'asseoir au bord du lit.

Martha bougea, roula vers moi et cessa de ronfler un moment ; mais elle ne se réveilla pas.

J'avais toujours l'oreiller en main. Le clair de lune poudrait à présent mes longs doigts sensibles de peinture blanche. Chaque doigt était plus blanc que le lin de l'oreiller et ils semblèrent tous se perdre dans cette toile délicate, s'y enfoncer, s'y fondre et ne faire plus qu'un avec l'étoffe. On aurait dit les mains d'un cadavre disparaissant dans la craie.

Ou se dissolvant dans une fosse de chaux vive.

Je me penchai en avant, tenant l'oreiller au-dessus du visage assoupi de Martha. Le scarabée, derrière mon œil droit, se précipita en avant pour ne rien perdre du spectacle.

Frank Beard !

Deux mois plus tôt, j'avais parlé au médecin d'une amie d'une de mes connaissances, une femme mariée, mais abandonnée, seule, enceinte, et sans ressources. Aurait-il une sage-femme à me recommander ?

Beard m'avait jeté un regard mi-amusé, mi-réprobateur et m'avait répondu : « Savez-vous quand l'amie de cette connaissance sera à terme ?

— Fin juin, me semble-t-il, répondis-je, les oreilles brûlantes. Ou peut-être début juillet.

— Dans ce cas, je passerai moi-même la voir au cours de son neuvième mois… et j'assisterai probablement à la naissance. Certaines sages-femmes sont remarquables. Beaucoup sont des meurtrières. Donnez-moi le nom et l'adresse de cette personne.

— Je ne dispose pas de ces informations pour le moment. Mais je poserai la question à ma connaissance et vous écrirai pour vous communiquer son nom et son adresse. »

Ce que j'avais fait. Puis cela m'était sorti de l'esprit.

Mais cette affaire pouvait fort bien revenir à celui de Frank Beard s'il lisait le journal cette semaine et…

« Sacrebleu ! » criai-je et je tendis l'oreille vers l'autre bout de la pièce.

Martha se réveilla sur-le-champ, se redressant dans le lit comme un Léviathan surgissant à la surface d'un océan de draps. « Wilkie ! Qu'y a-t-il ?

— Rien, ma chère. Ce n'est que la goutte rhumatismale et une affreuse migraine. Je suis désolé de t'avoir réveillée. »

La migraine était bien réelle car le scarabée – furieux pour quelque raison – se renfonçait dans les recoins les plus profonds de mon cerveau.

« Oh, mon pauvre chéri », s'écria Martha R... et elle me serra contre sa poitrine. Je m'endormis un peu plus tard, la tête toujours posée sur son sein gonflé.

Le livre que j'écrivais à cette époque était intitulé *Mari et Femme*. Il avait pour thème la façon dont un homme peut se trouver piégé dans une union effroyable.

J'avais lu récemment un rapport sur le mariage dans notre royaume, que la Commission Royale avait publié l'année précédente ; chose stupéfiante, celle-ci approuvait la loi écossaise qui légalisait le mariage par consentement, avant de *défendre* ces unions en faisant remarquer qu'il s'agissait de méthodes utilisées par les « femmes trompées » pour acculer des hommes aux intentions déshonorables. Je soulignai cette phrase et notai en marge du rapport – « *Qu'elles permettent, en certaines occasions, de piéger un homme dissolu !!!!*»

Les quatre points d'exclamation te paraîtront peut-être superfétatoires, Cher Lecteur, mais je t'assure qu'ils étaient encore insuffisants pour rendre compte de l'émotion que m'inspirait cette déformation absurde et obscène de la loi destinée à aider une jeune femme en quête de mari. L'idée d'être contraint au mariage

– avec le consentement et l'appui de la Couronne ! – représentait pour moi une Horreur indicible. Une Horreur qui dépassait encore celle de l'Entité qui rôdait dans l'escalier de service au 90 Gloucester Place.

Mais je savais que je ne pourrais jamais écrire ce livre en adoptant le point de vue d'un homme ainsi berné. Le Public de Lecteurs de 1869 – ou plus exactement, le Grand Public – ne saisirait même pas ce qu'avait de pathétique et de tragique le piège tendu à un homme qu'il aurait traité, non sans hypocrisie, de « fripouille » (alors même que le passé de la majorité des lecteurs et du public masculin était certainement tout aussi « dissolu »).

Je transformai donc astucieusement ma victime masculine en une dame fragile, mais issue de la meilleure société et de très haute naissance, piégée – à l'issue d'un bref et unique instant d'imprudence – dans un mariage forcé avec une brute.

Je fis de cette brute non seulement un membre de l'université d'Oxford (oh ! comme je détestais Oxford et tout ce qu'il incarnait !!), mais un athlète d'Oxford.

Ce dernier aspect de mon personnage était un trait de génie, sans vouloir me vanter. Tu dois savoir, Cher Lecteur d'un avenir incroyablement lointain, qu'à cette époque, en Angleterre, l'insondable niaiserie de l'exercice physique et l'absurdité du sport s'étaient mêlées à l'hypocrisie religieuse pour donner naissance à une monstruosité appelée « Christianisme musculaire ». L'idée que les bons Chrétiens devaient être « musclés » et s'adonner à toute une série de sports bêtifiants et brutaux faisait fureur. Au-delà de cette fureur, le Christianisme musculaire constituait à la fois une application des idées de Mr Darwin et une justification des agissements de l'Empire britannique qui s'arrogeait le droit de gouverner le monde et tous les pauvres petits peuples bruns qui l'habitaient. C'était la Supériorité personnifiée en haltères, en réunions sportives et en terrains grouillants de fous qui sautaient, bondissaient et faisaient des pompes. Les journaux, les revues et les chaires rivalisaient de prosélytisme en faveur de ce Christianisme musculaire. Et Oxford et Cambridge – ces pépinières de benêts pédants de la Grande et Vieille Angleterre – embrassèrent cette cause avec toute leur vigueur et leur arrogance coutumières.

Tu comprends à présent la joie que j'éprouvais à jeter cette lubie au visage de mes lecteurs sans défiance. Je serais peut-être le seul à savoir que mon héroïne dupée et abusée était en réalité le mâle pris au piège ; mais ma brute d'Oxford suffirait à créer la controverse.

Cet ouvrage me valut des ennemis dès les premières étapes de sa rédaction. Les enfants de Frank Beard et ceux de Fred Lehmann – qui m'avaient tous adoré et que j'avais amusés maintes fois en leur racontant des épisodes choisis de combats de boxe classiques et en leur décrivant les biceps d'acier du champion d'Angleterre, Tom Sayers – entendirent parler de ma brute d'Oxford et m'en voulurent atrocement. Ils y virent une trahison.

Cela me fit d'autant plus rire que j'insistai auprès de Frank Beard pour pouvoir l'accompagner dans différents camps d'entraînement au pugilat et aux sports d'équipe, où il lui arrivait de se rendre en qualité de médecin. Là, je harcelais les entraîneurs et les sportifs pour qu'ils me confient des récits prouvant à quel point cette vie musculaire était malsaine – comment elle transformait des athlètes en brutes aussi sûrement qu'un retour dans la jungle darwinienne – et, par le truchement de Beard, j'accablais les médecins du camp de questions sur l'épuisement physique et mental lié à un tel entraînement. C'était une lourde tâche pour moi que de rester ainsi dehors en plein soleil à prendre des notes, mais je la supportais en portant ma flasque de laudanum à mes lèvres toutes les heures, sinon plus fréquemment.

Le thème secondaire de *Mari et Femme* (au-delà de celui de l'injustice du piège-au-mariage) était que toute moralité dépend entièrement de la faculté de remords d'un individu : une faculté totalement absente de la vie de n'importe quel animal (ou de n'importe quel athlète).

Beard, grand amateur de sports lui-même, ne fit aucun commentaire sur mes théories tout en me traînant d'une étuve de sueur malsaine à une autre. Le 4 juillet 1869, ce fut Frank qui assista à la naissance de la petite fille de Martha dans son appartement de Bolsover Street. Ce fut également Frank qui se chargea des formalités quelque peu délicates de l'inscription dans les registres paroissiaux du nom de la mère (Mrs Martha Dawson), du nom de l'enfant (Marian, d'après mon personnage féminin le plus populaire) et du nom du père (Mr William Dawson, avocat itinérant).

En raison de l'emploi du temps très chargé que m'imposaient la rédaction de cet ouvrage et les indispensables recherches afférentes, je n'avais pas été présent à la naissance, mais je vins voir la mère et la petite braillarde une ou deux semaines plus tard. Comme je m'y étais engagé en janvier et le soir de ce jour d'octobre où ma maîtresse s'était mariée et où j'avais proposé le mariage à la femme de mon frère mourant, j'augmentai alors l'allocation mensuelle de Martha R... de vingt livres à vingt-cinq. Elle me remercia en pleurant.

Mais je suis allé trop vite en besogne et j'ai omis un détail essentiel, Cher Lecteur. Pour que tu comprennes parfaitement la fin de cette histoire, il faut que tu m'accompagnes en cette nuit du mercredi 9 juin 1869 – quatrième anniversaire de l'accident de Dickens à Staplehurst et de sa première rencontre avec Drood. Ce fut le dernier anniversaire de ce genre qu'il serait donné à Charles Dickens de vivre.

43.

Malgré la gravité des infirmités physiques de Dickens et malgré les prédictions pessimistes de sa cohorte
de médecins, il redevint petit garçon quand ses excellents amis américains vinrent le voir.

James et Annie Fields entretenaient des relations
extrêmement chaleureuses avec lui depuis la première
tournée triomphale de lectures de l'Inimitable en Amérique, en 1842. James me confia un jour qu'avant
même que Dickens et lui-même n'aient été officiellement présentés, il avait rejoint un groupe de passionnés
de littérature qui avaient suivi l'« Anglais bizarrement
vêtu » à travers tout Boston au cours de ces journées
grisantes du premier voyage de Dickens dans ce pays.
On prendra la mesure de l'affection qu'éprouvait Dickens pour ces deux êtres lorsqu'on saura que, pendant
sa deuxième tournée américaine, quand il fut obligé
de faire une entorse à sa règle généralement inflexible
de ne pas résider dans des demeures privées, ce fut la
charmante maison des Fields à Boston qui lui servit
de refuge.

Lors de ce périple en Angleterre, ils étaient accompagnés de Charles Eliot Norton et de son épouse, ainsi

que de Mabel, la fille du vieil ami de Dickens, James Russell Lowell. Leur entourage comprenait également le docteur Fordyce Barker et Sol Eytinge, qui avait illustré la très jolie édition américaine de l'œuvre de Dickens pour la collection « Diamond Back ».

De grandes aventures avaient été prévues pour le séjour de ce petit groupe à Gad's Hill Place (l'excédent de célibataires étant logé dans les meilleures chambres de l'Auberge de Falstaff, de l'autre côté de la route). Mais la première étape des Fields était Londres, et Dickens s'empressa de réserver une chambre pour lui-même à l'hôtel St James de Piccadilly – celui où j'avais dépensé tant d'argent pour héberger et nourrir Fechter au mois de janvier précédent –, simplement pour se rapprocher de l'hôtel de Hanover Square où étaient descendus les Fields.

Affublé d'un chapeau à large bord et d'une sombre cape d'été pour ne pas être reconnu, je les avais tous suivis en catimini depuis leurs hôtels, puis depuis Gad's Hill Place. J'avais acheté une longue-vue de marin et loué mon propre fiacre (avec un cocher et un cheval aussi discrets que mon déguisement). Ces longues heures passées à jouer les détectives, ce traves-tissement et ces filatures ne pouvaient que me rappeler feu le malheureux inspecteur Field.

Au cours des premières journées de leur séjour à Londres, les Fields & Co. se trouvèrent plus ou moins projetés dans les pages des romans de Dickens ; après leur avoir fait longer la Tamise d'un pas vif (comme pour leur prouver qu'il était aussi jeune et fringant que jamais), l'Inimitable leur montra les pièces de l'auberge Furnival où il avait commencé à travailler sur les *Papiers du Pickwick*, il leur fit voir la pièce du Temple où Pip avait vécu dans *Les Grandes Espérances* et leur interpréta Magwitch trébuchant dans l'escalier obscur qui avait servi de cadre à cette scène.

Tout en poursuivant ma filature à pied ou en voiture de louage, je voyais Dickens désigner du doigt telle vieille demeure, telle ruelle étroite où ses différents personnages avaient vécu ou étaient morts, et je me remémorai une visite semblable que j'avais faite avec lui plus d'une décennie auparavant, à l'époque où c'était *moi*, son ami.

Je ne fus pas invité à leur expédition de la journée et de la nuit du 9 juin, l'Anniversaire – alors que Dolby avait été convié à rejoindre Fields et Eytinge pour la partie nocturne de l'aventure –, mais je n'en étais pas moins présent, faisant le guet à proximité de l'hôtel des Fields quand leurs voitures s'ébranlèrent. Leur première halte rurale en ce chaud mercredi après-midi fut le cimetière de Cooling.

Il s'agit, bien sûr, du cimetière de campagne aux pierres tombales en forme de losanges que Dickens a si bien décrites au début des *Grandes Espérances* (un livre décevant, si tu veux connaître mon avis). Les observant à travers ma fidèle longue-vue à une centaine de mètres de distance, je fus surpris de voir Dickens rejouer la pantomime macabre du dîner de cimetière qu'il avait organisée pour Ellen Ternan, sa mère et moi, bien longtemps auparavant, dans le cimetière de la cathédrale de Rochester.

Il avait choisi le même type de sépulture plate comme table de dîner ; Charles Dickens, Écrivain, s'était pareillement transformé en Charles Dickens, Maître d'hôtel ; il faisait le même usage d'un mur comme bar pour disposer les boissons des messieurs ;

le même emploi de verres en cristal, de lin blanc et de pigeonneaux rôtis à point tirés de bourriches rangées à l'arrière des voitures et servis par le serveur-écrivain, serviette sur le bras.

Les marécages voisins et l'odeur salée de la mer étaient les mêmes, eux aussi, bien que cette étendue de marais littoraux fût plus désolée et plus isolée que les environs du cimetière de Rochester.

Pourquoi Dickens rejouait-il cette scène avec ses amis américains ? Même à travers le cercle légèrement tremblant de la longue-vue, je voyais bien que James Fields était un peu déconcerté par ces agapes forcées au milieu d'un ossuaire. Quant aux dames, elles semblaient franchement scandalisées et mangèrent très peu.

Seul Eytinge, l'illustrateur, riait à gorge déployée et prenait joyeusement part à ce divertissement macabre aux côtés de Dickens, ce qui s'expliquait très probablement par les trois verres de vin qu'il avait bus avant même que le pigeonneau ne fût servi.

S'agissait-il d'un défi lancé par Dickens, le mortel, à la paralysie imminente ou au trépas que lui prédisaient Beard et ses autres médecins ?

Ou bien le scarabée de son cerveau avait-il fini par faire sombrer Dickens dans la folie ?

Ce soir-là, les dames et la plupart des autres invités restèrent à l'hôtel, tandis que Dickens emmenait James Fields, un Sol Eytinge encore gris et un George Dolby très sobre dans le Grand Four de Londres. (Il ne me laissa pas en plan, malgré l'absence d'invitation – quand ils abandonnèrent leur fiacre, je les suivis furtivement à pied.) Ils s'arrêtèrent brièvement à un poste de police de Ratcliffe Highway pour y chercher un policier qui leur servirait de garde du corps pendant leurs explorations nocturnes. Quant à moi, je n'en avais pas besoin : le pistolet du détective Hatchery se trouvait au fond de la poche surdimensionnée de ma sombre cape d'été.

Ce qui devait paraître tellement exotique, voire terrifiant, au natif de Boston qu'était Fields m'était devenu familier au point d'en être presque réconfortant, après plus de deux années à parcourir régulièrement ces rues avec Hatchery.

Presque.

Il y avait de l'orage dans l'air, des éclairs zébraient le ciel autour des toits pentus et penchés qui surplombaient les étroites ruelles, le tonnerre roulait comme le grondement immuable du canon autour d'une ville assiégée, mais la pluie s'obstinait à ne pas tomber. Il faisait de plus en plus chaud, de plus en plus obscur. Dans tout Londres, les nerfs étaient à fleur de peau, mais ici, dans cette fosse suppurante où s'agglutinaient les pauvres sans espoir, dans ce marché cauchemardesque de femmes sans mari, d'enfants sans parents, de Lascars, de matelots chinois et hindous violents, et de marins assassins allemands et américains qui avaient fui leurs bâtiments, planait une folie presque aussi visible que les flammes bleues électriques qui jouaient autour des girouettes tordues et sautaient entre les câbles métalliques de soutien qui descendaient comme des amarres rouillées de constructions ayant oublié depuis longtemps comment se tenir droites toutes seules.

La visite guidée dans laquelle Dickens et son policier entraînaient les deux Américains et Dolby était pour l'essentiel celle que nous avions faite avec l'inspecteur Field et Hatchery, l'Inimitable et moi, bien longtemps auparavant : les taudis les plus misérables de Whitechapel, Shadwell, Wapping et New Court au-delà de Bluegate Fields ; les garnis à deux sous devant lesquels des mères ivres tenaient, hébétées, des enfants crasseux (je vis de loin, dissimulé dans les ténèbres, Dickens retirer un de ces enfants des bras de sa mère saoule et porter lui-même le bébé à l'intérieur du garni) ; des hangars remplis de bandits et d'enfants perdus ; des sous-sols où des dizaines et des centaines de parias londoniens de toute espèce dormaient dans la saleté et la paille constamment entourés par les miasmes putrides du fleuve. La boue que laissait la marée, en cette nuit torride, semblait intégralement faite de crottin, de boyaux de chats, de viscères de poulets, de carcasses de chiens et de chats morts, agrémentées occasionnellement de celle d'un pourceau ou d'un cheval, et d'arpents sur arpents d'excréments humains. Les rues grouillaient d'hommes désœuvrés porteurs de couteaux et de femmes désœuvrées, bien plus dangereuses encore, porteuses de maladies.

La Babylone bien-aimée de Charles Dickens. Son Grand Four personnel.

Dans un de ses romans mineurs (je crois qu'il s'agit de *La Petite Dorrit*, une véritable catastrophe pour ce qui est de l'intrigue), Dickens avait comparé les enfants sans foyer qui pullulaient et s'éparpillaient sous les arcades de Covent Garden à des rats. Il avait annoncé qu'un jour, à force de ronger les fondements d'une ville et d'une société qui préféraient les ignorer, ces rats risquaient de provoquer « la chute de l'Empire anglais ». Son indignation était sincère, tout comme sa compassion. En cette nuit du 9 juin, l'observant à travers mon petit télescope à un demi-pâté de maisons de distance, je vis Dickens relever un enfant couvert de croûtes et de crasse, qui semblait vêtu de lambeaux de haillons. James Fields et Dolby s'épongeaient, me sembla-t-il, les yeux, tandis qu'Eytinge suivait la scène du regard indifférent d'un illustrateur ivre.

Parce que c'était l'été – ou qu'il faisait aussi chaud qu'en été –, les portes des logements étaient ouvertes, les fenêtres à guillotine remontées, tandis que des grappes et des masses d'hommes et de femmes étaient dehors, dans les cours crasseuses et dans les rues tout aussi crasseuses. Bien que ce fût le milieu de la semaine de travail, la plupart des hommes (et un certain nombre des femmes) étaient saouls. À plusieurs reprises, je vis ces essaims humains s'avancer en titubant vers le groupe de Dickens avant de reculer quand le policier qui l'accompagnait brandissait sa lanterne sourde allumée en direction de ces gueux et leur faisait voir sa matraque et son uniforme.

Pour la première fois, je commençai à m'inquiéter pour ma propre sécurité. Malgré ma cape bon marché et mon chapeau à large bord qui dissimulaient mes traits et me permettaient de me mêler discrètement à la plupart de ces misérables, certains me remarquèrent et m'emboîtèrent le pas, me hélant d'une voix avinée et m'invitant à leur payer à boire. Je hâtai le pas pour ne pas me laisser distancer par Dickens et ses compagnons. Alors qu'ils tendaient à marcher au milieu de la rue, là où il faisait le plus clair, je me glissais dans les ombres les plus profondes des porches, sous les marquises lacérées et contre les bâtiments penchés.

Un moment, je fus certain d'être suivi.

Un petit homme barbu en guenilles – on l'aurait

cru vêtu de lambeaux d'algues fangeuses – titubait derrière moi, tournant quand je tournais pour suivre le groupe de Dickens, s'arrêtant quand je m'arrêtais.

Durant un instant de folie, je me persuadai que c'était l'Autre Wilkie qui me filait, ayant échappé définitivement aux limites de ma maison.

Mais, si cette silhouette (toujours indistincte) était aussi petite que moi (et que l'Autre Wilkie), il ne m'échappa pas que, sous ses haillons, l'homme était plus solidement charpenté et que son torse puissant ne présentait pas l'embonpoint wilkien.

Quand nous pénétrâmes dans New Court proprement dite, au milieu des ténèbres de Bluegate Fields, je le perdis de vue et attribuai sa présence à une coïncidence, et au piteux état de mes nerfs. Je pris ma flasque, bus plusieurs longues gorgées, me rassurai en posant la main sur le pistolet enfoui dans la poche de ma cape et pressai le pas pour me rapprocher du policier qui se pavanait, de Dickens, Dolby, Fields et Eytinge.

Ils s'arrêtèrent à la fumerie de la vieille Sal, comme je m'en étais douté. Ici, j'aurais pu trouver mon chemin les yeux bandés, or la lumière vive des éclairs – le tir de barrage s'était fait plus bruyant, mais il n'y avait toujours pas le moindre espoir d'averse rafraîchissante – m'obligea à attendre qu'ils soient montés dans les sphères supérieures du bâtiment pourri pour me glisser jusqu'au palier du premier étage et m'y couler dans les ténèbres plus épaisses. Grâce aux portes ouvertes et aux voix plus sonores, je surpris quelques fragments des explications que prodiguaient Dickens et le policier aux touristes et de leur conversation pendant qu'ils visitaient la fumerie d'opium.

L'odeur de l'opium brûlé était juste suffisante pour que tout mon corps et mon cerveau habité par le scarabée aspirent désespérément à y goûter. Pour émousser un peu ce désir, je bus une longue gorgée de ma flasque.

« La Princesse Puffer*… » J'entendais la voix de Dickens se perdre dans l'air compact entre les grondements du tonnerre. J'allais mettre des mois à comprendre cette allusion.

« On dirait que sa pipe est faite avec une vieille bouteille d'encre à deux sous… » entendis-je dire Fields.

Entre toutes ces bribes intelligibles me parvenaient les caquetages, les croassements, les geignements et les supplications familiers mais incompréhensibles de la vieille Sal. Le policier lui cria plusieurs fois de se taire, mais les caquètements ne tardaient pas à reprendre du volume et à se répandre jusqu'à moi aussi sûrement que la fumée d'opium. Je me rendais compte depuis ma cachette à l'étage inférieur (et ma mémoire me le confirmait) qu'il s'agissait d'une drogue médiocre, à cent lieues de l'excellente variété qui brûlait dans les merveilleuses pipes de la crypte-fumerie du Roi Lazaree. Je sortis ma flasque encore une fois.

Dickens et le policier descendirent les premiers l'escalier pourrissant et affaissé, m'obligeant à me rencogner dans l'obscurité de ce palier vide du premier étage.

Où se rendaient-ils maintenant ? me demandai-je. Avait-il l'intention de les conduire au cimetière de Saint-Affreux-des-Horreurs et dans la crypte qui donnait accès aux étages supérieurs de la Ville-du-Dessous ?

Non, me dis-je, jamais Dickens ne ferait une chose

pareille. Nous étions pourtant le jour de la date anniversaire à laquelle il rencontrait invariablement Drood. Comment ferait-il avec Fields et les autres en remorque, surtout en présence du policier ?

La petite troupe bruyante s'était dispersée à l'angle du bâtiment et j'avais déjà descendu moi-même quelques marches dans la cage d'escalier, quand, soudain, un bras épais et puissant entoura ma gorge tandis qu'un souffle chaud murmurait à mon oreille : « Ne bougez pas. »

Je bougeai – convulsivement, car j'étais terrifié, mais promptement – et, de ma main libre, je sortis le pistolet d'Hatchery alors même que l'avant-bras robuste me coupait le souffle.

D'un geste, le barbu m'arracha l'arme et la fourra dans la poche de sa veste en lambeaux d'algues aussi aisément que l'on retirerait un jouet à un petit enfant.

Une main énergique me poussa contre le mur, et l'homme crasseux et barbu frotta une allumette. « C'est moi, Monsieur Collins », dit-il d'une voix rauque.

Il me fallut un moment pour identifier le timbre aussi bien que le visage, mais je remarquai alors l'intensité du regard ainsi que la crasse et la barbe négligée.

« Barris », haletai-je. Sa main me clouait toujours au mur écaillé.

« Oui, Monsieur, confirma l'homme qui, la dernière fois que je l'avais vu, était en train de m'assommer avec la crosse d'un pistolet après avoir tué un jeune garçon dans une rivière de la Ville-du-Dessous.

— Je ne peux pas...

— Par ici », ordonna l'ancien détective Reginald Barris. Il attrapa la manche de ma cape et m'entraîna brutalement derrière lui. « Dickens a déjà rencontré Drood. Vous ne verrez rien de nouveau cette nuit.

— C'est impossible... commençai-je comme j'avançais en titubant sous son étreinte.

— Pas du tout. Le monstre a rencontré Dickens dans sa suite de l'hôtel St James juste avant l'aube, ce matin. Vous étiez encore chez vous, à dormir. Venez maintenant, et regardez où vous mettez les pieds dans ce couloir mal éclairé. Je vais vous montrer quelque chose de tout à fait remarquable. »

Barris m'entraîna dans un corridor complètement obscur – la lueur des éclairs elle-même n'y pénétrait pas – puis sur une plate-forme latérale que je n'avais jamais remarquée quand j'étais un client assidu de la Vieille Sal, à l'étage supérieur. Ici, surplombant de cinq mètres une ruelle d'un mètre de large au plus, deux planches disposées dans une brèche de la rambarde rouillée permettaient de rejoindre la terrasse à demi affaissée du bâtiment voisin.

« Je ne peux... » commençai-je.

Barris me poussa sur les planches et je traversai à pas comptés cette passerelle étroite, qui fléchissait sous mon poids.

Arrivés sur ce sombre balcon qui s'enroulait autour du bâtiment vétuste, nous fîmes le tour prudemment (à cause de la présence de trous dans le socle pourri) jusqu'à l'autre côté, qui donnait sur le fleuve. La puanteur était bien plus puissante ici, mais les éclairs illuminaient notre chemin. Barris me conduisit dans un autre corridor, avant de me faire gravir trois volées de marches. Aucun rai de lumière ne filtrait sous les portes closes. On aurait pu croire que tout l'immeuble

– dans un quartier misérable où le moindre sous-sol fétide, la moindre étable désaffectée pullulaient de familles indigentes ou de légions d'opiomanes – était abandonné.

L'escalier était aussi étroit et aussi raide qu'une échelle de grenier, et quand nous arrivâmes au sommet, c'est-à-dire au quatrième étage, à cinq hautes volées de marches au-dessus du sol, je haletais et soufflais. La terrasse extérieure, qui formait saillie, était entièrement effondrée, mais sur ma droite, à travers l'ouverture béante, je distinguai le fleuve, d'innombrables toits de bardeaux et des conduits de cheminées qui vacillaient quand la canonnade des éclairs les illuminait, avant de retomber immédiatement dans l'obscurité dans les brefs intervalles séparant les éclairs.

« Par ici », aboya Barris. Il força une porte gauchie et grinçante, puis frotta une allumette.

La pièce paraissait abandonnée depuis des années. Des rats filèrent le long des plinthes et s'esquivèrent dans la pièce voisine ou dans les murs pourrissants. Condamnée par des planches, l'unique fenêtre ne laissait pénétrer aucun jour, même quand le tonnerre grondait et que les éclairs balafraient le seuil, derrière nous. Il ne restait aucun meuble, à part ce qui ressemblait à une échelle brisée, jetée dans un coin.

« Aidez-moi à porter ça », ordonna l'ancien détective.

Ensemble, nous déplaçâmes la lourde structure de grosses planches jusqu'au centre de la pièce et Barris – qui, malgré ses haillons, sa crasse, sa barbe et ses cheveux hirsutes d'homme affamé, conservait une étonnante vigueur – enfonça le sommet de cette échelle dans le plafond écaillé et affaissé.

Poussé par l'extrémité de l'échelle, un panneau dissimulé dans ce plafond bascula, révélant un rectangle noir.

Barris appuya l'échelle au montant intérieur de cette ouverture et dit : « Passez devant moi.

— Certainement pas », répondis-je.

Il frotta une nouvelle allumette et je vis des dents blanches étinceler au milieu de sa barbe sombre. Il suffisait de contempler cette denture parfaitement saine pour comprendre que Reginald Barris, avec son accent de Cambridge, n'était pas un authentique habitant de ces tristes rues de New Court, dans Bluegate Fields. « Très bien, alors, murmura-t-il, je passerai le premier et je frotterai une autre allumette quand vous me rejoindrez en haut. J'ai dans ma poche, à côté de votre pistolet, une petite lanterne sourde de police. Je l'allumerai quand vous monterez. Croyez-moi, Monsieur, vous serez parfaitement en sécurité là-haut. Je n'en dirai pas autant en revanche si vous essayez de prendre la fuite dans ces escaliers et si je suis obligé de redescendre vous chercher.

— Vous n'avez pas perdu vos habitudes de voyou, à ce que je vois, lançai-je avec mépris.

— En effet, s'esclaffa Barris. Moins encore que vous ne l'imaginez, Monsieur Collins. »

Il monta et je vis la lueur d'une flamme briller dans l'obscurité, au-dessus de moi. L'espace d'une seconde, j'envisageai de retirer l'échelle et de me précipiter vers le couloir et l'escalier. Mais je sentais la poigne féroce de Barris sur le montant de l'échelle et me rappelai la fermeté avec laquelle il m'avait poussé sur le pont de planches puis dans l'escalier.

Maladroitement – car j'avais continué à prendre du

poids au cours de l'année écoulée –, je gravis l'échelle et me retrouvai sur les genoux dans un espace obscur qui sentait le moisi. Repoussant les mains du détective qui s'apprêtait à m'aider, je me remis debout. Il alluma la lanterne.

Juste devant moi se dressait la face de chacal d'un Anubis d'ébène. Je fis volte-face. À moins de six pas, une statue d'Osiris de plus de deux mètres me dévisageait. Le dieu était vêtu de blanc, comme il se doit, coiffé de sa mitre blanche, et brandissait la crosse et le fléau de rigueur.

« Par ici », dit Barris.

Nous avançâmes vers le centre de ce qui avait été autrefois un long grenier. D'autres statues monumentales étaient disposées sous les avant-toits, des deux côtés. À ma gauche, Horus à tête de faucon ; à ma droite, Seth, avec sa tête d'animal et son long museau incurvé. Nous déambulions entre Thot à tête d'ibis et Bastet, au visage et aux oreilles de chat. Je remarquai les endroits où des solives récentes renforçaient le plancher affaissé. Les plafonds des niches qui abritaient les dieux avaient, eux aussi, été modifiés, des chiens-assis ayant été aménagés pour que les statues puissent tenir debout.

« Ce sont des moulages de plâtre, m'expliqua Barris, balayant les environs du faisceau de sa lanterne tandis qu'il me conduisait plus avant vers les profondeurs du grenier. Malgré la réfection des planchers, des effigies de pierre seraient passées à travers.

— Où allons-nous ? demandai-je. Qu'est-ce que cela veut dire ? »

Une porte carrée s'ouvrait au fond du grenier et Barris écarta un pan de toile qui protégeait les lieux des intempéries et des pigeons. Le chambranle de bois neuf révélait que ce passage était relativement récent. Les éclairs illuminaient l'ouverture et l'air épais de la nuit entrait à flots, nous entourant comme un sirop immonde. Du seuil, une unique planche – qui ne mesurait pas trente centimètres de large – rejoignait une baie plongée dans les ténèbres, à environ quatre mètres de là, de l'autre côté d'une ruelle située quinze ou vingt mètres en contrebas. Le vent s'était levé, annonçant l'approche de l'orage, et la toile qui faisait office de porte claquait comme l'aile puissante d'un rapace.

« Il est hors de question que je passe par ici, protestai-je.

— Il le faut pourtant. » Barris m'attrapa sous le bras et me souleva pour me guider vers le seuil avant de m'engager sur la planche d'une bourrade. De l'autre main, il dirigeait la lanterne vers la passerelle de bois, d'une étroitesse ridicule. Le vent faillit me faire basculer par-dessus bord avant même que je n'aie fait un pas.

« Allez-y ! » ordonna-t-il, et il me poussa au-dessus de l'abîme fatal. Le faisceau lumineux disparut un instant et je compris que Barris s'était accroupi sur la planche pour remettre en place la toile fixée par des clous, derrière nous.

Bras écartés, le cœur battant à tout rompre, je posai un pied devant l'autre et avançai, d'une démarche traînante, comme un clown qui précède, au cirque, les vrais acrobates. Des éclairs sillonnèrent le ciel à proximité, et le roulement de tonnerre qui suivit me frappa au visage telle la paume ouverte d'un géant. Le vent de plus en plus violent rabattit ma cape sur mon visage comme j'étais à mi-chemin de cette invrai-semblable passerelle.

Et puis, je ne sais comment, je me retrouvai devant la fenêtre d'en face. Mais la toile qui la fermait était tendue comme la peau d'un tambour – m'empêchant d'entrer. Je m'accroupis, la peur au ventre, et m'accrochai à l'encadrement de bois d'un centimètre à peine. Sous mes pieds, la planche sautait comme un ressort et commençait à glisser – et à s'écarter de l'appui de la fenêtre – tandis que Barris s'avançait derrière moi.

Son bras puissant passa au-dessus de mon épaule (si, à cet instant, j'avais contracté un seul muscle, nous aurions fait l'un et l'autre une chute mortelle), sa main vide tâtonna autour d'une fente percée dans la toile, puis le faisceau vacillant de sa lanterne révéla une ouverture. Je m'y précipitai sans perdre une seconde, m'introduisant ainsi dans un deuxième grenier, plus vaste.

J'y étais attendu par Geb, le dieu vert de la Terre ; Nout, avec sa couronne de ciel bleu et d'étoiles dorées ; et Sekhmet, dieu de la destruction, ses mâchoires de lion écartées dans un rugissement. Râ, le dieu sacré, se trouvait juste à côté avec sa tête de faucon, Hathor et ses cornes de vache, Isis portant un trône sur sa tête, Amon couronné de plumes… ils étaient tous là.

Mes jambes étaient si faibles que je ne tenais plus debout. Je m'assis sur le passage de planches neuves qui traversait ce long grenier. Une nouvelle fenêtre circulaire d'au moins trois mètres et demi de diamètre avait été percée dans ce qui devait être le toit sud, donnant sur la Tamise. Le cercle de verre et de bois surplombait directement un autel de bois. La fenêtre était de bonne facture, en épais verre au plomb d'excellente qualité, pas encore gauchie par la gravité, et l'on avait fixé dans le verre des cercles de métal concentriques, lui prêtant un aspect qui évoquait, dans mon esprit, le viseur d'un canon exotique équipant un bâtiment de guerre.

« Cette fenêtre est pointée vers l'étoile du Chien, Sirius », me fit remarquer Barris, qui avait remis la toile en place et éteint sa lanterne. Les éclairs qui se succédaient presque sans interruption dispensaient une lumière suffisante dans ces vastes combles, qui ne contenaient que nous, les divinités des Terres Noires et l'autel drapé d'une étoffe noire. « J'ignore pourquoi Sirius a autant d'importance dans leurs rituels – mais peut-être le savez-vous, vous, Monsieur Collins. Toujours est-il que tous leurs nids aériens de Londres contiennent une fenêtre de ce genre, soigneusement alignée sur cet astre.

— Des nids ? » demandai-je, d'un ton abasourdi qui reflétait parfaitement mon état d'esprit. Le scarabée était tellement excité qu'il creusait des cercles désordonnés dans la matière grise criblée de trous qui, en cette période, me tenait lieu de cerveau. La douleur était atroce. J'avais l'impression que mes globes oculaires se remplissaient lentement de sang.

« Les adeptes de Drood ont installé des nids de ce genre dans des greniers à travers tout Londres, poursuivit Barris. Des dizaines. Et certains de ces repaires regroupent près d'une demi-douzaine de greniers.

— Il y a donc une Ville-du-Dessus aussi bien qu'une Ville-du-Dessous à Londres », commentai-je.

Barris m'ignora. « Ce nid est abandonné depuis quelques semaines, affirma-t-il. Mais ils y reviendront.

— Pourquoi m'avez-vous conduit ici ? Que voulez-vous ? »

Barris ralluma sa lanterne et passa le faisceau lumineux sur une partie du mur et du plafond élevé. Je vis des oiseaux, des yeux, des lignes ondulées, d'autres oiseaux... ce que mon ami du British Museum appelait des « hiéroglyphes ».

« Pouvez-vous lire ceci ? » me demanda Barris.

J'étais sur le point de répondre vertement quand je m'aperçus, bouleversé, que je *pouvais* effectivement lire ces mots-images et ces phrases. « *Et Djewhty s'avança ! Djewhty dont les mots devinrent Ma'ât...* »

C'était un extrait du rituel de bénédiction et de choix du nom d'un nouveau-né. Ce texte n'avait pas été peint mais gravé dans le bois à demi pourri du plafond, juste au-dessus de la statue de Maât – la déesse de la Justice – qui se dressait là, une plume dans les cheveux.

Je répondis : « Comment voulez-vous que je déchiffre un tel charabia ? Je ne suis pas un érudit de musée. Pourquoi me demandez-vous cela ? »

Aujourd'hui encore, je crois que ce mensonge me sauva la vie cette nuit-là.

Barris poussa un profond soupir et sembla se détendre. « C'est bien ce que je pensais ; mais vous ne pouvez pas imaginer le nombre de ceux qui sont devenus les esclaves et les serviteurs de Drood...

— De quoi parlez-vous ?

— Vous rappelez-vous notre dernière rencontre, Monsieur Collins ?

— Comment aurais-je pu l'oublier ? Vous avez assassiné un enfant innocent. Quand j'ai fait mine de protester, vous m'avez brutalement assommé – vous

1015

auriez pu me tuer ! Je suis resté inconscient plusieurs jours. En fait, je crois même que vous avez *essayé* de me tuer. »

Barris secouait sa tête crasseuse et barbue. À travers la saleté de son visage et sa crinière hirsute, son expression me parut attristée. « Il n'avait rien d'un enfant innocent, Monsieur Collins. Ce Mauvais Garçon était un agent de Drood. Il n'était plus humain. Si nous l'avions laissé s'enfuir et s'il avait annoncé notre présence, il n'aurait fallu aux hordes de Drood que quelques minutes pour nous tomber dessus au fond de cet égout.

— C'est ridicule », protestai-je froidement.

Je vis le visage de Barris se fendre d'un sourire si large que l'image en resta fixée sur ma rétine pendant les intervalles qui séparaient le fracas des éclairs. « Croyez-vous, Monsieur Collins ? Croyez-vous vraiment ? Si tel est le cas, cela veut dire que vous ignorez tout – ce dont je me félicite vivement – des scarabées cérébraux. »

J'eus soudain la bouche affreusement sèche. Je m'obligeai à ne pas ciller malgré le pincement douloureux que je ressentais derrière mon œil droit. Par bonheur, un roulement compact de tonnerre interrompit la conversation, m'accordant un instant de répit. « Les quoi ? réussis-je à demander.

— Les scarabées cérébraux : c'est ainsi que nous les appelions, l'inspecteur Field et moi, répondit Barris. Drood introduit ces insectes égyptiens – en réalité, des bousiers tout ce qu'il y a de plus anglais, mais dressés à ses coutumes égyptiennes païennes – dans le corps et le cerveau de ses esclaves et de ses convertis. Ou, du moins, il leur fait *croire* qu'il le fait. Tout cela n'est qu'un effet du mesmérisme qu'il pratique sur eux, évidemment. Mais ses sujets, ainsi plongés dans une sorte de transe postmesmérienne, lui obéissent pendant des années ; Drood renforce cette emprise à la moindre occasion. Les scarabées cérébraux sont en quelque sorte le symbole mesmérien de l'emprise qu'il exerce sur ses victimes.

— Balivernes, rétorquai-je en haussant la voix entre les coups de tonnerre. Il se trouve que j'ai fait des recherches très approfondies sur le mesmérisme et sur les arts magnétiques. Il est *impossible* de contrôler quelqu'un à distance au cours d'une période aussi longue que vous le suggérez – et plus encore de soumettre qui que ce soit à une hallucination telle que ce… scarabée cérébral.

— Croyez-vous ? » demanda Barris. La lumière vacillante me révélait que cette canaille souriait toujours, d'un sourire terrible et ironique à présent. « Vous n'étiez plus là, Monsieur Collins, pour assister aux horreurs qui se sont produites dans la Ville-du-Dessous après que je vous ai eu assommé – ce dont je vous prie de m'excuser, très sincèrement, mais, en cet instant, j'ai vraiment cru que vous étiez l'un d'*eux*, un agent de Drood contrôlé par un scarabée.

— Quelles sont les horreurs qui se sont produites après que vous m'avez assommé, détective Barris ?

— Ne m'appelez plus "détective", Monsieur Collins. Pour moi, ce titre et ce métier appartiennent au passé. Vous me demandez ce qui s'est passé, Monsieur, quelques heures après votre évacuation de la Ville-du-Dessous ? Je vous répondrai : un guet-apens et un massacre.

— Vous exagérez.

— La mort de neuf braves hommes est-elle une exagération, Monsieur ? Nous recherchions la tanière de Drood, le Temple de Drood et, bien sûr, Drood lui-même… or, pendant tout ce temps, il n'a fait que nous attirer plus sûrement dans ses rets.

— Cela n'a aucun sens, répliquai-je. Vous deviez avoir deux cents hommes sur place cette nuit-là.

— Cent trente-neuf, Monsieur Collins. Presque tous des policiers qui n'étaient pas en service à cette heure-là, ou d'anciens policiers. Ils avaient dans leur quasi-totalité connu Hibbert Hatchery et nous avaient accompagnés pour capturer son assassin. Nous étions moins de vingt à ne rien ignorer de la monstruosité de Drood – une créature qui n'a rien à voir avec un assassin normal, un être qui n'a rien d'humain – et cinq de ces hommes sont morts entre les mains des tueurs esclaves de Drood cette nuit-là. Tués par des dizaines, des vingtaines de voyous et de bandits qui *étaient* contrôlés par ces scarabées cérébraux nés de l'influence magnétique et dont vous niez l'existence. Quant à l'inspecteur, il a été assassiné le lendemain. »

J'en restai bouche bée. « Assassiné ? *Assassiné ?* Ne me mentez pas, Barris, ça ne prendra pas. Je *sais* que ce n'est pas vrai. Le *Times* de Londres – j'ai parlé aux journalistes qui ont rédigé la chronique nécrologique, Monsieur – ont parlé de mort naturelle. L'inspecteur Field est mort dans son sommeil.

— Ah, vraiment ? Ces *journalistes* étaient-ils là, le matin qui a suivi sa mort ? Ont-ils vu la terreur qui se dessinait sur le visage mort de ce pauvre vieux, Monsieur Collins ? J'y étais, moi. C'est moi que la femme de l'inspecteur Field a appelé le premier quand elle l'a trouvé sans vie. Sa bouche ouverte et ses yeux exorbités n'étaient pas ceux d'un homme qui a succombé paisiblement à une insuffisance cardiaque dans son sommeil, Monsieur Collins. Il avait les yeux remplis de sang.

— Je crois savoir qu'une attaque cérébrale peut provoquer exactement les mêmes symptômes. »

Un éclair zébra la pièce et, cette fois, le tonnerre retentit immédiatement. L'orage était juste au-dessus de nous. « Une attaque cérébrale laisse-t-elle une cordelette de soie nouée deux fois autour d'un cou, Monsieur Collins ?

— De quoi parlez-vous ?

— Je parle de la carte de visite du Bandit Hindou qui a étranglé ce pauvre Charles Frederick Field dans son sommeil, Monsieur. Ou, plus exactement, des trois ou quatre Bandits. Un pour tenir l'oreiller sur la figure convulsée de mon employeur et ami, et deux au moins – sans doute trois, selon moi, car Field était un homme robuste malgré son âge – pour l'immobiliser pendant que le nœud coulant se resserrait. Il a connu une mort terrible, Monsieur Collins. Vraiment terrible. »

Je ne savais que dire.

« J'ajouterai que l'inspecteur employait sept détectives à plein temps dans son agence, dont moi, poursuivit Barris. Ces hommes comptaient parmi les meilleurs anciens policiers, les plus professionnels, de toute l'Angleterre. Cinq sont morts dans des circonstances mystérieuses depuis janvier. L'autre a quitté sa famille et s'est enfui en Australie, ce qui ne lui sera certainement pas d'une grande utilité. Drood a des agents dans tous les ports de la terre. Je n'ai survécu qu'en me cachant ici, au sein même du territoire ignoble de Drood – et il m'a tout de même fallu liquider trois de ses hommes de main, qui ont cherché à m'assassiner au cours des six derniers mois. Quand il m'arrive de dormir, c'est l'œil ouvert, vous pouvez me croire, Monsieur. »

Comme s'il se rappelait soudain quelque chose, Barris enfonça la main dans sa poche et me rendit le pistolet de Hatchery.

Une douleur de scarabée irradia derrière mon œil droit palpitant et l'idée me prit soudain de tuer Barris ; son cadavre resterait là pendant des semaines, des mois peut-être, et ne serait découvert qu'au retour des disciples de Drood. *Cela me vaudrait-il quelque compassion de leur part ?*

Clignant des yeux de souffrance au point d'être pris de vertige, je rangeai cette arme idiote dans la poche de ma cape.

« Pourquoi m'avez-vous conduit ici ? demandai-je d'une voix rauque.

— Pour vérifier d'abord, si vous étiez devenu... l'un d'eux, répondit Barris. Il me semble que non.

— Vous n'aviez pas besoin de me traîner dans ces greniers crasseux de païens pour le savoir, criai-je, cherchant à couvrir le bruit du tonnerre.

— En réalité, si, rétorqua Reginald Barris. Mais, surtout, je voulais vous transmettre un avertissement.

— Il me semble être suffisamment averti, dis-je évasivement.

— Cet avertissement-ci ne vous est pas adressé », répliqua Barris. Pendant une demi-minute, il n'y eut plus un bruit – la première interruption durable du fracas de l'orage depuis que nous avions quitté l'immeuble de la Vieille Sal – et ce silence était en un sens plus terrifiant encore que le vacarme qui l'avait précédé.

« Il est destiné à Charles Dickens », reprit Barris.

Je ne pus m'empêcher de rire. « Vous disiez que Dickens avait rencontré Drood ce matin, avant l'aube. S'il est déjà l'un de ses… comment les appelez-vous ?… esclaves à scarabée, qu'a-t-il à craindre ?

— Je ne crois pas qu'il soit un esclave de Drood, Monsieur Collins. Je crois que votre ami a conclu une sorte de pacte faustien avec lui – de quelle nature exacte, je l'ignore. Je ne peux qu'essayer de l'imaginer. »

Je me rappelai que Dickens m'avait dit un jour qu'il s'était engagé à écrire la biographie de Drood, mais cette hypothèse était trop stupide pour qu'on pût l'envisager, sans parler de l'évoquer.

« Quoi qu'il en soit, continua Barris, qui paraissait soudain épuisé sous sa couche de crasse, j'ai appris par un des assassins que Drood avait envoyés à mes trousses que Dickens mourra en 1870.

— J'avais cru comprendre que vous vous étiez débarrassé de tous ces tueurs, dis-je.

— En effet, Monsieur Collins. En effet. Mais j'en ai exhorté deux à me parler avant de quitter définitivement cette vallée de larmes. »

À cette idée, ma peau devint moite. « 1870 ? demandai-je. C'est dans un an.

— En réalité, dans un peu plus de six mois à peine, Monsieur. L'assassin ne m'a pas précisé à quelle date de l'année était prévue leur opération contre Mr Dickens. »

En cet instant, comme pour lui donner la réplique, l'orage se déchaîna avec une férocité intacte. Nous tressaillîmes au moment où une averse soudaine s'abattit sur les vieux bardeaux, juste au-dessus de nous, avec une violence incroyable. Le faisceau de la lanterne que Barris avait rallumée dansa frénétiquement sur les murs tandis qu'il faisait un bond en arrière et reprenait l'équilibre. J'aperçus vaguement les hiéroglyphes gravés et mon scarabée, ou mon esprit, traduisit : « ... *donne la santé à nos membres, ô Isis, et sois le charme qui assurera notre justification lors du Jugement prochain.* »

J'arrivai chez moi trempé. Carrie m'accueillit dans le vestibule. Je remarquai qu'elle était encore habillée et n'avait pas enfilé sa robe de chambre, malgré l'heure tardive. Je lui trouvai l'air préoccupé.

« Que se passe-t-il, ma chère enfant ?

— Un homme a demandé à vous voir. Il est arrivé avant neuf heures du soir et a exigé de vous attendre. Si George et Besse n'avaient pas été là, je ne l'aurais jamais laissé entrer – il a une figure effrayante – et il n'avait pas de carte. Mais il a prétendu que c'était urgent... »

Drood, pensais-je. J'étais trop fatigué pour éprouver la moindre crainte. « Il ne faut pas t'inquiéter, Carrie, murmurai-je. Il s'agit sans doute d'un fournisseur que nous avons oublié de payer. Où l'as-tu fait entrer ?

— Il a demandé à vous attendre dans votre bureau. J'ai accepté. »

Sacrebleu, pensai-je. Mon bureau était le dernier endroit au monde où je souhaitais recevoir Drood. Mais je lui tapotai la joue et dis : « Monte te coucher maintenant, voilà une bonne fille.

— Puis-je suspendre votre manteau ?

— Non, je ne vais pas le retirer tout de suite »,
dis-je sans expliquer à Carrie quelle raison je pouvais
avoir de garder sur mon dos cette cape bon marché
et bonne à essorer.

« Ne voulez-vous pas dîner ? J'ai demandé à la cuisinière de préparer le bœuf à la française que vous
aimez tant avant de rentrer chez elle...

— Je le trouverai et le réchaufferai moi-même,
Carrie. Va vite te coucher. J'appellerai George si j'ai
besoin de quoi que ce soit. »

J'attendis que le bruit de ses pas se soit éteint dans
la cage d'escalier principale, puis je longeai le couloir,
traversai le salon et ouvris les portes de mon bureau.

Mr Edmond Dickenson n'était pas assis dans le fauteuil de cuir réservé aux invités, mais derrière mon
bureau. Il fumait impudemment un de mes cigares et
ses pieds étaient posés sur un tiroir du bas ouvert.

J'entrai et refermai soigneusement les portes derrière moi.

44.

Au début du mois d'octobre, Dickens m'invita à venir le rejoindre pour quelques jours à Gad's Hill où résidaient encore brièvement les Fields avant leur retour à Boston. Cela faisait un certain temps déjà que Dickens ne m'avait pas proposé de passer la nuit chez lui. En vérité, après sa manifestation de soutien à la première de *Noir et Blanc* en mars, nos rencontres s'étaient un peu espacées et avaient été particulièrement cérémonieuses (par rapport, surtout, à notre intimité des années précédentes). Si nous nous obstinions à signer nos lettres « très affectueusement », il semblait ne rester que fort peu d'affection de part et d'autre.

En me rendant à Gad's Hill, je regardai par la fenêtre de mon wagon de chemin de fer en m'interrogeant aussi bien sur les véritables motifs de l'invitation de l'Inimitable que sur ce que je pourrais lui raconter pour l'étonner. J'aimais bien étonner Dickens.

J'aurais pu lui retracer mon équipée dans la Ville-du-Dessus quatre mois auparavant, le 9 juin, pendant que Fields, Dolby, Eytinge et lui étaient allés se promener dans les taudis sous la houlette de leur policier, mais cette révélation était trop exceptionnelle. (Et rien n'excusait la filature à laquelle je les avais soumis pendant la première partie de cette même nuit.)

J'aurais sans doute pu étonner Dickens, les Fields ou les autres invités éventuels de l'Inimitable en leur décrivant les grimaces probablement adorables de ma petite Marian, ses gazouillis et en me répandant à son propos en anecdotes telles qu'on en raconte communément à la pelle sur les bébés, mais là encore, la révélation était bien trop exceptionnelle. (Moins Charles Dickens, son entourage et ses sycophantes savaient de ma vie intime, mieux cela valait.)

Avec quoi le divertir, alors ?

J'annoncerais très certainement à tout le monde que la rédaction de mon livre *Mari et Femme* progressait à merveille. Si Dickens était mon unique interlocuteur, peut-être lui parlerais-je des lettres que Mrs Elizabeth (Caroline) Clow m'adressait désormais presque tous les mois – bourrées de détails sur l'éloignement affectif et les châtiments physiques que lui infligeait son plombier et butor de mari. Elle me livrait ainsi une documentation de premier choix. Je n'avais qu'à remplacer par le butor athlète diplômé d'Oxford le butor plombier quasi illettré – à y bien réfléchir, il y avait fort peu de différence en vérité entre ces deux catégories d'hommes – et, en un tournemain, je transformais les volées et les réclusions à la cave que subissait Caroline pour en faire le triste sort de mon héroïne élevée dans le grand monde mais fort mal mariée.

Quoi d'autre ?

Je pourrais, si nous bénéficiions d'un tête-à-tête prolongé et retrouvions le sentiment d'intimité d'autrefois, exposer à Charles Dickens la visite que m'avait faite, tard dans la nuit du 9 juin, le jeune homme qu'il avait extrait de l'épave de Staplehurst quatre ans tout juste auparavant – notre cher Mr Edmond Dickenson.

Dickenson n'avait pas seulement pris possession de mon fauteuil de bureau et posé ses bottines sales sur le tiroir du bas ; l'impertinent était également monté dans ma chambre, avait ouvert mon placard et en avait sorti les huit cents pages consignant mes rêves des Divinités des Terres Noires, griffonnées de l'écriture serrée et penchée de l'Autre Wilkie.

« Que signifie cette intrusion ? » demandai-je d'un ton sec. L'autorité magistrale que je tenais à manifester ainsi fut peut-être légèrement ternie par le fait que, malgré la cape que j'avais toujours sur le dos, j'étais trempé comme un chat de gouttière noyé et dégoulinais, laissant des flaques sur le parquet et sur le tapis persan de mon propre bureau.

Dickenson éclata de rire et me céda mon fauteuil (sans me rendre le manuscrit pour autant). Nous contournâmes le bureau, l'un et l'autre, avec la circonspection de surineurs dans une taverne de New Court.

Je m'assis dans mon fauteuil et refermai le tiroir inférieur. Dickenson se laissa tomber dans le siège des visiteurs sans m'en demander l'autorisation. Sous moi, ma cape faisait des bruits mouillés, spongieux.

« Franchement, vous faites pitié, sans vouloir vous blesser, déclara Dickenson.

— Peu importe. Rendez-moi ce qui m'appartient. »

Dickenson contempla la pile de papiers qu'il tenait entre les mains et son visage exprima une parodie de surprise. « Ce qui *vous* appartient, Monsieur Collins ?

Vous savez parfaitement que ni vos rêves de la Terre Noire ni ces notes ne *vous* appartiennent.

— Bien sûr que si. Et vous allez me les restituer. »

Je sortis le pistolet d'Hatchery de la poche de ma cape, posai la base de la poignée, du manche, de la crosse, enfin, je ne sais quel nom lui donner, sur la surface de mon bureau et me servis de mes deux mains pour tirer le percuteur récalcitrant, jusqu'à ce que le cliquetis m'apprenne qu'il était armé. Le canon était braqué sur la poitrine d'Edmond Dickenson.

Ce jeune insolent rit encore. Une fois de plus, je remarquai ses dents étranges. Elles m'avaient paru blanches et saines quand je l'avais vu durant la période de Noël de 1865. S'étaient-elles gâtées depuis ou avaient-elles été limées pour donner naissance à ces chicots et à ces pointes ?

« Est-ce *votre* écriture, Monsieur Collins ? »

J'hésitai. Drood avait rencontré l'Autre Wilkie deux ans auparavant cette même nuit de l'année. L'émissaire de Drood qui se trouvait en face de moi ne l'ignorait certainement pas.

« Rendez-moi ces pages », insistai-je.

J'avais le doigt posé sur la détente.

« Avez-vous l'intention de me tirer dessus si je ne vous les remets pas ?

— Oui.

— Pourquoi feriez-vous cela, Monsieur Collins ?

— Peut-être pour m'assurer que vous n'êtes pas le spectre que vous feignez d'être », répondis-je doucement. J'étais harassé. J'avais l'impression que cela faisait des semaines, et non une dizaine d'heures seulement, que j'avais vu Dickens emmener ses invités prendre un repas au cimetière de Cooling.

« Oh, je saignerai certainement si vous me tirez dessus, remarqua Dickenson du ton enjoué et singulièrement exaspérant qui m'avait déjà rendu fou à Gad's Hill si longtemps auparavant. Et je mourrai, si vous visez assez bien.

— Vous pouvez compter sur moi.

— Mais à quelle fin, Monsieur ? Vous savez que ces documents sont la propriété du Maître.

— Est-ce Drood que vous désignez ainsi ?

— Qui d'autre, voyons ? Il ne fait aucun doute que je repartirai avec ces pages – je préférerais affronter votre pistolet à trois pas qu'inspirer au Maître le moindre déplaisir à une distance mille fois supérieure – mais, puisque vous disposez d'un léger avantage sur moi, y a-t-il quelque chose que vous aimeriez savoir avant que je vous quitte ?

— Où est Drood ? »

Dickenson se contenta de rire une fois de plus. Peut-être est-ce la vue de ses dents qui me poussa à lui poser la question suivante.

« Mangez-vous de la chair humaine au moins une fois par mois, Dickenson ? »

Le rire et le sourire s'évanouirent. « Où avez-vous entendu dire une chose pareille, Monsieur ?

— Peut-être suis-je mieux informé que vous ne le supposez sur votre... Maître... et sur ses esclaves.

— Peut-être, en effet », acquiesça Dickenson. Il avait baissé le menton et me regardait par-dessous, les sourcils froncés d'une façon étonnamment troublante. « Mais vous devriez savoir, ajouta-t-il, qu'il n'y a pas d'esclaves... il n'existe que des disciples et des gens qui aiment le Maître et offrent spontanément de le servir. »

Ce fut à mon tour de m'esclaffer. « Vous parlez à un homme dont le cerveau abrite un des scarabées de votre maudit Maître, Dickenson. Je ne connais pas pire forme d'esclavage.

— Notre ami commun, Mr Dickens, pourrait vous en remontrer à ce sujet. C'est pourquoi il a choisi de collaborer avec le Maître au profit de leur objectif commun.

— Que diable racontez-vous là ? lançai-je. Dickens et Drood n'ont pas le moindre objectif commun. »

Le jeune homme – dont le visage jadis arrondi comme celui d'un chérubin était désormais affreusement décharné – secoua la tête. « Vous vous êtes rendu cette nuit à New Court, Bluegate Fields et dans les quartiers voisins, Monsieur Collins », murmura-t-il.

Comment le sait-il ? me demandai-je, vaguement affolé. *Ont-ils capturé et torturé ce pauvre Barris ?*

« Mr Dickens est parfaitement conscient qu'il faut mettre fin à ce fléau social, poursuivit Dickenson.

— Quel fléau social ?

— La pauvreté, Monsieur, répondit Dickenson avec une certaine fougue. L'injustice sociale. Les petits orphelins, condamnés à traîner dans les rues. Les mères qui sont devenues... des femmes perdues... par pur désespoir. Ces enfants et ces femmes malades qui ne recevront jamais de soins, ces hommes qui ne trouveront jamais de travail dans un système qui...

— Je vous en prie, épargnez-moi ces discours communistes », coupai-je. Ma barbe trempée dégoulina sur le plateau de mon bureau, mais mon pistolet ne bougea pas d'un pouce. « Dickens a été un réformateur presque toute sa vie, mais ce n'est pas un révolutionnaire.

— Vous vous trompez, Monsieur, objecta Dickenson tout bas. S'il travaille avec notre Maître, c'est précisément à cause de la révolution que notre Maître apportera d'abord à Londres puis au reste du monde, partout où des enfants meurent de faim. Mr Dickens aidera notre Maître à établir un Ordre Nouveau – un ordre où la couleur de la peau et l'argent que l'on possède ne feront plus jamais obstacle au règne de la justice. »

Cette fois encore, je ne pus m'empêcher de rire et, une fois de plus, mon rire était sincère. Quatre ans plus tôt, à l'automne de 1865, une bande de Noirs de la Jamaïque avait attaqué le palais de Justice de Morant Bay. Notre gouverneur, Eyre, avait fait fusiller ou pendre quatre cent trente-neuf de ces Noirs et en avait condamné six cents autres au fouet. Certains de nos libéraux les plus naïfs avaient critiqué la conduite du gouverneur, mais Dickens m'avait déclaré qu'il regrettait que les représailles et les sanctions n'aient pas été plus sévères encore. « Je suis totalement hostile, m'avait-il dit alors, à cette compassion purement politique pour les Noirs – ou les indigènes, ou le diable – et juge moralement et entièrement erroné de traiter les Hottentots comme s'ils étaient identiques aux habitants en chemises propres de Camberwell... »

Au moment de la révolte des Cipayes en Inde, bien avant que nous fassions connaissance, Dickens avait applaudi des deux mains les généraux britanniques qui avaient réagi à la rébellion en attachant les Indiens mutins prisonniers en travers de la bouche de canons et en les réexpédiant « chez eux » en morceaux. Dans *La Maison d'Âpre-Vent* et une bonne dizaine d'autres romans, Dickens n'avait pas dissimulé la colère et le mépris que lui inspiraient les missionnaires stupides qui se préoccupaient davantage du sort des indigènes bruns et noirs de l'étranger que des problèmes des bons Anglais et Anglaises et des enfants blancs de notre pays.

« Vous êtes un sot, lançai-je en cette nuit de juin au jeune Edmond Dickenson. Et votre maître est un sot s'il se figure que Charles Dickens a l'intention de comploter contre les hommes blancs en faveurs des Lascars, des Hindous, des Chinois et des Assassins égyptiens. »

Dickenson pinça les lèvres dans un sourire contraint et se leva. « Il faut que je livre ces notes au Maître avant l'aube.

— Ne bougez pas », dis-je en levant le pistolet jusqu'à ce qu'il soit braqué sur son visage. « Vous pouvez garder ces satanés papiers, mais dites-moi comment faire sortir ce scarabée de mon corps. De ma tête.

— Il partira quand le Maître lui en donnera l'ordre, ou quand vous mourrez, répondit Dickenson avec cet air affamé et heureux de cannibale que je lui connaissais déjà. Pas avant.

— Pas même si je tue un innocent ? »

Les sourcils clairs du jeune homme se relevèrent. « Vous avez entendu parler de cette exception rituelle, à ce que je vois. Fort bien, Monsieur Collins. Vous pouvez essayer. Il est impossible de garantir que le moyen sera efficace, mais vous pouvez essayer. Inutile de me raccompagner. Oh, soyez sûr que la jeune personne qui m'a laissé entrer ce soir n'en gardera *aucun* souvenir demain. »

Sans ajouter un mot, il tourna les talons et sortit.

Dickenson avait dit vrai à propos de Carrie : elle

avait tout oublié de sa visite. Quand je lui demandai le lendemain matin ce qui, dans l'aspect physique de notre visiteur, l'avait troublée, elle me jeta un regard étrange et répondit qu'elle ne se rappelait aucun visiteur ; en revanche, elle avait fait un vague cauchemar à propos d'un étranger debout sous la pluie, qui frappait à la porte et demandait à entrer.

Oui, songeai-je comme le train s'arrêtait à la gare où quelqu'un de Gad's Hill Place devait venir me chercher en voiture ou avec la carriole à poney, peut-être surprendrais-je l'Inimitable en lui racontant la fin de cette nuit mouvementée de juin.

Mais, songeai-je, ne serait-il pas effroyable que ce récit ne le surprenne *pas* ?

Le dimanche de mon agréable séjour à Gad's Hill Place – et il m'est difficile, aujourd'hui encore, d'oublier ou d'exagérer l'agrément de ces moments si chaleureux passés dans la demeure de Dickens –, je me trouvais dans la chambre de James Fields à débattre avec lui de la vie littéraire à Boston quand on frappa à la porte. C'était un des vieux domestiques de Dickens qui entra dans la pièce d'un air aussi compassé qu'un courtisan de la reine Victoria, claqua des talons et tendit à Fields une note écrite d'une calligraphie soignée sur un rouleau de précieux parchemin. Fields me la montra avant de la lire à haute voix :

Mr Charles Dickens présente ses respectueux compliments à l'Honorable James T. Fields (de Boston, Mass., États-Unis) et serait heureux de recevoir une visite de l'Honorable J.T.F. dans la petite biblio-

thèque précitée, à la convenance de l'Honorable J.T.F.

Fields gloussa, puis toussota, gêné de m'avoir lu ce texte, et ajouta : « Je suis certain que Charles désire que nous le rejoignions *tous les deux* à la bibliothèque. »

Je souris et hochai la tête, mais j'étais certain que cette plaisante invitation de Dickens ne m'était absolument pas destinée. Nous n'avions pas échangé, lui et moi, deux mots seul à seul pendant les quatre jours que j'avais déjà passés à Gad's Hill Place, et il était de plus en plus évident que l'Inimitable n'avait aucune intention de revenir sur cette regrettable attitude de courtoisie publique et de silence privé entre nous. Je suivis néanmoins Fields lorsque l'Américain descendit en toute hâte vers la petite bibliothèque.

Dickens ne réussit pas tout à fait à dissimuler sa contrariété en me voyant, bien qu'elle n'ait voilé ses traits que l'espace d'une fraction de seconde – seul un vieil ami le connaissant de longue date pouvait avoir remarqué son tressaillement de surprise et de déplaisir – mais il sourit immédiatement et s'écria : « Mon cher Wilkie – quel merveilleux concours de circonstances ! Vous m'avez épargné le labeur d'avoir à vous adresser un billet. La calligraphie n'a jamais été mon fort, et j'avais bien peur qu'il ne me faille encore une demi-heure pour concocter ce document ! Entrez, tous les deux ! Asseyez-vous, asseyez-vous ! »

Dickens était perché sur le coin d'un petit pupitre, et une mince pile de pages manuscrites était posée à côté de lui. Il n'avait disposé que deux sièges à l'emplacement qu'il pouvait destiner à son auditoire. Pendant un bref instant de vertige, je fus convaincu qu'il allait donner lecture des notes sur ses propres rêves des Divinités de la Terre Noire.

« Composons-nous le public complet de… mais de quoi s'agit-il au juste ? » demanda James T. Fields, manifestement enchanté. Les deux hommes semblaient se délecter de leur présence respective, rajeunissant à vue d'œil en se livrant à leurs divertissements puérils, et j'avais perçu chez Dickens une certaine tristesse au cours des tout derniers jours. *Ma foi, est-ce vraiment surprenant ? songeai-je en cet instant. Quand Fields et sa femme quitteront l'Angleterre cette semaine, ce sera la dernière fois que les deux hommes se verront. Dickens sera mort depuis longtemps avant que Fields revienne en Angleterre.*

« Vous êtes effectivement tous les deux, mes chers amis, l'unique public de cette lecture », répondit Dickens, qui alla fermer lui-même la porte de la bibliothèque avant de revenir se jucher sans façon au bord de la table aux pieds grêles.

« *Chapitre un, L'Aube*, lut Dickens.
Une antique ville épiscopale anglaise ? Mais comment cette antique ville épiscopale peut-elle se trouver ici ? La tour carrée bien connue, massive et grise, de sa vieille cathédrale ? Comment peut-elle se trouver ici ? En réalité, de quelque point qu'on la considère, nulle pique de fer rouillée ne se dresse dans l'air entre le regard et la tour. Quelle est donc cette pique qui surgit ici et qui l'a dressée ? Peut-être a-t-elle été dressée par ordre du sultan pour y empaler un par un une horde de brigands turcs. C'est bien cela, car les cymbales résonnent et le sultan passe, se rendant à son palais, en un

long cortège. Dix mille cimeterres flamboient au soleil et trois fois dix mille danseuses répandent des fleurs. Viennent ensuite des éléphants blancs, caparaçonnés de force couleurs éclatantes...* »

Il lut ainsi pendant près de quatre-vingt-dix minutes. James Fields était visiblement sous le charme. Plus j'écoutais, plus je sentais se glacer ma peau, mon crâne et l'extrémité de mes doigts.

Le premier chapitre était une description impressionniste (et sensationnelle) d'un fumeur d'opium qui s'éveille de ses songes dans une fumerie manifestement calquée sur celle de la Vieille Sal. Sal en personne est là – décrite fort justement comme « une femme hagarde* » à la « voix dolente et éraillée* » – ainsi qu'un Chinois comateux et un Lascar. Le personnage dont l'auteur adopte le point de vue, de toute évidence un homme blanc qui émerge de ses propres rêves opiacés, ne cesse de murmurer « Inintelligible » en écoutant (et en se débattant avec) le Chinois incohérent et le Lascar inconscient mais qui marmotte tout bas. Il part, regagnant une « ville épiscopalienne », de toute évidence Rochester (déguisée sous le pseudonyme grossier de « Cloisterham »). Et c'est au deuxième chapitre que nous rencontrons un groupe de personnages familiers à la Dickens, parmi lesquels le révérend Septimus Crisparkle, chanoine mineur de son état, qui est en réalité un de ces aimables « Chrétiens Musclés » un peu benêts mais bien intentionnés, que je parodiais dans mon propre roman en cours de rédaction.

Nous apprenons également dans ce deuxième chapitre que le fumeur d'opium patibulaire que nous avons croisé au premier chapitre est un certain John Jasper, chantre laïque de la cathédrale. Jasper, nous le comprenons sur-le-champ, possède une voix superbe (plus belle à certains moments qu'à d'autres, curieusement) et une âme sombre, tortueuse.

Et, toujours dans ce deuxième chapitre, nous faisons la connaissance du neveu de Jasper, un jeune homme sans profondeur ni expérience, insouciant mais manifestement fainéant et imbu de lui-même, Mr Edwin Drood… J'avoue avoir sursauté quand Dickens prononça ce nom tout haut.

Le troisième chapitre nous livre des descriptions assez bien écrites mais déprimantes de Cloisterham et de son passé, avant de nous présenter un nouvel exemplaire de la série proprement infinie de personnages romantiques de Dickens, la jeune héroïne parfaite, au teint rose, virginale – affublée, cette fois, du nom d'une insipidité écœurante de Rosa Bud, dite Bouton de rose. Les quelques pages dans lesquelles elle est présente ne me donnèrent pourtant pas envie de l'étrangler sans délai – contrairement à tant de jeunes personnes virginales d'une perfection dickensienne telles que la « petite Dorritt » – et au moment où Edwin Drood et Rosa Bud vont se promener ensemble (nous apprenons qu'ils ont été fiancés dès leur enfance par l'entremise de parents, comme par hasard, amis mais décédés, mais nous découvrons aussi que le jeune Edwin affiche à l'égard de *Rosa* et de ces fiançailles une condescendance pleine de suffisance, tandis que Rosa ne veut qu'une chose, *rompre*), je perçus littéralement les échos de la rupture de Dickens avec Ellen Ternan, le fameux soir où j'avais surpris leur conversation devant la gare de Peckham.

Dans ces premiers chapitres, nous apprîmes également, Fields et moi, que Dickens avait fait de *son* Drood – le jeune Edwin Drood – un ingénieur sur le point de partir en Égypte pour apporter le progrès à ce pays. Et, selon une femme stupide de l'orphelinat où vit Rosa (pourquoi, oh ! pourquoi faut-il toujours que les jeunes vierges de Dickens soient orphelines ?), il sera enterré dans les pyramides.

« *Mais ne déteste-t-elle pas les Arabes, les Turcs, les fellahs, et tous ces gens-là ? ** » demande Rosa, évoquant la compagne parfaite et fictive d'« Eddy » Drood.

> « *Certainement pas, répond-il d'un ton ferme.*
> — *Du moins doit-elle détester les pyramides ? voyons, Eddy ?*
> — *Pourquoi cette petite... cette grande oie, veux-je dire, serait-elle assez bête pour détester les pyramides ?*
> — *Ah ! explique Rosa en hochant fréquemment la tête et en suçant ses loukoums avec délice, si vous entendiez Mlle Twinkleton pérorer à leur sujet, vous ne me poseriez pas la question. Ces insupportables vieux tombeaux ! Ces Isis et ces ibis et ces Chéops et ces pharaons, qui donc s'en soucie ? Et puis il y a eu Belzoni, ou je ne sais trop qui, qu'il a fallu tirer par les pieds pour le sortir de là, à moitié étouffé par les chauves-souris et la poussière. Toutes les filles ont dit : C'est bien fait pour lui, pourvu que ça lui ait fait mal, dommage qu'il n'ait pas été complètement étouffé.** »

Je voyais bien que Dickens se dirigeait vers une

comparaison suivie et certainement élaborée entre la poussière des cryptes et les tombes de Cloisterham – autrement dit de Rochester et de sa cathédrale bien réelle – et les vrais explorateurs des tombeaux égyptiens comme Belzoni « à moitié étouffé par les chauves-souris et la poussière ».

Son troisième chapitre – car il n'alla pas plus loin dans sa lecture ce jour-là – s'achevait au moment où sa petite et coquette Rosa (qui, en tout état de cause, ne s'intéressait toujours pas à Edwin) demandait à ce « Drood » :

« "Voyons, dites-moi, qu'y voyez-vous ?
— Ce que j'y vois, Rosa ?
— Eh bien, je croyais que vous autres Égyptiens vous saviez lire dans la main et y découvrir toutes sortes de fantasmagories. Ne pouvez-vous voir un avenir heureux ?"
Sans aucun doute, ils ne voient ni l'un ni l'autre un présent heureux tandis que le portail s'ouvre, puis se referme, que l'un d'eux entre et que l'autre s'éloigne.* »

J'avais l'impression que ces lignes n'avaient pas été écrites par Dickens, mais par moi, retraçant la scène que j'avais observée entre Ellen Ternan et lui à la gare de Peckham.

Quand Dickens reposa la dernière page de ce court manuscrit – sa lecture avait été paisible, profession-nelle et calme, à cent lieues de l'interprétation théâtrale exaltée de ses récentes tournées de lectures et, surtout, de celle de son Assassinat –, James Fields applaudit à tout rompre. L'Américain semblait au bord des larmes. Je restai assis, muet, le regard fixe.

« Épatant, Charles ! Absolument épatant ! Un admirable début ! Un début merveilleux, provocant, intrigant et séduisant ! Votre talent ne s'est jamais déployé de façon aussi flagrante.

— Merci, mon cher James, murmura Dickens.

— Mais le titre ? Vous n'en avez rien dit. Comment avez-vous l'intention d'intituler ce nouvel ouvrage remarquable ?

— Il s'appellera *Le Mystère d'Edwin Drood* », répondit Dickens, en me jetant un coup d'œil au-dessus de ses lunettes de lecture.

Fields applaudit encore pour marquer son approbation et ne remarqua pas mon inspiration soudaine et brutale. Mais je suis certain qu'elle n'échappa pas à Charles Dickens.

Fields était monté se changer pour le dîner quand je raccompagnai Dickens jusqu'à son bureau. « Il faut que nous parlions, lui annonçai-je.

— Ah oui ? demanda l'Inimitable en glissant la cinquantaine de pages manuscrites dans un porte-documents de cuir, qu'il enferma dans un des tiroirs de son secrétaire. Dans ce cas, éloignons-nous un peu pour échapper à la foule et aux oreilles indiscrètes des parents, amis, enfants, domestiques et chiens. »

Le mois d'octobre avait été clément et ce début de soirée était doux. Dickens me conduisit à son chalet toujours ouvert, alors qu'il était habituellement fermé en cette période de l'année, en prévision de l'humidité hivernale. Des feuilles jaunes et rouges voletaient à travers la pelouse avant d'être arrêtées par les buissons ou par les géraniums écarlates dépouillés plantés le long de l'allée. Au lieu de me faire passer par le tunnel, Dickens me fit traverser directement la route. Il n'y avait pas de circulation en ce dimanche après-midi, mais j'aperçus des rangées de chevaux fougueux et de bonne race attachés ou étrillés devant l'Auberge de Falstaff. Une troupe de chasse au renard était venue se rafraîchir.

Nous montâmes au premier étage de son chalet et Dickens m'invita à m'asseoir dans le fauteuil Windsor des visiteurs. Lui-même s'affala dans le sien. Les boîtes de papier bleu et crème bien rangées, les plumes, les flacons d'encre alignés et ses figurines de grenouilles escrimeuses me révélaient que Dickens avait récemment écrit en ce lieu.

« Eh bien, mon cher Wilkie, de quoi souhaitez-vous que nous parlions ?

— Vous le savez très bien, mon cher Dickens. »

Il sourit, sortit ses lunettes d'un étui et les posa sur son nez comme s'il s'apprêtait à poursuivre sa lecture. « Supposons que je ne le sache *pas* et partons de là. Se pourrait-il que vous n'aimiez pas le début de mon nouveau roman ? J'en ai écrit davantage, vous savez. Un ou deux chapitres de plus peut-être, et vous auriez été captivé.

— C'est un sujet dangereux, Charles.

— Ah ? » Sa surprise ne paraissait pas entièrement feinte. « Qu'y voyez-vous de dangereux ? La rédaction d'un récit de mystère ? Voici plusieurs mois déjà que je vous ai avoué que votre *Pierre de lune* et tous ses éléments captivants – l'opiomanie, le mesmérisme, les Orientaux félons, le mystère central du vol – m'avaient donné envie de m'essayer moi-même à ce genre de littérature. C'est ce que je fais. Ou du moins ai-je commencé.

— Vous utilisez le *nom* de Drood », dis-je si bas que ma voix se perdit dans un chuchotement pressant. J'entendis des voix viriles entonner une chanson à boire dans l'auberge voisine.

« Mon cher Wilkie, soupira Dickens. Ne pensez-vous pas qu'il est grand temps que nous – ou vous – surmontions cette crainte de toutes les choses droodiennes ? »

Que pouvais-je répondre ? J'en restai sans voix un instant. Je n'avais jamais parlé à Dickens de la mort d'Hatchery – des cordes grises luisant dans la crypte. Ni de ma nuit dans le Temple de Drood. Ni de l'invasion de la Ville-du-Dessous entreprise par l'inspecteur Field et de ce que j'avais appris de ses sinistres conséquences pour ce dernier et ses hommes. Ni de Reginald Barris – crasseux, barbu, vêtu de haillons et réduit à l'état d'épave, se cachant, terrifié – ni des temples clandestins de la Ville-du-Dessus que ce même Barris m'avait fait découvrir quelques mois plus tôt seulement.

« Si j'avais le temps ce soir, reprit Dickens comme pour lui-même, je vous guérirais de cette hantise. Il faut vous en libérer. »

Je me levai et me mis à arpenter la petite pièce avec impatience. « C'est de votre vie que vous serez libéré si vous publiez ce livre, Charles. Vous m'avez dit un jour que Drood avait exigé que vous écriviez sa biographie… or ceci en est une *parodie*.

— Pas le moins du monde, s'esclaffa Dickens. Ce sera un roman très sérieux qui se livrera à l'exploration des strates, des circonvolutions et des contradictions d'un esprit meurtrier – en l'occurrence, celui d'un assassin, mais aussi d'un opiomane et d'un homme qui est tout à la fois maître et victime du mesmérisme.

— Comment peut-il être *à la fois* maître et victime du mesmérisme, Charles ?

— Soyez assez aimable pour lire mon livre quand il sera terminé, mon cher Wilkie, et vous verrez. Bien des choses y seront révélées… non seulement propres à ce mystère, mais peut-être à votre propre dilemme. »

Cette phrase n'avait aucun sens et je préférai l'ignorer. « Charles, lui demandai-je avec sincérité, m'appuyant sur sa table et baissant les yeux vers lui, toujours assis, croyez-vous véritablement que fumer de l'opium vous fasse rêver de cimeterres flamboyants, de cohortes de danseuses et – qu'était-ce donc ? "d'innombrables éléphants s'élançant dans une grande variété de couleurs éclatantes" ?

— "… des éléphants blancs, caparaçonnés de force couleurs éclatantes, innombrables et escortés d'innombrables gardiens", rectifia Dickens.

— Fort bien, dis-je en reculant et en retirant mes lunettes pour les essuyer à mon mouchoir. Mais croyez-vous *vraiment* qu'un rêve opiacé fasse défiler sous vos yeux un nombre quelconque d'éléphants caparaçonnés ou s'élançant et de cimeterres flamboyants ?

— J'ai pris de l'opium, vous savez », répondit Dickens paisiblement. Il avait l'air presque amusé.

J'avoue que la nouvelle me fit lever les yeux au ciel. « C'est ce que m'a dit Frank Beard, Charles. Quelques petites gouttes de laudanum, très occasionnellement, quand vous avez souffert d'insomnies lors d'une de vos dernières tournées de lectures.

— Pourtant, mon cher Wilkie, le laudanum n'en est pas moins du laudanum. Et l'opium de l'opium.

— Quelle dose avez-vous absorbée ? » demandai-je tout en continuant à faire les cent pas entre les deux fenêtres ouvertes. Peut-être était-ce ma propre consommation immodérée de laudanum ce matin-là qui me plongeait dans cet état d'excitabilité.

« Comment cela ?

— Combien de gouttes de distillat d'opium avez-vous versées dans votre vin ?

— Oh ! je n'en ai aucune idée. Dolby s'est chargé du dosage les rares fois où j'ai eu recours à ce traitement médical. Deux, je pense.

— Deux gouttes ? répétai-je.

— Oui. »

Je restai muet. Le jour même, invité à Gad's Hill Place et n'ayant apporté dans mes bagages qu'une flasque et un petit flacon de réserve pour cette brève visite, j'en avais absorbé au moins six cents gouttes, ou peut-être le double. Je repris enfin la parole : « Mais vous ne me convaincrez pas – pas plus que tous ceux qui se sont intéressés à cette drogue d'aussi près que moi, mon cher Charles – que vous avez rêvé d'éléphants, de cimeterres et de dômes dorés. »

Dickens rit : « Mon cher Wilkie, vous avez prétendu vous-même avoir… "testé" – il me semble que c'est le mot que vous avez employé – la possibilité que Franklin Blake, le personnage de votre *Pierre de lune*, s'introduise dans la chambre de sa fiancée endormie…

— Dans le boudoir jouxtant sa chambre, rectifiai-je. Mon rédacteur en chef a exigé cette modification pour des raisons de bienséance.

— Ah ! oui », acquiesça Dickens en souriant. Le

rédacteur en chef en question n'était autre que lui-même, bien entendu. « ... à s'introduire donc dans le boudoir de la chambre à coucher de sa fiancée pour voler un diamant, alors que lui-même est endormi, et agit sous l'influence du laudanum qu'il a absorbé à son insu...

— Vous avez exprimé maintes fois vos doutes quant au réalisme de ce passage, observai-je aigrement. Bien que je vous aie dit avoir vécu des situations similaires sous l'effet de cette drogue.

— Voilà exactement où je veux en venir, mon cher Wilkie. Vous avez forcé un peu, pour servir votre intrigue. C'est également le cas de mes pachydermes caparaçonnés et de mes cimeterres flamboyants – ils servent la trame générale de l'histoire.

— La question n'est pas là, Charles.

— Où est-elle dans ce cas ? »

La curiosité de Dickens paraissait sincère. Son épuisement aussi. Au cours de ces journées, quand l'Inimitable ne faisait pas la lecture à autrui ou ne jouait pas, il tendait à ressembler au vieillard qu'il était soudain devenu.

« Drood vous tuera si vous publiez ce livre, répondis-je. Vous m'avez dit vous-même qu'il vous avait demandé une biographie. Il ne se satisfera certainement pas d'un roman à effets, rempli d'opium, de mesmérisme, d'accessoires égyptiens et d'un personnage sans consistance qui s'appelle Drood...

— Sans consistance, mais essentiel à l'intrigue », interrompit Dickens.

Je ne pus que secouer la tête. « Vous refusez de tenir compte de mes avertissements. Peut-être, si vous aviez vu le visage de ce malheureux inspecteur Field le lendemain de son assassinat...

— *Assassinat ?* » s'écria Dickens en se redressant brusquement. Il retira ses lunettes et cilla. « Qui vous a dit que Charles Frederick Field a été assassiné ? Vous savez fort bien que, d'après le *Times*, il est mort dans son sommeil. Et qu'est-ce que cette histoire de visage que j'aurais dû voir ? Vous ne l'avez certainement pas vu vous-même, mon cher Wilkie. Je me rappelle que vous étiez malade, que vous êtes resté alité des semaines durant à cette époque, et que vous n'avez même pas su que ce pauvre Field avait rendu l'âme avant que je vous en informe, des mois plus tard. »

J'hésitai à confier à Dickens les explications que m'avait données Reginald Barris sur les véritables causes du décès de l'inspecteur Field. Le cas échéant, je devrais lui raconter qui était Barris, pourquoi et où je l'avais vu, et tout ce qui concernait les temples de la Ville-du-Dessus.

Pendant que j'hésitais, Dickens ajouta en soupirant : « Votre foi en Drood est plaisante d'une obscure façon, Wilkie, mais peut-être est-il temps d'y mettre fin. Peut-être aurait-il mieux valu ne jamais commencer.

— Ma foi en Drood ? lançai-je brutalement. Dois-je vous rappeler, mon cher Dickens, que c'est *votre* récit de la rencontre que vous en avez fait à Staplehurst et *vos* histoires ultérieures d'entrevues avec le monstre dans la Ville-du-Dessous qui m'ont initialement mêlé à tout cela ? Il est un peu tard, dirais-je, pour que vous m'enjoigniez de cesser de croire en lui, comme s'il était le fantôme de Marley ou celui des Noëls à venir.* »

Je pensais que cette dernière pique ferait rire Dickens, mais il n'eut l'air que plus triste et plus las encore et murmura, comme pour lui-même : « Peut-être est-il trop tard, mon cher Wilkie. Ou peut-être pas. Mais il est indéniablement trop tard en ce dimanche. Il faut que je rentre me préparer avant de profiter d'un des derniers repas que je partagerai sans doute jamais avec ces chers James et Annie... »

Sa voix était devenue si faible et si désolée à la fin de cette phrase qu'il me fallut tendre l'oreille pour entendre ses paroles, presque couvertes par le vacarme des chasseurs qui s'éloignaient au galop de l'Auberge de Falstaff.

« Nous en reparlerons une autre fois », proposa Dickens en se levant. Je remarquai que, l'espace d'un instant, sa jambe gauche parut incapable de soutenir son poids, et qu'il fut obligé de se retenir à la table de la main droite, reprenant l'équilibre et oscillant un moment, le bras et la jambe gauche battant l'air inutilement comme ceux d'un jeune enfant qui fait ses premiers pas. Puis il sourit à nouveau – d'un air contrit, me sembla-t-il –, franchit la porte et descendit l'escalier en boitillant tandis que nous revenions vers la grande maison.

« Nous en reparlerons une autre fois », répétai-je.

Et nous le fîmes, Cher Lecteur, trop tard cependant, comme tu le verras, pour éviter les tragédies à venir.

45.

Durant les ultimes automne, hiver et printemps de son existence, Charles Dickens poursuivit l'écriture de son roman tandis que je poursuivais l'écriture du mien.

Fidèle à lui-même, Dickens s'entêta, bien sûr, à utiliser le nom insensé de Drood dans le titre de son nouvel ouvrage. J'avais pourtant appris par Wills, Forster et par ce poseur imbécile de Percy Fitzgerald (qui avaient tous pris ma place dans les bureaux d'*All the Year Round* et dans les confidences de Dickens) que l'Inimitable avait initialement envisagé de l'intituler *La Disparition de James Wakefield* ou encore *Mort ? Ou Vif ?* (de toute évidence, il n'avait jamais sérieusement envisagé d'utiliser le nom d'Edmond Dickenson, contrairement à ce qu'il m'avait raconté au printemps précédent – dans le seul dessein de me tourmenter).

J'avais commencé mon livre plusieurs mois avant que Dickens se lance dans le sien, ce qui m'avait permis de vendre *Mari et Femme*, qui était sur le point de paraître par épisodes dans le *Cassell's Magazine* en janvier 1870 ; j'avais également cédé les droits de publication en feuilleton à mon bon vieux *Harper's*

Magazine de New York et – pour éviter tout risque de piraterie – avais veillé à ce que *Harper's* publie ses livraisons quinze jours avant *Cassell's*. Quant au premier épisode du *Mystère d'Edwin Drood* de Dickens, publié sous couverture verte chez Chapman and Hall, il ne devait sortir qu'en avril. Prévue sous forme de douze livraisons mensuelles, la publication n'en connaîtrait que six.

Mon frère Charley reçut commande des illustrations de ce funeste roman et, bien que la maladie l'empêchât de mener cette tâche à son terme, il est probable que Dickens ait ainsi cherché à assurer un certain revenu à son gendre (et par la même occasion à sa fille). Il n'est pas impossible non plus que Dickens ne lui ait passé cette commande que pour donner à Charley quelque chose à faire au lieu de traîner chez lui ou à Gad's Hill Place, oisif et souffreteux. La situation en était arrivée au point où la simple vue de mon frère semblait exaspérer Charles Dickens.

En continuant à travailler sur ses épisodes, Dickens enfreignait une règle jusqu'alors inviolable – ne jamais s'atteler à un roman au moment où il donnait ou préparait des lectures publiques. Or ses douze « lectures d'adieu », qu'il avait réclamées à cor et à cri, devaient débuter en janvier.

Quant à moi, les épisodes de *Mari et Femme* coulaient aisément sous ma plume, avec l'aide substantielle des lettres désormais mensuelles que m'adressait Caroline, me décrivant l'avalanche de sévices que lui infligeait son plombier. Jaloux de nature, Joseph Clow l'enfermait dans la cave à charbon dès qu'il s'absentait pour une période prolongée. Ivrogne, il lui assenait coups de pied et coups de poing après avoir passé des heures à boire. Fanfaron, il invitait ses amis à des beuveries et à des parties de cartes et se répandait en propos grossiers et orduriers sur Caroline, s'esclaffant avec ces autres butors lorsque sa femme rougissante cherchait à se réfugier dans sa chambre. (Mais Clow avait retiré la porte de leur minuscule chambre à coucher pour l'empêcher de s'y retrancher.) Pathologiquement attaché à sa mère, il laissait la belle-mère de Caroline l'insulter en permanence et giflait mon ancienne maîtresse si elle se permettait de jeter ne fût-ce qu'un regard rebelle à la vieille.

Je ne répondais à toutes ces missives de détresse que par un accusé de réception courtois et les plus vagues expressions de compassion – transmettant mes lettres, comme toujours, par l'intermédiaire de Carrie (je supposais que Caroline les brûlait après les avoir lues, car Clow aurait pu la tuer s'il avait découvert que je lui écrivais) –, mais tous leurs détails et leur ton général trouvèrent place dans mon *Mari et Femme*.

Mon séducteur – Geoffrey Delamayn – était (et reste à mon œil littéraire) un personnage délicieux : un coureur de fond au physique magnifique et à la cervelle de moineau, féru de sports en tout genre, un aliboron éduqué à Oxford, une brute, une canaille, un monstre.

Dès les premiers épisodes de *Mari et Femme*, les critiques décèleraient dans ce roman amertume et colère. Et je t'avoue, Cher Lecteur, qu'ils ne se tromperaient pas. Ce livre était aussi profondément sincère. J'y déversai non seulement la fureur que m'inspirait l'*idée* même que quelqu'un pût être piégé dans le mariage – comme Caroline avait cherché à me piéger et comme Martha R..., « Mrs Dawson », complotait en cet instant précis de le faire –, mais aussi ma rage vertueuse face au traitement que Caroline subissait sous les mains et les poings crasseux de la brute épaisse qu'*elle* avait finalement réussi à piéger.

Le Mystère d'Edwin Drood n'était *pas* un roman de colère ni d'amertume mais, comme je ne le comprendrais que bien plus tard, les vérités que Charles Dickens y assenait et les révélations personnelles qu'il y faisait étaient bien plus stupéfiantes que celles que je prenais pour l'expression d'une remarquable sincérité de ma part, dans mon propre livre.

Quand le dernier automne de la vie de Dickens s'acheva, il continua à travailler tout au long de son ultime hiver et jusqu'au printemps. C'est ainsi que nous autres, écrivains, nous dépouillons des jours, des années, des décennies de nos existences en échange de piles de feuillets recouverts de pattes de mouche et de gribouillis. Et quand la Mort arrive, ne serions-nous pas prêts, pour la plupart d'entre nous, à céder toutes ces pages, toute cette vie gaspillée en pattes de mouche et en gribouillis, contre une seule journée de plus, une seule journée pleinement *vécue* et *ressentie* ? Quel prix serions-nous prêts à payer, nous autres écrivains, pour cette unique journée supplémentaire passée en compagnie de ceux que nous avons ignorés tandis que nous étions enfermés à grattouiller et à griffonner au cours de nos arrogantes années d'isolement solipsiste ?

Échangerions-nous toutes ces pages contre une heure, une seule heure ? Tous nos livres en échange d'une minute réelle ?

Je ne fus pas invité à Gad's Hill Place pour Noël. Mon frère s'y rendit avec Kate, mais Charley y fut encore plus mal en cour que d'ordinaire auprès de l'Inimitable, et ils regagnèrent Londres peu après Noël. Dickens avait achevé le deuxième épisode du *Mystère d'Edwin Drood* à la fin du mois de novembre et cherchait à accélérer la réalisation artistique de la couverture et des premières illustrations intérieures. Après avoir esquissé cette couverture en s'inspirant des grandes lignes du récit, plutôt vagues, que Dickens lui avait indiquées, Charley décréta au mois de décembre qu'il lui était impossible de dessiner à un rythme aussi soutenu sans graves répercussions sur son état de santé. Ne dissimulant pas son impatience – et peut-être même sa répulsion –, Dickens se précipita à Londres, discuta avec son éditeur, Frederick Chapman, et ils décidèrent d'un commun accord d'embaucher un remplaçant, un certain Luke Fildes, un jeune homme qui faisait ses premiers pas dans l'illustration.

En fait, comme c'était presque invariablement le cas, ce fut Dickens qui le choisit, sur les conseils du peintre John Everett Millais, qui avait séjourné à Gad's Hill Place et avait montré à l'Inimitable une illustration que Fildes avait réalisée pour le premier numéro d'une revue intitulée *The Graphic*. Lors de son entrevue avec Dickens dans les bureaux de Frederick Chapman, ce jeune parvenu de Fildes eut l'audace de déclarer qu'il était de « nature sérieuse » et serait donc particulièrement apte à illustrer les aspects plus graves des romans de l'Inimitable (contrairement à Charley et à tant d'illustrateurs précédents de Dickens, comme « Phiz », qui préféraient les scènes comiques). Dickens lui donna son accord – en fait, il adorait le style plus moderne et l'approche plus sérieuse de Fildes – et c'est ainsi que mon frère, après une unique esquisse de couverture et deux dessins intérieurs, vit sa carrière d'illustrateur de Charles Dickens prendre définitivement fin.

Mais Charley, qui vivait un enfer du fait de ses problèmes gastriques, ne parut pas s'en formaliser (ne regrettant que la perte de revenus qui réduisait à néant tous les projets de son couple).

Je ne me formalisai pas davantage de n'avoir pas été invité à Gad's Hill pour Noël après de si longues années d'une tradition inverse, fort plaisante au demeurant.

J'appris par mon frère et par d'autres que le pied gauche de Dickens était tellement enflé qu'il avait passé l'essentiel de la journée de Noël dans sa bibliothèque avec un cataplasme et avait pris place à la table du dîner ce soir-là, son membre œdémateux et bandé posé sur une chaise. Il réussit – non sans aide – à boitiller jusqu'au petit salon après le dîner pour les jeux habituels de la famille Dickens, mais sa seule contribution, ce qui n'était vraiment pas dans ses habitudes (car il adorait ces divertissements), fut de s'allonger sur le sofa et de regarder les autres concourir.

Pour le réveillon du nouvel an, Dickens accepta une invitation à passer le vendredi et le samedi (la Saint-Sylvestre tombait un vendredi cette année-là) dans le luxueux logement provisoire de Forster, mais selon Percy Fitzgerald, qui le tenait de Wills, lequel le tenait de Forster lui-même, le pied gauche de Dickens (toujours recouvert d'un cataplasme) et sa main gauche le faisaient encore terriblement souffrir. Ce qui ne l'empêcha pas de tourner son inconfort en dérision et de lire le deuxième épisode d'*Edwin Drood* avec tant d'entrain et de verve que le nouvel illustrateur qui se prenait tant au sérieux, le fameux Fildes, aurait certainement eu du mal à trouver une scène à illustrer, si la « gravité » était son seul critère.

Avec sa précision coutumière, Dickens avait minuté la conclusion triomphale de sa lecture à son petit entourage pour la faire coïncider précisément avec le moment où minuit sonnerait. C'est ainsi que l'année 1870 débuta pour Charles Dickens comme elle se prolongerait jusqu'à son terme personnel − dans un mélange de douleur extrême et d'applaudissements bruyants.

J'avais envisagé de donner un nouveau dîner de réveillon au numéro 90 Gloucester Place, mais je me rappelai que la soirée de l'année précédente ne s'était pas déroulée à merveille. De plus, comme les Lehmann et les Beard faisaient partie de mes invités préférés et que leurs enfants m'en voulaient d'avoir dit la vérité sur les athlètes (comme, de plus, je me sentais toujours vaguement mal à l'aise dans des circonstances purement mondaines en présence de Frank depuis qu'il avait mis au monde le bébé de Martha R..., l'été précédent), je décidai de passer la soirée en compagnie de mon frère et de sa femme.

Ce fut une réunion paisible − on pouvait entendre le tic-tac de leurs deux horloges très sonores −, mais Charley fut pris d'un malaise et dut nous prier de l'excuser au milieu du dîner pour monter s'allonger. Il promit d'essayer de se tirer du lit pour nous rejoindre à minuit ; à en juger par les rides de douleur qui se gravaient sur son visage, je doutais qu'il y parvînt.

Je me levai également et proposai de me retirer (j'étais le seul invité), mais Kate me donna plus ou moins l'ordre de rester. En temps normal, cette attitude m'aurait paru naturelle – quand je vivais avec Caroline, comme il me semble l'avoir déjà mentionné, il m'arrivait fréquemment de me rendre au théâtre ou ailleurs et de la laisser sans la moindre arrière-pensée avec nos invités de sexe masculin –, or une certaine tension régnait entre Kate et moi depuis le jour du mariage de Caroline, plus d'un an auparavant.

De surcroît, Kate avait bu beaucoup de vin avant et pendant le dîner, et elle sortit du brandy comme nous passions au salon, où l'horloge tictaquait plus fort que jamais. Kate ne bredouillait pas (c'était une championne de la maîtrise de soi), mais je voyais bien à la raideur de sa posture et au manque de plasticité de son expression qu'elle était prise de boisson. La jeune fille que j'avais connue si longtemps sous le nom de Katey Dickens était – à l'approche des trente ans – sur le point de tourner à la vieille femme aigrie.

« Wilkie, dit-elle soudain, d'une voix retentissante au point d'en être presque choquante dans l'obscurité tamisée de la petite pièce, savez-vous pourquoi Père vous a invité à Gad's Hill au mois d'octobre dernier ? »

En vérité, je trouvai la question blessante. Je n'avais jamais eu besoin d'une *raison* pour être invité à Gad's Hill Place. Humant mon brandy pour dissimuler ma gêne, je souris et répondis : « Peut-être votre père souhaitait-il me faire entendre le début de son nouveau livre. »

Kate écarta ma suggestion d'un geste de la main plutôt grossier. « Pas du tout, Wilkie. Figurez-vous que je sais que Père avait réservé cet honneur à son cher ami Mr Fields, et qu'il – je parle de Père – n'a pas du tout apprécié que vous l'accompagniez à la bibliothèque. Mais il ne pouvait guère vous faire savoir qu'il avait prévu une lecture à huis clos. »

Cette fois, je fus *vraiment* blessé. Je m'efforçai d'accorder à Kate la circonstance atténuante de son évidente ébriété. Sans me départir de ma courtoisie et prenant même l'air légèrement amusé, je demandai : « Eh bien alors, pourquoi m'a-t-il invité, Katey ?

— Parce que Charles – votre frère, mon mari – était profondément préoccupé par la distance qui s'était installée entre vous et Père, répondit-elle vivement. Père a pensé que votre présence à Gad's Hill pendant quelques jours étoufferait certaines de ces rumeurs d'éloignement et réconforterait un peu Charles. Malheureusement, elle n'a rempli ni l'un ni l'autre de ces objectifs.

— Il n'y a pas la moindre distance entre votre père et moi, Katey.

— Allons, allons ! lança-t-elle en agitant à nouveau les doigts. Croyez-vous que je n'y voie pas clair, Wilkie ? Votre amitié avec Père relève pour ainsi dire du passé et personne, dans la famille ou à l'extérieur, ne connaît vraiment la raison de ce refroidissement. »

Je ne sus que répondre. Je sirotai donc mon brandy en silence. L'aiguille des minutes de la bruyante pendule posée sur le manteau de la cheminée progressait bien trop lentement en direction de minuit.

Je sursautai quand Katey reprit soudain la parole : « Vous avez entendu dire, j'en suis certaine, que j'ai des amants ?

— Grands dieux, non ! » m'écriai-je.

En réalité, je l'avais effectivement entendu dire – à mon cercle et ailleurs.

« Ces rumeurs sont exactes, poursuivit Katey. J'ai *essayé* de prendre des amants… et même Percy Fitzge-

rald avant qu'il épouse sa petite charmeuse, cette minaudière, toute en fossettes et en seins, mais sans cervelle. »

Je me levai et reposai mon verre. « Madame Collins,
dis-je pompeusement, m'étonnant qu'une autre femme
ait pris le nom et le titre de ma mère, peut-être avons-
nous, l'un comme l'autre, fait exagérément honneur à ce
merveilleux vin et à ce non moins merveilleux brandy.
En tant que frère de Charles – que j'aime profondément –, il est des choses que je ne désire pas entendre. »

Elle éclata de rire et agita encore les doigts. « Oh,
pour l'amour du ciel, Wilkie, rasseyez-vous ! Assis !
Voilà un bon garçon. Vous avez l'air si bête quand
vous jouez les outragés. Charles sait que j'ai pris des
amants, et il sait *pourquoi*. Et *vous* ? »

J'envisageai de partir sans un mot, mais restai
piteusement assis. Elle avait déjà cherché un jour, à
Gad's Hill, peut-être t'en souviens-tu, Cher Lecteur, à
mettre sur le tapis le bruit prétendant que mon frère
n'avait jamais consommé leur union. J'avais habilement changé de sujet ce jour-là. Cette fois, je ne pus
que détourner le regard.

Elle tapota mes mains, posées sur mes genoux.
« Pauvre chéri », dit-elle. Je crus qu'elle parlait de
moi, mais non. « Ce n'est pas la faute de Charley.
Pas vraiment. Charles est faible à tant d'égards. Mon
père... mon Dieu, vous connaissez Père. Même mourant – car il *se meurt*, Wilkie, d'une affection à laquelle
aucun d'entre nous, pas même le docteur Beard, ne
comprend rien – même mourant, il reste fort. Pour lui.
Pour tout le monde. Voilà pourquoi il ne supporte pas
la vue de votre frère à sa table. Père a toujours détesté
la faiblesse. C'est la raison pour laquelle je ne vous
ai pas laissé aller jusqu'au bout de cette déplorable

demande en mariage, qui ne serait devenue effective qu'après la mort de Charles, bien sûr, que vous m'avez faite la nuit de... la nuit du... mariage de... cette femme qui partageait votre vie. »

Je me levai une nouvelle fois. « Il faut que je vous quitte, Kate. Et vous devriez monter voir comment va votre mari avant qu'il soit minuit. Il a peut-être besoin de votre aide. Je vous souhaite à tous les deux de nombreuses nouvelles années. »

Elle quitta son siège, mais resta au salon comme je passais dans le vestibule. J'enfilai mon manteau, mis mon chapeau et mon cache-col et trouvai ma canne. Leur unique domestique était partie après avoir préparé le dîner.

M'approchant de la porte du salon, j'effleurai le bord de mon chapeau et dis : « Bonne nuit, Madame Collins. Je vous remercie pour ce charmant dîner et pour cet excellent brandy. »

Katey avait les yeux fermés. Elle avait posé ses longs doigts sur l'accoudoir du sofa pour garder l'équilibre. « Vous reviendrez, Wilkie Collins, murmura-t-elle. Je vous connais. Quand Charley sera dans sa tombe, vous reviendrez avant même que son cadavre soit froid. Vous reviendrez comme un chien courant – comme Sultan, le limier irlandais que Père avait autrefois – aboyant après moi comme si j'étais une chienne en chaleur. »

Je touchai une nouvelle fois le bord de mon chapeau et m'enfuis dans la nuit, trébuchant dans ma hâte.

Il faisait un froid de loup, mais le ciel était sans nuages. Les étoiles brillaient d'un éclat terrible. Mes souliers cirés écrasaient bruyamment les vestiges de neige de la semaine sur le trottoir et les pavés. Je décidai de rentrer chez moi à pied.

La sonnerie de minuit me surprit. D'un bout à l'autre de Londres, les cloches des églises et de la ville carillonnaient l'année nouvelle. J'entendis au loin crier quelques fêtards avinés et quelque part, en direction du fleuve, un son qui ressemblait à un tir de mousquet.

Mon visage me parut soudain glacé, malgré mon cache-col, et levant mes mains gantées vers ma joue, je constatai avec étonnement que j'avais pleuré.

La première séance que donna Dickens dans le cadre de sa nouvelle et dernière série de lectures londoniennes eut lieu à St James's Hall le 11 janvier au soir. Il avait prévu deux soirées par semaine – le mardi et le vendredi – jusqu'à la fin du mois, puis une par semaine jusqu'au terme de cette suite qui devait s'achever le 15 mars.

Frank Beard et ses autres médecins étaient, bien sûr, farouchement hostiles à ces lectures, et encore plus hostiles à ce que Dickens prenne le train pour rejoindre Londres comme il était contraint de le faire fréquemment. Pour les rassurer, Dickens loua la maison de Milner Gibson au 5 Hyde Park Place (juste en face de Marble Arch) de janvier au 1er juin, tout en prétendant n'avoir pris cette décision que pour permettre à sa fille Mary d'avoir un logement sur place, car elle jouait un rôle plus actif en société cet hiver et ce printemps-là.

Dickens passant le plus clair de son temps à Londres, on aurait pu penser que nos chemins se croiseraient régulièrement, comme autrefois. En réalité, lorsqu'il ne donnait pas de lecture, il écrivait son roman, tandis que je continuais d'écrire le mien.

Frank Beard m'avait proposé de me joindre à l'escorte nocturne qu'il constituait avec Charley Dickens pour assister aux lectures de l'Inimitable, mais je refusai pour des raisons de travail aussi bien que de santé personnelle. Présent chaque soir pour parer à toute éventualité, Beard m'avoua qu'il craignait sincèrement que Dickens ne meure sur scène. Le soir de la première lecture, Frank avait confié à Charley : « J'ai fait installer quelques marches sur le côté de l'estrade. Il faut que vous soyez là tous les soirs. Si vous avez l'impression que votre père chancelle tant soit peu, précipitez-vous vers lui, retenez-le et amenez-le-moi ou, juste ciel ! il trépassera sous les yeux de tous. »

Dickens ne mourut pas ce premier soir.

Il lut des extraits de *David Copperfield* suivis du procès des *Pickwick*, toujours populaire, et la soirée, selon son propre compte rendu ultérieur, « se déroula de façon absolument éclatante ». Mais ensuite, alors que l'Inimitable s'était effondré sur le divan de sa loge, Beard constata que le pouls de Dickens, dont le rythme habituel était de soixante-douze pulsations par minute, était passé à quatre-vingt-quinze.

Il continua à s'accélérer pendant et après chaque représentation suivante.

Dickens avait prévu de donner deux de ses lectures l'après-midi et même une le matin pour donner satisfaction à des acteurs et actrices qui souhaitaient l'entendre lire mais ne pouvaient venir plus tard dans la journée ni dans la soirée. Ce fut à l'occasion de cette inhabituelle séance de matinée du 21 janvier, alors que les places étaient occupées par de jeunes comédiennes qui riaient et causaient tout bas, que Dickenson redonna pour la première fois l'Assassinat. Plusieurs pervenches s'évanouirent, il fallut en évacuer un plus grand nombre encore et certains des acteurs présents dans la salle poussèrent des cris d'effroi.

Après le spectacle, Dickens était trop épuisé pour manifester son habituel ravissement devant ces réactions. Beard m'affirma plus tard que ce matin-là, à la simple anticipation de l'Assassinat de Nancy, le pouls de l'auteur était passé à quatre-vingt-dix et qu'après la représentation Dickens était resté prostré sur le divan, incapable de reprendre son souffle. « Il haletait comme un agonisant », tels furent les mots exacts que prononça Beard devant moi. Le pouls de l'Inimitable était alors à cent douze. Un quart d'heure plus tard, il n'était redescendu qu'à cent.

Deux jours plus tard – il rencontrait Carlyle pour la dernière fois –, Dickens avait le bras en écharpe.

Il n'en poursuivit pas moins sa série de lectures comme prévu. Son pouls monta à cent quatorze – à cent dix-huit – à cent vingt-quatre.

À chaque entracte, sur les ordres de Beard, deux costauds étaient prêts à soutenir Dickens jusqu'à sa loge, où l'Inimitable s'allongeait, pantelant, trop essoufflé pour émettre autre chose que des bruits incongrus ou quelques syllabes dénuées de sens. Il fallait attendre dix bonnes minutes au moins pour que l'auteur de tant d'ouvrages si prolixes pût prononcer une seule phrase cohérente. Beard ou Dolby aidaient alors Dickens à avaler quelques gorgées de brandy léger étendu d'eau et Dickens se levait, enfilait une fleur fraîche à sa boutonnière avant de se précipiter sur l'estrade.

Le rythme de son pouls continuait à augmenter à chaque représentation.

Le premier soir de mars 1870, Dickens donna la dernière lecture de son bien-aimé *David Copperfield*.

Le 8 mars, il assassina Nancy pour la dernière fois. Quelques jours plus tard, je croisai Charles Kent à Piccadilly, et, tandis que nous déjeunions ensemble, Kent me confia qu'en montant sur scène pour son dernier Assassinat, Dickens lui avait chuchoté : « Je vais finir en miettes. »

Selon Frank Beard, il l'était déjà. Il n'en poursuivait pas moins.

Ce fut à la mi-mars – au moment même où la tournée le mettait particulièrement à rude épreuve – que la Reine convoqua Dickens à Buckingham Palace pour une audience.

Dickens avait été incapable de marcher la veille au soir et le matin même, mais il réussit à boitiller en présence de Sa Majesté. L'étiquette de la cour ne l'autorisait pas à s'asseoir (bien que, l'année précédente, alors qu'il s'était vu accorder le même honneur, le vieux Carlyle eût fait valoir qu'il était un vieillard très faible et fût allé se chercher une chaise, envoyant le protocole au diable !)

Dickens resta debout pendant toute l'entrevue. (Victoria également, du reste, prenant légèrement appui sur le dossier d'un canapé – un avantage refusé à l'auteur qui se tenait devant elle, au supplice.)

Un des motifs de cet entretien était que Dickens avait montré des photographies de la guerre de Sécession à Mr Arthur Helps, greffier du Conseil Privé, lequel les avait mentionnées à Sa Majesté. Dickens avait alors fait transmettre ces documents à la Reine.

Avec son espièglerie coutumière, Dickens avait adressé à l'infortuné Helps une note dans laquelle il feignait de croire qu'il était appelé au Palais pour être fait baronnet. « *Nous ferons attacher* "de Gad's Hill

Place" *au titre de baronnet, je vous prie* », écrivit-il, « ... *à cause du divin William et de Falstaff. À cette condition, je joins ma bénédiction et mon pardon.* »

Il paraît que Mr Helps et d'autres membres de la cour furent fort embarrassés, ne sachant comment se tirer de ce mauvais pas, jusqu'à ce que quelqu'un les rassure en leur rappelant le sens de l'humour de l'Inimitable.

Au cours de son entretien avec la Reine, Dickens fit rapidement porter la conversation sur le rêve prémonitoire qu'aurait fait, dit-on, le président Abraham Lincoln – lequel en aurait parlé autour de lui – la nuit précédant son assassinat. De toute évidence, ces présages de mort imminente étaient très présents à l'esprit de l'Inimitable au cours de ces journées, et il avait évoqué le rêve de Lincoln en présence de plusieurs de ses amis.

Sa Majesté lui rappela qu'elle avait assisté à une représentation de *Profondeurs glacées* treize années plus tôt. Ils discutèrent quelques instants du sort certain de l'Expédition Franklin, et de l'état actuel de l'exploration arctique, avant d'en arriver, je ne sais comment, à l'éternel problème de la domesticité. De là, la longue conversation de cette audience royale dériva vers l'éducation nationale et vers le prix ahurissant de la viande de boucherie.

J'en suis réduit, Cher Lecteur, un peu comme toi tant de décennies après les faits, à imaginer à quoi put ressembler cette audience, Sa Majesté debout près du sofa et se conduisant, comme Dickens le raconta plus tard à Georgina, « avec une étrange timidité... et avec des manières de jeune fille », tandis que Dickens se tenait, raide comme un piquet mais détendu en apparence, les mains peut-être jointes derrière le dos, tandis que sa jambe, son pied et son bras gauches l'élançaient, le torturaient et menaçaient de le trahir et de provoquer sa chute.

Avant la fin de l'audience, Sa Majesté lui aurait dit tout bas : « Savez-vous que l'un de nos plus grands regrets est de n'avoir pu assister à l'une de vos lectures ?

— Je le regrette, également, Madame, répondit Dickens. J'en suis navré, mais, dans deux jours seulement, elles connaîtront un terme définitif. Après de très longues années, mes séances de lectures s'achèvent.

— Une lecture privée serait-elle inenvisageable ? demanda Victoria.

— Je le crains, Votre Majesté. Et, en tout état de cause, une telle entreprise me déplairait fort. Voyez-vous, Madame, un auditoire composé d'hommes et de femmes est essentiel au succès de mes lectures. Ce n'est peut-être pas le cas de tous les auteurs qui lisent en public, mais il en a toujours été ainsi pour moi.

— Nous comprenons, dit Sa Majesté. Nous comprenons également que revenir sur votre décision serait une inconséquence de votre part. Or il se trouve que nous savons, Monsieur Dickens, que vous êtes le plus conséquent des hommes. » Elle sourit alors, et Dickens confia plus tard à Forster qu'il était convaincu qu'elle n'avait pas oublié ce jour où, treize ans auparavant, il avait catégoriquement refusé de se présenter devant Sa Majesté alors qu'il portait encore le maquillage et le costume de la farce comique qui avait suivi *Profondeurs glacées*.

À la fin de l'entrevue, la Reine lui offrit un exemplaire dédicacé de ses *Feuillets détachés de mon jour-*

nal en Écosse, et lui demanda de bien vouloir lui faire parvenir une série de ses ouvrages. « Nous préfére-rions, ajouta-t-elle, si cela est possible, les recevoir cet après-midi. »

Dickens sourit, s'inclina légèrement mais répondit : « Je sollicite une fois de plus l'aimable indulgence de Votre Majesté ainsi qu'un bref délai afin de faire relier ces ouvrages d'une manière plus digne de Votre Majesté. »

Il lui fit envoyer plus tard la collection complète de ses œuvres reliées en maroquin doré.

L'ultime séance de lecture qu'il avait évoquée devant la reine eut lieu le 15 mars.

Pour cette dernière soirée, il donna des extraits d'*Un chant de Noël* et du *Procès*. Ces morceaux avaient toujours été les favoris du grand public. C'était la première fois ce soir-là que sa petite-fille, la minuscule Mekitty, assistait à une séance, et Kent me confia plus tard qu'elle avait tremblé quand son grand-père – qu'elle appelait « Wénérables » – avait parlé en pre-nant des voix bizarres. Elle avait sangloté éperdument en voyant son Wénérables *pleurer*.

J'étais dans la salle cette nuit-là – tout au fond, incognito, dissimulé dans l'ombre. Je ne pouvais pas ne pas être là.

Pour la dernière fois ici-bas, me dis-je, le public anglais va entendre Charles Dickens prêter sa voix à Sam Weller, à Ebenezer Scrooge, à Bob Cratchit et à Tiny Tim.

Le public était venu nombreux et la salle était comble. Une foule s'était massée plusieurs heures avant le spectacle devant les deux entrées, celle de

Regent Street et celle de Piccadilly. Charley, le fils de Dickens, confia plus tard à mon frère : « Il m'a semblé que je ne l'avais jamais entendu lire aussi bien et avec aussi peu d'effort. »

Mais j'étais présent, moi, et l'effort que faisait Dickens pour avoir l'air posé ne m'échappait pas. La scène du procès des *Papiers du Pickwick* s'acheva alors et – comme toujours – Dickens sortit de scène, tout simplement.

L'auditoire était déchaîné. Tous les spectateurs étaient debout et les ovations frôlaient l'hystérie. Dickens revint sur scène à plusieurs reprises avant de ressortir et, chaque fois, le public le rappela. Il réussit enfin à calmer la foule et entama le bref discours qu'il avait de toute évidence laborieusement préparé depuis un certain temps et qu'il ne put prononcer qu'en surmontant à grand-peine son émotion manifeste – les larmes ruisselaient sur ses joues à la lumière des lampes à gaz, tandis que sa petite-fille sanglotait dans la loge familiale.

« Mesdames et Messieurs, il serait plus que vain – il serait hypocrite et insensible – de vous dissimuler que c'est avec une très grande douleur que je referme cet épisode de ma vie. »

Il évoqua brièvement les quinze années durant lesquelles il avait donné des lectures publiques – affirmant qu'il avait considéré ces séances comme un devoir à l'égard de ses lecteurs et du public – et parla du soutien de ceux-ci que cela lui avait valu en retour. Comme pour consoler l'assistance de son départ, il annonça la publication prochaine du *Mystère d'Edwin Drood* (l'auditoire était trop extasié, silencieux et pétrifié pour applaudir à cette bonne nouvelle).

« M'éloignant de ces lumières tapageuses, conclut-il, en s'approchant légèrement des feux de la rampe et de son public muet (hormis ceux qui pleuraient tout bas), je disparais désormais à jamais, en vous adressant un adieu sincère, reconnaissant, respectueux, affectueux. »

Il sortit en claudiquant, mais les tonnerres d'applaudissements ininterrompus le rappelèrent une dernière fois.

Les joues baignées de larmes, Charles Dickens déposa un baiser sur sa main, l'agita, puis quitta définitivement la scène en boitant.

Regagnant le numéro 90 Gloucester Place à travers les légères averses de cette nuit de mars, une nouvelle lettre encore close de Caroline Clow – la description méticuleuse de nouveaux sévices, j'en étais sûr – au fond de ma poche, je bus de longues gorgées de ma flasque d'argent.

Le public de Dickens – cette populace que j'avais entendue et vue hurler le soir même – exigerait, dès que son satané écrivain chéri se serait enfin décidé à mourir, qu'il soit enterré dans l'abbaye de Westminster aux côtés des plus grands poètes. C'était désormais une certitude. Ces gens l'enterreraient en ce lieu, dussent-ils pour cela porter son cadavre sur leurs épaules couvertes de laine grossière et creuser eux-mêmes sa tombe.

Je décidai d'interrompre brièvement mon travail d'écriture le lendemain – un mercredi – et de me rendre à Rochester, d'y visiter la cathédrale, d'aller chercher Mr Dradles et d'y prendre mes dernières dispositions en prévision du trépas réel de Charles Dickens, et de son inhumation véritable.

46.

« Le bloc, il est là, chuchota Dradles en tapotant la surface d'une pierre du mur qui, dans les ténèbres, ressemblait à toutes les autres. Et ça, c'est l'outil qu'il faut se servir pour la faire bouger. » À la faible lueur de la lanterne, je le vis fouiller au milieu de ses couches de flanelle, de moleskine et de toile crasseuse et exhiber un levier long comme mon avant-bras. « Et là, au-d'ssus, vous voyez, y a l'encoche que j'y ai taillée, Monsieur Billy Wilkie Collins, patron. C'est pas plus difficile que de mett' la clé dans la serrure de la porte de vot' prop' maison, vous voyez. »

Je ne distinguais pas vraiment l'entaille sur la partie supérieure du bloc, à l'endroit de la jonction avec le mortier, mais l'extrémité plate du levier la trouva. Dradles grommela des vapeurs de rhum dans ma direction tout en pesant de tout son poids sur le bras du levier. La pierre cria.

J'écris « cria », Cher Lecteur, et non « grinça », « crissa » ou « fit un grand bruit », parce que le son produit par ce bloc de pierre en s'écartant de quelques centimètres du mur de la crypte était exactement celui d'une femme qui crie.

J'aidai Dradles à retirer ce bloc étonnamment lourd et à le poser sur les pierres sombres et humides des escaliers incurvés de la crypte. La lanterne révéla une brèche rectangulaire qui était, j'en étais certain, trop exiguë pour ce que je voulais en faire. Quand Dradles laissa tomber la barre de fer par terre juste derrière moi, j'avoue avoir fait un bond.

« Allons, j'tez donc un œil là-d'dans, dites un p'tit bonjour aux vieux bonshommes », ricana le maçon. Il prit une nouvelle gorgée de son éternel pichet tandis que je tenais la lanterne devant l'ouverture, essayant de scruter l'intérieur.

À première vue, la cavité était décidément trop petite. Il y avait moins de trente centimètres entre ce mur extérieur et la première cloison intérieure d'une vieille crypte. Je voyais bien que cette étroite brèche descendait d'une bonne cinquantaine de centimètres sous le niveau du sentier extérieur et du sol sur lequel nous étions accroupis, mais une grande partie de la cavité qui se prolongeait de part et d'autre de l'ouverture que nous avions pratiquée était plus ou moins remplie de décombres, de vieilles bouteilles et d'autres détritus.

J'entendis Dradles rire tout bas sur ma gauche. Sans doute avait-il relevé mon expression consternée à la lumière de sa lampe.

« Vous pensez qu' c'est pas assez grand, pas vrai, Monsieur Billy Wilkie Collins ? Mais vous vous gourez. C'est just' bien. Poussez-vous voir. »

Je tins la lanterne pendant que Dradles s'avançait à croupetons. Il tapota ses poches boursouflées et, soudain, un long os de patte d'animal surgit dans sa main droite.

« D'où tenez-vous cela ? chuchotai-je.

— D'un des plus gros chiens que vous avez jetés pour voir dans la fosse à chaux, pardi. C'est moi que j'va fouiller là-dedans, maintenant, pas vrai ? Regardez bien. »

Dradles introduisit le long fémur canin, ou ce que je prenais pour tel, de biais dans la petite ouverture et le poussa d'une chiquenaude. Je l'entendis heurter les détritus plus bas, sur le côté, à une bonne distance.

« Vous pourriez fourrer tout un chenil là-dedans, dit-il trop fort. Mais c'est pas à des chiens qu'on pense, nous, pour rejoindre les vieux bonshommes avec leurs crosses ici, pas vrai ? »

Je restai muet.

Tapotant à nouveau ses couches de vêtements sales et poussiéreux, Dradles brandit soudain un crâne humain auquel ne manquait que la mâchoire inférieure.

« Qui est... qui était-ce ? » chuchotai-je. Le tremblement perceptible de ma voix, dans cet espace confiné mais rempli d'échos, me fit horreur.

« Oh, ma foi, les noms, c'est important pour les morts, mais c'est pas pour eux, c'est pour nous, les vivants, pas vrai ? répondit Dradles. Y a qu'à l'appeler Yorick. »

Une fois encore, le vieux dut remarquer mon expression ahurie à la lueur de la lanterne, car il éclata d'un rire bruyant – l'écho de cet aboiement d'ivrogne se répercuta sur les voûtes à arêtes de l'étage supérieur, le long des parois de la cage d'escalier incurvée qui s'enfonçait au-dessous de nous, ainsi que des murs de toutes ces pièces, tunnels et puits inimaginables qui s'étendaient dans les ténèbres souterraines.

« Monsieur Billy Wilkie Collins, il doit pas croire

que les maçons de pierre, ils connaissent pas le Barde et ils savent pas le réciter, chuchota le vieux. Là, débarrassons-nous du Pauvre Yorick. » Sur ces mots, il glissa précautionneusement le crâne dans l'espace exigu, le tint d'une main et le projeta sur la gauche, hors de vue, dans la cavité étroite. Il fit un bruit mémorable en heurtant la pierre, les bouteilles et les détritus en contrebas.

« Les crânes, c'est toujours le plus dur, commenta Dradles, visiblement d'excellente humeur. Les colonnes vertébrales, même si toutes les vertèbres elles sont intactes, on peut les enrouler comme un serpent pétrifié et tant pis si y a des bouts qui s'écaillent. Mais, là où le crâne passe, tout le bonhomme passe. Ou dix bonshommes tout entiers. Et même cent. Vous en avez assez vu, Monsieur Billy Wilkie ?

— Oui.

— Alors, soyez brave et aidez-moi à remettre cette pierre à sa place. Quand vous aurez fini ce que vous avez à faire ici, prévenez le vieux Dradles et j'm'en viendrai faire une retouche au mortier pour que personne y puisse dire que ce mur, il est pas resté tel qu'il était depuis le temps de Noé. »

Dehors, dans le vent frais de mars, je remis au vieux tailleur de pierre trois cents livres en billets dépareillés. Pendant que je les comptais, la longue langue sèche de Dradles ne cessait de jaillir de sa bouche comme celle d'un lézard des Galapagos et de venir lécher ses joues et sa lèvre supérieure poussiéreuses et hérissées de barbe, y dessinant d'étranges estafilades roses et grises.

« Et vous aurez cent livres de plus par an, chuchotai-je. Aussi longtemps que vous vivrez. »

Il me jeta un regard torve. Sa voix, quand il parla, était beaucoup, beaucoup trop sonore. « Monsieur Billy Wilkie Collins, il pense quand même pas qu'il faut acheter le silence du vieux Dradles ? Dradles, il peut se taire aussi bien que n'importe quel brave type. Ou que n'importe quel sale type. Si quelqu'un qui a fait ce que vous voulez faire se met dans la tête d'acheter le silence, il peut aussi avoir envie de recommencer ce qu'il a fait pour être *sûr et certain* de ce silence. Il aurait tort, Monsieur Billy Wilkie. Il aurait tort. J'ai tout raconté de c't' affaire à mon apprenti et je lui ai fait jurer de la boucler sous peine de mort par la colère de Dradles, mais il sait tout, Monsieur. Il sait tout. Et il le ferait savoir aux aut' si quelque chose du genre fâcheux devait arriver à ce bon vieux Dradles, à ce brave Dradles. »

Je pensai un instant à son apprenti – un sourd-muet idiot, dans mon souvenir. Je n'en protestai pas moins : « C'est ridicule. Considérez cela comme une rente. Un versement annuel en échange de vos services et de votre investissement dans notre…

— Dradles, il sait ce que c'est, une rente, tout comme il sait que le vieux Yorick qu'on a laissé là-bas était un homme d'une verve infinie, jeune 'Oratio. Prévenez simplement Dradles quand vous voudrez que la pierre, qui a l'air tout à fait parfaite et vieille maintenant, elle soit cimentée et jointoyée pour l'éternité. » Sur ces mots, il tourna ses talons éculés et s'éloigna, touchant du doigt ce qui aurait pu être le bord de ce qui aurait pu être un chapeau, sans se retourner.

Les ventes mensuelles des épisodes de *Mari et Femme* ne furent pas aussi impressionnantes que celles de *La Pierre de lune*. On ne vit pas de longues queues se former en attendant les livraisons mensuelles. Les réactions des critiques furent tièdes, et même hostiles. Comme je l'avais prévu, ma description minutieuse et parfaitement exacte des abus que l'athlète adepte du Christianisme musclé faisait subir aux autres et à lui-même irrita le public anglais. Les frères Harper à New York donnaient à entendre que les lecteurs américains ne s'intéressaient que moyennement – et s'en scandalisaient encore moins – à l'injustice de nos lois matrimoniales anglaises qui autorisaient – et incitaient même – à piéger un des membres du couple pour le contraindre à un mariage dont il ne voulait pas.

Rien de tout cela ne me préoccupait le moins du monde.

Si tu n'as pas lu mon *Mari et Femme*, Cher Lecteur à venir (bien que j'espère de tout cœur qu'il sera encore disponible dans un siècle et plus), permets-moi de t'en donner un aperçu. Dans cette scène du chapitre Cinquante-quatre (page 226 de l'édition originale), ma pauvre Hester Dethridge fait une rencontre terrifiante (à mes yeux du moins) :

Le fantôme sortit de sa cachette, environné d'ombre, au milieu du plus brillant soleil. Ce ne fut d'abord que la forme vague d'une femme. Bientôt, elle devint plus distincte et, s'éclairant d'une lumière intérieure, elle devint plus brillante. J'avais devant moi la vision de MOI-MÊME *– c'étaient mes traits répétés, comme si j'avais été debout devant une glace. C'était le double de moi-même, me regardant avec mes yeux... Et il me dit avec ma voix : « Tue-le * ».*

Cassell's Magazine m'avait versé une avance de cinq cents livres et un montant total de sept cent cinquante livres. J'avais prévu de publier *Mari et Femme* en trois volumes, la date initiale de publication ayant été fixée au 27 janvier avec la société F. S. Ellis. Malgré la modestie des ventes américaines, *Harper's* fut tellement enchanté de la qualité des premiers épisodes qu'ils me firent parvenir un chèque parfaitement inattendu de cinq cents livres. Par ailleurs, en écrivant *Mari et Femme*, j'avais déjà envisagé de l'adapter pour la scène – à certains égards, ce roman et les suivants seraient en réalité des pièces de théâtre en abrégé – et j'attendais des revenus complémentaires de ce transfert très rapide sur les scènes londoniennes et américaines.

Rappelle-toi par ailleurs que Charles Dickens n'avait rien publié depuis plus d'un an.

D'où mon exaspération quand, par un jour de mai où j'avais fait un saut aux bureaux d'*All the Year Round* dans Wellington Street pour évoquer (ou plus exactement exiger) la restitution de mes droits de publication, auprès de Wills ou de Charley Dickens – ils étaient tous les deux sortis déjeuner – et où, alors que je passais de bureau en bureau comme j'avais coutume de le faire, mes yeux se posèrent sur une feuille de comptes de Forster et de Dolby.

C'était un résumé des recettes des lectures de Dickens, et cette lecture incita le scarabée à filer derrière mon œil droit tandis qu'un abominable bandeau de migraine me comprimait le front. Et ce fut avec une douleur croissante que je pris connaissance de ces quelques éléments chiffrés, consignés de l'écriture serrée de comptable de Dolby.

Au cours des dernières années, Charles Dickens avait donné en tout quatre cent vingt-trois lectures payantes, dont onze du temps où Arthur Smith était l'imprésario de l'Inimitable, soixante-dix sous la houlette de Thomas Headland et deux cent quarante-deux sous celle de Dolby. Apparemment, Dickens n'avait jamais tenu le compte exact de ce qu'il avait gagné à l'époque de Smith et de Headland, mais, ce printemps-là, il avait estimé ses profits de l'époque à douze mille livres. Sous Dolby, ils avaient atteint presque trente-trois mille livres. Ce qui faisait un total d'environ quarante-cinq mille livres – soit plus de cent livres en moyenne par lecture – et, à en croire la note que Dickens avait jointe, cela représentait près de la moitié de la valeur totale actuelle de ses biens, estimés à quatre-vingt-treize mille livres environ.

Quatre-vingt-treize mille livres. Pendant toute la durée de l'année précédente et de l'année en cours, mon investissement personnel dans la production théâtrale de *Noir et Blanc*, les prêts démesurés que j'avais consentis à Fechter, l'entretien constant qu'exigeait la grandiose demeure de Gloucester Place (sans compter les salaires des deux domestiques et de la cuisinière que j'engageais fréquemment), la généreuse allocation que je versais à Martha R... et surtout l'achat régulier d'importantes quantités d'opium et de morphine pour des raisons médicales personnelles m'avaient presque mis sur la paille. Comme je l'avais écrit à Frederick Lehmann l'année précédente (quand cet excellent ami avait proposé de me prêter de l'argent) – « *Je paierai les Arts. Que les Arts aillent au diable !* »

Le mauvais temps m'avait conduit à prendre un fiacre pour rentrer chez moi depuis Wellington Street cet après-midi-là et j'aperçus soudain Mary, la fille de Dickens, qui se promenait sur le Strand sous la pluie. Je demandai immédiatement au cocher de s'arrêter, je la rejoignis en courant et appris qu'elle marchait seule et sans protection sous l'averse (regagnant la maison de Milner Gibson après un déjeuner en ville) parce qu'elle n'avait pas trouvé de fiacre. Je l'aidai à monter dans ma voiture de louage avant de frapper un coup sec contre le plafond avec ma canne et d'indiquer au cocher : « 5 Hyde Park Place, cocher, en face de Marble Arch. »

Comme Mamie dégoulinait sur le capitonnage de la voiture – je lui avais offert deux mouchoirs propres pour qu'elle puisse s'essuyer au moins le visage et les mains –, je remarquai ses yeux rougis et me rendis compte qu'elle avait pleuré. Nous devisâmes tandis que le fiacre se dirigeait lentement vers le nord à travers les embouteillages et qu'elle continuait de se sécher. Le bruit de la pluie sur le toit du fiacre était particulièrement insistant en cet après-midi.

« Vous êtes si bon, murmura la jeune femme bouleversée (il est vrai qu'à l'âge avancé de trente-deux ans, elle n'était plus vraiment une jeune femme). Vous avez toujours été si bon pour notre famille, Wilkie.

— Et je le serai toujours, répondis-je tout bas. Après avoir profité pendant tant d'années de l'infinie bonté de cette même famille. » Au-dessus de nous, sous la pluie, le cocher criait et faisait claquer son fouet. Il ne s'en prenait pas à son pauvre cheval, mais au conducteur d'un haquet qui lui avait coupé la route.

Mamie ne semblait pas m'écouter. Me rendant mes

mouchoirs désormais trempés, elle poussa un profond soupir et poursuivit : « Je suis allée au bal de la Reine l'autre soir, vous savez, et je ne me suis jamais autant amusée ! Quelle gaieté ! Père devait être mon cavalier, mais, au dernier moment, il n'a pas pu venir...

— Ce n'est pas à cause de sa santé, j'espère.

— Si, malheureusement, si. Il prétend que son pied – ce sont ses propres mots, pardonnez-moi – n'est qu'un sac de douleur. Il arrive à peine à clopiner jusqu'à son secrétaire pour écrire tous les jours.

— Je suis navré de l'apprendre, Mamie.

— Oui, oui, nous le sommes tous. La veille du bal de la Reine, Père a reçu une visiteuse – une très jeune fille qui a des ambitions littéraires, une personne à qui lord Lytton a recommandé d'aller voir Père et qu'il lui a envoyée. Et figurez-vous que comme Père lui expliquait le plaisir qu'il éprouvait à écrire son livre *Drood* qui doit être publié en feuilleton, cette petite arriviste a eu le front de lui demander : "Mais supposez que vous mouriez avant d'avoir achevé votre livre ?"

— Quelle effronterie ! murmurai-je.

— En effet. Eh bien, Père – vous savez, parfois, au milieu d'une conversation, il sourit, mais son regard se perd soudain au loin –, Père a dit : "Ah-h ! C'est une idée qui m'a traversé l'esprit parfois." La fille en a été toute troublée...

— Il y a de quoi.

— Oui, oui... mais quand Père a vu qu'il l'avait embarrassée, il a ajouté de sa voix la plus douce : "On ne peut que continuer à travailler, vous savez – travailler aussi longtemps qu'il fait jour."

— C'est très vrai, approuvai-je. Tous les écrivains lui donneraient raison. »

1076

Mamie commença à triturer son chapeau, remettant en place ses cheveux mouillés et ses boucles détendues, et, pendant un instant, j'envisageai l'avenir assez peu radieux en vérité des deux filles de Dickens. Katey était l'épouse d'un jeune homme gravement malade et avait été mise au ban de la société par la séparation de ses parents en même temps que par son propre comportement et par la légèreté de sa conduite. Elle avait toujours eu la langue trop acérée pour le beau monde ou pour la plupart des hommes susceptibles de faire des conjoints acceptables. Mamie était moins intelligente que Kate, mais ses efforts parfois désespérés d'intégration sociale se situaient toujours en marge de la bonne société, et étaient emportés dans un tourbillon de racontars malveillants, toujours à cause de l'attitude politique de son père, du comportement de sa sœur et de son propre célibat. Le dernier parti envisageable pour Mamie avait été Percy Fitzgerald, mais – comme l'avait fait remarquer Katey au dernier Nouvel An – Percy avait jeté son dévolu sur « sa petite charmeuse, cette minaudière » et renoncé à sa dernière possibilité de se marier dans le giron de la famille Dickens.

« Nous serons tellement contents de retourner à Gad's Hill Place », lança soudain Mamie lorsqu'elle eut fini de se débattre avec ses jupes flétries et de remettre un semblant de décence dans la guipure humide de son corset.

« Oh, vous quittez déjà la maison de Milner Gibson ? Je croyais que Charles l'avait louée pour plus longtemps que cela.

— Seulement jusqu'au 1er juin. Père est très impatient de regagner Gad's Hill pour l'été. Il veut que nous rentrions, que la maison soit grande ouverte et pleine de joie, et que nous soyons tous confortablement installés chez nous vers le 2 ou le 3 juin. Il n'aura plus guère de raison de venir en ville avant la fin de l'été, vous savez. Les trajets en train sont *si* pénibles pour Père en ce moment, Wilkie. Et il sera plus facile pour Ellen de venir le voir que ce n'est le cas ici, en ville. »

Ces mots me firent ciller et, pour dissimuler mon émoi, je retirai mes lunettes pour les essuyer à l'un des mouchoirs trempés.

« Miss Ternan vient toujours le voir ? demandai-je d'un ton faussement dégagé.

— Oui, bien sûr, Ellen est une visiteuse régulière depuis un certain nombre d'années – votre frère ou Katey n'auront pas manqué de vous le dire, Wilkie. Et, à y bien réfléchir, il est curieux que vous n'ayez pas été invité chez nous au cours des séjours qu'Ellen y a faits. Il est vrai que vous êtes tellement occupé !

— En effet », acquiesçai-je.

Ainsi, Ellen Ternan avait continué à fréquenter assidûment Gad's Hill. J'en étais surpris. J'étais certain que Dickens avait fait jurer le secret à ses filles – un autre motif pour lequel la bonne société fuyait toute la famille –, mais cette tête de linotte de Mamie avait dû l'oublier. (Ou supposer que j'étais toujours un ami si intime de son père qu'il m'en avait forcément fait part.)

Je songeai en cet instant qu'aucun d'entre nous – aucun des amis ou des proches de Dickens, ni même de ses biographes d'une ère future comme la tienne, Cher Lecteur – ne connaîtrait jamais la véritable histoire de son étrange relation avec l'actrice Ellen Ternan. Avaient-ils vraiment enterré un enfant

1078

en France comme je l'avais imaginé en surprenant cette unique bribe de conversation à la gare de Peckham ? Vivaient-ils désormais comme frère et sœur et avaient-ils définitivement tiré un trait sur leur passion – si tant est que celle-ci leur eût jamais dicté leurs agissements ? Ou cette passion avait-elle repris sous une forme nouvelle, et s'apprêtait-elle à être rendue publique – moyennant peut-être un divorce parfaitement scandaleux et un remariage de l'écrivain sénescent ? Charles Dickens trouverait-il *jamais* le bonheur aux côtés d'une femme qui avait donné l'impression de lui échapper durant toute sa vie, cette vie tumultueuse, naïve, obsédée d'aventures romanesques ?

Ce n'était là que curiosité de romancier. Dans le fond, je me contrefichais éperdument des réponses. Le restant d'amitié que j'avais pour Dickens m'incitait à souhaiter vaguement qu'il ait trouvé ce bonheur de son vivant. Mais, en réalité, j'avais surtout conscience que sa vie devait s'achever, qu'il devait *partir* – disparaître, se volatiliser, être biffé de la surface du monde, extirpé, son corps introuvable – afin que la populace adulatrice ne pût jamais l'enterrer dans l'abbaye de Westminster ni dans son cimetière. C'était d'une importance capitale.

Mamie continuait à jacasser – évoquant à présent quelqu'un avec qui elle avait dansé et flirté au bal de la Reine – quand le fiacre s'arrêta soudain. Je regardai par la vitre zébrée de pluie. Marble Arch se dressait devant nous.

« Je vais vous raccompagner jusqu'à votre porte, fis-je, sortant de voiture et m'apprêtant à aider cette vieille fille stupide à descendre.

— Oh, Wilkie, dit-elle en me prenant la main. Vous êtes la bonté même. »

Plusieurs nuits après cette rencontre fortuite, je rentrais à pied chez moi depuis l'Adelphi Theatre quand j'entendis siffler dans ma direction du fond d'une ruelle obscure.

Je m'arrêtai, me retournai et brandis ma canne à pommeau de bronze comme le ferait n'importe quel gentleman menacé en pleine nuit par un malfrat.

« Monsieur Collinsss », siffla la silhouette dans l'étroit passage.

Drood, songeai-je. Mon cœur s'emballa et je sentis battre mes tempes. J'étais pétrifié, incapable de courir. J'empoignai ma canne à deux mains.

La forme sombre fit deux pas en avant, s'approchant du bout de ce boyau, sans se montrer entièrement. « Monsieur Collinsss... c'est moi, Reginald Barrisss. »

Il me fit signe d'approcher.

Je n'avais pas l'intention de m'engager dans cette venelle mais, depuis l'entrée de cette crevasse noire et puante, je vis un quadrilatère de lumière tomber sur le visage de cette silhouette ténébreuse. C'étaient la même crasse, la même barbe en broussaille, les mêmes yeux voilés d'homme traqué, contraint de fuir éternellement de cachette en cachette. Je n'aperçus que fugitivement ses dents dans la pénombre, mais elles me firent l'effet d'être gâtées. Le bel homme, plein d'assurance et solidement bâti, qu'avait été le détective Reginald Barris n'était plus qu'une forme indistincte, terrifiée, qui s'adressait à moi tout bas, depuis une ruelle.

« Je vous croyais mort, murmurai-je.

« — Je le sssuis presssque, chuchota l'ombre. Ils me traquent en tout lieu. Ils ne me laisssent pas le temps de dormir ni de manger. Je dois bouger conssstamment.

— Quelles sont les nouvelles ? » demandai-je. Je brandissais toujours ma lourde canne.

« Drood et ssses sssbires ont fixé la date à laquelle ils viendront prendre votre ami Dickensss », siffla-t-il. Son haleine était fétide, même à trois pas. Je compris que son sifflement droodien devait être provoqué par les brèches de sa denture.

« Quand ?

— Le 9 juin. Dans un peu moins de trois ssse-maines. »

Le cinquième anniversaire, pensai-je. C'était logique. « Que voulez-vous dire par venir le *prendre* ? Le tuer ? L'enlever ? Le conduire dans la Ville-du-Dessous ? » demandai-je.

La silhouette abjecte haussa les épaules. L'homme tira le bord de son chapeau cabossé plus bas sur son visage, le faisant disparaître dans l'obscurité.

« Que dois-je faire ? demandai-je.

— Vous pouvez le prévenir, répondit Barris d'une voix rauque. Mais il n'y a pas d'endroit où il puissse ssse cacher – pas de pays où il ssserait en sssécurité. Quand Drood prend une décision, elle est exécutée. Mais peut-être pouvez-vous conssseiller à Dickensss de mettre ssses affaires en ordre. »

Mon pouls battait toujours à tout rompre. « Y a-t-il quelque chose que je puisse faire pour *vous* ?

— Non, répondit Barris. Je sssuis un homme mort. »

Sans me laisser le temps de prononcer un seul mot, la silhouette obscure recula et sembla se fondre dans les pierres crasseuses de la ruelle. Sans doute l'escalier d'un sous-sol que je ne distinguais pas s'ouvrait-il à cet endroit, mais j'eus l'impression que l'ombre s'enfonçait verticalement dans cette trouée obscure jusqu'à disparaître entièrement.

Le 9 juin. Comment organiser moi-même ma petite affaire avec Dickens avant cette date ? Il n'allait pas tarder à regagner Gad's Hill Place et nous travaillions d'arrache-pied, l'un comme l'autre, sur nos romans respectifs. Comment l'attirer ailleurs – surtout à l'endroit où je devais le conduire – pour pouvoir accomplir mon dessein ? Et ce avant le 9 juin, l'anniversaire de Staplehurst que Dickens avait toujours réservé à ses rencontres avec Drood ?

J'avais adressé à Wills une lettre officielle et plutôt froide pour exiger de reprendre les droits de publication de tous mes récits et de tous mes romans publiés au fil du temps dans *All the Year Round*, et ce fut Dickens lui-même qui me répondit en cette dernière semaine de mai 1870.

La partie professionnelle de sa lettre elle-même était étonnamment amicale – il m'assurait que les documents nécessaires étaient en train d'être rédigés et que, bien que nous n'ayons pas prévu par contrat cette restitution de droits, je pourrais en reprendre possession immédiatement. Mais c'était sa brève péroraison qui me parut désenchantée, presque solitaire.

« *Mon cher Wilkie*, écrivait-il, *je ne viens pas vous voir de crainte de vous importuner. Peut-être serez-vous heureux de passer chez moi bientôt. Qui sait ?* »

C'était parfait.

J'adressai immédiatement à Dickens une note chaleureuse proposant que nous nous rencontrions « à la première date qui vous conviendra, mais de préférence avant l'anniversaire que vous honorez régulièrement à cette époque de l'année ». Si Dickens ne brûlait pas ce message comme il en avait l'habitude, cette formulation serait sans doute suffisamment énigmatique pour détourner les soupçons de ceux qui risqueraient de la lire plus tard.

Le 1er juin, je reçus une réponse cordiale et affirmative de Dickens. J'achevai immédiatement mes derniers préparatifs et lançai l'Acte III, le finale.

47.

Où suis-je ?

À Gad's Hill. Non pas à Gad's Hill Place, mais à
Gad's Hill, à l'endroit où Falstaff a tenté de détrousser
les voyageurs de la diligence, s'est fait attaquer par
« trente malandrins » – en réalité, le prince Hal et un
ami – et a été à deux doigts de se faire détrousser
lui-même avant de prendre la fuite, affolé.

Ma voiture noire est rangée sur un des côtés de l'Auberge de Falstaff. Cette voiture de louage ressemble
assez à un corbillard, ce qui n'est pas inopportun.
Elle est presque invisible dans l'ombre des arbres,
alors que le crépuscule commence à s'enténébrer. Ce
n'est pas un cocher qui occupe le siège du postillon,
mais un marin hindou que j'ai embauché pour la nuit,
contre l'équivalent de six mois de salaire d'un vrai
cocher. C'est un piètre conducteur. Il est étranger et
ne parle pas un mot d'anglais (je communique avec
lui en langage des signes et grâce à nos quelques
bribes respectives d'allemand scolaire), et il ne sait
rien de l'Angleterre ni de ses célébrités. Il aura repris
la mer dans dix jours et ne regagnera peut-être jamais
les rivages anglais. Il n'est curieux de rien. C'est un

cocher exécrable – les chevaux sentent son incompétence et ne le respectent pas –, mais il me convient parfaitement pour cette nuit.

Quel jour sommes-nous ?

Nous sommes le 8 juin 1870, la soirée est douce, et le soleil s'est couché il y a vingt minutes. Les hirondelles et les chauves-souris traversent les ombres et filent vers le ciel, les ailes des secondes et les queues fourchues des premières dessinant des V aplatis contre la vitre plane et claire des aquarelles pâlissantes du jour qui s'achève.

Je vois Dickens traverser la route en trottinant – ou plus exactement en s'efforçant de trottiner, car il boite légèrement. Il porte la tenue sombre que je lui ai suggérée pour cette escapade et est coiffé d'une sorte de chapeau mou. Malgré son pied et sa jambe manifestement impotents, il n'a pas pris de canne ce soir. J'ouvre la portière et il me rejoint d'un bond. Il s'assied à côté de moi.

« Je n'ai dit à personne où j'allais, souffle-t-il hors d'haleine. Comme vous me l'avez demandé, mon cher Wilkie.

— Merci. Le secret ne sera indispensable que cette fois.

— Tout cela est bien mystérieux, ajoute-t-il tandis que je frappe au plafond de ma lourde canne.

— C'est intentionnel. Cette nuit, mon cher Charles, nous allons découvrir vous et moi – vous, surtout – la réponse à une grande énigme. »

Il ne répond rien et ne fait qu'une unique remarque au moment où la voiture s'élance, bringuebale, tressaute et se dirige vers l'est avec force embardées. Le postillon-marin crève ses chevaux, il s'enfonce dans les nids-de-poule et fait des écarts dès que quelque chose se porte à notre rencontre, menaçant de faire verser la voiture, et nous avec, à tout moment.

« Votre cocher semble incroyablement pressé, fait observer Dickens.

— Il est étranger », expliqué-je.

Quelques instants plus tard, Dickens se penche au-dessus de moi pour regarder par la vitre de gauche ; au loin, la flèche de la cathédrale de Rochester se dresse comme une lance noire contre le ciel qui s'obscurcit. « Ah », murmure-t-il, mais cette unique syllabe semble exprimer la confirmation d'une supposition plus que la surprise.

La voiture crisse et grince en s'arrêtant à l'entrée du cimetière. Nous sortons – je porte une petite lanterne éteinte et nous nous déplaçons tous deux avec une certaine raideur due aux cahots et aux secousses de ce voyage furieux –, puis le cocher brandit son fouet et la voiture noire s'éloigne à grand bruit dans l'obscurité croissante.

« Vous n'avez pas demandé au cocher de nous attendre ? s'étonne Dickens.

— Il reviendra me chercher en temps voulu. »

S'il relève l'emploi du « me » au lieu du « nous », il ne fait aucun commentaire. Nous pénétrons dans le cimetière. L'église, toute la partie ancienne de la ville et le cimetière sont déserts et silencieux. La marée a baissé et nous sentons l'odeur âcre et putride des laisses, tandis que, d'un peu plus loin encore, nous parviennent le parfum salé et vivifiant de la mer et le bruit des vagues qui se brisent lentement. La seule lumière est celle que dispense une lune décroissante.

Dickens dit tout bas : « Et maintenant, Wilkie ? »

Je sors le pistolet de ma veste – me débattant un moment pour dégager le percuteur et la mire pris dans la doublure – et je le vise.

« Ah », répète-t-il, et, cette fois encore, je ne décèle aucun étonnement dans sa voix. À travers les battements bruyants de mon pouls, mon oreille n'y perçoit que de la tristesse, peut-être même un certain soulagement.

Nous restons immobiles un moment, formant un tableau vivant étrange et emprunté. Le vent marin fait frémir les branches d'un pin près du mur du cimetière, là où il nous cache de la rue. L'ourlet et l'ample col de la longue redingote d'été de Dickens flottent autour de lui comme des banderoles noires. Il lève la main pour retenir le bord de son chapeau mou.

« La fosse à chaux, c'est cela ? demande-t-il.

— Oui. » Je dois m'y reprendre à deux fois pour que ce mot soit intelligible. J'ai la bouche affreusement sèche. Je meurs d'envie de sortir ma flasque de laudanum, mais ne veux pas détourner mon attention de Dickens un seul instant.

Sur un geste du bout de mon pistolet, Dickens se met en marche vers la noirceur du fond du cimetière, là où nous attend la fosse ouverte. Je le suis à quelques pas, veillant à ne pas m'approcher trop près, de crainte que l'Inimitable ne se jette sur moi pour tenter de me désarmer.

Il s'arrête brusquement. Je l'imite, m'écartant encore de deux pas. J'arme mon pistolet et vise.

« Mon cher Wilkie, m'autoriserez-vous une unique requête ? »

Sa voix est si basse que les mots se perdent presque

dans le sifflement du vent qui fait frémir les rares arbres et les nombreuses herbes marécageuses.

« Le moment me paraît assez mal choisi, Charles.

— Peut-être », et je vois Dickens qui sourit à la faible lueur de la lune. Je n'aime pas qu'il me regarde ainsi. J'avais espéré qu'il me tournerait le dos jusqu'à ce que nous ayons atteint la fosse à chaux et que l'acte soit accompli. « J'en ai pourtant une », poursuit-il toujours aussi bas. Je constate avec exaspération que sa voix ne trahit aucune crainte. Elle est même plus ferme que la mienne. « Une seule. »

— Eh bien ?

— Cela vous paraîtra peut-être étrange, Wilkie, mais cela fait quelques années maintenant que j'ai le puissant pressentiment que je mourrai le jour anniversaire de l'accident de Staplehurst. Me permettez-vous de chercher ma montre dans mon gilet et de la consulter ? »

Pour quoi faire ? pensé-je, pris de vertige. En prévision de cette soirée, j'ai bu près du double de ma ration habituelle de laudanum et me suis fait deux injections de morphine. Pourtant, loin de renforcer ma résolution, ces médicaments semblent provoquer chez moi un étourdissement et une étrange hébétude. « Oui, mais faites vite », réussis-je à bredouiller.

Dickens sort calmement sa montre, la regarde à la lueur de la lune, la remonte avec une lenteur exaspérante avant de la ranger. « Il est un peu plus de dix heures, dit-il. Le crépuscule dure très longtemps en cette période de l'année et nous sommes partis tard. Minuit n'est plus très loin. Je ne saurais vous expliquer pourquoi – puisque, de toute évidence, votre objectif est que personne ne sache ni comment je suis mort ni où je suis enterré –, mais il ne *me* serait pas indifférent de pouvoir confirmer mes diverses prémonitions en quittant ce monde le 9 juin plutôt que le 8.

— Vous espérez que quelqu'un passera ou qu'un incident quelconque vous permettra de vous enfuir », observé-je de ma nouvelle voix tremblante.

Dickens hausse les épaules. « Si quelqu'un entrait dans le cimetière, vous n'auriez qu'à tirer et à vous échapper à travers les herbes pour regagner votre voiture qui vous attend à proximité.

— On retrouverait votre corps, dis-je d'un ton monocorde. Et vous seriez enterré à l'abbaye de Westminster. »

Dickens éclate alors de rire. Ce rire sonore, spontané, insouciant et contagieux que j'ai entendu tant de fois par le passé. « C'est donc *cela* qui vous préoccupe, mon cher Wilkie ? L'abbaye de Westminster ? Puis-je apaiser vos craintes en vous faisant savoir que j'ai déjà précisé dans mon testament que j'exige des obsèques simples et modestes ? Pas de cérémonie à l'abbaye de Westminster, ni ailleurs. Mes instructions sont claires : je ne veux pas de cortège funèbre de plus de trois voitures et pas plus de personnes à mon enterrement que ces trois petites voitures n'en pourront contenir. »

Les battements de mon pouls – auxquels s'ajoute le martèlement de ma migraine – semblent vouloir se synchroniser avec le battement lointain du ressac sur un banc de sable, quelque part à l'est, mais le rythme irrégulier des bourrasques intervient à contretemps.

« Il n'y aura pas de cortège funèbre, murmuré-je.

— Eh non, de toute évidence, confirme Dickens dont le petit sourire m'exaspère. Raison de plus pour m'accorder cette unique et dernière faveur avant que nous nous quittions pour l'éternité.

— Dans quel dessein ? demandé-je enfin.

— Vous me disiez que, cette nuit, nous trouverions, vous et moi, la solution d'un mystère. Je suppose que, dans mon cas, il s'agit de ce qui nous attend – en admettant que quelque chose nous attende – au-delà de la mort. Mais quel est le vôtre, Wilkie ? Quel mystère souhaitiez-vous élucider par cette belle soirée ? »

Je reste muet.

« Permettez-moi d'essayer de deviner, reprend Dickens. Vous aimeriez savoir comment aurait dû s'achever *Le Mystère d'Edwin Drood*. Et peut-être même connaître le lien entre *mon* Drood et *votre* Drood.

— En effet. »

Il consulte à nouveau sa montre. « Il ne reste que quatre-vingt-dix minutes avant minuit. J'ai apporté une flasque de brandy – à votre instigation (s'il le savait, Frank Beard serait horrifié) – et je suis sûr que vous avez apporté, vous aussi, un rafraîchissement quelconque. Pourquoi ne pas trouver dans les parages quelque endroit où nous asseoir et avoir une dernière conversation avant que les cloches de cette tour sonnent ma dernière heure ?

— Vous pensez que je vais changer d'avis, dis-je avec un sourire mauvais.

— En vérité, mon cher Wilkie, je ne le crois pas une seconde. Et je ne suis pas certain de le souhaiter. Je me sens très… las. Mais je ne suis pas hostile à une ultime conversation et à un petit verre de brandy nocturne. »

Sur ce, Dickens fait demi-tour et cherche où s'asseoir parmi les pierres environnantes. Je peux le suivre ou l'abattre sur place, ce qui m'obligera à traîner son cadavre sur plusieurs mètres, jusqu'à la fosse de chaux qui l'attend. J'avais espéré nous éviter à tous deux cette dernière indignité. Et, en vérité, je ne répugne pas à l'idée de m'asseoir quelques instants jusqu'à ce que ce vertige passager se dissipe.

Les deux pierres tombales plates qu'il choisit pour nous servir de sièges, séparées d'un bon mètre par une stèle plus longue et plus large qui pourrait faire figure de table basse, me rappellent le jour où, dans ce même cimetière, Dickens avait joué les maîtres d'hôtel pour Ellen Ternan, sa mère et moi.

Après m'en avoir demandé l'autorisation, Dickens sort sa flasque de brandy de la poche de sa veste et la pose sur la table funéraire, devant lui. J'en fais autant avec ma flasque d'argent. Je me dis que j'aurais dû palper les poches de l'Inimitable quand j'ai braqué mon arme sur lui la première fois. Je sais que Dickens range son propre pistolet dans un tiroir, à Gad's Hill Place, ainsi que le fusil de chasse dont il s'est servi pour tuer Sultan. L'absence apparente de surprise de Dickens quant à l'objectif de notre « mystérieuse expédition » me donne à penser qu'il aurait pu dissimuler une arme sur lui avant de rejoindre la voiture... ce qui pourrait justifier son insouciance, par ailleurs inexplicable.

Mais il est trop tard. Il faudra que je le garde soigneusement à l'œil le peu de temps qui reste.

Nous demeurons assis un moment, muets. Puis les cloches de la tour indistincte sonnent onze heures, et mes nerfs à vif se contractent au point que je suis à deux doigts de lâcher accidentellement la détente du pistolet toujours pointé vers le cœur de Dickens.

Ma réaction ne lui échappe pas, mais il ne dit rien tandis que je pose l'arme le long de ma cuisse et de mon genou, tout en continuant à le viser, dégageant mon doigt de ce que Hatchery appelait, me semble-t-il, la « sous-garde ».

La voix de Dickens qui s'élève après ce long silence me fait à nouveau tressaillir. « C'est bien l'arme que le détective Hatchery nous a montrée un jour, n'est-ce pas ?

— Oui. »

Le vent faire bruisser les herbes un moment. Comme si je craignais ce silence, comme s'il risquait d'affaiblir ma résolution, je me force à ajouter : « Vous savez qu'Hatchery est mort.

— Oui, bien sûr.

— Et savez-vous *comment* il est mort ?

— Oui. Des amis de la Metropolitan Police me l'ont appris. »

Nous n'avons rien à ajouter sur ce sujet. Mais cela me conduit à la question qui constitue la seule raison pour laquelle Charles Dickens demeure en vie pendant cette heure ultime, cette heure de sursis. « J'ai été surpris que vous utilisiez un personnage – il s'agit de toute évidence d'un détective déguisé, avec cette énorme perruque – appelé Datchery dans *Edwin Drood*, dis-je. Pareille parodie de ce malheureux Hatchery, surtout si l'on songe aux... détails... ah... effroyables de sa mort me semble témoigner d'une grande insensibilité. »

Dickens me regarde. Mes yeux se sont adaptés à l'obscurité du cimetière, si loin des réverbères les plus proches ou des fenêtres de maisons habitées, et les pierres tombales qui nous entourent – et tout particulièrement la plaque de marbre clair qui nous sépare, Dickens et moi, comme une table à jouer sur laquelle nous avons étalé les dernières cartes d'une partie de poker – semblent renvoyer le reflet du clair de lune sur le visage de Dickens, comme de faibles imitations des lampes à gaz concentrées dont il s'était équipé pour ses lectures.

« Ce n'est pas une parodie, corrige-t-il. Mais un souvenir affectueux. »

Je prends une gorgée de ma flasque et écarte cette rectification d'un geste de la main. Cela n'a aucune importance. « Vous n'avez même pas achevé la moitié de votre histoire de *Drood* – seuls quatre épisodes mensuels ont été imprimés et, à l'heure qu'il est, l'ensemble de votre manuscrit ne représente que la moitié du volume intégral – et, pourtant, vous avez déjà assassiné le jeune Edwin Drood. De professionnel à professionnel – et en qualité d'auteur doté d'une expérience indéniablement plus approfondie et d'une expertise sans doute plus grande que vous dans la rédaction de mystères –, comment pouvez-vous espérer soutenir l'intérêt, Charles, alors que le meurtre est commis aussi prématurément dans votre récit, et que la logique désigne un seul assassin possible... l'évident scélérat, John Jasper ?

— Ma foi, répond Dickens, de professionnel à professionnel, nous devons nous rappeler que... Attendez ! »

Le pistolet tressaute dans ma main et j'écarte cette distraction d'un cillement tout en pointant à nouveau le canon de l'arme sur son cœur, à quatre pas de distance. Quelqu'un serait-il entré dans le cimetière ? Cherche-t-il à détourner mon attention ?

Non. Il semble qu'une pensée vienne juste de traverser l'esprit de l'Inimitable.

« Comment se fait-il, mon cher Wilkie, poursuit Dickens, que vous n'ignoriez rien de l'apparition de Datchery ni même de l'assassinat de ce pauvre Edwin alors que ces scènes, ces épisodes mêmes, n'ont pas encore été publiés et… ahh… Wills. Vous avez obtenu une copie de l'ouvrage terminé par l'intermédiaire de Wills. William Henry est un homme adorable, un ami fidèle, mais il n'est plus tout à fait le même depuis son accident, avec toutes ces portes qui grincent et qui claquent dans sa tête. »

Je reste muet.

« Fort bien, alors, reprend Dickens. Vous savez que le jeune Drood est assassiné le soir de Noël. Vous savez que Crisparkle découvre la montre et l'épingle à cravate d'Edwin dans la rivière, bien qu'aucun corps n'en soit retiré. Vous savez que l'on soupçonne le jeune étranger de Ceylan au tempérament fougueux, Neville Landless, frère de la belle Helena Landless, et vous savez que l'on a trouvé des traces de sang sur la canne de Landless. Vous savez que les fiançailles d'Edwin avec Rosa ont été rompues et vous savez que l'oncle d'Edwin, l'opiomane John Jasper, s'évanouit après l'assassinat, quand il apprend qu'il n'y a pas eu de fiançailles et que sa jalousie manifeste était sans objet. J'ai déjà rédigé six des douze livraisons prévues par contrat. Mais quelle est votre question ? »

Je sens la chaleur du laudanum se répandre dans mes bras et dans mes jambes. Mon impatience grandit. Dans mon cerveau, le scarabée est encore plus impatient que moi. Je le sens aller et venir de toute la vitesse de ses petites pattes de part et d'autre de la cloison interne de mon nez, regardant d'abord par un œil, puis par l'autre, comme s'il se hâtait de trouver l'endroit d'où il aura la meilleure vue.

« John Jasper a commis le meurtre le soir de Noël, dis-je, agitant très légèrement le pistolet en parlant. Je peux même vous indiquer l'arme du crime… cette longue écharpe noire que vous avez pris la peine de mentionner à trois reprises déjà sans qu'on en voie l'utilité. Vos indices manquent quelque peu de subtilité, Charles !

— Il devait s'agir d'une cravate particulièrement longue, reconnaît-il avec un autre sourire accablant. Mais je l'ai remplacée par une écharpe.

— Je sais. Charley m'a raconté que vous aviez insisté pour que la cravate figure sur l'illustration, puis que vous aviez demandé à Fildes de la transformer en écharpe. Cravate, écharpe, peu importe. Ma question est la même : comment pouvez-vous espérer tenir les lecteurs en haleine pendant toute la seconde partie du livre si nous savons déjà tous que la culpabilité de John Jasper sera établie ? »

Dickens attend un instant avant de répondre, comme si une pensée de toute première importance lui venait à l'esprit. Il repose soigneusement sa flasque de brandy sur la pierre érodée par les intempéries. Je ne sais pourquoi, il a mis ses lunettes – comme si l'évocation de cet ouvrage définitivement inachevé pouvait exiger une lecture à haute voix – et le double reflet de la lune transforme les verres en disques opaques d'un blanc argenté.

« Il faut que vous finissiez ce livre, murmure-t-il.

— Comment ?

— Vous m'avez entendu, Wilkie. Il faut que vous alliez trouver Chapman et que vous lui proposiez de terminer le roman à ma place – William Wilkie Collins, le célèbre auteur de *La Pierre de lune*, reprenant le travail interrompu de son ami trépassé, son défunt collaborateur d'autrefois. William Wilkie Collins, direz-vous à ces chers Chapman & Hall accablés de chagrin, est le seul homme de toute l'Angleterre – le seul homme du monde de langue anglaise – le seul homme du monde entier ! – à connaître suffisamment bien l'esprit de Charles Dickens pour pouvoir, lui, William Wilkie Collins, achever le mystère si tragiquement laissé en suspens par la disparition soudaine dudit Mr Dickens, dont on ne peut que supposer qu'il a attenté à ses jours. Il faut que vous acheviez *Le Mystère d'Edwin Drood*, mon cher Wilkie, que vous me remplaciez ainsi, au sens propre, dans le cœur des lecteurs en même temps que dans les annales des grands écrivains de notre temps.

— C'est complètement ridicule ! » J'ai crié si fort que je me recroqueville et regarde autour de moi, gêné. La cathédrale et le clocher ont renvoyé l'écho de ma voix. « C'est ridicule, reprends-je d'un ton pressant. Je n'ai pas la moindre idée de ce genre, pas la moindre ambition. Je n'ai jamais *eu* la moindre idée de ce genre, pas la moindre ambition. J'écris mes propres ouvrages immortels – *La Pierre de lune* s'est mieux vendue que votre *Maison d'Âpre-Vent* ou que votre roman actuel – et, s'agissant de mystère, l'intrigue de *La Pierre de lune* – comme je vous l'ai fait remarquer ce soir – était infiniment mieux construite et élaborée que ce récit confus de l'assassinat d'Edwin Drood.

— Oui, bien sûr », murmure Dickens. Mais son visage se fend à nouveau de cet espiègle sourire dickensien. Si j'avais touché un shilling chaque fois que j'ai vu ce sourire, je pourrais définitivement me dispenser d'écrire.

« De plus, poursuis-je, je connais votre secret. Je connais la "Grande Surprise", le nœud de votre intrigue, le pivot autour duquel tourne manifestement toute cette histoire relativement transparente – selon mes critères professionnels, s'entend.

— Oh ! s'exclame Dickens avec affabilité. Ayez la bonté d'éclairer ma lanterne, mon cher Wilkie, je vous en prie. Je ne suis qu'un néophyte dans cette entreprise du mystère, et peut-être ma Grande Surprise personnelle et évidente m'aura-t-elle échappé. »

Ignorant le sarcasme et pointant nonchalamment le pistolet vers sa tête, je dis : « Edwin Drood n'est pas mort.

— Ah bon ?

— Non. Jasper *a cherché* à le tuer, c'est un fait. Et Jasper croit peut-être même avoir réussi. Mais Drood a survécu, il est vivant et s'alliera à vos "héros" ô combien flagrants ! – Rosa Bud, Neville Landless et sa sœur, Helena, votre Chrétien musclé le chanoine mineur Crisparkle et jusqu'à ce nouveau personnage de marin que vous faites intervenir si tardivement... » Je fouille dans ma mémoire à la recherche du nom de ce personnage.

« Le lieutenant Tartar, suggère Dickens, secourable.

— Oui, oui. L'héroïque lieutenant Tartar grimpeur de corde, qui tombe si commodément et si instantanément amoureux de Rosa Bud, et tous ces autres...

anges bienveillants... conspireront avec Edwin Drood pour révéler l'identité de l'assassin... John Jasper ! »

Dickens retire ses lunettes, les observe un instant en souriant, puis les replie soigneusement dans leur étui et range celui-ci dans la poche de sa veste. J'ai envie de lui crier : *Jetez-les ! Vous n'aurez plus besoin de lunettes ! Si vous les gardez maintenant, je serai obligé de les repêcher plus tard dans la fosse de chaux !*

Il dit tout bas : « Dick Datchery fera-t-il partie de ces... anges bienveillants... qui aident Edwin ressuscité à révéler l'identité de l'auteur de la tentative d'assassinat ?

— Non, dis-je, incapable de dissimuler les accents triomphants de ma voix. Car le soi-disant "Dick Datchery" n'est autre qu'Edwin Drood lui-même... sous un déguisement ! »

Dickens, assis sur sa pierre tombale, réfléchit un moment. Il m'est déjà arrivé de voir cette statue silencieuse et immobile de Charles Dickens toujours-en-mouvement, mais cela s'est produit après que je l'avais mis mat lors de l'une des rares parties d'échecs que j'ai remportées contre lui.

« Vous êtes... cette extrapolation est... *très* astucieuse, mon cher Wilkie », murmure-t-il enfin.

Je n'éprouve pas le besoin de parler. Il doit être presque minuit. Je suis à la fois inquiet et impatient de rejoindre la fosse de chaux vive et d'achever l'entreprise de cette nuit, avant de rentrer chez moi et de prendre un bain brûlant.

« Une question pourtant, si vous voulez bien, reprend-il doucement, tapotant sa flasque d'un index manucuré.

— Oui ?

— Si Edwin Drood a réchappé à la tentative d'assassinat de son oncle, pourquoi lui faut-il se donner autant de mal… se cacher, enrôler des alliés, se déguiser en Dick Datchery, un personnage qui relève presque de la comédie ? Pourquoi ne se présente-t-il pas aux autorités pour leur expliquer que son oncle a voulu l'assassiner la nuit de Noël ? Voulu, peut-être, au point même de jeter le corps d'Edwin présumé mort, mais en réalité inconscient, dans une fosse de chaux vive (où il a repris connaissance et dont il a dû s'extraire en rampant tandis que la substance corrosive commençait à ronger sa peau et ses vêtements… une scène délicieuse, je vous l'accorde, de professionnel à professionnel, une scène cependant, je l'avoue également, que je n'aurais eu aucune raison d'écrire)… Toutefois, de toute évidence, nous n'*avons* aucun assassin, mais seulement un oncle fou qui se livre à une *tentative* d'assassinat, et Edwin Drood n'a aucune raison de rester caché. Dans ces circonstances, il n'y a pas d'assassinat d'Edwin Drood et le mystère est fort réduit.

— Drood a des raisons de se dissimuler jusqu'au moment opportun », déclaré-je avec assurance.

Je n'ai pas la moindre idée de ce que pourraient être ces raisons. Je bois une longue gorgée de laudanum, tout en veillant à ne pas fermer les yeux, ne fût-ce qu'un instant.

« Eh bien, je vous souhaite bonne chance, mon cher Wilkie, ajoute Dickens avec un rire insouciant. Il y a tout de même une chose que vous devriez savoir avant d'essayer de terminer le livre en suivant une esquisse que je n'ai jamais écrite… *le jeune Edwin Drood est mort. John Jasper, sous l'influence du*

même laudanum-opium que celui que vous buvez en
ce moment, a assassiné Edwin la nuit de Noël, exac-
tement comme le lecteur le soupçonne à ce point, à
mi-chemin du livre.

— C'est ridicule, répété-je. John Jasper est tellement jaloux de la relation de son neveu avec Rosa
Bud qu'il l'*assassine* ? Et ensuite... il nous reste à
remplir la moitié du roman avec... avec quoi ? Les
aveux de John Jasper ?

— Oui, dit Dickens avec un sourire franchement
mauvais. Voilà qui est parfaitement exact. La fin du
Mystère d'Edwin Drood – ou du moins le cœur de
cette dernière partie – contient effectivement les aveux
de John Jasper et de son autre personnalité, Jasper
Drood. »

Je secoue la tête, ce qui ne fait qu'aggraver mon
vertige.

« De plus, Jasper n'est pas l'oncle de Drood, comme
nous sommes portés à le croire, poursuit Dickens.
C'est son *frère*. »

Je suis pris d'une terrible envie de rire, mais
ma gorge n'émet qu'un ronflement particulièrement
sonore. « Son frère !

— Eh oui. Le jeune Edwin, rappelez-vous, a l'intention de se rendre en Égypte avec une équipe d'ingénieurs. Il veut *transformer* l'Égypte pour toujours,
peut-être même s'y installer. Mais ce qu'ignore Edwin,
mon cher Wilkie, c'est que son demi-frère (et *non*
son oncle), Jasper *Drood* (et non John Jasper), y est
né... là-bas, en Égypte. C'est là qu'il a été initié à
ses ténébreux pouvoirs.

— De ténébreux pouvoirs ? »

J'oublie régulièrement de braquer correctement mon pistolet, dont je relève alors le canon.

« Le mesmérisme, chuchote Dickens. Le contrôle sur les esprits et les actions d'autrui. Je ne parle pas de notre mesmérisme anglais qui n'est guère qu'un divertissement de salon, Wilkie, mais d'un véritable contrôle de l'esprit qui permet peu ou prou de lire dans les cerveaux. Exactement le genre de contact mental que nous avons observé dans ce livre entre le jeune Neville Landless et sa jolie sœur, Helen Lawless. Ils ont aiguisé leurs facultés mentales à Ceylan. Jasper Drood a acquis les siennes en Égypte. Le moment où Helen Lawless et Jasper Drood s'affronteront enfin sur le terrain du mesmérisme – ce qui arrivera – constituera une scène dont les lecteurs continueront à parler avec admiration pendant des siècles. »

Helena Landless, pas Lawless, pensé-je, relevant la confusion que commet Dickens parmi ses propres personnages. *Ellen Lawless Ternan. Jusque dans ce dernier fragment inachevé de livre raté, Dickens ne peut s'empêcher d'établir un lien entre la femme la plus belle et la plus mystérieuse du roman et l'objet de ses propres fantasmes, de son obsession. Ellen Ternan.*

« M'écoutez-vous, mon cher Wilkie ? demande Dickens. Vous me semblez sur le point de vous assoupir.

— Pas le moins du monde. Mais, en admettant que John Jasper soit en réalité Jasper Drood, le frère aîné de la victime assassinée, quel intérêt cela présentera-t-il pour le lecteur, contraint de supporter plusieurs centaines de pages de simples aveux ?

— De *simples* aveux ? Jamais de la vie ! glousse Dickens. Ce roman, mon cher Wilkie, transportera le lecteur dans l'esprit et la conscience d'un assassin comme cela ne s'est encore jamais fait dans l'histoire de la littérature. Car John Jasper – Jasper Drood – est *deux* hommes, voyez-vous – deux personnalités complètes et tragiques, enfermées l'une et l'autre dans le cerveau ravagé par l'opium du premier chantre de la cathédrale de Cloisterham... »

Il s'interrompt, se retourne et fait un geste théâtral en direction du clocher et de l'immense édifice derrière lui.

« ... de la cathédrale de *Rochester*. Et c'est précisément à l'intérieur de ces cryptes... »

Il esquisse un nouveau geste et mon regard brouillé le suit.

« ... ces cryptes que John Jasper-Jasper Drood dissimulera les restes d'os et de crâne de son bien-aimé neveu et frère, Edwin.

— Foutaises », protesté-je faiblement.

Dickens s'esclaffe bruyamment. « Peut-être, acquiesce-t-il en riant toujours sous cape. Mais avec tous les rebondissements qui l'attendent, le lecteur sera... *aurait été...* enchanté de découvrir les nombreuses révélations que lui promet... *que lui aurait promises...* ce récit. C'est ainsi, mon cher Wilkie, que notre cher John Jasper Drood a commis son crime sous la double influence du mesmérisme et de l'opium. Ce dernier, dont il consomme des quantités constamment croissantes, a été le déclencheur du premier – l'ordre mesmérien d'assassiner son frère.

— Cela n'a aucun sens. Nous avons, vous et moi, discuté bien des fois du fait que, même sous emprise mesmérienne, nul ne commettra un assassinat... *ne commettra un crime, quel qu'il soit...* qui s'opposerait à ses convictions morales et éthiques conscientes.

— En effet », approuve Dickens. Il boit les dernières gouttes de son brandy et glisse la flasque dans la poche intérieure supérieure gauche de sa veste (j'en prends note pour plus tard). Comme chaque fois qu'il discute d'un élément de l'intrigue ou d'un autre procédé d'écriture, Charles Dickens s'exprime d'une voix où se mêlent le professionnel aguerri et le petit garçon excité impatient de raconter une histoire. « Mais vous n'avez pas écouté, mon cher Wilkie, quand je vous ai expliqué qu'un magnétiseur suffisamment puissant – moi-même, par exemple, et sans nul doute John Jasper Drood ou les autres personnages égyptiens, qui ne sont pas encore apparus dans le récit mais existent déjà sous la trame de cette histoire – *peuvent magnétiser un individu tel que le premier chantre de la cathédrale de Cloisterham de manière à le faire vivre dans un univers de fantasmes où, littéralement, il ne sait pas ce qu'il fait*. Et c'est l'opium et peut-être – disons – la morphine en grandes quantités qui alimentent ce fantasme persistant qui peut le conduire, sans la moindre intervention de son entendement, à assassiner, voire pis. »

Je me penche en avant. J'ai le pistolet en main, mais je l'ai oublié. « Si Jasper tue son neveu... son frère... sous le contrôle mesmérien de cet Autre mystérieux, chuchoté-je, qui est cet Autre ?

— Ah ! s'écrie Charles Dickens en se donnant une claque sur le genou de ravissement. Nous en arrivons à la partie la plus merveilleuse et la plus satisfaisante du mystère, mon cher Wilkie ! Pas un lecteur sur mille – que dis-je, pas un lecteur sur dix millions ! – ni même un unique collègue écrivain parmi les centaines que je connais et estime – ne sera capable, avant la fin des aveux complets de John Jasper Drood, de deviner que le magnétiseur, le véritable assassin du mystère d'Edwin Drood, n'est autre que... »

Les cloches de la grande tour qui se dresse derrière Dickens se mettent à sonner.

Je cligne des yeux dans leur direction. Dickens pivote sur sa pierre tombale pour regarder la cathédrale, comme si le clocher était susceptible de faire autre chose que d'abriter silencieusement, froidement et aveuglément, les cloches qui sonnent l'heure de son trépas.

Lorsque les douze coups ont retenti et que les derniers échos se sont perdus au-dessus des rues basses et sombres de Rochester, Dickens se retourne vers moi et sourit. « Nous avons entendu les cloches de minuit, Wilkie.

— Vous disiez ? soufflé-je. L'identité du magnétiseur ? Le vrai meurtrier ? »

Dickens croise les bras sur sa poitrine. « J'en ai assez raconté pour cette nuit. » Il secoue la tête, soupire et esquisse l'ombre d'un sourire. « Et pour cette vie.

— Levez-vous », dis-je. Je suis tellement étourdi que je suis sur le point de tomber. J'ai du mal à tenir correctement le pistolet et la lanterne éteinte, comme si je ne savais plus faire deux choses en même temps. « Marchez », ordonné-je, sans trop savoir si je m'adresse à Dickens ou à mes propres jambes.

Je me suis rendu compte plus tard que Dickens n'aurait eu aucune peine à prendre la fuite à la faveur de ce bref instant, alors que nous marchions tous les deux vers le fond du cimetière puis dans les herbes grossières, au bord du marécage où nous attendait la fosse à chaux vive.

Si Dickens s'était mis à courir – et si mon premier tir hâtif avait manqué sa cible –, il n'aurait été qu'un jeu d'enfant pour lui de se précipiter vers les hautes herbes du marais, d'y ramper et de s'y tapir. L'y dénicher de jour aurait déjà été difficile, et c'eût été presque impossible de nuit, malgré ma petite lanterne. Le bruit même de sa course ou de ses reptations aurait été couvert par le vent qui s'était levé et par le fracas des vagues lointaines.

Mais il ne court pas. Il marche devant moi. J'ai l'impression qu'il fredonne tout bas un petit air. La mélodie m'échappe.

Quand nous nous arrêtons, il est au bord de la fosse à chaux, mais il me fait face. « Rappelez-vous, dit-il, que les objets métalliques que contiennent mes poches ne se dissoudront pas dans la chaux. Ma montre, un cadeau d'Ellen… la flasque… mon épingle à cravate et…

— Je sais », dis-je d'une voix grinçante. J'ai soudain de grandes difficultés à respirer.

Dickens regarde la chaux en jetant un coup d'œil par-dessus son épaule, mais continue à me faire face. « Oui, c'est exactement ici que j'aurais fait avouer à Jasper Drood qu'il avait transporté le cadavre d'Edwin Drood… Jasper est plus jeune que vous et moi, Wilkie, de sorte que bien que l'opium ait amoindri ses facultés physiques, porter le corps de ce jeune homme sur quelques centaines de mètres n'aurait pas mis ses forces à trop rude épreuve…

— Taisez-vous.

« — Voulez-vous que je me retourne ? Que je regarde dans l'autre sens ? Que je me mette face à la fosse ?

— Oui. Non. Comme vous voudrez.

— Dans ce cas, je continuerai à vous regarder, mon cher Wilkie. Mon ancien ami, compagnon de voyage et jadis collaborateur empressé. »

Je tire.

Le fracas incroyable et le recul inattendu de l'arme dans ma main – je ne pourrais dire, en toute franchise, que je me rappelle réellement l'expérience des coups de feu que j'ai tirés dans l'escalier de service deux hivers auparavant – ne sont pas loin de me faire lâcher le pistolet.

« Sacrebleu », lance Dickens. Il est toujours debout au même endroit. Il tapote son torse, son ventre, son entrejambe, ses cuisses, d'un air presque comique. « Je crois que vous m'avez manqué. »

Il ne court toujours pas.

Le chargeur contient encore trois balles, je le sais.

Mon bras tremble de tout son long, mais, cette fois, je vise, et tire.

Les pans de la veste de Dickens remontent brutalement au niveau de sa taille. Il se tapote à nouveau. Cette fois, il relève sa redingote et, au clair de lune, je vois son index passer par le trou que la balle a laissé. Elle a dû manquer sa hanche de moins de deux centimètres.

« Wilkie, dit Dickens très doucement, peut-être serait-il préférable pour nous deux que... »

Je tire.

Cette fois, la balle atteint Dickens en pleine poitrine – le bruit est éloquent, on dirait celui d'un lourd marteau s'abattant sur de la viande froide –, il pivote sur lui-même et tombe à la renverse.

Mais pas dans la fosse. Il s'est affaissé juste au bord. Et il vit toujours. J'entends le râle bruyant, douloureux de sa respiration. Un glouglou, un léger gargouillis, comme s'il avait du sang dans les poumons. Je m'approche et le domine de toute ma taille du côté opposé de la fosse à chaux. Quand il relève les yeux, il doit me voir comme une silhouette redoutable sur la toile de fond des étoiles.

Dans mes écrits, j'ai eu – en de rares occasions – à employer cette affreuse expression française de *coup de grâce* – et je ne sais pourquoi j'ai toujours eu du mal à m'en rappeler l'orthographe. Mais je n'ai aucune difficulté à me rappeler en quoi il consiste – il faut tirer une dernière balle dans le cerveau, par mesure de précaution.

Il n'en reste qu'une dans le pistolet d'Hatchery.

Mettant un genou en terre, je pose la lanterne et m'accroupis à côté de l'Inimitable, le créateur de tous ces bouffons de Dedlock, Barnacle, Dombey et Grewgious, mais aussi de scélérats, de parasites et d'âmes noires comme Fagin, Artful Dodger, Squeerse, Casby, Slyme, Pecksniff, Scrooge, Vholese, Smallweed, Weggs, Fledgeby, Bumbles, Lammles, Hawk, Fang, Tigg et…

J'appuie fermement le canon du lourd pistolet de Hatchery contre la tempe de Charles Dickens gémissant. Je m'aperçois que je tiens ma main gauche vide levée comme une sorte de bouclier pour me protéger des éclaboussures de fragments de crâne, de sang et de matière cérébrale qui jailliront dans une seconde ou deux.

Dickens marmonne, il cherche à dire quelque chose.

« Inintelligible… » l'entends-je gémir. Et puis : « Réveille-toi, réveille-toi… Wilkie, réveille-toi… »

Le pauvre imbécile, victime d'une illusion, cherche à se réveiller de ce qu'il doit prendre pour un terrible cauchemar. Peut-être est-ce ainsi que nous serons tous arrachés à cette vie, gémissants, grimaçants et priant un Dieu absent et insensible de nous tirer de notre sommeil.

« Réveille-toi… » dit-il, et je lâche la détente.

Voilà. Le cerveau qui a conçu et donné vie à David Copperfield, Pip, Esther Summerson, Uriah Heep, Barnaby Rudge, Martin Chuzzlewit, Bob Cratchit, Sam Weller, Pickwick et une centaine d'autres créatures qui continuent de vivre dans l'esprit de millions de lecteurs s'étale à présent au bord de la fosse à chaux, dessinant une ligne gris et rouge visqueuse qui paraît huileuse au clair de lune. Les seules taches blanches sont celles des fragments de crâne fracassés.

Malgré son avertissement charitable, je suis à deux doigts d'oublier de retirer son or et les autres objets métalliques qu'il a sur lui avant de faire rouler le cadavre dans la fosse.

L'idée de le toucher me fait horreur et j'essaie de ne poser les doigts que sur le tissu, ce que je parviens à faire pour prendre sa montre, sa flasque, les pièces que contient sa poche, et son épingle à cravate. Mais, pour le dépouiller de ses bagues et des boutons de sa chemise, je ne peux éviter tout contact avec sa chair qui refroidit déjà.

J'allume la lanterne sourde masquée pour cette dernière opération et je remarque – avec une légère satisfaction – que ma main est parfaitement ferme au moment où je frotte l'allumette pour l'approcher de la mèche. J'ai apporté un sac de grosse toile roulé dans la poche extérieure de ma veste et j'y fourre tous les objets métalliques, veillant à rien laisser tomber dans les hautes herbes à proximité de la fosse.

Quand j'en ai enfin fini, je remets le sac dans ma poche déjà gonflée par le pistolet. Il ne faut pas que j'oublie de m'arrêter près de la rivière voisine pour y jeter tout cela – le pistolet et le sac – dans l'eau profonde.

Dickens gît, affalé dans l'attitude d'un incroyable naturel réservée aux morts. Debout, mon pied botté sur son torse ensanglanté, j'envisage de prononcer quelques paroles, mais préfère m'en abstenir. Il est des circonstances où, même pour un écrivain, les mots sont superflus.

La tâche suivante exige plus d'effort que je ne l'aurais cru, toutefois, après plusieurs violentes poussées de mon soulier et un dernier coup de pied, Dickens roule sur lui-même et glisse dans la chaux vive. Sans intervention de ma part, le cadavre serait resté à demi émergé jusqu'à l'aube, je cherche donc la longue tige de fer que j'ai dissimulée dans les herbes folles en prévision de cette nuit, et je pousse, j'enfonce, je pèse de tout mon poids – j'ai vaguement l'impression de plonger une baguette dans un grand sac de graisse de rognons – jusqu'à ce que le corps s'enfonce sous la surface et y demeure.

Puis, après avoir approché la lampe le temps de vérifier l'absence de toute tache de sang ou de toute autre substance compromettante sur mes vêtements, j'éteins la lanterne et regagne la route pour appeler le cocher-marin et la voiture qui attendent. Je siffle un petit air en traversant les pierres tombales luisantes. Peut-être, me dis-je, est-ce celui que Dickens fredonnait quelques minutes plus tôt.

« Réveille-toi ! Wilkie... réveille-toi ! Réveille-toi. »
Je gémis, roulai sur moi-même, enfouis mon front sous mon avant-bras, mais réussis à ouvrir un œil. J'éprouvais dans toute ma boîte crânienne les martèlements d'une migraine typique d'un excès de laudanum et de morphine. Un mince rayon de lune peignait des bandes au hasard sur le mobilier de ma chambre. Et sur un visage qui ne se trouvait qu'à quelques centimètres du mien.

L'Autre Wilkie était assis au bord de mon lit. Il n'était jamais venu aussi près... jamais.

Il parlait.

Cette fois, sa voix n'était pas la mienne, ni même son imitation déformée. C'était celle d'une vieille femme plaintive, d'une des Sœurs du destin de la première scène de *Macbeth*.

Il ou elle toucha mon bras nu. Le contact n'était pas celui d'un être vivant.

« Wilkie... » me souffla-t-il – ou elle –, son visage barbu effleurant le mien. Son haleine – mon haleine – empestait la charogne. « Tue-le. Réveille-toi. Écoute-moi. Termine ton livre... juste avant le 9 juin. Dépêche-toi de terminer *Mari et Femme*, la semaine prochaine. Et, le jour où tu l'auras terminé, tue-le. »

48.

À la suite de ma lettre de réponse à ses avances
– « *Peut-être serez-vous heureux de passer chez moi
bientôt. Qui sait ?* » –, Dickens m'invita à Gad's
Hill Place le 5 juin, un dimanche. Je lui fis savoir
que j'arriverais à trois heures de l'après-midi, après
le temps que l'Inimitable réservait d'ordinaire à ses
tâches d'écriture dominicales. En réalité, je pris le
train plus tôt et parcourus à pied les quelque deux
kilomètres qui séparaient la gare de chez Dickens.

La beauté de ce jour de juin était presque renversante. Après un printemps humide, tout ce qui pouvait
verdir s'était surpassé en verdoiement et tout ce qui
pouvait ne fût-ce que *rêver* de fleurir était en pleine
floraison. Le soleil était une bénédiction. La brise
vous caressait la peau avec tant de douceur et d'intimité que c'en était presque gênant. Quelques nuages
blancs duveteux se déplaçaient comme des moutons
aériens au-dessus des collines vertes et vallonnées qui
s'échelonnaient à l'intérieur des terres, tandis que du
côté de la mer, c'était une véritable surenchère de
bleu et de soleil. L'air était si limpide qu'on distinguait les clochers de Londres à trente kilomètres de

distance. Les prés qui s'étendaient devant les vitres de mon compartiment, puis de part et d'autre de la route poussiéreuse pour la dernière partie de mon trajet pédestre, grouillaient de veaux qui gambadaient, de poulains qui caracolaient et de quelques groupes de petits campagnards se livrant aux jeux auxquels cette espèce s'adonne dans les champs et les forêts au début de l'été. C'était presque suffisant pour inspirer à un citadin confirmé comme je l'étais l'envie d'acheter une ferme – mais une rasade de laudanum suivie d'une gorgée de brandy tirée d'une autre flasque, plus petite, eut raison de cette impulsion fugitive et imbécile.

Il n'y avait personne pour m'accueillir ce jour-là dans l'allée de Gad's Hill Place, pas même les deux sentinelles canines – engendrées, j'en étais sûr, par ce Grendel des chiens, Sultan – que Dickens gardait généralement à la chaîne près des piliers d'entrée.

Les géraniums écarlates (qui restaient la fleur préférée de Dickens, des annuelles plantées fidèlement par les jardiniers de l'écrivain tous les printemps, et laissées, sur son ordre, en place aussi tard que possible à l'automne) fleurissaient partout – le long de l'allée, dans la partie ensoleillée proche des bow-windows devant le bureau de Dickens situé dans la grande maison, alignés parallèlement aux haies, hors du jardin, en bordure de la route. Comme toujours et pour des raisons qui m'échappaient encore, leurs éjaculations de taches rouges en rangs serrés m'inspiraient un vrai sentiment d'abomination.

Me doutant que, par une journée aussi radieuse, Dickens serait probablement dans son chalet, j'empruntai le tunnel de fraîcheur – malgré l'absence presque totale de circulation sur la route au-dessus – et surgis à côté de l'escalier extérieur qui conduisait au bureau du premier étage.

« Ohé du bateau ! appelai-je.

— Ohé de l'aviso ! répondit d'en haut la voix sonore de Dickens.

— Autorisation de monter à bord ?

— Quel est le nom de votre bateau, Monsieur ? D'où venez-vous et où allez-vous ?

— Mon malheureux trois-mâts s'appelle le *Mary Jane*, criai-je vers le haut de l'escalier, imitant de mon mieux l'accent américain. Il a pris la mer à Saint Louis en partance pour Calcutta, via Samoa et Liverpool. »

Le rire de Dickens descendit, porté par la douce brise. « Je vous en prie, capitaine, montez ! »

Quand j'entrai, Dickens avait fini d'écrire et rangeait ses feuillets manuscrits dans son porte-documents en cuir huilé. Son pied gauche reposait sur un tabouret bas recouvert d'un coussin, mais il descendit sa jambe à mon arrivée. D'un geste, il m'invita à prendre place dans le seul autre fauteuil de la pièce. Trop agité pour m'asseoir, je préférai faire les cent pas entre les deux fenêtres.

« Je suis absolument ravi que vous ayez accepté mon invitation, remarqua Dickens tout en remettant en place son matériel d'écriture et en bouclant son porte-documents.

— Il était temps, dis-je.

— Vous semblez avoir pris un peu de poids, Wilkie.

— Vous semblez avoir minci, Charles. À l'exception de votre pied, qui pourrait bien avoir pris quelques livres. »

Dickens rit. « Notre cher ami commun Frank Beard

a quelques mises en garde à nous faire, à vous comme à moi, me semble-t-il.

— Je le vois de moins en moins ces derniers temps, annonçai-je, passant de la fenêtre est à la fenêtre sud. Ses charmants enfants m'ont déclaré la guerre depuis que j'ai dénoncé les hypocrisies du christianisme musclé.

— Oh, je serais surpris que ce soit la dénonciation de l'hypocrisie qui les ait montés contre vous, Wilkie. C'est plutôt l'hérésie dont vous vous êtes rendu coupable en vous en prenant à leurs héros sportifs. Je n'ai pas eu le temps de le lire, mais il paraît que les épisodes de *Mari et Femme* en ont hérissé certains.

— Et se sont vendus, dans le même temps, à un nombre croissant d'exemplaires, fis-je remarquer. J'ai l'intention de le publier avant la fin du mois sous forme de livre, en trois volumes, chez F. S. Ellis.

— Ellis ? s'étonna Dickens, se levant et attrapant une canne à pommeau d'argent. J'ignorais que la maison Ellis publiât des livres. Je croyais qu'elle n'éditait que des cartes, des calendriers, ce genre de choses.

— C'est une première pour eux, expliquai-je. Ils vendront à la commission et je toucherai dix pour cent sur chaque exemplaire vendu.

— Magnifique ! s'exclama Dickens. Vous m'avez l'air bien remuant aujourd'hui – je dirais même agité –, mon cher Wilkie. Et si vous veniez vous promener avec moi ?

— Êtes-vous vraiment en état de marcher, Charles ? » J'examinai sa nouvelle canne. Munie d'une longue poignée, elle était du genre dont se servent les vieillards éclopés, fort différente de l'accessoire fringant qu'affectionnent les jeunes gens comme moi. (Peut-être te rappelleras-tu, Cher Lecteur, qu'en cet été de 1870 j'avais quarante-six ans, alors que Dickens en avait cinquante-huit ; il portait clairement l'empreinte de chaque année et de chaque mois de son âge avancé. Il est vrai cependant que d'aucuns s'étaient récemment livrés à des commentaires sur les poils gris qui parsemaient *ma* barbe, sur mon embonpoint qui allait croissant, sur mon souffle court et sur une certaine voussure que mon corps fatigué avait prise ces derniers temps ; quelques-uns avaient même eu l'impertinence de suggérer que *je* faisais beaucoup plus que mon âge.)

« Oui, je peux marcher, répondit Dickens, sans s'offenser de ma question. Et je m'efforce de le faire tous les jours. Il est tard, aussi ne vous proposerai-je pas une vraie promenade jusqu'à Rochester ou toute autre destination ambitieuse. Mais nous pourrions tout de même faire un tour dans les champs. »

J'acquiesçai et Dickens descendit devant moi, laissant – peut-on présumer – le porte-documents contenant le manuscrit inachevé du *Mystère d'Edwin Drood* sur la table de travail de son chalet, où n'importe qui aurait pu s'introduire depuis la grand-route et s'en emparer.

Nous traversâmes la route pour rejoindre sa maison, mais nous la contournâmes, dépassant les écuries, traversant le jardin de derrière où il avait jadis brûlé sa correspondance, jusqu'à ce que nous nous trouvions dans le champ où Sultan était mort quelques automnes auparavant. Les herbes brunes et desséchées ce jour-là étaient vertes et hautes désormais, et se balançaient sous la brise. Un sentier dont l'herbe avait été foulée aux pieds se dirigeait vers les collines moutonneuses et vers un écran d'arbres qui longeait le lit d'un gros ruisseau, lequel rejoignait la rivière débouchant dans la mer.

Aucun de nous ne courait ce jour-là, mais, si Dickens avait réduit son allure habituelle, je ne m'en rendis pas compte. Je soufflais et haletais en m'efforçant de me maintenir à sa hauteur.

« Frank Beard m'a dit que vous aviez dû ajouter cette année de la morphine à votre pharmacopée pour réussir à dormir, lança Dickens, tandis que la canne qu'il tenait dans sa main gauche (il s'était toujours servi de la main droite jusqu'alors) se levait et s'abaissait à une cadence rapide. Et aussi que, bien que vous lui ayez affirmé avoir renoncé à cette pratique, une seringue qu'il vous avait prêtée il y a quelque temps a disparu.

— Beard est un excellent homme, dis-je, mais il manque souvent de discrétion. Il a tenu le monde entier informé du rythme de votre pouls au cours de votre dernière tournée de lectures, Charles. »

Mon partenaire de marche ne répondit rien.

J'ajoutai enfin : « Figurez-vous que la fille de mes domestiques, George et Besse – qui sont toujours à mon service, pour le moment en tout cas –, s'est mise à chaparder. J'ai dû la renvoyer.

— La petite Agnes ? s'écria Dickens. Une voleuse ? J'ai peine à le croire. »

Comme nous franchissions la croupe de la première colline basse, Gad's Hill Place, la grand-route et la ligne d'arbres qui la bordaient disparurent à nos regards. Le sentier suivait le parcours sinueux de la rangée d'arbres, avant de franchir un petit pont.

« Pourrions-nous faire halte un instant, Charles ? Cela ne vous dérange pas ?

— Pas le moins du monde, mon cher Wilkie. Pas le moins du monde ! »

Je m'appuyai sur la rambarde du petit pont en arche, pris ma flasque d'argent et bus trois gorgées.
« La chaleur est difficilement supportable aujourd'hui, n'est-ce pas ?

— Vous trouvez ? Elle me paraît proche de la perfection. »

Nous repartîmes, mais Dickens commençait à se fatiguer, à moins qu'il n'ait ralenti son allure par égard pour moi.

« Comment allez-vous, Charles ? Les rumeurs sont si nombreuses. C'est comme avec les ronchonnements de mauvais augure de notre cher Beard, il est difficile de faire la part des choses. Êtes-vous remis de vos tournées ?

— Je vais beaucoup mieux ces derniers temps, me rassura Dickens. Certains jours, du moins. J'ai dit hier à un ami que j'étais assuré de vivre et de travailler bien au-delà de quatre-vingts ans. Et j'étais sincère. D'autres jours… ma foi, vous savez ce que sont les mauvais jours, mon ami. Ces jours-là, on fait le nécessaire pour honorer ses engagements, et ne pas faillir à la tâche.

— Et comment avance *Edwin Drood* ? » demandai-je.

Dickens me jeta un coup d'œil avant de répondre. À la terrible exception de la critique au vitriol à laquelle Dickens s'était livré à propos de *La Pierre de lune*, il était très rare que nous cherchions, l'un comme l'autre, à évoquer ensemble nos ouvrages en cours. Le bout ferré de sa canne se balança avec un doux *swich-swich* estival dans les hautes herbes qui bordaient le chemin.

« *Drood* avance lentement mais sûrement, me semble-t-il, dit-il enfin. S'agissant de l'intrigue, des rebondissements et des révélations, c'est un livre beaucoup plus compliqué que la plupart de mes précédentes entreprises, mon cher Wilkie. Mais vous le savez ! Vous êtes le maître du mystère ! J'aurais mieux fait de vous soumettre depuis longtemps tous mes problèmes de novice afin que vous me guidiez, tel Virgile, à travers les voies du mystère et du suspense ! Et vous, comment progresse votre *Mari et Femme* ?

— J'espère l'avoir fini d'ici à deux ou trois jours.

— Magnifique ! » s'écria encore Dickens. Nous ne distinguions plus le ruisseau à présent, mais son doux murmure nous poursuivit tandis que nous traversions une nouvelle rangée d'arbres pour déboucher dans un autre champ ouvert. Le sentier serpentait toujours en direction de la mer lointaine.

« Je me demandais si vous accepteriez de m'accorder une grande faveur, Charles, quand je l'aurai fini.

— Mais bien volontiers, dans la mesure où mes pouvoirs médiocres et déclinants me le permettent.

— Je crois que nous devrions pouvoir résoudre deux énigmes en une seule nuit… à condition que vous acceptiez de m'accompagner dans une expédition secrète mercredi ou jeudi soir.

— Une expédition *secrète* ? demanda Dickens en riant.

— Les énigmes auront de bien meilleures chances d'être résolues si nous n'avertissons personne – absolument personne – que nous sortons ensemble ce soir-là.

— Voilà qui paraît franchement mystérieux », commenta Dickens alors que nous arrivions au sommet d'une colline. De grandes pierres de tertres funéraires – les pierres des druides, les appelaient les enfants et les paysans, de façon parfaitement erronée – étaient dispersées et entassées là. « Comment le fait de garder le secret sur notre expédition augmente-t-il les chances de succès de ladite expédition ?

— Je suis prêt à parier avec vous que si vous m'accompagnez quand je viendrai vous chercher une demi-heure environ après le coucher du soleil, mercredi ou jeudi soir, vous découvrirez la réponse à cette question, Charles.

— Fort bien, alors. Mercredi ou jeudi soir, dites-vous ? Voyons, nous serons le 9 juin jeudi. Je risque d'être pris ce soir-là. Mercredi vous conviendrait-il ?

— Parfaitement.

— Dans ce cas, c'est entendu. Mais il y a quelque chose dont je voulais *vous* parler, moi aussi, mon cher Wilkie. Et si nous trouvions un endroit relativement confortable pour nous asseoir, par exemple, sur une de ces grandes pierres tombées ? Je n'en ai que pour quelques instants, mais c'est la raison pour laquelle je vous ai demandé de venir aujourd'hui, et elle n'est pas dénuée de toute importance. »

Charles Dickens qui fait halte pour s'asseoir au cours d'une promenade ? songeai-je. Je n'avais jamais imaginé que ce jour viendrait. Notre promenade m'avait mis en nage et je soufflais comme un cheval de bataille qui aurait pris une balle dans les poumons. Aussi accueillis-je sa suggestion avec empressement.

« Je suis votre serviteur, Monsieur, dis-je en lui

faisant signe de passer devant moi pour choisir une pierre.

— Avant tout, Wilkie, je tiens à vous présenter des excuses profondes et sincères. Pour plusieurs raisons, en réalité, mais surtout pour vous avoir infligé un traitement tellement injuste et tellement immérité que, franchement, je ne sais par quel bout commencer.

— En aucun cas, voyons, Charles. Je ne saurais imaginer que… »

Dickens m'interrompit en dressant la paume. Depuis la haute pierre tumulaire sur laquelle nous étions assis, nous voyions les moutonnements du Kent s'étendre dans toutes les directions. Je distinguais la brume de Londres dans la lumière pure et la Manche, sur notre gauche. Au loin, la tour de la cathédrale de Rochester évoquait un piquet de tente grisâtre.

« Vous risquez de ne pas pouvoir me pardonner, mon cher Wilkie, continua-t-il. *Personnellement*, si les rôles étaient inversés, je ne vous pardonnerais pas, je ne pourrais pas vous pardonner.

— De quoi diable parlez-vous, Charles ? »

Dickens fit un geste vers la cime lointaine des arbres de la grand-route et vers sa demeure, comme si cela pouvait expliquer quelque chose. « Cela fait presque cinq ans à présent – cela fera cinq ans cette semaine – que nous échangeons des plaisanteries, vous et moi, à propos d'une créature du nom de Drood…

— Des plaisanteries ? lançai-je avec quelque impatience. Ce n'est pas le terme que j'aurais tendance à employer.

— Voilà précisément l'objet de mes excuses, mon cher ami. Il n'existe, bien entendu, pas plus de

Drood… que de Temple égyptien dans la Ville-du-Dessous… »

Que tramait-il ? À quel jeu Dickens prétendait-il jouer avec moi ? « Autrement dit, toutes vos histoires à propos de Drood, jusques et y compris le jour de l'accident, étaient des mensonges, Charles ?

— Exactement. Des mensonges pour lesquels je vous dois mes plus plates et mes plus entières excuses. Avec un sentiment de honte inexprimable… et, pourtant, c'est un sentiment que je connais bien.

— Vous ne seriez pas humain dans le cas contraire », fis-je d'un ton sec.

Je ne comprenais toujours pas où il voulait en venir. Si j'avais été un niais obligé de s'appuyer sur les récits de Dickens pour savoir que Drood était réel – aussi réel que la voile blanche que nous voyions à cet instant précis lorsque nous tournions les yeux vers la mer –, peut-être l'Inimitable aurait-il effectivement eu quelque raison de s'excuser.

« Vous ne me croyez pas, murmura Dickens en me jetant un regard méfiant.

— Je ne vous comprends pas, Charles. Vous n'êtes pas le seul à avoir rencontré Drood et à avoir souffert de ses agissements, vous savez. Vous oubliez que j'ai vu d'autres hommes et d'autres femmes qui sont devenus les esclaves de l'Égyptien. Et la gondole de la rivière de la Ville-du-Dessous, et les deux hommes masqués qui la pilotaient la nuit où nous sommes descendus, vous et moi, tout au fond des cryptes et des catacombes ? Prétendriez-vous me faire croire que cette embarcation et les hommes qui vous ont emmené n'étaient que fantasmes ?

— Pas du tout, rétorqua Dickens. C'étaient mes

jardiniers, Gowen et Smythe. Quant à la "gondole", comme vous l'appelez, c'était une simple barque de la Tamise agrémentée d'ornements de bois grossier peints et cloués sur la proue et la poupe. Elle n'aurait pas passé la rampe du plus médiocre spectacle de théâtre amateur – ni de n'importe quel lieu éclairé. Les choses étant ce qu'elles sont, Gowen et Smythe ont eu un mal de chien à transporter cette barque qui faisait eau dans les interminables escaliers d'accès aux égouts – ils l'ont du reste abandonnée sur place au lieu de la remonter.

— Vous êtes parti avec eux pour le Temple de Drood.

— Je suis resté assis dans la barque jusqu'à ce que nous soyons hors de vue, au-delà de la courbe de cet égout puant. Il m'a ensuite fallu des heures pour retrouver mon chemin dans des tunnels attenants. J'ai bien failli me perdre pour de bon, cette nuit-là. Je dois dire que je l'aurais bien mérité. »

Je m'esclaffai. « Vous n'êtes pas sérieux, Charles. Il aurait fallu avoir perdu l'esprit pour organiser et exécuter une comédie pareille. Ce ne serait pas seulement de la cruauté, ce serait de la démence pure et simple.

— Il m'arrive de vous donner raison sur ce point, Wilkie, soupira Dickens. Mais rappelez-vous que la descente dans la Ville-du-Dessous et la scène de la gondole devaient constituer le finale du dernier acte de cette comédie. Comment aurais-je pu deviner que votre conscience profonde de romancier ainsi que les quantités considérables d'opium que vous absorbez maintiendraient cette pièce en vie dans votre esprit plusieurs années durant ? »

Je secouai la tête. « Les hommes de Drood qui

se trouvaient dans la gondole n'ont pas été les seuls acteurs de cette histoire. Et le détective Hatchery ? Avez-vous *su* au moins que ce pauvre Hatchery était mort ?

— Oui, répondit Dickens. Je l'ai appris à mon retour d'Amérique et me suis fait un devoir de m'adresser au Service de police de Scotland Yard pour essayer de savoir ce qui lui était arrivé.

— Et que vous a-t-on dit ?

— Que l'ancien détective Hibbert avait été assassiné dans cette même crypte du cimetière de Saint-Affreux-des-Horreurs où je vous avais conduit un peu plus tôt, lors de notre expédition factice dans ce monde souterrain.

— Je ne conçois pas bien ce que cette descente aux enfers avait de "factice", observai-je. Mais peu importe pour le moment. Vous ont-ils dit comment Hatchery était mort ?

— Il a été assommé au cours d'une tentative de vol, puis on l'a éviscéré », murmura Dickens. Les mots semblaient franchir difficilement ses lèvres. « Je me suis douté sur le moment que vous étiez certainement là – au fond, dans la fumerie de Lazaree – et je me doute que la découverte de son cadavre au moment où vous êtes ressorti a dû être une expérience atroce. »

Je ne pus m'empêcher de sourire. « Et, selon le Service de police, qui serait le "*on*" responsable de cet assassinat, Charles ?

— Quatre matelots hindous qui avaient quitté leur navire. Des bandits. Ils vous avaient manifestement suivis, Hatchery et vous, jusqu'à la crypte – la police en ignorait tout, bien sûr, Wilkie, mais j'ai supposé que vous étiez en bas, dans la fumerie du Roi Lazaree et ne saviez rien de tout cela –, ils ont attendu que ce géant de détective soit endormi dans la crypte un peu avant l'aube pour essayer de le détrousser. Ils en voulaient de toute évidence à sa montre et à l'argent qu'il avait dans sa poche.

— C'est ridicule.

— Vu la taille de notre défunt ami détective, je ne peux que vous donner raison, observa Dickens. Hatchery a effectivement réussi à briser la nuque d'un de ses quatre assaillants. Cela a rendu les autres fous de rage, et après avoir assommé Hibbert avec une sorte de matraque, ils… ils ont fait ce qu'ils lui ont fait. »

Comme c'est commode, me dis-je. *Les services de Scotland Yard ont toujours une explication pour les crimes qu'ils n'arrivent pas à élucider.* « Et comment le Service de police sait-il qu'il s'agissait de quatre marins hindous ? demandai-je.

— Parce qu'ils ont arrêté les trois rescapés. Après que le corps du quatrième a été retrouvé, flottant sur la Tamise. Ils ont été appréhendés et sont passés aux aveux. Ils avaient encore sur eux la montre gravée d'Hatchery, son porte-monnaie et un peu de son argent. La police n'a pas été tendre avec eux… Plusieurs agents avaient connu Hatchery. »

Cette phrase me fit ciller. *Quand ils mentent, ils font vraiment les choses à fond.* « Mon cher Charles, repris-je avec un soupçon d'irritation, la presse n'a rien mentionné de tout cela.

— Évidemment. Comme je viens de vous le dire, la police n'a pas été tendre avec ces Hindous tueurs de policier. Aucun des trois n'a pu être déféré en justice. Ils n'ont pas survécu. À la connaissance de la presse, il n'y a jamais eu d'arrestation dans l'affaire du meurtre d'Hibbert Hatchery. En fait, la presse n'a été informée d'aucun détail de l'assassinat lui-même, Wilkie. La Metropolitan Police est, dans l'ensemble, un service gouvernemental aussi bon que les autres, mais elle a sa face obscure, comme nous tous.

— Est-ce de cela que vous teniez à vous excuser, Charles ? demandai-je en secouant la tête et en soupirant. De m'avoir menti au sujet de Drood ? D'avoir mis en scène cette farce des cryptes et de la gondole ? De ne m'avoir pas dit comment – selon vous – le détective Hatchery est mort ? »

Je songeais au nombre de fois où j'avais vu Drood, où j'avais discuté de Drood avec l'inspecteur Field, où j'avais écouté le détective Barris me parler de Drood, où j'avais croisé Edmond Dickenson depuis sa conversion au culte de Drood et aperçu les sbires de Drood dans la Ville-du-Dessous, ainsi que ses temples de la Ville-du-Dessus. J'avais lu un message de Drood, j'avais vu Drood en personne assis dans ma propre demeure, en train de parler à Dickens. Le mensonge naïf de Dickens en ce beau dimanche n'allait certainement pas suffire à me convaincre que j'avais perdu la raison.

« Non, répondit-il, ce n'est pas essentiellement de cela que je souhaite vous demander pardon, bien que cela en soit un élément subsidiaire. Wilkie, vous rappelez-vous le premier jour où vous êtes venu chez moi, dans mon bureau, après l'accident de Staplehurst ?

— Bien sûr. Vous m'avez décrit votre première rencontre avec Drood.

— Avant cela. Juste au moment où vous êtes entré dans la pièce. Vous rappelez-vous ce que je faisais et ce dont nous avons parlé ? »

J'eus un peu de mal à en retrouver le souvenir, mais je finis par répondre : « Vous jouiez avec votre montre et nous avons parlé de mesmérisme pendant un moment.

— Je vous ai hypnotisé, mon cher Wilkie.

— Mais non, Charles, en aucun cas. Rappelez-vous : vous m'avez effectivement dit que vous aimeriez le faire et vous avez commencé à faire osciller votre montre. Mais j'ai refusé immédiatement. Et vous avez reconnu que ma volonté était trop puissante pour être soumise au moindre contrôle magnétique. Vous avez rangé votre montre et vous m'avez parlé de l'accident de Staplehurst.

— C'est vrai, je vous ai dit que votre volonté était trop forte pour être soumise au mesmérisme, Wilkie. Mais cette phrase, je ne l'ai prononcée que dix minutes après vous avoir plongé dans une transe mesmérienne. »

Je m'esclaffai. *À quoi joue-t-il ?* J'inclinai le bord de mon chapeau pour abriter mes yeux du soleil radieux. « Charles, c'est *maintenant* que vous mentez... mais à quelle fin ?

— C'était une sorte d'expérience, Wilkie. » Il laissait littéralement pendre sa tête, d'une façon qui me fit penser à Sultan. Si j'avais eu son fusil de chasse sous la main en cet instant précis, j'aurais réglé son compte à Dickens exactement comme celui-ci l'avait réglé à son chien.

« Dès cet instant, poursuivit Dickens, dès cet instant, j'avais le vague projet d'écrire l'histoire d'un homme qui se livrerait à certaines... certaines actions... sous l'influence d'une suggestion de particulièrement longue durée, induite par une transe mesmérienne. J'avoue m'être interrogé avec curiosité sur les effets qu'une illusion née d'une telle suggestion pouvait avoir sur un esprit créatif. Sur un individu doté au départ d'une imagination professionnelle très vive et plus précisément encore – je l'avoue également – sur un créateur, un écrivain qui aurait été, dès alors, un gros consommateur d'opium. Cette substance devait en effet être un *leitmotiv* du mystère auquel je songeais. »

En l'entendant, j'éclatai de rire et me donnai une grande claque sur la cuisse. « Excellent ! Vraiment excellent, Charles ! Vous êtes en train de me dire que vous m'avez simplement donné l'ordre – par le biais de votre contrôle mesmérien – de croire à l'histoire de Drood que vous m'avez racontée au moment où vous m'avez éveillé de ma transe.

— Je ne vous ai pas *donné l'ordre* d'y croire, rectifia Dickens d'un ton morose. Je vous l'ai seulement *suggéré*. »

Je me tapais les deux genoux des deux mains. « *Vraiment* excellent. Et vous allez me dire maintenant que vous avez inventé de toutes pièces le personnage de notre ami Drood, exploitant l'incroyable imagination de Charles Dickens et son amour du macabre !

— Pas du tout. » Dickens tourna le regard vers l'ouest et j'aurais juré qu'il y avait des larmes dans ses yeux. « J'avais rêvé de Drood la nuit précédente – rêvé de cette créature qui déambulait au milieu des morts et des mourants de Staplehurst, exactement telle que je l'ai décrite, mon cher Wilkie, mélangeant et entrelaçant la fantasmagorie de Drood à l'horreur de l'expérience vécue. »

Je ne pus m'empêcher de lui adresser un large sourire. Je retirai mes lunettes, essuyai mon front avec un mouchoir à imprimé cachemire et secouai la tête d'admiration devant l'audace du récit qu'il me faisait et de la comédie qu'il me jouait. « Vous prétendez me faire croire que l'existence de Drood est tout entière le produit de votre *rêve*.

— Non, répondit Dickens. J'avais découvert la légende de Drood de la bouche de l'inspecteur Charles Frederick Field plus de dix ans avant l'accident de Staplehurst. Pourquoi le fantasme obsessionnel du vieil inspecteur est venu se mêler au cauchemar que m'a inspiré Staplehurst, voilà ce que je ne saurai jamais.

— Le fantasme de *Field* ? m'écriai-je. Parce que, maintenant, c'est l'inspecteur Field qui a inventé Drood !

— Avant même que nous nous connaissions, vous et moi, mon cher Wilkie. Vous rappelez-vous la série d'articles que j'ai consacrée au crime et à la ville, qui a été publiée dans mon ancienne revue, *Household Words* ? C'était en 1852, comme le temps passe ! J'ai été présenté à l'inspecteur Field par d'autres acteurs qui l'avaient connu à l'époque où il était *lui-même* comédien amateur à l'ancien théâtre de Catherine Street, plus de dix ans auparavant. Mais c'est effectivement l'inspecteur de police Charles Frederick Field qui, au cours des longues promenades que nous avons faites nuitamment à travers les rues du Grand Four, au début des années 1850, m'a parlé du spectre qui le hantait et qu'il appelait Drood.

— Spectre, répétai-je. Vous êtes en train de me dire que l'inspecteur Field était fou.

— Pas au début, je pense. J'en ai discuté plus tard avec plusieurs de ses collègues et supérieurs du Service de police – ainsi qu'avec celui qui lui a succédé à la direction de ce même Service lorsque l'inspecteur a fait une dépression nerveuse.

— Une dépression nerveuse à cause de Drood, raillai-je. À cause du *fantasme* de Field à propos d'un assassin égyptien du nom de Drood, doté de pouvoirs occultes.

— En effet. À l'origine, il ne s'agissait pas d'un fantasme. Il s'est produit une série d'assassinats effarants à peu près au moment où Charles Field a pris la direction du Service de police – aucun de ces crimes n'a été élucidé. Certains semblaient liés à des affaires que l'inspecteur Field avait été incapable de résoudre au cours des années précédentes. Plusieurs des Lascars, des Malais, des Chinois et des Hindous que la police a arrêtés à l'époque ont cherché à tout mettre sur le dos d'un personnage fantomatique appelé Drood – les détails étaient toujours nébuleux, mais faisaient preuve d'une certaine cohérence sur les points essentiels : ce monstre était égyptien, c'était un meurtrier en série, il était capable de prendre le contrôle d'autrui par le seul pouvoir de son esprit et grâce aux rituels de son culte antique, et il vivait dans une sorte de vaste temple souterrain – ou, selon certains de ces scélérats mangeurs d'opium, dans un temple situé sous la Tamise elle-même.

— Et si nous rentrions ? proposai-je.

— Pas encore, Wilkie. »

Il posa un instant sa main tremblante sur mon avant-bras, mais mon regard furieux la lui fit retirer. « Pouvez-vous comprendre cependant, reprit-il, comment cette affaire a tourné d'abord à l'obsession chez Field, puis au fantasme ? D'après les nombreux policiers et détectives auxquels j'ai parlé par la suite, parmi lesquels Hatchery, c'est l'épouvantable assassinat de lord Lucan qui était alors placé sous la protection personnelle de Charles Frederick Field et l'impossibilité de découvrir l'identité de l'assassin qui ont... qu'y a-t-il de drôle, Wilkie ? »

J'étais pris d'un fou rire irrépressible. Cette histoire, cette intrigue, étaient si merveilleusement baroques et en même temps d'une logique si parfaite. Elles étaient tellement... *dickensiennes*.

« La hantise que lui inspirait ce maître du crime illusoire, ce Drood, a fini par coûter à Field son emploi et sa pension, insista Dickens. L'inspecteur Charles Frederick Field ne pouvait pas croire, tout simplement, que les crimes atroces qu'il observait et qu'on lui rapportait *tous les jours* dans sa vie professionnelle pouvaient être commis à l'aveuglette... Cette absurdité le dépassait. Dans son esprit de plus en plus confus, un unique cerveau criminel était forcément responsable de toute la terreur, de toute la détresse qu'il voyait et éprouvait. Un unique scélérat. Un maître du crime vengeur digne de lui-même, le grand inspecteur Charles Frederick Field. Un esprit vengeur qui, de surcroît, n'était pas entièrement humain, mais dont l'arrestation ultime (grâce à l'inspecteur Charles Frederick Field, cela va de soi) mettrait fin à la série littéralement interminable d'actes brutaux qu'il passait sa vie à étudier.

— Vous prétendez donc que l'ancien et respecté directeur du Service de police que nous avons connu vous et moi, Charles Frederick Field, *était* effectivement fou, à la fin de sa vie !

— Fou à lier, approuva Dickens. Il l'a été pendant des années. Son idée fixe avait tourné à l'ob-

1130

session, son obsession au fantasme, et son fantasme était devenu un cauchemar dont il était incapable de s'éveiller.

— Tout cela est très joliment ficelé, Charles », murmurai-je. Cette histoire était tellement absurde que mon pouls ne s'était même pas accéléré. « Mais vous oubliez tous ceux qui ont vu Drood, tous les autres.

— Quels autres ? demanda Dickens tout bas. À part ces bandits, il y a plusieurs dizaines d'années, et vos hallucinations mesmériennes, mon cher Wilkie, je ne connais pas d'autres cas de gens qui aient cru à l'existence de ce Drood fantomatique – à l'exception peut-être du fils de Field.

— Son fils ?

— Il a eu un fils illégitime d'une jeune Antillaise qu'il avait fréquentée pendant des années. Elle n'habitait pas très loin de la fumerie de la vieille Sal que nous connaissons si bien, vous et moi – vous encore mieux que moi, je pense. L'épouse de l'inspecteur n'a jamais eu vent de l'existence de cette femme (qui est morte, ai-je appris, peu de temps après avoir donné le jour à son enfant, probablement d'une dose excessive d'opium) ni de celle du petit garçon, mais Field s'est conduit honorablement. Il a veillé à ce que le petit soit élevé dans une bonne famille, loin des docks, puis l'a envoyé dans de bonnes écoles privées, et finalement à Cambridge. C'est du moins ce qu'on m'a dit.

— Comment s'appelait ce garçon ? » demandai-je. J'avais soudain la bouche très sèche et regrettai que ma flasque ne contienne pas de l'eau au lieu de laudanum.

« Reginald, me semble-t-il, répondit Dickens. J'ai essayé de m'informer à son sujet l'année dernière, mais il semblerait que ce jeune homme ait disparu après la mort de son père. Peut-être est-il parti pour l'Australie.

— Et de quoi l'inspecteur Field est-il mort, selon vous, Charles ?

— D'une crise cardiaque, mon cher Wilkie. Comme l'ont écrit les journaux. Nous en avons déjà parlé. »

Je me laissai glisser de la pierre et me mis debout. À force de rester immobile, j'avais des fourmillements dans les jambes. Sans me préoccuper de savoir si Dickens me voyait, je bus une longue gorgée de ma flasque. « Il faut que je rentre, dis-je d'une voix pâteuse.

— Restez à dîner, voyons. Votre frère et Katey sont là jusqu'à dimanche soir. Percy Fitzgerald et sa femme doivent passer et...

— Non, interrompis-je. Il faut que je rentre en ville. Je dois travailler. Je dois finir *Mari et Femme.* »

Dickens prit appui sur sa canne pour se relever. De toute évidence, son pied et sa jambe gauches lui faisaient souffrir le martyre, mais il s'efforçait de n'en rien montrer. Il sortit sa montre et sa chaîne de son gousset.

« Laissez-moi vous magnétiser, Wilkie. Maintenant. Tout de suite. »

Je reculai d'un pas. Même à mes propres oreilles, mon rire dissimulait mal mon effroi. « Vous plaisantez.

— Je n'ai jamais été plus sérieux, mon cher ami. Quand je vous ai magnétisé en juin 1865, j'étais loin d'imaginer que les suggestions dues à la transe dureraient – pouvaient durer – aussi longtemps. J'ai sous-estimé le pouvoir de l'opium aussi bien que celui de l'imagination d'un romancier.

— Je n'ai aucune envie d'être magnétisé.

— J'aurais dû le faire depuis des années », reprit Dickens. Sa voix était chargée d'émotion, il avait l'air au bord des larmes. « Rappelez-vous, mon cher Wilkie, j'ai essayé de vous magnétiser une nouvelle fois en plusieurs occasions – dans l'espoir d'annuler les suggestions mesmériennes antérieures et de vous réveiller de ce rêve et de cet échafaudage interminable dans lequel vous êtes plongé. J'ai même essayé d'apprendre à *Caroline* à vous magnétiser, en lui révélant l'unique mot d'ordre, le seul commandement que j'avais introduit dans votre inconscient. En entendant ce mot en pleine transe mesmérienne, vous vous éveillerez enfin de ce rêve prolongé.

— Et quel est le commandement… le mot clé ? demandai-je.

— Inintelligible. J'avais choisi un mot tout à fait particulier, que vous ne risquiez pas d'entendre tous les jours. Mais pour qu'il soit efficace, il faut que vous soyez plongé dans un sommeil mesmérien.

— Inintelligible, répétai-je. C'est un mot que vous avez utilisé, vous l'avez dit, le jour de l'accident de Staplehurst.

— Je l'ai utilisé ce jour-là, en effet, acquiesça Dickens. C'était ma façon de réagir à cette horreur.

— Je crois que c'est vous qui êtes fou, Charles. »

Il secoua la tête. Il pleurait pour de bon. L'Inimitable, en larmes dans un pré, sous les rayons du soleil. « Je ne vous demande pas de me pardonner, Wilkie, mais, pour l'amour du ciel – pour votre salut –, laissez-moi exercer sur vous mon influence magnétique là, maintenant, et vous libérer de la malédiction que je vous ai accidentellement infligée. Avant qu'il soit trop tard ! »

Il fit un pas vers moi, les bras tendus, la montre qu'il tenait dans sa main droite jetant des étincelles dorées sous le soleil. Je reculai de deux pas. Je ne pouvais qu'essayer de deviner le véritable objet de cette comédie, et toutes ces hypothèses étaient fort sombres. L'inspecteur Field avait affirmé un jour qu'il s'agissait d'une partie d'échecs entre Drood et lui-même. J'y avais vu jadis un jeu à trois, avec Dickens. J'avais désormais pris la place de l'inspecteur, j'étais devenu un participant à part entière de ce jeu très concret de vie et de mort.

« Vous tenez vraiment à me magnétiser, Charles ? demandai-je d'une voix amicale et raisonnable.

— Il le *faut*, mon cher Wilkie. C'est la seule façon de commencer à réparer la plus cruelle plaisanterie que j'aie jamais faite – par inadvertance, je tiens à le souligner – à qui que ce soit. Restez là, c'est tout, détendez-vous et je…

— Non, pas maintenant, refusai-je en reculant encore d'un pas, mais en levant les deux paumes vers lui d'un geste calme et apaisant. Franchement, je suis trop troublé, trop agité pour pouvoir me prêter à cette opération en cet instant précis. Mercredi soir, en revanche…

— Mercredi soir ? » demanda Dickens. Il parut soudain confus, meurtri, comme un boxeur dont la résistance est épuisée depuis plusieurs rounds mais qui tient encore debout par pur réflexe, tout en étant incapable d'esquiver de nouveaux coups. Je le regardai sautiller, avec l'aide de sa canne ; il ne pouvait plus du tout prendre appui sur son pied et sur sa jambe gauches, visiblement enflés et qui devaient lui infliger

1134

de terribles élancements. « Que se passe-t-il mercredi soir, Wilkie ?

— L'expédition secrète que vous avez accepté de faire avec moi », murmurai-je. Je m'approchai de lui, retirai la montre de sa main – le métal était brûlant – et l'enfonçai dans la poche de son gilet. « Vous avez accepté de m'accompagner dans une brève aventure au cours de laquelle je vous ai promis que nous résoudrions au moins deux énigmes ensemble. Vous rappelez-vous l'époque où nous étions allés enquêter sur cette fameuse maison hantée de Cheshunt ?

— Cheshunt, répéta Dickens. Vous étiez partis en tête, Wills et vous, en coupé. J'avais rejoint le village à pied avec John Hollingshead.

— Vingt-cinq kilomètres, si j'ai bonne mémoire, approuvai-je en lui tapotant l'épaule. Voilà qui ne nous rajeunit pas. » Dickens était devenu, soudainement et irrémédiablement, un vieillard.

« Mais nous n'avons pas trouvé de fantômes, Wilkie.

— Non. Nous avons pourtant passé un excellent moment, n'est-ce pas ? Nous nous sommes amusés comme des fous ! C'est exactement ce qui nous attend mercredi soir, le 8 juin. Mais, surtout, ne dites à personne que vous sortez avec moi. »

Nous nous étions remis en route, Dickens clopinant douloureusement. Il s'arrêta brusquement et se tourna vers moi. « Je vous accompagnerai dans cette... expédition... si vous me promettez, mon cher Wilkie... si vous me promettez *maintenant*, et si vous me donnez votre parole d'honneur... qu'avant toute autre chose, ce soir-là, vous accepterez que je vous magnétise. Que je vous magnétise et vous affranchisse de la cruelle

illusion dans laquelle je vous ai plongé par pure arrogance et par manque de bon sens.

— Je vous le promets, Charles. » Et comme il ne
me quittait pas des yeux, j'ajoutai : « Avant toute autre
chose, vous me magnétiserez et je vous aiderai dans
cette entreprise. Vous pourrez prononcer votre formule
magique… "Inintelligible"… aussi souvent que vous le
voudrez et nous verrons bien ce qui se passera. Vous
avez ma parole d'honneur. »

Il émit un grognement et nous entreprîmes lentement, cahin-caha, de regagner Gad's Hill Place. J'avais
quitté le chalet suisse aux côtés d'un homme d'âge mûr
dévoré de culpabilité, d'énergie créatrice et d'enthousiasme pour la vie. Je m'en retournais en compagnie
d'un infirme mourant.

« Wilkie, murmura-t-il alors que nous approchions
de l'ombre des arbres. Vous ai-je déjà parlé des
cerises ?

— Des cerises ? Non, Charles, je ne crois pas. »
J'écoutais divaguer un vieillard confus, mais je voulais
qu'il continue à avancer, qu'il continue à clopiner.
« Racontez-moi cela.

— Quand j'étais un jeune Londonien difficile, il
y a bien longtemps de cela… c'était probablement
après l'atroce usine de cirage… oui, j'en suis sûr,
après l'usine de cirage. »

Il effleura mon bras. « Rappelez-moi de vous parler
un jour de l'usine de cirage, mon cher Wilkie. Je n'ai
jamais dit à personne la vérité à propos de l'usine de
cirage de mon enfance. Ce fut pourtant la chose la
plus horrible que… » Il parut perdre le fil.

« Je vous promets de vous le demander un jour,
Charles. Vous parliez de cerises ? »

L'ombre des arbres fut la bienvenue. Je continuai à marcher. Dickens continua à boitiller.

« Des cerises ? Ah oui… Quand j'étais un jeune Londonien plutôt difficile, il y a bien longtemps de cela, je me promenais un jour sur le Strand derrière un ouvrier qui portait sur ses épaules un enfant assez laid, affublé d'une grosse tête. J'ai supposé que le petit garçon était le fils de l'ouvrier. J'avais dépensé mes derniers sous ou presque pour m'acheter un gros sachet de cerises bien mûres, voyez-vous…

— Ah », fis-je, me demandant si Dickens n'était pas victime d'une insolation. Ou d'une attaque cérébrale.

« Oui, des cerises, mon cher Wilkie. Mais la chose délicieuse, voyez-vous, était que cet enfant s'est retourné pour me jeter un regard particulier… un regard particulier, tout à fait singulier… et j'ai commencé à fourrer des cerises dans la bouche du garçon, l'une après l'autre, et l'enfant à grosse tête crachait les noyaux presque en silence. Son père n'a rien entendu, il ne s'est pas retourné. Il n'a rien remarqué. Je crois bien que j'ai donné à ce petit à grosse tête toutes mes cerises – jusqu'à la dernière. Puis l'ouvrier, ayant toujours le petit sur les épaules, a pris à gauche à une intersection et j'ai continué tout droit. Le père n'a rien su de ce qui s'était passé. Je n'en étais que plus pauvre qu'avant – en cerises, du moins –, mais le petit à grosse tête s'en est trouvé plus gras et plus heureux.

— Tout à fait captivant, Charles », commentai-je.

Dickens essaya d'accélérer l'allure, mais son pied ne pouvait plus du tout le porter désormais. Il était obligé de s'appuyer de tout son poids sur sa canne à chaque pas, plus douloureux les uns que les autres. « Il m'arrive de penser, mon cher Wilkie, que toute ma carrière d'écrivain n'a été que le prolongement de ces minutes passées à fourrer des cerises dans la bouche de ce petit garçon à grosse tête juché sur les épaules de son père. Comprenez-vous ce que je veux dire ?

— Bien sûr, Charles.

— Vous me promettez d'accepter que je vous magnétise et vous délivre ainsi des suggestions mesmériennes que je vous ai infligées cruellement ? demandat-il soudain avec brusquerie. Mercredi soir, le 8 juin ? J'ai votre parole ?

— Ma parole d'honneur, Charles. »

Lorsque nous atteignîmes le ruisseau et son petit pont en arche, je sifflotais la mélodie que j'avais entendue en rêve.

49.

Je terminai mon roman *Mari et Femme* le mercredi 8 juin 1870 en début d'après-midi.

J'expliquai à George et à Besse – qui, au demeurant, ne resteraient plus bien longtemps à mon service – que j'avais du sommeil à rattraper et besoin d'un calme absolu, et je leur demandai de quitter la maison pendant vingt-quatre heures. Ils n'avaient qu'à aller rendre visite à qui ils voudraient.

Carrie était partie pour la semaine, en voyage avec les Ward.

J'adressai un message à mon rédacteur en chef du *Cassell's Magazine* et un autre à mon futur éditeur, F. S. Ellis, pour leur annoncer l'achèvement du manuscrit.

J'envoyai une note à Dickens pour lui faire savoir que j'avais fini mon livre et lui rappeler notre rendez-vous du lendemain, dans l'après-midi du 9 juin. Nous n'avions pas rendez-vous le 9 juin, évidemment – notre rencontre était fixée au 8 juin dans la soirée –, mais je savais que cette missive n'arriverait pas avant le lendemain matin, ce qui me fournissait ce que nous appelons, nous, anciens étudiants en droit, d'un nom latin – un « alibi ». J'adressai également des lettres amicales aux Lehmann, aux Beard et à d'autres, me vantant d'avoir mis un point final à *Mari et Femme* et ajoutant que – après une longue nuit de sommeil bienvenu et bien mérité – j'avais l'intention de célébrer cette heureuse conclusion par une visite à Gad's Hill Place le lendemain après-midi, le 9.

Tard dans l'après-midi, endossant une tenue de voyage noire avec une cape et un grand capuchon rejeté en arrière, je pris une voiture de louage pour me rendre à Gad's Hill et la rangeai sous les vieux arbres proches de l'Auberge de Falstaff, à l'instant où le soleil se couchait et où l'obscurité étirait ses doigts depuis la forêt qui s'étend derrière cet établissement.

Je n'avais pas réussi à trouver de matelot hindou prêt à quitter l'Angleterre (pour n'y jamais revenir) dix jours plus tard. Pas plus que de marin allemand, américain ou même anglais pour me servir de cocher. Et je n'avais pas trouvé la voiture noire de mes fantasmagories nourries d'opium et de morphine. Je pris donc moi-même les rênes ce soir-là – j'avais peu d'expérience de la conduite et parcourus la route de Gad's Hill à une allure bien plus posée que mon véloce cocher hindou de fantaisie. De surcroît, le véhicule que j'avais loué était une minuscule voiture ouverte à peine plus grande que la charrette tirée par un poney dans laquelle Dickens avait coutume de venir me chercher.

J'avais cependant posé la petite lanterne sourde derrière moi, sous l'unique siège, et fourré le pistolet d'Hatchery – les quatre cartouches neuves bien en place – dans la poche de ma veste, à côté du sac de toile destiné à contenir les objets métalliques, exactement comme je l'avais prévu. En vérité, il était bien plus raisonnable de partir seul : aucun cocher, hindou ou autre, ne pourrait me faire chanter.

La soirée n'était pas non plus la nuit de juin idéale que j'avais imaginée.

Il plut beaucoup pendant ce trajet éreintant. Entre les averses et les éclaboussures projetées jusqu'au siège du cocher ridiculement bas de cette voiture miniature, j'étais trempé jusqu'aux os en arrivant à l'Auberge de Falstaff, juste après le coucher du soleil. Et ce coucher de soleil lui-même tenait plus de l'écho gris, souillé et aqueux de la journée que de la magnifique scène que je m'étais représentée en esprit.

Je rangeai la voiture bancale tirée par un unique cheval (décrépit) aussi avant que possible sous les arbres, du côté de l'auberge, mais les rafales chargées de pluie achevèrent de me mouiller et, lorsqu'elles cessèrent, ce furent les branches qui gouttèrent sur moi. Le plancher exigu de la voiture était couvert de flaques.

Dickens n'arrivait pas.

Nous nous étions donné rendez-vous trente minutes après le coucher du soleil (Dickens était excusable de n'en avoir pas remarqué l'instant exact au milieu de cette grisaille nuageuse), mais, une heure plus tard, il n'y avait toujours aucun signe de lui.

Peut-être, me dis-je, ne distinguait-il pas ma voiture sombre, mon cheval noir et dégoulinant, pas plus que ma propre silhouette noire et trempée dans l'obscurité des arbres. Je décidai d'allumer une des lanternes sur le côté de la voiture.

Il n'y avait aucun fanal, ni sur le flanc ni à l'arrière de cette voiture bon marché. J'envisageai de me servir de la lanterne sourde et de la poser sur le siège, à côté de moi. Dickens pourrait ainsi me voir depuis chez lui ou depuis le jardin devant sa maison, mais, songeai-je, tous ceux qui se rendaient à l'Auberge de Falstaff ou en repartaient, ou même les simples passants sur la grand-route, pourraient en faire autant.

Je songeai à entrer dans l'auberge, à commander un rhum chaud au beurre et à envoyer un garçon à Gad's Hill Place avertir Dickens que je l'attendais.

Ne sois pas idiot, protestèrent le juriste de formation et l'auteur d'ouvrages de mystère qui cohabitaient en moi. Et une fois encore, le mot étrange mais l'indispensable concept résonnèrent dans mon esprit – *alibi*.

Quatre-vingt-dix minutes après le coucher du soleil, il n'y avait toujours pas trace de Charles Dickens, l'homme de cinquante-huit ans le plus ponctuel peut-être de toute l'Angleterre. Il était presque dix heures. Si nous ne partions pas rapidement pour Rochester, toute notre expédition serait compromise.

J'attachai le cheval somnolent à une branche, vérifiai que ce qui prétendait passer pour un frein de voiture était serré, et traversai la haie en direction du chalet suisse de Dickens. Chaque fois que le vent nocturne et glacé se levait, le pin et les arbres à feuillage caduc déversaient sur moi de nouveaux Niagara.

J'avais vu trois voitures au moins s'engager dans l'allée de Dickens au cours des quatre-vingt-dix minutes qui venaient de s'écouler, et deux s'y trouvaient encore. Se pouvait-il que Dickens ait oublié – ou décidé d'ignorer – notre rencontre ? (Pendant un instant, j'eus la conviction réfrigérante que mon faux message lui rappelant notre rendez-vous du *lendemain* avait été livré par je ne sais quel prodige à Gad's Hill dès cet après-midi. Je me rappelai ensuite que je l'avais délibérément envoyé tard dans la journée. Aucun courrier postal de l'histoire de l'Angleterre n'aurait pu transmettre ce message avec une telle célérité ; en vérité, seul un chef-d'œuvre de compétence tout à fait inhabituel aurait pu faire parvenir ce rappel à Gad's Hill Place avant vendredi en fin de journée – or nous étions mercredi soir.)

J'effleurai le pistolet qui se trouvait dans ma poche extérieure et décidai de m'approcher de la maison par le tunnel.

Que ferais-je si, jetant un coup d'œil par une des fenêtres du nouveau jardin d'hiver à l'arrière de la maison (ajouté ce même printemps, pour le plus grand agrément de Dickens), j'apercevais l'Inimitable encore assis à la table de sa salle à manger ? Ou en train de lire un livre ?

Je gratterais à la vitre du jardin d'hiver, lui ferais signe de sortir et l'enlèverais sous la menace de mon arme. C'était très simple. Nous en étions effectivement arrivés à ce point.

À condition que Georgina et tous ceux qui dépendaient de l'aide et des revenus de Dickens comme des lamproies accrochées au corps d'un gros poisson ne soient pas dans les parages. (J'étais bien obligé d'inclure mon frère Charles dans ce groupe de poissons métaphoriques.)

Il faisait *très* sombre dans le tunnel et il y régnait le fumet de toutes les créatures sauvages qui avaient dû y vider leurs entrailles. J'avais l'impression d'être l'une d'elles, cette nuit, et trempé comme je l'étais, je ne pouvais m'empêcher de frissonner.

Émergeant du tunnel, j'évitai le gravier sonore de l'allée principale et franchis la haie basse pour pénétrer dans le jardin de devant. Je distinguais à présent trois voitures agglutinées dans le demi-cercle devant la maison – mais il faisait trop sombre pour que je puisse les identifier. Un des chevaux leva soudain la tête et s'ébroua comme s'il avait humé mon odeur. Je me demandai s'il sentait le prédateur.

Me dirigeant vers la droite, je me hissai sur la pointe des pieds pour regarder par-dessus les haies et les cèdres taillés bas dans l'espoir de distinguer quelque chose entre les rideaux blancs. Les bow-windows du bureau de Dickens étaient plongés dans les ténèbres, mais c'était apparemment la seule pièce de la maison à n'être pas éclairée. J'aperçus la tête d'une femme – Georgina ? Mamie ? Katey ? – qui passait devant une des fenêtres de la façade. Se déplaçait-elle effectivement avec hâte, ou cette impression n'était-elle que le fruit de mes nerfs à vif ?

Je reculai de quelques pas pour mieux voir les fenêtres éclairées de l'étage et sortis le lourd pistolet de ma poche.

La balle d'un assassin anonyme traversant la vitre, assassinant le plus célèbre auteur de tous les... Quelle sottise m'apprêtais-je à faire ? Dickens ne devait pas seulement mourir ; il devait *disparaître*. Sans laisser de trace. Cette nuit. Ce serait chose faite dès qu'il franchirait ce seuil, se rappelant tardivement notre rendez-vous. J'en fis serment non seulement à Dieu, mais à toutes les divinités des Terres Noires.

Soudain, je me sentis happé par plusieurs mains, tiré, porté, traîné sur les talons, loin de la maison.

Cette phrase ne rend absolument pas compte de la violence infligée à ma personne en cet instant. C'étaient les mains de plusieurs hommes, et elles étaient *robustes*. Les individus auxquels appartenaient ces mains grossières ne faisaient preuve d'aucun égard pour mon bien-être, me faisant passer sans ménagement de l'autre côté d'une haie, de l'autre côté des branches basses d'un arbre avant de me projeter sur les pierres et sur les tiges acérées d'un massif compact de géraniums.

Les géraniums écarlates de Dickens. Les fleurs de sang. La corolle d'un coup de feu s'épanouissant sur le champ blanc d'une chemise de soirée. Le géranium rouge de l'Assassinat de Nancy lorsque Bill Sikes lui défonce le crâne.

Mes cauchemars avaient été des prémonitions, alimentées peut-être par l'opium qui nourrissait également ma créativité quand tout le reste était impuissant.

Je cherchai à me relever, mais des mains puissantes me firent retomber dans la boue et le terreau. Trois visages blancs flottèrent au-dessus de moi à la lueur d'un croissant de lune qui se glissait entre les nuages courant dans le ciel.

Semblant confirmer ma prescience, le visage d'Edmund Dickenson s'interposa dans mon champ de vision, à un pas de *mon* visage. Ses dents avaient effectivement été effilées en minuscules poignards blancs. « Tout doux, Monsieur Collinsss. Tout doux. Pas de feux d'artifice cette nuit, Monsssieur. Pas cette nuit. »

Comme pour expliquer cette phrase énigmatique, d'autres mains puissantes retirèrent le pistolet de ma main crispée. J'avais oublié que je le tenais.

Le visage de Reginald Barris remplaça celui de Dickenson. L'homme robuste souriait ou grimaçait horriblement – je ne voyais pas la différence –, mais je me rendis compte que les brèches de sa denture que j'avais remarquées la dernière fois que je l'avais vu dans cette ruelle étroite n'étaient pas dues à un manque de soin. Barris s'était lui aussi limé les dents en pointes. « C'est notre nuit, Monsieur Collinsssss », siffla le visage blafard.

Je me débattais vainement. Quand je relevai les yeux, le visage de Drood flottait au-dessus de moi.

J'emploie le mot « flottait » à dessein. *Toute* la personne de Drood semblait flotter au-dessus de moi, ses bras tendus comme ceux d'un homme qui pénètre dans l'eau profonde, son visage incliné vers moi, son corps vêtu d'une cape noire qui lévitait sur d'invisibles courants et planait parallèlement au mien à un mètre et demi ou deux au-dessus de la Terre.

L'emplacement habituel des paupières et des narines était d'un rouge si vif qu'on aurait cru qu'elles avaient été tranchées au scalpel quelques minutes auparavant seulement. J'avais presque oublié la façon dont la longue langue de la créature droodienne jaillissait de sa bouche et y disparaissait comme celle d'un lézard.

« Vous ne pouvez pas tuer Dickens ! haletai-je. *Vous* ne pouvez pas tuer Dickens. C'est moi qui dois…

— Chchchutttt », fit le visage-crâne blanc qui planait, ondoyait, s'étirait. L'haleine de Drood était chargée de la pestilence de la poussière tombale et de l'odeur douceâtre d'égout émanant de créatures mortes, boursouflées, flottant dans un fleuve de la Ville-du-Dessous. Ses yeux écarquillés étaient bordés et injectés de sang. « Chchchuttt, doucement, reprit Drood comme pour apaiser un enfant démon. C'est l'âme de Charles Dickensss que nous emportons cette nuit. Vous pouvez garder ce qui ressstera, Monsieur Willy Wilkie Collinsss. Ce qui ressstera est à vous. »

J'ouvris la bouche pour hurler, mais, à cet instant, le Drood voltigeant sortit de la poche de sa cape d'opéra un mouchoir de soie noire embaumé et le posa sur mon visage convulsé.

50.

Je fus réveillé en fin de matinée par Carrie, la fille de Caroline. Elle était pourtant censée – comme je l'ai déjà mentionné – avoir quitté la ville en compagnie des Ward, la famille chez qui elle était gouvernante. Elle sanglotait tout en frappant inlassablement à la porte de ma chambre. Comme je ne répondais pas, elle entra.

Hébété, je m'assis dans mon lit et remontai mes couvertures. Dans mon état de demi-sommeil, la seule hypothèse qui me traversa l'esprit était que Carrie était rentrée plus tôt que prévu et avait déniché la boîte fermée à clé rangée dans le tiroir du bas, fermé à clé lui aussi, de la commode où je conservais les lettres de sa mère. Le message le plus récent de Caroline – reçu et lu trois jours plus tôt seulement – relatait qu'elle avait protesté à la suite d'une des beuveries nocturnes de son mari Joseph et de ses amis sportifs et n'avait repris connaissance que le lendemain, enfermée à la cave, avec un œil poché et le sentiment lancinant d'avoir été violée par plusieurs hommes.

Mais tel n'était pas le motif des pleurs de Carrie.

« Wilkie, Mr Dickens... Charles Dickens, votre ami... il est mort ! »

Carrie m'expliqua à travers ses larmes que ses patrons, mes amis Edward et Henrietta Ward, transitaient par Bristol quand ils avaient appris le décès de Dickens par un ami qu'ils avaient rencontré à la gare. Ils avaient immédiatement fait demi-tour et étaient rentrés en ville afin que Carrie puisse être à mes côtés dans cette épreuve.

« Quand… quand je pense… au nombre de fois où Mr Dickens… s'est assis à notre ta… table… quand Mère vivait ici… », bégayait Carrie.

Je frottai mes yeux douloureux. « Sois une bonne fille, veux-tu, dis-je enfin. Descends demander à Besse de préparer du café et un petit déjeuner tardif.

— George et Besse sont sortis. J'ai dû utiliser la clé que nous cachons dans la charmille pour entrer.

— Ah, oui, opinai-je, me frictionnant toujours le visage. Je leur ai donné leur soirée d'hier et la journée d'aujourd'hui… pour pouvoir dormir. J'ai terminé mon livre hier, Carrie. »

La nouvelle ne sembla guère l'impressionner, et elle ne fit aucun commentaire. Elle s'était remise à pleurer. Je n'avais pourtant aucune idée des raisons pour lesquelles l'annonce de la disparition d'un vieux monsieur qui n'avait plus mis les pieds à la maison depuis des mois et l'avait surnommée « le Maître d'hôtel » pendant des années la touchait d'aussi près. « Dans ce cas, va jusqu'au coin de la rue et ramène la cuisinière, repris-je. Mais sois gentille, fais chauffer le café et le thé avant, s'il te plaît. Et ho ! Carrie, passe chez le marchand de journaux derrière la place et rapporte tous les quotidiens que tu pourras trouver. Fais vite ! »

Quand elle fut partie, je repoussai mes couvertures et baissai les yeux. Carrie n'avait apparemment rien remarqué à travers ses larmes, mais j'étais vêtu d'une chemise blanche et d'un pantalon souillés au lieu d'être en pyjama. Mes souliers étaient encore lacés et les draps étaient maculés d'une boue dont l'aspect – et l'odeur – n'évoquait que trop des excréments.

Je me levai pour aller prendre un bain et me changer avant le retour de Carrie.

Au fil de la journée, des bribes d'informations de plus en plus nombreuses et dignes de foi commencèrent à se mettre en place.

Après avoir entamé la matinée du 8 juin en prenant son petit déjeuner et en bavardant avec Georgina, Dickens avait dérogé à ses règles coutumières et à ses habitudes de travail en passant toute la journée au chalet, ne regagnant la maison que vers une heure pour le déjeuner avant de rejoindre son aire pour continuer d'écrire jusqu'à une heure avancée de l'après-midi.

J'ai vu plus tard la dernière page du *Mystère d'Edwin Drood* qu'il avait rédigée ce jour-là. Les lignes présentaient moins de corrections et de ratures que les feuillets habituels du premier jet de Charles Dickens. Elles contenaient ce passage, description évidente d'un matin radieux à Rochester, très comparable aux heures plaisantes qu'il venait de vivre à Gad's Hill. La page commençait par *Un soleil éclatant brille sur la vieille cité*, et se poursuivait ainsi :

Les jeux d'une lumière radieuse, qui changent avec le mouvement des branches, les chants des oiseaux, les parfums qui s'exhalent des jardins, des bois et des champs – ou plutôt de cet immense jardin qu'est toute l'Angleterre cultivée à cette époque de *la récolte –, tout cela pénètre dans la cathédrale, triomphant de son odeur terreuse et prêchant la résurrection et la vie. Les froides tombes de pierre, vieilles de plusieurs siècles, se réchauffent, le soleil lance des points lumineux sur le marbre, jusque dans les coins les plus austères de l'édifice, où ils palpitent comme des ailes*.*

Les derniers mots du *Mystère d'Edwin Drood*, les derniers que sa plume ait tracés cet après-midi-là, étaient *« puis il se met à manger de bon appétit* »*.

Dickens quitta le chalet tardivement et passa dans son bureau avant le dîner. Là, il écrivit deux lettres (selon Katey, qui en parla, bien plus tard, à mon frère, lequel m'en informa par la suite) – l'une adressée à Charles Kent à qui Dickens annonçait qu'il serait à Londres le lendemain (le 9 juin) et qu'il souhaitait le voir à trois heures de l'après-midi. Il ajoutait pourtant : *« Si je ne peux y être – ma foi, je n'y serai pas. »*

L'autre lettre était adressée à un ecclésiastique, et c'était dans cette missive que l'Inimitable citait l'avertissement de frère Laurent à Roméo – *« Ces violentes joies ont de violentes fins* »*.

Puis Dickens alla dîner.

Georgina déclara plus tard à mon frère qu'au moment même où ils prenaient place à table, elle avait levé les yeux vers lui, en face d'elle, et avait été affolée par l'expression qu'affichait le visage de l'Inimitable.

« Êtes-vous souffrant, Charles ? avait-elle demandé.

— Oui, très souffrant. Je me sens… mal… depuis une heure. »

Georgina voulut envoyer immédiatement chercher

un médecin, mais Dickens lui fit signe de se rasseoir et insista pour qu'ils poursuivent leur repas. « Il faut manger, dit-il d'un air distrait, car je dois partir tout de suite après le dîner. Il faut que j'aille… à Londres… sur-le-champ. Après le dîner. J'ai… un… rendez-vous demain, aujourd'hui, ce soir. »

Il fut soudain pris de convulsions, comme s'il était en proie à une violente attaque. Selon la description que Georgina en donna à Katey, on aurait cru qu'« un esprit cherchait à s'introduire dans son corps et [que] ce pauvre Charles essayait de résister à cette possession ».

Dickens prononçait des paroles qui n'avaient aucun sens pour Georgina. Il s'écria soudain : « Il faut que j'aille à Londres *tout de suite* ! » et repoussa sa chaise recouverte de damas pourpre.

Il se leva, mais serait tombé si Georgina ne s'était pas précipitée pour le retenir. « Venez au salon, lui dit-elle, terrifiée par son teint cendreux et son expression hagarde. Venez vous allonger. »

Elle voulut l'aider à rejoindre un sofa, mais il était incapable de marcher et son corps se fit rapidement de plus en plus pesant entre ses bras. C'était la première fois, avoua-t-elle plus tard à Katey, qu'elle comprenait vraiment le sens de l'expression « poids mort ».

Georgina renonça à l'allonger sur un canapé et l'aida à se coucher doucement par terre. Il posa alors les deux paumes sur le tapis, s'affaissa lourdement du côté gauche et murmura d'une voix très faible : « Oui. Par terre. » Puis il perdit connaissance.

À cette heure-là, j'avais laissé derrière moi la circulation londonienne sur la route de Gad's Hill et je maudissais la pluie. Il ne pleuvait pas là-bas. Pas encore.

Si je m'étais déjà trouvé à l'ombre des arbres où j'attendrais bientôt, j'aurais vu un des jeunes domestiques (peut-être Smythe ou Gowen, les gondoliers-jardiniers à en croire Dickens) monté sur Newman Noggs, le poney qui m'avait si souvent conduit en trottinant de la gare à la maison, filant au triple galop pour aller prévenir le médecin local.

Le docteur Steele arriva à dix-huit heures trente, bien avant que j'atteigne Gad's Hill, et trouva Dickens « allongé sur le sol de la salle à manger, victime d'une attaque ».

D'autres domestiques portèrent un long canapé jusque dans la salle à manger, et Mr Steele surveilla le transfert de l'auteur, toujours inconscient mais en proie à des crispations nerveuses. Puis Steele administra à son patient des clystères et d'« autres remèdes », sans effet.

Pendant ce temps, Georgina avait lancé une salve de télégrammes comme un vaisseau de guerre à trois ponts tirant des bordées. L'un était adressé à Frank Beard qui prit la route immédiatement et arriva tard dans la soirée, peut-être au moment même où j'étais emmené – aussi inconscient que Dickens – dans ma propre voiture de louage.

Je me demandai alors, et je me demande toujours aujourd'hui, qui me conduisit en ville cette nuit-là, qui fouilla dans mes poches pour trouver la clé de ma maison, qui me porta jusqu'à mon lit et m'y borda. Ce n'était pas Drood, évidemment. Dickenson ? Reginald Barris-Field ? Quelque autre laquais mort vivant que je n'avais même pas aperçu lorsque je m'étais fait agresser dans le noir ?

En tout cas, on ne m'avait rien volé. Je trouvai même mon pistolet – celui d'Hatchery – contenant toujours les quatre dernières cartouches, enfermé dans le tiroir où je le rangeais toujours.

Comment avaient-ils su où je le mettais ?

Et qu'était devenue, me demandai-je, ma voiture de location ? Mon imagination fertile de romancier elle-même avait peine à se représenter un des monstres en cape d'opéra noire qui servaient d'assistants à Drood la ramener au centre de louage de Cripplegate où je l'avais prise. Je m'étais évidemment rendu loin de chez moi et avais utilisé un faux nom pour cette transaction – le nom d'emprunt préféré de Dickens, en réalité, « Charles Tringham » –, mais la perte de la caution tombait fort mal pour moi, financièrement. De surcroît, cette petite voiture avait été bien médiocre.

Je n'ai jamais retrouvé la lanterne sourde non plus.

Quand Kate Dickens, mon frère Charles et tous ceux qui avaient été appelés par le tir de barrage télégraphique de Georgina arrivèrent très tard dans la nuit, Dickens gisait toujours sur le sofa, inconscient, incapable de réagir à leurs questions ou à leur contact. (Les trois voitures que j'avais aperçues dans l'allée ne représentaient que l'avant-garde de l'armée d'invasion.)

Tout au long de cette interminable nuit – ou, plus exactement, de cette courte nuit, car le solstice d'été était proche –, tout au long donc de cette courte nuit, sa famille, Beard et mon frère se relayèrent au chevet de l'Inimitable pour lui tenir la main et glisser des briques chaudes sous ses pieds.

« Dès minuit, me raconta plus tard mon frère, les mains et les pieds de Dickens étaient devenus les appendices glacés d'un cadavre. »

Le lendemain matin de bonne heure, le fils de Dickens télégraphia à un médecin londonien plus célèbre, Russell Reynolds, lequel quitta Londres sur-le-champ par le premier express dès qu'il lut le nom de « Dickens ». Il arriva à Gad's Hill alors que le soleil printanier se levait. Mais le diagnostic du docteur Russell Reynolds fut identique à ceux du docteur Steele et de Frank Beard – l'écrivain avait été victime d'une « attaque paralysante » massive, et l'on ne pouvait rien faire pour lui.

Kate fut dépêchée à Londres pour annoncer la nouvelle à sa mère et la préparer au pire. Aucun de ceux avec qui j'ai parlé n'a jamais relevé ni relaté la réaction de Catherine Dickens, l'épouse bannie de l'Inimitable, qui avait partagé sa vie pendant vingt-deux ans et avait été la mère de ses dix enfants. Je suis certain que Dickens lui-même ne s'en serait ni soucié ni enquis.

Ellen Ternan arriva en début d'après-midi, à peu près au moment du retour de Katey.

Un peu plus tôt au cours du même printemps, comme j'étais venu lui rendre visite lors d'une brève interruption de ses lectures, Dickens m'avait fait visiter le jardin d'hiver qu'il venait de faire construire et qui ouvrait sur la salle à manger. Il m'avait fait remarquer qu'il laissait pénétrer la lumière du soleil et le clair de lune dans des pièces plutôt sombres auparavant et avait ajouté – chose apparemment capitale pour lui, tandis qu'il me présentait cet aménagement avec le ravissement d'un petit garçon faisant la démonstration d'un nouveau jouet à un ami – que la maison en serait toute baignée du parfum mêlé de ses fleurs préférées. Les géraniums écarlates omniprésents (la fleur qu'il avait portée à son revers pendant ses lectures chaque fois qu'il le pouvait) ne répandaient pas vraiment d'odeur, mais les feuilles et les tiges exhalaient une senteur terreuse et musquée, à l'instar des pieds de lobélies bleues. Le neuvième jour de juin était radieux et plein de douceur, et toutes les fenêtres de Gad's Hill Place étaient grandes ouvertes, comme pour inciter à l'évasion l'âme encore prisonnière du corps gisant sur le sofa, à l'endroit où la salle à manger donnait sur les plantes vertes et les fleurs cramoisies du jardin d'hiver.

Mais, ce jour-là, c'était le parfum des seringats qui dominait. Il aurait certainement inspiré un commentaire à Dickens s'il était été conscient et avait pu continuer à procéder à l'assassinat d'Edwin Drood. Les choses étant ce qu'elles étaient, son fils Charley – qui passa l'essentiel de la journée assis avec sa sœur Kate au-dehors, sur les marches, là où l'odeur des seringats était la plus entêtante – ne supporta plus jamais le voisinage de cette fleur.

Comme s'il inhalait profondément le parfum que son fils abhorrerait pour le restant de ses jours, la respiration de Dickens se fit plus bruyante et moins régulière alors que l'après-midi cédait au début de soirée. De l'autre côté de la route – où les véhicules passaient, ignorant tout du drame qui se jouait dans la belle et paisible demeure –, les ombres des cèdres jumeaux tombaient sur le chalet suisse où aucune page n'avait été écrite ce jour-là. (Et où aucune page ne serait plus jamais écrite.)

À l'intérieur de la maison, personne, semble-t-il, ne s'offusqua de voir Ellen Ternan prendre et serrer la main de l'homme inconscient. Vers six heures du soir, le souffle de Dickens s'affaiblit. Chose embarrassante – elle l'eût été pour moi, du moins, si j'avais été présent –, l'Inimitable privé de connaissance se mit à émettre des bruits de sanglots. Ses yeux restèrent clos et il ne répondit pas à la pression de la main d'Ellen, cette main qui balançait entre espoir et désespoir, mais environ dix minutes après six heures, une larme unique jaillit de son œil droit et ruissela sur sa joue.

Puis il rendit l'âme.

Charles Dickens était mort.

Mon ami, mon ennemi, mon rival et mon collaborateur, mon mentor et mon bourreau, avait vécu précisément quatre mois et deux jours au-delà de son cinquante-huitième anniversaire.

C'était, faut-il le rappeler, presque à l'heure près, le cinquième anniversaire de l'accident de chemin de fer de Staplehurst et de sa première rencontre avec Drood.

51.

Ceux qui me connaissaient à l'époque échangèrent des commentaires sur la relative froideur de ma réaction au trépas de Dickens.

Par exemple, bien que la dégradation de mes relations avec Dickens fût de notoriété publique, j'avais récemment suggéré à mon éditeur William Tindell d'annoncer la publication de *Mari et Femme* en insérant une bande de papier de couleur dans le numéro de juillet d'*Edwin Drood* qui sortait alors en feuilleton. J'avais ajouté en post-scriptum : « *Les tirages de Dickens sont importants et ne sont pas sans influence... S'il est nécessaire d'exercer une pression personnelle, je peux m'en charger.* »

Tindell avait répondu le 7 juin, la veille de l'attaque de Dickens, qu'il n'était pas favorable à cette idée.

Le 9 juin, je lui écrivis (un message que je postai le 10 juin) :

Vous avez tout à fait raison. De surcroît, il est décédé depuis que j'ai reçu votre lettre. J'ai terminé Mari et femme *hier – me suis endormi d'épuise-*

ment – et ai appris la nouvelle de la mort de Dic-
kens à mon réveil.
La réclame dans les Gares est une excellente idée.

En une autre occasion, mon frère me montra un croquis à la mine de plomb réalisé par John Everett Millais le 10 juin. Comme le voulait la tradition de notre temps lors du trépas de Grands Hommes (je suppose que c'est encore le cas à *ton* époque, Cher Lecteur), la famille avait appelé en toute hâte un artiste (Millais) et un sculpteur (Thomas Woolner) pour immortaliser le visage de Dickens tant que son cadavre se trouvait sur place. Le dessin de Millais que Charley me fit voir aussi bien que le masque mortuaire réalisé par Woolner (d'après ce que m'en dit mon frère) présentaient un visage rajeuni par le lent effacement des profondes rides et sillons dus aux soucis et à la souffrance. Sur le dessin de Millais, on voit le large bandage ou la serviette de toilette tradi-tionnel noué sous le menton de Dickens pour éviter que sa mâchoire ne s'affaisse.

« N'a-t-il pas l'air calme et digne ? me demanda Charley. Ne le croirait-on pas simplement endormi – comme pendant l'une de ses courtes siestes –, prêt à se réveiller et à bondir sur ses pieds avec son énergie caractéristique pour se remettre à écrire ?

— Il a l'air mort, répliquai-je. Raide mort. »

Comme je l'avais prédit, une campagne nationale – non, quasi *mondiale* – fut lancée avant même que la rigidité cadavérique n'ait relâché son étreinte pour réclamer à cor et à cri que Dickens fût enterré à l'ab-baye de Westminster.

Le *Times* de Londres, qui s'était si longtemps opposé à Dickens et avait critiqué toutes les suggestions politiques et tous les projets de réforme que l'Inimitable avait pu faire en public (sans parler d'un autre organe de presse qui avait dénigré avec mépris presque tous ses derniers romans), publia un éditorial dithyrambique, en gros caractères, qui disait ceci :

Hommes d'État, hommes de science, philanthropes, bienfaiteurs reconnus du genre humain, ils passeront tous, sans laisser le vide que provoquera la mort de Dickens… De fait, il n'est pas un homme par siècle qui atteigne une telle position. Il faut une extraordinaire association de qualités intellectuelles et morales… pour que le monde consente à introniser un homme et à en faire son favori inexpugnable et durable. Telle est pourtant la position que Mr Dickens a occupée auprès du public anglais et américain également pendant un tiers de siècle… L'abbaye de Westminster est le lieu de repos réservé aux génies littéraires anglais ; or parmi ceux dont la poussière sacrée a été déposée en ce lieu, ou dont les noms ont été inscrits sur ses murs, fort peu sont plus dignes d'une telle demeure que Charles Dickens. Et moins nombreux encore, selon nous, sont ceux qui seront considérés avec plus de respect le temps passant, alors que sa grandeur ne cessera de s'accroître à nos yeux.

Quels gémissements j'ai poussés en lisant ces lignes ! Et comme Charles Dickens aurait hurlé de rire s'il avait pu voir son vieil adversaire journalistique se vautrer de la sorte dans son hypocrisie éditoriale !

Loin d'être sourd à ces clameurs, le doyen de Westminster fit savoir aux proches Dickens qu'il était « prêt à recevoir toute communication de la famille concernant les obsèques ».

Mais Georgina, Katey, Charley et les autres enfants de Dickens (Harry était rentré précipitamment de Cambridge, arrivant cependant trop tard pour revoir son père vivant) avaient déjà été informés que le petit cimetière situé au pied du château de Westminster était plus que plein et qu'aucune nouvelle inhumation ne pouvait s'y faire. Dickens avait, à l'occasion, exprimé le désir d'être enterré à proximité des églises de Cobham ou de Shorne, mais leurs cimetières ne pouvaient pas non plus accueillir de nouvelle sépulture. Si bien qu'après avoir reçu du doyen et du chapitre de Rochester la proposition d'accueillir la dépouille de Dickens à l'intérieur même de la cathédrale – une tombe y avait déjà été préparée dans la chapelle de la Vierge –, la famille de l'Inimitable avait accepté provisoirement cette solution quand la note du doyen Stanley de Westminster lui parvint.

Oh, Cher Lecteur, comment n'aurais-je pas été comblé par la perspective ironique de savoir le cadavre de Dickens enterré pour l'Éternité à quelques mètres à peine de l'endroit où j'avais prévu de glisser son crâne et ses os dans le mur comblé de gravats de la crypte de Rochester ! J'avais encore l'exemplaire de la clé de la crypte que Dradles avait fait faire pour moi ! Je possédais encore la courte barre de fer que Dradles m'avait donnée (ou plus exactement vendue au prix de trois cents livres et d'une rente à vie de cent livres par an) pour que je puisse remettre la pierre du mur en place.

Quel ravissement ! Quelle délectation absolue ! En lisant ces lignes de la lettre matinale que m'avait envoyée Charley, j'en pleurai devant mon petit déjeuner.

C'était malheureusement trop beau pour être vrai. L'avenir en décida autrement.

La chaleur du mois de juin accélérant la décomposition de la dépouille de Dickens restée dans la maison, Forster (un privilège qu'il dut apprécier à sa juste mesure !) et Charley Dickens se rendirent à Londres pour s'entretenir avec le doyen de Westminster.

Ils l'informèrent que, pour répondre à la volonté irréfutable de Dickens, ils se voyaient dans l'obligation d'organiser des funérailles parfaitement intimes et sans publicité ni possibilité d'hommage public, sous quelque forme que ce fût. S'il reconnut la nécessité de respecter à la lettre les vœux du grand homme, le doyen Dean fit néanmoins remarquer qu'il ne fallait pas non plus rester sourd au « désir de la nation ».

C'est ainsi que le projet d'enterrer Charles Dickens dans l'abbaye de Westminster fut maintenu.

Pour ajouter encore à l'amertume de la pilule – une surenchère d'avanies bien trop courante, Cher Lecteur, pendant les deux décennies durant lesquelles j'avais fréquenté Dickens –, un rôle m'avait été attribué dans cette cérémonie prétendument peu cérémonieuse. Le 14 juin, je me rendis à Charing Cross pour attendre le train spécial en provenance de Gad's Hill et « réceptionner » la dépouille mortelle de Charles Dickens. Le cercueil fut déposé, selon les instructions du défunt, sur un corbillard d'une grande sobriété, dépouillé de tout harnachement funéraire (tiré par des chevaux privés de plumets noirs). Il aurait pu s'agir d'un simple fardier à en juger par l'insignifiance du véhicule et de son équipage.

Toujours selon les directives de Dickens, trois voitures seulement furent autorisées à suivre ce corbillard jusqu'à l'abbaye.

Les quatre enfants Dickens qui se trouvaient encore en Angleterre – Charley, Harry, Mary et Katey – occupaient la première.

Dans la deuxième se trouvaient Georgina, Letitia, la sœur de Dickens (qu'il avait largement ignorée de son vivant), l'épouse de son fils Charley ainsi que John Forster (qui aurait indubitablement préféré être dans la *première* voiture, sinon dans le cercueil lui-même, aux côtés de son maître).

Frederic Ouvry, le notaire de Dickens, son médecin toujours loyal (sinon toujours discret) Frank Beard, mon frère Charles et moi prîmes place dans le troisième véhicule.

La cloche de St Stephen's sonnait neuf heures et demie du matin lorsque notre petit cortège atteignit l'entrée de Dean's Yard. Aucune information sur cette inhumation n'avait filtré – petit triomphe de la volonté de l'Inimitable sur les habitudes de la presse – et nous n'avions croisé presque personne le long des rues. L'accès de l'abbaye était interdit au public ce jour-là.

Au moment où nos voitures s'engagèrent dans la cour, toutes les grosses cloches se mirent à carillonner. Avec l'aide de quelques jeunes gens, les vieux amis de Dickens, dont j'étais, firent franchir au cercueil la porte du cloître ouest, longèrent la nef et pénétrèrent dans le transept sud pour rejoindre le Coin des Poètes.

Oh, Cher Lecteur, si ceux qui portaient le cercueil avec moi et les autres membres de notre groupe endeuillé avaient pu lire dans mes pensées au moment où nous déposions cette simple caisse de chêne dans le Coin des Poètes ! Je ne puis que me demander si pareilles obscénités, si jurons aussi extravagants ont jamais résonné, fût-ce en pensée, dans l'abbaye de la cathédrale de Westminster, bien que je doive reconnaître que certains des poètes inhumés en ce lieu auraient certainement été à la hauteur de la tâche, si leurs cerveaux avaient fonctionné au lieu d'être déjà retournés en poussière.

Quelques paroles furent prononcées. Je ne sais plus qui les articula, ni quel en était le contenu. Il n'y eut ni chanteurs ni chorale, mais un organiste invisible joua la Marche funèbre tandis que les membres de l'assistance se détournaient et s'éloignaient l'un derrière l'autre. Je fus le dernier à sortir et restai là, seul, un certain temps. Les vibrations des notes graves de l'orgue immense se prolongeaient jusque dans mes os enfouis dans ma chair corpulente, et je songeai avec amusement que ceux de Dickens vibraient pareillement à l'intérieur de sa boîte.

Je sais bien que tu aurais préféré que ces os soient jetés, dans le plus strict anonymat, à l'intérieur du mur de la crypte favorite des chers vieux bonshommes de Dradles à Rochester, dis-je en pensée à mon ami et ennemi en baissant les yeux vers son cercueil très sobre. Le solide chêne anglais était orné de ces seuls mots : CHARLES DICKENS.

C'est encore trop, songeai-je en me retournant enfin pour m'éloigner et rejoindre les autres dehors, au soleil. *Beaucoup trop. Et ce n'est qu'un début.*

Il faisait très frais sous les hautes voûtes de pierre de l'abbaye et leur obscurité était adaptée aux circonstances. Dehors, le soleil éclatant paraissait cruel par comparaison.

Quelques amis furent autorisés à se recueillir devant la tombe encore ouverte et, plus tard dans la journée, après de nombreuses administrations médicinales de laudanum et quelques-unes de morphine, j'y repassai avec Percy Fitzgerald. Une couronne de roses avait déjà été déposée sur les dalles, au pied du cercueil de Dickens, ainsi qu'une énorme gerbe de fougères d'un vert criard à sa tête.

Dans *Punch*, quelques jours plus tard, une élégie dégoulinante mugissait de douleur :

Il dort comme il lui sied – parmi les grands,
Dans la vieille abbaye ; il dort parmi les rares
géants
De l'Angleterre, dont le destin suprême
Est de reposer avec ses monarques – monarques
eux-mêmes.

Et, songeai-je encore comme je sortais avec Percy dans les ombres du soir et les parfums du jardin de juin, *ce n'est qu'un début.*

Le doyen Stanley avait permis que la tombe reste ouverte pendant quelques jours. Sans perdre de temps, les journaux de l'après-midi annoncèrent la nouvelle à cor et à cri. Ils se jetèrent sur cet événement comme ce bon vieux Sultan se jetait sur tous les hommes en uniforme – tiraillant, déchiquetant, mâchonnant, tiraillant encore.

Au moment où nous repartîmes, Percy et moi, à la fermeture de l'abbaye, un peu après six heures – cinq jours, presque à la minute près, après le moment où

Dickens avait sangloté, versé une unique larme et condescendu à pousser enfin son dernier soupir –, une file silencieuse et solennelle d'un millier de personnes qui n'avaient pas encore pu entrer s'était déjà formée.

La tombe resta ouverte deux jours encore, et pendant ces deux jours, une procession, si longue et si interminable qu'on en aurait vainement cherché le bout, continua à défiler. Des larmes et des fleurs tombèrent par milliers dans le tombeau. Même après que la sépulture eut enfin été refermée et qu'une grande dalle de pierre portant le nom de Dickens eut été posée dessus, mettant théoriquement fin à l'inhumation, les affligés continuèrent à affluer, les fleurs continuèrent à être déposées, les larmes continuèrent à couler pendant des mois. Sa pierre tombale fut bientôt invisible sous un immense tertre de fleurs odorantes et multicolores, et elle le resterait pendant des années.

Et ce n'est qu'un début.

En ce soir du 14 juin, quand je repartis avec Percy – qui sanglotait avec autant de désespoir que la minuscule petite-fille de Dickens, Mekitty, quand elle avait vu son « Wénérables » pleurer sur scène et parler avec des voix étranges au printemps précédent –, je le priai de m'excuser, trouvai un coin désert et solitaire derrière les hautes haies des jardins environnants et me mordis les poings jusqu'au sang pour refouler le cri qui montait en moi.

Et ce n'était qu'un début.

Tard dans la nuit de ce 14 juin, je faisais les cent pas dans ma maison vide.

George et Besse étaient rentrés de leur congé de vingt-quatre heures le 9 juin et je les avais immédiatement renvoyés, leur ordonnant de faire leurs bagages le soir même. Je ne leur avais donné aucune justification et ne leur avais pas remis la moindre lettre de recommandation. Je n'avais pas encore trouvé le temps d'engager leurs successeurs. Carrie devait passer chez moi le lendemain – un mercredi, une semaine après le jour où nous étions convenus de nous retrouver, Dickens et moi, devant l'Auberge de Falstaff –, mais elle ne ferait qu'un saut, avant d'aller rendre sa visite mensuelle à sa mère chez Joseph Clow.

En attendant, j'avais cette immense demeure pour moi. Les seuls bruits qui pénétraient par les fenêtres à guillotine remontées pour laisser pénétrer l'air printanier étaient les grondements occasionnels de la circulation tardive et le frémissement des feuillages lorsqu'une douce brise agitait les branches. Et, au-dessous de ces quelques sons, j'entendais, de temps en temps, le grattement et le raclement – semblables au frottement de brindilles séchées ou de rameaux épineux contre le bois épais – de ce qui restait de la malheureuse Agnes, enfonçant ses griffes dans la porte barricadée de l'escalier de service.

Les deux premiers jours qui avaient suivi la nouvelle de la mort de Dickens, ma goutte rhumatismale s'était apaisée de façon surprenante. Chose plus étonnante encore – et exaltante pour moi –, je ne sentais plus aucun mouvement dans ma boîte crânienne. J'en vins à me convaincre qu'au moment où Dickenson, Barris-Field et Drood lui-même m'avaient, je ne sais comment, fait perdre conscience au milieu des géraniums écarlates du massif de fleurs de Dickens six jours auparavant, Drood avait retiré le scarabée de mon cerveau.

Mais ce jour-là, pendant le transport du cercueil dans le Coin des Poètes, puis en compagnie de Percy, l'ancienne pression, l'ancienne douleur, l'ancienne sarabande derrière mes yeux, et jusqu'au *bruit* du scarabée qui creusait dans mon cerveau, tout était revenu.

Je m'étais administré moi-même trois salutaires injections de morphine en plus de ma dose nocturne habituelle de laudanum et, pourtant, je ne trouvais pas le sommeil. En dépit de la chaleur et des fenêtres ouvertes, je fis une grande flambée dans la cheminée de mon bureau.

Quelque chose à lire... quelque chose à lire !

Je parcourus mes hauts rayonnages dans les deux sens, choisissant tel ou tel livre que je m'étais promis de lire ou de terminer, dont je parcourais une page ou deux, debout à côté de la cheminée, près des bougies posées sur les étagères ou devant la lampe de mon bureau avant de remettre le volume en place.

Cette nuit-là, comme tous les jours et toutes les nuits qui se sont écoulés depuis, la brèche que laissait le dos d'un livre retiré de sa place habituelle sur mes étagères me rappelait la pierre que j'aurais dû sortir du mur de la crypte de Dradles. Combien d'os, de crânes et de squelettes sont jetés dans la béance de ces livres manquants ou jamais écrits ?

Finalement, je descendis des rayonnages le très bel exemplaire à reliure de cuir de *La Maison d'Âpre-Vent* que Dickens m'avait dédicacé et offert deux ans après notre première rencontre.

Je choisis cet ouvrage sans véritable réflexion, parce que, pensé-je aujourd'hui, je l'admirais et le détestais autant que tout autre écrit du défunt.

Je m'étais interdit d'avouer à qui que ce fût, sinon

à une petite poignée de confidents, à quel point je jugeais ridicule l'écriture de Dickens, si vantée, dans ce livre. Ses passages à la première personne – les récits d'« Esther Summerson » – étaient le comble du ridicule.

Comprends-moi bien, Cher Lecteur (si cet ouvrage indigne a survécu jusqu'à ton époque, ce dont je doute fort – alors que je suis convaincu que *La Pierre de lune* survivra et a survécu), examine simplement la métaphore fondamentale que Dickens choisit pour commencer ce livre – ce brouillard ! Il apparaît, il est promu au rang de métaphore centrale et disparaît en rampant pour ne plus jamais être utilisé comme tel.

Quel travail d'amateur ! Quelle pénurie d'élaboration thématique et d'imagination !

Considère encore, Cher Lecteur – comme je le faisais fébrilement la nuit qui avait suivi les obsèques de Dickens, feuilletant les pages avec l'acharnement d'un avocat cherchant un cas de jurisprudence qui lui permettrait de sauver (ou, en l'occurrence, de condamner) son client – à quel point les coïncidences parfaitement invraisemblables de ce livre sont grotesques ! Comment ne pas trouver d'une cruauté indicible le portrait de l'éternel enfant qu'est Harold Skimpole, car nous savions tous à l'époque qu'il avait pris pour modèle de ce personnage notre connaissance commune Leigh Hunt ! Comment ne pas relever l'échec abject de l'élément de mystère qui intervient si tardivement dans le récit et qui est tellement inférieur à tous égards à celui de *La Pierre de lune* ? Comment ne pas s'étonner des jugements changeants et contradictoires sur le visage d'Esther après qu'elle a contracté la petite vérole (Alors quoi, est-elle défigurée oui ou non ? Ici, oui !

Là, point du tout ! Quelle coalition d'incompétence créatrice rivalisant avec la malhonnêteté narrative) ! Et puis... mais observe d'abord ceci !... observe, si tu le veux bien, tout le récit d'Esther Summerson ! Qu'en dis-tu ? Que *peux-tu* en dire – toi, ou tout lecteur honnête prononçant un arrêt ?

Esther commence son récit en se plaçant du point de vue d'une enfant médiocrement éduquée et naïve, comme nous pouvons nous y attendre de la part d'une très jeune fille inculte et candide – elle s'exprime en phrases puériles telles que (je parcourus et déchirai des pages pour trouver ce passage) : « *Ma chère vieille poupée ! J'étais un petit être si timide que j'osais rarement ouvrir la bouche et que je n'osais jamais ouvrir mon cœur, avec personne d'autre... Ah ! ma chère fidèle Poupette, je savais bien que tu allais être là à m'attendre ! * »*

Tu es tout pardonné, Cher Lecteur, si, à la lecture de ces lignes, tu as éprouvé le besoin subit – comme moi – de te précipiter aux cabinets pour vomir.

Mais Dickens a oublié qu'Esther pense et s'exprime ainsi ! Juste après, « Esther » décrit des scènes toutes simples avec des allitérations purement dickensiennes et des assonances qui lui viennent sans aucun effort – « on entendait le tic-tac de la pendule, le cric-crac du feu » – et nous n'avons pas à attendre longtemps avant que cette fille, médiocrement éduquée, ne raconte des pages entières, des chapitres complets avec l'éloquence incantatoire et accablante de Charles Dickens, et du seul Charles Dickens. Quel échec ! Quelle parodie pure et simple !

C'est alors, en cette nuit des funérailles de Dickens – ou plus exactement, le lendemain, car n'avais-je pas entendu, sans y prêter attention, plusieurs heures auparavant, l'horloge au doux tic-tac sonner minuit au-dessus du cric-crac du feu crépitant ? –, tandis que je feuilletais éperdument le volume désormais complètement déchiré en quête de nouvelles munitions dans mes escarmouches (voire ma guerre) destinées à te convaincre, Cher Lecteur (et peut-être à me convaincre moi-même, tout épuisé que j'étais), de la médiocrité longtemps passée sous silence du trépassé de fraîche date, que je tombai sur le passage suivant. Non, ce n'était pas vraiment un passage, en fait, c'était plutôt un fragment... non, un éclat de fragment d'un passage, le genre de choses que Dickens ne cessait de jeter sur le papier sans les réviser ultérieurement, et sans y consacrer d'effort conscient et sérieux sur le moment.

Esther est partie en voyage, vois-tu, pour se rendre à l'auberge de la ville proche du port de Deal où est descendu Richard, le futur mari de sa très chère amie, un jeune homme autour duquel rôdent la Fatalité, le Malheur, l'Obsession et une Tragédie dont il est seul responsable, comme une nuée de corbeaux (ou de busards, chers aux Américains) sur les branches d'un arbre dépouillé de novembre – perchés tout près de lui, pleins d'espoir, attendant inexorablement leur heure, aussi sûrement qu'ils l'ont toujours fait et continuent de le faire autour de moi.

Dickens nous permet de jeter un coup d'œil sur le port, par-dessus l'épaule d'Esther. De nombreuses embarcations s'y trouvent et d'autres encore apparaissent, comme par magie, lorsque le brouillard commence à se lever. Tel Homère dans *L'Iliade*, Dickens énumère brièvement les bateaux qui se présentent aux regards, dont un grand et noble navire des Indes qui en revient à l'instant. L'auteur assiste à ce spectacle – et *nous* le fait voir – au moment précis où *« le soleil se mit à briller à travers les nuages, formant des flaques d'argent sur la mer sombre* »*.

Des flaques d'argent sur la mer sombre.

Des flaques *sur* la mer.

Le seul exercice que je prends, mon unique plaisir, Cher Lecteur, est de remonter la côte en yacht après avoir embauché un équipage chargé de manœuvrer le bateau. C'était précisément au cours d'une de ces excursions que j'avais rencontré Martha R... J'ai vu le soleil sur la mer des milliers de fois, je l'ai décrit dans mes livres et mes récits plusieurs dizaines de fois – des centaines peut-être. J'ai utilisé des mots et des expressions comme « azur », « bleu », « étincelant », « dansant », « gris », « couronné de blanc », « inquiétant », « menaçant » et même « outremer ».

Et j'avais observé ce phénomène du soleil qui forme « des flaques d'argent sur la mer sombre » des dizaines ou des centaines de fois, mais, jamais, je n'avais songé à le consigner dans mes œuvres de fiction, avec ou sans la sonorité rapide, assurée et légèrement estompée des sifflantes que Dickens avait choisies pour sa description.

Et puis, sans prendre le temps de souffler (ni peut-être même de plonger sa plume dans l'encrier), Dickens décrit le brouillard qui se lève au-dessus de l'épaule d'Esther : *« ces navires s'éclairèrent, se nuancèrent, se métamorphosèrent...* »* En cet instant, tandis que mes yeux agités, mus par le scarabée, ne faisaient qu'effleurer ces quelques mots contenus dans ces courtes phrases, je sus que jamais – au grand jamais, dussé-je vivre cent ans et conserver mes facultés jusqu'à l'instant ultime de cette vie et de cette carrière – je ne serais capable de penser et d'écrire ainsi.

Le livre était le style, et le style était l'homme. Et l'homme était – avait été – Charles Dickens.

Et dans le feu qui faisait tic-tac, cric-crac, crépitait et craquetait, je jetai ce satané bouquin, l'exemplaire luxueux de *La Maison d'Âpre-Vent* personnellement dédicacé, relié en plein maroquin et doré sur tranche.

Puis je montai dans ma chambre, j'arrachai mes vêtements. Ils étaient trempés de sueur et, je le jure aujourd'hui encore, je ne sentais pas seulement sur eux, et jusque sur mes sous-vêtements qui collaient à mon corps, la puanteur irrésistiblement douceâtre des fleurs mortuaires, mais aussi la pestilence plus douceâtre encore de la terre du tombeau, entassée à côté du trou creusé – le vide final – qui accueillerait la boîte de chêne qui attendait (qui nous attendait *tous*).

Nu, riant et criant à tue-tête (j'avoue avoir oublié aujourd'hui ce que je criais et pourquoi je riais), je tâtonnai à la recherche de la clé, l'enfonçai maladroitement dans la serrure adéquate et sortis le pistolet d'Hatchery.

Cet objet métallique était plus lourd que d'ordinaire. Les cartouches étaient, comme je te l'ai inlassablement décrit, toujours là, nichées dans leur magasin.

J'armai le chien et appuyai le cercle du canon contre ma tempe moite. Puis je me souvins. Le palais. Le chemin le moins résistant pour accéder au cerveau.

J'entrepris d'enfoncer dans ma bouche le long phallus d'acier, mais j'en fus incapable. Sans me donner la peine de repousser le chien, je jetai l'objet inutile dans mon tiroir à linge. Le coup ne partit pas.

Puis, sans même prendre un bain, sans enfiler mon

pyjama ni mon peignoir, je m'assis devant le petit secrétaire de ma chambre (à côté de l'endroit où l'Autre Wilkie s'installe d'ordinaire pour prendre la dictée sur les divinités des Terres Noires) et j'écrivis une lettre brève, mais parfaitement claire et d'une grande concision. L'écartant dans l'intention de la remettre en main propre – et non de la poster – le lendemain, j'allai enfin prendre un bain, avant de me fourrer au lit et de m'endormir, scarabée grouillant ou non.

Je laissai la porte d'entrée déverrouillée et les fenêtres grandes ouvertes pour les cambrioleurs – en admettant que quelqu'un eût l'audace de cambrioler une maison que le Maître Drood avait honorée de sa visite – et laissai allumés toutes les bougies et les lampes à kérosène, ainsi que le feu qui flambait toujours dans la cheminée, au rez-de-chaussée. Je n'avais même pas pris la peine de remettre en place le pare-étincelles après avoir brûlé *La Maison d'Âpre-Vent*.

Quoi que j'aie pu savoir d'autre en cette nuit du 14 juin 1870, je savais, sans l'ombre d'un doute, que mon destin n'était pas de brûler vif dans une maison en flammes.

52.

Le 4 juillet 1870, le jour où ma petite Marian fêta son premier anniversaire, je terminai mon travail de bonne heure (j'étais en train de réaliser l'adaptation scénique de *Mari et Femme*) et pris le train en début de soirée pour Rochester. J'avais sous le bras un petit oreiller de canapé brodé que Martha avait confectionné à mon intention avant qu'elle ne vienne s'établir à Londres. Des enfants qui occupaient le même compartiment que moi remarquèrent le coussin que je portais avec mon porte-documents de cuir et le montrèrent du doigt en riant – un vieil homme de quarante-six ans et presque sept mois, le crâne chauve, la barbe grisonnante et les yeux défaillants, ne se séparant pas de son oreiller personnel, sans doute pour des raisons physiques bien trop ridicules pour que la jeunesse prenne la peine de s'en enquérir. Je souris et agitai la main dans leur direction en réponse.

À Rochester, je parcourus à pied le kilomètre et demi qui séparait la gare de la cathédrale. L'épisode le plus récent du *Mystère d'Edwin Drood* de Dickens avait été publié, et cette ville, sa cathédrale et son cimetière adjacent – aussi mal déguisés sous les noms de « Cloisterham » et « cathédrale de Cloisterham » que l'était Dick Datchery à l'intérieur des mêmes pages, avec la grande perruque qu'il ne cessait d'oublier qu'il portait – avaient déjà pris pour le lecteur attentif des résonances littéraires et mystérieuses.

Le soleil venait de se coucher et j'attendis avec mon oreiller et mon bagage que les derniers visiteurs – deux ecclésiastiques qui se tenaient bizarrement par la main (ils étaient manifestement venus tracer des inscriptions au fusain sur des pierres tombales) – aient franchi la grille ouverte et disparu en direction du centre-ville et de la gare lointaine.

J'entendais au loin deux voix venant du fond du cimetière, mais la vue de ces deux personnages était masquée par les dénivellations du terrain, par les arbres, par les haies épaisses qui protégeaient ce secteur plus modeste, proche des marais, et même par les monuments funéraires plus élevés érigés par des hommes arrogants mais angoissés comme Mr Thomas Sapsea, toujours vivant, se promenant toujours, pontifiant et savourant dûment la longue épitaphe de la tombe de son épouse (rédigée *par* lui et *sur* lui, évidemment, et gravée dans la pierre par le pittoresque tailleur de pierre, spécialisé dans le monument funéraire, du nom de Durdles). Toujours vivant, se promenant et pontifiant toujours exclusivement, devrais-je préciser, dans les pages du roman dont la publication en feuilleton se dirigeait à vive allure vers son interruption prématurée aussi sûrement que le train de marée de 2 h 39 de Folkestone s'était dirigé inexorablement vers la brèche des rails du pont de Staplehurst, cinq ans et un peu moins d'un mois auparavant.

« Il faut être complètement idiote pour avoir une idée pareille, beugla une voix masculine.

— Je pensais que cela pourrait être divertissant, s'excusa une voix féminine. Une sorte de pique-nique nocturne au bord de la mer. »

Je m'arrêtai à moins de vingt pas du couple qui se querellait mais restai tapi derrière un haut monolithe de marbre épais – une sorte d'obélisque à la Sapsea en l'honneur de quelque fonctionnaire local dont le nom, qui n'avait guère laissé de trace de toute manière, avait été presque entièrement effacé par le sel, la pluie et les brises marines.

« Un f…u pique-nique dans un f…u cimetière ! » mugit l'homme. Il était manifeste, fût-ce à l'oreille la plus indifférente (et la plus lointaine) qui surprenait ce dialogue, que c'était un individu que ses propres hurlements ne gênaient jamais.

« Regarde comme cette pierre fait une jolie table, reprit la femme d'un ton las. Assieds-toi et détends-toi un moment pendant que je t'ouvre une bière.

— Tu peux aller te faire f…e avec ta bière ! » brailla l'homme. Je perçus ensuite un bruit de porcelaine fragile se brisant après avoir été jetée contre une pierre éternelle – ou du moins monumentale. « Remballe ces c…ies. Attends, passe-moi d'abord le verre et le seau de bière. Pauvre imbécile ! Je vais devoir attendre des heures pour pouvoir bouffer maintenant. Et tu vas te débrouiller pour gagner de l'oseille et me rembourser le train ou… Dites donc, qui êtes… Qu'est-ce que *vous* foutez ici ? Qu'est-ce que vous avez en main ? Un oreiller ? »

Je continuai à sourire jusqu'à ce que je sois à deux pas de l'homme, qui eut à peine le temps de se remettre péniblement debout tout en s'efforçant de ne pas renverser son seau et son gobelet de bière.

Sans cesser de sourire, j'appuyai fermement l'oreiller contre le torse cireux de l'homme et pressai sur la détente du pistolet que je dissimulais derrière. Le coup de feu fut étrangement assourdi.

« Quoi ! ?... » cria Joseph Clow. Il recula de quelques pas en titubant. Apparemment, il ne savait pas s'il devait me regarder – je tenais toujours le pistolet dont le canon fumait un peu – ou examiner sa poitrine.

Une unique fleur de géranium écarlate s'était épanouie sur son plastron au tissage grossier, mais d'un blanc immaculé. Ses mains aux ongles sinistres se dressèrent vers son gilet ouvert et il griffa faiblement cette chemise en fleur, faisant sauter quelques boutons.

Appuyant à nouveau l'oreiller contre sa chair imberbe et désormais dénudée, à quelques centimètres au-dessus du sternum, je tirai deux nouveaux coups de feu. Les deux cartouches atteignirent leur cible.

Clow esquissa encore quelques pas chancelants en arrière jusqu'à ce que ses talons heurtent le bord d'une pierre basse, horizontale, similaire à celle sur laquelle ils s'étaient apprêtés à dîner. Il trébucha, tomba à la renverse, roula sur lui-même avant de rester allongé sur le dos.

Il ouvrit la bouche pour crier, mais le seul son qui sortit – non pas de sa gorge, compris-je, mais de ses poumons perforés – était une sorte de bouillonnement et de gargouillis. Ses yeux s'écarquillèrent, roulèrent dans leurs orbites, révulsés, tandis qu'il cherchait du secours. Déjà, ses longues jambes étaient agitées de convulsions et de spasmes.

Caroline se précipita vers son mari, s'accroupit près de lui, et prit le petit oreiller de mes mains qui ne tremblaient pas. À genoux, elle appuya fermement de ses deux mains l'oreiller fumant sur la bouche ouverte, crispée de Joseph Clow et sur ses yeux exorbités.

« Il vous reste une balle, me dit-elle. Utilisez-la. *Maintenant.* »

J'enfonçai le pistolet dans l'oreiller avec une telle violence qu'on aurait cru que je me servais du canon pour bourrer de plumes et de tissu la mâchoire béante de Clow comme si je cherchais à l'étouffer. Ses gémissements et ses tentatives de cris étaient maintenant entièrement assourdis. J'appuyai sur la détente et l'arme fidèle tira une dernière balle. Cette fois, j'entendis le bruit familier (à mes oreilles, du moins, qui l'avaient déjà perçu dans un rêve de morphine) de l'arrière d'un crâne se fracassant comme une noix colossale.

Je piétinai l'oreiller qui se consumait.

Caroline contemplait la face blanc et rouge, ce visage fracassé, désormais figé pour l'éternité. Sa propre expression était parfaitement indéchiffrable, même pour quelqu'un qui la connaissait depuis aussi longtemps que moi.

Nous parcourûmes ensuite les environs du regard, nous attendant à entendre des cris et des pas précipités. Je n'aurais pas été autrement surpris de voir le chanoine mineur Crisparkle franchir d'une foulée virile les buttes herbeuses qui nous séparaient de la cathédrale et de la rue.

Il n'y avait personne. Pas même un lointain appel inquiet. Le vent soufflait ce soir en direction de la mer, au lieu d'en venir. Les herbes des marais s'inclinaient à l'unisson.

« Prenez-le par les pieds », chuchotai-je. J'enveloppai la tête éclatée de Clow dans une serviette de toilette pour éviter de laisser une traînée de sang et de matière cérébrale. Puis je sortis de ma valise le grand tablier jaune que Caroline m'avait demandé d'apporter dans sa lettre et je l'enfilai ; elle m'avait même indiqué dans quels tiroirs de la cuisine de Gloucester Place je trouverais la serviette et le tablier. « Il ne faut pas que ses talons laissent des sillons dans la terre, dis-je. Mais que diable faites-vous là ?

— Je ramasse ses boutons de chemise », répondit Caroline accroupie. Elle parlait très calmement, ses longs doigts, éduqués par les travaux de couture et par les parties de cartes, dansant agilement dans l'herbe en ramassant les petits cercles de corne. Elle ne se pressait pas.

Nous transportâmes ensuite le corps de Joseph Clow sur la vingtaine de mètres qui nous séparaient de la fosse de chaux vive. Ce fut certainement la partie la plus aventureuse de notre entreprise (je l'avais pris par les aisselles et le tablier absorbait fort opportunément le contenu souillé de l'occiput ; j'ignorais cependant comment Caroline avait pu prévoir cette difficulté ; quant à elle, elle l'avait soulevé par les chevilles), mais j'avais beau regarder régulièrement à gauche et à droite, je n'aperçus personne dans le cimetière ni au-delà. Je jetai même un coup d'œil inquiet vers la mer, sachant que les marins étaient presque toujours équipés de télescopes ou d'autres longues-vues. Soudain, Caroline se mit à rire et ce bruit me fit sursauter au point que je faillis lâcher notre fardeau.

« Sacrebleu ! Qu'est-ce qui vous amuse ainsi ? » haletai-je. Ce n'était pas le poids de Clow qui m'essoufflait – le plombier mort aurait pu être creux tant il semblait léger –, mais le simple effort dû à la marche.

« Nous, répondit Caroline. Pouvez-vous imaginer de quoi nous avons l'air, moi, pliée en deux comme une bossue, vous dans votre tablier jaune vif, tournant perpétuellement la tête comme des marionnettes actionnées par des mains maladroites…

— Excusez-moi, mais l'humour de la situation m'échappe », bougonnai-je quand Clow fut arrivé à sa destination temporaire et que je posai doucement son corps – bien plus doucement que les circonstances ne le justifiaient, j'en suis sûr – à côté de la fosse.

« Cela viendra, Wilkie, dit Caroline en se frottant les mains après avoir déposé sa part du fardeau. Occupez-vous de tout ici. Je vais aller ranger les affaires du pique-nique. » Avant de revenir sur ses pas, elle se tourna vers l'eau puis leva les yeux vers le clocher. « Cet endroit pourrait effectivement être bien agréable pour un pique-nique. Oh ! n'oubliez pas de prendre dans votre porte-documents le sac pour les bagues, la montre, la monnaie, le pistolet… »

Malgré mon expérience relative (ou ce que je prenais pour telle), j'aurais effectivement oublié ce détail si elle ne me l'avait rappelé – et j'aurais fait basculer Clow dans la fosse avec ses bagues, une chaîne en or et un médaillon que je trouverais bientôt (contenant le portrait d'une femme qui n'était *pas* Caroline), ainsi que sa montre et de nombreuses pièces de monnaie, qu'il aurait été très difficile, voire impossible, de repêcher de la chaux vive à mon retour, dans une semaine ou deux. Les choses étant ce qu'elles sont, tous les objets métalliques, y compris le pistolet désormais vide et impuissant d'Hatchery (qui ne m'inspirait strictement aucune nostalgie), se retrouvèrent en un clin d'œil dans le sac de toile, et Clow s'enfonça sous la surface de la chaux vive deux minutes plus tard.

Je jetai dans le marais la tige métallique que j'avais gardée si longtemps dans les herbes et regagnai l'ancien site de pique-nique. « Qu'est-ce que vous fabriquez encore ? » demandai-je d'une voix qui me parut bizarre. J'étais tellement hors d'haleine que l'on aurait pu croire que, loin de nous trouver dans un cimetière au niveau de la mer, nous avions entrepris l'ascension d'un sommet des Alpes.

« Je cherche tous les morceaux de l'assiette qu'il a cassée. Elle était jolie, et je voudrais la recoller.

— Oh, pour l'amour de... » Je m'interrompis en entendant des voix du côté de la route. Une calèche passait. Un homme, une femme et deux enfants riaient en montrant du doigt les nuages roses à l'endroit où le soleil s'était couché, dans la direction opposée à la cathédrale et au cimetière. Leurs têtes et leurs regards ne se tournèrent pas vers nous, aussi longtemps que je les observai.

« Il faut vous débarrasser de *ceci* », dit Caroline en me tendant l'oreiller taché, noirci et dont l'intérieur se consumait encore.

Ce fut à mon tour d'avoir envie de rire, mais je résistai, n'étant pas sûr de pouvoir m'arrêter si je me laissais aller.

« Et pour l'amour du ciel, Wilkie, dit-elle, retirez ce tablier jaune vif ! »

Je l'ôtai avant de rejoindre la fosse à chaux avec l'oreiller et mon porte-documents de juriste en cuir contenant les pièces de monnaie et les autres objets métalliques. Clow avait intégralement disparu. Les expériences que j'avais faites avec différents cadavres de chiens m'avaient appris que, malgré le gonflement et la putréfaction de la corruption qui venaient s'ajouter à la flottabilité du corps lui-même, une fois enfoncé assez profondément dans l'épaisse chaux, tout ce qui s'y trouvait tendait à *rester* sous la surface, tant qu'on ne fouillait pas pour l'en retirer.

Mais que faire de l'oreiller ? La chaux vive le dissoudrait probablement en un jour ou deux, comme elle avait rongé les différents effets vestimentaires – les boutons et les ceintures (dépouillées de leurs boucles de laiton), les bretelles, les lacets et les semelles de chaussures étaient les objets les plus résistants –, mais resterait-il submergé ? Je m'étais déjà débarrassé de la tige métallique et n'avais pas grande envie d'aller patauger dans la fange et les roseaux pour la retrouver.

Finalement, je jetai l'objet brodé et brunâtre aussi loin que je le pus en direction de la mer. Si nous avions été dans un de mes romans à sensation – ou dans un de ceux de Dickens –, je suis convaincu que ce coussin aurait constitué un indice majeur et aurait causé ma perte (et celle de Caroline). Une espèce d'inspecteur Bucket, de sergent Cuff ou même de Dick Datchery, détective, en plus astucieux, nous aurait démasqués et tout en gravissant, Caroline et moi, les treize marches du gibet, nous aurions pensé : *Ce f...u oreiller !* (je n'aurais jamais, il est vrai, attribué pareil langage à une femme).

Néanmoins, dans ces circonstances, le malheureux coussin – à peine visible dans le jour déclinant, car la lune brillante ne s'était pas encore levée – se contenta de décrire un vaste arc de cercle par-dessus les roseaux et les massettes, avant de disparaître dans le marais et dans la vase.

Me rappelant qui m'avait offert ce cauchemar brodé, je ne pus m'empêcher de sourire en me disant : *Ce sera peut-être la plus grande contribution de Martha R... à mon bonheur futur.*

Caroline était prête, les tessons de son assiette brisée intégralement ramassés et rangés dans son panier de pique-nique. Nous sortîmes du cimetière ensemble. Nous avions prévu de prendre tous les deux l'express de neuf heures et demie pour Londres, sans pourtant nous asseoir ensemble – ni même dans la même voiture. Pas encore.

« Avez-vous emballé et expédié toutes vos affaires ? » demandai-je tout bas comme nous parcourions les vieilles rues étroites de Rochester en direction des lumières de la gare.

Elle hocha la tête.

« Vous n'avez pas besoin d'y retourner ?

— Non.

— Trois semaines. J'ai l'adresse de Mrs G... dans le petit hôtel proche de Vauxhall Gardens où elle descendra.

— Mais il ne faut pas nous voir avant la fin de ces trois semaines, chuchota Caroline comme nous rejoignions une rue plus animée. Croyez-vous vraiment que je serai rentrée à la maison le 1er septembre ?

— J'en suis absolument certain, ma chère. »

Je l'étais.

53.

Quelque temps avant que j'écrive ces lignes, Cher Lecteur, un peu avant le lever du soleil et juste après avoir éteint la lampe à côté de la bergère dans laquelle je me repose, j'ai rédigé la note suivante adressée à Frank Beard : « *Je suis mourant – venez si vous le pouvez.* »

Je ne pensais pas être véritablement mourant à ce moment-là, mais je me sens bien plus mal à présent et pourrais parfaitement me mettre à mourir définitivement à tout instant ; or un bon écrivain est un écrivain prévoyant. Peut-être n'aurai-je pas l'énergie nécessaire pour écrire ce message plus tard, vois-tu. Je le garderai donc à portée de main. Je ne l'ai pas encore envoyé, mais, comme Caroline est sortie aujourd'hui, je demanderai peut-être bientôt à Marian ou à Harriet de le transmettre à Frank, tout aussi âgé, aussi fatigué et aussi usé que moi. Mais il n'a pas un long trajet à faire. J'aperçois sa maison par la fenêtre de ma chambre à coucher.

Peut-être me demanderas-tu à présent : quand *écrivez-vous ceci* ?

Pour la première fois du long voyage que nous avons entrepris ensemble, Cher Lecteur, je répondrai à cette question.

J'achève ce long manuscrit qui t'est adressé dans la troisième semaine du mois de septembre de l'année 1889. J'ai été gravement malade l'été dernier – mais je n'ai pas cessé de travailler, car je tenais à achever ces Mémoires – et puis, l'automne approchant, je me suis senti beaucoup mieux. J'ai envoyé cette note à Frederick Lehmann le 3 septembre :

Je me suis endormi et le médecin interdit qu'on me réveille. Le sommeil est mon remède, dit-il, et il est réellement plein d'espoir à mon sujet. Ne faites pas attention aux taches, la manche de ma robe de chambre est trop longue, mais ma main est encore ferme. Adieu pour le moment, cher vieil ami ; nous pouvons sincèrement espérer des jours meilleurs.

Mais, la semaine suivante, une infection respiratoire est venue s'ajouter à mes autres maux, et je dois dire que ce bon vieux Frank Beard – bien qu'il ne me l'avouât pas clairement – était fort pessimiste.

Je suis certain que tu relèveras, mais excuseras, les mêmes taches, sur les derniers chapitres du manuscrit que j'ai mis de côté à ton intention. La manche de ma robe de chambre est effectivement trop longue et, pour te manifester une franchise que j'hésite à témoigner à Frederick, Frank, Caroline, Harriet, Marian ou William Charles, ma vue et la coordination de mes mouvements ne sont plus ce qu'elles étaient.

Au mois de mai dernier encore, j'ai répondu ceci à un jeune correspondant, aussi curieux qu'impudent, qui m'interrogeait sans ambages sur les rumeurs m'attribuant une longue consommation de stimulants :

Cela fait trente-cinq ans que j'écris des romans et j'ai pris l'habitude de soulager régulièrement la lassitude due au travail cérébral – George Sand déclarait que c'était la plus déprimante de toutes les formes de fatigue mortelle – à l'aide tantôt de champagne tantôt de brandy (du vieux cognac). Si je vis jusqu'en janvier prochain, j'aurai soixante-six ans, et je rédige actuellement un nouvel ouvrage de fiction. Telle est mon expérience.

Eh bien, en cette fraîche journée du 23 septembre, il me semble bien que je ne vivrai *pas* jusqu'en janvier prochain et n'entendrai pas sonner soixante-six fois les cloches pour célébrer le jour de mon anniversaire. Mais j'ai déjà vécu cinq années de plus que mon abstinent de père et une vingtaine de plus que mon cher frère, Charles, qui de toute sa vie n'a jamais fait usage d'un stimulant plus puissant qu'une rare gorgée de whisky.

Charley est mort le 9 avril 1873. Il a succombé à un cancer des intestins et de l'estomac, donnant ainsi raison à Dickens qui avait toujours affirmé mordicus, et en dépit de toutes nos protestations, que c'était de cela qu'il souffrait. Ma seule consolation est que Dickens avait rendu l'âme depuis presque trois ans lorsque Charley a fini par succomber et trépasser. Je n'aurais eu d'autre solution que d'assassiner Charles Dickens pour de bon si je l'avais entendu se vanter de l'exactitude de son diagnostic concernant mon cher frère.

Résumerai-je les dix-neuf années que j'ai vécues depuis l'été de la mort de l'Inimitable ? Cette entreprise ne me semble pas vraiment mériter l'effort qu'elle nous coûterait, à toi et à moi, mon Cher Lecteur, et elle est étrangère à l'objectif et à la portée de ces Mémoires. De plus, cela ne t'intéresse guère, j'en suis sûr. Il était question de Dickens et de Drood, et c'est sur eux que se porte ta curiosité, non sur ton modeste et indigne narrateur.

Il me suffira de t'apprendre que Caroline G... a regagné mon domicile du numéro 90 Gloucester Place au début de l'automne de 1870, quelques semaines seulement après... quelques semaines après la mort de Dickens et celle de son mari d'alors. (La mère de Joseph Clow ayant été récemment victime de plusieurs attaques, personne semble-t-il ne s'alarma de sa disparition, ni de celle de sa femme. Il y eut bien quelques personnes ayant de vagues intérêts dans ses affaires pour s'interroger, mais toutes les factures de Mr et Mrs Clow avaient été réglées, toutes leurs dettes remboursées, le loyer de leur minuscule maison payé jusqu'à la fin du mois de juillet, et la maisonnette elle-même fermée, parfaitement rangée et vidée de tous les vêtements et effets personnels avant que l'on découvre l'absence du couple – le propriétaire qui leur avait loué la maison en reprit alors possession avec les quelques meubles bon marché qu'elle contenait encore –, et les rares personnes qui avaient connu tant soit peu les Clow supposèrent que l'ouvrier ivrogne et sa malheureuse épouse avaient déménagé. La plupart de ses brutes d'amis se persuadèrent que le plombier malchanceux et sa femme si sujette aux accidents étaient partis pour l'Australie car, au bout de quelques verres, Clow avait toujours brandi la menace de ce genre de départ inopiné.)

En mars 1871, j'enregistrais à nouveau légalement Mrs Caroline G... sur les registres paroissiaux en qualité de gouvernante. Enchantée du retour de sa mère, Carrie ne posa jamais – à ma connaissance – la moindre question sur la façon dont Caroline avait réussi à échapper aux rets de cette funeste union.

Le 14 mai 1871, « Mrs Martha Dawson » a donné le jour à ma fille cadette, Harriet – ainsi baptisée en hommage à ma mère, bien sûr. Nous avons eu un troisième enfant, Martha et moi – William Charles Collins Dawson –, né le jour de Noël de 1874.

Inutile de te dire que Martha a continué à engraisser pendant et après chaque grossesse. À la suite de la naissance de William, elle n'a même pas feint d'essayer de perdre la graisse qui la recouvrait comme d'épaisses tranches de saindoux. Elle semblait ne plus se soucier de son apparence. J'avais écrit un jour à son propos que c'était un parfait spécimen du genre de fille que j'aimais, *« la jolie Anglaise bien en chair, nourrie au bœuf »*. Mais toute cette consommation de bœuf charnu avait eu des effets prévisibles. Si l'on m'avait demandé de réécrire cette phrase en 1874, elle aurait ressemblé à ceci : *« C'est un parfait spécimen d'énorme bœuf anglais bien en chair, nourri à la jolie fille. »*

Si Caroline G... a jamais eu vent de l'existence de Martha et des enfants, même après leur installation Taunton Place qui leur a permis de vivre plus confortablement et plus près de mon propre domicile, elle n'en a jamais fait état et n'a jamais laissé entendre qu'elle en était informée. Si Martha R... a entendu dire ou a su que Caroline G... vivait avec moi au numéro 90 Gloucester Place (puis, dans les années plus récentes, Wimpole Street) depuis 1870, elle n'en a jamais fait état et n'a jamais laissé entendre qu'elle en était informée.

En admettant que tu t'intéresses à ma carrière littéraire après la mort de Dickens, Cher Lecteur, je te la résumerai d'une phrase, unique et cruelle : le monde a conclu à son succès et à ma propre réussite, alors que j'ai toujours su que nous avions conspiré, ma carrière et moi, pour aboutir à l'échec le plus pitoyable.

Marchant sur les traces de Dickens, j'ai fini par donner des lectures en public. Mes amis m'ont affirmé que c'était un ravissement et une réussite. Je savais – et les critiques honnêtes ne se privèrent pas de le rapporter aussi bien ici qu'en Amérique – qu'elles étaient incompréhensibles, monotones, incohérentes, autrement dit, un échec.

Marchant sur les traces de Dickens, j'ai continué à écrire des romans et à les adapter pour la scène lorsqu'ils s'y prêtaient. Chaque nouvel ouvrage a été plus mauvais que le précédent, et tous l'ont été davantage que mon chef-d'œuvre, *La Pierre de lune*. (J'ai pourtant compris depuis des années que *La Pierre de lune* n'est pas un chef-d'œuvre. C'est l'inachevé *Mystère d'Edwin Drood* qui m'en a fait prendre conscience.)

Peut-être mon impopularité auprès du public – car il faut bien appeler un chat un chat, Cher Lecteur de mon avenir – a-t-elle pris naissance quelques jours seulement après la mort de Charles Dickens, au moment où j'ai entrepris une démarche personnelle auprès de Frederick Chapman des éditions Chapman & Hall et que je lui ai laissé entendre que je pourrais écrire la fin du *Mystère d'Edwin Drood* s'il le souhaitait. Je lui ai fait savoir que, s'il n'existait pas d'ébauches du reste du livre – il est vrai que l'on n'a jamais retrouvé, pour les parties inachevées de *Drood*, aucune des notes préparatoires ni des esquisses sur papier bleu habituelles de Dickens –, Dickens m'avait mis (moi, et moi seul) dans la confidence avant de rendre l'âme. J'étais le seul capable d'achever la rédaction de l'intégralité de la seconde partie du *Mystère d'Edwin Drood* moyennant des émoluments de pure forme et le statut de coauteur à parts égales (sur le modèle des arrangements conclus lors de nos précédentes collaborations).

J'étais loin de m'attendre à la réaction de Chapman. L'éditeur était furieux. Il m'a déclaré qu'*aucun homme en Angleterre*, aussi doué fût-il ou pût-il *imaginer* qu'il l'était – ce qui sous-entendait qu'il ne me jugeait pas aussi doué que cela –, ne pourrait jamais prendre la place de Charles Dickens, quand bien même j'aurais en poche une centaine d'esquisses achevées. *« Mieux vaut que le monde ne sache jamais qui a tué Edwin Drood – ni même si Edwin Drood est vraiment mort, m'écrivit-il, plutôt que de voir une plume de qualité inférieure reprendre celle que le Maître a laissé tomber. »*

J'ai trouvé cette dernière métaphore pour le moins confuse et grotesque.

Chapman allait jusqu'à jurer qu'il ne laisserait jamais filtrer la moindre information sur la proposition que je lui avais faite (et me conseilla vivement de n'en souffler mot à personne). Il craignait en effet, disait-il, que *« vous ne deveniez alors inévitablement et irrémédiablement l'homme le plus détesté, le plus assurément assumé et présumé présomptueux de toute l'Angleterre, de tout l'Empire et de tout le Monde »*.

Je me demande encore aujourd'hui comment un éditeur et rédacteur peut s'exprimer aussi mal, et écrire une phrase aussi boiteuse.

Mais les rumeurs et les chuchotements hostiles à mon égard commencèrent vers cette époque, et c'est de ce moment que datent, je te l'ai dit, les premières manifestations de l'aversion active de l'opinion publique à mon endroit.

Marchant sur les traces de Dickens, je me suis lancé dans une tournée de lectures aux États-Unis et au Canada. Elles m'ont occupé en 1873 et en 1874, et l'on pourrait, en toute objectivité, les décrire comme un désastre de bout en bout. Le voyage en bateau, en train et en voiture m'avait épuisé avant même le début de la tournée proprement dite. Les auditoires américains semblaient donner raison à leurs homologues anglais et regretter le manque d'énergie, voire d'intelligibilité, de mes lectures. Ma santé a laissé à désirer pendant toute cette période et j'en suis arrivé à un stade où une consommation massive de laudanum elle-même – un produit que j'ai eu le plus grand mal à me procurer aux États-Unis – était incapable de m'insuffler la moindre ardeur et le moindre plaisir. Les auditeurs américains n'étaient que des imbéciles. Toute cette nation était composée de prudes, de bas-bleus et de malappris. Alors que la présence de Caroline à mes côtés n'avait jamais gêné les Français, les Américains auraient été scandalisés à l'idée même qu'une femme qui n'était pas mon épouse fasse partie de mon entourage – j'ai donc été obligé de supporter mes voyages, mes indispositions et mes humiliations nocturnes sur scène sans son aide durant les longs mois que j'ai passés en Amérique.

De surcroît, je n'avais pas de Dolby pour organiser mon existence quotidienne. L'unique agent que j'ai engagé pour superviser la production d'une de mes pièces à New York et à Boston – l'une des rares premières que j'avais prévues pendant ma tournée – a essayé de me filouter sur toute la ligne.

En février 1874, à Boston et dans d'autres pustules urbaines de cette toile blanche et dénudée qui passe pour la carte de ce qu'ils appellent la Nouvelle-Angleterre, j'ai passé un certain temps avec les phares de la littérature et de la vie intellectuelle américaine – Longfellow, Mark Twain, Whittier et Oliver Wendell Holmes. Je dois dire que, si ces hommes-là sont des « phares », l'éclat de la littérature et de la vie intellectuelle des États-Unis est bien terne en vérité. (J'ai pris néanmoins quelque plaisir à un hommage en vers qu'Holmes a écrit et interprété en public pour moi.)

J'ai compris alors, et j'en suis encore persuadé, que la plupart des Américains qui se sont bousculés pour me voir ou qui ont payé pour m'entendre lire ne l'ont fait que parce que *j'avais été un ami et un collaborateur de Charles Dickens*. Dickens était le fantôme qui s'attachait à mes pas. Dickens était le visage de Marley qui se superposait aux heurtoirs* et m'accueillait chaque fois que je m'approchais d'une nouvelle porte.

J'ai rencontré à Boston le vieil ami de Dickens, James T. Fields, et sa femme – ils m'ont invité à un bon dîner puis à l'opéra –, mais il ne m'a pas échappé qu'Annie Fields ne m'estimait guère et je n'ai pas été étonné de lire un peu plus tard la description qu'elle avait faite de moi en privé, mais qui n'avait pas tardé à être imprimée et divulguée au public :

Un petit homme à la silhouette étrange, au front et aux épaules bien trop larges pour le reste de sa

personne. Sa conversation était rapide et plaisante,
mais sans rien de captivant... Un homme qui a été
fêté et choyé dans la bonne société londonienne,
qui a trop mangé et trop bu, a été malade, souffre
de la goutte, en un mot qui est loin de camper un
magnifique spécimen d'être humain.

Tout bien pesé, les seuls moments vraiment sympa-
thiques et détendus que j'aie vécus au cours de mon
séjour de plusieurs mois en Amérique ont été ceux que
j'ai passés chez mon vieil ami, l'acteur franco-anglais
Fechter, le Fechter du chalet suisse du cadeau de Noël
de Dickens, dans sa ferme proche de Quakertown,
dans la province de Pennsylvanie.

Fechter s'était transformé en ivrogne et en para-
noïaque délirant. L'ancien acteur si distingué (sans être
d'une authentique beauté, puisqu'il se spécialisait dans
les rôles de scélérats) était désormais – de l'avis général – grossier et bouffi tant dans son aspect que dans
ses manières. Avant de quitter définitivement Londres,
Fechter s'était querellé avec ses collègues comédiens
– il leur devait de l'argent à tous, évidemment – puis
avait cherché noise et insulté publiquement son actrice
principale, Carlotta Leclercq. Quand il était parti en
Pennsylvanie, en Amérique, pour épouser une fille du
nom de Lizzie Price – encore une actrice, mais dénuée
de tout talent –, personne ne jugea opportun d'avertir
Miss Price que Fechter avait déjà une épouse et deux
enfants en Europe.

Fechter est mort d'une cirrhose en 1879 dans une
situation – selon une notice nécrologique londonienne – « de mépris et d'isolement complets ». Sa
disparition a été un coup particulièrement dur pour

moi, car, lors de ma dernière visite chez lui à Quaker-town six ans avant sa mort, il m'avait une fois de plus emprunté de l'argent qu'il ne m'a jamais remboursé.

L'année qui précède celle où j'écris cela (avec des taches), ou peut-être était-ce l'année antérieure – 1887 –, en tout état de cause peu après mon démé-nagement du numéro 90 Gloucester Place pour le domicile où je vis (et meurs) en ce moment, au 82 Wimpole Street (Agnes s'était mise à crier, vois-tu, et il me semble que je n'étais pas le seul à l'entendre, car Mrs Webb et les autres domestiques évitaient à tout prix de s'approcher de l'escalier de service condamné) et...

Où en étais-je ?

Ah oui ! l'année dernière ou celle d'avant, j'ai été présenté à Hall Caine (je suppose, Cher Lecteur, que tu sais qui est – était – Hall Caine, tout comme Ros-setti, qui nous a présentés), et Caine m'a longuement dévisagé. L'impression que je lui ai faite a été publiée par la suite :

Il avait les yeux grands et protubérants, et le regard vague et rêveur que l'on voit parfois aux aveugles, ou à un homme à qui l'on vient d'administrer du chloroforme.

Je n'étais tout de même pas aveugle au point de ne pas remarquer l'effroi que je lui inspirais. J'ai déclaré à Caine ce jour-là : « Je vois que vous êtes incapable de détacher vos yeux de mes propres yeux. Je dois vous dire qu'ils sont atteints de la goutte, laquelle fait tout son possible pour m'aveugler. »

À ce moment-là, bien sûr, et depuis plusieurs années

déjà, j'employais le mot « goutte » dans le sens de « scarabée » – dans le sens de « bousier » – dans le sens d'« insecte de Drood enfoui dans mon cerveau, derrière mes yeux douloureux ». Il faisait effectivement tout son possible pour m'aveugler. Comme toujours.

Bien, bien… Lecteur. Je sais que la chronologie de mes souffrances t'est tout aussi indifférente que la mort qui rôde autour de moi tandis que je m'efforce de continuer à écrire. Une seule chose t'intéresse : Dickens et Drood, Drood et Dickens.

Je t'ai percé à jour d'emblée… Lecteur. *Ma* partie de ces Mémoires t'a toujours laissé froid. Tout ce qui t'a incité à en poursuivre la lecture a été Dickens et Drood, ou Drood et Dickens.

J'ai commencé cette chronique il y a plusieurs années en me figurant avec un optimisme coupable que tu me connaissais et – surtout – que tu connaissais mon œuvre, que tu avais lu mes livres, vu mes pièces. Mais non, Lecteur d'un avenir insensible, je sais à présent que tu n'as jamais lu *La Dame en blanc*, ni même *La Pierre de lune*, pas plus que *Mari et Femme*, *Pauvre Miss Finch*, *La Nouvelle Madeleine*, *Seule contre la loi*, *Les Deux Destinées* ou *L'Hôtel hanté*, *Une belle canaille*, *Basil*, *La Fille de Jézabel*, *La Robe noire*, *La Morte vivante*, *Je dis non*, *Le Génie du mal* ou *L'Héritage de Caïn* – ni même l'ouvrage sur lequel je travaille d'arrache-pied en ce moment, et qui est publié en feuilleton dans l'*Illustrated London News*, mon *Amour aveugle*.

Tu ne connais aucun de ces livres, n'est-ce pas… Lecteur ?

Et dans ton avenir arrogant, tandis que tu glisses

vers la librairie dans ta voiture sans chevaux et que tu regagnes ta demeure souterraine éclairée par des lumières électriques crues, ou pendant, peut-être, que tu lis dans ta voiture qui sera, qui sait ? équipée de lampes électriques *à l'intérieur* (tout est possible) ou que tu rejoins le théâtre le soir – je suppose qu'il y aura encore des théâtres –, je serais fort étonné que tu aies lu mes romans ou vu des productions théâtrales de *Profondeurs glacées* (cette œuvre donnée pour la première fois à Manchester n'a jamais été de Dickens), de *Noir et Blanc* (créé à l'Adelphi), de *La Dame en blanc* (dont la première a eu lieu à l'Olympic), de *Mari et Femme* (créé au Prince of Wales), de *La Nouvelle Madeleine* (montée à l'Olympic et donnée pour la première fois à New York pendant mon séjour dans cette ville), de *Miss Gwilt* (au Globe), du *Secret* (au Lyceum Theatre) ou – enfin – de *La Pierre de lune* (à l'Olympic) ou…

Écrire ces quelques lignes a suffi à m'épuiser, à me dépouiller de mes dernières forces.

Quand je pense à ces milliers et milliers de jours et de nuits passés à écrire – à écrire dans une douleur indicible, dans une solitude intolérable et une épouvante absolue – et *toi… Lecteur… tu n'as ni lu ni vu, assis au milieu du public, aucun de ces ouvrages.*

Au diable. Va au diable.

C'est Drood et Dickens que tu veux. Dickens et Drood. Fort bien, donc. Je te donnerai Drood – ici, avec mes ultimes gouttes d'énergie mortelle. Il est neuf heures du matin passées. Tu peux te mettre Drood où je pense, Lecteur. Cette page est couverte de plus de taches que de mots, mais je n'ai pas l'intention de m'en excuser. Pas plus que de mon langage. Toute ma vie n'a été qu'une interminable série d'excuses, l'une après l'autre, sans raison...

J'ai cru un jour être capable de voir dans l'avenir – prescience, tel est le terme que ceux qui sont à la pointe de la science emploient pour désigner cette faculté –, mais je n'ai jamais véritablement su si ce don de seconde vue était réel ou non.

À présent, j'en suis sûr. Je peux distinguer tous les détails du reste de ma vie, et le fait que « le reste de ma vie » ne dépasse pas deux heures ne rend pas moins impressionnante mon aptitude à voir clairement dans l'avenir – alors même que mes propres yeux sont défaillants. Alors, pardonne-moi d'employer le futur. Il sera, rassure-toi, de courte durée. J'écrirai ceci maintenant, tant que je le puis encore, parce que je vois jusque-là, jusqu'à une heure un peu plus avancée de cette matinée, jusqu'au terme même de mon existence, scrutant du regard ces moments ultimes où je ne serai plus capable d'écrire.

Drood m'a accompagné, sous une forme ou une autre, chaque jour des dix-neuf ans et trois mois qui se sont écoulés depuis la mort de Charles Dickens.

Quand, par une froide nuit d'automne ou d'hiver, je regardais la pluie tomber, je voyais un des sbires de Drood – Barris, Dickenson, ou même Groseille, le petit garçon mort aux yeux étranges – sur le trottoir d'en face, la tête levée vers ma fenêtre.

Quand je marchais dans les rues de Londres, cherchant à perdre un peu de l'embonpoint dont seule la décomposition viendra désormais à bout, j'entendais les pas des hommes de Drood, des veilleurs de Drood derrière moi. Et j'apercevais toujours, dans les ruelles, des formes obscures et des yeux brillants.

Imagine, Lecteur, si tu le *peux*, que tu te trouves au trou du cul du monde, à Albany, dans l'État de New York, par exemple, une ville qui compte plus de crachoirs que d'habitants, et que tu donnes une lecture dans une grande salle sombre, glaciale et traversée de courants d'air tandis qu'une tempête de neige fait rage au-dehors – on m'a charitablement fait savoir que plus de neuf cents personnes avaient assisté à la lecture de Charles Dickens seize ans auparavant : quant à moi, j'avais peut-être vingt-cinq auditeurs. Mais parmi ceux-ci, au-dessus d'eux, dans la vieille galerie branlante qui avait été barricadée pour la soirée, Drood était assis, ses yeux sans paupières ne cillant jamais, son sourire aux dents aiguisées ne s'effaçant jamais.

Et ces provinciaux d'Américains qui se demandaient pourquoi mes lectures étaient si mornes, si guindées, si insipides.

Drood, ses sbires et son scarabée ont dévoré ma vie, Lecteur, jour après jour, nuit après nuit.

Chaque fois que j'ouvre la bouche pour un des examens de plus en plus fréquents de Frank Beard, je m'attends à ce qu'il s'écrie : « Sacrebleu ! Je vois la carapace noire d'un énorme scarabée qui obstrue votre gorge, Wilkie ! Ses pinces vous déchirent vivant ! »

Drood a assisté aux premières de mes pièces et à l'échec de mes romans.

As-tu compris le petit jeu de révélations auquel je me suis livré par le truchement de mes titres ?

Les Deux Destinées. J'en ai eu deux, un jour. Mais Dickens et Drood m'ont réservé la plus effroyable.

Le Secret. Celui de mon cœur. Celui que j'ai gardé

à l'égard des femmes qui ont partagé mon lit (mais jamais mon nom) et des enfants qui partagent mon sang (mais à qui je n'ai pas non plus accordé mon nom).

Une belle canaille. Tout commentaire serait superflu.

Mari et Femme. Le seul piège que j'aie réussi à éviter, alors que je me suis fait prendre à tous les autres.

Je dis non. Toute ma vie.

Le Génie du mal. Drood, bien sûr.

L'Héritage de Caïn. Ai-je été Caïn, ou Abel ? J'ai considéré un jour Charles Dickens comme mon frère. J'ai voulu l'assassiner et mon seul regret est de n'avoir pas réussi, d'avoir laissé Drood me priver de ce plaisir.

Vois-tu… Lecteur ? Vois-tu à quel point la malédiction que Charles Dickens a fait peser sur moi était ignoble et terrible ?

Je n'ai pas cru, et je ne crois pas un instant, que Drood n'ait été qu'une sorte de suggestion mesmérienne, née en juin 1865 d'un caprice désinvolte et qui se serait poursuivie, empoisonnant chaque jour de mon existence. Mais si Dickens *avait* fait cela – si Drood n'existait pas –, quelle action abominable et perverse c'eût été ! Pour ce seul crime, Dickens aurait mérité de mourir et que sa chair soit brûlée dans la fosse de chaux vive.

D'un autre côté, s'il n'avait *pas* fait naître l'image de Drood dans mon esprit d'écrivain inconscient et bourré d'opium lors d'une séance de mesmérisme en 1865 (séance dont j'ai tout oublié), n'était-il pas encore plus cruel, plus calculateur, et plus criminel au point d'en être impardonnable, de *prétendre l'avoir fait* – de prétendre disposer du remède contre Drood, d'affirmer qu'il suffisait d'une séance de quelques minutes avec sa montre oscillante et d'un simple mot – « Inintelligible » – pour me délivrer du cauchemar qu'avait été ma vie ?

Dickens méritait de mourir pour ce seul fait. Plusieurs fois.

Et surtout… Lecteur… Dickens méritait de mourir et d'être damné parce que, malgré toutes ses faiblesses et ses défauts (à la fois d'écrivain et d'homme), Charles Dickens était un génie littéraire, et pas moi.

Cette malédiction – cette conscience de chaque instant, aussi douloureuse et irrévocable que l'atroce réveil d'Adam poussé par des manœuvres de séduction à croquer dans la pomme de l'Arbre de la Connaissance – a été pire encore que Drood. Or rien n'est pire que Drood.

L'Amour aveugle. C'est le livre que je suis en train d'écrire et dont je viens de terminer un premier jet. Je ne vivrai plus assez longtemps, je le sais à présent, pour lui donner une forme définitive.

Mais un Amour aveugle pour qui ?

Pas pour Caroline G…, ni pour Martha R… L'amour qu'elles m'ont inspiré a été provisoire, rationnel et rationné, réticent dans le meilleur des cas, et toujours – toujours – gouverné par la concupiscence.

Pas pour mes enfants adultes ou adolescents – Marian, Harriet et William Charles. Je suis heureux qu'ils soient en vie. Je n'ai pas grand-chose d'autre à en dire.

Ni pour mes livres ni pour les peines qu'ils m'ont

coûtées. Je n'ai aimé aucun d'eux. Ils ont été, comme mes enfants, de simples productions.

Mais, Dieu me garde ! j'ai aimé Charles Dickens. J'ai aimé son rire soudain et contagieux, ses gamineries et les histoires qu'il racontait, j'ai aimé le sentiment – quand on était à ses côtés – que chaque instant était important. J'ai *détesté* son génie – ce génie qui nous a éclipsés, mon œuvre et moi, de son vivant, et plus encore au cours de chaque année écoulée depuis sa mort et qui – j'en suis certain, Infidèle Lecteur – m'éclipsera plus efficacement encore dans ton avenir inaccessible.

J'ai beaucoup réfléchi, au cours des dix-neuf dernières années, au dernier petit récit que m'a fait Dickens. Celui d'un pauvre jeune homme qui se promenait dans les rues de Londres tout en bourrant de cerises tirées d'un sachet un petit garçon à grosse tête juché sur les épaules de son père. Le petit garçon avait mangé toutes les cerises. Son père n'avait rien remarqué.

Je crois que Dickens m'a raconté cette histoire à l'envers. Je crois que c'est lui qui a volé les cerises que contenait le sachet brun du petit garçon. Et que le père n'a rien remarqué. Le monde non plus.

Ou peut-être était-ce *mon* histoire secrète. Peut-être Dickens avait-il volé *mes* cerises pendant que j'étais assis sur *ses* épaules.

Dans une heure, je me contenterai de demander à Marian d'aller porter cette note à Frank Beard. *Je suis mourant – venez si vous le pouvez.*

Il viendra, bien sûr. Beard est toujours venu.

Et il viendra vite. Sa maison est juste en face. Mais il n'arrivera pas à temps.

Je serai dans mon grand fauteuil, exactement comme en ce moment. Un oreiller soutiendra ma tête, exactement comme en ce moment.

Le feu brûlera encore derrière le pare-étincelles. Je ne sentirai pas sa chaleur.

Je suis désolé pour toutes ces taches, tu sais. La manche de ma robe de chambre est vraiment trop longue.

Les rayons du soleil pénétreront par la haute fenêtre, exactement comme en ce moment, un tout petit peu plus haut, et dans la cheminée, le tas de charbon qui se consume sera un tout petit peu plus bas. Il sera dix heures à peine passées. Et, malgré le soleil, la pièce s'enténébrera de minute en minute.

Je ne serai pas seul.

Tu as toujours su, Lecteur, que je ne serai pas seul à la fin.

Plusieurs personnages seront dans la pièce avec moi, ils s'approcheront doucement de moi tandis que – peut-être – je lutterai encore pour écrire, mais ma main sera inerte, mes écrits achevés pour l'éternité, et ma plume ne tracera plus que quelques vagues éraflures, parsemées de taches.

Drood sera là, bien sûr. Sa langue se dardera et disparaîtra tour à tour. Il sssouhaitera sssi vivement partager un sssecret avec monsssieur Collinsss.

Derrière Drood, à sa gauche, je crois, je verrai Barris, le fils de l'inspecteur Field. Field sera là, lui aussi, dans le dos de son fils. Ils exhiberont tous deux des dents de cannibale. À la droite de Drood se dressera Dickenson, qui n'est pas, finalement, le fils adoptif de Dickens. Il est et sera toujours la créature de Drood. Et, derrière eux, j'apercevrai d'autres formes.

Toutes en costumes et en capes noirs. Elles auront l'air ridicules ici, dans le soleil déclinant.

Je ne distinguerai pas clairement leurs visages. Le scarabée aura, enfin, fini de dévorer mes yeux.

Il y aura cependant, dans le fond de la pièce, une silhouette d'homme immense, indistincte. Cela pourrait être le détective Hatchery. Je réussirai tout juste à discerner une atroce concavité sous son gilet noir et son complet d'enterrement, comme une sorte de grossesse en négatif, cauchemardesque.

Pourtant, Lecteur (je t'ai percé à jour – je sais bien que cela t'importe plus qu'à moi), Dickens ne sera pas là, parmi eux. *Dickens n'est pas là.*

Mais je crois que j'y serai. Je suis prêt.

J'entendrai ensuite les pas de ce cher Beard dans l'escalier, et, soudain, tous les personnages présents dans ma chambre commenceront à s'agglutiner plus près de moi, à parler tous en même temps, des bruits sifflants, brouillés, grinçants et crachotants, tout en se pressant autour de moi, parlant et bégayant tous ensemble. Je lèverais les deux mains pour me boucher les oreilles, si je le pouvais. Je fermerais ce qui me reste d'yeux, si je le pouvais. Car ces visages seront terribles. Et le vacarme intolérable. Et la douleur atroce, telle que je n'en ai jamais connu.

Il me reste quarante-cinq minutes avant que cela advienne – avant que j'envoie la note à Frank Beard et que les Autres ne le précèdent – et, déjà, tout cela est douloureux, effroyable, intolérable et inintelligible.

Inintelligible.

Remerciements

L'auteur tient à remercier pour son aide et son excellent travail d'édition Reagan Arthur, directeur de Little, Brown ainsi que Betsy Uhrig, secrétaire générale d'édition, qui a accompli un travail absolument extraordinaire. Je suis sûr qu'il reste un certain nombre de maladresses et d'erreurs dans ce roman, mais, dans presque tous les cas, j'en suis seul responsable. (Si l'obstination était une vertu, j'aurais déjà un pied au Paradis.)

Je ne peux donner ici qu'une liste partielle des sources biographiques et autres concernant Charles Dickens et son époque que j'ai consultées, mais je souhaite mentionner tout particulièrement les ouvrages suivants :

Peter Ackroyd, *Dickens*, HarperCollins, 1990 [trad. S. Monod, Paris, Stock, 1993] ; Edgard Johnson, *Charles Dickens, His Tragedy and Triumphs*, Simon & Schuster, 1952 [*Charles Dickens*, trad. M. Tadié, Paris, Julliard, 1983] ; Fred Kaplan, *Dickens : A Biography*, The Johns Hopkins University Press, 1988 [*Charles Dickens*, trad. E. Diacon, Paris, Fayard, 1990] ; George Dolby, *Charles Dickens As I Know Him : The Story of the Reading Tours in Great Britain and America (1866-1870)*, Londres, T. Fisher Unwin, 1887 ; Jane Smiley, *Charles Dickens*, Penguin Putnam Inc., 2002 ; John O. Jordan, ed., *The Cambridge Companion to Charles Dickens*, Cambridge University Press, 2001 ; John Forster, *Life of Charles Dickens*, 1874 ; Dickens, Charles, *The Mystery of Edwin Drood*, *Household Words*, 1870, Oxford University Press, 1956 [*Le Mystère d'Edwin Drood*, trad. R. Villoteau, Paris, Gallimard (Bibliothèque de la Pléiade), 1991].

Je tiens également à mentionner parmi les autres sources sur Dickens et son époque :

W. H. Bowen, *Dickens and His Family*, 1956 ; Percy Fitzgerald, *The Life of Charles Dickens as Revealed in His Writing*, 1905 ; R. Giddings, ed., *The Changing World of Charles Dickens*, 1983 ; Richard D. Altick, *Victorian People and Ideas*, 1973 ; Michael St John Parker, *The World of Charles Dickens (A Pitkin Guide)*, 2005 ; David L. Pike, *Subterranean Cities : The World Beneath Paris and London, 1800-1945*, 2005 ; Gladys Storey, *Dickens and Daughter*, 1939 ; W. C. Phillips, *Dickens, Reade, and Collins : Sensation Novelists*, 1919 ; Francis Sheppard, *London 1808-1870 : The Infernal Wen*, 1971 ; Andrew Sanders, *Charles Dickens, Resurrectionist*, 1982 ; K. J. Fieldings, ed., *The Speeches of Charles Dickens*, 1950 ; J. B. Van Amerongen, *The Actor in Dickens*, 1926 ; Alethea Hayter, *Opium and the Romantic Imagination*, 1968 ; Fred Kaplan, *Dickens and Mesmerism : The Hidden Springs of Fiction*, 1988 ; Nigel Cliff, *The Shakespeare Riots : Revenge, Drama, and Death in Nineteenth-Century America*, 2007.

Les sources internet relatives à Dickens et à son

monde sont trop nombreuses pour être énumérées intégralement, mais il en est quelques-unes que je souhaite relever tout particulièrement :

« Inspecteur Charles Frederick Field » sur www.ric.edu/rpotter/chasfield.htlm ; « Victorian London – District – Streets – Bluegate Fields » sur www.victorianlondon.org/districts/bluegate.html ; « Dickens' London » sur www.fidnest.com/~dap.1955/dickens/dickens_london_map.html ; « Reprinted Pieces by Charles Dickens » sur www.classicbookshelf.com/library/charles_dickens/reprinted_pieces/19/html ; « Housing and Health » (Deaths from Cholera in Broad Street, Golden Square, London and the neighbourhood, 19 August to 30 September, 1854) » sur www.st-andrews.ac.uk/~city19/viccity/housearvce.html ; « Beetles as Religious Symbols, Cultural Entomology, Digest 2 » sur www.insectos.org/ced2beetles_rel_sym.html ; « Modern Egyptian Ritual Magick : Ceremony of Blessing and Naming a New Child » sur www.idolhands.com/egypt/netra/naming.html.

Pour des perspectives sur *La Maison d'Âpre-Vent* de Charles Dickens, je tiens à mentionner l'étonnante conférence sur ce roman donnée à Wellesley College par Vladimir Nabokov (bien que Nabokov m'ait induit en erreur sur un mot essentiel d'une puissante citation, une erreur que je n'avais absolument pas relevée – alors que je venais de finir de relire *La Maison d'Âpre-Vent* –, mais qui n'a pas échappé à l'irremplaçable secrétaire d'édition, Betsy Uhrig). Cette conférence figure dans Fredson Bowers, ed., *Lectures on Literature*, Harcourt, Inc., 1980 [*Littératures : Austen, Dickens, Flaubert, Stevenson, Proust, Kafka, Joyce*, trad. H. Pasquier, Paris, Fayard, 1985].

Je souhaite également mentionner les sources suivantes qui m'ont été précieuses pour mes recherches sur Wilkie Collins :

William Clarke, *The Secret Life of Wilkie Collins*, Sutton Publishing Limited, 1988 ; William Baker *et al.*, ed., *The Public Face of Wilkie Collins : The Collected Letters*, Volumes I-IV, Pickering & Chatto, 2005 ; Catherine Peters, *The King of Inventors : A Life of Wilkie Collins*, Martin Secker & Warburg, 1991 ; Robinson, Kenneth, *Wilkie Collins : A Biography*, Macmillan Company, 1952 ; Beard, Nathaniel, *Some Recollections of Yesterday*, in *Temple Bar,* vol. CII, 1894 ; R. C. Lehmann, *Memories of Half a Century*, Smith Elder, 1908 ; Collins, Wilkie, *The Moonstone*, première publication dans *Temple Bar*, 1894, édition d'Hesperus Classics pub. par Hesperus Press Limited [*Pierre de lune*, trad. L. Lenob, Paris, Phébus, 1995].

Aux lecteurs qui s'intéressent à Wilkie Collins, je recommande un site web particulièrement utile : « Wilkie Collins Chronology » sur www.wilkie-collins.info/wilkie_collins_chronology.html

Enfin, et comme toujours, j'adresse mes plus profonds remerciements et mon amour le plus tendre à ma première lectrice, correctrice principale et source ultime d'inspiration – Karen Simmons.

Références

Chapitre 3

p. 83-84 : la pièce intitulée *Profondeurs glacées* a été reprise sous forme de roman par Wilkie Collins. C'est de ce texte que sont tirées un certain nombre de citations du présent ouvrage. (Trad. C. de Cendrey revue par M. T. Carton-Piéron, Paris, Phébus *libretto*, 2003, p. 70, 57, 62, 69, 71.) Les autres citations de ce chapitre ne figurent pas dans la version romancée de la pièce.

Chapitre 5

p. 156 : *L'Ami commun*, trad. L. Carrive et S. Monod ; Paris, Gallimard, 1991, « Bibliothèque de la Pléiade », p. 25.

Chapitre 6

p. 196 : allusion à *Travail et pauvreté à Londres au XIXe siècle*, trad. Renée et André Guillaume, L'Âge d'Homme (à paraître en nov. 2011). Il s'agit d'un reportage publié initialement dans les années 1840 sur la vie des pauvres de Londres par le journaliste Henry Mayhew.

Chapitre 7

p. 208 : *L'Ami commun, op. cit.*, p. 971.

Chapitre 12

p. 327-329 : les citations des Ordonnances du docteur Marigold figurent dans les « Récits pour Noël et autres » de Dickens contenus dans le volume : *La Maison d'Âpre-Vent, Récits pour Noël et autres*, trad. S. Monod, Gallimard, « Bibliothèque de la Pléiade », 1979, p. 1454, 1459.

p. 331 : « Meilleur marché depuis qu'elle avait quadruplé... empire », Henry Adams, *L'Éducation de Henry Adams*, trad. R. Michaud et F. L. Schoell, nouvelle éd., Paris, Imprimerie nationale, 2007, p. 117 *sq*. « ... une ville sans espoir... » et le reste de la citation p. 208 : Dickens, *L'Ami commun, op. cit.*, p. 170 et 496.

p. 336-337 : extraits de *L'Ami commun, op. cit.* ; p. 348, 436, 467-470

p. 346 : Wilkie Collins, *La Dame en blanc*, trad. L. Lenob, Paris, Phébus *libretto*, 1995, p. 163.

Chapitre 13

p. 371 : *Armadale*, trad. É. Allouard, Paris, Phébus *libretto*, 1996, p. 494.

Chapitre 14

p. 390 : « On fait ici un excellent xérès brûlé, annonça l'inspecteur Field pendant que Miss Abbey allumait plusieurs lampes et qu'un jeune garçon aux yeux ensommeillés alimentait le petit feu. – Peut-être ce monsieur en prendrait-il une bouteille. » Ce passage est directement emprunté (moyennant le remplacement de « ce monsieur » par « ces messieurs ») à Dickens, *L'Ami commun*, *op. cit.*, p. 188.

p. 392 : la description du xérès brûlé est tirée de *L'Ami commun*, *op. cit.*, p. 190.

Chapitre 15

p. 429 : Shakespeare, *Le Conte d'hiver*, acte III, scène 3, trad. S. Bing et J. Copeau, Paris, Gallimard, « Bibliothèque de la Pléiade », vol. II, 1959, p. 1427.

p. 434 : Dickens, *Les Aventures d'Olivier Twist*, trad. S. Monod, Paris, Le Livre de poche/Classiques Garnier, 2005, p. 572.

p. 441 : extrait des *Pickwick Papers*. Chapitre 34, trad. P. Grolier (1836), t. I, mis en ligne par Robert Connal, Wilelmina Mallière et le Projet Gutenberg, à partir d'images récupérées sur Gallica http://gallica.bnf.fr

Chapitre 16

p. 450 : extrait des *Pickwick Papers*, chapitre 16, *cf.* réf. précédente.

Chapitre 17

p. 473 : Dickens, *Le Mystère d'Edwin Drood*, trad. R. Villoteau revue par S. Monod, Paris, Gallimard, « Bibliothèque de la Pléiade », 1991, p. 976.

Chapitre 18

p. 482 : toute la description de la visite de la cathédrale de Rochester (p. 309-315) est librement inspirée d'un passage du chapitre 12 du *Mystère d'Edwin Drood* de Dickens.

Chapitre 21

p. 562 : Wilkie Collins, *La Pierre de lune*, trad. L. Lenob, Phébus *libretto*, p. 72. La traduction de cet ouvrage n'a pas été retenue ici, étant un peu trop éloignée du texte d'origine pour convenir au propos de l'auteur.

Chapitre 31

p. 778 : *La Pierre de lune*, *op. cit.*, p. 213.

Chapitre 33

p. 813 : Charles Dickens et Wilkie Collins, *Voie sans issue*, trad. Mme Judith, Paris, L'Aube, 2007, p. 77.

Chapitre 35

p. 836 : *La Pierre de lune*, *op. cit.*, p. 44. Trad. légèrement modifiée pour s'accorder aux intentions de l'auteur.

Chapitre 36

p. 869 : « Marley est mort. » Dickens, « Un chant de Noël », trad. A. de Goy et Mlle de Saint-Romain révisée par C. Huguet, Paris, Le Livre de poche, 2009. p. 37.

Chapitre 37

p. 877 : Dickens, *Les Aventures d'Oliver Twist*, *op. cit.*, p. 636 *sq.*, + 685.

p. 879 : citation de *Hamlet*, acte V, scène 1, trad. André Gide, Paris, Gallimard, « Bibliothèque de la Pléiade », 1959, p. 690.

Chapitre 39

p. 915 : Dickens, *Oliver Twist*, *op. cit.*, p. 634.

Chapitre 40

p. 930 : « Point de paix pour les méchants », Esaïe, 57,21.

Chapitre 43

p. 1006 : « Princesse Puffer », nom de la tenancière de la fumerie d'opium dans le *Mystère d'Edwin Drood* de Dickens.

Chapitre 44

p. 1034 *sq.* : tous les extraits du *Mystère d'Edwin Drood* de Dickens sont repris de la traduction de R. Villoteau et S. Monod, Paris, Gallimard, 1991, « Bibliothèque de la Pléiade », p. 975, 976, 982, 1002, 1005.

p. 1045 : le fantôme de Marley ou celui des Noëls à venir. Allusion à « Un chant de Noël » de Charles Dickens, *op. cit.*

Chapitre 46

p. 1072 : Wilkie Collins, *Mari et Femme*, trad. C. Bernard-Derosnes, Paris, Librairie des Champs-Élysées, « Labyrinthes », 2003, p. 706.

Chapitre 50

p. 1150 : *Le Mystère d'Edwin Drood, op. cit.*, p. 1266.

p. 1151 : Shakespeare, *Roméo et Juliette*, acte II, scène 6, trad. P. J. Jouve et G. Pitoëff, Paris, Gallimard, « Bibliothèque de la Pléiade », 1959, p. 494.

Chapitre 51

p. 1170 : *La Maison d'Âpre-Vent*, trad. S. Monod,

Paris, Gallimard, « Bibliothèque de la Pléiade », 1979,
p. 24, 26, 741.

Chapitre 53

p. 1193 : « Marley » : allusion au « Chant de Noël »
de Dickens, *op. cit.*, p. 53.

Cet ouvrage a été composé et mis en page
par Nord Compo à Villeneuve-d'Ascq

Imprimé en France par CPI
en août 2020
N° d'impression : 2052726

Pocket – 92 avenue de France, 75013 PARIS

Dépôt légal : décembre 2012
Suite du premier tirage : août 2020
S22935/04